中國文學作品選注

袁行霈 主編　許逸民 副主編

劉勇强　郭英德　馬亞中 本卷主編

第四卷

中華書局

圖書在版編目(CIP)數據

中國文學作品選注.第四卷/袁行霈主編.—北京:中華書局,
2007.6(2025.5重印)
　ISBN 978-7-101-05690-7

　Ⅰ.中…　Ⅱ.袁…　Ⅲ.文學–作品綜合集–中國–高等學校–
教材　Ⅳ.I211

中國版本圖書館 CIP 數據核字(2007)第 075113 號

書　　　名　中國文學作品選注　第四卷
主　　編　袁行霈
副 主 編　許逸民
本卷主編　劉勇强　郭英德　馬亞中
責任編輯　聶麗娟
責任印製　韓馨雨
出版發行　中華書局
　　　　　（北京市豐臺區太平橋西里 38 號　100073）
　　　　　http://www.zhbc.com.cn
　　　　　E-mail:zhbc@zhbc.com.cn
印　　刷　北京新華印刷有限公司
版　　次　2007 年 6 月第 1 版
　　　　　2025 年 5 月第 24 次印刷
規　　格　開本/710×1000 毫米　1/16
　　　　　印張 40　插頁 8　字數 660 千字
印　　數　131001–135000 冊
國際書號　ISBN 978-7-101-05690-7
定　　價　72.00 元

行書七律詩

明文徵明書

落花詩

明唐伯虎書

都做晏眠人　料得青鞋攜手伴日高　花旦難保餘香笑樹神　又生仁苦為艱舞欺　牧童應誤酒試嘗梅子　貴園林一洗貧借問　刹那斷送十分春富

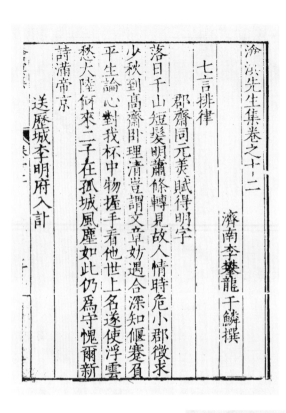

滄溟先生集
明李攀龍撰
明隆慶六年序刊本

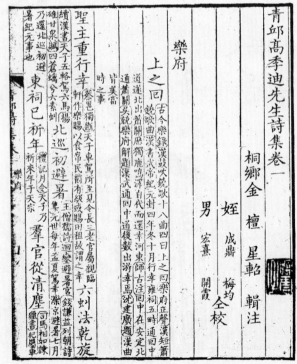

青邱高季迪先生詩集
明高啓撰　清金檀注
清雍正六年文瑞樓刻本

震川先生集卷之一

經解

易圖論上

易圖非伏羲之書也此邵子之學也書希庵義氏之
王天下也仰則觀象于天俯則觀法於地觀鳥獸之
文與地之宜於是始作八卦以通神明之德以類萬
物之情蓋以八卦盡天地萬物之理宇宙之間洪纖
巨細往來升降生死消息之故悉著之於象矣後之
人苟以一說求之無所不通故離陰陽小數納甲飛
伏坎離填補卜數隻偶之類人人盡自以為易而要

歸震川先生全集
　　明歸有光撰
　　清康熙十四年刻本

第一齣　聽稗

崇禎癸未二月

楊龍是江山勝處酒貰斜陽勾引遊人醉賞學金粉
南朝模樣暗思想那些鶯顛燕狂關着八鷓鴣天
院靜廚寒懶起遲秦淮人老看花時城連曉雨枇杷冷
樹江帶春潮壞殿基傷往事寫新詞客愁鄉夢亂如
絲不知煙水西村舍燕子今年宿傍誰小生姓侯名
方域表宇朝宗中州歸德人也夷門譜牒梁苑冠裳
先祖太常家父司徒夭樹東林之幟選詩雲間徵文
自下新登復社之壇鬱鬱清詞出班香藝中年

桃花扇
　　清孔尚任撰
　　清康熙年間刻本

梅村家藏藁卷弟一

詩前集 一

五言古詩三十八首

贈蒼雪

我聞昆明水天花散無數鼉足凌高峰了了見佛土法師滇海來植杖渡
湘浦藤鞋負貝葉葉葉壽蓮吐法航下巨廬講室臨玄圃忽開金焦過
江救諸苦中峰古道塲浮圖出平楚通泉繞塔除疏巖置廡同學有汰
公雨山閒法鼓天親借無著一朝亡其伍獨遊東海上從者如牆堵迦文
開十誦廣舌演四部設難何衡陽答疑劉少府人我將別同是非空諸所
郎今四海內道路多豺虎師於高座上爇香祝君父欲使菩提樹扁蘆諸
國土洱水與蒼山佛教之齊魯一展遊中原五嶽問諸祖稽首香
義足今古

塋松晚發

孤月傍一村寒潮白來去人語出短篷纜沒溪橋樹冒霜發輕舠拔衣聽
雞曙簷響若鳴灘蘆洲疑鷺雨漁因入蒲喧農或呼門懼居然見燈火市

梅村家藏稿
清吳偉業撰
清宣統三年武進董氏誦芬室刻本

牧齋有學集卷六

秋槐別集

乙未小至日宿白塔寺與介立師兄夜話辛卯
秋憇友蒼石門院扣問八識規矩屈指又五年
奂感而有作二首

朔風殿角語琅璫方丈挑燈拜飲光迦葉佛大月扇雲
衣辭熱惱氷霖雪被借清涼女戒王于一約看空門夜共
三冬冷佛日朝依一線長話到報恩塵剎事殘缸烘
焰吐寒芒
細雨諸天洒梵林石門昔夢靜思尋三人互剪鐙經

牧齋有學集
清錢謙益撰
清康熙年間刻本

新刻金瓶梅詞話卷之一

第一回

景陽岡武松打虎　　潘金蓮嫌夫賣風月

詞曰丈夫隻手把吳鈎，欲斬萬人頭，如何鐵石打成心性都
爲花柔。請看項籍并劉季，一似使人愁。只因撞着虞姬戚氏，
豪傑都休，

此一隻詞兒單說着情色二字，乃一體一用。故色絢于日，情感
于心，情色相生，心目相視。且古及今，仁人君子弗合忘之。晉人
云情之所鍾，正在我輩。如磁石吸鐵，隔礙潛通。無情之物尚爾，
何況爲人終日在情色中，做活計一節，須臾丈夫隻手把吳鈎，
吳鈎，乃古之劍也。古有于將莫邪。太阿吳鈎，魚腸蠋鏤之名言矣。

金瓶梅詞話
明蘭陵笑笑生撰
明萬曆四十五年序刻本

第一回

甄士隱夢幻識通靈　　賈雨村風塵懷閨秀

列位看官你道此書從何而來說起根由雖近
荒唐細諳則深有趣味待在下將此來歷註明
方使閱者了然不惑原來女媧氏煉石補天之
時于大荒山無稽崖煉成高經十二丈方經二
十四丈頑石三萬六千五百零一塊媧皇氏只
用了三萬六千五百塊只單單剩了一塊未用
便棄在此山青埂峰下誰知此石自經煅煉之
後靈性已通因見衆石俱得補天獨自己無
材不堪入選遂自怨自嘆日夜悲號慚愧
正當嗟悼之際俄見一僧一道遠遠而來生得

脂硯齋重評石頭記
清曹雪芹撰　脂硯齋評
清乾隆甲戌鈔閱再評本

己亥雜詩
清龔自珍書

己亥九秋北過來浦書冬心日渡河素寫漸一日大抵醉夢時多醒時少乃賦詩如千首統名之曰寒詞

豆蔻芳盥殘靈鶼心前度韻重題北斗紉花三春煖差是梅花賷士夜

日人銀瀾使者索題并見日俄戰地
早見地圖有感
清秋瑾書

日人銀瀾使者索題并見日
俄戰地早見地圖有感

萬里乘風去復來隻身東
海挾春雷忍看圖畫移顏
色肯使江山付劫灰濁酒
銷憂國淚救時應仗出群
才拚將十萬頭顱血須把
乾坤力挽回

本卷注者分工

第七編　明代文學

劉勇强　王守仁、歸有光、唐順之、馮惟敏、茅坤、李攀龍、徐渭、宗臣、王世貞、
李贄、薛論道、朱載堉、袁宏道、袁中道、鍾惺、徐弘祖、張岱、張溥、陳
子龍、夏完淳、謝榛

張　健　宋濂、劉基、楊基、高啓、方孝孺、袁凱、于謙、馬中錫、李東陽、陳鐸、
唐寅、文徵明、王磐、李夢陽、徐禎卿、何景明、楊慎

潘建國　《掛枝兒》、《山歌》、羅貫中、施耐庵、吳承恩、蘭陵笑笑生、馮夢龍、
李開先、高濂、湯顯祖、周朝俊

第八編　清代文學

郭英德　蒲松齡、吳敬梓、曹雪芹、李玉、洪昇、孔尚任

陳偉文　錢謙益、吳偉業、顧炎武、吳嘉紀、施閏章、王夫之、陳維崧、朱彝尊、
屈大均、王士禛、查慎行、納蘭性德、侯文曜、方苞、沈德潛、厲鶚、鄭
燮、袁枚、趙翼、姚鼐、汪中、黃景仁、張惠言、舒位

第九編　近代文學

馬亞中　近代全部篇目

總　　目

第三卷

第五編　宋遼金文學

第六編　元代文學

第四卷

第七編　明代文學

宋濂　劉基　楊基　高啓　方孝孺　袁凱　于謙　馬中錫　李東陽　陳鐸　唐寅　文徵明　王磐　李夢陽　王守仁　徐禎卿　何景明　楊慎　謝榛　歸有光　唐順之　馮惟敏　茅坤　李攀龍　徐渭　宗臣　王世貞　李贄　薛論道　朱載堉　袁宏道　袁中道　鍾惺　徐弘祖　張岱　張溥　陳子龍　夏完淳　《掛枝兒》　《山歌》　羅貫中　施耐庵　吳承恩　蘭陵笑笑生　馮夢龍　李開先　高濂　湯顯祖　周朝俊

第八編　清代文學

錢謙益　吳偉業　顧炎武　吳嘉紀　施閏章　王夫之　陳維崧　朱彝尊　屈大均　王士禎　查慎行　納蘭性德　侯文曜　方苞　沈德潛　厲鶚　鄭燮　袁枚　趙翼　姚鼐　汪中　黃景仁　張惠言　舒位　蒲松齡　吳敬梓　曹雪芹　李玉　洪昇　孔尚任

第九編　近代文學

張維屏　周濟　林則徐　龔自珍　魏源　西林春　曾國藩　王闓運　黃遵憲　王鵬運　陳三立　嚴復　文廷式　朱孝臧　康有為　況周頤　丘逢甲　譚嗣同　章炳麟　梁啓超　秋瑾　寧調元　蘇曼殊　劉鶚　李寶嘉　柳亞子

目　録

第七編　明代文學

第八編　清代文學

第九編　近代文學

第七編　明代文學

宋 濂

【作者簡介】

宋濂(1310—1381)，字景濂，號潛溪，浦江(今屬浙江)人。曾就學於名儒吳萊、柳貫、黃溍。元至正九年(1349)，薦授翰林院編修，以親老固辭。二十年，受朱元璋徵召至應天(今江蘇南京)，除江南儒學提舉，命教授太子經書。明洪武二年(1369)，詔修元史，任總裁官，官至翰林學士承旨。十年致仕。十三年，以其長孫宋慎受胡惟庸謀反案牽連，太祖欲置濂死罪，因皇后、太子力救，安置茂州(今四川茂縣)，病卒於途中。正德年間，追諡文憲。宋濂被推爲"開國文臣之首"，"一代禮樂製作，濂所裁定者居多"，其爲文"醇深演迤"(《明史》本傳)。有《宋學士文集》七十五卷等。《明史》卷一二八有傳。

送東陽馬生序

【題解】

宋濂於洪武十年二月致仕歸鄉，當年九月入朝，至歲末歸(鄭楷《學士承旨潛溪宋公行狀》，見徐紘編《明名臣琬琰録》卷八)。十一年(1378)，又入朝(《明史》本傳)。此文中有"余朝京師"之語，故知其當作於洪武十年九月至歲末或十一年在京師期間。馬生，字君則，東陽(今屬浙江)人，生平不詳，是時爲太學生，曾來謁見宋濂。其將回鄉省親，宋濂作此文送之。文章先言自己早年爲學之勤苦，再言今日太學條件之優越，勉勵馬生努力向學，委婉懇摯，語調和緩，很有感染力和説服力。此文真摯、雍容，被視爲儒者崇高人格修養的體現。

　　余幼時即嗜學。家貧，無從致書以觀，每假借於藏書之家，手自筆録，計日以還。天大寒，硯冰堅，手指不可屈伸，弗之怠。録畢，走送之，不敢稍逾約。以是人多以書假余，余因得遍觀群書。既加冠[1]，益慕聖賢之道。又患無碩師名人與游[2]，嘗趨百里外，從鄉之先達執經叩問[3]。先達德隆望尊[4]，門人弟子填其室，未嘗稍降辭色[5]。余立侍左右，援疑質理[6]，俯身傾耳以請；或遇其叱咄[7]，色愈恭，禮愈至，不敢出一言以復；俟其欣悦，則又請焉。故余雖愚，卒獲有所聞。

【校注】

[1]加冠:古代男子年二十行加冠禮,表示成年。　　　[2]碩師:博學的老師。碩,大。　　　[3]先達:有德行學問又有聲望的前輩。執經叩問:持經書請教。
[4]德隆望尊:德高望重。隆,高大。　　　[5]未嘗稍降辭色:語氣嚴厲,面色嚴肅,一點也不緩和。降,謙抑。　　　[6]援疑質理:提出疑難,詢問義理。　　　[7]叱(chì 斥)咄(duō 多):呵斥。

　　當余之從師也,負篋曳屣[1],行深山巨谷中,窮冬烈風,大雪深數尺,足膚皸裂而不知[2]。至舍,四支僵勁不能動[3],媵人持湯沃灌[4],以衾擁覆,久而乃和。寓逆旅[5],主人日再食[6],無鮮肥滋味之享。同舍生皆被綺繡[7],戴朱纓寶飾之帽[8],腰白玉之環,左佩刀,右備容臭[9],燁然若神人;余則緼袍敝衣處其間[10],略無慕艷意[11],以中有足樂者,不知口體之奉不若人也[12]。蓋余之勤且艱若此。今雖耄老[13],未有所成,猶幸預君子之列,而承天子之寵光[14],綴公卿之後[15],日侍坐,備顧問,四海亦謬稱其氏名,況才之過於余者乎!

【校注】

[1]負篋(qiè 怯):背着書箱。曳(yè 葉)屣(xǐ 洗):拖着鞋子。《莊子·讓王》:"曾子居衛,緼袍無表……正冠而纓絕,捉衿而肘見,納履而踵決。曳縱而歌《商頌》,聲滿天地。"此言其貧苦,履無跟也。　　　[2]皸(jūn 均)裂:皮膚被凍裂。
[3]四支:四肢。僵勁:僵硬。　　　[4]媵(yìng 映)人:侍婢。湯:熱水。沃灌:洗浴。　　　[5]逆旅:客舍。　　　[6]日再食(sì 四):每日供給兩餐。　　　[7]同舍生:同學。被綺繡:穿着華麗的絲綢衣服。　　　[8]朱纓:紅色的帽帶。寶飾:飾以珠寶。　　　[9]容臭(xiù 秀):香囊。　　　[10]緼(yùn 運)袍:以粗麻布做的袍子。《論語·子罕》:"衣敝緼袍,與衣狐貉者立,而不恥者,其由也與!"
[11]慕艷:羨慕。　　　[12]口體之奉:衣食之供給。　　　[13]耄(mào 冒)老:年老。七十歲曰耄。一說八十、九十曰耄。泛指年老。　　　[14]寵光:恩寵榮耀。
[15]綴公卿之後:追隨於朝廷大臣之後。綴,連綴,引申為追隨。

　　今諸生學於太學[1],縣官日有廩稍之供[2],父母歲有裘葛之遺[3]，無凍餒之患矣[4]；坐大厦之下而誦《詩》《書》，無奔走之勞矣；有司業、博士爲之師[5]，未有問而不告，求而不得者也；凡所宜有之書皆集於此，不必若余之手錄，假諸人而後見也。其業有不精，德有不成者，非天質之卑，則心不若余之專耳，豈他人之過哉？

【校注】

[1]諸生：亦稱生員，此指太學生。太學：此指國子監。　　[2]縣官：指朝廷。廩（lǐn 凛）稍：朝廷按時供給的糧食。　　[3]裘葛：冬天的毛皮衣服和夏天的葛布衣服。遺（wèi 衛）：供給。　　[4]凍餒：寒飢。　　[5]司業、博士：均爲學官名。國子監以祭酒爲最高長官，下設司業、監丞、博士、助教等級學官，教授諸生。

東陽馬生君則在太學已二年，流輩甚稱其賢[1]。余朝京師[2]，生以鄉人子謁余[3]。撰長書以爲贄[4]，辭甚暢達。與之論辨，言和而色夷[5]，自謂少時用心於學甚勞。是可謂善學者矣。其將歸見其親也，余故道爲學之難以告之。謂余勉鄉人以學者，余之志也；詆我誇際遇之盛而驕鄉人者，豈知予者哉！

《宋學士文集》卷七三

【校注】

[1]流輩：同輩。　　[2]朝京師：入京朝見皇帝。　　[3]鄉人子：同鄉晚輩。東陽與浦江爲鄰縣，同屬金華府。謁（yè 葉）：拜見。　　[4]撰長書以爲贄：寫長信作爲進見之禮。贄，初次見面的禮物。　　[5]言和而色夷：言語平和，表情溫和。

【集評】

　　王文濡《宋元明文評注讀本》：“古來大經濟大學問，皆從困苦艱難中得之。膏粱子弟，雖日舉此詔之，未必有濟。”

秦 士 錄

【題解】

　　此文通過鄧弼娼樓論學、王府陳見、校試武藝等片斷，寫其能文而又勇武有豪氣,能武而又博學有識見,文武雙全,卓出時流,卻不爲時用,鬱鬱而終。其報國無門之悲,充溢於文字之間。

　　鄧弼,字伯翊,秦人也。身長七尺,雙目有紫稜[1],開合閃閃如電。能以力雄人,鄰牛方鬭,不可擘[2],拳其脊,折仆地[3];市門石鼓,十人舁[4],弗能舉,兩手持之行。然好使酒[5],怒視人,人見輒避,曰:"狂生不可近,近則必得奇辱。"

【校注】

[1]雙目有紫稜:目光有紫色的稜角。形容目光閃亮,銳利有神。　　[2]擘(bò帛去聲):分開。　　[3]折仆地:牛骨折倒地。　　[4]舁(yú餘):抬。
[5]使酒:借酒使性。

　　一日,獨飲娼樓,蕭、馮兩書生過其下,急牽入共飲。兩生素賤其人,力拒之。弼怒曰:"君終不我從,必殺君,亡命走山澤耳,不能忍君苦也[1]!"兩生不得已,從之。弼自據中筵,指左右,揖兩生坐,呼酒歌嘯以爲樂。酒酣,解衣箕踞[2],拔刀置案上,鏗然鳴。兩生雅聞其酒狂[3],欲起走,弼止之曰:"勿走也! 弼亦粗知書,君何至相視如涕唾[4]? 今日非速君飲[5],欲少吐胸中不平氣耳。四庫書從君問[6],即不能答,當血是刃。"兩生曰:"有是哉?"遽摘七經數十義叩之[7],弼歷舉傳疏[8],不遺一言。復詢歷代史,上下三千年,纚纚如貫珠[9]。弼笑曰:"君等伏乎未也?"兩生相顧慘沮[10],不敢再有問。弼索酒,被髮跳叫曰:"吾今日壓倒老生矣! 古者學在養氣[11],今人一服儒衣,反奄奄欲絕[12],徒欲馳騁文墨,兒撫一世豪傑[13]。此何可哉! 此何可哉! 君等休矣!"兩生素負多才藝,聞弼言,大愧,下樓,足不得成步。歸,詢其所與游[14],亦未嘗見其挾册呻吟也[15]。

【校注】

[1]忍君苦:忍受你們的侮辱。　　[2]箕踞:兩腿張開伸直而坐,狀如簸箕。此乃無禮的坐姿。　　[3]雅:平素。　　[4]相視如涕唾:視我如涕唾,言輕視自己。
[5]速:招。　　[6]四庫書:指經、史、子、集四部。　　[7]七經:七種儒家經典,

指《易》、《書》、《詩》、《周禮》、《儀禮》、《禮記》、《春秋》,一説指《詩》、《書》、《春秋》、《周禮》、《儀禮》、《禮記》、《論語》。叩:詢問。　　[8]傳疏:注解經義的文字叫"傳",解釋疏通傳注文的文字稱"疏"。　　[9]纚(sǎ灑)纚:井然有條理。[10]慙沮:慙愧、沮喪。　　[11]學在養氣:《孟子·公孫丑上》:"我知言,我善養吾浩然之氣。"　　[12]奄奄欲絶:奄奄一息。形容儒者文弱的樣子。[13]兒撫一世豪傑:把一世豪傑當小兒一樣撫弄。　　[14]詢其所與游:詢問他所交往的人。　　[15]挾册呻吟:拿着書吟誦。

　　泰定末[1],德王執法西御史臺[2],弼造書數千言,袖謁之。閽卒不爲通[3],弼曰:"若不知關中有鄧伯翊耶?"連擊踣數人[4],聲聞於王。王令隸人捽入[5],欲鞭之。弼盛氣曰:"公奈何不禮壯士?今天下雖號無事,東海島夷[6],尚未臣順[7],間者駕海艦[8],互市於鄞[9],即不滿所欲,出火刀斫柱[10],殺傷我中國民。諸將軍控弦引矢[11],追至大洋,且戰且卻,其虧國體爲已甚[12]。西南諸蠻[13],雖曰稱臣奉貢[14],乘黃屋左纛[15],稱制與中國等[16],尤志士所同憤。誠得如弼者一二輩,驅十萬橫磨劍伐之[17],則東西爲日所出入,莫非王土矣[18]。公奈何不禮壯士!"庭中人聞之,皆縮頸吐舌,舌久不能收。王曰:"爾自號壯士,解持矛鼓噪,前登堅城乎?"曰:"能。""百萬軍中,可刺大將乎?"曰:"能。""突圍潰陣,得保首領乎?"曰:"能。"王顧左右曰:"姑試之。"問所須,曰:"鐵鎧良馬各一,雌雄劍二。"王即命給與,陰戒善槊者五十人[19],馳馬出東門外,然後遣弼往。王自臨觀,空一府隨之[20]。暨弼至[21],衆槊並進;弼虎吼而奔,人馬辟易五十步[22],面目無色。已而煙塵漲天,但見雙劍飛舞雲霧中,連斫馬首墮地,血洴洴滴[23]。王撫髀歡曰[24]:"誠壯士!誠壯士!"命勺酒勞弼[25],弼立飲不拜。由是狂名振一時,至比之王鐵槍云[26]。

【校注】

[1]泰定:元泰定帝年號(1324—1328)。　　[2]德王:即馬札兒台,泰定四年(1327)拜陝西行臺治書侍御史。至正元年(1341)封忠王,七年薨。十二年追封爲德王。《元史》卷一三八有傳。　　[3]閽(hūn昏)卒:守門的士兵。　　[4]擊踣(bó伯):擊倒。踣,向前仆倒。　　[5]隸人:僕從。捽(zuó昨):抓住,揪。

[6]東海島夷:指日本人。　　　[7]臣順:稱臣歸順。　　　[8]間者:間或,有時。

[9]互市:貿易。鄞(yín 銀):鄞縣,今浙江寧波。　　　[10]火刀:一種兵器。日本《大漢和辭典》謂是火槍。　　　[11]控弦引矢:拉弓射箭。　　　[12]國體:國家的體面、尊嚴。已甚:太甚。　　　[13]西南諸蠻:指西南諸少數民族。　　　[14]奉貢:進貢。　　　[15]黃屋左纛(dào 道):指帝王之車。黃屋,帝王乘輿專用的黃繒車蓋。左纛,帝王車上的飾物,以犛牛尾或雉尾製成,立在車衡左邊。《史記·項羽本紀》:“紀信乘黃屋,傅左纛。”　　　[16]“稱制”句:其君主的職權、禮儀制度的等級與中國皇帝一樣。稱制:皇帝即位或代行皇帝的職權。　　　[17]橫磨劍:喻精銳善戰的士卒。《舊五代史·景延廣傳》:延廣乃奏令契丹回國使喬榮告戎王曰:“晉朝有十萬口橫磨劍,翁若要戰則早來。”　　　[18]“東西”二句:爲:一作“止”。從東到西,都是元天子的土地。即《詩經·小雅·北山》“溥天之下,莫非王土”之意。　　　[19]陰戒:暗中命令。槊(shuò 朔):長矛。　　　[20]空一府:一府的人全部出動。　　　[21]暨:到。　　　[22]辟易:退避。《史記·項羽本紀》:“是時赤泉侯爲騎將,追項王,項王嗔目而叱之,赤泉侯人馬俱驚,辟易數里。”張守節《正義》:“言人馬俱驚,開張易舊處,乃至數里。”　　　[23]血淬淬滴:血不停地滴下。　　　[24]撫髀(bì 必):拍着大腿。　　　[25]勞:犒勞。　　　[26]王鐵槍:王彦章,字子明,五代梁人。歐陽修《五代史·王彦章傳》:“彦章爲人驍勇有力,能跣足履棘行百步,持一鐵槍,騎而馳突,奮疾如飛,而他人莫能舉也。軍中號‘王鐵槍’。”

　　王上章薦諸天子,會丞相與王有隙[1],格其事不下[2]。弼環視四體,歎曰:“天生一具銅筋鐵肋,不使立勳萬里外,乃槁死三尺蒿下[3],命也,亦時也。尚何言!”遂入王屋山爲道士,後十年終。

【校注】
[1]丞相:當時右丞相爲塔失帖木兒,左丞相爲倒剌沙。　　　[2]格:阻止。
[3]槁死:指無爲而死。槁,乾枯。

　　史官曰[1]:弼死未二十年,天下大亂,中原數千里,人影殆絕。玄鳥來降[2],失家,競棲林木間。使弼在,必當有以自見。惜哉!弼鬼不靈則已,若有靈,吾知其怒髮上衝也。

《宋學士全集》卷二八

【校注】

[1]史官:作者自稱。宋濂曾主持修元史,任總裁官。　　[2]玄鳥:燕子。《詩經·商頌·玄鳥》:"天命玄鳥,降而生商。"毛傳:"玄鳥,鳦也。"唐陸德明《音義》:"玄鳥,燕也。"

【集評】

(清)林雲銘《古文析義》卷十六:"文武兼長,且擅絕藝,至使爲道士,則元之用人可知矣。篇中'以力雄人'四字作骨,其讀書精博,即於使酒拔刀時寫出,不待另提。至說出養氣語,皆前人所未發,應上不平氣,伏下盛氣。備極搏捖之妙,班、馬當分一席矣。"

王文濡《宋元明文評注讀本》:"有此才而不知用,元之不祚其宜矣。文之摹寫處,豪情正復奕奕如生。"

劉　基

【作者簡介】

劉基(1311—1375),字伯溫,青田(今屬浙江)人。元至順四年(1333)進士,歷任江西高安縣丞、江浙儒學副提舉、江浙行省元帥府都事等,後棄官歸。受朱元璋召,陳時務十八策,深受器重。基亦自以爲曠世之遇,知無不言,其謀策多爲朱元璋所用,有佐定天下之功。洪武元年(1368),拜御史中丞兼太史令。三年,授弘文館學士,封誠意伯。四年,賜歸老於鄉。基性剛嫉惡,因向皇帝言胡惟庸不可爲相,遂爲胡氏所忌。至胡氏爲相,基憂憤疾作,八年卒。或言其爲胡氏毒死。正德中,諡文成。劉基長髯偉貌,慷慨有大節,發而爲文章,"氣昌而奇,與宋濂並爲一代之宗"(《明史》本傳)。然《四庫全書總目提要》云:"今觀二家之集,濂文雍容渾穆……基文神鋒四出……雖皆極天下之選,而以德以力,則略有間矣……蓋基講經世之略,所學不及濂之醇。"(《文憲集》提要)謂宋濂文章之雍容渾穆是其道德修養深醇之體現,而劉基文章之奇氣、神鋒外露則是其力的表現。關於劉基詩,王世貞《藝苑卮言》謂,明初,"立赤幟者二家而已。才情之美,無過季迪;聲氣之雄,次及伯溫",將其與高啓一併作爲明初詩壇的領袖。有《誠意伯劉文成公文集》二十卷。《明史》卷一二八有傳。

古　戍

【題解】

　　此詩首聯、頷聯把戰爭置於時空之中,古戍烽火、新城胡笳從時間言,九州、四海從空間言,給人以戰爭不斷、戰火連天之感。頸聯所寫冬景由於在胡笳如雷之戰亂背景中,故給人以死寂之感。尾聯的兩三枝梅花則衝破了死寂與戰火的殘酷,顯現出頑強的生命力,透露出某種希望,而這正是作者不同於常人胸懷之體現。

　　古戍連山火[1],新城殷地笳[2]。九州猶虎豹,四海未桑麻[3]。天迴雲垂草[4],江空雪覆沙。野梅燒不盡,時見兩三花[5]。

《誠意伯劉文成公文集》卷一五

【校注】

[1]古戍:古代軍隊戍守的營壘。山火:山頂上的烽火。　　　[2]殷(yǐn 隱)地笳:軍樂聲震地。殷,震動。笳,胡笳,古代北方少數民族的一種管樂器,魏晉以後入軍樂。　　　[3]“九州”二句:虎豹喻軍隊,桑麻指農事,分別爲戰争與和平之代表。二句言海内猶在戰亂之中,尚未恢復和平的農桑生活。　　　[4]“天迴”句:天邊烏雲低垂與衰草相接。　　　[5]“野梅”二句:言戰火雖遍燒原野,然仍有三兩枝梅花開放。此二句化用白居易《賦得古原草送別》“野火燒不盡,春風吹又生”二句,然“野梅燒不盡”之“燒”當指戰火所燒。

【集評】

　　(明)顧起綸《國雅品》:“公伊、吕之佐,文其緒餘耳。故駿才鴻調,工爲綺麗。古風如《思歸引》、《思美人》,近體如《古戍》,並出《騷》、《雅》,亦足以追步《梁父》,憑陵燕公矣。”

賣柑者言

【題解】

　　本文通過賣柑者之口諷刺文臣武將們“金玉其外,敗絮其中”。《史記》有《滑稽列傳》,記載一些以詼諧方式進行諷諫的人物故事,褚少孫又補入東方朔等人的故事,形成從先秦到漢代滑稽諷諫的傳統。此文中之賣柑者爲作者所虛構,其以賣柑諷刺世事,可視爲上承東方朔等人的傳統。此文刺世疾邪,語言犀利,正是劉基文章"奇氣"的表現。

　　杭有賣果者,善藏柑,涉寒暑不潰,出之,燁然玉質而金色[1]。置於市,賈十倍[2],人争鬻之[3]。予貿得其一[4],剖之,如有煙撲口鼻,視其中,則乾若敗絮。予怪而問之曰:"若所市於人者[5],將以實籩豆[6]、奉祭祀、供賓客乎? 將衒外以惑愚瞽乎[7]? 甚矣哉,爲欺也!"

【校注】

[1]燁然:光亮的樣子。燁,一作"煜"。　　[2]賈:通"價",價錢。　　[3]鬻:買。　　[4]貿:買。　　[5]市於人:賣給別人。　　[6]籩(biān 邊)豆:祭祀或宴會用於盛食物的器具。籩,盛乾食物的竹器。豆,盛食物的高腳陶器,亦有用青銅或木製者。　　[7]衒(xuàn 絢):誇耀。愚瞽:頭腦愚笨而目不辨物之優劣者。

　　賣者笑曰:"吾業是有年矣[1],吾賴是以食吾軀[2]。吾售之,人取之,未嘗有言;而獨不足子所乎[3]! 世之爲欺者不寡矣,而獨我也乎? 吾子未之思也! 今夫佩虎符、坐皋比者[4],洸洸乎干城之具也[5],果能授孫、吳之略耶[6]? 峨大冠、拖長紳者[7],昂昂乎廟堂之器也[8],果能建伊、皋之業耶[9]? 盜起而不知禦,民困而不知救,吏姦而不知禁,法斁而不知理[10],坐糜廩粟而不知恥[11]。觀其坐高堂、騎大馬、醉醇醴而飫肥鮮者[12],孰不巍巍乎可畏、赫赫乎可象也[13]? 又何往而不金玉其外、敗絮其中也哉? 今子是之不察[14],而以察吾柑!"

【校注】

[1]業是:以此爲業。　　[2]食(sì 似):供養。　　[3]不足子所:不能滿足您的要求。所,宜,適合。　　[4]佩虎符、坐皋比者:指武將。虎符,戰國時代的虎形印信,一分爲二,其一留中央機構,另一付駐軍將校,兩者相合方可發兵。皋比(pí 皮),虎皮,此指武將的座席。《左傳·莊公十年》:"蒙皋比而先犯之。"晉杜預注:"皋比,虎皮。"　　[5]洸(guāng 光)洸:威武貌。干城之具:國家的守衛者。《詩

經·國風·兔罝》:“赳赳武夫,公侯干城。”干,盾。城,城墻。干、城皆用以守禦。
[6]孫吳:孫武、吳起。武爲春秋時人,著有《孫子兵法》;起爲戰國時人,亦著有
《兵法》。見《史記·孫子吳起列傳》。　　[7]峨大冠、拖長紳者:指文臣。峨,高
聳貌。　　[8]昂昂:高傲貌。廟堂之器:朝廷中治理國家的人才。廟堂,朝廷。
[9]伊皋:伊尹、皋陶(yáo 姚)。伊尹,商湯大臣,助湯滅夏。皋陶,舜時賢臣。《論
語·顏淵》:“舜有天下,選於衆,舉皋陶,不仁者遠矣。”　　[10]法斁(dù 杜):法
度敗壞。斁,敗壞。　　[11]坐縻廩粟:白費公家的俸米。縻,通“靡”,浪費。廩
粟,公家庫藏之糧。　　[12]醇醴:味道淳厚的美酒。飫(yù 玉):飽食。
[13]“孰不”句:言武將、文臣,莫不有巍然可畏、赫然可法之外在威儀。可畏、可
象:出《左傳·襄公三十一年》:“公(衛襄公)曰:‘何謂威儀?’(北宮文子)對曰:
‘有威而可畏,謂之威;有儀而可象,謂之儀。君有君之威儀,其臣畏而愛之,則而
象之,故能有其國家,令聞長世。臣有臣之威儀,其下畏而愛之,故能守其官職,保
族宜家。’”儀,儀容舉止。象,取法。　　[14]是之不察:不察此。

　　予默然無應。退而思其言,類東方生滑稽之流[1]。豈其憤世疾
邪者耶? 而託於柑以諷耶?

《誠意伯劉文成公文集》卷七

【校注】
[1]東方生:指東方朔。朔,字曼倩,漢武帝時人,善滑稽諷諫。事見《史記·滑稽
列傳》、《漢書·東方朔傳》。

【集評】
　　(清)吳楚材、吳調侯《古文觀止》卷十二:“青田此言,爲世人盜名者發,而借賣
柑影喻。滿腔憤世之心,而以痛哭流涕出之。士之金玉其外而敗絮其中者,聞賣柑
之言,亦可以少愧矣。”

楊　基

【作者簡介】

　　楊基(1325—1378?),字孟載,祖籍嘉州(今四川樂山)人,家於吳(今江蘇蘇州)。元末隱居於吳之赤山。張士誠據吳,辟爲丞相府記室。張士誠被平,安置臨濠(今安徽鳳陽東),徙河南。洪武二年(1369)放歸。起爲滎陽知縣,召至京,改太常典簿,謫居鍾離。被薦爲江西行省幕官,以省臣得罪,落職。六年,又起奉使湖廣,授兵部員外郎,出爲山西按察副使,進按察使,後被讒奪職,供役,卒於京。基九歲能背誦《六經》,著書十萬餘言,名曰《論鑒》。尤工於詩,楊維楨往來吳中,基於座上賦《鐵笛歌》,爲楊所知。與高啓、張羽、徐賁齊名,號“吳中四傑”。顧起綸《國雅品》稱其“才長逸蕩,興多雋永,且格高韻勝,渾然無跡”,朱彝尊《静志居詩話》則謂其“猶未洗元人之習”(卷三),主要是指其律詩格調不够雄壯,近於詞調。有《眉庵集》十二卷。《明史》卷二八五有傳。

岳　陽　樓

【題解】

　　此詩作於作者奉使湖南期間。岳陽樓在今湖南岳陽,下臨洞庭湖。不知何人始建,唐張説守岳陽,與才士登臨賦詠,自此出名。宋滕子京重修,范仲淹作記。唐宋以來,文士多有題詠。此詩寫岳陽樓,然無一語及樓,而是寫登樓所見;寫洞庭湖,不僅寫眼前的洞庭景致,而且寫傳説的洞庭故事。其首聯亦没有循登臨詩的一般寫法,先點出登樓,而是直寫所見;末聯急轉直下,出人意料,故受到後人的讚賞。

　　春色醉巴陵[1],闌干落洞庭[2]。水吞三楚白[3],山接九疑青[4]。空闊魚龍舞,娉婷帝子靈[5]。何人夜吹笛,風急雨冥冥[6]。

《眉庵集》卷七

【校注】

[1]巴陵:岳陽舊稱。　　[2]闌干:横斜貌,此借指北斗星。　　[3]三楚:秦漢時將戰國楚地分爲東、西、南三楚。　　[4]山:指君山,在洞庭湖中,又名洞庭山,狀如十二螺髻。傳説舜妃湘君游此,因名君山。九疑:亦作九嶷,在今湖南寧遠南

六十里,亦名蒼梧山,九峰相似,望而疑之,故名。傳說舜葬於此。　　[5]娉婷:姿態美好。帝子:指帝堯二女娥皇、女英,爲舜之二妃。屈原《九歌·湘夫人》:"帝子降兮北渚,目眇眇兮愁予。"傳說舜死,娥皇、女英没於湘水,爲湘夫人。靈:神靈。　　[6]"何人"二句:據《博異志》載,賈客吕鄉筠,嘗夜泊於君山側,吹笛數曲,忽見一老父划船而來,於懷袖中出大、中、小三笛,言大笛合上天之樂,中笛對洞府諸仙合樂而吹,其小者爲老父與朋董所樂者。言畢,取最小者吹三聲,湖上風動,波濤蕩漾,魚龍跳噴。五聲、六聲,君山上鳥獸叫噪,月色昏昧。舟人大恐,老父遂止。

【集評】

(明)李雯、陳子龍、宋徵輿《皇明詩選》卷七:"陳子龍曰:'起句果稱神境。'李雯曰:'結語無定姿。'"

(清)沈德潛《明詩別裁集》卷一:"應推五言射雕手,起結尤入神境。"

新　　柳

【題解】

此詩詠新柳,首聯狀柳芽初抽之姿容,次聯寫柳條已緑之情狀。因古人有折柳送别之習,故由柳枝而及别離。第三聯寫春風拂柳、月上柳梢,既承上聯,構成别離之情境氛圍,又爲下聯轉入隋宮煙柳作了鋪墊。隋宮煙柳將人從當下帶入歷史,故詠柳至此亦融入歷史興亡之感。此詩詠物不即不離,不黏不脱,既能切合對象之特徵,又能不囿於此物,而得其神韻。

濃如煙草淡如金[1],濯濯姿容嫋嫋陰[2]。漸軟已無憔悴色[3],未長先有别離心[4]。風來東面知春淺,月到梢頭覺夜深。惆悵隋宮千萬樹[5],淡煙疏雨正沉沉。

《眉庵集》卷八

【校注】

[1]"濃如煙草"句:新柳抽芽,其先抽出者已有緑意,其色濃,望之如煙籠春草;後抽出者其芽尚黄,其色淡,望之如金。　　[2]濯濯:明净貌。嫋嫋陰:微風吹拂柳條映下的摇曳的柳蔭。　　[3]漸軟:言春天到來,柳條由枯而漸漸變得柔軟。憔

悴色:指冬天柳條枯黄之色。　　　[4]未長:春柳初緑,故云未長。別離心:古人多
折柳枝送別,故云。　　　[5]隋宫:隋煬帝下揚州所建之宫苑,又稱江都宫,宫内多
柳。唐鮑溶《隋宫》:"柳塘煙起日西斜,竹浦風迴雁弄沙。"元馬祖常《寄贈揚州王
煉師》亦有"江都千樹隋宫柳"之句。

高　啓

【作者簡介】

　　高啓(1336—1374),字季迪,號青丘子,又號槎軒,長洲(今江蘇蘇州)人。元
末隱居吴淞江之青丘。洪武二年(1369),被召纂修《元史》,授翰林國史院編修官,
復命教授諸王。三年,擢户部右侍郎,自言年少不敢當重任,賜白金放還。退居青
丘,授書自給。七年,友人蘇州知府魏觀欲將府治遷回被元末張士誠改作宫室的
舊址,以"興既滅之基"獲罪被誅,而高啓則坐爲其作上樑文,腰斬於市。或以爲其
被處死之真正原因在於作《題宫女圖》詩,太祖以爲諷己。啓善文,尤工於詩,與楊
基、徐賁、張羽齊名,號稱"吴中四傑"。高啓論詩,以爲自漢、魏而降,除杜甫之外,
諸作者各有所長,而不能相兼,後來詩人必兼師衆長,隨事摹擬,求得其全,纔可以
名大家,而免偏執之弊(《鳬藻集》卷二《獨庵集序》)。高啓的詩歌創作正體現了
其論詩主張。《四庫全書總目提要》云:"啓天才高逸,實據明一代詩人之上。其於
詩,擬漢、魏似漢、魏,擬六朝似六朝,擬唐似唐,擬宋似宋,凡古人之所長,無不兼
之。振元末纖穠縟麗之習而返之於古,啓實爲有力。然行世太早,殞折太速,未能
鎔鑄變化,自爲一家。故備有古人之格,而反不能名啓爲何格,此則天實限之,非
啓過也。"評價大體允當。有《高太史大全集》十八卷、《高太史鳬藻集》五卷,清人
金檀輯注其作品爲《高青丘集》。《明史》卷二八五有傳。

明皇秉燭夜游圖

【題解】

　　這是一首題畫詩。唐代畫家張萱有《明皇夜游圖》,所畫爲唐玄宗(明皇)與楊
貴妃等夜游場面。"吴中四傑"之一的徐賁有《題明皇夜游圖》(見《北郭集》卷三),

未知高啓所題是否與之爲同一幅畫。此詩先極力鋪寫明皇夜游場景,再將之與亡國之君吴王夫差、隋煬帝之淫樂相並列,吴王、煬帝之淫樂導致亡國,而玄宗之行樂無極,遂致安史之亂。貴妃既死,皇位亦失,白頭孤燈,梧桐夜雨,在寂寞中度其餘生。其情調與《長恨歌》相類。

　　花萼樓頭日初墮[1],紫衣催上宫門鎖[2]。大家今夕燕西園[3],高爇銀盤百枝火[4]。海棠欲睡不得成[5],紅妝照見殊分明[6]。滿庭紫焰作春霧[7],不知有月空中行。新譜《霓裳》試初按[8],内使頻呼燒燭換[9]。知更宫女報銅籤[10],歌舞休催夜方半。共言醉飲終此宵,明日且免群臣朝[11]。只憂風露漸欲冷,妃子衣薄愁成嬌[12]。琵琶羯鼓相追續[13],白日君心歡不足。此時何暇化光明,去照逃亡小家屋[14]。姑蘇臺上長夜歌[15],江都宫裏飛螢多[16]。一般行樂未知極[17],烽火忽至將如何[18]?可憐蜀道歸來客,南内凄凉頭盡白[19]。孤燈不照返魂人[20],梧桐夜雨秋蕭瑟[21]。

《高青丘集》卷八

【校注】

[1]花萼樓:玄宗所建,在興慶宫西南。《舊唐書》卷九十五《讓皇帝憲傳》:“玄宗於興慶宫西南置樓,西面題曰花萼相輝之樓,南面題曰勤政務本之樓。玄宗時登樓,聞諸王音樂之聲,咸召登樓同榻宴謔,或便幸其第,賜金分帛,厚其歡賞。諸王每日於側門朝見,歸宅之後,即奏樂縱飲,擊毬鬭雞,或近郊從禽,或别墅追賞,不絶於歲月矣。游踐之所,中使相望,以爲天子友悌,近古無比,故人無間然。”

[2]紫衣:此指顯貴的宦官。唐三品之官服爲紫色,五品以上用朱色,六品以上用黄色。玄宗時,宦者黄衣以上三千人,朱紫千餘人。　　[3]大家:親近、侍從對皇帝的稱呼。燕:通“宴”。西園:指花萼樓所在的興慶宫西院。　　[4]爇(ruò若):燒,點燃。銀盤:銀製的燭盤。火:指蠟燭。　　[5]“海棠”句:海棠指楊貴妃。宋釋惠洪《冷齋夜話》卷一引《太真外傳》,謂明皇登沈香亭,召貴妃,貴妃時醉未醒,命高力士從侍兒扶掖而至,“妃子醉顔殘妝,鬢亂釵横,不能再拜。上皇笑曰:‘豈是妃子醉,真海棠睡未足耳。’”　　[6]紅妝:蘇軾《海棠》詩:“只恐夜深花睡去,高燒銀燭照紅妝。”即用楊貴妃事。　　[7]紫焰:指燭火。　　[8]霓裳:指《霓裳羽衣曲》。一説是唐玄宗製,據《楊太真外傳》,天寶四年,玄宗册楊玉環爲貴妃,進見之日,奏《霓裳羽衣曲》。一説是術士羅公遠導玄宗入月宫所聞,默記其

音,歸而作曲。或説是河西節度使楊敬忠所獻。此詩則以爲是玄宗所製。

[9]内使:宮中傳達皇帝詔令的宦官。　　　　[10]"知更宮女"句:負責報更的宮女接到更籤報告時間。銅籤:銅製的更籤。古以滴漏計時,以更籤傳入宮中以報時。《陳書·世祖紀》:"每雞人伺漏,傳更籤於殿中,乃敕送者必投籤於階石之上,令鏗然有聲,云:'吾雖眠,亦令驚覺也。'"　　　　[11]"共言"二句:化用白居易《長恨歌》:"春宵苦短日高起,從此君王不早朝。"　　　　[12]"妃子"句:後半夜風冷露凉,貴妃爲衣薄發愁,其狀反成嬌媚。　　　　[13]"琵琶"句:續:一作"逐"。據《楊太真外傳》,玄宗在清元小殿演奏《紫雲迴》《凌波曲》,自擊羯鼓,貴妃演奏琵琶,李龜年等人演奏其他樂器,自旦至午,歡洽異常。羯鼓:古代北方少數民族羯族的打擊樂器。　　　　[14]"此時"二句:化用唐詩人聶夷中《詠田家》:"我願君王心,化作光明燭。不照綺羅筵,只照逃亡屋。"　　　　[15]"姑蘇臺"句:春秋時吳王夫差所築,在今江蘇蘇州城外之姑蘇山。臺高三百丈,可以望見三百里外。吳王又於臺上別築春宵宮,有宮妓千人,爲長夜之飲,與西施宴樂其中。見宋范成大《吳郡志》。

[16]"江都宮裏"句:江都宮:隋煬帝在揚州的行宮。江都,今江蘇揚州。據《隋書·煬帝紀》,隋煬帝十二年五月,於景華宮,徵求螢火蟲,得數斛,夜出游山放之,光遍巖谷。此事乃在洛陽宮中,高啓或是誤記。　　　　[17]"一般"句:此句言玄宗與吳王夫差、隋煬帝一樣淫樂無度,没有盡極。一般,一樣。　　　　[18]烽火:指戰事。吳王、煬帝皆因荒淫而致戰亂,終至於亡國;玄宗則有安、史之亂,倉皇逃蜀,貴妃被賜死。　　　　[19]"可憐"二句:蜀道歸來客,指玄宗。天寶十五年(756)七月,在玄宗逃蜀途中,肅宗即位,改元至德,玄宗退位,稱上皇。次年,安、史之亂平定,十二月,上皇回到京師,居興慶宮,即所謂南内。據《楊太真外傳》:"上皇既居南内,夜闌登勤政樓,憑欄南望,煙月滿目。上因自歌曰:'庭前琪樹已堪攀,塞外征人殊未還。'歌歇,聞里中隱隱如有歌聲者,顧力士曰:'得非梨園舊人乎?遲明爲我訪來。'翌日,力士潛求於里中,因召與同去,果梨園弟子也。其後,上復與妃侍者紅桃在焉,歌凉州之詞,貴妃所製也。上親御玉笛爲之倚曲,曲罷,相視無不掩泣。"　　　　[20]"孤燈"句:白居易《長恨歌》:"孤燈挑盡未成眠。"杜甫《哀江頭》:"明眸皓齒今何在,血污游魂歸不得。"又據《楊太真外傳》,上皇居南内思念貴妃,有道士楊通幽自言有法術,上皇命尋致貴妃之神而不得,道士乃"東極絶大海,跨蓬壺",在最高山上之玉妃太真院見到貴妃,貴妃折釵、密語以爲憑信,且言"決再相見,好合如舊"。上皇聞之,悲悼不已。後移居甘露殿,在悲痛與幻想中死去。

[21]"梧桐"句:化用《長恨歌》"秋雨梧桐葉落時"句,與上句合起來,寫上皇在宮中孤獨淒凉的情形。

【集評】

　　(清)沈德潛《明詩別裁集》卷一:"'光明燭'二語,活用聶夷中《田家》詩意,與題中'秉燭'相應,巧而不纖。"

青丘子歌

【題解】

　　至正十六年(1356),自稱誠王的張士誠攻下平江路(治所長洲,今江蘇蘇州),改稱隆平府,以之爲都城。明年八月,降元朝廷,被封爲太尉,遷入府治,然仍握有甲兵錢糧。當時,吳中名士如楊基等皆仕於張士誠府中,高啓雖受張士誠府中高官饒介賞識,卻不願仕於張府,於十八年依外舅周仲達隱居吳淞江之青丘,自號青丘子。此詩正作於其隱居青丘時。詩中寫自己與世俗世界格格不入,而沉浸於詩的世界,儘管詩人託言自己是謫仙,故不諧俗,但事實上是他對現實世界不滿,故逃避而入詩之世界。

　　　　江上有青丘[1],予徙家其南,因自號青丘子。閒居無事,終日苦吟,間作《青丘子歌》言其意,以解詩淫之嘲[2]。

　　青丘子,臞而清[3],本是五雲閣下之仙卿[4]。何年降謫在世間,向人不道姓與名。躡屩厭遠遊[5],荷鋤懶躬耕[6]。有劍任鏽澀[7],有書任縱橫[8]。不肯折腰爲五斗米[9],不肯掉舌下七十城[10]。但好覓詩句,自吟自酬賡[11]。田間曳杖復帶索[12],旁人不識笑且輕。謂是魯迂儒、楚狂生[13]。青丘子聞之不介意,吟聲出吻不絶咿咿鳴。朝吟忘其飢,暮吟散不平。當其苦吟時,兀兀如被酲[14]。頭髮不暇櫛[15],家事不及營。兒啼不知憐,客至不果迎。不憂回也空[16],不慕猗氏盈[17]。不慚被寬褐[18],不羨垂華纓[19]。不問龍虎苦戰鬥[20],不管烏兔忙奔傾[21]。向水際獨坐,林中獨行。斲元氣,搜元精,造化萬物難隱情[22]。冥茫八極游心兵[23],坐令無象作有聲[24]。微如破懸蝨,壯若屠長鯨。清同吸沆瀣,險比排崢嶸[25]。靄靄晴雲披,軋軋凍草萌[26]。高攀天根探月窟,犀照牛渚萬怪呈[27]。妙意俄同鬼神會[28],佳景每與江山爭。星虹助光氣,煙露滋華英。聽音諧韶樂[29],咀味得大羹[30]。世間無物爲我娛,自出金石相轟鏗[31]。江邊茅屋風雨晴,閉門睡足詩初成。叩壺自高歌[32]，不顧俗耳驚。欲呼君山老父攜諸仙所弄之長笛，和我此歌吹月明。但愁欻忽波浪起，鳥獸駭叫山搖崩[33]。天帝聞之怒，下遣白鶴迎[34]。不容在世作狡獪[35]，復結飛佩還瑤京[36]。

《高青丘集》卷一一

【校注】

[1]江上有青丘：江謂吳淞江，青丘在今江蘇蘇州吳縣東。　　[2]解詩淫之嘲："淫"字《四部叢刊》本無。詩人沉湎於詩，別人嘲其爲"詩淫"，詩人對此作出辯解，故云解嘲。詩淫，猶詩癖，沉湎於詩。　　[3]臞：瘦。　　[4]"五雲閣"句：五雲閣：五色祥雲中之樓閣，神仙所居。仙卿：仙官。唐蔡少霞夢人遣其書碑，末題"五雲閣書史蔡少霞書"。見唐薛用弱《集異記》及蘇軾《羅浮山記》。　　[5]躡屩(juē 撅)：腳穿草鞋。　　[6]荷：肩扛。　　[7]鏽澀：一作"繡澀"，或作"羞澀"，生銹。李白《獨漉篇》："雄劍掛壁，時時龍鳴。不斷犀象，繡澀苔生。"見王琦注《李太白全集》卷四。　　[8]有書任縱橫：任書散亂堆放。　　[9]"不肯折腰"句：言不肯爲衣食屈辱爲官。《宋書·陶潛傳》："郡遣督郵至，縣吏白：'應束帶見之。'潛歎曰：'我不能爲五斗米折腰向鄉里小人！'即日解印綬去職。"

[10]"不肯掉舌"句：言不肯爲群雄紛争充當酈食其那樣的謀辯之士。《史記·淮陰侯列傳》："酈生一士，伏軾掉三寸之舌，下齊七十餘城。"酈生謂酈食其。掉舌：猶鼓舌，謂游説。掉，搖動。酈食其爲劉邦游説齊王田廣事，見《史記·酈生陸賈列傳》。　　[11]"自吟"句：自己吟詩，自己與自己相唱和。酬賡：唱和。

[12]曳杖：拖着拐杖。帶索：以繩索爲腰帶。陶淵明《飲酒》之二："九十行帶索，飢寒況當年。"　　[13]魯迂儒：魯國不識時務的迂腐儒生。據《史記·劉敬叔孫通列傳》，叔孫通爲漢高祖劉邦制定朝廷儀禮，徵魯諸生三十餘人，有兩生不肯行。叔孫通笑曰："若真鄙儒也，不知時變。"李白有《嘲魯儒》詩。楚狂生：謂楚狂接輿。《論語·微子》："楚狂接輿歌而過孔子，曰：'鳳兮鳳兮，何德之衰。往者不可諫，來者猶可追。已而已而，今之從政者殆而。'孔子下欲與之言，趨而辟之，不得與之言。"　　[14]兀兀：昏沉貌。被酲(chéng 呈)：醉酒。　　[15]櫛(zhì 至)：梳頭。　　[16]不憂回也空：謂不憂貧如顔回。孔子弟子顔回安貧而樂道。《論語·雍也》："子曰：'賢哉，回也！一簞食，一瓢飲，在陋巷，人不堪其憂，回也不改其樂。賢哉，回也！'"又《論語·先進》："子曰：'回也其庶乎，屢空。'"魏何晏注："言回庶幾聖道，雖數空匱，而樂在其中。"　　[17]猗氏盈：猗頓之富有。猗頓，戰國時富人。或言其以製鹽起家(《史記·貨殖列傳》)，或言其養牛羊致富(《孔叢子·陳士篇》)。後爲富人之代稱。《史記·陳涉世家》："非有仲尼、墨翟之賢，陶

朱、猗頓之富也。”　　　[18]寬褐：寬大的粗布衣服，賤者所服。　　　[19]華纓：華美的冠帶，指簪纓之冠，貴者所戴。　　　[20]龍虎苦戰鬥：指元末群雄争鬥。

[21]“烏兔”句：言時光飛逝。傳説太陽中有三足烏，月亮中有玉兔，分别以烏、兔代指日、月。　　　[22]“斲元氣”三句：言創作中搜求精研，直至天地萬物所由構成之本原，故能窮照萬物而無所隱蔽，萬物之情狀盡呈現於筆端。斲：砍。元氣：天地未分前的混沌之氣。古人認爲由元氣而形成天地萬物。元精：天地之精氣。王充《論衡·超奇》：“天稟元氣，人受元精。”　　　[23]“冥茫”句：描寫構思過程中馳騁想像之狀態。陸機《文賦》：“精騖八極，心游萬仞。”八極：八方極遠之處。韓愈《秋懷》之十：“詰屈避語穽，冥茫觸心兵。”心兵：心事，言心之動有如兵事。高啓化用此典，則將心靈之想像活動喻爲兵士之游走馳騁，故曰“遊心兵”。

[24]“坐令”句：言創作中從無形到有形、從無聲到有聲之過程。令無象作有聲，即令無象作有象，令無聲作有聲。陸機《文賦》：“課虛無以責有，叩寂寞而求音。”

[25]“微如破懸蝨”四句：描繪詩歌的不同風格，或精微，或豪壯，或清澹，或奇險。破懸蝨：《列子·湯問》言，紀昌學射，以牛毛懸蝨於牖，南面望之，三年之後，如車輪焉，紀昌射之，“貫蝨之心而懸不絶”。沆瀣：露水。排峥嶸：峻峰並列。

[26]“靄靄晴雲披”二句：描繪詩歌創作中文思通塞兩種狀態。靄靄晴雲披：謂天晴雲散，此狀文思通暢之貌。軋軋：難出之貌。凍草萌生，甚難甚緩，此言文思艱澀之狀。陸機《文賦》：“理翳翳而愈伏，思軋軋其若抽。”即是描繪此種狀態。

[27]“高攀天根”二句：言構思中上下求索之狀。天根：星宿名，東方七宿之第三宿，即氐宿。月窟：月宫。犀照牛渚：據《晉書·溫嶠傳》，溫嶠至牛渚磯，“水深不可測，世云其下多怪物，嶠遂燬犀角而照之，須臾，見水族覆火，奇形異狀”。牛渚磯，即采石磯，在今安徽當塗境内之江邊。陸機《文賦》：“浮天淵以安流，濯下泉而潛浸。”高啓句意實本於此。　　　[28]“妙意”句：言詩意之妙如有鬼神相助。

[29]“聽音”句：言音調和美如《韶》樂。韶：舜樂名。《論語·八佾》：“子謂《韶》，盡美矣，又盡善也。”　　　[30]“咀味”句：言詩有大羹之餘味。大(tài 太)羹：古代祭祀用的肉汁，不以鹽菜調之。《禮記·樂記》：“大饗之禮，尚玄酒而俎腥魚，大羹不和，有遺味者矣。”陸機《文賦》：“闕大羹之遺味，同朱絃之清氾。”　　　[31]金石：指詩作。《世説新語·文學》：“孫興公作《天台賦》成，以示范榮期，云：‘卿試擲地，要作金石聲。’”轟鏗：金石撞擊聲。　　　[32]“叩壺”句：言慷慨高歌。《世説新語·豪爽》：“王處仲每酒後輒詠‘老驥伏櫪，志在千里。烈士暮年，壯心不已。’以如意打唾壺，壺口盡缺。”　　　[33]“欲呼”四句：欻(xū 需)忽：忽然。據《博異志》，君山老父月夜吹笛，湖上風動，波濤蕩漾，魚龍跳噴。參見楊基《岳陽樓》注。　　　[34]“下遣”句：本詩前言原是仙卿謫在世間，此言天帝遣白鶴迎還。

白鶴,仙人所乘。　　　　[35]在世作狡(jiǎo 皎)獪(kuài 快):謂游戲於人間。狡獪,
游戲。　　　　[36]飛佩:仙人所佩飾物。瑤京:天帝所居。

【集評】

　　(清)朱彝尊《明詩綜》卷九引周青士云:"磊落嶔崟,極其生動。"

　　(清)趙翼《甌北詩話》卷八:"《青丘子歌》一首,自言其作詩之憔悴專一,有云:
'朝吟忘其饑,(中略)犀照牛渚萬怪呈。'是其功力之精至,可謂極矣。"

登金陵雨花臺望大江

【題解】

　　此詩作於洪武二年(1369)高啓應召赴應天修《元史》時。金陵,即南京。雨花
臺,在南京城南聚寶山上。傳說梁武帝時,有雲光法師講經於此,感動得天雨賜花,
因以得名(祝穆《方輿勝覽》卷十四)。登臺可以遙望長江。此詩先言金陵形勝,有
帝王之氣;由此懷古,感歎建都於此的六朝之興亡;再感今,又有王者興起,一統天
下,四海爲家,人民得以休養生息。登臨懷古之作以悲慨傷感者爲多,此詩雖亦有感
傷,然其歸結處在欣慰,在希望,表現出大亂之後人心思安的時代心理。

　　大江來從萬山中,山勢盡與江流東。鍾山如龍獨西上[1],欲破巨
浪乘長風。江山相雄不相讓,形勝爭誇天下壯。秦皇空此瘞黄金[2],
佳氣蔥蔥至今王[3]。我懷鬱塞何由開,酒酣走上城南臺[4]。坐覺蒼
茫萬古意,遠自荒煙落日之中來。石頭城下濤聲怒[5],武騎千群誰敢
渡[6]。黄旗入洛竟何祥[7],鐵鎖橫江未爲固[8]。前三國[9],後六
朝[10],草生宮闕何蕭蕭! 英雄乘時務割據,幾度戰血流寒潮。我生幸
逢聖人起南國[11],禍亂初平事休息。從今四海永爲家[12],不用長江
限南北。

　　　　　　　　　　　　　　　　　　　　　　　　　　　　《高青丘集》卷一一

【校注】

[1]"鍾山如龍"句:鍾山:一名蔣山,今南京紫金山。《吳錄》:"諸葛亮至京口,因
睹秣陵山阜,歎曰:'鍾山龍盤,石頭虎踞,此帝王之宅。'"(《太平御覽》卷一五六

引）　　　[2]“秦皇”句:瘞(yì 義):埋。《金陵地記》:“秦始皇時,望氣者云:‘金陵有天子氣。’埋金玉雜寶於鍾山,乃斷其地,更名曰秣陵。”　　　[3]“佳氣”句:此句承上言雖然秦始皇於此埋黃金以斷其天子氣,然此舉徒勞,此地至今依然有王氣。佳氣蔥蔥:出《後漢書·光武帝紀》:“望氣者蘇伯阿爲王莽使至南陽,遥望見舂陵郭,唶曰:‘氣佳哉,鬱鬱蔥蔥然!’”蔥蔥,同“葱葱”,氣象旺盛貌。　　　[4]城南臺:指雨花臺。　　　[5]石頭城:三國時吳孫權所築,故址在清凉山。《太平御覽》卷一九三引《丹陽記》曰:“石頭城,吳時悉土塢,義熙始加磚纍石頭,因山以爲城,因江以爲池。”　　　[6]“武騎千群”句:黃初五年(224),魏文帝伐吳,至廣陵,時江水盛長,文帝歎曰:“魏雖有武騎千群,無所用之,未可圖也。”見《資治通鑑》卷七十。　　　[7]“黃旗入洛”句:指吳末帝孫晧建衡三年(271)率衆欲入洛陽事。據《三國志·吳書·孫晧傳》注引《江表傳》,此前,刁玄曾詐國人曰:“黃旗紫蓋見於東南,終有天下者,荆、揚之君乎!”又得晉降人,言壽春下有童謡曰:“吳天子當上。”孫晧聞之,喜曰:“此天命也。”即載其母、妻子及後宮數千人,從牛渚陸道西上,謂“青蓋入洛陽,以順天命”。行遇大雪,兵人不堪道途之苦,皆曰:“若遇敵,便當倒戈耳。”晧聞之,乃還。　　　[8]“鐵鎖橫江”句:晉太康元年(280),晉益州刺使王濬率兵伐吳,乘船艦自成都沿江而下。吳人於險要之處以鐵鎖橫截長江。王濬命人以巨大火炬燒斷之,大軍東下,勢不可當,孫晧遂降。見《晉書》卷四十二《王濬傳》。　　　[9]三國:魏、蜀、吳三國,其中吳建都金陵。　　　[10]六朝:吳、東晉、宋、齊、梁、陳,皆建都金陵,史稱六朝。　　　[11]聖人起南國:指朱元璋在南方起兵。　　　[12]“從今”句:化用劉禹錫《西塞山懷古》“從今四海爲家日”。

凉　州　詞

【題解】

　　此詩是高啓《凉州詞》二首之二。《凉州詞》,或稱《凉州曲》、《凉州歌》,乃唐天寶時代歌曲。唐詩中有不少以此爲題的作品,王翰“葡萄美酒夜光杯”、王之涣“黃河遠上白雲間”皆其著名者。此詩乃是擬唐人詩題而作,作者並没有到過凉州,也没有去過西北邊塞。前兩句寫行人出關,所見是關外景象:秋日垂楊、落日旌旗。由此則行人之孤寂可見。後兩句寫行人登高西望,唯見黃河東流,其前程之孤寂更可想而知。

　　關外垂楊早換秋,行人落日旆悠悠[1]。隴頭高處愁西望[2],只有黃河入海流^[3]。

《高青丘集》卷一

【校注】

[1]斾(pèi佩)悠悠：旌旗飄揚。《詩經·小雅·車攻》：“蕭蕭馬鳴，悠悠斾旌。”

[2]隴頭：隴山頭。《元和郡縣志》卷三十九云：“隴阪九迴，不知高幾里。每山東人西役，升此瞻望，莫不悲思。隴上有水，東西分流，因號驛爲分水驛。行人歌曰：‘隴頭流水，鳴聲幽咽。遥望秦川，肝腸斷絶。’”　　　[3]黃河入海流：出王之渙《登鸛鵲樓》：“白日依山盡，黃河入海流。”海，一作“漢”，或是後人所改。黃河東入海，此言西望，不能見其入海，而入漢流者謂黃河流入漢朝之境。改“漢”後於理似勝，然“入海流”者乃是西望而見黃河東流，雖不見其入海，但知其東入海，故亦未嘗不可。

【集評】

(清)沈德潛《明詩別裁集》卷一：“高渾。”

沁　園　春

雁

【解題】

　　這是一首詠物詞。上片主要詠物，寫雁秋來春歸、信使傳書、成陣南飛，緊扣雁之特徵；下片主要借物抒情，寫群雁本棲居水邊，但不得安處，進而言邊塞艱險、江湖冷落，皆不宜留戀，而應高飛雲間，遠離險境。作者在詠物中流露出自己對時代的不安感，表現出遠舉高飛以避世禍的傾向。

　　木落時來，花發時歸，年又一年^[1]。記南樓望信，夕陽簾外^[2]；西窗驚夢，夜雨燈前^[3]。寫月書斜^[4]，戰霜陣整^[5]，橫破瀟湘萬里天^[6]。風吹斷，見兩三低去，似落箏絃^[7]。　　　相呼共宿寒煙^[8]，想只在、蘆花淺水邊。恨嗚嗚戍角，忽催飛起；悠悠漁火，長照愁眠^[9]。隴塞間關^[10]，江湖冷落，莫戀遺糧猶在田^[11]。須高舉，教弋人空慕，雲海茫然^[12]。

《高青丘集·扣舷集》

【校注】

[1]"木落時來"三句:寫雁作爲候鳥之特徵。木落:樹木落葉,指秋天。杜甫《秋興》之一:"無邊落木蕭蕭下。"年又一年:原作"一年又年",此據《明詞綜》等改。　　[2]"記南樓望信"二句:鴻雁傳書,此借離人相思望信寫雁。　　[3]"西窗驚夢"二句:謂聞雁而驚夢,孑然一人,雨夜中唯有孤燈相伴。　　[4]寫月書斜:此句描繪月光下斜行的雁陣。寫月,謂月光下雁陣之影。月光無法直接描繪,但可以用物影來表現,如元倪瓚《竹樹小閣》"竹影縱橫寫月明"句,即以竹影表現月明。雁陣之影亦可以寫月,故此詩以寫月稱之。書斜,謂雁陣之斜行。古人多用文字之形體來描繪雁陣之形,稱爲雁字,如元謝宗可《雁字》詩云:"蘆花月底寄秋情,陣影南飛勢不停。一畫寫開湘水碧,半行草破楚天青。""一畫"、"半行"即是。高啓亦用此法寫雁陣。　　[5]戰霜陣整:戰,一作"征"。此句描繪霜天中直行之雁陣。此句之"整"與上句之"斜"相對,指直行之陣形。
[6]瀟湘:瀟水與湘水,借指湖南一帶。湖南衡山有回雁峰,據説雁南飛至此而止,越冬飛回。　　[7]似落箏絃:謂雁從陣中掉隊,陣行缺斷如箏絃斷落。李商隱《昨日》詩:"十三絃柱雁行斜。"　　[8]寒煙:秋水被煙霧籠罩,故云。
[9]"悠悠漁火"二句:語出張繼《楓橋夜泊》"江楓漁火對愁眠"。　　[10]間關:道路崎嶇難行。　　[11]"莫戀"句:謂莫貪戀遺落在田中的糧食。杜甫《同諸公登慈恩寺塔》:"君看隨陽雁,各有稻粱謀。"　　[12]"須高舉"三句:言須高飛雲端,讓捕鳥者徒慕而無法得手。揚雄《法言·問明篇》:"鴻飛冥冥,弋人何慕焉。"

【集評】

　　(清)陳廷焯《白雨齋詞話》卷三:"高季迪《沁園春·雁》云(略),託意高遠。先生能言之,而終自不免,何耶?"

方孝孺

【作者簡介】

方孝孺(1357—1402),字希直,一字希古,寧海(今屬浙江)人。從宋濂學,建文年間,官至文學博士。燕王朱棣篡位,命草詔,抗節不屈,被處死,並誅十族,宗族親友被誅者數百人。孝孺“工文章,醇深雄邁,每一篇出,海内爭相傳誦”(《明史》本傳)。有《遜志齋集》二十四卷。《明史》卷一四一有傳。

談　　詩

【題解】

此詩爲作者組詩《談詩五首》之一,是一首論詩絶句。以絶句體論詩,始於杜甫《戲爲六絶句》,後人多效之,著名者有戴復古《論詩十絶》及元好問《論詩三十首》。明初詩人作詩,多宗唐詩,而於唐詩中最宗李、杜,故云“舉世皆宗李杜詩”。在方孝孺看來,僅宗李、杜尚不够,還應追溯到詩歌的源頭——風雅,繼承風雅傳統的作品纔是最好的詩歌。在組詩中,方氏對世人宗唐貶宋亦深致不滿,肯定了宋詩的價值。

舉世皆宗李杜詩[1],不知李杜更宗誰? 能探風雅無窮意,始是乾坤絶妙詞[2]。

《遜志齋集》卷二四

【校注】

[1]李杜:李白、杜甫。　　[2]絶妙詞:《世説新語·捷悟》:曹操嘗過曹娥碑下,碑背上題“黄絹幼婦外孫齏臼”八字,楊脩解曰:“黄絹,色絲也,於字爲絶。幼婦,少女也,於字爲妙。外孫,女子也,於字爲好。齏臼,受辛也,於字爲辭。所謂絶妙好辭也。”

【集評】

(清)朱彝尊《静志居詩話》卷五:“其《談詩》絶句云(略),又云:‘前宋文章配兩周,盛時詩律亦無儔。今人未識崑崙派,卻笑黄河是濁流。’又云:‘天曆諸公著作新,力排舊習祖唐人。粗豪未脱風沙氣,難抵熙豐作後塵。’其意蓋瓣香東坡居士也。”

袁　凱

【作者簡介】

　　袁凱(生卒年不詳),字景文,自號海叟,松江華亭(今屬上海)人。元末爲府史,洪武三年(1370),以舉人薦授監察御史,託病免歸。袁凱性詼諧,歸田之後,常背戴方巾,倒騎黑牛,往來於山水之間,好事者繪之於圖。工詩,賦《白燕》詩,爲楊維楨所稱,人呼"袁白燕",遂有盛名。其歌行、近體師法杜甫,何景明以爲明初詩人之冠。有《海叟集》四卷。《明史》卷二八五有傳。

白　　燕

【題解】

　　這是一首寫白尾燕子的詠物詩。據明楊儀《驪珠雜録》載,常熟人時大本作《白燕》詩,抄呈楊維楨,楊氏賞其"珠簾十二中間捲,玉剪一雙高下飛"一聯。當時袁凱在座,謂:"詩雖佳,未盡體物之妙。"楊氏不以爲然。凱歸作詩,次日呈之,楊氏擊節歎賞(陳田《明詩紀事》甲籤卷十三)。古人於詠物詩,要求不即不離、不黏不脱,既要寫出對象特徵(不離、不脱),又不要太切近(不即、不黏),就如寫意畫,要得其神似。如果太切太似,如工筆畫,即被認爲品格不高。此詩未對白燕作直接描繪,卻又旁敲側擊,處處寫之,頗能得白燕之神韻。此詩雖爲楊維楨等人所賞,卻被李夢陽貶爲袁集中"最下者"。其原因在於李夢陽主張格調,以爲律詩應有骨力,而此詩乃以情調丰韻勝,骨力有所不足。許學夷以爲"晚唐之格"者,亦是謂此。吴喬主張"詩中有人"(《圍爐詩話》),認爲詩歌應與詩人之性情境遇相關,在他看來,此詩與詩人性情境遇不相干,"其中無人"。其實,此詩寫白燕之美而易於受妒忌,未嘗没有寄寓自己的性情感慨。前人或有因詩中"故國飄零"之句而謂其寫元明易代之感,然此詩作於元至正末,實非爲元亡而作(《四庫全書總目》卷一六九《海叟集》提要)。

　　故國飄零事已非,舊時王謝見應稀[1]。月明漢水初無影,雪滿梁園尚未歸[2]。柳絮池塘香入夢,梨花庭院冷侵衣[3]。趙家姊妹多相忌,莫向昭陽殿裏飛[4]。

《海叟集》卷中

【校注】

[1]"故國飄零"二句:化用劉禹錫《烏衣巷》:"舊時王謝堂前燕,飛入尋常百姓家"二句,以"舊時王謝"代指燕,言燕之稀見。王、謝:晉王導、謝安家族,世居於金陵烏衣巷。　[2]"月明漢水"二句:漢水:一作"湘水"。初:全。宋阮閲《詩話總龜》卷四十四載,唐寇豹與謝觀"以詞藻相尚,謂觀曰:'君《白賦》有何佳語?'對曰:'曉入梁王之苑,雪滿群山;夜登庾亮之樓,月明千里。'"《白賦》以梁園雪山、登樓明月描繪白色,此詩化用以言燕之白。月明漢水,用"夜登庾亮之樓"二句。晉庾亮鎮武昌,諸佐吏乘秋夜共登南樓,俄而亮至,諸人將避,亮説:"諸君少住,老子於此處興復不淺。"於是與諸人笑談歌詠。事見《晉書·庾亮傳》。漢水流經漢陽,故以隱指登樓事。梁王苑,即梁園,漢梁孝王劉武所築,招延賓客,宴飲其中,故址在今河南開封附近,見《史記·梁孝王世家》。梁園雪、登樓月本以言白,益以"全無影"、"尚未歸",便與燕相關聯;雖就其所用之典來説是言燕之白,而就整首詩之意脉言,謂秋不見其影,冬尚未歸來,乃上承首聯"見應稀",故非常巧妙。
[3]"柳絮池塘"二句:《詩話總龜》卷十二載宋晏殊詩:"樓臺側畔楊花過,簾幕中間燕子飛。梨花院落溶溶月,柳絮池塘淡淡風。"以爲善言富貴氣象。袁凱化用後二句,言春天燕子歸來之情境。　[4]"趙家姊妹"二句:趙飛燕、趙合德姊妹並受寵於漢成帝,飛燕被立爲皇后,合德爲昭儀,居昭陽宮,姊妹並性妒忌。事見《漢書·孝成趙皇后傳》。因飛燕名含"燕"字,故用此典。

【集評】

(明)李夢陽《海叟集序》:"會稽楊廉夫,嘗作《白燕》詩,及覽叟作,驚歎以爲不及。叟詩法子美,雖時有出入,而氣格、韻致不在楊下,其耿耿於叟者,要非一日矣。按集中《白燕》詩最下最傳,諸高者顧不傳。"(《海叟集》卷首。按此言楊維楨作《白燕》詩,乃得之傳聞。明陸深《儼山詩話》:"嘗聞之故老云,會稽楊維楨廉夫以詩豪東南,賦《白燕》。")

(明)許學夷《詩源辯體》後集纂要卷二:"袁景文(名凱)七言律悉學子美,而不成語者幾半,然僅得杜之駘蕩。至《白燕》、《荷花》、《鏡中梅》,則晚唐之格也。《白燕》最工,當時號爲'袁白燕'云。"

(清)吴喬《答萬季野詩問》:"如少陵《黑鷹》、曹唐《病馬》,其中有人;袁凱《白燕》詩,膾炙人口,其中無人,誰不可作? 畫也,非詩也。空同云:'此詩最著最下。'蓋嫌其唯有丰致,全無氣骨耳。安知詩中無人,則氣骨丰致,同是皮毛耶?"

于　謙

【作者簡介】

于謙(1398—1457),字廷益,錢塘(今浙江杭州)人。永樂十九年(1421)進士。宣德元年(1426),授山西道監察御史,五年,越級遷兵部右侍郎,巡撫河南、山西。正統三年(1438),遷兵部左侍郎,六年以事繫獄,左遷大理寺少卿。復出巡撫河南、山西。十三年以兵部左侍郎召入京。十四年,瓦剌兵入侵,英宗親征,於土木堡兵敗被俘。朝廷議守戰,侍講徐珵倡南遷之議,于謙痛斥之,主張堅守北京,並擁立景帝。拜兵部尚書,指揮北京保衛戰,擊退瓦剌軍,加少保。天順元年(1457),英宗復辟,石亨誣于謙有異謀,被處死。成化元年(1465),冤白,復官。弘治二年(1489)謚肅湣,萬曆中改謚忠肅。于謙著述甚豐,然多散佚,今存《于忠肅集》十二卷。《四庫全書總目提要》稱"其詩風格遒上,興象深遠,雖志存開濟,未嘗於吟詠求工,而品格乃轉出文士上"。《明史》卷一七〇有傳。

石　灰　吟

【題解】

此詩作於景泰初年于謙監修京城時,不載於今本《于忠肅集》,但卻廣爲傳誦,文字亦多有異同。此詩詠物見志,在通俗的語言形式中寄寓了崇高的懷抱,而于謙的節操正與其詩所詠相一致,詩如其人,人如其詩,其人其詩皆爲後世所重。古人論詩,謂有詩人之詩,有志士之詩。詩人之詩求工,志士之詩不求工,然其志之所至,發而爲詩,往往別開一境界,其品格往往超出詩人之工。此詩正當以志士之詩觀之,而不必以詩人之詩衡之也。

千槌萬擊出深山[1],烈火叢中煉幾番[2]。焚骨碎身都不顧[3],只留清白在人間[4]。

《御選明詩》卷一〇四

【校注】

[1]"千槌"句:槌:一作"錘"。萬擊:一作"萬鑿"。深山:一作"名山"。此句言採石於山。　　[2]"烈火"句:一作"烈火焚燒若等閒",又作"烈火坑中煉爾顏"。

此句言燒製石灰。　　　[3]“焚骨”句：一作“粉身碎骨都不怕”。　　　[4]“只留”
句：一作“只留清白向人間”，一作“要留清白在人間”。

【集評】

　　（清）姚之駰《元明事類鈔》卷二十二：“《于蕭湣公行狀》，景泰初，公監修京城
時，見石灰，因口占一絕云：‘千錘萬鑿出深山，烈火坑中煉爾顏。粉骨碎身皆不顧，
要留清白在人間。’此詩讖也。”

馬中錫

【作者簡介】

　　馬中錫（1446—1512），字天祿，號東田，故城（今屬河北）人。成化十一年
（1475）進士，授刑科給事中。兩次上書劾萬貴妃弟驕橫，兩次被杖。公主侵占民
田，中錫勘得真相，還之於民。弘治五年（1492），擢右副都御史，巡撫宣府。正德
元年（1506），任兵部右侍郎。太監劉瑾黨羽朱瀛冒請邊功，中錫拒之，爲瑾所怒，
貶官。二年，勒令致仕，冬，繫獄。逾年，斥爲民。五年，瑾誅，起官大同巡撫。六
年，劉六、劉七起兵，中錫以右都御史提督軍務征討，主招撫，劉六欲降，劉七不可，
招撫未成。然劉六等過故城，均相戒勿犯馬督堂（中錫）家。中錫被劾縱賊，下獄，
死獄中。十一年，冤白。有《東田集》十五卷。《明史》卷一八七有傳。

中山狼傳

【題解】

　　此文前人多以爲中錫刺李夢陽而作。夢陽曾代户部尚書韓文草奏劾劉瑾，瑾
下夢陽獄，欲殺之，夢陽求救於康海。海爲瑾同鄉，往見瑾，夢陽得免。瑾誅，海受牽
連，削職爲民。夢陽復官，不僅未能救康海，且傳夢陽苛責之。中錫不平，撰爲此文，
以詆夢陽。然《四庫全書總目》於《别本東田集》提要云：“海以救夢陽坐累，夢陽特
未嘗救之耳，未嘗逞兇反噬如傳所云云也。疑中錫别有所指，而好事者以康、李爲同
時之人，又有相負一事，附會其説也。”此文在明陸楫所編《古今説海》中題闕名撰，然

何良俊《四友齋叢説》、王世貞《史乘考誤》等均言其爲馬中錫所撰。清人刊《東田集》收入此文,其文字較《古今説海》等本爲繁,疑清刊本文字經人潤飾。

趙簡子大獵於中山[1],虞人導前[2],鷹犬羅後[3],駭禽鷙獸應弦而倒者不可勝數[4]。有狼當道,人立而啼[5]。簡子唾手登車[6],援烏號之弓[7],挾肅慎之矢[8],一發飲羽[9],狼失聲而逋[10]。簡子怒,驅車逐之。驚塵蔽天,足音鳴雷[11],十步之外,不辨人馬。

【校注】

[1]趙簡子:春秋時晉國大夫。　　[2]虞人:掌管山澤禽獸的官吏。　　[3]鷹犬羅後:一本作"婪奚駿右"。　　[4]駭禽:受驚的禽鳥。鷙獸:猛獸。　　[5]人立:像人一樣站立。　　[6]簡子唾手登車:一本作"簡子怒,唾手奮聅"。　　[7]烏號之弓:傳説中黃帝之弓。傳説黃帝鑄鼎既成,有龍下迎黃帝上天,群臣及後宮從之上龍者七十餘人,餘小臣不得上,皆持龍鬚,龍鬚拔,墮黃帝之弓,百姓抱弓及龍鬚而號,後世因名其弓曰"烏號"。見《史記·孝武本紀》。　　[8]肅慎之矢:肅慎一本作"肅慎氏"。肅慎,東北民族,其所造矢長一尺八寸,杆以楛木爲之,簇以石爲之,嘗貢於周武王朝。見《史記·孔子世家》。　　[9]飲羽:矢刺入狼身甚深,連矢尾羽毛也隱没其中。飲,隱没。　　[10]逋:逃。　　[11]"簡子怒"四句:一本無此四句。

時墨者東郭先生將北適中山以干仕[1]。策蹇驢[2],囊圖書,夙行失道[3],望塵驚悸。狼奄至,引首顧曰[4]:"先生豈有志於濟物哉[5]?昔毛寶放龜而得渡[6],隋侯救蛇而獲珠[7],龜蛇固弗靈於狼也[8]。今日之事,何不使我得早處囊中以苟延殘喘乎[9]?異時倘得脱穎而出[10],先生之恩,生死而肉骨也,敢不努力以效龜蛇之誠[11]!"

【校注】

[1]干仕:求仕。　　[2]蹇驢:跛足驢。　　[3]夙:早晨。失道:迷路。　　[4]"望塵驚悸"三句:一本作"卒然值之,惶不及避,狼顧而人言曰"。奄:突然。引首:伸頭。　　[5]"先生"句:此句一本作"先生豈相厄哉"。　　[6]"毛寶放龜"句:一本無此句。據《搜神後記》卷十載,晉時預州刺史毛寶戍邾城,有士卒於武昌市上購得白龜,養之七日,大近尺許,放入江中。後邾城爲石勒攻陷,衆人跳

入江中,莫不沉溺,然放龜者爲所放白龜載之渡江而得脱。此傳説後演變爲毛寶本人買龜放江,而後渡江被助。 [7]"隋侯救蛇"句:傳説隋侯曾治癒一條受傷的大蛇,後蛇於江中銜一大寶珠報答他。見《淮南子·覽冥訓》高誘注,又見《搜神記》卷二十。 [8]"龜蛇"句:一本無"龜"字。 [9]"今日"二句:一本無"早"字、"乎"字。 [10]"異時"句:一本無"倘得"。 [11]"先生之恩"三句:一本作"先生之恩大矣,敢不努力以效隋侯之蛇乎"。

　　先生曰:"嘻! 私汝狼以犯世卿、忤權貴[1],禍且不測,敢望報乎? 然墨之道,兼愛爲本,吾終當有以活汝[2]。脱有禍,固所不辭也[3]。"乃出圖書[4],空囊橐,徐徐焉實狼其中[5]。前虞跋胡,後恐疐尾[6],三内之而未克[7]。徘徊容與[8],追者益近。狼請曰:"事急矣! 先生果將揖遜救焚溺而鳴鸞避寇盜耶[9]? 惟先生速圖[10]!"乃跼蹐四足[11],引繩而束縛之[12],下首至尾[13],曲脊掩胡,蝟縮蠖屈[14],蛇盤龜息,以聽命先生。先生如其指,内狼於囊[15],遂括囊口[16],肩舉驢上,引避道左,以待趙人之過。

【校注】

[1]"先生"句:此句一本作"私汝狼以犯趙孟"。 [2]終:一本作"固"。 [3]"脱有禍"二句:一本無此二句。脱:假使。 [4]乃:一本作"遂"。 [5]"徐徐"句:此句一本作"徐實狼其中"。 [6]"前虞"二句:恐,一本作"虞"。前面擔心踩了狼的下巴,後面恐怕壓了狼的尾巴。虞:擔心。跋:踩。胡:老狼下巴上的垂肉,此泛指下巴。疐(zhì致):絆。《詩經·豳風·狼跋》:"狼跋其胡,載疐其尾。" [7]内:通"納"。克:能。 [8]徘徊容與:一本作"徘徊籌處"。徘徊,猶豫不定。容與,本意閒適,此指慢條斯理。 [9]"先生"句:一本無此句。揖遜:作揖遜讓。焚溺:火災與溺水。鸞:車鈴。 [10]惟:願,希望。圖:想辦法。 [11]跼(jú局)蹐(jí及):曲縮。 [12]引繩而束縛之:此句一本作"索繩於先生束縛之",另本作"引繩於束縛之"。 [13]下首至尾:將頭低至尾部。 [14]蠖(huò獲):又名尺蠖,爬動時一屈一伸,狀如以手量布。 [15]内:一本作"入"。 [16]括:束。

　　已而簡子至,求狼弗得,盛怒[1],拔劍斬轅端示先生,罵曰:"敢諱狼方向者,有如此轅!"先生伏躓就地[2],匍匐以進,跽而言曰[3]:"鄙人不慧，將有志於世，奔走遐方[4]，自迷正途[5]，又安能發狼蹤以指示夫子之鷹犬也[6]？然常聞之：'大道以多歧亡羊[7]。'夫羊，一童子可制之，如是其馴也，尚以多歧而亡；狼非羊比，而中山之歧可以亡羊者何限？乃區區循大道以求之，不幾於守株緣木乎[8]？況田獵，虞人之所事也[9]，君請問諸皮冠[10]。行道之人何罪哉？且鄙人雖愚，獨不知夫狼乎[11]？性貪而狠，黨豺爲虐，君能除之，固當窺左足以效微勞[12]，又肯諱之而不言哉[13]！"簡子默然，回車就道。先生亦驅驢兼程而進。

【校注】

[1]盛怒：一本作"不勝怒"。　　[2]伏躓就地：趴伏地上。躓，仆倒。　　[3]跽：一本作"跪"，長跪。　　[4]遐方：一本作"四方"。　　[5]"自迷正途"：一本作"寔迷其途"。　　[6]"又安能"句：此句一本作"又安能指迷於夫子也"。[7]"大道"句：語出《列子·説符》。　　[8]守株：守株待兔。見《韓非子·五蠹》。緣木：緣木求魚。見《孟子·梁惠王上》。　　[9]所事：一本作"所有事"。[10]"君請"句：此句前一本尚有"今兹失之"一句。皮冠：虞人戴的帽子，代指虞人。　　[11]"獨不知"句：此句一本作"亦熟知夫狼矣"。　　[12]窺(kuǐ 跬)左足：抬左足，謂一舉足。窺，通"跬"，半步。　　[13]"又肯"句：此句一本作"又安敢諱匿其蹤跡哉"。

　　良久，羽旄之影漸没[1]，車馬之音不聞。狼度簡子之去已遠，而作聲囊中曰："先生可留意矣。出我囊[2]，解我縛，拔矢我臂[3]，我將逝矣！"先生舉手出狼，狼咆哮謂先生曰[4]："適爲虞人逐[5]，其來甚遠[6]，幸先生生我[7]。我餒甚[8]，餒不得食[9]，亦終必亡而已。與其饑死道路[10]，爲群獸食[11]，無寧斃於虞人[12]，以俎豆於貴家[13]。先生既墨者，摩頂放踵，思一利天下[14]，又何吝一軀啖我而全微命乎[15]？"遂鼓吻奮爪，以向先生。先生倉猝以手搏之，且搏且却，引蔽驢後，便旋而走[16]。狼終不得有加於先生，先生亦極力拒[17]，彼此俱倦[18]，隔驢喘息。先生曰："狼負我！狼負我！"狼曰："吾非固欲負汝，天生汝輩，固需我輩食也[19]。"相持既久，日晷漸移[20]。先生竊念[21]："天色向晚，狼復群至，吾死矣夫[22]！"因紿狼曰[23]："民俗，事疑必詢三老[24]。第行矣[25]，求三老而問之[26]。苟謂我可食，即食；不可，即已[27]。"狼大喜，即與偕行。

【校注】

[1]羽旄：指裝飾有羽毛、犛牛尾的旗幟。　　[2]出我囊：一本作"願先生出我囊"。　　[3]拔矢：一本作"拔流矢"。　　[4]"狼咆哮"句：一本"狼"後有"出"字。　　[5]虞人：一本作"趙人"。　　[6]甚遠：一本作"甚速"。　　[7]幸：一本作"雖"。　　[8]我餒甚：一本作"然饑餒特甚"。　　[9]餒不得食：一本作"使不食"。　　[10]饑：一本作"餓"。　　[11]群獸：一本作"烏鳶"。　　[12]斃於虞人：一本作"斃於虞人之手"。　　[13]"以俎豆"句：此句一本作"以俎豆趙孟之堂也"。俎豆：兩者皆爲盛放食物的器具，此作動詞，意盛放在俎豆之中。　　[14]"摩頂放踵"二句：一本作"摩頂放踵，利天下爲之"。《孟子·盡心上》："墨子兼愛，摩頂放踵，利天下爲之。"摩頂放踵：磨破頭皮腳跟。放，至。　　[15]"又何"句：此句一本作"又何吝一軀，不以啖我而活此微命乎"。　　[16]"引蔽驢後"二句：一本作"擁蔽驢後，狼逐之，便旋而走。自朝至於日中昃"。便旋而走：謂墨者圍着驢跑。　　[17]極力拒：一本作"極力爲之拒"。　　[18]彼此：一本作"遂至"。　　[19]"吾非"三句：一本作"吾不獲食汝不止"。　　[20]日晷（guǐ 鬼）漸移：時間漸漸過去。日晷，古代以日影計時的儀器。　　[21]先生竊念：一本作"先生心口私語曰"。　　[22]"天色向晚"三句：一本作"天色苟暮，狼若群至，吾死矣夫"。　　[23]紿（dài 代）：欺騙。　　[24]事疑：一本作"爲疑"。　　[25]第：且。　　[26]問之：一本作"質之"。　　[27]"苟謂"四句：一本作"苟謂我當食，我死且無憾"。

　　逾時，道無人行。狼饑甚，望老木僵立路側[1]，謂先生曰："可問是老。"先生曰："草木無知，叩焉何益[2]？"狼曰："第問之，彼當有言矣[3]。"先生不得已，揖老木，具述始末。問曰："若然[4]，狼當食我邪？"木中轟轟有聲，謂先生曰[5]："我杏也[6]，往年老圃種我時[7]，費一核耳[8]。逾年，華，再逾年，實，三年拱把，十年合抱，至於今二十年矣[9]。老圃食我[10]，老圃之妻子食我，外至賓客，下至奴僕，皆食我[11]；又復鬻實於市，以規利於我[12]。其有功於老圃甚巨[13]。今老矣，不能歛華就實，賈老圃怒[14]，伐我條枚[15]，芟我枝葉[16]，且將售我工師之肆取直焉[17]。噫！以樗朽之材，當桑榆之景，求免於主人斧鉞之誅而不可得[18]，汝何德於狼，乃覬免乎[19]？是固當食汝[20]。"言下，狼復鼓吻奮爪以向先生。先生曰："狼爽盟矣[21]！矢詢三老，今値一杏，何遽見迫耶[22]？"復與偕行。

【校注】

[1]老木：一本作"老樹"，下同。　　[2]叩：詢問。　　[3]"彼當"：此句一本作"彼當爲汝言矣"。　　[4]若然：一本無此二字。　　[5]謂先生曰：一本作"如人謂先生曰"。　　[6]我杏也：一本此句前有"是當食汝，且"五字。　　[7]"往年"句：一本無"時"字。　　[8]費一核耳：一本句首有"不過"二字。　　[9]"至於"句：此句一本作"於今三是年矣"。　　[10]食我：一本作"我食之"，下句同。[11]"下至奴僕"二句：一本作"下至奴僕，我食之"。　　[12]又復：一本作"又時復"。鬻：賣。規利於我：從我身上謀利。　　[13]"其有功"句：此句一本作"有德於老圃甚腆"。　　[14]賈(gǔ 古)：招致。按一本無"賈"字。　　[15]伐我條枚：砍伐我的枝幹。《詩經·周南·汝墳》："伐其條枚。"條，樹枝。枚，樹幹。[16]芟(shān 山)：剪除。　　[17]工師：工匠，指木匠。肆：店鋪。直：通"值"，價錢。　　[18]"以樗朽之材"三句：一作"樗朽之材，桑榆之景，求免於斧鉞之誅而不可得"。三句意謂像我對主人老圃有這麼大的功勞，到暮年之時，尚不免被主人砍伐。樗(chū 出)朽之材：樗乃臭椿樹，古以爲無用之材，此云樗朽之材，乃老杏樹對自己的謙稱。桑榆之景：指暮年。　　[19]乃覬免乎：一本作"乃覬倖免乎"。覬(jì 計)，企圖。　　[20]"是固"句：一本無此句。　　[21]爽盟：背約。[22]"矢詢三老"三句：一本作"詢三老，今始值其一，何遽見食邪"。矢：發誓。値：遇。

　　狼愈急[1]，望見老牸曝日敗垣中[2]，謂先生曰："可問是老。"先生曰："向者草木無知，謬言害事。今牛，禽獸耳，更何問焉[3]？"狼曰："第問之，不問，將咥汝[4]！"先生不得已，揖老牸，再述始末以問[5]。牛皺眉瞪目，舐鼻張口，向先生曰[6]："老杏之言不謬矣[7]。老牸繭栗少年時[8]，筋力頗健。老農賣一刀以易我[9]，使我貳群牛[10]，事南畝[11]。既壯，群牛日以老憊，凡事我都之[12]：彼將馳驅，我伏田車，擇便途以急奔趨；彼將躬耕，我脫輻衡，走郊坰以闢榛荆[13]。老農視我猶左右手[14]。衣食仰我而給[15]，婚姻仰我而畢，賦稅仰我而輸[16]，倉庾仰我而實[17]。我亦自諒，可得帷席之敝如狗馬也[18]。往年家儲無擔石[19]，今麥秋多十斛矣[20]；往年窮居無顧藉[21]，今掉臂行村社矣[22]；往年塵卮罌[23]，涸唇吻[24]，盛酒瓦盆，半生未接，今醯黍稷，據樽罍[25]，驕妻妾矣；往年衣短褐[26]，侶木石，手不知揖[27]，心不知學，今持兔園冊[28]，戴笠子[29]，腰韋帶[30]，衣寬博矣[31]。一絲一粟，皆我力也。顧欺我老弱[32]，逐我郊野[33]，酸風射眸[34]，寒日弔影[35]，瘦骨如山，老淚如雨，涎垂而不可收[36]，足攣而不可舉[37]，皮毛俱亡，瘡痍未瘥[38]。老農之妻妬且悍[39]，朝夕進説曰[40]：“牛之一身，無廢物也[41]：肉可脯，皮可鞟[42]，骨角可切磋爲器[43]。”指大兒曰：“汝受業庖丁之門有年矣[44]，胡不礪刃於硎以待[45]？”跡是觀之，是將不利於我[46]，我不知死所矣！夫我有功[47]，彼無情乃若是[48]，行將蒙禍[49]，汝何德於狼，覬倖免乎[50]？”言下，狼又鼓吻奮爪以向先生，先生曰：“毋欲速！”

【校注】

[1]狼愈急：一本作“狼愈饞甚”。　　[2]牸(zì 字)：母牛。曝日：曬太陽。
[3]今牛禽獸耳：一本作“今牛又禽獸耳”。　　[4]咥(dié 疊)：咬。　　[5]“再述”句：此句一本作“再述其始末，問曰：‘狼當食我邪？’”。　　[6]向先生曰：一本作“向先生作人言曰”。　　[7]“老杏”句：此句一本作“是當食汝”。
[8]“老牸”句：此句一本作“我頭角繭栗時”。繭栗：牛角像蠶繭、栗子一樣小。
[9]“老農”句：此句一本作“老農鍾愛我”。　　[10]貳群牛：在群牛之中做副手。
[11]事南畝：一本作“從事於南畝”。　　[12]“凡事”句：此句一本作“我都其事”。都：總，全部承擔。　　[13]“彼將馳驅”六句：一本作“老農出，我駕車先驅；老農耕，我引犁效力”。伏田車：駕田車。伏，伏轅。輻衡：牛車架在牛身上的橫木。郊坰(jiōng 迥陰平)：遠郊。闢榛荆：犁田開荒。　　[14]視我：一本作“親我”。　　[15]“衣食”句：一本句首有“一歲中”三字。仰：仰仗，依賴。
[16]輸：納税。　　[17]“倉庾”句：一本無此句以下至“皆我力也”一段。倉庾：糧倉。　　[18]自諒：自信。敝：通“蔽”。　　[19]家儲無擔(dàn 但)石(dàn 但)：家中無一擔一石之儲糧。十斗爲一石。舊以百斤爲一擔，或以一石爲一擔。《後漢書·宣秉傳》：“自無擔石之儲。”唐李賢注引《前漢書音義》曰：“齊人名小甖爲擔，今江淮人謂一石爲一擔。”　　[20]麥秋：麥熟的季節。斛(hú 胡)：十斗爲一斛。　　[21]顧藉：顧念。　　[22]掉臂：甩臂，自在行遊貌。　　[23]塵卮罌(yīng 英)：酒杯酒罎上都落滿灰塵，謂家貧無酒。卮，酒杯。罌，罎子。

[24]涸唇吻：嘴唇乾燥，謂無酒可飲。　　　[25]樽罍(léi 雷)：均爲酒器。
[26]短褐：粗布短衣，貧賤者之服。　　　[27]手不知揖：謂不知禮。　　　[28]兔園
册：唐虞世南奉王命纂古今事爲四十八門，十卷，名《兔園策》，皆偶儷之語。五代
時行於民間村塾，以授學童。　　　[29]戴笠子：戴斗笠。斗笠本爲清貧者所戴，然
李白《戲贈杜甫》有“飯顆山頭逢杜甫，頭戴笠子日卓午”，戴笠子遂爲詩人之形象
特徵。　　　[30]腰韋帶：腰繫牛皮腰帶。韋，熟牛皮。　　　[31]寬博：寬大之衣。
[32]顧：一本作“今”，但。　　　[33]逐我郊野：一本作“逐我於野”。　　　[34]酸
風射眸：寒風刺眼。酸風，刺人的寒風。唐李賀《金銅仙人辭漢歌》：“魏官牽車指
千里，東關酸風射眸子。”　　　[35]弔影：形影相弔，謂孤單。　　　[36]涎：口水。
[37]足攣：一本作“步艱”，足卷曲而不能伸展。　　　[38]瘥(chài 柴去聲)：病痊
愈。　　　[39]“老農之妻”句：一本作“邇聞老農將不利於我，其妻復妬”。
[40]“朝夕”句：一本作“又朝夕進説其夫曰”。　　　[41]廢物：一本作“棄物”。
[42]鞟(kuò 闊)：去毛的獸皮，此作動詞，謂製成皮革。　　　[43]切磋：加工製作。
《詩經·衛風·淇奧》：“如切如磋，如琢如磨。”毛傳：“治骨曰切，象曰磋，玉曰琢，
石曰磨。”　　　[44]受業庖丁之門：學做廚師。庖丁，廚師。　　　[45]礪：磨。硎
(xíng 形)：磨刀石。　　　[46]“是將”句：一本無此句。　　　[47]“夫我有功”句：
一本作“夫我有功於老農如是其大且久”。　　　[48]“彼無情”句：一本無此句。
[49]行將：一本作“尚將”。　　　[50]覬倖免乎：一本句首有“乃”字。

　　遥望老子杖藜而來[1]，鬚眉皓然，衣冠閒雅，蓋有道者也。先生
且喜且愕，舍狼而前，拜跪啼泣，致辭曰：“乞丈人一言而生！”丈人問
故，先生曰：“是狼爲虞人所窘[2]，求救於我，我實生之[3]。今反欲咥
我，力求不免，我又當死之[4]。欲少延於片時[5]，誓定是於三老[6]。
初逢老杏[7]，强我問之，草木無知，幾殺我；次逢老牸，强我問之，禽獸
無知，又幾殺我。今逢丈人，豈天之未喪斯文也[8]？敢乞一言而
生[9]。”因頓首杖下，俯伏聽命。丈人聞之，欷歔再三，以杖叩狼
曰[10]：“汝誤矣！夫人有恩而背之，不祥莫大焉！儒謂‘受人恩而不
忍背者，其爲子必孝’[11]，又謂‘虎狼知父子’[12]。今汝背恩如是，則
併父子亦無矣。”乃厲聲曰：“狼速去[13]，不然，將杖殺汝！”狼曰[14]：
“丈人知其一，未知其二。請愬之[15]，願丈人垂聽[16]。初，先生救我
時，束縛我足，閉我囊中，壓以詩書[17]，我鞠躬不敢息[18]。又蔓詞以
説簡子[19]，其意蓋將死我於囊，而獨竊其利也。是安可不咥？”丈人顧

先生曰："果如是，是羿亦有罪焉[20]。"先生不平，具狀其囊狼憐惜之意[21]。狼亦巧辯不已以求勝。丈人曰："是皆不足以執信也。試再囊之，我觀其狀，果困苦否？"狼欣然從之，信足先生[22]。先生復縛置囊中[23]，肩舉驢上[24]，而狼未之知也。丈人附耳謂先生曰："有匕首否？"先生曰："有。"於是出匕。丈人目先生，使引匕刺狼。先生曰："不害狼乎[25]？"丈人笑曰[26]："禽獸負恩如是，而猶不忍殺，子固仁者，然愚亦甚矣[27]！從井以救人[28]，解衣以活友[29]，於彼計則得，其如就死地何[30]！先生其此類乎？仁陷於愚，固君子之所不與也[31]。"言已大笑，先生亦笑[32]。遂舉手助先生操刃，共殪狼[33]，棄道上而去。

《東田集》卷五

【校注】

[1]杖藜：一本作"扶藜"，拄着拐杖。　　[2]"是狼"句：一本作"是狼爲趙人窘，幾死"。　　[3]我實生之：一本無"實"字。　　[4]我又當死之：一本無此句。
[5]"欲少延"句：一本無此句。　　[6]誓定是於三老：一本作"誓決三老"。
[7]老杏：一本作"老樹"。　　[8]"豈天"句：一本作"是天未喪斯文也"。語出《論語·子罕》："天之將喪斯文也，後死者不得與於斯文也。天之未喪斯文也，匡人其如予何？"斯文：指禮樂教化，典章制度等。此指讀書人。　　[9]敢乞：一本作"願賜"。　　[10]"以杖叩狼"句：一本作"以杖叩狼脛，厲聲曰"。　　[11]"儒謂"句以下至"乃厲聲曰"：一本無此數句。受人恩二句：乃宋司馬光語："受人恩而不忍負者，其爲子必孝，爲臣必忠。"見《性理大全書》卷五十二。　　[12]虎狼知父子：宋車若水《脚氣集》："古云：'虎狼知父子。'"　　[13]狼：一本作"汝"。
[14]狼曰：一本作"狼艴然不悅，曰"。　　[15]請愬（sù 訴）之：一本無此句。愬，訴説。　　[16]"願丈人"句：一本無此句。　　[17]壓以詩書：一本無此句。
[18]鞠躬：一本作"踟躕"。　　[19]"又蔓詞"句：一本此句後有"語刺刺不能休，且詆毁我"二句。蔓辭：繁冗蕪雜之辭。　　[20]"果如是"二句：果真如此，你也有過錯。是亦羿有罪焉：出《孟子·離婁下》："逢蒙學射於羿，盡羿之道，思天下惟羿爲愈己，於是殺羿。孟子曰：'是亦羿有罪焉。'"孟子謂羿爲學生所殺，自己亦有不擇人之過也。　　[21]"具狀"句：一本作"具道其囊狼之意"。　　[22]"信足"句：一本無此句。信足：伸足。信，通"伸"。　　[23]"先生復縛"句：一本作"先生囊縛如前"。　　[24]"肩舉"句：一本無此句。　　[25]"先生曰"二句：

一本作“先生猶豫未忍”。　　　[26]丈人笑曰:一本作“先生撫掌笑曰”。
[27]“子固仁者”二句:一本作“子則仁矣,其如愚何”。　　　[28]從井以救人:謂
從墮井者下井以救人。《論語·雍也》:“宰我問曰:‘仁者,雖告之曰:井有仁焉。
其從之也?’”其意謂,告訴仁者説,有仁人墮井,那麼仁者要隨墮井者下井以救之
嗎?　　　[29]解衣以活友:據《列士傳》載,左伯桃與羊角哀爲生死之交,聞楚王好
士,欲往仕之。道遇雨雪,伯桃料不能俱全,乃併衣糧與角哀,入樹而死。見《太平
御覽》卷十二。　　　[30]“於彼計”二句:謂站在對立的立場考慮是適宜的,但怎
奈自己險入了死地。　　　[31]與:贊成。　　　[32]“從井以救人”至“先生亦笑”
九句:一本無。　　　[33]殪(yì億):殺死。

【集評】

　　(明)何良俊《四友齋叢説》卷十五:“李空同與韓貫道草疏,極爲切直。
劉瑾切齒,必欲置之於死,賴康澕西營救而脱。後澕西得罪,空同議論稍過
嚴刻,馬中錫作《中山狼傳》以詆之。”

　　(清)王士禎《池北偶談》卷十四:“《中山狼傳》,見馬中錫《東田集》。東
田,河間故城人。正德間右都御史。康德涵、李獻吉皆其門生也。按《對山
集》有《讀中山狼傳》詩云:‘平生愛物未籌量,那記當年救此狼。’則此傳爲
馬刺空同作無疑。今入《唐人小説》,亦如《天禄閣外史》之類。”

李東陽

【作者簡介】

　　李東陽(1447—1516),字賓之,號西涯,茶陵(今屬湖南)人,以戍籍居京師。
四歲舉神童,景泰帝抱置膝上,六歲、八歲兩次受召見,命入京學。天順八年
(1464)進士,選翰林庶吉士,成化元年(1465)授編修。累官少師兼太子太師、吏部
尚書、華蓋殿大學士。正德七年(1512)致仕。卒謐文正。李東陽久在館閣,領袖
文壇,獎掖後學,門生滿朝。其詩兼學唐之杜甫、劉禹錫、白居易,及宋之蘇軾、元
之虞集,於“三楊”臺閣體之後而自成茶陵體。其論詩注重格調,實開啓七子之派。
然在七子派看來,其詩尚非正宗,李夢陽“譏其萎弱”(《明史·李夢陽傳》),王世

貞則謂其“模楷不足”，以爲“長沙之於何、李也，其陳涉之啓漢高乎”（《藝苑卮言》卷六），尊李夢陽、何景明而抑李東陽。至錢謙益抨擊七子派，則大力褒揚茶陵體，雖不無過正之嫌，但其詩歌價值亦獲重新之認識。有《懷麓堂集》一百卷。《明史》卷一八一有傳。

與錢太守諸公遊嶽麓寺

【題解】

此爲李東陽《與錢太守諸公遊嶽麓寺四首席上作》之三，作於成化八年（1472）李氏歸茶陵省墓時。清沈德潛《明詩别裁集》卷三載此詩，題《遊嶽麓寺》。嶽麓寺，在今湖南長沙湘江西岸嶽麓山上，始建於晉太始四年（268），唐李邕撰有寺碑。此詩首聯言嶽麓寺所在之高，第二聯描寫寺景，第三聯寫遠眺所見，末聯由遠眺、聞鷓鴣聲而喚起詩人孤獨之感、思歸之情。惟其詩中用三“在”字，故沈德潛爲改易之。

危峰高瞰楚江干[1]，路在羊腸第幾盤[2]？萬樹松杉雙徑合，四山風雨一僧寒。平沙淺草連天在[3]，落日孤城隔水看[4]。薊北湘南俱在眼[5]，鷓鴣聲裏獨憑欄[6]。

《懷麓堂集·南行稿》

【校注】

[1]危峰：高峰。瞰：俯視。楚江干：湘江岸邊。　　[2]羊腸：彎曲的小道。《遊嶽麓寺》其一云：“巖間古刹依山轉。”通往寺廟的道路依山盤旋，故云在“第幾盤”。　　[3]連天在：《明詩别裁集》卷三改作“連天遠”。　　[4]孤城：指長沙。隔水看：嶽麓寺與長沙隔湘江相望，故云隔水看。　　[5]在眼：《明詩别裁集》改作“入眼”。薊北：代指作者寓居地北京。湘南：代指其祖籍茶陵。此句言立於此寺，目之所及，兩地俱在眼界。　　[6]“鷓鴣”句：鷓鴣：鳥名，其叫聲似“行不得也哥哥”。獨憑欄：用李煜《浪淘沙》“獨自莫憑欄”句。此句言獨自憑欄望遠，聞鷓鴣聲，不禁起孤寂之感，生思歸之情。

茶陵竹枝歌

【題解】

　　此爲李東陽《茶陵竹枝歌》十首之三，作於成化八年（1472）。竹枝詞作爲一種詩歌體裁，多吟詠風土人情，《茶陵竹枝歌》十首詠茶陵地方風情，此首所詠乃其婚俗。

　　銀燭金盃映倚堂[1]，呼兒擊鼓膾肥羊[2]。青衫黃帽插花去，知是東家新婦郎[3]。

《懷麓堂集·南行稿》

【校注】

[1]銀燭：銀製的燭臺。倚堂：指母親。孟郊《游子》：“慈親倚堂門，不見萱草花。”
[2]“呼兒”句：宋范致明《岳陽風土記》：“荊湖民俗，歲時會集或禱祠，多擊鼓，令男女踏歌，謂之歌場。”　　[3]“青衫黃帽”二句：此二句寫男子入贅婦家。《岳陽風土記》：“湖湘之民，生男往往多作贅，生女反招婿舍居。然男子爲其婦家承門户，不憚勞苦，無復怨悔。”

陳　　鐸

【作者簡介】

　　陳鐸（1488？—1521？），字大聲，號秋碧，又號七一居士，下邳（今江蘇邳縣）人，遷居金陵（今江蘇南京）。睢寧伯陳文曾孫，以世襲官指揮，爲人風流倜儻，以散曲名於世，與高郵王磐並爲南曲之冠。有《陳大聲樂府全集》，已佚。今人輯有《陳鐸散曲》。錢謙益《列朝詩集·丙集》、朱彝尊《明詩綜》卷四三有傳。

醉　太　平

挑　　擔

【題解】

　　這首散曲描繪了下層民衆的生活，語言通俗，繼承了元曲本色的傳統。

　　麻繩是知己，扁擔是相識。一年三百六十四，不曾閒一日。擔頭上討了些兒利，酒房中買了一場醉，肩頭上去了幾層皮。常少柴没米。

《陳鐸散曲》

唐　寅

【作者簡介】

　　唐寅（1470—1523），字伯虎，一字子畏，號六如居士等。長洲（今江蘇蘇州）人。弘治十一年（1498）鄉試第一，考官梁儲奇其文，以示學士程敏政，敏政亦奇之。次年會試，敏政爲總裁，家僮受賄泄題，寅受牽連，謫爲吏。寅恥不就，歸家。寧王朱宸濠厚禮聘之，寅察其有謀反之意，佯狂使酒，露其醜穢，宸濠不能堪，遂放還。築室桃花塢，以賣畫爲生，放誕不羈。年五十四而卒。寅與徐禎卿、祝允明、文徵明齊名，號“吴中四才子”。其詩文少時尚才情，喜穠麗，學初唐；長則好劉禹錫、白居易，多淒怨之調；晚年頹然自放，不計工拙，不經深思，語頗淺俚，謂“人知我者不在此”。蘇州文士如祝允明、唐寅輩，往往放誕不羈，其行爲越出了當時主流士大夫文人的行爲規範，其文學創作或綺艷或淺俚，也突破了文壇主流派所認定的文學正統，形成了蘇州文派的獨特面貌，在明代文學史上具有特殊的地位。有《唐伯虎全集》六卷。《明史》卷二八六有傳。

把酒對月歌

【題解】

　　月與酒是李白詩歌常詠之物,亦爲李白超塵脱俗與狂放不羈性格之象徵。唐寅狂放不羈,自以爲上承李白,故其詩亦學之。李白有《把酒問月》,此詩題正從李詩變出。詩中言李白雖去,明月猶在;李白與明月雖不知我,然我之把酒對月實與李白精神相通,頗有“微斯人,吾誰與歸”之意。其詩衝口而出,不循法度,淺白通俗。其獨特性在此,其爲主流派詩人所詬病者亦在此。

　　李白前時原有月,惟有李白詩能説。李白如今已仙去[1],月在青天幾圓缺[2]。今人猶歌李白詩,明月還如李白時。我學李白對明月,月與李白安能知？李白能詩復能酒,我今百盃復千首。我䰟雖無李白才,料應月不嫌我醜。我也不登天子船,我也不上長安眠[3]。姑蘇城外一茅屋,萬樹桃花月滿天[4]。

《唐伯虎全集》卷一

【校注】

[1]仙去:死去。　　[2]“月在青天”句:化用蘇軾《水調歌頭·明月幾時有》詞:“月有陰晴圓缺。”　　[3]“我也不登”二句:言自己不入仕,不入京。杜甫《飲中八仙歌》:“李白一斗詩百篇,長安市上酒家眠。天子呼來不上船,自稱臣是酒中仙。”　　[4]“姑蘇城外”二句:言作者築室桃花塢事。姑蘇城,今江蘇蘇州。唐張繼《楓橋夜泊》:“姑蘇城外寒山寺,夜半鐘聲到客船。”

文徵明

【作者簡介】

　　文徵明(1470—1559),初名璧,以字行,更字徵仲,別號衡山,長洲(今江蘇蘇州)人。少學文於吳寬,學書於李應禎,學畫於沈周,又與祝允明、唐寅、徐禎卿相切磋,號“吳中四才子”。寧王朱宸濠厚禮聘之,以病辭不往。屢試不第。正德末年,巡撫李允嗣薦之,嘉靖元年(1522)以歲貢生貢上,二年授翰林院待詔,預修《武宗實録》。然是時專尚科目,徵明非以科目進,意不自得,連歲乞歸,加以不附張璁、楊一清而獲忌,遂於嘉靖五年辭官歸。築室於舍東,曰"玉磬山房",吟詠其中。四方乞詩文書畫者不絶,然不與權貴、尤不與王府交往。年九十卒。其詩從陸游入,兼法唐宋,不爲七子派所動。有《甫田集》三十六卷。《明史》卷二八七有傳。

滄浪池上

【題解】

　　滄浪池,原爲吴越時孫承祐之池館,慶曆四年(1044),蘇舜欽被免官,居蘇州,購得此地,買木石,作滄浪亭。其《滄浪亭記》云:"一日過郡學,東顧草樹鬱然,崇阜廣水,不類乎城中,並水得微徑於雜花修竹之間。東趨數百步,有棄地,縱廣合五六十尋,三向皆水也……遂以錢四萬得之,構亭北碕,號滄浪焉。前竹後水,水之陽,又竹無窮極,澄川翠幹,光影會合於軒户之間,尤與風月爲相宜。"此詩由滄浪池而聯想到其舊時主人蘇舜欽退居江湖,又因昔而及今,自己亦生江湖之思。徵明爲人超凡脱俗,於此詩亦可見一斑。此詩頗有秀雅之致,與其畫風相類。

　　楊柳陰陰十畝塘[1],昔人曾此詠滄浪[2]。春風依舊吹芳杜[3],陳迹無多半夕陽。積雨經時荒渚斷[4],跳魚一聚晚波凉。渺然詩思江湖近,便欲相攜上野航[5]。

《甫田集》卷五

【校注】

[1]"楊柳"句:明王鏊《姑蘇志》卷三十二:"滄浪亭在郡學之南,積水彌數十畝,傍有小山,高下曲折,與水相縈帶。"此明代滄浪池亭之狀貌。　　[2]"昔人"句:昔人:指蘇舜欽。其《滄浪亭》詩云:"一徑抱幽山,居然城市間。高軒面曲水,修竹慰愁顔。迹與豺狼遠,心隨魚鳥閒。吾甘老此境,無暇事機關。"[3]芳杜:芳香的杜若。杜,杜若,一種香草。　　[4]渚:水中小塊陸地。[5]相攜:攜妻兒。野航:鄉野之人的小船。杜甫《南鄰》:"秋水才深四五尺,野航恰受兩三人。"

王　磐

【作者簡介】

王磐(1470?—1530),字鴻漸,高郵(今屬江蘇)人。有雋才,身富好學,縱情於山水詩畫,工題贈,善諧謔,與金陵陳鐸並爲南曲之冠。有《西樓樂府》。錢謙益《列朝詩集·丙集》有傳。

中呂·朝天子

詠　喇　叭

【題解】

這是一首譏刺宦官的作品。明張守中《西樓樂府序》謂:"喇叭之詠,斥閹臣也。"明蔣一葵《堯山堂外紀》云:"正德間,閹寺當權,往來河下者無虛日。每到,輒吹號頭齊丁夫,民不堪命。王西樓乃作《詠喇叭》〔朝天子〕二首。"

喇叭,嗩吶,曲兒小,腔兒大[1]。官船來往亂如麻[2],全仗你抬聲價[3]。軍聽了軍愁,民聽了民怕,哪裏去辨什麼真共假?眼見得吹翻了這家,吹傷了那家,祇吹的水盡鵝飛罷[4]。

《王西樓樂府》

【校注】

[1]曲兒小腔兒大:雖是小曲,然經喇叭一吹,聲音極大。隱喻宦官雖然社會地位卑微,但在當時卻聲勢顯赫。　　[2]官船:官府的船隻。　　[3]"全仗"句:你,一作"您"。吹喇叭是當時宦官出行儀仗之一部分,通過此可以抬高聲價,顯耀聲勢。　　[4]"眼見得"三句:盡一作"淨"。言百姓受到侵害。

李夢陽

【作者簡介】

　　李夢陽(1472—1530)，字獻吉，自號空同子，慶陽(今屬甘肅)人，徙居開封。弘治五年(1492)，陝西鄉試第一，六年成進士。十一年，授户部主事。十八年，進户部員外郎。應詔上書言事，極論得失，彈張皇后之兄壽寧侯張鶴齡恃寵殃民，鶴齡摘其疏中稱皇后"張氏"之字句，以爲訕母后，繫錦衣衛，孝宗庇護之，不久獲釋，奪俸三月。後遇鶴齡於街市，以馬鞭擊墮其二齒。正德元年(1506)，進户部郎中。代户部尚書李文草奏，彈劾宦官劉瑾等，謫山西布政司經歷，勒令致仕。二年，下獄，劉瑾欲殺之，康海救之，得免。五年，劉瑾誅，復原官。六年，遷江西提學副使。因仗恃氣節，陵轢長官，九年，以冠帶閒住(停職)，歸開封。十五年，寧王朱宸濠誅，坐爲宸濠撰《陽春書院記》，被逮，大學士楊廷和、刑部尚書林俊力救之，削籍。卒，弟子私諡文毅，天啓初，追諡景文。夢陽以復古自命，譏李東陽詩文萎弱，倡言文必秦漢，詩必漢魏、盛唐，不讀唐以後書，與何景明、徐禎卿、邊貢、朱應登、顧璘、陳沂、鄭善夫、康海、王九思等號稱十才子，又與何景明、徐禎卿、邊貢、康海、王九思、王廷相等號稱七才子，後人稱"前七子"。其詩作五古學曹植、謝靈運，七古、律詩學杜甫，絕句學李白。有《空同先生集》六十三卷。《明史》卷二八六有傳。

石將軍戰場歌

【題解】

　　石將軍，石亨，陝西渭南人。善騎射，能用大刀，每戰輒立功。正統十四年(1449)七月，瓦剌軍進犯大同，英宗親征。八月，兵敗土木堡，英宗被俘，郕王監國。九月，郕王即位，是爲景帝。瓦剌首領也先挾英宗攻陷紫荆關，直逼北京。兵部尚書于謙命石亨等分守九門，石亨於德勝門外伏兵誘敵，殺傷甚衆，也先撤退，石亨率兵追擊，於清風店大敗敵軍。論功，石亨爲多，封武清侯。後石亨迎英宗復辟，封忠國公。誣殺于謙，後以謀刺罪論斬，死於獄(《明史·石亨傳》)。此詩是夢陽於清風店大捷六十年後經過舊戰場有感而作。石將軍戰場，指清風店。當時明朝西北有韃靼之患，詩人歌詠石亨之戰功，感歎當時無驍勇之將領。夢陽七言古詩學杜甫，此詩筆力雄健，格調頗近杜詩。

　　清風店南逢父老[1]，告我己巳年間事[2]。店北猶存古戰場[3]，遺鏃尚帶勤王字[4]。憶昔蒙塵實慘怛[5]，反覆勢如風雨至[6]。紫荆關頭晝吹角[7]，殺氣軍聲滿幽朔[8]。胡兒飲馬彰義門[9]，烽火夜照燕山雲[10]。內有于尚書[11]，外有石將軍。石家官軍若雷電，天清野曠來酣戰[12]。朝廷既失紫荆關，吾民豈保清風店[13]。牽爺負子無處逃，哭聲震天風怒吼。兒女牀頭伏鼓角[14]，野人屋上看旌旄[15]。將軍此時挺戈出，殺敵不異草與蒿[16]。追北歸來血洗刀，白日不動蒼天高。萬里煙塵一劍掃，父子英雄古來少[17]。天生李晟爲社稷，周之方叔今元老[18]。單于痛哭倒馬關[19]，羯奴半死飛狐道[20]。處處歡聲噪鼓旗，家家牛酒犒王師。休誇漢室嫖姚將[21]，豈說唐朝郭子儀[22]。沉吟此事六十春[23]，此地經過淚滿巾。黃雲落日古骨白，砂礫慘澹愁行人。行人來折戰場柳，下馬坐望居庸口[24]。卻憶千官迎駕初[25]，千乘萬騎下皇都。乾坤得見中興主[26]，日月重開再造圖[27]。梟雄不數雲臺士，楊石齊名天下無[28]。嗚呼楊石今已無，安得再生此輩西備胡[29]！

《空同先生集》卷一九

【校注】

[1]清風店：在今河北易縣境內。　　[2]己巳：正統十四年，即公元1449年。
[3]古戰場：指石亨戰勝也先軍隊之戰場。　　[4]遺鏃(zú族)：遺留的箭頭。勤王：古代地方出兵援救朝廷。正統十四年十月初五，詔諸王勤王。又檄調兩京、河南以及山東、南京軍隊，急赴京畿支援。　　[5]蒙塵：皇帝出奔或失位，此指英宗被俘。慘怛(dá達)：慘痛。　　[6]“反覆”句：也先擄走英宗後，先挾英宗至大同，再至威寧、海子、黑河，十月再至大同，然後進逼北京。　　[7]紫荆關：在今河北易縣西北太行山紫荆嶺，爲冀晉間交通要道。正統十四年十月初九，也先在投降瓦剌軍的明朝宦官喜寧引導下攻陷紫荆關，守將孫祥戰死。瓦剌軍進逼北京。
[8]幽朔：指今河北、山西北部地區，古時爲幽州、朔方之地。　　[9]彰義門：京城九門之一。十月十一日，瓦剌軍抵達北京城下，同日，都督高禮等率兵力戰，敗之於彰義門。　　[10]燕山：在今天津薊縣東南，自西而東，直至海濱，綿延數百里。這裏泛指京畿地區。　　[11]于尚書：于謙。英宗被俘，郕王監國，兵部侍郎于謙反對南遷，主張堅守北京。任兵部尚書，提督各營軍馬，大敗瓦剌軍，解京城之圍。
[12]“天清野曠”句：言石亨追擊瓦剌軍至清風店。杜甫《悲陳陶》：“野曠天清無戰聲。”　　[13]“朝廷”二句：言清風店父老擔心清風店不保。吾民：我們百姓。

豈保:豈能保住。　　　[14]"兒女"句:孩子們聽到鼓角聲嚇得伏在牀頭。
[15]野人:鄉野之人,指百姓。旄旄(máo 毛):軍旗。　　[16]"將軍"二句:言清
風店大捷。明王世貞《史乘考誤》五引鄭曉《石亨傳》云:"敵遂大潰南奔,亨日夜
追虜,三日至清風店北。虜將出紫荆、倒馬關,懼我躡後,亨遣諜者紿虜,亨且未至
陣中,將者假亨名耳。虜信之,來攻。亨率彪與精鋭數十騎,奮擊大呼,直貫虜
陣,刀斧齊下,殺虜數百人。虜始知亨在,囂亂相踩踐,亨悉衆乘之,大捷。"
[17]父子英雄:指石亨和從子石彪。《明史・石亨傳》謂石彪"驍勇敢戰,善用斧,
初以舍人從軍","勇冠流輩,每戰必捷"。　　[18]"天生"二句:李晟:唐代將領,
德宗時率軍討伐藩鎮田悦、朱滔、王武俊叛亂。朱泚叛據長安,他回師討平,收復
長安。方叔:周宣王時卿士,受命爲將,率兵車三千乘征伐荊蠻,又曾征伐獫狁。
《詩經・小雅・采芑》:"方叔元老,克壯其猶。"錢謙益評此兩句云:"敍事殊乏警
策。以李晟、方叔比石亨父子,擬人非其倫矣。"謂以李晟、方叔比擬石亨父子不倫
不類。沈德潛《明詩別裁集》卷四、陳田《明詩紀事》均刪去此兩句。　　[19]單
于:漢代匈奴君主,此指也先。倒馬關:即常山關,在今河北唐縣西北。明時與居
庸關、紫荆關合稱三關。　　[20]羯奴:古匈奴的一個部落,此指瓦剌軍。飛狐
道:在今河北淶源北,至蔚縣界,相傳有狐於紫荆嶺食松籽五粒,成飛仙,故名飛
狐,因名其地曰飛狐道。兩岸峭立,一綫微通,蜿蜒百餘里。以上二句言瓦剌軍敗
退,傷亡慘重。　　　[21]休誇:沈德潛《明詩別裁集》卷四作"應追"。嫖姚將:指
西漢名將霍去病,曾任嫖姚校尉。霍氏抗擊匈奴,屢建戰功。漢武帝欲爲修造府
第,去病云:"匈奴未滅,無以家爲。"　　　[22]豈説:沈德潛《明詩別裁集》卷四作
"還憶"。郭子儀:唐代名將。安祿山叛亂時,在河北擊敗史思明,後又配合回紇兵
收復長安洛陽,於唐王朝有再造之功。　　　[23]六十春:六十年。此詩寫於正德
四年(1509),距正統十四年(1449)爲六十年。　　　[24]居庸口:居庸關。在北京
昌平縣北,爲長城重要隘口。　　　[25]"卻憶"句:景泰元年(1450)八月,明朝廷遣
侍讀商輅迎英宗於居庸關。英宗還京師,景帝迎於東安門,入居南宮,景帝帥百官
朝謁。　　　[26]中興主:指英宗。　　　[27]"日月"句:謂英宗復辟,重開再造國
家之藍圖。《新唐書・郭子儀傳》:子儀破安慶緒,收東都,帝勞之曰:"國家再造,
卿力也。"沈德潛《明詩別裁集》卷四改此句爲"殺伐重開載造圖"。　　　[28]"梟
雄"二句:梟雄:專橫的雄傑。雲臺:東漢明帝時,圖畫中興功臣三十二人於雲臺。
見《後漢書・二十八將傳論》。楊石:石即石亨,楊爲楊洪,亦當時名將。《明史・
石亨傳》:"是時,邊將智勇者推楊洪,其次則亨。"錢謙益評此兩句云:"初云內于
(按即于謙)外石(按即石亨),至此忽舉楊、石,何其突兀,不相照應。"沈德潛《明
詩別裁集》卷四改爲:"姓名應勒雲臺上,如此戰功天下無。"　　　[29]"嗚呼"二

句:胡:指明朝正德年間西北的邊患韃靼。沈德潛《明詩別裁集》卷四把第一句改
爲"嗚呼戰功今已無"。

【集評】

（清）錢謙益《列朝詩集·丙集》第十一:"此章音節激昂,久爲海内傳誦。其摹
仿少陵,皆字句之間耳。敍致錯互,比儗失倫,但矜才魄,絶無脈理,以此學杜,真何
氏所謂'古人影子'也。程孟陽云:'全倚句字闔闢,安有機神開闔? 浪得大名,蔓傳
訛種。'可謂切中空同之病。"

（清）沈德潛《明詩別裁集》卷四:"'追北歸來'二語,抝之字字俱起窪稜。"又:
"石亨跋扈伏法,臣節有虧,要之戰功不可埋没。此特表其戰功也。上皇返國,寔由
尚書之守、將軍之戰,作者特爲表出。中云'還憶唐家郭子儀',以不失臣節愧之也。
此作者微意。"

鄭生至自泰山

【題解】

此詩爲《鄭生至自泰山》二首之二,清沈德潛《明詩別裁集》卷四載此詩,題《泰
山》,《明詩別裁集》又載《鄭生至自泰山》一首,即《空同先生集》中同題詩二首之一。
鄭生,即鄭作,字宜述,號方山子,歙縣（今屬安徽）人。曾讀書方山中,後棄去,經商,
挾書弄舟,孤琴短劍,往來梁、宋間,有詩才,與夢陽交往甚密。嘉靖五年（1526）,因
病歸。夢陽有《方山子集序》（見《空同先生集》卷五十）。此詩寫泰山,極具"登泰山
而小天下"之氣概,可與杜甫《望嶽》比肩。

俯首無齊魯[1],東瞻海似杯[2]。斗然一峰上,不信萬山開[3]。日
抱扶桑躍[4],天横碣石來[5]。君看秦始後,仍有漢皇臺[6]。

　　　　　　　　　　　　　　　　　　　　　　　　　　　　《空同先生集》卷二六

【校注】

[1]"俯首"句:言在泰山上俯視齊魯大地,變得極小。杜甫《望嶽》:"岱宗夫如何,
齊魯青未了。"《孟子·盡心上》:"孔子登東山而小魯,登泰山而小天下。"登泰山
而小天下,齊魯則更小,故云"無齊魯"。　　　[2]"東瞻"句:東望大海衹像一杯
水。　　　[3]"斗然"二句:站在泰山小山峰上望去,群山盡在其下,故云萬山開;

此景此感,令人難以相信,故云不信。二句極言泰山之高。　　[4]"日抱"句:此句描繪泰山頂所見日出。《山海經·海外東經》:"湯谷上有扶桑,十日所浴。"《淮南子·天文訓》:"日出於暘谷,浴於咸池,拂於扶桑,是謂晨明。"扶桑:神木。[5]"天橫"句:言日出雲霧散去,碣石山橫空出現在眼前。碣石:即碣石山,在今河北昌黎西北。秦始皇、漢武帝曾東巡至此觀海。曹操《觀滄海》:"東臨碣石,以觀滄海。"　　[6]"君看"二句:言秦始皇、漢武帝登泰山封禪事,以顯泰山之尊。秦始皇即帝位三年(公元前219),東巡郡縣,"上自泰山陽至巔,立石頌秦始皇帝德,明其得封也。從陰道下,禪於梁父"。見《史記·封禪書》。又據《史記·封禪書》,漢武帝亦曾登泰山封禪。漢皇臺,乃封禪所築。

【集評】

(清)沈德潛《明詩別裁集》卷四:"四十字有包絡乾坤之概,可以作泰山詩矣。"

梅山先生墓誌銘

【題解】

敘述其人世系、名字、爵里、品行、事跡、壽年、卒葬日月,與其子孫之大略,乃墓誌銘之基本要素;典重莊肅,乃其正體。然此類文章易於形成平板敘述之格套。此文雖亦具備墓誌銘之基本要素,然並沒有平板敘述,而是以作者與梅山先生的交往爲中心,運用大量的對話和生動的細節,戲劇化展示了梅山先生的性格,表現了二人之間的友誼,表達了作者對梅山先生的懷念。文章突破了正體、打破了格套,具有很強的藝術性和感染力。

嘉靖元年九月十五日[1],梅山先生卒於汴邸[2]。李子聞之,繞楹彷徨行[3],曰:"前予造梅山,猶見之,謂病癒且起,今死邪?昨之暮,其族子演倉皇來[4],泣言買棺事,予猶疑之,乃今死邪?"於是趣駕往弔焉[5]。門有懸紙[6],緦帷在堂[7],演也擗踊號於棺側[8]。李子返也,食弗甘,寢弗安也,數日焉。時自念曰:"梅山,梅山。"

【校注】

[1]嘉靖元年:公元1522年。　　[2]汴:今河南開封。　　[3]楹:屋柱。[4]族子:同族兄弟之子。演:鮑演。　　[5]趣(cù 促)駕:駕車馬速行。趣,促。

[6]縣紙:縣掛的紙錢。　　[7]繐(suì 穗)帷:用細而疏的麻布製成的帷幛,設於靈堂。　　[8]擗(pǐ 匹)踊:捶胸頓足,形容極度悲哀。《孝經·喪親》:"擗踊哭泣,哀以送之。"

　　梅山姓鮑氏,名弼,字以忠,歙縣人也[1]。年二十餘,與其兄鮑雄氏商於汴,李子識焉。商二十年餘矣,無何,數年不來。李子問演:"鮑七奚不來也?"演曰:"父、母、兄三喪。"曰:"喪舉矣[2],奚不來也?"曰:"七叔父四十四歲始有子,而侄也一耳,以是大係乎身家已。"又問:"鮑七何爲?"演曰:"理生[3]、飭行[4]、訓幼、睦族[5]、玩編[6]、修藝[7]、課田[8]、省植八者焉已[9]。"其久也,内孚而外化之[10],是故鄉人質平剖疑、決謀丐益者[11],必之焉。故效良則芳標[12],美規懿者必曰鮑梅山、鮑梅山云[13]。

【校注】

[1]歙(shè 射)縣:今屬安徽。　　[2]舉:辦理。　　[3]理生:治生,經營家業。[4]飭(chì 斥)行:使行爲謹嚴合禮。　　[5]睦族:和睦家族。　　[6]玩編:閱讀玩味書籍。　　[7]修藝:修習技藝。即下文所謂醫術、形家等。　　[8]課田:收取田租。　　[9]省植:巡視種植之事。《孟子·梁惠王下》:"春省耕而補不足,秋省歛而助不給。"省植,義近省耕。　　[10]"内孚"句:内有誠信之德行,故外而能感化他人。　　[11]質平剖疑:評判公平與否,剖析疑難問題。決謀丐益:對謀劃作出決斷,求得益處。　　[12]效良則芳標:效果良好,則芳名自立。[13]規懿:良好的道德風範。懿,美德。

　　正德十六年秋[1],梅山子來。李子見其體腴厚[2],喜,握其手曰:"梅山肥邪!"梅山笑曰:"吾能醫。"曰:"更奚能[3]?"曰:"能形家者流[4]。"曰:"更奚能?"曰:"能詩。"李子乃大詫喜,拳其背曰:"汝吳下阿蒙邪[5],別數年而能詩,能醫,能形家者流!"李子有貴客,邀梅山。客故豪酒[6],梅山亦豪酒,深觴細杯[7],窮日落月。梅山醉,每據牀放歌[8],厥聲悠揚而激烈[9],已,大笑觴客,客亦大笑和歌,醉歡。李子則又拳其背,曰:"久別汝,汝能酒,又善歌邪!"客初輕梅山,於是則大器重之,相結内[10]。明日,造梅山邸,款焉[11]。汴人有貴客,欲其歡,於是多邀梅山。梅山遂坐豪酒病損脾[12]。今年夏[13]，患瘧。李子往候之[14]，梅山起牀坐，曰：“弭瘧幸愈，第痰多耳。”然業處分諸件[15]，令演辦酒食，俟其起觴客[16]，別而還歙也。先是，梅山作憶子詩曰：“吾兒屈指一載別，他鄉回首長相思。在抱兩週知數日[17]，攜行三歲隨歌詩。筵前與誰論賓主，膝上爲我開鬚眉。情偏憶汝老更苦，中夜難禁迴夢時。”李子因說曰：“君病，無苦念家。”梅山曰：“諾，諾。”不數日，而君蓋棺矣。嗟！梅山！梅山！梅山又嘗作《燈花詩》：“秋燈何太喜，一焰發三葩[18]。擬報明朝信，應先此夜花。重重輝絳玉[19]，朵朵艷丹霞。愛爾真忘寐，聞蛩忽憶家[20]。”李子曰：“君詩佳頓如此！”梅山曰：“吾往與孫太白觴於吳門江上[21]，酣歌弄月，冥心頓會[22]。孫時有綿疾[23]，吾醫之，立愈。”諺曰：“盧醫不自醫[24]。”誠自醫之，黃、岐、鵲、佗至今存可也[25]。嗟！梅山！梅山！

【校注】

[1]正德十六年：公元 1521 年。　　　　[2]腴厚：肥胖。　　　[3]更奚能：還會什麽。
[4]形家：堪輿家之別稱，俗稱風水先生。　　　　[5]吳下阿蒙：三國時，孫權勸吕蒙讀書，蒙辭以軍中多務，不容讀書，孫權復開導之，蒙始就學，篤志不倦，其所覽見雖舊儒不勝。後魯肅與議論，大驚，拊蒙背曰：“吾謂大弟但有武略耳，至於今者，學識英博，非復吳下阿蒙。”蒙曰：“士別三日，即更刮目相待。”事見《三國志·吳書·吕蒙傳》裴松之注引《江表傳》。　　　　[6]故豪酒：謂原本就能豪飲。
[7]觴：酒杯。　　　[8]據牀：同“倨牀”，張開腿坐在坐具上，不拘禮節之坐姿。《史記·酈生陸賈列傳》：“沛公方倨牀使兩女子洗足。”　　　　[9]厥：其。
[10]結内：結納。内，通“納”。　　　[11]款：款待。　　　[12]坐：因。
[13]今年：指嘉靖元年。　　　[14]候：問候。　　　[15]然業處分諸件：但已經處理各項事宜。　　　[16]觴客：宴饗客人。　　　[17]“在抱”句：謂其子兩歲，尚在懷抱中，即知數父親歸日。　　　[18]發三葩：結三個燈花。　　　[19]絳玉：玉貌絳唇之佳人。鮑照《蕪城賦》：“東都妙姬，南國麗人，蕙心紈質，玉貌絳唇。”絳，深紅色。
[20]蛩：蟋蟀。　　[21]孫太白：不詳。觴：飲酒。吳門：今江蘇蘇州。　　　[22]冥心頓會：潛心凝神，頓時領會。　　　[23]綿疾：久治不愈之疾病。　　　[24]“盧醫”句：謂良醫亦難醫己病。盧醫：春秋時名醫扁鵲之別稱，《史記·扁鵲倉公列傳》張守節《正義》謂因扁鵲生於盧國，故名之曰盧醫。後爲良醫之代稱。
[25]黃岐：黃帝和岐伯，爲醫家之祖。鵲：謂扁鵲。佗：指漢末名醫華佗。

梅山,叔牙後也[1]。其居歙也,號棠樾鮑氏[2]。趙宋時,有遇賊而父子爭死者,於是所居里號慈孝里云。梅山父,鮑珍也。珍父文芳,文芳父思齊。珍號清逸,高尚人也。娶王氏,生二子,次者梅山。梅山娶江氏,生一男子、二女子。男曰若渭,今六歲矣。梅山生成化甲午某月日[3],距今嘉靖壬午[4],得年四十九。而其櫬還也[5],演實匍匐苦心以之還[6],厥情猶子也。以某年月日蓋某山之兆[7]。銘曰:崎嶔嶊巇[8],人謂非險。淵洄漰洞[9],猶謂之淺。坦彼周行[10],彼復而迷。桃李何言,下自成蹊[11]。嗟,鮑子!胡不汝悲,胡不汝思[12]?

《空同先生集》卷四三

【校注】

[1]叔牙:鮑叔牙。春秋時齊國人,嘗舉管仲佐齊桓公成就霸業。　　　[2]棠樾:地名,在歙縣西部。[3]成化甲午:成化十年,公元1474年。　　　[3]嘉靖壬午:嘉靖元年,公元1522年。　　　[4]櫬(chèn 襯):本指内棺,泛指棺材。[5]匍匐:趴伏地上。《禮記·問喪》:"孝子親死,悲哀志懣,故匍匐而哭之。"以:與。　　　[6]兆:墓地。　　　[7]崎嶔(qīn 欽):高峻貌。嶊(yǐ 乙)巇(xī 西):山勢綿延險峻。　　　[8]淵洄漰(hòng 紅去聲)洞(tóng 同):淵深廻轉,水勢洶湧。　　　[9]坦彼周行(háng 航):平坦的大路。周行,大路。《詩經·小雅·大東》:"佻佻公子,行彼周行。"朱熹《集傳》:"周行,大路也。"　　　[10]"桃李何言"二句:語出《史記·李將軍列傳》。"崎嶔嶊巇"至"下自成蹊"八句,謂人之在世,其所獲之評價往往紛紜不一,猶如險峻之山,尚有人謂之非險,淵深之水,亦有人謂之淺;人之所趨,亦非所向皆正,猶如寬闊大路,尚有人迷途;然向善之心,卻是人皆有之,人皆同之,故若有人稟善良之德行,其雖不自我顯揚,亦會受到世人之稱贊,猶如桃李雖不能言,然其華實芳美,眾人會不期而至,下自成蹊。鮑子實有此德行,故其亦受人稱道。　　　[11]"胡不汝悲"二句:何不悲汝,何不思汝。

王守仁

【作者簡介】

王守仁（1472—1529），字伯安，因曾築室會稽山陽明洞，世稱陽明先生，山陰（今屬浙江）人，生於餘姚。二十八歲中進士，歷任刑、兵部主事、吏部主事等，正德初，疏救給事中御史戴銑等人，忤劉瑾，謫爲貴州龍場驛（今修文）丞。瑾誅，移廬陵知縣。累擢都察院右僉都御史，巡撫南贛。因鎮壓民變有功，晉右副都御史，世襲錦衣衛副千户。十四年（1519），平寧王朱宸濠之叛。嘉靖時，官至兵部尚書，封新建伯，六年（1527）總督兩廣軍務，鎮壓大藤峽瑤、僮等族叛亂。以理學名世，主張心是天地萬物之主，認爲心外無物，心外無理；又倡導知行合一，以“致良知”爲宗旨，世稱“王學”，風靡一時。卒諡文成。著有《傳習録》、《大學問》、《王文成公全書》（即《陽明全書》）等。《明史》卷一九五有傳。

瘞 旅 文

【題解】

王守仁謫貴州龍場驛丞，曾目睹主僕三人慘死於赴任途中，不禁觸類傷懷，親自率人爲之收屍安葬，並作此祭文，抒發感慨。由於境遇相似，悲傷之情真摯動人，但王守仁涵養頗深，怨而不怒，文中體現出一種仁愛、豁達的人文關懷。一般哀祭文韻散結合，本文亦兼而有之，前半部分爲散文，後半部分爲韻文。在文體的轉換中，内容則由同情轉爲安慰，意味更加深長。

維正德四年秋月三日[1]，有吏目云自京來者[2]，不知其名氏。攜一子一僕將之任，過龍場[3]，投宿土苗家[4]。予從籬落間望見之，陰雨昏黑，欲就問訊北來事，不果。明早，遣人覘之[5]，已行矣。薄午[6]，有人自蜈蚣坡來云：“一老人死坡下，傍兩人哭之哀。”予曰：“此必吏目死矣。傷哉！”薄暮，復有人來云：“坡下死者二人，傍一人坐嘆。”詢其狀，則其子又死矣。明日，復有人來云：“見坡下積屍三焉。”則其僕又死矣。嗚呼傷哉！

【校注】

[1]維:發語詞。正德:明武宗年號,正德四年即公元1509年。　　　[2]吏目:州縣小官,佐理出納文書等事務。　　　[3]龍場:今貴州修文縣。　　　[4]土苗:土著苗族人。　　　[5]覘(chān 攙):窺視。　　　[6]薄:臨近。

　　念其暴骨無主,將二童子持畚鍤往瘞之[1]。二童子有難色然。予曰:"噫!吾與爾猶彼也!"二童憫然涕下[2],請往。就其傍山麓爲三坎[3],埋之。又以隻雞、飯三盂,嗟吁涕洟而告之曰[4]:

　　"嗚呼傷哉!繄何人[5]?繄何人?吾龍場驛丞餘姚王守仁也。吾與爾皆中土之產[6],吾不知爾郡邑,爾烏爲乎來爲茲山之鬼乎?古者重去其鄉[7],游宦不逾千里。吾以竄逐而來此[8],宜也;爾亦何辜乎?聞爾官,吏目耳,俸不能五斗[9],爾率妻子躬耕可有也!胡爲乎以五斗而易爾七尺之軀?又不足,而益以爾子與僕乎?嗚呼傷哉!

　　爾誠戀茲五斗而來,則宜欣然就道,胡爲乎吾昨望見爾容蹙然,蓋不任其憂者?夫衝冒霧露[10],扳援崖壁[11],行萬峰之頂,饑渴勞頓,筋骨疲憊,而又瘴癘侵其外[12],憂鬱攻其中,其能以無死乎?吾固知爾之必死,然不謂若是其速;又不謂爾子爾僕亦遽爾奄忽也[13]!皆爾自取,謂之何哉?

【校注】

[1]畚(běn 本):畚箕,土筐。鍤(chā 插):鐵鍬。瘞(yì 意):埋葬。　　　[2]憫然:憂傷的樣子。　　　[3]坎:坑穴。　　　[4]洟(yí 儀):流鼻涕,指哭泣。　　　[5]繄(yī 衣):發語詞。　　　[6]中土之產:指出生於中原內地。　　　[7]重:看重。　　　[8]竄逐:貶謫,流放。　　　[9]五斗:形容俸祿低微。　　　[10]衝冒霧露:迎着霧氣、露水。　　　[11]扳援:攀援。　　　[12]瘴癘:可致人以病的毒氣。　　　[13]奄忽:死亡。

　　吾念爾三骨之無依而來瘞爾,乃使吾有無窮之愴也!嗚呼傷哉!縱不爾瘞,幽崖之狐成群,陰壑之虺如車輪[1],亦必能葬爾於腹,不致久暴露爾。爾既已無知,然吾何能爲心乎?自吾去父母鄉國而來此,二年矣。歷瘴毒而苟能自全,以吾未嘗一日之戚戚也。今悲傷若此,是

吾爲爾者重,而自爲者輕也,吾不宜復爲爾悲矣。吾爲爾歌,爾聽之!歌曰:

連峰際天兮,飛鳥不通;游子懷鄉兮,莫知西東。莫知西東兮,維天則同,異域殊方兮,環海之中;達觀隨寓兮,莫必予宮。魂兮魂兮,無悲以恫[2]。

又歌以慰之曰:

與爾皆鄉土之離兮,蠻之人言語不相知兮[3],性命不可期,吾苟死於兹兮,率爾子僕來從予兮! 吾與爾遨以嬉兮,驂紫彪而乘文螭兮[4],登望故鄉而噓唏兮! 吾苟獲生歸兮,爾子爾僕尚爾隨兮,無以無侶爲悲兮! 道旁之塚累累兮,多中土之流離兮,相與呼嘯而徘徊兮。餐風飲露,無爾饑兮;朝友麋鹿,暮猿與棲兮[5]。爾安爾居兮,無爲厲於兹墟兮[6]!"

《王陽明全集》卷二五

【校注】

[1]虺(huǐ 毁):毒蛇。　　[2]恫(tōng 通):哀痛,痛苦。　　[3]蠻之人言語不相知:《陽明先生年譜》敍王陽明貶至龍場時,稱"龍場在貴州西北萬山叢棘中,蛇虺魍魎,蠱毒瘴癘,與居夷人鴃舌難語,可通語者,皆中土亡命。"反映出當時民族間交流局限。　　[4]驂(cān 參):乘,駕馭。彪:小虎。螭(chī 癡):傳説中無角的龍。　　[5]暮猿與棲:與猿同宿。　　[6]厲:惡鬼。

徐禎卿

【作者簡介】

徐禎卿(1479—1511),字昌穀,一字昌國。吳縣(今江蘇蘇州)人。弘治十八年(1505)進士,授大理寺左寺副,坐失囚降國子博士。年三十三卒。禎卿少與祝允明、唐寅、文徵明齊名,號"吳中四才子"。初爲詩喜六朝及白居易、劉禹錫,有名句"文章江左家家玉,煙月揚州樹樹花"等,爲時人所稱。登第後,與李夢陽、何景明游,悔其少作,改宗漢魏、盛唐,爲“前七子”之一。然與李夢陽之雄鷙、何景明之俊逸相比,禎卿詩以韻致古淡見長,故王士禛將其與邊貢視爲“七子派”中的别調,作爲明詩古淡一派的代表。有《徐昌穀全集》十六卷,又有《談藝録》一卷。《明史》卷二八六有傳。

在武昌作

【題解】

韋應物有《新秋夜寄諸弟》云:“高梧一葉下,空齋歸思多。”又有《聞雁》云:“故園眇何處,歸思方悠哉。淮南秋雨夜,高齋聞雁來。”此詩題旨及基本意象皆脱胎於上二詩(錢鍾書《談藝録》)。孟浩然《晚泊潯陽望香鑪峰》云:“挂席幾千里,名山都未逢。泊舟潯陽郭,始見香鑪峰。嘗讀遠公傳,永懷塵外蹤。東林精舍近,日暮空聞鐘。”雖爲律詩體,而第二聯不對偶。此詩亦效之。其在《徐昌穀全集》中被編入五言古詩類,以對偶不合律體也;其在李雯等《皇明詩選》中被編入五律類,沈德潛《明詩别裁集》亦以之爲律詩,因其音律合乎律體也。古人於律詩有兩種追求,一是以能充分體現律詩格律精嚴特徵爲上,一是以能在律詩中體現出古詩精神爲高。禎卿此詩雖爲律體而有意用古詩法爲之,頗能體現出古詩之韻致。其受到高度評價,正與此相關。

洞庭葉未下[1],瀟湘秋欲生[2]。高齋今夜雨[3],獨卧武昌城。重以桑梓念[4],凄其江漢情[5]。不知天外雁,何事樂南征[6]。

《徐昌穀全集》卷四

【校注】

[1]葉未下:一本作“木葉下”。《楚辭·九歌·湘夫人》:“嫋嫋兮秋風,洞庭波兮木葉下。”　　[2]瀟湘:指兩湖一帶。瀟指瀟水,湘指湘水,二川於零陵匯合。[3]高齋:高雅的客舍。　　[4]重:深。桑梓念:思鄉之情。　　[5]江漢情:飄泊異鄉之情。杜甫《江漢》:“江漢思歸客,乾坤一腐儒。”　　[6]“不知”二句:由不解雁離巢而南飛以表現自己思歸之情。

【集評】

(明)李雯、陳子龍、宋徵輿《皇明詩選》卷八:轅文(宋徵輿)曰:“清絶。”舒章(李雯)曰:"八句竟不可斷。"

（清）王士禎《池北偶談》卷十八:"徐禎卿'洞庭葉未下,瀟湘秋欲生'一篇,非太白不能作,千古絕調也。"

（清）沈德潛《明詩別裁集》卷六:"五言律皆孟襄陽遺法,純以氣格勝人。"

何景明

【作者簡介】

何景明(1483—1521),字仲默,號大復,信陽(今屬河南)人。弘治十一年(1498)即十五歲時舉鄉試第三名,次年會試,以文多奇字,不第。入太學一月,歸。十五年進士及第,十七年授中書舍人。十八年奉使南方。正德元年(1506),劉瑾擅權,上書吏部尚書許進,勸其勿屈於劉瑾。次年,恐禍及,謝病歸。三年,被免官。五年劉瑾誅,六年冬,以李東陽薦,復授中書舍人,直內閣經筵官。十二年,遷吏部驗封司員外郎,仍直內閣。十三年,遷陝西提學副使。十六年六月,引疾歸,八月卒。景明志操耿介,尚節義,與李夢陽切磋詩文,初相得甚歡,後互相詆諆。《明史》本傳稱:"夢陽主摹仿,景明則主創造。"《四庫全書總目》云:"摹擬蹊徑,二人之所短略同。至夢陽雄邁之氣,與景明諧雅之音,亦各有所長,正不妨離之雙美也。"二人並稱"何李",又與邊貢、徐禎卿並稱"四傑",又爲"前七子"之一。有《何大復先生集》三十八卷。《明史》卷二八六有傳。

津市打魚歌

【題解】

此詩編入《何大復先生集》之"使集",即奉使南方時的作品集,故當作於弘治十八年(1505)。七子派作詩往往從題材、表現方式到風格都學習古人,何景明亦是如此。杜甫有《觀打魚歌》、《又觀打魚》,何氏亦以打魚爲題;杜詩有"綿州江水之東津",此乃何詩題中"津市"之由來。此詩先寫打魚,再寫魚宴,寫法同於杜甫。杜詩的一些意象、詞語也在此詩中出現。但此詩在學杜的同時亦有所變化。詩人在寫魚宴之後突然轉入思婦買魚不忍傷之,欲借魚傳書,放之江中,這一細節描寫不同於杜詩,也形成了與杜詩不同的主題。同時,此詩寫打魚從大船、小船、野人三個角度寫去,亦與杜詩不同。這些差異正體現了何景明在學古中求變的詩學觀。

　　大船峨峨繫江岸[1],鮎魴鰿鰿收百萬[2]。小船取速不取多,往來拋網如擲梭。野人無船住水滸[3],織竹爲梁數如罟[4]。夜來水長没沙背,津市家家有魚賣。江邊酒樓燕估客[5],割鬐砍鱠不論百[6]。楚姬玉手揮霜刀,雪花錯落金盤高[7]。鄰家思婦清晨起,買得蘭江一雙鯉。筵筵紅尾三尺長,操刀具案不忍傷。呼童放鯉潎波去,寄我素書向郎處[8]。

　　　　　　　　　　　　　　　　　　　　　　　　《何大復先生集》卷一一

【校注】

[1]峨峨:高大貌。　　　[2]鮎(nián 年)魴(fáng 房):均爲魚名。鰿(bō 波)鰿:魚跳動貌。　　　[3]野人:鄉野之人,此與擁有船隻之漁民相對。水滸:水邊。
[4]織竹爲梁:此言用竹子編織成圍欄捕魚。梁,魚梁,圍堰以攔水捕魚。數如罟(gǔ 古):像漁網一樣多。　　　[5]燕:通"宴"。估客:商人。　　　[6]"割鬐"句:言魚價便宜,一次魚宴所費不足百錢。割鬐(qí 奇)砍鱠(kuài 快):切割魚肉。此指切割加工,做成魚宴。　　　[7]"楚姬"二句:語出杜甫《觀打魚歌》:"饔子左右揮霜刀,鱠飛金盤白雪高。"　　　[8]"鄰家"六句:此六句化用古詩《飲馬長城窟行》:"客從遠方來,遺我雙鯉魚。呼兒烹鯉魚,中有尺素書。"筵(shāi 篩)筵:魚躍貌。潎(pì 譬)波:魚在水波中游動。潎,魚游貌。

【集評】

　　(明)李雯、陳子龍、宋徵輿《皇明詩選》卷五:轅文(宋徵輿)曰:"前半去張籍、王建不遠,後半古秀獨絕,即盛唐諸公卻步矣。"卧子(陳子龍)曰:"調古辭俊,便覽少陵之作,不免傖父。"舒章(李雯)曰:"結處婉孌入情,若作泥沙失勢等語,便爲粗俗。"

鰣　魚

【題解】

　　此詩編在"京集",當作於正德間在北京時。鰣魚,又名箭魚,出長江中,味道鮮美,以鎮江等地所出最爲有名。明代此魚曾被作爲宗廟的祭祀品,《明史·志第二十七·禮五》：“洪武元年，定太廟月朔薦新儀物：四月，櫻桃，梅，杏，鰣魚，雉。”也被作爲時鮮賜給文武大臣（《明會典》卷一百）。鰣魚主要由南京進貢，南京尚膳監負責，設有鰣魚廠。從南京到北京有專門的進鮮船，分批運進北京，並以冰覆藉之以防止腐爛，沿途需徵用船夫挽運，勞民傷財。

　　　五月鰣魚已至燕[1]，荔枝盧橘未應先[2]。賜鮮徧及中璫第[3]，薦熟誰開寢廟筵[4]。白日風塵馳驛騎[5]，炎天冰雪護江船[6]。銀鱗細骨堪憐汝[7]，玉筯金盤敢望傳[8]。

《何大復先生集》卷二六

【校注】

[1]“五月鰣魚”句：明王樵《方麓集》卷十一《金陵雜記》：“鰣魚以三月取，五月貢船始發，上下皆層冰覆藉之。”王世貞《明宮詞十首》其五：“五月鰣魚白似銀，傳餐頗及後宮人。躊躇欲罷冰鮮遞，太廟年年有薦新。”鰣魚貢入京，四月、五月、六月皆有，故明大臣詩集中以上各月受賜之詩皆有。　　　[2]“荔枝”句：言鰣魚之貢入京之早，連唐時荔枝、枇杷之進貢也未應先之。荔枝：唐代被作爲貢物，而楊貴妃尤嗜之。杜牧《華清宮》：“一騎紅塵妃子笑，無人知是荔枝來。”盧橘：即枇杷，唐代由山南進貢，德宗大曆十四年罷貢。荔枝六月成熟，枇杷雖四月成熟，然由山南運入京師亦甚需時日，故云未應先於鰣魚之貢。　　　[3]“賜鮮”句：正德年間，宦官擅權，鰣魚之賜已經遍及其第。中璫(dāng 當)：宦官。　　　[4]“薦熟”句：言不以鰣魚祭祀宗廟。薦熟：以熟食品祭祀。寢廟：宗廟之正殿稱廟，後殿稱寢。[5]“白日”句：言陸路以驛馬馳送入京。　　　[6]“炎天”句：言水路以進鮮船貢入京。冰雪：謂以冰覆藉之。　　　[7]“銀鱗”句：鰣魚白鱗，故云銀鱗。腹下細骨如箭鏃，其味美在皮鱗之交，故食不去鱗。　　　[8]“玉筯”句：不敢奢望鰣魚被傳賜到自己。傳：傳餐，皇帝以食物賜人。

得獻吉江西書

【題解】

　　此詩作於正德九年(1514)。獻吉，李夢陽字。夢陽於正德六年(1511)任江西提學副使，依恃氣節，對長官總督陳金、巡按御史江萬實不恭，二人皆惡之。淮王府校與諸生爭，夢陽笞府校，淮王怒而奏之，下御史江萬實按治，夢陽恐萬實偏袒淮王，上書攻許萬實,詔總督陳金查之,陳金檄布政司鄭岳查之,夢陽乃僞撰江萬實之奏章以攻陳金,又揭鄭岳子涉賄。江萬實及參政吳廷舉皆劾夢陽,夢陽徑去官,住南康,詔遣大理卿燕忠往查辦夢陽。正德九年正月,繫江西廣信獄,衆人莫敢爲辯白,何景明乃上書吏部尚書楊一清救之,冤白,夢陽得以從輕處分,以“冠帶閒住”,即停職,時正德九年三月。李夢陽有《與何子書二首》,其一云:“僕此一言一動,悉爲仇者所搜羅”,其二云:“自僕罹此難,友朋多不復通書問,結交在急難,徒好亦何益? 僕交游遍四海矣,赤心朋友,惟世恩德涵與仲默耳。”二書其一作於正德九年四月八日,景明此詩即得李夢陽書後所作。

　　近得潯陽江上書[1],遙思李白更愁予[2]。天邊魑魅窺人過[3],日暮黿鼉傍客居[4]。鼓柂襄江應未得[5],買田陽羨定何如[6]。他年淮水能相訪,桐柏山中共結廬[7]。

《何大復先生集》卷二六

【校注】

[1]“近得潯陽”句:據李夢陽《封宜人亡妻左氏墓誌銘》,正德九年,李夢陽繫獄廣信,其妻左氏居潯陽,夢陽被釋,往潯陽會妻。其在潯陽,當寄書景明。　　[2]李白:指李夢陽。　　[3]“天邊”句:言李夢陽被陷害繫獄。天邊:指夢陽所在處。魑魅:害人之鬼怪,指陷害夢陽者。魑,山神,獸形。魅,怪物。　　[4]“日暮”句:言晚有江中黿鼉相傍。黿(yuán 元):大鱉。鼉(tuó 駝):揚子鱷。　　[5]“鼓柂(duò 舵)”句:鼓柂:搖動船舵,謂泛舟。李夢陽在潯陽與妻子相聚後,擬居襄陽,其妻不贊成,未果。《封宜人亡妻左氏墓誌銘》:“泝江入漢,至於襄陽,將居焉。會秋積雨大水,堤幾潰。左氏曰:‘子不心大梁,非患水邪? 夫襄、汴奚殊矣? 且蘇門箕潁之間,可盡謂非丘壑地哉?’李子悟,於是挈左氏歸。”　　[6]“買田陽羨”句:陽羨:屬常州府。蘇軾貶黃州,移汝州,上書言在常州買田,欲居常州。李夢陽友人亦曾勸其居此地。李氏《酬錢水部錫山之招》:“無錫錢少陽,招我棲錫山。”錫山在無錫,亦屬常州府。據此,夢陽或有意居常州,然亦未果。　　[7]“他年”二句:謂他年自己歸老家鄉信陽,李夢陽若來訪問自己,二人可以同隱桐柏山中。桐柏山:在今河南桐柏縣西南,淮水之所出,淮水東流入信陽,即何景明之故鄉。景明號大復,得自桐柏山之支峰大復山。

【集評】

（明）李雯、陳子龍、宋徵輿《皇明詩選》卷十：轅文（宋徵輿）曰："意境俱佳。"臥子（陳子龍）曰："買田陽羨，雖用後事，然不甚絶。"舒章（李雯）曰："真率，甚佳。"

楊　慎

【作者簡介】

楊慎（1488—1559），字用修，號升庵。新都（今屬四川）人。正德六年（1511）殿試第一，授翰林修撰。十二年，武宗微行，出居庸關，慎上疏直諫，不聽，託疾歸。世宗即位，起充經筵講官。嘉靖三年（1524），"大禮議"起。由於武宗無子，即位的世宗皇帝乃武宗之從弟，世宗即位後，圍繞世宗能否稱其生父興獻王爲皇考及其地位等問題，廷臣有激烈之爭論。桂萼、張璁等認爲稱皇考等合禮，楊慎等則反對。慎兩次上議大禮疏，率群臣撼奉天門大哭，兩受廷杖，死而復甦，謫戍雲南永昌（今雲南保山）。卒於戍所。楊慎以博學著稱，著述百餘種。受知於李東陽，其詩出入六朝，於李、何之外，獨立一派。王士禛云："明詩至楊升庵另闢一境，真以六朝之才而兼有六朝之學者。"（《帶經堂詩話》卷九）詩文集有《太史升庵全集》八十一卷。《明史》卷一九二有傳。

賦得千山紅樹圖送楊茂之

【題解】

此詩前半寫畫之內容，後半寫送歸。由楊茂之歸，聯想到自己尚身處異鄉，不禁悲從中來。其詩中直接用古人成句，頗見蒼老之致。

蕭郎雅工金碧畫[1]，愛畫碧雞與金馬。畫作千山紅樹圖，行色秋光兩瀟灑。搖落深知宋玉悲，登山臨水送將歸[2]。丹林初曉清霜重，紫谷斜陽赤燒微[3]。故人辭我故鄉去，滇樹遥遥接巴樹。桑落他山共醉時，楓香客路銷魂處。白首遐荒老未還[4]，流波落木慘離顏。錦城紅濕那能見[5]，千里隨君夢裏攀。

【校注】

[1]蕭郎：不詳。雅：甚，很。金碧畫：着色畫之一種。　　　[2]“搖落”二句：杜甫《詠懷古跡五首》之二：“搖落深知宋玉悲，風流儒雅亦吾師。”宋玉《九辯》：“悲哉！秋之爲氣也。蕭瑟兮，草木搖落而變衰。憭慄兮若在遠行，登山臨水兮送將歸。”

[3]赤燒：落日餘暉。　　　[4]遐荒：遥遠荒涼之地，指楊慎貶謫地永安。

[5]“錦城”句：語出杜甫《春夜喜雨》：“曉看紅濕處，花重錦官城。”錦城：指成都。紅濕：言雨後花紅。

【集評】

　　（明）李雯、陳子龍、宋徵輿《皇明詩選》卷十：舒章（李雯）曰：“音節最佳。”轅文（宋徵輿）曰：“中有直用古語，亦見老致。”

謝　榛

【作者簡介】

　　謝榛（1499—1579），字茂秦，號四溟山人，臨清（今屬山東）人。少喜游俠，嘉靖間挾詩卷游京師，爲國學生盧柟申冤，使昭雪出獄，深得時人器重，乃與李攀龍、王世貞等建立詩社，年齒居長。後來李攀龍聲名漸高，彼此觀點不合，遂絶交。朱彝尊《静志居詩話》卷十三推測：“明時重資格，於章服中雜以韋布，終以爲嫌爾。”謝榛論詩推重盛唐，雖不免擬古之習，但取徑較寬，能熔鑄變化，故法度森嚴而本色自存。他曾總結自己熟讀唐代諸名家詩的經驗説：“熟讀之以奪神氣，歌詠之以求聲調，玩味之以哀精華。得此三要，則造乎渾淪，不必塑謫仙而畫少陵也。”（《四溟詩話》），與稍後的復古之論微有區別。錢謙益《列朝詩集·丁集》小傳稱：“茂秦今體工力深厚，句響而字穩，七子、五子之流，皆不及也。”而潘德輿《養一齋詩話》卷六則曰：“謝茂秦五律，堅整如城，宛然唐調，然終以有心爲之，非其至也。”今存明萬曆年刊《四溟山人全集》二十四卷，其詩話《詩家直説》（《四溟詩話》）流傳尤廣。《明史》卷二八七有傳。

榆河曉發

【題解】

榆河,一名溫榆河,在今北京市境內,河之北端爲著名要塞居庸關。謝榛沿榆河北上出關,念及邊地危機不減,感慨萬千。首句"朝暉開衆山"不僅扣合詩題,更以一"開"字,活現出瞬息變化的雄渾景象;領聯"雲出"二句,順勢展開,將視綫引向廣闊原野,虛實相生,格調高遠。在此遼闊背景下,後四句由古及今,由人及我地抒寫了作者悲壯的情懷。全詩將憂國之心與白髮之歎融爲一體,情繫古今,聲調深沉,頗近杜甫。而在氣勢上,又自有特點。實際上,謝榛有不少邊塞詩,如《塞下曲》《漢北詞》等,雖追摹唐人,但有感而發,故能別開生面。

朝輝開衆山,遥見居庸關[1]。雲出三邊外[2],風生萬馬間。征塵何日静,古戍幾人閒[3]? 忽憶棄繻者[4],空慚旅鬢斑[5]。

《謝榛全集校箋》卷四

【校注】

[1]居庸關:又名薊門關,地勢險峻,自古即爲兵家必争之地,作者另作《居庸關》詩,有"控海幽燕地"句形容其位置重要。　　[2]三邊:歷史上所指地區有所不同,明代指榆林、寧夏、甘肅三地,亦泛指邊境。　　[3]古戍:邊境古老的城堡、營壘,這裏指長城上的關隘。　　[4]棄繻者:指漢代終軍。繻,古代用作通行證的帛,裂而分之,合爲符信,出入關卡時查驗放行。《漢書·終軍傳》載,終軍自濟南入長安,步入關,關吏予繻,告以還當以合符。終軍曰:"大丈夫西游,終不復傳還。"棄繻而去。後終軍得官,使行郡國,出關時爲關吏所識,曰:"此使者,乃前棄繻生也。"後以"棄繻"喻年少志遠。者,李攀龍《古今詩删》作"客"。　　[5]"空慚"句:慚愧功業未建,虛度年華。作者《赴石門峽》中有"潦倒還詞賦,徒慚兩鬢星",《夜坐感懷寄徐文山》中有"華髮漸多驚老大,壯懷無奈歎沉浮",均同一感慨。

【集評】

(明)王世貞《藝苑卮言》卷七:"謝茂秦曳裾趙藩,嘗謁崔文敏銑,崔有詩贈之。後以救盧次楩,北游燕,刻意吟詠,遂成一家。句如'風生萬馬間',又'馬渡黄河春草生',皆佳境也。其排比聲偶,爲一時之最。第興寄小薄,變化差少。僕嘗謂其七言不如五言,絕句不如律,古體不如絕句;又謂如程不識兵,部伍肅然,刁斗時擊,而寡樂用之氣。"

　　(清)沈德潛《明詩別裁集》卷八:"四溟五言近體,句烹字煉,氣逸調高,七子中故推獨步。""讀'風生萬馬間',紙上有聲。若衍成二語,氣味便薄。"

歸有光

【作者簡介】

　　歸有光(1506—1571),字熙甫,號震川,蘇州崑山(今屬江蘇)人,嘉靖十九年(1540)中舉人後,曾八次參加會試,皆落第,直到四十四年才考取進士,出任浙江湖州長興縣知縣。在長興三年任職期間,自比兩漢循吏,不畏強暴,終因犯忤姦豪,被迫去職,調任順德府馬政通判。隆慶四年(1570),轉任太僕寺丞,一度參與纂修《世宗實錄》。次年初即卒於官。觀其一生,長期困守家鄉,並無機會施展抱負與才學。在文學上,歸有光與唐順之、王慎中、茅坤等同被稱爲"唐宋派"。以窮鄉老儒身份,挑戰文壇領袖,譏斥王世貞倡導復古,實爲"庸妄"。世貞雖感大憾,亦推重之,并作《歸太僕贊》及《序》,讚揚歸有光的文學成就,稱:"先生於古文詞,雖出之自《史》、《漢》,然大較折衷於昌黎、廬陵。當其所得,意沛如也,不事雕飾,而自有風味,超然當代名家矣。"歸有光自稱獨好《史記》,頗以不得當世奇功偉烈書之爲憾。所作散文長於敍寫日常瑣事,因歷經人世變故,尤工述哀。今存《震川先生集》四十卷。《明史》卷二八七有傳。

項脊軒志

【題解】

　　項脊軒爲歸有光書齋之名。作者遠祖歸道隆曾居住於太倉(今屬江蘇)之項脊涇,故作者以此名軒,以示紀念。一說,取意於書齋窄小。志則是一種記敍性散文文體。此文的寫作時間,向有爭議。文中提到"余既爲此志,後五年,吾妻來歸",而歸有光於嘉靖七年(1528)與原配魏孺人結婚,則本文初稿當作於嘉靖二年(參看沈新林《歸有光評傳》,安徽文藝出版社2000年版,第57頁)。歸有光另有《書齋銘》敍其書齋鄰近市廛，"耳邊聲閴然，每至深夜，鼓鼞鼞，坐者欲睡，行者不止。寧靜之趣，得之目而又失之耳也"。可知本篇"萬籟有聲，而庭階寂寂"云云，亦心遠地偏之境。

　　項脊軒，舊南閣子也。室僅方丈[1]，可容一人居。百年老屋，塵泥滲漉[2]，雨澤下注[3]；每移案[4]，顧視無可置者。又北向[5]，不能得日，日過午已昏。余稍爲修葺[6]，使不上漏。前闢四窗，垣墻周庭[7]，以當南日，日影反照，室始洞然[8]。又雜植蘭桂竹木於庭，舊時欄楯[9]，亦遂增勝[10]。借書滿架[11]，偃仰嘯歌[12]，冥然兀坐[13]，萬籟有聲[14]。而庭階寂寂，小鳥時來啄食，人至不去。三五之夜[15]，明月半墻，桂影斑駁[16]。風移影動，珊珊可愛[17]。然予居於此，多可喜，亦多可悲。

【校注】

[1]方丈：一丈見方，形容房間狹窄。　　[2]滲漉：水從孔隙滲漏。　　[3]雨澤：雨水。　　[4]案：長方形的桌子。　　[5]北向：坐南朝北。　　[6]修葺(qì氣)：修理。　　[7]垣墻周庭：圍繞庭院建一圈短墻。　　[8]洞然：明亮的樣子。[9]欄楯(shǔn吮)：欄杆。楯，欄杆的橫木。　　[10]增勝：增添光彩。[11]借：《四庫全書》本《明文海》卷一四二録本篇，作"措"，中華書局《四部備要》本《震川先生集》作"積"。　　[12]偃(yǎn眼)仰嘯歌：俯仰，吟唱，讀書時從容自適之態。　　[13]冥然兀坐：靜默地端坐。　　[14]萬籟(lài賴)有聲：自然界發出的各種聲音都可聽到，形容環境靜謐。　　[15]三五之夜：陰曆十五夜晚。[16]斑駁：樹影零亂錯落的樣子。　　[17]珊珊：輕柔舒緩的姿態。

　　先是，庭中通南北爲一[1]。迨諸父異爨[2]，内外多置小門墻，往往而是。東犬西吠，客踰庖而宴[3]，雞棲於廳。庭中始爲籬，已爲墻，凡再變矣。家有老嫗[4]，嘗居於此。嫗，先大母婢也[5]，乳二世[6]，先妣撫之甚厚[7]。室西連於中閨[8]，先妣嘗一至。嫗每謂予曰："某所，而母立於兹[9]。"嫗又曰："汝姊在吾懷，呱呱而泣[10]；娘以指叩門扉曰：'兒寒乎？欲食乎？'吾從板外相爲應答。"語未畢，余泣，嫗亦泣。

　　余自束髮讀書軒中[11]，一日，大母過余曰[12]："吾兒，久不見若影[13]，何竟日默默在此[14]，大類女郎也？"比去[15]，以手闔門[16]，自語曰："吾家讀書久不效[17]，兒之成，則可待乎!"頃之，持一象笏至[18]，曰："此吾祖太常公宣德間執此以朝[19]，他日汝當用之。"瞻顧遺跡，如在昨日，令人長號不自禁[20]。

　　軒東故嘗爲廚[21]，人往，從軒前過。余扃牖而居[22]，久之，能以足音辨人。軒凡四遭火，得不焚，殆有神護者[23]。

【校注】

[1]庭中通南北爲一：軒前之庭南北貫通，原爲一體。　　[2]迨(dài 代)：等到。諸父：指叔、伯。異爨(cuàn 竄)：各起爐灶，指分家單過。爨，燒火做飯。

[3]踰庖而宴：一家之客須穿過另一家的廚房去赴宴。庖，廚房。　　[4]嫗(yù 玉)：老婦人。　　[5]先大母：已故的祖母。　　[6]乳二世：餵養過兩代人。

[7]先妣(bǐ 筆)：已故的母親。撫：照顧，優待。　　[8]中閨：女性住的内室。

[9]而：通"爾"，你。兹：此，這裏。　　[10]呱(gū 姑)呱：小兒啼哭聲。

[11]束髮：古代男孩成童之年(或説八歲，或説十五歲)，將頭髮挽起盤於頭頂爲髻，因以爲成童的代稱。　　[12]過：訪，此處爲探視之意。　　[13]若：通"汝"，你。　　[14]竟日：終日，整天。　　[15]比(bì 畢)去：臨走。　　[16]闔(hé 合)門：關門。　　[17]不效：没有成效，指未考中做官。　　[18]象笏(hù 户)：古時官僚朝見皇帝時手中所持板子，可記事備忘，用玉或象牙製成。據《明史·輿服志》，一品到五品官員上朝用象牙手板。　　[19]太常公：歸有光祖母的祖父夏昶，永樂年間進士，官至太常寺卿。宣德：明宣宗朱瞻基年號(1426—1435)。

[20]長號(háo 嚎)：引聲長哭。　　[21]故：過去。　　[22]扃(jiōng 窘陰平聲)牖(yǒu 友)：關着窗户。扃，門窗、箱櫃上的的閂、鉤之類，這裏用作動詞。牖，古建築中室與堂之間的窗子。　　[23]殆：大概，也許。

　　項脊生曰[1]：蜀清守丹穴，利甲天下，其後秦皇帝築女懷清台[2]。劉玄德與曹操争天下，諸葛孔明起隴中[3]。方二人之昧昧於一隅也[4]，世何足以知之？余區區處敗屋之中[5]，方揚眉瞬目，謂有奇景，人知之者，其謂與埳井之蛙何異[6]？

【校注】

[1]項脊生：作者的別號。　　[2]"蜀清守丹穴"三句：據《史記·貨殖列傳》載，巴蜀有個名爲清的寡婦，其先人經營丹砂礦致富，而清"能守其業，用財自衛，不

見侵犯”,後來秦始皇把她作爲貞婦招待,特意爲其築女懷清臺,以示尊崇。
[3]“劉玄德”二句:據《三國志·蜀書·諸葛亮傳》載,諸葛亮曾隱居於隆中,躬耕
隴畝。劉備與曹操爭天下,三顧茅廬請他出山。玄德:劉備的字。隴中:即隆中。
或謂隴畝即田野之中,亦通。　　　[4]方:當。二人:指寡婦清和劉備。昧昧:本意
爲昏暗的樣子,引申爲默默無聞,不爲人所知。隅:角落。　　　[5]區區:渺小的樣
子,這裏是謙詞。　　　[6]坎(kǎn 坎)井之蛙:《莊子·秋水篇》中敍坎井之蛙向東
海之鱉誇耀它所處的水坑很寬廣。後用以比喻孤陋寡聞的人。坎井,小水窪。
坎,同“坎”。

　　余既爲此志後五年[1],吾妻來歸[2],時至軒中,從余問古事,或憑
几學書[3]。吾妻歸寧[4],述諸小妹語曰:“聞姊家有閣子,且何謂閣子
也?”其後六年,吾妻死,室壞不修。其後二年,余久臥病無聊,乃使人
復葺南閣子,其制稍異於前[5]。然自後余多在外,不常居。庭有枇杷
樹,吾妻死之年所手植也[6],今已亭亭如蓋矣[7]。

　　　　　　　　　　　　　　　　　　　　　　《震川先生集》卷一七

【校注】

[1]此志:指本文。以下文字當爲後來補寫。　　　[2]吾妻:即作者妻魏氏。來歸:
嫁過來。《易·漸卦》:“女歸,吉。”孔穎達疏:“女人……以夫爲家,故謂嫁曰歸也。”
[3]憑几(jī 機)學書:伏在書案上學習寫字。　　　[4]歸寧:出嫁的女子回娘家
看望父母。《詩經·周南·葛覃》:“歸寧父母。”朱熹《集傳》:“寧,安也。謂問
安也。”　　　[5]制:規制,規模。　　　[6]妻死之年:魏氏死於嘉靖十四年(1535)。
[7]亭亭:高高直立的樣子。如蓋:形容枝葉繁盛,樹冠如蓋。蓋,傘。

【集評】

　　(明)王錫爵《明太僕寺寺丞歸公墓誌銘》:“(歸有光)所爲抒寫懷抱之文,溫潤
典麗,如清廟之瑟,一唱三歎,無意於感人,而歡愉慘惻之思,溢於言語之外,嗟歎之,
淫佚之,自不能已已。”

　　(清)錢謙益《列朝詩集小傳·丁集》:“熙甫爲文,原本六經,而好《太史公書》,
能得其風神脈理。其於八大家,自謂可肩隨歐、曾,臨川則不難抗行。”

有安社稷臣者

【題解】

這是一篇八股文。八股文是明清時期科舉考試時所規定的一種特殊文體,又稱爲經義、四書文、制義或制藝、時文(相對"古文"而言)等。"股"是對偶的意思,八股即文章中有四段對偶排比的文字,每段又都有兩股排比對偶的文字,合共八股,故稱八股文。具體來説,則包括破題、承題、起講及起股、中股、後股、束股即"八股"(或稱提、虛、中、後四比共"八比")以及穿插其間的出題、過接和最後的收結。其中有些部分並非不可或缺的,即使同樣的部分,寫法上也可能有區別。"起股"至"束股"爲正式議論部分,尤以"中股"爲全篇重心。八股文的字數也有限定,多在 500 至 700 字之間。八股文的寫作注重章法與格調,是説理散文與駢體辭賦匯合而成的一種新文體。

八股文從内容上要求作者代聖賢立言,題目均出自《四書》,但命題的方式不一,有以一章完整爲題的"全章題",也有從前後兩章或兩句各截一部分合在一起的"截搭題",還有從一章中選取單句或半句爲題的,本文即屬於後一種題型,題目出於《孟子·盡心上》"有安社稷臣者,以安社稷爲悦者也"。

歸有光長於八股文,《明史》卷二八七《歸有光傳附胡友信傳》稱:"明代舉子業最擅名者,前則王鏊、唐順之,後則震川、思泉。"而黄宗羲《明文案序上》在評論歸有光古文時説:"議者以震川爲明文第一,似矣。試除去其敍事之合作,時文境界,間或闌入。"則對其八股文筆法影響古文寫作略有微詞。

　　大臣之心,一於爲國而已矣[1]。

　　夫大臣以其身爲國家安危者也,則其致忠於國者可以見其心矣,其視夫溺於富貴者何如哉[2]?

　　且夫富貴爲豢養之地,榮禄啓倖進之媒,人臣之任職者,或不能以忠貞自見矣,而世乃有所謂安社稷臣者何如哉[3]?

　　蓋惟皇建辟,而立之天子,非以爲君也,以爲社稷之守也;惟辟奉天,而置之丞弼,非以爲臣也,以爲社稷之輔也[4]。

　　人臣之寄在於社稷而已[5]。

　　顧靡戀於好爵[6],則移其心於徇利[7];嬰情於名位[8],則移其心於慕君[9],而社稷之存亡奚計哉[10]?惟夫有大臣者,敦篤棐之忠[11],

凡所以夙夜匪懈者^[12]，不惟其己之心，而以君之心爲心；充靖恭之節^[13]，凡所以旦夕承弼者^[14]，不惟其君之心，而以天下之心爲心。

謨謀於密勿者^[15]，必其爲宗社生靈長久之計，入以告於爾後，苟無與於社稷者不言也；經營於廊廟者^[16]，必其爲國家根本無窮之慮，出以施於天下，苟無與於社稷者不爲也。其憂深而其慮長，前有以監於先王^[17]，而後有以垂諸萬世，而相與維持之者，不敢有苟且之意，蓋有所謂國存與存、國亡與亡者矣^[18]；其志遠而其守固，上不奪於權力，下不顧於私家，而所以自樹立者，不敢有委隨之心^[19]，蓋有所謂招之不來、麾之不去者矣^[20]。

故天下無事^[21]，則爲之培養元氣、調理太和，而不遑啓處^[22]，以置國家於磐石之固；天下有變，則爲之消弭禍亂，攘除災害，而不動聲色，以措天下於泰山之安。不以其身也，以社稷也。其心之切切也^[23]，猶夫懷祿者之情也，得之而以爲喜，失之而以爲憂矣；不以其君也，以社稷也；其心之眷眷也^[24]，猶夫慕君者之衷也，不安則以爲憂，安之則以爲悦矣^[25]。

吁，此大臣之心也^[26]。

《欽定四書文·正嘉四書文》卷六

【校注】

[1]"大臣"二句：此二句爲破題，破題的作用在於揭示文章的主題。本文全題爲"有安社稷臣者，以安社稷爲悦者"，故破題點明"大臣"和"爲國"，並以"心"扣合"悦"字。　　[2]"夫大臣"三句：此三句爲承題，承題的目的在於對主題作必要的補充或界定。此處繼續用"大臣以其身爲國家安危者"照應"有安社稷臣者"，並以"其致忠於國者可以見其心"呼應破題所揭示的"心"字，進而引出"溺於富貴者"，以便下文進行比較。朱熹集注有"大臣之計安社稷，如小人之務悦其君，眷眷於此而不忘也"。本文比較亦由此生發。溺：沉溺。　　[3]"且夫"五句：此五句爲起講，即進一步詮釋題旨。破題、承題、起講三部分都是文章的開篇，前人又統稱之爲"冒子"。這裏抓住承題引出的"富貴"，正話反説，由"人臣之任職"易爲"富貴"、"倖進"誘惑、驅使，逼出"世乃有所謂安社稷臣者何如哉"的問題，使下文得以順勢展開。豢養：飼養，引申爲誘惑。榮祿：榮華、利禄。啓：開啓。倖進：以儌倖得進升。媒：方式。　　[4]"蓋惟皇"八句：此八句爲起股。起股開始發議

論,採用對偶句式,形成排偶之勢。八股文要求"代聖人立言",故議論始發,通常轉入聖人口吻,謂之"入口氣",結尾回到本人語氣,謂之"出口氣"。本文入、出之蹟雖不明顯,但思想、議論,則力求符合孟子特點。丞弼:輔佐。　　　[5]"人臣"句:此句爲出題。出題一般是以一句或幾句散句,在上文的基礎上,須將題旨全部概括點出。故此句可見"人臣"、"社稷",而"寄"乃"寄託",意謂目的、追求,符合"安"字。　　　[6]"顧縻戀"以下一段爲中股,中股往往闡發題目"正義",即中心論點的段落,用排偶句式。"縻戀"句:《易·中孚卦》:"我有好爵,吾與爾縻之"。縻:通"靡",分散。這裏指沉醉於利祿。　　　[7]徇利:追循利益。徇,順從。[8]嬰情:指熱衷於。嬰,圍繞、纏繞。　　　[9]慕君:指取悅君王。　　　[10]奚計:奚,哪裏;計,考慮。　　　[11]敦:崇尚,注重。篤棐:忠誠輔助。　　　[12]夙夜匪懈:晝夜不鬆懈。夙(sù 肅),早晨。匪,非,不。　　　[13]靖恭:恭謹。[14]承弼:承命輔佐。《書·冏命》:"其侍御僕從……以旦夕承弼厥辟。"[15]"謨謀"以下一段爲後股,是在中股基礎上的進一步闡發,用排偶句式。謨(mó 模)謀:謀劃,謀慮。密勿:機要,機密。　　　[16]廊廟:指朝廷。　　　[17]監(jiàn 見):借鑒,參考。《論語·八佾》:"周監於二代,鬱鬱乎文哉!"　　　[18]與:同,跟,隨着。　　　[19]委隨:順從。歸有光《士立朝以正直忠厚爲本》:"欲以委隨變化而謂之通,凌詆盡察而謂之能,此則天下之所謂才,而非士之所貴也。"[20]招之不來、麾之不去:語出《史記·汲鄭列傳》:"使黯(汲黯)任職居官,無以踰人。然至其輔少主,守城深堅,招之不來,麾之不去,雖自謂賁育亦不能奪之矣。"喻性情剛直。　　　[21]"故天下"以下一段爲束股,用以闡發未盡之意,收束全文。　　　[22]不遑啓處(chǔ 楚):語出《詩經·小雅·四牡》:"王事靡鹽,不遑啓處。"不遑,無暇。啓處,謂安居。　　　[23]切切:懇切、深切。　　　[24]眷眷:留戀、思慕。　　　[25]悅:高興,愉悅。至此,題中之"悅"字乃出　　　[26]"吁"二句:此二句爲收結,是全文的結束語,一般用散句,不作發揮。

【集評】

　　(清)方苞《欽定四書文·正嘉四書文》:"從'悅'字生意,易見巧雋。此文止將社稷臣志事規模切實發揮,不咕咕於'悅'字,而精神自然刻露,與《所謂大臣》(按:《所謂大臣》係歸有光另一四書文,亦見收於《欽定四書文·正嘉四書文》)篇同一寫照,而氣象又別。""觀杜詩可知其志節慷慨,觀震川文可知其心術端愨,故曰即末以操其本可八九得也。"

唐順之

【作者簡介】

　　唐順之(1506—1560)，字應德，世稱荆川先生，武進(今屬江蘇)人。嘉靖八年(1529)會試第一，官翰林院編修，後罷官入陽羨山讀書十餘年。復召用，以兵部郎中督師浙江，屢破倭寇，終因重病纏身，卒於巡視江海舟中。唐順之學識淵博，對天文、地理、數學、曆法、兵法及樂律皆有研究。在文學主張上，反對模擬，推崇唐宋散文，與王慎中、茅坤、歸有光等，形成所謂“唐宋派”。唐順之對復古文風持尖銳批評態度，曾自評其所作云：“其爲詩也，率意信口，不調不格，大率似以寒山、《擊壤》爲宗……其於文也，大率所謂宋頭巾氣習，求一秦字漢語了不可得，凡此皆不爲好古之士所喜。”(《答皇甫柏泉郎中書》)而《明史》本傳則稱其“爲古文，洸洋紆折有大家風”。著有《荆川先生文集》十七卷，輯有《文編》、《稗編》等。《明史》卷二○五有傳。

任光禄竹溪記

【題解】

　　本文記敍任光禄治園植竹事，通過京師、江南兩地人們對待竹子的不同態度，抒發“世之好醜，亦何常之有”的慨歎。在此基礎上，描寫任光禄雖身處江南，卻在園中“遍植以竹”，並以“竹溪主人”自號，突出了他不爲世俗之見所左右的高雅志趣。隨之展開的議論，借竹喻人，説明任光禄知竹愛竹與其“子子然有似乎偃蹇孤特之士”的品德相關。文章雖以“記”名，但並未緊扣“竹溪”而單純敍其位置、景致，而是借題發揮，馳騁議論，與宋以後山水散文議論化傾向一致。古代光禄大夫或光禄寺的官員，都可以簡稱光禄。任光禄事蹟不詳。明嘉靖乙未進士尹臺《洞麓堂集》卷十有《送任光禄赴承天幕府》詩，未知詩題中“任光禄”與本篇主人公是否一人。

　　余嘗游於京師侯家富人之園[1]，見其所蓄，自絶徼海外[2]，奇花石無所不致，而所不能致者惟竹。吾江南人斬竹而薪之[3]，其爲園亦必購求海外奇花石，或千錢買一石，百錢買一花，不自惜。然有竹據其間，或芟而去焉[4]，曰：“毋以是占我花石地。”而京師人苟可致一竹[5]，輒不惜數千錢；然纔遇霜雪，又槁以死[6]。以其難致而又多槁死,則人益貴之;而江南人甚或笑之曰:"京師人乃寶吾之所薪。"

　　嗚呼!奇花石誠爲京師與江南人所貴。然窮其所生之地[7],則絕徼海外之人視之,吾意其亦無以甚異於竹之在江以南。而絕徼海外,或素不產竹之地,然使其人一旦見竹,吾意其必又有甚於京師人之寶之者[8]。是將不勝笑也。語云:"人去鄉則益賤[9],物去鄉則益貴。"以此言之,世之好醜,亦何常之有乎[10]!

【校注】

[1]京師:此指北京。侯家:泛指達官顯貴之家。　　　[2]絕徼(jiào 叫)海外:泛指遙遠之地。徼,邊界。　　　[3]薪:柴,此處用作動詞。　　　[4]芟(shān 山):指砍伐。　　　[5]苟:假如。　　　[6]槁:乾枯。　　　[7]窮:追尋。　　　[8]寶:珍視。[9]去鄉:離開本土。　　　[10]何常之有:有何常的倒裝,此句謂世人對於美醜的看法,是不固定的。

　　余舅光祿任君治園於荊溪之上[1],遍植以竹,不植他木。竹間作一小樓,暇則與客吟嘯其中[2],而間謂余曰[3]:"吾不能與有力者爭池亭花石之勝,獨此取諸土之所有[4],可以不勞力而翁然滿園[5],亦足適也[6]。因自謂竹溪主人。甥其爲我記之。"余以謂君豈真不能與有力者爭[7],而漫然取諸其土之所有者[8],無乃獨有所深好於竹,而不欲以告人歟?

　　昔人論竹,以爲絕無聲色臭味可好[9]。故其巧怪不如石,其妖艷綽約不如花[10],子孑然有似乎偃蹇孤特之士[11],不可以諧於俗[12]。是以自古以來,知好竹者絕少。且彼京師人亦豈能知而貴之?不過欲以此鬥富與奇花石等耳。故京師人之貴竹,與江南人之不貴竹,其爲不知竹一也[13]。君生長於紛華[14],而能不溺乎其中[15],裘馬僮奴歌舞[16],凡諸富人所酣嗜,一切斥去。尤挺挺不妄與人交[17],凜然有偃蹇孤特之氣,此其於竹必有自得焉。而舉凡萬物可喜可玩,固有不能間也歟[18]?然則雖使竹非其土之所有,君猶將極其力以致之,而後快乎其心。君之力雖使能盡致奇花石,而其好固有不存也。嗟乎!竹固可以不出江南而取貴也哉[19]!吾重有所感矣[20]。

【校注】

[1]荆溪:水名,在今江蘇宜興南,注入太湖。 [2]吟嘯:吟詠歌誦。 [3]間:間或,偶然。 [4]土:此本土,當地。 [5]翁(wěng 翁上聲)然:叢盛的樣子。 [6]適:適意。 [7]謂:通"爲"。 [8]漫然:隨意,漫不經心。 [9]臭(xiù 秀)味:氣味。可好:值得喜愛。 [10]綽約:柔美的姿態。 [11]孑孑然:形容孤獨的情狀。偃蹇:高傲。孤特:孤高獨立。 [12]諧:協調。 [13]一:一樣,相同。 [14]紛華:富貴豪華。 [15]溺:沉溺。 [16]裘:皮衣。馬:馬車。僮奴:奴僕。 [17]挺挺:喻正直。 [18]間:間隔,阻止。 [19]取貴:爲人所珍視。 [20]重:深,甚。

馮惟敏

【作者簡介】

馮惟敏(1511—1580?),字汝行,號海浮,山東臨朐人。明嘉靖十六年(1537)中鄉試,以後累舉進士不第,至嘉靖四十一年進京謁選,得授直隸淶水知縣,官至保定府通判。隆慶六年(1572)棄官歸隱,終老田園。馮惟敏與兄惟健、弟惟訥均能詩文,尤擅製曲,所作散曲題材廣泛,既有一般抒情、言志、寫景、詠物、贈答之作,又多涉及民生疾苦、官吏橫暴等,語言清新樸素,風格豪放爽朗。現存散曲集《海浮山堂詞稿》四卷,前有自題引言,稱"山人與老農語,或共野客游,不復及文字,亦不説詩,乃間以近調自寓,取足目前意興而止"。另有雜劇《不伏老》、《僧尼共犯》及詩文集《馮海浮集》、《石門集》。清錢謙益《列朝詩集·丁集》有傳。

滿 庭 芳

書 蟲

【題解】

古代文人常以書蟲自比或喻人,如唐韓愈《雜詩》:"古史散左右,詩書置後前。豈殊蠹書蟲,生死文字間。"宋歐陽修《讀書》:"吾生本寒儒,老尚把書卷。眼力雖已疲,心意殊未倦。……信哉蠹書魚,韓子語非訕。"蘇軾《次韻曹子方運判雪中同游西湖》:"樽前侑酒祇新詩,何異書魚餐蠹簡。"等等。這些詩句,多是借書蟲比喻文人讀書生活,間有自得其樂之意。而明人或以學問博取功名,讀書有時就成了難有回報的苦差事,故馮惟敏筆下書蟲也盡顯其可憐相。細按曲詞,則作者既有借書蟲譏諷少學無才者之意,又間接抒發了辛勤讀書而不得志的牢騷。

　　　蠹魚雖小[1],咬文嚼字,有甚才學?綿纏紙裏書中耗[2],占定窩巢。俺看他一生怕了[3],你鑽他何日開交[4]?聽吾道:輕身兒快跑,撚著你命難饒[5]!

《海浮山堂詞稿》卷二上

【校注】

[1]蠹魚:蛀食書籍的小白蟲。明汪廷訥《坐隱先生選本》"魚"作"蟲"。
[2]耗:消耗時間。　　[3]他:指書籍,下同。　　[4]開交:停止。　　[5]撚(niǎn 捻):揉,搓。饒:明汪廷訥《坐隱先生選本》作"逃"。

【集評】

　　任中敏《散曲叢刊》第十種《海浮山堂詞稿》提要:"馮氏散曲,最有生氣,最有魄力,爲明曲中僅有之豪放一派。王世貞、王驥德輩以爲本色過多,北音太繁,多俠寡馴,不知馮氏長處與曲體之長處,正在本色與寡馴。"

茅　坤

【作者簡介】

　　茅坤(1512—1601),字順甫,號鹿門,歸安(今浙江湖州)人。嘉靖十七年(1538)進士,歷知青陽、丹徒等縣,遷禮部主事、廣西兵備僉事等職。論文不滿前後七子"文必秦漢"的觀點,提倡學習唐宋古文。對於作品內容,則主張必須闡發"六經"之旨。曾編選《唐宋八大家文鈔》,對韓愈、歐陽修和蘇軾尤加推崇,確立了古文創作的師法榜樣,流傳廣泛。與王慎中、唐順之、歸有光等,同被稱爲"唐宋派"。所著有《白華樓藏稿》,刻本罕見,行世者有《茅鹿門集》。《明史》卷二八七有傳。

青霞先生文集序

【題解】

　　青霞爲沈鍊(？—1560)之號。據《明史》本傳載，鍊爲人剛直，嫉惡如仇。曾上疏力斥嚴嵩貪婪愚鄙，歷數其十大罪狀。因此被謫戍保安(在今河北懷來)。既至，向當地人語以忠義大節，日相與詈嵩父子爲常。語稍稍聞京師，嵩大恨，其黨徒遂借機誣鍊通白蓮教，處斬。隆慶初，詔褒言事者，贈鍊光禄少卿。天啓初，諡忠愍。沈鍊事蹟在明代已廣爲流傳，小說有《沈小霞相會出師表》，極力頌揚其高貴品質。《四庫全書總目》之《青霞集》提要云鍊子襄有《刻集紀原》，言"方鍊被禍時，籍其家，毁其著述，又榜禁毋許藏匿副本，是編蓋襄所口誦而心記者"。然僅什之一二，後復得武崇文所藏本，始編次成集。"其文章勁健有氣，詩亦郁勃磊落，肖其爲人。"據《明清進士題名碑錄》，茅坤與沈鍊同年取爲進士，均名列三甲。此序也不拘於序文多就原書體例内容加以評述窠臼，着力抒寫沈鍊"古之志士之遺"的精神風範，感情激越，寄慨深沉。《四庫全書・青霞集》所録茅序，末云"嘉靖癸亥孟春望日歸安茅坤拜書"，則此文當作於嘉靖四十二年(1563)正月十五日(參見張夢新《茅坤研究》，中華書局2001年版，第113頁)。

　　青霞沈君，由錦衣經歷上書詆宰執[1]。宰執深疾之[2]，方力構其罪[3]，賴天子仁聖[4]，特薄其譴[5]，徙之塞上[6]。當是時，君之直諫之名滿天下。已而君累然攜妻子出家塞上[7]。會北虜數内犯[8]，而帥府以下，束手閉壘[9]，以恣虜之出没[10]，不及飛一鏃以相抗[11]。甚且及虜之退，則割中土之戰没者與野行者之馘以爲功[12]。而父之哭其子，妻之哭其夫，兄之哭其弟者，往往而是，無所控籲[13]。君既上憤疆場之日弛，而又下痛諸將士日菅刈我人民以蒙國家也[14]。數嗚咽欹歔，而以其所憂鬱發之於詩歌文章，以泄其懷，即集中所載諸什是也[15]。

　　君故以直諫爲重於時[16]，而其所著爲詩歌文章又多所譏刺，稍稍傳播，上下震恐，始出死力相煽構[17]，而君之禍作矣。君既没，而一時闔寄所相與讒君者[18]，尋且坐罪罷去。又未幾，故宰執之仇君者亦報罷。而君之門人給諫俞君[19]，於是裒輯其生平所著若干卷[20]，刻而傳之。而其子以敬[21]，來請予序之首簡。

【校注】

[1]錦衣：明代官署錦衣衛的簡稱，明初始設，負責皇宮護衛，兼管刑獄、緝捕等事。經歷：職掌內納文書之屬官。詆：指斥。宰執：宰相，這裏指嚴嵩。　　[2]疾：忌恨。　　[3]力構：竭力羅織、捏造。　　[4]“天子”前原有一“明”字，《四庫全書·青霞集》本同，似屬衍文，今刪。　　[5]薄：減輕。譴：處分。此爲辯護之詞。[6]徙：遷徙，流放。塞上：邊塞之外。　　[7]累然：沉重鬱悶的樣子。　　[8]北虜：指當時塞北蒙古諸部。數：屢次。內犯：侵犯內地。　　[9]束手閉壘：束手無策，緊閉城壘。　　[10]恣：縱，聽任。　　[11]鏃：箭頭。　　[12]馘（guó國）：古代戰爭中割取敵人左耳以計數報功。《明史》載“許論總督宣、大，常殺良民冒功，鍊貽書誚讓。”　　[13]無所控籲：無處控訴呼籲。　　[14]菅（jiān兼）刈（yì義）：割草，喻隨意殘殺。菅，一種多年生草。刈，割。《漢書·賈誼傳》：“其視殺人，若艾（通“刈”）草菅然。”　　[15]什：篇章。　　[16]重：敬重。[17]煽構：羅織、誣陷。　　[18]閫（kǔn捆）寄：舊指統兵在外的將帥。閫，外城之門。　　[19]給諫：給事中。官名。俞君：不詳。　　[20]裒（póu掊）輯：搜集彙編。　　[21]以敬：沈鍊之子沈襄，字以敬。

茅子受讀而題之曰[1]：若君者，非古之志士之遺乎哉[2]？孔子刪《詩》，自《小弁》之怨親[3]，《巷伯》之刺讒以下[4]，其忠臣、寡婦、幽人、懟士之什[5]，並列之爲“風”，疏之爲“雅”[6]，不可勝數，豈皆古之中聲也哉[7]？然孔子不遽遺之者[8]，特憫其人，矜其志[9]，猶曰“發乎情，止乎禮義”，“言之者無罪，聞之者足以爲戒”焉耳[10]。予嘗按次《春秋》以來[11]，屈原之《騷》疑於怨[12]，伍胥之諫疑於脅[13]，賈誼之疏疑於激[14]，叔夜之詩疑於憤[15]，劉蕡之對疑於亢[16]，然推孔子刪《詩》之旨而裒次之，當亦未必無錄之者。君既没，而海內之薦紳大夫至今言及君[17]，無不酸鼻而流涕。嗚呼！集中所載《鳴劍》、《籌邊》諸什，試令後之人讀之，其足以寒賊臣之膽，而躍塞垣戰士之馬而作之愾也[18]，固矣。他日國家采風者之使出而覽觀焉[19]，其能遺之也乎？予謹識之。至於文詞之工不工，及當古作者之旨與否[20]，非所以論君之大者也[21]，予故不著。

【校注】

[1]茅子：作者自稱。受讀：恭讀。　　[2]遺：繼承者。　　[3]《小弁》：《小雅》中的一篇，傳爲周幽王太子所作。幽王聽信寵妃褒姒讒言，廢黜申后，放逐宜臼，宜臼遂作此詩以抒怨恨。　　[4]《巷伯》：《小雅》中的一篇，相傳巷伯因受讒而被處宮刑，憤而作此詩以譏刺讒人。　　[5]幽人：隱士。懟（duì 對）士：憤世嫉俗之人。懟，怨恨。　　[6]風：指《詩經》中的《國風》。雅：指《詩經》中的《大雅》、《小雅》。疏：條理分列。　　[7]中聲：中正平和的作品。　　[8]遽（jù 據）：匆忙，輕率。遺：遺棄。　　[9]憫：憐憫。矜（jīn 今）：同情。　　[10]"發乎情"、"言之者"二句出自《毛詩序》。　　[11]按次：依次考察。　　[12]疑於：似乎有，近乎。　　[13]伍胥：伍子胥，曾助吳王闔閭大敗楚軍，後因勸諫吳王夫差拒絕越王勾踐求和、停止伐齊而被賜死。脅：威脅。　　[14]賈誼：西漢政論家、文學家，多次上疏批評時政，如《陳政事疏》、《過秦論》等。激：偏激，過激。[15]叔夜：嵇康，字叔夜。因不滿司馬氏政權，爲司馬昭所殺，作有《幽憤詩》。[16]劉蕡（fén 焚）：唐文宗時應賢良對策，極言宦官禍國。對：對策。亢：亢奮、剛直。　　[17]薦紳：同"搢紳"，官宦的裝束，用作官宦代稱。　　[18]塞垣：邊塞城墙。愾：同仇敵愾的義憤。　　[19]采風者之使：古代朝廷派人搜集民間謠諺以察風俗，謂之"采風"。　　[20]當：符合。　　[21]大：大節。

【集評】

（明）茅國縉《夫府君行實》："夫府君之於文，風神遒逸，不爭奇於句字，而其氣雲蒸泉湧，跌宕激射，讀者往往魄動氣竭而不可羈泊。雖不獲一日安於朝乎，而所與諸公折柬往復，輒數千百言，皆一方所以安危，非苟焉而已者。序、記、志、狀，則摹畫點次，感慨淋漓，睹其文，如睹其人其事，説者謂得龍門之解。"（《茅坤集》附錄一）

（清）吳楚材、吳調侯《古文觀止》卷一二："（沈煉）先生生平大節，不必待文集始傳。特後之人，誦其詩歌文章，益足以發其忠孝之志，不必其有當於中聲也。（茅坤）此序深得此旨，文亦浩落蒼凉，讀之凜凜有生氣。"

李攀龍

【作者簡介】

　　李攀龍(1514—1570),字于鱗,號滄溟,歷城(今山東濟南)人。少年喪父,發奮自學,嗜詩歌而厭訓詁學,日讀古書,里人共目爲狂生,遂自稱:"吾而不狂,誰當狂者?"(王世貞《李于鱗先生傳》)。嘉靖二十三年(1544)進士,授刑部主事,曾任陝西提學副使,鄉人殷學爲巡撫,檄令屬文,攀龍怫然曰:"文可檄致邪?"拒不應。一度以病辭歸,構白雪樓,名日益高。賓客造門,率謝不見。隆慶改元,復出,官至河南按察使,性格稍有變化,摧亢爲和。李攀龍在刑部時,與王世貞、徐中行、梁有譽、宗臣、謝榛、吳國倫等結爲詩社,世稱"後七子",而李攀龍實爲盟主,因其獨心重世貞,天下亦並稱"王、李"。又與何景明並稱"何、李"。李攀龍聲稱"文自西京,詩自天寶而下,俱無足觀"(《明史》本傳)。故所作詩文,多摹擬古人,務以聲調勝,以致生吞活剝,食古不化,爲世人譏諷。但各體創作情況略有不同,沈德潛《明詩別裁集》卷八:"歷下詩,元美諸家推獎過盛,而受之(錢謙益)搘擊歡呼叫咷,幾至身無完膚,皆黨同伐私之見也。分而觀之,古樂府及五言古體,臨摹太過,痕跡宛然;七言律及七言絕句,高華矜貴,脫棄凡庸。去短取長,不存意見,歷下之真面目出矣。"此論似較公允。著有《白雪樓詩集》、《滄溟先生集》,編有《古今詩删》。《明史》卷二八七有傳。

登黃榆馬陵諸山是太行絕頂處

其　　二

【題解】

　　這是一組詩,共四首,此爲其二。李攀龍曾官順德知府,順德治所在今河北邢臺。邢臺距黃榆、馬陵諸山不遠,李攀龍常登臨賦詩。同題尚有七律四首,其四亦膾炙人口,詩云:"千峰郡閣望嵯峨,此日褰帷按塞過。落木悲風鴻雁下,白雲秋色太行多。山連大陸蟠三晉,水劃中原散九河。回首薊門高殺氣,羽林諸將在橫戈。"格高思遠,可與本詩參看。

　　不盡寒雲外,青峰落照多[1]。秋陰生大鹵[2],木葉下滹沱[3]。巨壑藏風雨,飛梁掛薜蘿[4]。重關三輔地[5],躍馬意如何?

《滄溟先生集》卷六

【校注】

[1]落照:落日。照,日光。　　[2]大鹵:草木不生的荒地。　　[3]滹(hū 呼)沱(tuó 駝):子牙河北源,在河北西部。　　[4]薜蘿:植物名,薜荔、女蘿合稱。[5]重關:黃榆嶺形勢險要,上有關口,明正統間始設兵駐守。三輔:太行山綿延山西、河北、河南,可稱三輔之地。或從王勃"城闕輔三秦,風煙望五津"句化出,組詩其四有"風煙接井陘"句。

【集評】

(明)李雯、陳子龍、宋徵輿《皇明詩選》卷八:陳子龍曰:"于鱗五言律,雜出盛唐諸家,惟其精工雄渾,一字不苟,前人所難也。"

(清)施閏章《蠖齋詩話》:"于鱗自喜高調,於登臨尤擅場。然登太行、太華山絕頂各四首,竭盡氣力,聲格俱壯。細看四首景象,無甚差別,前後亦少層次,總似一首可盡,故知七律不貴多也。杜老《秋興》八首、《詠懷古蹟》五首,各有所指,自不可厭。今人搖筆四首八首,以十爲率,强半不知痛癢耳。"

於郡城送明卿之江西

其　　二

【題解】

本題有詩四首,此爲其二。郡城,即濟南。明卿,吳國倫字。嘉靖三十四年(1555),楊繼盛上疏彈劾嚴嵩,被嚴嵩構陷,判處死刑。吳國倫倡衆爲其送葬,得罪嚴嵩,貶江西按察司知事,赴任途中,路經濟南,時李攀龍罷官家居,作此詩爲之送行,感情真摯深沉,悽楚中不失豪氣。李攀龍另有七律《送明卿謫江西》,七絕《懷明卿》。吳國倫返京後,又有七絕《春日聞明卿之京爲寄》,足見其關切之情。

青楓颯颯雨淒淒[1],秋色遙看入楚迷[2]。誰向孤舟憐逐客[3],白雲相送大江西[4]。

《滄溟先生集》卷一二

【校注】

[1]颯颯:風聲。　　[2]入楚:江西爲楚頭吳尾,此處以"楚"指明卿貶所。迷:迷茫。　　[3]逐客:貶謫之人,指明卿。　　[4]"白雲"句:李白《白雲歌送劉十六

歸山》：“楚山秦山皆白雲，白雲處處長隨君。長隨君，君入楚山裏，雲亦隨君渡湘水。”

【集評】

　　（明）李雯、陳子龍、宋徵輿《皇明詩選》卷十三：陳子龍曰：“于鱗絕句，詞甚練而若出自然，意必渾而每多可思，照應頓挫，俱有法度，未易至也。”

挽王中丞

其　　八

【題解】

　　王中丞，王忬，曾任薊遼總督。初爲世宗信重，禦倭、戍邊，屢建奇功。嘉靖三十八年（1559），韃靼將犯西，卻揚言東來，王忬引兵向東迎擊。韃靼乘隙渡灤河而西，大掠遵化、薊州等地，京師震動，王忬以失策被斬。穆宗即位，其子世貞、世懋兄弟伏闕訟冤，復故官。又據李攀龍《總督薊遼右都御史兼兵部左侍郎王公傳》，“會兵部員外郎（楊）繼盛疏嵩父子，爲所陷，抵罪，公冤之；公子世貞又爲護繼盛喪，嵩父子益銜之”。後遂因軍事失利，被嚴嵩構陷繫獄。李攀龍素重王忬，當其遇害，特作《挽王中丞》八首哀悼，此爲其八，作品不僅對王忬死非其罪頗有痛惜之意；對其報國志向也大加頌揚。李攀龍另有《王中丞破胡遼陽凱歌四章》表彰王忬“萬里橫行大破胡”，可與本詩參看。

　　幕府高臨碣石開[1]，薊門丹旐重裴徊[2]。沙場入夜多風雨，人見親提鐵騎來[3]。

　　　　　　　　　　　　　　　　　　　　　　　　　　　《滄溟先生集》卷一二

【校注】

[1]碣石：古山名，地址有不同説法，一説在今河北昌黎縣北。此句謂薊遼總督治所之所在地，“高”、“開”二字盡顯其氣派。　　　　[2]薊門：在北京德勝門外。丹旐（zhào 照）：殯喪時在棺柩前引路的旗幟。裴徊：往返迴旋，同“徘徊”。

[3]“沙場”二句：謂王忬至死不忘報國，英靈不滅，人猶見其領兵馳騁於戰場。親提：親自率領。

【集評】

（清）沈德潛《明詩別裁集》卷八：評《挽王中丞》其一："爲中丞吐氣而忠厚之意宛然。"

徐　渭

【作者簡介】

徐渭（1521—1593），字文長，號天池山人、青藤道士、田水月等，山陰（今浙江紹興）人。二十歲時考中秀才，此後屢應鄉試不中，終身無功名。嘉靖三十六年（1557）入浙閩總督胡宗憲幕爲書記，兼參機要，參與抗倭軍務。胡宗憲獲罪被捕，徐渭因驚懼而致精神失常，數次自殺未成。隆慶元年（1567），因殺妻被逮論死，賴同鄉張元忭疏通得脱，困頓以終。徐渭不拘禮法，憤世嫉俗，又多才多藝，詩文之外，又擅雜劇。工書法，長於行草；繪畫長於花鳥，用筆放縱，水墨淋漓，與陳道復並稱"青藤、白陽"，其畫風對後來大寫意花卉深有影響。自稱書第一，詩次之，文次之，畫又次之。《四庫全書總目提要》對其創作頗不以爲然，詆爲"魔趣"，謂"及乎時移事易，侘傺窮愁，自知決不見用於時，益憤激無聊，放言高論，不復問古人法度爲何物，故其詩遂爲公安一派之先鞭"。所著有《徐文長全集》、《徐文長佚稿》、《徐文長佚草》、《南詞敍録》、《四聲猿》等。《歌代嘯》相傳亦爲其所作。又曾撰《自爲墓誌銘》、《畸譜》自述生平與性格。《明史》卷二八八有傳。

龕山凱歌

其　　四

【題解】

龕山，在今浙江蕭山東北。嘉靖三十四年（1555），明軍在此展開了一場抗倭之役，取得勝利。當時徐渭正入浙閩總督胡宗憲幕府，有《龕山之捷》紀其事。《龕山凱歌》在抒寫凱旋的歡慶中，表現了戰鬥的殘酷與將士的英勇。全詩共有九首，這裏所選的是第四首。

短劍隨槍暮合圍[1]，寒風吹血着人飛[2]。朝來道上看歸騎，一片紅冰冷鐵衣[3]。

《徐文長三集》卷一一

【校注】

[1]"短劍"句：敍將士攜各種長短兵器，乘夜包圍敵軍。　　[2]着(zhuó 卓)：及、到。　　[3]一片紅冰：鮮血凝結成冰。

狂鼓史漁陽三弄(節選)

【題解】

　　《狂鼓史漁陽三弄》是徐渭雜劇《四聲猿》中的一種，《四聲猿》由四種單折子戲組成，另三種是《玉禪師翠鄉一夢》《雌木蘭替父從軍》《女狀元辭凰得鳳》。四聲猿，語本《水經注·江水》："巴東三峽巫峽長，猿鳴三聲淚沾裳。"四聲，言其過甚。清顧公燮《消夏閒記》解釋："蓋猿喪子，啼四聲而腸斷，文長有感而發焉，皆不得意於時之所爲也。"狂鼓史，掌鼓的官吏，此指禰衡。漁陽三弄，即漁陽參撾，鼓曲名。《後漢書》卷八十下《文苑傳》："(曹操)聞衡善擊鼓，乃召爲鼓史，因大會賓客，閱試音節……次至衡，衡方爲《漁陽參撾》，蹀躞而前，容態有異，聲節悲壯，聽者莫不慷慨。"李賢注："參撾是擊鼓之法。"禰衡，字正平，山東德平人。性剛傲，有才辯。曹操曾召其爲鼓史，意在羞辱，禰反裸身辱操。操遂將其送與荆州劉表，又侮慢劉表，復被轉送江夏太守黃祖，終爲黃祖所殺。《狂鼓史》敍禰衡被害後，受陰間判官的敦請，面對曹操亡魂再次擊鼓痛斥其種種罪行。作品通過酣暢淋漓的曲詞，把姦邪之人的陰險、醜惡予以窮形盡相地揭露，實際上是借古諷今，抒發作者積鬱在心間的憤恨。

　　(外扮判官引鬼上[1])喒這裏算子忒明白[2]，善惡到頭來撒不得賴，就如那少債的，會躲也躲不得幾多時，卻從來沒有不還的債。喒家姓察名幽，字能平，別號火珠道人。平生以善斷持公，在第五殿閻羅天子殿下[3]，做一箇明白灑落的好判官[4]。當日，禰正平先生與曹操老瞞對訐[5]，那一宗案卷是喒家所掌。俺殿主向來以禰先生氣概超群，才華出衆，凡一應文字，皆屬他起草，待以上賓。昨日晚衙[6]，殿主對喒家說："上帝舊用一夥修文郎[7]，並皆遷次別用[8]，今擬召劫滿應補之人[9]，禰生亦在數中。汝可預備裝送之資，萬一來召，不得有誤時刻。"我想起來，當時曹瞞召客，令禰生奏鼓爲歡，却被他橫睛裸體[10]，掉板掀槌，翻古調作《漁陽三弄》，借狂發憤，推啞裝聾，數落得他一箇有地皮没躲閃[11]。此乃豈不是踢弄乾坤[12]，提大傀儡的一場奇觀[13]。他如今不久要上天去了，俺待要請將他來，一倂放出曹瞞，把舊日罵座的情狀，兩下裏演述一番，留在陰司中做箇千古的話靶[14]，又見得善惡到頭，就是少債還債一般，有何不可。手下，與我請過禰先生，就一面放出曹操并他舊使唤的一兩箇人，在左壁廂伺候指揮。（鬼）領台旨[15]。（下）

【校注】

[1]外：戲曲脚色，元雜劇有外末、外旦、外净等，是末、旦、净等行當的次要脚色，明清以來，"外"逐漸成爲專演老年男子的脚色。　　[2]喒：同"咱"。算子：竹製的籌，用以計算，此處即指計算。忒：特，很。　　[3]閻羅：佛教有十殿閻羅的傳説，即秦廣王、初江王、宋帝王、伍官王、閻羅王、變成王、泰山王、平等王、都市王、五道轉輪王，分居地獄十殿。道教亦沿用此説。　　[4]箇：同"個"。明白灑落：明辨是非，乾净利索。　　[5]禰正平：即禰衡。老瞞：曹操小名阿瞞，此爲蔑稱。對訐(jié)：指對質以辨明是非。　　[6]晚衙：古代官府每日兩次坐衙理事，午後的稱作晚衙。　　[7]修文郎：《太平廣記》卷三一九引王隱《晉書》稱"修文郎"爲"鬼之聖者"，後因以"修文郎"爲陰司職掌文書典章之官。宋陸游《贈論命周雲秀才》詩："地下不作修文郎，天上亦爲京兆尹。"　　[8]遷次：升遷調動。[9]劫滿應補：劫難期滿，等候遞補。　　[10]橫睛：怒目。　　[11]數落：斥責。[12]踢弄：脚踢手弄。　　[13]提大傀儡：指傀儡戲，演出時以手提線以操縱木偶。　　[14]話靶：話柄，談資。　　[15]台旨：領旨的敬語。

（引生扮禰、净扮曹從二人上[1]）（曹從留左邊）（鬼）稟上爺，禰先生請到了。（相見介）（禰上座，判下陪云）先生當日借打鼓罵曹操，此乃天下大奇。下官雖從鞫問時佐證得聞一二[2]，終以未曾親睹爲歉。（判立云）又一件，而今恭喜先生爲上帝所知，有請召修文的消息，不久當行，而此事缺然，終爲一生耿耿。這一件尚是小事。陰司僚屬，併那些諸鬼衆，傳流激勸，更是少此一椿不可。下官斗膽[3]，敢請先生權做舊日行逕，把曹操也扮作舊日規模[4]，演述那舊日罵座的光景，了此夙願。先生意下如何？（禰）這箇有何不可。祇是一件，小生罵座之時，那曹瞞罪惡尚未如此之多，罵將來冷淡寂寥，不甚好聽。今日要罵呵，須直搗到銅雀臺分香賣履[5]，方痛快人心。（判）更妙，更妙！手下，帶曹操與他的從人過來。曹操，今日要你仍舊扮做丞相，與禰先生演述舊日打鼓罵座那一椿事。你若是喬做那等小心畏懼[6]，藏過了那狠惡的模樣，手下就與他一百鐵鞭，再從頭做起。（曹衆扮介）（禰）判翁大人，你一向謙厚，必不肯坐觀，就不成一場戲耍。當日罵座，原有賓客在座。今日就權屈大人爲曹瞞之賓，坐以觀之，方成一箇體面[7]。（判）這也見教得是。（揖云）先生告罪，卻斗膽了也。（判左曹右舉酒坐，禰以常衣進前將鼓）（曹喝云）野生！你爲鼓史，自有本等服色，怎麼不穿？快換！（校喝云）還不快換！（禰脫舊衣，裸體向曹立）（校喝云）禽獸！丞相跟前，可是你裸體赤身的所在！卻不道驢臁子朝東[8]，馬臁子朝西！（禰）你那顙丞相臁子朝南[9]，我的臁子朝北。（校喝云）還不換上衣服，買甚麼嘴[10]！（禰換錦巾、繡服、扁縧介）

【點絳唇】俺本是避亂辭家，遨游許下[11]，登樓罷[12]，回首天涯，不想到屈身軀扒出他們胯[13]。

【混江龍】他那裏開筵下塌，教俺操槌按板把鼓來搗，正好俺借槌來打落，又合着鳴鼓攻他。俺這罵一句句鋒鋩飛劍戟，俺這鼓一聲聲霹靂捲風沙。曹操！這皮是你身兒上軀殼，這槌是你肘兒下肋巴[14]，這釘孔兒是你心窩裏毛竅，這板杖兒是你嘴兒上獠牙，兩頭蒙總打得你潑皮穿，一時間也醉不盡你虧心大[15]。且從頭數起，洗耳聽咱。

【校注】

[1]生：戲曲腳色，一般扮演青壯年男子。淨：一般扮演品性有特異之處的男子，後世俗稱"花臉"。從：隨從。　[2]鞫（jū 拘）問：審問，審訊。　[3]斗膽：壯起膽子。　[4]規模：這裏指樣子、情景。後面有"狠規模"，即指兇狠的模樣。

[5]銅雀臺:古臺名,曹操於建安十五年冬建,故址在今河北臨漳西南。分香賣履:據陸機《弔魏武帝文并序》(《文選》卷六十)引曹操遺囑:"餘香可分與諸夫人,不命祭。諸舍中無所爲,可學作組履賣也。"諸舍中,指眾妾。組履,做鞋。
[6]喬:假裝。　　　[7]體面:體統,場面。這裏指判官兼演當年曹操賓客,符合排場。在舞臺上,這是一角二用,可減少出場人物。　　　[8]膫(liáo 僚)子:雄性生殖器,罵詈語。據王起主編《中國戲曲選》本劇注六,"驢膫子"二句爲浙東民間諺語,表示各人要守本份,而下面禰衡答語,則表示要與丞相對抗之意。
[9]頹:與曲中常見"鳥"字同義,雄性生殖器,多用作罵詈語。　　　[10]買嘴:指賣弄嘴皮子。徐渭《女狀元》:"倒也不是我春桃賣嘴,春桃若肯改妝一戰,管情取唾手魁名。"　　　[11]許下:指許昌。《後漢書》卷八十下《禰衡傳》云:"興平中避難荊州,建安初來游許下。"　　　[12]登樓:用東漢末年王粲依荊州劉表典故。王不爲所用,作《登樓賦》,抒發感慨。　　　[13]"不想到"句:用韓信少年時受胯下之辱的典故。扒:即"爬"。　　　[14]肋巴:肋骨。　　　[15]酹(lèi 累):這裏指羅列、歷數。

　　(鼓一通)(曹)狂生! 我教你打鼓,你怎麼指東話西,將人比畜? 我這裏銅槌鐵刃,好不利害! 你仔細你那舌頭和那牙齒! (判)這生果是無禮! (禰)

【油葫蘆】第一來逼獻帝遷都[1],又將伏后來殺,使郗慮去拿[2]。唉! 可憐那九重天子,救不得一渾家。帝道:后,少不得你先行,嗒也祇在目下[3]。更有那兩箇兒,又不是別樹上花,都總是姓劉的親骨血,在宮中長大,却怎生把龍雛鳳種做一甕鮓魚蝦[4]!

　　(鼓一通)(曹)說着我那一樁事了。(禰)

【天下樂】有一箇董貴人[5],是漢天子第二位美嬌娃。他該甚麼刑罰? 你差也不差? 他肚子裏又懷着兩三月小娃娃,既殺了他的娘,又連着胞一搭,把娘兒們兩口砍做血蝦蟆。

　　(鼓一通)(曹)狂生! 自古道風來樹動,人害虎,虎也要害人。伏后與董承等陰謀害俺[6],我故有此舉。終不然是俺先懷歹意害他[7]? (判)丞相說得是。(禰)你也想着,他們要害你爲着甚麼來? 你把漢天子逼遷來許昌,禁得就是這裏的鬼一般,要穿没有,要吃没有,要使用的没有,要傳三指大一塊紙條兒,鬼也没得理他。你又先殺了董貴人,他們急了,不謀你待幾時? 你且說,

就是天子無故要殺一箇臣下,那臣下可好就當面一把手採將他
媽媽過來,一刀就砍做兩段,世上可有這等事麼[8]?(判)這又是
狂生説得有理,且請一杯解嘲!(褊)

【那吒令】他若討喫麼,你與他幾塊歪刺[9]。他若討穿麼,你與他一匹
絟麻[10]。他有時傳旨麼,教鬼來與拿。是石人也動心,總癡人也害
怕,羊也咬人家。

　　(鼓一通)(判)丞相,這却説他不過。(曹)説得他過,我倒不到
　　這田地了。(褊)

【鵲踏枝】袁公那兩家,不留他片甲[11]。劉琮那一答[12],又逼他來獻
納。那孫權呵[13],幾遍幾乎[14],玄德呵,兩遍價搶他媽媽[15]。是處
兒城空戰馬[16],遞年來尸滿啼鴉[17]。

　　(鼓一通)(曹)大人,那時節亂紛紛,非祇我曹操一人如此。(判)
　　這箇,俺陰司各衙門也都有案卷。(褊)

【寄生草】仗威風祇自假,進官爵不由他。一箇女孩兒竟坐中宮駕[18],
騎中郎直做了侯王霸[19],銅雀臺直把那雲煙架[20],僭車旗直按倒朝
廷胯[21]。在當時險奪了玉皇尊[22],到如今還使得閻羅怕。

　　(鼓一通)(判低聲吩咐小鬼,令扮女樂鼓吹介)(判)丞相,女兒
　　嫁作皇后,造房子大了些,這還較不妨。打鼓的且停了鼓。俺聞
　　得丞相有好女樂,請出來勞一勞。(曹)這是往事,如今那裏討!
　　(判)你莫管,叫就有,祇要你好生縱放着使用他。(曹)領台命,
　　吩咐手下,叫我那女樂出來。(二女持烏悲詞樂器上[23])(曹)你
　　兩人今日却要自造一箇小令[24],好生彈唱着,勸俺們三杯酒。
　　(褊對曹蹋地坐介)(女唱)

那裏一箇大鵜鴣[25],呀一箇低都[26],呀一箇低都。變一箇花豬
低打都,打低都,唱鷓鴣[27]。呀一箇低都,呀一箇低都。唱得好時猶
自可,呀一箇低都,呀一箇低都;不好之時低打都,打低都,喚王屠。
呀一箇低都,呀一箇低都。

　　(曹)怎説喚王屠?(女)王屠殺豬。(進判酒)(又一女唱)

丞相做事太心欺[28],呀一箇蹺蹊[29],呀一箇蹺蹊;引惹得旁人,
蹺打蹊,打蹺蹊,説是非。呀一箇蹺蹊,呀一箇蹺蹊。雪隱鷺鷥飛始

見,呀一箇蹺蹊,呀一箇蹺蹊;柳藏鸚鵡蹺打蹊,打蹺蹊,語方知。呀一箇蹺蹊,呀一箇蹺蹊。

（曹）這兩句是舊話。（女）雖是舊話,却貼題[30]。（曹）這妮子朝外叫。（女）也是道其實,我先首免罪[31]。（進曹酒）（一女又唱）

抹粉搽脂祇一會而紅,呀一箇冬烘[32],呀一箇冬烘;（又一女唱）報恩結怨烘打冬,打冬烘。落花的風,呀一箇冬烘,呀一箇冬烘。（二女合唱）萬事不由人計較,呀一箇冬烘,呀一箇冬烘;算來都是烘打冬,打冬烘,一場空。呀一箇冬烘,呀一箇冬烘。

（二女各進酒）（判）這一曲纔妙,合着喒們天機。（曹）女樂且退。我倦了。（判笑介）

【校注】

[1]獻帝:東漢皇帝劉協。建安元年(196)被曹操挾持,遷都於許昌。後曹丕代漢稱帝,廢爲山陽公。　　[2]"又將"二句:伏后:漢獻帝的皇后,名壽。據《後漢書》卷十下《伏皇后紀》載,曹操逼殺董貴人,伏后與父伏完書,密謀對策。事泄,伏后及二子被曹操派郗慮等人殺害。郗慮:後漢高平人,依附曹操,與華歆勒兵入宮廢伏后。　　[3]"可憐"五句:《後漢書·伏皇后紀》載,伏后臨死前曾對獻帝説:"不能復相活邪?"帝曰:"我亦不知命在何時!"渾家:妻子俗稱。　　[4]龍雛鳳種:舊以龍鳳喻帝王,故帝王子孫亦稱作龍雛鳳種。鮓(zhǎ 貶):用鹽醬等作料醃製。　　[5]董貴人:漢獻帝的嬪妃,董承之女,被曹操殺害時有孕在身。
[6]董承:漢獻帝舅,受帝密詔,令劉備誅曹操。事發,爲操所殺。　　[7]終不然:難道。　　[8]"世上"句:《後漢書·伏皇后紀》載,郗慮執行曹操殺伏后命令時,伏后求助無望,感歎道:"天下寧有是邪?"　　[9]歪剌:沈德符《顧曲雜言·俚語》引北人語謂牛角中有肉少許,其穢逼人,故稱之爲歪剌。下文【賺煞】曲中"歪剌"則是對婦女的賤稱,後一種用法曲中較常見。　　[10]檾(qǐng 頃)麻:麻類植物,這裏指粗麻布。　　[11]"袁公"二句:指袁紹、袁術,他們都是東漢末年割據集團首領,先後爲曹操所滅。或謂此指袁紹二子袁譚、袁尚俱爲曹操所殺。
[12]劉琮:荆州太守劉表之子,繼任荆州太守時,爲曹操逼降。　　[13]孫權:東漢末年江東割據勢力首領。　　[14]幾遍幾乎:指屢遭危險。　　[15]玄德:劉備的字。媽媽:對年長已婚婦女的稱呼,此指劉備的兩位夫人。　　[16]是處兒:到處。　　[17]逓年來:連年。　　[18]"一箇"句:曹操殺了伏皇后,將自己的女兒嫁給漢獻帝做皇后。中宮駕,皇后坐的車子。　　[19]騎中郎:侍衛。曹操在漢

靈帝時曾爲典軍校尉,後官至丞相,封魏公。　　　[20]雲煙架:形容銅雀臺高大壯偉。　　　[21]“僭(jiàn 箭)車旗”句:謂曹操車旗儀仗逾禮越制,竟壓倒了皇帝。僭:超越本分。　　　[22]玉皇尊:此爲皇帝尊稱。　　　[23]烏悲詞:不詳,前引《中國戲曲選》本劇注一八認爲即“火不思”,一種類似琵琶的樂器,不知所據。又古琴曲有《烏啼引》,或爲相關演奏樂器。　　　[24]小令:小曲。　　　[25]鵜(tí 提)鶘(hú 胡):水鳥名。　　　[26]低都:曲中襯字,無義。低打都、打低都相同。[27]鷓鴣:曲名。　　　[28]心欺:欺心,違背良心。　　　[29]蹺(qiāo 敲)蹊(qī 七):奇怪,可疑。也可作蹊蹺。　　　[30]貼題:這裏指符合實際。　　　[31]先首:先行自首、承認。　　　[32]冬烘:指糊塗。

　　　(褊起立云)你倦了,我的鼓兒罵兒可還不了。
【六么序】哄他人口似蜜,害賢良祇當耍。把一箇楊德祖,立斷在轅門下[1],磣可哥血唬零喇[2]。孔先生是丹鼎靈砂[3],月邸金蟆[4],仙觀瓊花[5]。《易》奇而法,《詩》正而葩[6]。他兩人嫌隙,於你祇有針尖大,不過是口嘮噪[7],有甚爭差[8]！一箇爲忒聰明,參透了雞肋話;一箇則是一言不洽,都雙雙命掩黃沙[9]。
　　　(鼓一通)(判)丞相這一椿却去不得。(曹)俺醉了,要睡了。
　　　(打頓介)(判)手下採將下去,與他一百鐵鞭,再從頭做起。(曹慌介。云)我醒,我醒。(判)你纔省得哩。(褊)
【么】哎！我的根芽也沒大兜搭[10],都則爲文字兒奇拔,氣概兒豪達,拜貼兒長拿,沒處兒投納。繡斧金櫪,東閣西華,世不曾掛齒沾牙[11]。唉！那孔北海沒來由也,説有些緣法,送在他家[12]。井底蝦蟆也,一言不洽,怒氣相加。早難道投機少話,因此上暗藏刀,把我送與黃江夏[13]。又逢着鸚鵡撩嗒,彩毫端滿紙高聲價,競躬身持觴勸酒,俺擲筆還未了杯茶[14]。
　　　(鼓一通)(判)這禍從這上頭起。咳！仔細《鸚鵡賦》害事。
　　　(褊)
【青哥兒】日影移窗櫺,窗櫺一罅[15]。賦草擲金聲[16],金聲一下。黃祖的心腸忒狠辣,陡起鱗甲[17],放出槎枒[18]。香怕風刮,粉怪娟搭,士忌才華,女妒嬌娃。昨日菩薩,頃刻羅刹[19]。哎！可憐俺褊衡的頭呵,似秋盡壺瓜[20],斷藤無計再生髮,霜簪掛。

（鼓一通）（判）這賊元來這每巧弄了這生[21]！（曹）大人，這也聽他不得。俺前日也是屈招的。（判）這般説，這生的頭也是自家掉下來的？（曹）禰的爺饒了罷麽！（判）還要這等虛小心。手下！鐵鞭在那裏？（曹慌作怒介）狂生！俺也有好處來。俺下令求賢[22]，讓還三州縣[23]，也埋沒了俺？（禰）

【寄生草】你狠求賢爲自家，讓三州直甚麽！大缸中去幾粒芝麻罷，饞貓哭一會慈悲詐，饞鷹饒半截肝腸掛，凶屠放片刻豬羊假。你如今還要哄誰人？就還魂改不過精油滑。

（鼓一通）（判）痛快！痛快！大杯來一杯，先生盡着説。（禰）

【葫蘆草混】你害生靈呵，有百萬來的還添上七八，殺公卿呵，那裏查？借廠倉的大斗來斛芝麻[24]，惡心肝生就在刀鎗上掛，狠規模描不出丹青的畫，狡機關我也拈不盡倉猝裏罵[25]。曹操，你怎生不再來牽犬上東門[26]，閒聽唳鶴華亭壩[27]？却出乖弄醜，帶鎖披枷。

（鼓一通）（判）老瞞，就叫你自家處此，也饒自家不過了。先生盡着説。（禰）

【賺煞】你造銅雀要鎖二喬[28]，誰想到夢巫峽羞殺[29]，靠赤壁那火燒一把[30]。你臨死時和些歪剌們話離別[31]，又賣履分香待怎樣！虧你不害羞，初一十五，教望着西陵，月月的哭他[32]。不想這些歪剌們呵，帶衣麻就摟別家[33]。曹操，你自説麽！且休提你一世的賢達，只臨了這一椿呵，也該幾管筆題跋[34]。咳，俺且饒你罷，爭奈我漁陽三弄的鼓槌兒乏！

（末扮閻羅鬼使上）（判）手下！快把曹操等收監。[35]

《四聲猿》

【校注】

[1] "把一箇"二句：楊修，字德祖，有俊才，曾任曹操的主簿，後被曹操殺害。立斷：殺頭。轅門：軍營的營門。　　[2]碜（chěn 趁上聲）可哥：悲慘可怕的樣子，也作"參可哥"、"慘可哥"等。元孔文卿《東窗事犯》四【滾繡球】："衹因笑吟吟陷平人洗垢尋痕，參可可皮肉開，血力力骨肉分。"血唬零喇：血肉模糊之狀。　　[3]孔先生：指孔融。孔子後裔，因觸怒曹操而被殺。丹鼎：道士煉丹的器具。靈砂：舊傳爲不死藥。這裏喻孔融有仙才。　　[4]月邸金蟆：月宮中的金蛤蟆。

[5]仙觀瓊花:傳說揚州后土祠有一株瓊花,爲唐人所植。　　[6]"《易》奇"二句:語出韓愈《進學解》,這裏用以形容楊修和孔融的品質和才學。　　[7]嘮噪:指言多嘴快。　　[8]争差:争執。元高文秀《澠池會·楔子》:"秖因這趙國玉璧號無瑕,故教兩處起争差。"　　[9]"一箇"四句:曹操與劉備相拒於漢中,久而無功,欲還,出令曰"雞肋"。楊修由雞肋"食之無味,棄之可惜"推測曹操有撤軍心理,遂嚴裝以待。曹操以惑亂軍心罪名,將其殺害。孔融之死則是由於他對曹操擁有廢立大權加以抨擊,曹操乃命人羅織罪名,使其終遭彈劾殺害。　　[10]根芽:原委。兜搭:曲折。元馬致遠《青衫淚》四【鮑老兒】:"今日箇君王召也,長安避甚道路兜搭?"　　[11]"都則爲"七句:敍述禰衡游許昌的經歷。《後漢書》卷八十下《文苑傳》云:禰衡"少有才辯,而尚氣剛傲,好矯時慢物……建安初,來游許下,始達潁川,乃陰懷一刺,既而無所之適,至於刺字漫滅。"拜貼兒:推薦書函。"繡斧金撾"、"東閣西華"二句指京城顯貴。　　[12]"那孔北海"三句:指孔融向曹操推薦禰衡。　　[13]黃江夏:即黃祖,時任江夏太守。　　[14]"又逢着"四句:《後漢書》卷八十下載,黃祖之子善待禰衡,射時大會賓客,人有獻鸚鵡者,射舉卮於衡曰:"願先生賦之,以娱嘉賓。"衡攬筆而作,文無加點,辭采甚麗,成《鸚鵡賦》。　　[15]罅(xià 下):縫隙。　　[16]金聲:《晉書》卷五十六《孫綽傳》敍其作《天台山賦》成,示友人范榮期,云:"卿試擲地,當作金石聲也。"後用以形容文辭富有音節之美。又據《世説新語·言語》:"禰衡被魏武(曹操)謫爲鼓吏,正月半試鼓。衡揚枹爲《漁陽》摻撾,淵淵有金石聲,四坐爲之改容。"　　[17]鱗甲:喻人機心峻深。《三國志》卷三十九《陳震傳》引陳震語稱李嚴"腹中有鱗甲,鄉黨以爲不可近"。　　[18]槎(chá 查)枒(yá 牙):錯雜不齊貌,這裏指露出殺機。據《後漢書》卷八十下,黃祖大會賓客時,而衡言不遜順,祖慚,乃訶之,衡罵其爲"死公",祖大怒,令人驅出,欲加棰,衡方大罵,祖恚,遂令殺之。祖主簿素疾衡,即時殺焉。射徒跣來救,不及。祖亦悔之,乃厚加棺斂。　　[19]羅刹:梵文音譯,意指惡鬼。　　[20]壺瓜:葫蘆。壺,通"瓠"。　　[21]這每:這麼。　　[22]下令求賢:曹操曾頒佈求賢令,主張"唯才是舉"。　　[23]讓還三州縣:天下三分後,漢獻帝賞封曹操四縣。曹操作《讓縣自明本志令》,奉還陽夏、柘、苦三縣。[24]廒倉:廒,本作廒(áo 熬),糧食。廒倉即糧倉,特指國家糧庫。斛(hú 胡):古量器名,這裏用作動詞。　　[25]狡機關:狡詐的心機。　　[26]牽犬上東門:用李斯事。《史記》卷八十七《李斯列傳》:"(李斯)與其中子俱執,顧謂其中子曰:'吾欲與若,復牽黃犬,俱出上蔡東門逐狡兔,豈可得乎?'"　　[27]唳鶴華亭:用華亭人陸機事。《晉書·陸機傳》載,陸機被陷有異志,處斬。遇害前説:"華亭鶴唳,豈可復聞乎!"以上二句説曹操在地獄受罪,再也不能恣意妄爲。　　[28]二喬:指東漢末

年喬玄二女,有國色。分別嫁給孫策、周瑜。見《三國志》卷五十四《周瑜傳》。這裏用杜牧《赤壁》詩"東風不與周郎便,銅雀春深鎖二喬"詩意。《三國演義》諸葛亮舌戰群儒時,曲解曹操本意,易"橋"為"喬",稱其攻打東吳意在奪取二喬。　　[29]夢巫峽:用宋玉《高唐賦》敍楚襄王夢與巫山神女幽會事,譏諷曹操謀奪二喬。[30]赤壁那火:指赤壁之戰。　　[31]歪剌:這裏指曹操的妻妾。　　[32]"初一十五"三句:據《樂府詩集·相和歌辭》六引《鄴都故事》:曹操臨死時遺命諸子將其葬於鄴之西崗,妾伎住銅雀臺上,每月朝、十五在靈帳前奏樂歌唱,諸子時時瞻望西陵墓田。　　[33]帶衣麻:穿着喪服。《世說新語》之《賢媛》第十九:"魏武帝崩,文帝悉取武帝宮人自侍。"　　[34]題跋:這裏指評論。　　[35]本劇後面還有一段,略謂玉帝差人召禰衡而去,最後有"判曰":"看了這禰正平《漁陽》三弄,笑得我察判官眼睛一縫。若沒有狠閻羅刑法千條,都只道曹丞相神仙八洞。"

【集評】

(明)王驥德《曲律》卷四:"徐天池先生《四聲猿》,故是天地間一種奇絕文字。《木蘭》之北,與《黃崇嘏》之南,尤奇中之奇。先生居與余僅隔一垣,作時每了一劇,輒呼過齋頭,朗歌一過,津津意得。余拈所警絕以復,則奉大白以醲,賞為知音……先生逝矣,邈成千古,以方古人,蓋真曲子中縛不住者,則蘇長公其流哉!"

(明)鍾人傑《四聲猿引》:"徐文長牢騷骯髒士,當其喜怒窘窮,怨恨思慕,酣醉無聊,有動於中,一一於詩文發之。第文規詩律,終不可逸響旁出,於是調謔褻慢之詞,入樂府而始盡。所為《四聲猿》,《漁陽》鼓快吻於九泉,《翠鄉》淫毒憤於再世,《木蘭》、《春桃》以一女子而銘絕塞、標金閨,皆人生至奇至快之事,使世界駭咤震動者也。文長終老縫掖,踏死獄,負奇窮,不可遏滅之氣,得此四劇而少舒。所謂峽猿啼夜、聲寒神泣,嬉笑怒罵也,歌舞戰鬪也,僚之丸、旭之書也,腐史之列傳、放臣之《離騷》也。顧其詞風流則脫巾嘯傲,感慨則登樓悵望,幽幻則塚土荒魂,刻畫則地獄變相,較之漢卿、實甫作喁喁兒女語者,何啻千里?"

西陵澂道人《四聲猿引》:"余謂文長之視七子,猶於越諸峰,非不幽折森秀,以較雲端廬阜,天半峨嵋,尚覺瞠乎其後。至於《四聲猿》之作,俄而鬼判,俄而僧妓,俄而雌丈夫,俄而女文士,借彼異跡,吐我奇氣,豪俊處、沉雄處、幽麗處、險奧處、激宕處,青蓮、杜陵之古體耶?長吉、庭筠之新聲耶?腐遷之史耶?三閭大夫之《騷》耶?蒙莊之《南華》、金仙氏之《楞嚴》耶?寧特與實父、漢卿輩爭雄長,為明曲第一,即以為有明絕奇文字之第一,亦無不可。"

宗　臣

【作者簡介】

宗臣(1525—1560),字子相,號方城山人,興化(今屬江蘇)人。嘉靖二十九年(1550)進士,授刑部主事,後遷稽勳員外郎。爲人剛正不阿,不趨附權貴,因此得罪權相嚴嵩。出京,在福建布政使司左參議任内,曾率衆擊退倭寇,升按察副使。詩文主張復古,爲“後七子”之一。著有《宗子相集》。《明史》卷二八七有傳。

報劉一丈書

【題解】

此文約作於嘉靖三十四年(1555)至三十六年(1557)之間,作者時任吏部郎官。報,答復。劉一丈是其父宗周的友人,名玠,字國珍,號墀石,“一”,是指排行居長者;“丈”,是對長輩的尊稱。當時劉玠閒居在家,與作者常有書信來往。《宗子相集》卷七《席上贈劉一丈墀石》中有“憐君空抱蒼生策,一卧江門四十秋”句;卷十四另有一通《報劉一丈》,稱“長者愛我不殊束髮授經時也”,“不靳誨言,振我朦惑”。可見作者尊敬之誠。

嘉靖時期,嚴嵩父子專權,私擅爵賞,一些士大夫則卑躬屈膝、奔走鑽營。此信以敍代議,摹寫世風,寥寥數筆即活現出權勢者驕橫跋扈的醜態、干謁求進者的卑污人格和權貴門者的勢利嘴臉。而與之相對立的則是作者藐視權貴、不事逢迎的高貴品德。全文語言簡潔,筆鋒犀利,美醜對比,愛恨分明。

數千里外,得長者時賜一書,以慰長想[1],即亦甚幸矣,何至更辱饋遺[2],則不才益將何以報焉[3]?書中情意甚殷[4],即長者之不忘老父[5],知老父之念長者深也。至以“上下相孚,才德稱位”語不才[6],則不才有深感焉。

夫才德不稱,固自知之矣。至於不孚之病,則尤不才爲甚。且今之所謂孚者,何哉?日夕策馬候權者之門[7],門者故不入[8],則甘言媚詞作婦人狀[9],袖金以私之[10]。即門者持刺入[11],而主人又不即出見;立厩中僕馬之間[12],惡氣襲衣袖[13],即饑寒毒熱不可忍,不去也。抵暮，則前所受贈金者，出報客曰：“相公倦[14]，謝客矣！客請明日來！”即明日，又不敢不來。夜披衣坐，聞雞鳴，即起盥櫛[15]，走馬抵門[16]，門者怒曰：“爲誰？”則曰：“昨日之客來。”則怒曰：“何客之勤也？豈有相公此時出見客乎？”客心恥之[17]，强忍而與言曰：“亡奈何矣[18]，姑容我入！”門者又得所贈金，則起而入之，又立向所立厩中。

【校注】

[1]長想：長久的思念。　　　[2]何至：哪裏敢。饋（kuì 潰）遺（wèi 位）：贈送。
[3]不才：自謙之稱。　　　[4]殷：深切。　　　[5]老父：宗臣父宗周，字維翰，官至四川馬湖府太守。　　　[6]“上下”二句：此語應是劉玠信中勉勵作者的話，意謂上下間相互信任，才、德與職位適合。孚：信任。稱（chèn 襯）：相稱，符合。
[7]策馬：驅馬。策，馬鞭。權者：有權勢之人，當指嚴嵩、嚴世蕃父子。
[8]門者：看門僕役。故不入：有意不使進入。　　　[9]甘言媚詞：奉承諂媚之語。婦人狀：扭捏作態如女人的樣子。明中葉頗多文人以“婦人狀”批評士風。如海瑞《告養病疏》：“今舉朝之士皆婦人也。”吳承恩《賀學博未齋陶師膺獎序》：“笑語相媚，妒異黨同，避忌逢迎，恩愛爾汝，吾見婢妾之於閨門也，而今聞之丈夫矣。”　　　[10]袖金：意謂以藏於衣袖的金銀向門者行賄。私：這裏指行賄。　　　[11]即：即使。刺：名帖。　　　[12]厩（jiù 救）：馬圈、馬棚。僕馬：駕車之馬。　　　[13]袖：《文章辨體彙選》、《明文海》等作“裾”。　　　[14]相公：舊時對人的尊稱。　　　[15]盥（guàn 貫）櫛（zhì 質）：梳洗打扮。　　　[16]走馬：驅馬快進。　　　[17]心恥之：内心感到羞辱。　　　[18]亡：通“無”。

　　幸主者出，南面召見[1]，則驚走匍匐階下[2]。主者曰：“進！”則再拜，故遲不起，起則上所上壽金[3]。主者故不受，則固請。主者故固不受，則又固請，然後命吏納之。則又再拜，又故遲不起，起則五六揖始出。出揖門者曰：“官人幸顧我[4]，他日來，幸亡阻我也！”門者答揖。大喜奔出，馬上遇所交識，即揚鞭語曰：“適自相公家來，相公厚我，厚我！”且虛言狀[5]。即所交識，亦心畏相公厚之矣。相公又稍稍語人曰：“某也賢！某也賢！”聞者亦心計交贊之[6]。此世所謂上下相孚也，長者謂僕能之乎？

　　前所謂權門者，自歲時伏臘[7]，一刺之外，即經年不往也。間道經其門[8]，則亦掩耳閉目，躍馬疾走過之，若有所追逐者，斯則僕之褊哉[9]，以此長不見悦於長吏[10]，僕則愈益不顧也。每大言曰："人生有命，吾惟守分爾矣[11]。"長者聞此，得無厭其爲迂乎[12]？

　　鄉園多故[13]，不能不動客子之愁[14]。至於長者之抱才而困[15]，則又令我愴然有感。天之與先生者甚厚，亡論長者不欲輕棄之[16]，即天意亦不欲長者之輕棄之也，幸寧心哉[17]！

《宗子相集》卷一四

【校注】

[1]南面：古以面向南坐爲尊位，這裏表現主者的傲慢態度。　　[2]驚走：惶恐地小跑。匍匐：伏地膝行。　　[3]壽金：以祝壽之名進獻的禮金。　　[4]官人：此爲對門者的尊稱。幸顧：希望照顧。　　[5]虛言狀：吹噓進見權貴的情景。[6]心計交贊：心中盤算、交口稱讚。　　[7]歲時伏臘：歲時，年節；伏臘，夏伏、冬臘，古時兩個重要祭祀節日，這裏泛指逢年過節。　　[8]間（jiàn 見）：間或，有時。　　[9]褊（biǎn 扁）：度量狹小。這裏是正話反説，猶言剛直。哉：《古文觀止》卷一二等通行本作"衷"。　　[10]不見悦於長吏：不爲上司所喜。長（zhǎng 掌）吏，上司。　　[11]守分（fèn 份）：謹守本分。　　[12]得無：恐怕，或許。迂：迂闊、固執，不通人情。　　[13]多故：多變故。故，事故。　　[14]客子：作者自稱。其時作者在北京，而劉一丈應在興化。　　[15]抱才而困：謂劉玠才德崇高，却不遇於時。　　[16]亡論：無論，不用説。棄：放棄，抛棄。　　[17]寧心：安心。

【集評】

　　（清）吳楚材、吳調侯《古文觀止》卷一二："是時嚴介溪攬權，俱是乞哀昏暮、驕人白日一輩人，摹寫其醜形惡態，可爲盡情。末説出自己之氣骨，兩兩相較，薰蕕不同，清濁異質。有關世教之文。"

王世貞

【作者簡介】

　　王世貞(1526—1590)，字元美，號鳳洲、弇州山人，太倉(今屬江蘇)人。嘉靖二十六年(1547)進士，歷官刑部主事、員外郎、郎中、兵備副使。與李攀龍、謝榛、宗臣、梁有譽、吳國倫、徐中行等相唱和，史稱"後七子"。因與李攀龍齊名，又世稱"王李"。李攀龍歿後，王世貞獨主文壇二十餘年，"一時士大夫及山人、詞客、衲子、羽流，莫不奔走門下。片言褒賞，聲價驟起"(《明史·王世貞傳》)，影響所及，復古成爲一時風尚。但以其學問淹博，持論不甚偏激，晚年更覺察復古流弊，不甚菲薄唐宋，時出卓見。其父王忬以灤河失事，被嚴嵩構陷下獄，終被處死，兄弟號泣扶柩歸。隆慶初，與其弟世懋伏闕訟父冤。其後官至刑部尚書，病逝鄉里。王世貞才學富贍，著作宏富。文學方面，除詩文外，對戲曲也有研究，所撰《藝苑卮言》中，論述南北曲産生原因及其優劣，多有創見。傳奇劇本《鳴鳳記》，一説也爲其所作。主要著作彙刊爲《弇州山人四部稿》。《明史》卷二八一有傳。清人錢大昕有《王弇州山人年譜》(清刊《潛研堂全書》本)。

題海天落照圖後

【題解】

　　本文記述《海天落照圖》真、臨二本收藏得失始末，雖爲題畫之作，但未正面評敍仇十洲臨本之妙，而是以真跡幾易其主、終致失傳爲中心綫索，突出古畫珍貴，由此也襯託出臨本價值。作者通過一幅圖畫的傳承，折射出世道滄桑，其間又着重描寫嚴世蕃奪畫，寄寓了對現實的批判。文章篇幅短小，結構精巧，敍權勢者蓄謀奪畫和收藏者苦心護畫，波瀾曲折，令人有悲喜交集、一唱三歎之感。而介紹圖畫內容，則平鋪直敍，細加分辨，又使人如親睹畫卷，珍惜之情油然而生。據《藝苑卮言》附錄四(《弇州四部稿》卷一五五)云："畫家稱大小李將軍，謂昭道、思訓也。畫格本重大李，而舉世祇知有小李將軍，不得其説。吾嘗於徐封所見小李《海天落照圖》，真是妙品。後一辱權門，再入內府，聞已就毀矣。"清初李玉傳奇《一捧雪》演嚴世蕃逼索莫懷古傳家寶"一捧雪"事，可與本文參看。

　　《海天落照圖》，相傳小李將軍昭道作[1]，宣和秘藏[2]，不知何年爲常熟劉以則所收[3]，轉落吳城湯氏[4]。嘉靖中[5]，有郡守，不欲言其名，以分宜子大符意迫得之[6]。湯見消息非常，乃延仇英實父別室摹一本[7]，將欲爲米顛狡獪[8]，而爲怨家所發[9]。守怒甚，將致叵測[10]，湯不獲已，因割陳緝熙等三詩於仇本後[11]，而出真跡，邀所善彭孔嘉輩[12]，置酒泣別，摩挲三日，而後歸守。守以歸大符。大符家名畫近千卷，皆出其下，尋坐法[13]，籍入天府[14]。

　　隆慶初[15]，一中貴攜出[16]，不甚愛賞。其位下小璫竊之[17]，時朱忠僖領緹騎[18]，密以重貲購，中貴詰責甚急，小璫懼而投諸火，此癸酉秋事也[19]。

【校注】

[1]小李將軍昭道：唐代畫家李思訓之子李昭道。李思訓曾任右武衛大將軍，故後世稱李昭道爲小李將軍。　　[2]宣和：宋徽宗年號，這裏即指宋徽宗。秘藏：内府收藏。　　[3]劉以則：明代收藏家，生平不詳。　　[4]吳城：今江蘇蘇州。湯氏：收藏家。　　[5]嘉靖：明世宗年號（1522—1566）。　　[6]分宜：指嚴嵩，江西分宜爲其籍貫。大符：嚴嵩之子嚴世蕃，字大符。迫得：逼取。　　[7]延：請。仇英：明代畫家，字實父，號十洲。別室：指密室。　　[8]米顛：宋代書畫家米芾。狡獪：這裏指臨摹筆法之高妙。《宋史》卷四四四米芾本傳稱其"尤工臨移，至亂真不可辨"。　　[9]怨家：仇人。　　[10]致：加。叵測：不測之禍。　　[11]割：裁剪。陳緝熙：明代收藏家。　　[12]彭孔嘉：名年，字孔嘉，明代書畫家。[13]尋：不久。坐法：受到法律制裁。《明史》卷一八《世宗本紀》載嘉靖四十四年（1566）辛酉，嚴世蕃伏誅。　　[14]籍：此指查抄。天府：内府。　　[15]隆慶：明穆宗年號（1567—1572）。　　[16]中貴：太監。　　[17]璫：太監冠飾，借指太監。　　[18]朱忠僖：名希孝，謚忠僖。嘉、萬時曾任錦衣都督，《明史》卷二○八、三○五有記載。緹（tí 提）騎：明代緝捕人員。　　[19]癸酉：明神宗萬曆元年（1573）。

　　余自燕中聞之拾遺人[1]，相與慨歎妙跡永絶。今年春歸息弇園[2]，湯氏偶以仇本見售，爲驚喜，不論直收之。按《宣和畫譜》稱[3]，昭道有《落照》、《海岸》二圖，不言所謂《海天落照》者。其圖之有御題、有瘦金瓢印與否[4]，亦無從辨證，第睹此臨跡之妙乃爾，因以想見隆準公之驚世也[5]。實父十指如葉玉人[6]，即臨本亦何必減逸少《宣示》、信本《蘭亭》哉[7]！老人饞眼，今日飽矣，爲題其後。

《弇州山人四部稿》續稿卷一七〇

【校注】

[1]燕中:指北京。拾遺人:古董商。　　[2]弇園:王世貞家花園名,即弇山園,或稱弇洲園,王世貞有《弇山園記》詳述其命名由來及建築規模。王世貞出仕後,多次歸家里居。因前文敍及萬曆癸酉事,則此處"今年"當指萬曆五年丁丑(1577),上年十月他曾爲刑科都給事中楊節所劾,令回籍聽用。參見鄭利華《王世貞研究》,學林出版社2002年版,第237頁。　　[3]《宣和畫譜》:宋徽宗時著録內府藏畫的目録。此書卷十記載當時內府藏李昭道畫六幅,其中"春山圖一,落照圖二,摘瓜圖一,海岸圖二"。　　[4]御題:宋徽宗的題字。瘦金:宋徽宗書法號稱瘦金體。瓢印:宋徽宗使用的瓢形印。　　[5]隆準:高鼻樑。舊以隆準爲帝王之相,李昭道爲唐宗室,故以此相稱。　　[6]葉玉人:《列子·説符》云:"宋人有爲其君以玉爲楮葉者,三年而成。鋒殺莖柯,毫芒繁澤,亂之楮葉中而不可別也。"這裏喻指仇英可以亂真的精巧筆法。　　[7]逸少:王羲之,晉代書法家。宣示:三國魏鍾繇有楷書《宣示表》,傳世者爲王羲之所臨。信本:唐代書法家歐陽詢,字信本。蘭亭:《蘭亭序》,傳世蘭亭帖爲歐陽詢所臨。

登太白樓

【題解】

太白樓,在今山東濟寧。濟寧,唐爲任城。李白曾客居其地,有《任城縣廳壁記》、《贈任城盧主簿》詩,王士禛《帶經堂詩話》卷一四云:"濟寧州太白酒樓,下俯漕河,憑高眺遠,據一州之勝……唐詩人首李杜,游跡皆萃於此。"唐咸通中,沈光作《李白酒樓記》,遂名於世。歷代騷人墨客登臨游覽,多有題詠。王世貞此詩獨具匠心,雖題"登太白樓",卻並不從自己登樓寫起,而是空中落筆,遥想李白長嘯登樓,以虛帶實,在海闊天高的景象中,既書寫出太白樓之氣勢,也表現了對李白豪邁胸襟的無限追慕,正與其"詩必盛唐"的主張相呼應。

昔聞李供奉[1],長嘯獨登樓。此地一垂顧,高名百代留[2]。白雲海色曙[3]，明月天門秋[4]。欲覓重來者[5]，潺湲濟水流[6]。

《弇州山人四部稿》卷二四

【校注】

[1]李供奉：即李白。據《新唐書·李白傳》，李白曾於唐玄宗天寶初應詔供奉翰林。　　[2]"此地"二句：言此樓自李白登覽後，高名遠揚，傳之千古。垂顧：光顧，屈尊光臨。　　[3]"白雲"句：喻李白心胸博大、高朗如天高海闊、白雲明月。曙：曙光，黎明色。　　[4]天門：這裏泛指天空。李白《遊泰山》詩中有"天門一長嘯，萬里清風來""海色動遠山，天雞已先鳴"句，王世貞似有意化用李白常用詞。[5]覓：原本作"竟"，今據《明詩別裁集》卷八改。今人朱東潤主編《中國歷代文學作品選》以"竟"爲誤，而金性堯《明詩三百首》以"覓"爲非。兹從《明詩別裁集》。[6]"潺湲"句：此句承上，言欲尋如李白一樣的登樓者而不可得，唯見濟水長流。潺（chán 纏）湲（ yuán 元）：水緩緩流動貌。濟水：古水名，與江、淮、河並稱四瀆。濟寧爲古濟水流經地域。

【集評】

　　（明）李雯、陳子龍、宋徵輿《皇明詩選》卷九：宋徵輿曰："元美五言律，法不掩意，意不礙法，亦是作家。"又曰："結得高深"。

　　（清）沈德潛《明詩別裁集》卷八："天空海闊。有此眼界筆力，纔許作登太白樓詩。"

欽 䲹 行

【題解】

　　欽䲹（pí 皮），傳說中的惡鳥。《山海經·西山經》載，鍾山之神有子曰鼓，與欽䲹殺葆江於崑崙之陽，被天帝殺戮。欽䲹化爲大鶚，其狀如雕而黑文、白首、赤喙、虎爪，出現時則有兵災。陶淵明《讀山海經》有"巨猾肆威暴，欽䲹違帝旨"句，已屬否定形象。本詩以欽䲹冒充鳳凰譏刺嚴嵩，而結尾"衆鳥"二句，則於當時人臣，不分是非，略有微詞。另外，王世貞號鳳洲、弇州山人，築有弇山園，曾作《弇山園記》，其中敍及園所以名弇山，亦引《山海經》弇州之山有五彩鳥事而寄其所思。其中取譬褒貶，實有相通之處。

　　飛來五色鳥[1]，自名爲鳳皇，千秋不一見，見者國祚昌[2]。響以鐘鼓坐明堂[3]，明堂饒梧竹[4]，三日不鳴意何長[5]。晨不見鳳皇，鳳皇乃在東門之陰啄腐鼠[6]，啾啾唧唧不得哺[7]。夕不見鳳皇，鳳皇乃在西門之陰媚蒼鷹[8]："願爾肉攫分遺腥[9]。梧桐長苦寒，竹實長苦饑[10]。"衆鳥相驚顧，不知鳳皇是欽鴟。

《弇州山人四部稿》卷六

【校注】

[1]五色鳥：相傳鳳凰備五色，此處指假冒鳳凰的欽鴟。　　[2]"見者"句：傳説鳳凰出現，天下太平，國運昌盛。國祚（zuò 作）：國運。　　[3]響：款待。明堂：周代天子明政教、朝諸侯、祭祀、選士的殿堂。此謂演奏鼓樂把假鳳凰請到明堂上。　　[4]饒：富有。梧竹：相傳鳳凰棲梧桐，食竹實。　　[5]三日不鳴：《史記·滑稽列傳》：淳于髡以隱語説曰："國中有大鳥，止王之庭，三年不蜚又不鳴，王知此鳥何也？"王曰："此鳥不飛則已，一飛衝天；不鳴則已，一鳴驚人。"意何長：意味深長，令人不可瞭解。　　[6]啄腐鼠：《莊子·秋水》："鴟（惡鳥）得腐鼠，鵷鶵過之，（鴟）仰而視之曰：'嚇！'"　　[7]"啾啾"句：寫假鳳凰吃腐鼠不滿足，啾啾唧唧形容其怨聲。　　[8]媚蒼鷹：討好蒼鷹。　　[9]"願爾"句：乞求蒼鷹分一點攫取來的葷腥。肉攫：捕捉到的禽獸。遺腥：剩餘的肉食。　　[10]"梧桐"二句：謂假鳳凰不堪忍受鳳凰棲宿梧桐、以竹實爲食的生活。

【集評】

　　(清)沈德潛《明詩別裁集》卷八："應指分宜言，鈐山讀書時，天下以姚宋目之，故有'千秋不一見，見者國祚昌'之語。"

李　贄

【作者簡介】

　　李贄（1527—1602），號卓吾，又號宏甫、温陵居士，回族。泉州晉江（今屬福建）人。嘉靖三十一年（1552）舉於鄉，後歷任河南輝縣教諭、南京禮部主事、郎中等職。萬曆五年（1577）出任雲南姚安知府，三年後棄官。先後在湖北黄安、麻城著書講學，並招收女弟子。哲學觀點受王守仁心學和佛教禪宗影響，公開以“異端”自居，激烈地抨擊孔孟之道。如認爲《論語》、《孟子》等儒家“經典”，祇是當時弟子的隨筆記録，“有頭無尾，得後遺前”，並非“萬世之至論”，反對“咸以孔子之是非爲是非”。又對宋明理學進行批判，主張“穿衣吃飯，即是人倫物理”，公開宣揚重視事功。由於他言論大膽，有悖傳統，故爲當時的統治者以“敢倡亂道，惑世誣民”罪名，誣陷下獄，自刎而死。

李贄爲文反對復古主義者的剽竊摹擬，主張創作必須抒發己見，並重視小説、戲曲在文學上的地位，曾評點《水滸傳》。因其影響巨大，常有僞託，今傳容與堂刊《李卓吾先生批評忠義水滸傳》及楊定見、袁無涯刊《李卓吾評忠義水滸全傳》兩種，是否即爲其所評，並無實據。著有《焚書》、《續焚書》、《藏書》、《續藏書》、《初潭集》等。事蹟附《明史》卷二二一耿定向傳。袁中道有《李温陵傳》。

童　心　説

【題解】

中國古代哲學中常以兒童喻指純樸天真，如孟子所謂“赤子”，老子所謂“嬰兒”。李贄也是借“童心”闡述其對人性的理解。從《童心説》可以看得很明顯，他之主張“童心”，是爲了反對所謂“道理聞見”，也就是要打破傳統的思想束縛。這一觀點是明中葉思想解放運動在文學觀念上的體現，袁宏道《敍陳正甫會心集》認爲“世人所難得者唯趣”，又説：“夫趣得之自然者深，得之學問者淺，當其爲童子也，不知有趣，然無往而非趣也。”“迨夫年漸長，官漸高，品漸大，有身如梏，有心如棘，毛孔骨節，俱爲聞見知識所縛，入理愈深，然其去趣愈遠矣。”此所謂“童趣”正與李贄所謂“童心”所相呼應，足見一時之風氣。

林海權《李贄年譜考略》（福建人民出版社1992年版）將本文繫於萬曆二十年（1592），繫於同一年的還有《忠義水滸傳序》，而是年李贄《與焦弱侯》稱：“《水滸傳》批點得甚快活人，《西廂》、《琵琶》塗抹改竄得更妙。”

龍洞山農敍《西廂》[1]，末語云：“知者勿謂我尚有童心可也。”夫童心者，真心也；若以童心爲不可，是以真心爲不可也。夫童心者，絶假純真，最初一念之本心也。若夫失卻童心，便失卻真心；失卻真心，便失卻真人。人而非真，全不復有初矣。

童子者，人之初也；童心者，心之初也。夫心之初，曷可失也？然童心胡然而遽失也[2]？蓋方其始也，有聞見從耳目而入，而以爲主於其內而童心失[3]。其長也，有道理從聞見而入，而以爲主於其內而童心失。其久也，道理聞見日以益多，則所知所覺日以益廣，於是焉又知美名之可好也，而務欲以揚之而童心失[4]。知不美之名之可醜也，而務欲以掩之而童心失。

【校注】

[1]龍洞山農：明中葉泰州學派學者焦竑的別號，參見卜健《焦竑的隱居、交游與其別號“龍洞山農”》（《文學遺產》1986 年第 1 期）。敍：同“序”，作序。《西廂》：即《西廂記》。龍洞山農序文今存萬曆二十六年刊繼志齋本《重校北西廂記》卷首。　　[2]胡然：爲什麽。遽：就，竟。　　[3]主：主宰。　　[4]務欲：一定要。揚：張揚。

夫道理聞見，皆自多讀書識義理而來也。古之聖人，曷嘗不讀書哉。然縱不讀書，童心固自在也；縱多讀書，亦以護此童心而使之勿失焉耳，非若學者反以多讀書識理而反障之也[1]。夫學者既以多讀書識義理障其童心矣，聖人又何用多著書立言以障學人爲耶？童心既障，於是發而爲言語，則言語不由衷；見而爲政事，則政事無根柢；著而爲文辭，則文辭不能達；非內含以章美也[2]，非篤實生輝光也[3]，欲求一句有德之言，卒不可得，所以者何？以童心既障，而以從外入者聞見道理爲之心也。

夫既以聞見道理爲心矣，則所言者皆聞見道理之言，非童心自出之言也。言雖工[4]，於我何與[5]？豈非以假人言假言，而事假事，文假文乎！蓋其人既假，則無所不假矣。由是而以假言與假人言，則假人喜；以假事與假人道，則假人喜；以假文與假人談，則假人喜；無所不假則無所不喜，滿場是假，矮場何辯也[6]。雖有天下之至文[7]，其湮滅於假人而不盡見於後世者[8]，又豈少哉！何也？天下之至文，未有不出於童心焉者也。苟童心常存，則道理不行[9]，聞見不立，無時不文，無人不文，無一樣創制體格而非文者。詩何必古選，文何必先秦[10]，降而爲六朝[11]，變而爲近體[12]，又變而爲傳奇[13]，變而爲院本[14]，爲雜劇，爲《西廂》曲，爲《水滸傳》，爲今之舉子業[15]，皆古今至文，不可得而時勢先後論也，故吾因是有感於童心者之自文也，更說甚麼六經，更說甚麼《語》《孟》乎[16]？

【校注】

[1]障：蒙蔽。　　　[2]章美：美好。　　　[3]篤實：誠實。　　　[4]工：精巧。
[5]於我何與：與我有什麼關係？　　　[6]矮場何辯：舊時演戲，觀衆圍觀，個矮者無法看清場上表演，衹能隨聲附和。常用來比喻遇事盲目，毫無己見。宋釋普濟《五燈會元·五十一·法演禪師》：“這個説話，喚作矮子看戲，隨人上下。”清人趙翼《論詩》也有“矮子看戲何曾見，都是隨人説長短”。辯，通“辨”。　　　[7]至文：完美的文章。　　　[8]湮滅：埋没。　　　[9]行：流行。　　　[10]“詩何必”二句：明前後七子倡導復古，其主張時人往往概括爲“文必秦漢，詩必盛唐”，李贄否定的即是這一觀點。　　　[11]降：以下。六朝：指六朝的文體。　　　[12]近體：指近體詩。　　　[13]傳奇：中國古代“傳奇”含義屢有變化，較爲突出的一爲唐代傳奇小説，一爲明清傳奇戲曲，此處應指前者。　　　[14]院本：金代“行院”的一種戲劇形式。　　　[15]舉子業：指科舉士子所作八股文。　　　[16]六經：《詩》、《書》、《禮》、《樂》、《易》、《春秋》爲六經。《語》《孟》：《論語》、《孟子》，泛指儒家經典。

夫六經、《語》、《孟》，非其史官過爲褒崇之詞[1]，則其臣子極爲讚美之語。又不然，則其迂闊門徒、懵懂弟子[2]，記憶師説，有頭無尾，得後遺前，隨其所見，筆之於書。後學不察，便爲出自聖人之口也，決定目之爲經矣[3]，孰知其大半非聖人之言乎！縱出自聖人，要亦有爲而發，不過因病發藥，隨時處方，以救此一等懵懂弟子、迂闊門徒云耳。藥醫假病，方難定執[4]，是豈可遽以爲萬世之論乎！然則六經、《語》、《孟》，乃道學之口實[5]，假人之淵藪也[6]，斷斷乎其不可以語於童心之言明矣[7]。嗚呼！吾又安得真正大聖人之童心未曾失者而與之一言文哉！

《焚書》卷三

【校注】

[1]褒崇:褒揚、推崇。　　[2]迂闊:迂腐。懵懂:糊塗。　　[3]決定:一定,此指不加分辨。　　[4]方難定執:很難有一成不變、應付百病的藥方。定執:固定。[5]口實:藉口。　　[6]淵藪:水草叢生之地,喻"假人"聚集處。　　[7]斷斷乎:絕對。

【集評】

　　(明)張鼐《讀卓吾老子書述》:"卓吾疾末世爲人之儒,假義理,設墙壁,種種章句解説,俱逐耳目之流,不認性命之源,遂以脱落世法之蹤,破人間塗面登場之習,事可怪而心則真,跡若奇而腸則熱。且不直人世毁譽、生死不關其胸中,即千歲以前,千歲以後,筆削是非,亦不能□其權度。總之,要人絕盡支蔓,直見本心,爲臣死忠,爲子死孝,朋友死交,武夫死戰而已。此惟世上第一機人能信受之;五濁世中那得有奇男子善讀卓吾書,別其非是者!"(本文張鼐《寶日堂初集》未收,兹據中華書局《焚書·續焚書》合刊本引)

　　(清)顧炎武《日知録》卷十八《李贊》:"自古以來,小人之無忌憚而敢於叛聖人者,莫甚於李贊。然雖奉嚴旨,而其書之行於人間自若也。"

薛論道

【作者簡介】

　　薛論道(1531?—1600?),字談德,號蓮溪居士,定興(今屬河北)人。少時多病,未冠,親殁家貧,遂輟舉子業,喜讀兵書,中年從軍西北,長達三十年,官至指揮僉事,以神樞參將加副將終老。所作散曲現存千餘首,其中描寫邊塞軍旅生活的作品饒有特色,在充滿香艷柔情和山水煙霞習氣的散曲創作中,別具一格。在明代邊患嚴重之際,亦有警示意義。另外,薛論道還有不少諷世之作,揭露是非顛倒的社會現實。一些詠物之作,也寓意深刻。所著有《林石逸興》十卷。

水 仙 子

賣狗懸羊

【題解】

　　這是一首諷刺世情的作品,揭露心口不一、欺世盜名的僞虛作風,全曲尖鋭辛辣。"賣狗懸羊"即俗諺所謂"掛羊頭,賣狗肉"。

　　從來濁婦慣撇清[1],又愛吃魚又道腥,説來心口全不應[2]。貌衣冠,行市井[3],且祇圖屋潤身榮[4]。張布被誠何意? 飯脱粟豈本情[5]? 盡都是釣譽沽名。

《全明散曲》第三册

【校注】

[1]撇清:故作清高。　　[2]應:相應。　　[3]"貌衣冠"二句:外表道貌岸然如士大夫,行爲卑鄙下流卻如市井之徒。正如李贄譏諷的"陽爲道學,陰爲富貴,被服儒雅,行若狗彘"(《續焚書》卷三《三教歸儒説》)。　　[4]屋潤身榮:指榮華富貴。《禮記·大學》:"富潤屋,德潤身。"潤,滋潤,增益。　　[5]"張布被"二句:布被:布製的被子。脱粟:僅去皮殼而未細碾的糙米。舊時多以狀生活清苦。《史記》卷一一二《平津侯傳》載,齊國公孫弘常稱人主病不廣大,人臣病不儉節。弘爲布被,食脱粟之飯。汲黯曰:"弘位在三公,奉禄甚多,然爲布被,此詐也。"而弘亦坦承"夫以三公爲布被,誠飾詐欲以釣名"。天子以爲謙讓,愈益厚之。卒以弘爲丞相,封平津侯。

朱載堉

【作者簡介】

　　朱載堉(1536—1610?),字伯勤,號句曲山人,明太祖朱元璋九世孫,鄭恭王朱厚烷長子。因皇族内訌,其父書諫世宗獲罪,被除爵關禁,乃由王室變成庶民。至隆慶元年(1567),穆宗即位,其父獲赦,翌年復爵,而朱載堉自甘淡泊,屢次上疏辭王位。朱載堉潛心學術研究,對樂律、數學、曆學,均有發明,尤以創造十二平均律而享譽世界。散曲集《醒世詞》(又名《鄭王詞》)存七十三首,通俗質樸,揭露社會黑暗,痛斥人情虛偽,慨歎世態炎涼,對當時追金逐利的風氣,給予了辛辣的批判。《明史》卷一一九有傳。

山 坡 羊

富不可交

【題解】

　　明代中後期,商品經濟迅速發展,世人競相逐利,傳統道德遭遇尖銳挑戰。朱載堉痛感人心不古,將批判鋒鋩直指無所不能的金錢,如《[黃鶯兒]罵錢》、《[山坡羊]錢是好漢》等都是如此。朱載堉還在其特殊經歷中,體味到富貴榮華如過眼雲煙,又視金錢如糞土,抒發了"休笑俺身貧,俺身貧志不貧"的志氣(《[黃鶯兒]身貧》)。本篇正與這些作品思想一致,表現出對勢利小人的輕蔑與不甘受辱的胸襟。

　　勸世人,休結交有錢富漢。結交他,把你下眼來看[1]。口裏挪肚裏僭[2],與他送上禮物,祇當沒見。手拉手往下席安[3],拱了拱手,再不打個照面。富漢吃肉,他説:"天生福量。"窮漢吃肉,他説:"從來没見。"似這般冷淡人心,守本分,切不與他高攀。羞慚,滿席飛鍾[4],轉不到俺跟前。羞慚,你總有銀錢[5],俺不希罕。

《全明散曲》第三册

【校注】

[1]下眼來看:輕視。　　[2]口裏挪肚裏僭(jiàn 漸):指盡力籌措,以致從日常飲食中節省。僭,一作"僭",林庚、馮沅君主編《中國歷代詩歌選》下編(二),以爲當是"儹(zǎn 贊上聲)"字之誤。清翟灝《通俗編》三六《雜字·儹》引《俗書刊誤》:"聚錢穀由少至多曰儹。"　　[3]下席:末座,低下的席位。　　[4]滿席飛鍾:席上依次敬酒。　　[5]總有:縱有。

袁宏道

【作者簡介】

　　袁宏道(1568—1610),字中郎,號石公,公安(今屬湖北)人。萬曆二十年(1592)進士,選爲吳縣令,不久辭職。後又任禮部主事及吏部郎官等,而性喜游歷,終請假歸里,定居沙市。他與其兄宗道、弟中道並稱"三袁",皆以詩文名世,宏道成就尤大,因其籍貫而世稱"公安派"。其重要成員還有江盈科、陶望齡等人。袁宏道受李贄影響頗深,文學上反對盲目尊古,倡言排擊前後七子之失,主張通變,認爲"世道既變,文亦因之"。創作則主張"獨抒性靈,不拘格套,非從自己胸臆中流出,不肯下筆"(《敍小修詩》)。錢謙益《列朝詩集·丁集》小傳稱:"中郎之論出,王、李之雲霧爲之一掃,天下之文人才士始知疏瀹心靈,搜剔慧性,以蕩滌摹擬塗澤之病,其功偉矣。"袁宏道還推崇民歌小説,提倡通俗文學。其作品則真率自然,内容多寫閒情逸致。《明史》卷二八八有傳。事又見袁中道《吏部驗封司郎中中郎先生行狀》。

顯靈宮集諸公以城市山林爲韻

其　　　二

【題解】

　　顯靈宮,在北京西郊,袁宏道於萬曆二十六年(1598)領欽命入京,作順天教授、國子監助教,事務清閒,與幾位友人游覽此地,分韻作詩。以城、市、山、林爲四韻,故有四首,此爲其二,用市韻。任訪秋《袁中郎研究》(上海古籍出版社1983年版)下編《年譜》繫此詩於萬曆二十七年(1599)。其時,神宗不理朝政,大臣所上奏摺皆留中不發。而衆臣僚争權奪利,相互傾軋,以致朝政混亂,國事艱危。内憂外患,令作者心感沉重。袁宏道對國計民生時有關注,作詩也往往涉及,"新詩日日千餘言,詩中無一憂民字",故作反語,以突出其憤激之情。"自從"一聯,譏諷詩家做作之病,尤爲警策。

　　野花遮眼酒沾涕,塞耳愁聽新朝事[1]。邸報束作一筐灰[2],朝衣典與栽花市[3]。新詩日日千餘言,詩中無一憂民字。旁人道我真瞶瞶[4],口不能答指山翠。自從老杜得詩名,憂君愛國成兒戲[5]。言既無庸默不可,阮家那得不沉醉[6]? 眼底濃濃一杯春[7],慟於洛陽年少淚[8]。

【校注】

[1]新朝事:朝政新聞。　　[2]"邸報"句:邸報束而不看,視同塵灰。邸報:朝廷下發的公報,主要刊載大臣奏章,故往往涉及政治新聞,袁宏道在《與黃平倩》一信中稱"每見邸報必令人憤發裂眥",可與此句對看。　　[3]"朝衣"句:以朝衣典當花木,喻不以政事爲意,用杜甫《曲江二首》(其二)"朝回日日典春衣,每日江頭盡醉歸"句意。　　[4]瞶瞶:昏憒,不明事理。　　[5]"自從"二句:謂杜甫之憂國憂民受人推重,以致流爲俗套,一些人雖有憂國憂民之語,實無真情實感,形同兒戲。　　[6]"言既"二句:謂既然言而無用,又無法沉默,祇得學阮籍一醉了之。《晉書》卷四十九《阮籍傳》:"籍本有濟世志,屬魏晉之際,天下多故,名士少有全者,籍由是不與世事,遂酣飲爲常。"　　[7]一杯春:指一杯酒。《詩經·豳風·七月》:"爲此春酒,以介眉壽。"古代因多以春名酒。　　[8]洛陽年少:指西漢洛陽人賈誼,他少時曾上《治安疏》,論時政有"可爲痛哭者一,可爲流涕者二"語。又據《史記》卷八十四《屈原賈生列傳》,賈誼年十八爲文帝召爲博士,夜半前席,僅問其鬼神之事;上書請削諸侯勢力,文帝不聽。後爲梁王傅,王墮馬死,賈誼自傷爲傅無狀,哭泣歲餘,憂鬱而死。

棹　歌　行

【題解】

　　《棹歌行》是樂府舊題,屬於樂府《相和歌》中的《瑟調曲》。此詩作於萬曆二十六年(1598)。通過漁婦的自敍,描寫漁家的艱苦生活,語言通俗,風格純樸,頗具民歌情味。

　　妾家白蘋洲,隨風作鄉土[1]。弄篙如弄針,不曾拈一縷[2]。四月魚苗風,隨君到巴東。十月洗河水,送君發揚子[3]。揚子波勢惡,無風浪亦作。江深得魚難,鸕鷀充糕䭔[4]。生子若鳧雛[5],穿江復入湖。長時剪荷葉,與兒作衣襦[6]。

【校注】

[1]"妾家"二句:謂漁家以水爲家,隨風漂泊。白蘋洲:白蘋,一種水生浮草。白蘋及白蘋洲是古詩詞中經常出現的意象,如温庭筠[夢江南]詞:"過盡千帆皆不是,斜暉脈脈水悠悠。腸斷白蘋洲。"　　[2]"弄篙"二句:漁婦撑篙如同穿針引綫一般靈巧,卻没有像普通婦女那樣作過針綫活。　　[3]"四月"四句:寫漁婦隨丈夫去湖北、入長江捕魚。"魚苗風"、"洗河水",皆漁家慣用語。巴東:郡名,今湖北秭歸一帶。揚子:揚子江,長江的別稱。　　[4]鸕(lú 盧)鷀(cí 慈):水鳥名,漁人養以捕魚。糗臛(huò 霍):泛言食物。臛,肉羹。以鸕鷀爲食,極言捕魚之難。

[5]鳧雛:小野鴨。　　[6]襦:短衣,這裏指小兒涎衣。

滿井游記

【題解】

　　滿井,北京東北郊的一處名勝。王思任《游滿井記》稱:"安定門外五里有滿井……一亭函井,其規五尺,四窪而中滿,故名。"《帝京景物略》卷一則稱其"井高於地,泉高於井,四時不落。"本文是袁宏道在萬曆二十七年(1599)寫的一篇山水游記小品。文章本爲寫郊野春色,開篇卻從城中凍風飛沙敍起,欲揚先抑,對比强烈。爲後文表現春光之美和舒暢之情作反襯與鋪墊。而在寫景與抒情的完美結合中,又流露出對官場沉悶生活的厭倦。王思任《游滿井記》極寫滿井世俗景象,與本文大異其趣,可參看。

　　燕地寒[1],花朝節後[2],餘寒猶厲。凍風時作[3],作則飛沙走礫[4],局促一室之内[5],欲出不得。每冒風馳行,未百步輒返。

　　廿二日天稍和,偕數友出東直[6],至滿井。高柳夾堤,土膏微潤[7],一望空闊,若脱籠之鵠[8]。於時冰皮始解[9],波色乍明,鱗浪層層[10],清澈見底,晶晶然如鏡之新開而冷光乍出於匣也[11]。山巒爲晴雪所洗,娟然如拭[12],鮮妍明媚,如倩女之靧面而髻鬟之始掠也[13]。柳條將舒未舒,柔梢披風,麥田淺鬣寸許[14]。游人雖未盛,泉而茗者[15],罍而歌者[16],紅裝而蹇者[17],亦時時有。風力雖尚勁,然徒步則汗出浹背。凡曝沙之鳥,呷浪之鱗[18],悠然自得,毛羽鱗鬣之間[19],皆有喜氣。始知郊田之外,未始無春,而城居者未之知也。夫能不以游墮事[20]，而瀟然於山石草木之間者，惟此官也[21]。而此地適與余近[22]，余之游將自此始，惡能無記[23]？己亥之二月也[24]。

《袁宏道集箋校》卷一七

【校注】

[1]燕(yān 煙)：河北省北部，古屬燕國。　　[2]花朝節：俗傳農曆二月十二日爲百花生日，稱爲花朝節。一說以二月初二或二月十五日爲花朝節。　　[3]凍風：寒風。　　[4]礫：碎石。　　[5]局促：拘束、局限。　　[6]東直：東直門，北京舊城東面的一座城門。　　[7]土膏：指土地。　　[8]鵠(hú 胡)：天鵝。
[9]冰皮始解：水面上的冰開始融化。　　[10]鱗浪：細浪。　　[11]晶晶然：清澈明亮的樣子。開：指剛剛磨過。匣：鏡匣。　　[12]娟然：姿態美好的樣子。拭：擦洗。　　[13]倩女：美女。靧(huì 會)面：洗臉。掠：梳理。　　[14]鬣：馬頸上的鬃毛。這裏比喻麥苗。　　[15]泉而茗：取泉水烹茶而品。　　[16]罍而歌：飲酒唱歌。罍(léi 雷)，盛酒器，這裏代指喝酒。　　[17]紅裝而蹇：穿着艷麗的服裝、騎着驢的女子。蹇(jiǎn 減)，馬、驢之類行走遲緩，這裏即指騎驢。
[18]呷浪之鱗：在波浪裏呼吸的魚。　　[19]毛羽鱗鬣：泛指鳥獸蟲魚。
[20]墮事：耽誤公事。　　[21]此官：這裏指作者，其時袁宏道任順天府學教官。
[22]適與余近：正好與我的住處鄰近。　　[23]惡(wū 烏)能無紀：豈能不作游記。　　[24]己亥：萬曆二十七年(1599)。

【集評】

　　(明)張岱《琅環文集·跋寓山注其二》："古人記山水乎，太上酈道元，其次柳子厚，近時則袁中郎。"

　　(明)陸雲龍編《翠娛閣評選皇明小品十六家》評語："寫境亦如平蕪，淡色輕陰，令人意遠。"

虎 丘 記

【題解】

　　虎丘，蘇州名勝之一。相傳春秋時吳王闔閭葬在這裏，三日有虎來踞其上，故名。萬曆二十三年(1595)作者曾任吳縣令，期間多次游覽虎丘。萬曆二十四年，解職離吳前，留連虎丘勝景，寫下此文，記述吳中風土人情，在極力渲染虎丘中秋歡樂景象後,又略及山川興廢,引發出鄙棄仕途的感慨。袁宏道蘇州游記共十八篇,或總題《吴游記》。

　　虎丘去城可七八里[1],其山無高巖邃壑[2],獨以近城故,簫鼓樓船[3],無日無之。凡月之夜,花之晨,雪之夕,游人往來,紛錯如織[4],而中秋爲尤勝。每至是日,傾城闔户[5],連臂而至。衣冠士女[6],下迨蔀屋[7],莫不靚妝麗服[8],重茵累席[9],置酒交衢間[10]。從千人石上至山門[11],櫛比如鱗[12],檀板丘積[13],樽罍雲瀉[14]。遠而望之,如雁落平沙,霞鋪江上,雷輥電霍[15],無得而狀[16]。

　　布席之初[17],唱者千百,聲若聚蚊,不可辨識。分曹部署[18],競以歌喉相鬭,雅俗既陳,妍媸自别[19]。未幾而摇頭頓足者[20],得數十人而已。已而明月浮空,石光如練[21],一切瓦釜[22],寂然停聲,屬而和者[23],纔三四輩。一簫,一寸管,一人緩板而歌[24],竹肉相發[25],清聲亮徹,聽者魂銷。比至夜深,月影横斜,荇藻凌亂[26],則簫板亦不復用。一夫登場,四座屏息,音若細髮,響徹雲際,每度一字[27],幾盡一刻[28],飛鳥爲之徘徊,壯士聽而下淚矣。

【校注】

[1]去:距離。可:大約。　　[2]邃壑:幽深的山谷。　　[3]簫鼓樓船:配有音樂彈唱的游船。　　[4]紛錯如織:形容游人很多,雜亂紛擾。紛錯,雜亂。
[5]傾城闔(hé 合)户:全城家家户户。闔户,全家。　　[6]衣冠士女:指上層社會的男男女女。衣冠,古代士以上有身份的人的服裝,因借指士紳。　　[7]迨:至、到。蔀(bù 部)屋:草席蓋頂的屋子,指貧者之居,此代指窮人。　　[8]靚(jìng 敬)妝:化妝。　　[9]重茵累席:重迭的席褥坐墊。茵,席子,墊子。
[10]交衢:四通八達的道路。　　[11]千人石:巨石名,傳説晉代高僧竺道生曾在此説法,石上坐千人聽講,因以得名。竺道生人稱生公,故下文又稱“生公石”。袁宏道《虎丘》詩云:“一片千人石,瑩晶若有神。”山門:佛寺大門。　　[12]櫛比如鱗:像魚鱗梳齒一樣緊密排列。櫛,梳篦之類。比,並列。　　[13]檀板:用檀木製成的拍板,唱歌時用以伴奏。丘積:堆積如小土丘。喻歌者之衆。　　[14]樽罍:盛酒器皿。雲瀉:像流雲一樣傾瀉。喻酒宴之盛。　　[15]雷輥(gǔn 滚):如車輪滚動般的雷鳴。輥,車輪聲。電霍:如閃電般的光亮。　　[16]無得而狀:無

法加以描述。　　　　［17］布席：安排座位。　　　　［18］分曹部署：分組安排。
［19］妍媸(chī吃)：美醜。此指優劣。　　　　［20］搖頭頓足：形容聽衆按節拍點頭
頓足。　　　　［21］練：潔白的紗織品。　　　　［22］瓦釜：比喻粗俗雜亂的聲音。《楚
辭·卜居》：“黄鐘毁棄，瓦釜雷鳴。”　　　　［23］屬(zhǔ主)而和(hè賀)者：應聲附
和而唱。　　　　［24］緩板：慢慢地擊着歌板。　　　　［25］竹肉：管樂聲和歌唱聲。語見
《晉書·孟嘉傳》：“絲不如竹，竹不如肉。”　　　　［26］荇(xìng杏)藻：水草。此處形
容月下樹枝樹葉的影子。蘇軾《記承天夜游》：“庭下如積水空明，水中藻荇交橫，
蓋竹柏影也。”　　　　［27］度：按譜歌唱。　　　　［28］幾盡一刻：形容歌聲曼長。刻，
計時單位，古代用漏壺計時，一晝夜爲一百刻，一刻相當於今天的十五分鐘。

　　劍泉深不可測[1]，飛巖如削。千頃雲得天池諸山作案[2]，巒壑競
秀[3]，最可觴客[4]。但過午則日光射人，不堪久坐耳。文昌閣亦
佳[5]，晚樹尤可觀。面北爲平遠堂舊址[6]，空曠無際，僅虞山一點在
望[7]。堂廢已久，余與江進之謀所以復之[8]，欲祠韋蘇州、白樂天諸
公於其中[9]；而病尋作[10]，余既乞歸[11]，恐進之興亦闌矣[12]。山川
興廢，信有時哉！
　　吏吳兩載，登虎丘者六。最後與江進之、方子公同登[13]，遲月生
公石上[14]，歌者聞令來[15]，皆避匿去。余因謂進之曰：“甚矣，烏紗之
橫[16]，皂隸之俗哉！他日去官，有不聽曲此石上者，如月[17]！”今余幸
得解官稱吳客矣，虎丘之月，不知尚識余言否耶[18]？

《袁宏道集箋校》卷四

【校注】

［1］劍泉：又名劍池，在千人石北，傳説爲吴王洗劍之處。　　　　［2］千頃雲：虎丘寺
方丈前的廳堂名，天池：山名，在蘇州城西六十里。案：几案。　　　　［3］巒壑競秀：山
峰和峽谷逞奇鬭秀。　　　　［4］觴客：勸客飲酒。觴，酒杯，這裏指飲酒。　　　　［5］文昌
閣：供奉主持文運的星神樓閣。文昌星共六星，傳説第四星即大熊星座中的小星，
主文運。　　　　［6］平遠堂：初建於宋代，取“平林遠野”之意，元代改建。　　　　［7］虞
山：在江蘇常熟西北，從蘇州依稀可見。　　　　［8］江進之：江盈科，字進之，萬曆二
十年(1592)進士，時任長洲(與吳縣相鄰，當時屬蘇州)知縣。　　　　［9］祠：祭祀，供
奉。韋蘇州、白樂天：唐代詩人韋應物、白居易，二人均曾任蘇州刺史。　　　　［10］尋
作：不久即發作。　　　　［11］乞歸：請辭歸家。袁宏道萬曆二十四年(1596)三月起，

連上七封奏牘,請辭吳縣知縣。　　[12]興闌:興致消退。　　[13]方子公:方文僎,字子公,新安(今安徽歙縣)人,追隨袁宏道十餘年。　　[14]遲(zhì治):等候。　　[15]令:縣令,作者自稱。　　[16]烏紗:指古代官員所戴黑紗製成的帽子,借指官員。橫:蠻橫。　　[17]"有不聽曲"二句:此爲作者指月爲誓之詞。[18]識(zhì治):記住,記得。

【集評】

　　(明)陸雲龍編《翠娛閣評選皇明小品十六家》評語:"虎丘之勝,已盡於筆墨端矣,觀繪事不如讀此之靈活。"

徐文長傳

【題解】

　　本文是袁宏道萬曆二十七年(1599)在北京所作。徐渭"無之而不奇",一生經歷坎坷,憂憤而卒,生不得志於時,死不稱名於世。袁宏道偶然發現了他的文集,即爲之傾倒。本文以"奇"爲骨,抒寫徐渭的悲憤人生,感情强烈,描繪如生。袁宏道在給友人吳敦之的信中曾説:"所可喜者,過越,於亂文集中識出徐渭,殆是我朝第一詩人,王、李爲之短氣。"在給陶望齡的信中則説:"《徐文長傳》雖不甚核,然大足爲文長吐氣。"

　　余一夕坐陶太史樓[1],隨意抽架上書,得《闕編》詩一帙[2],惡楮毛書[3],煙煤敗黑[4],微有字形。稍就燈間讀之,讀未數首,不覺驚躍,急呼周望:"《闕編》何人作者,今邪?古邪?"周望曰:"此余鄉徐文長先生書也。"兩人躍起,燈影下讀復叫,僮僕睡者皆驚起。蓋不佞生三十年[5],而始知海内有文長先生。噫,是何相識之晚也! 因以所聞於越人士者[6],略爲次第[7],爲《徐文長傳》。

【校注】

[1]一夕:指萬曆二十五年(1597)三月作者游紹興時某個晚上。陶太史:陶望齡,字周望,號石簣,紹興人。萬曆十七年(1589)會試第一,廷試第三,初授翰林院編修,官至國子監祭酒。明清史館事多以翰林任之,故亦可以太史代稱翰林。
[2]《闕編》:徐文長生前自編詩集。帙(zhì至):書册。量詞。　　[3]惡楮(chǔ楚)毛書:形容書册紙質拙劣、印製粗糙。楮爲一種樹,樹皮可造紙。　　[4]煙煤

敗黑:形容印書的墨質不好。　　[5]不佞:自稱的謙詞。　　[6]越:古國名,地域在浙江紹興一帶。　　[7]次第:依次編排。

　　徐渭,字文長,爲山陰諸生[1],聲名藉甚[2]。薛公蕙校越時[3],奇其才,有國士之目[4]。然數奇[5],屢試輒蹶[6]。中丞胡公宗憲聞之[7],客諸幕[8]。文長每見,則葛衣烏巾[9],縱譚天下事[10],胡公大喜。是時公督數邊兵[11],威振東南,介胄之士[12],膝語蛇行[13],不敢舉頭,而文長以部下一諸生傲之,議者方之劉真長、杜少陵云[14]。會得白鹿,屬文長作表[15]。表上,永陵喜[16]。公以是益奇之,一切疏記[17],皆出其手。

　　文長自負才略,好奇計,談兵多中[18],視一世士無可當意者,然竟不偶[19]。文長既已不得志於有司[20],遂乃放浪麴蘗[21],恣情山水,走齊、魯、燕、趙之地,窮覽朔漠[22]。其所見山奔海立,沙起雲行,風鳴樹偃,幽谷大都,人物魚鳥,一切可驚可愕之狀,一一皆達之於詩[23]。其胸中又有勃然不可磨滅之氣[24],英雄失路、托足無門之悲。故其爲詩,如嗔如笑,如水鳴峽,如種出土,如寡婦之夜哭,羈人之寒起[25];雖其體格時有卑者[26],然匠心獨出,有王者氣[27],非彼巾幗而事人者所敢望也[28]。文有卓識,氣沉而法嚴,不以模擬損才,不以議論傷格,韓、曾之流亞也[29]。文長既雅不與時調合[30],當時所謂騷壇主盟者[31],文長皆叱而奴之[32],故其名不出於越。悲夫!喜作書,筆意奔放如其詩,蒼勁中姿媚躍出,歐陽公所謂"妖韶女,老自有餘態"者也[33]。間以其餘[34],旁溢爲花鳥[35],皆超逸有致[36]。

【校注】

[1]山陰:今浙江紹興。諸生:明代已入學的生員統稱諸生,包括庠生、貢生、廩生等。徐渭自二十歲進學後,八應鄉試皆不中。　　[2]聲名藉甚:名聲很大。藉甚,亦作"籍甚",盛大,很多。　　[3]薛公蕙:薛蕙,字君采,亳州(今安徽亳縣)人。正德九年(1514)進士,官吏部考功司郎中,曾在浙江任鄉試主考官,故稱"校(jiào 教)越"。　　[4]國士之目:指被視爲國中英才賢士。　　[5]數奇(jī 雞):命運坎坷,遭遇不順。數,命運。奇,不順。　　[6]蹶(jué 決):跌倒,挫折,這裏指考試失利。　　[7]中丞:古官名,明清亦用以稱巡撫。胡宗憲:字汝貞,安徽績

溪人,嘉靖進士。曾任浙江巡撫,總督軍務,著有《籌海圖編》。後因投靠嚴嵩,嚴嵩問罪,隨之下獄死。　　　[8]客諸幕:延聘爲幕賓。　　　[9]葛衣烏巾:葛麻布做的衣服,黑紗做的頭巾,此爲普通士人裝束。　　　[10]譚:通"談",議論。[11]督數邊兵:明代有九邊、三邊等邊防,胡宗憲曾總督南直隸、浙、閩軍務,故云。[12]介胄之士:披甲戴盔的武士,此指將官。　　　[13]膝語:跪着説話。蛇行:匍伏而行,極言恭順惶恐之狀。　　　[14]方:比擬。劉真長:劉惔(tán 談),字真長,晉朝清談家,曾爲簡文帝司馬昱幕中上賓。杜少陵:杜甫,在蜀時曾作劍南節度使嚴武的幕僚。　　　[15]"會得"二句:《徐文長自著畸譜》:"三十八歲,孟春之三日,幕再招,時獲白鹿二,先冬得牝,是夏得牡,令草兩表以獻。"陶望齡《徐文長傳》:"時(胡宗憲)方獲白鹿海上,表以獻。表成,召渭視之。渭覽,睥視不答。胡公曰:'生有不足耶? 試爲之。'退具稿進……表進,上大嘉悦其文,旬月間遍誦人口,公以是始重渭,寵禮獨甚。"會:適逢。屬(zhǔ 主):同"囑",託付。表:臣下給君王的奏章。　　　[16]永陵:明世宗嘉靖皇帝的陵墓名,此代指世宗。　　　[17]疏記:指各種奏章、書牘。　　　[18]中(zhòng 衆):適合,符合。　　　[19]竟:最終,終究。不偶:指未得賞識。偶,際遇。　　　[20]有司:指主管上司。　　　[21]放浪麴糵(niè 涅):縱情於酒。麴糵:酒母,代指酒。　　　[22]齊魯燕趙:即現在的山西、河北、山東、北京等地。朔漠:北方沙漠地帶,泛指北方。萬曆四年(1576),徐渭應宣化總督吳兌之邀,曾到宣化府,領略了塞北景象。　　　[23]達之於詩:指通過詩加以表現。　　　[24]勃然:强烈、旺盛之狀。　　　[25]羈人:旅客。　　　[26]體格:體裁、格調。　　　[27]王者氣:指稱雄文壇的氣勢。　　　[28]巾幗事人:像婦人似地侍奉於人。巾幗,古代婦女的頭巾和髮飾,代指婦女。　　　[29]韓曾:唐代韓愈、宋代曾鞏。流亞:指同一品類的人物。　　　[30]雅:平素,歷來。時調:流行的文風。　　　[31]騷壇主盟者:指嘉靖時"後七子"的代表人物李攀龍、王世貞等。[32]叱而奴之:呵斥並視爲奴僕,意謂極其輕蔑。　　　[33]"歐陽公"句:歐陽修《水谷夜行寄子美聖俞》有句評論蘇子美詩云:"譬如妖韶女,老自有餘態。"這裏藉以評論徐渭書法。妖韶:美艷。　　　[34]間:間或,有時。餘:剩餘精力。[35]花鳥:指畫花鳥。　　　[36]超逸有致:指不俗的品格、韻致。

卒以疑殺其繼室,下獄論死[1]。張太史元汴力解[2],乃得出。晚年憤益深,佯狂益甚[3],顯者至門[4],或拒不納。時攜錢至酒肆,呼下隸與飲[5]。或自持斧擊破其頭,血流被面,頭骨皆折,揉之有聲。或以利錐錐其兩耳,深入寸餘,竟不得死。

　　周望言：“晚歲詩文益奇，無刻本，集藏於家。”余同年有官越者[6]，託以鈔録，今未至。余所見者，《徐文長集》、《闕編》二種而已。然文長竟以不得志於時，抱憤而卒。

　　石公曰[7]：先生數奇不已，遂爲狂疾；狂疾不已，遂爲圄圉[8]。古今文人牢騷困苦，未有若先生者也。雖然，胡公間世豪傑[9]，永陵英主，幕中禮數異等[10]，是胡公知有先生矣；表上，人主悦，是人主知有先生矣。獨身未貴耳[11]。先生詩文崛起，一掃近代蕪穢之習[12]，百世而下，自有定論，胡爲不遇哉？梅客生嘗寄余書曰[13]：“文長吾老友，病奇於人，人奇於詩。”余謂文長無之而不奇者也。無之而不奇，斯無之而不奇也[14]，悲夫！

《袁宏道集箋校》卷一九

【校注】

[1]“卒以”二句：嘉靖四十五年（1566），徐渭因懷疑續娶的妻子張氏貞，將其殺死，被判爲死罪。陶望齡《徐文長傳》：“渭爲人猜而妒，妻死後，有所娶輒以嫌棄，至是又擊殺其後婦，遂坐法，繫獄中。”此事具體情節，則有不同説法，徐渭有文爲自己辯解。　　[2]張太史：張元汴，字子藎，山陰人。隆慶五年（1571）廷試第一，授翰林修撰。力解：盡力解救。　　[3]“晚年”二句：據張汝霖《刻徐文長佚書序》，胡宗憲被捕後，徐渭因擔心受牽連，假裝狂疾，以致成真。以後雖有平復，但更加憤激，與世格格不入。　　[4]顯者：有身份、有地位的人。　　[5]下隸：地位低下的衙門差役。　　[6]同年：同科考中的人，互稱同年。　　[7]石公：作者的號。袁宏道宦吴時，曾游太湖石公山，引以爲號。　　[8]圄（líng 鈴）圉（yǔ 雨）：監獄。　　[9]間世：隔世。古稱三十年爲一世，形容罕有。　　[10]禮數異等：所受禮遇異乎尋常。　　[11]貴：顯貴。　　[12]蕪穢：雜亂、繁冗。指當時擬古風氣。　　[13]梅客生：梅國楨，字客生。湖北麻城人。萬曆進士，官兵部右侍郎。　　[14]“無之”二句：前一奇爲奇特之奇，後一奇即上所謂數奇。

【集評】

　　（明）陸雲龍編《翠娛閣評選皇明小品十六家》評語：“中郎之傳文長，伯敬之傳白雲，皆能不蔽人於没者也。使其生得之，當何如哉？傳中亦多悲憤語，不欲竟之象。”“摹其品，衡其詩，俱千秋定案。”

　　（清）錢謙益《列朝詩集·丁集》徐渭傳中：“文長殁，王、李之焰益熾，無過而問焉者。後三十年，楚人袁中郎游東中，得其殘帙，示陶祭酒周望，相與激賞，謂嘉靖以來一人，自是盛傳於世。周望序其集曰：'文長文類宋唐，詩雜入於唐中、晚。自負甚高，於世所稱主文柄者，不能俯出游其間。而時方高談秦漢盛唐，其體格弗合也。然其文實有矩度，詩尤深奧，往往深於法而略於貌。古之窮士如盧仝、孟郊、梅堯臣、陳師道之徒，所爲或未能遠過也。'中郎則謂其胸中有一段不可磨滅之氣，英雄失路，託足無門之悲，故其詩如嗔，如笑，如水鳴峽，如鐘出土，如寡婦之夜哭，羈人之寒起。當其放意，平疇千里，偶爾幽峭，鬼語幽墳。微中郎，世豈復知有文長！周望作《文長傳》，謂中郎徐氏之桓譚，詎不信夫！"

袁中道

【作者簡介】

袁中道（1575—1630），字小修，公安（今屬湖北）人。萬曆四十四年（1616）中進士，授徽州府教授，後歷任國子博士、南京禮部主事、吏部郎中等職。袁中道與其兄袁宗道、袁宏道並稱"三袁"或"公安派"。袁中道文學主張與袁宏道基本相同，強調性靈，他在《中郎先生全集序》中盛稱宏道"以意役法，不以法役意，一洗應酬格套之習"。但對一些模仿"公安派"的文人流於"爲俚俗，爲纖巧，爲莽蕩"亦有批評，故於性靈之外，兼重格調。袁中道詩文俱佳，散文以游記見長，日記《游居柿録》，多有精粹文筆，在日記體發展中頗有影響。詩歌多山水寄情、酬酢應答、感時傷懷之作，風格疏朗清新。著有《珂雪齋集》二十卷等。《明史》卷二八八有傳。

感　　懷
其　　六

【題解】

袁中道有《感懷詩五十八首》，此爲第六首。詩從居庸關寫起，於游歷中，抒寫落拓不羈的氣度和懷才不遇的心情，豪爽放逸，筆力遒勁，可與前面謝榛的《榆河曉發》對看。

步出居庸關,水石響笙竽[1]。北風震土木,吹石走路衢。蹀躞上谷馬[2],調笑雲中姝[3]。囊中何所有? 親筆注陰符[4]。馬上何所有? 腰帶五石弧[5]。雁門太守賢[6],琵琶爲客娛。大醉砍案起[7],一笑捋其鬚。振衣恒山頂,拭眼望匈奴。惟見沙浩浩,群山向海趨。夜過虎風口[8],馬踏萬松株。我有安邊策,譚笑靖封狐[9]。上書金商門[10],傍人笑我迂。

《珂雪齋集》卷五

【校注】

[1]笙竽:兩種管樂器。　　[2]蹀(dié 蝶)躞(xiè 謝):小步行走,形容步履艱難。上谷:據《通典》卷一九四,"燕亦築長城,自造陽至襄平,置上谷、漁陽、右北平、遼西、遼東郡以距胡"。　　[3]雲中:古郡名,治所在雲中縣(今内蒙古托克托東北),有時泛指邊關。南朝宋鮑照《代陳思王〈白馬篇〉》:"要途問邊急,雜虜入雲中。"　　[4]陰符:《陰符經》舊題黄帝撰,有鬼谷子、諸葛亮等六家注,言虚無之道、修煉之術。但歷代史志又將《周書陰符》著録於兵家,而黄帝《陰符》則入道家,此處應指前者。　　[5]五石弧:一種弓箭。　　[6]雁門:古郡名,今山西北部皆其地。此處雁門太守泛指邊關守將。　　[7]砍案:以刀剁案。　　[8]虎風口:地名,在恒山。據《山西通志》卷二一記載,其地風似虎吼,故名。　　[9]靖:止息。封狐:大狐,此爲匈奴蔑稱。　　[10]金商門:漢東京洛陽西門名。《後漢書·蔡邕傳》:"(蔡邕)詣金商門,引入崇德殿,使中常侍曹節、王甫就問災異及消改變故所宜施行。"

【集評】

(明)袁宏道《小修詩敍》:"大都獨抒性靈,不拘格套,非從自己胸臆流出,不肯下筆。有時情與境會,頃刻千言,如水東注,令人奪魄。其間有佳處,亦有疵處。佳處自不必言,即疵處亦多本色獨造語。然予則極喜其疵處,而所謂佳者,尚不能不以粉飾蹈襲爲恨,以爲未能盡脱近代文人氣習故也。"

鍾惺

【作者簡介】

鍾惺(1574—1624),字伯敬,號退谷,竟陵(今湖北天門)人。萬曆三十八年(1610)進士,授行人司行人,一官八年,遷工部主事,改南京禮部主事,進郎中,浮沉於冷官閒職。天啓初年,擢福建提學僉事,到任未及半年,以父憂歸。晚年逃禪,臨終受戒,卒於家。鍾惺在前後七子和公安派之後,力圖矯正復古派的膚熟格套和公安派的俚俗莽蕩,另闢"幽深孤峭"之徑。爲此與同邑譚元春編選《詩歸》數種,以求培養奇情孤詣,驅駕古人之上。其詩文喜用怪字險韻,幽深孤峭,當時稱"鍾譚體"或"竟陵體",風靡當時。鍾惺對改變庸俗、繁縟習氣,自有貢獻。但矯枉之餘,又流於晦僻,也有所不足。故時論毀譽不一,而毀多於譽。著有《隱秀軒集》。《明史》卷二八八有傳。

宿烏龍潭

【題解】

烏龍潭,南京名勝。萬曆四十四年(1616)至天啓元年(1621),鍾惺寓居南京計六年,對南京各處名勝如桃葉渡、靈谷寺、玄武湖、雨花臺等,皆有題詠。烏龍潭也是他常去之地,本詩之外,還有《烏龍潭吳太學林亭》等作。陳廣宏《鍾惺年譜》(復旦大學出版社1993年版)又於萬曆四十七年(1619)繫其詩《七月十二日宋獻孺招集茅止生烏龍潭新居(同潘景升、林子丘、茂之、譚友夏)》,茅元儀《石民四十集》、譚元春《譚友夏合集》亦有數篇烏龍潭游記,可知烏龍潭亦爲鍾惺輩詩社雅集之所。本篇應作於此年前後。詩中表現了一種萬籟俱寂、孤月獨照、寒影默然的景象,給人幽寂、淒清的感覺,這正是他所追求的"幽情單緒"、"奇情孤詣"的創作境界。

淵静息群有[1],孤月無聲入。冥漠抱天光[2],吾見晦明一[3]。寒影何默然,守此如恐失。空翠潤飛潛[4],中宵萬象濕。損益難致思[5],徒然勤風日[6]。吁嗟靈昧前[7],欽哉久行立[8]。

《隱秀軒集》卷三

【校注】

[1]淵静:幽深静謐。《莊子·在宥》:"其居也淵而静。"息:止息。群有:指萬物，《文選·王簡棲頭陁寺碑文》李善注曰:"群有，謂有色無色，有想無想，以其不一，故曰群有。"　　[2]冥漠:幽暗不明。清蒲松齡《聊齋志異·鴿異》:"月色冥漠，野壙蕭條。"　　[3]晦明:從暗夜到天明。《楚辭·抽思》:"望孟夏之短夜兮，何晦明之若歲。"一:一致，無區别。　　[4]飛潜:飛禽和魚類。　　[5]損益:增減、盈虧。致思:思緒集中於某一方面。　　[6]勤:憂慮。　　[7]吁嗟:感歎、讚賞。靈昧:泛指衆生。　　[8]欽哉:謹慎，恭敬。《書·堯典》:"帝曰:往，欽哉!"孔傳:"敕鯀往治水，命使敬其事。"行立:行走站立。

【集評】

　　(清)陳田《明詩紀事》庚籤卷五:"伯敬苦心吟事，雕鏤鑱削，不遺餘力。五古游覽之篇，猶有佳作;近體力矯王、李之弊，捨崇曠而入莽榛，薄亮音而矜細響，所謂以小智破大道者也。"

　　錢仲聯《夢苕庵詩話》二八六:"鍾、譚詩派，自牧齋掊擊以來，論者薄之過甚。沈歸愚選《明詩别裁》，至不登二家詩一首……余讀伯敬《隱秀軒集》，五言刻削幽秀，真有獨到，七言則未有合作。今摘其佳者於此……《宿鳥龍潭》句云:"淵静息群有，孤月無聲入。""空翠潤飛潜，中宵萬象濕。"……皆不墮恒蹊。其五律之佳者，《石遺室詩話》已舉之，合以《越縵堂日記》所論譚元春詩，竟陵之面目全出矣。"

徐弘祖

【作者簡介】

　　徐弘祖(1586—1641)，字振之，號霞客，江陰(今屬江蘇)人，少年好學，喜讀奇書，博覽古今史籍、圖經地志。一生不慕功名，二十二歲起棄科舉業，三十多年間，"不計程，亦不計年，旅泊巖棲，游行無礙"(陳函輝《霞客徐先生墓誌銘》)，步行十萬餘里，遍游全國十餘省，以徵事考實的治學態度，對各地自然地貌、水文氣候、植被動物、風俗習慣、經濟狀況等地理、地質狀況作了認真的考察，並隨時隨地堅持著述，所著日記遺稿，由其友人編爲《徐霞客游記》，以科學與文學價值相兼而享譽世界。

游黃山後記

【題解】

　　黃山，古稱黟山，唐天寶六年（747）依據軒轅黃帝曾在此處煉丹羽化升天的傳說，敕改黟山爲黃山。徐霞客曾兩次游歷黃山，均有日記記述。本文是他第二次游黃山時所寫，其中對黃山優美景致倍加贊賞，也記錄了行程之艱險，頗能顯示徐霞客寫景狀物的本領，而遣詞造句、結構章法，也相當精巧。據清閔麟嗣所編《黃山志定本》，或問以“先生游蹟遍及四海，以爲何處景物最奇？”徐霞客答曰：“溥海內外無如徽之黃山，登黃山天下無山，觀止矣！”後世乃有“五嶽歸來不看山，黃山歸來不看嶽”之諺。

　　戊午九月初三日[1]，出白嶽榔梅庵[2]，至桃源橋，從小橋右下，陡甚，即舊向黃山路也[3]。七十里，宿江村。

　　初四日，十五里，至湯口[4]。五里，至湯寺，浴於湯池[5]。扶杖望朱砂庵而登[6]。十里，上黃泥岡，向時雲裏諸峰[7]，漸漸透出，亦漸漸落吾杖底。轉入石門，越天都之脅而下[8]，則天都、蓮花二頂[9]，俱秀出天半[10]。路旁一歧東上[11]，乃昔所未至者，遂前趨直上，幾達天都側。復北上，行石罅中[12]，石峰片片夾起，路宛轉石間，塞者鑿之，陡者級之[13]，斷者架木通之，懸者植梯接之。下瞰峭壑陰森，楓松相間，五色紛披，爛若圖繡。因念黃山當生平奇覽，而有奇若此，前未一探，茲游快且愧矣。

　　時夫僕俱阻險行後[14]，余亦停弗上。乃一路奇景，不覺引余獨往。既登峰頭，一庵翼然[15]，爲文殊院[16]，亦余昔年欲登未登者。左天都，右蓮花，背倚玉屏風[17]，兩峰秀色，俱可手攬。四顧奇峰錯列，衆壑縱橫，真黃山絕勝處。非再至，焉知其奇若此！遇游僧澄源至[18]，興甚勇。時已過午，奴輩適至。立庵前，指點兩峰，庵僧謂：“天都雖近而無路，蓮花可登而路遙，祇宜近盼天都，明日登蓮頂。”余不從，決意游天都。挾澄源、奴子，仍下峽路，至天都側，從流石蛇行而上[19]，攀草牽棘，石塊叢起則歷塊[20]，石崖側削則援崖，每至手足無可着處,澄源必先登垂接[21]。每念上既如此,下何以堪?終亦不顧。歷險數次,遂達峰頂。惟一石頂壁起猶數十丈[22],澄源尋視其側,得級,挾予以登。萬峰無不下伏,獨蓮花與抗耳。時濃霧半作半止,每一陣至,則對面不見。眺蓮花諸峰,多在霧中。獨上天都,予至其前,則霧徙於後;予越其右[23],則霧出於左。其松猶有曲挺縱橫者。柏雖大幹如臂,無不平貼石上如苔蘚然。山高風巨,霧氣去來無定,下盼諸峰,時出爲碧嶠[24],時没爲銀海[25]。再眺山下,則日光晶晶,別一區宇也[26]。日漸暮,遂前其足,手向後據地,坐而下脱[27]。至險絶處,澄源並肩手相接。度險,下至山坳,暝色已合,復從峽度棧以上[28],止文殊院。

【校注】

[1]戊午:明萬曆四十六年(1618)。　　[2]白嶽:白嶽山,在黃山西南休寧縣境。
[3]舊向黃山路:指萬曆四十四年(1616)作者首次游黃山所經之路。　　　[4]湯口:湯口鎮,爲上山必經之地。　　[5]湯池:即湯泉,爲溫泉。前所言湯寺,唐時始建,因地近湯泉,故又稱爲湯寺。　　[6]朱砂庵:又名慈光寺,位於朱砂峰下,爲黃山前山登山入口。　　[7]向時:先前。　　[8]天都:黃山主峰之一。脅:山側凹處。　　[9]蓮花:蓮花峰,爲黃山第一高峰,海拔1864米。　　[10]"俱秀出"句:謂山峰挺立,若在空中。秀:高出。李白《廬山謠》:"廬山秀出南斗傍。"
[11]歧:岔路。　　[12]石罅(xià下):山崖間狹窄的裂縫。　　[13]"塞者"二句:阻塞處鑿通,陡峭處開出石階。級:階梯,此處用作動詞。　　[14]夫僕:挑夫和家僕。　　[15]翼然:形容寺廟臨空而建,勢如飛禽展翅。　　[16]文殊院:寺名,在天都、蓮花兩峰之間,明代萬曆年間建立,今在原址建有玉屏樓接待游客。
[17]玉屏風:即玉屏峰。　　[18]游僧:無固定寺院而雲游四方的僧人,也叫行腳僧。澄源:和尚之法號。　　[19]流石:山間被水衝下的巨石。蛇行:伏地曲折爬行。　　[20]歷塊:越過石塊。　　[21]垂接:探身垂臂來接引。　　[22]壁起:高聳如壁。　　[23]越:至,到。　　[24]嶠(qiáo喬):尖而高的山。　　[25]銀海:指雲霧彌漫如銀色海洋。　　[26]區宇:區域、境界。　　[27]下脱:向下滑落。　　[28]度:指越過。棧:棧道,崖壁上鑿孔架木而成的通道。

初五日,平明[1],從天都峰坳中北下二里,石壁岈然[2],其下蓮花洞,正與前坑石笋對峙[3],一塢幽然[4]。別澄源,下山至前歧路側,向蓮花峰而趨。一路沿危壁西行，凡再降升，將下百步雲梯，有路可直躋蓮花峰[5]，既陟而磴絕[6]，疑而復下。隔峰一僧高呼曰："此正蓮花道也!"乃從石坡側度石隙，徑小而峻，峰頂皆巨石鼎峙，中空如室。從其中疊級直上，級窮洞轉，屈曲奇詭，如下上樓閣中，忘其峻出天表也[7]。一里，得茅廬，倚石罅中。方俳徊欲升，則前呼道之僧至矣。僧號凌虛，結茅於此者，遂與把臂陟頂[8]。頂上一石，懸隔二丈，僧取梯以度，其巔廓然[9]。四望空碧，即天都亦俯首矣。蓋是峰居黃山之中，獨出諸峰上，四面巖壁環聳，遇朝陽霽色，鮮映層發，令人狂叫欲舞。久之，返茅庵，凌虛出粥相餉，啜一盂乃下[10]。至歧路側，過大悲頂，上天門，三里，至煉丹臺，循臺嘴而下。觀玉屏風、三海門諸峰，悉從深塢中壁立起。其丹臺一岡中垂，頗無奇峻，惟瞰翠微之背[11]。塢中峰巒錯聳，上下周映，非此不盡瞻眺之奇耳。還過平天矼，下後海，入智空庵，別焉。三里，下獅子林，趨石笋矼，至向年所登尖峰上，倚松而坐。瞰塢中峰石迴攢[12]，藻繢滿眼[13]，始覺匡廬、石門[14]，或具一體，或缺一面，不若此之閎博富麗也。久之，上接引崖，下眺塢中，陰陰覺有異。復至岡上尖峰側，踐流石，援棘草，隨坑而下，愈下愈深，諸峰自相掩蔽，不能一目盡也。日暮，返獅子林。

【校注】

[1]平明：天亮之際。　　[2]岈(xiā 瞎)然：山深邃貌。　　[3]石笋：峰名，形如竹笋。　　[4]塢：四面高、中間低的谷地。　　[5]躋(jī 基)：登，升。　　[6]陟(zhì 智)：攀登。磴絕：石階沒有了。磴，石階。　　[7]天表：指高空。　　[8]把臂：攜手挽臂。　　[9]廓然：開闊、空曠的樣子。　　[10]啜(chuò 輟)：喝、吃。盂：盛食物的器皿。　　[11]背：山脊。　　[12]迴攢(cuán 竄陽平)：環繞簇集。[13]藻繢(huì 惠)：即藻繪，形容色彩斑斕。　　[14]匡廬：江西廬山。石門：浙江石門山。

初六日，別霞光[1]，從山坑向丞相原。下七里，至白沙嶺，霞光復至。因余欲觀牌樓石，恐白沙庵無指者[2]，追來爲導。遂同上嶺，指嶺右隔坡，有石叢立，下分上並，即牌樓石也。余欲逾坑溯澗，直造其下。僧謂："棘迷路絕，必不能行。若從坑直下丞相原，不必復上此嶺;若欲從仙燈而往,不若即由此嶺東向。"余從之,循嶺脊行。嶺橫亘天都、蓮花之北,狹甚,旁不容足。南北皆崇峰夾映。嶺盡北下,仰瞻右峰羅漢石,圓頭禿頂,儼然二僧也。下至坑中,逾澗以上,共四里,登仙燈洞。洞南向,正對天都之陰,僧架閣連板於外[3],而内猶穹然[4],天趣未盡刊也[5]。復南下三里,過丞相原,山間一夾地耳。其庵頗整,四顧無奇,竟不入。復南向循山腰行五里,漸下,澗中泉聲沸然,從石澗九級下瀉,每級一下,有潭淵碧,所謂九龍潭也。黄山無懸流飛瀑[6],惟此耳。又下五里,過苦竹灘[7],轉循太平縣路,向東北行。

《徐霞客游記》卷一上

【校注】

[1]霞光:僧名。　　[2]指者:指引導游者。　　[3]"僧架閣"句:謂僧人建閣樓並將板子向外延伸。　　[4]穹然:高大幽深的樣子。　　[5]刊:砍削,此指消失。　　[6]懸流飛瀑:清張佩芳《黄山志》卷二云:"九龍潭,丞相原道中可望,百丈飛泉,從巖巔下注深潭,潭疊爲九,或方或圓,水色深碧。"　　[7]苦竹灘:今名苦竹溪,爲黄山東部門户。

【集評】

　　(清)《四庫全書總目》卷七一《徐霞客游記》提要:"自古名山大澤,秩祀所先,但以表望封圻,未聞品題名勝。逮典午而後,游迹始盛,六朝文士,無不託興登臨,史册所載,若謝靈運《居名山志》、《游名山志》之類,撰述日繁。然未有累牘連篇,都爲一集者。宏祖耽奇嗜僻,刻意遠游,既銳於搜尋,尤工於摹寫,游記之夥,遂莫過於斯編。雖足跡所經,排日紀載,未嘗有意於爲文,然以耳目所親,見聞較確。且黔滇荒遠,輿志多疏,此書於山川脈絡,剖析詳明,尤爲有資考證。是亦山經之别乘,輿記之外篇矣,存茲一體,於地理之學未嘗無補也。"

張 岱

【作者簡介】

張岱(1597—1680?),字宗子,號陶庵,山陰(今浙江紹興)人,寓居杭州。其《自爲墓志銘》稱"少爲紈綺子弟,極愛繁華,好精舍,好美婢,好孌童,好鮮衣,好美食……年至五十,國破家亡,避跡山居"。散文多寫山水景物、日常瑣事,不少作品表現出明亡後懷舊感傷情緒,文筆清新,短雋有味。著有《琅嬛文集》、《陶庵夢憶》、《西湖夢尋》等。又有《石匱書》及《石匱書後集》,記載明代開國至南明歷史。

湖心亭看雪

【題解】

本文載《陶庵夢憶》卷三。胡益民《張岱研究》(安徽教育出版社 2002 年版)附録一《編年事輯》將此書之完成定於清順治三年(1646)。關於此書,張岱有《自敘》曰:"因想余生平,繁華靡麗,過眼皆空,五十年來,總成一夢……遥思往事,憶即書之,持向佛前,一一懺悔。不次歲月,異年譜也;不分門類,别志林也。偶拈一則,如游舊徑,如見故人,城郭人民,翻用自喜,真所謂癡人前不得説夢矣。"湖心亭,位於杭州西湖中。此文描寫西湖雪景,融敍事、寫人、狀景、抒情於一體,如詩如畫,情趣盎然。

崇禎五年十二月[1],余住西湖。大雪三日,湖中人鳥聲俱絶。

是日,更定矣[2],余挐一小舟[3],擁毳衣爐火[4],獨往湖心亭看雪。霧淞沆碭[5],天與雲與山與水,上下一白。湖上影子,惟長堤一痕[6]、湖心亭一點,與余舟一芥、舟中人兩三粒而已。

到亭上,有兩人鋪氈對坐,一童子燒酒爐正沸。見余大喜,曰:"湖中焉得更有此人?"拉余同飲。余强飲三大白而别[7]。問其姓氏,是金陵人,客此。及下船,舟子喃喃曰:"莫説相公癡[8],更有癡似相公者。"

【校注】

[1]崇禎:明思宗朱由檢年號,崇禎五年即 1632 年。張岱文集中記述行蹤的文章,大都標出明朝紀年,以示不忘故國。　　　[2]更定:古人把一夜分爲五更,一更約爲兩小時。初更開始,擊鼓報告,謂之定更,其時約爲晚上八時許。　　　[3]拏(ráo 饒):通"橈",船槳。此指用槳划。《莊子·漁父》:"方將杖拏而引其船。"[4]毳(cuì 翠)衣:用鳥獸毛織成的衣服。　　　[5]霧淞:寒冷天水氣在樹枝上凝結的冰花,也叫樹掛。沆(hàng 杭去聲)碭(dàng 蕩):天地間彌漫的白氣。[6]長堤:西湖中的白堤。一痕:形容隱約可見一道痕蹟。　　　[7]大白:大酒杯。　　　[8]相公:原本是對宰相的尊稱,宋元以後成了對人的尊稱。

西湖七月半

【題解】

　　本文是對昔日七月半杭州人游湖賞月盛況的追憶,在具體描述中,則細加分類,雅俗並陳,表現出作者清高自傲的思想與風流自賞的情趣。文章構思精巧,層次分明,語言簡潔,形象生動。

　　西湖七月半,一無可看,止可看看七月半之人。看七月半之人,以五類看之。其一,樓船簫鼓[1],峨冠盛筵[2],燈火優傒[3],聲光相亂,名爲看月而實不見月者,看之;其一,亦船亦樓,名娃閨秀[4],攜及童孌[5],笑啼雜之,環坐露臺[6],左右盼望,身在月下而實不看月者,看之;其一,亦船亦聲歌,名妓閒僧,淺斟低唱[7],弱管輕絲[8],竹肉相發[9],亦在月下,亦看月,而欲人看其看月者,看之;其一,不舟不車,不衫不幘[10],酒醉飯飽,呼群三五,躋入人叢[11],昭慶、斷橋[12],嘄呼嘈雜[13],裝假醉,唱無腔曲,月亦看,看月者亦看,不看月者亦看,而實無一看者,看之;其一,小船輕幌[14],净几暖爐,茶鐺旋煮[15],素瓷静遞[16],好友佳人,邀月同坐,或匿影樹下,或逃囂裏湖[17],看月而人不見其看月之態,亦不作意看月者[18],看之。

【校注】

[1]樓船簫鼓:配有聲樂的游船。　　　[2]峨冠:高冠,指士大夫、官員裝束。劉基

《賣柑者言》:"峨大冠,拖長紳者,昂昂乎廟堂之器也。"　　　[3]優傒:歌妓和婢僕。優,優伶。傒(xī 析),同"奚",僕人。　　　[4]名娃閨秀:指大家閨秀。名娃,美女。　　　[5]童孌(luán 鑾):即孌童,俊美的男童。　　　[6]露臺:游船上的平臺。　　　[7]淺斟低唱:慢慢斟酒,輕聲歌唱。　　　[8]管:吹奏樂器。絲:彈撥樂器。弱、輕,指輕柔地演奏。　　　[9]竹肉相發:簫笛聲伴着歌唱聲。竹,指管樂器。肉,指歌喉。相發,相互配合。　　　[10]幘(zé 責):古代男子頭巾。[11]躋(jī 機):登,升。此處指擠進。　　　[12]昭慶:昭慶寺,在杭州西湖東北岸,傳爲後晉時吳越王所建。斷橋:原名寶祐橋,唐以後稱爲斷橋,在西湖白堤東端。[13]嚻(jiāo 交)呼:高聲叫喊。　　　[14]輕幌:輕薄的帷幔。　　　[15]茶鐺(chēng 稱):煮茶的器具。旋:隨即。　　　[16]素瓷:白潔的瓷杯。　　　[17]逃囂:躲避喧囂。裹湖:西湖以蘇堤爲界分爲裹、外湖,西爲裹湖。　　　[18]作意:特意,用心。

　　杭人游湖,巳出酉歸[1],避月如仇。是夕好名,逐隊爭出,多犒門軍酒錢[2],轎夫擎燎[3],列俟岸上[4]。一入舟,速舟子急放斷橋[5],趕入勝會。以故二鼓以前[6],人聲鼓吹,如沸如撼,如魘如囈[7],如聾如啞,大船小船一齊凑岸,一無所見,止見篙擊篙[8],舟觸舟,肩摩肩,面看面而已。少刻興盡,官府席散,皂隸喝道去[9],轎夫叫船上人,怖以關門[10],燈籠火把如列星,一一簇擁而去。岸上人亦逐隊趕門,漸稀漸薄,頃刻散盡矣。吾輩始艤舟近岸[11],斷橋石磴始涼[12],席其上,呼客縱飲。

　　此時,月如鏡新磨,山復整妝,湖復頮面[13]。向之淺斟低唱者出,匿影樹下者亦出,吾輩往通聲氣,拉與同坐。韻友來[14],名妓至,杯箸安,竹肉發。月色蒼涼,東方將白,客方散去。吾輩縱舟,酣睡於十里荷花之中,香氣拍人,清夢甚愜[15]。

《陶庵夢憶》卷七

【校注】

[1]巳出酉歸:巳,巳時,約指上午九點到十一點。酉,酉時,約指下午五點到七點。
[2]犒:犒賞。門軍:守城士兵。　　　[3]擎燎:舉着火把。　　　[4]列俟:列隊等候。　　　[5]速:催促。放:趨赴。　　　[6]二鼓:即二更,晚十時以後爲二更。
[7]如魘(yǎn 演)如囈:如同人在睡夢中的驚叫、夢話。　　　[8]止:通"衹"。

[9]皂隸:官署中的衙役,着黑衣,故稱皂隸。喝道:喝令行人肅静讓路。

[10]怖以關門:以關閉城門來嚇唬游人。　　[11]艤(yǐ乙)舟:指擺船靠岸。

[12]石磴:石階。　　[13]頮(huì會)面:洗面。此處形容湖面復歸明净。

[14]韻友:風雅之友。　　[15]愜:愉快,適意。

【集評】

　　(清)金忠淳輯刊《硯雲甲編》本《陶庵夢憶序》:"兹編載方言巷詠、嘻笑瑣屑之事,然略經點染,便成至文。讀者如歷山川,如睹風俗,如瞻宫闕宗廟之麗,殆與《采薇》、《麥秀》同其感慨,而出之以詼諧者歟?"

　　(清)祁豸佳《西湖夢尋序》:"有酈道元之博奥,有劉同人之生辣,有袁中郎之倩麗,有王季重之詼諧,無所不有。其一種空靈晶映之氣,尋其筆墨又一無所有。爲西湖傳神寫照,政在阿堵矣。"

張　溥

【作者簡介】

　　張溥(1602—1641),字天如,號西銘,太倉(今屬江蘇)人。崇禎四年(1631)進士,授庶吉士,後乞假歸家,不復出仕。與同邑張采齊名,時稱"婁東二張"。崇禎二年,集江南諸社合爲"復社",倡復古學,抨擊時政,以嗣"東林"自詡。爲文反對空疏,頗具史識。著有《七録齋集》,編有《漢魏六朝百三名家集》,於其中各集加有題辭。《明史》卷二八八有傳。

五人墓碑記

【題解】

　　本文作於明崇禎元年(1628)。蔣逸雪《張溥年譜》(齊魯書社,1982年版)繫於天啓七年(1627)。天啓四年,楊漣、魏大中等奏劾魏忠賢,被革職外調。明年,又被誣陷下獄。當魏大中被捕經過吴縣時,東林黨人周順昌正乞假在家,留魏大中三日,並怒斥魏忠賢。招致魏忠賢怨恨,七年,派人捕其入京,激起蘇州民變,數萬民衆上街抗議。其後江蘇巡撫毛一鷺逮捕顏佩韋等五人，以倡亂之罪處死。次年，明思宗即位，清除魏黨，蘇州人重修五人之墓，立碑紀念，本文即是張溥所撰碑文。文章夾敍夾議，是非鮮明，感情激昂，描寫生動，充分表現了五義士的英雄氣概、崇高品質和作者對他們的敬仰之情。

　　五人者，蓋當蓼洲周公之被逮[1]，急於義而死焉者也。至於今，郡之賢士大夫請於當道[2]，即除魏閹廢祠之址以葬之[3]；且立石於其墓之門，以旌其所爲[4]。嗚呼，亦盛矣哉！

　　夫五人之死，去今之墓而葬焉[5]，其爲時止十有一月爾。夫十有一月之中，凡富貴之子，慷慨得志之徒，其疾病而死，死而湮沒不足道者，亦已衆矣，況草野之無聞者歟！獨五人之皦皦[6]，何也？

　　予猶記周公之被逮在丁卯三月之望[7]。吾社之行爲士先者[8]，爲之聲義[9]，斂貲財以送其行，哭聲震動天地。緹騎按劍而前[10]，問：“誰爲哀者？”衆不能堪[11]，扶而仆之[12]。是時以大中丞撫吳者爲魏之私人[13]，周公之逮所由使也；吳之民方痛心焉，於是乘其厲聲以呵[14]，則噪而相逐[15]，中丞匿於溷藩以免[16]。既而以吳民之亂請於朝，按誅五人[17]，曰顏佩韋、楊念如、馬傑、沈楊、周文元，即今之儽然在墓者也[18]。

【校注】

[1]蓼(liǎo 聊上聲)洲周公：周順昌，字景文，號蓼洲。萬曆年間進士，曾任吏部員外郎等職，因反對魏忠賢專權，同情東林黨人而被捕，死於獄中。崇禎初贈謚忠介。
[2]郡：指吳郡，即今蘇州。當道：地方長官。　　　[3]除：清理、整治。魏閹廢祠：魏閹，魏忠賢。魏忠賢專權時，其黨羽在各地爲他建立生祠。事敗後，祠堂亦廢。
[4]旌(jīng 經)：表彰。　　[5]去：距離。墓：用作動詞，即修墓。　　[6]皦(jiǎo 狡)皦：明亮的樣子。　　[7]丁卯三月之望：天啓七年(1627)農曆三月十五日。周順昌在三月十五日被捕，至十八“開讀”(宣佈皇帝詔書，帶走犯人)，激起蘇州民變。　　[8]吾社：指復社，晚明重要社團，張溥等人組織，故稱吾社。行爲士先者：行爲足稱士人表率之人。　　[9]聲義：聲張正義。　　[10]緹(tǐ 提)騎(jì 寄)：原爲漢代執金吾屬下的衛士，此指明代錦衣衛的警衛。　　[11]堪：忍受。
[12]扶(chì 斥)而仆之：謂將其打倒在地。扶，笞打。仆，使仆倒。　　[13]“是

時"句:謂當時江蘇巡撫毛一鷺是魏忠賢的親信。大中丞:官職名,此指巡撫。撫
吳:做吳地的巡撫。 [14]其:指毛一鷺。呵:呵叱。 [15]噪而相逐:吵嚷
着追逐。 [16]溷(hùn 婚去聲)藩:厠所。 [17]按誅:判死刑。按,審查。
[18]儡(lěi 壘)然:高而重疊的樣子。

　　然五人之當刑也,意氣陽陽[1],呼中丞之名而詈之,談笑以死。
斷頭置城上,顏色不少變。有賢士大夫發五十金買五人之脰而函
之[2],卒與屍合。故今之墓中,全乎爲五人也。
　　嗟乎!大閹之亂[3],縉紳而能不易其志者[4],四海之大,有幾人
歟?而五人生於編伍之間[5],素不聞詩書之訓,激昂大義,蹈死不顧,
亦曷故哉[6]?且矯詔紛出[7],鉤黨之捕遍於天下[8],卒以吾郡之發憤
一擊,不敢復有株治[9];大閹亦逡巡畏義[10],非常之謀,難於猝發[11],
待聖人之出而投繯道路[12],不可謂非五人之力也。
　　繇是觀之,則今之高爵顯位,一旦抵罪[13],或脱身以逃,不能容於
遠近,而又有剪髮杜門[14],佯狂不知所之者[15],其辱人賤行[16],視五
人之死,輕重固何如哉?是以蓼洲周公,忠義暴於朝廷[17],贈諡美
顯[18],榮於身後;而五人亦得以加其土封[19],列其姓名於大堤之上,
凡四方之士,無有不過而拜且泣者,斯固百世之遇也[20]。不然,令五
人者保其首領以老於户牖之下[21],則盡其天年,人皆得以隸使之[22],
安能屈豪傑之流[23],扼腕墓道[24],發其志士之悲哉!故予與同社諸
君子,哀斯墓之徒有其石也,而爲之記,亦以明死生之大[25],匹夫之有
重於社稷也。
　　賢士大夫者,冏卿因之吳公[26],太史文起文公[27],孟長姚公
也[28]。

　　　　　　　　　　　　　　　　　　　　《七録齋詩文合集》卷三

【校注】
[1]陽陽:通"揚揚"。 [2]脰(dòu 豆):頸項,此指頭顱。函:木匣,這裏用作
動詞,意爲把頭顱裝歛入匣。 [3]大閹:指魏忠賢。 [4]縉紳:士大夫。
[5]編伍:指平民。明代户口編制以五户爲一"伍"。 [6]曷:同"何"。 [7]矯
詔:假傳皇帝詔書。 [8]鉤黨之捕:指搜捕東林黨人。鉤黨,牽連爲同黨。

[9]株治:株連懲治。　　[10]逡(qūn 群陰平)巡:猶豫,退縮。　　[11]非常之
謀:指廢立皇帝的陰謀。猝(cù 促)發:驟然發動。　　[12]聖人:指崇禎皇帝朱
由檢。投繯(huán 環)道路:崇禎即位,將魏忠賢放逐到鳳陽去守陵,魏在途中畏
罪自縊。投繯,上弔。　　[13]抵罪:依罪受懲罰。　　[14]翦髮杜門:指削髮爲
僧,閉門不出。翦,同"剪"。　　[15]"佯狂"句:指假裝瘋顛而不知下落。
[16]辱人賤行:人格受辱,行爲卑賤。　　[17]暴(pù 瀑):顯露。　　[18]贈謚
(shì 視)美顯:指崇禎追贈周順昌謚號。美顯,美好榮耀。　　[19]加其土封:指
重修他們的墳墓。　　[20]百世之遇:指歷史上少有的幸遇。　　[21]户牖(yǒu
有):門窗,指居舍。　　[22]隸使:奴役。　　[23]屈:使之折腰佩服。
[24]扼腕墓道:在墓旁表示悲憤。扼,掐住。　　[25]明死生之大:説明生和死的
關係之重大。　　[26]囧(jǒng 炯)卿:指太僕卿,官職名。因之吳公:吳默,字因
之,官太僕卿。　　[27]太史:指翰林院編修。文起文公:文震孟,字文起,曾任翰
林院庶編修。　　[28]孟長姚公:姚希孟,字孟長,曾官翰林院檢討。

陳子龍

【作者簡介】

　　陳子龍(1608—1647),字臥子,晚號大樽,華亭(今上海松江)人。崇禎十年
(1637)進士,曾與夏允彝等組織幾社,與復社相呼應,欲復興古學。南明弘光
時,任兵科給事中,憤朝政腐敗,辭職歸鄉。清兵陷南京,曾在松江、太湖起兵反
抗。後於蘇州被捕,於押解途中乘隙投水死。陳子龍詩文主張繼承"後七子"傳
統,有復古傾向。所作詩歌,感時傷世,悲壯蒼涼,前人譽爲明詩殿軍。陳田撰
輯《明詩紀事》辛籤卷一稱:"忠裕雖續何、李、李、王之緒,自爲一格,有齊、梁之
麗藻,兼盛唐之格調。早歲少過浮艷,中年骨幹老成,殿殘明一代詩,當首屈一
指。"陳子龍又善填詞,有《湘真閣》、《江蘺檻》等詞集,俱散逸。《陳忠裕公全
集》收其詩餘一卷。譚獻《復堂日記》戊辰:"有明以來,詞家斷推《湘真》第一,
《飲水》次之。"陳廷焯《白雨齋詞話》、劉毓盤《詞史》亦公推陳子龍爲明代詞人
之冠。有《自撰年譜》,《明史》卷二七七有傳。

小 車 行

【題解】

　　崇禎十年(1637)六月,兩畿大旱,山東發生蝗災。陳子龍此時銓選離京,目睹了饑民流離失所的悲慘景象,故有此作。行,樂府和古詩的一種體裁。

　　小車班班黃塵晚[1],夫爲推,婦爲輓[2]。出門茫然何所之?青青者榆療吾饑,願得樂土共哺糜[3]。風吹黃蒿,望見垣堵[4],中有主人當飼汝。叩門無人室無釜[5],躑躅空巷淚如雨[6]。

《陳子龍詩集》卷三

【校注】

[1]班班:車行之聲,或謂形容衆多。《後漢書·五行志一》引童謠“車班班,入河間”。　　[2]輓(wǎn 挽):俗作“挽”,拉車,牽引。　　[3]樂土:安樂之地。《詩經·魏風·碩鼠》:“逝將去女,適彼樂土。”哺:食。糜:粥。　　[4]“風吹黃蒿,望見垣堵”句:《湘真閣稿》作“風吹黃蒿見垣堵”,施蟄存認爲有“望”字較佳。垣堵:矮的土墻。借指人家。《明詩別裁集》卷十“垣堵”作“墻宇”。　　[5]釜:鍋。　　[6]躑(zhí 直)躅(zhú 竹):徘徊貌。

【集評】

　　(清)沈德潛《明詩別裁集》卷一〇:“寫流人情事,恐鄭監門亦不能繪。”(按,“鄭監門”指鄭俠,宋熙寧六年(1073),鄭俠見歲歉而賦急,流民背井離鄉,相攜塞道,命畫工作《流民圖》,奏呈神宗,並上疏言新政之失。)

遼事雜詩

其　　七

【題解】

　　《遼事雜詩》共八首,此爲其七,約作於崇禎十年(1637)前後。建州女真貴族在後金基礎上,形成强大的政權,崇禎九年(即後金天聰十年),皇太極嗣皇帝位,正式以清爲國號。在清政權建立的過程中,不斷擴張勢力,進犯關內,直逼北京,對明朝構成極大威脅。此詩即有感於清兵入侵、國家危機而作。全詩格律嚴謹,對仗工穩,尤其是頷聯,繪聲繪色寫出敵軍的囂張氣焰與明朝的危急局面。

　　盧龍雄塞倚天開[1],十載三逢敵騎來[2]。磧裏角聲搖日月[3],回中烽色動樓臺[4]。陵園白露年年滿,城郭青燐夜夜哀[5]。共道安危任樽俎[6],即今誰是出群才!

《陳子龍詩集》卷一四

【校注】

[1]盧龍:盧龍塞,在今河北喜峰口附近,古有塞道,自今天津薊縣東北經遵化,循灤河河谷,折東趨大凌河流域,是河北平原通向東北的交通要道。　　[2]十載三逢:清兵曾於崇禎二年、七年、九年三次入塞,連下畿內州縣。另據施蟄存、馬祖熙標校《陳子龍詩集》,“敵騎”《湘真閣稿》作“胡騎”。　　[3]“磧(qì 氣)裏”句:形容敵軍聲勢壯大,號角聲撼動日月。磧:指北方沙漠。　　[4]“回中”句:形容朝廷面臨威脅。回中:秦朝有回中宮,此處借指京城附近皇家園囿。　　[5]“陵園”二句:謂明諸皇陵因外患而景象荒凉,邊城則死傷無數。　　[6]“共道”句:用杜甫《諸將》“安危須仗出群才”句意,表達對能擔當與敵人周旋重任之人才的期待。樽俎:折衝樽俎之省語。《晏子春秋·內篇雜上第五》:“夫不出於尊俎之間,而知衝千里之外,其晏子之謂也。可謂折衝矣!”後以喻不以武力而在宴會談判中制勝對方。樽俎,即尊俎,酒杯與盛肉之器。

點　絳　脣

春日風雨有感

【題解】

　　此詞作年未詳,細按詞意,頗爲沉痛,可能是明亡以後抒懷之作。詞起以“風”,結以“雨”,於風雨交加中流露出故國之思,而“衹有花難護”正是無力回天之歎。陳子龍另有《二郎神·清明感舊》等,情調與此詞相仿。

　　滿眼韶華[1],東風慣是吹紅去[2]。幾番煙霧,衹有花難護。夢裏相思,故國王孫路[3]。春無主,杜鵑啼處,淚染胭脂雨[4]。

《陳子龍詩集》卷一八

【校注】

[1]韶華:指春光。　　[2]慣:照例。紅:指春花。　　[3]王孫路:指歸路。《楚辭·招隱士》中有"王孫游兮不歸,春草生兮萋萋","王孫兮歸來,山中兮不可以久留"。王孫,本指王爵或貴族子弟。杜甫《哀王孫》又有"可憐王孫泣路隅"句,陳子龍或化用其意,表達故國之思。　　[4]"杜鵑"二句:"杜鵑啼處"用蜀王杜宇去國,魂化杜鵑典故。隱含亡國之悲。胭脂雨:傳說鵑啼至哀,乃至血出,而雨帶血淚,極言其内心痛苦。"胭脂雨"爲詩詞中常見意象,陳子龍亦喜用,如《菩薩蠻·春雨》中"數點胭脂冷"。

訴衷情

春游

【題解】

　　這首詞描寫的是少女試妝的情景。上片寫人,下片寫景,人面桃花,交相輝映。或謂此詞寫於崇禎八年(1635),桃下美人爲柳如是(參見《全清詞鑒賞辭典》,中國婦女出版社 1996 年版,第 21 頁)。又,清沈雄《古今詞話·詞話下卷》引《梅墩詞話》評"玉輪碾平芳草,半面惱紅妝"二句爲詠落花,果如此,則此詞實爲詠物之作,"羅裳"或竟爲用擬人法寫桃花。

　　小桃枝下試羅裳[1],蛺粉鬭遺香[2]。玉輪碾平芳草[3],半面惱紅妝[4]。　　風乍暖,日初長,嫋垂楊[5]。一雙舞燕,萬點飛花,滿地斜陽。

《陳子龍詩集》卷一八

【校注】

[1]羅裳:輕軟絲織衣服。南朝民歌《子夜四時歌》:"春林花多媚,春鳥意多哀。春風復多情,吹我羅裳開。"　　[2]蛺:"蝶"的本字。遺香:作花香、脂粉香解均通。周邦彦《六醜》中有"釵鈿墮處遺香澤"。　　[3]玉輪:游人乘坐的華車。韓偓《重游曲江》:"猶是玉輪曾碾處,一泓秋水漲浮萍。"　　[4]"半面"句:《南史》卷一二載梁元帝徐妃以帝眇一目,每知帝將至,必爲半面妝以俟,帝見則大怒而出。這裏是形容少女遇見游人時的羞怯。　　[5]嫋:楊柳輕柔擺動的樣子。

【集評】

　　（清）王士禛：“弇州謂清真能作景語，不能作情語。至大樽而情景相生，令人有後來之歎。”（《陳子龍詩集》此詞後附錄）

夏完淳

【作者簡介】

　　夏完淳（1631—1647），字存古，華亭（今上海松江）人。年十四，跟隨其父夏允彝、師陳子龍等倡議，參與抗清，被捕遇害，年僅十七。事見《明史》卷二七七《陳子龍傳附夏允彝傳》。清乾隆中通謚“節愍”。夏完淳少而能詩，受前後七子影響，古詩心摹漢魏，律詩上追盛唐。內容則抒發其政治抱負及抗清經歷，意境蒼涼悲壯，豪邁動人。又擅詞，況周頤《蕙風詞話》卷五稱夏完淳“年十七殉國難，詞人中未之有也”，“夫以靈均辭筆爲長短句，烏有不工者乎”？所著有《南冠草》等，清人編爲《夏節愍全集》。中華書局 1959 年版《夏完淳集》彙錄前人撰《夏完淳事略》、《夏完淳軼事》及其詩文集序跋數篇。今人又編有《夏完淳集箋校》。

長　　歌

【題解】

　　此詩作於乙酉（1645）江南義師失敗後。“美人”或隱喻明君王。如不坐實，則謂詩中表達了追求理想而不可得的痛苦，亦通。全詩語言華美，想像豐富，其中上下求索的思緒與香草美人的比興，均有《離騷》的影子。同時，又取張衡《四愁詩》意而活用其體。

　　我欲登天雲盤盤，我欲御風無羽翰，我欲陟山泥洹洹，我欲涉江憂天寒[1]。瓊弁玉蕤珮珊珊，蕙橈桂櫂凌迴瀾[2]，澤中何有多紅蘭，天風日暮徒盤桓[3]。芳草盈篋懷所歡，美人何在青雲端。衣玄綃衣冠玉冠，明璫垂絓乘六鸞。欲往從之道路難，相思雙淚流輕紈[4]。佳餚旨酒不能餐,瑶琴一曲風中彈。風急絃絶摧心肝,月明星稀斗闌干。

《夏完淳集箋校》卷四

【校注】

[1]"我欲"四句:張衡《四愁詩》云:"我所思兮在太山,欲往從之梁父艱",夏詩合二爲一,句式更凝練。盤盤:形容雲霧迴旋。羽翰:翅膀。陟:登。洹(yuán 源)洹:形容很多。　　[2]"瓊弁"二句:敍服飾之美,藉以暗喻品格之高,如同《離騷》"高余冠之岌岌兮,長余佩之陸離"云云。玉蕤:披散的冠纓。蕙橈桂櫂:言舟楫之美。　　[3]"澤中"二句:言雖盛服乘舟而追尋,却終無所得,唯有失望盤桓。澤中紅蘭,襯托着心中落寞。　　[4]"芳草"六句:言攜芳草追求美人,美人却可望不可即。六鸞:帝王所乘鸞車。

別　雲　間

【題解】

　　雲間,松江之古稱,是作者家鄉。順治四年(1647),他在這裏被逮捕。詩中除了對故鄉的依戀外,突出表現了抗清失敗的悲憤與至死不變的決心。

　　三年羈旅客[1],今日又南冠[2]。無限河山淚,誰言天地寬!已知泉路近[3],欲别故鄉難。毅魄歸來日[4],靈旗空際看[5]。

《夏完淳集箋校》卷五

【校注】

[1]三年:作者自順治二年(1645)起,參加抗清,出入於太湖及其周圍地區,至順治四年,共三年。　　[2]南冠:《左傳·成公九年》:"晉侯觀於軍府,見鍾儀。問之曰:'南冠而縶者,誰也?'有司對曰:'鄭人所獻楚囚也。'"後因用"南冠"代稱囚犯。　　[3]泉路:黄泉之路,喻指死亡。　　[4]毅魄:堅毅的魂魄,表示誓死抗清。《楚辭·九歌·國殤》:"身既死兮神以靈,魂魄毅兮爲鬼雄。"　　[5]靈旗:參見本書屈大均《于忠肅墓》注[4],謂死後仍要高舉戰旗。

【集評】

　　(清)陳田《明詩紀事》辛籤卷五:"存古詩,趨步陳黄門(子龍),年僅十七,當其合作,與黃門並難高下。赴義之時,語氣縱橫淋漓,讀之令人悲歌起舞。"

卜 算 子
斷　腸

【題解】

　　此詞應是作者從軍在外的思親之作,但在男女相思中,又隱含着一種不同尋常的哀怨。

　　秋色到空閨,夜掃梧桐葉。誰料同心結不成[1],翻就相思結。
十二玉闌干,風動燈明滅,立盡黃昏淚幾行,一片鴉啼月。

《夏完淳集箋校》卷八

【校注】

[1]同心結:一種通過絲帶打結寄託團聚願望的傳統民俗。劉禹錫《楊柳枝》:"御陌青門拂地垂,千條金縷萬條絲。如今綰作同心結,將贈行人知不知。"林逋《相思令》:"羅帶同心結未成,江邊潮已平。"

【集評】

　　(清)《夏節愍全集》附清王士禛云:"寓意即工,自是再來人。"

《掛枝兒》

泥　人

【題解】

　　以捏泥人來比喻男女間真摯的愛情,相傳始於元代著名書法家趙孟頫之妻管道升,其《我儂詞》云:"你儂我儂,忒煞情多。情多處,熱似火。把一塊泥,捏一箇你,塑一箇我。將咱兩箇，一齊打破，用水調和，再捏一箇你，再塑一箇我。我泥中有你，你泥中有我。與你生同一箇衾，死同一箇槨。"後迭經增删修潤，在民間廣爲流傳。馮夢龍輯録的此首《泥人》，乃明代人根據流行曲調《掛枝兒》譜寫，語言較前更爲簡練，仍保持了原作真率熾烈、清新自然的藝術風格，成爲明清時調歌曲的代表作之一。

　　泥人兒，好一似咱兩箇。撚一箇你，塑一箇我。看兩下裏如何？將他來揉和了重新做。重撚一箇你，重塑一箇我。我身上有你也，你身上有了我。

《掛枝兒》卷二

【集評】

　　(明)《掛枝兒·泥人》文末所附佚名評語："此趙承旨贈管夫人語，增添數字，便成絶調。趙云：'我泥裏有你，你泥裏有我。'此改'身上'二字，可謂青出於藍矣。"

　　(明)沈德符《萬曆野獲編·時調小曲》云："比年以來，又有《打棗竿》、《掛枝兒》二曲，其腔調約略相似，則不問南北，不問男女，不問老幼良賤，人人習之，亦人人喜聽之，以至刊佈成帙，舉世傳誦，沁入心腑。其譜不知從何而來，真可駭歎。"

《山　歌》

山　人

【題解】

　　"山人"是明代後期一個特殊的士人群體，他們多以詩文書畫爲工具，干謁權貴，趨迎勢利，藉此獲取生活資料；其社會身份也較爲複雜，包括布衣、諸生、貢生、黜落的官員及失職武官等。參見張德建《明代山人文學研究》上編第一章"明代山人群體的産生、構成及發展階段"(湖南人民出版社 2005 年版)。明代社會對山人的品德與伎倆，多有譏諷抨擊，明薛岡《天爵堂集》卷十八《辭友稱山人書》甚至斥曰："人有此類,殃莫大焉;山有此人,辱莫甚焉。"本篇假借"土地"與"山人"對話的方式,將山人不學無術、仰人鼻息的幫閒形象,刻畫得入木三分,曲盡其意,充分展示了民歌平樸質實、繪摹細膩的藝術魅力。事實上,以蘇州爲中心的吳中地區,正是明代山人的聚居之地。此文通篇純用吳語,讀來倍覺生動鮮活。

　　説山人,話山人,説着山人笑殺人。(白)身穿着僧弗僧俗弗俗的沿落廠袖[1],頭帶子方弗方圓弗圓箇進士唐巾[2]。弗肯閉門家裏坐,肆多多在土地堂裏去安身[3]。土地菩薩看見子,連忙起身便來迎。土地道呸,出來,我祇道是同僚下降,元來到是你箇些光斯欣[4]。_{光斯欣,市語,猶言光棍。}咦弗知是文職武職[5],咦弗知是監生舉人。咦弗知是糧長升級[6],咦弗知是謄書老人。咦弗來裏作揖畫卯[7],咦弗來裏放告投文[8]。要了閧閧閧介挨肩了擦背[9],急逗逗介作揖了平身[10]。轎夫箇箇儕做子朋友[11],皂隸箇箇儕扳子至親[12]。帶累我土地也弗得安靜,無早無晚介打户敲門[13]。我弗知你爲儕箇事幹[14],仔細替我説箇元因。山人上前齊齊作揖:告訴我裏的親親箇土地尊神[15],我哩箇些人,道假咦弗假,道真咦弗真。做詩咦弗會嘲風弄月,寫字咦弗會帶草連真[16]。祇因爲生意淡薄,無奈何進子法門[17]。做買賣咦喫箇本錢缺少[18],要教書咦喫箇學堂難尋。要算命咦弗曉得箇五行生剋[19],要行醫咦弗明白箇六脈浮沉[20]。天生子軟凍凍介一箇擔輕弗得步重弗得箇肩膊[21],又生箇有勞勞介一張説人話人自害自身箇嘴唇[22]。算盡子箇三十六策,祇得投靠子箇有名目箇山人[23]。陪子多少箇蹲身小坐[24],喫子我哩幾呵煮酒餛飩[25]。方才通得一箇名姓,領我見得箇大大人[26]。雖然弗指望揚名四海,且樂得榮耀一身。嚇落子幾呵親眷[27],聳動子多少鄉鄰。因此上也要參參見佛,弗是我哩無事入公門。土地聽得箇班説話[28],就連聲罵道:箇些寫説箇猢猻[29],_{寫,音吊。}你也忒殺膽大[30],你也忒殺噁心[31]。廉恥咦介掃地,鑽刺咦介通神[32]。我見你一蜖進一蜖出[33],袖子裏常有手本[34]。一箇上一箇落,口裏常説箇人情。也有時節詐別人酒食[35],也有時節騙子白金。硬子嘴了了説道恤孤了仗義[36],曲子肚腸了説道表兄了舍親[37]。做子幾呵腰頭悉擦[38],_{悉,音悉。擦,音煞。}難道祇要鬧熱箇門庭^[39]。你箇樣瞞心昧己^[40]，那瞞得竈界六神^[41]。若還弗信，待我唱隻《駐雲飛》來你聽聽。

【駐雲飛】笑殺山人，終日忙忙着處跟。頭戴無些正，全靠虛幫襯。噤，口裏滴溜清^[42]，心腸墨錠^[43]。八句歪詩，嘗搭公文進。今日胥門接某大人，明日閶門送某大人^[44]。（白）山人聽子，冷汗淋身。便道土地，忒殺顯靈。大家向前討介一卦，看道阿能勾到底太平^[45]。先前得子一箇聖筶^[46]，以後再打子兩箇翻身。土地説道：在前還有青龍上卦^[47]，去後祇怕白虎纏身^[48]。你也弗消求神請佛^[49]，你也弗消得去告斗詳星^[50]。也弗消得念三官寶誥^[51]，也弗消得念救苦真經。（歌）我祇勸你得放手時須放手，得饒人處且饒人^[52]。

《山歌》卷九

【校注】

[1]沿落廠袖：衣服的邊和袖都已經壞了，泛指破衣爛衫。　　[2]子：吳方言襯字，無意義。唐巾：原爲唐代帝王的便帽，後士人亦戴之，故名。明代時進士的頭巾沿用此名。　　[3]肆多多：吳方言，死皮賴臉。土地堂：即土地廟。　　[4]箇些：吳方言，這些。　　[5]咦弗知：吳方言，也不知。　　[6]糧長：明代負責徵解田糧的基層半官職人員。始設於明初，多由糧區內的富户擔任，職權頗大，遂生腐敗。後因賦税日重，農户逃亡漸多，糧長不勝賠累，乃轉爲輪流擔任，甚至由若干小户共同充當，實際已成爲農村的一件苦役。　　[7]弗來裏：吳方言，指不在做某事。畫卯：古代官府吏員須在每日卯時（晨五點至七點），到各自衙門簽到，謂之"畫卯"。　　[8]放告投文：州縣衙門定期抬出告示牌，允許有冤者進衙告狀，稱"放告"；有冤者將訟狀遞進衙門，則稱"投文"。　　[9]介：吳方言，樣子，似的。[10]急逗逗：一作"急頭頭"，吳方言，急匆匆。　　[11]儕：吳方言，全，都。[12]扳：攀結。至親：吳方言，原指關係較近的親戚，此處則指好朋友。[13]無早無晚：不分時間早晚。　　[14]儜：吳方言，啥，什麼。　　[15]我裏的：吳方言，我們的。　　[16]帶草連真：又學草書，又學楷書。　　[17]法門：此指加入山人的群體。　　[18]喫箇：吳方言，由於某種原因而無法做某事。[19]五行生剋：金、木、水、火、土，五行相生相剋，即木生火，火生土，土生金，金生水，水生木，構成相生的迴圈；金克木，木克土，土克水，水克火，火克金，構成相剋的迴圈。　　[20]六脈浮沉：中醫六脈有兩箇含義，其一指人的雙手各有寸、關、尺三脈，合爲六脈；其二指浮、沉、長、短、滑、澀六種脈象，醫生據此來診斷病情。

此指後者。　　　[21]一箇擔輕弗得步重弗得箇肩膊:指身體瘦弱嬌養,不堪勞作。
[22]有勢勢:吳方言,形容言語油滑。有,通"油"。説人話人:經常對人評頭論足,
説三道四,搬弄是非。　　　[23]有名目:有身份,有地位。　　　[24]蹲身小坐:形
容巴結、諂媚的樣子。　　　[25]幾呵:吳方言,多少,許多。　　　[26]大大人:對官
員的尊稱。　　　[27]嚇落:吳方言,嚇倒,嚇掉。　　　[28]箇班:吳方言,這般,如
此。　　　[29]寫説:吳方言,胡説。　　　[30]忒殺:吳方言,太過,過於。
[31]噁心:令人討厭。　　　[32]鑽刺:鑽營,拉關係。刺,名刺,猶今之名片。
[33]一蜩:吳方言,一起。　　　[34]手本:原爲明代官員所用的拜客名帖,上面寫
明姓名、官銜及履歷。後亦泛指名帖。　　　[35]有時節:有時候。　　　[36]硬子
嘴:説話違心。　　　[37]曲子肚腸:指違背良心。　　　[38]腰頭僻擦:吳方言,指
花費了許多錢財。腰頭,即腰間;僻擦,一作"悉煞",輕微的聲音。吳地有俗語"腰
間悉煞,嘴裏唧紮",形容有錢有閑、吃喝不愁。　　　[39]鬧熱:此用作動詞,使熱
鬧。　　　[40]箇樣:吳方言,這樣。　　　[41]竈界六神:即灶神,或稱"灶王"、"灶
君",掌管闔家生死禍福之事。民間又謂灶神是玉皇大帝的使者,隨時記錄人間功
過,上奏天廷,故定臘月二十三日爲祭灶日,以取悦於灶神。至於六神的具體名
號,尚不詳。　　　[42]滴溜清:吳方言,極言清白。　　　[43]心腸墨錠:比喻心狠
手辣,道德敗壞。　　　[44]胥門、閶門:均爲蘇州地名。　　　[45]阿能勾:吳方言,
能否,是否能够。到底:吳方言,最後,結局,究竟。　　　[46]聖筶:大吉大利的爻
象。　　　[47]青龍上卦:指吉運的徵兆。青龍,東方七宿的總稱,星命家視之爲吉
神。　　　[48]白虎纏身:指禍事臨頭。白虎,西方七宿的總稱,星命家視之爲凶
神。　　　[49]弗消:吳方言,不必要,用不到。　　　[50]告斗詳星:泛指請星命家
祈禳或占卜。　　　[51]三官寶誥:原指道士晚課時念誦的九誥之一,此泛指祈求
神道保佑。三官,指火官、禄官、水官三鬼官。誥,道教經文的一種格式。
[52]得放手時須放手、得饒人處且饒人:此謂山人不必拜佛求道,祇須自己反省悔
過,不再搬弄是非,助紂爲虐,就能祈福禳災。

【集評】

(明)《山歌·山人》文末所附佚名評語:"此歌爲譏誚山人管閑事而作,故末有
'放手'、'饒人'之句。"

(明)馮夢龍《敍山歌》:"山歌雖俚甚矣,獨非《鄭》《衛》之遺歟?且今雖季世,
而但有假詩文,無假山歌,則以山歌不與詩文爭名,故不屑假。苟其不屑假,而吾藉
以存真,不亦可乎?"

羅貫中

【作者簡介】

羅貫中,元末明初人,名本,字貫中,號湖海散人。其籍貫或云太原(今屬山西),或云東原(今山東東平),或云錢塘(今浙江杭州);一説羅氏曾從太原經東原遷徙至杭州,此説與元代北方文人頗多南遷的史實相符。羅貫中的生平事蹟,今所知甚少,惟明初佚名《録鬼簿續編》謂其"與人寡合","樂府、隱語,極爲清新"。著有雜劇《趙太祖龍虎風雲會》(今存脈望館《古今雜劇》本)、《忠正孝子連環諫》(已佚)、《三平章死哭裴虎子》(已佚)。題稱"羅貫中"編撰的小説,尚有《殘唐五代史演義傳》、《隋唐兩朝志傳》、《三遂平妖傳》等篇,然其真實性仍待考證。雖然三國故事題材具有世代累積特徵,但作爲小説文本的最終編定者,羅貫中在《三國志演義》成書過程中,發揮了十分重要的藝術作用。

温酒斬華雄

【題解】

本篇節選自《三國志演義》第五回"發矯詔諸鎮應曹公 破關兵三英戰吕布"。温酒斬華雄,乃《三國志演義》用以塑造關羽神勇形象的重要情節。小説先以較多篇幅,敍述華雄連斬四員大將、袁紹無將可遣、曹操薦關羽、袁術怒斥、曹操再薦、戰前斟酒等一系列事件,於千呼萬喚中,關羽始閃亮出場。但小説至此卻陡轉筆峰,不寫戰場實景,改施側筆,在一陣"天摧地塌"的喊聲過後,雲長已將華雄之頭擲於帳前,最後復以"其酒尚温"四字收結。層層鋪墊,步步緊逼,極盡渲染,精警動人,誠如清人毛宗崗所謂得"近山濃抹,遠樹輕描之妙"(《讀三國志法》)。文中袁紹"可惜吾上將顏良、文醜未至,得一人在此,何懼華雄"一句,不僅在本回爲關羽的出場作了鋪墊,也爲後文埋下伏筆,讀小説第二十五、二十六回,關羽連斬顏良、文醜於馬下,再回想袁紹此言,方知雲長之驍勇已臻絕頂,而小説作者文心之細密,亦足嘆服。

董卓自專大權之後,每日飲宴。李儒接得告急文書,徑來稟卓。卓大驚,急聚衆將商議。温侯吕布挺身出曰:"父親勿慮。關外諸侯,布視之如草芥;願提虎狼之師,盡斬其首,懸於都門。"卓大喜曰:"吾有奉先,高枕無憂矣!"言未絕,吕布背後一人高聲出曰:"割雞焉用牛刀？不勞溫侯親往。吾斬衆諸侯首級，如探囊取物耳！"卓視之，其人身長九尺，虎體狼腰，豹頭猿臂；關西人也，姓華，名雄。卓聞言大喜，加爲驍騎校尉。撥馬步軍五萬，同李肅、胡軫、趙岑星夜赴關迎敵。

　　衆諸侯内有濟北相鮑信，尋思孫堅既爲前部，怕他奪了頭功，暗撥其弟鮑忠，先將馬步軍三千，徑抄小路，直到關下搦戰。華雄引鐵騎五百，飛下關來，大喝："賊將休走！"鮑忠急待退，被華雄手起刀落，斬於馬下，生擒將校極多。華雄遣人齎鮑忠首級來相府報捷，卓加雄爲都督。

　　卻説孫堅引四將直至關前。那四將？——第一個，右北平土垠人，姓程，名普，字德謀，使一條鐵脊蛇矛；第二個，姓黄，名蓋，字公覆，零陵人也，使鐵鞭；第三個，姓韓，名當，字義公，遼西令支人也，使一口大刀；第四個，姓祖，名茂，字大榮，吳郡富春人也，使雙刀。孫堅披爛銀鎧[1]，裹赤幘[2]，横古錠刀，騎花鬃馬，指關上而駡曰："助惡匹夫，何不早降！"華雄副將胡軫引兵五千出關迎戰。程普飛馬挺矛，直取胡軫。闘不數合，程普刺中胡軫咽喉，死於馬下。堅揮軍直殺至關前，關上矢石如雨。孫堅引兵回至梁東屯住，使人於袁紹處報捷，就於袁術處催糧。

　　或説術曰："孫堅乃江東猛虎；若打破洛陽，殺了董卓，正是除狼而得虎也。今不與糧，彼軍必敗。"術聽之，不發糧草。孫堅軍缺食，軍中自亂，細作報上關來。李肅爲華雄謀曰："今夜我引一軍從小路下關，襲孫堅寨後，將軍擊其前寨，堅可擒矣。"雄從之，傳令軍士飽餐，乘夜下關。是夜月白風清。到堅寨時，已是半夜，鼓噪直進。堅慌忙披掛上馬，正遇華雄。兩馬相交，闘不數合，後面李肅軍到，竟天價放起火來[3]。堅軍亂竄。衆將各自混戰，止有祖茂跟定孫堅，突圍而走。背後華雄追來。堅取箭，連放兩箭，皆被華雄躲過。再放第三箭時，因用力太猛，拽折了鵲畫弓，祇得棄弓縱馬而奔。祖茂曰："主公頭上赤幘射目，爲賊所識認。可脱幘與某戴之。"堅就脱幘換茂盔，分兩路而走。雄軍祇望赤幘者追趕，堅乃從小路得脱。祖茂被華雄追急，將赤幘掛於人家燒不盡的庭柱上，卻入樹林潛躲。華雄軍於月下遥見赤幘，四面圍定，不敢近前。用箭射之，方知是計，遂向前取了赤幘。祖茂於林後殺出，揮雙刀欲劈華雄；雄大喝一聲，將祖茂一刀砍於馬下。殺至天明，雄方引兵上關。

程普、黃蓋、韓當都來尋見孫堅，再收拾軍馬屯紮。堅爲折了祖茂，傷感不已，星夜遣人報知袁紹。紹大驚曰："不想孫文台敗於華雄之手！"便聚衆諸侯商議。衆人都到，祇有公孫瓚後至，紹請入帳列坐。紹曰："前日鮑將軍之弟不遵調遣，擅自進兵，殺身喪命，折了許多軍士；今者孫文台又敗於華雄，挫動銳氣，爲之奈何？"諸侯並皆不語。紹舉目遍視，見公孫瓚背後立着三人，容貌異常，都在那裏冷笑。紹問曰："公孫太守背後何人？"瓚呼玄德出曰："此吾自幼同舍兄弟，平原令劉備是也。"曹操曰："莫非破黃巾劉玄德乎？"瓚曰："然。"即令劉玄德拜見。瓚將玄德功勞，并其出身，細説一遍。紹曰："既是漢室宗派，取坐來。"命坐。備遜謝。紹曰："吾非敬汝名爵，吾敬汝是帝室之胄耳。"玄德乃坐於末位，關、張叉手侍立於後[4]。

忽探子來報："華雄引鐵騎下關，用長竿挑着孫太守赤幘，來寨前大罵搦戰。"紹曰："誰敢去戰？"袁術背後轉出驍將俞涉曰："小將願往。"紹喜，便着俞涉出馬。即時報來："俞涉與華雄戰不三合，被華雄斬了。"衆大驚。

太守韓馥曰："吾有上將潘鳳，可斬華雄。"紹急令出戰。潘鳳手提大斧上馬。去不多時，飛馬來報："潘鳳又被華雄斬了。"衆皆失色。紹曰："可惜吾上將顏良、文醜未至！得一人在此，何懼華雄！"言未畢，階下一人大呼出曰："小將願往斬華雄頭，獻於帳下！"衆視之，見其人身長九尺，髯長二尺，丹鳳眼，臥蠶眉，面如重棗，聲如巨鐘，立於帳前。紹問何人。公孫瓚曰："此劉玄德之弟關羽也。"紹問見居何職。瓚曰："跟隨劉玄德充馬弓手。"帳中袁術大喝曰："汝欺吾衆諸侯無大將耶？量一弓手，安敢亂言！與我打出！"曹操急止之曰："公路息怒。此人既出大言，必有勇略；試教出馬，如其不勝，責之未遲。"

袁紹曰："使一弓手出戰，必被華雄所笑。"操曰："此人儀表不俗，華雄安知他是弓手？"關公曰："如不勝，請斬某頭。"操教釃熱酒一杯[5]，與關公飲了上馬。關公曰："酒且斟下，某去便來。"出帳提刀，飛身上馬。衆諸侯聽得關外鼓聲大振，喊聲大舉，如天摧地塌，嶽撼

山崩,衆皆失驚。正欲探聽,鸞鈴響處,馬到中軍,雲長提華雄之頭,擲於地上。——其酒尚温。後人有讚之曰:

　　　威鎮乾坤第一功,轅門畫鼓響冬冬。
　　　雲長停盞施英勇,酒尚温時斬華雄。

《三國志演義》第五回

【校注】

[1]爛銀鎧:閃亮的銀白色鎧甲。爛,燦爛鮮明。　　[2]赤幘:紅色的頭巾,用以束髮定冠。一般貴族用紅色,而庶民則多用青色或黑色。　　[3]竟天價:到處,滿天地。　　[4]叉手:古代一種禮數,子弟晚輩或隨從人員侍立時,兩手交拱在胸前,表示恭敬。　　[5]釃(shāi 篩):斟酒。

【集評】

　　(清)毛宗崗《三國志演義》第五回回評:"嗚呼!英雄豈易量哉!公孫瓚背後之一人,爲驚天動地之人。而此一人又有背後之兩人,又是驚天動地之人。英雄不得志時,往往居人背後,俗眼不能識,直待其驚天動地,而後歎前者立人背後之日,交臂失之。"

　　魯迅《中國小説的歷史的變遷》第四講:"寫關雲長斬華雄一節,真是有聲有色;寫華容道上放曹操一節,則義勇之氣可掬,如見其人。"

三顧茅廬

【題解】

　　本篇節選自《三國志演義》第三十七回"司馬徽再薦名士　劉玄德三顧茅廬"。諸葛亮是《三國志演義》的核心人物,是蜀國的軍師和靈魂,是"天下三分"戰略的倡導者,故其出場自然非同一般。小説先後安排劉備在"一顧"、"二顧"茅廬之時,遇會崔州平、石廣元、孟公威、諸葛均及黃承彥等人,而主角諸葛亮卻始終是"神龍見首不見尾",必待"三顧"而後現身,這種古代小説中常見的"三復情節",既體現着古人"禮以三而成"的生活法則與傳統觀念(參見杜貴晨《古代數字"三"的觀念與小説的"三復"情節》,《文學遺産》1997 年第 1 期);也凸顯了諸葛亮的重要性,有神於塑造劉備仁厚尊賢的形象。有意思的是,小説在描述劉備的虔敬之時,每每插入張飛的輕謾之語,此固然是小説家"烘雲托月"手法,但實際上也爲第三十九回關、張不服孔明,孔明博望坡大破曹軍,關、張拜服等情節預作鋪墊。

　　卻説玄德正安排禮物,欲往隆中謁諸葛亮,忽人報:"門外有一先生,峨冠博帶,道貌非常,特來相探。"玄德曰:"此莫非即孔明否?"遂整衣出迎。視之,乃司馬徽也。玄德大喜,請入後堂高坐,拜問曰:"備自別仙顔,因軍務倥傯[1],有失拜訪。今得光降,大慰仰慕之私。"徽曰:"聞徐元直在此,特來一會。"玄德曰:"近因曹操囚其母,徐母遣人馳書,喚回許昌去矣。"徽曰:"此中曹操之計矣!吾素聞徐母最賢,雖爲操所囚,必不肯馳書召其子;此書必詐也。元直不去,其母尚存;今若去,母必死矣!"玄德驚問其故,徽曰:"徐母高義,必羞見其子也。"玄德曰:"元直臨行,薦南陽諸葛亮,其人若何?"徽笑曰:"元直欲去,自去便了,何又惹他出來嘔心血也[2]?"玄德曰:"先生何出此言?"徽曰:"孔明與博陵崔州平、潁川石廣元、汝南孟公威與徐元直四人爲密友。此四人務於精純,惟孔明獨觀其大略。嘗抱膝長吟,而指四人曰:'公等仕進可至刺史、郡守。'衆問孔明之志若何,孔明但笑而不答。每常自比管仲、樂毅,其才不可量也。"玄德曰:"何潁川之多賢乎!"徽曰:"昔有殷馗善觀天文,嘗謂'群星聚於潁分,其地必多賢士'。"時雲長在側曰:"某聞管仲、樂毅乃春秋、戰國名人,功蓋寰宇;孔明自比此二人,毋乃太過?"徽笑曰:"以吾觀之,不當比此二人;我欲另以二人比之。"雲長問:"那二人?"徽曰:"可比興周八百年之姜子牙、旺漢四百年之張子房也[3]。"衆皆愕然。徽下階相辭欲行,玄德留之不住。徽出門仰天大笑曰:"卧龍雖得其主,不得其時,惜哉!"言罷,飄然而去。玄德歎曰:"真隱居賢士也!"

　　次日,玄德同關、張并從人等來隆中。遙望山畔數人,荷鋤耕於田間,而作歌曰:

　　　　蒼天如圓蓋,陸地似棋局;世人黑白分,往來爭榮辱:榮者自安安,辱者定碌碌。南陽有隱居,高眠卧不足!

　　玄德聞歌,勒馬喚農夫問曰:"此歌何人所作?"答曰:"乃卧龍先生所作也。"玄德曰:"卧龍先生住何處?"農夫曰:"自此山之南,一帶高岡,乃卧龍岡也。岡前疏林內茅廬中,即諸葛先生高卧之地。"玄德謝之，策馬前行。不數里，遥望卧龍岡，果然清景異常。後人有古風一篇，單道卧龍居處。詩曰：

> 襄陽城西二十里，一帶高岡枕流水；高岡屈曲壓雲根，流水潺湲飛石髓；勢若困龍石上蟠，形如單鳳松陰裏；柴門半掩閉茅廬，中有高人卧不起。修竹交加列翠屏，四時籬落野花馨；牀頭堆積皆黄卷，座上往來無白丁；叩户蒼猿時獻果，守門老鶴夜聽經；囊裏名琴藏古錦，壁間寶劍掛七星[4]。廬中先生獨幽雅，閒來親自勤耕稼；專待春雷驚夢迴，一聲長嘯安天下。

玄德來到莊前，下馬親叩柴門，一童出問。玄德曰："漢左將軍、宜城亭侯、領豫州牧、皇叔劉備，特來拜見先生。"童子曰："我記不得許多名字。"玄德曰："你祇説劉備來訪。"童子曰："先生今早少出。"玄德曰："何處去了？"童子曰："蹤跡不定，不知何處去了。"玄德曰："幾時歸？"童子曰："歸期亦不定，或三五日，或十數日。"玄德惆悵不已。張飛曰："既不見，自歸去罷了。"玄德曰："且待片時。"雲長曰："不如且歸，再使人來探聽。"玄德從其言，囑付童子："如先生回，可言劉備拜訪。"

遂上馬，行數里，勒馬回觀隆中景物，果然山不高而秀雅，水不深而澄清；地不廣而平坦，林不大而茂盛；猿鶴相親，松篁交翠。觀之不已，忽見一人，容貌軒昂，丰姿俊爽，頭戴逍遥巾，身穿皂布袍，杖藜從山僻小路而來。玄德曰："此必卧龍先生也！"急下馬向前施禮，問曰："先生非卧龍否？"其人曰："將軍是誰？"玄德曰："劉備也。"其人曰："吾非孔明，乃孔明之友博陵崔州平也。"玄德曰："久聞大名，幸得相遇。乞即席地權坐，請教一言。"二人對坐於林間石上，關、張侍立於側。州平曰："將軍何故欲見孔明？"玄德曰："方今天下大亂，四方雲擾，欲見孔明，求安邦定國之策耳。"州平笑曰："公以定亂爲主，雖是仁心，但自古以來，治亂無常。自高祖斬蛇起義，誅無道秦，是由亂而入治也；至哀、平之世二百年，太平日久，王莽篡逆，又由治而入亂；光武中興，重整基業，復由亂而入治；至今二百年，民安已久，故干戈又復四起，此正由治入亂之時，未可猝定也。將軍欲使孔明斡旋天地，補綴乾坤，恐不易爲，徒費心力耳。豈不聞'順天者逸，逆天者勞'、

'數之所在,理不得而奪之;命之所在,人不得而強之'乎?"玄德曰:
"先生所言,誠爲高見。但備身爲漢冑,合當匡扶漢室,何敢委之數與
命?"州平曰:"山野之夫,不足與論天下事,適承明問,故妄言之。"玄
德曰:"蒙先生見教。但不知孔明往何處去了?"州平曰:"吾亦欲訪
之,正不知其何往。"玄德曰:"請先生同至敝縣,若何?"州平曰:"愚性
頗樂閒散,無意功名久矣;容他日再見。"言訖,長揖而去。玄德與關、
張上馬而行。張飛曰:"孔明又訪不着,卻遇此腐儒,閒談許久!"玄德
曰:"此亦隱者之言也。"

　　三人回至新野,過了數日,玄德使人探聽孔明。回報曰:"卧龍先
生已回矣。"玄德便教備馬。張飛曰:"量一村夫,何必哥哥自去,可使
人喚來便了。"玄德叱曰:"汝豈不聞孟子云:'欲見賢而不以其道,猶
欲其入而閉之門也。'孔明當世大賢,豈可召乎!"遂上馬再往訪孔明。
關、張亦乘馬相隨。時值隆冬,天氣嚴寒,彤雲密佈。行無數里,忽然
朔風凛凛,瑞雪霏霏;山如玉簇,林似銀妝。張飛曰:"天寒地凍,尚不
用兵,豈宜遠見無益之人乎! 不如回新野以避風雪。"玄德曰:"吾正
欲使孔明知我殷勤之意。如弟輩怕冷,可先回去。"飛曰:"死且不怕,
豈怕冷乎! 但恐哥哥空勞神思。"玄德曰:"勿多言,祇相隨同去。"將
近茅廬,忽聞路傍酒店中有人作歌。玄德立馬聽之。其歌曰:

　　　　壯士功名尚未成,嗚呼久不遇陽春! 君不見:東海老叟辭荆
　　榛[5],後車遂與文王親;八百諸侯不期會,白魚入舟涉孟津;牧野
　　一戰血流杵,鷹揚偉烈冠武臣。又不見:高陽酒徒起草中[6],長
　　揖芒碭隆準公;高談王霸驚人耳,輟洗延坐欽英風;東下齊城七
　　十二,天下無人能繼蹤。二人功跡尚如此,至今誰肯論英雄[7]?
歌罷,又有一人擊桌而歌。其歌曰:

　　　　吾皇提劍清寰海,創業垂基四百載;桓靈季業火德衰,奸臣
　　賊子調鼎鼐。青蛇飛下御座傍,又見妖虹降玉堂;群盗四方如蟻
　　聚,奸雄百輩皆鷹揚。吾儕長嘯空拍手,悶來村店飲村酒;獨善
　　其身盡日安,何須千古名不朽!

　　二人歌罷,撫掌大笑。玄德曰:"卧龍其在此間乎!"遂下馬入店。
見二人憑桌對飲:上首者白面長鬚,下首者清奇古貌。玄德揖而問

曰：“二公誰是臥龍先生？”長鬚者曰：“公何人？欲尋臥龍何幹？”玄德曰：“某乃劉備也。欲訪先生，求濟世安民之術。”長鬚者曰：“我等非臥龍，皆臥龍之友也：吾乃潁川石廣元，此位是汝南孟公威。”玄德喜曰：“備久聞二公大名，幸得邂逅。今有隨行馬匹在此，敢請二公同往臥龍莊上一談。”廣元曰：“吾等皆山野慵懶之徒，不省治國安民之事，不勞下問。明公請自上馬，尋訪臥龍。”

　　玄德乃辭二人，上馬投臥龍岡來。到莊前下馬，扣門問童子曰：“先生今日在莊否？”童子曰：“現在堂上讀書。”玄德大喜，遂跟童子而入。至中門，祇見門上大書一聯云：“淡泊以明志，寧静以致遠。”玄德正看間，忽聞吟詠之聲，乃立於門側窺之，見草堂之上，一少年擁爐抱膝，歌曰：

　　　　鳳翱翔於千仞兮，非梧不棲；士伏處於一方兮，非主不依。
　　樂躬耕於隴畝兮，吾愛吾廬；聊寄傲於琴書兮，以待天時。

　　玄德待其歌罷，上草堂施禮曰：“備久慕先生，無緣拜會。昨因徐元直稱薦，敬至仙莊，不遇空回。今特冒風雪而來。得瞻道貌，實爲萬幸。”那少年慌忙答禮曰：“將軍莫非劉豫州，欲見家兄否？”玄德驚訝曰：“先生又非臥龍耶？”少年曰：“某乃臥龍之弟諸葛均也。愚兄弟三人：長兄諸葛瑾，現在江東孫仲謀處爲幕賓；孔明乃二家兄。”玄德曰：“臥龍今在家否？”均曰：“昨爲崔州平相約，出外閒游去矣。”玄德曰：“何處閒游？”均曰：“或駕小舟游於江湖之中，或訪僧道於山嶺之上，或尋朋友於村落之間，或樂琴棋於洞府之内：往來莫測，不知去所。”玄德曰：“劉備直如此緣分淺薄，兩番不遇大賢！”均曰：“小坐獻茶。”張飛曰：“那先生既不在，請哥哥上馬。”玄德曰：“我既到此間，如何無一語而回？”因問諸葛均曰：“聞令兄臥龍先生熟諳韜略，日看兵書，可得聞乎？”均曰：“不知。”張飛曰：“問他則甚！風雪甚緊，不如早歸。”玄德叱止之。均曰：“家兄不在，不敢久留車騎，容日卻來回禮。”玄德曰：“豈敢望先生枉駕。數日之後，備當再至。願借紙筆作一書，留達令兄，以表劉備殷勤之意。”均遂進文房四寶。玄德呵開凍筆，拂展雲箋，寫書曰：

　　　　備久慕高名，兩次晉謁，不遇空回，惆悵何似！竊念備漢朝

苗裔,濫叨名爵,伏睹朝廷陵替,綱紀崩摧,群雄亂國,惡黨欺君,
備心膽俱裂。雖有匡濟之誠,實乏經綸之策。仰望先生仁慈忠
義,慨然展呂望之大才,施子房之鴻略,天下幸甚! 社稷幸甚!
先此佈達,再容齋戒薰沐,特拜尊顏,面傾鄙悃。統希鑒原。

玄德寫罷,遞與諸葛均收了,拜辭出門。均送出,玄德再三殷勤
致意而別。方上馬欲行,忽見童子招手籬外,叫曰:“老先生來也。”玄
德視之,見小橋之西,一人暖帽遮頭,狐裘蔽體,騎着一驢,後隨一青
衣小童,攜一葫蘆酒,踏雪而來;轉過小橋,口吟詩一首。詩曰:

　　一夜北風寒,萬里彤雲厚。長空雪亂飄,改盡江山舊。仰面
觀太虛,疑是玉龍鬭。紛紛鱗甲飛,頃刻遍宇宙。騎驢過小橋,
獨歎梅花瘦!

玄德聞歌曰:“此真臥龍矣!”滾鞍下馬,向前施禮曰:“先生冒寒
不易! 劉備等候久矣!”那人慌忙下驢答禮。諸葛均在後曰:“此非臥
龍家兄,乃家兄岳父黃承彥也。”玄德曰:“適間所吟之句,極其高妙。”
承彥曰:“老夫在小婿家觀《梁父吟》,記得這一篇,適過小橋,偶見籬
落間梅花,故感而誦之。不期爲尊客所聞。”玄德曰:“曾見賢婿否?”
承彥曰:“便是老夫也來看他。”玄德聞言,辭別承彥,上馬而歸。正值
風雪又大,回望臥龍岡,悒怏不已。後人有詩單道玄德風雪訪孔明。
詩曰:

　　一天風雪訪賢良,不遇空回意感傷。凍合溪橋山石滑,寒侵
鞍馬路途長。當頭片片梨花落,撲面紛紛柳絮狂。回首停鞭遙
望處,爛銀堆滿臥龍岡。

玄德回新野之後,光陰荏苒,又早新春。乃命卜者揲蓍[8],選擇
吉期,齋戒三日,薰沐更衣,再往臥龍岡謁孔明。關、張聞之不悅,遂
一齊入諫玄德。正是:高賢未服英雄志,屈節偏生傑士疑。未知其言
若何,下文便曉。

　　　　　　　　　　　　　　　　　　　　《三國志演義》第三十七回

【校注】

[1]倥(kǒng 孔)傯(zǒng 總):困苦,急迫。　　　[2]嘔心血:此指出山施政,竭力

操勞。　　　[3]張子房:即張良,西漢重臣,曾協助劉邦滅項羽,定天下,被封爲留侯。晚年喜好黃老神仙之術。　　　[4]掛七星:清順治序刊毛宗崗評本原作"映松文",此據明嘉靖元年(1522)本《三國志通俗演義》校改。　　　[5]東海老叟:指呂尚(姜子牙),曾隱於東海之濱,後輔助文王滅商興周。　　　[6]高陽酒徒:泛指好飲酒而放蕩不羈者。《史記·酈食其傳》載:劉邦引兵過陳留,辯士酈食其求見,劉邦見他作儒生裝束,不欲見,酈食其嗔目按劍曰:"吾高陽酒徒也,非儒人也。"[7]"二人"二句:清順治序刊毛宗崗評本原作"兩人非際聖天子,至今誰復識英雄",此據明嘉靖壬午(1522)本《三國志通俗演義》校改。　　　[8]揲(shé 舌)蓍(shī 施):舊時一種擇日的占卜方式,將四十九根蓍草分作兩部分,然後四根一數,以確定陰爻或陽爻,推知吉凶。

【集評】

　　(清)毛宗崗《三國志演義》第三十七回評:"此卷極寫孔明,而篇中卻無孔明。蓋善寫妙人者,不於有處寫,正於無處寫。寫其人如閒雲野鶴之不可定,而其人始遠;寫其人如威鳳祥麟之不易睹,而其人始尊。且孔明雖未得一遇,而見孔明之居,則極其幽秀;見孔明之童,則極其古淡;見孔明之友,則極其高超;見孔明之弟,則極其曠逸;見孔明之丈人,則極其清韻;見孔明之題詠,則極其俊妙。不待接席言歡,而孔明之爲孔明,於此領略過半矣。玄德一訪再訪,已不覺入其玄中,又安能已於三顧耶?"

蔣幹中計

【題解】

　　本篇節選自《三國志演義》第四十五回"三江口曹操折兵　群英會蔣幹中計"。此乃赤壁大戰爆發前數次"智鬭"情節之一:蔣幹自視聰明善言,欲來勸降周瑜,孰料反被周瑜誘入精心策劃的"反間計"陷阱,最終令曹操錯殺大將。閱讀此文,讀者猶如觀看一幕戲劇演出,舞臺上雙方你明我暗,或智或昧,各作精彩表演;舞臺下觀衆則會心而笑,一切瞭然於心。小說以極其精練的筆墨,展示了少帥周郎的種種風采:料敵於先的智慧、處驚不亂的瀟灑、舞劍作歌的豪情以及真假難辨的演技,使人激賞之餘,不禁想起宋代蘇東坡的千古名句:"遙想公瑾當年,小喬初嫁了,雄姿英發。羽扇綸巾,談笑間、檣櫓灰飛煙滅。"(《念奴嬌·赤壁懷古》)

卻說曹操知周瑜毀書斬使，大怒，便喚蔡瑁、張允等一班荊州降將為前部，操自為後軍，催督戰船，到三江口。早見東吳船隻，蔽江而來。為首一員大將，坐在船頭上大呼曰：“吾乃甘寧也！誰敢來與我決戰？”蔡瑁令弟蔡瓌前進。兩船將近，甘寧拈弓搭箭，望蔡瓌射來，應絃而倒。寧驅船大進，萬弩齊發。曹軍不能抵當。右邊蔣欽，左邊韓當，直衝入曹軍隊中。曹軍大半是青、徐之兵，素不習水戰，大江面上，戰船一擺，早立腳不住。甘寧等三路戰船，縱橫水面。周瑜又催船助戰。曹軍中箭着炮者，不計其數，從巳時直殺到未時。周瑜雖得利，祇恐寡不敵眾，遂下令鳴金，收住船隻。曹軍敗回。操登旱寨，再整軍士，喚蔡瑁、張允責之曰：“東吳兵少，反為所敗，是汝等不用心耳！”蔡瑁曰：“荊州水軍，久不操練；青、徐之軍，又素不習水戰。故爾致敗。今當先立水寨，令青、徐軍在中，荊州軍在外，每日教習精熟，方可用之。”操曰：“汝既為水軍都督，可以便宜從事，何必稟我！”於是張、蔡二人，自去訓練水軍。沿江一帶分二十四座水門，以大船居於外為城郭，小船居於內，可通往來，至晚點上燈火，照得天心水面通紅。旱寨三百餘里，煙火不絕。

卻說周瑜得勝回寨，犒賞三軍，一面差人到吳侯處報捷。當夜瑜登高觀望，祇見西邊火光接天。左右告曰：“此皆北軍燈火之光也。”瑜亦心驚。次日，瑜欲親往探看曹軍水寨，乃命收拾樓船一隻[1]，帶着鼓樂，隨行健將數員，各帶強弓硬弩，一齊上船迤邐前進。至操寨邊，瑜命下了碇石[2]，樓船上鼓樂齊奏。瑜暗窺他水寨，大驚曰：“此深得水軍之妙也！”問：“水軍都督是誰？”左右曰：“蔡瑁、張允。”瑜思曰：“二人久居江東，諳習水戰，吾必設計先除此二人，然後可以破曹。”正窺看間，早有曹軍飛報曹操，說：“周瑜偷看吾寨。”操命縱船擒捉。瑜見水寨中旗號動，急教收起碇石[2]，兩邊四下一齊輪轉櫓棹，望江面上如飛而去。比及曹寨中船出時，周瑜的樓船已離了十數里遠，追之不及，回報曹操。

操問眾將曰：“昨日輸了一陣，挫動銳氣；今又被他深窺吾寨。吾當作何計破之？”言未畢，忽帳下一人出曰：“某自幼與周郎同窗交契，願憑三寸不爛之舌，往江東說此人來降。”曹操大喜，視之，乃九江人，姓蔣，名幹，字子翼，見爲帳下幕賓。操問曰：“子翼與周公瑾相厚乎？”幹曰：“丞相放心。幹到江左，必要成功。”操問：“要將何物去？”幹曰：“祇消一童隨往，二僕駕舟，其餘不用。”操甚喜，置酒與蔣幹送行。幹葛巾布袍，駕一隻小舟，徑到周瑜寨中，命傳報：“故人蔣幹相訪。”周瑜正在帳中議事，聞幹至，笑謂諸將曰：“説客至矣！”遂與衆將附耳低言，如此如此。衆皆應命而去。

　　瑜整衣冠，引從者數百，皆錦衣花帽，前後簇擁而出。蔣幹引一青衣小童，昂然而來。瑜拜迎之。幹曰：“公瑾別來無恙！”瑜曰：“子翼良苦，遠涉江湖，爲曹氏作説客耶？”幹愕然曰：“吾久別足下，特來敍舊，奈何疑我作説客也？”瑜笑曰：“吾雖不及師曠之聰[3]，聞絃歌而知雅意。”幹曰：“足下待故人如此，便請告退。”瑜笑而挽其臂曰：“吾但恐兄爲曹氏作説客耳。既無此心，何速去也？”遂同入帳。敍禮畢，坐定，即傳令悉召江左英傑與子翼相見。

　　須臾，文官武將，各穿錦衣；帳下偏裨將校，都披銀鎧，分兩行而入。瑜都教相見畢，就列於兩傍而坐。大張筵席，奏軍中得勝之樂，輪換行酒。瑜告衆官曰：“此吾同窗契友也。雖從江北到此，卻不是曹家説客，公等勿疑。”遂解佩劍付太史慈曰：“公可佩我劍作監酒：今日宴飲，但敍朋友交情；如有提起曹操與東吳軍旅之事者，即斬之！”太史慈應諾，按劍坐於席上。蔣幹驚愕，不敢多言。周瑜曰：“吾自領軍以來，滴酒不飲；今日見了故人，又無疑忌，當飲一醉。”説罷，大笑暢飲。座上觥籌交錯。飲至半醉，瑜攜幹手，同步出帳外。左右軍士，皆全裝慣帶，持戈執戟而立。瑜曰：“吾之軍士，頗雄壯否？”幹曰：“真熊虎之士也。”瑜又引幹到帳後一望，糧草堆如山積。瑜曰：“吾之糧草，頗足備否？”幹曰：“兵精糧足，名不虛傳。”瑜佯醉大笑曰：“想周瑜與子翼同學業時，不曾望有今日。”幹曰：“以吾兄高才，實不爲過。”瑜執幹手曰：“大丈夫處世，遇知己之主，外託君臣之義，內結骨肉之恩，言必行，計必從，禍福共之。假使蘇秦、張儀、陸賈、酈生[4]復出，口似懸河，舌如利刃，安能動我心哉！”言罷大笑。蔣幹面如土色。瑜復攜幹入帳，會諸將再飲，因指諸將曰：“此皆江東之英傑，今日此會，可名‘群英會’。”飲至天晚，點上燈燭，瑜自起舞劍作歌。歌曰：

丈夫處世兮立功名；立功名兮慰平生。慰平生兮吾將醉；吾將醉兮發狂吟！

歌罷，滿座歡笑。至夜深，幹辭曰："不勝酒力矣。"瑜命撤席，諸將辭出。瑜曰："久不與子翼同榻，今宵抵足而眠。"於是佯作大醉之狀，攜幹入帳共寢。瑜和衣臥倒，嘔吐狼藉。蔣幹如何睡得着？伏枕聽時，軍中鼓打二更，起視殘燈尚明。看周瑜時，鼻息如雷。幹見帳內桌上，堆着一卷文書，乃起牀偷視之，卻都是往來書信。內有一封，上寫"蔡瑁張允謹封"。幹大驚，暗讀之。書略曰：

> 某等降曹，非圖仕禄，迫於勢耳。今已賺北軍困於寨中[5]，但得其便，即將操賊之首，獻於麾下。早晚人到，便有關報。幸勿見疑。先此敬覆。

幹思曰："原來蔡瑁、張允結連東吳！"遂將書暗藏於衣內。再欲檢看他書時，牀上周瑜翻身，幹急滅燈就寢。瑜口內含糊曰："子翼，我數日之內，教你看操賊之首！"幹勉強應之。瑜又曰："子翼，且住！……教你看操賊之首！……"及幹問之，瑜又睡着。幹伏於牀上，將近四更，祗聽得有人入帳喚曰："都督醒否？"周瑜夢中做忽覺之狀，故問那人曰："牀上睡着何人？"答曰："都督請子翼同寢，何故忘卻？"瑜懊悔曰："吾平日未嘗飲醉，昨日醉後失事，不知可曾說甚言語？"那人曰："江北有人到此。"瑜喝："低聲！"便喚："子翼。"蔣幹祗裝睡着。瑜潛出帳。幹竊聽之，祗聞有人在外曰："張、蔡二都督道：'急切不得下手，……'"後面言語頗低，聽不真實。少頃，瑜入帳，又喚："子翼。"蔣幹祗是不應，蒙頭假睡。瑜亦解衣就寢。幹尋思："周瑜是個精細人，天明尋書不見，必然害我。"睡至五更，幹起喚周瑜，瑜卻睡着。幹戴上巾幘，潛步出帳，喚了小童，徑出轅門。軍士問："先生那裏去？"幹曰："吾在此恐誤都督事，權且告別。"軍士亦不阻當。

幹下船，飛棹回見曹操。操問："子翼幹事若何？"幹曰："周瑜雅量高致，非言詞所能動也。"操怒曰："事又不濟，反爲所笑！"幹曰："雖不能說周瑜，卻與丞相打聽得一件事。乞退左右。"幹取出書信，將上項事逐一說與曹操。操大怒曰："二賊如此無禮耶！"即便喚蔡瑁、張允到帳下。操曰："我欲使汝二人進兵。"瑁曰："軍尚未曾練熟，不可輕進。"操怒曰:"軍若練熟,吾首級獻於周郎矣!"蔡、張二人不知其意,驚慌不能回答。操喝武士推出斬之。須臾,獻頭帳下,操方省悟曰:"吾中計矣!"後人有詩歎曰:

　　　　曹操奸雄不可當,一時詭計中周郎。蔡張賣主求生計,誰料今朝劍下亡!

　　眾將見殺了張、蔡二人,入問其故。操雖心知中計,卻不肯認錯,乃謂眾將曰:"二人怠慢軍法,吾故斬之。"眾皆嗟呀不已。操於眾將內選毛玠、于禁爲水軍都督,以代蔡、張二人之職。

　　細作探知,報過江東。周瑜大喜曰:"吾所患者,此二人耳。今既剿除,吾無憂矣。"肅曰:"都督用兵如此,何愁曹賊不破乎!"瑜曰:"吾料諸將不知此計,獨有諸葛亮識見勝我,想此謀亦不能瞞也。子敬試以言挑之,看他知也不知,便當回報。"正是:還將反間成功事,去試從旁冷眼人。未知肅去問孔明還是如何,且看下文分解。

《三國志演義》第四十五回

【校注】

[1]樓船:古代建有樓臺的大型戰船。　　[2]矴(dìng 訂)石:碇舟石,停船時沉於水中,以作固定,其功能相當於後世的船錨。　　[3]師曠:春秋時期的著名樂師,生而目盲,卻善辨聲樂。　　[4]蘇秦、張儀、陸賈、酈生:蘇秦、張儀乃戰國時期的著名策士,陸賈、酈生(即酈食其)是漢初謀士,四人均以辯才著稱。
[5]賺:欺騙。

【集評】

　　(清)毛宗崗《三國志演義》第四十五回評:"周瑜詐睡,是騙蔣幹;蔣幹詐睡,又騙周瑜。周瑜假呼蔣幹,是明知其詐睡;蔣幹不應周瑜,是不知其詐呼。周瑜之醉,醉卻是醒;蔣幹之醒,醒卻是夢。妙在先說破他是說客,使他開口不得;又妙在說他不是說客,一發使他開口不得。妙在夢中呼子翼、罵操賊,使他十分疑惑;又妙在醒來忘卻呼子翼、罵操賊,一發使他十分疑惑。周瑜假作極疏,卻步步是密;蔣幹自道極乖,卻步步是呆。寫來真是好看。"

借　東　風

【題解】

　　本篇節選自《三國志演義》第四十九回"七星壇諸葛祭風　三江口周瑜縱火"。諸葛亮是《三國志演義》小說中智慧之化身。"借東風"的情節，充分展現了其上知天文、下知地理、料事如神、顧全大局的個性風采。不過，"身披道衣，跣足散髮"而登壇作法的孔明，確如魯迅先生所說，已是"多智而近妖"（《中國小說史略》）。"借東風"後來變爲一句家喻户曉的俗語，由此亦可見出《三國志演義》小說對於社會文化的深遠影響。

　　卻說周瑜立於山頂，觀望良久，忽然望後而倒，口吐鮮血，不省人事。左右救回帳中。諸將皆來動問，盡皆愕然相顧曰："江北百萬之衆，虎踞鯨吞。不争都督如此[1]，倘曹兵一至，如之奈何？"慌忙差人申報吳侯，一面求醫調治。

　　卻說魯肅見周瑜臥病，心中憂悶，來見孔明，言周瑜卒病之事。孔明曰："公以爲何如？"肅曰："此乃曹操之福，江東之禍也。"孔明笑曰："公瑾之病，亮亦能醫。"肅曰："誠如此，則國家萬幸！"即請孔明同去看病。肅先入見周瑜。瑜以被蒙頭而臥。肅曰："都督病勢若何？"周瑜曰："心腹攪痛，時復昏迷。"肅曰："曾服何藥餌？"瑜曰："心中嘔逆，藥不能下。"肅曰："適來去望孔明，言能醫都督之病。見在帳外，煩來醫治，何如？"瑜命請入，教左右扶起，坐於牀上。孔明曰："連日不晤君顏，何期貴體不安！"瑜曰："'人有旦夕禍福'，豈能自保？"孔明笑曰："'天有不測風雲'，人又豈能料乎？"瑜聞失色，乃作呻吟之聲。孔明曰："都督心中似覺煩積否？"瑜曰："然。"孔明曰："必須用凉藥以解之。"瑜曰："已服凉藥，全然無效。"孔明曰："須先理其氣；氣若順，則呼吸之間，自然痊可。"瑜料孔明必知其意，乃以言挑之曰："欲得順氣，當服何藥？"孔明笑曰："亮有一方，便教都督氣順。"瑜曰："願先生賜教。"孔明索紙筆，摒退左右，密書十六字曰：

　　　　欲破曹公，宜用火攻；萬事俱備，祇欠東風。

　　寫畢，遞與周瑜曰："此都督病源也。"瑜見了大驚，暗思："孔明真神人也！早已知我心事！祇索以實情告之[2]。"乃笑曰："先生已知我病源，將用何藥治之？事在危急，望即賜教。"孔明曰："亮雖不才，曾遇異人，傳授奇門遁甲天書[3]，可以呼風喚雨。都督若要東南風時，可於南屏山建一臺，名曰'七星壇'：高九尺，作三層，用一百二十人，手執旗幡圍繞。亮於臺上作法，借三日三夜東南大風，助都督用兵，何如？"瑜曰："休道三日三夜，祇一夜大風，大事可成矣。祇是事在目前，不可遲緩。"孔明曰："十一月二十日甲子祭風，至二十二日丙寅風息，如何？"瑜聞言大喜，矍然而起。便傳令差五百精壯軍士，往南屏山築壇；撥一百二十人，執旗守壇，聽候使令。

　　孔明辭別出帳，與魯肅上馬，來南屏山相度地勢，令軍士取東南方赤土築壇。方圓二十四丈，每一層高三尺，共是九尺。下一層插二十八宿旗：東方七面青旗，按角、亢、氐、房、心、尾、箕，佈蒼龍之形；北方七面皂旗，按斗、牛、女、虛、危、室、壁，作玄武之勢；西方七面白旗，按奎、婁、胃、昴、畢、觜、參，踞白虎之威；南方七面紅旗，按井、鬼、柳、星、張、翼、軫，成朱雀之狀。第二層周圍黃旗六十四面，按六十四卦，分八位而立。上一層用四人，各人戴束髮冠，穿皂羅袍，鳳衣博帶，朱履方裾。前左立一人，手執長竿，竿尖上用雞羽爲葆，以招風信；前右立一人，手執長竿，竿上繫七星號帶，以表風色；後左立一人，捧寶劍；後右立一人，捧香爐。壇下二十四人，各持旌旗、寶蓋、大戟、長戈、黃鉞、白旄、朱幡、皂纛，環繞四面。孔明於十一月二十日甲子吉辰，沐浴齋戒，身披道衣，跣足散髮，來到壇前。分付魯肅曰："子敬自往軍中相助公瑾調兵。倘亮所祈無應，不可有怪。"魯肅別去。孔明囑付守壇將士："不許擅離方位。不許交頭接耳。不許失口亂言。不許失驚打怪。如違令者斬！"眾皆領命。孔明緩步登壇，觀瞻方位已定，焚香於爐，注水於盂，仰天暗祝。下壇入帳中少歇，令軍士更替吃飯。孔明一日上壇三次，下壇三次。卻並不見有東南風。

　　且説周瑜請程普、魯肅一班軍官，在帳中伺候，祇等東南風起，便調兵出；一面關報孫權接應。黃蓋已自準備火船二十隻，船頭密佈大釘；船內裝載蘆葦乾柴，灌以魚油，上鋪硫黃、焰硝引火之物，各用青布油單遮蓋；船頭上插青龍牙旗，船尾各繫走舸[4]：在帳下聽候，祇等周瑜號令。甘寧、闞澤窩盤蔡和、蔡中在水寨中^[5]，每日飲酒，不放一卒登岸；周圍儘是東吳軍馬，把得水泄不通：衹等帳上號令下來。周瑜正在帳中坐議，探子來報："吳侯船隻離寨八十五里停泊，衹等都督好音。"瑜即差魯肅遍告各部下官兵將士："俱各收拾船隻、軍器、帆櫓等物。號令一出，時刻休違。倘有違誤，即按軍法。"衆兵將得令，一個個磨拳擦掌，準備廝殺。是日，看看近夜，天色清明，微風不動。瑜謂魯肅曰："孔明之言謬矣。隆冬之時，怎得東南風乎？"肅曰："吾料孔明必不謬談。"將近三更時分，忽聽風聲響，旗幡轉動。瑜出帳看時，旗腳竟飄西北，霎時間東南風大起。

瑜駭然曰："此人有奪天地造化之法、鬼神不測之術！若留此人，乃東吳禍根也。及早殺卻，免生他日之憂。"急喚帳前護軍校尉丁奉、徐盛二將："各帶一百人。徐盛從江內去，丁奉從旱路去，都到南屏山七星壇前，休問長短^[6]，拿住諸葛亮便行斬首，將首級來請功。"二將領命。徐盛下船，一百刀斧手蕩開棹槳；丁奉上馬，一百弓弩手各跨征駒，往南屏山來。於路正迎着東南風起。後人有詩曰：

　　七星壇上臥龍登，一夜東風江水騰。不是孔明施妙計，周郎安得逞才能？

丁奉馬軍先到，見壇上執旗將士，當風而立。丁奉下馬提劍上壇，不見孔明，慌問守壇將士。答曰："恰纔下壇去了。"丁奉忙下壇尋時，徐盛船已到。二人聚於江邊。小卒報曰："昨晚一隻快船停在前面灘口。適間卻見孔明披髮下船，那船望上水去了。"丁奉、徐盛便分水陸兩路追襲。徐盛教拽起滿帆，搶風而使。遙望前船不遠，徐盛在船頭上高聲大叫："軍師休去！都督有請！"衹見孔明立於船尾大笑曰："上覆都督：好好用兵；諸葛亮暫回夏口，異日再容相見。"徐盛曰："請暫少住，有緊話說。"孔明曰："吾已料定都督不能容我，必來加害，預先教趙子龍來相接。將軍不必追趕。"徐盛見前船無篷，衹顧趕去。看看至近，趙雲拈弓搭箭，立於船尾大叫曰："吾乃常山趙子龍也！奉令特來接軍師。你如何來追趕？本待一箭射死你來，顯得兩家失了和氣。教你知我手段！"言訖，箭到處，射斷徐盛船上篷索。那篷墮落下水，其船便橫。趙雲卻教自己船上拽起滿帆，乘順風而去。其船如飛,追之不及。岸上丁奉喚徐盛船近岸,言曰:"諸葛亮神機妙算,人不可及。更兼趙雲有萬夫不當之勇,汝知他當陽、長阪時否? 吾等祇索回報便了。"於是二人回見周瑜,言孔明預先約趙雲迎接去了。周瑜大驚曰:"此人如此多謀,使我曉夜不安矣!"魯肅曰:"且待破曹之後,卻再圖之。"

《三國志演義》第四十九回

【校注】

[1]不爭:想不到,不料。　　[2]祇索:祇得,祇好。　　[3]奇門遁甲:古代術數名詞。源於《易緯》的太乙行九宮法,盛行於南北朝。其法以十天干之"乙丙丁"爲三奇,以"休、生、傷、杜、景、死、驚、開"爲八門,稱"奇門";以"戊、己、庚、辛、壬、癸"爲六象,而以甲統之,據此推測吉凶而趨避之,故稱"遁甲"。　　[4]走舸:一種輕快的小型戰船,供聯絡和應急之用。　　[5]窩盤:陪伴、牽制。　　[6]長短:指具體情況。

【集評】

　　(清)毛宗崗《三國志演義》第四十九回評:"周郎赤壁一戰,未調破曹操之兵,而先調取孔明之兵:以水陸十二隊,分取八十三萬人,而獨以兩隊當孔明一人。蓋以孔明一人爲大敵,又在八十三萬人之上也。乃八十三萬人可勝,而孔明終不可勝。忌其不可勝,而欲殺之,人以病周郎之刻;知其不可勝,而强欲殺之,吾以笑周郎之愚。"

施耐庵

【作者簡介】

　　施耐庵,元末明初人。其籍貫一説是錢塘(今浙江杭州),一説是興化白駒(今江蘇大豐)。其生平事蹟,今所知甚少。二十世紀五十年代,在江蘇興化發現清咸豐四年(1854)所修《施氏族譜》,其中載有《施耐庵墓誌》、《故處士施公墓誌銘》等資料,但其真實性仍存在爭議。另據清佚名《傳奇彙考標目》載,施耐庵撰有《拜月亭旦》、《芙蓉城》、《周小郎月夜戲小喬》等戲曲。雖然水滸故事題材具有世代累積特徵,但作爲小説文本的最終編定者,施耐庵在《水滸傳》成書過程中,發揮了十分重要的藝術作用。

風雪山神廟

【題解】

本篇選自《水滸傳》第十回"林教頭風雪山神廟 陸虞候火燒草料場"。林沖是《水滸傳》中"逼上梁山"的典型。他出身於官僚家庭,擔任八十萬禁軍教頭,又有一個美麗的妻子,因此,缺乏抗爭與叛逆的自覺性。第七、八、九諸回中,面對高俅父子的侮辱和迫害,林沖始終採取忍讓的態度;這個忍讓的過程,實際上也是反抗力的累積過程。終於在此風號雪飛的山神廟,林沖徹底爆發了,手起槍落,連殺三人。清代金聖歎云:"林沖自然是上上人物,寫得祇是太狠。看他算得到,熬得住,把得牢,做得徹,都使人怕。這般人在世上,定做得事業來。"(《讀第五才子書法》)頗爲精闢。林沖雖然祇是一百單八將之一員,但對他逼上梁山、尤其是對他與高俅之間衝突的描述,卻關係到整本《水滸傳》主題的社會深度。作爲事件的發生場景,小説對風雪的描寫十分成功,不僅先後用三篇韻文反復吟詠,而且還以"下得密"、"下的正緊"、"正下得緊"、"越下的緊"、"越下的猛"等程度不同的詞語加以直接描寫,在記錄雪景變化的同時,也烘托出了危險步步逼近的緊張氣氛,正如魯迅先生所云:"'那雪正下得緊'","比'大雪紛飛'多兩個字,但那'神韻'卻好得遠了。"(《花邊文學·大雪紛飛》)

詩曰:

　　天理昭昭不可誣,莫將奸惡作良圖。

　　若非風雪沽村酒,定被焚燒化朽枯。

　　自謂冥中施毒計,誰知暗裏有神扶。

　　最憐萬里逃生地,真是瑰奇偉丈夫。

話説當日林沖正閒走間,忽然背後人叫,回頭看時,卻認得是酒生兒李小二[1]。當初在東京時,多得林沖看顧。這李小二先前在東京時,不合偷了店主人家財[2],被捉住了,要送官司問罪。卻得林沖主張陪話,救了他免送官司,又與他陪了些錢財,方得脱免。京中安不得身,又虧林沖賫發他盤纏[3],於路投奔人,不想今日卻在這裏撞見。林沖道:“小二哥,你如何也在這裏?”李小二便拜道:“自從得恩人救濟,賫發小人,一地裏投奔人不着[4],迤邐不想來到滄州,投托一個酒店裏,姓王,留小人在店中做過賣[5]。因見小人勤謹,安排的好菜蔬,調和的好汁水,來喫的人都喝采,以此賣買順當。主人家有個女兒,就招了小人做女婿。如今丈人丈母都死了,祇剩得小人夫妻兩個,權在營前開了個茶酒店。因討錢過來,遇見恩人。恩人不知爲何事在這裏?”林沖指着臉上道:“我因惡了高太尉[6],生事陷害,受了一場官司,刺配到這裏。如今叫我管天王堂,未知久後如何。不想今日到此遇見你。”

【校注】

[1]酒生兒:即酒保,酒肆裏的夥計。　　[2]不合:不應該。　　[3]賫(lài 賴)發:贈送。　　[4]一地裏:到處。　　[5]過賣:堂倌,跑堂的。　　[6]惡:得罪。

　　李小二就請林沖到家裏面坐定,叫妻子出來拜了恩人。兩口兒歡喜道:“我夫妻二人正沒個親眷,今日得恩人到來,便是從天降下。”林沖道:“我是罪囚,恐怕玷辱你夫妻兩個。”李小二道:“誰不知恩人大名,休恁地説。但有衣服,便拿來家裏漿洗縫補。”當時管待林沖酒食,至晚送回天王堂。次日,又來相請。因此,林沖得李小二家來往,不時間送湯送水來營裏與林沖喫。林沖因見他兩口兒恭勤孝順,常把些銀兩與他做本錢,不在話下。有詩爲證:

　　　　纔離寂寞神堂路,又守蕭條草料場。

　　　　李二夫妻能愛客,供茶送酒意偏長。

　　且把閒話休題,祇説正話。迅速光陰,卻早冬來。林沖的綿衣裙襖,都是李小二渾家整治縫補[1]。忽一日,李小二正在門前安排菜蔬下飯,祇見一個人閃將進來,酒店裏坐下,隨後又一人入來。看時,前面那個人是軍官打扮,後面這個走卒模樣,跟着也來坐下。李小二入來問道:“可要喫酒?”祇見那個人將出一兩銀子與小二道:“且收放櫃上,取三四瓶好酒來。客到時,果品酒饌祇顧將來,不必要問。”李小二道:“官人請甚客?”那人道:“煩你與我去營裏請管營、差撥兩個來説話。問時,你祇説有個官人請説話,商議些事務。專等,專等。"李小二應承了,來到牢城裏,先請了差撥,同到管營家裏,請了管營,都到酒店裏。祇見那個官人和管營、差撥兩個講了禮。管營道:"素不相識,動問官人高姓大名?"那人道:"有書在此,少刻便知。且取酒來。"李小二連忙開了酒,一面鋪下菜蔬果品酒饌。那人叫討副勸盤來[2],把了盞[3],相讓坐了。小二獨自一個,攛梭也似伏侍不暇[4]。那跟來的人討了湯桶,自行燙酒。約計喫過數十杯,再討了按酒,鋪放桌上。祇見那人説道:"我自有伴當燙酒[5],不叫你休來。我等自要説話。"

【校注】

[1]渾家:妻子。　　[2]勸盤:放置勸杯的盤子。勸杯,向人敬酒的專用杯子。
[3]把了盞:舉起酒杯向人敬酒。　　[4]攛梭:即"穿梭"。　　[5]伴當:夥伴,隨從。

李小二應了,自來門首叫老婆道:"大姐,這兩個人來的不尷尬[1]!"老婆道:"怎麽的不尷尬?"小二道:"這兩個人語言聲音是東京人,初時又不認得管營,向後我將按酒入去,祇聽得差撥口裏訥出一句'高太尉'三個字來。這人莫不與林教頭身上有些干礙[2]?我自在門前理會[3],你且去閣子背後,聽説甚麽。"老婆道:"你去營中尋林教頭來,認他一認。"李小二道:"你不省得[4],林教頭是個性急的人,摸不着便要殺人放火[5]。倘或叫的他來看了,正是前日説的甚麽陸虞候,他肯便罷?做出事來,須連累了我和你。你祇去聽一聽,再理會[6]。"老婆道:"説的是。"便入去聽了一個時辰,出來説道:"他那三四個交頭接耳説話,正不聽得説甚麽。祇見那一個軍官模樣的人,去伴當懷裏取出一帕子物事[7],遞與管營和差撥。帕子裏面的莫不是金銀?祇聽差撥口裏説道:'都在我身上,好歹要結果了他生命。'"正説之間,閣子裏叫:"將湯來。"李小二急去裏面換湯時,看見管營手裏拿着一封書。小二換了湯,添些下飯。又喫了半個時辰,算還了酒錢,管營、差撥先去了。次後,那兩個低着頭也去了。轉背没多時[8],祇見林冲走將入店裏來,説道:"小二哥,連日好買賣?"李小二慌忙道:"恩人請坐,小二卻待正要尋恩人,有些要緊話説。"有詩爲證:

> 潛爲奸計害英雄,一綫天教把信通。
> 虧殺有情賢李二,暗中迴護有奇功。

【校注】

[1]不尷尬:神色失常,鬼鬼祟祟。或作"不尷不尬",其意均同"尷尬"。
[2]干礙:干係,關涉,妨礙。　　[3]理會:照應、看管。　　[4]不省得:不明事理。　　[5]摸不着:説不定。　　[6]理會:打算,商議。　　[7]物事:東西。
[8]轉背:轉身離開。

當下林冲問道:"甚麽要緊的事?"小二哥請林冲到裏面坐下,説道:"卻纔有個東京來的尷尬人,在我這裏請管營、差撥喫了半日酒。差撥口裏訥出'高太尉'三個字來。小人心下疑,又着渾家聽了一個時辰,他卻交頭接耳説話,都不聽得。臨了,祇見差撥口裏應道:'都在我兩個身上。好歹要結果了他!'那兩個把一包金銀遞與管營、差撥,又喫一回酒,各自散了。不知甚麽樣人。小人心下疑惑,祇怕在恩人身上有些妨礙。"林冲道:"那人生得甚麽模樣?"李小二道:"五短身材,白净面皮,没甚髭鬚,約有三十餘歲。那跟的也不長大,紫棠色面皮。"林冲聽了大驚道:"這三十歲的正是陸虞候。那潑賤賊也敢來這裏害我!休要撞着我,祇教他骨肉爲泥!"李小二道:"祇要提防他便了,豈不聞古人言:喫飯防噎,走路防跌。"林冲大怒,離了李小二家,先去街上買把解腕尖刀,帶在身上,前街後巷一地裏去尋。李小二夫妻兩個,捏着兩把汗。

當晚無事,次日天明起來,早洗漱罷,帶了刀又去滄州城裏城外,小街夾巷,團團尋了一日[1]。牢城營裏都没動静。林冲又來對李小二道:"今日又無事。"小二道:"恩人,祇願如此。祇是自放仔細便了。"林冲自回天王堂,過了一夜。街上尋了三五日,不見消耗[2],林冲也自心下慢了[3]。到第六日,祇見管營叫唤林冲到點視廳上,説道：“你來這裏許多時，柴大官人面皮[4]，不曾擡舉的你。此間東門外十五里，有座大軍草料場，每月但是納草納料的，有些常例錢取覓，原是一個老軍看管。我如今擡舉你去替那老軍來守天王堂，你在那裏閣幾貫盤纏[5]。你可和差撥便去那裏交割。”林沖應道：“小人便去。”當時離了營中，徑到李小二家，對他夫妻兩個説道：“今日管營撥我去大軍草料場管事，卻如何？”李小二道：“這個差使又好似天王堂。那裏收草料時，有些常例錢鈔。往常不使錢時，不能勾這差使。”林沖道：“卻不害我，倒與我好差使，正不知何意？”李小二道：“恩人休要疑心，祇要没事便好了。祇是小人家離得遠了，過幾時挪工夫來望恩人[6]。”就時家裏安排幾杯酒，請林沖吃了。

【校注】

[1]團團：四處。　　[2]消耗：消息，音訊。　　[3]慢：鬆懈，不放在心上。

[4]面皮：面子，人情。　　[5]閣(chuài 踹)：賺錢。　　[6]那工夫：抽出時間。那，通“挪”。

話不絮煩，兩個相別了。林沖自來天王堂，取了包裹，帶了尖刀，拿了條花槍，與差撥一同辭了管營，兩個取路投草料場來。正是嚴冬天氣，彤雲密佈，朔風漸起，卻早紛紛揚揚捲下一天大雪來。那雪早下得密了。怎見得好雪？有《臨江仙》詞爲證：

　　　　作陣成團空裏下，這回忒殺堪憐。剡溪凍住子猷船。玉龍鱗甲舞，江海盡平填。　　宇宙樓臺都壓倒，長空飄絮飛綿。三千世界玉相連。冰交河北岸，凍了十餘年。

大雪下的正緊，林沖和差撥兩個在路上又没買酒喫處，早來到草料場外。看時，一周遭有些黃土墻[1]，兩扇大門。推開看裏面時，七八間草房做着倉廒，四下裏都是馬草堆，中間兩座草廳。到那廳裏，祇見那老軍在裏面向火[2]。差撥説道：“管營差這個林沖來替你回天王堂看守，你可即便交割。”老軍拿了鑰匙，引着林沖，分付道：“倉廒內自有官司封記，這幾堆草一堆堆都有數目。”老軍都點見了堆數，又引林沖到草廳上。老軍收拾行李，臨了説道：“火盆、鍋子、碗碟，都借與你。”林沖道：“天王堂内我也有在那裏，你要便拿了去。”老軍指壁上掛一個大葫蘆，説道：“你若買酒喫時，祇出草場，投東大路去三二里，便有市井。”老軍自和差撥回營裏來。

　　祇説林沖就牀上放了包裹被卧，就牀邊生些焰火起來。屋邊有一堆柴炭，拿幾塊來生在地爐裏。仰面看那草屋時，四下裏崩壞了，又被朔風吹撼，搖振得動。林沖道：“這屋如何過得一冬？待雪晴了，去城中唤個泥水匠來修理。”向了一回火，覺得身上寒冷，尋思：“卻纔老軍所説五里路外有那市井，何不去沽些酒來喫？”便去包裹取些碎銀子，把花槍挑了酒葫蘆，將火炭蓋了，取氈笠子戴上，拿了鑰匙，出來把草廳門拽上。出到大門首，把兩扇草場門反拽上鎖了，帶了鑰匙，信步投東。雪地裏踏着碎瓊亂玉，迤邐背着北風而行。那雪正下得緊。

　　行不上半里多路，看見一所古廟，林沖頂禮道：“神明庇佑，改日來燒紙錢。”又行了一回，望見一簇人家。林沖住腳看時，見籬笆中挑着一個草帚兒在露天裏[3]。林沖徑到店裏，主人道：“客人那裏來？”林沖道：“你認得這個葫蘆麽？”主人看了道：“這葫蘆是草料場老軍的。”林沖道：“如何便認的？”店主道：“既是草料場看守大哥，且請少坐。天氣寒冷，且酌三杯權當接風。”店家切一盤熟牛肉，燙一壺熱酒，請林沖喫。又自買了些牛肉，又喫了數杯，就又買了一葫蘆酒，包了那兩塊牛肉，留下碎銀子，把花槍挑了酒葫蘆，懷内揣了牛肉，叫聲相擾，便出籬笆門，仍舊迎着朔風回來。看那雪，到晚越下的緊了。古時有個書生，做了一個詞，單題那貧苦的恨雪：

　　　　廣莫嚴風刮地，這雪兒下的正好。扯絮撏綿，裁幾片大如栲栳[4]。見林間竹屋茅茨，争些兒被他壓倒[5]。富室豪家，卻言道壓瘴猶嫌少。向的是獸炭紅爐，穿的是綿衣絮襖。手撚梅花，唱道國家祥瑞，不念貧民些小。高卧有幽人，吟詠多詩草。

【校注】

[1]一周遭：四周。　　　[2]向火：烤火取暖。　　　[3]草帚兒：懸掛於小酒肆門前、以草編就的酒幌子。　　　[4]栲栳：用柳條編成的盛物器。　　　[5]争些兒：差

點兒。

　　再説林沖踏着那瑞雪，迎着北風，飛也似奔到草場門口，開了鎖，入內看時，祇叫得苦。原來天理昭然，佑護善人義士，因這場大雪，救了林沖的性命。那兩間草廳已被雪壓倒了。林沖尋思："怎地好？"放下花槍、葫蘆在雪裏，恐怕火盆內有火炭延燒起來，搬開破壁子，探半身入去摸時，火盆內火種都被雪水浸滅了。林沖把手牀上摸時，祇拽得一條絮被。林沖鑽將出來，見天色黑了，尋思："又沒打火處，怎生安排？"想起離了這半里路上，有個古廟，可以安身，"我且去那裏宿一夜，等到天明卻作理會。"把被捲了，花槍挑着酒葫蘆，依舊把門拽上鎖了，望那廟裏來。入的廟門，再把門掩上，傍邊止有一塊大石頭，掇將過來[1]，靠了門。入的裏面看時，殿上塑着一尊金甲山神，兩邊一個判官，一個小鬼，側邊堆着一堆紙。團團看來，又沒鄰舍，又無廟主。林沖把槍和酒葫蘆放在紙堆上，將那條絮被放開，先取下氈笠子，把身上雪都抖了，把上蓋白布衫脱將下來[2]，早有五分濕了，和氈笠放在供桌上，把被扯來蓋了半截下身。卻把葫蘆冷酒提來便喫，就將懷中牛肉下酒。正喫時，祇聽得外面必必剥剥地爆響。林沖跳起身來，就壁縫裏看時，祇見草料場裏火起，刮刮雜雜燒着。看那火時，但見：

　　　　一點靈台，五行造化，丙丁在世傳流[3]。無明心內，災禍起滄州。烹鐵鼎能成萬物，鑄金丹還與重樓[4]。思今古，南方離位，熒惑最爲頭[5]。　　　綠窗歸焰爐，隔花深處，掩映釣漁舟。鏖兵赤壁，公瑾喜成謀。李晉王醉存館驛[6]，田單在即墨驅牛[7]。周褒姒驪山一笑，因此戲諸侯。

【校注】

[1]掇（duō 多）：搬移。　　[2]上蓋：上身的外衣。　　[3]丙丁：舊時以十干配五行，丙丁屬火，遂以"丙丁"爲火的別稱。　　[4]重樓：道家對咽喉的別稱。　　[5]熒惑：火星的別稱。　　[6]李晉王：唐末將軍李克用，其事見明代小説《殘唐五代史演義傳》第六十回。　　[7]田單：戰國時齊將田單，曾收即墨城中之牛千餘頭，火燒其尾，千牛負痛發怒，直衝敵陣，因此大敗燕軍，事見《史記·田單列傳》。

當時張見草場内火起[1]，四下裏燒着，林沖便拿槍，卻待開門來救火，祇聽得外面有人說將話來。林沖就伏在廟聽時，是三個人腳步響，且奔廟裏來。用手推門，卻被林沖靠住了，推也推不開。三人在廟簷下立地看火，數内一個道：“這條計好麼？”一個應道：“端的虧管營、差撥兩位用心。回到京師，稟過太尉，都保你二位做大官。這番張教頭没的推故[2]。”那人道：“林沖今番直喫我們對付了[3]，高衙内這病必然好了。”又一個道：“張教頭那廝！三回五次託人情去說‘你的女婿殁了’，張教頭越不肯應承。因此衙内病患看看重了，太尉特使俺兩個央浼二位幹這件事[4]，不想而今完備了。”又一個道：“小人直爬入墙裏去，四下草堆上點了十來個火把，待走那裏去！”那一個道：“這早晚燒個八分過了。”又聽得一個道：“便逃得性命時，燒了大軍草料場，也得個死罪！”又一個道：“我們回城裏去罷。”一個道：“再看一看，拾得他一兩塊骨頭，回京府裏見太尉和衙内時，也道我們也能會幹事。”

林沖聽那三個人時，一個是差撥，一個是陸虞候，一個是富安，林沖道：“天可憐見林沖，若不是倒了草廳，我準定被這廝們燒死了。”輕輕把石頭掇開，挺着花槍，一手拽開廟門，大喝一聲：“潑賊那裏去！”三個人都急要走時，驚得呆了，正走不動，林沖舉手肐察的一槍，先戳倒差撥。陸虞候叫聲：“饒命！”嚇的慌了手腳，走不動。那富安走不到十來步，被林沖趕上，後心祇一槍，又戳倒了。翻身回來，陸虞候卻纔行得三四步，林沖喝聲道：“好賊！你待那裏去！”批胸祇一提，丟翻在雪地上，把槍搠在地裏，用腳踏住胸脯，身邊取出那口刀來，便去陸謙臉上閣着，喝道：“潑賊！我自來又和你無甚麼冤仇，你如何這等害我！正是殺人可恕，情理難容。”陸虞候告道：“不干小人事，太尉差遣，不敢不來。”林沖罵道：“奸賊！我與你自幼相交，今日倒來害我！怎不干你事？且喫我一刀！”把陸謙上身衣扯開，把尖刀向心窩裏祇一剜，七竅迸出血來，將心肝提在手裏。回頭看時，差撥正爬將起來要走。林沖按住喝道：“你這廝原來也恁的歹，且喫我一刀！”又早把頭割下來，挑在槍上。回來把富安、陸謙頭都割下來，把尖刀插了，將三個人頭髮結做一處，提入廟裏來，都擺在山神面前供桌上。再穿了白布衫，繫了搭膊，把氊笠子帶上，將葫蘆裏冷酒都喫盡了。被與葫蘆都丟了不要，提了槍，便出廟門投東去。走不到三五里，早見近村人家都拿着水桶、鈎子來救火。林沖道："你們快去救應，我去報官了來！"提着槍祇顧走。那雪越下的猛，但見：

> 凛凛嚴凝霧氣昏，空中祥瑞降紛紛。須臾四野難分路，頃刻千山不見痕。銀世界，玉乾坤，望中隱隱接崑崙。若還下到三更後，仿佛填平玉帝門。

林沖投東去了兩個更次，身上單寒，當不過那冷。在雪地裏看時，離得草場遠了，祇見前面疏林深處，樹木交雜，遠遠地數間草屋，被雪壓着，破壁縫裏透出火光來。林沖徑投那草屋來，推開門，祇見那中間坐着一個老莊家[5]，周圍坐着四五個小莊家向火，地爐裏面焰焰地燒着柴火。林沖走到面前，叫道："衆位拜揖。小人是牢城營差使人，被雪打濕了衣裳，借此火烘一烘，望乞方便。"莊客道："你自烘便了，何妨得。"林沖烘着身上濕衣服，略有些乾，祇見火炭邊煨着一個甕兒，裏面透出酒香。林沖便道："小人身邊有些碎銀子，望煩回些酒喫[6]。"老莊客道："我們每夜輪流看米囤，如今四更，天氣正冷，我們這幾個喫尚且不勾，那得回與你。休要指望。"林沖又道："胡亂祇回三五碗，與小人燙寒[7]。"老莊家道："你那人休纏，休纏！"林沖聞得酒香，越要喫，説道："没奈何，回些罷。"衆莊客道："好意着你烘衣裳向火，便來要酒喫。去便去，不去時將來弔在這裏。"林沖怒道："這廝們好無道理。"把手中槍看着塊焰焰着的火柴頭，望老莊家臉上祇一挑將起來，又把槍去火爐裏祇一攬，那老莊家的髭鬚焰焰的燒着。衆莊客都跳將起來，林沖把槍桿亂打。老莊家先走了。莊家們都動撣不得，被林沖趕打一頓，都走了。林沖道："都走了！老爺快活喫酒！"土坑上卻有兩個椰瓢，取一個下來，傾那甕酒來喫了一會，剩了一半，提了槍出門便走，一步高，一步低，浪浪蹌蹌捉腳不住，走不過一里路，被朔風一掉，隨着那山澗邊倒了，那裏挣得起來。凡醉人一倒，便起不得。醉倒在雪地上。

卻説衆莊客引了二十餘人，拖槍拽棒，都奔草屋下看時，不見了林沖。卻尋着蹤跡趕將來，祇見倒在雪地裏。莊客齊道："你卻倒在這裏。"花槍丟在一邊。衆莊客一發上手，就地拿起林沖來，將一條索縛了，趁五更時分，把林沖解投那個去處來。不是別處，有分教：蓼兒窪內，前後擺數千隻戰艦艨艟；水滸寨中，左右列百十個英雄好漢。攪擾得道君皇帝，盤龍椅上魂驚，丹鳳樓中裂膽。正是：　說時殺氣侵人冷，講處悲風透骨寒。畢竟看林沖被莊客解投甚處來，且聽下回分解。

《水滸傳》第十回

【校注】

[1]張：窺望。　　　[2]推故：推脱的藉口。　　　[3]直：竟然，居然。　　　[4]央浼(měi 每)：央請，委託。　　　[5]莊家：此指"莊客"，即地主或農戶的雇工。[6]回：轉買。　　　[7]燙寒：祛除寒氣。

【集評】

　　（明）李贄《水滸傳》第十回評："《水滸傳》文字，原是假的。祇爲他描寫得真情出，所以便可與天地相終始。即此回中李小二夫妻兩人情事，咄咄如畫。若到後來混天陣處都假了，費盡苦心，亦不好看。"

　　（清）金聖歎《水滸傳》第十回評："殺出廟門時，看他一槍先搠到差撥，接手便寫陸謙一句。寫陸謙不曾寫完，接手卻再搠富安。兩個倒矣，方翻身回來，刀剜陸謙。剜陸謙未畢，回頭卻見差撥爬起，便又且置陸謙，先割差撥頭挑在槍上，然後回過身來，作一頓，割陸謙、富安頭，結做一處。以一個人殺三個人，凡三四個回身。有節次，有間架，有方法，有波折。不慌不忙，不疏不密，不缺不漏。不一片，不煩瑣。真鬼於文、聖於文也。"

武松打虎

【題解】

　　本篇節選自《水滸傳》第二十三回"橫海郡柴進留賓 景陽岡武松打虎"。武松打虎，乃《水滸傳》中的著名段落，也是小説塑造其英雄形象的重要情節，尤其在經過揚州評話《武松打虎》的推波助瀾之後，更是成爲家喻户曉、婦孺皆知的故事。本回的高潮當然是"打虎"，但小説的文學重心，卻落在了開打之前的層層渲染，顯示出

《水滸傳》脫胎於講唱文學的清晰痕跡。《水滸傳》第四十三回亦寫黑旋風李逵打虎,兩回情節相近,卻并非簡單重複,金聖歎就此評論道:"寫武松打虎純是精細,寫李逵殺虎純是膽大","若要李逵學武松一毫,李逵不能;若要武松學李逵一毫,武松亦不敢。各自興奇作怪,出妙入神。筆墨之能,於斯竭矣"。這種"特犯不犯"的文學技巧,正是《水滸傳》小說的藝術成就之一。

　　祇說武松自與宋江分別之後,當晚投客店歇了。次日早起來,打火喫了飯,還了房錢[1],拴束包裹,提了梢棒,便走上路。尋思道:"江湖上祇聞說及時雨宋公明,果然不虛。結識得這般弟兄,也不枉了。"武松在路上行了幾日,來到陽穀縣地面。此去離縣治還遠。當日晌午時分,走得肚中饑渴,望見前面有一個酒店,挑着一面招旗在門前,上頭寫着五個字道:"三碗不過岡。"武松入到裏面坐下,把梢棒倚了,叫道:"主人家,快把酒來喫。"祇見店主人把三隻碗、一雙箸、一碟熱菜,放在武松面前,滿滿篩一碗酒來。武松拿起碗,一飲而盡,叫道:"這酒好生有氣力[2]! 主人家,有肚飽的買些喫酒。"酒家道:"祇有熟牛肉。"武松道:"好的切二三斤來喫酒。"店家去裏面切出二斤熟牛肉,做一大盤子將來,放在武松面前,隨即再篩一碗酒。武松喫了道:"好酒!"又篩下一碗,恰好喫了三碗酒,再也不來篩。武松敲着桌子叫道:"主人家,怎的不來篩酒?"酒家道:"客官要肉便添來。"武松道:"我也要酒,也再切些肉來。"酒家道:"肉便切來,添與客官喫,酒卻不添了。"武松道:"卻又作怪!"便問主人家道:"你如何不肯賣酒與我喫?"酒家道:"客官,你須見我門前招旗,上面明明寫道:'三碗不過岡'。"武松道:"怎地喚做'三碗不過岡'?"酒家道:"俺家的酒雖是村酒[3],卻比老酒的滋味。但凡客人來我店中喫了三碗的,便醉了,過不得前面的山岡去。因此喚作'三碗不過岡'。若是過往客人到此,祇喫三碗,便不再問。"武松笑道:"原來恁地。我卻喫了三碗,如何不醉?"酒家道:"我這酒叫做'透瓶香',又喚作'出門倒'。初入口時,醇醲好喫,少刻時便倒。"武松道:"休要胡說。沒地不還你錢[4],再篩三碗來我喫。"酒家見武松全然不動,又篩三碗。武松喫道:"端的好酒! 主人家,我喫一碗,還你一碗酒錢,祇顧篩來。"酒家道:"客官休祇管要飲,這酒端的要醉倒人,没藥醫!"武松道:"休得胡鳥説! 便是你使蒙汗藥在裏面[5],我也有鼻子!"店家被他發話不過,一連又篩了三碗。武松道:"肉便再把二斤來喫。"酒家又切了二斤熟牛肉,再篩了三碗酒。武松喫得口滑[6],祇顧要喫,去身邊取出些碎銀子,叫道:"主人家,你且來看我銀子! 還你酒肉錢勾麽?"酒家看了道:"有餘,還有些貼錢與你[7]。"武松道:"不要你貼錢,祇將酒來篩。"酒家道:"客官,你要喫酒時,還有五六碗酒哩! 祇怕你喫不得了。"武松道:"就有五六碗多時,你盡數篩將來。"酒家道:"你這條長漢,倘或醉倒了時,怎扶的你住?"武松答道:"要你扶的不算好漢。"酒家那裏肯將酒來篩。武松焦躁道:"我又不白喫你的,休要引老爹性發,通教你屋裏粉碎,把你這鳥店子倒翻轉來!"酒家道:"這廝醉了,休惹他。"再篩了六碗酒與武松喫了。前後共喫了十五碗,綽了梢棒,立起身來道:"我卻又不曾醉!"走出門前來,笑道:"卻不説'三碗不過岡'!"手提梢棒便走。

【校注】

[1]還:結算。　　　[2]有氣力:指酒性較烈。　　　[3]村酒:没有名氣的酒。

[4]没地:難道、莫非。　　　[5]蒙汗藥:舊時江湖黑道使用的一種迷魂藥。

[6]喫得口滑:此指喝酒喝得興起。　　　[7]貼錢:找回的零錢、找頭。

　　酒家趕出來叫道:"客官那裏去?"武松立住了,問道:"叫我做甚麽? 我又不少你酒錢,唤我怎地?"酒家叫道:"我是好意。你且回來我家看官司榜文。"武松道:"甚麽榜文?"酒家道:"如今前面景陽岡上,有隻弔睛白額大蟲,晚了出來傷人,壞了三二十條大漢性命。官司如今杖限打獵捕户,擒捉發落。岡子路口兩邊人民,都有榜文。可教往來客人,結夥成隊,於巳、午、未三個時辰過岡,其餘寅、卯、申、酉、戌、亥六個時辰,不許過岡。更兼單身客人,不許白日過岡,務要等伴結夥而過。這早晚正是未末申初時分,我見你走都不問人,枉送了自家性命。不如就我此間歇了,等明日慢慢湊得三二十人,一齊好過岡子。"武松聽了,笑道:"我是清河縣人氏,這條景陽岡上少也走過了一二十遭，幾時見説有大蟲！你休説這般鳥話來嚇我！便有大蟲，我也不怕。"酒家道："我是好意救你。你不信時，進來看官司榜文。"武松道："你鳥做聲！便真箇有虎，老爺也不怕！你留我在家裏歇，莫不半夜三更要謀我財，害我性命，卻把鳥大蟲唬嚇我？"酒家道："你看麼！我是一片好心，反做惡意，倒落得你恁地説！你不信我時，請尊便自行！"正是：

> 前車倒了千千輛，後車過了亦如然。
>
> 分明指與平川路，卻把忠言當惡言。

那酒店裏主人搖着頭，自進店裏去了。這武松提了梢棒，大着步自過景陽岡來。約行了四五里路，來到岡子下，見一大樹，刮去了皮，一片白，上寫兩行字。武松也頗識幾字，擡頭看時，上面寫道："近因景陽岡大蟲傷人，但有過往客商，可於巳、午、未三個時辰，結夥成隊過岡，請勿自誤。"武松看了，笑道："這是酒家詭詐，驚嚇那等客人，便去那厮家裏宿歇。我卻怕甚麼鳥！"橫拖着梢棒，便上岡子來。那時已有申牌時分，這輪紅日，厭厭地相傍下山。武松乘着酒興，衹管走上岡子來。走不到半里多路，見一個敗落的山神廟。行到廟前，見這廟門上貼着一張印信榜文。武松住了腳讀時，上面寫道：

> 陽穀縣爲這景陽岡上新有一隻大蟲，近來傷害人命，見今杖限各鄉里正并獵户人等，打捕未獲。如有過往客商人等，可於巳、午、未三個時辰，結伴過岡。其餘時分及單身客人，白日不許過岡，恐被傷害性命不便。各宜知悉。

武松讀了印信榜文，方知端的有虎。欲待發步再回酒店裏來，尋思道："我回去時，須喫他恥笑，不是好漢，難以轉去。"存想了一回，説道："怕甚麼鳥！且衹顧上去，看怎地！"武松正走，看看酒湧上來，便把氈笠兒背在脊樑上，將梢棒綰在肋下，一步步上那岡子來。回頭看這日色時，漸漸地墜下去了。此時正是十月間天氣，日短夜長，容易得晚。武松自言自説道："那得甚麼大蟲！人自怕了，不敢上山。"武松走了一直，酒力發作，焦熱起來，一隻手提着梢棒，一隻手把胸膛前袒開，踉踉蹌蹌，直奔過亂樹林來。見一塊光撻撻大青石，把那梢棒倚在一邊，放翻身體，卻待要睡，衹見發起一陣狂風來。看那風時，但見：

　　　無形無影透人懷，四季能吹萬物開。

　　　就樹撮將黃葉去，入山推出白雲來。

　　原來但凡世上雲生從龍，風生從虎。那一陣風過處，祇聽得亂樹背後撲地一聲響，跳出一隻弔睛白額大蟲來。武松見了，叫聲"阿呀！"從青石上翻將下來，便拿那條梢棒右手裏，閃在青石邊。那個大蟲又饑又渴，把兩隻爪在地上略按一按，和身望上一撲，從半空裏攛將下來。武松被那一驚，酒都作冷汗出了。説時遲，那時快，武松見大蟲撲來，祇一閃，閃在大蟲背後。那大蟲背後看人最難，便把前爪搭在地下，把腰胯一掀，掀將起來。武松祇一躲，躲在一邊。大蟲見掀他不着，吼一聲，卻似半天裏起個霹靂，振得那山岡也動；把這鐵棒也似虎尾倒豎起來，祇一翦，武松卻又閃在一邊。原來那大蟲拿人，祇是一撲，一掀，一翦，三般提不着時，氣性先自没了一半。那大蟲又翦不着，再吼了一聲，一兜兜將回來。武松見那大蟲復翻身回來，雙手輪起梢棒，盡平生氣力，祇一棒，從半空劈將下來。祇聽得一聲響，簌簌地將那樹連枝帶葉劈臉打將下來。定睛看時，一棒劈不着大蟲。原來慌了，正打在枯樹上，把那條梢棒折做兩截，祇拿得一半在手裏。那大蟲咆哮，性發起來，翻身又祇一撲，撲將來。武松又祇一跳，卻退了十步遠。那大蟲恰好把兩隻前爪搭在武松面前。武松將半截棒丟在一邊，兩隻手就勢把大蟲頂花皮肐月荅地揪住[1]，一按按將下來。那隻大蟲急要挣扎，早没了氣力，被武松盡力氣納定，那裏肯放半點兒鬆寬。武松把隻腳望大蟲面門上、眼睛裏祇顧亂踢。那大蟲咆哮起來，把身底下扒起兩堆黃泥，做了一個土坑。武松把那大蟲嘴直按下黃泥坑裏去，那大蟲喫武松奈何得没了些氣力。武松把左手緊緊地揪住頂花皮，偷出右手來，提起鐵錘般大小拳頭，盡平生之力，祇顧打。打得五七十拳，那大蟲眼裏、口裏、鼻子裏、耳朵裏都迸出鮮血來。那武松盡平昔神威，仗胸中武藝，半歇兒把大蟲打做一塊[2]，卻似躺着一個錦布袋。有一篇古風，單道景陽岡武松打虎。但見：

　　　景陽岡頭風正狂，萬里陰雲霾日光。

　　　焰焰滿川楓葉赤，紛紛遍地草芽黃。

觸目晚霞掛林藪，侵人冷霧滿穹蒼。

忽聞一聲霹靂響，山腰飛出獸中王。

昂頭踴躍逞牙爪，谷口麋鹿皆奔忙。

山中狐兔潛蹤跡，澗內獐猿驚且慌。

卞莊見後魂魄喪[3]，存孝遇時心膽強[4]。

清河壯士酒未醒，忽在岡頭偶相迎。

上下尋人虎饑渴，撞着猙獰來撲人。

虎來撲人似山倒，人去迎虎如巖傾。

臂腕落時墜飛炮，爪牙爬處成泥坑。

拳頭腳尖如雨點，淋漓兩手鮮血染。

穢污腥風滿松林，散亂毛鬚墜山奄。

近看千鈞勢未休，遠觀八面威風歛。

身橫野草錦斑銷，緊閉雙睛光不閃。

當下景陽岡上那隻猛虎，被武松沒頓飯之間，一頓拳腳，打得那大蟲動撣不得，使得口裏兀自氣喘。武松放了手，來松樹邊尋那打折的棒橛，拿在手裏，祇怕大蟲不死，把棒橛又打了一回。那大蟲氣都沒了。武松再尋思道：“我就地拖得這死大蟲下岡子去。”就血泊裏雙手來提時，那裏提得動。原來使盡了氣力，手腳都疏軟了，動撣不得。

武松再來青石坐了半歇，尋思道：“天色看看黑了，倘或又跳出一隻大蟲來時，我卻怎地鬪得他過？且挣扎下岡子去，明早卻來理會。”就石頭邊尋了氈笠兒，轉過亂樹林邊，一步步捱下岡子來。走不到半里多路，祇見枯草中鑽出兩隻大蟲來。武松道：“呵呀，我今番死也！性命罷了！”祇見那兩個大蟲於黑影裏直立起來，武松定睛看時，卻是兩個人，把虎皮縫做衣裳，緊緊拼在身上。那兩個人手裏各拿着一條五股叉，見了武松，吃一驚道：“你那人喫了忽律心[5]，豹子肝，獅子腿，膽倒包着身軀！如何敢獨自一個，昏黑將夜，又沒器械，走過岡子來！不知你是人？是鬼？”武松道：“你兩個是甚麼人？”那個人道：“我們是本處獵戶。”武松道：“你們上嶺上來做甚麼？”兩個獵戶失驚道：“你兀自不知哩！如今景陽岡上有一隻極大的大蟲，夜夜出來傷人！祇我們獵戶，也折了七八個；過往客人，不記其數，都被這畜生喫了。

本縣知縣着落當鄉里正和我們獵户人等捕捉。那業畜勢大，難近得他，誰敢向前！我們爲他正不知喫了多少限棒，祇捉他不得。今夜又該我們兩個捕獵，和十數個鄉夫在此，上上下下放了窩弓藥箭等他[6]。正在這裏埋伏，卻見你大刺刺地從岡子上走將下來[7]，我兩個喫了一驚。你卻正是甚人？曾見大蟲麼？”武松道：“我是清河縣人氏，姓武，排行第二。卻纔岡子上亂樹林邊，正撞見那大蟲，被我一頓拳腳打死了。”兩個獵户聽得癡呆了，説道：“怕没這話！”武松道：“你不信時，祇看我身上兀自有血跡。”兩個道：“怎地打來？”武松把那打大蟲的本事，再説了一遍。兩個獵户聽了，又驚又喜，叫攏那十個鄉夫來。祇見這十個鄉夫，都拿着鋼叉、踏弩、刀槍，隨即攏來。武松問道：“他們衆人如何不隨着你兩個上山？”獵户道：“便是那畜生利害，他們如何敢上來！”一夥十數個人，都在面前。兩個獵户把武松打殺大蟲的事，説向衆人，衆人都不肯信。武松道：“你衆人不肯信時，我和你去看便了。”衆人身邊都有火刀、火石，隨即發出火來，點起五七個火把。衆人都跟着武松，一同再上岡子來，看見那大蟲做一堆兒死在那裏。衆人見了大喜，先叫一個去報知本縣里正，并該管上户。這裏五七個鄉夫，自把大蟲縛了，擡下岡子來。到得嶺下，早有七八十人都哄將來，先把死大蟲擡在前面，將一乘兜轎[8]，擡了武松，徑投本處一個上户家來[9]。那上户、里正都在莊前迎接，把這大蟲擡到草廳上。卻有本鄉上户、本鄉獵户三二十人，都來相探武松。衆人問道：“壯士高姓大名？貴鄉何處？”武松道：“小人是此間鄰郡清河縣人氏，姓武名松，排行第二。因從滄州回鄉來，昨晚在岡子那邊酒店喫得大醉了，上岡子來，正撞見這畜生。”把那打虎的身分拳腳，細説了一遍。衆上户道：“真乃英雄好漢！”衆獵户先把野味將來與武松把杯[10]。武松因打大蟲困乏了，要睡，大户便叫莊客打併客房，且教武松歇息。到天明，上户先使人去縣裏報知，一面合具虎牀，安排端正，迎送縣裏去。

《水滸傳》第二十三回

【校注】

[1]肐膝地：一下子，一把。　　　[2]半歇兒：一會兒。　　　[3]卞莊：即卞莊子，一

作"管莊子"。管莊看到兩虎相鬥,欲刺之,有人則勸他先讓兩虎鬥出死傷,再去刺殺,就可一舉殺死兩虎,事見《戰國策・秦策二》。後遂以此比喻一舉兩得。
[4]存孝:即唐末打虎英雄安敬思,後被將軍李克用收爲世子,改名爲李存孝。其打虎事見明代小説《殘唐五代史演義傳》第十回。 [5]惣狰:一作"忽律"、"忽雷",鱷魚的別號。《水滸傳》一百零八將中有"旱地忽律朱貴"。 [6]窝弓:一種狩獵武器,多埋於草叢或浮土中,一旦踩動機關,就會發箭射中野獸。 [7]大刺刺:大模大樣。 [8]兜轎:一種衹有座位、不設轎廂的小型便轎。 [9]上户:富户,財主。 [10]把杯:敬酒。

【集評】

(清)金聖歎《水滸傳》第二十三回評云:"讀打虎一篇,而歎人是神人,虎是怒虎,固已妙不容説矣。乃其尤妙者,則又如讀廟門榜文後,欲待轉身回來一段;風過虎來時,叫聲'阿呀'翻下青石來一段;大蟲第一撲,從半空裏攛將下來時,被那一驚,酒都做冷汗出了一段;尋思要拖死虎下去,原來使盡氣力,手腳都蘇軟了,正提不動一段;青石上又坐半歇一段;天色看看黑了,惟恐再跳一隻出來,且挣扎下岡子去一段;下岡子走不到半路,枯草叢中鑽出兩隻大蟲,叫聲'阿呀! 今番罷了'一段;皆是寫極駭人之事,卻盡用極近人之筆,遂與後來沂嶺殺四虎一篇,更無一筆相犯也。"

吴承恩

【作者簡介】

吴承恩(1500?—1582?),字汝忠,號射陽山人,淮安山陽(今江蘇淮安)人。少以文名著於鄉,然科舉屢試不第,中年始補爲歲貢生,後歷任浙江長興縣丞、湖北蘄州荆王府紀善等職。晚年退居淮安,以詩文自娱終老。另著有《射陽先生存稿》四卷。吴承恩是否爲《西游記》的作者,目前仍有爭議,因現存《西游記》明刻本,均署名爲"華陽洞天主人校";明天啓本《淮安府志》所著録的吴承恩《西游記》,亦未標明是章回小説,有屬於地理類著作的可能性。

大鬧天宮

【題解】

本篇節選自《西游記》第五回"亂蟠桃大聖偷丹　反天宮諸神捉怪"。大鬧天宮是《西游記》最爲著名的情節,對其前因後果的描述,幾乎覆蓋着小說的第一至七回。不過,若按狹義之標準,所謂"大鬧天宮"的核心事件,實即本書所選的第五回前半部分,具體包括:悟空設計誆騙赤腳大僊,假冒大僊私闖瑤池"蟠桃勝會",偷吃僊品僊酒;復誤入太上老君"兜率宮",偷吃僊丹。上述情節,集中突顯了一個"鬧"字,但如何理解"鬧"字的色彩與含義,卻關係到對整部小説主旨及孫悟空形象的不同解讀。二十世紀五六十年代,有人曾以"農民起義"或"階級對抗"論,來闡釋大鬧天宮的主題意蘊,驗之小説文本,實較爲牽强;八十年代末,林庚先生提出:"孫悟空的大鬧天宮,從手段、方式到目的和結果,都與趙正激惱京師及白玉堂鬧東京十分近似","大鬧天宮的形象,原是以市民心目中的英雄好漢爲生活依據的",此情節置於小説之首,"爲孫悟空安排了一個精彩的亮相",並"全面展示了孫悟空神偷變化的手段、非凡的武功以及經得起失敗考驗與痛苦折磨的硬骨頭的品格。這便是他此後西天之行的一個憑藉和緣由,也是他好漢生涯的開始。"(見《西游記漫話》,人民文學出版社 2002 年版,第 18 頁、第 31 頁。)小説以輕鬆詼諧的筆調,描述了孫大聖猶如頑童惡作劇般的天宮奇游,在歡快的"鬧劇"背後,或亦隱含着對自由精神的稱揚以及對宗教神聖性的消解。

話表齊天大聖到底是個妖猴,更不知官銜品從,也不較俸禄高低,但祇注名便了。那齊天府下二司僚吏,早晚伏侍,祇知日食三餐,夜眠一榻,無事牽縈,自由自在。閒時節會友游宮,交朋結義。見三清[1],稱個"老"字;逢四帝[2],道個"陛下"。與那九曜星[3]、五方將、二十八宿、四大天王、十二元辰[4]、五方五老[5]、普天星相、河漢群神,俱祇以弟兄相待,彼此稱呼。今日東游,明日西蕩,雲去雲來,行蹤不定。

【校注】

[1]三清:道教神名,包括居住於太清境的靈寶君(又稱太上道君)、玉清境的天寶君(又稱元始天尊)及太清境的神寶君(又稱太上老君)。　　[2]四帝:道教神名,包括東方青帝,主木,司春;南方赤帝,主火,司夏;西方白帝,主金,司秋;北方

黑帝,主水,司冬。 ［3］九曜(yào 要):指日、月、金、木、水、火、土、羅睺及計都九星。舊時星命家認爲前七星皆同向而行,後兩星則與之相逆,故稱羅睺爲"蝕神",稱"計都"爲"彗星";謂其能支配人世禍福吉凶,後遂擬化爲民間諸神。
［4］十二元辰:道教神名。包括寅生屬虎,功曹元辰;卯生屬兔,太沖元辰;辰生屬龍,天罡元辰;巳生屬蛇,太乙元辰;午生屬馬,勝光元辰;未生屬羊,小吉元辰;申生屬猴,傳送元辰;酉生屬雞,從魁元辰;戌生屬犬,河魁元辰;亥生屬豬,登明元辰;子生屬鼠,神后元辰;丑生屬牛,大吉元辰。 ［5］五方五老:代表東南西北中五個方向之神,按小説下文所載,包括西方西天佛老、南方南極觀音、東方崇恩聖帝、北方北極玄靈及中央黃極黃角大僊。

一日,玉帝早朝,班部中閃出許旌陽真人[1],頫囟啓奏道[2]:"今有齊天大聖,無事閒游,結交天上衆星宿,不論高低,俱稱朋友。恐後閒中生事。不若與他一件事管,庶免別生事端。"玉帝聞言,即時宣詔。那猴王欣然而至,道:"陛下,詔老孫有何升賞?"玉帝道:"朕見你身閒無事,與你件執事。你且權管那蟠桃園,早晚好生在意。"大聖歡喜謝恩,朝上唱喏而退。

他等不得窮忙,即入蟠桃園內查勘。本園中有個土地攔住,問道:"大聖何往?"大聖道:"吾奉玉帝點差,代管蟠桃園,今來查勘也。"那土地連忙施禮,即呼那一班鋤樹力士、運水力士、修桃力士、打掃力士都來見大聖磕頭,引他進去。但見那:

夭夭灼灼,顆顆株株。夭夭灼灼花盈樹,顆顆株株果壓枝。果壓枝頭垂錦彈,花盈樹上簇胭脂。時開時結千年熟,無夏無冬萬載遲。先熟的,酡顏醉臉;還生的,帶蒂青皮。凝煙肌帶綠,映日顯丹姿。樹下奇葩并異卉,四時不謝色齊齊。左右樓臺并館舍,盈空常見罩雲霓。不是玄都凡俗種[3],瑤池王母自栽培。

大聖看玩多時,問土地道:"此樹有多少株數?"土地道:"有三千六百株:前面一千二百株[4],花微果小,三千年一熟,人吃了成僊了道,體健身輕。中間一千二百株,層花甘實,六千年一熟,人吃了霞舉飛昇,長生不老。後面一千二百株,紫紋緗核,九千年一熟,人吃了與天地齊壽,日月同庚。"大聖聞言,歡喜無任。當日查明了株數,點看了亭閣,回府。自此後,三五日一次賞玩,也不交友,也不他游。

一日，見那老樹枝頭，桃熟大半，他心裏要吃個嘗新。奈何本園土地、力士并齊天府僊吏緊隨不便。忽設一計道：“汝等且出門外伺候，讓我在這亭上少憩片時。”那衆神果退。祇見那猴王脫了冠服，爬上大樹，揀那熟透的大桃，摘了許多，就在樹枝上自在受用。吃了一飽，卻纔跳下樹來，簪冠着服，喚衆等儀從回府。遲三二日，又去設法偷桃，儘他享用。

一朝，王母娘娘設宴，大開寶閣，瑤池中做“蟠桃勝會”，即着那紅衣僊女、青衣僊女、素衣僊女、皂衣僊女、紫衣僊女、黃衣僊女、綠衣僊女，各頂花籃，去蟠桃園摘桃建會。七衣僊女直至園門首，祇見蟠桃園土地、力士同齊天府二司僊吏，都在那裏把門。僊女近前道：“我等奉王母懿旨，到此摘桃設宴。”土地道：“僊娥且住。今歲不比往年了，玉帝點差齊天大聖在此督理，須是報大聖得知，方敢開園。”僊女道：“大聖何在？”土地道：“大聖在園內，因困倦，自家在亭子上睡哩。”僊女道：“既如此，尋他去來，不可遲誤。”土地即與同進。尋至花亭不見，祇有衣冠在亭，不知何往。四下裏都沒尋處。原來大聖耍了一會，吃了幾個桃子，變做二寸長的個人兒，在那大樹梢頭濃葉之下睡着了。七衣僊女道：“我等奉旨前來，尋不見大聖，怎敢空回？”旁有僊吏道：“僊娥既奉旨來，不必遲疑。我大聖閒游慣了，想是出園會友去了。汝等且去摘桃，我們替你回話便是。”那僊女依言，入樹林之下摘桃。先在前樹摘了二籃，又在中樹摘了三籃；到後樹上摘取，祇見那樹上花果稀疏，止有幾個毛蒂青皮的。原來熟的都是猴王吃了。七僊女張望東西，祇見向南枝上，止有一個半紅半白的桃子。青衣女用手扯下枝來，紅衣女摘了，卻將枝子望上一放。原來那大聖變化了，正睡在此枝，被他驚醒。大聖即現本相，耳朵裏擎出金箍棒，幌一幌，碗來粗細，咄的一聲道：“你是那方怪物，敢大膽偷摘我桃！”慌得那七僊女一齊跪下道：“大聖息怒。我等不是妖怪，乃王母娘娘差來的七衣僊女，摘取僊桃，大開寶閣，做‘蟠桃勝會’。適至此間，先見了本園土地等神，尋大聖不見。我等恐遲了王母懿旨，是以等不得大聖，故先在此摘桃，萬望恕罪。”大聖聞言，回嗔作喜道：“僊娥請起。王母開閣設宴，請的是誰？”僊女道：“上會自有舊規。請的是西天佛老、菩薩、聖僧、羅漢，南方南極觀音，東方崇恩聖帝、十洲三島僊翁[5]，北方北極玄靈，中央黃極黃角大僊，這個是五方三老[6]。還有五斗星君[7]、上八洞三清、四帝、太乙天僊等衆；中八洞玉皇、九壘[8]、海嶽神僊；下八洞幽冥教主[9]、注世地僊[10]。各宮各殿大小尊神，俱一齊赴蟠桃嘉會。"大聖笑道："可請我麼？"僊女說："不曾聽得說。"大聖道："我乃齊天大聖，就請我老孫做個席尊，有何不可？"僊女道："此是上會舊規，今會不知如何。"大聖道："此言也是，難怪汝等。你且立下，待老孫先去打聽個消息，看可請老孫不請。"

【校注】

[1]許旌陽：道教神，又名"許真君"。俗名許遜，西晉汝南人，曾爲蜀旌陽令，相傳於東晉孝武帝太康二年，舉家白日飛昇，得道成僊。明鄧志謨撰有《新鐫晉代許旌陽得道擒蛟鐵樹記》十五回，演述其事；馮夢龍又據此小說改編成《旌陽宮鐵樹鎮妖》，收入《警世通言》第四十卷。　　[2]頫（fǔ 俯）囟（xìn 信）：叩頭。頫，同"俯"；囟，即囟門，位於頭頂骨的前方正中處。　　[3]玄都凡俗種：玄都，即唐代長安城內的著名道觀玄都觀，據說觀內栽滿桃樹，詩人劉禹錫《元和十年自朗州承召至京戲贈看花諸君子》詩云："玄都觀裏桃千樹，盡是劉郎去後栽。"　　[4]"前面"句：世德堂本誤作"一百二十株"，按小說前句所云"三千六百株"計算，此應爲"一千二百株"。　　[5]十洲三島：道教福地。十洲，是指玄洲、瀛洲、祖洲、聚窟洲、炎洲、麟洲、流洲、長洲、元洲、生洲；三島，是指方丈、蓬萊、瀛洲。　　[6]五方三老：按小說上文，應是"五方五老"，世德堂本誤，清康熙刻本《西游證道書》已改正。　　[7]五斗星君：道教神名。五斗，即五方斗宿，以北斗爲主，南斗次之，再次爲東斗、西斗、中斗。其中北斗有七位星君，南斗有六位星君，東斗有五位星君，西斗有四位星君，中斗有三位星君，凡五斗二十五位星君。　　[8]九壘：道教將天分爲九霄，地則分爲九壘，每壘均有神，稱爲"九壘土皇"，包括元德、皇德、帝德、王德、人德、地德、里德、福德、昌德。　　[9]幽冥教主：道教神名，掌管陰司。[10]注世地僊：即"住世地僊"，據《鍾呂傳道集》載："地僊者，天地之半，神僊之才，不悟大道。止於小成之法，不可見功。唯以長生住世，而不死於人間者也。"

好大聖，捻着訣，念聲咒語，對衆僊女道："住！住！住！"這原來是個定身法，把那七衣僊女一個個睜睜睜[1]，白着眼，都站在桃樹之下。大聖縱朵祥雲，跳出園內，竟奔瑤池路上而去。正行時，祇見那壁廂[2]：

　　　　一天瑞靄光搖曳，五色祥雲飛不絕。

　　　　白鶴聲鳴振九皋，紫芝色秀分千葉。

　　　　中間現出一尊僊，相貌昂然丰采別。

　　　　神舞虹霓幌漢霄，腰懸寶籙無生滅。

　　　　名稱赤腳大羅僊[3]，特赴蟠桃添壽節。

　　那赤腳大僊覿面撞見大聖[4]，大聖低頭定計，賺哄真僊[5]，他要暗去赴會，卻問：“老道何往？”大僊道：“蒙王母見招，去赴蟠桃嘉會。”大聖道：“老道不知。玉帝因老孫筋斗雲疾，着老孫五路邀請列位，先至通明殿下演禮，後方去赴宴。”大僊是個光明正大之人，就以他的誆語作真。道：“常年就在瑤池演禮謝恩，如何先去通明殿演禮，方去瑤池赴會？”無奈，祇得撥轉祥雲，徑往通明殿去了。

【校注】

[1]睖睖睜睜：形容發楞的樣子。　　　　[2]那壁廂：那邊，那裏。　　　　[3]大羅僊：住在道教最高僊境大羅天之中的神僊。此“赤腳大羅僊”未見道教典籍所載，或是民間杜撰。　　　　[4]覿（dí 敵）面：對面，迎頭。　　　　[5]賺哄：哄騙。

　　大聖駕着雲，念聲咒語，搖身一變，就變做赤腳大僊模樣，前奔瑤池。不多時，直至寶閣，按住雲頭，輕輕移步，走入裏面。祇見那裏：

　　　　瓊香繚繞，瑞靄繽紛。瑤臺鋪綵結，寶閣散氤氳。鳳翥鸞翔形縹緲，金花玉萼影沉浮。上排着九鳳丹霞扆，八寶紫霓墩。五綵描金桌，千花碧玉盆。桌上有龍肝和鳳髓，熊掌與猩唇。珍饈百味般般美，異果嘉肴色色新。

那裏鋪設得齊齊整整，卻還未有僊來。這大聖點看不盡，忽聞得一陣酒香撲鼻；忽轉頭，見右壁廂長廊之下，有幾個造酒的僊官，盤糟的力士，領幾個運水的道人，燒火的童子，在那裏洗缸刷甕，已造成了玉液瓊漿，香醪佳釀。大聖止不住口角流涎，就要去吃，奈何那些人都在這裏。他就弄個神通，把毫毛拔下幾根，丟入口中嚼碎，噴將出去，念聲咒語，叫“變！”即變做幾個瞌睡蟲，奔在眾人臉上。你看那夥人，手軟頭低，閉眉合眼，丟了執事，都去盹睡。大聖卻拿了些百味八珍，佳餚異品，走入長廊裏面，就着缸，挨着甕，放開量，痛飲一番。吃勾了多時，酕醄醉了[1]。自揣自摸道：“不好！不好！再過會，請的客來，卻不怪我？一時拿住，怎生是好？不如早回府中睡去也。”

好大聖，搖搖擺擺，仗着酒，任情亂撞，一會把路差了；不是齊天府，卻是兜率天宮。一見了，頓然醒悟道：“兜率宮是三十三天之上[2]，乃離恨天太上老君之處，如何錯到此間？——也罷！也罷！一向要來望此老[3]，不曾得來，今趁此殘步，就望他一望也好。”即整衣撞進去。那裏不見老君，四無人跡。原來那老君與燃燈古佛在三層高閣朱陵丹臺上講道[4]，衆僊童、僊將、僊官、僊吏，都侍立左右聽講。這大聖直至丹房裏面，尋訪不遇，但見丹竈之旁，爐中有火。爐左右安放着五個葫蘆，葫蘆裏都是煉就的金丹。大聖喜道：“此物乃僊家之至寶。老孫自了道以來，識破了內外相同之理，也要煉些金丹濟人，不期到家無暇；今日有緣，卻又撞着此物，趁老子不在，等我吃他幾丸嘗新。”他就把那葫蘆都傾出來，就都吃了，如吃炒豆相似。

一時間丹滿酒醒，又自己揣度道：“不好！不好！這場禍，比天還大；若驚動玉帝，性命難存。走！走！走！不如下界爲王去也！”他就跑出兜率宮，不行舊路，從西天門，使個隱身法逃去。即按雲頭，回至花果山界。但見那旌旗閃灼，戈戟光輝，原來是四健將與七十二洞妖王，在那裏演習武藝。大聖高叫道：“小的們！我來也！”衆怪丟了器械，跪倒道：“大聖好寬心[5]！丟下我等許久，不來相顧！”大聖道：“沒多時！沒多時！”且說且行，徑入洞天深處。四健將打掃安歇，叩頭禮拜畢。俱道：“大聖在天這百十年，實受何職？”大聖笑道：“我記得纔半年光景，怎麼就說百十年話？”健將道：“在天一日，即在下方一年也。”大聖道：“且喜這番玉帝相愛，果封做‘齊天大聖’，起一座齊天府，又設安靜、寧神二司，司設僊吏侍衛。向後見我無事，着我待管蟠桃園。近因王母娘娘設‘蟠桃大會’，未曾請我，是我不待他請，先赴瑤池，把他那僊品、僊酒，都是我偷吃了。走出瑤池，踉踉蹡蹡誤入老君宮闕，又把他五個葫蘆金丹也偷吃了。但恐玉帝見罪，方纔走出天門來也。”

　　衆怪聞言大喜。即安排酒果接風,將椰酒滿斟一石碗奉上。大聖喝了一口,即咨牙俫嘴道[6]:"不好吃!不好吃!"崩、芭二將道:"大聖在天宮,吃了僊酒、僊餚,是以椰酒不甚美口。常言道:'美不美,鄉中水。'"大聖道:"你們就是'親不親,故鄉人。'我今早在瑤池中受用時,見那長廊之下,有許多瓶罐,都是那玉液瓊漿,你們都不曾嘗着。待我再去偷他幾瓶回來,你們各飲半杯,一個個也長生不老。"衆猴歡喜不勝。大聖即出洞門,又翻一筋斗,使個隱身法,徑至蟠桃會上。進瑤池宮闕,祇見那幾個造酒、盤糟、運水、燒火的,還鼾睡未醒。他將大的從左右脅下挾了兩個,兩手提了兩個,即撥轉雲頭回來,會衆猴在於洞中,就做個"僊酒會",各飲了幾杯,快樂不題。

《西游記》第五回

【校注】

[1]酕(máo 毛)醄(táo 陶):酩酊大醉的樣子。　　　　[2]三十三天:道教天界名。包括東方八天、西方八天、南方八天、北方八天,再加上最高的大羅天,合計三十三天。　　　[3]望:探訪。　　　[4]燃燈古佛:佛名,又稱"錠光佛"或"燃燈太子"。因其出生時周身光芒如燈燃,故名。　　　[5]寬心:放鬆心懷,此有責備其薄情之意。　　　[6]咨牙俫(lái 來)嘴:即"齜牙咧嘴"。古代白話小說中常見此類俗字,或同音通用,或減略省筆,或形近而誤。

過火焰山

【題解】

　　本篇選自《西游記》第六十一回"豬八戒助力破魔王　孫行者三調芭蕉扇"。《西游記》以第五十九回、六十回、六十一回整整三回的篇幅,來敍述唐僧師徒過火焰山的故事,前後"三調芭蕉扇",疊經磨難,始獲成功。小説圍繞神奇的芭蕉扇,充分展現了孫悟空與牛魔王鬥智鬥勇的精彩表演,其中兩人"賭變化"一段,仿佛就是第六回孫大聖與二郎神鬥法的翻版,再次顯示了《西游記》濃鬱的游戲色彩與快樂的童話精神。有意思的是,小説還按照世間家庭的形態,塑造了牛魔王及其一妻(羅刹女)一妾(玉面公主)的文學形象,若再加上出現於第四十至四十二回的紅孩兒(牛魔王之子)、出現於第五十三回的如意真僊(牛魔王的兄弟),庶可組成一個完整的妖怪家族,這一設計,不僅增加了故事情節的生動性,也起到了凝聚小說結構的獨特作用。

　　話表牛魔王趕上孫大聖,祇見他肩膊上掮着那柄芭蕉扇,怡顏悅色而行。魔王大驚道:"猢猻原來把運用的方法兒也叨餂得來了[1]。我若當面問他索取,他定然不與。倘若掮我一扇,要去十萬八千里遠,卻不遂了他意? 我聞得唐僧在那大路上等候。他二徒弟豬精,三徒弟沙流精,我當年做妖怪時,也曾會他,且變作豬精的模樣,返騙他一場。料猢猻以得意為喜,必不詳細提防。"好魔王,他也有七十二變,武藝也與大聖一般,祇是身子狼犺些[2],欠鑽疾[3],不活達些[4];把寶劍藏了,念個咒語,搖身一變,即變作八戒一般嘴臉,抄下路[5],當面迎着大聖,叫道:"師兄,我來也!"

【校注】

[1]叨餂(tiǎn 舔):騙取、搗鼓。　　[2]狼犺:笨拙。　　[3]鑽疾:身手敏捷。
[4]活達:靈活、輕便。　　[5]抄下路:迂迴至前,從反方向包抄。

　　這大聖果然歡喜。古人云"得勝的貓兒歡似虎"也,祇倚着強能,更不察來人的意思。見是個八戒的模樣,便就叫道:"兄弟,你往那裏去?"牛魔王綽着經兒道[1]:"師父見你許久不回,恐牛魔王手段大,你鬬他不過,難得他的寶貝,教我來迎你的。"行者笑道:"不必費心,我已得了手了。"牛王又問道:"你怎麼得的?"行者道:"那老牛與我戰經百十合,不分勝負。他就撇了我,去那亂石山碧波潭底,與一夥蛟精、龍精飲酒。是我暗跟他去,變作個螃蟹,偷他所騎的辟水金睛獸,變了老牛的模樣,徑至芭蕉洞哄那羅剎女[2]。那女子與老孫結了一場乾夫妻[3],是老孫設法騙將來的。"牛王道:"卻是生受了[4],哥哥勞碌太甚,可把扇子我拿。"孫大聖那知真假,也慮不及此,遂將扇子遞與他。

　　原來那牛王,他知那扇子收放的根本[5],接過手,不知捻個甚麼訣兒,依然小似一個杏葉,現出本像。開言罵道:"潑猢猻! 認得我麼?"行者見了,心中自悔道:"是我的不是了!"恨了一聲,跌足高呼道：“咦！逐年家打雁[6]，今卻被小雁兒鶬了眼睛。”狠得他爆躁如雷，掣鐵棒劈頭便打。那魔王就使扇子搧他一下，不知那大聖先前變蟭蟟蟲入羅刹女腹中之時，將定風丹嚥在口裏，不覺的咽下肚裏，所以五臟皆牢，皮骨皆固，憑他怎麼搧，再也搧他不動。牛王慌了，把寶貝丟入口中，雙手輪劍就砍。那兩個在那半空中，這一場好殺：

> 齊天孫大聖，混世潑牛王，祇爲芭蕉扇，相逢各騁強。粗心大聖將人騙，大膽牛王把扇誆。這一個，金箍棒起無情義；那一個，雙刃青鋒有智量。大聖施威噴綵霧，牛王放潑吐毫光。齊鬥勇，兩不良，咬牙鉎齒氣昂昂。播轉揚塵天地暗，飛砂走石鬼神藏。這個説：“你敢無知返騙我！”那個説：“我妻許你共相將！”言村語潑[7]，性烈情剛。那個説：“你哄人妻女真該死！告到官司有罪殃！”伶俐的齊天聖，凶頑的大力王，一心祇要殺，更不待商量。棒打劍迎齊努力，有些松慢見閻王。

【校注】

[1]綽着經兒：順勢、模仿。第三十三回省作“綽經”。　　　[2]羅刹：佛教惡鬼之名。有男女之分，男羅刹黑身，朱髮，綠眼；女羅刹則容貌美麗，富於魅力，專食人血肉。　　　[3]乾夫妻：有名無實的假夫妻。　　　[4]生受：難爲、勞煩。
[5]根本：底細。　　　[6]逐年家：每年，年年。家，語氣助詞。　　　[7]言村語潑：説話粗俗，惡言相對。

　　且不説他兩個相鬥難分。卻表唐僧坐那途中，一則火氣蒸人，一來心焦口渴，對火焰山土地道：“敢問尊神，那牛魔王法力如何？”土地道：“那牛王神通不小，法力無邊，正是孫大聖的敵手。”三藏道：“悟空是個會走路的[1]，往常家二千里路，一霎時便回，怎麼如今去了一日？斷是與那牛王賭鬥。”叫：“悟能，悟净！你兩個，那一個去迎你師兄一迎？倘或遇敵，就當用力相助，求得扇子來解我煩躁，早早過山，趕路去也。”八戒道：“今日天晚，我想着要去接他，但祇是不認得積雷山路。”土地道：“小神認得。且教沙僧與你師父做伴，我與你去來。”三藏大喜道：“有勞尊神，功成再謝。”
　　那八戒抖擻精神，束一束皂錦直裰，搴着鈀，即與土地縱起雲霧，徑回東方而去。正行時，忽聽得喊殺聲高，狂風滾滾。八戒按住雲頭看時，原來孫行者與牛王厮殺哩。土地道："八戒還不上前怎的？"呆子掣釘鈀，厲聲高叫道："師兄，我來也！"行者恨道："你這夯貨[2]，誤了我多少大事！"八戒道："師父教我來迎你，因認不得山路，商議良久，教土地引我，故此來遲；如何誤了大事？"行者道："不是怪你來遲。這潑牛十分無禮！我向羅刹處弄得扇子來，卻被這厮變作你的模樣，口稱迎我，我一時歡悦，轉把扇子遞在他手，他卻現了本像，與老孫在此比併，所以誤了大事也。"八戒聞言大怒，舉釘鈀，當面罵道："我把你這血皮脹的遭瘟[3]！你怎敢變作你祖宗的模樣，騙我師兄，使我兄弟不睦！"你看他沒頭沒臉的使釘鈀亂築[4]。那牛王，一則是與行者鬥了一日，力倦神疲；二則是見八戒的釘鈀兇猛，遮架不住，敗陣就走。祇見那火焰山土神帥領陰兵，當面擋住道："大力王，且住手。唐三藏西天取經，無神不保，無天不佑，三界通知，十方擁護。快將芭蕉扇來搧息火焰，教他無災無障，早過山去；不然，上天責你罪譴，定遭誅也。"牛王道："你這土神，全不察理！那潑猴奪我子，欺我妾，騙我妻，番番無道，我恨不得囫圇吞他下肚，化作大便喂狗，怎麼肯將寶貝借他！"

　　説不了，八戒趕上罵道："我把你個結心癀[5]！快拿出扇來，饒你性命！"那牛王祇得回頭，使寶劍又戰八戒。孫大聖舉棒相幫。這一場在那裏好殺：

　　　　成精豕，作怪牛，兼上偷天得道猴。禪性自來能戰煉，必當用土合元由。釘鈀九齒尖還利，寶劍雙鋒快更柔。鐵棒捲舒爲主仗，土神助力結丹頭[6]。三家刑克相爭競，各展雄才要運籌。捉牛耕地金錢長，喚豕歸爐木氣收。心不在焉何作道，神常守舍要拴猴。胡一嚷，苦相求，三般兵刃響搜搜。鈀築劍傷無好意，金箍棒起有因由。祇殺得星不光兮月不皎，一天寒霧黑悠悠！

那魔王奮勇爭強，且行且鬥，上一夜不分上下。早又天明，前面是他的積雷山摩雲洞口，他三個與土地、陰兵，又喧嘩振耳，驚動那玉面公主，喚丫鬟看是那裏人嚷。祇見守門小妖來報："是我家爺爺與昨日那雷公嘴漢子，并一個長嘴大耳的和尚，同火焰山土地等衆厮殺哩！"

玉面公主聽言，即命外護的大小頭目，各執槍刀助力。前後點起七長八短，有百十餘口，一個個賣弄精神，拈槍弄棒，齊告：“大王爺爺，我等奉奶奶内旨，特來助力也！”牛王大喜道：“來得好，來得好！”衆妖一齊上前亂砍。八戒措手不及，倒拽着鈀，敗陣而走。大聖縱筋斗雲跳出重圍，衆土神亦四散奔走。老牛得勝，聚衆妖歸洞，緊閉了洞門不題。

【校注】

[1]會走路：善於行路，行走快速。　　　[2]夯貨：蠢貨。　　　[3]血皮脹的遭瘟：不得好死的、該死的。　　　[4]没頭没臉：形容舉止魯莽，缺少章法。　　　[5]結心癀（huáng 黄）：心癀，又作“心黄”或“心肺黄”，是牛馬常見疾病之一；黄病多以發病的部位定名，如腸黄、腦黄、肚黄等類，中獸醫有“二十四黄”、“三十六黄”的説法。此處用作詛咒牛魔王之語。　　　[6]丹頭：道教内丹術語，指精、氣、神三寶。

行者道：“這廝驍勇！自昨日申時前後，與老孫戰起，直到今夜，未定輸贏，卻得你兩個來接力。如此苦鬥半日一夜，他更不見勞困。纔這一夥小妖，卻又莽壯。他將洞門緊閉不出，如之奈何？”八戒道：“哥哥，你昨日巳時離了師父，怎麽到申時纔與他鬥起？你那兩三個時辰，在那裏的？”行者道：“别你後，頃刻就到這座山上，見一個女子，問訊，原來就是他愛妾玉面公主。被我使鐵棒唬他一唬，他就跑進洞，叫出那牛王來。與老孫劖言劖語[1]，嚷了一會，又與他交手，鬥了有一個時辰。正打處，有人請他赴宴去了。是我跟他到那亂石山碧波潭底，變作一個螃蟹，探了消息，偷了他辟水金睛獸，假變牛王模樣，復至翠雲山芭蕉洞，騙了羅剎女，哄得他扇子。出門試演試演方法，把扇子弄長了，衹是不會收小。正揹了走處，被他假變做你的嘴臉，返騙了去，故此耽擱兩三個時辰也。”

八戒道：“這正是俗語云：‘大海裏翻了豆腐船，湯裏來，水裏去。’如今難得他扇子，如何保得師父過山？且回去，轉路走他娘罷！”土地道：“大聖休焦惱，八戒莫懈怠。但説轉路，就是入了旁門，不成個修行之類。古語云：‘行不由徑’，豈可轉走？你那師父，在正路上坐着，眼巴巴衹望你們成功哩！”行者發狠道：“正是，正是！呆子莫要胡談！土地説得有理，我們正要與他：

賭輸贏，弄手段，等我施爲地煞變。自到西方無對頭，牛王本是心猿變。今番正好會源流，斷要相持借寶扇。趁清凉，息火焰，打破頑空參佛面。行滿超昇極樂天，大家同赴龍華宴[2]！”

那八戒聽言，便生努力，殷勤道：

“是，是，是！去，去，去！管甚牛王會不會，木生在亥配爲豬，牽轉牛兒歸土類。申下生金本是猴，無刑無克多和氣。用芭蕉，爲水意，焰火消除成既濟。晝夜休離苦盡功，功完趕赴盂蘭會[3]。”

他兩個領着土地、陰兵一齊上前，使釘鈀，輪鐵棒，乒乒乓乓，把一座摩雲洞的前門，打得粉碎。唬得那外護頭目，戰戰兢兢，闖入裏邊報導：“大王！孫悟空率衆打破前門也！”那牛王正與玉面公主備言其事，懊恨孫行者哩，聽説打破前門，十分發怒，急披掛，拿了鐵棍，從裏邊罵出來道：“潑獼猴！你是多大個人兒，敢這等上門撒潑，打破我門扇？”八戒近前亂罵道：“潑老剥皮！你是個甚樣人物，敢量那個大小！不要走！看鈀！”牛王喝道：“你這個囔糟食的夯貨，不見怎的！快叫那猴兒上來！”行者道：“不知好歹的餖草[4]！我昨日還與你論兄弟，今日就是仇人了！仔細吃吾一棒！”那牛王奮勇而迎。這場比前番更勝。三個英雄，斯混在一處。好殺：

釘鈀鐵棒逞神威，同帥陰兵戰老犧。犧牲獨展凶强性，遍滿同天法力恢。使鈀築，着棍擂，鐵棒英雄又出奇。三般兵器叮噹響，隔架遮攔誰讓誰？他道他爲首，我道我奪魁。土兵爲證難分解，木土相煎上下隨。這兩個説：“你如何不借芭蕉扇！”那一個道：“你爲敢欺心騙我妻！趕妾害兒仇未報，敲門打户又驚疑！”這個説：“你仔細堤防如意棒，擦着些兒就破皮！”那個説：“好生躲避鈀頭齒，一傷九孔血淋漓！”牛魔不怕施威猛，鐵棒高擎有見機。翻雲覆雨隨來往，吐霧噴風任發揮。恨苦這場都拚命，各懷惡念喜相持。丟架手，讓高低，前迎後擋總無虧。兄弟二人齊努力，單身一棍獨施爲。卯時戰到辰時後，戰罷牛魔束手回。

【校注】

[1]劖（chán 讒）言劖語：嘲諷、玩笑的言語。第九十五回作“劖語劖言”、第四十六回作“劖言訕語”。　　[2]龍華宴：龍華，即龍華樹，傳說中彌勒成道處。此借指西方極樂世界。　　[3]盂蘭會：佛教節日，即“盂蘭盆會”，俗稱“中元節”或“鬼節”。“盂蘭盆”是梵文的音譯，意爲“解倒懸”。盂蘭會設於每年農曆七月十五日，目的是爲追薦祖先，具體活動包括施齋供僧、舉行水陸道場、放焰口等項。世德堂本誤作“魚籃會”，蓋同音而訛。　　[4]餉（gōu 溝）草：罵人語，吃草的畜生。

　　他三個捨死忘生，又鬥有百十餘合。八戒發起呆性，仗着行者神通，舉鈀亂築。牛王遮架不住敗陣，回頭就奔洞門，卻被土地、陰兵攔住洞門，喝道：“大力王，那裏走！吾等在此！”那老牛不得進洞，急抽身，又見八戒、行者趕來，慌得卸了盔甲，丟了鐵棍，搖身一變，變做一隻天鵝，望空飛走。

　　行者看見，笑道：“八戒！老牛去了。”那呆子漠然不知，土地亦不能曉，一個個東張西覷，祇在積雷山前後亂找。行者指道：“那空中飛的不是？”八戒道：“那是一隻天鵝。”行者道：“正是老牛變的。”土地道：“既如此，卻怎生麼？”行者道：“你兩個打進此門，把群妖儘情剿除，拆了他的窩巢，絕了他的歸路，等老孫與他賭變化去。”那八戒與土地，依言攻破洞門不題。

　　這大聖收了金箍棒，捻訣念咒，搖身一變，變作一個海東青[1]，颼的一翅，鑽在雲眼裏，倒飛下來，落在天鵝身上，抱住頸項嗛眼[2]。那牛王也知是孫行者變化，急忙抖抖翅，變作一隻黃鷹，返來嗛海東青。行者又變作一個烏鳳，專一趕黃鷹。牛王識得，又變作一隻白鶴，長唳一聲，向南飛去。行者立定，撲撲翎毛，又變作一隻丹鳳，高鳴一聲。那白鶴見鳳是鳥王，諸禽不敢妄動，刷的一翅，淬下山崖，將身一變，變作一隻香獐，乜乜些些[3]，在崖前吃草。行者認得，也就落下翅來，變作一隻餓虎，剪尾跑蹄，要來趕獐作食。魔王慌了手腳，又變作一隻金錢花斑的大豹，要傷餓虎。行者見了，迎着風，把頭一幌，又變作一隻金眼狻猊[4]，聲如霹靂，鐵額銅頭，復轉身要食大豹。牛王着了急，又變作一個人熊[5]，放開腳，就來擒那狻猊。行者打個滾，就變作一隻賴象，鼻似長蛇，牙如竹笋，撒開鼻子，要去捲那人熊。

【校注】

[1]海東青：青雕。　　　[2]嗛（xián 嫌）：鳥以喙啄食或叼銜。　　　[3]乜（miè 滅）乜些些：裝瘋作呆、假模假樣。　　　[4]狻（suān 酸）猊（ní 泥）：獅子的別稱。
[5]人熊：羆（pí 疲）的俗稱，一種傳說中的猛獸。

　　牛王嘻嘻的笑了一笑，現出原身——一隻大白牛，頭如峻嶺，眼若閃光，兩隻角，似兩座鐵塔，牙排利刃。連頭至尾，有千餘丈長短，自蹄至背，有八百丈高下。對行者高叫道：“潑猢猻！你如今將奈我何？”行者也就現了原身，抽出金箍棒來，把腰一躬，喝聲叫：“長！”長得身高萬丈，頭如泰山，眼如日月，口似血池，牙似門扇，手執一條鐵棒，着頭就打。那牛王硬着頭，使角來觸。這一場，真箇是撼嶺搖山，驚天動地！有詩為證，詩曰：

　　　　道高一尺魔千丈，奇巧心猿用力降。
　　　　若得火山無烈焰，必須寶扇有清凉。
　　　　黃婆矢志扶元老[1]，木母留情掃蕩妖[2]。
　　　　和睦五行歸正果，煉魔滌垢上西方。

他兩個大展神通，在半山中賭鬭，驚得那過往虛空，一切神眾，與金頭揭諦[3]、六甲六丁[4]、一十八位護教伽藍都來圍困魔王。那魔王公然不懼，你看他東一頭，西一頭，直挺挺、光耀耀的兩隻鐵角，往來抵觸；南一撞，北一撞，毛森森、筋暴暴的一條硬尾，左右敲搖。孫大聖當面迎，眾多神四面打，牛王急了，就地一滾，復本像，便投芭蕉洞去。行者也收了法像，與眾多神隨後追襲。那魔王闖入洞裏，閉門不出，蓋眾把一座翠雲山圍得水泄不通[5]。

　　正都上門攻打，忽聽得八戒與土地、陰兵嚷嚷而至。行者見了問曰：“那摩雲洞事體如何？”八戒笑道：“那老牛的娘子被我一鈀築死，剝開衣看，原來是個玉面狸精。那夥群妖，俱是些驢騾犢特、獾狐狢獐、羊虎麋鹿等類，已此盡皆剿戮，又將他洞府房廊放火燒了。土地說他還有一處家小[6]，住居此山，故又來這裏掃蕩也。”行者道：“賢弟有功,可喜! 可喜! 老孫空與那老牛賭變化,未曾得勝。他變做無大不大的白牛,我變了法天象地的身量,正和他抵觸之間,幸蒙諸神下降,圍困多時,他卻復原身,走進洞去矣。"八戒道:"那可是芭蕉洞麽?"行者道:"正是,正是! 羅刹女正在此間。"八戒發狠道:"既是這般,怎麽不打進去,剿除那厮,問他要扇子,倒讓他停留長智,兩口兒敍情!"

【校注】

[1]黃婆:道家内丹術語,指中央戊己土,土色黃,乃水火金木之樞,取其陰陽溝通之意,故稱。亦名"黃媒"。　　[2]木母:道家内丹術語,木屬東方,在五行之中爲火之母,金之妻,故稱。　　[3]揭諦:又作"羯帝",佛教的護法神。　　[4]六甲六丁:道教神,均歸玉帝驅遣。六甲爲陽神,包括甲子、甲戌、甲申、甲午、甲辰、甲寅;六丁爲陰神,包括丁卯、丁巳、丁未、丁酉、丁亥、丁丑。　　[5]蓋衆:一作"概衆",此指全部天兵神將。　　[6]家小:家眷、家屬。

　　好呆子,抖擻威風,舉鈀照門一築,忽辣的一聲,將那石崖連門築倒了一邊。慌得那女童忙報:"爺爺! 不知甚人把前門都打壞了!"牛王方跑進去,喘噓噓的,正告訴羅刹女與孫行者奪扇子賭鬥之事,聞報,心中大怒,就口中吐出扇子,遞與羅刹女。羅刹女接扇在手,滿眼垂淚道:"大王! 把這扇子送與那猢猻,教他退兵去罷。"牛王道:"夫人啊,物雖小而恨則深。你且坐着,等我再和他比併去來。"那魔重整披掛,又選兩口寶劍,走出門來,正遇着八戒使鈀築門。老牛更不打話,掣劍劈臉便砍。八戒舉鈀迎着,向後倒退了幾步,出門來,早有大聖輪棒當頭。那牛魔即駕狂風,跳離洞府,又都在那翠雲山上相持。衆多神四面圍繞,土地兵左右攻擊。這一場,又好殺哩:

　　　　雲迷世界,霧罩乾坤。颯颯陰風砂石滾,巍巍怒氣海波渾。重磨劍二口,復掛甲全身。結冤深似海,懷恨越生嗔。你看齊天大聖因功績,不講當年老故人。八戒施威求扇子,衆神護法捉牛君。牛王雙手無停息,左遮右擋弄精神。祇殺得那過鳥難飛皆歛翅,游魚不躍盡潛鱗;鬼泣神嚎天地暗,龍愁虎怕日光昏!

　　那牛王棄命捐軀,鬥經五十餘合,抵敵不住,便收了陣,往北就走。早有五臺山秘魔巖神通廣大潑法金剛阻住道[1]:"牛魔,你往那裏去！我等乃釋迦牟尼佛祖差來，布列天羅地網，至此擒汝也！”正説間，隨後有大聖、八戒、衆神趕來。那魔王慌轉身向南走，又撞着峨眉山清涼洞法力無量勝至金剛擋住，喝道：“吾奉佛旨在此，正要拿住你也！”牛王心慌腳軟，急抽身往東便走，卻逢着須彌山摩耳崖毗盧沙門大力金剛迎住道：“你老牛何往！我蒙如來密令，教來捕獲你也！”牛王又悚然而退，向西就走，又遇着崑崙山金霞嶺不壞尊王永住金剛敵住，喝道：“這廝又將安走！我領西天大雷音寺佛老親言，在此把截，誰放你也！”那老牛心驚膽戰，悔之不及。見那四面八方都是佛兵天將，真箇似羅網高張，不能脱命。正在倉惶之際，又聞得行者帥衆趕來，他就駕雲頭，望上便走。

卻好有托塔李天王并哪吒太子，領魚肚藥叉[2]、巨靈神將，幔住空中，叫道：“慢來，慢來！吾奉玉帝旨意，特來此剿除你也！”牛王急了，依前搖身一變，還變做一隻大白牛，使兩隻鐵角去觸天王。天王使刀來砍，隨後孫行者又到。哪吒太子厲聲高叫：“大聖，衣甲在身，不能爲禮。愚父子昨日見佛如來，發檄奏聞玉帝，言唐僧路阻火焰山，孫大聖難伏牛魔王，玉帝傳旨，特差我父王領衆助力。”行者道：“這廝神通不小！又變作這等身軀，卻怎奈何？”太子笑道：“大聖勿疑，你看我擒他。”

這太子即喝一聲：“變！”變得三頭六臂，飛身跳在牛王背上，使斬妖劍望頸項上一揮，不覺得把個牛頭斬下。天王收刀，卻纔與行者相見。那牛王腔子裏又鑽出一個頭來，口吐黑氣，眼放金光。被哪吒又砍一劍，頭落處，又鑽出一個頭來。一連砍了十數劍，隨即長出十數個頭。哪吒取出火輪兒掛在那老牛的角上，便吹真火，焰焰烘烘，把牛王燒得張狂哮吼，搖頭擺尾。纔要變化脱身，又被托塔天王將照妖鏡照住本像，騰那不動，無計逃生，衹叫：“莫傷我命！情願歸順佛家也！”哪吒道：“既惜身命，快拿扇子出來！”牛王道：“扇子在我山妻處收着哩。”

哪吒見説，將縛妖索子解下，跨在他那頸項上，一把拿住鼻頭，將索穿在鼻孔裏，用手牽來。孫行者卻會聚了四大金剛、六丁六甲、護教伽藍、托塔天王、巨靈神將并八戒、土地、陰兵，簇擁着白牛，回至芭蕉洞口。老牛叫道："夫人，將扇子出來，救我性命！"羅刹聽叫，急卸了釵環，脫了色服，挽青絲如道姑，穿縞素似比丘，雙手捧那柄丈二長短的芭蕉扇子，走出門，又見有金剛衆聖與天王父子，慌忙跪在地下，磕頭禮拜道："望菩薩饒我夫妻之命，願將此扇奉承孫叔叔成功去也！"行者近前接了扇，同大衆共駕祥雲，徑回東路。

　　卻説那三藏與沙僧，立一會，坐一會，盼望行者，許久不回，何等憂慮！忽見祥雲滿空，瑞光滿地，飄飄颻颻，蓋衆神行將近，這長老害怕道："悟净！那壁廂是誰神兵來也？"沙僧認得道："師父啊，那是四大金剛、金頭揭諦、六甲六丁、護教伽藍與過往衆神。牽牛的是哪吒三太子，拿鏡的是托塔李天王，大師兄執着芭蕉扇，二師兄并土地隨後，其餘的都是護衛神兵。"三藏聽説，換了毗盧帽[3]，穿了袈裟，與悟净拜迎衆聖，稱謝道："我弟子有何德能，敢勞列位尊聖臨凡也！"四大金剛道："聖僧喜了，十分功行將完！吾等奉佛旨差來助汝，汝當竭力修持，勿得須臾怠惰。"三藏叩齒叩頭，受身受命。

　　孫大聖執着扇子，行近山邊，盡氣力揮了一扇，那火焰山平平息焰，寂寂除光。行者喜喜歡歡，又搧一扇，衹聞得習習瀟瀟，清風微動。第三搧，滿天雲漠漠，細雨落霏霏。有詩爲證，詩曰：

　　　　火焰山遥八百程，火光大地有聲名。
　　　　火煎五漏丹難熟，火燎三關道不清。
　　　　時借芭蕉施雨露，幸蒙天將助神功。
　　　　牽牛歸佛休顛劣，水火相聯性自平。

此時三藏解燥除煩，清心了意。四衆皈依，謝了金剛，各轉寶山。六丁六甲昇空保護。過往神祇四散，天王、太子牽牛徑歸佛地回繳。止有本山土地，押着羅刹女，在旁伺候。

　　行者道："那羅刹，你不走路，還立在此等甚？"羅刹跪道："萬望大聖垂慈，將扇子還了我罷。"八戒喝道："潑賤人，不知高低！饒了你的性命，就彀了，還要討什麽扇子，我們拿過山去，不會賣錢買點心吃？費了這許多精神力氣，又肯與你！雨濛濛的，還不回去哩！"羅刹再拜道："大聖原説搧息了火還我。今此一場，誠悔之晚矣。衹因不倜儻[4]，致令勞師動衆。我等也修成人道，衹是未歸正果。見今真身現像歸西，我再不敢妄作。願賜本扇，從立自新，修身養命去也。"土地道："大聖！趁此女深知息火之法，斷絕火根，還他扇子，小神居此苟安，拯救這方生民；求些血食，誠爲恩便。"行者道："我當時問着鄉人説：'這山搧息火，祇收得一年五穀，便又火發！'如何治得除根？"羅刹道："要是斷絕火根，祇消連搧四十九扇，永遠再不發了。"

行者聞言，執扇子，使盡筋力，望山頭連搧四十九扇，那山上大雨淙淙。果然是寶貝：有火處下雨，無火處天晴。他師徒們立在這無火處，不遭雨濕。坐了一夜，次早纔收拾馬匹、行李，把扇子還了羅刹，又道："老孫若不與你，恐人説我言而無信。你將扇子回山，再休生事。看你得了人身，饒你去罷！"那羅刹接了扇子。念個咒語，捏做個杏葉兒，噙在口裏，拜謝了衆聖，隱姓修行，後來也得了正果，經藏中萬古流名。羅刹、土地俱感激謝恩，隨後相送。行者、八戒、沙僧，保着三藏遂此前進，真箇是身體清涼，足下滋潤。誠所謂：坎離既濟真元合，水火均平大道成。畢竟不知幾年纔回東土，且聽下回分解。

《西游記》第六十一回

【校注】

[1]金剛：佛教中手執金剛杵、守護佛法的天神，又稱"金剛力士"。小説中所稱的潑法金剛、勝至金剛、大力金剛、永住金剛，與"四大金剛"名號不同，或出於民間杜撰。　　[2]魚肚藥叉：佛教"天龍八部"之一，乃北方天王毗沙門的眷屬，住於地上或空中，其職責是護持正法，護衛諸天。　　[3]毗盧帽：黄檗宗僧人所戴之帽。黄檗宗爲禪宗支派之一，由唐代正幹禪師始創於福建福清的黄檗山，故名。該派盛於宋，廢於元，復興於明，清初東傳日本。毗盧，乃梵語"毗盧舍那"佛的略稱，禪宗奉其爲初祖。一説"毗盧帽"泛指僧帽。　　[4]不倜儻：臨場表現不佳、應對失措。

【集評】

（明）《李卓吾先生批評西游記》第六十一回總批："誰爲火焰山？本身煩熱者是；誰爲芭蕉扇？本身清凉者是。作者特爲此煩熱世界，下一帖清凉散耳。讀者若作實事理會，便是癡人説夢。"

魯迅《中國小説史略》第十七篇《明之神魔小説（中）》云："然作者構思之幻，則大率在八十一難中,如金峴山之戰(五十至五二回)、二心之爭(五七及五八回)、火焰山之戰(五九至六一回),變化施爲,皆極奇恣。前二事楊書已有,後一事則取雜劇《西游記》及《華光傳》中之鐵扇公主以配《西游記傳》中僅見其名之牛魔王,俾益增其神怪艷異者也。”

蘭陵笑笑生

【作者簡介】

　　蘭陵笑笑生,其真實姓名及生平事蹟不詳。當前學術界對《金瓶梅》作者的研究,主要包括兩類觀點:其一、認爲作者是“嘉靖間大名士”(明沈德符《萬曆野獲編》卷四),先後提及王世貞、李開先、屠隆、賈三近、謝榛、馮夢龍、湯顯祖等三四十人,但均未獲公認;其二、根據《金瓶梅》小說文本的回目、詩詞、人物場面描寫等內證,認爲小說出自下層書會才人之手,或是民間藝人的集體創作,然此說亦乏鐵證。《金瓶梅》作者之謎,仍需作進一步的探考。

李瓶兒招贅

【題解】

　　本篇節選自《金瓶梅詞話》第十七回“宇給事劾倒楊提督　李瓶兒招贅蔣竹山”。李瓶兒代表着《金瓶梅》的“瓶”字,乃小說第三號主要人物。她先是梁中書之妾,繼爲花太監侄子花子虛之妻,後又草率招贅蔣竹山,最終嫁爲西門慶第六房妾。對於這樣一位輾轉挣扎在妻妾名份之間的女性,小說既描述了其好色縱欲、心狠手辣的“淫婦”面貌,同時又對她嫁入西門家之後所表現出來的柔弱、善良和重情的一面,寄寓了相當的同情。李瓶兒的性格,似乎存在前後斷裂的現象,實則反映了《金瓶梅》小說人物塑造的豐富性和立體性。值得指出的是:在招贅過程中,李瓶兒看似握有事件的主動權,但她依然祇是以西門慶、蔣竹山之類爲代表的男權社會的工具與玩物,難以真正主宰自己的命運,從本質上說,李瓶兒是一個“因色、因財、因子嗣而犧牲”(參見孟超《〈金瓶梅〉人物》之十七,北京出版社 2003 年出版)的悲劇女性。

　　西門慶通一夜不曾睡着,到次日早,吩咐來昭、賁四把花園工程止住,各項匠人都且回去,不做了。每日將大門緊閉,家下人無事亦不敢往外去,隨分人叫着不許開[1]。西門慶祇在房裏動旦,走出來,又走進去,憂上加憂,悶上添悶,如熱地蚰蜒一般[2],把娶李瓶兒的勾當丟在九霄雲外去了。吳月娘見他每日在房中愁眉不展,面帶憂容,便說道:"他陳親家那邊爲事[3],各人冤有頭,債有主,你平白焦愁些甚麼[4]?"西門慶道:"你婦人知道些甚麼?陳親家是我的親家,女兒、女婿兩個業障,搬來咱家住着,這是一件事。平昔街坊鄰舍惱咱的極多,常言機兒不快梭兒快[5],打着羊駒驢戰[6]。倘有小人指戳[7],拔樹尋根[8],你我身家不保。正是關着門兒家裏坐,禍從天上來。"這裏西門慶在家納悶不題[9]。

　　且說李瓶兒等了一日兩日,不見動靜,一連使馮媽媽來了兩遍,大門關得鐵桶相似,就是樊噲也撞不開[10]。等了半月,沒一個人牙兒出來[11],竟不知怎的。看看到廿四日,李瓶兒又使馮媽媽送頭面來[12],就請西門慶過去說話。叫門不開,去在對過房檐下。少頃,祇見玳安出來飲馬,看見便問:"馮媽媽,你來做甚麼?"馮媽媽說:"你二娘使我送頭面來,怎的不見動靜?請你爹過去說話哩。"玳安道:"俺爹連日有些小事兒,不得閒。你老人家還拿回頭面去。等我飲馬回來,對俺爹說就是了。"馮媽媽道:"好哥哥,我在這裏等着,你拿進頭面去,和你爹說去。你二娘那裏好不惱我哩。"這玳安一面把馬拴下,走到裏邊。半日出來道:"對俺爹說了,頭面爹收下了,教你上覆二娘:再待幾日兒,我爹出來往二娘那裏說話。"這馮媽媽一直走來,回了婦人話。婦人又等了幾日,看看五月將盡,六月初旬時分,朝思暮盼,音信全無,夢攘魂勞,佳期間阻。正是:

　　　　懶把蛾眉掃,羞將粉臉勻。

　　　　滿懷幽恨積,憔悴玉精神。

【校注】

[1]隨分:任憑,不管。　　　[2]熱地蚰蜒:比喻心情煩躁,坐臥不安。　　　[3]爲

事：犯事，發生違法之事。　[4]平白：無端，無緣無故。　[5]機兒不快梭兒快：猶言“閻王好闘，小鬼難纏”。　[6]打着羊駒驢戰：鞭打羊兒，驢駒也嚇得發抖。比喻處治這個，驚嚇了另一個。　[7]指戳：指證，投訴。　[8]拔樹尋根：比喻追查、深究。　[9]納悶：憂愁，煩悶。　[10]樊噲：西漢名將，沛縣（今江蘇徐州）人，少時屠狗出身，後追隨劉邦轉戰南北，曾直闖鴻門宴，斥責項羽背信棄義，助劉邦脱險。素以勇猛著稱，被封爲舞陽侯。　[11]人牙兒：人影兒。　[12]頭面：首飾。

婦人盼不見西門慶來，每日茶飯頓減，精神恍惚。到晚夕孤眠枕上，輾轉躊躕，忽聽外邊打門，仿佛見西門慶來到。婦人迎門笑接，攜手進房，問其爽約之情，各訴衷腸之話，綢繆繾綣，徹夜歡娱。雞鳴天曉，頓抽身回去。婦人恍然驚覺，大呼一聲，精魂已失。慌了馮媽媽，進房來看視。婦人説道：“西門慶他剛纔出去，你關上門不曾？”馮媽媽道：“娘子想得心迷了，那裏得大官人來，影兒也没有！”婦人自此夢境隨邪，夜夜有狐狸假名抵姓，來攝其精髓，漸漸形容黄瘦，飲食不進，卧牀不起。馮媽媽向婦人説，請了大街口蔣竹山來看。其人年小，不上三十，生的五短身才，人物飄逸，極是個輕浮狂詐的人。請入卧室，婦人則霧鬢雲鬟，擁衾而卧，似不勝憂愁之狀。勉强茶湯已罷，丫鬟安放褥甸。竹山就牀診視脈息畢，因見婦人生有姿色，便開言説道：“小人適診病源，娘子肝脈絃[1]，出寸口而洪大[2]，厥陰脈出寸口[3]，久上魚際[4]，主六欲七情所致陰陽交争，乍寒乍熱。似有鬱結於中而不遂之意也。似瘧非瘧，似寒非寒，白日則倦怠嗜卧，精神短少；夜晚神不守舍，夢與鬼交。若不早治，久而變爲骨蒸之疾[5]，必有屬纊之憂矣[6]。可惜，可惜！”婦人道：“有累先生，俯賜良劑。奴好了重加酬謝。”竹山道：“小人無不用心。娘子若服了我的藥，必然貴體全安。”説畢起身。這裏使藥金五星[7]，使馮媽媽討將藥來。婦人晚間吃了他的藥下去，夜裏得睡，便不驚恐。漸漸飲食加添，起來梳頭走動。那消數日，精神復舊。

【校注】

[1]肝脈絃：中醫術語。説明患者情志不暢，肝氣鬱結。肝脈，指左手橈骨莖突處

的橈動脈,可於此診知肝的病症,故稱。絃,指脈象端直以長,如按琴絃。
[2]寸口:中醫診脈的部位,位於兩手橈骨頭內側的橈動脈處,因離"魚際"僅一寸,故稱。洪大:中醫術語,指脈搏振幅較大,乃熱性疾病的脈象。　　[3]厥陰脈:即肝脈。厥陰,中醫經脈名,有手厥陰、足厥陰之分。　　[4]久上魚際:魚際,指第一掌骨中點赤白肉際處,該處可以把到脈搏,但一般時間較短促。若脈搏在魚際處停留時間較長,中醫稱"久上魚際",表明可能患有肝氣鬱結之症。　　[5]骨蒸:中醫病症名。症狀爲潮熱、盜汗,多因陰虛內熱所致。熱發時自骨髓透出,猶如蒸發,故名。　　[6]屬纊:將纊放置於垂死者的口鼻上,觀察其是否仍有呼吸,謂之"屬纊",後借指病重垂死。纊,新絲棉。　　[7]星:舊時計量單位,一錢稱爲一星。

　　一日,安排了一席酒餚,備下三兩銀子,使馮媽媽請過竹山來相謝。這蔣竹山自從與婦人看病之時,懷覬覦之心,已非一日。於是一聞其請,即具服而往。延之中堂,婦人盛妝出見,道了萬福,茶湯兩換,請入房中。酒饌已陳,麝蘭香藹。小丫鬟繡春在傍,描金盤內托出三兩白金。婦人高擎玉盞,向前施禮,說道:"前日奴家心中不好,蒙賜良劑,服之見效。今粗治了一杯水酒,請過先生來知謝知謝。"竹山道:"此是小人分內之事,理當措置,何必計較。"因見三兩謝禮,說道:"這個學生怎麼敢領[1]?"婦人道:"些須微意,不成禮數,萬望先生笑納。"辭讓了半日,竹山方纔收了。婦人遞酒,安了坐次。飲過三巡,竹山席間偷眼睃視婦人,粉妝玉琢,嬌艷驚人。先用言以挑之,因說道:"小人不敢動問娘子青春幾何?"婦人道:"奴虛度二十四歲。"竹山道:"又一件,似娘子這等妙年,生長深閨,處於富足,何事不遂,而前日有此鬱結不足之病?"婦人聽了,微笑道:"不瞞先生,奴因拙夫去世,家事蕭條,獨自一身,憂愁思慮,何得無病。"竹山道:"原來娘子夫主歿了,多少時了?"婦人道:"拙夫從去歲十一月,得傷寒病死了,今已八個月來。"竹山道:"曾吃誰的藥來?"婦人道:"大街上胡先生。"竹山道:"是那東街上劉太監房子住的胡鬼嘴兒?他又不是我太醫院出身,知道甚麼脈!娘子怎的請他?"婦人道:"也是因街坊上人薦舉,請他來看。還是拙夫沒命,不干他事。"竹山又道:"娘子也還有子女沒有?"婦人道:"兒女俱無。"竹山道:"可惜娘子這般青春妙齡之際,

獨自孀居，又無所出，何不尋其別進之路？甘爲幽鬱，豈不生病。"婦
人道："奴近日也講着親事，早晚過門[2]。"竹山便道："動問娘子，與何
人作親？"婦人道："是縣前開生藥舖西門大官人。"竹山聽了道："苦
哉，苦哉！娘子因何嫁他？小人常在他家看病，最知詳細。此人專在
縣中包攬説事，舉放私債。家中挑販人口。家中不算丫頭，大小五六
個老婆，着緊打倘棍兒[3]，稍不中意，就令媒人領出賣了。就是打老
婆的班頭[4]，坑婦女的領袖。娘子早時對我説，不然進入他家，如飛
蛾投火一般，坑你上不上下不下[5]，那時悔之晚矣。況近日他親家那
邊爲事干連，在家躲避不出，房子蓋的半落不合的[6]，多丟下了。東
京門下文書，坐落府縣拿人。到明日，他蓋這房子，多是入官抄没的
數兒[7]。娘子没來由嫁他則甚？"一篇話把婦人説的閉口無言，況且
許多東西丟在他家，尋思半晌，暗中跌腳，嗔怪道："一替兩替請着他
不來[8]，原來他家中爲事哩！"又見竹山語言活動，一團謙恭，"奴明日
若嫁得恁樣個人也罷了，不知他有妻室没有？"因問道："既蒙先生指
教，奴家感戴不淺。倘有甚相知人家親事，舉保來説，奴無有個不依
之理。"竹山乘機請問："不知要何等樣人家？小人打聽的實，好來這
裏説。"婦人道："人家到也不論乎大小，祗像先生這般人物的。"這蔣
竹山不聽便罷，聽了此言，歡喜的勢不知有無[9]，於是走下席來，雙膝
跪在地下，告道："不瞞娘子説，小人内幃失助，中饋乏人[10]，鰥居已
久，子息全無。倘蒙娘子垂憐見愛，肯結秦晉之緣，足稱平生之願。
小人雖銜環結草，不敢有忘。"婦人笑以手攜之，説道："且請起，未審
先生鰥居幾時？貴庚多少？既要做親[11]，須得要個保山來説[12]，方
成禮數。"竹山又跪下哀告道："小人行年二十九歲，正月二十七日卯
時建生。不幸去年荆妻已故，家緣貧乏，實出寒微。今既蒙金諾之
言，何用冰人之講[13]。"婦人聽言笑道："你既無錢，我這裏有個媽媽，
姓馮，拉他做個媒證。也不消你行聘，擇個吉日良辰，招你進來入門
爲贅。你意下若何？"這蔣竹山連忙倒身下拜，"娘子就如同小人重生
父母，再長爹娘，宿世有緣，三生大幸矣！"一面兩個在房中，各遞了一
杯交歡盞，已成其親事。竹山飲至天晚回家。

　　婦人這裏與馮媽媽商議説："西門慶家如此這般爲事，吉凶難保。

況且奴家這邊没人,不好了一場,險不喪了性命。爲今之計,不如把這位先生招他進來,過其日月,有何不可?"到次日,就使馮媽媽通信過去[14],擇六月十八日大好日期,把蔣竹山倒踏門招進來[15]。成其夫婦。過了三日,婦人湊了三百兩銀子,與竹山打開門面兩間開店,焕然一新的。初時往人家看病祇是走,後來買了一匹驢兒騎着,在街上往來摇擺,不在話下。正是:一窪死水全無浪,也有春風擺動時。

　　畢竟未知後來何如,且聽下回分解。

《金瓶梅詞話》第十七回

【校注】

[1]學生:男子的謙稱。　　[2]過門:指女子出嫁。　　[3]打倘棍兒:用小巧的棍子抽打。　　[4]班頭:領頭人,頭目。　　[5]上不上下不下:指情勢尷尬,進退兩難。　　[6]半落不合:此指房子蓋了一半尚未合攏。後亦泛指事情處於尷尬狀況。　　[7]數兒:結局。　　[8]一替兩替:猶幾次三番。[9]勢不知有無:因興奮過度而忘乎所以。　　[10]内幃失助、中饋乏人:内幃,指家室;中饋,指女性在内室操持膳食之事。此兩句均爲男子喪偶或未娶的委婉説法。　　[11]做親:結婚,成親。　　[12]保山:媒人。　　[13]冰人:媒人。　　[14]通信:舊時婚俗,一般由男方備禮,至女方商定婚期。小説中因是招贅,故由李瓶兒遣媒通信。　　[15]倒踏門:舊時男子贅入女方爲婿,俗稱"倒踏門",亦作"倒插門"。

【集評】

　　(清)張竹坡評:"蔣竹山者,又將逐散也。言雖暫合,而西門之元惡在側,其能久乎?必至於逐散也。夫將逐散之人,不過借其一爲襯疊點染耳,豈真是正經腳色?"

馮夢龍

【作者簡介】

馮夢龍(1574—1646),字猶龍,別號龍子猶、墨憨齋主人,另有詹詹外史、茂苑野史、綠天館主人、可一居士等筆名,長洲(今江蘇蘇州)人。幼年志在經學,曾編有《麟經指月》、《春秋衡庫》、《四書指月》等時文著作。然科舉屢試不第,仕路蹭蹬,沉淪下層。崇禎三年(1630),五十七歲的馮夢龍被補爲貢生;四年,破例授丹徒訓導;七年,爲福建壽寧知縣,十一年,離任返鄉,卒於家,年七十三。馮夢龍身兼文學家、批評家、書坊編輯等數職,著述宏富。小説方面主要有《古今小説》(一名《喻世明言》)、《警世通言》、《醒世恒言》、《新列國志》、《新平妖傳》、《情史》等;戲曲方面有《雙雄記》、《萬事足》等;此外尚編撰有《古今譚概》、《笑府》、《廣笑府》、《智囊》、《智囊補》、《山歌》、《掛枝兒》等雜著。1993 年,江蘇古籍出版社出版有《馮夢龍全集》。

玉堂春落難逢夫

【題解】

"玉堂春"故事,據阿英《玉堂春故事的演變》(收入《小説二談》,上海古籍出版社 1985 年版)一文考察,乃源於明代的真實事件。男主人公的原型,是河南永城縣人王三善(小名王金龍);女主人公玉堂春雖未知確切姓氏,但其案件檔案直至民國十九年(1930)仍存見於山西洪洞縣司法科。明萬曆三十四年(1606),晉人李春芳序刊之《海剛峰先生居官公案》,首次將流傳民間的玉堂春故事,編爲文言小説《妒姦成獄》。其後,又陸續產生了《王公子奮志記》與擬話本《玉堂春落難逢夫》兩個早期文本,它們的情節設置,存在較大差異。《王公子奮志記》今已亡佚,然清乾隆刻本《真本玉堂春全傳》彈詞,人物衆多,頭緒複雜,與擬話本《玉堂春落難逢夫》迥然有別,很可能保留着《王公子奮志記》的面貌。擬話本《玉堂春落難逢夫》則因收録於《警世通言》,復搬演爲京劇《玉堂春》,遂得廣泛流傳,其中《蘇三起解》更成爲家喻户曉的唱段;此外,尚有鼓詞《新刻繡像玉堂春》、大鼓書《玉堂春》、蹦蹦戲《全本玉堂春》、文明戲《玉堂春》等多種藝術形式流傳;玉堂春故事甚至還遠播海外,譬如韓國漢文小説《王金龍傳》即據《玉堂春落難逢夫》改編而成。小説《玉堂春落難逢夫》的核心情節,乃在於"妓女資助落難公子發奮讀書終得功名"、"公子報恩搭救落難妓女並娶爲妾”,事實上,此類情節早在唐傳奇《李娃傳》中便已初露端倪,也是古代小說戲曲的常見題材之一,它們雖然與現實存在一定的差距,但數百年來民間社會對其表現出了特殊的濃厚興趣,頗可令人深思。

> 公子初年柳陌游,玉堂一見便綢繆;
> 黃金數萬皆消費,紅粉雙眸枉淚流。
> 財貨拐,僕駒休,犯法洪同獄内囚;
> 按臨驄馬冤愆脱,百歲姻緣到白頭。

話説正德年間,南京金陵城有一人,姓王名瓊,別號思竹,中乙丑科進士,累官至禮部尚書。因劉瑾擅權,劾了一本。聖旨發回原籍。不敢稽留,收拾轎馬和家眷起身。王爺暗想有幾兩俸銀,都借在他人名下,一時取討不及。況長子南京中書,次子時當大比[1],躊躇半晌,乃呼公子三官前來。那三官雙名景隆,字順卿,年方一十六歲。生得眉目清新,丰姿俊雅。讀書一目十行,舉筆即便成文,元是個風流才子。王爺愛惜勝如心頭之氣,掌上之珍。當下王爺唤至分付道:“我留你在此讀書,叫王定討帳[2],銀子完日,作速回家,免得父母牽掛。我把這裏帳目,都留與你。”叫王定過來:“我留你與三叔在此讀書討帳,不許你引誘他胡行亂爲。吾若知道,罪責非小。”王定叩頭説:“小人不敢。”次日收拾起程,王定與公子送別,轉到北京,另尋寓所安下。公子謹依父命,在寓讀書。王定討帳。不覺三月有餘,三萬銀帳,都收完了。公子把底帳扣算,分釐不欠。分付王定,選日起身。公子説:“王定,我們事體俱已完了,我與你到大街上各巷口,閒耍片時,來日起身。”王定遂即鎖了房門,分付主人家用心看着生口[3]。房主説:“放心,小人知道。”二人離了寓所,至大街觀看皇都景致。但見:

> 人煙湊集,車馬喧闐。人煙湊集,合四山五嶽之音;車馬喧
> 闐,盡六部九卿之輩。做買做賣,總四方土産奇珍;閒蕩閒游,靠
> 萬歲太平洪福。處處衕衕鋪錦繡,家家杯斝醉笙歌。

公子喜之不盡。忽然又見五七個宦家子弟,各拿琵琶絃子,歡樂飲酒。公子道:“王定,好熱鬧去處。”王定説:“三叔,這等熱鬧,你還没到那熱鬧去處哩!”二人前至東華門,公子睜眼觀看,好錦繡景致。祇

見門彩金鳳,柱盤金龍。王定道:"三叔,好麽?"公子説:"真箇好所在。"又走前面去,問王定:"這是那裏?"王定説:"這是紫金城。"公子往裏一覷,衹見城内瑞氣騰騰,紅光熌熌。看了一會,果然富貴無過於帝王,歎息不已。離了東華門往前,又走多時,到一個所在,見門前站着幾個女子,衣服整齊。公子便問:"王定,此是何處?"王定道:"此是酒店。"乃與王定進到酒樓上。公子坐下,看那樓上有五七席飲酒的,内中一席有兩個女子,坐着同飲。公子看那女子,人物清楚,比門前站的,更勝幾分。公子正看中間,酒保將酒來,公子便問:"此女是那裏來的?"酒保説:"這是一秤金家丫頭翠香、翠紅。"三官道:"生得清氣。"酒保説:"這等就説標致?他家裏還有一個粉頭,排行三姐,號玉堂春,有十二分顏色。鴇兒索價太高,還未梳攏[4]。"公子聽説留心,叫王定還了酒錢,下樓去,説:"王定,我與你春院衕衕走走。"王定道:"三叔不可去,老爺知道怎了!"公子説:"不妨,看一看就回。"乃走至本司院門首[5]。果然是:

> 花街柳巷,繡閣朱樓。家家品竹彈絲,處處調脂弄粉。黃金買笑,無非公子王孫;紅袖邀歡,都是妖姿麗色。正疑香霧彌天靄,忽聽歌聲別院嬌。總然道學也迷魂,任是真僧須破戒。

【校注】

[1]大比:指每三年舉行一次的科舉鄉試。　　　[2]討帳:催討欠款。　　　[3]生口:即牲口。　　　[4]梳攏:亦作"梳籠"、"梳櫳"、"梳弄"。舊時妓女的第一次接客,因爲之前紥辮,此後則梳髻,故稱。　　　[5]本司院:妓院的別稱。古代妓女屬於樂籍,由教坊司管理。本司即指教坊司。

公子看得眼花撩亂,心内躊躇,不知那是一秤金的門。正思中間,有個賣瓜子的小夥叫做金哥走來,公子便問:"那是一秤金的門?"金哥説:"大叔莫不是要耍?我引你去。"王定便道:"我家相公不闞,莫錯認了。"公子説:"但求一見。"那金哥就報與老鴇知道。老鴇慌忙出來迎接,請進待茶。王定見老鴇留茶,心下慌張,説:"三叔可回去罷。"老鴇聽説,問道:"這位何人?"公子説:"是小价[1]。"鴇子道:"大

哥，你也進來喫茶去，怎麼這等小器[2]？"公子道："休要聽他。"跟着老
鴇往裏就走。王定道："三叔不要進去。俺老爺知道，可不干我事。"
在後邊自言自語。公子那裏聽他，竟到了裏面坐下。老鴇叫丫頭看
茶。茶罷，老鴇便問："客官貴姓？"公子道："學生姓王，家父是禮部正
堂。"老鴇聽説拜道："不知貴公子，失瞻休罪。"公子道："不礙，休要計
較。久聞令愛玉堂春大名，特來相訪。"老鴇道："昨有一位客官，要梳
攏小女，送一百兩財禮，不曾許他。"公子道："一百兩財禮小哉！學生
不敢誇大話，除了當今皇上，往下也數家父。就是家祖，也做過侍
郎。"老鴇聽説，心中暗喜。便叫翠紅請三姐出來見尊客。翠紅去不
多時，回話道："三姐身子不健，辭了罷。"老鴇起身帶笑説："小女從幼
養嬌了，直待老婢自去喚他。"王定在傍喉急[3]，又説："他不出來就罷
了，莫又去喚。"老鴇不聽其言，走進房中，叫："三姐，我的兒，你時運
到了！今有王尚書的公子，特慕你而來。"玉堂春低頭不語。慌得那
鴇兒便叫："我兒，王公子好個標致人物，年紀不上十六七歲，囊中廣
有金銀。你若打得上這個主兒[4]，不但名聲好聽，也勾你一世受用。"
玉姐聽説，即時打扮，來見公子。臨行，老鴇又説："我兒，用心奉承，
不要怠慢他。"玉姐道："我知道了。"公子看玉堂春果然生得好：

> 鬢挽烏雲，眉彎新月。肌凝瑞雪，臉襯朝霞。袖中玉筍尖
> 尖，裙下金蓮窄窄。雅淡梳妝偏有韻，不施脂粉自多姿。便數盡
> 滿院名姝，總輸他十分春色。

玉姐偷看公子，眉清目秀，面白唇紅，身段風流，衣裳清楚，心中也是
暗喜。當下玉姐拜了公子，老鴇就説："此非貴客坐處，請到書房小
敍。"公子相讓，進入書房，果然收拾得精緻。明窗净几，古畫古爐。
公子卻無心細看，一心祇對着玉姐。鴇兒幫襯，教女兒捱着公子肩下
坐了，分咐丫鬟擺酒。王定聽見擺酒，一發着忙，連聲催促三叔回去。
老鴇丟個眼色與丫頭："請這大哥到房裏喫酒。"翠香、翠紅道："姐夫
請進房裏，我和你喫盅喜酒。"王定本不肯去，被翠紅二人，拖拖拽拽
扯進去坐了。甜言美語，勸了幾杯酒。初時還是勉强，以後喫得熱
鬧，連王定也忘懷了，索性放落了心[5]，且偷快樂。正飲酒中間，聽得
傳語公子叫王定。王定忙到書房，祇見杯盤羅列，本司自有答應樂

人，奏動樂器。公子開懷樂飲。王定走近身邊，公子附耳低言："你到下處取二百兩銀子，四疋尺頭，再帶散碎銀二十兩，到這裏來。"王定道："三叔要這許多銀子何用？"公子道："不要你閒管。"王定没奈何，祇得來到下處，開了皮箱，取出五十兩元寶四個，并尺頭碎銀，再到本司院説："三叔有了。"公子看也不看，都教送與鴇兒，説："銀兩尺頭，權爲令愛初會之禮；這二十兩碎銀，把做賞人雜用。"王定祇道公子要討那三姐回去，用許多銀子；聽説祇當初會之禮，嚇得舌頭吐出三寸。卻説鴇兒一見了許多東西，就叫丫頭轉過一張空桌。王定將銀子尺頭，放在桌上。鴇兒假意謙讓了一回，叫玉姐："我兒，拜謝了公子。"又説："今日是王公子，明日就是王姐夫了。"叫丫頭收了禮物進去，"小女房中還備得有小酌，請公子開懷暢飲。"公子與玉姐肉手相攙，同至香房，祇見圍屏小桌，果品珍羞，俱已擺設完備。公子上坐，鴇兒自彈絃子，玉堂春清唱侑酒。弄得三官骨鬆筋癢，神蕩魂迷。王定見天色晚了，不見三官動身，連催了幾次。丫頭受鴇兒之命，不與他傳。王定又不得進房，等了一個黃昏，翠紅要留他宿歇，王定不肯，自回下處去了。公子直飲到二鼓方散。玉堂春殷勤伏侍公子上牀，解衣就寢，不在話下。天明，鴇兒叫廚下擺酒煮湯，自進香房，叫一聲："王姐夫，可喜可喜。"丫頭小廝都來磕頭。公子分付王定每人賞銀一兩。翠香、翠紅各賞衣服一套，折釵銀三兩。王定早晨本要來接公子回寓，見他撒漫使錢，有不然之色。公子暗想："在這奴才手裏討針綫[6]，好不爽利。索性將皮箱搬到院裏，自家便當。"鴇兒見皮箱來了，愈加奉承。真箇朝朝寒食，夜夜元宵，不覺住了一個多月。老鴇要生心科派[7]，設一大席酒，搬戲演樂，專請三官玉姐二人赴席。鴇子舉杯敬公子説："王姐夫，我女兒與你成了夫婦，地久天長，凡家中事務，望乞扶持。"那三官心裏祇怕鴇子心裏不自在，看那銀子猶如糞土，憑老鴇説謊，欠下許多債負，都替他還。又打若干首飾酒器，做若干衣服，又許他改造房子。又造百花樓一座，與玉堂春做卧房。隨其科派，件件許了。正是：

酒不醉人人自醉，色不迷人人自迷。

急得家人王定手足無措，三回五次，催他回去。三官初時含糊答應，以後逼急了，反將王定痛罵。王定没奈何，祇得到求玉姐勸他。玉姐素知虔婆利害，也來苦勸公子道：“‘人無千日好，花有幾日紅？’你一日無錢，他番了臉來，就不認得你。”三官此時手内還有錢鈔，那裏信他這話。王定暗想：“心愛的人還不聽他，我勸他則甚？”又想：“老爺若知此事，如何了得！不如回家報與老爺知道，憑他怎麽裁處，與我無干。”王定乃對三官説：“我在北京無用，先回去罷。”三官正厭王定多管，巴不得他開身，説：“王定，你去時，我與你十兩盤費。你到家中稟老爺，祇説帳未完，三叔先使我來問安。”玉姐也送五兩，鴇子也送五兩。王定拜别三官而去。正是：

　　　　各人自掃門前雪，莫管他家瓦上霜。

【校注】

[1]小价：僕從。　　　[2]小器：小家子氣。　　　[3]喉急：即“猴急”。　　　[4]打得上：吸引、籠絡。　　　[5]放落了心：安心、放鬆。　　　[6]討針綫：討取零花錢，受制於人。　　　[7]科派：假借名目攤派、勒索。

　　且説三官被酒色迷住，不想回家。光陰似箭，不覺一年。亡八淫婦[1]，終日科派。莫説上頭[2]，做生[3]，討粉頭，買丫鬟，連亡八的壽壙都打得到。三官手内財空。亡八一見無錢，凡事疏淡，不照常答應奉承。又住了半月，一家大小作鬧起來。老鴇對玉姐説：“‘有錢便是本司院，無錢便是養濟院[4]。’王公子没錢了，還留在此做甚！那曾見本司院舉了節婦，你卻呆守那窮鬼做甚？”玉姐聽説，祇當耳邊之風。一日三官下樓往外去了，丫頭來報與鴇子。鴇子叫玉堂春下來：“我問你，幾時打發王三起身？”玉姐見話不投機，復身向樓上便走。鴇子隨即跟上樓來，説：“奴才，不理我麽？”玉姐説：“你們這等没天理，王公子三萬兩銀子，俱送在我家。若不是他時，我家東也欠債，西也欠債，焉有今日這等足用？”鴇子怒發，一頭撞去，高叫：“三兒打娘哩。”亡八聽見，不分是非，便拿了皮鞭，趕上樓來，將玉姐搣跌在樓上，舉鞭亂打。打得髻偏髮亂，血淚交流。且説三官在午門外與朋友相敍，忽然面熱肉顫，心下懷疑，即辭歸，逕走上百花樓。看見玉姐如此模

樣,心如刀割,慌忙撫摩,問其緣故。玉姐睁開雙眼,看見三官,强把
精神挣着説:"俺的家務事,與你無干。"三官説:"冤家,你爲我受打,
還説無干? 明日辭去,免得累你受苦。"玉姐説:"哥哥,當初勸你回
去,你卻不依我。如今孤身在此,盤纏又無,三千餘里,怎生去得? 我
如何放得心? 你若不能還鄉,流落在外,又不如忍氣且住幾日。"三官
聽説,悶倒在地。玉姐近前抱住公子,説:"哥哥,你今後休要下樓去,
看那亡八、淫婦怎麽樣行來?"三官説:"欲待回家,難見父母兄嫂;待
不去,又受不得亡八冷言熱語。我又捨不得你。待住,那亡八、淫婦
祗管打你。"玉姐説:"哥哥,打不打你休管他,我與你是從小的兒女夫
妻,你豈可一旦別了我!"看看天色又晚,房中往常時丫頭秉燈上來,
今日火也不與了。玉姐見三官痛傷,用手扯到牀上睡了。一遞一聲
長吁短氣。三官與玉姐説:"不如我去罷! 再接有錢的客官,省你受
氣。"玉姐説:"哥哥,那亡八、淫婦,任他打我,你好歹休要起身。哥哥
在時,奴命在;你真箇要去,我祗一死。"二人直哭到天明,起來,無人
與他碗水。玉姐叫丫頭:"拿鍾茶來與你姐夫喫。"鴇子聽見,高聲大
罵:"大膽奴才,少打[5]。叫小三自家來取。"那丫頭小厮都不敢來。
玉姐無奈,祗得自己下樓,到廚下,盛碗飯,淚滴滴自拿上樓去。説:
"哥哥,你喫飯來。"公子纔要喫,又聽得下邊罵;待不喫,玉姐又勸。
公子方纔喫得一口,那淫婦在樓下説:"小三,大膽奴才,那有'巧媳婦
做出無米粥'?"三官分明聽得他話,祗索隱忍。正是:
　　　囊中有物精神旺,手内無錢面目慚。

【校注】

[1]亡八:妓院老鴇的丈夫,亦泛指妓院的男性管理者。　　[2]上頭:舊時女子未
嫁時散髮,出嫁後則梳髻,稱"上頭"。小説中老鴇借此名目索取錢財。　　[3]做
生:過生日。　　[4]養濟院:古代由官府設立的慈善機構,專門收容孤寡老人、貧
乏不能生存者及乞丐等社會弱勢群體 。　　[5]少打:欠揍,欠打。

　　卻説亡八惱恨玉姐,待要打他,倘或打傷了,難教他挣錢;待不打
他,他又戀着王小三。十分逼的小三極了,他是個酒色迷了的人,一

時他尋個自盡,倘或尚書老爺差人來接,那時把泥做也不乾[1]。左思右算,無計可施。鴇子説:"我自有妙法,叫他離嗒門去。明日是你妹子生日,如此如此,唤做'倒房計'。"亡八説:"倒也好。"鴇子叫丫頭樓上問:"姐夫喫了飯還没有?"鴇子上樓來説:"休怪!俺家務事,與姐夫不相干。"又照常擺上了酒。喫酒中間,老鴇忙陪笑道:"三姐,明日是你姑娘生日,你可稟王姐夫,封上人情,送去與他。"玉姐當晚封下禮物。第二日清晨,老鴇説:"王姐夫早起來,趁凉可送人情到姑娘家去。"大小都離司院,將半里,老鴇故意喫一驚。説:"王姐夫,我忘了鎖門,你回去把門鎖上。"公子不知鴇子用計,回來鎖門不題。且説亡八從那小巷轉過來。叫:"三姐,頭上吊了簪子。"哄的玉姐回頭,那亡八把頭口打了兩鞭[2],順小巷流水出城去了。三官回院,鎖了房門,忙往外趕看,不見玉姐,遇着一夥人,公子躬身便問:"列位曾見一起男女,往那裏去了?"那夥人不是好人,卻是短路的[3],見三官衣服齊整,心生一計,説:"纔往蘆葦西邊去了。"三官説:"多謝列位。"公子往蘆葦裏就走。這人哄的三官往蘆葦裏去了,即忙走在前面等着。三官至近,跳起來喝一聲,卻去扯住三官,齊下手剥去衣服帽子,拿繩子捆在地上。三官手足難挣,昏昏沉沉,捱到天明,還祇想了玉堂春,説:"姐姐,你不知在何處去,那知我在此受苦。"不説公子有難,且説亡八、淫婦拐着玉姐,一日走了一百二十里地,野店安下。玉姐明知中了亡八之計,路上牽掛三官,淚不停滴。再説三官在蘆葦裏,口口聲聲叫救命。許多鄉老近前看見,把公子解了繩子,就問:"你是那裏人?"三官害羞不説是公子,也不説闞玉堂春。渾身上下又無衣服,眼中吊淚説:"列位大叔,小人是河南人,來此小買賣。不幸遇着歹人,將一身衣服盡剥去了,盤費一文也無。"衆人見公子年少,捨了幾件衣服與他,又與了他一頂帽子,三官謝了衆人,拾起破衣穿了,拿破帽子戴了,又不見玉姐,又没了一個錢,還進北京來;順着房檐,低着頭,從早至黑,水也没得口。三官餓的眼黄,到天晚尋宿,又没人家下他[4]。有人説:"想你這個模樣子,誰家下你?你如今可到總舖門口去,有覓人打梆子,早晚勤謹,可以度日。"三官徑至總舖門首,祇見一個地方來顧人打更[5]。三官向前叫:"大叔,我打頭更[6]。"地方便問:"你姓

甚麼?"公子説:"我是王小三。"地方説:"你打二更罷！失了更,短了
籌[7],不與你錢,還要打哩。"三官是個自在慣了的人,貪睡了,晚間把
更失了。地方罵:"小三,你這狗骨頭,也没造化喫這自在飯,快着
走。"三官自思無路,乃到孤老院裹去存身[8]。正是:

　　　　一般院子裹,苦樂不相同。

【校注】

[1]那時把泥做也不乾:比喻倉促不及準備。　　　[2]頭口:牲口。　　　[3]短路
的:攔路搶劫者。　　　[4]下:收留。　　　[5]地方:指里長、甲長或保長等基層小
吏。　　　[6]頭更:第一更,即從晚上七點至九點。　　　[7]失了更、短了籌:指錯
報時間。籌,即更籌,報更之牌。　　　[8]孤老院:即養濟院。

　　卻説那亡八、鴇子,説:"喒來了一個月,想那王三必回家去了。
喒們回去罷。"收拾行李,回到本司院。祇有玉姐每日思想公子,寢食
俱廢。鴇子上樓來,苦苦勸説:"我的兒,那王三已是往家去了,你還
想他怎麼？北京城内多少王孫公子,你祇是想着王三不接客,你可知
道我的性子,自討分曉[1],我再不説你了。"説罷自去了。玉姐淚如雨
滴,想王順卿手内無半文錢,不知怎生去了?"你要去時,也通個資
訊,免使我蘇三常常掛牽。不知何日再得與你相見?"不説玉姐想公
子。且説公子在北京院討飯度日。北京大街上有個高手王銀匠,曾
在王尚書處打過酒器。公子在虔婆家打首飾物件,都用着他。一日
往孤老院過,忽然看見公子,唬了一跳。上前扯住,叫:"三叔！你怎
麼這等模樣?"三官從頭説了一遍。王銀匠説:"自古狠心亡八！三
叔,你今到寒家,清茶淡飯,暫住幾日,等你老爺使人來接你。"三官聽
説大喜,隨跟至王匠家中。王匠敬他是尚書公子,盡禮管待,也住了
半月有餘。他媳婦子見短[2],不見尚書家來接,祇道丈夫説謊,乘着
丈夫上街,便發説話[3]:"自家一窩子男女,那有閒飯養他人！好意留
喫幾日,各人要自達時務,終不然在此養老送終。"三官受氣不過,低
着頭,順着房簷往外,出來信步而行。走至關王廟,猛省關聖最靈,何
不訴他?乃進廟,跪於神前,訴以亡八、鴇兒負心之事。拜禱良久,起

來閒看兩廊畫的三國功勞。卻説廟門外街上，有一個小夥兒叫云：
"本京瓜子，一分一桶；高郵鴨蛋，半分一個。"此人是誰？是賣瓜子的
金哥。金哥説道："原來是年景消疏，買賣不濟。當時本司院有王三
叔在時，一時照顧二百錢瓜子，轉的來，我父母喫不了。自從三叔回
家去了，如今誰買這物？二三日不曾發市[4]，怎麼過？我到廟裏歇歇
再走。"金哥進廟裏來，把盤子放在供桌上，跪下磕頭。三官卻認得是
金哥，無顏見他，雙手掩面坐於門限側邊。金哥磕了頭起來，也來門
限上坐下。三官祇道金哥出廟去了，放下手來，卻被金哥認出説："三
叔，你怎麼在這裏？"三官含羞帶淚，將前事道了一遍。金哥説："三叔
休哭，我請你喫些飯。"三官説："我得了飯。"金哥又問："你這兩日，没
見你三嬸來？"三官説："久不相見了！金哥，我煩你到本司院密密的
與三嬸説，我如今這等窮，看他怎麼説？回來復我。"金哥應允，端起
盤，往外就走。三官又説："你到那裏看風色[5]，他若想我，你便題我
在這裏如此；若無真心疼我，你便休話，也來回我。他這人家有錢的
另一樣待，無錢的另一樣待。"金哥説："我知道。"辭了三官，往院裏
來，在於樓外邊立着。説那玉姐手托香腮，將汗巾拭淚，聲聲祇叫：
"王順卿，我的哥哥！你不知在那裏去了？"金哥説："呀，真個想三叔
哩！"咳嗽一聲，玉姐聽見，問："外邊是誰？"金哥上樓來，説："是我。
我來買瓜子與你老人家磕哩。"玉姐眼中掉淚，説："金哥，縱有羊羔美
酒，喫不下，那有心緒磕瓜仁。"金哥説："三嬸，你這兩日怎麼淡了？"
玉姐不理。金哥又問："你想三叔，還想誰？你對我説，我與你接去。"
玉姐説；"我自三叔去後，朝朝思想，那裏又有誰來？我曾記得一輩古
人。"金哥説："是誰？"玉姐説："昔有個亞仙女[6]，鄭元和爲他黃金使
盡，去打《蓮花落》[7]。後來收心勤讀詩書，一舉成名。那亞仙風月場
中顯大名。我常懷亞仙之心，怎得三叔他像鄭元和方好。"金哥聽説，
口中不語，心內自思："王三到也與鄭元和相像了，雖不打《蓮花落》，
也在孤老院討飯喫。"金哥乃低低把三嬸叫了一聲，説："三叔如今在
廟中安歇，叫我密密的報與你，濟他些盤費，好上南京。"玉姐唬了一
驚："金哥休要哄我。"金哥説："三嬸，你不信，跟我到廟中看看去。"玉
姐説："這裏到廟中有多少遠？"金哥説："這裏到廟中有三里地。"玉姐

説：“怎麽敢去？”又問：“三叔還有甚話？”金哥説：“祇是少銀子錢使
用，並没甚話。”玉姐説：“你去對三叔説：‘十五日在廟裏等我。’”金
哥去廟裏回復三官，就送三官到王匠家中：“倘若他家不留你，就到我
家裏去。”幸得王匠回家，又留住了公子不題。

【校注】

[1] 自討分曉：自己想明白、認清利害關係。　　　[2] 見短：見識短淺。　　　[3] 發
説話：因不滿而出言。　　　[4] 發市：生意開張，一天内的第一筆生意。　　　[5] 看
風色：察看實際情況。　　　[6] 亞仙女：即李亞仙。關於鄭元和、李亞仙的故事，可
參見《賣油郎獨占花魁》小説的篇首。　　　[7]《蓮花落》：民歌之一種，唱時搖打
槌鼓或竹片，多爲乞丐所唱。

　　卻説老鴇又問：“三姐，你這兩日不喫飯，還是想着王三哩！你想
他，他不想你，我兒好癡！我與你尋個比王三强的，你也新鮮些。”玉
姐説：“娘，我心裏一件事不得停當。”鴇子説：“你有甚麽事？”玉姐説：
“我當初要王三的銀子，黑夜與他説話，指着城隍爺爺説誓。如今等
我還了願，就接別人。”老鴇問：“幾時去還願？”玉姐道：“十五日去
罷。”老鴇甚喜。預先備下香燭紙馬。等到十五日，天未明，就叫丫頭
起來：“你與姐姐燒下水洗臉。”玉姐也懷心[1]，起來梳洗，收拾私房銀
兩，并釵釧首飾之類，叫丫頭拿着紙馬，徑往城隍廟裏去。進的廟來，
天還未明，不見三官在那裏。那曉得三官卻躲在東廊下相等。先已
看見玉姐，咳嗽一聲。玉姐就知，叫丫頭燒了紙馬：“你先去，我兩邊
看看十帝閻君。”玉姐叫了丫頭轉身，逕來東廊下尋三官。三官見了
玉姐，羞面通紅。玉姐叫聲：“哥哥王順卿，怎麽這等模樣？”兩下抱頭
而哭。玉姐將所帶有二百兩銀子東西，付與三官，叫他置辦衣帽買騾
子，再到院裏來：“你祇説是從南京纜到，休負奴言。”二人含淚各別。
玉姐回至家中，鴇子見了，欣喜不勝。説：“我兒還了願了？”玉姐説：
“我還了舊願，發下新願。”鴇子説：“我兒，你發下甚麽新願？”玉姐説：
“我要再接王三，把嗒一家子死的滅門絕户，天火燒了。”鴇子説：“我
兒這願，忒發得重了些。”從此歡天喜地不題。
　　且説三官回到王匠家，將二百兩東西，遞與王匠。王匠大喜，隨

即到了市上，買了一身衲帛衣服[2]，粉底皂靴，絨襪，瓦楞帽子[3]，青絲絛，真川扇[4]，皮箱驟馬，辦得齊整。把磚頭瓦片，用布包裹，假充銀兩，放在皮箱裏面，收拾打扮停當。僱了兩個小厮，跟隨就要起身。王匠説："三叔，略停片時，小子置一杯酒餞行。"公子説："不勞如此，多蒙厚愛，異日須來報恩。"三官遂上馬而去。

> 妝成圈套入衙術，鴇子焉能不强從；
> 虧殺玉堂垂念永，固知紅粉亦英雄。

卻説公子辭了王匠夫婦，逕至春院門首。衹見幾個小樂工，都在門首説話。忽然看見三官氣象一新，唬了一跳，飛風報與老鴇。老鴇聽説，半晌不言："這等事怎麼處？向日三姐説：他是宦家公子，金銀無數，我卻不信，逐他出門去了。今日到帶有金銀，好不惶恐人也[5]！"左思右想，老着臉走出來見了三官[6]，説："姐夫從何而至？"一手扯住馬頭。公子下馬唱了半個喏，就要行，説："我夥計都在船中等我。"老鴇陪笑道："姐夫好狠心也。就是寺破僧醜，也看佛面；縱然要去，你也看看玉堂春。"公子道："向日那幾兩銀子值甚的？學生豈肯放在心上！我今皮箱內，見有五萬銀子，還有幾船貨物，夥計也有數十人。有王定看守在那裏。"鴇子一發不肯放手了。公子恐怕掙脱了，將機就機，進到院門坐下。鴇兒分付廚下忙擺酒席接風。三官茶罷，就要走。故意攤出兩定銀子來[7]，都是五兩頭細絲[8]。三官檢起，袖而藏之。鴇子又説："我到了姑娘家酒也不曾喫，就問你，説你往東去了，尋不見你，尋了一個多月，俺纔回家。"公子乘機便説："虧你好心，我那時也尋不見你。王定來接我，我就回家去了。我心上也欠掛着玉姐，所以急急而來。"老鴇忙叫丫頭去報玉堂春。丫頭一路笑上樓來，玉姐已知公子到了，故意説："奴才笑甚麼？"丫頭説："王姐夫又來了。"玉姐故意唬了一跳，説："你不要哄我！"不肯下樓。老鴇慌忙自來。玉姐故意回臉往裏睡。鴇子説："我的親兒！王姐夫來了，你不知道麼？"玉姐也不語，連問了四五聲，衹不答應。這一時待要罵，又用着他，扯一把椅子拿過來，一直坐下，長吁了一聲氣。玉姐見他這模樣，故意回過頭起來，雙膝跪在樓上，説："媽媽！今日饒我這頓打。"老鴇忙扯起來説："我兒！你還不知道王姐夫又來了。拿有五萬兩花銀，船上又有貨物并夥計數十人，比前加倍。你可去見他，好心奉承。”玉姐道：“發下新願了，我不去接他。”鴇子道：“我兒！發願祇當取笑。”一手挽玉姐下樓來，半路就叫：“王姐夫，三姐來了。”三官見了玉姐，冷冷的作了一揖，全不溫存。老鴇便叫丫頭擺桌，取酒斟上一鍾，深深萬福，遞與王姐夫：“權當老身不是。可念三姐之情，休走別家，教人笑話。”三官微微冷笑。叫聲：“媽媽，還是我的不是。”老鴇殷勤勸酒，公子喫了幾杯，叫聲“多擾”，抽身就走。翠紅一把扯住，叫：“玉姐，與俺姐夫陪個笑臉。”老鴇説：“王姐夫，你忒做絕了[9]。丫頭把門頂了，休放你姐夫出去。”叫丫頭把那行李擡在百花樓去，就在樓下重設酒席，笙琴細樂，又來奉承。喫了半更，老鴇説：“我先去了，讓你夫妻二人敍話。”三官玉姐正中其意，攜手登樓。

　　　　如同久旱逢甘雨，好似他鄉遇故知。

　　二人一晚敍話，正是“歡娛嫌夜短，寂寞恨更長。”不覺鼓打四更，公子爬將起來，説：“姐姐，我走罷。”玉姐説：“哥哥，我本欲留你多住幾日，祇是留君千日，終須一別。今番作急回家，再休惹閒花野草。見了二親，用意攻書。倘或成名，也爭得這一口氣。”玉姐難捨王公子，公子留戀玉堂春。玉姐説：“哥哥，你到家，祇怕娶了家小不念我。”三官説：“我怕你在北京另接一人，我再來也無益了。”玉姐説：“你指着聖賢爺説了誓願。”兩人雙膝跪下。公子説：“我若南京再娶家小，五黃六月害病死了我[10]。”玉姐説：“蘇三再若接別人，鐵鎖長枷永不出世。”就將鏡子拆開，各執一半，日後爲記。玉姐説：“你敗了三萬兩銀子，空手而回，我將金銀首飾器皿，都與你拿去罷。”三官説：“亡八、淫婦知道時，你怎打發他？”玉姐説：“你莫管我，我自有主意。”玉姐收拾完備，輕輕的開了樓門，送公子出去了。天明鴇兒起來，叫丫頭燒下洗臉水，承下净口茶：“看你姐夫醒了時，送上樓去，問他要喫甚麼？我好做去。若是還睡，休驚醒他。”丫頭走上樓去，見擺設的器皿都没了，梳妝匣也出空了，撇在一邊。揭開帳子，牀上空了半邊。跑下樓，叫：“媽媽罷了。”鴇子説：“奴才！慌甚麼？驚着你姐夫。”丫頭説：“還有甚麼姐夫？不知那裏去了。俺姐姐回臉往裏睡着。”老鴇聽説，大驚，看小廝騾脚都去了。連忙走上樓來，喜得皮箱還在。打開看時,都是個磚頭瓦片,鴇兒便罵:"奴才! 王三那裏去了? 我就打死你! 爲何金銀器皿他都偷去了?"玉姐說:"我發過新願了,今番不是我接他來的。"鴇子說:"你兩個昨晚說了一夜說話,一定曉得他去處。"亡八就去取皮鞭,玉姐拿個首帕,將頭繫了。口裏說:"待我尋王三還你。"忙下樓來,往外就走。鴇子樂工,恐怕走了,隨後趕來。玉姐行至大街上,高聲叫屈:"圖財殺命。"祇見地方都來了。鴇子說:"奴才,他到把我金銀首飾盡情拐去,你還放刁。"亡八說:"由他,嗒到家裏算帳。"玉姐說:"不要說嘴[11],嗒往那裏去? 那是我家? 我同你到刑部堂上講講,恁家裏是公侯宰相,朝郎駙馬,你那裏的金銀器皿! 萬物要平個理。一個行院人家,至輕至賤,那有甚麼大頭面,戴往那裏去坐席? 王尚書公子在我家,費了三萬銀子,誰不知道他去了就開手。你昨日見他有了銀子,又去哄到家裏,圖謀了他行李。不知將他下落在何處[12]? 列位做個證見[13]。"說得鴇子無言可答。亡八說:"你叫王三拐去我的東西,你反來圖賴我。"玉姐捨命,就罵:"亡八、淫婦,你圖財殺人,還要說嘴? 見今皮箱都打開在你家裏,銀子都拿過了。那王三官不是你謀殺了是那個?"鴇子說:"他那裏有甚麼銀子? 都是磚頭瓦片哄人。"玉姐說:"你親口說帶有五萬銀子,如何今日又說沒有?"兩下廝鬧。眾人曉得三官敗過三萬銀子是真,謀命的事未必,都將好言勸解。玉姐說:"列位,你既勸我不要到官,也得我罵他幾句,出這口氣。"眾人說:"憑你罵罷。"玉姐罵道:

　　　你這亡八是喂不飽的狗,鴇子是填不滿的坑。不肯思量做生理[14],祇是排局騙別人[15]。奉承盡是天羅網,說話皆是陷人坑。祇圖你家長興旺,那管他人貧不貧。八百好錢買了我,與你掙了多少銀。我父叫做周彥亨,大同城裏有名人。買良爲賤該甚罪? 興販人口問充軍。哄誘良家子弟猶自可,圖財殺命罪非輕! 你一家萬分無天理,我且說你兩三分。

【校注】

[1]懷心:心中有事。　　　　[2]衲帛:在絲綢上織花或繡花的衣服。　　　　[3]瓦楞帽子:明代平民所戴的帽子,帽頂折疊如瓦楞,故名。　　　　[4]真川扇:出產於蜀

地的摺扇,明代較爲流行。　　　[5]惶恐人:令人尷尬、左右爲難。　　　[6]老着
臉:厚着臉皮。　　　[7]攊(lì麗)出:掉落、顯露。　　　[8]細絲:成色足好的銀子,
因上面敲有細紋,故名。　　　[9]做絕:做事做到極致,不留餘地。　　　[10]五黃
六月:即五荒六月,炎夏。　　　[11]説嘴:口角、爭辯。　　　[12]下落:窩藏。
[13]證見:見證人。　　　[14]生理:生意。　　　[15]排局:設詭計,搞陰謀。

　　衆人説:“玉姐,罵得勾了。”鴇子説:“讓你罵許多時,如今該回去
了。”玉姐説:“要我回去,須立個文書執照與我。”衆人説:“文書如何
寫?”玉姐説:“要寫‘不合買良爲娼,及圖財殺命’等話。”亡八那裏肯
寫。玉姐又叫起屈來。衆人説:“買良爲娼,也是門户常事。那人命
事不的實,卻難招認。我們祇主張寫個贖身文書與你罷。”亡八還不
肯。衆人説:“你莫説别項,祇王公子三萬銀子也勾買三百個粉頭了。
玉姐左右心不向你了[1]。捨了他罷!”衆人都到酒店裏面,討了一張
綿紙,一人念,一人寫,祇要亡八、鴇子押花[2]。玉姐道:“若寫得不公
道,我就扯碎了。”衆人道:“還你停當[3]。”寫道:

　　　　立文書本司樂户蘇淮,同妻一秤金,向將錢八百文,討大同
　　府人周彦亨女玉堂春在家,本望接客靠老,奈女不願爲娼。

寫到“不願爲娼”,玉姐説:“這句就是了。須要寫收過王公子財禮銀
三萬兩。”亡八道:“三兒!你也拿些公道出來。這一年多費用去了,
難道也算?”衆人道:“祇寫二萬罷。”又寫道:

　　　　有南京公子王順卿,與女相愛,淮得過銀二萬兩,憑衆議作
　　贖身財禮。今後聽憑玉堂春嫁人,并與本户無干。立此爲照。

　　後寫“正德年月日,立文書樂户蘇淮同妻一秤金”,見人有十餘
人。衆人先押了花。蘇淮祇得也押了,一秤金也畫個十字。玉姐收
訖,又説:“列位老爹!我還有一件事,要先講個明。”衆人曰:“又是甚
事?”玉姐曰:“那百花樓,原是王公子蓋的,撥與我住。丫頭原是公子
買的,要叫兩個來伏侍我。以後米麵柴薪菜蔬等項,須是一一供給,
不許揑勒短少[4],直待我嫁人方止。”衆人説:“這事都依着你。”玉姐
辭謝先回。亡八又請衆人喫過酒飯方散。正是:

　　　　周郎妙計高天下,賠了夫人又折兵。

　　話説公子在路，夜住曉行，不數日，來到金陵自家門首下馬。王定看見，唬了一驚，上前把馬扯住，進的裏面。三官坐下，王定一家拜見了。三官就問："我老爺安麼？"王定説："安。""大叔、二叔、姑爺、姑娘何如？"王定説："俱安。"又問："你聽得老爺説我家來，他要怎麼處？"王定不言，長吁一口氣，祇看看天。三官就知其意："你不言語，想是老爺要打死我？"王定説："三叔！老爺誓不留你，今番不要見老爺了。私去看看老奶奶和姐姐、兄嫂討些盤費，他方去安身罷。"公子又問："老爺這二年，與何人相厚？央他來與我説個人情。"王定説："無人敢説。祇除是姑娘、姑爹，意思間稍題題，也不敢直説。"三官道："王定，你去請姑爹來，我與他講這件事。"王定即時去請劉齋長、何上舍到來[5]，敍禮畢，何、劉二位説："三舅，你在此，等俺兩個與嗒爺講過，使人來叫你。若不依時，捎信與你，作速逃命。"二人説罷，竟往潭府來見了王尚書。坐下，茶罷，王爺問何上舍："田莊好麼？"上舍答道："好！"王爺又問劉齋長："學業何如？"答説："不敢，連日有事，不得讀書。"王爺笑道："'讀書過萬卷，下筆如有神。'秀才將何爲本？'家無讀書子，官從何處來？'今後須宜勤學，不可將光陰錯過。"劉齋長唯唯謝教。何上舍問："客位前這墻幾時築的？一向不見。"王爺笑曰："我年大了，無多田產，日後恐怕大的二的爭競，預先分爲兩分。"二人笑説："三分家事，如何祇做兩分？三官回來，叫他那裏住？"王爺聞説，心中大惱："老夫平生兩個小兒，那裏又有第三個？"二人齊聲叫："爺，你如何不疼三官王景隆？當初還是爺不是，托他在北京討帳，無有一個去接尋。休説三官十六七歲，北京是花柳之所，就是久慣江湖，也迷了心。"二人雙膝跪下，吊下淚來。王爺説："没下稍的狗畜生，不知死在那裏了，再休題起了！"正説間，二位姑娘也到。衆人都知三官到家，祇哄着王爺一人。王爺説："今日不請都來，想必有甚事情？"即叫家奴擺酒。何靜庵欠身打一躬曰："你閨女昨晚作一夢，夢三官王景隆身上藍縷，叫他姐姐救他性命。三更鼓做了這個夢，半夜捶牀搗枕哭到天明，埋怨着我不接三官，今日特來問問三舅的信音。"劉心齋亦説："自三舅在京，我夫婦日夜不安，今我與姨夫凑些盤費，明日起身去接他回來。"王爺含淚道："賢婿，家中還有兩個兒子，無他又待怎生？"何、劉二人往外就走。王爺向前扯住，問："賢婿何故起身？"二人説："爺撒手，你家親生子還是如此，何况我女婿也？"大小兒女放聲大哭，兩個哥哥一齊下跪，女婿也跪在地上，奶奶在後邊吊下淚來。引得王爺心動，亦哭起來。王定跑出來説："三叔，如今老爺在那裏哭你，你好過去見老爺，不要待等惱了。"王定推着公子進前廳跪下，説："爹爹！不孝兒王景隆今日回了。"那王爺兩手擦了淚眼，説："那無恥畜生，不知死的往那裏去了。北京城街上最多游食光棍[6]，偶與畜生面龐厮像，假充畜生來家，哄騙我財物，可叫小厮拿送三法司問罪[7]！"那公子往外就走。二位姐姐趕至二門首攔住説："短命的[8]，你待往那裏去？"三官説："二位姐姐，開放條路與我逃命罷！"二位姐姐不肯撒手，推至前來雙膝跪下，兩個姐姐手指説："短命的！娘爲你痛得肝腸碎，一家大小爲你哭得眼花，那個不牽掛！"衆人哭在傷情處，王爺一聲喝住衆人不要哭，説："我依着二位姐夫，收了這畜生，可叫我怎麽處他？"衆人説："消消氣再處。"王爺摇頭。奶奶説："憑我打罷。"王爺説："可打多少？"衆人説："任爺爺打多少。"王爺道："須依我説，不可阻我，要打一百。"大姐二姐跪下説："爹爹嚴命，不敢阻當，容你兒待替罷！"大哥二哥每人替上二十，大姐二姐每人亦替二十。王爺説："打他二十。"大姐二姐説："叫他姐夫也替他二十。祇看他這等黄瘦，一棍打在那裏？等他腌滿肉肥，那時打他不遲。"王爺笑道："我兒，你也説得是。想這畜生，天理已絶，良心已喪，打他何益？我問你：'家無生活計，不怕斗量金。'我如今又不做官了，無處挣錢，作何生意以爲糊口之計？要做買賣，我又無本錢與你。二位姐夫，問他那銀子還有多少？"何、劉便問三舅："銀子還有多少？"王定擡過皮箱打開，盡是金銀首飾器皿等物。王爺大怒，罵："狗畜生！你在那裏偷的這東西？快寫首狀[9]，休要玷辱了門庭。"三官高叫："爹爹息怒，聽不肖兒一言。"遂將初遇玉堂春，後來被鴇兒如何哄騙盡了，如何虧了王銀匠收留，又虧了金哥報信，"玉堂春私將銀兩贈我回鄉。這些首飾器皿，皆玉堂春所贈"。備細述了一遍。王爺聽説罵道："無恥狗畜生！自家三萬銀子都花了，却要娼婦的東西，可不羞殺了人。"三官説："兒不曾强要他的，是他情願與我的。"王爺説："這也罷了。

看你姐夫面上，與你一個莊子，你自去耕地佈種。"公子不言。王爺怒道："王景隆，你不言怎麼說？"公子説："這事不是孩兒做的。"王爺説："這事不是你做的，你還去闖院罷。"三官説："兒要讀書。"王爺笑曰："你已放蕩了，心猿意馬，讀甚麼書？"公子説："孩兒此回篤志用心讀書。"王爺説："既知讀書好，緣何這等胡爲？"何静庵立起身來説："三舅受了艱難苦楚，這下來改過遷善，料想要用心讀書。"王爺説："就依你衆人説，送他到書房裏去，叫兩個小厮去伏侍他。"即時就叫小厮送三官往書院裏去。兩個姐夫又來説："三舅久別，望老爺留住他，與小婿共飲則可。"王爺説："賢婿，你如此乃非教子之方，休要縱他。"二人道："老爺言之最善。"於是翁婿大家痛飲，盡醉方歸。這一出父子相會，分明是：

> 月被雲遮重露彩，花遭霜打又逢春。

【校注】

[1]左右：反正，橫豎。　　[2]押花：在文書或契約上署名或畫上記號，猶今之簽名。　　[3]停當：妥善的結果、適當的説法。　　[4]揢勒：吝嗇、不爽快。　[5]齋長：舊時學舍中的領頭者。此用作對讀書人的尊稱。上舍：宋代太學施行"三舍法"，即外舍、内舍、上舍，經考核依次升轉，上舍乃是其中的最高等級。此用作對讀書人的尊稱，故小説下文稱捐納的監生趙昂亦作"趙上舍"。　　[6]游食光棍：游手好閑的單身男子。　　[7]三法司：原指明代職掌司法訴訟的三個機構，即刑部、都察院與大理寺。此泛指司法機構。　　[8]短命的：罵人語，猶"該死的"。　　[9]首狀：向官府自首伏法的文書。

　　卻説公子進了書院，清清獨坐，祇見滿架詩書，筆山硯海，歎道："書呵！相別日久，且是生澀。欲待不看，焉得一舉成名，卻不辜負了玉姐言語？欲待讀書，心猿放蕩，意馬難收。"公子尋思一會，拿着書來讀了一會。心下祇是想着玉堂春。忽然鼻聞甚氣，耳聞甚聲，乃問書童道："你聞這書裏甚麼氣？聽聽甚麼響？"書童説："三叔，俱没有。"公子道："没有？呀，原來鼻聞乃是脂粉氣，耳聽即是筝板聲。"公子一時思想起來："玉姐當初囑咐我，是甚麼話來？叫我用心讀書。我如今未曾讀書，心意還丟他不下，坐不安，寢不寧，茶不思，飯不想，

梳洗無心,神思恍忽。"公子自思:"可怎麼處他?"走出門來,袛見大門
上掛着一聯對子:"'十年受盡窗前苦,一舉成名天下聞'。這是我公
公作下的對聯。他中舉會試,官至侍郎;後來嗒爹爹在此讀書,官到
尚書。我今在此讀書,亦要攀龍附鳳,以繼前人之志。"又見二門上有
一聯對子:"不受苦中苦,難爲人上人。"公子急回書房,心中回轉,發
志勤學。一日書房無火,書童往外取火。王爺正坐,叫書童。書童近
前跪下。王爺便問:"三叔這一會用功不曾?"書童説:"稟老爺得知,
我三叔先時通不讀書,胡思亂想,體瘦如柴;這半年整日讀書,晚上讀
至三更方纔睡,五更就起,直至飯後,方纔梳洗。口雖喫飯,眼不離
書。"王爺道:"奴才!你好説謊,我親自去看他。"書童叫:"三叔,老爺
來了。"公子從從容容迎接父親。王爺暗喜。觀他行步安詳,可以見
他學問。王爺正面坐下,公子拜見。王爺曰:"我限的書你看了不曾?
我出的題你做了多少?"公子説:"爹爹嚴命,限兒的書都看了,題目都
做完了,但有餘力旁觀子史。"王爺説:"拿文字來我看。"公子取出文
字。王爺看他所作文課,一篇強如一篇,心中甚喜,叫:"景隆,去應個
儒士科舉罷!"公子説:"兒讀了幾日書,敢望中舉?"王爺説:"一遭中
了雖多,兩遭中了甚廣。出去觀觀場,下科好中。"王爺就寫書與提學
察院,許公子科舉。竟到八月初九日,進過頭場,寫出文字與父親看。
王爺喜道:"這七篇,中有何難?"到二場三場俱完,王爺又看他後場,
喜道:"不在散舉[1],決是魁解[2]。"

　　話分兩頭。卻説玉姐自上了百花樓,從不下梯。是日悶倦,叫丫
頭:"拿棋子過來,我與你下盤棋。"丫頭説:"我不會下。"玉姐説:"你
會打雙陸麼[3]?"丫頭説:"也不會。"玉姐將棋盤、雙陸一皆撒在樓板
上。丫頭見玉姐眼中吊淚,即忙掇過飯來,説:"姐姐,自從昨晚没用
飯,你喫個點心。"玉姐拿過分爲兩半,右手拿一塊喫,左手拿一塊與
公子。丫頭欲接又不敢接。玉姐猛然睜眼見不是公子,將那一塊點
心掉在樓板上。丫頭又忙掇過一碗湯來,説:"飯乾燥,喫些湯罷。"玉
姐剛呷得一口,淚如湧泉,放下了,問:"外邊是甚麼響?"丫頭説:"今
日中秋佳節,人人玩月,處處笙歌,俺家翠香、翠紅姐都有客哩。"玉姐
聽説,口雖不言,心中自思:"哥哥今已去了一年了。"叫丫頭拿過鏡子

來照了一照，猛然唬了一跳："如何瘦的我這模樣？"把那鏡丟在牀上，長吁短歎，走至樓門前，叫丫頭："拿椅子過來，我在這裏坐一坐。"坐了多時，祇見明月高升，譙樓敲轉，玉姐叫丫頭："你可收拾香燭過來，今日八月十五日，乃是你姐夫進三場日子，我燒一炷香保佑他。"玉姐下樓來，當天井跪下，説："天地神明，今日八月十五日，我哥王景隆進了三場，願他早占鰲頭，名揚四海。"祝罷，深深拜了四拜。有詩爲證：

> 對月燒香禱告天，何時得泄腹中冤；

> 王郎有日登金榜，不在今生結好緣。

却説西樓上有個客人，乃山西平陽府洪同縣人，拿有整萬銀子，來北京販馬。這人姓沈名洪，因聞玉堂春大名，特來相訪。老鴇見他有錢，把翠香打扮當作玉姐，相交數日，沈洪方知不是，苦求一見。是夜丫頭下樓取火，與玉姐燒香。小翠紅忍不住多嘴，就説了："沈姐夫，你每日間想玉姐，今夜下樓，在天井內燒香，我和你悄悄地張他[4]。"沈洪將三錢銀子買囑了丫頭，悄然跟到樓下，月明中，看得仔細。等他拜罷，趨出唱喏。玉姐大驚，問："是甚麼人？"答道："在下是山西沈洪，有數萬本錢，在此販馬。久慕玉姐大名，未得面睹，今日得見，如撥雲霧見青天。望玉姐不棄，同到西樓一會。"玉姐怒道："我與你素不相識，今當貪夜，何故自誇財勢，妄生事端？"沈洪又哀告道："王三官也祇是個人，我也是個人。他有錢，我亦有錢，那些兒强似我？"説罷，就上前要摟抱玉姐。被玉姐照臉啐一口，急急上樓關了門，罵丫頭："好大膽，如何放這野狗進來？"沈洪沒意思自去了。玉姐思想起來，分明是小翠香、小翠紅這兩個奴才報他，又罵："小淫婦，小賤人，你接着得意孤老也好了[5]，怎該來囉唣我[6]？"罵了一頓，放聲悲哭："但得我哥哥在時，那個奴才敢調戲我！"又氣又苦，越想越毒。正是：

> 可人去後無日見，俗子來時不待招。

【校注】

[1]散舉：一般的中舉。　　[2]魁解：明清科舉鄉試所取舉人第一名。

[3]雙陸：古代一種類似今之飛行棋的游戲，由兩人對打，首先輪流擲骰子，然後在

畫盤上按骰點行走馬子,先走完的一方獲勝。　　[4]張:探看。　　[5]孤老:
嫖客的別稱,亦可泛指與女子相好的男子。　　[6]囉唣:煩擾。

　　卻説三官在南京鄉試終場,閒坐無事,每日祇想玉姐。南京一般
也有本司院,公子再不去走。到了二十九開榜之日,公子想到三更以
後,方纔睡着。外邊報喜的説:“王景隆中了第四名。”三官夢中聞信,
起來梳洗,揚鞭上馬,前擁後簇,去赴鹿鳴宴[1]。父母兄嫂、姐夫姐
姐,喜做一團,連日做慶賀筵席。公子謝了主考,辭了提學[2],墳前祭
掃了,起了文書:“稟父母得知,兒要早些赴京,到僻静去處安下,看書
數月,好入會試。”父母明知公子本意牽掛玉堂春,中了舉,祇得依從,
叫大哥二哥來:“景隆赴京會試,昨日祭掃,有多少人情[3]?”大哥説:
“不過三百餘兩。”王爺道:“那祇勾他人情的,分外再與他一二百兩拿
去。”二哥説:“稟上爹爹,用不得許多銀子。”王爺説:“你那知道,我那
同年門生,在京頗多,往返交接,非錢不行。等他手中寬裕,讀書也有
興。”叫景隆收拾行裝,有知心同年,約上兩三位。分付家人到張先生
家看了良辰。公子恨不的一時就到北京。邀了幾個朋友,僱了一隻
船,即時拜了父母,辭別兄嫂。兩個姐夫,邀親朋至十里長亭,酌酒作
別。公子上的船來,手舞足蹈,莫知所之。眾人不解其意,他心裏祇
想着玉姐玉堂春。不則一日到了濟寧府,捨舟起岸,不在話下。
　　再説沈洪自從中秋夜見了玉姐,到如今朝思暮想,廢寢忘餐,叫
聲:“二位賢姐,祇爲這冤家害的我一絲兩氣,七顛八倒。望二位可憐
我孤身在外,舉眼無親,替我勸化玉姐,叫他相會一面,雖死在九泉之
下,也不敢忘了二位活命之恩。”説罷,雙膝跪下。翠香、翠紅説:“沈
姐夫,你且起來,我們也不敢和他説這話。你不見中秋夜罵的我們不
耐煩。等俺媽媽來,你央浼他。”沈洪説:“二位賢姐,替我請出媽媽
來。”翠香姐説:“你跪着我,再磕一百二十個大響頭。”沈洪慌忙跪下
磕頭。翠香即時就去,將沈洪説的言語述與老鴇。老鴇到西樓見了
沈洪,問:“沈姐夫喚老身何事?”沈洪説:“別無他事,祇爲不得玉堂春
到手。你若幫襯我成就了此事[4],休説金銀,便是殺身難報。”老鴇聽
説,口內不言,心中自思:“我如今若許了他,倘三兒不肯,教我如何?

若不許他,怎哄出他的銀子?"沈洪見老鴇躊躇不語,便看翠紅。翠紅丟了一個眼色,走下樓來。沈洪即跟他下去。翠紅説:"常言'姐愛俏,鴇愛鈔',你多拿些銀子出來打動他,不愁他不用心。他是使大錢的人,若少了,他不放在眼裏。"沈洪説:"要多少?"翠香説:"不要少了! 就把一千兩與他,方纔成得此事。"也是沈洪命運該敗,渾如鬼迷一般,即依着翠香,就拿一千兩銀子來,叫:"媽媽,財禮在此。"老鴇説:"這銀子,老身權收下。你卻不要性急,待老身慢慢的偎他[5]。"沈洪拜謝説:"小子懸懸而望。"正是:

　　　　請下煙花諸葛亮,欲圖風月玉堂春。

【校注】

[1]鹿鳴宴:科舉考試後所舉辦的、宴請考官、學政以及中試考生的宴會。始行於唐代,宴會時歌《詩經·小雅·鹿鳴》,故稱。　　　[2]提學:負責地方學政(包括學校與教育)的官員,明代多以按察司副使及僉事充任。　　　[3]人情:禮金的別稱。　　　[4]幫襯:幫助。　　　[5]偎:長時間的勸説,軟磨硬蹭。

　　且説十三省鄉試榜都到午門外張掛,王銀匠邀金哥説:"王三官不知中了不曾?"兩個跑在午門外南直隸榜下,看解元是《書經》,往下第四個乃王景隆。王匠説:"金哥好了! 三叔已中在第四名。"金哥道:"你看看的確,怕你識不得字。"王匠説:"你説話好欺人,我讀書讀到《孟子》,難道這三個字也認不得? 隨你叫誰看。"金哥聽説大喜。二人買了一本鄉試録,走到本司院裏去報玉堂春説:"三叔中了。"玉姐叫丫頭將試録拿上樓來,展開看了,上刊"第四名王景隆",注明"應天府儒士,《禮記》"。玉姐步出樓門,叫丫頭忙排香案,拜謝天地。起來先把王匠謝了,轉身又謝金哥。唬得亡八、鴇子魂不在體。商議説:"王三中了舉,不久到京,白白地要了玉堂春去,可不人財兩失? 三兒向他孤老,決沒甚好言語,搬鬭是非[1],教他報往日之仇。此事如何了?"鴇子説:"不若先下手爲强。"亡八説:"怎麼樣下手?"老鴇説:"唦已收了沈官人一千兩銀子,如今再要了他一千,賤些價錢賣與他罷。"亡八道:"三兒不肯如何?"鴇子説:"明日殺豬宰羊,買一桌紙錢。假説東嶽廟看會,燒了紙,説了誓,合家從良,再不在煙花巷裏。小三若聞知從良一節,必然也要往嶽廟燒香。叫沈官人先安轎子,逕擡往山西去。公子那時就來,不見他的情人,心下就冷了。”亡八説:“此計大妙。”即時暗暗地與沈洪商議。又要了他一千銀子。次早,丫頭報與玉姐:“俺家殺豬宰羊,上嶽廟哩。”玉姐問:“爲何?”丫頭道:“聽得媽媽説:‘爲王姐夫中了,恐怕他到京來報仇,今日發願,合家從良。’”玉姐説:“是真是假?”丫頭説:“當真哩!昨日沈姐夫都辭去了。如今再不接客了。”玉姐説:“既如此,你對媽媽説,我也要去燒香。”老鴇説:“三姐,你要去,快梳洗,我喚轎兒擡你。”玉姐梳妝打扮,同老鴇出的門來。正見四個人,擡着一頂空轎。老鴇便問:“此轎是僱的?”這人説:“正是。”老鴇説:“這裏到嶽廟要多少僱價?”那人説:“擡去擡來,要一錢銀子。”老鴇説:“衹是五分。”那人説:“這個事小,請老人家上轎。”老鴇説:“不是我坐,是我女兒要坐。”玉姐上轎,那二人擡着,不往東嶽廟去,逕往西門去了。走有數里,到了上高轉折去處,玉姐回頭,看見沈洪在後騎着個騾子。玉姐大叫一聲:“吆!想是亡八、鴇子盜賣我了?”玉姐大罵:“你這些賊狗奴,擡我往那裏去?”沈洪説:“往那裏去?我爲你去了二千兩銀子,買你往山西家去。”玉姐在轎中號啕大哭,罵聲不絶。那轎夫擡了飛也似走。行了一日,天色已晚。沈洪尋了一座店房,排合卺美酒,指望洞房歡樂。誰知玉姐題着便罵,觸着便打。沈洪見店中人多,恐怕出醜,想道:“甕中之鼈,不怕他走了,權耐幾日,到我家中,何愁不從。”於是反將好話奉承,並不去犯他。玉姐終日啼哭,自不必説。

卻説公子一到北京,將行李上店,自己帶兩個家人,就往王銀匠家,探問玉堂春消息。王匠請公子坐下:“有見成酒[2],且喫三杯接風,慢慢告訴。”王匠就拿酒來斟上。三官不好推辭,連飲了三杯,又問:“玉姐敢不知我來?”王匠叫:“三叔開懷,再飲三杯。”三官説:“勾了,不喫了。”王匠説:“三叔久别,多飲幾杯,不要太謙。”公子又飲了幾杯,問:“這幾日曾見玉姐不曾?”王匠又叫:“三叔且莫問此事,再喫三杯。”公子心疑,站起説:“有甚或長或短[3],説個明白,休悶死我也。”王匠衹是勸酒。卻説金哥在門首經過,知道公子在内,進來磕頭叫喜。三官問金哥：“你三嬸近日何如？”金哥年幼多嘴，説：“賣了。”三官急問説：“賣了誰？”王匠瞅了金哥一眼，金哥縮了口。公子堅執盤問，二人瞞不過，説：“三嬸賣了。”公子問：“幾時賣了？”王匠説：“有一個月了。”公子聽説，一頭撞在塵埃，二人忙扶起來。公子問金哥：“賣在那裏去了？”金哥説：“賣與山西客人沈洪去了。”三官説：“你那三嬸就怎麽肯去？”金哥敍出：“鴇兒假意從良，殺豬宰羊上嶽廟，哄三嬸同去燒香，私與沈洪約定，僱下轎子擡去，不知下落。”公子説：“亡八盜賣我玉堂春，我與他算帳。”那時叫金哥跟着，帶領家人，逕到本司院裏。進的院門，亡八眼快，跑去躲了。公子問衆丫頭：“你家玉姐何在？”無人敢應。公子發怒，房中尋見老鴇，一把揪住，叫家人亂打。金哥勸住，公子就走在百花樓上，看見錦帳羅帷，越加怒惱，把箱籠盡行打碎，氣得癡呆了，問：“丫頭，你姐姐嫁那家去？可老實説，饒你打。”丫頭説：“去燒香，不知道就偷賣了他。”公子滿眼落淚，説：“冤家，不知是正妻，是偏妾？”丫頭説：“他家裏自有老婆。”公子聽説，心中大怒，恨罵：“亡八、淫婦，不仁不義！”丫頭説：“他今日嫁別人去了，還疼他怎的？”公子滿眼流淚。正説間，忽報朋友來訪。金哥勸：“三叔休惱，三嬸一時不在了，你縱然哭他，他也不知道。今有許多相公在店中相訪，聞公子在院中，都要來。”公子聽説，恐怕朋友笑話，即便起身回店。公子心中氣悶，無心應舉，意欲束裝回家。朋友聞知，都來勸説：“順卿兄，功名是大事，表子是末節，那裏有爲表子而不去求功名之理？”公子説：“列位不知，我奮志勤學，皆爲玉堂春的言語激我。冤家爲我受了千辛萬苦，我怎肯輕捨？”衆人叫：“順卿兄，你倘聯捷，幸在彼地，見之何難？你若回家，憂慮成病，父母懸心，朋友笑恥，你有何益？”三官自思言之最當，倘或僥倖，得到山西，平生願足矣，數言勸醒公子。會試日期已到，公子進了三場，果中金榜二甲第八名，刑部觀政。三個月，選了真定府理刑官[4]，即遣轎馬迎請父母兄嫂。父母不來，回書説：“教他做官勤慎公廉。念你年長未娶，已聘劉都堂之女，不日送至任所成親。”公子一心祇想着玉堂春，全不以聘娶爲喜。正是：

　　已將路柳爲連理，翻把家雞作野鴛。

　　且説沈洪之妻皮氏，也有幾分顔色，雖然三十餘歲，比二八少年，也還風騷。平昔間嫌老公粗蠢，不會風流，又出外日多，在家日少。皮氏色性太重，打熬不過。間壁有個監生，姓趙名昂，自幼慣走花柳場中，爲人風月。近日喪偶。雖然是納粟相公[5]，家道已在消乏一邊。一日，皮氏在後園看花，偶然撞見趙昂，彼此有心，都看上了。趙昂訪知巷口做歇家的王婆[6]，在沈家走動識熟，且是利口，善於做媒説合，乃將白銀二十兩，賄賂王婆，央他通腳[7]。皮氏平昔間不良的口氣，已有在王婆肚裏，況且今日你貪我愛，一説一上，幽期密約，一墻之隔，梯上梯下，做就了一點不明不白的事。趙昂一者貪皮氏之色，二者要騙他錢財。枕席之間，竭力奉承。皮氏心愛趙昂，但是開口，無有不從，恨不得連家當都津貼了他。不上一年，傾囊倒篋，騙得一空。初時祇推事故，暫時挪借，借去後，分毫不還。皮氏祇愁老公回來盤問時，無言回答。一夜與趙昂商議，欲要跟趙昂逃走他方。趙昂道：“我又不是赤腳漢[8]，如何走得？便走了，也不免喫官司。祇除暗地謀殺了沈洪，做個長久夫妻，豈不盡美。”皮氏點頭不語。卻説趙昂有心打聽沈洪的消息，曉得他討了院妓玉堂春一路回來，即忙報與皮氏知道，故意將言語觸惱皮氏。皮氏怨恨不絕於聲，問：“如今怎麼樣對付他説好？”趙昂道：“一進門時，你便數他不是，與他尋鬧，叫他領着娼根另住[9]，那時憑你安排了。我央王婆贖得些砒霜在此，覷便放在食器内，把與他兩個喫。等他雙死也罷，單死也罷。”皮氏説：“他好喫的是辣麵。”趙昂説：“辣麵内正好下藥。”兩人圈套已定，祇等沈洪人來。不一日，沈洪到了故鄉，叫僕人和玉姐暫停門外，自己先進門，與皮氏相見，滿臉陪笑説：“大姐休怪，我如今做了一件事。”皮氏説：“你莫不是娶了個小老婆？”沈洪説：“是了。”皮氏大怒，説：“爲妻的整年月在家守活孤孀[10]，你卻花柳快活，又帶這潑淫婦回來，全無夫妻之情。你若要留這淫婦時，你自在西廳一帶住下，不許來纏我。我也没福受這淫婦的拜，不要他來。”昂然説罷，啼哭起來，拍檯拍櫈，口裏“千亡八，萬淫婦”罵不絕聲。沈洪勸解不得，想道：“且暫時依他言語在西廳住幾日，落得受用[11]。等他氣消了時，卻領玉堂春與他磕頭。”沈洪祇道渾家是喫醋，誰知他有了私情，又且房計空虛了，正怕老公進房，借此機會，打發他另居。正是：

　　　　你向東時我向西，各人有意自家知。

　　不在話下。

【校注】

[1]搬鬪：搬弄。　　　[2]見成：現成的。　　　[3]或長或短：指或好或壞的具體情況。　　　[4]理刑官：府中負責刑獄的官員，又稱"推官"。　　　[5]納粟相公：依靠捐納財物方式而成的監生。　　　[6]歇家：舊時行業之一種，主要提供生意經紀、擔保、做媒、中介等項業務。　　　[7]通腳：牽線搭橋，暗傳資訊。[8]赤腳漢：一無所有的窮漢。　　　[9]娼根：對妓女的蔑稱。　　　[10]活孤孀：指丈夫長期外出，造成妻子獨守空房。又稱"守活寡"。　　　[11]落得：白白地，正好。

　　卻說玉堂春曾與王公子設誓，今番怎肯失節於沈洪，腹中一路打稿[1]："我若到這厭物家中，將情節哭訴他大娘子，求他做主，以全節操。慢慢的寄信與三官，教他將二千兩銀子來贖我去，卻不好。"及到沈洪家裏，聞知大娘不許相見，打發老公和他往西廂另住，不遂其計，心中又驚又苦。沈洪安排牀帳在廂房，安頓了蘇三。自己卻去窩伴皮氏[2]，陪喫夜飯。被皮氏三回五次催趕，沈洪説："我去西廂時，祇怕大娘着惱。"皮氏説："你在此，我反惱；離了我眼睛，我便不惱。"沈洪唱個淡喏[3]，謝聲："得罪。"出了房門，逕望西廂而來。原來玉姐乘着沈洪不在，檢出他舖蓋撇在廳中，自己關上房門自睡了。任沈洪打門，那裏肯開。卻好皮氏叫小段名到西廂看老公睡也不曾。沈洪平日原與小段名有情，那時扯在舖上，草草合歡，也當春風一度。事畢，小段名自去了。沈洪身子困倦，一覺睡去直至天明。卻説皮氏這一夜等趙昂不來，小段名回後，老公又睡了。番來覆去，一夜不曾合眼。天明早起，趕下一軸麵，煮熟分作兩碗，皮氏悄悄把砒霜撒在麵内，卻將辣汁澆上，叫小段名送去西廂："與你爹爹喫。"小段名送至西廂，叫道："爹爹，大娘欠你，送辣麵與你喫。"沈洪見是兩碗，就叫："我兒，送一碗與你二娘喫。"小段名便去敲門。玉姐在牀上問："做甚麼？"小段名説："請二娘起來喫麵。"玉姐道："我不要喫。"沈洪説："想是你二娘還要睡,莫去鬧他。"沈洪把兩碗都喫了,須臾而盡。小段名收碗去了。沈洪一時肚疼,叫道:"不好了,死也死也!"玉姐還祇認假意,看看聲音漸變,開門出來看時,祇見沈洪九竅流血而死。正不知什麼緣故,慌慌的高叫:"救人!"祇聽得腳步響,皮氏早到,不等玉姐開言,就變過臉,故意問道:"好好的一個人,怎麼就死了?想必你這小淫婦弄死了他,要去嫁人。"玉姐説:"那丫頭送麵來,叫我喫,我不要喫,並不曾開門。誰知他喫了,便肚疼死了。必是麵裏有些緣故。"皮氏説:"放屁!麵裏若有緣故,必是你這小淫婦做下的。不然,你如何先曉得這麵是喫不得的,不肯喫?你説並不曾開門,如何卻在門外?這謀死情由,不是你,是誰?"説罷,假哭起"養家的天"來。家中僮僕養娘都亂做一堆。皮氏就將三尺白布擺頭,扯了玉姐往知縣處叫喊。正值王知縣升堂,喚進問其緣故。皮氏説:"小婦人皮氏。丈夫叫沈洪,在北京爲商,用千金娶這娼婦,叫做玉堂春爲妾。這娼婦嫌丈夫醜陋,因喫辣麵,暗將毒藥放入,丈夫喫了,登時身死。望爺爺斷他償命。"王知縣聽罷,問:"玉堂春,你怎麼説?"玉姐説:"爺爺,小婦人原籍北直隸大同府人氏,祇因年歲荒旱,父親把我賣在本司院蘇家。賣了三年後,沈洪看見,娶我回家。皮氏嫉妒,暗將毒藥藏在麵中,毒死丈夫性命。反倚刁潑,展賴小婦人。"知縣聽玉姐説了一會,叫:"皮氏,想你見那男子棄舊迎新,你懷恨在心,藥死親夫,此情理或有之。"皮氏説:"爺爺,我與丈夫,從幼的夫妻,怎忍做這絶情的事!這蘇氏原是不良之婦,別有個心上之人,分明是他藥死,要圖改嫁。望青天爺爺明鏡。"知縣乃叫蘇氏:"你過來。我想你原係娼門,你愛那風流標致的人,想是你見丈夫醜陋,不趁你意,故此把毒藥藥死是實。"叫皂隸:"把蘇氏與我夾起來。"玉姐説:"爺爺!小婦人雖在煙花巷裏,跟了沈洪又不曾難爲半分,怎下這般毒手?小婦人果有惡意,何不在半路謀害?既到了他家,他怎容得小婦人做手腳[4]?這皮氏昨夜就趕出丈夫,不許他進房。今早的麵,出於皮氏之手,小婦人並無干涉。"王知縣見他二人各説有理,叫皂隸暫把他二人寄監:"我差人訪實再審。"二人進了南牢不題。

　　卻説皮氏差人密密傳與趙昂,叫他快來打點。趙昂拿着沈家銀子,與刑房吏一百兩[5],書手八十兩[6],掌案的先生五十兩[7],門子五十兩[8],兩班皂隸六十兩,禁子每人二十兩[9],上下打點停當。封了一千兩銀子,放在罎内,當酒送與王知縣。知縣受了。次日清晨升堂,叫皂隸把皮氏一起提出來。不多時到了,當堂跪下。知縣説:"我夜來一夢,夢見沈洪説:'我是蘇氏藥死,與那皮氏無干。'"玉堂春正待分辨,知縣大怒,説:"人是苦蟲,不打不招。"叫皂隸:"與我拶起着實打!問他招也不招?他若不招,就活活敲死。"玉姐熬刑不過,説:"願招。"知縣説:"放下刑具。"皂隸遞筆與玉姐畫供。知縣説:"皮氏召保在外,玉堂春收監。"皂隸將玉姐手肘腳鐐,帶進南牢。禁子牢頭都得了趙上舍銀子[10],將玉姐百般凌辱。祇等上司詳允之後,就遞罪狀,結果他性命。正是:

安排縛虎擒龍計,斷送愁鸞泣鳳人。

【校注】

[1]打稿:盤算、謀劃。　　[2]窩伴:陪伴、討好。　　[3]唱個淡喏:隨意打個招呼。　　[4]做手腳:暗中做事陷害某人。　　[5]刑房吏:泛指任職於刑房的官吏。刑房,明清縣衙六房之一,負責審理全縣的刑民事案件。　　[6]書手:負責抄寫文書的吏員。　　[7]掌案的:一稱"總書",明清時期縣衙各房掌管文案的屬吏。　　[8]門子:守門之人。　　[9]禁子:即"獄卒",監獄的衛兵。[10]牢頭:指看守監獄的獄吏。

　　且喜有個刑房吏,姓劉名志仁,爲人正直無私,素知皮氏與趙昂有奸,都是王婆説合。數日前撞見王婆在生藥舖内贖砒霜,説要藥老鼠。劉志仁就有些疑心。今日做出人命來,趙監生使着沈家不疼的銀子來衙門打點,把蘇氏買成死罪,天理何在?躊躇一會:"我下監去看看。"那禁子正在那裏逼玉姐要燈油錢。志仁喝退衆人,將溫言寬慰玉姐,問其冤情。玉姐垂淚拜訴來歷。志仁見四傍無人,遂將趙監生與皮氏私情及王婆贖藥始末,細説一遍,分付:"你且耐心守困,待後有機會,我指點你去叫冤。日逐飯食,我自供你。"玉姐再三拜謝。禁子見劉志仁做主,也不敢則聲。此話閣過不題。

　　卻説公子自到真定府爲官,興利除害,吏畏民悦,祇是想念玉堂春，無刻不然。一日正在煩惱，家人來報，老奶奶家中送新奶奶來了。公子聽説，接進家小。見了新人，口中不言，心內自思：“容貌到也齊整，怎及得玉堂春風趣？”當時擺了合歡宴，喫下合巹杯，畢姻之際，猛然想起多嬌：“當初指望白頭相守，誰知你嫁了沈洪，這官誥卻被別人承受了。”雖然陪伴了劉氏夫人，心裏還想着玉姐，因此不快。當夜中了傷寒。又想當初與玉姐別時，發下誓願，各不嫁娶。心下疑惑，合眼就見玉姐在傍。劉夫人遣人到處祈禳，府縣官都來問安，請名藥切脈調治。一月之外，纔得痊可。公子在任年餘，官聲大著，行取到京。吏部考選天下官員，公子在部點名已畢，回到下處，焚香禱告天地，祇願山西爲官，好訪問玉堂春消息。須臾馬上人來報：“王爺點了山西巡按。”公子聽説，兩手加額：“趁我平生之願矣。”次日領了敕印，辭朝，連夜起馬往山西省城，上任訖，即時發牌，先出巡平陽府。公子到平陽府，坐了察院，觀看文卷，見蘇氏玉堂春問了重刑，心內驚慌：“其中必有蹺蹊。”隨叫書吏過來：“選一個能幹事的，跟着我私行採訪。你衆人在內，不可走漏消息。”公子時下換了素巾青衣，隨跟書吏，暗暗出了察院。僱了兩個騾子，往洪同縣路上來。這趕腳的小夥[1]，在路上閒問：“二位客官往洪同縣有甚貴幹？”公子説：“我來洪同縣要娶個妾，不知誰會説媒？”小夥説：“你又説娶小[2]，俺縣裏一個財主，因娶了個小，害了性命。”公子問：“怎的害了性命？”小夥説：“這財主叫沈洪，婦人叫做玉堂春。他是京裏娶來的。他那大老婆皮氏與那鄰家趙昂私通，怕那漢子回來知道，一服毒藥把沈洪藥死了。這皮氏與趙昂反把玉堂春送到本縣，將銀買囑官府衙門，將玉堂春屈打成招，問了死罪，送在監裏。若不是虧了一個外郎[3]，幾時便死了。”公子又問：“那玉堂春如今在監死了？”小夥説：“不曾。”公子説：“我要娶個小，你説可投着誰做媒？”小夥説：“我送你往王婆家去罷，他極會説媒。”公子説：“你怎知道他會説媒？”小夥説：“趙昂與皮氏都是他做牽頭[4]。”公子説：“如今下他家裏罷。”小夥竟引到王婆家裏，叫聲：“乾娘，我送個客官在你家來，這客官要娶個小，你可與他説媒。”王婆説：“累你，我轉了錢來謝你。”小夥自去了。公子夜間與王婆攀話，見他能言快語，是個積年的馬泊六了[5]。到天明，又到趙監生前後門看了

一遍，與沈洪家緊壁相通，可知做事方便。回來喫了早飯，還了王婆
店錢，説：“我不曾帶得財禮，到省下回來，再作商議。”公子出的門來，
偹了驟子，星夜回到省城，到晚進了察院，不題。次早，星火發牌，按
臨洪同縣。各官參見過，分付就要審録。王知縣回縣，叫刑房吏書，
即將文卷審册，連夜開寫停當，明日送審不題。卻説劉志仁與玉姐寫
了一張冤狀，暗藏在身，到次日清晨，王知縣坐在監門首，把應解犯人
點將出來。玉姐披枷帶鎖，眼淚紛紛，隨解子到了察院門首[6]，伺候
開門。巡捕官回風已畢[7]，解審牌出。公子先唤蘇氏一起。玉姐口
稱冤枉，探懷中訴狀呈上。公子擡頭見玉姐這般模樣，心中悽慘，叫
聽事官接上狀來。公子看了一遍，問説：“你從小嫁沈洪，可還接了幾
年客？”玉姐説：“爺爺！我從小接着一個公子，他是南京禮部尚書三
舍人。”公子怕他説出醜處，喝聲：“住了！我今袛問你謀殺人命事，不
消多講。”玉姐説：“爺爺！若殺人的事，袛問皮氏便知。”公子叫皮氏
問了一遍。玉姐又説了一遍。公子分付劉推官道[8]：“聞知你公正廉
能，不肯玩法徇私。我來到任，尚未出巡，先到洪同縣訪得這皮氏藥
死親夫，累蘇氏受屈。你與我把這事情用心問斷。”説罷，公子退堂。
劉推官回衙，升堂，就叫：“蘇氏，你謀殺親夫，是何意故？”玉姐説：“冤
屈！分明是皮氏串通王婆，和趙監生合計毒死男子。縣官要錢，逼勒
成招，今日小婦拚死訴冤，望青天爺爺做主。”劉爺叫皂隸把皮氏採上
來，問：“你與趙昂姦情可真麼？”皮氏抵賴没有。劉爺即時拿趙昂和
王婆到來面對。用了一番刑法，都不肯招。劉爺又叫小叚名：“你送
麵與家主喫，必然知情。”喝教夾起。小叚名説：“爺爺，我説罷！那日
的麵，是俺娘親手盛起，叫小婦人送與爹爹喫。小婦人送到西廂，爹
叫新娘同喫。新娘關着門，不肯起身，回道：‘不要喫。’俺爹自家喫
了，即時口鼻流血死了。”劉爺又問趙昂奸情，小叚名也説了。趙昂
説：“這是蘇氏買來的硬證。”劉爺沉吟了一會，把皮氏這一起分頭送
監，叫一書吏過來：“這起潑皮奴才，苦不肯招。我如今要用一計，用
一個大櫃，放在丹墀内，鑿幾個孔兒。你執紙筆暗藏在内，不要走漏
消息。我再提來問他，不招，即把他們鎖在櫃左櫃右，看他有甚麼説
話，你與我用心寫來。”劉爺分付已畢，書吏即辦一大櫃，放在丹墀，藏

身於内。劉爺又叫皂隸，把皮氏一起提來再審，又問：“招也不招？”趙昂、皮氏、王婆三人齊聲哀告，説：“就打死小的那裏招？”劉爺大怒，分付：“你衆人各自去喫飯來，把這起奴才着實拷問。把他放在丹墀裏，連小叚名四人鎖於四處，不許他交頭接耳。”皂隸把這四人鎖在櫃的四角。衆人盡散。卻説皮氏擡起頭來，四顧無人，便駡：“小叚名！小奴才！你如何亂講？今日再亂講時，到家中活敲殺你。”小叚名説：“不是夾得疼，我也不説。”王婆便叫：“皮大姐，我也受這刑杖不過，等劉爺出來，説了罷。”趙昂説：“好娘，我那些虧着你！倘捱出官司去[9]，我百般孝順你，即把你做親母。”王婆説：“我再不聽你哄我！叫我圓成了[10]，認我做親娘。許我兩石麥，還欠八升；許我一石米，都下了糠秕；叚衣兩套，止與我一條藍布裙；許我好房子，不曾得住。你幹的事，没天理，教我祇管與你熬刑受苦。”皮氏説：“老娘，這遭出去，不敢忘你恩。捱過今日不招，便没事了。”櫃裏書吏把他説的話盡記了，寫在紙上。劉爺升堂，先叫打開櫃子。書吏跑將出來，衆人都唬軟了。劉爺看了書吏所録口詞，再要拷問，三人都不打自招。趙昂從頭依直寫得明白。各各畫供已完，遞至公案。劉爺看了一遍，問蘇氏：“你可從幼爲娼，還是良家出身？”蘇氏將“蘇淮買良爲賤，先遇王尚書公子，揮金三萬；後被老鴇一秤金趕逐，將奴賺賣與沈洪爲妾，一路未曾同睡”，備細説了。劉推官情知王公子就是本院，提筆定罪：

> 皮氏凌遲處死，趙昂斬罪非輕。王婆賣藥是通情，杖責叚名示譬。王縣貪酷罷職，追贓不恕衙門。蘇淮買良爲賤合充軍，一秤金三月立枷罪定。

劉爺做完申文，把皮氏一起俱已收監。次日親捧招詳，送解察院。公子依擬，留劉推官後堂待茶，問：“蘇氏如何發放？”劉推官答言：“發還原籍，擇夫另嫁。”公子屏去從人，與劉推官吐膽傾心，備述少年設誓之意：“今日煩賢府密地差人送至北京王銀匠處暫居，足感足感。”劉推官領命奉行，自不必説。卻説公子行下關文，到北京本司院提到蘇淮、一秤金依律問罪。蘇淮已先故了。一秤金認得是公子，還叫：“王姐夫。”被公子喝教重打六十，取一百斤大枷枷號。不勾半月，嗚呼哀哉！正是：

萬兩黃金難買命，一朝紅粉已成灰。

再說公子一年任滿，復命還京。見朝已過，便到王匠處問信。王匠說有金哥伏侍，在頂銀衚衕居住。公子即往頂銀衚衕，見了玉姐，二人放聲大哭。公子已知玉姐守節之美，玉姐已知王御史就是公子，彼此稱謝。公子說："我父母娶了個劉氏夫人，甚是賢德，他也知道你的事情，決不妒忌。"當夜同飲同宿，濃如膠漆。次日，王匠、金哥都來磕頭賀喜。公子謝二人昔日之恩，分付：本司院蘇淮家當原是玉堂春置辦的，今蘇淮夫婦已絕，將遺下家財，撥與王匠、金哥二人管業，以報其德。上了個省親本，辭朝和玉堂春起馬共回南京。到了自家門首，把門人急報老爺說："小老爺到了。"老爺聽說甚喜。公子進到廳上，排了香案，拜謝天地，拜了父母兄嫂。兩位姐夫姐姐都相見了。又引玉堂春見禮已畢。玉姐進房，見了劉氏說："奶奶坐上，受我一拜。"劉氏說："姐姐怎說這話？你在先，奴在後。"玉姐說："姐姐是名門宦家之子，奴是煙花，出身微賤。"公子喜不自勝。當日正了妻妾之分，姊妹相稱，一家和氣。公子又叫王定："你當先在北京三番四復規諫我，乃是正理。我今與老爺說將你做老管家。"以百金賞之。後來王景隆官至都御史，妻妾俱有子，至今子孫繁盛。有詩歎云：

鄭氏元和已著名，三官闖院是新聞。

風流子弟知多少，夫貴妻榮有幾人？

《警世通言》卷二四

【校注】

[1]趕腳：趕車的、趕牲口的。　　[2]娶小：納妾的俗稱。　　[3]外郎：宋元時對衙門書吏的泛稱。　　[4]牽頭：牽綫搭橋之人。　　[5]積年的：深諳此道，慣手。馬泊六：專指男女姦情的撮合者。　　[6]解子：押送犯人的差役。[7]回風：古代高級官員升堂的一種儀式，即由屬下吏員報告主官，一切已準備就緒。　　[8]推官：專管一府刑獄之事的官員，俗稱"刑廳"。　　[9]捱出：挺過去。　　[10]圓成：圓謊，隱瞞。

杜十娘怒沉百寶箱

【題解】

　　杜十娘故事,源於明萬曆年間的實事。明宋懋澄曾據此撰成文言小說《負情儂傳》,收入其《九籥別集》卷四,此爲該故事的第一個文學讀本。在此基礎上,又產生了擬話本《杜十娘怒沉百寶箱》及戲曲《百寶箱傳奇》等作品。清代以降,借助鼓詞、彈詞、京劇、子弟書及木魚書等多種藝術形式的演繹,杜十娘故事獲得了廣泛的流傳。《杜十娘怒沉百寶箱》的情節並不複雜,其最大的文學魅力,乃在於"百寶箱"懸念的設置。衆姐妹送別十娘時,此神秘的"描金文具"首次亮相,"封鎖甚固,正不知什麽東西在裏面";及至李甲爲旅費所困,杜十娘"取鑰開箱"時,"公子在傍自覺慚愧,也不敢窺覷箱中虛實";謎底直至最後纔揭開,箱中竟"韞藏百寶,不下萬金"。在這場"情"、"色"、"財"的較量與考驗中,看似風流多情的李甲,弄巧成拙,一敗塗地;而"百寶箱"的擁有者杜十娘,收穫的也祇是悲憤與絕望,當她與奇珍異寶共沉江底之時,被一同葬送的,還有對美好愛情的憧憬與信守。此處,有個頗有意思的假設:倘若杜十娘一開始就將"百寶箱"的秘密告訴了李甲,那麼故事的結局又將如何?數百年來,讀者每每歎息於杜十娘的貞烈,扼腕於李甲的負情,痛恨於孫富的奸謀。因此,在後世改編者的筆下,出現了"活捉孫富"、"溺死李甲"、"李甲與十娘龍王府成親"等情節,這種安排雖然可以撫慰讀者之心,但大團圓的結局,卻無疑削弱了小說原有的藝術震撼力。

　　　　　掃蕩殘胡立帝畿,龍翔鳳舞勢崔嵬;
　　　　　左環滄海天一帶,右擁太行山萬圍。
　　　　　戈戟九邊雄絕塞,衣冠萬國仰垂衣;
　　　　　太平人樂華胥世,永永金甌共日輝。

　　這首詩,單誇我朝燕京建都之盛。説起燕都的形勢,北倚雄關,南壓區夏,真乃金城天府,萬年不拔之基。當先洪武爺掃蕩胡塵,定鼎金陵,是爲南京。到永樂爺從北平起兵靖難,遷於燕都,是爲北京。祇因這一遷,把個苦寒地面,變作花錦世界。自永樂爺九傳至於萬曆爺,此乃我朝第十一代的天子。這位天子,聰明神武,德福兼全,十歲登基,在位四十八年,削平了三處寇亂。那三處?

　　日本關白平秀吉[1],西夏哱承恩,播州楊應龍。

　　平秀吉侵犯朝鮮,哱承恩、楊應龍是土官謀叛,先後削平。遠夷莫不畏服,爭來朝貢。真箇是:

　　　　一人有慶民安樂,四海無虞國太平。

　　話中單表萬曆二十年間,日本國關白作亂,侵犯朝鮮。朝鮮國王上表告急,天朝發兵泛海往救。有户部官奏準:目今兵興之際,糧餉未充,暫開納粟入監之例。原來納粟入監的,有幾般便宜:好讀書,好科舉,好中,結末來又有個小小前程結果[2]。以此宦家公子、富室子弟,到不願做秀才,都去援例做太學生。自開了這例,兩京太學生,各添至千人之外。内中有一人,姓李名甲,字干先,浙江紹興府人氏。父親李布政所生三兒,惟甲居長。自幼讀書在庠,未得登科,援例入於北雍。因在京坐監,與同鄉柳遇春監生同游教坊司院内,與一個名姬相遇。那名姬姓杜名媺,排行第十,院中都稱爲杜十娘,生得:

　　　　渾身雅艷,遍體嬌香,兩彎眉畫遠山青,一對眼明秋水潤。
　　　　臉如蓮萼,分明卓氏文君;唇似櫻桃,何減白家樊素。可憐一片
　　　　無瑕玉,誤落風塵花柳中。

　　那杜十娘自十三歲破瓜[3],今一十九歲,七年之内,不知歷過了多少公子王孫,一個個情迷意蕩,破家蕩産而不惜。院中傳出四句口號來,道是:

　　　　坐中若有杜十娘,斗筲之量飲千觴;
　　　　院中若識杜老媺,千家粉面都如鬼。

卻説李公子風流年少,未逢美色,自遇了杜十娘,喜出望外,把花柳情懷,一擔兒挑在他身上[4]。那公子俊俏龐兒,温存性兒,又是撒漫的手兒[5],幫襯的勤兒[6],與十娘一雙兩好,情投意合。十娘因見鴇兒貪財無義,久有從良之志;又見李公子忠厚志誠[7],甚有心向他[8]。奈李公子懼怕老爺,不敢應承。雖則如此,兩下情好愈密,朝歡暮樂,終日相守,如夫婦一般,海誓山盟,各無他志。真箇:

　　　　恩深似海恩無底,義重如山義更高。

【校注】
[1]關白:古代日本的高官,掌握軍政大權,類似中國的宰相。　　　[2]結末:最

後。　　　[3]破瓜：指女子破身。　　　[4]一擔兒：全部。　　　[5]撒漫的手兒：花錢大方，揮霍。　　　[6]幫襯的勤兒：體貼多情，善獻殷勤。　　　[7]志誠：樸實、誠懇。　　　[8]向：追隨、相從。

　　再説杜媽媽，女兒被李公子占住，別的富家巨室，聞名上門，求一見而不可得。初時李公子撒漫用錢，大差大使，媽媽脅肩諂笑，奉承不暇。日往月來，不覺一年有餘，李公子囊篋漸漸空虛，手不應心，媽媽也就怠慢了。老布政在家聞知兒子嫖院，幾遍寫字來喚他回去。他迷戀十娘顏色，終日延捱[1]。後來聞知老爺在家發怒，越不敢回。古人云：“以利相交者，利盡而疎。”那杜十娘與李公子真情相好，見他手頭愈短[2]，心頭愈熱[3]。媽媽也幾遍教女兒打發李甲出院，見女兒不統口[4]，又幾遍將言語觸突李公子[5]，要激怒他起身。公子性本温克，詞氣愈和，媽媽没奈何，日逐祇將十娘叱罵道[6]：“我們行户人家[7]，喫客穿客，前門送舊，後門迎新，門庭鬧如火，錢帛堆成垛。自從那李甲在此，混帳一年有餘[8]，莫説新客，連舊主顧都斷了，分明接了個鍾馗老，連小鬼也没得上門，弄得老娘一家人家，有氣無煙[9]，成什麼模樣！”杜十娘被罵，耐性不住，便回答道：“那李公子不是空手上門的，也曾費過大錢來。”媽媽道：“彼一時，此一時，你祇教他今日費些小錢兒，把與老娘辦些柴米，養你兩口也好。別人家養的女兒便是搖錢樹，千生萬活[10]，偏我家晦氣，養了個退財白虎[11]！開了大門七件事[12]，般般都在老身心上。到替你這小賤人白白養着窮漢，教我衣食從何處來？你對那窮漢説，有本事出幾兩銀子與我，到得你跟了他去，我別討個丫頭過活卻不好？”十娘道：“媽媽，這話是真是假？”媽媽曉得李甲囊無一錢，衣衫都典盡了，料他没處設法。便應道：“老娘從不説謊，當真哩。”十娘道：“娘，你要他許多銀子[13]？”媽媽道：“若是別人，千把銀子也討了[14]。可憐那窮漢出不起，祇要他三百兩，我自去討一個粉頭代替[15]。祇一件，須是三日内交付與我。左手交銀，右手交人。若三日没有銀時，老身也不管三七二十一，公子不公子，一頓孤拐[16]，打那光棍出去。那時莫怪老身！”十娘道：“公子雖在客邊乏鈔，諒三百金還措辦得來。祇是三日忒近，限他十日便好。”媽媽想道："這窮漢一雙赤手[17]，便限他一百日，他那裏來銀子？没有銀子，便鐵皮包臉，料也無顏上門。那時重整家風，嫩兒也没得話講。"答應道："看你面，便寬到十日。第十日没有銀子，不干老娘之事。"十娘道："若十日内無銀，料他也無顏再見了。衹怕有了三百兩銀子，媽媽又翻悔起來。"媽媽道："老身年五十一歲了，又奉十齋[18]，怎敢説謊？不信時與你拍掌爲定。若翻悔時，做豬做狗！"

　　　　從來海水斗難量，可笑虔婆意不良；
　　　　料定窮儒囊底竭，故將財禮難嬌娘。

【校注】

[1]延捱：拖延時日。　　[2]手頭短：經濟拮据。　　[3]心頭熱：愛慕、憐惜。
[4]統口：鬆口，改口。　　[5]觸突：冒犯，激怒。　　[6]日逐：每天。
[7]行户人家：妓院。　　[8]混帳：厮混，纏擾。　　[9]有氣無煙：此指妓院門庭冷落，生意清淡。　　[10]千生萬活：生意興旺。　　[11]退財白虎：敗財的凶神。白虎，古代"四靈"之一，主管西方，乃西方七宿的合稱，星命家則視之爲凶神。　　[12]開門七件事：即俗話所説"柴、米、油、鹽、醬、醋、茶"，泛指日常生活開支及瑣事。　　[13]許多：多少。　　[14]把：左右。　　[15]粉頭：妓女。
[16]孤拐：即腳踝骨。　　[17]赤手：空手，指身無分文。　　[18]十齋：佛教在家之信徒，每月持齋十天，素食，並禁止殺生，以示對佛的虔誠。據《地藏本願經》等記載，這十天是每月的一、八、十四、十五、十八、二十三、二十四、二十八、二十九、三十日。

　　是夜，十娘與公子在枕邊，議及終身之事。公子道："我非無此心。但教坊落籍[1]，其費甚多，非千金不可。我囊空如洗，如之奈何！"十娘道："妾已與媽媽議定衹要三百金，但須十日内措辦。郎君游資雖罄，然都中豈無親友，可以借貸？倘得如數，妾身遂爲君之所有，省受虔婆之氣[2]。"公子道："親友中爲我留戀行院[3]，都不相顧。明日衹做束裝起身，各家告辭，就開口假貸路費，凑聚將來，或可滿得此數。"起身梳洗，別了十娘出門。十娘道："用心作速，專聽佳音。"公子道："不須分付。"公子出了院門，來到三親四友處，假説起身告別，衆人到也歡喜。後來敍到路費欠缺，意欲借貸。常言道："説着錢，便無緣。"親友們就不招架[4]。他們也見得是,道李公子是風流浪子,迷戀煙花,年許不歸,父親都爲他氣壞在家。他今日抖然要回,未知真假,倘或説騙盤纏到手,又去還脂粉錢,父親知道,將好意翻成惡意,始終祇是一怪,不如辭了乾净。便回道:"目今正值空乏,不能相濟,慚愧,慚愧!"人人如此,個個皆然,並没有個慷慨丈夫,肯統口許他一十二十兩。李公子一連奔走了三日,分毫無獲,又不敢回决十娘,權且含糊答應。到第四日又没想頭[5],就羞回院中。平日間有了杜家,連下處也没有了[6],今日就無處投宿。祇得往同鄉柳監生寓所借歇。柳遇春見公子愁容可掬,問其來歷。公子將杜十娘願嫁之情,備細説了。遇春摇首道:"未必,未必。那杜媺曲中第一名姬,要從良時,怕没有十斛明珠,千金聘禮。那鴇兒如何祇要三百兩?想鴇兒怪你無錢使用,白白占住他的女兒,設計打發你出門。那婦人與你相處已久,又礙卻面皮,不好明言。明知你手内空虚,故意將三百兩賣個人情,限你十日。若十日没有,你也不好上門。便上門時,他會説你笑你,落得一場羞澀,自然安身不牢,此乃煙花逐客之計。足下三思,休被其惑。據弟愚意,不如早早開交爲上[7]。"公子聽説,半晌無言,心中疑惑不定。遇春又道:"足下莫要錯了主意。你若真箇還鄉,不多幾兩盤費,還有人搭救;若是要三百兩時,莫説十日,就是十個月也難。如今的世情,那肯顧緩急二字的!那煙花也算定你没處告債,故意設法難你。"公子道:"仁兄所見良是。"口裏雖如此説,心中割捨不下。依舊又往外邊東央西告,祇是夜裏不進院門了。公子在柳監生寓中,一連住了三日,共是六日了。杜十娘連日不見公子進院,十分着緊,就教小厮四兒街上去尋。四兒尋到大街,恰好遇見公子。四兒叫道:"李姐夫,娘在家裏望你。"公子自覺無顏,回復道:"今日不得功夫,明日來罷。"四兒奉了十娘之命,一把扯住,死也不放,道:"娘叫唻尋你,是必同去走一遭。"李公子心上也牽掛看表子,没奈何,祇得隨四兒進院,見了十娘,嘿嘿無言。十娘問道:"所謀之事如何?"公子眼中流下淚來。十娘道:"莫非人情淡薄,不能足三百之數麽?"公子含淚而言,道出二句:

　　"不信上山擒虎易,果然開口告人難。

一連奔走六日，並無銖兩，一雙空手，羞見芳卿，故此這幾日不敢進院。今日承命呼喚，忍恥而來。非某不用心，實是世情如此。"十娘道："此言休使虔婆知道。郎君今夜且住，妾別有商議。"十娘自備酒餚，與公子歡飲。睡至半夜，十娘對公子道："郎君果不能辦一錢耶？妾終身之事，當如何也？"公子祇是流涕，不能答一語。漸漸五更天曉。十娘道："妾所臥絮褥內藏有碎銀一百五十兩，此妾私蓄，郎君可持去。三百金，妾任其半，郎君亦謀其半，庶易爲力。限祇四日，萬勿遲誤！"十娘起身將褥付公子，公子驚喜過望。喚童兒持褥而去。徑到柳遇春寓中，又把夜來之情與遇春說了。將褥拆開看時，絮中都裹着零碎銀子，取出兌時果是一百五十兩。遇春大驚道："此婦真有心人也。既係真情，不可相負，吾當代爲足下謀之。"公子道："倘得玉成，決不有負。"當下柳遇春留李公子在寓，自出頭各處去借貸[8]。兩日之內，湊足一百五十兩交付公子道："吾代爲足下告債，非爲足下，實憐杜十娘之情也。"李甲拿了三百兩銀子，喜從天降，笑逐顏開，欣欣然來見十娘，剛是第九日，還不足十日。十娘問道："前日分毫難借，今日如何就有一百五十兩？"公子將柳監生事情，又述了一遍。十娘以手加額道："使吾二人得遂其願者，柳君之力也！"兩個歡天喜地，又在院中過了一晚。次日十娘早起，對李甲道："此銀一交，便當隨郎君去矣。舟車之類，合當預備。妾昨日於姊妹中借得白銀二十兩，郎君可收下爲行資也。"公子正愁路費無出，但不敢開口，得銀甚喜。說猶未了，鴇兒恰來敲門叫道："姪兒，今日是第十日了。"公子聞叫，啓門相延道："承媽媽厚意，正欲相請。"便將銀三百兩放在桌上。鴇兒不料公子有銀，嘿然變色，似有悔意。十娘道："兒在媽媽家中八年，所致金帛，不下數千金矣。今日從良美事，又媽媽親口所訂，三百金不欠分毫，又不曾過期。倘若媽媽失信不許，郎君持銀去，兒即刻自盡。恐那時人財兩失，悔之無及也。"鴇兒無詞以對。腹內籌畫了半晌，祇得取天平兌準了銀子，說道："事已如此，料留你不住了。祇是你要去時，即今就去。平時穿戴衣飾之類，毫釐休想！"說罷，將公子和十娘推出房門，討鎖來就落了鎖。此時九月天氣。十娘纔下牀，尚未梳洗，隨身舊衣，就拜了媽媽兩拜。李公子也作了一揖。一夫一

婦,離了虔婆大門:

　　　　　鯉魚脱卻金鉤去,擺尾搖頭再不來。

【校注】

[1]落籍:亦作"脱籍"。古代妓女隸屬樂籍,欲從良或歇業時,須獲主管機構批準,將其名從樂籍中剔落,故稱。　　[2]虔婆:妓院老鴇,或泛指行爲不正、唯利是圖的婦女。　　[3]行院:妓院,亦可指妓女。　　[4]招架:理睬,搭理。　　[5]想頭:希望,結果。　　[6]下處:居所,棲身之處。　　[7]開交:斷絶關係,不再往來。　　[8]出頭:親自出面。

　　　公子教十娘且住片時:"我去喚個小轎擡你,權往柳榮卿寓所去,再作道理。"十娘道:"院中諸姊妹平昔相厚,理宜話别。况前日又承他借貸路費,不可不一謝也。"乃同公子到各姊妹處謝别。姊妹中惟謝月朗、徐素素與杜家相近,尤與十娘親厚。十娘先到謝月朗家。月朗見十娘禿鬢舊衫,驚問其故。十娘備述來因,又引李甲相見。十娘指月朗道:"前日路資,是此位姐姐所貸,郎君可致謝。"李甲連連作揖。月朗便教十娘梳洗,一面去請徐素素來家相會。十娘梳洗已畢,謝、徐二美人各出所有,翠鈿金釧,瑶簪寶珥,錦袖花裙,鸞帶繡履,把杜十娘裝扮得焕然一新,備酒作慶賀筵席。月朗讓卧房與李甲、杜媺二人過宿。次日,又大排筵席,遍請院中姊妹。凡十娘相厚者,無不畢集,都與他夫婦把盞稱喜。吹彈歌舞,各逞其長,務要盡歡,直飲至夜分。十娘向衆姊妹一一稱謝。衆姊妹道:"十姊爲風流領袖,今從郎君去,我等相見無日。何日長行,姊妹們尚當奉送。"月朗道:"候有定期,小妹當來相報。但阿姊千里間關[1],同郎君遠去,囊篋蕭條,曾無約束,此乃吾等之事。當相與共謀之,勿令姊有窮途之慮也。"衆姊妹各唯唯而散。是晚,公子和十娘仍宿謝家。至五鼓,十娘對公子道:"吾等此去,何處安身?郎君亦曾計議有定着否?"公子道:"老父盛怒之下,若知娶妓而歸,必然加以不堪,反致相累。輾轉尋思,尚未有萬全之策。"十娘道:"父子天性,豈能終絶?既然倉卒難犯,不若與郎君於蘇杭勝地,權作浮居[2]。郎君先回,求親友於尊大人面前勸解和順,然後攜妾于歸,彼此安妥。"公子道:"此言甚當。"次日,二人起身辭了謝月朗,暫往柳監生寓中,整頓行裝。杜十娘見了柳遇春,倒身下拜,謝其周全之德:"異日我夫婦必當重報。"遇春慌忙答禮道:"十娘鍾情所歡,不以貧賤易心[3],此乃女中豪傑。僕因風吹火,諒區區何足掛齒!"三人又飲了一日酒。次早,擇了出行吉日,僱倩轎馬停當。十娘又遣童兒寄信,別謝月朗。臨行之際,祇見肩輿紛紛而至[4],乃謝月朗與徐素素拉衆姊妹來送行。月朗道:"十姊從郎君千里間關,囊中消索,吾等甚不能忘情。今合具薄贐[5],十姊可檢收,或長途空乏,亦可少助。"說罷,命從人挈一描金文具至前,封鎖甚固,正不知什麼東西在裏面。十娘也不開看,也不推辭,但殷勤作謝而已。須臾,輿馬齊集,僕夫催促起身。柳監生三杯別酒,和衆美人送出崇文門外,各各垂淚而別。正是:

> 他日重逢難預必,此時分手最堪憐。

【校注】

[1]間(jiàn 見)關:原爲車輪轉動車轄的摩擦聲,此指跋涉遠行。　[2]浮居:暫居某地。　[3]貧賤(jù 聚):貧困、簡陋。　[4]肩輿:由兩人肩扛的小轎子,類似滑竿。　[5]贐(jìn 盡):向出行者贈送財物。

　　再説李公子同杜十娘行至潞河,捨陸從舟。卻好有瓜州差使船轉回之便,講定船錢,包了艙口。比及下船時,李公子囊中並無分文餘剩。你道杜十娘把二十兩銀子與公子,如何就沒了?公子在院中闖得衣衫藍縷,銀子到手,未免在解庫中取贖幾件穿着[1],又製辦了舖蓋,剩來祇勾轎馬之費。公子正當愁悶,十娘道:"郎君勿憂,衆姊妹合贈,必有所濟。"乃取鑰開箱。公子在傍自覺慚愧,也不敢窺覻箱中虛實。祇見十娘在箱裏取出一個紅絹袋來,擲於桌上道:"郎君可開看之。"公子提在手中,覺得沉重,啓而觀之,皆是白銀,計數整五十兩。十娘仍將箱子下鎖,亦不言箱中更有何物。但對公子道:"承衆姊妹高情,不惟途路不乏,即他日浮寓吳越間,亦可稍佐吾夫妻山水之費矣。"公子且驚且喜道:"若不遇恩卿,我李甲流落他鄉,死無葬身之地矣。此情此德,白頭不敢忘也!"自此每談及往事,公子必感激流

涕，十娘亦曲意撫慰，一路無話。不一日，行至瓜州，大船停泊岸口，
公子別僱了民船，安放行李。約明日侵晨，剪江而渡。其時仲冬中
旬，月明如水，公子和十娘坐於舟首。公子道：“自出都門，困守一艙
之中，四顧有人，未得暢語。今日獨據一舟，更無避忌。且已離塞北，
初近江南，宜開懷暢飲，以舒向來抑鬱之氣。恩卿以爲何如？”十娘
道：“妾久疏談笑，亦有此心，郎君言及，足見同志耳。”公子乃攜酒具
於船首，與十娘鋪氈並坐，傳杯交盞。飲至半酣，公子執卮對十娘道：
“恩卿妙音，六院推首[2]。某相遇之初，每聞絕調，輒不禁神魂之飛
動。心事多違，彼此鬱鬱，鸞鳴鳳奏，久矣不聞。今清江明月，深夜無
人，肯爲我一歌否？”十娘興亦勃發，遂開喉頓嗓，取扇按拍，嗚嗚咽
咽，歌出元人施君美《拜月亭》雜劇上“狀元執盞與嬋娟”一曲，名《小
桃紅》。真箇：

> 聲飛霄漢雲皆駐，響入深泉魚出游。

卻說他舟有一少年，姓孫名富，字善賚，徽州新安人氏。家資巨
萬，積祖揚州種鹽[3]。年方二十，也是南雍中朋友。生性風流，慣向
青樓買笑，紅粉追歡，若嘲風弄月，到是個輕薄的頭兒。事有偶然，其
夜亦泊舟瓜州渡口，獨酌無聊。忽聽得歌聲嘹亮，鳳吟鸞吹，不足喻
其美。起立船頭，佇聽半晌，方知聲出鄰舟。正欲相訪，音響倏已寂
然，乃遣僕者潛窺蹤跡，訪於舟人。但曉得是李相公僱的船，並不知
歌者來歷。孫富想道：“此歌者必非良家，怎生得他一見？”輾轉尋思，
通宵不寐。捱至五更，忽聞江風大作。及曉，彤雲密佈，狂雪飛舞。
怎見得，有詩爲證：

> 千山雲樹滅，萬徑人蹤絕；
>
> 扁舟蓑笠翁，獨釣寒江雪。

因這風雪阻渡，舟不得開。孫富命艄公移船，泊於李家舟之傍，孫富
貂帽狐裘，推窗假作看雪。值十娘梳洗方畢，纖纖玉手，揭起舟傍短
簾，自潑盂中殘水，粉容微露，卻被孫富窺見了，果是國色天香。魂搖
心蕩，迎眸注目，等候再見一面，杳不可得。沉思久之，乃倚窗高吟高
學士《梅花詩》二句[4]，道：

> 雪滿山中高士臥，月明林下美人來。

李甲聽得鄰舟吟詩，舒頭出艙，看是何人。祇因這一看，正中了孫富之計。孫富吟詩，正要引李公子出頭，他好乘機攀話。當下慌忙舉手，就問：“老兄尊姓何諱？”李公子敍了姓名鄉貫，少不得也問那孫富。孫富也敍過了。又敍了些太學中的閒話，漸漸親熟。孫富便道：“風雪阻舟，乃天遣與尊兄相會，實小弟之幸也。舟次無聊，欲同尊兄上岸，就酒肆中一酌，少領清誨，萬望不拒。”公子道：“萍水相逢，何當厚擾？”孫富道：“説那裏話！‘四海之内，皆兄弟也’。”喝教艄公打跳[5]，童兒張傘，迎接公子過船，就於船頭作揖。然後讓公子先行，自己隨後，各各登跳上涯。行不數步，就有個酒樓，二人上樓，揀一副潔净座頭，靠窗而坐。酒保列上酒餚。孫富舉杯相勸，二人賞雪飲酒。先説些斯文中套話，漸漸引入花柳之事。二人都是過來之人，志同道合，説得入港[6]，一發成相知了。孫富屏去左右，低低問道：“昨夜尊舟清歌者，何人也？”李甲正要賣弄在行，遂實説道：“此乃北京名姬杜十娘也。”孫富道：“既係曲中姊妹，何以歸兄？”公子遂將初遇杜十娘，如何相好，後來如何要嫁，如何借銀討他，始末根由，備細述了一遍。孫富道：“兄攜麗人而歸，固是快事，但不知尊府中能相容否？”公子道：“賤室不足慮，所慮者老父性嚴，尚費躊躇耳！”孫富將機就機，便問道：“既是尊大人未必相容，兄所攜麗人，何處安頓？亦曾通知麗人，共作計較否？”公子攢眉而答道：“此事曾與小妾議之。”孫富欣然問道：“尊寵必有妙策。”公子道：“他意欲僑居蘇杭，流連山水。使小弟先回，求親友宛轉於家君之前，俟家君回嗔作喜，然後圖歸。高明以爲何如？”孫富沉吟半晌，故作愀然之色，道：“小弟乍會之間，交淺言深，誠恐見怪。”公子道：“正賴高明指教，何必謙遜？”孫富道：“尊大人位居方面[7]，必嚴帷薄之嫌，平時既怪兄游非禮之地，今日豈容兄娶不節之人？況且賢親貴友，誰不迎合尊大人之意者？兄枉去求他，必然相拒。就有個不識時務的進言於尊大人之前，見尊大人意思不允，他就轉口了。兄進不能和睦家庭，退無詞以回復尊寵。即使留連山水，亦非長久之計。萬一資斧困竭[8]，豈不進退兩難！”公子自知手中祇有五十金，此時費去大半，説到資斧困竭，進退兩難，不覺點頭道是。孫富又道：“小弟還有句心腹之談，兄肯俯聽否？”公子道：“承兄過愛,更求盡言。"孫富道:"疎不間親,還是莫説罷。"公子道:"但説何妨!"孫富道:"自古道:'婦人水性無常。'況煙花之輩,少真多假。他既係六院名姝,相識定滿天下;或者南邊原有舊約,借兄之力,挈帶而來,以爲他適之地。"公子道:"這個恐未必然。"孫富道:"即不然,江南子弟,最工輕薄。兄留麗人獨居,難保無逾墻鑽穴之事[9]。若挈之同歸,愈增尊大人之怒。爲兄之計,未有善策。況父子天倫,必不可絶。若爲妾而觸父,因妓而棄家,海内必以兄爲浮浪不經之人。異日妻不以爲夫,弟不以爲兄,同袍不以爲友,兄何以立於天地之間? 兄今日不可不熟思也!"公子聞言,茫然自失,移席問計:"據高明之見,何以教我?"孫富道:"僕有一計,於兄甚便。祇恐兄溺枕席之愛,未必能行,使僕空費詞説耳!"公子道:"兄誠有良策,使弟再睹家園之樂,乃弟之恩人也。又何憚而不言耶?"孫富道:"兄飄零歲餘,嚴親懷怒,閨閣離心。設身以處兄之地,誠寢食不安之時也。然尊大人所以怒兄者,不過爲迷花戀柳,揮金如土,異日必爲棄家蕩産之人,不堪承繼家業耳! 兄今日空手而歸,正觸其怒。兄倘能割衽席之愛,見機而作,僕願以千金相贈。兄得千金以報尊大人,祇説在京授館[10],並不曾浪費分毫,尊大人必然相信。從此家庭和睦,當無間言。須臾之間,轉禍爲福。兄請三思,僕非貪麗人之色,實爲兄效忠於萬一也!"李甲原是沒主意的人,本心懼怕老子,被孫富一席話,説透胸中之疑,起身作揖道:"聞兄大教,頓開茅塞。但小妾千里相從,義難頓絶,容歸與商之。得妾心肯,當奉復耳。"孫富道:"説話之間,宜放婉曲。彼既忠心爲兄,必不忍使兄父子分離,定然玉成兄還鄉之事矣。"二人飲了一回酒,風停雪止,天色已晚。孫富教家僮算還了酒錢,與公子攜手下船。正是:

　　　　逢人且説三分話,未可全抛一片心。

【校注】

[1]解(jiè 介)庫:典當舖的別稱。　　　[2]六院:妓院的別稱。　　　[3]種鹽:做鹽業生意。　　　[4]高學士:即"明初四傑"之一、著名詩人高啓(1336—1374),字季迪,號青丘子,有《高青丘集》行世。　　　[5]跳:俗稱跳板,擱於兩船或船岸之

間、供人行走的木板。　　　[6]入港:談話投機。　　　[7]方面:古代負責一方軍政事務的最高官員。小説中李甲的父親僅爲布政使,如此稱呼,有溢美之意。
[8]資斧:旅費、盤纏。　　　[9]逾墙鑽穴:比喻男女私情。語出《孟子·滕文公下》:"不待父母之命,媒妁之言,鑽穴隙相窺,逾墙相從,則父母國人皆賤之。"
[10]授館:擔任私塾先生的工作。

　　卻説杜十娘在舟中,擺設酒果,欲與公子小酌,竟日未回,挑燈以待。公子下船,十娘起迎。見公子顏色匆匆,似有不樂之意,乃滿斟熱酒勸之。公子搖首不飲,一言不發,竟自牀上睡了。十娘心中不悦,乃收拾杯盤,爲公子解衣就枕,問道:"今日有何見聞,而懷抱鬱鬱如此?"公子歎息而已,終不啓口。問了三四次,公子已睡去了。十娘委決不下,坐於牀頭而不能寐。到夜半,公子醒來,又歎一口氣。十娘道:"郎君有何難言之事,頻頻歎息?"公子擁被而起,欲言不語者幾次,撲簌簌掉下淚來。十娘抱持公子於懷間,軟言撫慰道:"妾與郎君情好,已及二載,千辛萬苦,歷盡艱難,得有今日。然相從數千里,未曾哀戚。今將渡江,方圖百年歡笑,如何反起悲傷? 必有其故。夫婦之間,死生相共,有事盡可商量,萬勿諱也。"公子再四被逼不過[1],祇得含淚而言道:"僕天涯窮困,蒙恩卿不棄,委曲相從,誠乃莫大之德也。但反復思之,老父位居方面,拘於禮法,況素性方嚴,恐添嗔怒,必加黜逐。你我流蕩,將何底止? 夫婦之歡難保,父子之倫又絶。日間蒙新安孫友邀飲,爲我籌及此事,寸心如割!"十娘大驚道:"郎君意將如何?"公子道:"僕事内之人,當局而迷。孫友爲我畫一計頗善,但恐恩卿不從耳!"十娘道:"孫友者何人? 計如果善,何不可從?"公子道:"孫友名富,新安鹽商,少年風流之士也。夜間聞子清歌,因而問及。僕告以來歷,並談及難歸之故,渠意欲以千金聘汝。我得千金,可藉口以見吾父母,而恩卿亦得所天。但情不能捨,是以悲泣。"説罷,淚如雨下。十娘放開兩手,冷笑一聲道:"爲郎君畫此計者,此人乃大英雄也! 郎君千金之資既得恢復,而妾歸他姓,又不致爲行李之累,發乎情,止乎禮,誠兩便之策也。那千金在那裏?"公子收淚道:"未得恩卿之諾,金尚留彼處,未曾過手。"十娘道:"明早快快應承了他,不可挫過機會。但千金重事,須得兌足交付郎君之手,妾始過舟,勿爲賈豎子所欺。"時已四鼓,十娘即起身挑燈梳洗道:"今日之妝,乃迎新送舊,非比尋常。"於是脂粉香澤,用意修飾,花鈿繡襖,極其華艷,香風拂拂,光采照人。裝束方完,天色已曉。孫富差家童到船頭候信。十娘微窺公子,欣欣似有喜色,乃催公子快去回話,及早兌足銀子。公子親到孫富船中,回復依允。孫富道:"兌銀易事,須得麗人妝臺爲信。"公子又回復了十娘,十娘即指描金文具道:"可便擡去。"孫富喜甚。即將白銀一千兩,送到公子船中。十娘親自檢看,足色足數,分毫無爽,乃手把船舷,以手招孫富。孫富一見,魂不附體。十娘啓朱唇,開皓齒道:"方纔箱子可暫發來,內有李郎路引一紙[2],可檢還之也。"孫富視十娘已爲甕中之鼈,即命家童送那描金文具,安放船頭之上。十娘取鑰開鎖,內皆抽替小箱[3]。十娘叫公子抽第一層來看,祇見翠羽明璫,瑤簪寶珥,充牣於中,約值數百金。十娘遽投之江中。李甲與孫富及兩船之人,無不驚詫。又命公子再抽一箱,乃玉簫金管;又抽一箱,盡古玉紫金玩器,約值數千金。十娘盡投之於大江中。岸上之人,觀者如堵。齊聲道:"可惜,可惜!"正不知什麽緣故。最後又抽一箱,箱中復有一匣。開匣視之,夜明之珠約有盈把。其他祖母綠,貓兒眼,諸般異寶,目所未睹,莫能定其價之多少。衆人齊聲喝采,喧聲如雷。十娘又欲投之於江。李甲不覺大悔,抱持十娘慟哭,那孫富也來勸解。十娘推開公子在一邊,向孫富罵道:"我與李郎備嘗艱苦,不是容易到此。汝以奸淫之意,巧爲讒説,一旦破人姻緣,斷人恩愛,乃我之仇人。我死而有知,必當訴之神明,尚妄想枕席之歡乎!"又對李甲道:"妾風塵數年,私有所積,本爲終身之計。自遇郎君,山盟海誓,白首不渝。前出都之際,假託衆姊妹相贈,箱中韞藏百寶,不下萬金。將潤色郎君之裝,歸見父母,或憐妾有心,收佐中饋,得終委託,生死無憾。誰知郎君相信不深,惑於浮議,中道見棄,負妾一片真心。今日當衆目之前,開箱出視,使郎君知區區千金,未爲難事。妾櫝中有玉,恨郎眼內無珠。命之不辰,風塵困瘁,甫得脫離,又遭棄捐。今衆人各有耳目,共作證明,妾不負郎君,郎君自負妾耳!"於是衆人聚觀者,無不流涕,都唾罵李公子負心薄倖。公子又羞又苦,且悔且泣,方欲向十娘謝罪。十娘抱持寶匣,向江心一跳。衆人急呼撈救,但見雲暗江心,波濤滾滾,杳無蹤影。可惜一個如花似玉的名姬,一旦葬於江魚之腹。

　　　　三魂渺渺歸水府,七魄悠悠入冥途。

當時旁觀之人,皆咬牙切齒,爭欲拳毆李甲和那孫富。慌得李、孫二人手足無措,急叫開船,分途遁去。李甲在舟中,看了千金,轉憶十娘,終日愧悔,鬱成狂疾,終身不痊。孫富自那日受驚,得病臥牀月餘,終日見杜十娘在傍詬罵,奄奄而逝。人以爲江中之報也。

　　卻說柳遇春在京坐監完滿,束裝回鄉,停舟瓜步。偶臨江淨臉,失墜銅盆於水,覓漁人打撈。及至撈起,乃是個小匣兒。遇春啓匣觀看,内皆明珠異寶,無價之珍。遇春厚賞漁人,留於牀頭把玩。是夜夢見江中一女子,凌波而來,視之,乃杜十娘也。近前萬福,訴以李郎薄倖之事,又道:"向承君家慷慨,以一百五十金相助。本意息肩之後,徐圖報答,不意事無終始。然每懷盛情,悒悒未忘。早間曾以小匣托漁人奉致,聊表寸心,從此不復相見矣。"言訖,猛然驚醒,方知十娘已死,歎息累日。後人評論此事,以爲孫富謀奪美色,輕擲千金,固非良士;李甲不識杜十娘一片苦心,碌碌蠢才,無足道者。獨謂十娘千古女俠,豈不能覓一佳侶,共跨秦樓之鳳[4],乃錯認李公子。明珠美玉,投於盲人,以致恩變爲仇,萬種恩情,化爲流水,深可惜也! 有詩歎云:

　　　　不會風流莫妄談,單單情字費人參。

　　　　若將情字能參透,喚作風流也不慚。

《警世通言》卷三二

【校注】

[1]再四:即再三。　　[2]路引:簡便的道路通行證。此處特指國子監批準李甲坐監未滿、臨時回籍的憑證。　　[3]抽替:即抽屜。　　[4]秦樓之鳳:傳說春秋時人蕭史,善吹簫作鳳鳴,秦穆公將女兒弄玉嫁給他爲妻,并爲築鳳臺居之。一夕,蕭史吹簫引鳳,與弄玉跨鳳飛昇,得道成仙。

賣油郎獨占花魁

【題解】

　　"賣油郎"與"花魁娘子"之事,曾附載於馮夢龍《情史》卷五"史鳳",另有明代戲曲家李玉所撰《占花魁》傳奇;然影響最大者,乃是收録於《醒世恒言》的擬話本《賣油郎獨占花魁》。此後,該故事又進入説唱文學領域,流播甚廣,譬如北京師範大學圖書館藏有舊抄本子弟書《賣油郎獨占花魁》上下卷,1916 年鑄記書局出版有石印本《繡像説唱賣油郎獨占花魁》四十八回;地方戲曲評劇也曾加以搬演,其劇本題爲《花魁女與賣油郎》。本篇選入時對個别字句有删節。

　　擬話本《賣油郎獨占花魁》,敍述了一個落入俗套的妓女從良故事,但引人注目的是:小説男主人公由以往的文人士子,换成了挑着油擔的"賣油郎",這個不被人看好、自己也有點自卑的小商販,依靠真誠和巧運,最後打敗"黄翰林的衙内,韓尚書的公子,齊太尉的舍人",贏得花魁娘子的芳心。"賣油郎"的勝利,具有頗爲重要的象徵意義,它反映着明代中後期由於商品經濟的繁榮,若干社會階層開始出現力量消長、地位沉浮的歷史事實。當然,必須指出的是,秦重的愛情神話,並不意味着商人已經成爲明代女性擇偶的第一選擇;相反,明代商人的婚姻問題,仍然存在着不小的障礙,這在《樂小舍拚生覓偶》(《警世通言》第二十三卷)、《鬧樊樓多情周勝仙》(《醒世恒言》第十四卷)等篇中,均有真實細緻的描述。即便是《賣油郎獨占花魁》,也客觀地記録了小商人的尷尬:秦重初見花魁娘子,無限仰慕,卻擔心"我賣油的,縱有了銀子,料他也不肯接我";爲能獲得妓院的尊重,他不得不頭頂"萬字方巾",演習"孔門規矩";而花魁娘子雖被秦重的真情感動,心中則想"可惜是市井之輩,若是衣冠子弟,情願委身事之"。或許,小説作者正是意識到了這種社會阻力的存在,纔不避突兀之嫌,在結局處插入秦重善待莘老夫婦、救助花魁娘子等情節,以增加"賣油郎""獨占花魁"的可能性與可信度。

　　　年少争誇風月,場中波浪偏多。有錢無貌意難和,有貌無錢不可。就是有錢有貌,還須着意揣摩。知情識趣俏哥哥,此道誰人賽我。

　　這首詞名爲《西江月》,是風月機關中最要之論。常言道:"妓愛俏,媽愛鈔。"所以子弟行中[1],有了潘安般貌,鄧通般錢[2],自然上和下睦,做得煙花寨内的大王,鴛鴦會上的主盟。然雖如此,還有個兩字經兒,叫做幫襯。幫者,如鞋之有幫;襯者,如衣之有襯。但凡做小娘的^[3]，有一分所長，得人幫貼，就當十分。若有短處，曲意替他遮護，更兼低聲下氣，送暖偷寒，逢其所喜，避其所諱，以情度情，豈有不愛之理？這叫做幫襯。風月場中，祇有會幫襯的最討便宜，無貌而有貌，無錢而有錢。假如鄭元和在卑田院做了乞兒^[4]，此時囊篋俱空，容顏非舊，李亞仙於雪天遇之，便動了一個惻隱之心，將繡襦包裹，美食供養，與他做了夫妻。這豈是愛他之錢，戀他之貌？祇爲鄭元和識趣知情，善於幫襯，所以亞仙心中捨他不得。你祇看亞仙病中想馬板腸湯喫，鄭元和就把五花馬殺了，取腸煮湯奉之。祇這一節上，亞仙如何不念其情？後來鄭元和中了狀元，李亞仙封爲汴國夫人。《蓮花落》打出萬年策，卑田院祇做了白玉堂。一牀錦被遮蓋，風月場中反爲美談。這是：

> 運退黃金失色，時來鐵也生光。

　　話說大宋自太祖開基，太宗嗣位，歷傳真、仁、神、哲，共是七代帝王，都則偃武修文，民安國泰。到了徽宗道君皇帝，信任蔡京、高俅、楊戩、朱勔之徒，大興苑囿，專務游樂，不以朝政爲事。以致萬民嗟怨，金虜乘之而起，把花錦般一個世界，弄得七零八落。直至二帝蒙塵，高宗泥馬渡江^[5]，偏安一隅，天下分爲南北，方得休息。其中數十年，百姓受了多少苦楚。正是：

> 甲馬叢中立命，刀槍隊裏爲家。
>
> 殺戮如同戲耍，搶奪便是生涯。

【校注】

[1]子弟：此特指嫖客。　　　[2]鄧通：漢文帝時的佞臣，可自鑄銅錢，富可敵國。後泛指富豪或金錢。　　　[3]小娘：浙江方言，年輕女子。此指妓女。
[4]卑田院：應作"悲田院"。舊時收容窮人乞丐的場所，始設於唐代。佛教稱贍養父母爲"恩田"，供養佛祖爲"敬田"，施貧爲"悲田"。　　　[5]高宗泥馬渡江：相傳宋高宗（趙構）爲金兵追趕，慌亂中曾騎一疋泥馬渡過長江。清錢彩《説岳全傳》第二十回"金營神鳥引真主，夾江泥馬渡康王"，即演繹此情節。

　　內中單表一人，乃汴梁城外安樂村居住，姓莘名善，渾家阮氏。夫妻兩口，開個六陳舖兒^[1]。雖則糶米爲生，一應麥豆茶酒油鹽雜貨，無所不備，家道頗頗得過[2]。年過四旬，止生一女，小名叫做瑤琴。自小生得清秀，更且資性聰明。七歲上，送在村學中讀書，日誦千言。十歲時，便能吟詩作賦，曾有《閨情》一絕，爲人傳誦。詩云：

朱簾寂寂下金鉤，香鴨沉沉冷畫樓。

移枕怕驚鴛並宿，挑燈偏恨蕊雙頭。

到十二歲，琴棋書畫，無所不通。若題起女工一事，飛針走綫，出人意表。此乃天生伶俐，非教習之所能也。莘善因爲自家無子，要尋個養女婿[3]，來家靠老[4]。祇因女兒靈巧多能，難乎其配，所以求親者頗多，都不曾許。不幸遇了金虜猖獗，把汴梁城圍困，四方勤王之師雖多，宰相主了和議，不許厮殺，以致虜勢愈甚，打破了京城，劫遷了二帝。那時城外百姓，一個個亡魂喪膽，攜老扶幼，棄家逃命。

卻説莘善領着渾家阮氏，和十二歲的女兒，同一般逃難的，背着包裹，結隊而走。

忙忙如喪家之犬，急急如漏網之魚。擔渴擔飢擔勞苦，此行誰是家鄉？叫天叫地叫祖宗，惟願不逢韃虜。正是：寧爲太平犬，莫作亂離人！

正行之間，誰想韃子到不曾遇見，卻逢着一陣敗殘的官兵。他看見許多逃難的百姓，多背得有包裹，假意吶喊道："韃子來了！"沿路放起一把火來。此時天色將晚，嚇得衆百姓落荒亂竄，你我不相顧。他就乘機搶掠。若不肯與他，就殺害了。這是亂中生亂，苦上加苦。卻説莘氏瑤琴，被亂軍衝突，跌了一交，爬起來，不見了爹娘，不敢叫喚，躲在道傍古墓之中，過了一夜。到天明，出外看時，但見滿目風沙，死屍橫路。昨日同時避難之人，都不知所往。瑤琴思念父母，痛哭不已。欲待尋訪，又不認得路徑，祇得望南而行。哭一步，捱一步，約莫走了二里之程。心上又苦，腹中又飢，望見土房一所，想必其中有人，欲待求乞些湯飲。及至向前，卻是破敗的空屋，人口俱逃難去了。瑤琴坐於土墻之下，哀哀而哭。自古道：無巧不成話。恰好有一人從墻下而過。那人姓卜名喬，正是莘善的近鄰，平昔是個游手游食，不守本分，慣喫白食，用白錢的主兒，人都稱他是卜大郎。也是被官軍衝散了同夥，今日獨自而行。聽得啼哭之聲，慌忙來看。瑤琴自小相認，今日患難之際，舉目無親，見了近鄰，分明見了親人一般，即忙收淚，起身相見，問道："卜大叔，可曾見我爹媽麼？"卜喬心中暗想："昨日被官軍搶去包裹，正沒盤纏。天生這碗衣飯，送來與我，正是奇貨可居。"便扯個謊道："你爹和媽，尋你不見，好生痛苦，如今前面去了，分付我道：'倘或見我女兒，千萬帶了他來，送還了我。'許我厚謝。"瑤琴雖是聰明，正當無可奈何之際，君子可欺以其方[5]，遂全然不疑，隨着卜喬便走，正是：

　　　　情知不是伴，事急且相隨。

【校注】

[1]六陳舖兒：泛指糧店。米、大麥、小麥、大豆、小豆、芝麻等糧食，可以久藏，俗稱"六陳"。　　　[2]頗頗：非常、甚是。　　　[3]養女婿：舊時將他人之子收養入門，成年後與自家女兒婚配。　　　[4]靠老：養老、防老。　　　[5]君子可欺以其方：君子品性正直無邪，小人恰可利用此點欺騙他們。語出《孟子·萬章上》。

卜喬將隨身帶的乾糧，把些與他喫了，分付道："你爹媽連夜走的。若路上不能相遇，直要過江到建康府，方可相會。一路上同行，我權把你當女兒，你權叫我做爹。不然，祇道我收留迷失子女，不當穩便[1]。"瑤琴依允。從此陸路同步，水路同舟，爹女相稱。到了建康府，路上又聞得金兀尤四太子，引兵渡江，眼見得建康不得寧息。又聞得康王即位，已在杭州駐蹕[2]，改名臨安，遂趁船到潤州。過了蘇、常、嘉、湖，直到臨安地面，暫且飯店中居住。也虧卜喬，自汴京至臨安，三千餘里，帶那莘瑤琴下來，身邊藏下些散碎銀兩，都用盡了，連身上外蓋衣服[3]，脫下準了店錢[4]，止剩得莘瑤琴一件活貨，欲行出脫[5]。訪得西湖上煙花王九媽家要討養女，遂引九媽到店中，看貨還錢。九媽見瑤琴生得標致，講了財禮五十兩。卜喬兌足了銀子，將瑤琴送到王家。原來卜喬有智，在王九媽前，祇說："瑤琴是我親生之女，不幸到你門户人家[6]，須是軟款的教訓[7]，他自然從順，不要性急。"在瑤琴面前，又說："九媽是我至親，權時把你寄頓他家，待我從容訪知你爹媽下落，再來領你。"以此瑤琴欣然而去。

可憐絶世聰明女，墮落煙花羅網中。

【校注】

[1]穩便：穩妥、方便。　　[2]駐蹕：皇帝外出巡幸時暫住某地。蹕，意爲禁止行人，以清道路。　　[3]外蓋衣服：外面的罩衫。　　[4]準：抵償、折充。　　[5]出脱：賣出、脱手。　　[6]門户人家：妓院。　　[7]軟款：耐心、輕緩。

王九媽新討了瑶琴，將他渾身衣服，換個新鮮，藏於曲樓深處，終日好茶好飯，去將息他，好言好語，去温暖他。瑶琴既來之，則安之。住了幾日，不見卜喬回信，思量爹媽，噙着兩行珠涙，問九媽道："卜大叔怎不來看我？"九媽道："那個卜大叔？"瑶琴道："便是引我到你家的那個卜大郎。"九媽道："他説是你的親爹。"瑶琴道："他姓卜，我姓莘。"遂把汴梁逃難，失散了爹媽，中途遇見了卜喬，引到臨安，并卜喬哄他的説話，細述一遍。九媽道："原來恁地，你是個孤身女兒，無腳蟹[1]，我索性與你説明罷。那姓卜的把你賣在我家，得銀五十兩去了。我們是門户人家，靠着粉頭過活。家中雖有三四個養女，並没個出色的。愛你生得齊整，把做個親女兒相待。待你長成之時，包你穿好喫好，一生受用。"瑶琴聽説，方知被卜喬所騙，放聲大哭。九媽勸解，良久方止。自此九媽將瑶琴改做王美，一家都稱爲美娘，教他吹彈歌舞，無不盡善。長成一十四歲，嬌艷非常。臨安城中，這些富豪公子，慕其容貌，都備着厚禮求見。也有愛清標的，聞得他寫作俱高，求詩求字的，日不離門。弄出天大的名聲出來，不叫他美娘，叫他做花魁娘子。西湖上子弟編出一隻《掛枝兒》[2]，單道那花魁娘子的好處：

　　　小娘中，誰似得王美兒的標致，又會寫，又會畫，又會做詩，吹彈歌舞都餘事。常把西湖比西子，就是西子比他也還不如。那個有福的湯着他身兒[3]，也情願一個死。

王九媽聽得這些風聲，怕壞了門面，來勸女兒接客。王美執意不肯，説道："要我會客時，除非見了親生爹媽。他肯做主時，方纔使得。"王九媽心裏又惱他，又不捨得難爲他。捱了好些時。偶然有個金二員

外,大富之家,情願出三百兩銀子,梳弄美娘[4]。九媽得了這主大財,心
生一計,與金二員外商議:若要他成就,除非如此如此。金二員外意會
了。其日八月十五日,祇說請王美湖上看潮。請至舟中,三四個幫閒,
俱是會中之人,猜拳行令,做好做歉[5],將美娘灌得爛醉如泥。扶到王
九媽家樓中,臥於牀上,不省人事。此時天氣和暖,又沒幾層衣服。媽
兒親手伏侍,欲待挣扎,争奈手足俱軟,繇他輕薄了一回。

【校注】

[1]無腳蟹:没腳的螃蟹無法行走。比喻孤立無助、無依無靠。　　　[2]《掛枝
兒》:盛行於明代的民間小曲,内容多吟唱男女感情之事。明馮夢龍曾輯有《掛枝
兒》十卷。　　　[3]湯:觸碰。　　　[4]梳弄:亦作"梳攏",舊時妓女的首次接客。
[5]做好做歉:或扮紅臉,或扮白臉,串通好了作弄某人。

　　五鼓時,美娘酒醒,已知鴇兒用計,破了身子。自憐紅顔命薄,遭
此强横,起來解手,穿了衣服,自在牀邊一個斑竹榻上,朝着裏壁睡
了,暗暗垂淚。金二員外來親近他時,被他劈頭劈臉,抓有幾個血痕。
金二員外好生没趣,捱得天明,對媽兒説聲:"我去也。"媽兒要留他
時,已自出門去了。從來梳弄的子弟,早起時,媽兒進房賀喜,行户中
都來稱賀,還要喫幾日喜酒。那子弟多則住一二月,最少也住半月二
十日。祇有金二員外侵早出門[1],是從來未有之事。王九媽連叫詫
異,披衣起身上樓,祇見美娘臥於榻上,滿眼流淚。九媽要哄他上行,
連聲招許多不是。美娘祇不開口。九媽祇得下樓去了。美娘哭了一
日,茶飯不沾。從此託病,不肯下樓,連客也不肯會面了。
　　九媽心下焦燥,欲待把他凌虐,又恐他烈性不從,反冷了他的心
腸[2];欲待繇他,本是要他賺錢,若不接客時,就養到一百歲也没用。
躊躇數日,無計可施。忽然想起,有個結義妹子,叫做劉四媽,時常往
來。他能言快語,與美娘甚説得着,何不接取他來,下個説詞?若得
他回心轉意,大大的燒個利市[3]。當下叫保兒去請劉四媽到前樓坐
下,訴以衷情。劉四媽道:"老身是個女隨何,雌陸賈[4],説得羅漢思
情,嫦娥想嫁。這件事都在老身身上。"九媽道:"若得如此,做姐的情

願與你磕頭。你多喫杯茶去，省得説話時口乾。"劉四媽道："老身天生這副海口，便説到明日，還不乾哩。"劉四媽喫了幾杯茶，轉到後樓，衹見樓門緊閉。劉四媽輕輕的叩了一下，叫聲："侄女！"美娘聽得是四媽聲音，便來開門。兩下相見了，四媽靠桌朝下而坐，美娘傍坐相陪。四媽看他桌上鋪着一幅細絹，纔畫得個美人的臉兒，還未曾着色。四媽稱讚道："畫得好，真是巧手！九阿姐不知怎生樣造化，偏生遇着你這一個伶俐女兒，又好人物，又好技藝，就是堆上幾千兩黃金，滿臨安走遍，可尋出個對兒麼？"美娘道："休得見笑！今日甚風吹得姨娘到來？"劉四媽道："老身時常要來看你，衹爲家務在身，不得空閒。聞得你恭喜梳弄了，今日偷空而來，特特與九阿姐叫喜。"美兒聽得提起"梳弄"二字，滿臉通紅，低着頭不來答應。劉四媽知他害羞，便把椅兒掇上一步，將美娘的手兒牽着，叫聲："我兒，做小娘的，不是個軟殼雞蛋[5]，怎的這般嫩得緊？似你恁地怕羞，如何賺得大主銀子？"美娘道："我要銀子做甚？"四媽道："我兒，你便不要銀子，做娘的，看得你長大成人，難道不要出本[6]？自古道：靠山喫山，靠水喫水。九阿姐家有幾個粉頭，那一個趕得上你的腳跟來？一園瓜，衹看得你是個瓜種。九阿姐待你也不比其他。你是聰明伶俐的人，也須識些輕重[7]。聞得你自梳弄之後，一個客也不肯相接。是什麼意兒？都像你的意時[8]，一家人口，似蠶一般，那個把桑葉喂他？做娘的擡舉你一分，你也要與他爭口氣兒，莫要反討衆丫頭們批點[9]。"美娘道："繇他批點，怕怎的！"劉四媽道："阿呀！批點是個小事，你可曉得門户中的行徑麼？"美娘道："行徑便怎的？"劉四媽道："我們門户人家，喫着女兒，用着女兒。僥倖討得一個像樣的，分明是大户人家置了一所良田美産。年紀幼小時，巴不得風吹得大；到得梳弄過後，便是田産成熟，日日指望花利到手受用。前門迎新，後門送舊，張郎送米，李郎送柴，往來熱鬧，纔是個出名的姊妹行家。"美娘道："羞答答，我不做這樣事！"劉四媽掩着口，格的笑了一聲，道："不做這樣事，可是繇得你的？一家之中，有媽媽做主。做小娘的若不依他教訓，動不動一頓皮鞭，打得你不生不死。那時不怕你不走他的路兒。九阿姐一向不難爲你，衹可惜你聰明標致，從小嬌美的，要惜你的廉恥，存你的體面。方纔告訴我許多話,說你不識好歹,放着鵝毛不知輕,頂着磨子不知重[10],心下好生不悦。教老身來勸你。你若執意不從,惹他性起,一時翻過臉來,罵一頓,打一頓,你待走上天去! 凡事祇怕個起頭,若打破了頭時,朝一頓,暮一頓,那時熬這些痛苦不過,祇得接客,卻不把千金聲價弄得低微了? 還要被姊妹中笑話。依我説,弔桶已自落在他井裏,挣不起了。不如千歡萬喜,倒在娘的懷裏,落得自己快活。"美娘道:"奴是好人家兒女,誤落風塵,倘得姨娘主張從良,勝造九級浮圖。若要我倚門獻笑,送舊迎新,寧甘一死,決不情願。"劉四媽道:"我兒,從良是個有志氣的事,怎麼説道不該! 祇是從良也有幾等不同。"美娘道:"從良有甚不同之處?"劉四媽道:"有個真從良,有個假從良;有個苦從良,有個樂從良;有個趁好的從良,有個没奈何的從良;有個了從良,有個不了的從良。我兒耐心聽我分説。如何叫做真從良? 大凡才子必須佳人,佳人必須才子,方成佳配。然而好事多磨,往往求之不得。幸然兩下相逢,你貪我愛,割捨不下。一個願討,一個願嫁。好像捉對的蠶蛾,死也不放。這個謂之真從良。怎麼叫做假從良? 有等子弟愛着小娘,小娘卻不愛那子弟。本心不願嫁他,祇把個嫁字兒哄他心熱,撒漫銀錢。比及成交,卻又推故不就。又有一等癡心的子弟,曉得小娘心腸不對他,偏要娶他回去。拚着一主大錢,動了媽兒的火,不怕小娘不肯。勉强進門,心中不順,故意不守家規,小則撒潑放肆,大則公然偷漢[11]。人家容留不得,多則一年,少則半載,依舊放他出來,爲娼接客。把從良二字,祇當個撰錢的題目[12]。這個謂之假從良。如何叫做苦從良? 一般樣子弟愛小娘,小娘不愛那子弟,卻被他以勢凌之。媽兒懼禍,已自許了。做小娘的,身不繇主,含淚而行。一入侯門,如海之深,家法又嚴,擡頭不得。半妾半婢,忍死度日。這個謂之苦從良。如何叫做樂從良? 做小娘的,正當擇人之際,偶然相交個子弟,見他情性温和,家道富足,又且大娘子樂善,無男無女,指望他日過門,與他生育,就有主母之分。以此嫁他,圖個日前安逸,日後出身,這個謂之樂從良。如何叫做趁好的從良? 做小娘的,風花雪月,受用已够,趁這盛名之下,求之者衆,任我揀擇個十分滿意的嫁他,急流勇退,及早回頭,不致受人怠慢。這個謂之趁好的從良。如何叫做没奈何的從良？做小娘的，原無從良之意，或因官司逼迫，或因强横欺瞞，又或因債負太多，將來賠償不起，弊口氣，不論好歹，得嫁便嫁，買静求安，藏身之法，這謂之没奈何的從良。如何叫做了從良？小娘半老之際，風波歷盡，剛好遇個老成的孤老，兩下志同道合，收繩捲索，白頭到老。這個謂之了從良。如何叫做不了的從良？一般你貪我愛，火熱的跟他，卻是一時之興，没有個長算。或者尊長不容，或者大娘妒忌，鬧了幾場，發回媽家，追取原價。又有個家道凋零，養他不活，苦守不過，依舊出來趕趁[13]，這謂之不了的從良。”美娘道：“如今奴家要從良，還是怎地好？”劉四媽道：“我兒，老身教你個萬全之策。”美娘道：“若蒙教導，死不忘恩。”劉四媽道：“從良一事，入門爲净。況且你身子已被人捉弄過了，就是今夜嫁人，叫不得個黄花女兒[14]。千錯萬錯，不該落於此地。這就是你命中所招了。做娘的費了一片心機，若不幫他幾年，趁過千把銀子，怎肯放你出門？還有一件，你便要從良，也須揀個好主兒。這些臭嘴臭臉的，難道就跟他不成？你如今一個客也不接，曉得那個該從，那個不該從？假如你執意不肯接客，做娘的没奈何，尋個肯出錢的主兒，賣你去做妾，這也叫做從良。那主兒或是年老的，或是貌醜的，或是一字不識的村牛[15]，你卻不骯髒了一世！比着把你撂在水裏，還有撲通的一聲響，討得旁人叫一聲可惜。依着老身愚見，還是俯從人願，憑着做娘的接客。似你恁般才貌，等閒的料也不敢相扳。無非是王孫公子，貴客豪門，也不辱没了你一生。一來風花雪月，趁着年少受用，二來作成媽兒起個家事[16]，三來使自己也積趲些私房，免得日後求人。過了十年五載，遇個知心着意的，説得來，話得着，那時老身與你做媒，好模好樣的嫁去，做娘的也放得你下了，可不兩得其便？”美娘聽説，微笑而不言。劉四媽已知美娘心中活動了，便道：“老身句句是好話，你依着老身的話時，後來還當感激我哩。”説罷起身。王九媽立在樓門之外，一句句都聽得的。美娘送劉四媽出房門，劈面撞着了九媽[17]，滿面羞慚，縮身進去。王九媽隨着劉四媽，再到前樓坐下。劉四媽道：“恁女十分執意，被老身右説左説，一塊硬鐵看看熔做熱汁。你如今快快尋個覆帳的主兒[18]，他必然肯就。那時做妹子的再來賀

喜。"王九媽連連稱謝。是日備飯相待,盡醉而別。後來西湖上子弟們又有隻《掛枝兒》,單説那劉四媽説詞一節:

> 劉四媽,你的嘴舌兒好不利害!便是女隨何,雌陸賈,不信有這大才。説着長,道着短,全没些破敗。就是醉夢中,被你説得醒;就是聰明的,被你説得呆。好個烈性的姑姑,也被你説得他心地改。

【校注】

[1]侵早:一大早。　　　[2]冷了心腸:反感、冷漠。　　　[3]燒個利市:指商人在開業時,燒紙祭獻財神。　　　[4]女隨何、雌陸賈:隨何與陸賈,均爲漢初才華出衆的説客、辯士。此處用以形容劉四媽的伶牙俐齒。　　　[5]軟殼雞蛋:比喻性情軟弱、不堅强。　　　[6]出本:賺回本錢。　　　[7]識些輕重:認清利害關係。[8]像你的意:隨着性子行事,不顧及旁人的利益。　　　[9]批點:指責、批評。[10]放着鵝毛不知輕,頂着磨子不知重:形容不知輕重,不識利害。　　　[11]偷漢:女子與丈夫之外的男人有私情。　　　[12]撰錢:即賺錢。　　　[13]趕趁:舊時下等妓女主動到酒樓筵前賣唱。　　　[14]黃花女兒:處女。　　　[15]村牛:村夫俗子。　　　[16]作成:促成、幫助。起個家事:置辦財産、興立家業。[17]劈面:迎面。　　　[18]覆帳:妓女所接的第二位嫖客。

再説王美娘纔聽了劉四媽一席話兒,思之有理。以後有客求見,欣然相接。覆帳之後,賓客如市。捱三頂五[1],不得空閒,聲價愈重。每一晚白銀十兩,兀自你爭我奪。王九媽賺了若干錢鈔,歡喜無限。美娘也留心要揀個知心着意的,急切難得。正是:

> 易求無價寶,難得有情郎。

話分兩頭。卻説臨安城清波門外,有個開油店的朱十老,三年前過繼一個小廝,也是汴京逃難來的,姓秦名重,母親早喪,父親秦良,十三歲上將他賣了,自己在上天竺去做香火[2]。朱十老因年老無嗣,又新死了媽媽,把秦重做親子看成,改名朱重,在店中學做賣油生意。初時父子坐店甚好,後因十老得了腰痛的病,十眠九坐,勞碌不得,另招個夥計,叫做邢權,在店相幫。光陰似箭,不覺四年有餘。朱重長成一十七歲,生得一表人才。須然已冠[3],尚未娶妻。那朱十老家有個侍女，叫做蘭花，年已二十之外，存心看上了朱小官人，幾遍的倒下鉤子去勾搭他[4]。誰知朱重是個老實人，又且蘭花齷齪醜陋，朱重也看不上眼，以此落花有意，流水無情。那蘭花見勾搭朱小官人不上，別尋主顧，就去勾搭那夥計邢權。邢權是望四之人[5]，沒有老婆，一拍就上。兩個暗地偷情，不止一次。反怪朱小官人礙眼，思量尋事趕他出門。邢權與蘭花兩個裏應外合，使心設計。蘭花便在朱十老面前，假意撇清說[6]：“小官人幾番調戲，好不老實！”朱十老平時與蘭花也有一手，未免有拈酸之意。邢權又將店中賣下的銀子藏過，在朱十老面前說道：“朱小官在外賭博，不長進，櫃裏銀子幾次短少，都是他偷去了。”初次朱十老還不信，接連幾次，朱十老年老糊塗，沒有主意，就喚朱重過來，責罵了一場。朱重是個聰明的孩子，已知邢權與蘭花的計較，欲待分辨，惹起是非不小。萬一老者不聽，枉做惡人。心生一計，對朱十老說道：“店中生意淡薄，不消得二人。如今讓邢主管坐店，孩兒情願挑擔子出去賣油。賣得多少，每日納還，可不是兩重生意？”朱十老心下也有許可之意，又被邢權說道：“他不是要挑擔出去，幾年上偷銀子做私房，身邊積趲有餘了，又怪你不與他定親，心下怨悵，不願在此相幫，要討個出場，自去娶老婆，做人家去[7]。”朱十老歎口氣道：“我把他做親兒看成，他卻如此歹意！皇天不佑！罷，罷，不是自身骨血，到底粘連不上，繇他去罷！”遂將三兩銀子把與朱重，打發出門。寒夏衣服和被窩都教他拿去。這也是朱十老好處。朱重料他不肯收留，拜了四拜，大哭而別。正是：

　　　　孝己殺身因謗語，申生喪命爲讒言。
　　　　親生兒子猶如此，何怪螟蛉受枉冤。

【校注】

[1]捱三頂五：指日程安排得十分爆滿。　　　[2]做香火：寺廟中負責點火、燒香的打雜人員。　　　[3]須然：雖然。　　　[4]倒下鉤子：此指女子主動勾引男子。[5]望四：將近四十歲。　　　[6]假意撇清：故意假裝清白。　　　[7]做人家：自立門户，成家立業。

　　原來秦良上天竺做香火,不曾對兒子説知。朱重出了朱十老之門,在衆安橋下賃了一間小小房兒,放下被窩等件,買巨鎖兒鎖了門,便往長街短巷[1],訪求父親。連走幾日,全没消息。没奈何,祇得放下。在朱十老家四年,赤心忠良,並無一毫私蓄,祇有臨行時打發這三兩銀子,不够本錢,做什麽生意好?左思右量,祇有油行買賣是熟閒[2]。這些油坊多曾與他識熟,還去挑個賣油擔子,是個穩足的道路。當下置辦了油擔家火,剩下的銀兩,都交付與油坊取油。那油坊裏認得朱小官是個老實好人,況且小小年紀,當初坐店,今朝挑擔上街,都因邢夥計挑撥他出來,心中甚是不平。有心扶持他,祇揀窨清的上好净油與他,籤子上又明讓他些。朱重得了這些便宜,自己轉賣與人,也放些寬,所以他的油比别人分外容易出脱。每日所賺的利息,又且儉喫儉用,積下東西來,置辦些日用家業,及身上衣服之類,並無妄廢[3]。心中祇有一件事未了,牽掛着父親,思想:“向來叫做朱重,誰知我是姓秦!倘或父親來尋訪之時,也没個因由。”遂復姓爲秦。説話的,假如上一等人,有前程的,要復本姓,或具劄子奏過朝廷,或關白禮部、太學、國學等衙門,將册籍改正,衆所共知。一個賣油的,復姓之時,誰人曉得?他有個道理,把盛油的桶兒,一面大大寫個“秦”字,一面寫“汴梁”二字,將油桶做個標識,使人一覽而知。以此臨安市上,曉得他本姓,都呼他爲秦賣油。時值二月天氣,不暖不寒,秦重聞知昭慶寺僧人,要起個九晝夜功德,用油必多,遂挑了油擔來寺中賣油。那些和尚們也聞知秦賣油之名,他的油比别人又好又賤,單單作成他。所以一連這九日,秦重祇在昭慶寺走動。正是:

　　　　刻薄不賺錢,忠厚不折本。

　　這一日是第九日了。秦重在寺出脱了油,挑了空擔出寺。其日天氣晴明,游人如蟻。秦重繞河而行,遥望十景塘桃紅柳緑,湖内畫船簫鼓,往來游玩,觀之不足,玩之有餘。走了一回,身子困倦,轉到昭慶寺右邊,望個寬處,將擔子放下,坐在一塊石上歇腳。近側有個人家,面湖而住,金漆籬門,裏面朱欄内,一叢細竹。未知堂室何如,先見門庭清整。祇見裏面三四個戴巾的從内而出[4],一個女娘後面相送。到了門首,兩下把手一拱,説聲請了,那女娘竟進去了。秦重定睛觀之，此女容顏嬌麗，體態輕盈，目所未睹，準準的呆了半晌[5]，身子都酥麻了。他原是個老實小官，不知有煙花行徑，心中疑惑，正不知是什麼人家。方正疑思之際，祇見門內又走出個中年的媽媽，同着一個垂髮的丫頭，倚門閒看。那媽媽一眼瞧着油擔，便道：“阿呀！方纔要去買油，正好有油擔子在這裏，何不與他買些？”那丫鬟取了油瓶出來，走到油擔子邊，叫聲：“賣油的！”秦重方纔知覺，回言道：“没有油了！媽媽要用油時，明日送來。”那丫鬟也識得幾個字，看見油桶上寫個“秦”字，就對媽媽道：“那賣油的姓秦。”媽媽也聽得人閒講，有個秦賣油，做生意甚是忠厚，遂分付秦重道：“我家每日要油用，你肯挑來時，與你個主顧。”秦重道：“承媽媽作成，不敢有誤。”那媽媽與丫鬟進去了。秦重心中想道：“這媽媽不知是那女娘的什麼人？我每日到他家賣油，莫説賺他利息，圖個飽看那女娘一回，也是前生福分。”正欲挑擔起身，祇見兩個轎夫，擡着一頂青絹幔的轎子，後邊跟着兩小廝，飛也似跑來，到了其家門首，歇下轎子。那小廝走進裏面去了。秦重道：“卻又作怪！看他接什麼人？”少頃之間，祇見兩個丫鬟，一個捧着猩紅的氈包，一個拿着湘妃竹攢花的拜匣[6]，都交付與轎夫，放在轎座之下。那兩個小廝手中，一個抱着琴囊，一個捧着幾個手卷，腕上掛碧玉簫一枝，跟着起初的女娘出來。女娘上了轎，轎夫擡起望舊路而去；丫鬟小廝，俱隨轎步行。秦重又得親炙一番，心中愈加疑惑，挑了油擔子，洋洋的去。

【校注】

[1]長街短巷：猶言大街小巷。　　　[2]熟閒：熟悉的行當。　　　[3]妄廢：胡亂花錢。　　　[4]戴巾的：頭戴方巾之人，指讀書人。　　　[5]準準的：整整的。
[6]拜匣：舊時放置拜帖（即今名片）的匣子。

不過幾步，祇見臨河有一個酒館。秦重每常不喫酒[1]，今日見了這女娘，心下又歡喜，又氣悶；將擔子放下，走進酒館，揀個小座頭坐下。酒保問道：“客人還是請客，還是獨酌？”秦重道：“有上好的酒，拿來獨飲三杯。時新果子一兩碟，不用葷菜。”酒保斟酒時，秦重道：“那邊金漆籬門内是什麽人家？"酒保道："這是齊衙内的花園，如今王九媽住下。"秦重道："方纔看見有個小娘子上轎，是什麽人？"酒保道："這是有名的粉頭，叫做王美娘，人都稱爲花魁娘子。他原是汴京人，流落在此。吹彈歌舞，琴棋書畫，件件皆精。來往的都是大頭兒[2]，要十兩放光[3]，纔宿一夜哩。可知小可的也近他不得[4]。當初住在湧金門外，因樓房狹窄，齊舍人與他相厚，半載之前，把這花園借與他住。"秦重聽得説是汴京人，觸了個鄉里之念，心中更有一倍光景。喫了數杯，還了酒錢，挑了擔子，一路走，一路的肚中打稿道："世間有這樣美貌的女子，落於娼家，豈不可惜！"又自家暗笑道："若不落於娼家，我賣油的怎生得見！"又想一回，越發癡起來了，道："人生一世，草生一秋。若得這等美人摟抱了睡一夜，死也甘心。"又想一回道："吓！我終日挑這油擔子，不過日進分文，怎麽想這等非分之事！正是癩蝦蟆在陰溝裏想着天鵝肉喫，如何到口！"又想一回道："他相交的，都是公子王孫，我賣油的，縱有了銀子，料他也不肯接我。"又想一回道："我聞得做老鴇的，專要錢鈔。就是個乞兒，有了銀子，他也就肯接了，何況我做生意的，青青白白之人。若有了銀子，怕他不接！祇是那裏來這幾兩銀子？"一路上胡思亂想，自言自語。你道天地間有這等癡人，一個小經紀的，本錢祇有三兩，卻要把十兩銀子去闖那名妓，可不是個春夢！自古道："有志者事竟成。"被他千思萬想，想出一個計策來。他道："從明日爲始，逐日將本錢扣出，餘下的積趲上去。一日積得一分，一年也有三兩六錢之數，祇消三年，這事便成了；若一日積得二分，祇消得年半；若再多得些，一年也差不多了。"想來想去，不覺走到家裏，開鎖進門。祇因一路上想着許多閒事，回來看了自家的睡舖，慘然無歡，連夜飯也不要喫，便上了牀。這一夜翻來覆去，牽掛着美人，那裏睡得着。

　　　　祇因月貌花容，引起心猿意馬。

　　捱到天明，爬起來，就裝了油擔，煮早飯喫了，匆匆挑了油擔子，一徑走到王媽媽家去。進了門，卻不敢直入，舒着頭，往裏面張望，王媽媽恰纔起牀，還蓬着頭，正分付保兒買飯菜。秦重識得聲音，叫聲："王媽媽。"九媽往外一張，見是秦賣油，笑道："好忠厚人，果然不失信。"便叫他挑擔進來,稱了一瓶,約有五斤多重,公道還錢。秦重並不爭論。王九媽甚是歡喜,道:"這瓶油祇勾我家兩日用。但隔一日,你便送來,我不往別處去買油。"秦重應諾,挑擔而出,祇恨不曾遇見花魁娘子:"且喜扳下主顧[5],少不得一次不見,二次見,二次不見,三次見。祇是一件,特爲王九媽一家挑這許多路來,不是做生意的勾當。這昭慶寺是順路,今日寺中雖然不做功德,難道尋常不用油的?我且挑擔去問他。若扳得各房頭做個主顧,祇消走錢塘門這一路,那一擔油儘勾出脫了。"秦重挑擔到寺內問時,原來各房和尚也正想着秦賣油。來得正好,多少不等,各各買他的油。秦重與各房約定,也是間一日便送油來用。這一日是個雙日。自此日爲始,但是單日,秦重別街道上做買賣;但是雙日,就走錢塘門這一路。一出錢塘門,先到王九媽家裏,以賣油爲名,去看花魁娘子。有一日會見,也有一日不會見。不見時費了一場思想[6],便見時也祇添了一層思想。正是:

　　天長地久有時盡,此恨此情無盡期。

【校注】

[1]每常:平時。　　　　[2]大頭兒:有權有勢的人。　　　[3]放光:銀子的俗稱。
[4]小可的:無權無勢的普通人。　　　　[5]扳下主顧:確定客户關係。　　　[6]思想:思戀、想念。

　　再説秦重到了王九媽家多次,家中大大小小,没一個不認得是秦賣油。時光迅速,不覺一年有餘。日大日小,祇揀足色細絲,或積三分,或積二分,再少也積下一分,凑得幾錢,又打換大塊頭。日積月累,有了一大包銀子,零星凑集,連自己也不知多少。其日是單日,又值大雨,秦重不出去做買賣,積了這一大包銀子,心中也自喜歡:"趁今日空閒,我把他上一上天平,見個數目。"打個油傘,走到對門傾銀舖裏[1],借天平兑銀。那銀匠好不輕薄,想着:"賣油的多少銀子,要架天平?祇把個五兩頭等子與他[2],還怕用不着頭紐哩[3]。"秦重把銀包解開,都是散碎銀兩。大凡成錠的見少,散碎的就見多。銀匠是小輩[4],眼孔極淺[5],見了許多銀子,別是一番面目,想道:"人不可貌相,海水不可斗量。"慌忙架起天平,搬出若大若小許多法馬。秦重儘包而兌,一鏨不多,一鏨不少,剛剛一十六兩之數,上秤便是一斤。秦重心下想道:"除去了三兩本錢,餘下的做一夜花柳之費,還是有餘。"又想道:"這樣散碎銀子,怎好出手! 拿出來也被人看低了! 見成傾銀店中方便,何不傾成錠兒,還覺冠冕[6]。"當下兌足十兩,傾成一個足色大錠,再把一兩八錢,傾成水絲一小錠[7]。剩下四兩二錢之數,拈一小塊,還了火錢[8],又將幾錢銀子,置下鑲鞋淨襪,新褶了一頂萬字頭巾。回到家中,把衣服漿洗得乾乾净净,買幾根安息香,薰了又薰。揀個晴明好日,侵早打扮起來。

　　　　雖非富貴豪華客,也是風流好後生。

【校注】

[1]傾銀舖:古代專門熔鑄銀錠的舖子。　　[2]等子:稱量金銀或珍貴藥材的小秤,亦作"戥子"。　　[3]頭紐:秤桿上的第一個秤紐,一般用來稱量較輕的物品。此處表示銀匠看不起秦重,認爲他不會有許多銀兩。　　[4]小輩:小人物,凡夫俗子。　　[5]眼孔極淺:眼光短淺、勢利。　　[6]冠冕:氣派,有面子。
[7]水絲:成色較低的銀子。　　[8]火錢:金銀器的加工費。

　　秦重打扮得齊齊整整,取銀兩藏於袖中,把房門鎖了,一逕望王九媽家而來。那一時好不高興,及至到了門首,愧心復萌,想道:"時常挑了擔子在他家賣油,今日忽地去做闊客,如何開口?"正在躊躇之際,祇聽得呀的一聲門響,王九媽走將出來,見了秦重,便道:"秦小官今日怎的不做生意,打扮得恁般齊楚[1],往那裏去貴幹?"事到其間,秦重祇得老着臉,上前作揖。媽媽也不免還禮。秦重道:"小可並無別事,專來拜望媽媽。"那鴇兒是老積年[2],見貌辨色,見秦重恁般裝束,又說拜望:"一定是看上了我家那個丫頭,要闊一夜,或是會一個房[3]。雖然不是個大勢主菩薩[4],搭在籃裏便是菜,捉在籃裏便是蟹,賺他錢把銀子買蔥菜,也是好的。"便滿臉堆下笑來,道:"秦小官拜望老身,必有好處。"秦重道:"小可有句不識進退的言語,祇是不好啓齒。"王九媽道:"但說何妨,且請到裏面客座裏細講。"秦重爲賣油雖曾到王家整百次,這客座裏交椅,還不曾與他屁股做個相識,今日是個會面之始。王九媽到了客座，不免分賓而坐，向着内裏喚茶。少頃，丫鬟托出茶來，看時，卻是秦賣油。正不知什麼緣故，媽媽恁般相待，格格低了頭祇是笑。王九媽看見，喝道：“有甚好笑！對客全没些規矩！”丫鬟止住笑，收了茶杯自去。王九媽方纔開言問道：“秦小官有甚話，要對老身説？”秦重道：“没有别話，要在媽媽宅上請一位姐姐喫一杯酒兒。”九媽道：“難道喫寡酒？一定要嫖了。你是個老實人，幾時動這風流之興？”秦重道：“小可的積誠[5]，也非止一日。”九媽道：“我家這幾個姐姐，都是你認得的，不知你中意那一位？”秦重道：“别個都不要，單單要與花魁娘子相處一宵。”九媽祇道取笑他，就變了臉道：“你出言無度！莫非奚落老娘麼？”秦重道：“小可是個老實人，豈有虛情？”九媽道：“糞桶也有兩個耳朵，你豈不曉得我家美兒的身價！倒了你賣油的竈[6]，還不勾半夜歇錢哩[7]，不如將就揀一個適興罷。”秦重把頸一縮，舌頭一伸，道：“恁的好賣弄！不敢動問，你家花魁娘子一夜歇錢要幾千兩？”九媽見他説耍話[8]，卻又回嗔作喜，帶笑而言道：“那要許多！祇要得十兩敲絲[9]。其他東道雜費，不在其内。”秦重道：“原來如此，不爲大事。”袖中摸出這禿禿裹一大錠放光細絲銀子，遞與鴇兒道：“這一錠十兩重，足色足數，請媽媽收着。”又摸出一小錠來，也遞與鴇兒，又道：“這一小錠，重有二兩，相煩備個小東。望媽媽成就小可這件好事，生死不忘，日後再有孝順。”九媽見了這錠大銀，已自不忍釋手，又恐怕一時高興，日後没了本錢，心中懊悔，也要儘他一句纔好[10]。便道：“這十兩銀子，做經紀的人，積趲不易，還要三思而行。”秦重道：“小可主意已定，不要你老人家費心。”

【校注】

[1]齊楚：整齊。　　[2]老積年：對人情世故瞭解得非常透徹之人。　　[3]會一個房：嫖宿一次。　　[4]大勢主菩薩：原作“大勢至菩薩”，佛教菩薩名，與觀音菩薩同爲阿彌陀佛的左右脅侍，合稱“西方三聖”。此處借指大財神、大富豪。[5]積誠：多時的誠意。　　[6]倒了你賣油的竈：猶傾家蕩産，語含刻薄之意。[7]歇錢：嫖宿妓女的費用。　　[8]耍話：玩笑話，戲言。　　[9]敲絲：舊時銀兩上都敲印細紋，故稱。　　[10]儘：事先提醒。

九媽把這兩錠銀子收於袖中，道："是便是了，還有許多煩難哩[1]。"秦重道："媽媽是一家之主，有甚煩難？"九媽道："我家美兒，往來的都是王孫公子，富室豪家，真箇是'談笑有鴻儒，往來無白丁'。他豈不認得你是做經紀的秦小官，如何肯接你？"秦重道："但憑媽媽怎的委曲宛轉，成全其事，大恩不敢有忘！"九媽見他十分堅心，眉頭一皺，計上心來，扯開笑口道："老身已替你排下計策，祇看你緣法如何。做得成，不要喜；做不成，不要怪。美兒昨日在李學士家陪酒，還未曾回；今日是黃衙內約下游湖；明日是張山人一班清客，邀他做詩社；後日是韓尚書的公子，數日前送下東道在這裏[2]。你且到大後日來看。還有句話，這幾日你且不要來我家賣油，預先留下個體面。又有句話，你穿着一身的布衣布裳，不像個上等闊客，再來時，換件綢緞衣服，教這些丫鬟們認不出你是秦小官。老娘也好與你裝謊。"秦重道："小可一一理會得。"說罷，作別出門，且歇這三日生理，不去賣油，到典舖裏買了一件見成半新半舊的綢衣，穿在身上，到街坊閒走，演習斯文模樣。正是：

> 未識花院行藏，先習孔門規矩。

丟過那三日不題。到第四日，起個清早，便到王九媽家去。去得太早，門還未開，意欲轉一轉再來。這番裝扮希奇，不敢到昭慶寺去，恐怕和尚們批點，且到十景塘散步。良久又踅轉去，王九媽家門已開了。那門前卻安頓得有轎馬，門內有許多僕從，在那裏閒坐。秦重雖然老實，心下到也乖巧，且不進門，悄悄的招那馬夫問道："這轎馬是誰家的？"馬夫道："韓府裏來接公子的。"秦重已知韓公子夜來留宿，此時還未曾別，重復轉身，到一個飯店之中，喫了些見成茶飯，又坐了一回，方纔到王家探信。祇見門前轎馬已自去了。進得門時，王九媽迎着，便道："老身得罪，今日又不得工夫了。恰纔韓公子拉去東莊賞早梅。他是個長闊，老身不好違拗。聞得說來日還要到靈隱寺，訪個棋師賭棋哩。齊衙內又來約過兩三次了。這是我家房主，又是辭不得的。他來時，或三日五日的住了去，連老身也定不得箇日子。秦小官，你真箇要闊，祇索耐心再等幾日。不然，前日的尊賜，分毫不動，要便奉還。"秦重道："祇怕媽媽不作成。若還遲，終無失，就是一萬

年,小可也情願等着。"九媽道:"恁地時,老身便好張主!"秦重作別,
方欲起身,九媽又道:"秦小官人,老身還有句話。你下次若來討信,
不要早了。約莫申牌時分,有客沒客,老身把箇實信與你。倒是越晏
些越好。這是老身的妙用,你休錯怪。"秦重連聲道:"不敢,不敢!"這
一日秦重不曾做買賣。次日,整理油擔,挑往別處去生理,不走錢塘
門一路。每日生意做完,傍晚時分就打扮齊整,到王九媽家探信,祇
是不得功夫。又空走了一月有餘。

　　那一日是十二月十五,大雪方霽,西風過後,積雪成冰,好不寒
冷,卻喜地下乾燥。秦重做了大半日買賣,如前妝扮,又去探信。王
九媽笑容可掬,迎着道:"今日你造化,已是九分九釐了。"秦重道:"這
一釐是欠着什麼?"九媽道:"這一釐麼? 正主兒還不在家。"秦重道:
"可回來麼?"九媽道:"今日是俞太尉家賞雪,筵席就備在湖船之內。
俞太尉是七十歲的老人家,風月之事,已是沒份。原説過黃昏送來。
你且到新人房裏,喫杯燙風酒[3],慢慢的等他。"秦重道:"煩媽媽引
路。"王九媽引着秦重,彎彎曲曲,走過許多房頭,到一個所在,不是樓
房,卻是個平屋三間,甚是高爽。左一間是丫鬟的空房,一般有牀榻
桌椅之類,卻是備官舖的;右一間是花魁娘子臥室,鎖着在那裏。兩
旁又有耳房[4]。中間客座上面,掛一幅名人山水,香几上博山古銅
爐[5],燒着龍涎香餅,兩旁書桌,擺設些古玩,壁上貼許多詩稿。秦重
愧非文人,不敢細看。心下想道:"外房如此整齊,內室鋪陳,必然華
麗。今夜儘我受用,十兩一夜,也不爲多。"九媽讓秦小官坐於客位,
自己主位相陪。少頃之間,丫鬟掌燈過來,擡下一張八仙桌兒,六碗
時新果子,一架攢盒佳餚美醖,未曾到口,香氣撲人。九媽執盞相勸
道:"今日眾小女都有客,老身祇得自陪,請開懷暢飲幾杯。"秦重酒量
本不高,況兼正事在心,祇喫半杯。喫了一會,便推不飲。九媽道:
"秦小官想餓了,且用些飯再喫酒。"丫鬟捧着雪花白米飯,一喫一添,
放於秦重面前,就是一盞雜和湯。鴇兒量高,不用飯,以酒相陪。秦
重喫了一碗,就放箸。九媽道:"夜長哩,再請些。"秦重又添了半碗。
丫鬟提箇行燈來説:"浴湯熱了,請客官洗浴。"秦重原是洗過澡來的,
不敢推託,祇得又到浴堂,肥皂香湯,洗了一遍,重復穿衣入坐。九媽

命撤去餚盒，用暖鍋下酒。此時黄昏已晚，昭慶寺裏的鐘都撞過了，美娘尚未回來。

　　　　玉人何處貪歡耍？等得情郎望眼穿！

【校注】

[1]煩難：困難、麻煩。　　　[2]東道：請客的費用。此指閫資。　　　[3]燙風酒：冬日爲客人暖身的接風酒。　　　[4]耳房：正房（堂）兩側的房屋，如人臉兩側有耳，故稱。　　　[5]博山古銅爐：表面雕飾有重疊山形圖案的香爐，後亦泛指名貴的古香爐。

　　常言道：等人心急。秦重不見表子回家，好生氣悶。卻被鴇兒夾七夾八[1]，説些風話勸酒[2]。不覺又過了一更天氣。祇聽外面熱鬧鬧的，卻是花魁娘子回家，丫鬟先來報了。九媽連忙起身出迎，秦重也離坐而立。祇見美娘喫得大醉，侍女扶將進來，到於門首，醉眼矇朧。看見房中燈燭輝煌，杯盤狼藉，立住腳問道：“誰在這裏喫酒？”九娘道：“我兒，便是我向日與你説的那秦小官人。他心中慕你，多時的送過禮來。因你不得工夫，擔閣他一月有餘了。你今日幸而得空，做娘的留他在此伴你。”美娘道：“臨安郡中，並不聞説起有什麽秦小官人，我不去接他。”轉身便走。九媽雙手托開，即忙攔住道：“他是個志誠好人，娘不誤你。”美娘祇得轉身，纔跨進房門，擡頭一看，那人有些面善，一時醉了，急切叫不出來，便道：“娘，這個人我認得他的，不是有名稱的子弟[3]，接了他，被人笑話。”九媽道：“我兒，這是湧金門内開緞舖的秦小官人。當初我們住在湧金門時，想你也曾會過，故此面善。你莫識認錯了。做娘的見他來意志誠，一時許了他，不好失信。你看做娘的面上，胡亂留他一晚。做娘的曉得不是了，明日卻與你陪禮。”一頭説，一頭推着美娘的肩頭向前。美娘拗媽媽不過，祇得進房相見。正是：

　　　　千般難出虔婆口，萬般難脱虔婆手。

　　　　饒君縱有萬千般，不如跟着虔婆走。

　　這些言語，秦重一句句都聽得，佯爲不聞。美娘萬福過了，坐於側首，仔細看着秦重，好生疑惑，心裏甚是不悦，嘿嘿無言。喚丫鬟將熱酒來，斟着大鍾。鴇兒祇道他敬客，卻自家一飲而盡。九媽道："我兒醉了，少喫些麼！"美兒那裏依他，答應道："我不醉！"一連喫上十來杯。這是酒後之酒，醉中之醉，自覺立腳不住。喚丫鬟開了卧房，點上銀釭，也不卸頭，也不解帶，踢脱了繡鞋[4]，和衣上牀，倒身而卧。鴇兒見女兒如此做作，甚不過意，對秦重道："小女平日慣了，他專會使性。今日他心中不知爲什麼有些不自在，卻不干你事，休得見怪！"秦重道："小可豈敢！"鴇兒又勸了秦重幾杯酒，秦重再三告止。鴇兒送入房，向耳傍分付道："那人醉了，放温存些。"又叫道："我兒起來，脱了衣服，好好的睡。"美娘已在夢中，全不答應。鴇身祇得去了。丫鬟收拾了杯盤之類，抹了桌子，叫聲："秦小官人，安置罷。"秦重道："有熱茶要一壺。"丫鬟泡了一壺濃茶，送進房裏，帶轉房門，自去耳房中安歇。秦重看美娘時，面對裏牀，睡得正熟，把錦被壓於身下。秦重想酒醉之人，必然怕冷，又不敢驚醒他。忽見欄杆上又放着一牀大紅紵絲的錦被，輕輕的取下，蓋在美娘身上，把銀燈挑得亮亮的，取了這壺熱茶，脱鞋上牀，捱在美娘身邊，左手抱着茶壺在懷，右手搭在美娘身上，眼也不敢閉一閉。正是：

　　　　未曾握雨携雲，也算偎香倚玉。

卻説美娘睡到半夜，醒將轉來，自覺酒力不勝，胸中似有滿溢之狀。爬起來，坐在被窩中，垂着頭，祇管打乾噦[5]。秦重慌忙也坐起來，知他要吐，放下茶壺，用手撫摩其背。良久，美娘喉間忍不住了，説時遲，那時快，美娘放開喉嚨便吐。秦重怕污了被窩，把自己的道袍袖子張開，罩在他嘴上。美娘不知所以，盡情一嘔，嘔畢，還閉着眼，討茶嗽口。秦重下牀，將道袍輕輕脱下，放在地平之上；摸茶壺還是暖的，斟上一甌香噴噴的濃茶，遞與美娘。美娘連喫了二碗，胸中雖然略覺豪燥，身子兀自倦怠，仍舊倒下，向裏睡去了。秦重脱下道袍，將吐下一袖的醃臢，重重裹着，放於牀側，依然上牀，擁抱似初。美娘那一覺直睡到天明方醒，覆身轉來，見傍邊睡着一人，問道："你是那個？"秦重答道："小可姓秦。"美娘想起夜來之事，恍恍惚惚，不甚記得真了，便道："我夜來好醉！"秦重道："也不甚醉。"又問："可曾吐麼?"秦重道:"不曾。"美娘道:"這樣還好。"又想一想道:"我記得曾吐過的,又記得曾喫過茶來,難道做夢不成?"秦重方纔說道:"是曾吐來。小可見小娘子多了杯酒,也防着要吐,把茶壺暖在懷裹。小娘子果然吐後討茶,小可斟上,蒙小娘子不棄,飲了兩甌。"美娘大驚道:"髒巴巴的,吐在那裏?"秦重道:"恐怕小娘子污了被褥,是小可把袖子盛了。"美娘道:"如今在那裏?"秦重道:"連衣服裹着,藏過在那裏。"美娘道:"可惜壞了你一件衣服。"秦重道:"這是小可的衣服,有幸得沾小娘子的餘瀝。"美娘聽說,心下想道:"有這般識趣的人!"心裏已有四五分歡喜了。

　　此時天色大明,美娘起身,下牀小解,看着秦重,猛然想起是秦賣油,遂問道:"你實對我說,是什麼樣人? 爲何昨夜在此?"秦重道:"承花魁娘子下問,小子怎敢妄言。小可實是常來宅上賣油的秦重。"遂將初次看見送客,又看見上轎,心下想慕之極,及積趲嫖錢之事,備細述了一遍:"夜來得親近小娘子一夜,三生有幸,心滿意足。"美娘聽說,愈加可憐,道:"我昨夜酒醉,不曾招接得你。你乾折了多少銀子,莫不懊悔?"秦重道:"小娘子天上神仙,小可惟恐伏侍不周,但不見責,已爲萬幸,況敢有非意之望!"美娘道:"你做經紀的人,積下些銀兩,何不留下養家? 此地不是你來往的。"秦重道:"小可單祇一身,並無妻小。"美娘頓了一頓,便道:"你今日去了,他日還來麼?"秦重道:"祇這昨宵相親一夜,已慰生平,豈敢又作癡想!"美娘想道:"難得這好人,又忠厚,又老實,又且知情識趣,隱惡揚善,千百中難遇此一人。可惜是市井之輩,若是衣冠子弟,情願委身事之。"正在沉吟之際,丫鬟捧洗臉水進來,又是兩碗姜湯。秦重洗了臉,因夜來未曾脫幘,不用梳頭,呷了幾口姜湯,便要告別。美娘道:"少住不妨,還有話說。"秦重道:"小可仰慕花魁娘子,在傍多站一刻,也是好的。但爲人豈不自揣! 夜來在此,實是大膽,惟恐他人知道,有玷芳名,還是早些去了安穩。"美娘點了一點頭,打發丫鬟出房,忙忙的開了減妝[6],取出二十兩銀子,送與秦重道:"昨夜難爲你,這銀兩權奉爲資本,莫對人說。"秦重那裏肯受。美娘道:"我的銀子,來路容易。這些須酬你一宵之情,休得固遜。若本錢缺少,異日還有助你之處。那件污穢的衣服,我叫丫鬟湔洗乾净了還你罷。"秦重道:"粗衣不煩小娘子費心,小可自會湔洗。祇是領賜不當。"美娘道:"説那裏話!"將銀子揌在秦重袖内[7],推他轉身。秦重料難推卻,祇得受了,深深作揖,捲了脱下這件齷齪道袍,走出房門,打從鴇兒房前經過,保兒看見,叫聲:"媽媽!秦小官去了。"王九媽正在净桶上解手[8],口中叫道:"秦小官,如何去得恁早?"秦重道:"有些賤事,改日特來稱謝。"不説秦重去了,且説美娘與秦重雖然没點相干,見他一片誠心,去後好不過意。這一日因害酒[9],辭了客在家將息。千個萬個孤老都不想,倒把秦重整整的想一日。有《掛枝兒》爲證:

俏冤家,須不是串花家的子弟,你是個做經紀本分人兒,那匡你會温存[10],能軟款,知心知意。料你不是個使性的,料你不是個薄情的。幾番待放下思量也,又不覺思量起。

【校注】

[1]夾七夾八:猶東拉西扯,隨意閒聊。　　　[2]風話:逗引人心的玩笑話。
[3]有名稱的:有身份的,有地位的。　　　[4]躧(xǐ 喜)脱:以腳蹬脱。　　　[5]打乾噦(yuě 約上聲):欲嘔未嘔時發出的聲響。　　　[6]減妝:舊時女性放置首飾、化妝用品的小箱,也可存放小筆的銀兩。　　　[7]揌(yà 訝):硬塞東西給別人。
[8]净桶:馬桶。　　　[9]害酒:酒醉不適。　　　[10]匡:通"恇",料想。

話分兩頭,再説邢權在朱十老家,與蘭花情熱,見朱十老病廢在牀,全無顧忌。十老發作了幾場,兩個商量出一條計策來,俟夜静更深,將店中資本席捲,雙雙的桃之夭夭[1],不知去向。次日天明,十老方知。央及鄰里,出了個失單[2],尋訪數日,並無動静,深悔當日不合爲邢權所惑,逐了朱重。如今日久見人心,聞知朱重,賃居衆安橋下,挑擔賣油,不如仍舊收拾他回來,老死有靠。祇怕他記恨在心。教鄰舍好生勸他回家,但記好,莫記惡。秦重一聞此言,即日收拾了家火,搬回十老家裏。相見之間,痛哭了一場。十老將所存囊橐,盡數交付秦重。秦重自家又有二十餘兩本錢,重整店面,坐櫃賣油。因在朱家,仍稱朱重,不用秦字。不上一月,十老病重,醫治不痊,嗚呼哀哉。

朱重捶胸大慟,如親父一般,殯殮成服,七七做了些好事[3]。朱家祖
墳在清波門外,朱重舉喪安葬,事事成禮。鄰里皆稱其厚德。事定之
後,仍先開店。原來這油舖是箇老店,從來生意原好;卻被邢權刻剝
存私,將主顧弄斷了多少。今見朱小官在店,誰家不來作成?所以生
理比前越盛。朱重單身獨自,急切要尋個老成幫手。有個慣做中人
的[4],叫做金中,忽一日引着一個五十餘歲的人來。原來那人正是莘
善,在汴梁城外安樂村居住。因那年避亂南奔,被官兵衝散了女兒瑶
琴,夫妻兩口,淒淒惶惶,東逃西竄,胡亂的過了幾年。今日聞臨安興
旺,南渡人民,大半安插在彼,誠恐女兒流落此地,特來尋訪,又没消
息。身邊盤纏用盡,欠了飯錢,被飯店中終日趕逐,無可奈何。偶然
聽見金中説起朱家油舖,要尋個賣油幫手。自己曾開過六陳舖子,賣
油之事,都則在行。況朱小官原是汴京人,又是鄉里。故此央金中引
薦到來。朱重問了備細,鄉人見鄉人,不覺感傷:"既然没處投奔,你
老夫妻兩口,祇住在我身邊,祇當個鄉親相處,慢慢的訪着令愛消息,
再作區處[5]。"當下取兩貫錢把與莘善,去還了飯錢,連渾家阮氏也領
將來,與朱重相見了,收拾一間空房,安頓他老夫婦在内。兩口兒也
盡心竭力,内外相幫。朱重甚是歡喜。光陰似箭,不覺一年有餘。多
有人見朱小官年長未娶,家道又好,做人又志誠,情願白白把女兒送
他爲妻。朱重因見了花魁娘子,十分容貌,等閒的不看在眼,立心要
訪求箇出色的女子,方纔肯成親。以此日復一日,擔閣下去。正是:

　　曾觀滄海難爲水,除卻巫山不是雲。

【校注】

[1]桃之夭夭:語出《詩經·周南·桃夭》,此處"桃"諧"逃",意爲逃得無影無蹤。
[2]失單:呈送官府備案、上列失竊物品細目的報失文書。　　　[3]七七:江南喪
俗,人死後每七天爲一個祭日,要連續過七個祭日,第一個祭日稱"頭七",以下依
次稱"二七"、"三七"等,最後一個祭日稱"斷七"。祭日的活動内容,包括僧道做
法事、焚燒錫箔紙馬、親朋聚飲等項。　　　[4]中人:中介者。　　　[5]區處:處
理、應對。

　　再説王美娘在九媽家,盛名之下,朝歡暮樂,真箇口厭肥甘,身嫌

錦繡。然雖如此,每遇不如意之處,或是子弟們任情使性,喫醋挑槽[1],或自己病中醉後,半夜三更,没人疼熱,就想起秦小官人的好處來,祇恨無緣再會。也是桃花運盡,合當變更,一年之後,生出一段事端來。

　　卻説臨安城中,有個吳八公子,父親吳岳,見爲福州太守。這吳八公子,打從父親任上回來,廣有金銀,平昔間也喜賭錢喫酒,三瓦兩舍走動[2]。聞得花魁娘子之名,未曾識面,屢屢遣人來約,欲要闊他。王美娘聞他氣質不好,不願相接,託故推辭,非止一次。那吳八公子也曾和着閒漢們親到王九媽家幾番,都不曾會。其時清明節届,家家掃墓,處處踏青,美娘因連日游春困倦,且是積下許多詩畫之債,未曾完得,分付家中:"一應客來,都與我辭去。"閉了房門,焚起一爐好香,擺設文房四寶,方欲舉筆,祇聽得外面沸騰,卻是吳八公子,領着十餘個狠僕,來接美娘游湖。因見鴇兒每次回他,在中堂行兇,打家打火,直鬧到美娘房前,祇見房門鎖閉。原來妓家有個回客法兒,小娘躲在房内,卻把房門反鎖,支吾客人,祇推不在。那老實的就被他哄過了。吳公子是慣家,這些套子,怎地瞞得?分付家人扭斷了鎖,把房門一腳踢開。美娘躲身不迭,被公子看見,不由分説,教兩個家人,左右牽手,從房内直拖出房外來,口中兀自亂嚷亂罵。王九媽欲待上前陪禮解勸,看見勢頭不好,祇得閃過。家中大小,躲得没半個影兒。吳家狠僕牽着美娘,出了王家大門,不管他弓鞋窄小,望街上飛跑;八公子在後,揚揚得意。直到西湖口,將美娘攙下了湖船[3],方纔放手。美娘十二歲到王家,錦繡中養成,珍寶般供養,何曾受恁般凌賤。下了船,對着船頭,掩面大哭。吳八公子全不放下面皮,氣忿忿的像關雲長單刀赴會,一把交椅,朝外而坐,狠僕侍立於傍。一面分付開船,一面數一數二的發作一個不住:"小賤人,小娟根,不受人攛舉!再哭時,就討打了!"美娘那裏怕他,哭之不已。船至湖心亭,吳八公子分付擺盒在亭子内,自己先上去了,卻分付家人:"叫那小賤人來陪酒。"美娘抱住了欄杆,那裏肯去?祇是嚎哭。吳八公子也覺没興,自己喫了幾杯淡酒,收拾下船,自來扯美娘。美娘雙腳亂跳,哭聲愈高。八公子大怒,教狠僕拔去簪珥。美娘蓬着頭,跑到船頭上,就要投水,被家童們扶住。公子道："你撒賴便怕你不成！就是死了，也祇費得我幾兩銀子，不爲大事。祇是送你一條性命，也是罪過。你住了啼哭時，我就放你回去，不難爲你。"美娘聽説放他回去，眞箇住了哭。八公子分付移船到清波門外僻静之處，將美娘繡鞋脱下，去其裹腳，露出一對金蓮，如兩條玉笋相似。教狠僕扶他上岸，罵道："小賤人！你有本事，自走回家，我卻没人相送。"説罷，一篙子撑開，再向湖中而去。正是：

　　　　　　焚琴煮鶴從來有，惜玉憐香幾個知！

　　美娘赤了腳，寸步難行，思想："自己才貌兩全，祇爲落於風塵，受此輕賤。平昔枉自結識許多王孫貴客，急切用他不着，受了這般凌辱。就是回去，如何做人？倒不如一死爲高。祇是死得没些名目，枉自享個盛名，到此地位，看着村莊婦人，也勝我十二分。這都是劉四媽這個花嘴[4]，哄我落坑墮塹，致有今日！自古紅顔薄命，亦未必如我之甚！"越思越苦，放聲大哭。事有偶然，卻好朱重那日到清波門外朱十老的墳上，祭掃過了，打發祭物下船，自己步回，從此經過。聞得哭聲，上前看時，雖然蓬頭垢面，那玉貌花容，從來無兩，如何不認得！喫了一驚，道："花魁娘子，如何這般模樣？"美娘哀哭之際，聽得聲音厮熟，止啼而看，原來正是知情識趣的秦小官。美娘當此之際，如見親人，不覺傾心吐膽[5]，告訴他一番。朱重心中十分疼痛，亦爲之流淚。袖中帶得有白綾汗巾一條，約有五尺多長，取出劈半扯開，奉與美娘裹腳，親手與他拭淚。又與他挽起青絲，再三把好言寬解。等待美娘哭定，忙去唤個暖轎，請美娘坐了，自己步送，直到王九媽家。九媽不得女兒消息，在四處打探，慌迫之際，見秦小官送女兒回來，分明送一顆夜明珠還他，如何不喜！況且鴇兒一向不見秦重挑油上門，多曾聽得人説，他承受了朱家的店業，手頭活動[6]，體面又比前不同，自然刮目相待。又見女兒這等模樣，問其緣故，已知女兒喫了大苦，全虧了秦小官。深深拜謝，設酒相待。日已向晚，秦重略飲數杯，起身作别。美娘如何肯放，道："我一向有心於你，恨不得你見面，今日定然不放你空去。"鴇兒也來扳留[7]。秦重喜出望外。是夜，美娘吹彈歌舞，曲盡生平之技，奉承秦重。秦重如做了一箇游仙好夢，喜得魄蕩魂消,手舞足蹈。夜深酒闌,二人相挽就寢。

【校注】

[1]挑槽:亦作"跳槽"。指闈客拋棄舊識的妓女而另結新好。　　　[2]三瓦兩舍:即"瓦舍",又稱"瓦子"、"瓦市"。宋代娛樂場所的總稱,包括茶樓、酒館、妓院、雜貨攤等,取其"來時瓦合,出時瓦解"(宋吳自牧《夢粱錄》卷一九)之意,故稱。　　　[3]攛(sǒng 慫):推搡。　　　[4]花嘴:巧舌如簧,口齒伶俐。　[5]傾心吐膽:將肺腑之言和盤托出。　　　[6]手頭活動:指錢鈔較爲富餘。　[7]扳留:盛情挽留。

　　美娘道:"我有句心腹之言與你説,你休得推托!"秦重道:"小娘子若用得着小可時,就赴湯蹈火,亦所不辭,豈有推托之理?"美娘道:"我要嫁你。"秦重笑道:"小娘子就嫁一萬個,也還數不到小可頭上,休得取笑,枉自折了小可的食料[1]。"美娘道:"這話實是真心,怎説取笑二字! 我自十四歲被媽媽灌醉,梳弄過了。此時便要從良,祇爲未曾相處得人,不辨好歹,恐誤了終身大事。以後相處的雖多,都是豪華之輩,酒色之徒。但知買笑追歡的樂意,那有憐香惜玉的真心。看來看去,祇有你是箇志誠君子,況聞你尚未娶親。若不嫌我煙花賤質,情願舉案齊眉,白頭奉侍。你若不允之時,我就將三尺白羅,死於君前,表白我一片誠心,也强如昨日死於村郎之手,没名没目,惹人笑話。"説罷,嗚嗚的哭將起來。秦重道:"小娘子休得悲傷。小可承小娘子錯愛,將天就地,求之不得,豈敢推托? 祇是小娘子千金聲價,小可家貧力薄,如何擺布,也是力不從心了。"美娘道:"這卻不妨。不瞞你説,我祇爲從良一事,預先積趲些東西,寄頓在外。贖身之費,一毫不費你心力。"秦重道:"就是小娘子自己贖身,平昔住慣了高堂大廈,享用了錦衣玉食,在小可家,如何過活?"美娘道:"布衣蔬食,死而無怨。"秦重道:"小娘子雖然,祇怕媽媽不從。"美娘道:"我自有道理。"如此如此,這般這般,兩箇直説到天明。

　　原來黃翰林的衙内,韓尚書的公子,齊太尉的舍人,這幾個相知的人家,美娘都寄頓得有箱籠。美娘祇推要用,陸續取到,密地約下秦重,教他收置在家。然後一乘轎子,擡到劉四媽家,訴以從良之事。

劉四媽道:"此事老身前日原説過的。祇是年紀還早,又不知你要從那一個?"美娘道:"姨娘,你莫管是甚人,少不得依着姨娘的言語,是個真從良,樂從良,了從良;不是那不真,不假,不了,不絕的勾當。祇要姨娘肯開口時,不愁媽媽不允。做侄女的别没孝順,祇有十兩金子,奉與姨娘,胡亂打些釵子;是必在媽媽前做箇方便。事成之時,媒禮在外。"劉四媽看見這金子,笑得眼兒没縫,便道:"自家兒女,又是美事,如何要你的東西! 這金子權時領下,祇當與你收藏。此事都在老身身上。祇是你的娘,把你當個摇錢樹,等閒也不輕放你出去。怕不要千把銀子。那主兒可是肯出手的麽? 也得老身見他一見,與他講通方好。"美娘道:"姨娘莫管閒事,祇當你侄女自家贖身便了。"劉四媽道:"媽媽可曉得你到我家來?"美娘道:"不曉得。"四媽道:"你且在我家便飯,待老身先到你家,與媽媽講。講得通時,然後來報你。"

　　劉四媽催乘轎子,擡到王九媽家。九媽相迎入内。劉四媽問起吳八公子之事,九媽告訴了一遍。四媽道:"我們行户人家,到是養成個半低不高的丫頭[2],儘可賺錢,又且安穩。不論什麼客就接了,倒是日日不空的。侄女祇爲聲名大了,好似一塊鰲魚落地[3],馬蟻兒都要鑽他。雖然熱鬧,卻也不得自在。説便許多一夜,也祇是箇虚名。那些王孫公子來一遍,動不動有幾箇幫閒,連宵達旦,好不費事。跟隨的人又不少,箇箇要奉承得他好。有些不到之處,口裏就出粗[4],哩嗹囉嗹的罵人,還要弄損你家火,又不好告訴他家主,受了若干悶氣。況且山人墨客,詩社棋社,少不得一月之内,又有幾時官身[5]。這些富貴子弟,你爭我奪,依了張家,違了李家,一邊喜,少不得一邊怪了。就是吳八公子這一箇風波,嚇殺人的,萬一失差,卻不連本送了? 官宦人家,和他打官司不成! 祇索忍氣吞聲。今日還虧着你家時運高,太平没事,一個霹靂空中過去了。倘然山高水低[6],悔之無及。妹子聞得吳八公子不懷好意,還要到你家索鬧。侄女的性氣又不好,不肯奉承人。第一是這件,乃是箇惹禍之本。"九媽道:"便是這件,老身常是擔憂。就是這八公子,也是有名有稱的人,又不是微賤之人。這丫頭抵死不肯接他,惹出這場寡氣[7]。當初他年紀小時,還聽人教訓。如今有了個虚名,被這些富貴子弟誇他獎他,慣了他性情，驕了他氣質，動不動自作自主。逢着客來，他要接便接。他若不情願時，便是九牛也休想牽得他轉。”劉四媽道：“做小娘的略有些身分，都則如此。”王九媽道：“我如今與你商議，倘若有箇肯出錢的，不如賣了他去，到得乾净，省得終身擔着鬼胎過日[8]。”劉四媽道：“此言甚妙。賣了他一個，就討得五六個。若凑巧撞得着相應的[9]，十來個也討得的。這等便宜事，如何不做！”王九媽道：“老身也曾算計過來，那些有勢有力的不出錢，專要討人便宜；及至肯出幾兩銀子的，女兒又嫌好道歉[10]，做張做智的不肯[11]。若有好主兒，妹子做媒，作成則個。倘若這丫頭不肯時節，還求你擔掇[12]。這丫頭做娘的話也不聽，祇你説得他信，話得他轉[13]。”劉四媽呵呵大笑道：“做妹子的此來，正爲與侄女做媒。你要許多銀子便肯放他出門？”九媽道：“妹子，你是明理的人。我們這行户例，祇有賤買，那有賤賣？况且美兒數年盛名滿臨安，誰不知他是花魁娘子，難道三百四百，就容他走動？少不得要他千金。”劉四媽道：“待妹子去講。若肯出這箇數目，做妹子的便來多口。若合不着時，就不來了。”臨行時，又故意問道：“侄女今日在那裏？”王九媽道：“不要説起，自從那日喫了吴八公子的虧，怕他還來淘氣[14]，終日裏擡個轎子，各宅去分訴。前日在齊太尉家，昨日在黄翰林家，今日又不知在那家去了。”劉四媽道：“有了你老人家做主，按定了坐盤星[15]，也不容侄女不肯。萬一不肯時，做妹子自會勸他。祇是尋得主顧來，你卻莫要捉班做勢[16]。”九媽道：“一言既出，並無他説。”九媽送至門首。劉四媽叫聲咶噪，上轎去了。這纔是：

　　　　數黑論黄雌陸賈，説長話短女隨何。
　　　　若還都像虔婆口，尺水能興萬丈波。

【校注】

[1]折了食料：比喻過分擡舉，受寵若驚，猶言“折壽”。食料，泛指食物。

[2]半低不高：指容貌才藝均處於中等水平。　　　[3]鮝魚：經過醃製的鹹魚乾，香鮮美味，是浙江寧波、杭州地區的傳統菜餚。　　　[4]出粗：出言傷人。

[5]官身：古代妓女有官、私之分，官妓隸屬於官府的教坊樂籍，在節慶日或官府設宴迎賓時，隨時聽召侍筵歌唱，謂之“唤官身”。　　　[6]山高水低：指發生意外，猶言“三長兩短”。　　　[7]寡氣：悶氣。　　　[8]擔着鬼胎過日：擔驚受怕、心神

不寧地過日子。　　　　[9]相應的：廉價的。　　　　[10]嫌好道歉：挑挑揀揀，不甚滿意。　　　　[11]做張做智：裝模作樣。　　　　[12]攛掇：勸誘、慫恿。　　　　[13]話得轉：能够説服別人。　　　　[14]淘氣：搗亂、鬧事。　　　　[15]坐盤星：秤上的第一顆星，處於秤砣與秤盤保持平衡的支點。此處用以形容決定時事變化的主控權。[16]捉班做勢：故作姿態，擺架子。

　　劉四媽回到家中，與美娘説道：“我對你媽媽如此説，這般講，你媽媽已自肯了。祇要銀子見面，這事立地便成。”美娘道：“銀子已曾辦下，明日姨娘千萬到我家來，玉成其事，不要冷了場，改日又費講。”四媽道：“既然約定，老身自然到宅。”美娘別了劉四媽，回家一字不題。次日，午牌時分，劉四媽果然來了。王九媽問道：“所事如何！”四媽道：“十有八九，祇不曾與侄女説過。”四媽來到美娘房中，兩下相叫了，講了一回説話。四媽道：“你的主兒到了不曾？那話兒在那裏[1]？”美娘指着牀頭道：“在這幾隻皮箱裏。”美娘把五六隻皮箱一時都開了，五十兩一封，搬出十三四封來，又把些金珠寶玉算價，足勾千金之數。把個劉四媽驚得眼中出火，口内流涎，想道：“小小年紀，這等有肚腸[2]！不知如何設處，積下許多東西？我家這幾個粉頭，一般接客，趕得着他那裏！不要説不會生發[3]，就是有幾文錢在荷包裏，閒時買瓜子磕，買糖兒喫，兩條腳布破了，還要做媽的與他買布哩。偏生九阿姐造化，討得着，年時賺了若干錢鈔，臨出門還有這一主大財，又是取諸宮中，不勞餘力。”這是心中暗想之語，卻不曾説出來。美娘見劉四媽沉吟，祇道作難索謝，慌忙又取出四疋潞綢，兩股寶釵，一對鳳頭玉簪，放在桌上，道：“這幾件東西，奉與姨娘爲伐柯之敬[4]。”劉四媽歡天喜地對王九媽説道：“侄女情願自家贖身，一般身價，並不短少分毫。比着孤老賣身更好。省得閒漢們從中説合[5]，費酒費漿，還要加一加二的謝他[6]。”王九媽聽得説女兒皮箱内有許多東西，到有個咈然之色。你道卻是爲何！世間祇有鴇兒的狠，做小娘的設法些東西，都送到他手裏，纔是快活。也有做些私房在箱籠内，鴇兒曉得些風聲，專等女兒出門，撬開鎖鑰[7]，翻箱倒籠取個罄空。祇爲美娘盛名之下，相交都是大頭兒，替做娘的挣得錢鈔，又且性格有些古怪,等閒不敢觸犯,故此卧房裏面,鴇兒的腳也不搠進去。誰知他如此有錢。劉四媽見九媽顏色不善,便猜着了,連忙道:"九阿姐,你休得三心兩意。這些東西,就是侄女自家積下的,也不是你本分之錢。他若肯花費時,也花費了。或是他不長進,把來津貼了得意的孤老,你也那裏知道! 這還是他做家的好處[8]。況且小娘自己手中沒有錢鈔,臨到從良之際,難道赤身趕他出門? 少不得頭上腳下都要收拾得光鮮,等他好去別人家做人。如今他自家拿得出這些東西,料然一絲一綫不費你的心。這一主銀子,是你完完全全鬃在腰跨裏的。他就贖身出去,怕不是你女兒? 倘然他掙得好時,時朝月節[9],怕他不來孝順你? 就是嫁了人時,他又沒有親爹親娘,你也還去做得着他的外婆,受用處正有哩。"祇這一套話,説得王九媽心中爽然,當下應允。劉四媽就去搬出銀子,一封封兑過,交付與九媽,又把這些金珠寶玉,逐件指物作價,對九媽説道:"這都是做妹子的故意估下他些價錢。若換與人,還便宜得幾十兩銀子。"王九媽雖同是個鴇兒,到是個老實頭兒,憑劉四媽説話,無有不納。

　　劉四媽見王九媽收了這主東西,便叫亡八寫了婚書,交付與美兒。美兒道:"趁姨娘在此,奴家就拜別了爹媽出門,借姨娘家住一兩日,擇吉從良,未知姨娘允否?"劉四媽得了美娘許多謝禮,生怕九媽翻悔,巴不得美娘出他門,完成一事,説道:"正該如此。"當下美娘收拾了房中自己的梳臺拜匣,皮箱鋪蓋之類。但是鴇兒家中之物,一毫不動。收拾已完,隨着四媽出房,拜別了假爹假媽,和那姨娘行中,都相叫了。王九媽一般哭了幾聲。美娘唤人挑了行李,欣然上轎,同劉四媽到劉家去。四媽出一間幽静的好房,頓下美娘行李。衆小娘都來與美娘叫喜。是晚,朱重差莘善到劉四媽家討信,已知美娘贖身出來。擇了吉日,笙簫鼓樂娶親。劉四媽就做大媒送親,朱重與花魁娘子花燭洞房,歡喜無限。

　　　　雖然舊事風流,不減新婚佳趣。

　　次日,莘善老夫婦請新人相見,各各相認,喫了一驚。問起根由,至親三口,抱頭而哭。朱重方纔認得是丈人丈母。請他上坐,夫妻二人,重新拜見。親鄰聞知,無不駭然。是日,整備筵席,慶賀兩重之喜，飲酒盡歡而散。三朝之後[10]，美娘教丈夫備下幾副厚禮，分送舊相知各宅，以酬其寄頓箱籠之恩，并報他從良按信息。此是美娘有始有終處。王九媽、劉四媽家，各有禮物相送，無不感激。滿月之後，美娘將箱籠打開，内中都有黄白之資，吳綾蜀錦，何止百計，共有三千餘金，都將匙鑰交付丈夫，慢慢的買房置産，整頓家當。油舖生理，都是丈人莘善管理。不上一年，把家業挣得花錦般相似，驅奴使婢，甚有氣象。

朱重感謝天地神明保佑之德，發心於各寺廟喜捨合殿香燭一套，供琉璃燈油三個月；齋戒沐浴，親往拈香禮拜。先從昭慶寺起，其他靈隱、法相、净慈、天竺等寺，以次而行。就中單説天竺寺，是觀音大士的香火，有上天竺、中天竺、下天竺，三處香火俱盛，卻是山路，不通舟楫。朱重叫從人挑了一擔香燭，三擔清油，自己乘轎而往。先到上天竺來。寺僧迎接上殿，老香火秦公點燭添香。此時朱重居移氣，養移體，儀容魁岸，非復幼時面目，秦公那裏認得他是兒子。祇因油桶上有個大大的"秦"字，又有"汴梁"二字，心中甚以爲奇。也是天然凑巧。剛剛到上天竺，偏用着這兩隻油桶。朱重拈香已畢，秦公托出茶盤，主僧奉茶。秦公問道："不敢動問施主，這油桶上爲何有此三字？"朱重聽得問聲，帶着汴梁人的土音，忙問道："老香火，你問他怎麽？莫非也是汴梁人麽？"秦公道："正是。"朱重道："你姓甚名誰？爲何在此出家？共有幾年了？"秦公把自己姓名鄉里，細細告訴："某年上避兵來此，因無活計，將十三歲的兒秦重，過繼與朱家。如今有八年之遠。一向爲年老多病，不曾下山問得信息。"朱重一把抱住，放聲大哭道："孩兒便是秦重。向在朱家挑油買賣。正爲要訪求父親下落，故此於油桶上，寫'汴梁秦'三字，做個標識。誰知此地相逢！真乃天與其便！"衆僧見他父子別了八年，今朝重會，各各稱奇。朱重這一日，就歇在上天竺，與父親同宿，各敍情節。次日，取出中天竺、下天竺兩個疏頭换過[11]，内中朱重，仍改做秦重，復了本姓。兩處燒香禮拜已畢，轉到上天竺，要請父親回家，安樂供養。秦公出家已久，喫素持齋，不願隨兒子回家。秦重道："父親別了八年，孩兒有缺侍奉。況孩兒新娶媳婦，也得他拜見公公方是。"秦公祇得依允。秦重將轎子讓與父親乘坐,自己步行,直到家中。秦重取出一套新衣,與父親換了,中堂設坐,同妻子莘氏雙雙參拜。親家莘公、親母阮氏,齊來見禮。此日大排筵席。秦公不肯開葷,素酒素食。次日,鄰里斂財稱賀。一則新婚,二則新娘子家眷團圓,三則父子重逢,四則秦小官歸宗復姓,共是四重大喜。一連又喫了幾日喜酒。秦公不願家居,思想上天竺故處清净出家。秦重不敢違親之志,將銀二百兩,於上天竺另造净室一所,送父親到彼居住。其日用供給,按月送去。每十日親往候問一次。每一季同莘氏往候一次。那秦公活到八十餘,端坐而化。遺命葬於本山。此是後話。

　　却説秦重和莘氏,夫妻偕老,生下兩個孩兒,俱讀書成名。至今風月中市語,凡誇人善於幫襯,都叫做"秦小官",又叫"賣油郎"。有詩爲證:

　　　　春來處處百花新,蜂蝶紛紛競採春。
　　　　堪愛豪家多子弟,風流不及賣油人。

　　　　　　　　　　　　　　　　　　　　　　　　　《醒世恒言》卷三

【校注】

[1]那話兒:那東西,此指贖身的銀兩。　　　[2]有肚腸:有心計,有主意。
[3]生發:設法賺錢。　　[4]伐柯:做媒。　　[5]説合:説媒撮合。　　　[6]加一加二:得寸進尺,漫天要價。　　　[7]撽(tiǎn 舔):撬開。　　　[8]做家的:江浙地區方言,勤儉節約。一作"做人家"。　　　[9]時朝月節:泛指各種節慶日。
[10]三朝:江浙地區風俗,新婚後第三天稱"三朝",是日新娘應備禮回娘家探望父母,謂之"回門";娘家則設酒席,宴請女兒女婿及親朋好友,謂之"做三朝"。
[11]疏(shù 樹)頭:僧道拜懺時焚化的祝告文,上書主人姓字及拜懺事由。

李開先

【作者簡介】

　　李開先(1502—1568)，字伯華，號中麓子，章丘(今屬山東)人。明嘉靖七年(1528)舉鄉試第七名，次年連捷進士，後歷任户部主事、吏部驗封司郎中、考功郎中、選部郎、太常寺少卿等職。二十年，因得罪權貴而罷官歸籍。自此置田產，修園林，購秘笈，蓄歌妓，徵歌度曲，終老鄉里。與王慎中、唐順之等人合稱"嘉靖八子"，交游甚廣，其中有康海、王九思、馮惟敏、梁辰魚等著名戲曲家。喜愛藏書，尤富詞曲，有"詞山曲海"之稱。著述頗豐，有傳奇《寶劍記》、《斷髮記》、《登壇記》(已佚)三種，院本《一笑散》(凡六種，今存《園林午夢》、《打啞禪》二種)，散曲《贈康對山》、《臥病江皋》、《中麓小令》、《四時悼内》四種；有曲論《詞謔》，詩文集《閒居集》十二卷，另有《畫品》一卷、《中麓山人拙對、續對》二卷、《詩禪》一卷等雜著。

夜　　奔

【題解】

　　《寶劍記》取材於《水滸傳》之林沖故事，但進行了多處删改，其中最大的改動是：小說中林沖與高俅的衝突，乃由高衙内調戲林沖之妻而引起，屬於個人恩怨；而傳奇中兩人的衝突，乃因忠奸對立而產生，屬於政治矛盾。這一改動，大大增强了作品的社會思想意義，《寶劍記》也因此被稱爲明代忠奸劇的定型之作。《夜奔》所寫正是林沖逼上梁山一段，全折運用生角獨唱的方式，極爲細膩地刻畫了林沖逃亡時的外景與内心：漆黑夜晚，山路崎嶇，追兵緊迫，風聲鶴唳；一心想做忠臣義士的林沖，卻屢遭奸臣迫害，祇能抛卻"妻母"，"專心投水滸"，"顧不的忠和孝"，其惶恐、憤慨、痛苦與思戀之情，交相迸湧，令人動容。《寶劍記》全劇五十折，全本甚少搬演，惟《夜奔》一折，卻成爲昆曲、京劇、贛劇、湘劇、弋腔、柳子戲、梆子戲等劇種的保留曲目，至今盛演不衰，足見其恒久的藝術生命力。

【點絳唇】(生上唱)數盡更籌，聽殘銀漏。逃秦寇[1]，好教我有國難投，那搭兒相求救[2]？

　　(白)欲送登高千里目，愁雲低鎖衡陽路[3]。魚書不至雁無憑，幾番欲作悲秋賦。回首西山日又斜，天涯孤客真難度。丈夫有淚不輕彈，衹因未到傷心處。念我一時忿怒，殺死奸細，幸得深夜無人知覺，密投柴大官人莊上隱藏[4]。昨聞故人公孫勝使人報知：今遣指揮徐寧領兵[5]，滄州地界捉拿。虧承柴大官人，憐我孤窮，寫書薦達，徑往梁山逃命。日裏不敢前行，今夜路經濟州地界。恰纔天明月朗，霎時霧暗雲迷，況山路崎嶇，高低不辨，教我怎生行蹇[6]？那前邊黑洞洞的，想是村店，衹得緊行幾步。呀！原來是一座禪林。夜深無人，我向伽藍殿前暫憩片時。（生作睡介）（净扮神上白）生前能護國，没世號伽藍。眼觀十萬里，日赴九千壇。吾乃本廟護法之神。今有上界武曲星受難，官兵追急，恐傷他性命。兀那林沖[7]，休推睡夢，今有官兵過了黄河，咫尺趕上，急起來逃命去罷。吾神去也。凡人心不昧，處處有靈神。但願人行早，神天不負人。（生醒白）唬死我也！剛纔合眼，忽見神像指着道："林沖急急起來，官兵到了！"想是伽藍神聖指引迷途，我林沖若得一步之地，重修寶殿，再塑金身，撤得腳步去也！（唱）

【校注】

[1]秦寇：古代常用秦指代暴政，此指高俅之流的奸黨。　　[2]那搭兒：哪裏，什麽地方。　　[3]衡陽路：傳説在湖南衡陽有回雁峰，大雁南飛至此回頭。這裏形容離京城路遠，音訊難通。　　[4]柴大官人：即柴進。林沖投奔柴進事，見《水滸傳》第九回。　　[5]公孫勝、徐寧：均是《水滸傳》中的人物，但此情節未載於《水滸傳》。　　[6]行蹇：急行。　　[7]兀那：即"那"，冠以"兀"字可增强語氣。

【新水令】按龍泉血淚灑征袍，恨天涯一身流落。專心投水滸，回首望天朝，急走忙逃，顧不的忠和孝。

【駐馬聽】良夜迢迢，投宿休將門户敲。遥瞻殘月，暗度重關，急步荒郊。身輕不憚路迢遥，心忙衹恐人驚覺。魄散魂消，魄散魂消，紅塵誤了武陵年少[1]。

【水仙子】一朝諫諍觸權豪，百戰勳名做草茅[2]，半生勤苦無功效，名不將青史標。爲家國總是徒勞，再不得倒金樽杯盤歡笑，再不得歌金縷箏琶絡索[3]，再不得謁金門環佩逍遥[4]。

【折桂令】封侯萬里班超，生逼做叛國的紅巾[5]、背主的黄巢。恰便似脱扣蒼鷹、離籠狡兔、摘網騰蛟。救急難誰誅正卯[6]，掌刑罰難得皋陶[7]。鬢髮蕭騷，行李蕭條。這一去，博得個斗轉天迴，須教他海沸山揺。

【雁兒落】望家鄉去路遥，想妻母將誰靠？我這裏吉凶未可知，他那裏生死應難料。

【得勝令】呀！唬的我汗浸浸身上似湯澆，急煎煎心内類油調。幼妻室今何在？老尊堂恐喪了。劬勞[8]，父母恩難報；悲嚎，英雄氣怎消？

【沽美酒】懷揣着雪刃刀，行一步哭號咷。拽長裾急急騫羊腸路繞，且喜這燦燦明星下照。忽然間昏慘慘雲迷霧罩，疏喇喇風吹葉落，振山林聲聲虎嘯，繞溪澗哀哀猿叫。嚇的我魂飄膽消，百忙裏走不出山前古廟。

【收江南】呀！又祇見烏鴉陣陣起松稍，數聲殘角斷漁樵。忙投村店伴寂寥。想親帷夢杳，空隨風雨度良宵。

　　　　故國徒勞夢，　思歸未得歸。
　　　　此身無所託，　空有淚沾衣。

《寶劍記》第三十七齣

【校注】

[1]武陵年少：指貴族子弟。武陵，應作“五陵”，漢朝每立皇帝陵墓，都把四方豪族及外戚遷居附近，最著名者有五陵，即高帝之長陵、惠帝之安陵、景帝之陽陵、武帝之茂陵、昭帝之平陵，後遂以“五陵”指代豪門貴族聚居之地。林沖在劇中出生於士大夫之家，又身爲京城八十萬禁軍教頭，故云。　　[2]草茅：平民。　　[3]絡索：箏及琵琶等樂器上的裝飾物。　　[4]金門：漢朝宮門，因門前有銅馬，又稱“金馬門”。後借指朝廷。　　[5]紅巾：元朝的農民起義軍。一說“紅巾”乃“黄巾”之誤。　　[6]正卯：指少正卯，春秋時魯國的大夫。傳說在孔子任魯國司寇時，少正卯因“五惡”亂政的罪名而被誅。　　[7]皋陶：傳説虞舜時掌管刑獄的賢臣。　　[8]劬（qú 渠）勞：指父母對子女的養育之勞。語出《詩經·小雅·蓼莪》：“哀哀父母，生我劬勞。”

【集評】

　　（明）王九思《書寶劍記後》云：“辱公手書，以新製《寶劍記》見示，且命爲之序。乃倩歌之，憑几而聽之既，於是仰而歎曰：‘嗟乎！至圓不能加規，至方不能加矩，一代之奇才，古今之絕唱也。’”

　　（明）呂天成《曲品》卷上云：“李開先銓部貴人，葵邱隱吏。熟騰北曲，悲傳塞下之吹；間著南詞，生扭吳中之拍。才原敏贍，寫冤憤而如生；志亦飛揚，賦逋囚而自暢。此詞壇之雄將，曲部之異才。”

高　濂

【作者簡介】

　　高濂（1542？—1616？），字深甫，號瑞南，錢塘（今浙江杭州）人。曾任鴻臚寺官，後退居杭州，齋名爲“雅尚齋”、“瑞南莊”、“妙賞樓”、“萬花居”等。著有《玉簪記》、《節孝記》傳奇兩種，均存世。另有《雅尚齋詩草》初、二集，已佚；《芳芷棲詞》二卷，明汲古閣抄本，今藏日本静嘉堂文庫；雜著《遵生八箋》，萬曆十九年（1591）刻本，内容涉及養生、醫藥、飲食、賞鑒等方面，顯示出作者十分廣博的學識。高濂還是一位著名的藏書家，精於版本鑒賞，清代士禮居黄氏（丕烈）、海源閣楊氏（以增），均曾收其舊藏。

秋江哭別

【題解】

　　《玉簪記》敍北宋靖康之難期間，書生潘必正與女尼陳妙常的愛情故事。此齣則寫潘、陳戀情暴露，兩人被迫分離。自《西廂記》設鶯鶯、張生長亭送別之後，才子佳人的依依惜別，遂成爲明清戲曲的一種情節模式。然而，《秋江哭別》卻將離别的場景，由十里長亭，移至千里秋江；將静態的生、旦對唱，改爲生、旦、梢子多角連袂的動態表演，令人耳目一新。黄裳《玉簪記校注後記》云：“整折戲無論唱詞、對白還是動作，都充滿了動的感覺”，“處處都使讀者感到角色内心的躍動”，“在空無一物的舞臺上使觀衆有千里秋江、雙槳如飛的感覺”，“不僅看到了在秋江裏疾駛着的兩隻船,而且還感到了兩顆互相吸引的熾熱的心",正道出了《秋江哭別》獨特的藝術魅力。此外,全折曲詞優美,典雅本色,不僅渲染了淒清的別離場景,也恰如其分地表達了兩人的真摯愛情。《秋江哭別》迄今仍是諸多劇種的保留演出曲目。

【水紅花】(生老旦丑上)天空雲淡蓼風寒,透衣單。江聲淒慘,晚潮時帶夕陽還。淚珠彈,離愁千萬。(生背科)欲待將言遮掩。怎禁他惡狠狠話兒劖[1],只得赴江關也羅[2]。落木静秋色,殘輝浮暮雲。不知人別後,多少事關心。(丑)已到關口,梢子看船。(净扮梢子上)船在此。(丑)相公上京赴試,叫你船到臨安。這一兩銀子作船錢。(净)就去,就去。(老旦)就此開船,休得轉來。我在閱江樓施主人家看你,明日才回。(生)謹依姑娘嚴命[3]。葉落眼中淚,風催江上船。(老旦)明年春得意,早報錦雲箋。(生丑下)(老旦立場上高處科)(旦上場望老旦科)

【水紅花】(旦)霎時雲雨暗巫山,悶無言。不茶不飯,滿口兒何處訴愁煩。隔江關,怕他心淡。顧不得腳兒勤趕。(作驚科)前面樓上,好似我觀主模樣。又早是我先看見他,若還撞見好羞慚。(作躲科)且躲在人家竹院也羅。(老旦)我想侄兒去遠,不免回觀則箇。從今割斷藕絲長,免繫鯤鵬飛不去。(下)(旦上哭科)潘郎,潘郎!君去也,我來遲。兩下相思只自知。心呆意似癡。行不動,瘦腰肢。且將心事託舟師,見他強似寄封書。梢子那裏?(净)聽得誰人叫,梢子就來到。到那裏去?有何見教?(旦)我要買你一隻小船,趕着前面相公,寄封家書到臨安。船錢重謝。(净)風大去不得。(旦)不要推辭,趁早行船趕上,寧可多送你些船錢。(净)這等,下船下船!(净歌嘲)風打船頭雨欲來,漫天雪浪,那行叫我把船開[4]。白雲陣陣催黃葉,惟有江上芙蓉獨自開。

【紅衲襖】(旦)奴好似江上芙蓉獨自開。只落得冷淒淒、飄泊輕盈態。恨當初、與他曾結鴛鴦帶,到如今、怎生的分開鸞鳳釵。別時節羞答答,怕人瞧、頭怎擡。到如今、悶昏昏,獨自個耽着害。愛殺我、一對對鴛鴦波上也;羞殺我、哭啼啼今宵獨自捱。(下)(生同梢公上)(梢歌)漫天風舞葉聲乾,遠浦林疏日影寒。箇些江聲是南來北往流不盡箇相思淚[5]，祇爲那別時容易見時難。

【校注】

[1]劃(chán 讒)：譏諷、嘲笑。　　　[2]也羅：劇曲中帶有拖腔的語氣詞，《水紅花》調末句有此定格。　　　[3]姑娘：姑母。　　　[4]那行(háng 杭)：吳方言，如何，怎樣。　　　[5]箇些：這些。

【又】（生）我只爲別時容易見時難。你看那碧澄澄、斷送行人江上晚。昨宵呵、醉醺醺歡會知多少，今日裏、情脈脈離愁有萬千。莫不是錦堂歡緣分淺，莫不是藍橋倒時運慳[1]。傷心怕向蓬窗看也，堆積相思是兩岸山。（生弔）（旦與梢子急上）[2]

【僥僥令】忙追趕去人船，見風裏正開帆。（梢子叫）潘相公，潘相公！（生）忽聽得人呼聲聲近，住蘭橈，定眼看。是何人，且上前。（旦）是奴家。（對哭科）

【哭相思】半日裏將伊不見，淚珠兒濕染紅衫。事無端，恨無端。平白地風波折錦鴦。羞將淚眼對人前。（生）那其間，到其間。我那姑娘呵，惡話兒將人緊緊闌。狠心直送我到江關。（旦）早晨叫我們送你上京。聽得一聲，好不驚死人也。不知何人走漏消息？敢是你的口兒不緊，以致漏泄如此。（生）小生對着何人說來！平白地風波，痛腸難盡。（旦）別時節，衆人面前，有話難提，有情難盡。因此趕來送你。祇是我心中千言萬語，一時難盡。（生）多謝厚情，感銘肺腑。早晨衆姑在前，不曾一言相別。方抱痛傷。今又見你，如得珍寶。我與你同行一程如何？請了。

【小桃紅】你看秋江一望淚潸潸。怕向那孤蓬看也，這別離中生出一種苦難言。自拆散在霎時間。心兒上，眼兒邊。血兒流，把我的香肌減也。恨殺那野水平川。生隔斷銀河水，斷送我春老啼鵑。

【下山虎】（生）黃昏月下，意惹情牽。纔照得個雙鸞鏡，又早買別離船。哭得我、兩岸楓林都做了相思淚斑。打疊淒涼今夜眠[3]。喜見我的多情面，花謝重開月再圓。又怕你難留戀。好一似夢裏相逢，教我愁怎言。

【醉歸遲】（旦）意兒中無別見。忙來不爲貪歡戀。祇怕你新舊相看心變，追歡別院，怕不想舊有姻緣。那其間拼個死口含冤，到鬼靈廟訴出、燈前和你雙雙罰願。（生）想着你初相見，心甜意甜；想着你乍別時，山前水前。我怎敢轉眼負盟言；我怎敢忘卻些兒燈邊枕邊。祇愁你形單影單。祇愁你衾寒枕寒。哭得我哽咽喉乾，一似西風斷猿。（旦）奴別君家，自當離卻空門，洗心待君。君家休得忘了。奴有碧玉鸞簪一枝，原是奴家簪冠之物，送君爲加冠之兆，伏乞笑納，聊表別情。（生）多謝多謝。我有白玉鴛鴦扇墜一枚，原是我家君所賜。今日將來贈伊，期爲雙駕之兆。

【憶多嬌】（旦）兩意堅，月正圓。執手丁寧苦掛牽[4]。（生）我與你同上臨安如何？（旦）我豈不欲，恐人嚷開是非，反害大事。欲共你同行難上難。早寄鸞箋、早寄鸞箋，免得我心腸掛牽。也罷，就此拜別。

【哭相思】（同）夕陽古道催行晚，聽江聲淚染心寒。要知郎眼赤，祇在望中見。（生拜別科）（生先下）（旦）重竚望，更盤桓。千愁萬恨別離間。祇教我青燈夜雨香銷鴨[5]，暮雨西風泣斷猿。（下）

　　　　　　　　　　　　　　　　　　　　　　《玉簪記》第二十三齣

【校注】

[1]慳（qiān 慳）：稀少，欠缺。　　[2]弔：即弔場，此謂生暫時離開舞臺正場，改由旦和梢子上演。　　[3]打疊：亦作“打摺”，整理、收拾。　　[4]丁寧：即“叮嚀”。　　[5]鴨：指舊時薰香所用的鴨形爐。

【集評】

　　（明）祁彪佳《遠山堂曲品·能品·玉簪》云：“幽歡在女貞觀中，境無足取。惟着意填詞，摘其字句，可以唾玉生香；而意不能貫詞，便如徐文長所云‘錦糊燈籠，玉鑲刀口’，討一毫明快不得矣。”

湯顯祖

【作者簡介】

湯顯祖(1550—1616),字義仍,號海若,又號若士,別署清遠道人,臨川(今屬江西)人。明萬曆十一年(1583)進士,歷任南京太常博士、禮部主事。十九年,因抨擊時政,被貶爲廣東徐聞典史。二十一年,任浙江遂昌知縣。二十六年,辭官歸里,隱居著述,終老於鄉。著有《牡丹亭》、《南柯記》、《邯鄲記》、《紫釵記》傳奇四種,合稱"臨川四夢",或稱"玉茗堂四夢"。另著有詩文集《玉茗堂集》、《紅泉逸草》、《問棘郵草》等。

<h2 style="text-align:center">閨　　塾</h2>

【題解】

《閨塾》是《牡丹亭》中非常輕鬆詼諧的一折。在枯燥乏味的學堂中,兩位青春少女與一個私塾先生,共同上演了一幕"鬧學"的喜劇。從表面來看,春香乃是此齣鬧劇的導演者,她刁鑽伶俐,妙語連珠,數次將迂腐窮酸、食古不化的先生陳最良逼得十分窘迫,哭笑不得。不過,春香的身份畢竟是丫環,倘若沒有小姐杜麗娘的默許縱容,其言行恐怕也不敢如此放肆,因此,春香鬧學的背後,實際上隱含着杜麗娘對傳統閨範教育的厭倦與反叛。需要特別指出的是:湯顯祖創設《閨塾》的主旨,不僅是要藉此嘲諷古代禮教的壓抑與僵化,爲後文《驚夢》、《尋夢》等折作鋪墊;而且亦有增強戲劇之娛樂性,以取悅觀衆的現實考慮。自宋元以降,插科打諢,乃是一部戲劇必不可少的内容,所謂"不插科,不打諢,不謂之傳奇"(《新編劉知遠還鄉白兔記》"扮末上開")。雖然《牡丹亭》的主線是柳夢梅與杜麗娘的愛情故事,但依然雜有《勸農》(第八齣)、《道覲》(第十七齣)、《牝賊》(第十九齣)、《冥判》(第二十三齣)等折,或陳農俗,或道謔語,或演武戲,構成一部"鬧熱《牡丹亭》",這種文學性與娛樂性的結合、雅與俗的交融,正是明清戲曲十分重要的藝術特徵(參見黄天驥、徐燕琳《論明代傳奇的"俗"與"雜"》,文載《文學遺産》2004 年第 2 期)。

　　(末上)"吟餘改抹前春句,飯後尋思午晌茶。蟻上案頭沿硯水,蜂穿窗眼咂瓶花。"我陳最良,杜衙設帳[1],杜小姐家傳《毛詩》[2]。極承老夫人管待。今日早膳已過,我且把毛注潛玩一遍。（念介）"關關雎鳩,在河之洲。窈窕淑女,君子好逑。"好者好也;逑者求也。（看介）這早晚了[3],還不見女學生進館。卻也嬌養的兒。待我敲三聲雲板[4]。（敲雲板介）春香,請小姐上書。

【繞池游】（旦引貼捧書上）素妝纔罷,緩步書堂下,對净几明窗瀟灑。（貼）《昔氏賢文》[5],把人禁殺[6],恁時節則好教鸚哥喚茶。（見介）（旦）先生萬福。（貼）先生少怪！（末）凡爲女子,雞初鳴,咸盥、漱、櫛、笄[7],問安於父母。日出之後,各供其事。如今女學生以讀書爲事,須要早起。（旦）以後不敢了。（貼）知道了。今夜不睡,三更時分,請先生上書。（末）昨日上的《毛詩》,可温習？（旦）温習了,則待講解。（末）你念來。（旦念書介）"關關雎鳩,在河之洲。窈窕淑女,君子好逑。"（末）聽講:"關關雎鳩",雎鳩,是個鳥;關關,鳥聲也。（貼）怎樣聲兒？（末作鳩聲）（貼學鳩聲諢介）（末）此鳥性喜幽靜,在河之洲。（貼）是了。不是昨日是前日,不是今年是去年,俺衙内關着個斑鳩兒,被小姐放去,一去去在何知州家。（末）胡説！這是興。（貼）興個甚的那？（末）興者,起也,起那下頭。窈窕淑女,是幽閒女子,有那等君子好好的來求他。（貼）爲甚好好的求他？（末）多嘴哩。（旦）師父,依注解書,學生自會。但把《詩經》大意,敷演一番。

【校注】

[1]設帳:做私塾教師。　　[2]《毛詩》:原指《詩經》毛氏注,與魯人申培注、齊人轅固注,合稱"三家注"。後魯、齊兩家失傳,惟毛氏注獨存,故亦以《毛詩》指代《詩經》。　　[3]早晚:時候、時間。　　[4]雲板:舊時官衙或富貴人家用於敲擊報事、報時或集衆的響板,金屬製或木製,因其兩頭多作雲紋狀,故稱。
[5]《昔時賢文》:以前賢格言編就的德育教材。　　[6]禁殺:拘束、壓抑。
[7]盥、漱、櫛(zhì制)、笄(jī機):《禮記·内則》所規定的女子生活守則之一。櫛,木梳;笄,束髮的簪子。

【掉角兒】（末）論六經,《詩經》最葩,閨門内許多風雅。有指證,姜嫄産哇[1],不嫉妒,后妃賢達。更有那詠雞鳴,傷燕羽,泣江皋,思漢廣[2],洗净鉛華。有風有化,宜室宜家。（旦）這經文偌多？（末）《詩三百》,一言以蔽之,没多些,祇"無邪"兩字,付與兒家。書講了,春香,取文房四寶來模字。(貼下取上)紙筆墨硯在此。(末)這甚麼墨?
(旦)丫頭,錯拿了。這是螺子黛[3],畫眉的。(末)這甚麼筆?(旦作
笑介)這便是畫眉細筆。(末)俺從不曾見,拿去,拿去。這是甚麼紙?
(旦)薛濤箋[4]。(末)拿去,拿去,祇拿那蔡倫造的來。這是甚麼硯?
是一個,是兩個?(旦)鴛鴦硯。(末)許多眼。(旦)淚眼[5]。(末)哭
甚麼子?一發換了來。(貼背介)好個標老兒[6]!待換去。(下換上)
這可好?(末看介)着。(旦)學生自會臨書,春香還勞把筆[7]。(末)
看你臨。(旦寫字介)(末看驚介)我從不曾見這樣好字,這甚麼格?
(旦)是衛夫人傳下,美女簪花之格[8]。(貼)待俺寫個奴婢學夫
人[9]。(旦)還早哩。(貼)先生,學生領出恭牌[10]。(下)(旦)敢問
師母尊年?(末)目下平頭六十[11]。(旦)待學生繡對鞋兒上壽,請個
樣兒[12]。(末)生受了。依《孟子》上樣兒,做個"不知足而爲屨"罷
了。(旦)還不見春香來。(末)要喚他麼?(末叫三度介)(貼上)害
淋的。(旦作惱介)劣丫頭,那裏來?(貼笑介)溺尿去來。原來有座
大花園,花明柳綠,好耍子哩。(末)哎也!不攻書,花園去。待俺取
荊條來。(貼)荊條做甚麼?

【校注】

[1]姜嫄產哇:傳說姜嫄在野外偶然踩中上帝的大腳趾印,因而懷孕,並生下后稷,
事見《詩經·大雅·生民》。哇,通"娃"。　　[2]詠雞鳴,傷燕羽,泣江皋,思漢
廣:詠雞鳴指《詩經·齊風·雞鳴》;傷燕羽,指《詩經·邶風·燕燕》;思漢廣,指
《詩經·周南·漢廣》。泣江皋對應何詩則未詳。　　[3]螺子黛:舊時女性畫眉
所用的黑綠色墨筆。　　[4]薛濤箋:唐代四川名妓薛濤製作的箋紙。　　[5]淚
眼:廣東端硯上的天然圓暈石紋,謂之"眼",有所謂"活眼"、"淚眼"、"死眼"等類。
石紋若不夠清潤明透,則稱"淚眼"。　　[6]標老兒:土包子,不知趣之人。
[7]把筆:握住初學者的手,幫助其練習毛筆書法,稱爲"把筆"。　　[8]美女簪
花:形容書法娟秀。　　[9]奴婢學夫人:原指書法結體不佳。此春香用作調侃之
語。　　[10]出恭:上廁所。　　[11]平頭:計數時每逢十的倍數,俗稱"平頭"。
[12]請個樣兒:用紙剪個鞋樣,以標明尺寸。

【前腔】女郎行那裏應文科判衙[1],止不過識字兒書塗嫩鴉。(起介)

（末）古人讀書,有囊螢的[2],趁月亮的[3]。（貼）待映月耀蟾蜍眼花,待囊螢把蟲蟻兒活支煞[4]。（末）懸樑刺股呢[5]？（貼）比似你懸了樑,損頭髮;刺了股,添疤疵[6];有甚光華？（内叫賣花介）（貼）小姐,你聽一聲聲賣花,把讀書聲差。（末）又引逗小姐哩,待俺當真打一下。（末做打介）（貼閃介）你待打、打這哇哇,桃李門墻,嶮把負荆人諕煞。（貼搶荆條投地介）（旦）死丫頭,唐突了師父,快跪下。（貼跪介）（旦）師父恕他初犯,容學生責認一遭兒。

【校注】

[1]行:輩、家。 [2]囊螢的:古人車武子好學,但家貧不得燈油,就以練囊盛數千螢火蟲,借其光亮繼續讀書。事見《藝文類聚》卷九七引《續晉陽秋》。後用作貧寒苦讀的典故。 [3]趁月亮的:南齊江泌家貧無燈油,晚上就借着月亮的光芒讀書。事見《南齊書·江泌傳》。後亦用作貧寒苦讀的典故。 [4]支煞:又作"支殺",語氣助詞,無義。一説意爲弄死。 [5]懸樑刺股:均爲古代勤奮好學的典故。懸樑,孫敬在讀書困倦時,用繩將其頭弔在房樑上,事見《太平御覽》卷六一一引《楚國先賢傳》;刺股,蘇秦讀書欲睡,用錐子自刺其股,以振奮精神繼續讀書,事見《戰國策·秦策一》。 [6]疵(niè 聶):疤。

【前腔】手不許把鞦韆索拿,腳不許把花園路踏。（貼）則瞧罷。（旦）還嘴,這招風嘴[1],把香頭來綽疤[2],招花眼[3],把繡針兒簽瞎。（貼）瞎了中甚用？（旦）則要你守硯臺,跟書案,伴"《詩》云",陪"子曰",没的争差[4]。（貼）争差些罷。（旦）掃貼髮介）則問你幾絲兒頭髮[5]？幾條背花[6]？敢也怕些些,夫人堂上那些家法？（貼）再不敢了。（旦）可知道。（末）也罷,鬆這一遭兒。起來。（貼起介）

【校注】

[1]招風嘴:招惹是非之口。 [2]綽疤:灼燙疤痕。 [3]招花眼:意思近似"招風嘴"。 [4]争差:差錯。 [5]掃(xún 尋):揪扯。 [6]背花:指背上被荆條鞭打的傷痕。

【尾聲】(末)女弟子則爭個不求聞達,和男學生一般兒教法。你們工課完了,方可回衙,咱和公相陪話去[1]。(合)怎辜負的這一弄明窗新絳紗[2]。(下)(貼作從背後指末罵介)村老牛[3],癡老狗!一些趣也不知。(旦作扯介)死丫頭!一日爲師,終身爲父,他打不的你?俺且問你:那花園在那裏?(貼做不說)(旦笑問介)(貼指介)兀那不是[4]?(旦)可有什麼景致?(貼)景致麼?有亭臺六七座,鞦韆一兩架,繞的流觴曲水,面着太湖山石,名花異草,委實華麗。(旦)原來有這等一個所在,且回衙去。

　　　　(旦)也曾飛絮謝家庭,李山甫　　(貼)欲化西園蝶未成。張　泌

　　　　(旦)無限春愁莫相問,趙　嘏　　(貼)綠陰終借暫時行。張　祜

　　　　　　　　　　　　　　　　　　　　　　　　　　《牡丹亭》第七齣

【校注】

[1]公相:舊時對官長的尊稱。　　　[2]一弄:一派、一帶。　　　[3]村老牛:粗俗無趣的老頭子。　　　[4]兀:增强語氣,無義。

驚　夢

【題解】

　　《驚夢》是《牡丹亭》最具美感的一折。長期深鎖閨閣的杜麗娘,第一次踏入"姹紫嫣紅開遍"的花園,那個由父親與老師壘築的心理堤岸,瞬間土崩瓦解;一聲"不到園林,怎知春色如許"的幽怨歎息,已將她熾熱的少女情懷及其對青春生命的自我憐惜,傾訴得淋漓盡致。此處,"驚夢"一詞,精警凝練,含意豐富。杜麗娘因睹春色而發春心,因感春情而生春夢;置身自由之夢境,抛開一切束縛與僞裝,勇敢展示生命的本能欲望,足可驚世駭俗。全折曲詞優美,情采飛揚,哀而不傷,艷而不淫。數百年來,已不知令多少癡男怨女爲之傾倒,爲之震動。明代才女馮小青曾留下"冷雨幽窗不可聽,挑燈閒看《牡丹亭》;人間亦有癡於我,豈獨傷心是小青"(《馮小青傳》)的詩句;而清代小説《紅樓夢》第二十三回"《西廂記》妙詞通戲語　《牡丹亭》艷曲警芳心",則敍林黛玉聽到遠處傳來《驚夢》的唱詞,頓時觸動心病,神魂俱蕩。

【繞池游】(旦上)夢回鶯囀,亂煞年光遍[1]。人立小庭深院。(貼)炷

盡沉煙[2]，拋殘繡線，恁今春關情似去年？

【烏夜啼】（旦）曉來望斷梅關[3]，宿妝殘。（貼）你側着宜春髻子[4]，
恰憑闌。（旦）剗不斷，理還亂，悶無端。（貼）已分付催花鶯燕，借春
看。（旦）春香，可曾叫人掃除花徑？（貼）分付了。（旦）取鏡臺衣服
來。（貼取鏡臺衣服上）雲髻罷梳還對鏡，羅衣欲換更添香。鏡臺衣
服在此。

【步步嬌】（旦）嫋晴絲吹來閒庭院，搖漾春如綫。停半晌、整花鈿，沒
揣菱花[5]，偷人半面，迤逗的彩雲偏。（行介）步香閨怎便把全身現？
（貼）今日穿插的好[6]。

【校注】

[1]亂煞年光遍：到處是繚亂的春光。　　　[2]沉煙：即下文提及的"沉水香"。以
沉香木製成，此木黑色芳香，其脂膏凝結爲塊，入水能沉，故名。　　　[3]梅關：即
大庾嶺，宋時曾在此設有梅關，位於南安府的南面。　　　[4]宜春髻子：古代立春
日，婦女剪綵如燕子，上貼"宜春"兩字，戴於髮髻。　　　[5]沒揣：驀然，沒料到。
菱花：古代銅鏡背面多鑄菱花紋，後遂以此代指鏡子。　　　[6]穿插：打扮，穿戴。

【醉扶歸】（旦）你道翠生生出落的裙衫兒茜[1]，艷晶晶花簪八寶填，可
知我常一生兒愛好是天然？恰三春好處無人見[2]，不隄防沉魚落雁鳥
驚喧，則怕的羞花閉月花愁顫。（貼）早茶時了，請行。（行介）你看：
"畫廊金粉半零星，池館蒼苔一片青。踏草怕泥新繡襪，惜花疼煞小金
鈴[3]。"（旦）不到園林，怎知春色如許？

【皂羅袍】原來姹紫嫣紅開遍，似這般都付與斷井頹垣。良辰美景奈
何天，賞心樂事誰家院[4]。恁般景致，我老爺和奶奶再不提起[5]。
（合）朝飛暮捲[6]，雲霞翠軒。雨絲風片，煙波畫船——錦屏人忒看的
這韶光賤[7]。（貼）是花都放了，那牡丹還早。

【校注】

[1]翠生生：色彩鮮艷。出落：顯出，映襯。　　　[2]三春好處：此指女性的青春美
貌。　　　[3]惜花疼煞小金鈴：唐朝寧王甚爲惜花，命人在花園中佈紅絲繩，繩上
繫金鈴，每有鳥鵲翔集，則搖鈴驚之，典出《開元天寶遺事》。　　　[4]誰家：哪一

家。一説意爲“甚麽”。　　[5]奶奶:此指母親。　　[6]朝飛暮捲:典出唐代王勃《滕王閣詩》:“畫棟朝飛南浦雲,朱簾暮捲西山雨。”　　[7]錦屏人:深閨中人。

【好姐姐】(旦)遍青山啼紅了杜鵑,荼蘼外煙絲醉軟[1]。春香啊,牡丹雖好,他春歸怎占的先?(貼)成對兒鶯燕呵。(合)閒凝眄,生生燕語明如翦,嚦嚦鶯歌溜的圓。(旦)去罷。(貼)這園子委是觀之不足也[2]。(旦)提他怎的!(行介)

【隔尾】觀之不足由他繾,便賞遍了十二亭臺是枉然。到不如興盡回家閒過遣。(作到介)(貼)“開我西閣門,展我東閣牀。瓶插映山紫,爐添沉水香”。小姐,你歇息片時,俺瞧老夫人去也。(下)(旦歎介)“默地游春轉,小試宜春面”。春呵,得和你兩留連。春去如何遣?咳,恁般天氣,好困人也。春香那裏?(左右瞧介)(又低首沉吟介)天呵,春色惱人,信有之乎?常觀詩詞樂府,古之女子,因春感情,遇秋成恨,誠不謬矣。吾今年已二八,未逢折桂之夫;忽慕春情,怎得蟾宮之客[3]?昔日韓夫人得遇于郎[4],張生偶逢崔氏,曾有《題紅記》、《崔徽傳》二書[5]。此佳人才子,前以密約偷期,後皆得成秦晉。(長歎介)吾生於宦族,長在名門。年已及笄,不得早成佳配,誠爲虛度青春。光陰如過隙耳。(淚介)可惜妾身顏色如花,豈料命如一葉乎!

【山坡羊】(旦)沒亂裏春情難遣[6],驀地裏懷人幽怨。則爲俺生小嬋娟,揀名門一例、一例裏神仙眷。甚良緣,把青春抛的遠!俺的睡情誰見?則索因循靦腆。想幽夢誰邊?和春光暗流傳。遷延[7],這衷懷那處言!淹煎[8],潑殘生,除問天!身子困乏了,且自隱几而眠。(睡介)(夢生介)(生持柳枝上)“鶯逢日暖歌聲滑,人遇風情笑口開。一徑落花隨水入,今朝阮肇到天台[9]。”小生順路兒跟着杜小姐回來,怎生不見?(回看介)呀,小姐,小姐!(旦作驚起相見介)(生)小生那一處不尋訪小姐來,卻在這裏。(旦作斜視不語介)(生)恰好花園内折取垂柳半枝,姐姐,你既淹通書史[10],可作詩以賞此柳枝乎?(旦作驚喜欲言又止介)(背云)這生素昧平生,何因到此?(生笑介)小姐,咱愛殺你哩!

【校注】

[1]荼蘼:花名,一作"酴醾"。宋蘇東坡《杜沂游武昌以酴醾花菩薩泉見餉》詩之
一:"酴醾不爭春,寂寞開最晚。" [2]觀之不足:看不厭,賞不盡。 [3]蟾
宮客:指如意郎君。古人以蟾宮折桂枝,比喻科舉中第。 [4]韓夫人得遇于
郎:明王驥德撰《題紅記》傳奇,敍于祐與韓翠蘋紅葉題詩、終成眷屬的故事。
[5]《崔徽傳》:唐人傳奇,敍妓女崔徽與裴敬中相愛的故事。一説此乃《鶯鶯傳》
之誤。 [6]没亂裏:心緒煩愁。 [7]遷延:拖延,耽擱。 [8]淹煎:又
作"懨煎"或"淹漸"。形容疾病纏身,鬱鬱不歡。 [9]阮肇到天台:東漢時,阮
肇、劉晨同入浙江天台山採藥,偶遇二仙女,事見南朝宋劉義慶《幽明録》。後用作
男子遇仙或遇艷的典故。 [10]淹通:知識淵博貫通。

【山桃紅】則爲你如花美眷,似水流年,是答兒閒尋遍[1],在幽閨自憐。
小姐,和你那答兒講話去[2]。(旦作含笑不行)(生作牽衣介)(旦低
問介)那邊去?(生)轉過這芍藥欄前,緊靠着湖山石邊。(旦低問)
秀才,去怎的?(生低答)和你把領扣鬆,衣帶寬,袖稍兒搵着牙兒苫
也[3],則待你忍耐温存一晌眠。(旦作羞)(生前抱)(旦推介)(合)是
那處曾相見,相看儼然,早難道這好處相逢無一言?(生強抱旦下)
(末花神束髮冠紅衣插花上)"催花御史惜花天,檢點春工又一年。蘸
客傷心紅雨下[4],勾人懸夢綵雲邊。"吾乃掌管南安府後花園花神是
也。因杜知府小姐麗娘,與柳夢梅秀才,後日有姻緣之分。杜小姐游
春感傷,致使柳秀才入夢。咱花神專掌惜玉憐香,竟來保護他,要他
雲雨十分歡幸也。

【鮑老催】(末)單則是混陽烝變[5],看他似蟲兒般蠢動把風情搧,一般
兒嬌凝翠綻魂兒顛。這是景上緣,想内成,因中見[6]。呀,淫邪展污
了花臺殿[7]。咱待拈片落花兒驚醒他。(向鬼門丢花介[8])他夢酣春
透了怎留連?拈花閃碎的紅如片。秀才纔到得半夢兒;夢畢之時,好
送杜小姐仍歸香閣。吾神去也。(下)

【校注】

[1]是答兒:到處。 [2]那答兒:那裏,那邊。 [3]苫(shān 山):草墊。
[4]蘸:落紅沾衣。 [5]混陽烝變:指男女交歡、陰陽交會之事。 [6]景上

緣、想内成、因中見：均爲佛教的説法，即謂世事如夢如幻，離散皆由因緣所定。
[7]展污：玷污。　　　[8]鬼門：戲臺上演員上下場之門。

【山桃紅】（生旦攜手上）（生）這一霎天留人便，草藉花眠。小姐可好？
（旦低頭介）（生）則把雲鬟點，紅松翠偏。小姐休忘了呵，見了你緊相
偎，慢廝連，恨不得肉兒般團成片也，逗的個日下胭脂雨上鮮。（旦）
秀才，你可去呵？（合）是那處曾相見，相看儼然，早難道這好處相逢
無一言？（生）姐姐，你身子乏了，將息，將息。（送旦依前作睡介）
（輕拍旦介）姐姐，俺去了。（作回顧介）姐姐，你可十分將息，我再來
瞧你那。行來春色三分雨，睡去巫山一片雲。（下）（旦作驚醒低叫
介）秀才，秀才，你去了也。（又作癡睡介）（老上）“夫婿坐黃堂[1]，嬌
娃立繡窗。怪他裙衩上，花鳥繡雙雙。”孩兒，孩兒，你爲甚瞌睡在此？
（旦作醒叫秀才介）咳也。（老）孩兒怎的來？（旦作驚起介）奶奶到
此！（老旦）我兒何不做些針指[2]，或觀玩書史，舒展情懷？因何晝寢
於此？（旦）兒適花園中閒玩，忽值春暄惱人，故此回房，無可消遣，不
覺困倦少息。有失迎接，望母親恕兒之罪。（老）孩兒，這後花園中冷
静，少去閒行。（旦）領母親嚴命。（老）孩兒，學堂看書去。（旦）先
生不在，且自消停[3]。（老歎介）女孩家長成，自有許多情態，且自由
他。正是：“宛轉隨兒女，辛勤做老娘。”（下）（旦長歎介）（看老下介）
哎也，天那！今日杜麗娘有些僥倖也。偶到後花園中，百花開遍，睹
景傷情，没興而回。晝眠香閣，忽見一生，年可弱冠，丰姿俊妍。於園
中折得柳絲一枝，笑對奴家説：“姐姐既淹通書史，何不將柳枝題賞一
篇？”那時待要應他一聲，心中自忖，素昧平生，不知名姓，何得輕與交
言。正如此想間，只見那生向前説了幾句傷心話兒，將奴摟抱去牡丹
亭畔，芍藥闌邊，共成雲雨之歡。兩情和合，真箇是千般愛惜，萬種温
存。歡畢之時，又送我睡眠，幾聲“將息”。正待自送那生出門，忽直
母親來到，喚醒將來。我一身冷汗，乃是南柯一夢。忙身參禮母親，
又被母親絮了許多閒話。奴家口雖無言答應，心内思想夢中之事，何
曾放懷。行坐不寧，自覺如有所失。娘呵，你叫我學堂看書去，知他
看那一種書消悶也。（作掩淚介）

【綿搭絮】雨香雲片[4]，繞到夢兒邊。無奈高堂，喚醒紗窗睡不便。潑新鮮冷汗粘煎。閃的俺心悠步嚲[5]，意軟鬟偏。不爭多費盡神情[6]，坐起誰忺[7]？則待去眠。（貼上）"晚妝銷粉印，春潤費香篝[8]。"小姐，薰了被窩睡罷。

【尾聲】（旦）困春心游賞倦，也不索香薰繡被眠。天呵，有心情那夢兒還去不遠。

　　　　春望逍遥出畫堂，張　　説　　間梅遮柳不勝芳。羅　　隱

　　　　可知劉阮逢人處？許　　渾　　回首東風一斷腸。韋　　莊

　　　　　　　　　　　　　　　　　　　　　　　　《牡丹亭》第十齣

【校注】

[1]黄堂：明清時期知府辦公的廳堂，因堂中塗有雌黄以厭火，故稱。後亦泛指知府。　　[2]針指：針綫活。　　[3]消停：歇息，停歇。　　[4]雨香雲片：男女交歡的隱晦説法。　　[5]閃的俺：害得我。步嚲（duǒ朵）：腳步歪斜。

[6]不爭多：差不多，幾乎。　　[7]忺（xiān鮮）：愜意，舒服。　　[8]香篝（gōu溝）：薰香用的薰籠。

【集評】

　　（明）湯顯祖《作者題詞》："如麗娘者，乃可謂之有情人耳。情不知所起，一往而深。生者可以死，死可以生。生而不可與死，死而不可復生者，皆非情之至也。夢中之情，何必非真？天下豈少夢中之人耶！"

　　（明）沈德符《顧曲雜言》云："湯義仍《牡丹亭夢》一齣，家傳户誦，幾令《西廂》減價。奈不諳曲譜，用韻多任意處，乃才情自足不朽也。"

　　（清）李漁《閒情偶寄》卷一載："湯若士明之才人也。詩文尺牘盡有可觀。而其膾炙人口者，不在尺牘詩文，而在《還魂》一劇。使若士不草《還魂》，則當日之若士已雖有而若無，況後代乎！是若士之傳，《還魂》傳之也。"

周朝俊

【作者簡介】

　　周朝俊，字夷玉（一作儀玉、稊玉），鄞縣（今浙江寧波）人。生平事蹟不詳。明王穉登《紅梅記序》稱：萬曆三十七年（1609）秋，他曾在杭州西湖昭慶寺晤會“四明周生”（即周朝俊），並親見《紅梅記》稿本，則周氏的生活年代約當萬曆至明末。所著戲曲作品除《紅梅記》之外，尚有《畫舫記》、《李丹記》、《香玉人》等，惜皆亡佚。

恣　　宴

【題解】

　　《紅梅記》敍南宋末年太學生裴禹與李慧娘、盧昭容的愛情故事，但它不是純粹的言情之作，而是以此爲綫索，揭露奸相賈似道的專橫荒淫，實現其“借離合之情，寫興亡之感”的創作主旨。此齣雖名《恣宴》，卻並未正面描述賈似道壽宴的奢豪場景，先後安排五個人物，連續不斷地“攪亂”宴會：郭秀才獻諷詩，“風魔和尚”遺偈語，最後是三個報子次第闖入，急報前方戰敗的軍情。百姓的怨憤、國家的危難，與賈府的歌舞昇平、賈似道的醉生夢死，於此構成一組鮮明的對比，産生了强烈的藝術震撼力。《恣宴》乃全劇的高潮段落，它與《泛湖》（第二齣）、《鬼辯》（第十七齣）等片段，迄今仍盛演於各地的戲曲舞臺。

　　（末上）花燭兩邊排，祥光映上台[1]。壽向南山比，恩從北闕來[2]。自家賈府院子[3]。今日乃丞相爺壽日，分付廣齋僧道，老爺親自持齋。一應大小官吏，賀的祇留下帖兒，俱不相見。你看賓客填門，羊酒載道[4]，好不繁華！兀的榜文一掛[5]，紛紛僧道來也。（雜扮衆僧道上）要知今世因，前生作者是；要知來世因，今生作者是。阿彌陀佛！我們三日前見了榜文，今日特來赴齋。（末）你們都齊了？都到齋堂上去，聽鳴鐘吃齋。（衆應下）（賈上）

【校注】

[1]上台:星名,三台之一。《晉書·天文志上》云:"三台六星,兩兩而居","西近文昌二星曰上台,爲司命,主壽。"後指代三公大臣。　　[2]北闕:原指古代宮殿北面的門樓,此泛指朝廷或帝王。　　[3]院子:僕人。　　[4]羊酒:原指送人的羊和酒,後泛指禮品。　　[5]兀的:句首語氣詞,無義。

【三臺令】一生富貴尊榮,還期壽算無窮。華堂佳氣鬱蘢蔥,看當户三峰高拱。

　　今日是老夫壽日,已曾分付院子,廣齋僧道,老夫親自持齋,未知完備否?(末)稟爺:僧道俱已齋完了。(賈)我連日不曾入朝,分付門上,不許放一閒雜人進來打攪!(末)領鈞旨。(郭衣巾上)世間多有不平事,天下寧無仗義人! 自家郭槺恭。俺看賈秋壑這廝罪惡昭章,朝中再無一個官員敢出一言;小生目擊數事,甚爲不平,待要當面數落他一番,有何難哉! 祇怕門上不容進去,祇得將"劫鹽"、"公田"二事做成二詩,題於簡帖之上。雖不得當面數落他,也見得俺不平之氣。

【北醉花陰】俺把這拜帖兒長懷,待要到門奉。(末)一個管閒事的秀才又來!(郭)將幾句新詩相送,大書在簡兒中。門上!(末)好大樣[1]!(郭)你與俺拜上了明公,好教他高聲誦。(末)這是什麽東西?(郭)是一首壽詩,煩你送進去。見了呵,不覺的喜匆匆,也賽得過賢臣頌。

　　(末)知道了。且收在這裏。(郭背云)平章[2],平章! 我這首詩呵,正是:持將公道三分話,打動平章一片心!(下)(末)這人由來強頭强腦[3],今日因何肯來獻壽詩? 其中必有緣故。不免拿這帖兒去稟老爺。(稟介)啓老爺:外面有個秀才,手中拿着個帖兒,説來獻壽詩,知老爺不容相見,止留下帖兒在此。(賈)拿我看。(讀介)昨日江頭湧碧波,滿船都載相公艍[4]。雖然要作調羹用[5],未必調羹用許多!(怒介)些些小事,何處狂生,輒敢譏誚! 再看下首:襄陽幾載困孤城,豢養湖山不出征。不識咽喉形勢去,公田枉自害蒼生。後學郭謹題。"公田"一事,本以便民,反説我害蒼生,是何道理? 可惱! 可惱!

【校注】

[1]大樣:派頭大,架子大。　　　　[2]平章:唐宋時宰相的別稱。宋代元祐元年(1086),始設"平章軍國大事",位更居宰相之上,劇中的賈似道即曾任此職。
[3]强頭强腦:不聽話,不順從。　　　　[4]齹(cuó 瘥):即鹽。　　　　[5]調羹:一作"調鹽",比喻宰相調和百官的職能。

【南畫眉序】何處一儒窮,敢在相國跟前把筆尖弄? 恁出言無禮,全没謙恭。如簧口任彼哆張[1],刺骨語將咱打動[2]。(合)下流訕上罪深重,怎肯把那人輕縱!

這厮好無禮! 明日送提學道處置他! (雜扮和尚上)自家大勢至菩薩是也。俺待下界度取賈平章,那知他作惡多端,罪孽深重,一交跌在那惡塹深坑了,可不枉了俺走這遭也! 今日聞他廣做道場,以積陰功。俺且扮作個風魔和尚[3],化他一齋,就中將兩句藏頭詩謎,豫道破他後來報應,有何不可? (作大笑大哭介)(末)咄,風和尚,老爺在內,不要進去! (雜)我要化他一分齋。(末)你來遲了。(雜)若肯回心,也還未遲。(末)站着,待我稟過老爺。(稟介)(賈)你説僧道俱已齋完,來遲了。(末)小人也是這等説,他回言道:"若肯回心,也還未遲。"(賈)着他進來,與他一分齋吃。(末叫雜進介)(雜)賈似道,稽首了。(賈怒介)妖僧大膽! (末)害風的[4],老爺不要計較他。(雜)害風,害風,我肚裏玲瓏。似道,非道,你荒淫殘暴。(賈)説話之間,不象風的。賞他齋吃,就教他出去。(末與飯雜作吃完覆缽介)吃飽了,好受用也。(賈笑云)常言道:饑者易爲食。這和尚吃得一碗飯,就説受用了。(雜)賈似道,你祇道自家受用哩!

【北喜遷鶯】你祇道自家受用,假惺惺真箇朦朧。你道英也麼雄,下場頭一場春夢[5]! 悲犬咸陽總是空[6]。(賈)我爲一朝臣宰,禮絶百寮,恩加九錫[7],封祖蔭孫,富貴已極,那個敢來欺負我! (雜笑)祇怕你禍在眼前哩! (賈)哇,胡説! (雜)非虚哄,説破了毛開骨悚,你敢也跌腳搥胸。

【校注】

[1]哆(duō 多)張:胡言亂語。　　[2]刺骨語:罵人的話。刺骨,應爲"剌骨"之誤。"剌骨",即"歪剌骨",多用於咒罵女性。　　[3]風魔:瘋顛。　　[4]害風的:患有瘋病的,發瘋的。　　[5]下場頭:同"下場"。結局,結果。　　[6]悲犬咸陽:秦丞相李斯被人陷害,判腰斬於咸陽市,臨刑前,李斯對他的兒子説:"吾欲與若復牽黃犬俱出上蔡東門逐狡兔,豈可得乎?"事見《史記·李斯列傳》。後以"東門黃犬"作爲官遭禍、抽身悔遲的典故。此處暗咒賈似道終無好下場。
[7]九錫:天子賜給諸侯、大臣的九種器物,是一種最高的禮遇。後以九錫爲權臣篡位的先聲。

　　(賈)院子,撚他出去!(末扯雜出介)(雜)罷了,正是:酒逢知己千鍾少,話不投機半句多。(下)(末)呀,這和尚去了,遺下托缽在此。(賈)這是他吃飯傢伙,怎生忘了?叫他轉來,還他去。(末叫介)呀,去遠了,且待拿起來。(作拿不起介)老爺,這缽兒生牢在地上了,真奇怪!(賈)胡説!待我拿。(作拿起介)内有一行小字:"得好休時便好休,收花結子在綿州。"這兩句卻怎解?

【南畫眉序】和尚顯神通,詩謎中間帶譏諷。(衆妾)敢是祝贊老爺的話兒?(賈)知不是多男多福,祝壽華封。打齋來雲水三年[1],到惹得風魔一弄。
　　(報子上)報,報,報!緊急軍情事。(末)老爺在堂。(報子進叩頭介)(賈)慌慌張張報什麼?(報子)
【北出隊子】忙刺煞番兵騷動[2],把襄陽城一旦空。荆湖四下裏盡腥風,都在胡兒掌握中。(賈)荆湖地方有呂文煥在。(報子)驚得那呂元帥三軍没處拢[3]。
　　(賈)邊情事有一分,這廝謊做十分。大驚小怪的,還不走!(報子)好個賢宰相,罷了,罷了。(下)(賈)衆姬們斟上酒來,祇是吃酒,閒事不要管他。(送酒介)
【南滴溜子】閒刮絮[4],閒刮絮,軍聲喧哄。且歡樂,且歡樂,高歌囉

嗊[5]。追美酒金杯笑捧，華堂春色濃，有佳人承奉；天大軍情，莫來驚
動。

【校注】

[1]雲水：雲游四方的和尚稱爲“雲水僧”。　　　[2]忙刺煞：忙得不可開交。

[3]揰（chòng 銃）：逃跑。　　　[4]刮絮：一作“聒絮”。説話嘮嘮叨叨。

[5]囉嗊：曲牌名，即《囉貢曲》，又名《望夫歌》。

　　　（又扮一報子上）報，報，報！軍情事要見太師爺。（末）老爺惱
　　　了，不要進去。（報子）天大軍情，怎生不報？（進介）報子叩頭。
　　　（賈）吃不得幾杯酒，又一個闖食來了。（報子）

【北刮地風】呀，那番兵怒哄哄來的兇，真乃是萬馬奔衝，破襄樊十萬
生兵擁。（賈）要吕、張二守將何用？（報）吕將軍縱有八面威風，那阿
里海千軍洶湧，人共馬似虎如龍。殺得俺刀没了鋒，箭没了弓，一軍
驚恐，那一個敢當先去立功？（賈）都是這等不肯當先，那個敢當先？
（報）非老爺親自出征不可。你可也開督府親自掛先鋒。

　　　（賈怒介）阿呸，他們性命值錢，我的性命不值錢麽？叫左右，推
　　　出去細打一百回話！（衆推報子出介）（賈）左右，把大門封了，門
　　　外張掛一告示，如再有言邊事者斬！（衆應介）（賈）

【南滴滴金】尋常不説軍情重，今日偏言亂兵動，他們鎮守成何用！大
將軍，小把總，自誇能勇。大家都吃朝廷俸，如何要把我大臣來送？

　　　（又扮一報子上）報，報，報！開門，開門！（末）報事的，看門上告
　　　示。（報子惱介）襄樊俱破，宋朝大事去矣！此時不報，等待幾
　　　時？（作打進門介）（賈怒介）這厮好惱也！（報子）天下大勢已
　　　去，尚在此安然飲酒歌舞！

【北四門子】殺氣沖，戰鼓如雷動。請，請，請爺爺你且停着鍾，把華筵
暫賜與饑軍用，留這笙歌奏凱功。（賈）哎喲，逕不容俺吃杯酒了！
（報）襄陽已空，荆湖盡攻，密匝匝兵如鐵桶。百姓們一個奔西，一個
走東，你爲軍國的全然不懂！

　　　（賈）偌大江山，一半已屬胡兒，何况些須地方！一發讓他罷了。

這等就大膽來打下相門？有禁在先，敢有言邊事者斬。叫左右，綁出去斬了！

【南鮑老催】胡言虛鬨，長他人志氣全無用，滅自家威勢非爲勇。小看俺宰輔臣，輕調弄！怒匆匆打破了琉璃甕，氣狠狠傾潑了葡萄醬[1]，綁出去，將他送！

　　（衆綁下）（賈）今日老夫生辰，被這厮們攪得俺好不耐煩也！

　　（衆妾奏樂進酒介）

【北水仙子】呀呀呀，氣滿了胸，快快快，大家進酒與老相公（賈惱介）（衆）惱惱惱，休惱得怒髮衝冠，笑笑笑，要笑的眼睛没縫，勸勸勸，勸你個破愁顔一大鍾。（賈飲介）（衆）要要要，要吃個臉兒紅，早早早，早打起鼉皮鼓兒點點鼕[2]，再再再，再把鳳頭管子輕輕弄[3]，管管管，管取你沉醉一東風。

　　（賈起介）醉了，醉了。

【南雙聲子】笙歌擁，笙歌擁，正沉醉華堂供。兵戈擁，敢再報軍聲閧？將帥勇，將帥勇，宰相重，宰相重，作股肱耳目，豈堪邊用？

【北尾】摩陀醉的個身軀重[4]，俺打精神，再把一座玉山高聳。摟抱着錦帳佳人，做個夜夜紅。

　　　　萬事無過一醉休，　昇平元老固金甌。

　　　　且圖閨閤通宵飲，　那管邊城一段愁！

　　　　　　　　　　　　　　　　　　　　《紅梅記》第二十四齣

【校注】

[1]醬(yǒng 永)：酗酒。此代指酒。　　[2]鼉(tuó 馱)：即揚子鰐，俗名豬婆龍。

[3]鳳頭管子：一作"鳳管"。對管樂器的美稱。　　[4]摩陀：一作"磨跎"、"摩酡"。逍遙自在的樣子。

【集評】

　　（明）王穉登《紅梅記序》："余頃過其寓中，見几上一帙，展視之，乃生所製《紅梅記》也。循環讀之，其詞真，其調俊，其情宛而暢，其佈格新奇而毫不落於時套，削盡繁華，獨存本色。嘻！周郎可爲善顧曲焉。"

採用底本目録

宋學士文集　（明）宋濂撰　《四部叢刊》影印明正德刊本

宋學士全集　（明）宋濂撰　清康熙四十八年（1709）刊本

誠意伯劉文成公文集　（明）劉基撰　《四部叢刊》影印明刊本

高青丘集　（明）高啓撰　（清）金檀輯注　徐澄宇、沈宗北校點　上海古籍出
　　版 1985 年版

眉庵集　（明）楊基撰　《四部叢刊》影印明成化刊本

遜志齋集　（明）方孝孺撰　明正德十五年（1520）刊本

海叟集　（明）袁凱撰　明正德刊本

懷麓堂集　（明）李東陽撰　清康熙二十年（1681）刊本

東田集　（明）馬中錫撰　清刊本

唐伯虎全集　（明）唐寅撰　中國書店 1985 年影印大道書局 1925 年本

甫田集　（明）文徵明撰　清刊本

王西樓樂府　（明）王磐撰　李慶點校　上海古籍出版社 1986 年版

空同先生集　（明）李夢陽撰　明嘉靖九年（1530）刊本

徐昌穀全集　（明）徐禎卿撰　明萬曆四十七年（1619）刊本

何大復先生集　（明）何景明撰　明嘉靖十六年（1537）刊本

太史升庵全集　（明）楊慎撰　明陳大科刊本

陳鐸散曲　（明）陳鐸撰　楊權長點校　上海古籍出版社 1986 年版

謝榛全集校箋　（明）謝榛撰　李慶立校箋　江蘇古籍出版社 2003 年版

震川先生集　（明）歸有光撰　周本淳校點　上海古籍出版社 1981 年版

海浮山堂詞稿　（明）馮惟敏撰　上海古籍出版社 1981 年版

茅坤集　（明）茅坤撰　張大芝、張夢新校點　浙江古籍出版社 1993 年版

荊川先生文集　（明）唐順之撰　《四部叢刊初編》影明萬曆刊本

滄溟先生集　（明）李攀龍撰　包敬第標校　上海古籍出版社 1992 年版

徐渭集　（明）徐渭撰　中華書局 1983 年版

宗子相集　（明）宗臣撰　臺北偉文圖書出版社 1976 年《明代論著叢刊》影印本

弇州山人四部稿附續稿　（明）王世貞撰　明萬曆五年（1577）世經堂刊本

焚書　（明）李贄撰　中華書局 1975 年版

袁宏道集箋校　（明）袁宏道撰　錢伯城箋校　上海古籍出版社 1981 年版

珂雪齋集　（明）袁中道撰　錢伯城點校　上海古籍出版社 1981 年版

隱秀軒集　（明）鍾惺撰　李先耕、崔重慶標校　上海古籍出版社 1992 年版

王陽明全集　（明）王守仁撰　吳光等編校　上海古籍出版社 1997 年版

徐霞客游記　（明）徐弘祖撰　褚紹唐、吳應壽整理　上海古籍出版社 1987 年版

張岱詩文集　（明）張岱撰　夏咸淳校點　上海古籍出版社 1991 年版

七録齋詩文合集　（明）張溥撰　《續修四庫全書》影印明崇禎九年（1636）刊本

陳子龍詩集　（明）陳子龍撰　施蟄存、馬祖熙標校　上海古籍出版社 1983 年版

夏完淳集箋校　（明）夏完淳撰　白堅箋校　上海古籍出版社 1991 年版

欽定四書文·正嘉四書文　文淵閣《四庫全書》本

全明散曲　謝伯陽編　齊魯書社 1993 年版

皇明詩選　（明）李雯、陳子龍、宋徵輿編　華東師範大學出版社 1991 年影印明崇禎刊本

列朝詩集　（清）錢謙益編　清順治九年（1652）刊本

明詩綜　（清）朱彝尊編　清康熙四十四年（1705）刊本

古文析義　（清）林雲銘評注　清康熙五十五年（1716）刊本

明詩別裁集　（清）沈德潛、周準編　中華書局 1975 年影印清乾隆四年（1739）刊本

宋元明文評注讀本　王文濡編　中華書局 1930 年石印本

静志居詩話　（清）朱彝尊撰　（清）姚祖恩編　黃君坦校點　人民文學出版社 1998 年版

甌北詩話　（清）趙翼撰　胡主佑、霍松林校點　人民文學出版社 1963 年版

白雨齋詞話　（清）陳廷焯撰　杜維沫校點　人民文學出版社 1983 年版

明詩紀事　（清）陳田輯撰　上海古籍出版社 1993 年版

牡丹亭　（明）湯顯祖撰　徐朔方、楊笑梅校注　人民文學出版社 1998 年版

玉簪記　（明）高濂撰　黃裳校注　上海古典文學出版社 1956 年版

紅梅記　（明）周朝俊撰　王星琦校注　上海古籍出版社 1985 年版

寶劍記　（明）李開先撰　卜健箋校　文化藝術出版社 2004 年版《李開先全集》本

山歌、掛枝兒　（明）馮夢龍撰　江蘇古籍出版社 1993 年版《馮夢龍全集》本

三國志演義　（元末明初）羅貫中撰　（清）毛宗崗評點　清康熙醉耕堂刊本

西游記　（明）吳承恩撰　《古本小説集成》影印明萬曆金陵世德堂刊本

水滸傳　（元末明初）施耐庵撰　上海人民出版社 1975 年影印明萬曆容與堂
　　刊本

金瓶梅詞話　（明）蘭陵笑笑生撰　古佚小説刊行會 1933 年影印明萬曆刊本

警世通言　（明）馮夢龍撰　《古本小説集成》影印明金陵兼善堂刊後修本

醒世恒言　（明）馮夢龍撰　《古本小説集成》影印明金閶葉敬池刊本

參考書目

明別集版本志　崔建英編　中華書局 2006 年版

中國文學編年史（明前期卷）　何坤翁主編　湖南人民出版社 2006 年版

中國文學編年史（明中期卷）　陳文新主編　湖南人民出版社 2006 年版

中國文學編年史（明末清初卷）　趙伯陶主編　湖南人民出版社 2006 年版

明代詩文的演變　陳書錄著　江蘇古籍出版社 1996 年版

明代文學復古運動研究　廖可斌著　上海古籍出版社 1994 年版

王學與中晚明士人心態　左東嶺著　人民文學出版社 2000 年版

明代後期士人心態研究　羅宗強著　南開大學出版社 2006 年版

晚明小品研究　吳承學著　江蘇古籍出版社 1998 年版

晚明思潮　龔鵬程著　商務印書館 2005 年版

陳子龍及其時代　朱東潤著　上海古籍出版社 1984 年版

晚明曲家年譜　徐朔方著　浙江古籍出版社 1990 年版

明清傳奇綜錄　郭英德著　河北教育出版社 1997 年版

中國小說史略　魯迅著　人民文學出版社 1981 年版《魯迅全集》本

中國章回小說考證　胡適著　上海書店 1980 年影印實業印書館 1943 年本

中國通俗小說家評傳　周鈞韜主編　中州古籍出版社 1993 年版

中國古代小說總目·白話卷　石昌渝主編　山西教育出版社 2004 年版

小說閒談四種　阿英著　上海古籍出版社 1985 年版

西游記漫話　林庚著　人民文學出版社 2002 年版

三國演義叢考　周兆新主編　北京大學出版社 1995 年版

明代小說史　陳大康著　上海文藝出版社 2000 年版

第八編

清代文學

錢謙益

【作者簡介】

　　錢謙益(1582—1664)，字受之，號牧齋，又號蒙叟、牧翁、絳雲老人、東澗遺老等，常熟(今屬江蘇)人。明萬曆三十四年(1606)舉於鄉，三十八年中進士，授翰林院編修。旋丁父憂歸，在家侍母十載，四十八年始詣闕補官。天啓五年(1625)，閹黨用事，削籍南還。崇禎元年(1628)，應詔補詹事府詹事，轉禮部右侍郎兼翰林院侍讀學士，尋復革職。十年，因張漢儒訐告，入刑部獄。次年得赦歸。清順治元年(1644)，福王監國南京，召爲禮部尚書。二年五月，清兵陷南京，率先迎降，次年授內秘書院學士兼禮部侍郎，充《明史》副總裁。不久託病歸里，終老於家。謙益在明末爲東林黨黨魁之一，一度被視爲士林領袖，晚年變節仕清，爲士人所不齒。他後來亦頗知悔恨，曾秘密與鄭成功、瞿式耜聯繫，從事反清復明活動。謙益是明末清初的文壇宗主，論詩主性情，重學問，力矯明七子與公安、竟陵之失，在明清詩風格轉變過程中起到極爲重要的作用。他博學多才，詩宗杜甫，唐宋兼採，自成一家，在其影響下產生了“虞山詩派”。生平著述甚富，有《初學集》一百一十卷、《有學集》五十卷、《投筆集》二卷，又編撰有《列朝詩集》八十一卷、《杜詩箋注》二十卷等。《清史稿》卷四八四有傳。

獄中雜詩三十首

其 十 一

【題解】

　　明崇禎十年(1637)，錢謙益和弟子瞿式耜，因張漢儒訐告，被逮繫京城，閏四月二十五日，下刑部獄。這就是所謂“丁丑獄案”。在獄中，作者憤懣不平，作詩三十首，此爲第十一首。當聽聞屬國朝鮮已被清軍佔領，朝爲卻若無其事，不聞不問，因心憂國事，而作此詩，建議朝廷不要依恃居庸關的天險，趕緊封守“函谷關”，以防清人入侵。表現了作者雖身陷冤獄，仍心憂天下的愛國之心。

　　三韓殘破似遼西[1]，並海緣邊盡鼓鼙[2]。東國已非箕子國[3]，高驪今作下句驪[4]。中華未必憂寒齒[5]，群虜何當悔噬臍[6]？莫倚居庸三路險[7]，請封函谷一丸泥[8]。逆虜吞併高麗，奪我屬國，中朝置之不問。

【校注】

[1]三韓:漢代時,朝鮮南部分爲馬韓(西)、辰韓(東)、弁辰(南)三國。至晉代,亦稱弁辰爲弁韓,合稱三韓。後即用爲朝鮮的代稱。　　[2]並海緣邊:臨海的邊境。《後漢書·馮衍傳》:"緣邊破於北狄。"鼓鼙:進軍時用以激勵戰士的大鼓和小鼓。《禮記·樂記》:"鼓鼙之聲讙,讙以立動,動以進衆。君子聽鼓鼙之聲,則思將帥之臣。"後用以借指軍事。　　[3]東國:指朝鮮。箕子國:《史記·宋微子世家》:"武王乃封箕子於朝鮮而不臣也。"《東國史略》:"周武王克商,箕子率東國五千人入朝鮮,武王因封之,都平壤,是爲後朝鮮,教民禮義,設八條之教。"

[4]高驪:古國名,亦稱高句驪、高麗。《漢書·王莽傳》:"莽發高句驪兵,當伐胡,不欲行,郡强迫之,皆亡出塞,因犯法爲寇。遼西大尹田譚追擊之,爲所殺。……詔(嚴)尤擊之。尤誘高句驪侯騶至而斬焉,……更名高句驪爲下句驪。"此指朝鮮已爲清人所滅。　　[5]寒齒:《左傳·僖公五年》:"宮之奇諫曰:'虢,虞之表也。虢亡,虞必從之……諺所謂'輔車相依,脣亡齒寒'者,其虞、虢之謂也。'"　　[6]噬(shì是)臍(qí奇):自咬肚臍,喻不可及。　　[7]居庸:居庸關。在今北京昌平西北,兩山夾峙,懸崖峭壁,地勢險要,古稱九塞之一。

[8]函谷:函谷關。在今河南靈寶南,東自崤山,西至潼津,深險如函,故名函谷。《後漢書·隗囂傳》:"囂將王元説囂曰:'請以一丸泥,爲大王東封函谷關。'"

金陵秋興八首次草堂韻
其　　一

【題解】

　　《秋興八首》是杜甫著名的七律組詩,錢謙益曾步韻和之,共十三疊,加上前後自題詩共一百零八首,輯爲《投筆集》上下卷。此爲第一疊第一首。本疊題下原注:"己亥七月初一日作。""己亥"即順治十六年(1659),是年六月,鄭成功、張煌言水師攻打南京、安徽等地,因清爲移師雲貴,後方空虛,故進軍極爲順利,連獲捷報。作者頗感振奮,因作此詩,毫不掩飾地歌頌鄭、張水師的勝利,抒發自己的喜悦之情。草堂,指杜甫,杜甫在成都時的居所名浣花草堂,故以草堂稱之。

　　龍虎新軍舊羽林[1],八公草木氣森森[2]。樓船蕩日三江湧[3],石馬嘶風九域陰[4]。掃穴金陵還地肺[5],埋胡紫塞慰天心[6]。太白樂府詩云:"懸胡青天上,埋胡紫塞旁。"長干女唱平遼曲[7],萬户秋聲息擣碪[8]。

【校注】

[1]龍虎新軍:唐代禁兵及其將軍稱號。後避唐祖李虎諱改爲龍武軍。唐初,禁兵屬羽林,自百騎漸次擴充至萬騎,分左右營。開元間,析羽林軍置左右龍武軍,以左右萬騎營屬之。唐杜甫《曲江對酒》:"龍武新軍深駐輦。"羽林:漢武帝太初元年置建章營騎,掌宿衛侍從,後改名羽林騎。後世因用以指稱皇帝禁衛軍。這裏暗指鄭成功水師本出於南明唐王禁衛軍。陳寅恪《柳如是別傳》:"鄙意唐之'龍武新軍'及漢之'羽林孤兒',謂鄭延平之舟師本出於唐王之衛軍。如黃太沖宗羲《賜姓始末》所云:'隆武帝即位,(成功)年纔二十一,入朝,上奇之,賜今姓名,俾統禁旅,以駙馬體統行事。封忠孝伯。'即其證也。"　　[2]八公草木:《晉書·苻堅載記下》:"堅與苻融登城而望王師,見部陣齊整,將士精銳,又北望八公山上草木,皆類人形,顧謂融曰:'此亦勁敵也,何謂少乎!'憮然有懼色。"八公,八公山,在今安徽壽縣北部。相傳西漢淮南王劉安曾與八公(八個門客)同登此山,因以爲名。森森:繁密貌。　　[3]樓船:有疊層的大船,多作戰船。這裏指鄭成功的水師。三江:有多種説法,這裏泛指大江。　　[4]石馬:石刻之馬,多列於陵墓前。據唐姚汝能《安禄山事蹟》,傳説唐代安禄山之亂中,昭陵(唐太宗墓)前的石人石馬曾化爲黃旗軍助官軍殺賊。嘶風:迎風嘶鳴。唐黃滔《馬嵬》:"鐵馬嘶風一渡河。"唐韋莊《聞再幸梁洋》:"昭陵石馬夜空嘶。"九域:九州,泛指全國。唐楊炯《和劉長史答十九兄》:"鼓鼙鳴九域。"　　[5]"掃穴"句:言打敗清人後功成身退。掃穴:掃蕩清兵的巢穴。金陵:今江蘇南京。地肺:茅山古稱地肺山,在今江蘇句容,是道家七十二福地之第一福地。南朝梁陶弘景曾隱居於此。　　[6]埋胡:指滅亡清政權。紫塞:北方邊塞。晉崔豹《古今注·都邑》:"秦築長城,土色皆紫,漢塞亦然,故稱紫塞焉。"天心:天帝之心意。《尚書·咸有一德》:"克享天心,受天明命。"　　[7]長干:即長干里,又稱長干巷,故址在今南京南。平遼曲:歌頌打敗清人的歌曲。遼,借指清朝。　　[8]擣(dǎo 島)碪(zhēn 真):擣衣石。碪,亦作"砧"。擣衣是古代縫製衣服的工序之一,把布帛放在擣衣石上,用木棒捶平,然後縫製成衣。在古代,每到秋寒之際,征人妻子就要趕製秋衣寄去,因而在古詩中擣衣總是和戰爭聯繫在一起。唐李白《子夜吳歌》:"長安一片月,萬户擣衣聲。秋風吹不盡,總是玉關情。何日平胡虜,良人罷遠征。"唐杜甫《秋興八首》之一:"寒衣處處催刀尺,白帝城高急暮砧。"這裏反用其意,言清人很快就要敗亡,戰事即將結束,無須趕製寒衣寄給遠方征人。

其　二

【題解】

　　這首詩寫鄭成功水師的勝利和清軍的狼狽敗退，全詩洋溢着作者喜悅的心情和樂觀的精神。

　　雜虜橫戈倒載斜[1]，依然南斗是中華[2]。金銀舊識秦淮氣[3]，雲漢新通博望槎[4]。黑水遊魂啼草地，白山戰鬼哭胡笳[5]。十年老眼重磨洗[6]，坐看江豚蹴浪花[7]。

《錢牧齋全集·投筆集》卷上

【校注】

[1]雜虜：指清軍。清軍除滿洲八旗兵外，還有其他少數民族兵，故稱雜虜。橫戈倒載：形容清軍敗退的狼狽情景。《禮記·樂記》：“倒載干戈。”　　[2]南斗：星名，這裏借指南方。　　[3]“金銀”句：唐杜甫《題張氏隱居》：“不貪夜識金銀氣。”唐許嵩《建康實錄》：“當始皇三十六年，始皇東巡，自江乘渡，望氣者云：‘五百年後，金陵有天子氣。’因鑿鍾阜，斷金陵長隴以流，至今呼爲秦淮。”《景定建康志》卷十七：“耆老言乃秦（始皇）厭東南王氣，鑄金人埋於此。”卷十五又云：“楚威王以其地有王氣，因埋金以鎮之，號曰金陵。”　　[4]雲漢：銀河。博望槎（chá查）：漢張騫封博望侯。這裏用張騫尋河源乘槎至銀河典。據《荊楚歲時記》，傳說漢武帝令張騫使大夏尋河源，乘槎經月而至銀河。　　[5]“黑水”二句：想像清軍慘敗的景象。黑水指黑龍江，白山指長白山，皆清朝先祖發源之地。這裏用以指代清軍。戰鬼，一作“新鬼”。　　[6]磨洗：揩拭。　　[7]“坐看”句：唐許渾《金陵懷古》：“江豚吹浪夜還風。”江豚：我國長江及印度大河中所產的一種鯨類。這裏喻指鄭成功水師。蹴（cù促）：踏。

【集評】

　　金鶴翀《錢牧齋先生年譜》：“己亥七月一日，先生聞焦山師屢敗北兵，慨然有從戎之志，於是和杜甫《秋興》而以《投筆》名其集，發攄指斥，一無鯁避，其志彌苦而其詞彌切矣。”

吴偉業

【作者簡介】

吴偉業(1609—1672),字駿公,號梅村,太倉(今屬江蘇)人。少從張溥遊,參加復社。明崇禎四年(1631),會試魁元,殿試一甲第二名進士及第,授翰林院編修,充東宫講讀官,再遷左庶子。弘光朝任少詹事,因與馬士英、阮大鋮不合,辭官鄉居。入清後始杜門不出,清順治十年(1653),被逼應詔北上,次年抵京,授秘書院侍講,充修《太祖、太宗聖訓》纂修官。十三年任國子監祭酒,十四年因奔繼母喪南歸,遂里居不出。偉業被逼仕清,深自悔恨,在詩文中屢有流露。臨卒前囑其家人在其死後歛以僧裝,墓前立圓石,題曰"詩人吴梅村之墓"。生平著作頗多,長於詩,爲清初一大家,"婁東詩派"的開創者。詩宗唐人,各體皆工,七言歌行尤所擅長,學長慶體而自成一格,"格律本乎四傑,而情韻爲深;敘述類乎香山,而風華爲勝。韻協宫商,感均頑艷,一時尤稱絶調"(《四庫全書總目·梅村集》提要),後人稱之爲"梅村體"。有《梅村家藏稿》五十八卷。《清史稿》卷四八四有傳。

圓 圓 曲

【題解】

圓圓是明清之際蘇州名妓,後爲吴三桂寵妾。本姓邢,母歿後依母姓陳,名沅,字畹芬,小字圓圓。李自成軍攻陷北京後,圓圓爲李自成部將劉宗敏所掠。吴三桂出於私恨,遂引清軍入關驅逐李自成軍,而明朝亦隨之爲清人所滅。此詩約作於順治八年(1651)(錢仲聯《吴梅村詩補箋》説),以圓圓的遭遇爲綫索,反映明清易代的歷史大事,諷刺了吴三桂爲一己私恨不顧民族大義的卑劣行徑。全詩多用頂針格,婉轉流暢,敘事、抒情、議論三者完美結合,堪稱"梅村體"的代表作。

鼎湖當日棄人間[1],破敵收京下玉關[2]。慟哭六軍俱縞素[3],衝冠一怒爲紅顔[4]。紅顔流落非吾戀,逆賊天亡自荒讌[5]。電掃黄巾定黑山[6],哭罷君親再相見[7]。相見初經田竇家[8],侯門歌舞出如花。許將戚里箜篌伎[9],等取將軍油壁車[10]。家本姑蘇浣花里[11],圓圓小字嬌羅綺[12]。夢向夫差苑裏遊[13],宫娥擁入君王起。前身合是採蓮人[14],門前一片橫塘水[15]。橫塘雙槳去如飛,何處豪家强載歸[16]？此際豈知非薄命，此時祇有淚沾衣。薰天意氣連宮掖[17]，明眸皓齒無人惜[18]。奪歸永巷閉良家[19]，教就新聲傾坐客。坐客飛觴紅日暮[20]，一曲哀絃向誰訴[21]？白皙通侯最少年[22]，揀取花枝屢迴顧。早攜嬌鳥出樊籠[23]，待得銀河幾時渡[24]？恨殺軍書底死催[25]，苦留後約將人誤。相約恩深相見難，一朝蟻賊滿長安[26]。可憐思婦樓頭柳[27]，認作天邊粉絮看[28]。遍索綠珠圍內第[29]，強呼絳樹出雕欄[30]。若非壯士全師勝[31]，爭得蛾眉匹馬還[32]？蛾眉馬上傳呼進，雲鬟不整驚魂定。蠟炬迎來在戰場[33]，啼妝滿面殘紅印[34]。專征簫鼓向秦川[35]，金牛道上車千乘[36]。斜谷雲深起畫樓[37]，散關月落開妝鏡[38]。傳來消息滿江鄉[39]，烏柏紅經十度霜[40]。教曲妓師憐尚在，浣紗女伴憶同行[41]。舊巢共是銜泥燕[42]，飛上枝頭變鳳凰[43]。長向尊前悲老大，有人夫婿擅侯王[44]。當時祇受聲名累，貴戚名豪競延致[45]。一斛明珠萬斛愁[46]，關山漂泊腰支細。錯怨狂風颺落花，無邊春色來天地[47]。嘗聞傾國與傾城，翻使周郎受重名[48]。妻子豈應關大計，英雄無奈是多情。全家白骨成灰土[49]，一代紅妝照汗青[50]。君不見館娃初起鴛鴦宿[51]，越女如花看不足[52]。香徑塵生鳥自啼[53]，屧廊人去苔空綠[54]。換羽移宮萬里愁[55]，珠歌翠舞古梁州[56]。爲君別唱吳宮曲[57]，漢水東南日夜流[58]。

《吳梅村全集》卷三

【校注】

[1]鼎湖：據《史記·封禪書》，相傳黃帝鑄鼎於荊山（今河南靈寶南）下，鼎成，乘龍昇天，因稱其地爲鼎湖。後人又用鼎湖指代帝王之死。此指崇禎十七年（1644），李自成攻陷北京，明思宗朱由檢自縊於煤山（今北京城內景山）。
[2]"破敵"句：言吳三桂引清兵擊敗李自成起義軍，收復京城。玉關：玉門關，此處借指山海關。　　　[3]六軍：《周禮·夏官司馬》："凡制軍，萬有二千五百人爲軍，王六軍，大國三軍，次國二軍，小國一軍。"後泛指軍隊。縞素：白色喪服。
[4]衝冠：即怒髮上衝冠，典出《史記·廉頗藺相如列傳》。　　　[5]"紅顏"二句：擬吳三桂語氣，意謂其揮兵攻打李自成，並不是爲了解救被俘的陳圓圓，而祇是要順應天意：因爲李自成軍驕奢淫逸，天欲亡之。紅顏流落：指陳圓圓爲李自成部將劉宗敏所掠。一說爲李自成所掠。逆賊：對李自成起義軍的蔑稱。天亡：天意要

使之滅亡。《史記·項羽本紀》:"此天之亡我,非戰之罪也。"荒讌:荒淫宴樂。

[6]電掃:掃蕩快如閃電。《後漢書·吳漢傳贊》:"電掃群孽。"黄巾:東漢張角領導的農民起義軍,因頭裹黄巾,故稱"黄巾軍"。黑山:東漢末張燕領導的農民起義軍,因曾聚於黑山,故稱"黑山賊"。黄巾、黑山在這裏均指代李自成起義軍。

[7]君親:指崇禎帝和吳三桂之父吳襄。吳襄降李自成,李自成命他寫信招降三桂,吳三桂反而引清軍入關,李自成怒殺吳襄一家三十餘口。　　[8]田竇:指西漢時的田蚡、竇嬰,均爲漢武帝外戚。此處借指崇禎帝田妃之父田畹。一説指崇禎帝周后之父周奎。　　[9]戚里:外戚居住之地。《史記·萬石君傳》:"於是高祖召其姊爲美人,以奮爲中涓,受書謁,徙其家長安中戚里。"《索隱》:"於上有姻戚者皆居之,故名其里爲戚里。"此指田畹家。箜篌伎:彈箜篌的歌伎。此指陳圓圓。箜篌,古代樂器名。　　[10]將軍:指吳三桂。油壁車:以油漆塗飾車壁的車子,古代女子所乘。《樂府詩集·蘇小小歌》:"妾乘油壁車,郎騎青驄馬。"

[11]姑蘇:江蘇蘇州吳縣有姑蘇山,後因以姑蘇指稱蘇州一帶。浣花里:在今四川成都西南,唐代名妓薛濤曾在此居住,這裏借指陳圓圓居所。　　[12]小字:小名,乳名。嬌羅綺:南朝梁江淹《别賦》:"羅與綺兮嬌上春。"此謂圓圓比羅綺更嬌美。羅、綺,質地輕柔而有花紋的高級絲織品。　　[13]夫差苑:即姑蘇臺。春秋時吳王夫差滅越國,越王勾踐獻西施求和,夫差築姑蘇臺以居之。這裏暗示圓圓曾被送入皇宮。　　[14]合:應該。採蓮人:指西施。傳説西施曾在浙江紹興若耶溪採蓮。　　[15]橫塘:地名,在江蘇吳縣西南。　　[16]豪家:指田畹。謂圓圓爲田畹所得。　　[17]熏天:形容氣勢極盛。《吕氏春秋·離謂》:"務以相毁,務以相譽,毁譽成黨,衆口熏天。"宮掖:宮内的旁舍,是妃嬪居住之地。　　[18]"明眸"句:言圓圓進宮後,得不到崇禎帝的寵愛。清陸次雲《圓圓傳》:"圓圓掃眉而入,冀邀一顧,帝穆然也,旋命之歸畹第。"　　[19]"奪歸"句:言圓圓被遣出宮後仍歸田畹家爲家伎。永巷:宮中宮女、妃嬪居住之地。良家:指田畹家。南朝陳徐陵《玉臺新詠序》:"四姓良家,馳名永巷。"　　[20]飛觴:舉杯。指喝酒。

[21]"一曲"句:言圓圓唱曲以供人笑樂,内心悲苦無人可訴説。　　[22]通侯:即徹侯。秦漢時爵位名。秦廢古五等爵,立爵自一級公士起,至二十級徹侯止,漢代因之。後因避漢武帝劉徹諱,改稱通侯。此指吳三桂。吳三桂曾封平西伯,故稱。　　[23]嬌鳥:喻圓圓。樊籠:喻田畹家。圓圓在田家頗爲苦悶,故云。

[24]"待得"句:用牛郎、織女祇能在每年七月七日渡銀河(天河)相會一次的典故,意謂吳三桂雖得到陳圓圓,卻不能和她長久相聚。　　[25]軍書抵死催:當時軍情緊急,崇禎帝命吳三桂回山海關駐地。　　[26]蟻賊:《後漢書·皇甫嵩傳》:"時人謂之黄巾,亦名蟻賊。"這裏指李自成軍。長安:代指明都城北京。　　[27]思

婦樓頭柳:唐王昌齡《閨怨》:"閨中少婦不知愁,春日凝妝上翠樓。忽見陌頭楊柳色,悔教夫婿覓封侯。"這裏借用詩意,喻圓圓在閨中等候吳三桂歸來。　　[28]天邊粉絮:喻圓圓在戰亂中無所依靠,任人擺佈。　　[29]綠珠:西晉石崇家妓。内第:内宅。　　[30]絳樹:魏時著名歌女。魏曹丕《與繁欽書》:"今之妙舞,莫巧於絳樹。"　　[31]壯士:指吳三桂。　　[32]蛾眉:指圓圓。　　[33]"蠟炬"句:舊題晉王嘉《拾遺記》卷七:"魏文帝所愛美人姓薛名靈芸,常山人也。……(郡守谷習)以千金寶賂聘之入宫……靈芸未至京師數十里,膏燭之光,相續不滅。又築高臺,列燭於下,名曰燭臺。"據清鈕琇《觚賸》,相傳吳三桂迎歸陳圓圓時,結五彩樓,列旌旗,簫鼓三十里。　　[34]啼妝:原指一種化妝樣式。《後漢書·五行志》:"桓帝元嘉中,京都婦女作愁眉、啼妝……啼妝者,薄拭目下,若啼處。"這裏則實指其啼哭。殘紅印:化妝的胭脂爲淚痕所亂。　　[35]專征:指吳三桂追擊李自成起義軍去陝西。當時陳圓圓隨行。秦川:自大散關以北達於岐雍一帶,以其爲秦之故地,故稱秦川。約包括今陝西、甘肅兩省。　　[36]金牛道:蜀道之南棧,舊名金牛峽,故自陝西勉縣而西,南至四川劍閣之劍門關口,稱金牛道。是秦以後由漢中入四川必經之道。　　[37]斜(yé 爺)谷:陝西終南山有褒、斜二谷口,北口曰斜,南口曰褒,同爲一谷,長一百七十里,爲古陝蜀的通道。　　[38]散關:即大散關,在陝西寶雞西南大散嶺上。　　[39]江鄉:指圓圓的家鄉蘇州。蘇州在長江邊,故云。　　[40]烏桕(jiù 舊):即烏臼樹,其葉入秋即紅。十度霜:謂消息傳到圓圓家鄉,此時圓圓離開家鄉已有十年左右了。　　[41]浣紗女伴:唐王維《西施詠》:"當時浣紗伴,莫得同車歸。"用西施未入吳宫前在浙江紹興若耶溪浣紗的典故,借指陳圓圓在蘇州爲妓時的女伴。同行:同伴。　　[42]"舊巢"句:喻舊時圓圓和女伴同樣卑微。　　[43]"飛上"句:喻如今圓圓受寵吳三桂,地位顯貴。　　[44]"長向"二句:指女伴們悲歎盛年不再,艷羨圓圓得到"擅侯王"的夫婿。　　[45]競延致:爭着要。延致,招請。　　[46]"一斛"句:言貴門豪家寵愛圓圓,爭相延致,反而給圓圓帶來無窮愁恨。一斛(hú 胡)珠:十斗明珠。唐玄宗寵愛梅妃,曾以一斛珍珠密賜梅妃,典見舊題唐曹鄴《梅妃傳》。形容圓圓極爲受寵,身價很高。萬斛愁:形容憂愁之深。北周庾信《愁賦》:"誰知一寸心,乃有萬斛愁。"　　[47]"錯怨"二句:言漂泊愁苦之時,圓圓曾怨身世似隨風飄蕩的落花。但最終苦盡甘來,如無邊春色來天地。宋蘇軾《書鄢陵王主簿所畫折枝二首》:"誰言一點紅,解寄無邊春。"唐杜甫《登樓》:"錦江春色來天地。"　　[48]"嘗聞"二句:言本來聽説美貌的女子一般祇會帶來禍害,可是吳三桂卻因陳圓圓而著名,語含諷刺。傾國傾城:指美麗的女子能傾覆一國一城,造成禍害,後用以形容女性極其美麗。《漢書·孝武李夫人傳》:"北方有佳人,絕世而獨立。一顧傾人城,再顧傾人國。"周郎：三國時的周瑜。《三國志·吳書·周瑜傳》注引《江表傳》載曹操與孫權書曰："赤壁之役，值有疾病，孤燒船自退，橫使周瑜虛獲此名。"這裏借用此典，言吳三桂因圓圓而擊敗李自成軍，獲得大名。　　　[49]"全家"句：指吳三桂全家三十餘口爲李自成軍所殺。　　　[50]"一代"句：言圓圓反而名垂青史。　　　[51]館娃：館娃宮。吳王夫差作宮於硯石山以館西施，吳人謂美女爲"娃"，故名館娃宮。遺址在今江蘇吳縣西南靈巖山。　　　[52]越女：越地女子，指西施。唐宋之問《浣紗篇贈陸上人》："越女顏如花。"唐白居易《琵琶行》："盡日君王看不足。"此處借指圓圓。[53]香徑：採香徑。遺址在今江蘇吳縣西南香山上，相傳吳王遣美人採香於此，因名。　　　[54]屧（xiè 謝）廊：響屧廊。遺址在今江蘇吳縣西南靈巖山上。宋范成大《吳郡志》卷八："響屧廊在靈巖山寺。相傳吳王令西施輩步屧，廊虛而響，故名。"屧，鞋子，木屐。　　　[55]換羽移宮：變換樂調。羽、宮，都是五音之一。宋周邦彥《意難忘》："知音見説無雙，解移宮換羽，未怕周郎。"　　　[56]珠歌翠舞：指吳三桂、陳圓圓的歌舞享樂生活。周邦彥《尉遲杯》："仍慣見、珠歌翠舞。"古梁州：三國蜀漢置梁州，治所在沔陽（今陝西勉縣），晉太康中移治南鄭。當時吳三桂開藩的漢中府治即在南鄭，故稱古梁州。　　　[57]吳宮曲：詠唱吳宮盛衰的曲子。　　　[58]漢水：一稱漢江，爲長江最大支流，東南流向。漢水句：言吳三桂功名富貴難長久。李白《江上吟》："功名富貴若長在，漢水亦應西北流。"

【集評】

　　（清）楊際昌《國朝詩話》卷一："世稱杜少陵爲詩史，學杜者不須襲其貌，正須識此意耳。吳梅村歌行，大抵發於感愴，可歌可泣。余尤服膺《圓圓曲》。前幅云：'慟哭六軍皆縞素，衝冠一怒爲紅顏。'後幅云：'全家白骨成灰土，一代紅妝照汗青。'使吳逆無地自容。體則元、白，可爲史則已如老杜也。"

　　（清）靳榮藩《吳詩集覽》："此首以'慟哭六軍俱縞素，衝冠一怒爲紅顏'作挈領，以'若非壯士全師勝，爭得蛾眉匹馬還'作中權，以'全家白骨成灰土，一代紅顏照汗青'作收束，此六句真史筆也，是全篇之眼目。"

楚兩生行　并序

【題解】

　　楚兩生指柳敬亭和蘇崑生，柳善説書，蘇擅唱曲，爲明清之際的著名藝人。兩人曾同在明末大將左良玉武昌幕府,順治二年(1645)左氏病卒於九江,不久南明小朝爲也隨之滅亡。因而,兩人常讓人聯想到明朝的覆滅,生易代興亡之感、故國之思。而且兩人也頗有民族氣節,故當時文人紛紛與之交遊,如黃宗羲、陳維崧、曹貞吉、毛奇齡、冒襄、龔鼎孳等著名文人都曾爲之賦詩作文,孔尚任《桃花扇》也把兩人寫入戲中。作者此前曾爲柳敬亭作傳,這首詩則是應蘇崑生所請而作,約作於康熙初年。

蔡州蘇崑生[1],維揚柳敬亭[2],其地皆楚分也[3],而又客於楚。左寧南駐武昌[4],柳以談,蘇以歌,爲幸舍重客[5]。寧南没於九江舟中[6],百萬衆皆奔潰,柳已先期東下。蘇生痛哭,削髮入九華山[7]。久之,出從武林汪然明[8]。然明亡,之吳中[9]。吳中以善歌名海内,然不過嘽緩柔曼新聲[10]。蘇生則於陰陽抗墜[11],分刌比度[12],如昆刀之切玉[13],扣之粟然[14],非時世所爲工也。嘗遇虎丘廣場大集[15],生睨其旁笑曰[16]:"某郎以某字不合律。"有識之者曰:"彼傖楚乃竊言是非[17]!"思有以挫之。間請一發聲,不覺屈服。顧少年耳剽日久[18],終不肯輕自貶下,就蘇生問所長。生亦落落難合,到海濱,寓吾里蕭寺[19]。風雪中,以余與柳生有雅故,爲立小傳[20],援之以爲請曰:"吾浪跡三十年,爲通侯所知[21]。今失路顑頷而來過此[22],惟願公一言,與柳生並傳足矣!"柳生近客於雲間帥[23],識其必敗,苦無以自脫;浮湛敖弄[24],在軍政一無所關,其禍也幸以免。蘇生將渡江,余作楚兩生行以送之。以之寓柳生[25],俾知余與蘇生遊,且爲柳生危之也。

黃鵠磯頭楚兩生[26],征南上客擅縱橫[27]。將軍已没時世换,絕調空隨流水聲[28]。一生拄頰高談妙[29],君卿唇舌淳于笑[30]。痛哭常因感舊恩,詼嘲尚足陪年少。途窮重走伏波軍[31],短衣縛袴非吾好[32]。抵掌聊分幕府金[33],褰裳自把江村釣[34]。一生嚼徵與含商[35],笑殺江南古調亡。洗出母音傾老輩[36],疊成妍唱待君王[37]。

一絲縈曳珠盤轉[38]，半黍分明玉尺量[39]。最是大堤西去曲[40]，累人腸斷杜當陽[41]。憶昔將軍正全盛，江樓高會誇名盛[42]。生來索酒便長歌，中天明月軍聲靜[43]。將軍聽罷據胡牀[44]，撫髀百戰今衰病[45]。一朝身死豎降旛[46]，貔貅散盡無橫陣[47]。祁連高冢泣西風[48]，射堂賓客嗟蓬鬢[49]。羈棲孤館伴斜曛[50]，野哭天邊幾度聞[51]？草滿獨尋江令宅[52]，花開閒弔杜秋墳[53]。鶗絃屢換尊前舞[54]，鼉鼓誰開江上軍[55]？楚客祇憐歸未得[56]，吳兒肯道不如君[57]。我念邗江頭白叟[58]，滑稽倖免君知否？失路徒貽妻子憂[59]，脫身莫落諸侯手。坎壈繇來爲盛名[60]，見君寥落思君友[61]。老去年來消息稀，寄爾新詩同一首；隱語藏名代客嘲[62]，姑蘇臺畔東風柳[63]。

《吳梅村全集》卷一○

【校注】

[1]蔡州:春秋時蔡、沈二國地,隋唐置爲蔡州,元明清爲汝寧府。治所在今河南汝南。蘇崑生是固始人,固始屬汝寧府,故稱。　　[2]維揚:揚州的別稱,即今江蘇揚州。柳敬亭是泰州人,泰州屬揚州府,故稱。　　[3]楚分:楚之分野,即楚地之意。蔡州、維揚戰國時皆屬楚國。　　[4]左寧南:左良玉(1599—1645),臨清人,字崑山,明末著名將領。左氏崇禎十七年(1644)封寧南伯,故稱。　　[5]幸舍:食客館舍。《史記·孟嘗君列傳》載,馮驩客孟嘗君,初住傳舍,旋轉幸舍,後遷代舍。《索隱》:"傳舍、幸舍及代舍,並當上中下三等之客所舍之名耳。"　　[6]九江:明代府名,府治在今江西九江。《明史·左良玉傳》:"傳檄討馬士英,自漢口達蘄州,列舟二百餘里。良玉疾已劇,至九江……嘔血數升,是夜死。時順治二年四月也。"　　[7]削髮:指出家爲僧。九華山:在安徽青陽西南。亦名九子山,上有九峰,如蓮花削成,唐李白改名九華山。　　[8]武林:杭州的別稱。杭州西有武林山,故稱。汪然明:汪汝謙(1577—1655),字然明,安徽歙縣人,後移居杭州,爲當時名士。　　[9]吳中:指今江蘇東部及浙江西部地區,因春秋時屬吳地,故稱。[10]嘽(chǎn 產)緩:聲調舒緩。《禮記·樂記》:"其樂心感者,其聲嘽以緩。"柔曼:聲調柔和靡曼。　　[11]陰陽抗墜:《禮記·樂記》:"故歌者,上如抗,下如隊。"　　[12]分刌(cǔn 忖)比度:言音調節奏掌握得極好,和諧而適度。《漢書·元帝紀贊》:"自度曲,被歌聲,分刌節度,窮極幼眇。"注引韋昭曰:"刌,切也。謂能分切句絕,爲之節制也。"比,和諧。《資治通鑑·漢武帝元光五年》:"氣同則從,聲

比則應。”注：“比，和也。” ［13］昆刀之切玉：《十洲記》：“昔周穆王時，西胡獻昆吾割玉刀及夜光常滿杯，刀長一尺……切玉如切泥。” ［14］栗然：堅實貌。[15]虎丘：地名，在今江蘇蘇州西北。 ［16］睨（nì 逆）：斜視。 ［17］傖楚：魏晉南北朝時，吳人以上國自居，鄙視楚人荒陋，故稱楚地人爲傖楚。蘇崑生是楚地人，故云。 ［18］耳剽（piāo 縹）日久：《漢書·朱博傳》：“然廷尉治郡斷獄以來且二十年，亦獨耳剽日久，三尺律令，人事出其中。”這裏指少年長久以來聽慣嘽緩柔曼之音。 ［19］蕭寺：即佛寺。唐蘇鶚《杜陽雜編》：“梁武帝好佛，造浮屠，命蕭子雲飛白大書曰‘蕭寺’。”後人因稱佛寺爲蕭寺。 ［20］爲立小傳：指作者《柳敬亭傳》，見《吳梅村全集》卷五二。 ［21］通侯：指左良玉。 ［22］失路：失意。顇領：同“憔悴”。 ［23］雲間：上海松江區的古稱。帥：指松江提督馬逢知。 ［24］浮湛（chén 沉）：隨波逐流。湛，同“沉”。《史記·遊俠列傳》：“與世浮沉。”敖弄：調笑，戲弄。《漢書·東方朔傳》：“自公卿在位，朔皆敖弄，無所爲屈。” ［25］寓：寄。 ［26］黃鵠磯：湖北武漢武昌蛇山（又稱黃鵠山）下，面臨長江。左良玉駐武昌，柳敬亭、蘇崑生皆在左良玉幕府，故稱“黃鵠磯頭楚兩生”。 ［27］征南：晉羊祜曾拜征南大將軍，左良玉封寧南侯，故借稱爲征南。[28]絶調句：用高山流水典。言二人受左良玉賞識，左氏卒後，再無知音。
[29]拄頰：以手支撑臉頰，形容人有所思的神態。《世説新語·豪爽》：“陳林道在西岸，都下諸人共要至牛渚會，陳理既佳，人欲共言折。陳以如意拄頰，望雞籠山歎曰：‘孫伯符志業不遂。’於是竟坐不得談。” ［30］君卿唇舌：《漢書·遊俠傳》：“樓護，字君卿……爲人短小，精辯，論議常依名節，聽之者皆竦。與谷永俱爲五侯上客。長安號曰：谷子雲筆劄，樓君卿唇舌。言其見信用也。”淳于笑：《史記·滑稽列傳》：“淳于髡仰天大笑，冠纓索絶。” ［31］伏波：漢將軍名號，西漢路博多、東漢馬援皆爲伏波將軍。這裏借指松江提督馬逢知。余懷《板橋雜記》：“寧南侯已歿，（柳敬亭）又遊松江馬提督軍中，鬱鬱不得志，年已八十餘矣。”
[32]短衣：《史記·劉敬叔孫通列傳》：“叔孫通儒服，漢王憎之；迺變其服，服短衣，楚制，漢王喜。”縛袴：《南史·沈慶之傳》：“上開門召慶之，慶之戎服履鞢縛袴入。”短衣、縛袴在這裏指軍裝，代指軍旅生活。 ［33］抵掌：《戰國策·秦策》：“（蘇秦）見説趙王於華屋之下，抵掌而談。”鮑彪注：“抵，側擊也。” ［34］褰（qiān 牽）裳：用手提起衣裳。《詩經·鄭風·褰裳》：“子惠思我，褰裳涉溱。”
[35]嚙徵、含商：指唱曲時能準確把握聲調變化。劉宋鮑照《代白紵舞歌詞》：“含商咀徵歌露晞，珠履颯沓紈袖飛。”徵、商，皆古代五音（宮、商、角、徵、羽）之一。
［36］“洗出”句：言洗盡俗調，詠出正音，老輩都爲之傾倒。 ［37］疊：計算樂曲章節詠唱或演奏遍數的單位。這裏用作動詞。妍唱：美妙的歌曲。晉張華《輕

薄篇》：“美女興齊趙,妍唱出西巴。”　　　〔38〕“一絲”句:形容歌聲的悠揚迴旋、輕柔婉轉。珠盤轉:用唐白居易《琵琶行》“大珠小珠落玉盤”句意。　　　〔39〕半黍:極言其微。黍,古代度量衡定制,以黍爲準,長度即取黍的中等粒子,以一個縱黍爲一分,百黍爲一尺。玉尺:玉製的衡量音調的工具。《世說新語·術解》：“荀勖善解音聲,時論謂之‘闇解’。遂調律呂,正雅樂。每至正會,殿庭作樂,自調宮商,無不諧韻。阮咸妙賞,時謂‘神解’。每公會作樂,而心謂之不調。既無一言直勖,意忌之,遂出阮爲始平太守。後有一田父耕於野,得周時玉尺,便是天下正尺。荀試以校己所治鐘鼓金石絲竹,皆覺短一黍,於是伏阮神識。”這裏用此典極言其音調之精確。　　　〔40〕大堤:樂曲名。釋智匠《古今樂録》：“清商西曲《襄陽樂》云:‘朝發襄陽城,暮至大堤宿;大堤諸女兒,花艷驚郎目。’梁簡文帝由是有《大堤曲》。”　　　〔41〕杜當陽:即晉杜預,杜預曾封當陽侯。當陽在今湖北西部,而左良玉駐軍武昌,故以杜當陽借指左良玉。　　　〔42〕江樓:指黃鶴樓。黃鶴樓在黃鵠磯上,面臨大江。　　　〔43〕中天明月:唐杜甫《後出塞》：“中天懸明月,令嚴夜寂寥。”　　　〔44〕據胡牀:《世說新語·容止》：“庾太尉在武昌,秋夜氣佳景清,佐吏殷浩、王胡之之徒登南樓理詠,音調始遒,聞函道中有屐聲甚屬,定是庾公。俄而率左右十許人步來,諸賢欲起避之,公徐云:‘諸君少住,老子於此處興復不淺!’因便據胡牀與諸人詠謔。”胡牀,一種可折疊的坐具,也稱交椅或交牀。《清異録》：“胡牀施轉關以交足,穿便縧以容坐,轉縮須臾,重不數斤。”　　　〔45〕撫髀(bì畢):《三國志·蜀書·先主紀》注引《九州春秋》：“備住荊州數年,嘗於劉表坐起至厠,見髀裏肉生,慨然流涕。還坐,表怪問備,備曰:‘吾常身不離鞍,髀肉皆消;今不復騎,髀裏肉生。日月若馳,老將至矣! 而功業不建,是以悲耳!’”髀,大腿。今衰病:作者《柳敬亭傳》：“左出所畫己像二,其一關隴破賊圖也,攬鏡自照,曰:‘良玉,天下健兒也,而今衰。’”　　　〔46〕豎降旛(fān番):唐韓愈《元和盛德詩》：“降旛夜豎。”此指左良玉卒後,其子左夢庚降清於九江。即作者《口占贈蘇崑生》所謂“一片降旗出九江”。　　　〔47〕貔(pí皮)貅(xiū休):猛獸名。《史記·五帝本紀》：“教熊羆貔貅貙虎,以與炎帝戰於阪泉之野。”後因用爲借指軍士。〔48〕祁連高冢:據《漢書·霍去病傳》,霍去病卒後,漢武帝哀悼之,“發屬國玄甲,軍陳自長安至茂陵,爲冢象祁連山”。這裏用以指代左良玉墳墓。　　　〔49〕射堂賓客:幕府賓客,指蘇崑生。射堂,校射之地,此處泛指軍幕。　　　〔50〕曛:夕陽餘光。　　　〔51〕“野哭”句:杜甫《閣夜》：“野哭千家聞戰伐。”　　　〔52〕江令宅:指南朝江總的房宅,故址在今江蘇南京東北。因江總在陳朝時官至尚書令,故稱江令。〔53〕杜秋墳:唐金陵女子杜秋之墳。據唐杜牧《杜秋娘詩序》,杜秋即杜秋娘,初爲鎮海節度使李錡妾,錡叛唐被殺後,杜秋没籍入官,爲憲宗所寵。穆宗立,爲皇子漳王傅姆。漳王被廢,杜秋因賜歸金陵。又,唐杜秋娘《金縷曲》云:"花開堪折直須折,莫待無花空折枝。"　　[54]鵾(kūn 昆)絃:鵾,鵾雞,似鶴,黃白色。唐段成式《酉陽雜俎》卷六:"古琵琶絃用鵾雞筋。"因以"鵾絃"指代琵琶。宋蘇軾《杜介熙熙堂》:"鵾絃鐵撥響如雷。"　　[55]鼉(tuó 駝)鼓:鼉,即揚子鰐,俗稱豬婆龍,其皮堅韌,可以冒鼓。鼉鼓即鼉皮所冒之鼓。這裏指戰鼓。　　[56]楚客:指蘇崑生。　　[57]"吳兒"句:即序所謂"顧少年耳剽日久,終不肯輕自貶下,就蘇生問所長"。肯:豈肯。　　[58]邗江:指邗溝。江蘇境内自揚州西北至淮安北入淮的運河。　　[59]失路:不得志。　　[60]"坎(kǎn 砍)壈(lǎn 覽)"句:杜甫《丹青引》:"但看古來盛名下,終日坎壈纏其身。"坎壈:窮困不得志。繇來:從來。繇,通"由"。　　[61]"見君"句:"君",指蘇崑生;"君友",指柳敬亭。　　[62]隱語藏名:指下句隱藏蘇崑生、柳敬亭兩人之姓。　　[63]姑蘇臺:又稱胥臺,春秋時吳王闔閭所築,在今江蘇蘇州西南姑蘇山上。又,"姑蘇臺"暗切蘇崑生,"柳"暗切柳敬亭。

【集評】

　　王文濡《清詩評注讀本》卷二:"《圓圓曲》脱胎《長恨歌》,《楚兩生歌》脱胎《琵琶行》,均以變化出之,各極其妙。"

懷古兼弔侯朝宗

【題解】

　　侯方域(1618—1655),字朝宗,號雪苑,商丘(今屬河南)人,明末復社中堅人物,與方以智、陳貞慧、冒襄並稱"四公子"。明亡後,歸里隱居。順治八年(1651),被迫應河南鄉試,中副榜。然侯氏對自己失節仕清頗爲悔恨。十年,清廷有詔敦促作者出仕,侯氏致函力勸作者勿仕,謂"不可出者有三,而當世之不必學士之出者有二"(《壯悔堂文集》卷三《與吳駿公書》)。作者當時復信稱:"必不負良友!"(據《壯悔堂文集》卷三《與吳駿公書》賈開宗評語)但作者最終還是被迫出仕。不久,侯氏即逝世。作者在京師聽聞好友的死訊,寫下這首詩。詩中借詠侯嬴之事,自責缺乏"刎頸送王孫"的精神,未能堅守初心,有負死友。

　　河洛烽煙萬里昏[1],百年心事向夷門[2]。氣傾市俠收奇用[3],策動宮娥報舊恩[4]。多見攝衣稱上客,幾人刎頸送王孫[5]。死生總負侯嬴諾[6]，欲滴椒漿淚滿樽[7]。朝宗歸德人[8]，貽書約終隱不出，余爲世所逼，有負夙諾，故及之。

【校注】

[1]河洛：黃河與洛水，也指兩流域地區。唐杜甫《出塞》："長驅河洛昏。"侯方域家商丘與侯嬴當年的所在地大梁皆屬河洛流域。烽煙：一作"風煙"。　　　[2]夷門：戰國時魏國大梁城東門，故址在今河南開封。魏國隱士侯嬴爲夷門監。

[3]"氣傾"句：據《史記·魏公子列傳》，指侯嬴助魏公子接引市井屠者朱亥，後朱亥爲之椎殺晉鄙，使魏公子因得率晉鄙軍救趙。　　　[4]"策動"句：據《史記·魏公子列傳》，魏公子曾替魏安釐王寵妾如姬報殺父之仇，如姬久欲報答之。侯嬴因建議魏公子請如姬竊取虎符以奪晉鄙軍。　　　[5]"多見"兩句：言明遺臣在明朝時蒙受皇恩，如侯生般攝衣稱上客；明亡後卻缺乏侯生刎頸送王孫的精神，變節仕清。寓自責之意。攝衣稱上客：《史記·魏公子列傳》："公子從車騎，虛左，自迎夷門侯生。侯生攝弊衣冠，直上載公子上座，不讓。欲以觀公子。公子執轡愈恭……於是罷酒，侯生遂爲上客。"刎頸送王孫：據《史記·魏公子列傳》，秦圍邯鄲，魏公子往救之，侯嬴曰："臣宜從，老不能。請數公子行日，以至晉鄙軍日，北鄉自剄，以送公子。"　　　[6]死生：死，指侯方域；生，指自己。侯嬴諾：指侯嬴"北鄉自剄，以送公子"的承諾。又因侯姓借指侯方域，謂其曾勸己不仕，而自己已有負夙諾。

[7]椒漿：以椒浸製用以祭神的酒漿。《楚辭·九歌·東皇太一》："奠桂酒兮椒漿。"　　　[8]歸德：今河南商丘。

【集評】

（清）靳榮藩《吳詩集覽》卷一三下："此詩以侯生爲主，第二句點出夷門，第三句詠朱亥而以'氣傾'字收入侯生甲里；第四句詠如姬而以'策動'字收入侯生甲里。五六句就侯生作感慨，而'刎頸'字已引出生死字，見朋舊雖多，而能如侯生之死不負諾者少也，然侯生能不負諾，而己則負諾於侯生，是以爲之滴淚也。侯生爲誰？嬴也，又朝宗也，'懷'字'弔'字，是一是二，羅浮風雨，縹緲離合，筆底有化工矣。"

（清）徐珂《清稗類鈔·師友類》："吳梅村之入仕也，侯朝宗曾遺書力阻，吳不聽。繼而悔之，自謂負侯生也。其弔朝宗詩云：'死生總負侯嬴諾。'"

登縹緲峰

【題解】

縹緲峰,又名杳緲峰,在江蘇蘇州洞庭西山中部,爲西山諸峰之最,也是太湖七十二峰之最。山間常有雲霧環繞,故名縹緲峰。這首詩寫登上縹緲峰頂的所見所感,末二句則隱約透露了作者對明代覆滅的感慨和故國之思。

絶頂江湖放眼明[1],飄然如欲御風行[2]。最高尚有魚龍氣[3],半嶺全無鳥雀聲。芳草青蕪迷近遠[4],夕陽金碧變陰晴。夫差霸業銷沉盡[5],楓葉蘆花釣艇橫[6]。

《吳梅村全集》卷一六

【校注】

[1]"絶頂"句:言在縹緲峰山頂能清楚望見長江和太湖。江湖:江,指長江;湖,指太湖。　　[2]御風行:乘風而行。《莊子·逍遙遊》:"夫列子御風而行,泠然善也。"　　[3]"最高"句:言太湖水氣之大,縹緲峰在太湖中,故云。魚龍氣:唐宋之問《夜渡吳松江懷古》:"棹發魚龍氣。"　　[4]近遠:一作"遠近"。
[5]"夫差"句:夫差是春秋時吳王,其父爲越王勾踐所傷而死,夫差嗣立,誓報父仇,大敗越王於夫椒,一度成爲春秋霸主。後又爲越王所敗,亡國自殺。因太湖即在當年的吳地,故及之。作者《縹緲峰》亦云:"杖底撥殘雲,了了見吳越。"
[6]楓葉蘆花:唐白居易《琵琶行》:"楓葉蘆花秋瑟瑟。"艇:小船。

【集評】

(清)沈德潛《國朝詩別裁集》卷一:"三語狀湖之廣,四語狀峰之高。"

(清)靳榮藩《吳詩集覽》卷十四下引張如哉曰:"寫得縹緲意象出,五六句更爲神到。"

顧炎武

【作者簡介】

顧炎武(1613—1682),初名絳,字忠清,清兵破南京後改名炎武,字寧人,世人尊稱亭林先生,崑山(今屬江蘇)人。明諸生。南明福王時,授兵部司務;唐王時,除兵部主事。十四歲即參加復社,清兵南下,又曾參加崑山、嘉定等地的抗清戰爭。失敗後,奔走南北,來往於山東、河北、山西、陝西一帶,致力於邊防地理的研究,同時結納各地志士,考察山川形勢,不忘恢復大志。晚歲卜居華陰,卒於曲沃。炎武博學多識,鑒於明人空談心性之弊,提倡經世致用的實學,與黃宗羲、王夫之並稱“清初三大儒”。其論詩文,則提倡“文須有益於天下”(《日知録》卷十九)。詩學杜甫,用典精切,沉鬱蒼勁,又多有關易代興亡之事,被譽爲“風騷詩史之遺”(顧雲臣《顧詩箋注序》)。有《亭林詩集》五卷、《亭林文集》六卷、《亭林餘集》一卷。《清史稿》卷四八一有傳。

海　　上
其　　一

【題解】

此詩作於順治三年(1646)秋。順治二年,南明福王(弘光帝)朱由崧、潞王朱常淓相繼降清。三年六月,清兵渡錢塘江,魯王朱以海棄紹興,由江門入海。是年秋,作者登臨空山,千里望海,憂思國事,感慨而作是詩。詩中對明遺民乞師海外進行抗清的計策感到希望渺茫。

日入空山海氣侵[1],秋光千里自登臨[2]。十年天地干戈老[3],四海蒼生痛哭深。水湧神山來白鳥,雲浮仙闕見黃金[4]。此中何處無人世,祇恐難酬烈士心[5]。

《顧亭林詩箋釋》卷一

【校注】

[1]日入:日落。　　[2]登臨:黃節注:“登臨者空山,非登臨海上也。”
[3]“十年”句:自崇禎初年李自成造反,繼而清兵入關,直至此時十餘年間干戈不

息,十年是約舉成數。　　[4]"水湧"兩句:《史記·封禪書》:"自威、宣、燕昭使人入海求蓬萊、方丈、瀛洲,此三神山者,其傳在渤海中,去人不遠,患且至,則船風引而去。蓋嘗有至者,諸仙人及不死之藥皆在焉。其物禽獸盡白,而黃金銀爲宮闕。未至,望之如雲。"白鳥,一作"白鶴"。　　[5]烈士:猶志士。魏曹操《步出夏門行·龜雖壽》:"烈士暮年,壯心不已。"

【集評】

俞陛雲《吟邊小識》:"顧亭林七律有云:'海湧神山來白馬,雲浮仙闕見黃金。此中何處無人世,祇恐難酬烈士心。'蓋明室遺臣,欲乞師海外,效楚亡秦救之舉,亭林知其難成也。"

錢仲聯《夢苕盦詩話》:"此詩頸聯用海上三神山事,明指日本,蓋即徐氏於第三首'萬里風煙通日本'所箋魯王命使往日本乞師事也。《小腆紀年》云:'論者謂日本承平既久,其人多好詩書、法帖、名畫、玩器,故老不見兵革之事,本國且忘備,豈能渡海爲人復仇乎?'此先生之所以致慮於'祇恐難酬烈士心'歟?"

龍　門

【題解】

龍門,即龍門山,在今山西河津西北約三十里,陝西韓城東北約八十里,分跨黃河兩岸,形如門闕。傳說江海之魚至此,登者化龍,不登者仍爲魚,故稱龍門。康熙三年(1664),作者北遊關中,經龍門而作此詩。風格雄奇壯闊,頗有氣勢。

　　亘地黃河出[1],開天此一門。千秋憑大禹[2],萬里下崑崙[3]。入廟焄蒿接[4],臨流想像存[5]。無人書壁問,王逸《楚辭·天問·序》:"仰見圖畫,因書其壁,呵而問之。"倚馬日將昏。

《顧亭林詩箋釋》卷四

【校注】

[1]亘(gèn 艮):通"亙",延綿連接。　　[2]"千秋"句:相傳龍門山爲大禹所鑿,故云。憑:憑弔。　　[3]"萬里"句:古人認爲黃河發源於崑崙,故云。崑崙:山名。在今西藏和新疆之間。　　[4]廟:指龍門山上的禹廟。明薛瑄《遊龍門記》:"瀕河有寬平地,可二三畝,多石少土,中有禹廟,宮曰明德。制極宏麗,進謁庭下,

悚肅思德者久之。”焄(xūn 勛)蒿:香氣散發。《禮記·祭義》:“其氣發揚於上爲昭明,焄蒿悽愴,此百物之精也。”注:“焄,謂香臭也;蒿,謂氣烝出貌。”　　[5]流:指黃河。想像:想其形象。《楚辭·遠遊》:“思舊故以想像兮,長太息而掩涕。”薛瑄《遊龍門記》:“頂有臨思閣……倚閣門俯視大河……蓋天下之奇觀也。”

旅　　中

【題解】

　　這是一首五言排律,作於順治十三年(1656)。順治十二年,仇家賄使叛僕控告作者私通南明,入獄。後得友人救助獲釋。次年(1656),仇家復遣刺客追殺,遇救獲免,遂變姓名南遊避難,並欲赴福建投鄭成功,赴雲南投永曆帝,皆受阻未成。這首詩寫的就是此時流離轉徙的艱危情形,寫得渾厚蒼涼,沉鬱頓挫。作者此前有《流轉》詩,題材相近,可參閲。

　　久客仍流轉[1],愁人獨遠征。釜遭行路奪[2],席與舍兒爭[3]。混跡同傭販[4],甘心變姓名[5]。寒依車下草,饑糝珎中羹[6]。浦雁先秋到[7],關雞候旦鳴[8]。蹠穿山更險[9],船破浪猶横。疾病年來有,衣裝日漸輕。榮枯心易感,得喪理難平。默坐悲先代,勞歌念一生[10]。買臣將五十[11],何處謁承明[12]。

《顧亭林詩箋釋》卷二

【校注】

[1]流轉:流離轉徙。　　[2]“釜遭”句:《戰國策·秦策》:“蔡澤見逐於趙而入韓、魏,遇奪釜鬲於涂。”　　[3]“席與”句:舍兒即舍者,旅店主人。《莊子·寓言》:“其往也,舍者迎將其家,公執席,妻執巾櫛,舍者避席,煬者避灶;其反也,舍者與之爭席矣。”　　[4]傭販:傭僕商販。《後漢書·李固傳》:固門生王成將固子燮“乘江東下,入徐州界内,令變名姓爲酒家傭。”作者曾從事商業活動,自號蔣山傭,其《流轉》詩云:“改容作商賈。”　　[5]變姓名:隱姓埋名,避仇匿跡。作者《與李紫瀾》:“第五倫變姓名自稱王伯齊,往來河東,‘陌上號爲道士,親友故人莫知其處’,心竊慕之。”　　[6]“饑糝(sǎn 傘)”句:言饑則用米屑調羹充饑。糝:以米和羹。珎(lì 立):同“鬲”。古代炊具。　　[7]“浦雁”句:言己之漂泊有如大雁南來北往,但大雁待秋而南飛,自己則先秋已至。浦雁:水邊之雁。　　[8]“關雞”句:據

《史記·孟嘗君列傳》，戰國時孟嘗君使秦，被秦昭王囚禁，後因秦昭王寵姬之助得釋，夜半逃至函谷關，關法規定雞鳴始開關，孟嘗君門客有能學雞鳴者，學雞鳴而眾雞齊鳴，故得及時出關逃去。這裏指自己過關之險同孟嘗君，但沒有門客幫忙，祇能等雞鳴出關。　　　[9]蹠(zhí直)穿：磨穿腳掌，形容長途跋涉，把腳掌都磨穿了。《戰國策·楚策》："上崢山，逾深谿，蹠穿膝暴。"　　　[10]勞歌：《韓詩外傳》："饑者歌食，勞者歌事。"唐駱賓王《送吳七遊蜀》："勞歌徒欲奏，贈別竟無言。"　　　[11]"買臣"句：據《漢書·朱買臣傳》，漢朱買臣家貧，其妻求去，買臣笑曰："我年五十當富貴，今已四十餘矣。女苦日久，待我富貴報女功。"妻不聽而去。後數歲，買臣果拜會稽太守。作者是年四十四歲，故用此典。　　　[12]承明：即承明廬。漢代承明殿旁，侍臣值宿所居之屋叫承明廬，後因以入承明廬指入朝爲官。魏曹植《贈白馬王彪》："謁帝承明廬。"

吳同初行狀

【題解】

　　吳同初是作者的同鄉好友，名其沆，字同初，生於明泰昌元年(1620)，明諸生。順治二年(1645)，與作者一起參加崑山保衛戰，城陷殉難，年僅二十六。行狀，古代用以記述死者生平事蹟的文體。本文簡要記敘了吳其沆的生平，表達了對死友的沉痛哀悼，並摻雜着對吳母的同情和對自己母親殉難的悲傷。

　　自余所及見，里中二三十年來號爲文人者，無不以浮名苟得爲務[1]。而余與同邑歸生獨喜爲古文辭[2]，砥行立節，落落不苟於世，人以爲狂[3]。已而又得吳生。吳生少余兩人七歲，以貧客嘉定[4]。於書自《左氏》下至《南》《北史》[5]，無不纖悉强記。其所爲詩多怨聲，近《西州》、《子夜》諸歌曲[6]。而炎武有叔蘭服[7]，少兩人二歲；姊子徐履忱少吳生九歲[8]，五人各能飲三四斗。五月之朔[9]，四人者持觥至余舍爲母壽[10]。退而飲，至夜半，抵掌而談，樂甚，旦日別去。余遂出赴楊公之辟[11]，未旬日而北兵渡江[12]，余從軍於蘇[13]，歸而崑山起義兵[14]，歸生與焉。尋亦竟得脱，而吳生死矣。余母亦不食卒[15]。其九月，余始過吳生之居而問焉，則其母方煢煢獨坐，告余曰："吳氏五世單傳，未亡人惟一子一女[16]。女被俘，子死矣！有孫，二歲,亦死矣!"余既痛吳生之交,又念四人者持觥以壽吾母,而吾今以衰経見吳生之母於悲哀其子之時[17],於是不知涕淚之橫集也。

生名其沆,字同初,嘉定縣學生員[18]。世本儒家,生尤夙惠,下筆數千言,試輒第一。風流自喜,其天性也。每言及君父之際及交友然諾[19],則斷然不渝。北京之變[20],作大行皇帝、大行皇后二誄[21],見稱於時。與余三人每一文出[22],更相寫錄。北兵至後,遺余書及記事一篇,又從余叔處得詩二首[23],皆激烈悲切,有古人之遺風。然後知閨情諸作,其寄興之文,而生之可重者不在此也。

生居崑山,當抗敵時,守城不出以死,死者四萬人,莫知屍處。以生平日憂國不忘君,義形於文若此,其死豈顧問哉?生事母孝,每夜歸,必爲母言所與往來者爲誰,某某最厚。死後,炎武嘗三過其居,無已[24],則遣僕夫視焉。母見之,未嘗不涕泣,又幾其子之不死而復還也[25]。然生實死矣!生所爲文最多,在其婦翁處[26],不肯傳;傳其寫錄在余兩人處者[27],凡二卷。

《顧亭林詩文集・亭林文集》卷五

【校注】

[1]"里中"二句:作者對衹會"雕蟲篆刻"的浮淺文人向來不屑。《與人書十八》:"《宋史》言劉忠肅每戒子弟曰:'士當以器識爲先,一命爲文人,無足觀矣。'僕自一讀此言,便絕應酬文字。所以養其器識而不墮於文人也。"《與人書二十三》:"能文不爲文人,能講不爲講師,吾見近日之爲文人、爲講師者,其意皆欲以文名、以講名者也。"   [2]歸生:歸莊(1613—1673),字玄恭,號恒軒,崑山(今屬江蘇)人,明散文家歸有光曾孫。與顧炎武同里相善,著作多佚,今人輯有《歸莊集》十卷。
[3]人以爲狂:清全祖望《顧先生炎武神道表》:"最與里中歸莊相善……相傳有歸奇顧怪之目。"   [4]嘉定:清代縣名,治所在今上海。   [5]《左氏》:指《春秋左氏傳》,即《左傳》。《南北史》:指唐李延壽的《南史》和《北史》。   [6]《西州》:即《西洲》,南朝樂府民歌《西洲曲》。子夜:晉曲《子夜歌》,相傳是晉女子子夜所作,故名。   [7]蘭服:姓顧,字國馨,別號穆庵。作者從叔父。《亭林餘集》有《從叔父穆庵府君行狀》。   [8]姊子:姊之子,即外甥。   [9]五月之朔:順治二年(1645)五月初一。   [10]觥(gōng 工):飲酒及盛酒器。   [11]楊公:楊永言,字岑立,昆明人,明崇禎癸未(1643)進士,官崑山知縣。清兵南下,積極抗清,事敗祝髮爲僧,卒於滇中。時楊永言應南都詔,薦顧炎武於朝,詔用爲兵

部司務。故云"赴楊公之辟"。　　　[12]北兵渡江:指清兵南下。是年五月初九清師渡江。　　　[13]從軍於蘇:是年五月中旬南京失守後顧炎武即從軍蘇州。[14]崑山起義兵:是年閏六月十五日,原崑山令楊永言起兵抗清,至七月初六城陷。清夏燮《明通鑑·附編》卷二下:"永言之起兵於崑山也,辟崑山諸生顧炎武佐軍,炎武遂偕嘉定諸生吳其沆及歸莊共起兵。"　　　[15]余母亦不食卒:崑山、常熟相繼失守後,顧炎武嗣母王氏絕食而死。作者《先妣王碩人行狀》:"七月乙卯,崑山陷,癸亥,常熟陷。吾母聞之,遂不食,絕粒者十有五日,至己卯晦而吾母卒。"[16]未亡人:古代寡婦的自稱。　　　[17]衰絰(dié 蝶):古代喪服。衰是被於胸前的麻布條,絰是結在頭上或腰間的麻帶。　　　[18]生員:明清時代,凡經過本省各級考試取入府、州、縣學的都稱生員,俗稱秀才。　　　[19]然諾:守信用,說到做到。　　　[20]北京之變:指1644年李自成攻陷北京,崇禎皇帝自縊。　　　[21]大行皇帝:古代臣下諱言皇帝死亡,稱皇帝死爲"大行",帝死而停棺未葬時爲"大行皇帝"。大行皇后:皇后死而停棺未葬時也稱"大行皇后"。誄:用以哀悼死者的文體。　　　[22]余三人:當指顧炎武、歸莊和顧蘭服。　　　[23]余叔:指前文提及的顧蘭服。　　　[24]無已:猶"不得已"。　　　[25]幾(jì 忌):同"冀",希望。[26]婦翁:岳父。　　　[27]余兩人:當指顧炎武和歸莊。

吳嘉紀

【作者簡介】

　　吳嘉紀(1618—1684),字賓賢,號野人,泰州(今屬江蘇)人。明諸生。入清不仕,布衣終身。順治末年,周亮工招遊揚州,廣爲延譽,遂與四方之士應酬唱和,名聲大著。詩宗杜甫、陶潛,善用口語白描,自然純真,質樸深摯,純是天籟之音。因其大半生處於社會底層,故詩多苦寒清冷之調,反映民生疾苦的詩篇不僅多,而且情真意切,感人至深。沈德潛稱其詩"以性情勝,不須典實,而胸無渣滓,故語語真樸,而越見空靈"(《國朝詩別裁集》卷六)。有《陋軒詩》十二卷、《陋軒詩續》二卷。《清史稿》卷四八四有傳。

李 家 孃 并序

【題解】

順治二年(1645),清軍南下揚州,史可法率軍民堅守不屈。四月二十五日,揚州城陷,爲報復揚州人的頑强抵抗,清軍大肆殺戮百姓,姦淫擄掠婦女。對於清軍的暴行,親歷其事的王秀楚在《揚州十日記》中作了真切具體的揭露。這首詩寫的就是揚州城破時被清兵擄掠的婦女李家孃堅貞反抗,最終自殺不屈的故事。詩中對清兵的暴行作了大膽的揭露和譴責,對李家孃的氣節則給予由衷的讚賞和歌頌。據《陋軒詩》編年,此詩作於康熙二十年(1681),是事隔多年後的追憶之作。

乙酉夏[1],兵陷郡城[2],李氏婦被掠,掠者百計求近,不屈。越七日夜,聞其夫歿,婦哀號撞壁,顱碎腦出而死,時掠者他出,歸乃怒裂婦尸,剖腹取心肺示人,見者莫不驚悼,咸稱李家孃云。

城中山白死人骨,城外水赤死人血。殺人一百四十萬[3],新城舊城內有幾人活?(一解)妻方對鏡,夫已墮首;腥刀入鞘,紅顏隨走。西家女,東家婦,如花李家孃,亦落強梁手。(二解)手牽拽語,兜離笳吹[4]。團團日低[5],歸擁曼睩蛾眉[6]。獨有李家孃,不入穹廬棲[7]。(三解)豈無利刃,斷人肌膚。轉嗔爲悅,心念彼姝[8]。彼姝孔多,容貌不如他[9]。(四解)豈是貪生,夫子昨分散,未知存與亡[10]。女伴何好,髮澤衣香,甘言來勸李家孃。(五解)李家孃,腸崩摧,簪擿磨滅[11],珠玉成灰。愁思結衣帶,千結百結解不開[12]。(六解)李家孃,坐軍中,夜深起望,不見故夫子,唯聞戰馬嘶悲風[13];又見邗溝月[14],清輝漾漾明心胸。(七解)令下止殺殘人生[15],寨外人來,殊似舅聲[16]。云我故夫子,身没亂刀兵。慟仆厚地,哀號蒼旻[17]!(八解)夫既歿,妻復何求?腦髓與壁[18],心肺與讎[19]。不嫌剖腹截頭,俾觀者觳觫若羊牛[20]。(九解)若羊若牛何人?東家婦,西家女,來日撤營北去,馳驅辛苦。鴻鵠飛上天,兔兔不離土[21]。鄉園回憶李家孃,明駝背上淚如雨[22]!(十解)

【校注】

[1]乙酉:清順治二年(1645)。　　　[2]郡城:指揚州城。揚州城陷時間是四月二十五日。　　　[3]一百四十萬:《南疆逸史·史可法傳》:"揚州士民死者屍凡八十餘萬。"當代史家認爲當時揚州城總人口不過七八十萬,這些數字不盡可信。

[4]兜離:古代西方少數民族的音樂。漢班固《東都賦》:"四夷間奏,德廣所及,僸佅兜離,罔不具集。"筦:胡笳。古代北方少數民族的管樂器。兜離、筦,在這裏皆指清軍號角。　　　[5]團團:圓形。漢班婕妤《怨歌行》:"裁爲合歡扇,團團似明月。"　　　[6]曼睩(lù 録):眼珠轉動發亮。《楚辭·招魂》:"蛾眉曼睩,目騰光些。"　　　[7]穹廬:氈帳。《史記·匈奴列傳》:"匈奴父子乃同穹廬而卧。"這裏指清兵的營壘。　　　[8]姝(shū 書):年輕美麗的女子。　　　[9]孔多:很多。以上六句擬擄掠者語氣,言並非没有利刃殺害李家孃,之所以未殺她,是因爲她很美,其他婦女容貌都不如她。　　　[10]"豈是"三句:擬李家孃語氣,言自己不是貪生怕死,之所以至今未自殺,是因爲丈夫生死未明,猶存希望。爲後來李家孃得知丈夫死訊即自殺埋下伏筆。　　　[11]箠(chuí 垂)撻:鞭打。箠,馬鞭。　　　[12]"愁思"兩句:言愁思如衣帶千結百結解不開。　　　[13]"戰馬"句:言戰馬迎風悲鳴。[14]邗(hán 韓)溝:水名。亦稱邗江,江蘇境内自揚州西北至淮安北入淮的運河。[15]"令下"句:五月初二,清軍統帥多鐸下"封刀"令,停止殺戮。　　　[16]舅:丈夫的父親。　　　[17]蒼旻(mín 民):蒼天。　　　[18]腦髓與壁:言李家孃撞墙自盡,腦髓濺在墻上。　　　[19]心肺與讎:言清兵剖開李家孃的腹部,取出心肺。[20]觳(hú 胡)觫(sù 素)若羊牛:據《孟子·梁惠王上》,梁惠王見臣下牽牛去釁鐘,曰:"舍之,吾不忍其觳觫,若無罪而就死地。"觳觫,驚恐貌。　　　[21]毚(chán 饞)兔:狡兔。《詩經·小雅·巧言》:"躍躍毚兔,遇犬獲之。"　　　[22]明駝:駱駝。駱駝卧時,腹不貼地,屈足漏明,則行千里,故稱明駝。見唐段成式《酉陽雜俎》前集卷十六。

施閏章

【作者簡介】

　　施閏章(1618—1683),字尚白,號愚山,又號蠖齋,晚號矩齋,宣城(今屬安徽)人。順治六年(1649)進士,授刑部主事,以員外郎試高等。擢山東學政,遷江西布政司參議,分守湖西道。康熙六年(1667),以裁缺歸里。十八年,召試博學鴻詞,授翰林院侍講,充《明史》纂修官,典試河南。二十二年,轉翰林院侍讀,尋病卒。詩宗漢魏盛唐,雖多反映民生疾苦之作,而風格平和,溫柔敦厚。與宋琬齊名,有"南施北宋"之稱。有《學餘堂文集》二十八卷、《學餘堂詩集》五十卷、《學餘堂外集》二卷。《清史稿》卷四八四有傳。

浮萍兔絲篇 并序

【題解】

據清談遷《北遊録·紀聞》,此詩是順治八年(1651)作者出使廣西,途經岳州時所作。浮萍,浮生在水面的萍草,因其四處漂流,常被用來比喻相聚的短暫不定。兔絲,即菟絲,俗名菟絲子,蔓生,莖細長,多纏繞在其他植物上,不易分開,故古詩中常用以比夫妻之聚合。《古詩十九首·冉冉孤生竹》:"菟絲生有時,夫婦會有宜。"這首詩開篇即運用比興手法,以浮萍、兔絲兩種意象象徵戰亂中兩對夫妻的錯位離合,故取以爲篇名。全詩借鑒了《上山采蘼蕪》等漢樂府古詩的寫法,以興起,以比結,中間多用對話敍事,古樸自然,曲折動人。

　　李將軍言:部曲嘗掠人妻[1],既數年,攜之南征,值其故夫,一見慟絶。問其夫,已納新婦,則兵之故妻也。四人皆大哭,各反其妻而去。予爲作《浮萍兔絲篇》。

　　浮萍寄洪波[2],飄飄東復西。兔絲冒喬柯[3],嫋嫋復離披[4]。兔絲斷有日,浮萍合有時[5];浮萍語兔絲,離合安可知!健兒東南征[6],馬上傾城姿[7];輕羅作障面[8],顧盼生光儀[9]。故夫從旁窺[10],拭目驚且疑;長跪問健兒[11]:"毋乃賤子妻[12]?賤子分已斷[13],買婦商山陲[14];但願一相見,永訣從此辭。"相見肝腸絶,健兒心乍悲[15]。自言"亦有婦,商山生別離[16]。我戍十餘載[17],不知從阿誰?爾婦既我鄉[18],便可會路歧[19]。"寧知商山婦[20],復向健兒啼:"本執君箕箒[21],棄我忽如遺[22]。"黄雀從烏飛,比翼長參差。雄飛佔新巢,雌伏思舊枝[23]。兩雄相顧詫,各自還其雌。雌雄一時合,雙淚沾裳衣。

【校注】

[1]部曲:古代軍隊的編制單位,此指部下。　　[2]"浮萍"句:魏曹植《浮萍篇》:"泛泛綠池,中有浮萍。寄身流波,隨風靡傾。"　　[3]罥(juàn 倦):纏繞。喬柯:高枝。　　[4]離披:散亂貌。《楚辭·九辯》:"白露既下降百草兮,奄離披此梧楸。"　　[5]"兔絲"兩句:言兔絲纏繞,難免斷裂;浮萍飄零,亦有聚時。象徵詩中夫婦的錯位離合。　　[6]健兒:軍士。　　[7]傾城:喻美女。見吳偉業《圓圓曲》注。　　[8]輕羅:質地輕薄的絲織品。障面:面紗。　　[9]光儀:光采和儀表。漢末禰衡《鸚鵡賦》:"背蠻夷之下國,侍君子之光儀。"　　[10]故夫:馬上婦人的前夫。　　[11]長跪:直身而跪。　　[12]賤子:男子自謙之稱。劉宋鮑照《代東武吟》:"主人且勿喧,賤子歌一言。"　　[13]分已斷:緣分已斷。
[14]商山:疑指山東桓臺東南之商山,亦稱鐵山。陲(chuí 垂):邊,附近。
[15]"健兒"句:言軍士見其夫婦相見情景,想起舊妻,心裏突然悲傷。
[16]生別離:《楚辭·九歌·少司命》:"悲莫悲兮生別離,樂莫樂兮新相知。"
[17]戍:當兵守邊。　　[18]我鄉:與我同鄉。　　[19]路歧:分岔口,指離別之地。晉王廙《笙賦》:"發千里之長思,詠別鶴於路歧。"也作"歧路"。唐王勃《杜少府之任蜀州》:"無爲在歧路,兒女共霑巾。"　　[20]寧知:哪知,不料。
[21]執箕帚:意即作妻子。箕,簸箕;帚,笤帚。均爲打掃工具。《國語·吳語》:"一介嫡女,執箕帚以晐姓於王宮。"　　[22]"棄我"句:《國語·楚語》:"(楚)靈不顧其民,一國棄之,如遺跡焉。"　　[23]雄飛、雌伏:《後漢書·趙典傳》:"(趙)溫字子柔,初爲京兆丞,嘆曰:'大丈夫當雄飛,安能雌伏!'"這裏借用其詞而不取其意。

【集評】

　　(清)沈德潛《國朝詩別裁集》卷三:"狀古來未有情事,以比興體出之,作漢人樂府讀可也。無書無筆人,不敢道一字。"

　　(清)葉矯然《龍性堂詩話·初集》:"奇事奇情,古意翩躚,當與《孔雀東南飛》並傳千古。"

王夫之

【作者簡介】

王夫之(1619—1692),字而農,號薑齋,又號夕堂,晚號船山病叟,學者稱船山先生,衡陽(今屬湖南)人。明崇禎十五年(1642)舉人,清兵南下,在衡山舉義兵抗清。清順治四年(1647),清兵下湖南,夫之入桂林,依瞿式耜。瞿引薦,授行人司行人。嘗三上疏劾王化澄。順治七年,桂林陷,夫之歸隱石船山,閉門著述,與黃宗羲、顧炎武並稱"清初三大儒"。詩詞亦頗具特色,詞作往往不拘音律,多用比興,寄託其故國之思。生平著述極多,後人輯有《船山遺書》,凡七十種,三百二十四卷。《清史稿》卷四八〇有傳。

玉 樓 春
白 蓮

【題解】

本詞詠白蓮,上闋通過清幽的環境烘托了白蓮的高潔與孤芳自賞,下闋則刻畫白蓮歸魂難覓的淒迷之情。全詞既是詠白蓮,也是作者品性的寫照。作者有《自題墓石》云:"抱劉越石之孤忠,而命無從致。"這首詞表達的正是這種獨抱孤忠、遺世獨立的堅貞心志。或以為是思念亡妻鄭孺人之作,亦可備一說。

娟娟片月涵秋影[1],低照銀塘光不定[2]。綠雲冉冉粉初勻[3],玉露泠泠香自省[4]。　　荻花風起秋波冷[5],獨擁檀心窺曉鏡[6]。他時欲與問歸魂,水碧天空清夜永。

《王船山詩文集·薑齋詩餘·鼓悼二集》

【校注】

[1]片月:弦月。南朝梁徐陵《走筆戲書應令》:"片月窺花簟。"秋影:唐杜牧《九日齊山登高》:"江涵秋影雁初動,與客攜壺上翠微。"　　[2]銀塘:月光映照下銀白色的池塘水面。梁簡文帝蕭綱《和武帝宴詩》:"銀塘瀉清渭。"　　[3]綠雲:指蓮葉,兼喻女人的頭髮。杜牧《阿房宮賦》:"綠雲擾擾,梳曉鬟也。"冉冉:柔弱下垂貌。宋湯恢《八聲甘州》:"正柳腴花瘦,綠雲冉冉,紅雪霏霏。"粉初勻:把蓮花

比作剛剛勻就脂粉的美人。　　　[4]泠(líng 玲)泠:清涼貌。自省:自知。
[5]荻花風:指秋風。　　　[6]檀心:檀紅色的花蕊。宋蘇軾《黃葵》:"檀心自成
暈。"曉鏡:喻清澈的塘水水面。

陳維崧

【作者簡介】

　　陳維崧(1625—1682),字其年,號迦陵,宜興(今屬江蘇)人。父貞慧,爲明末
四公子之一。維崧少侍父側,結交諸名士,又從陳子龍學詩。明亡後則顛沛流離,
客遊四方,"四十揚州,五十蘇州"(《一剪梅》)。康熙十八年(1679),薦試"博學鴻
詞"科,以一等十名授翰林院檢討,入史館參修《明史》。在館四年,病卒。工駢文,
導源庾信,氾濫於"初唐四傑",氣脈雄厚,爲清初名家。詞尤擅長,詞集收詞多至
一千六百二十九首,古今罕見其匹。其詞崇"意"主"情",少作尚多旖旎語,風華綺
麗;中歲以後則氣魄沉雄,骨力絶遒,多反映國事民生之作,有"詞史"之稱。在其
影響下,形成了"陽羨詞派"。陳廷焯《白雨齋詞話》卷四曰:"國初詞家,斷以迦陵
爲巨擘。"有《湖海樓詩集》八卷、《迦陵文集》六卷、《湖海樓詞》三十卷。《清史稿》
卷四八四有傳。

南　鄉　子

邢州道上作

【題解】

　　康熙七年(1668),作者自北京南遊開封、洛陽,此詞可能是途中所作。作者行至
易水和豫讓橋,想起當年荆軻、高漸離的燕趙悲歌和豫讓復仇之事,慷慨懷古,寫下
此詞,隱約寄託了作者的不遇之感和不平之氣。邢州即今河北邢臺。

　　秋色冷并刀[1],一派酸風捲怒濤[2]。並馬三河年少客[3],粗豪,
皂櫟林中醉射雕[4]。　　　殘酒憶荆高[5],燕趙悲歌事未消[6]。憶昨
車聲寒易水,今朝,慷慨還過豫讓橋[7]。

《迦陵詞全集》卷五

【校注】

[1]并刀:古代并州(今山西太原一帶)盛産剪刀,極爲鋒利,稱"并州剪",省稱"并刀"。宋姜夔《長亭怨慢》:"算空有并刀,難剪離愁千縷。"　　[2]一派:一片。酸風:刺眼寒風。唐李賀《金銅仙人辭漢歌》:"東關酸風射眸子。"　　[3]並馬:騎馬並行。三河:指河洛一帶。《史記·貨殖列傳》:"昔唐人都河東,殷人都河内,周人都河南。夫三河在天下之中,若鼎足,王者所更居也,建國各數百千歲。"

[4]皂櫟林:青丘(今山東益都)一帶的山林。春秋時齊景公曾打獵於此。皂,皂莢。櫟,櫟樹,一種落葉喬木。櫟,又作"櫪"。唐杜甫《壯遊》:"呼鷹皂櫪林,逐獸雲雪崗。"　　[5]荆高:荆軻、高漸離。《史記·刺客列傳》:"荆軻嗜酒,日與狗屠及善擊筑者高漸離飲於燕市,酒酣以往,高漸離擊筑,荆軻和而歌於市中,相樂也,已而相泣,旁若無人者。"　　[6]燕趙悲歌:唐韓愈《送董邵南序》:"燕趙古稱多感慨悲歌之士。"　　[7]"憶昨"三句:謂昨日剛乘車經易水,今朝又過豫讓橋,懷古而感慨良多。易水:在河北易縣。據《史記·刺客列傳》,荆軻去秦國刺秦王,出發前在易水爲歌曰:"風蕭蕭兮易水寒,壯士一去兮不復還。"豫讓橋:在今河北邢臺北。據《史記·刺客列傳》,豫讓是春秋末戰國初晉國刺客,原爲智伯家臣,智伯爲趙襄子滅後,毀身易容,多次謀刺趙襄子,最終被執自殺。

【集評】

(清)陳廷焯《詞則·放歌集》卷四:"骨力雄勁,洪鐘無纖響。不著議論,自令讀者怦怦心動。"

念 奴 嬌

讀屈翁山詩有作

【題解】

這首詞約作於康熙八年(1669)。作者因讀屈大均詩而作此詞,然詞作並不提及其詩,而是概述了屈大均的主要生平事蹟,突出其不凡經歷和倜儻豪邁的個性。全詞以屈氏遊蹤爲綫索,寫得激揚飛動,而又極爲精練簡要。其中不少句子化用屈大均的詩句,更見匠心。屈翁山即屈大均,見後作者簡介。

靈均苗裔[1],羨十年學道[2],匡廬山下[3]。忽聽簾泉隖冷瀑[4],豪氣軼於生馬[5]。亟跳三邊[6],橫穿九塞[7],開口談王霸[8]。軍中氍獵,醉從諸將遊射。　　提罷匕首入秦^[9],不禁忍俊^[10],縹緲思登華^[11]。白帝祠邊三尺雪^[12],正值玉姜思嫁^[13]。笑把嶽蓮^[14],亂抛博箭^[15],調弄如花者^[16]。歸而偕隱^[17],白羊瑶島同跨^[18]。

《迦陵詞全集》卷一八

【校注】

[1]靈均:屈原的字。苗裔:《離騷》:"帝高陽之苗裔兮。"宋朱熹注:"苗者,草之莖葉,根所生也;裔者,衣裾之末,衣之餘也。故以爲遠末子孫之稱也。"　　[2]十年學道:屈大均順治十年(1653)住廬山黄巖寺,歷時僅一年。屈大均《張二丈畫馬送予出塞詩以酬之》:"十年學道師老龍。"　　[3]匡廬:即廬山。周武王時匡俗兄弟七人結廬山中,後皆仙去,唯餘空廬,故稱匡廬。見舊題漢劉向《列仙傳》。[4]簾泉:指廬山谷簾泉。豗(huī灰):相擊。　　[5]軼:超越。生馬:唐張籍《老將》:"不怕騎生馬,猶能挽硬弓。"　　[6]亟:急。跳:疾走。《史記·荆燕世家》:"遂跳驅至長安。"三邊:漢代幽、并、凉三州,其地都在邊疆,合稱三邊。後泛指邊疆。唐李白《古風》:"誰憐李飛將,白首没三邊。"　　[7]九塞:九處險要之地。《吕氏春秋·有始》:"山有九塞……何謂九塞? 大汾、冥阸、荆阮、方城、殽、井陘、令疵、句注、居庸。"後泛指邊塞險要之地。　　[8]王霸:王業與霸業。儒家認爲,以德服人爲王業,以力服人爲霸業。屈大均《軍中》:"平生王霸略,盡與酒家胡。"

　　[9]提罷匕首入秦:《史記·刺客列傳》:"荆軻怒,叱太子曰:'何太子之遣? 往而不反者,豎子也! 且提一匕首入不測之强秦,僕所以留者,待吾客與俱,今太子遲之,請辭決矣!'"屈大均《同杜子入秦初發滁陽作》:"平生一匕首,爲子入秦來。"　　[10]不禁忍俊:即"忍俊不禁",極欲做某事而不能自已。唐趙璘《因話録》卷五:"(周戎)戲作考詞狀:當有千有萬,忍俊不禁,考上下。"　　[11]縹緲:高遠隱約貌。唐白居易《長恨歌》:"山在虛無縹緲間。"華:華山。　　[12]白帝祠:少昊爲白帝,治西嶽。　　[13]玉姜:指屈大均妻王華姜(1646—1670)。其生平概見屈大均《翁山文外》卷三《繼室王氏孺人行略》。玉,喻其美。　　[14]嶽蓮:指西嶽華山的蓮花峰。　　[15]博箭:《韓非子·外儲説左上》:"秦昭王令工施鉤梯而上華山,以松柏之心爲博,箭長八尺,棊長八寸,而勒之曰:'昭王嘗與天神博於此矣。'"屈大均《華嶽》:"鉤梯窮上下,博箭賭興亡。"　　[16]如花者:指屈大均妻王華姜。　　[17]歸而偕隱:康熙八年(1669),屈大均偕妻王華姜歸粤。[18]白羊:古時傳説有神仙號白羊公,常騎白羊來去。見《海事録》。瑶島:傳説中仙人所居之島。

賀新郎

緯夫詞

【題解】

　　此詞約作於康熙十三四年(1674、1675)。康熙十二年(1673),吳三桂叛亂,尚之信、耿精忠也相繼叛,三藩之亂起。這首詞反映的就是在這樣的背景下清廷在江南地區抓壯丁當緯夫的情景。上闋總寫清廷拜將及徵發緯夫的情形,下闋則以征夫、病婦臨歧訣別的對答結構成篇,佈局巧妙。詞作不僅反映重大歷史事件,而且在清初嚴酷的政治環境中敢於揭露清廷徵發緯夫給百姓帶來的痛苦,極爲難能可貴。一說,此詞作於順治十六年(1659)鄭成功攻南京時。

　　戰艦排江口。正天邊、真王拜印[1],蛟螭蟠鈕[2]。徵發櫂船郎十萬[3],列郡風馳雨驟[4]。歡閭左、騷然雞狗[5]。里正前團催後保[6],盡纍纍、鎖繫空倉後[7]。捽頭去[8],敢搖手[9]?　　稻花恰稱霜天秀[10]。有丁男、臨歧訣絶[11],草間病婦[12]。此去三江牽百丈[13],雪浪排檣夜吼[14]。背耐得、土牛鞭否[15]?好倚後園楓樹下,向叢祠、籲倩巫澆酒[16]。神佑我,歸田畝。

《迦陵詞全集》卷二七

【校注】

[1]天邊:指清都城北京。真王:據《史記·淮陰侯列傳》,楚漢之際,韓信平齊,藉口齊僞詐多變,自立爲"假王"以鎮之。劉邦聞之大怒,但經張良、陳平婉諫,劉邦立刻改口罵曰:"大丈夫定諸侯,即爲真王耳,何以假爲!"因封韓信爲齊王。這裏指諸親王。康熙十二年(1673)吳三桂叛,清廷命多羅順承郡王勒爾錦爲"寧南靖寇大將軍",討伐吳三桂。次年(1674)六月,命和碩康親王爲"奉命大將軍",督師浙江。九月,又遣和碩簡親王喇布爲"揚威大將軍",鎮守江南。　　[2]蛟螭(chī吃)蟠(pán盤)鈕:盤伏蛟龍形的印鈕。　　[3]櫂(zhào照)船郎:即船夫。
[4]風馳雨驟:形容各地徵發櫂船郎之急迫。　　[5]閭左:閭里左側,貧民所居。《史記·陳涉世家》:"發閭左適戍漁陽,九百人屯大澤鄉。"《索隱》:"凡居以富强爲右,貧弱爲左。"騷然雞狗:猶"雞犬不寧"。　　[6]里正:春秋時八十户爲一里,一里之長爲里正。北魏、北齊、隋、唐、宋、元皆沿稱而體制略變,明代始改稱里

長。此泛指鄉村小吏。團、保:皆指地方户籍編制單位。　　[7]纍纍:接連成串。
[8]捽(zuó琢)頭:指揪住頭髮。捽,揪住。　　[9]敢:豈敢。　　[10]秀:穀類
抽穗開花曰秀。　　[11]丁男:成年男子。臨歧:在歧路分别之地。　　[12]草
間病婦:指"丁男"的妻子。　　[13]三江:有各種説法,這裏似泛指江河。百丈:
用以牽船的篾纜。將竹劈成六瓣,以麻索連貫,用以牽船,比一般繩索堅韌耐磨。
見宋程大昌《演繁露》卷十五"百丈"條。　　[14]雪浪:大風中的大浪。大風吹
起浪花如雪,故稱。排檣怒吼:大風吹成排的桅檣的聲音好像怒吼一樣。
[15]"背耐得"句:《東京夢華録》卷六"立春":"立春前一日,開封府進春牛入禁中
鞭春。開封、祥符兩縣置春牛於府前,至日絶早,府僚打春。如方州儀。府前左右
百姓賣小春牛,往往花裝欄坐,上列百戲人物。"《魏書·甄琛傳》:"趙修小人,背如
土牛,殊耐鞭杖。"此用其意,謂能否忍受鞭打之苦。土牛:古代用以迎春的土製春
牛。　　[16]叢祠:鄉野林間的神祠。亟倩巫澆酒:意謂急忙請神巫澆酒迎神禱
告,以求神佑。唐李賀《神弦》:"女巫澆酒雲滿空。"王琦注:"女巫澆酒以迎神,而
神將降止,遂有雲滿空中。"

【集評】

　　吳世昌《詞林新話》卷五:"清初暴政,絶少形諸詩詞,此真《風》、《雅》之餘響。
迦陵不可没處正在此!"

醉　落　魄

詠　　鷹

【題解】

　　這首詞上闋突出刻畫鷹兇猛淩厲的英姿,下闋詠物而不泥於物,又以"閒狐兔"
比類人世間的姦邪小人,呼唤如猛鷹般的有力者打擊、制裁他們,抒發了作者老而未
衰的壯志豪情,和疾惡如仇的英雄氣概。

　　寒山幾堵[1],風低削碎中原路。秋空一碧無今古。醉袒貂裘,略
記尋呼處。　　男兒身手和誰賭?老來猛氣還軒舉[2]。人間多少閒
狐兔。月黑沙黄[3],此際偏思汝。

《迦陵詞全集》卷五

【校注】

[1]堵:古稱墻長、高各一丈爲一堵,此借指山。　　[2]軒舉:高揚。北周庾信《周
上柱國齊王憲神道碑》:"儀範清泠,風神軒舉。"　　　[3]月黑:無月。唐盧綸《和
張僕射塞下曲》:"月黑雁飛高,單于夜遁逃。"

【集評】

　　(清)陳廷焯《白雨齋詞話》卷三:"聲色俱厲,較杜陵'安得爾輩開其群,驅出六
合梟鸞分'之句,更爲激烈。"

　　又《詞則·放歌集》卷四:"感憤之詞,聲色俱厲。"

朱彝尊

【作者簡介】

　　朱彝尊(1629—1709),字錫鬯,號竹垞,晚號金風亭長、小長蘆釣師,秀水(今
浙江嘉興)人。早年曾參與抗清活動,失敗後漫遊四方,與屈大均、顧炎武、傅山等
遺民交往。康熙十八年(1679)應博學鴻詞,授翰林院檢討,充《明史》纂修官。二
十年,充日講起居注官。二十二年,入值南書房,旋因私挾小胥入内鈔書被劾,降
一級,後復原官。三十一年,再次罷官,遂歸里。彝尊經學深湛,是清初著名學者。
詩早年宗漢魏盛唐,晚年兼取宋人,主性情,重學問,爲清初"浙派"最突出的代表
詩人,並對有清一代詩歌重學傾向産生深遠影響。詞宗姜夔、張炎,以清空醇雅爲
歸,爲"浙西詞派"開山祖。有《經義考》三百卷、《曝書亭集》八十卷、《曝書亭外
集》八卷(馮登府輯),又編撰有《明詩綜》一百卷等。《清史稿》卷四八四有傳。

來 青 軒

【題解】

　　來青軒,在北京西山香山寺内。據《帝京景物略》,明世宗曾到香山寺,謂"西山
一帶,香山獨有翠色",後明神宗因題殿側軒曰"來青"。康熙十年(1671)正月,朱彝
尊與好友潘耒、李良年、蔡湘同遊西山,在來青軒見明帝的題匾而生故國興亡之感,

因作此詩。

　　天書稠疊此山亭[1]，往事猶傳翠輦經[2]。莫倚危欄頻北望[3]，十三陵樹幾曾青[4]。

《曝書亭集》卷八

【校注】

[1]天書：指明帝御書匾。"來青軒"、"鬱秀"、"清雅"、"望都亭"四匾皆明帝親筆。稠疊：連接不絕，言其多。　　[2]"往事"句：言明帝曾至此地的往事猶廣爲流傳。翠輦：帝王的車駕，以翠羽爲飾，故名。　　[3]"莫倚"句：唐李商隱《北樓》："此樓堪北望，輕命倚危欄。"北望：十三陵在西山北邊。　　[4]十三陵：明朝自成祖以下十三個皇帝陵墓的總稱，在今北京昌平天壽山。

【集評】

　　王文濡《清詩評注讀本》卷四："從一'青'字，生出故國興亡之感，語愈蘊藉，意愈深長。"

賣花聲

雨花臺

【題解】

　　此詞詠雨花臺，實則是弔古傷今之作。雨花臺所在地南京曾是六朝故都，當時何等繁華，如今經過明清易代的滄桑，已是觸目荒涼。再加上南京也曾是明朝的開國都城，明末福王也曾在此建都。作爲一度以明朝遺民自居，並親身參與反清復明活動的詞人，登臨此地，怎能不感慨繫之！雨花臺，在今江蘇南京市區南，相傳梁武帝時，雲光法師講經於此，凡講經時，天花墜落如雨，故名雨花臺。

　　衰柳白門灣[1]，潮打城還[2]。小長干接大長干[3]。歌板酒旗零落盡[4]，剩有漁竿。　　秋草六朝寒，花雨空壇。更無人處一憑欄[5]。燕子斜陽來又去[6]，如此江山！

《曝書亭集》卷二四

【校注】

[1]白門灣：當指白門附近的長江江干。白門，南朝宋都城建康城（今南京）西門，西方金，金氣白，故稱白門。後遂稱其地爲白門。　　[2]潮打城還：唐劉禹錫《石頭城》：“山圍故國周遭在，潮打空城寂寞迴。”城，指古石頭城，在南京清凉山一帶。[3]小長干接大長干：《六臣注文選·吳都賦》注：“江東謂山岡間爲干。建鄴之南有山，其間平地，吏民居之，故號爲干。中有大長干，小長干，皆相屬，疑其居稱干也。”　　[4]歌板：即拍板，用以定歌曲節拍的打擊樂器，代指歌場。酒旗：酒簾，舊時酒家的標誌，代指酒家。歌板酒旗，都是繁華都市的典型標誌。唐李賀《酬答二首》之二：“試問酒旗歌板地，今朝誰是拗花人。”　　[5]更無句：五代李煜《浪淘沙》：“獨自莫憑欄，無限江山。”　　[6]燕子斜陽：劉禹錫《烏衣巷》：“朱雀橋邊野草花，烏衣巷口夕陽斜。舊時王謝堂前燕，飛入尋常百姓家。”

【集評】

（清）陳廷焯《雲韶集》卷十五：“氣韻沉雄……結得妙，妙在其味不盡。”

（清）譚獻《篋中詞·今集》卷二：“聲可裂竹。”

長亭怨慢

雁

【題解】

這首詞可能作於康熙初年作者客遊山西之時。詞詠雁而全篇不見一雁字，多用與雁有關的詩詞、成語及意象，突出大雁南來北往的飄零，“驚疑莫定”的惶恐。聯繫作者早年抗清失敗後賓士南北、棲身不定的經歷，詞中“紫塞門孤，金河月冷”的環境，“祇戀江南住”的眷戀、“恨難訴”的心緒，不難體會其中寄寓的身世之感、故園之思和家國之恨。

結多少、悲秋儔侶[1]。特地年年，北風吹度[2]。紫塞門孤[3]，金河月冷[4]，恨誰訴？迴汀枉渚，也只戀、江南住。隨意落平沙[5]，巧排作、參差箏柱[6]。　　別浦[7]，慣驚移莫定[8]，應怯敗荷疏雨。一繩雲杪[9]，看字字懸針垂露[10]。漸敧斜、無力低飄，正目送、碧羅天暮[11]。寫不了相思[12]，又蘸凉波飛去[13]。

【校注】

[1]悲秋儔侶:清王士禛《秋柳》:"相逢南雁皆愁侶。"　　　[2]北風吹度:唐張繼《馮翊西樓》:"北風吹雁聲能苦。"　　　[3]紫塞:指雁門塞,塞在今山西代縣西北雁門山上,兩峰對峙,雁度其間,故名雁門。　　　[4]金河:水名。即今内蒙古大黑河。唐駱賓王《秋雁》:"陣去金河冷,書歸玉塞寒。"　　　[5]落平沙:宋吴芾《泛舟歸自郡中舟中偶成》:"數峰排絶岸,一雁落平沙。"平沙,廣漠的沙原。　　　[6]箏柱:古箏十三絃,每絃用一柱支撑,柱可以左右移動以調節音高。箏柱斜列,如飛雁般,故古人多以雁行喻箏柱。如唐李商隱《昨日》:"十三絃柱雁行斜。"這裏反以箏柱喻雁行。　　　[7]別浦:指群雁新的棲息處所。唐杜甫《重送劉十弟判官》:"別浦雁賓秋。"　　　[8]驚移:受驚而飛移。唐齊己《蟬八韻》:"静息深依竹,驚移瞥過樓。"　　　[9]一繩雲杪(miǎo秒):大雁排成一字形,猶如一根繩子高懸雲端。杪,末端。　　　[10]懸針垂露:書法名詞。楷書豎畫下端出鋒的,其尖如針,故名懸針;不出鋒的,其圓如露,故名垂露。唐孫過庭《書譜》:"懸針垂露之異。"此處又暗用雁足傳書的典故。　　　[11]碧羅天:猶"碧雲天"。唐劉禹錫《春日書懷寄東洛白二十二楊八二庶子》:"遊絲撩亂碧羅天。"　　　[12]寫不了相思:宋張炎《水龍吟》:"雁書不盡相思字。"　　　[13]蘸凉波:宋蔣捷《蝶戀花》:"紅低欲蘸凉波淺。"

【集評】

　　(清)陳廷焯《白雨齋詞話》卷三:"感慨身世,以凄切之情,發哀婉之調,既悲凉,又忠厚,是竹垞直逼玉田之作,集中亦不多見……漁洋《秋柳》詩云:'相逢南雁皆愁侶,好語西烏莫夜飛。'同此哀感……相逢南雁,實有所指也。"

　　又《雲韶集》卷十五:"起筆神來。竹垞詠物諸篇,大率寓身世之感。"

桂　殿　秋

【題解】

　　作者早年曾對其妻妹馮壽常産生過一段難忘的戀情,爲之寫下著名的《風懷二百韻》。這首詞可能也是追憶某次與她同舟共載的情景而作。因爲這段戀情爲傳統禮教所不容,無法公開,故兩人雖"共眠一舸",近在咫尺,也祇能無奈地"各自寒"而已。而即便如此,詞人的追憶依然甜美。詞寫得極爲蓄婉約,耐人尋味。

　　思往事,渡江干^[1]。青蛾低映越山看^[2]。共眠一舸聽秋雨^[3],小簟輕衾各自寒^[4]。

《曝書亭集》卷二四

【校注】

[1]江干:江邊。　　[2]青蛾:女子眉黛,此喻指遠山。越山:浙江一帶的山。江水低映越山的倒影,宛如女子眉黛。唐李白《擬古》:"融融白玉輝,映我青蛾眉。"[3]"共眠"句:唐韋莊《菩薩蠻》:"春水碧於天,畫船聽雨眠。"　　[4]小簟:短小的涼席。

【集評】

　　(清)譚獻《篋中詞·今集》卷一:"單調小令,近世名家,復振五代、北宋之緒。"

　　(清)況周頤《蕙風詞話》卷五:"或問國初詞人,當以誰氏爲冠? 再三審度,舉金風亭長對。問佳構奚若? 舉《搗練子》(按:即《桂殿秋》)云。"

　　(清)丁紹儀《聽秋聲館詞話》卷二:"史梅溪《燕歸梁》云:'獨臥秋窗桂未香,怕雨點飄凉。玉人袛在楚雲旁。也著淚,過昏黄。　　西風今夜梧桐冷,斷無夢,到鴛鴦。秋鉦二十五聲長,請各自,耐思量。'竹垞太史仿其意,而變其辭爲《桂殿秋》云:'思往事,渡江干。青蛾低映越山看。共眠一舸聽秋雨,小簟輕衾各自寒。'較梅溪詞尤含意無盡。"

屈大均

【作者簡介】

　　屈大均(1630—1696),初名紹隆,字翁山,番禺(今屬廣東)人。明諸生。南明永曆時,曾謁永曆於肇慶,上中興六大典書。清順治七年(1650),清兵陷廣州。次年,大均即投入抗清鬥爭中。失敗後在番禺海雲寺削髮爲僧,法號今種。逾年,出遊大江南北,遍交豪傑,聯絡鄭成功入鎮江攻南京。鄭敗,大均歸里,還俗更今名。康熙四年(1665),再次北遊關中,交顧炎武、傅山等志士,不忘恢復。八年,歸粵。十二年,三藩事起,大均參加吳三桂反清活動。不久,失望而歸,隱居讀書著述。

工詩,師法屈原、李白,慷慨有奇氣,富於浪漫色彩,與陳恭尹、梁佩蘭並稱"嶺南三大家"。有《道援堂詩集》十三卷、《翁山詩外》十九卷、《翁山文外》十六卷、《騷屑詞》一卷等。《清史稿》卷四八四有傳。

于忠肅墓

【題解】

于謙曾以兵部右侍郎巡撫河南、山西。"土木之變"時,英宗被瓦剌俘獲,他力排南遷之議,堅請固守,進兵部尚書,擁立朱祁鈺爲帝,率軍民保衛北京城,破瓦剌之軍,加少保,總督軍務。也先挾英宗逼和,他以社稷爲重君爲輕,不許。也先以無隙可乘,被迫釋放英宗。英宗復辟後以"謀逆罪"於天順元年(1457)將于謙殺害。成化二年(1466),憲宗皇帝特詔追認復官,弘治二年(1489年)謚"肅湣",萬曆十八年(1590)時改謚"忠肅"。《明史》卷一七〇載,于謙死後,"都督同知陳逵感謙忠義,收遺骸殯之。逾年,歸葬杭州"。屈大均順治十四年第一次北游,曾到過江南一帶,詩應作於此次北游期間。

一代勳猷在[1],千秋涕淚多。玉門歸日月[2],金券賜山河[3]。暮雨靈旗卷[4],陰風突騎過[5]。墓前頻拜手,願借魯陽戈[6]。

《翁山詩外》卷五

【校注】

[1]勳猷(yóu 由):偉大的楷模。勳,功勞卓著。猷,法則。　　[2]"玉門"句:指于謙護國之功。玉門:猶言宮闕。日月:或爲"明"之拆分。　　[3]金券:帝王賜予大臣的信物。《北史》卷八五《節義傳·堯君素》敍朝廷又賜金券,待以不死。君素卒無降心。其妻又至城下,謂曰:"隋室已亡,何苦取禍?"君素曰:"天下事非婦人所知。"引弓射之,應弦而倒。君素亦知事必不濟,每言及隋國,未嘗不歔欷。常謂將士曰:"吾是藩邸舊臣,至於大義,不得不死。"屈大均或用此典激勵人心。[4]靈旗:據《漢書》卷二五載漢武帝爲伐南越,禱告泰一,以牡荆畫幡日月北斗登龍,以象太一三星,稱之爲靈旗。這裏代指抗清的旗幟。　　[5]突騎:指突擊襲敵的騎兵。　　[6]魯陽戈:《淮南子·覽冥訓》:"魯陽公與韓搆難,戰酣,日暮,援戈而撝之,日爲之反三舍。"後用以比喻人力回天,此處則表現抗清復明的堅定信念。

【集評】

　　（清）陳田《明詩紀事》辛籤卷十一：陳田按："翁山五言詠古詩,突兀奇崛,多不經人道語；七律雄宕豪邁；五律雋妙圓轉,一氣相生,有明珠走盤之妙。"

長 亭 怨

與李天生冬夜宿雁門關作

【題解】

　　清康熙元年(1662),吳三桂殺南明桂王,鄭成功也已往臺灣,公開的抗清活動基本平息。但屈大均仍未斷絕復明希望,於康熙四年(1665)再度北上,鄔慶時《屈大均年譜》引其母屈風竹語云："先生知山陝之間,僻處一隅,汪腟甚防閑,有志之士,多匿處以圖恢復,因與杜蒼略入陝聯絡。顧亭林、李天生、朱竹垞、傅青主等先後集太原,定計分進。送顧、李出雁門之後,先生亦即南歸,遍游廣東南路,事雖未成,而其志可知矣。"詞所敍即此行中事。

　　記燒燭、雁門高處[1]。積雪封城,凍雲迷路。添盡香煤,紫貂相擁夜深語。苦寒如許,難和爾、淒涼句[2]。一片望鄉愁,飲不醉[3],壚頭駝乳[4]。　　無處,問長城舊主,但見武靈遺墓[5]。沙飛似箭,亂穿向,草中狐兔[6]。那能使[7]、口北關南[8],更重作[9],并州門户[10]。且莫弔沙場[11],收拾秦弓歸去[12]。

《翁山詩外》卷一八

【校注】

[1]記:丁紹儀《聽秋聲館詞話》卷十六引此詞,"記"作"正"(以下除注明者外,"一作"均指此書)。"記"與"正",時態不同,意味有別。揆情度理,全詞係追憶之語,當以"記"爲妥。雁門:山西代縣西北有雁門山,山勢險要,上有關口,謂之雁門關。
[2]難:一作"誰"。　　　[3]飲不醉:《全清詞鈔》作"醉不到"。　　　[4]壚:一作"爐",不確。壚頭指酒店安放酒甕、酒罈的臺子。李白《送別》詩："斗酒渭城邊,壚頭醉不眠。"(《滄浪詩話》謂此詩"乃岑參之詩誤入。")駝乳:疑爲酒名。
[5]長城舊主:指下面的"武靈",即趙武靈王(？—前295),戰國時趙國君,曾攻破胡林、樓煩,國勢大盛。　　　[6]"亂穿向"二句:一作"多少,草間狐兔"。或謂"狐兔"喻指清兵。　　　[7]那能使:一作"欣此後"。　　　[8]口北關南:指張家口以

北,雁門關以南。　　　[9]更重作:一作"不須峻"　　　[10]并州門户:古九州之一,歷代轄區不一,大致包括山西及周邊地區。此句謂不能使"口北關南"作爲清朝統治内地的門户,隱含不甘亡國,圖謀恢復之心機。　　　[11]"且莫"句:一作"更莫射黄獐"。　　　[12]秦弓:一作"楚弓",應以"秦弓"爲是,指秦地所産弓。《楚辭·國殤》有"帶長劍兮挾秦弓,首身離兮心不懲"。

【集評】

　　(清)丁紹儀《聽秋聲館詞話》卷十六:"番禺屈翁山,國初披緇爲僧,繼返初服。所著《道援堂集》,頗近青蓮,顧多觸犯本朝語,嘉慶以來書禁弛,其集始行……集後附詞一卷,遠不如詩,可存者數詞而已……《冬夜與李天生宿雁門關[長亭怨慢]》云:"正燒燭、雁門高處。積雪封城,凍雲迷路。添盡香煤,紫貂相擁,夜深語。苦寒如許,誰和爾、凄凉句。一片望鄉愁,飲不醉、鑪頭駝乳。無處。問長城舊主,但見武靈遺墓。沙飛似箭,多少、草間狐兔。欣此後、口北關南,不須峻、并州門户。更莫射黄獐,收拾楚弓歸去。"

　　(清)郭則澐《清詞玉屑》卷二:"順康才士,抗懷藐世者,無如屈翁山。初披緇爲僧,旋返儒服,漫游南北,所交盡遺逸。其《道援堂集》多觸時忌語,附詞一卷,有《冬夜與李天生宿雁門關[長亭怨慢]》云云,蓋已灰心匡復,而未改灌夫口吻。"

通州望海

【題解】

　　康熙十二年(1673),三藩之亂起,作者即從軍湖南,希望藉以反清復明。十四年,又監軍桂林。十五年,知吳三桂不足成事,失望歸粵。三藩之亂平息後,清爲追查逆黨,作者友人陳恭尹即因曾爲尚之信延攬而下獄。因此,作者於康熙十八年避地江南。是年於南通州眺望茫茫大海,感慨而作此詩。此時清朝的統治已經相當穩固,作者感到恢復希望十分渺茫。通州指南通州,即今江蘇南通。

　　狼山秋草滿[1],魚海暮雲黄[2]。日月相吞吐,乾坤自混茫[3]。乘槎無漢使[4],鞭石有秦皇[5]。萬里扶桑客[6],何時返故鄉。

《屈大均全集·翁山詩外》卷六

【校注】

[1]狼山:在江蘇南通南,居江、海之際,與常熟福山對峙,爲海防重鎮。傳説曾有白狼踞其上,故名狼山。　　[2]魚海:此處泛指大海。　　[3]乾坤:天地。唐杜甫《登岳陽樓》:"吴楚東南坼,乾坤日夜浮。"　　[4]"乘槎"句:據《荆楚歲時記》,傳説漢武帝令張騫使大夏尋河源,乘槎經月而至銀河。　　[5]"鞭石"句:《藝文類聚》卷七九引《三齊略記》:"(秦)始皇作石橋,欲過海觀日出處。於時有神人能驅石下海……石去不速,神人輒鞭之,盡流血,石莫不悉赤。"這裏指國内處於清人暴政之中。　　[6]扶桑客:疑指抗清不成避地日本的朱之瑜等。扶桑,古國名,即日本。

王士禎

【作者簡介】

　　王士禎(1634—1711),字子真,一字貽上,號阮亭,別號漁洋山人,新城(今山東桓臺)人。雍正時避諱改稱士正,乾隆中詔改爲士禎。順治十五年(1658)進士,次年任揚州推官,後官至刑部尚書。乾隆中追謐"文簡"。士禎早年即受前輩詩人錢謙益獎掖,許其與己代興。康熙年間主盟文壇達半個世紀之久,影響極大。其詩初宗漢魏盛唐,"中歲越三唐而事兩宋"(俞兆晟《漁洋詩話序》),晚年復以盛唐爲歸,尤喜王、孟清音。提倡神韻之説,標舉"羚羊掛角,無跡可求"、"不着一字,盡得風流"的審美理想,輯《唐詩三昧集》宣揚其説。平生著述甚豐,有《帶經堂全集》九十二卷、《池北偶談》二十六卷、《居易録》三十四卷等數十種。《清史稿》卷二六六有傳。

秋　　柳

其　　一

【題解】

　　作者《菜根堂詩集序》:"順治丁酉秋,予客濟南。時正秋賦,諸名士雲集明湖。一日,會飲水面亭,亭下楊柳十餘株,披拂水際,綽約近人。葉始微黄,乍染秋色,若有搖落之態。予悵然有感,賦詩四章,一時和者數十人。"則《秋柳》詩作於順治十四年(1657)秋,共四首,此爲第一首。詩寫秋柳的搖落憔悴之態,意象跳躍,若斷若續,風神搖曳,情韻清遠,通過與柳有關的幾個典故,烘托出一種隱隱的惆悵感。而所感何事? 則衆説紛紜。或以爲弔明亡之作,或以爲乃爲明福藩故妓而作,似皆難於實指。而詩意的朦朧不確,也正是神韻詩的特點之一。

秋來何處最銷魂? 殘照西風白下門[1]。他日差池春燕影[2],祇今憔悴晚煙痕。愁生陌上黄驄曲[3],夢遠江南烏夜村[4]。莫聽臨風三弄笛[5],玉關哀怨總難論[6]。

《漁洋精華録集釋》卷一

【校注】

[1]殘照西風:唐李白《憶秦娥》:"西風殘照,漢家陵闕。"白下門:六朝時建康(今江蘇南京)城西門。又稱白門。李白《楊叛兒》:"何許最關人,烏啼白門柳。"

[2]他日:當日。差(cī疵)池:不齊貌。《詩經·邶風·燕燕》:"燕燕于飛,差池其羽。"劉宋沈約《陽春曲》:"楊柳垂地燕差池。"　　[3]黄驄(cōng 驄)曲:據《新唐書·禮樂志》,唐太宗有愛馬名黄驄驃,死於征高麗途中,太宗頗爲哀惜,命樂工製《黄驄疊曲》。　　[4]烏夜村:據宋范成大《吳郡志》卷九,晉穆帝的皇后爲何準之女,出生時,群烏夜集而啼,因名其村爲烏夜村。　　[5]三弄笛:《世説新語·任誕》:"王子猷出都,尚在渚下,舊聞桓子野善吹笛,而不相識。遇桓於岸上過,王在船中,客有識之者,云:'是桓子野。'王便令人與相聞云:'聞君善吹笛,試爲我一奏。'桓時已貴顯,素聞王名,即便迴,下車,踞胡牀,爲作三調。弄畢,便上車去,客主不交一言。"　　[6]玉關:玉門關,在今甘肅敦煌西南。唐王之渙《涼州詞》:"羌笛何須怨楊柳,春風不度玉門關。"

【集評】

(清)伊應鼎《漁洋山人精華録會心偶筆》:"古之白下,六朝興亡之地。殘照西風,是何景象? 他日差池,祇今憔悴,蓋亦樂極哀來之喻。陌上黄驄,愁隨征馬;江南夢遠,永無歸期。睹此柳色,真不啻聽臨風之弄笛,而腸斷於玉關之不得生入也。"

(清)陳廷焯《白雨齋詞話》卷三:"新城《秋柳》四章,純是滄桑之感。"

(日)近藤元粹《評注國朝六家詩鈔》卷三:"頷聯有淒絶之致。"

再過露筋祠

【題解】

　　此詩作於順治十七年(1660)夏,作者時任揚州推官。露筋祠在今江蘇高郵,俗稱仙女廟。宋王象之《輿地紀勝》載:"露筋廟去城三十里。舊傳有女夜過此,天陰蚊盛,有耕夫田舍在焉。其嫂止宿。姑曰:'吾寧處死不可失節。'遂以蚊死,其筋見焉。"實則此乃後人訛傳附會,祠本爲祭祀五代將領路金而建(參見清徐昂發《畏壘筆記》卷四十)。作者仍本流傳故事作此詩,但採取了避實就虛之法,僅首句寫祠中神像,餘三句皆寫祠外之景。通過景色的清美皎潔,又隱隱襯託出露筋女之貞潔。全詩含蓄蘊藉,"不粘不脱,不即不離",是典型的神韻詩風。

　　翠羽明璫尚儼然[1],湖雲祠樹碧如煙。行人繫纜月初墮[2],門外野風開白蓮。

《漁洋精華録集釋》卷一

【校注】

[1]"翠羽"句:魏曹植《洛神賦》:"或採明珠,或拾翠羽。"翠羽:指頭飾。《異物志》:"翡赤而翠青,其羽可以爲飾。"亦可用以喻美人之眉。晉傅玄《艷歌行》:"蛾眉分翠羽,明目發清揚。"明璫:指耳環。耳珠曰璫。曹植《洛神賦》:"獻江南之明璫。"儼然:宛然如真。唐李群玉《黃陵廟》:"二女容華自儼然。"　　[2]繫纜:繫船索,停泊船隻。月初墮:化用陸龜蒙詩句。作者在《漁洋詩話》中自謂:"余謂陸魯望'無情有恨何人見,月白風清欲墮時',二語恰是詠白蓮詩,移用不得……在廣陵,有題露筋祠絶句……正擬其意。"

【集評】

　　(清)沈德潛《國朝詩別裁集》卷四:"闡揚貞烈,易入於腐,故以題外著意法行之。高郵遠近俱種白蓮,二語得陸天隨'月曉風清欲墮時'意。"

　　(清)朱庭珍《筱園詩話》卷四:"以神韻制勝,意味深遠,含蓄不露,阮亭集中最上乘也。"

　　(清)陸以湉《冷廬雜識》卷一:"王阮亭尚書《題露筋祠》詩……論者推爲此題絶唱。按:米襄陽《露筋祠碑》云:'神姓蕭,名荷花。'詩不即不離,天然入妙,故後來作者,皆莫之及。"

真州絕句

其　　四

【題解】

　　真州:今江蘇儀徵。《真州絕句》組詩作於康熙元年(1662)作者任揚州推官時,共五首。此爲第四首,寫岸上的景物和漁家的生活。江邊柳陌菱塘間,稀稀疏疏住着一些打魚的人家。夕陽西下,風漸平静之時,漁家們在半江紅樹之下悠閒地賣着鱸魚。景致本屬平常,但寫來卻充滿詩情畫意。尤其是後兩句,傳誦一時,"江淮間多寫爲圖畫"(《漁洋詩話》)。

　　江干多是釣人居[1],柳陌菱塘一帶疏[2]。好是日斜風定後,半江紅樹賣鱸魚[3]。

《漁洋精華録集釋》卷二

【校注】

[1]江干:江邊。釣人居:此指漁家屋舍。　　　[2]柳陌:植柳之路。　　　[3]紅樹:晚霞映照,江邊之樹仿佛被染成紅色,故稱"紅樹"。

【集評】

　　(清)伊應鼎《漁洋山人精華録會心偶筆》:"此詩乃先有第四句而足成之者也。適然遇此佳景,適然得此佳句,而以前三句成篇,此詩家請客之法也。但主客須要相配,如一句未工,一字未穩,便如嵇、阮輩與屠沽兒相厠也。試看此四句,色色俱精,卻又一氣呵成,直如天造地設,所謂大匠運斤成風,欲求斧鑿之痕,了不可得。"

　　(清)宗梅岑《讀阮亭先生真州絕句漫作》:"板橋山色晚秋初,楚澤真州畫不如。我愛新城詩句好,半江紅樹賣鱸魚。"

江上望青山憶舊

其　　一

【題解】

　　青山:山名,在今江蘇儀徵西南。南臨長江,山色常青,故名"青山"。據《漁洋自撰年譜》,順治十七年(1660)八月,充江南鄉試同考官,赴江寧(今江蘇南京),船過儀徵青山,曾作《青山》一絕。次年三月,作者又因事赴江寧,再次路過青山,追憶舊遊而作此詩。共有兩首,此爲第一首。

　　揚子秋殘暮雨時[1],笛聲雁影共迷離[2]。重來三月青山道[3],一片風帆萬柳絲。

《漁洋精華録集釋》卷二

【校注】

[1]"揚子"句:此句追憶舊遊情景。揚子:即揚子江,長江在揚州、鎮江之間的一段河流稱揚子江。去歲過青山在八月,故云"殘秋";其時有雨,故云"暮雨"。據作者《青山》"晨雨過青山"語,則舊遊似非日暮之時,然亦不必膠柱鼓瑟。　　[2]"笛聲"句:此句亦追憶舊遊情景。　　[3]"重來"句:作者去歲曾過青山,今又再至,故云"重來";時值三月,故云"三月"。

【集評】

　　(清)伊應鼎《漁洋山人精華録會心偶筆》:"上二句是追憶庚子八月渡江之景;下二句是寫眼前重來所見。一晝一夜,花開則謝;一秋一春,物故如新。俯仰之間,頓成陳跡。不知再來又是如何,良足興慨也。"

浣　溪　沙

紅橋同籜庵、茶村、伯璣、其年、秋巖賦

其　　一

【題解】

　　據作者《紅橋遊記》,這首詞作於康熙元年(1662)六月十五日,時作者在揚州推官任内。詞共三首,此爲第一首。寫紅橋一帶的優美景色,並抒發歷史感慨。紅橋故址在今揚州西北。清吳綺《揚州鼓吹詞序》:"紅橋在城西北二里,崇禎間,形家設以鎖水口者。朱欄數丈,遠通兩岸,彩虹卧波,丹蛟截水,不足以喻。而荷香柳色,曲檻雕楹,鱗次環繞,綿亘十餘里。春夏之交,繁絃急管,金勒畫船,掩映出没於其間,誠一郡之舊觀也。"籜庵即袁于令(1592—1674),又名韞玉,字令昭,號籜庵,江蘇吳縣人。有傳奇《西樓記》。茶村即杜濬(1611—1687),字于皇,號茶村,湖北黄岡人。有《變雅堂詩集》。伯璣即陳允衡(?—1672),字伯璣,江西建昌人。有《愛琴館集》。

其年即陳維崧,已見前。秋巖疑爲秋厓之訛。朱克生(1631—1679),字周楨,一字念
菽,號秋厓,江蘇寶應人。有《朱秋厓先生詩集》。諸人和作皆見作者與鄒祗謨合選
《倚聲初集》卷三,可參閱。

　　北郭清溪一帶流^[1],紅橋風物眼中秋。綠楊城郭是揚州^[2]。
　　西望雷塘何處是^[3]?香魂零落使人愁^[4]。澹煙芳草舊迷樓^[5]。

《衍波詞》

【校注】

[1]北郭:城北,即紅橋所在地。清溪:作者《紅橋遊記》:“出鎮淮門,循小秦淮折
而北,陂岸起伏多態,竹木翁鬱,清流映帶,人家多因水爲園。”　　[2]綠楊:指揚
州隋堤楊柳。《開河記》:“(煬帝欲至廣陵)時恐盛暑,翰林學士虞世基獻計,請用
垂柳栽於汴渠兩堤上。……詔民間有柳一株,賞一縑。百姓競獻之。……帝御筆
賜垂柳姓楊,曰楊柳也。”　　[3]雷塘:隋煬帝墓所在地,故址在今揚州西北。
《隋書·煬帝紀》:“(義寧二年)上崩於温室……葬吳公臺下。……大唐平江南之
後,改葬雷塘。”唐杜牧《揚州三首》之一:“煬帝雷塘土,迷藏有舊樓。”　　[4]香
魂:指死去的隋宮人。揚州城西有玉鈎斜,傳説爲隋煬帝葬宮女處。　　[5]迷
樓:隋煬帝行宫,故址在今揚州西北。唐馮贄《南部煙花記》:“迷樓凡役夫數萬,經
歲而成。樓閣高下,軒窗掩映,幽房曲室,玉闌朱楯,互相連屬。帝大喜,顧左右
曰:‘使真仙游其中,亦當自迷也,可目之曰迷樓。’”

【集評】

　　(清)譚獻《篋中詞·今集》卷一:“名貴。”

　　(清)陳廷焯《詞則·大雅集》卷五:“字字騷雅,漁洋小令之工,直逼五
代、北宋。‘綠楊’七字,江淮間取作畫圖。鄒程村云:‘衹“綠楊城郭”一句,
抵多少江都賦詠。’”

查慎行

【作者簡介】

查慎行(1650—1728),原名嗣璉,字夏重,後改今名,字悔餘,號他山,又號查田,晚年築初白庵,故又號初白,海寧(今屬浙江)人。早年曾從軍西南,後游學四方,就讀國子監。康熙二十八年(1689),因在國喪期間觀演《長生殿》,被革去太學生籍。三十二年,舉鄉試。康熙東巡,以陳廷敬薦,詔詣行在賦詩,又詔隨入都,入值南書房。四十二年,賜進士出身,選庶吉士,官翰林院編修,充武英殿書局校勘。五十二年,乞病歸。雍正四年(1726),因弟查嗣庭文字獄,闔門入獄,次年,特許放歸,旋病卒於家。少從學黃宗羲,精通《易經》。詩宗宋人,尤喜蘇軾,風格明快暢達,雄放恣肆,擅長白描,時見理趣,“得宋人之長,而不染其弊”(《四庫全書總目·敬業堂集》提要)。有《敬業堂集》五十卷。《清史稿》卷四八四有傳。

中秋夜洞庭湖對月

【題解】

康熙二十一年(1682),作者自貴州回老家海寧,八月十四日,船過洞庭湖時遇風雨,阻留湖中兩日。此詩即中秋夜在湖中所作,寫中秋夜湖上月出景象。全詩有敍述,有描寫,想像奇特,自然流暢,頗得蘇軾詩歌的神韻。

　　長風靄雲莽千里[1],雲氣蓬蓬天冒水[2]。風收雲散波乍平,倒轉青天作湖底[3]。初看落日沉波紅[4],素月欲昇天斂容[5]。舟人回首盡東望,吞吐故在馮夷宮[6]。須臾忽自波心上,鏡面橫開十餘丈[7]。月光浸水水浸天,一派空明互迴蕩。此時驪龍潛最深,目炫不得銜珠吟[8]。巨魚無知作騰踔[9],鱗甲一動千黄金。人間此境知難必,快意翻從偶然得。遥聞漁父唱歌來,始覺中秋是今夕。

《敬業堂詩集》卷四

【校注】

[1]“長風”句:前一日洞庭湖風雨很大,見作者《八月十四夜洞庭舟中風雨再寄德尹黔南》、《洞庭湖阻風歌》。靄雲:陰雲。莽:茫茫無際。　　　[2]蓬蓬:繁盛貌。

冒:覆蓋,蒙罩。　　　[3]"倒轉"句:謂湖水平静,倒映青天,青天如在湖底。
[4]沉波紅:洞庭湖遼闊無垠,遠看落日猶如沉入水中,湖面泛起紅光。　　　[5]天
斂容:擬人説法,謂月之將昇,天亦仿佛爲之斂容肅静以待。斂容,整肅其容。
[6]"吞吐"句:言洞庭湖遼闊無垠,明月猶如從水底昇起,此時將昇未昇,故雲吞
吐。故:原來。馮夷宫:即河神的宫殿,此指洞庭湖底。馮夷,又名冰夷、馮遲,傳
説中的河神。　　　[7]"鏡面"句:言明月初昇,水面光亮如鏡面。　　　[8]"此時"
二句:言月色明亮,驪龍爲之目炫,故深藏湖底,不再銜珠而吟。《莊子·列禦寇》:
"夫千金之珠,必在九重之淵,而驪龍頷下。"唐杜甫《渼陂行》:"此時驪龍亦吐
珠。"　　　[9]騰踔(chuō 戳):飛騰跳躍。

舟夜書所見

【題解】

　　康熙二十七年(1688)二月,作者陪同抱恙的外舅從北京回海寧老家,途中作此
詩。詩歌寫夜晚舟中即景所見,清新活潑,富有生趣。舟夜,在舟中過夜。

　　月黑見漁燈[1],孤光一點螢[2]。微微風簇浪[3],散作滿河星。

《敬業堂詩集》卷九

【校注】

[1]月黑:無月。　　　[2]孤光:單獨的燈光。南朝梁沈約《詠湖中雁》:"單泛逐孤
光。"　　　[3]簇:叢聚。

納蘭性德

【作者簡介】

　　納蘭性德(1655—1685),原名成德,後避太子保成(後改名胤礽)諱改今名,字
容若,號楞迦山人,滿洲正黄旗人。權相明珠長子。康熙十年(1671)舉人,十五年
進士,選授三等侍衛,後循遷至一等侍衛,出入扈從,深得康熙帝隆遇。二十四年,
以寒疾卒,年僅三十一。生平愛才好客,所與游皆一時名士,與顧貞觀、嚴繩孫、陳

維崧、姜宸英尤爲契厚。納蘭雖長於貴冑之家,而性多愁善感,所作類多婉麗凄清之調。詩詞皆工,詞尤擅長,其詞真摯自然,風格接近李煜,有"李重光後身"之稱。況周頤尊之爲"國初第一詞手"(《蕙風詞話》卷五);王國維更尊之爲"北宋以來,一人而已"(《人間詞話》)。著有《通志堂集》十八卷,詞集有《側帽集》,後增補爲《飲水詞》。《清史稿》卷四八四有傳。

長 相 思

【題解】

作者在康熙二十一年(1682)二月作爲御前侍衛扈從康熙東巡,出山海關至東北,途中作此詞。經過"山一程,水一程"的長途跋涉,本已勞累疲憊,但在荒凉的塞外,思念家鄉故園,徹夜難眠。妙在明明是"鄉心"(思鄉之心)擾人清夢,卻偏偏説風雨之聲聒碎鄉心而夢不成,含蓄蘊藉,語淡而情深。此詞也透露了作者對扈從生涯的厭倦心緒。

　　　山一程,水一程,身向榆關那畔行[1]。夜深千帳燈。　　風一更,雪一更,聒碎鄉心夢不成[2]。故園無此聲。

《納蘭詞箋注》卷一

【校注】

[1]榆關:又稱渝關,即山海關。在今河北秦皇島東北。那畔:那邊,此處指關外。
[2]聒(guō 郭):喧擾嘈雜。宋柳永《爪茉莉·秋夜》:"殘蟬噪晚,甚聒得、人心欲碎。"

【集評】

王國維《人間詞話》:"'明月照積雪','大江流日夜','中天懸明月','長河落日圓',此種境界,可謂千古壯觀。求之於詞,唯納蘭容若塞上之作,如《長相思》之'夜深千帳燈'……差近之。"

唐圭璋《納蘭容若評傳》:"《花間》有句云'紅紗一點燈',此言'夜深千帳燈',境界一大一小,然各極其妙。"

蝶 戀 花

【題解】

作者於康熙十三年(1674)與盧氏結婚,婚後伉儷情深,但僅一起生活了三年,康熙十六年(1677)盧氏就以產後患病而卒。納蘭性德悲痛不已,"悼亡之吟不少,知己之恨尤多"(葉舒崇《皇清納臘室盧氏墓誌銘》),先後爲作悼亡詞三十餘闋,此爲其一。盧氏康熙十七年秋入葬,據詞中"燕子依然"、"春叢認取"語,當作於康熙十八年後的某個春天。作者在另一首悼亡詞《沁園春》(瞬息浮生)序中說:"丁巳重陽前三日,夢亡婦澹妝素服,執手哽咽,語多不復能記。但臨別有云:'銜恨願爲天上月,年年猶得向郎圓。'"故此詞從天上月寫起,"一昔如環,昔昔長如玦"寫與亡妻生聚歡娛之日有限,人天相隔之恨無窮。下闋以"燕子依然,軟踏簾鉤說"反襯內心深切的哀傷,又以"雙棲蝶"表達對亡妻至死不渝的愛情。全詞纏綿幽咽,令人不忍卒讀。

辛苦最憐天上月,一昔如環[1],昔昔長如玦[2]。但似月輪終皎潔[3],不辭冰雪爲卿熱[4]。　　無奈鍾情容易絕[5],燕子依然,軟踏簾鉤說[6]。唱罷秋墳愁未歇[7],春叢認取雙棲蝶[8]。

《納蘭詞箋注》卷一

【校注】

[1]昔:同"夕"。《左傳·哀公四年》:"爲一昔之期。"　　[2]長如:一作"都成"。玦(jué 決):環形而有缺口的佩玉,喻缺月。唐皮日休《寒夜聯句》:"月魄方似玦。"　　[3]但:一作"若"。　　[4]"不辭"句:《世說新語·惑溺》:"荀奉倩(粲)與婦至篤,冬月婦病熱,乃出中庭,自取冷還,以身熨之。"謂儻月能長圓,自己與愛妻能長聚,當不惜代價加倍愛之。　　[5]無奈鍾情:一作"無那塵緣"。
[6]"軟踏"句:謂燕子依然輕踏簾鉤,呢喃細語,而愛妻已逝,徒生物是人非之感。唐李賀《賈公閭貴婿曲》:"燕語踏簾鉤,日虹屏中碧。"　　[7]"唱罷"句:用李賀《秋來》"秋墳鬼唱鮑家詩,恨血千年土中碧"句意。　　[8]"春叢"句:唐李商隱《偶題二首》之一:"春叢定是雙棲夜,飲罷莫持紅燭行。"此句兼用梁山伯、祝英台死後化蝶的故事,意謂希望死後能與妻子一起化爲蝴蝶,在花叢中雙棲雙飛。春叢:即花叢。

【集評】

（清）譚獻《篋中詞·今集》卷一：“勢縱語咽，淒澹無聊，延巳、六一而後，僅見湘真。”

唐圭璋《納蘭容若評傳》：“此亦悼亡之詞。‘若似’兩句，極寫濃情，與柳詞‘衣帶漸寬’同合風騷之旨。‘一昔’句可見塵緣之短，懷感之深。末二句生死不渝，情尤真摯。”

金 縷 曲
贈 梁 汾

【題解】

梁汾即顧貞觀（1637—1714），字華峰，號梁汾，江蘇無錫人。康熙五年（1666）舉順天鄉試，擢內秘書院典籍。十年，落職歸里。十五年，再度進京，館納蘭府，與作者結爲摯友。有《彈指詞》。顧氏和作《金縷曲·酬容若見贈次原韻》附注：“歲丙辰，容若年二十有二，乃一見即恨識余之晚。閱數日，填此闋爲余題照。”據此可知此詞作於康熙十五年作者與顧貞觀初識之時。相識纔數日，便不僅許以“知己”，而且還要與之心期結“後身緣”，可見作者的至情至性。詞亦寫得率真自然，跌宕飄逸。作者與顧貞觀合選《今詞初集》錄此詞，題作《賀新郎·贈顧梁汾題杅香小影》。

德也狂生耳[1]。偶然間、淄塵京國[2]，烏衣門第[3]。有酒惟澆趙州土，誰會成生此意[4]。不信道、竟逢知己[5]。青眼高歌俱未老[6]，向尊前、拭盡英雄淚[7]。君不見，月如水。　　共君此夜須沉醉[8]。且由他、蛾眉謠諑[9]，古今同忌。身世悠悠何足問[10]，冷笑置之而已。尋思起、從頭翻悔。一日心期千劫在[11]，後身緣、恐結他生裏[12]。然諾重，君須記[13]。

《納蘭詞箋注》卷四

【校注】

[1]德也：納蘭性德自稱。　　[2]淄塵京國：謂在京城奔走俗事，衣裳爲風塵染黑。南朝齊謝朓《酬王晉安》：“誰能久京洛，緇塵染素衣。”　　[3]烏衣門第：晉王、謝兩望族都住在南京烏衣巷，故以烏衣門第指貴族。作者是權相明珠之子，故

云。　　　[4]"有酒"二句:唐李賀《浩歌》:"買絲繡作平原君,有酒唯澆趙州土。"
清王琦注:"古之平原君虛己下士,深可敬慕。今日既無其人,惟當買絲繡其形而
奉之,取酒澆其墓而弔之已矣。深歎舉世無有能得士者。"此謂欲效法平原君愛才
好士,然無人識此意。成生:作者原名納蘭成德,故自稱成生。　　　[5]竟逢:一作
"遂成"。　　　[6]"青眼"句:據《晉書·阮籍傳》,阮籍能作青白眼,以白眼對俗
士,嵇康來訪,則以青眼對之。唐杜甫《短歌行贈王郎司直》:"青眼高歌望吾子,眼
中之人吾老矣。"此反用其意。時顧貞觀四十歲,納蘭二十二歲,故云"俱未老"。
青眼高歌:一作"痛飲狂歌"。　　　[7]"向尊前"句:宋張矩《賀新郎》:"髀肉未消儀
舌在,向尊前、莫灑英雄淚。"尊:同"樽"。　　　[8]共君:一作"與君"。　　　[9]蛾眉
謠諑:《楚辭·離騷》:"眾女嫉余之蛾眉兮,謠諑謂余以善淫。"顧貞觀《金縷曲·
酬容若見贈次原韻》:"不是世人皆欲殺,爭顯憐才真意。"又顧氏《祭納蘭容若
文》:"洎讒口之見攻,雖毛里之戚,未免致疑於投杼,而吾哥必陰爲調護。"據此則
似顧貞觀當時頗受攻訐誣讒。　　　[10]"身世"句:唐李商隱《夕陽樓》:"欲問孤
鴻向何處,不知身世自悠悠。"　　　[11]劫:佛家謂天地一成一毀爲一劫。此謂兩
心一旦相期,雖經千劫而不渝。　　　[12]後身緣:一作"後生緣"。唐孟棨《本事
詩·情感》:"開元中,頒賜邊軍纊衣,製於宮中。有兵士於短袍中得詩,曰:'沙場
征戍客,寒苦若爲眠。戰袍經手作,知落阿誰邊。畜意多添綫,含情更著綿。今生
已過也,重結後身緣。'兵士以詩白於帥,帥進之。玄宗命以詩遍示六宮,曰:'有作
者勿隱,吾不罪汝。'有一宮人自言萬死。玄宗深憫之,遂以嫁得詩人,仍謂之曰:
'我與汝結今身緣。'邊人皆感泣。"恐:副詞,表測度。猶今言"恐怕"、"大概"。作
者多次謂要與顧氏再結後身緣。如《大酺·寄梁汾》:"相思何益,待把來生祝取。
慧業相同一處。"　　　[13]"然諾"句:謂兩人心期相許,他生仍結後身緣,勿相遺
忘。

【集評】

　　(清)徐釚《詞苑叢談》卷五:"詞旨嶔崎磊落,不啻坡老、稼軒,都下競相傳寫,於
是教坊歌曲間無不知有《側帽詞》者。"

　　(清)謝章鋌《賭棋山莊詞話》卷七:"納蘭容若(成德)深於情者也。固不必刻
畫《花間》,俎豆《蘭畹》,而一聲《河滿》,輒令人悵惘欲涕。情致與《彈指》最近,故兩
人遂成莫逆。讀兩家短調,覺阮亭脫胎溫、李,猶費擬議。其中贈寄梁汾《賀新凉》
(按:即此《金縷曲》)、《大酺》諸闋,念念以來生相訂交,情至此,非金石所能比堅。"

　　(清)郭麐《靈芬館詞話》卷二:"顧梁汾與成容若友善,容若專工小令,慢詞間一
爲之。惟題梁汾杵香小影'德也狂生耳'一首,最爲跌宕。"

侯文曜

【作者簡介】

　　侯文曜,字夏若,康熙間無錫(今屬江蘇)人。生平不詳。有《鶴閒詞》、《巫山十二峰詞》各一卷。

虞美人影

松巒峰

【題解】

　　松巒峰爲巫山十二峰之一,巫山即巫峽,在今重慶巫山東,是巴山山脈特起處。巫山"獨秀"、"望霞"、"松巒"等十二峰風景秀麗,作者分別加以歌詠,輯爲《巫山十二峰詞》,此爲其中一首。詞作詠松巒峰上雲霧籠罩,雲峰相互烘托,變幻多姿的景致。上片以雲爲主,下片以峰爲主,採用擬人手法,構思別致,頗有情趣。

　　有時雲與高峰匹,不放松巒歷歷[1]。望裏依巖附壁,一樣黏天碧。　　有時峰與晴雲敵,不許露珠輕滴[2]。別是嬌酣顏色,濃淡隨伊力。

《全清詞鈔》卷八

【校注】

[1]"不放"句:言雲籠罩山峰,如蒙輕紗,使之不能清晰可見。歷歷:清楚貌。
[2]"不許"句:言山峰擋住晴雲,使露珠不能輕滴。

方　苞

【作者簡介】

　　方苞(1668—1749),字鳳九,號靈皋,晚號望溪,桐城(今屬安徽)人。康熙三十八年(1699)舉人,四十五年會試中式,將應殿試,因母病歸。五十年戴名世《南山集》文字獄起,方苞因爲之作序株連下獄。五十二年,免死,編入漢軍旗下爲奴。因素有文名,李光地推薦,入值南書房。後官至禮部侍郎。爲文穎館、經史館、三禮館總裁。學宗程朱,究心《春秋》、"三禮",尤長於古文,提倡"義法",要求在内容上"言之有物",在形式上"言之有序";在風格上則推崇"雅潔",做到"辭無蕪累"。弟子劉大櫆、再傳弟子姚鼐,皆桐城人,世稱桐城派,爲清代最大的散文流派。有《望溪集》八卷。《清史稿》卷二九〇有傳。

左忠毅公逸事

【題解】

　　左忠毅公即左光斗(1575—1625),字遺直,號浮丘,又號滄嶼,桐城人。明萬曆三十五年(1607)進士,官至大理少卿、左僉御史。剛直敢言,與左副都御史楊漣並稱"楊左"。楊漣彈劾魏忠賢二十四大罪,光斗力贊之,又自上疏陳忠賢三十二斬罪。天啓五年(1625),與楊漣同被誣陷下獄,備受酷刑,死於獄中。崇禎初,追謚"忠毅"。本文叙述了左光斗的兩件逸事,一是賞識、獎掖史可法,二是在獄中雖備受酷刑仍以國事爲重,拒絕史可法探視。最後又通過史可法的"上恐負朝廷,下恐愧吾師",從側面寫左光斗忠心爲國精神對史可法的影響。文章叙述簡潔有力,注重具體細節,人物形象栩栩如生,左、史獄中相會一段尤爲精彩感人。

　　先君子嘗言[1]:鄉先輩左忠毅公視學京畿[2],一日風雪嚴寒,從數騎出[3],微行入古寺[4];廡下一生伏案卧[5],文方成草,公閱畢,即解貂覆生,爲掩户。叩之寺僧,則史公可法也[6]。及試[7],吏呼名至史公,公瞿然注視[8];呈卷,即面署第一[9],召入使拜夫人,曰:"吾諸兒碌碌,他日繼吾志事,惟此生耳。"

　　及左公下廠獄[10],史朝夕獄門外,逆閹防伺甚嚴[11],雖家僕不得近。久之,聞左公被炮烙,旦夕且死;持五十金,涕泣謀於禁卒,卒感焉。一日,使史更敝衣草屨[12],背筐,手長鑱[13],爲除不潔者。引入,微指左公處[14],則席地倚墙而坐,面額焦爛不可辨,左膝以下,筋骨盡脱矣。史前跪抱公膝而嗚咽。公辨其聲而目不可開,乃奮臂以指撥眥[15]，目光如炬，怒曰：“庸奴！此何地也？而汝來前。國家之事，糜爛至此。老夫已矣！汝復輕身而昧大義，天下事誰可支拄者？不速去，無俟奸人構陷，吾今即撲殺汝！”因摸地上刑械，作投擊勢。史噤不敢發聲，趨而出。後常流涕述其事以語人，曰：“吾師肺肝，皆鐵石所鑄造也。”

崇禎末，流賊張獻忠出没蘄、黄、潛、桐間[16]，史公以鳳廬道奉檄守禦[17]；每有警，輒數月不就寢，使將士更休[18]，而自坐幄幕外[19]，擇健卒十人，令二人蹲踞而背倚之，漏鼓移則番代[20]。每寒夜起立，振衣裳，甲上冰霜迸落，鏗然有聲。或勸以少休，公曰：“吾上恐負朝廷，下恐愧吾師也。”史公治兵，往來桐城，必躬造左公第[21]，候太公太母起居[22]，拜夫人於堂上。

余宗老塗山[23]，左公甥也，與先君子善，謂獄中語乃親得之於史公云。

《方苞集》卷九

【校注】

[1]先君子：作者稱自己已故的父親方仲舒。方仲舒（1638—1707），字南董，號逸巢，有《江上初集》、《愛廬集》等。　　[2]視學：指任學政。京畿：國都所在地及其行政官署所管轄地區。左光斗曾於萬曆四十八年（1620）任畿輔學政。

[3]從：使之隨從。騎（jì 寄）：一人一馬爲一騎。　　[4]微行：指便裝出行，不使人知其尊貴身份。　　[5]廡下：堂下周圍的廊屋内。　　[6]史可法（1601—1645）：字憲之，號道鄰，祥符（今河南開封）人。明崇禎元年（1628）進士，南明時官至南京兵部尚書，加大學士。馬士英等專朝政，出可法督師揚州。清軍南下，守城拒降，城破不屈被殺。　　[7]試：這裏指童生的歲試，由各省學政主持，優者擇録爲生員（即秀才）。　　[8]瞿（jù 具）然：驚異貌。　　[9]面署第一：當面批爲第一。　　[10]廠獄：東廠、西廠和内行廠，都是明代由宦官掌管，職在偵察、緝捕和刑獄的特務機構，其所設監獄稱廠獄。　　[11]逆閹：指以魏忠賢爲首的宦官集團。　　[12]草屨（jù 具）：草鞋。　　[13]長鑱（chán 禪）：一種用以翻土的農具。元王禎《農書》卷十三“長鑱”：“長鑱，踏田器也……柄長三尺餘，後偃而曲，上有橫木如拐，以兩手按之，用足踏其鑱柄後跟，其鋒入土。”　　[14]微：悄悄，暗暗。　　[15]眥（zì 自）：眼眶。　　[16]張獻忠（1606—1646）：明末農民軍領袖。字秉吾，號敬軒。崇禎三年（1630）在米脂起義，十七年（1644）於成都建立政權，稱

大西國王,改元大順。後與清兵戰於西充鳳凰山,中箭,被俘死。蘄、黃、潛、桐:今湖北的蘄春、黃岡及安徽的潛山、桐城。　　[17]鳳廬道:管理鳳陽、廬州二府的軍政長官。明代分一省爲若干道,一道轄若干府。鳳陽府在今安徽鳳陽一帶,廬州府在今安徽合肥一帶。檄(xí 習):古代官方文書,多作徵召、曉諭、申討等用。[18]更休:輪流休息。　　[19]幄(wò 臥)幕:軍中的營幕。　　[20]"漏鼓"句:過一段時間再輪換代替。漏:古代滴水計時的儀器。鼓:古代打更的鼓。[21]躬:親自。造:去,往。　　[22]太公、太母:指左光斗的父母親。　　[23]宗老:族中的尊長。盋(tú 途)山:方文(1612—1669),字爾止,號盋山。明末爲諸生,入清不仕,以賣卜、行醫或充塾師游食爲生,交游遍南北。有《盋山集》《盋山續集》等。方文與方苞同族,論輩分是方苞的曾叔祖,故尊稱其爲"宗老"。

【集評】

(清)戴鈞衡《望溪先生集外文跋》:"書諸公逸事,陰陽消長所繫,不惟足傳懿節而已。"

徐世昌《明清八家文鈔》卷三:"生氣淋漓,光焰萬丈,太史公得意之筆。"

獄中雜記

【題解】

康熙五十年(1711),戴名世《南山集》案起,作者因爲之作序而受到牽連。次年三月入刑部獄,在獄中生活一年有餘,親身體驗了監獄的殘酷和腐敗,因而寫下此文。文章真實而具體地記載了作者獄中的所見所聞,獄吏的貪贓枉法讓人觸目驚心。文筆簡潔有力,冷峻深沉。文中雖不忘"頌聖",但作者身處獄中,仍敢於揭發黑暗現實,膽識可嘉。

康熙五十一年三月,余在刑部獄[1],見死而由竇出者日四三人[2]。有洪洞令杜君者[3],作而言曰[4]:"此疫作也[5]。今天時順正[6],死者尚希,往歲多至日十數人。"余叩所以[7],杜君曰:"是疾易傳染,遘者雖戚屬[8],不敢同臥起。而獄中爲老監者四,監五室,禁卒居中央,牖其前以通明[9],屋極有窗以達氣[10];旁四室則無之,而繫囚常二百餘。每薄暮下管鍵[11],矢溺皆閉其中[12],與飲食之氣相薄[13];又隆冬,貧者席地而臥,春氣動,鮮不疫矣[14]。獄中成法,質明啓鑰[15]。方夜中,生人與死者並踵頂而卧[16],無可旋避[17],此所以染者衆也。又可怪者,大盜積賊[18],殺人重囚,氣傑旺[19],染此者十不一二,或隨有瘳[20]。其駢死[21],皆輕繫及牽連佐證法所不及者。"

　　余曰:"京師有京兆獄[22],有五城御史司坊[23],何故刑部繫囚之多至此?"杜君曰:"邇年獄訟,情稍重,京兆、五城即不敢專決[24]。又九門提督所訪緝糾詰[25],皆歸刑部;而十四司正副郎好事者及書吏、獄官、禁卒[26],皆利繫者之多[27];少有連,必多方鉤致[28]。苟入獄,不問罪之有無,必械手足,置老監,俾困苦不可忍[29]。然後導以取保[30],出居於外,量其家之所有以爲劑[31],而官與吏剖分焉。中家以上皆竭資取保,其次求脫械居監外板屋,費亦數十金。唯極貧無依,則械繫不稍寬,爲標準以警其餘。或同繫,情罪重者,反出在外,而輕者、無罪者罹其毒[32]。積憂憤,寢食違節[33],及病,又無醫藥,故往往至死。"

【校注】

[1]刑部獄:刑部是六部之一,主管全國刑罰政令,是全國最高司法審判機關,設有監獄。　　[2]竇:門旁小户。　　[3]洪洞(tóng 同):今山西洪洞。杜君:洪洞縣令,其名不可考,當時亦得罪在獄中。　　[4]作:站起來。　　[5]疫作:瘟疫發作。　　[6]天時順正:氣候正常良好。　　[7]叩:叩問。所以:原因。[8]遘者:染疾者。　　[9]牖其前:在前方開窗。　　[10]屋極:屋頂。[11]管鍵:開門閉門的工具。《周禮·地官·司門》:"司門掌授管鍵,以啓閉國門。"疏:"謂用管籥以啓門,用鍵牡以閉門。"管,鑰匙;鍵,門閂。這裏是偏義複詞,指閉門鎖禁。　　[12]矢:同"屎"。　　[13]相薄:相混雜。　　[14]疫:染病。[15]質明:天剛亮之時。啓鑰(yuè 月):開鎖,開門。　　[16]並踵頂而卧:頭挨頭腳挨腳地躺着。　　[17]旋避:迴避。　　[18]大盜積賊:屢次犯案的大盜賊。[19]氣傑旺:謂其身體强壯,精氣極其旺盛。傑,凡物之特異出衆者都叫傑。[20]或隨有瘳(chōu 抽):有的即使染病也很快就痊癒。　　[21]駢死:接連而死。　　[22]京兆:漢代京畿的行政區劃名,爲三輔之一,即今陝西西安以東至華縣之地。後世因稱京都爲京兆。這裏指北京。　　[23]五城御史司坊:清代京師分東、西、南、北、中五區,每城設一巡城御史,又設一兵司馬,每司分二坊,負責維持京城治安,管理民政事務。　　[24]不敢專決:據《大清會典》卷六九,五城御史祇能處理一般民事案件和輕刑刑事案件,應擬杖枷以上刑罰者,即需移送刑部。

[25]九門提督:清代北京外城有九門:正陽、崇文、宣武、安定、德勝、東直、西直、朝陽、阜成。康熙時設提督九門步軍統領,負責巡察、守衛之責,別稱九門提督。訪緝(jī機)糺詰:搜捕審訊。　　[26]十四司正副郎:據《清史稿·職官志一》,清初刑部設江南、浙江、福建、四川、湖廣、陝西、河南、江西、山東、山西、廣東、廣西、雲南、貴州十四司,分掌各地司法審判事務。各司的主官稱郎中,副主官稱員外郎,總稱爲郎官。　　[27]利繫者之多:以入獄者多爲利。　　[28]多方鉤致:千方百計牽連使之入獄。　　[29]俾:使。　　[30]取保:指賄賂獄卒以取得庇護。[31]"量其家"句:這裏指根據犯人家境的貧富情況收取錢財賄賂,作爲交易。劑:指古代買賣交易使用的一種券契。《周禮·地官·質人》:"凡賣儥者質劑焉,大市以質,小市以劑。"　　[32]罹(lí離):遭受。　　[33]寢食違節:睡眠飲食失常。

　　余伏見聖上好生之德[1],同於往聖,每質獄辭[2],必於死中求其生,而無辜者乃至此。儻仁人君子爲上昌言[3]:"除死刑及發塞外重犯,其輕繫及牽連未結正者[4],別置一所以羈之,手足毋械。"所全活可數計哉[5]!或曰:"獄舊有室五,名曰現監,訟而未結正者居之。儻舉舊典[6],可小補也。"杜君曰:"上推恩[7],凡職官居板屋。今貧者轉繫老監,而大盜有居板屋者,此中可細詰哉[8]!不若別置一所,爲拔本塞源之道也[9]。"余同繫朱翁、余生[10],及在獄同官僧某[11],遘疫死[12],皆不應重罰。又某氏以不孝訟其子,左右鄰械繫入老監,號呼達旦。余感焉,以杜君言汎訊之[13],衆言同,於是乎書[14]。

　　凡死刑獄上[15],行刑者先俟於門外,使其黨入索財物,名曰"斯羅"[16]。富者就其戚屬,貧則面語之。其極刑[17],曰:"順我,即先刺心,否則四肢解盡,心猶不死。"其絞縊[18],曰:"順我,始縊即氣絕,否則三縊加別械[19],然後得死。"惟大辟無可要[20],然猶質其首[21]。用此,富者賂數十百金,貧亦罄衣裝[22],絕無有者,則治之如所言。主縛者亦然,不如所欲,縛時即先折筋骨。每歲大決[23],勾者十四三,留者十六七[24],皆縛至西市待命[25]。其傷於縛者,即幸留,病數月乃瘳,或竟成痼疾[26]。

　　余嘗就老胥而問焉[27]:"彼於刑者、縛者,非相仇也,期有得耳;果無有,終亦稍寬之,非仁術乎[28]?"曰:"是立法以警其餘,且懲後也;不如此,則人有倖心[29]。"主梏扑者亦然[30]。余同逮以木訊者三人[31]:一人予三十金,骨微傷,病間月[32];一人倍之,傷膚,兼旬愈[33];一人六倍,即夕行步如平常。或叩之曰:"罪人有無不均[34],既各有得,何必更以多寡爲差[35]?"曰:"無差,誰爲多與者?"孟子曰:"術不可不慎[36]。"信夫!

【校注】

[1]聖上:古代對皇帝的尊稱,這裏指康熙帝。好生之德:愛惜生命,不事殺戮的品德。《尚書·大禹謨》:"好生之德,洽於民心。"　　[2]質獄辭:指審定死刑案件。刑部判處死刑的案件都要上呈皇帝親自審定。　　[3]昌言:善言,指提好的建議。　　[4]結正:結案判定。　　[5]全活:使本來要死的人存活下來。

[6]舉舊典:實行過去的制度。　　[7]推恩:施恩惠於他人。　　[8]細詰:深究。　　[9]拔本塞源:拔起樹根,阻塞泉源。喻從根本上禁止。《左傳·昭公九年》:"伯父若裂冠毀冕,拔本塞原,專棄謀主,雖戎狄其何有余一人。"　　[10]朱翁:姓朱的老人,其名不詳。余生:疑指余湛,字石民,戴名世學生。　　[11]同官僧某:同官(今陝西銅川)僧人某氏。　　[12]遘(gòu 够):遇到。　　[13]訊:詢問。　　[14]書:指寫這篇文章記下此事。　　[15]死刑獄上:判定死刑的案件上報呈批。清制,全國死刑案件皆須上呈皇帝批復裁決,才能發生法律效力。

[16]斯羅:也作"撕羅"、"撕邏"、"撕擄",替人排解災難。　　[17]極刑:最重的刑罰,這裏指凌遲處死,即碎割全身的酷刑。《宋史·刑法志》:"凌遲者,先斷其支體,乃抉其吭,當時之極法也。"　　[18]絞縊:絞刑。　　[19]"三縊"句:絞三次然後再使用別的刑具。　　[20]大辟:死刑,指斬首。《禮記·文王世子》:"獄成,有司讞於公,其死罪,則曰'某之罪在大辟'。"要(yāo 腰):要脅。　　[21]質其首:留其首級作爲抵押以勒索錢財。　　[22]罄:用盡。　　[23]大決:古代每年秋季處決死刑犯,謂之秋決,或稱大決。　　[24]"勾者"二句:刑部判處死刑的案件上呈皇帝裁定,皇帝親自(或由大學士代筆)在應決死刑犯人名單上畫勾,稱勾到,也稱勾決。被勾者立即執行死刑,免勾者留待下年再行秋審。　　[25]西市:清代刑場,在今北京宣武區菜市口。　　[26]痼疾:難以治癒的病,這裏指殘廢。　　[27]老胥:老吏。　　[28]仁術:行仁之道。《孟子·梁惠王》:"無傷也,是乃仁術也。"　　[29]倖心:僥倖之心。　　[30]主梏扑者:主管上刑具或拷打的吏卒。

[31]木訊:嚴刑拷打審問。木,指木製刑具。《莊子·列禦寇》:"爲外刑者,金與木也。"晉郭象注:"木謂捶楚桎梏。"　　[32]間月:隔一個月。　　[33]兼旬:兩旬,即二十天左右。　　[34]有無不均:猶"貧富不均"。　　[35]以多寡爲差:

以賄賂錢財的多少決定刑罰的輕重。　　　[36]術不可不慎：選擇謀生之道不能不慎重。《孟子·公孫丑》：“矢人惟恐不傷人，函人惟恐傷人。巫匠亦然。故術不可不慎也。”

　　部中老胥，家藏偽章，文書下行直省[1]，多潛易之[2]，增減要語，奉行者莫辨也。其上聞及移關諸部[3]，猶未敢然。功令[4]：大盜未殺人，及他犯同謀多人者，止主謀一二人立決[5]，餘經秋審，皆減等發配。獄辭上[6]，中有立決者，行刑人先俟於門外，命下，遂縛以出，不羈晷刻[7]。有某姓兄弟，以把持公倉，法應立決，獄具矣[8]，胥某謂曰：“予我千金，吾生若。”叩其術，曰：“是無難！別具本章[9]，獄辭無易，取案末獨身無親戚者二人易汝名[10]，俟封奏時潛易之而已[11]。”其同事者曰：“是可欺死者，而不能欺主讞者[12]，儻復請之[13]，吾輩無生理矣[14]。”胥某笑曰：“復請之，吾輩無生理，而主讞者亦各罷去。彼不能以二人之命易其官，則吾輩終無死道也。”竟行之，案末二人立決。主者口呿舌撟[15]，終不敢詰。余在獄，猶見某姓，獄中人群指曰：“是以某某易其首者。”胥某一夕暴卒，衆皆以爲冥謫云[16]。

　　凡殺人，獄辭無謀、故者[17]，經秋審入矜疑[18]，即免死。吏因以巧法[19]。有郭四者，凡四殺人，復以矜疑減等，隨遇赦，將出，日與其徒置酒酗歌達曙。或叩以往事，一一詳述之，意色揚揚，若自矜詡[20]。噫！渫惡吏忍於鬻獄[21]，無責也；而道之不明[22]，良吏亦多以脫人於死爲功，而不求其情[23]，其枉民也，亦甚矣哉！

　　奸民久於獄，與胥卒表裏[24]，頗有奇羨[25]。山陰李姓以殺人繫獄[26]，每歲致數百金。康熙四十八年，以赦出，居數月，漠然無所事。其鄉人有殺人者，因代承之[27]。蓋以律非故殺，必久繫，終無死法也。五十一年，復援赦減等謫戍[28]，嘆曰：“吾不得復入此矣！”故例[29]：謫戍者移順天府羈候[30]。時方冬停遣，李具狀求在獄候春發遣[31]，至再三，不得所請，悵然而出。

《方苞集·集外文》卷六

【校注】

[1]直省：直轄於朝廷的行省。　　　[2]潛易之：偷偷換掉它。　　　[3]上聞：指呈

報皇帝。移關:指移書和關文,皆爲古代平行官署之間互相通報的公文書。這裏用作動詞。 　　[4]功令:法令。 　　[5]立決:立即處決。 　　[6]獄辭:判決書。 　　[7]羈:羈留,停留。晷(guǐ 鬼)刻:片刻。 　　[8]獄具矣:已經判罪定案。 　　[9]別具本章:另準備奏章。 　　[10]案末:同一案件中罪行較輕的從犯。 　　[11]封奏:用密封的章奏上呈。 　　[12]主讞(yàn 驗)者:負責審判的官員。 　　[13]儻復請之:如果再次上奏請示。 　　[14]無生理:没有生存之理,指必死無疑。 　　[15]口呿(qū 區)舌撟(jiǎo 矯):猶張口結舌。 　　[16]冥讁:迷信稱因爲生前做壞事,死後在陰間受責罰。 　　[17]無謀、故者:不是有預謀或故意殺人者。 　　[18]矜疑:清初刑部秋審,把各種死刑案件分爲情實(情真罪當)、緩決(緩期執行)、可矜(情有可原)、可疑(罪名已疑而情節可疑)四類,其中可矜、可疑兩類可减等處理或得到寬免。後删去可疑一項,改爲“留養承祀”。[19]巧法:投機取巧,鑽法律空子。 　　[20]矜詡:自誇,炫耀。 　　[21]渫(xiè 謝):卑污。鬻獄:貪贓枉法。 　　[22]道之不明:猶“不明道”。 　　[23]情:真實情况。 　　[24]相表裏:相互勾結。 　　[25]奇(jī 擊)羡:贏餘,積存的財物。《漢書·食貨志》顏注:“奇,殘餘也;羡,饒溢也。” 　　[26]山陰:今浙江紹興。[27]代承之:冒名頂替認罪。 　　[28]讁戍:遣送至邊地充軍,擔任守衛。[29]故例:舊例。 　　[30]順天府:即今北京。羈候:拘禁等候。 　　[31]狀:向上級陳述事實的文書。

沈德潛

【作者簡介】

沈德潛(1673—1769),字確士,號歸愚,長洲(今江蘇蘇州)人。早年科場困頓,以設館授徒爲生。乾隆元年(1736),以薦應博學鴻詞,報罷。乾隆三年,第十七次參加鄉試,始中舉人,時已六十六歲。次年成進士,選庶吉士,官至禮部侍郎。十四年,以年老歸里,加贈禮部尚書及太子太傅銜。歸里後掌教紫陽書院。德潛少學詩於葉燮,論詩以唐爲宗,强調“温柔敦厚”的詩教精神,在乾隆一朝影響極大,形成了“格調詩派”。有《歸愚詩鈔》二十卷、《歸愚文鈔》二十卷、《説詩晬語》二卷。《清史稿》卷三〇五有傳。

刈 麥 行

【題解】

　　康熙四十七(1708)、四十八年(1709),吳中地區災荒頻仍,民不聊生。作者康熙四十八年所作《夏日述感七首》之一:"旱潦頻仍後,三吳風景殊……瘠土農皆散,平田麥已蕪。"之三:"癘疫連三月,災荒歷二年。空村多鬼語,茅屋少炊煙。"康熙四十九年(1710),經過連年災荒,終於迎來了豐收年,作者喜而作此詩。詩中通過收割場面的描寫,抒發了歡快喜悅的心情。詩末老農的吞聲而哭,更傳神地表現了老農在連年災荒後的豐收年中激動而又略帶感傷的心情。刈麥,割麥。

　　前年麥田三尺水[1],去年麥田半枯死[2]。今年二麥俱有秋[3],高下黃雲遍千里[4]。磨鐮霍霍割上場[5],婦子打曬田家忙。紛紛落磑白如雪[6],瓦甑時聞餅餌香[7]。老農食罷吞聲哭[8],三年乍見今年熟。

《歸愚詩鈔》卷八

【校注】

[1]"前年"句:康熙四十七年,吳中地區有潦災,參閱作者是年所作《愁霖歎》。見《歸愚詩鈔》卷八。　　[2]"去年"句:康熙四十八年,吳中地區又旱災,參閱作者是年所作《夏日述感七首》之七。見《歸愚詩鈔》卷一二。　　[3]二麥:大麥、小麥。《宋書·武帝紀》:"今二麥未晚,甘澤頻降。"有秋:豐收。《尚書·盤庚》:"若農服田力穡,乃亦有秋。"　　[4]黃雲:喻大片成熟的麥田。宋王安石《木末》:"割盡黃雲稻正青。"　　[5]霍霍:磨刀聲。《木蘭詩》:"磨刀霍霍向豬羊。"[6]磑(wèi 位):石磨。　　[7]甑(zèng 贈):瓦製炊具。餅餌:餅與餌,泛指餅類食物。《急就篇》:"餅餌麥飯甘豆羹。"注:"溲麪而蒸熟之則爲餅……溲米而蒸之則爲餌。"宋蘇軾《南園》:"夏隴風來餅餌香。"　　[8]吞聲哭:無聲地哭。唐杜甫《哀江頭》:"杜陵野老吞聲哭。"

厲鶚

【作者簡介】

厲鶚（1692—1752），字太鴻，號樊榭，錢塘（今浙江杭州）人。康熙五十九年（1720）舉人，次年會試不第。乾隆元年（1731）薦舉博學鴻詞，誤寫論置詩前，報罷。後曾赴都銓，行至天津，留友人查爲仁水西莊，同撰《絶妙好辭箋》，遂不就選而歸，終生未仕。揚州馬曰琯小玲瓏山館富藏書，厲鶚久住其家，因得博覽群書，尤熟宋代史事。其詩孤淡瘦勁，幽冷清雋，好用僻典，爲雍、乾之際“浙派”的代表詩人。亦工詞，宗姜夔、張炎，爲“浙西詞派”中期巨擘。有《樊榭山房集》二十卷、《宋詩紀事》一百卷。《清史稿》卷四八五有傳。

靈隱寺月夜

【題解】

靈隱寺，在今浙江杭州靈隱山東南麓，相傳晉代有僧人慧理至靈隱山，稱此爲靈鷲峰別嶺飛至此地，於是因山起寺，名爲靈隱，取靈山隱於此之意。此詩作於康熙五十五年（1716），其時作者館於杭州汪氏聽雨樓。詩寫靈隱寺月夜，意境清幽冷雋，超俗絶塵。

夜寒香界白[1]，澗曲寺門通[2]。月在衆峰頂[3]，泉流亂葉中。一燈群動息[4]，孤磬四天空[5]。歸路畏逢虎，況聞巖下風。

《樊榭山房集·詩集》卷一

【校注】

[1]香界：《維摩詰經》：“有國名衆香，佛號香積。其國香氣比於十方諸佛世界人天之香，最爲第一。其界一切皆以香作。”後因以香界指佛寺。明楊慎《丹鉛總録·瑣語》：“佛寺曰香界。”唐孟浩然《本闍黎新亭作》：“地偏香界遠。”白：月照如霜。
[2]“澗曲”句：《杭州府志》：“靈隱山亦曰靈苑，亦曰仙居。其水南流者謂之南澗，北流者謂之北澗。南澗源出白雲峰，北澗源出西源峰，曲折流至合澗橋相會。”　　[3]“月在”句：靈隱寺周有北高峰、南高峰、飛來峰，故云。　　[4]一燈：指佛殿中長明燈。群動息：語本晉陶淵明《飲酒》：“日入群動息。”　　[5]孤

磬:寺中僧人夜裏誦經的擊磬聲。四天:四禪天。佛教有三界諸天之説。三界指欲界、色界、無色界。其中色界諸天分爲四禪:初禪爲大梵天之類;二禪爲光音天之類;三禪爲遍净天之類;四禪爲色究竟天之類。唐沈佺期《從幸香山寺應制》:"嶺上樓臺千地起,城中鐘鼓四天聞。"唐高適《同群公登濮陽聖佛寺閣》:"佛因初地識,人覺四天空。"

【集評】

　　王文濡《清詩評注讀本》卷五:"三四句詩中有畫,足爲靈隱寫照。"

蒙　　陰

【題解】

　　康熙五十九年(1720)秋,屬鶚中舉,隨後赴京應會試,歲末途經山東蒙陰而作是詩。詩中把霽雪的東蒙山峰比喻爲玉蓮花,形象生動,新穎可喜,富有詩意。蒙陰,今屬山東,因地處蒙山之北,故名。

　　衝風苦愛帽檐斜[1],曆尾無多感歲華[2]。欲向東蒙看霽雪[3],青天亂插玉蓮花[4]。

《樊榭山房集·詩集》卷一

【校注】

[1]衝風:大風。苦愛:深愛,極愛。宋蘇軾《辛丑十一月十九日馬上賦詩寄子由》:"慎勿苦愛高官職。"　　[2]曆尾無多:曆書所剩無多,指一年將盡。宋宋祁《除夕》:"曆尾無餘日。"　　[3]東蒙:山名。《太平寰宇記》卷二十三:"東蒙山在(沂州費)縣西北七十五里,在蒙山之東,故曰東蒙。"霽雪:雪停後的積雪。　　[4]玉蓮花:喻積雪的山峰。

鄭　燮

【作者簡介】

　　鄭燮(1693—1765)，字克柔，號板橋，興化(今屬江蘇)人。乾隆元年(1736)進士，乾隆七年任官山東范縣令，十一年(1746)調濰縣令，十八年以請賑忤大吏罷官。罷官後僑居揚州，以賣書畫爲生。鄭燮爲"揚州八怪"之一，詩、書、畫皆取徑新奇，別具一格，人稱"三絶"。其論詩文，主張"理必歸於聖賢，文必切於日用"(《自敍》)，所作亦多有關民生疾苦，風格清新剛健，自然真摯。題畫詩尤所擅長。有《鄭板橋集》。《清史稿》卷五〇四有傳。

濰縣署中畫竹呈年伯包大中丞括

【題解】

　　乾隆十一年(1746)，鄭燮調任山東濰縣知縣，詩作於任職期間。其時濰縣饑荒，鄭燮另有《逃荒行》、《還家行》記其事。此詩借畫竹表達對百姓疾苦的關切心情，作者呈之上司，當含有自勉勉人之意。濰縣，今山東濰坊。年伯，本指與父親同年登科的長輩，明代以後泛指父輩。大中丞，巡撫的尊稱。包括，浙江錢塘人，時任山東布政使，署理巡撫，故稱大中丞。

　　衙齋臥聽蕭蕭竹[1]，疑是民間疾苦聲。些小吾曹州縣吏[2]，一枝一葉總關情[3]。

《鄭板橋集·題畫》

【校注】

[1]衙齋:官署書房。蕭蕭:竹枝葉搖動聲。　　[2]些小:小小，一點兒。吾曹:我輩。　　[3]一枝一葉:喻細微的民間疾苦。關情:牽動感情。

袁　枚

【作者簡介】

　　袁枚(1716—1798),字子才,號簡齋,晚號隨園老人,錢塘(今浙江杭州)人。乾隆元年(1736)應博學鴻詞,報罷。四年,中進士,選庶吉士。七年,散館,因不嫻滿文,外放爲江蘇溧陽知縣,後又歷官江浦、沭陽、江寧知縣。十三年託病辭官,卜居江寧小倉山隨園。十七年再赴陝西任知縣,旋因父喪歸,遂絕意仕進,優游山林近五十年。袁枚思想通脫,極具個性,既反對宋明理學的迂腐,也反對乾嘉考據的餖飣。論詩標舉“性靈”,力求擺脫傳統束縛,反對以格調爲詩、以學問爲詩,主張“性情以外本無詩”(《寄懷錢璵沙方伯予告歸里》)。所爲詩求新求奇,別出心裁,多用口語白描,風趣幽默,通俗生動,情感真摯。在乾嘉時期影響極爲巨大,形成了“性靈詩派”。有《小倉山房詩集》三十七卷、《小倉山房文集》三十五卷、《隨園詩話》十六卷、《小倉山房尺牘》十卷。《清史稿》卷四八五有傳。

苔

【題解】

　　此詩作於乾隆二十九年(1764),表達了作者對自然生命的欣賞之情。寫得明白如話,清新活潑,而又頗具詩意。關注日常生活、平凡事物,是性靈詩的特徵之一。毫不起眼的青苔,就頗得作者的寵愛,曾多次爲之賦詩吟詠。另一首同題之作見《小倉山房詩集》卷二一,可參閱。

　　白日不到處,青春恰自來[1]。苔花如米小,也學牡丹開。

《小倉山房詩文集·詩集》卷一八

【校注】

[1]“白日”兩句:《楚辭·大招》:“青春受謝,白日昭只。”注:“言歲始春,青帝用事,盛陰已去,少陽受之,則日色黃白,昭然光明,草木之屬,皆含氣,芽蘖而生。”這裏借用其語,而反用其意:言苔生於陰濕之地(“白日不到處”),反而苔色常青,故云“青春恰自來”。

起　早

【題解】

　　此詩作於乾隆二十四年(1759)。作者年未四十即託病辭官,絶意仕進,在隨園過着悠閒自得的生活。這首詩表現的正是這種閒適生活,寫得極爲自然隨意。

　　起早殘燈在,門關落日遲[1]。雨來蟬小歇,風到柳先知。借病常辭客,知非又改詩。蜻蜓無賴甚[2],飛滿藕花枝。

《小倉山房詩文集·詩集》卷一五

【校注】

[1]"起早"兩句:言在家悠閒,天未亮就起牀,故殘燈猶在;傍晚早早閉門,日猶未落。　　[2]無賴:煩擾多事。

趙　翼

【作者簡介】

　　趙翼(1727—1814),字雲崧,一字耘松,號甌北,陽湖(今江蘇常州)人。乾隆二十六年(1761)進士,授翰林院編修,官至貴西兵備道。三十八年,辭官歸里,主講揚州安定書院。論詩近於袁枚,主性靈,重創新,與袁枚、蔣士銓並稱"乾隆三大家"。有《甌北集》五十三卷、《甌北詩話》十二卷。尤精史學,著有《廿二史劄記》三十六卷、《陔餘叢考》四十三卷。《清史稿》卷四八五有傳。

暮夜醉歸入寢門似聞亡兒病中
氣息知其魂尚爲我候門也
其　一

【題解】

　　乾隆三十一年(1766)六月,趙翼年僅七歲的愛子耆瑞染病夭亡,詩人悲痛不已。

某天醉酒夜歸,似聞亡兒聲息,疑兒尚在,連呼其名,空無人應,思子之心益切,乃至徹夜不眠。詩很平實,然語淡情深。

　　簾鈎風動月西斜,仿佛幽魂尚在家。呼到夜深仍不應,一燈如豆落寒花[1]。

《甌北集》卷一二

【校注】

[1]落寒花:喻燈花爆落。

姚　鼐

【作者簡介】

　　姚鼐(1731—1815),字姬傳,一字夢穀,學者稱惜抱先生,桐城(今屬安徽)人。乾隆二十八年(1763)進士,授庶吉士。三十八年開四庫全書館,任纂修官,次年冬,託病辭官歸里。此後四十餘年間,先後主講揚州梅花、安慶敬敷、歙縣紫陽、江寧鍾山等書院,弟子遍天下,著名者有梅曾亮、管同、方東樹、劉開、姚瑩等。姚鼐論文,主張考證、義理、文辭三者“必兼收之乃足爲善”(《復秦小峴書》),提出“神、理、氣、味、格、律、聲、色”古文八字訣,師法方苞而上溯歐陽修、曾鞏,並輯《古文辭類纂》宣揚其説,影響極大,是桐城派的集大成者和真正的建立者。有《惜抱軒文集》十六卷、《惜抱軒文集後集》十卷、《惜抱軒詩集》十卷、《惜抱軒尺牘》八卷等。《清史稿》卷四八五有傳。

登泰山記

【題解】

　　乾隆三十九年(1774)冬,姚鼐辭官歸里,途經山東泰安,登泰山而作。姚鼐在《泰山道里記》中説:“余嘗病天下地志謬誤,非特妄引古記,至紀今時山川道里遠近方向,率與實舛,令人憤歎。設每邑有篤學好古能游覽者,各考紀其土之實,據以參相校訂,則天下地志,何患不善!"又謂:"余疑《水經注》於汶水左右水源方面頗有舛誤。"故此文記地理方位距離甚細緻詳確,皆由實地考察而來,體現了作者融考證於詞章之中的古文主張。文章佈局有序,文筆簡潔凝練,後半段描寫泰山日出的壯麗,極爲生動傳神。

　　泰山之陽[1],汶水西流[2];其陰,濟水東流[3]。陽谷皆入汶[4],陰谷皆入濟。當其南北分者,古長城也[5]。最高日觀峰[6],在長城南十五里。

　　余以乾隆三十九年十二月,自京師乘風雪,歷齊河、長清[7],穿泰山西北谷,越長城之限[8],至於泰安[9]。是月丁未[10],與知府朱孝純子潁由南麓登[11],四十五里,道皆砌石爲磴[12],其級七千有餘。泰山正南面有三谷,中谷遶泰安城下,酈道元所謂環水也[13]。余始循以入,道少半,越中嶺,復循西谷,遂至其巔。古時登山循東谷入,道有天門[14]。東谷者,古謂之天門谿水,余所不至也。今所經中嶺及山巔崖限當道者,世皆謂之天門云。道中迷霧冰滑,磴幾不可登。及既上,蒼山負雪,明燭天南[15]。望晚日照城郭,汶水、徂徠如畫[16],而半山居霧若帶然[17]。

　　戊申晦[18],五鼓[19],與子潁坐日觀亭待日出[20],大風揚積雪擊面。亭東自足下皆雲漫,稍見雲中白若樗蒱數十立者[21],山也。極天雲一綫異色[22],須臾成五采。日上,正赤如丹,下有紅光動搖承之。或曰:"此東海也[23]。"回視日觀以西峰,或得日,或否,絳皓駁色[24],而皆若僂[25]。

　　亭西有岱祠[26],又有碧霞元君祠[27]。皇帝行宮在碧霞元君祠東[28]。是日觀道中石刻,自唐顯慶以來[29],其遠古刻盡漫失。僻不當道者,皆不及往。

　　山多石少土,石蒼黑色,多平方,少圜[30]。少雜樹,多松,生石罅[31],皆平頂。冰雪,無瀑水,無鳥獸音跡。至日觀數里內無樹,而雪與人膝齊。

　　桐城姚鼐記。

【校注】

[1]泰山：在山東東部。綿延起伏於長清、濟南、泰安之間，長約二百公里。主峰玉皇頂在泰安北，海拔 1532 米，古稱東嶽，一稱岱山，岱宗。陽：山的南面爲陽。下文"陰"則指山的北面。　　[2]汶水：在山東中部，正流爲大汶河。源出山東萊蕪東北的原山，流經泰安東部。　　[3]濟水：源出於河南濟源王屋山，其故道本過黃河而南，東流至山東，與黃河並行入海。後下游爲黃河所奪，唯河北發源處尚存。　　[4]陽谷：泰山南面的山谷。下文"陰谷"則指泰山北面的山谷。此皆指谷中之水。　　[5]古長城：指戰國時齊國所築的長城，非指萬里長城。《竹書紀年》："梁惠王二十年，齊築防以爲長城。"《管子·輕重》："長城之陽，魯也；長城之陰，齊也。"　　[6]日觀峰：泰山絕頂諸峰之一，在泰山頂東巖，是觀日出的佳處。　　[7]齊河：今屬山東。長清：今屬山東。　　[8]限：阻隔。　　[9]泰安：今屬山東。　　[10]丁未：古代用干支紀日，丁未是該月二十八日（陰曆）。　　[11]知府朱孝純子潁：朱孝純（1735—1801），字子潁，號海愚，漢軍旗人。乾隆二十七年（1732）舉人，官至兩淮鹽運使。能畫工詩，有《寶扇樓詩集》。朱氏與姚鼐同爲劉大櫆弟子，交情深摯，時任泰安知府。

[12]磴（dèng 凳）：石階。　　[13]酈道元所謂環水也：酈道元（？—527）：字善長，北魏范陽涿（今河北涿州）人。著有《水經注》。環水：泰安府護城河。酈道元《水經注·汶水》："又合環水，水出泰山南溪。南流，歷中下兩廟間。"　　[14]天門：泰山有東、西、南三天門。《山東通志》："泰山，周迴一百六十里，屈曲盤道百餘，逕南、東、西三天門，至絕頂，高四十餘里。"　　[15]燭：照映。　　[16]徂徠（lái 來）：山名，也作"徂來"，在山東泰安東南。　　[17]居霧：停留的霧。

[18]戊申：該月二十九日（陰曆）。晦：陰曆每月最後一天。　　[19]五鼓：五更，約凌晨三點至五點。　　[20]日觀亭：日觀峰上的亭子。　　[21]白若樗（chū出）蒲（pú 匍）：樗蒲指古代的一種賭具。一具五子，故亦稱五木。宋程大昌《演繁露》卷六："五子之形，兩頭尖銳，中間平廣，狀似今之杏仁。惟其尖銳，故可轉躍；惟其平廣，故可以鏤采也。凡一子悉爲兩面，其一面塗黑，黑之上畫牛犢以爲之章。犢者，牛子也。一面塗白，白之上即畫雉。雉者，野雞也。"立起形似山峰，故古人常用以形容山的形狀。《水經注·渭水》："累石山在北，亦謂之五木山。山方尖如五木狀，故俗人藉以名之。"山有積雪，故色白；而樗蒲一面白色，又形似山峰，故稱"白若樗蒲"。　　[22]極天：天際。《孔叢子》卷中："世人有言高者，必以極天爲稱。"　　[23]東海：泛指東方的海，非特指東海。　　[24]絳（jiàng 匠）：深紅色。皜（hào 皓）：白色。駮：駁雜。　　[25]僂（lǔ 旅）：俯身曲背以示恭敬。

[26]岱祠：即東嶽祠，也稱玉帝觀，是祭祀東嶽大帝的廟。　　[27]碧霞元君祠：

在泰山絶頂。碧霞元君,相傳爲東嶽大帝之女,宋真宗東巡至泰山,封爲天仙女碧
霞元君,並建昭應寺祀之。　　　[28]行宫:皇帝出行外地所居宫室。此指乾隆曾
到泰山封禪時所住之地。　　　[29]顯慶:唐高宗李治年號(656—660)。
[30]圜(yuán 元):同“圓”。　　　[31]石罅(xià 下):石縫。

【集評】

　　(清)王先謙《續古文辭類纂》卷二四:“具此神力,方許作大文。世多有登嶽輒
作游記自詫者,讀此當爲閣筆。”

　　(清)黎庶昌《續古文辭類纂》卷二五:“典要凝括。余以同治五年從曾文正公登
岱,觀日出。讀此益服其狀物之妙。”

袁隨園君墓誌銘　并序

【題解】

　　袁隨園即袁枚,已見前。姚鼐的詩文主張頗異於袁枚,曾公開批評袁氏之詩乃
“詩家之惡派”(《與鮑雙五》);姚鼐推崇程朱理學,與袁枚更多牴牾。但這並不影響
兩人的私交。袁枚卒後,頗受詆毁,有人勸姚鼐不當爲作墓誌銘,姚鼐説:“其文采風
流有可取,亦何害於作誌耶?”(陳用光《姚先生行狀》)於是爲撰此文。限於墓誌銘
的體例,文章對袁枚文學創作祇有肯定,並無批評。然似亦有意避免過多的推崇,可
謂立言有體。文章敘事簡潔,用語典要,體現了桐城文章對“雅潔”的追求。

　　君錢塘袁氏[1],諱枚,字子才。其仕在官,有名績矣。解官後,作
園江寧西城居之[2],曰隨園[3]。世稱隨園先生,乃尤著云。祖諱錡,
考諱濱,叔父鴻,皆以貧游幕四方。君之少也,爲學自成。年二十一,
自錢塘至廣西,省叔父於巡撫幕中。巡撫金公鉷一見異之[4],試以銅
鼓賦[5],立就,甚瑰麗。會開博學鴻詞科[6],即舉君。時舉二百餘人,
惟君最少。及試報罷[7]。中乾隆戊午科順天鄉試[8],次年成進士[9],
改庶吉士[10],散館[11],又改發江南爲知縣,最後調江寧知縣。江寧故
巨邑難治。時尹文端公爲總督[12],最知君才。君亦遇事盡其能,無所
迴避,事無不舉矣。既而去職家居。再起,發陝西,甫及陝,遭父喪
歸,終居江寧。

【校注】

[1]錢塘:今浙江杭州。　　[2]江寧:今江蘇南京。　　[3]隨園:在今南京清凉山東小倉山下,本爲隋氏之園,袁枚購得後,取"隨之時義大矣哉"之意,改稱隨園。[4]巡撫:清代省級地方政府的長官,總攬一省的軍事、吏治、刑獄、民政等。因兼兵部侍郎銜,也稱撫軍。金鉷(hóng 紅):字震方,又字德山,遼陽人,官至廣西巡撫。袁枚《小倉山房文集》卷三有《廣西巡撫金公神道碑》。　　[5]銅鼓:古代西南少數民族所用的一種鼓,傳說爲漢代馬援所創。　　[6]博學鴻詞:科舉的一種名目。唐朝開元十九年(731)曾開博學宏詞科,清康熙十八年(1679),爲收攬人心,舉博學鴻詞科。乾隆元年(1736)再舉行一次,袁枚所應者即此次。　　[7]報罷:未考中。　　[8]戊午科順天鄉試:戊午,指乾隆三年(1738)。鄉試三年舉行一次,謂之一科。順天,即順天府,治所在今北京。清制,秀才除在本省應鄉試外,亦可在順天府應試。　　[9]進士:明清時舉人會試中式,得應殿試,殿試及第分三甲:一甲三名,賜進士及第;二甲若干名,賜進士出身;三甲若干名,賜同進士出身。三甲皆稱進士。　　[10]庶吉士:清制,進士殿試後,進行朝考,根據成績,前列者授翰林院庶吉士,入庶常館學習。　　[11]散館:清制,庶吉士在庶常館學習三年期滿,舉行考試,成績優良者留館,授以編修、檢討館職,其餘或内用六部主事、内閣中書,或外用知縣,謂之散館。　　[12]尹文端:尹繼善(1659—1771),字元長,號望山,滿洲鑲黄旗人。雍正元年進士,官至文華殿大學士兼翰林院掌院學士。卒後謚文端。尹氏爲袁枚會試座師,時任兩江總督。總督:清代地方最高長官,統管一省或二三省軍事和行政,例兼兵部尚書銜。别稱制府、制軍、制臺。

　　君本以文章入翰林有聲,而忽擯外[1];及爲知縣,著才矣,而仕卒不進。自陝歸,年甫四十,遂絶意仕宦,盡其才以爲文辭歌詩,足跡造東南山水佳處皆遍,其瑰奇幽邈,一發於文章,以自喜其意。四方士至江南,必造隨園投詩文,幾無虚日。君園館花竹水石,幽深静麗,至櫺檻器具[2],皆精好,所以待賓客者甚盛。與人留連不倦,見人善,稱之不容口。後進少年詩文一言之美,君必能舉其詞,爲人誦焉。

　　君古文、四六體[3],皆能自發其思,通乎古法。於爲詩尤縱才力所至,世人心所欲出不能達者,悉爲達之。士多效其體,故《隨園詩文集》,上自朝廷公卿,下至市井負販,皆知貴重之。海外琉球[4],有來求其書者。君仕雖不顯,而世謂百餘年來,極山林之樂,獲文章之名,蓋未有及君也。

　　君始出，試爲溧水令[5]。其考自遠來縣治[6]，疑子年少無吏能，試匿名訪諸野。皆曰：“吾邑有少年袁知縣，乃大好官也。”考乃喜，入官舍。在江寧，嘗朝治事，夜召士飲酒賦詩，而尤多名蹟。江寧市中，以所判事作歌曲，刻行四方。君以爲不足道，後絕不欲人述其吏治云。

【校注】

[1]擯外：指袁枚散館後未能留館而外放爲江蘇溧水知縣。　　[2]櫺（líng 靈）：窗或欄杆上雕有花紋的木格子。　　[3]四六體：即駢體文，因多以四字六字對偶爲句，故稱。　　[4]琉球：古國名，在日本南，臺灣之東北，明以後始通中國，受册封。光緒初，爲日本所滅，改其地爲沖繩。　　[5]溧（lì 立）水：今江蘇溧陽。[6]考：已故的父親，指袁枚之父袁濱。袁濱卒於乾隆十七年（1752）。

　　君卒於嘉慶二年十一月十七日[1]，年八十二。夫人王氏無子，撫從父弟樹子通爲子。既而側室鍾氏又生子遲。孫二：曰初，曰禧。始君葬父母於所居小倉山北[2]，遺命以己祔[3]。嘉慶三年十二月乙卯[4]，祔葬小倉山墓左。桐城姚鼐，以君與先世有交[5]，而鼐居江寧，從君游最久[6]，君没，遂爲之銘曰：

　　粵有耆龐[7]，才博以豐。出不可窮，匪雕而工。文士是宗，名越海邦[8]。藹如其沖[9]，其産越中[10]。載官倚江[11]，以老以終。兩世阡同[12]，銘是幽宮[13]。

《惜抱軒詩文集·文集》卷一三

【校注】

[1]嘉慶：清仁宗（顒琰）年號（1796—1820）。嘉慶二年十一月十七日：公元1798年1月3日。　　[2]小倉山：山名，在今南京清凉山東部。　　[3]祔（fù 付）：合葬。子孫葬於先塋，亦謂祔葬。　　[4]嘉慶三年十二月乙卯：即1799年1月31日。　　[5]君與先世有交：作者伯父姚範與袁枚有交往，故云。作者《隨園雅集圖後記》云：“簡齋先生與鼐伯父薑塢先生（即姚範）故交友。”　　[6]從君游最久：作者在乾隆五十五年（1790）至嘉慶五年（1800）主講南京崇正書院期間，與袁枚往來甚密。　　[7]粵：發語辭。耆（qí 其）龐：指年高德重者。耆，老。龐，大。

[8]海邦:指前文所説的琉球。　　　[9]藹如:和藹的様子。沖:謙和。
[10]越中:指浙江,春秋時爲越國屬地,故稱。　　　[11]載:動詞詞頭,無義。倚江:緣江。唐杜甫《枏樹爲風雨所拔嘆》:"倚江枏樹草堂前。"袁枚歷官溧水、江寧等縣,皆臨近長江,故云"載官倚江"。　　　[12]阡(qiān 千):墓道,墳墓。袁枚與父母合葬,故云"兩世阡同"。　　　[13]幽宫:指墳墓。

【集評】

(清)王先謙《續古文辭類纂》卷一七:"雅潔。"

(清)黎庶昌《續古文辭類纂》卷二四:"銘辭高絶,邈然難攀。"

徐世昌《明清八家文鈔》卷六:"於隨園所長,盡力摹寫,其短則略不之及,用意忠厚。先生尺牘嘗言:隨園文采風流有可取,亦何害於作誌? 第不得述其遺行,轉以爲美耳。此作文意旨之所存,亦文章之義法也。"

汪　中

【作者簡介】

汪中(1744—1794),字容甫,江都(今江蘇揚州)人。七歲而孤,家貧,無力就學,由其母教讀。稍長,以替人販書爲生,因得遍讀經史百家之書。乾隆二十八年(1763)補縣學附生,四十二年爲拔貢生,以奉養老母未應試,此後亦不再應舉,以游幕賣文爲生。精通經史之學,能詩,尤工駢文。風格典麗凝重,而又流轉曉暢,爲清代駢文最重要的代表作家之一。有《述學》六卷、《容甫先生遺詩》六卷、《廣陵通典》十卷。《清史稿》卷四八一有傳。

哀鹽船文

【題解】

乾隆三十五年(1770),揚州儀徵沙漫洲附近江面鹽船失火,死傷極其慘重。作者目擊慘禍,深爲震動,寫下了這篇哀辭,具體形象地描述了這次慘禍的情况,字裏行間寄予了極大的同情。文章不僅寫得典麗工整,流轉曉暢,而且最重要的是能以情貫之,悽楚動人。哀辭,是古代用以追悼死者的一種文體,多用韻語,與誄相似。
《文心雕龍·哀弔》曰:"原夫哀辭大體,情主於痛傷,而辭窮乎愛惜……必使情往會
悲,文來引泣,乃其貴耳。"本文的寫法是很符合這一文體特點的。

　　乾隆三十五年十二月乙卯[1],儀徵鹽船火[2],壞船百有三十,焚
及溺死者千有四百。是時鹽綱皆直達[3],東自泰州[4],西極於漢
陽[5],轉運半天下焉。惟儀徵綰其口[6]。列檣蔽空[7],束江而立,望
之隱若城郭。一夕并命[8],鬱爲枯腊[9],烈烈厄運[10],可不悲邪! 於
時,玄冥告成[11],萬物休息;窮陰涸凝[12],寒威凜慄[13];黑眚拔來[14],
陽光西匿[15]。群飽方嬉[16],歌号宴食[17]。死氣交纏[18],視面惟
墨[19]。夜漏始下[20],驚飆勃發[21]。萬竅怒號[22],地脈蕩決[23]。大
聲發於空廓,而水波山立[24]。於斯時也,有火作焉[25]。摩木自
生[26],星星如血[27]。炎光一灼[28],百舫盡赤。青煙睒睒[29],熛若沃
雪[30]。蒸雲氣以爲霞,炙陰崖而焦熱[31]。始連楫以下碇[32],乃焚如
以俱没[33]。跳躑火中,明見毛髮。痛甚田田[34],狂呼氣竭。轉側張
惶[35],生塗未絶[36]。倏陽焰之騰高[37],鼓腥風而一喥[38]。洎埃霧之
重開[39],遂聲銷而形滅。齊千命於一瞬,指人世以長訣。發冤氣之
焄蒿[40],合游氛而障日[41]。行當午而迷方[42],揚沙礫之嫖疾[43]。衣繒
敗絮[44],墨查炭屑[45]。浮江而下,至於海不絶。

【校注】

[1]"乾隆"句:《嘉慶揚州府志》作"乾隆三十六年十二月",《道光儀徵縣志》爲
"乾隆三十六年十二月十九日",未知孰是。又,乾隆三十五年、三十六年十二月均
無乙卯日,當是作者誤記。　　　[2]儀徵:今屬江蘇,是長江下游重要河運轉運碼
頭。　　　[3]鹽綱:明清鹽業實行統銷,由列名綱册的鹽商赴鹽場運銷。這裏指鹽
綱運鹽船。　　　[4]泰州:今屬江蘇。　　　[5]漢陽:今湖北武漢。　　　[6]綰
(wǎn 挽):貫通,聯結。　　　[7]列檣蔽空:林立的船桅遮蔽天空,極言其多。
[8]并命:同時喪命。　　　[9]鬱爲枯腊(xī 昔):言屍體如乾肉一般堆積在一起。
鬱,蘊結、積聚。枯腊,乾肉。《漢書·楊王孫傳》:"其屍塊然獨處……肢體絡束,
口含玉石,欲化不得,鬱爲枯腊。"　　　[10]烈烈:火盛貌。《詩經·商頌·長發》:
"如火烈烈。"　　　[11]玄冥:主管冬令之神。《禮記·月令》:冬季之月,"其神玄

冥"。告成:完成使命,謂冬季將告終。　　　[12]窮陰:指極其陰冷之氣。唐李華《弔古戰場文》:"至若窮陰凝閉,凛冽海隅,積雪没脛,堅冰在鬚。"　　　[13]凛慄:嚴寒。　　　[14]黑眚(shěng省):喻指黑色雲霧。《説文》:"眚,目病生翳也。"拔來:突然而來。　　　[15]西匿:指太陽西下。漢末王粲《登樓賦》:"白日忽其西匿。"　　　[16]群飽方嬉:大家吃飽,正在嬉戲。　　　[17]歌咢(è厄):古稱祇擊鼓而無其他樂器伴奏的歌唱叫"咢"。後統稱没伴奏的歌吟叫咢。《詩經·大雅·行葦》:"或歌或咢。"高亨《詩經今注》:"唱而有曲調爲歌,唱而無曲調爲咢。"[18]死氣:古人迷信的説法,謂人將死於非命,則有死氣纏繞。　　　[19]視面惟墨:臉上滿是晦氣之色。《左傳·哀公十三年》:"肉食者無墨,今吳王有墨,國勝乎!太子死乎!"　　　[20]夜漏始下:天剛黑之時。古代用銅壺滴漏計時,故稱。[21]驚飆(biāo標):狂風。　　　[22]萬竅怒號:形容暴風大作,地上千穴萬孔都發出吼叫聲。《莊子·齊物論》:"是惟無作,作則萬竅怒號。"　　　[23]地脈:地的脈絡。此指長江,水流如地的脈絡,故云。蕩决:震盪湧溢。　　　[24]水波山立:言水波激蕩,如山般立起。　　　[25]作:興起。　　　[26]摩木自生:言船木相互之間激烈摩擦引起火花。《莊子·外物》:"木與木相摩則然。"　　　[27]星星如血:形容星星之火顯明刺目。　　　[28]炎光:火光。　　　[29]青煙:黑煙。睒(shǎn閃)睒:光焰閃爍貌。　　　[30]熛(biāo標)若沃雪:熛,疾速。沃雪,漢枚乘《七發》:"如湯沃雪。"沸水澆雪,立刻融化,本喻事之易於完成,此用以喻火勢迅速。[31]陰崖:陰暗潮濕的堤岸。焦爇(ruò若):燒焦而欲燃。爇,點燃。　　　[32]連檣:船連在一起。檣,船槳,代指船。下碇:抛錨。碇,停泊時爲穩定船身沉入水中的大石。　　　[33]焚如:火焰熾盛貌。如,語助詞。《易·離卦》:"突如其來如,焚如,死如,棄如。"　　　[34]痛謈(pò破):痛苦呼叫。《漢書·東方朔傳》:"上令倡監榜舍人,舍人不勝痛,呼謈。"注:"謂痛切而叫呼也。"田田:擬聲詞,狀捶胸之聲。《禮記·問喪》:"婦人不宜袒,故發胸、擊心、爵踊,殷殷田田,如壞牆然,悲哀痛疾之至也。"　　　[35]張惶:慌張,驚慌。　　　[36]生塗:生路。　　　[37]倏(shū舒):迅疾。陽焰:明亮的火焰。　　　[38]咉(xuè穴):風吹過的輕微聲音。《莊子·則陽》:"吹劍首者,咉而已矣。"晉司馬彪注:"咉,咉然如風過。"　　　[39]洎(jì寄):及,到。　　　[40]焄(xūn勳)蒿:《禮記·祭義》:"衆生必死,死必歸土……其氣發揚於上爲昭明,焄蒿悽愴,此百物之精也。"注:"焄,謂香臭也;蒿,謂氣烝出貌也。"此指死人的冤氣散發。　　　[41]游氛:游蕩於空中的凶氣。氛,凶氣。　　　[42]迷方:迷失方向。　　　[43]嫖(piāo飄)疾:輕捷迅速。[44]衣繒(zēng增)敗絮:指衣服的碎片。繒,絲織品的總稱。　　　[45]墨查(zhā渣):燒焦的殘餘物,與"炭屑"同義。查,同"渣"。

亦有没者善游[1]，操舟若神[2]。死喪之威[3]，從井有仁[4]。旋入雷淵[5]，并爲波臣[6]。又或擇音無門[7]，投身急瀨[8]。知蹈水之必濡[9]，猶入險而思濟[10]。挾驚浪以雷奔，勢若隮而終墜[11]。逃灼爛之須臾，乃同歸乎死地。積哀怨於靈臺[12]，乘精爽而爲厲[13]。出寒流以浹辰[14]，目睊睊而猶視[15]。知天屬之來撫[16]，慭流血以盈眥[17]。訴强死之悲心[18]，口不言而以意[19]。若其焚剥支離[20]，漫漶莫別[21]。圜者如圈[22]，破者如玦[23]。積埃填竅[24]，攦指失節[25]。嗟狸首之殘形[26]，聚誰何而同穴[27]。收然灰之一抔[28]，辨焚餘之白骨。嗚呼哀哉！

【校注】

[1]没者:指下水救人者。　　[2]操舟若神:《列子·黃帝篇》:"津人操舟若神。"
[3]死喪之威:《詩經·小雅·棠棣》:"死喪之威。"鄭箋:"死喪可畏怖之事。"
[4]從井有仁:下井救人。此指涉險救人。語出《論語·雍也》:"宰我問曰:'仁者,雖告之曰:"井有仁焉。"其從之也?'子曰:'何爲其然也? 君子可逝也,不可陷也。'"注:"孔曰:宰我以爲仁者必濟人於患難,故問有仁人墮井,將自投下從而出之不乎?"　　[5]雷淵:古代神話中的深淵。雷,指水旋轉聲音如雷。《楚辭·招魂》:"旋入雷淵,𡡾散而不可止些。"此指水底。　　[6]波臣:《莊子·外物》:"(鮒魚曰)我,東海之波臣也,君豈有斗升之水而活我哉?"這裏指水族。　　[7]擇音無門:《左傳·文公十七年》:"鹿死不擇音。"音,通"蔭"。言鹿將死,不暇選擇庇蔭之所。喻危急之時不擇所從。　　[8]急瀨(lài 賴):急流。　　[9]濡(rú 儒):沾濕,這裏指淹没。　　[10]思濟:希望得到援救。　　[11]隮(jī 基):同"躋",上昇。　　[12]靈臺:指内心。《莊子·庚桑楚》:"不可内於靈臺。"　　[13]乘:依恃。精爽:靈魂。厲:厲鬼。《左傳·昭公七年》:"是以有精爽至於神明,匹夫匹婦强死,其魂魄猶能馮依於人,以爲淫厲。"　　[14]"出寒流"句:謂遇難者的屍體從冰冷的江水中漂浮出來,已有十二天了。浹(jiā 加)辰:古代以干支紀日,自子至亥一周爲十二天,稱之爲浹辰。浹,周匝。　　[15]睊(juàn 倦)睊:側目相視的樣子。這裏説死者死不瞑目。　　[16]天屬:血緣親屬。撫:撫慰,悼念。
[17]"慭(yìn 印)流血"句:言死者眼眶流血。傳説人暴死後,親人臨屍,屍體會眼、鼻出血,以示泣訴。慭:又作"憖",傷痛。眥(zì 自):眼眶。　　[18]强死:横死,死於非命。　　[19]口不言而以意:《漢書·賈誼傳》:"口不能言,請對以意。"意,同"臆",《文選·鵩鳥賦》正作"臆"。　　[20]焚剥支離:謂肢體燒得殘

缺不全。剥,割裂。支離,殘缺不全。　　　　[21]漫漶(huàn 換):模糊不清。
[22]圜(yuán 圓):同"圓"。　　　　[23]玦(jué 決):環形而有缺口的玉佩。
[24]積埃填竅:積聚的塵土填滿屍體七竅。竅,七竅,指口、鼻、眼、耳等七孔。
[25]攡(lì 麗)指:手指折斷。節:骨節。　　　　[26]狸(lí 梨)首之殘形:唐韓愈《殘
形操序》:"《殘形操》者,曾子所作也。曾子夢一狸,不見其首,而作此曲。"這裏用
以指遇難者身體殘缺。狸,獸名。似狐而小,身肥而短。　　　　[27]"聚誰何"句:言
屍體支離破碎,又模糊難於辨認,祇能聚集不知姓名的屍體亂葬一穴之中。誰何:
不知何人。《莊子·應帝王》:"吾與之虛而委蛇,不知其誰何。"　　　　[28]然:同
"燃"。一抔(póu 哀):一捧。

　　且夫衆生乘化[1],是云天常[2]。妻孥環之[3],氣絶寢牀。以死衛
上[4],用登明堂[5]。離而不懲,祀爲國殤[6]。兹也無名,又非其命。
天乎何辜,罹此冤橫[7]!游魂不歸,居人心絶[8]。麥飯壺漿[9],臨江
嗚咽。日墮天昏,淒淒鬼語。守哭迍邅[10],心期冥遇[11]。惟血嗣之
相依[12],尚騰哀而屬路[13]。或舉族之沉波,終狐祥而無主[14]。悲
夫!叢塚有坎[15],泰厲有祀[16]。强飲强食,馮其氣類[17]。尚群游之
樂,而無爲妖祟[18]。
　　人逢其凶也邪?天降其酷也邪?夫何爲而至於此極哉!

《述學·補遺》

【校注】

[1]乘化:順應自然的變化,這裏指正常死亡。晉陶潛《歸去來兮辭》:"聊乘化以
歸盡。"　　　　[2]天常:天的常道,自然規律。《左傳·哀公六年》:"惟彼陶唐,帥彼
天常。"　　　　[3]妻孥:妻子兒女。　　　　[4]以死衛上:因保衛國君而死。
[5]用:以。登明堂:指受讚頌,享祭祀。明堂,古代帝王舉行朝會、祭祀、慶賞、選
士、養老、教學等大典的地方。　　　　[6]"離而"二句:言爲國犧牲,可以登明堂,享
祭祀,受禮賛,雖死而不悔。相形而愈見橫死者之悲慘。離而不懲:《楚辭·九
歌·國殤》:"首身離兮心不懲。"不懲,不悔。國殤:爲國事犧牲的人。劉宋鮑照
《代出薊北門行》:"投軀報明主,身死爲國殤。"　　　　[7]罹(lí 離):遭遇。
[8]居人:留存者。指活着的親人。　　　　[9]麥飯壺漿:帶着酒飯來祭祀。麥飯,麥
子做的飯,引申爲粗糲的飯食。　　　　[10]迍(zhūn 諄)邅(zhān 沾):難行貌。
[11]心期冥遇:内心期望死後能在冥間相遇。　　　　[12]血嗣:嫡親子孫。

[13]騰哀:放聲大哭。屬(zhǔ 主)路:路上接連不斷。屬,連續。　　[14]狐祥而無主:語出《戰國策·楚策》:"父子老弱系虜,相隨於路,鬼神狐祥無所食。"狐祥,彷徨,徘徊無依。　　[15]"叢塚"句:那些無主的死者在亂葬的墳中也有自己的壙穴。坎:坑,墓穴。　　[16]泰厲:死而無後的鬼。《禮記·祭法》:"王爲群姓立七祀:曰司命,曰中霤,曰國門,曰國行,曰泰厲。"疏:"泰厲者,謂古帝王無後者也。此鬼無所依歸,好爲民作禍,故祀之也。"　　[17]"强飲"二句:勉强吃點喝點,憑藉着鬼友之間的氣味相投而度日。馮:同"憑",憑藉、依靠。氣類:同類。《周易·乾》:"同聲相應,同氣相求……則各從其類也。"疏:"言天地之間,共相感應,各從其氣類。"　　[18]妖祟:鬼怪禍害人。

【集評】

　　(清)杭世駿《哀鹽船文序》:"《哀鹽船文》者,江都汪中之所作也。中早學六義,又好深湛之思,故指事類情,申其雅志。採遺制於《大招》,激哀音於變徵,可謂驚心動魄,一字千金者矣。"

黄景仁

【作者簡介】

　　黄景仁(1749—1783),字漢鏞,一字仲則,號鹿菲子,武進(今江蘇常州)人。四歲而孤,家境貧寒。乾隆二十九年(1764)應郡童子試,三千考生中名列榜首,次年補博士弟子員。屢應鄉試不第,游幕四方,困頓潦倒。四十一年,應乾隆東巡召試,列二等,授武英殿書籤官。後得畢沅資助納貲爲縣丞。尚未獲銓,而爲債主所逼,抱病往西安依畢沅,病逝於河東鹽運使沈業富運城官署,年僅三十五。詩學李白,縱橫自如,無意不達,而又因一生困頓,善作愁苦語,洪亮吉謂其詩"如咽露秋蟲,舞風病鶴"(《北江詩話》),王昶則比之爲"哀猿之叫月,獨雁之啼霜"(《湖海詩傳》)。其詩"聲稱噪一時,乾隆六十年間,論詩者推爲第一"(包世臣《齊民四術》)。亦工詞,"小令情辭兼勝,慢聲多楚調"(張德瀛《詞徵》卷六)。有《兩當軒集》二十二卷。《清史稿》卷四八五有傳。

雜　　感

【題解】

　　乾隆三十二年(1767)，作者年十九，赴江寧應鄉試不第。年少氣盛的作者極爲失落，這首詩正是在這樣的背景下寫的。作者生性多愁善感，詩多悲苦之音。朋友以"吟苦非福"勸之，但"祇有傷心勝古人"的作者豈能自主？竟寫下這首更爲悲凉感傷的詩作答。如此悲凉感傷的詩，很難想像竟出自十九歲少年之手。

　　仙佛茫茫兩未成，祇知獨夜不平鳴[1]。風蓬飄盡悲歌氣[2]，泥絮沾來薄倖名[3]。十有九人堪白眼[4]，百無一用是書生。莫因詩卷愁成讖[5]，春鳥秋蟲自作聲[6]。或戒以吟苦非福，謝之而已。

《兩當軒集》卷一

【校注】

[1]"仙佛"兩句：言己一事無成，又未能學會道家、佛家思想的超脱之道，因而祇能"獨夜不平鳴"。仙：指道家。宋戴復古《萬安江上》："不能成佛不成仙，虛度人間六十年。"不平鳴：唐韓愈《送孟東野序》："大凡物不得其平則鳴。"　　[2]"風蓬"句：言身世飄零如風中之蓬，慷慨悲歌的豪氣因而磨滅殆盡。蓬：即蓬蒿，秋枯根拔，風捲而飛，故又名飛蓬。　　[3]"泥絮"句：宋釋參寥贈妓詩："禪心已作沾泥絮，不逐東風上下狂。"（載宋趙令畤《侯鯖録》卷三）唐杜牧《遣懷》："十年一覺揚州夢，贏得青樓薄倖名。"　　[4]白眼：表示厭惡、蔑視。見前納蘭性德《金縷曲·贈梁汾》注。　　[5]"莫因"句：這句擬勸説者語，言作者詩多愁苦之音，恐因而成爲不吉利的讖語。即自注所謂"或戒以吟苦非福"。讖(chèn 趁)：預言吉凶得失的文字、圖記。　　[6]"春鳥"句：這句回答勸説者，言詩多愁苦之音非有意爲之，乃如春鳥秋蟲之鳴，心有不平，自然而發，不可抑制。春鳥秋蟲：韓愈《送孟東野序》："以鳥鳴春，以雷鳴夏，以蟲鳴秋，以風鳴冬，四時之相推敚，其必有不得其平者乎？"

圈　虎　行

【題解】

　　此詩作於乾隆四十五年(1780)正月。前半部分具體描寫馴虎表演的全過程，突出虎的帖服形象，極爲生動傳神，淋漓盡致。後半部分在此基礎上進而抒發"依人

虎任人頤使"的感慨,嘲諷小人媚主爲奴,行藏不如鼠。聯繫作者奔走四方,依人作
計的生涯,此詩似又兼寓身世之感,因而詩寫得激憤而沉痛。圈(juàn 倦)虎,關在
圈欄中的老虎。

都門歲首陳百技[1],魚龍怪獸罕不備[2]。何物市上游手兒[3],役
使山君作兒戲[4]。初舁虎圈來廣場[5],傾城觀者如堵墻[6]。四周立
柵牽虎出,毛拳耳戢氣不揚[7]。先撩虎鬚虎猶帖[8],以棓卓地虎人
立[9]。人呼虎吼聲如雷,牙爪叢中奮身入。虎口呀開大如斗[10],人轉
從容探以手。更脱頭顱抵虎口[11],以頭飼虎虎不受,虎舌舐人如舐
穀[12]。忽按虎脊叱使行,虎便逡巡繞闌走[13]。翻身踞地蹴凍塵[14],
揮身抖開花錦茵[15]。盤迴舞勢學胡旋[16],似張虎威實媚人。少焉仰
卧若佯死,投之以肉霍然起[17]。觀者一笑爭醵錢[18],人既得錢虎搖
尾。仍驅入圈負以趨,此間樂亦忘山居[19]。依人虎任人頤使[20],伴
虎人皆虎唾餘[21]。我觀此狀氣消沮,嗟爾斑奴亦何苦[22]。不能決踦
爾不智[23],不能破檻爾不武[24]。此曹一生衣食汝[25],彼豈有力如中
黄[26],復似梁鴦能喜怒[27]。汝得殘餐究奚補?悵鬼羞顔亦更主[28]。
舊山同伴儻相逢,笑爾行藏不如鼠[29]。

《兩當軒集》卷一四

【校注】

[1]都門:京城城門,此指京城。歲首:時爲正月,故云歲首。　　[2]魚龍:《漢
書·西域傳贊》:"作《巴俞》都盧、海中《碭極》、漫衍魚龍、角觝之戲以觀視之。"
注:"魚龍者,爲舍利之獸,先戲於庭極,畢乃入殿前激水,化成比目魚,跳躍漱水,
作霧障日,畢,化成黄龍八丈,出水敖戲於庭,炫耀日光。"此泛指各種罕見的怪獸。
[3]何物:表示驚異讚歎。《晉書·王衍傳》:"何物老嫗,生此寧馨兒。"游手兒:不
務正業者。　　[4]山君:指老虎。《説文》:"虎,山獸之君。"　　[5]舁(yú 餘):
扛擡,舉。　　[6]觀者如堵墻:喻圍觀者之多。《禮記·射義》:"孔子射於矍相
之圃,蓋觀者如堵墻。"　　[7]毛拳耳戢(jí 集):毛髮拳曲,雙耳收歛,形容虎很馴
服的樣子。　　[8]帖:服帖。　　[9]棓(bàng 磅):同"棒"。卓:豎立。
[10]呀(xiā 蝦):張口。　　[11]脱頭顱抵虎口:把頭伸進虎口,隨時有被咬斷的危險,
故云。　　[12]穀(gòu 夠):《説文》:"穀,乳也。"這裏指老虎仔。　　[13]逡巡:

遲疑徘徊,欲行又止。　　[14]凍塵:時在正月,北方塵土仍凍結。　　[15]花錦茵:錦製的花色墊子、毯子之類,喻虎毛的美好。　　[16]胡旋:《樂府雜録·俳優》:"舞有《骨鹿舞》、《胡旋舞》,俱於一小圓毯子上舞,縱橫騰踏,兩足終不離於毯子上,其妙如此也。"　　[17]霍然:突然。　　[18]醵(jù 具):湊集。[19]此間樂:《三國志·蜀書·後主傳》注引《漢晉春秋》:"他日,王問(劉)禪曰:'頗思蜀否?'禪曰:'此間樂,不思蜀。'"　　[20]頤使:口不言而以臉頰表情示意以使喚之。　　[21]"伴虎"句:言老虎本來隨時都可以吃掉戲虎者。[22]斑奴:指老虎。　　[23]決蹯(fán 凡):決裂足掌。《戰國策·趙策三》:"人有置繫蹄者而得虎,虎怒,決蹯而去。虎之情,非不愛其蹯也,然而不以環寸之蹯害七尺之軀者,權也。"　　[24]檻:柵欄。　　[25]衣食汝:以汝爲衣食,即靠虎謀生。　　[26]中黄:古代傳説力能搏虎的勇士。《尸子》:"中黄伯曰:余左執太行之猱,而右搏雕虎,惟象之未與試。"　　[27]梁鴦能喜怒:《列子·黄帝》:"周宣王之牧正,有役人梁鴦者,能養野禽獸。委食於園庭之内,雖虎狼雕鶚之類,無不柔馴者……梁鴦曰……且一言我養虎之法,凡順之則喜,逆之則怒。此有血氣者之性也……然則吾豈敢逆之使怒哉?亦不順之使喜也。"　　[28]"倀(chāng昌)鬼"句:謂倀鬼都爲虎的行爲感到羞恥,要改換新主人。倀鬼:古代迷信傳説被老虎咬死者會變倀鬼,引虎吃人。見明都穆《聽雨紀談·倀褫》。　　[29]行藏:行止。《論語·述而》:"用之則行,舍之則藏。"

【集評】

(清)孫星衍《詩評》:"仲則《圈虎行》爲七古絶技,'似張虎威實媚人',奇句精思,似奇實正。"

王文濡《清詩評注讀本》卷二:"寄託遥深,微辭寓諷,依人者可以鑒矣。"

賀　新　郎

太白墓和稚存韻

【題解】

太白墓,即李白墓,在安徽當塗青山西北麓。稚存即洪亮吉(1746—1809),字君直,一字稚存,號北江,陽湖(今江蘇常州)人。精研經史,兼工詩文,是作者的同鄉摯友。據洪亮吉所作《黄君行狀》,乾隆三十六年(1771),安徽學政朱筠延黄、洪二人於幕中。是年兩人同游太白墓,洪作《金縷曲·清風亭夢李白》(《金縷曲》與《賀新郎》

是同一詞牌的異稱),作者步韻和之。上闋實寫在太白墓前憑弔古人;下闋寫夢中與李白交談,想像奇特,饒有風趣。宋劉過《沁園春·寄稼軒承旨》曾虛構白居易、林逋、蘇軾的對話,此詞或受其啓發。洪亮吉原作見《更生齋詩餘》卷二,可參閱。

　　何事催人老?是幾處、殘山賸水[1],閒憑閒弔。此是青蓮埋骨地[2],宅近謝家之朓[3]。總一樣、文人宿草[4]。祇爲先生名在上,問青天、有句何能好[5]?打一幅,思君稿。　　夢中昨夜逢君笑。把千年、蓬萊清淺[6],舊游相告。更問後來誰似我[7]?我道才如君少。有或是、寒郊瘦島[8]。語罷看君長揖去[9],頓身輕、一葉如飛鳥[10]。殘夢醒,雞鳴了。

《兩當軒集》卷一八

【校注】

[1]殘山賸水:唐杜甫《陪鄭廣文游何將軍山林十首》之五:"賸水滄江破,殘山碣石開。"清顧貞觀《青玉案》:"歷歷水殘山賸也。"　　[2]青蓮:李白號青蓮居士。[3]宅近謝家之朓:謝朓任宣城太守時曾築室青山,故青山又名謝公山。而李白墓也在青山,故云。李白《題東溪公幽居》:"宅近青山同謝朓,門垂碧柳似陶潛。"作者《太白墓》:"一生低首惟宣城,墓門正對青山青。"　　[4]宿草:隔年之草。《禮記·檀弓上》:"朋友之墓,有宿草而不哭焉。"後用以指墓地。　　[5]"祇爲"二句:據宋計有功《唐詩紀事》卷二一,李白游黃鶴樓,欲作詩,見上有崔顥題詩,極爲佩服,曰:"眼前有景道不得,崔顥題詩在上頭。"采石磯太白樓楹聯:"我輩此中惟飲酒,先生在上莫題詩。"這裏借用其意,言李白詩名如此大,自己在太白墓前縱然寫出詩句,與之相比也祇能自慚形穢。　　[6]蓬萊清淺:喻世事的巨大變化,猶"滄海桑田"。舊題晉葛洪《神仙傳·王遠》:"麻姑自說云:接待以來,已見東海三爲桑田。向到蓬萊,水又淺於往昔,會時略半也。"蓬萊,傳說中的海上仙山。《史記·秦始皇本紀》:"海中有三神山,名曰蓬萊、方丈、瀛洲。"　　[7]"更問"句:言夢中李白問作者,在我身後可有與我相似的文人?　　[8]寒郊瘦島:宋蘇軾《祭柳子玉文》:"元輕白俗,郊寒島瘦。"　　[9]長揖(yī 衣):一種禮節,拱手自上至下。　　[10]頓:立即。

張惠言

【作者簡介】

　　張惠言(1761—1802)，字皋文，號茗柯，武進(今江蘇常州)人。嘉慶四年(1799)進士，朱珪特奏改庶吉士，充實録館纂修官。六年散館，朱珪復奏改授翰林院編修。不久病逝，年四十二。精通經學，著有《周易虞氏義》、《虞氏消息》、《周易鄭荀義》等二十餘種經學著作。善古文，爲“陽湖派”的開創者之一。尤工詞，與弟張琦輯《詞選》，推尊詞體，上比風騷，標“意内言外”之旨，强調比興寄託，開創了“常州詞派”。有《茗柯文編》五卷。《清史稿》卷四八二有傳。

續柳子厚天説

【題解】

　　唐柳宗元《天説》認爲天和果蓏、癰痔、草木一樣，是無知覺的自然存在，不能賞功罰禍。本文進一步補充論證，認爲即使天有知覺意識，它也不能賞功罰禍。作者以人喻天，謂人居天地之間，猶寄生蟲在人體内。人雖有知，不能自知寄生蟲在體内，更不會對寄生蟲賞功罰禍；因而天地也不會知覺人生於其間，天地既不知人生其間，人又豈能望其賞功罰禍？文章以蛕蟲爲喻，大膽新穎，頗具生趣。

　　或曰：柳子之説天也，比之果蓏、癰痔、草木[1]，天固若是無知乎？曰：蒼蒼者，謂之天；亭亭者，謂之地；歊歊翕翕者[2]，謂之元氣陰陽。其有知也？無知也？吾不得而知也。審無知乎[3]，柳子之説備矣。審有知乎，吾爲柳子竟之[4]。

　　凡有知者，孰過於人？人之身，枵然而虛其中者[5]，天地耶？呼吸而往來者，元氣陰陽耶？人之有知也以神，其帝之主宰於天、地、陰陽元氣者耶[6]？然則人居天地之中，其猶心、毛、肝葉耶？其脾之榮、膽之精、肺之魂魄耶[7]？必且猶蟯蛕之居且食於藏者耶[8]？其有不善之生也[9]，不猶蟲之與瘕者耶[10]？蟯蛕之在於藏也，未有知之者也，其死而出於後[11]，然後知藏之有蟯蛕也。其奚則生[12]，其奚則死，其亦仰而訴於吾乎？其亦哀而欲吾之仁之乎？人且有恩若罰於蟯蛕者耶[13]？寒濕之宛而蟲生焉[14]，食之蠱而蟲生焉，其生而戕於藏府[15]，痛知於身，而不知其爲蟲也。有扁鵲者[16]，藥而下之。扁鵲者知之，其人不知也[17]。魯之氓[18]，有食生菜而蛭生於腹者[19]，病三年，他日誤食芫華而病癒[20]。故自生以至其斃，而魯之氓不知有蛭也。夫屏穀而導引者去三蟲[21]，蟯蛕未有生焉者也。其次和藏氣，調血脈，瘕蠱未有生焉者也。神之濁而有蟯蛕，神之亂而有瘕蠱。然則，人之生於元氣陰陽之薄也[22]，決也[23]，彼且及知有生其間者耶？知有生其間者，毋亦待彼芫華、扁鵲者耶[24]？而怨之，而哀之，而望其賞與罰者，非惑耶？

《茗柯文編·初編》

【校注】

[1]“比之”句：指柳宗元《天説》：“天地，大果蓏也；元氣，大癰痔也；陰陽，大草木也。其烏能賞功而罰禍乎？”果蓏(luǒ裸)：泛指各類果實。果指果樹所結果實；蓏指瓜類等蔓生植物的果實。　　[2]歔(xū虛)：呼氣；翕(xī西)：吸氣。

[3]審：確實。　　[4]竟之：完成它。意謂進一步補充論證。　　[5]枵(xiāo消)然：虛大貌。《莊子·逍遙游》：“非不枵然大也，吾爲其無用而掊之。”

[6]“人之”句：言人之所以有知，乃是因爲“神”；“神”主宰人的身體，就好比主宰天地元氣陰陽的上帝一樣。　　[7]榮：血液。《素問·八正神明論》：“刺必中其榮，復以吸排針也。”注：“針入至血，謂之中榮。”　　[8]蟯(náo撓)、蛕：皆人體寄生蟲。蟯較短，蛕較長。柳宗元《罵尸蟲文》：“彼修蛕恙心，短蟯穴胃。”藏：通“臟”。　　[9]不善之生：指爲非作歹之人。　　[10]蠱：人體寄生蟲。瘕(jiǎ假)：由寄生蟲引起的腹中結塊的病。　　[11]後：肛門。《戰國策·韓策》：“寧爲雞口，無爲牛後。”　　[12]奚則：怎麼。　　[13]若：或者。　　[14]寒濕之宛(yù鬱)：宛，通“蘊”。鬱滯，鬱結。《史記·扁鵲倉公列傳》：“寒濕氣宛篤不發。”　　[15]戕(qiāng槍)：傷害。　　[16]扁鵲：春秋時名醫。原名秦越人，勃海郡鄭人。後秦太醫令李醯自知不如扁鵲，使人刺殺之。詳見《史記·扁鵲倉公列傳》。這裏借指醫生。　　[17]“扁鵲”二句：醫生知道那人腹中有寄生蟲，那人自己卻不知。　　[18]魯之氓(méng萌)：魯地人，即山東一帶人。

[19]蛭：螞蟥。　　[20]芫(yuán元)華：即芫花，花蕾入藥，可用以去除寄生蟲。《史記·扁鵲倉公列傳》：“臣意飲以芫華一撮，即出蟯可數升，病已。”　　[21]屏穀、導引：古稱行導引之術，不食五穀，可以長生。三蟲：人體內的寄生蟲。漢王充

《論衡·商蟲》:“人腹中有三蟲……三蟲食腸。”　　　[22]薄:薄弱。　　　[23]決:明確。　　　[24]毋亦……耶:固定句式,表示委婉的肯定。意爲:恐怕也要……吧?

木蘭花慢

楊　　花

【題解】

　　北宋章質夫《水龍吟·楊花》“曲盡楊花妙處”(宋魏慶之《詩人玉屑》),已是詠楊花的名作。蘇軾的和詞《水龍吟·次韻章質夫楊花詞》更超出原作,甚至“壓倒今古”(宋張炎《詞源》)。後人詠楊花,要想在兩詞之外有所突破,是很不容易的。這首詞對章、蘇兩詞有所借鑒,但更突出了楊花的飄零清寒與疏狂情性,寄託作者狷介的寒士品性,與兩詞異曲同工,可以並傳千古。楊花,即柳絮。

　　儘飄零盡了,何人解、當花看[1]。正風避重簾,雨迴深幬,雲護輕幡[2]。尋他一春伴侶,衹斷紅、相識夕陽間[3]。未忍無聲委地,將低重又飛還[4]。　　疏狂,情性算凄凉,耐得到春闌[5]。便月地和梅,花天伴雪,合稱清寒。收得十分春恨,做一天、愁影繞雲山。看取青青池畔[6],淚痕點點凝斑[7]。

《茗柯文編·茗柯詞》

【校注】

[1]“儘飄零”兩句:言楊花雖名花,而又不爲人當花看,任憑飄零殆盡,亦無人憐惜。語本宋蘇軾《水龍吟·次韻章質夫楊花詞》:“似花還似非花,也無人惜從教墜。”儘(jǐn 僅):任憑。　　　[2]輕幡:指護花幡。唐代崔玄微在花苑中遇衆花精,花精因得罪風神,懼怕狂風侵襲,乞求崔氏每年二月初一立朱幡於苑中,上圖日月五星之文。崔氏許之,苑中之花因而免於暴風的摧殘。典見唐鄭還古《博異志》。[3]斷紅:指落花。　　　[4]“未忍”兩句:宋章質夫《水龍吟·楊花》:“垂垂欲下,依前被、風扶起。”　　　[5]春闌:春盡。　　　[6]青青池畔:《古詩十九首》:“青青河畔草。”這裏指浮萍。古人有楊花入水化爲浮萍之説。蘇軾《水龍吟·次韻章質夫楊花詞》:“曉來雨過,遺蹤何在?一池萍碎。”　　　[7]“淚痕”句:蘇軾《水龍

吟·次韻章質夫楊花詞》：“細看來、不是楊花，點點是離人淚。”

【集評】

　　（清）譚獻《篋中詞·今集》卷三：“撮兩宋之菁英。”

水調歌頭

春日賦示楊生子掞
其　　四

【題解】

　　本題是張惠言贈給學生楊子掞的一組詞，共五首，此爲第四首。上闋感慨光陰易逝，悔恨未抓緊時日“讀十年書”。下闋通過充滿生機的春日景象的描寫，勸楊生惜春惜時、抓緊當下。全詞皆寓自勉勉人之意。

　　今日非昨日，明日復何如[1]？朅來真悔何事[2]，不讀十年書。爲問東風吹老[3]，幾度楓江蘭徑[4]，千里轉平蕪[5]。寂寞斜陽外[6]，渺渺正愁予[7]！　　千古意，君知否？祇斯須[8]。名山料理身後[9]，也算古人愚。一夜庭前綠遍，三月雨中紅透，天地入吾廬[10]。容易衆芳歇，莫聽子規呼[11]。

　　　　　　　　　　　　　　　　　　　　　《茗柯文編·茗柯詞》

【校注】

[1]今日兩句：宋王安石《今日非昨日》：“今日非昨日，昨日已可思。明日異今日，如何能勿悲。”　　[2]朅（qiè妾）來：猶邇來，近來。唐柳宗元《韋道安》：“朅來事儒術，十載所能逞。”　　[3]東風吹老：宋蘇軾《過都昌》：“水隔南山人不渡，東風吹老碧桃花。”　　[4]楓江蘭徑：《楚辭·招魂》：“朱明承夜兮時不可以淹，皋蘭被徑兮斯路漸。湛湛江水兮上有楓，目極千里兮傷春心。”　　[5]平蕪：雜草繁盛的原野。　　[6]寂寞斜陽：宋汪元量《鶯啼序》：“正潮打孤城，寂寞斜陽影裏。”　　[7]眇眇正愁予：《楚辭·九歌·湘夫人》：“帝子降兮北渚，目眇眇兮愁予。”眇眇，眯眼眺望貌。愁予，使我憂愁。　　[8]斯須：片刻。　　[9]名山料理身後：《史記·太史公自序》：“藏之名山，副在京師，俟後世聖人君子。”清顧貞觀《金縷曲》：“歸日急翻行戍稿，把空名料理傳身後。”　　[10]入吾廬：唐杜甫《溪漲》：“秋夏

忽泛溢,豈惟入吾廬。"　　　[11]"容易"兩句:《楚辭·離騷》:"恐鵜鴂之先鳴兮,
使夫百草爲之不芳。"《漢書·揚雄傳》載漢揚雄《反離騷》:"徒恐鵜鴂爲之將鳴兮,
顧先百草爲不芳。"注:"爲,鳩字也。鵜鴂鳥一名買鞭,一名子規,一名杜鵑,常以
立夏鳴,鳴則衆芳皆歇。"

【集評】

(清)陳廷焯《白雨齋詞話》卷四:"皋文《水調歌頭》五章,既沉鬱,又疏快,最是
高境。陳、朱雖工詞,究曾到此地步否? 不得以其非專門名家少之。熱腸鬱思,若斷
仍連,全自風騷變出。"

又《詞則·大雅集》卷六:"忽言情,忽寫景,若斷若連,似接不接,沉鬱頓挫,至
斯已極。無處不咽住,咽則鬱,鬱則厚矣。"

(清)譚獻《篋中詞·今集》卷三:"胸襟學問,醞釀噴薄而出,賦手文心,開倚聲
家未有之境。"

舒　位

【作者簡介】

舒位(1765—1815),字立人,號鐵雲,直隸大興(今屬北京)人。乾隆五十三年
(1788)舉人,此後屢試不第,游幕四方,設館授徒,潦倒終身。年五十喪母,以毀
卒。工詩,詩歌内容極爲豐富,風格奇博閎恣,横絶一世,龔自珍曾以"鬱怒横逸"
(《己亥雜詩》自注)評之。與王曇、孫原湘齊名,並稱"三君"。有《瓶水齋詩集》十
七卷、《別集》二卷、《詩話》一卷。《清史列傳》卷七二有傳。

杭州關紀事

【題解】

杭州關,指杭州運河碼頭的關卡。杭州關吏的貪婪在清代是有名的。清初沈
鍾《杭榷》云:"杭州關吏猛於虎……倒籠傾箱細搜枯。"乾隆朝蔣士銓《杭州》亦云:
"一肩書卷殘冬路,猶檢寒衣索稅錢。"此詩作於嘉慶四年(1799),痛斥杭州關吏搜刮

錢財、形同盜賊的醜惡行爲。全詩以七言爲主,中間雜以三言、四言、五言、九言句,參差錯落,自由奔放。詩中採用對話的形式,也使用了一些口語化的語言,俏皮風趣,諷刺辛辣。但同時又大量運用典故,表現了舒位詩歌"好用書卷"的特點。

　　杭州關吏如乞兒,昔聞斯語今見之。果然我船來泊時,開箱倒篋靡不爲。與吏言,呼吏坐,所欲吾肯從,幸勿太瑣瑣。吏言君果然,青銅白銀無不可;又言君不然,青山白水應笑我。我轉向吏白[1]:百貨我無一。即有八斗才,量之不能盈一石[2]。但有萬斛愁[3],賣之未嘗逢一客。其餘零星諸服物,例所不徵君其勿[4]。卻有一串飛青蚨[5],贈君小飲黃公壚[6]。吏睨視錢搖手呼[7],手招樓上之豪奴。奴年約有三十餘,庸惡陋劣鬣有鬚[8]。不作南語作北語,所語與吏無差殊。我且語奴休怒嗔,我非胡椒八百元宰相[9],亦非牛皮十二鄭商人[10]。且非販茶去浮梁[11],更非大賈來瞿塘[12]。況不比西域之胡[13],珊瑚木難璀璨生輝光[14]。問我來何國?但作賓客,不作盜賊。身行萬里半天下[15],不記東西與南北。問我何所有?笛一枝,劍一口。帖十三行詩萬首[16],爾之讎敵我之友。我聞榷酒稅[17],不聞搜詩囊[18];又聞報船料,不聞開客箱;請將班超所投筆[19],寫具陸賈歸時裝[20]。看爾意氣頗自豪,九牛何惜亡一毛[21]!爾家主人官不小,豈肯悉索容汝曹[22]!況今尺一除礦稅[23],捐棄黃標復紫標[24]。監察御史開口椒[25],爾何青天白日鹿覆蕉[26]!奴聞我言慘不驕,吏取我錢纏在腰[27]。斯時吏去奴欲去,檳榔滿口聲嘈嘈[28]。彼嘈嘈,我欸乃[29],見奴見吏如見鬼。作歌當經自懺悔,輶軒使者采不采[30]?

《瓶水齋詩集》卷七

【校注】

[1]白:說,道。　　[2]"即有"兩句:據宋佚名《釋常談》,南朝宋謝靈運曾謂天下共有才一石,曹植獨佔八斗,謝自己得一斗,天下共分一斗。斗、石:皆容量單位,十斗爲一石。　　[3]萬斛愁:極言憂愁之多。見前吳偉業《圓圓曲》注。[4]君其勿:君勿亂動。　　[5]飛青蚨:《搜神記》卷十三:"南方有蟲,名羸𧍝,一名𧑏蠸,又名青蚨……取其子,母即飛來,不以遠近。雖潛取其子,母必知處。以母血塗錢八十一文,以子血塗錢八十一文。每市物,或先用母錢,或先用子錢,皆

復飛歸，輪轉無已。”後用青蚨指代錢。　　　[6]黃公壚:黃公酒家。《世説新語·傷逝》:“王濬沖爲尚書令，著公服，乘軺車，經黃公酒壚下過，顧謂後車客:‘吾昔與嵇叔夜、阮嗣宗共酣飲於此壚。’”注:“韋昭《漢書注》曰:‘壚，酒肆也。以土爲墮，四邊高，似壚也。’”這裏泛指酒家。　　　[7]“吏睨”句:言關吏嫌其錢少，看不上眼。睨(nì 逆):斜視。　　　[8]鬑(lián 連):鬢髮稀疏不長。《陌上桑》:“爲人潔白晳，鬑鬑頗有鬚。”　　　[9]胡椒八百:據《新唐書·元載傳》，唐代宗時宰相元載，與宦官李輔國等勾結，貪贓枉法，後獲罪賜死，抄家時僅胡椒就有八百石。[10]牛皮十二:據《左傳·僖公三十三年》，春秋時鄭國商人弦高到周地去做生意，途中遇見企圖偷襲鄭國的秦國軍隊，假裝以鄭國國君名義，用四張熟牛皮和十二條牛犒勞秦軍，使秦軍誤以爲鄭國已有準備而退去。　　　[11]浮梁:今江西景德鎮，古代曾爲著名的茶葉集散地。唐白居易《琵琶行》:“商人重利輕別離，前月浮梁買茶去。”　　　[12]瞿唐:即瞿唐峽，長江三峽之一，在重慶奉節境内。唐李白《長干行》:“十六君遠行，瞿唐灩澦堆。”　　　[13]西域:指玉門關以西，巴爾喀什湖以東及以南的廣大地區。　　　[14]木難:寶珠名。《文選·曹子建美女篇》:“明珠交玉體，珊瑚間木難。”注引《南越志》:“木難，金翅鳥沫所成碧色珠也。”[15]“身行”句:宋蘇軾《龜山》:“身行萬里半天下，僧卧一庵初白頭。”　　　[16]十三行:晉王獻之書《洛神賦》真跡，至南宋時，僅存十三行，二百五十字，故名《十三行》。這裏用以指代字帖。　　　[17]榷(què 確):徵税。　　　[18]詩囊:裝詩稿的袋子。據唐李商隱《李長吉小傳》，唐李賀出游必隨身帶古錦囊，得句即納其中。[19]班超所投筆:《後漢書·班超傳》:“(班超)家貧，常爲官傭書以供養。久勞苦，嘗輟業投筆歎曰:‘大丈夫無它志略，猶當效傅介子、張騫立功異域，以取封侯，安能久事筆硯間乎!’”　　　[20]陸賈歸時裝:據《史記·酈生陸賈列傳》，漢初陸賈受高祖之命出使南越賜印封尉他爲南越王，尉他開始不禮待之，經陸賈游説，“乃大説(悦)陸生，留與飲數月”。陸賈歸時，南越王“賜陸生橐中裝直(值)千金，他送亦千金”。作者當時在從軍西南歸來途中，故用此典。　　　[21]“九牛”句:言關吏已經搜刮者如九牛之毛，而能從我身上搜刮的衹是區區一毛。即使捨棄，又有何可惜呢? 九牛亡一毛，典見漢司馬遷《報任安書》。亡:失去。[22]“豈肯”句:“豈肯容汝曹悉索”的倒裝。　　　[23]尺一:漢代以長度爲尺一的版寫詔書，後因用作詔書的代稱。　　　[24]黃標復紫標:《南史·梁宗室傳》:“(蕭)宏性愛錢，百萬一聚，黃榜標之;千萬一庫，懸一紫標，如此三十餘間。”這裏用以極言錢多。　　　[25]監察御史:隋唐以後的一種官職，掌分察百官、巡撫州縣獄訟、祭祀及監諸軍出使等。開口椒:唐封演《封氏聞見記·風憲》:“其裏行員外試者，俗名爲合口椒，言最有毒。監察爲開口椒，言稍毒。”把御史裏行及試員外者叫"合口椒",監察御史叫"開口椒",謂其如辣椒般辛辣敢言,執法嚴厲。又見《太平廣記》卷二五五。 ［26］鹿覆蕉:《列子·周穆王》:"鄭人有薪於野者,遇駭鹿,御而擊之,斃之。恐人見之也,遽而藏諸隍中,覆之以蕉,不勝其喜。俄而遺其所藏之處,遂以爲夢焉。"蘇軾《次韻劉貢父所和韓康公憶持國二首》:"夢覺真同鹿覆蕉,相君脱屣自參寥。"本用以喻得失無常,這裏意指關吏即使搜刮了錢財,也會被監察御史查出,最終仍要失去。［27］我錢:即前面所説的"一串飛青蚨"。 ［28］嚌(jiē 皆)嘈:象聲詞,嚼檳榔果的聲音。 ［29］欸(ǎi 矮)乃:行船搖櫓聲。唐柳宗元《漁翁》:"欸乃一聲山水綠。"這裏指開船離開。 ［30］輶(yóu 由)軒:輕車。使臣所乘之車。後因稱使臣爲"輶軒使"。

【集評】

　　(清)鍾駿聲《養自然齋詩話》卷七:"關吏之酷,由來久矣。予杭州舊居近北關,每聞人言,思作一詩形容之,未得也。後見大興舒鐵雲位《瓶水齋詩》有《杭關紀事》一首,以嬉笑出之,勝怒罵多矣。"

蒲松齡

【作者簡介】

　　蒲松齡(1640—1715),字留仙,號劍臣,別號柳泉居士,淄川(今山東淄博)人。清順治十五年(1658),以縣、府、道三第一補博士弟子員。後屢試不第,在同邑畢際有家當塾師。康熙四十九年(1710),援例補爲歲貢生。所著《聊齋誌異》,是中國古代文言小説的奇葩,初稿約完成於康熙十八年,至康熙四十六年仍有所補録,現存稿本、鑄雪齋抄本、青柯亭刻本等。該書四百九十篇作品,繼承六朝志怪與唐傳奇的傳統,"浮白載筆,僅成孤憤之書"(蒲松齡《聊齋自誌》),"寫情緣於花木,無非香草美人之思;證因果於鬼狐,猶是鴛被燕巢之意"(但明倫《聊齋誌異·絳妃》評語)。全書"描寫委曲,敍次井然,用傳奇法,而以志怪,變幻之狀,如在目前;又或易調改絃,別敍畸人異行,出於幻域,頓入人間;偶述瑣聞,亦多簡潔,故讀者耳目爲之一新"(魯迅《中國小説史略》)。1962 年中華書局上海編輯所、1986 年上海古籍出版社出版輯校本《蒲松齡集》,1998 年上海學林出版社出版《蒲松齡全集》。

<h1 style="text-align:center">嬰　寧</h1>

【題解】

　　此篇描寫人與狐女相愛的故事。嬰寧是人與狐結合所生的女子,長於山鄉曠野,受撫於鬼母狐婢,愛花成癖,與笑爲伴,天真爛漫,一片憨態,這同封建禮教要求女子嫻静、矜持的道德規範,形成尖鋭的對立。作品"以笑字立胎,而以花爲眼"(但明倫評語),層見疊出,反復渲染,從多個側面刻畫了嬰寧的性格特徵。全文環境的描寫充滿詩情畫意。如寫嬰寧屋舍内外的景物,雜花生樹的山村、桃柳夾墻的茅屋、豆棚花架的庭院、明潔如鏡的粉壁,展現出一幅修雅明朗、幽潔清麗的畫面,具有託物喻人、詠物言情的藝術效果。京劇有《一笑緣》,一名《憨英娘》,川劇有《冬梅記》,即本此而作。

　　王子服,莒之羅店人[1]。早孤。絶惠,十四入泮[2]。母最愛之,尋常不令游郊野。聘蕭氏,未嫁而夭[3],故求鳳未就也[4]。會上元[5],有舅氏子吴生,邀同眺矚[6]。方至村外,舅家有僕來,招吴去。生見游女如雲,乘興獨遨。有女郎攜婢,撚梅花一枝[7],容華絶代,笑容可掬[8]。生注目不移,竟忘顧忌。女過去數武[9],顧婢子笑曰:"個兒郎目灼灼似賊!"遺花地上,笑語自去。生拾花悵然,神魂喪失,快快遂返。

　　至家,藏花枕底,垂頭而睡,不語亦不食。母憂之。醮禳益劇[10],肌革鋭减[11]。醫師診視,投劑發表[12],忽忽若迷。母撫問所由,默然不答。適吴生來,囑秘詰之。吴至榻前,生見之淚下。吴就榻慰解,漸致研詰[13]。生具吐其實,且求謀畫。吴笑曰:"君意亦復癡! 此願有何難遂? 當代訪之。徒步於野,必非世家。如其未字,事固諧矣[14];不然,拚以重賂[15],計必允遂。但得痊瘳[16],成事在我。"生聞之,不覺解頤[17]。

　　吴出告母,物色女子居里,而探訪既窮,並無蹤緒。母大憂,無所爲計。然自吴去後,顔頓開,食亦略進。數日,吴復來。生問所謀,吴紿之曰[18]:"已得之矣。我以爲誰何人,乃我姑氏之女,即君姨妹行,今尚待聘。雖內戚有婚姻之嫌[19],實告之,無不諧者。"生喜溢眉宇,問:"居何里?"吳詭曰[20]:"西南山中,去此可三十餘里。"生又付囑再四,吳銳身自任而去[21]。

　　生由此飲食漸加,日就平復。探視枕底,花雖枯,未便彫落。凝思把玩,如見其人。怪吳不至,折柬招之[22]。吳支託不肯赴招[23]。生恚怒[24],悒悒不歡[25]。母慮其復病,急爲議姻;略與商搉[26],輒搖首不願,惟日盼吳。吳迄無耗[27],益怨恨之。轉思三十里非遥,何必仰息他人[28]?懷梅袖中,負氣自往,而家人不知也。

【校注】

[1]莒(jǔ舉):古國名,後置爲縣、州,在今山東莒縣一帶。　　[2]入泮:學童入泮宫讀書,意即考取秀才。泮,泮宫,即學宫,古代地方辦學校,因宫前有泮水,故稱。　　[3]夭:少亡。　　[4]求凰未就:求妻没有成功。求凰,鳳凰爲傳説中瑞鳥,雄曰鳳,雌曰凰。漢司馬相如曾作《琴歌》,向卓文君求愛,中有"鳳兮鳳兮歸故鄉,遨遊四海求其凰"的句子。後遂稱男子求偶爲"求凰"。　　[5]上元:農曆正月十五,舊俗稱上元節。　　[6]眺矚:自高處遠望。《世説新語·輕詆》:"桓公入洛,過淮泗,踐北境,與諸僚屬登平乘樓,眺矚中原。"這裏是游覽的意思。[7]撚(niǎn碾):輕巧地捏着。　　[8]笑容可掬(jū拘):形容笑得明顯。掬,兩手取物。　　[9]數武:幾步。武,半步。　　[10]醮(jiào叫)禳益劇:越是求神拜佛,病情就越嚴重。醮,《正字通》:"凡僧道設壇祈禱曰醮。"禳,去邪除惡的祭祀。　　[11]肌革銳減:身體很快消瘦。肌革,肌膚。銳,迅速。　　[12]發表:中醫認爲,有些病潛伏在人體内,須服藥發散,稱爲"發表",又叫"表散"。[13]研詰:細問。　　[14]諧:成功。　　[15]拚:豁出去。　　[16]痊瘳:病癒。　　[17]解頤:開顔歡笑。《漢書·匡衡傳》:"匡説詩,解人頤。"周密《齊東野語·解頤》:"蓋言其善於講誦,能使人喜而至於解頤也。"頤,腮。　　[18]紿(dài代):欺哄。　　[19]内戚有婚姻之嫌:古代姨表因血統較近,故不通婚,遂有此説。内戚,此指母系的親戚。下文"内親",義同。　　[20]詭:欺詐。[21]銳身:挺身。　　[22]折柬:謂裁紙寫信,亦作"折簡"。　　[23]支託:支吾推託。　　[24]恚(huì會)怒:怨恨,生氣。　　[25]悒悒:憂愁不安。[26]商搉(jué覺):商量,商討。又作"商榷(què卻)"。　　[27]迄無耗:始終没有消息。耗,音訊。　　[28]仰息他人:仰人鼻息。《後漢書·袁紹傳》:"袁紹孤

客窮軍,仰我鼻息,譬如嬰兒在股掌之上,絕其哺乳,立可餓殺。"鼻息噓氣則溫,吸氣則寒,故用以比喻冷暖由人,不能自主。

　　伶仃獨步,無可問程,但望南山行去。約三十餘里,亂山合沓[1],空翠爽肌,寂無人行,止有鳥道[2]。遙望谷底,叢花亂樹中,隱隱有小里落。下山入村,見舍宇無多,皆茅屋,而意甚修雅。北向一家,門前皆絲柳,牆內桃杏尤繁,間以修竹;野鳥格磔其中[3]。意其園亭,不敢遽入。回顧對戶,有巨石滑潔,因據坐少憩[4]。

　　俄聞牆內有女子[5],長呼"小榮",其聲嬌細。方佇聽間,一女郎由東而西,執杏花一朵,俛首自簪[6]。舉頭見生,遂不復簪,含笑撚花而入。審視之,即上元途中所遇也[7]。心驟喜。但念無以階進[8];欲呼姨氏,顧從無還往,懼有訛誤。門內無人可問。坐臥徘徊,自朝至於日昃[9];盈盈望斷[10],並忘饑渴。時見女子露半面來窺,似訝其不去者。

　　忽一老媼扶杖出,顧生曰:"何處郎君,聞自辰刻便來,以至於今。意將何爲? 得勿饑耶?"生急起揖之,答云:"將以盼親。"媼聾聵不聞[11]。又大言之,乃問:"貴戚何姓?"生不能答。媼笑曰:"奇哉! 姓名尚自不知,何親可探? 我視郎君,亦書癡耳[12]。不如從我來,啖以粗糲[13],家有短榻可臥。待明朝歸,詢知姓氏,再來探訪,不晚也。"生方腹餒思啗[14],又從此漸近麗人,大喜。

　　從媼入,見門內白石砌路,夾道紅花,片片墜階上;曲折而西,又啓一關,豆棚花架滿庭中。肅客入舍[15],粉壁光明如鏡;窗外海棠枝朵,探入室中;裀籍几榻[16],罔不潔澤。甫坐,即有人自窗外隱約相窺。媼喚:"小榮! 可速作黍[17]。"外有婢子噭聲而應[18]。坐次[19],具展宗閥[20]。媼曰:"郎君外祖,莫姓吳否?"曰:"然。"媼驚曰:"是吾甥也! 尊堂[21],我妹子。年來以家寠貧[22],又無三尺男,遂至音問梗塞[23]。甥長成如許,尚不相識。"生曰:"此來即爲姨也,匆遽遂忘姓氏。"媼曰:"老身秦姓,並無誕育;弱息僅存[24],亦爲庶產[25]。渠母改醮[26],遺我鞠養[27]。頗亦不鈍,但少教訓,嬉不知愁。少頃,使來拜識。"

未幾,婢子具飯,雛尾盈握[28]。媼勸餐已,婢來斂具[29]。媼曰:"喚寧姑來。"婢應去。良久,聞户外隱有笑聲。媼又喚曰:"嬰寧,汝姨兄在此。"户外嗤嗤笑不已。婢推之以入,猶掩其口,笑不可遏。媼瞋目曰:"有客在,咤咤叱叱[30],是何景象?"女忍笑而立,生揖之。媼曰:"此王郎,汝姨子。一家尚不相識,可笑人也。"生問:"妹子年幾何矣?"媼未能解。生又言之。女復笑,不可仰視。媼謂生曰:"我言少教誨,此可見矣。年已十六,呆癡裁如嬰兒。"生曰:"小於甥一歲。"曰:"阿甥已十七矣,得非庚午屬馬者耶?"生首應之[31]。又問:"甥婦阿誰?"答曰:"無之。"曰:"如甥才貌,何十七歲猶未聘?嬰寧亦無姑家,極相匹敵;惜有內親之嫌。"生無語,目注嬰寧,不遑他瞬[32]。婢向女小語云:"目灼灼,賊腔未改!"女又大笑,顧婢曰:"視碧桃開未?"遽起,以袖掩口,細碎連步而出。至門外,笑聲始縱。媼亦起,喚婢襆被[33],爲生安置。曰:"阿甥來不易,宜留三五日,遲遲送汝歸。如嫌幽悶,舍後有小園,可供消遣,有書可讀。"

【校注】

[1]合沓:重疊。南齊謝脁《敬亭山》詩:"兹山亘百里,合沓與雲齊。"　　[2]鳥道:謂險絶的山道,僅通飛鳥。唐李白《蜀道難》:"西當太白有鳥道,可以橫絶峨眉巔。"
[3]格磔(zhé 折):鳥鳴聲。　　[4]因據坐少憩:青柯亭本無"少"字,抄本無"據"字。憩,歇息。　　[5]俄:不久。　　[6]俛首:低頭。俛,同"俯"。
[7]"即上元"句:但明倫評:"前撚梅,此執杏。梅者,媒也;杏者,幸也。媒所以遺地上,笑而去;幸則唯含笑而入也。"　　[8]無以階進:找不到進去的理由。
[9]日昃(zè 仄):太陽偏西,約午後二時左右。　　[10]盈盈望斷:形容凝思盼望的神情。盈盈,充積的樣子。宋張孝祥《雨中花慢》詞:"神交冉冉,愁思盈盈,斷魂欲遣誰招。"這裏形容目光集中的樣子。望斷,猶言望穿。　　[11]聾聵(kuì 愧):耳背,聽力不好。　　[12]書癡:書呆子。《舊唐書》卷六一《竇威傳》:"威家世勳貴,諸昆弟並尚武藝,而威耽翫文史,介然自守,諸兄哂之,謂爲書癡。"　　[13]啖(dàn旦):吃或給別人吃。粗糲:粗米飯。　　[14]啗(dàn旦):同"啖"。　　[15]肅客入舍:引導客人進屋。肅,引進。　　[16]裀籍:墊褥,坐席。　　[17]作黍:做黍米飯。語本《論語·微子》:"殺雞爲黍而食之。"後以之謙稱備家常便飯,誠意待客。　　[18]噭(jiào叫)聲而應:高聲急應。《禮記·曲禮上》:"毋側聽,毋噭

應。"疏："噭,謂聲響高急,如叫之號呼也。應答宜徐徐而和,不得高急如叫也。"
[19]坐次:坐着的時候。次,在,當。此指時間。　　　[20]具展宗閥:詳細談了自
己的宗族門第。　　　[21]尊堂:舊時對別人母親的尊稱。　　　[22]寠(jù 具)貧:
家中貧寒,無法講禮。《詩經·邶風·北門》:"終寠且貧,莫知我艱。"毛傳:"寠
者,無禮也;貧者,困於財。"　　　[23]音問梗塞:不通音信。梗塞,阻塞。
[24]弱息:幼弱的子女。這裏專指女兒。　　　[25]庶產:庶出,即妾所生的孩
子。　　　[26]渠:他(她)。改醮:改嫁。　　　[27]鞠養:撫養。鞠,養育。《詩
經·小雅·蓼莪》:"父兮生我,母兮鞠我。"　　　[28]雛尾盈握:形容長肥的家
禽,尾部抓着已經滿把。雛,幼禽。此指小雞。《禮記·內則》:"雛尾不盈握,弗
食。"這裏指用肥雞作菜餚。　　　[29]斂具:收拾餐具。　　　[30]咤(zhà 詐)
咤叱叱:這裏是大聲笑嚷的意思。　　　[31]首應:點頭答應。　　　[32]不遑他
瞬:顧不上看別的。不遑,顧不上。　　　[33]襆(fú 服)被:本指用包袱裹束衣
服。這裏是整理被褥的意思。

　　次日,至舍後,果有園半畝,細草鋪氈[1],楊花糝徑[2];有草舍三
楹[3],花木四合其所。穿花小步,聞樹頭蘇蘇有聲,仰視,則嬰寧在
上。見生來,狂笑欲墮。生曰:"勿爾,墮矣!"女且下且笑,不能自止。
方將及地,失手而墮,笑乃止。生扶之,陰捘其腕[4]。女笑又作,倚樹
不能行,良久乃罷。生俟其笑歇,乃出袖中花示之。女接之,曰:"枯
矣。何留之?"曰:"此上元妹子所遺,故存之。"問:"存之何意?"曰:
"以示相愛不忘也。自上元相遇,凝思成病,自分化爲異物[5];不圖得
見顏色[6],幸垂憐憫。"女曰:"此大細事[7]。至戚何所靳惜[8]?待郎
行時,園中花,當喚老奴來,折一巨綑負送之。"生曰:"妹子癡耶?""何
便是癡?"曰:"我非愛花,愛撚花之人耳。"女曰:"葭莩之情[9],愛何待
言。"生曰:"我所謂愛,非瓜葛之愛[10],乃夫妻之愛。"女曰:"有以異
乎?"曰:"夜共枕席耳。"女俛思良久,曰:"我不慣與生人睡。"

　　語未已,婢潛至,生惶恐遁去。少時,會母所。母問:"何往?"女
答以園中共話。媼曰:"飯熟已久,有何長言[11],周遮乃爾[12]。"女曰:
"大哥欲我共寢。"言未已,生大窘,急目瞪之。女微笑而止。幸媼不
聞,猶絮絮究詰。生急以他詞掩之。因小語責女。女曰:"適此語不
應說耶?"生曰:"此背人語。"女曰:"背他人,豈得背老母。且寢處亦

常事,何諱之?"生恨其癡,無術可以悟之。

　　食方竟,家中人捉雙衛來尋生[13]。先是,母待生久不歸,始疑;村中搜覓幾遍,竟無蹤兆。因往詢吳。吳憶曩言,因教於西南山村行覓。凡歷數村,始至於此。生出門,適相值,便入告媼,且請偕女同歸。媼喜曰:"我有志,匪伊朝夕[14]。但殘軀不能遠涉,得甥攜妹子去,識認阿姨,大好!"呼嬰寧。寧笑至。媼曰:"有何喜,笑輒不輟?若不笑,當爲全人。"因怒之以目。乃曰:"大哥欲同汝去,可便裝束。"又餉家人酒食,始送之出曰:"姨家田産豐裕,能養冗人。到彼且勿歸,小學詩禮[15],亦好事翁姑。即煩阿姨,爲汝擇一良匹[16]。"二人遂發。至山坳[17],回顧,猶依稀見媼倚門北望也。

【校注】

[1]細草鋪氈:何垠注:"謂細草鋪地如氈,而楊花點於氈上,如米之和於羹内,顔色鮮好也。"　　[2]楊花糝(sǎn 傘)徑:形容楊花散落在泥路上。糝,以米和羹。此處用作動詞,散落的意思。　　[3]三楹(yíng 盈):三間。楹,本指廳堂的前柱,後亦作房屋計量單位,屋一列或一間爲一楹。　　[4]陰捘(zùn 尊去聲)其腕:暗中捏她的手腕。捘,捏,按。　　[5]"自分"句:自以爲要死。自分:自己料想。異物:指鬼。　　[6]不圖:没料想,没想到。　　[7]大細事:極小的事。

[8]靳(jìn 近)惜:吝惜。靳,吝惜,不肯給予。　　[9]葭莩之情:此指戚屬親情。葭莩,蘆葦中粘附的薄膜。常用以比喻關係疏遠淡薄。《漢書·中山靖王劉勝傳》:"今群臣非有葭莩之親、鴻毛之重。"注:"葭莩喻薄。"後亦泛指戚屬爲葭莩。《宋書·南郡王義宣傳》:"謂異姓震主,嫌隙易構;葭莩淳戚,昭亮可期。"

[10]瓜葛:瓜和葛都是蔓生的植物,用以比喻互相牽連,多指親戚關係而言。何垠注:"瓜葛之蔓,遇物則緣繫之,喻親戚之連屬也。"《世説新語·排調》:"王長豫幼便和令,丞相(王導)愛恣甚篤。每共圍棋,丞相欲舉行,長豫按指不聽。丞相笑曰:'詎得爾?相與似有瓜葛。'"　　[11]長言:原意爲發音舒緩的語詞。這裏指話多。　　[12]周遮:形容言語煩瑣的樣子。唐白居易《長慶集》卷五六《老戒》詩:"矍鑠誇身健,周遮説話長。"　　[13]捉雙衛:牽着兩匹驢子。捉,牽引。衛,驢的別名。《表異録·毛蟲》:"驢曰衛子,或言衛地多驢,故名。或言衛靈公好乘驢車。或言衛玠好乘跛驢。"　　[14]匪伊朝夕:不止一日。匪,同"非",不是。伊,語助詞,無義。　　[15]小學詩禮:稍微學習一點詩書禮法。詩禮,指舊時家庭對子女的教育内容。《論語·季氏》:"陳亢問於伯魚曰:'子亦有異聞乎?'對曰:'未也。

嘗獨立,鯉趨而過庭。曰:"學《詩》乎?"對曰:"未也。""不學《詩》,無以言。"鯉退而學《詩》。他日,又獨立,鯉趨而過庭。曰:"學《禮》乎?"對曰:"未也。""不學《禮》,無以立。"鯉退而學《禮》。聞斯二者。'陳亢退而喜曰:'問一得三,聞《詩》,聞《禮》,又聞君子之遠其子也。'"　　　[16]良匹:好配偶。　　　[17]山坳:山溝,山谷。

　　抵家,母睹姝麗,驚問爲誰。生以姨女對。母曰:"前吳郎與兒言者,詐也。我未有姊,何以得甥?"問女,女曰:"我非母出。父爲秦氏,没時,兒在襁中[1],不能記憶。"母曰:"我一姊適秦氏,良確;然殂謝已久[2],那得復存?"因審詰面龐、誌贅[3],一一符合。又疑曰:"是矣。然亡已多年,何得復存?"疑慮間,吳生至,女避入室。吳詢得故,惘然久之[4]。忽曰:"此女名嬰寧耶?"生然之。吳亟稱怪事。問所自知,吳曰:"秦家姑去世後,姑丈鰥居,祟於狐[5],病瘵死[6]。狐生女名嬰寧,繃卧牀上[7],家人皆見之。姑丈殁,狐猶時來;後求天師符黏壁間[8],狐遂攜女去。將勿此耶?"彼此疑參[9]。但聞室中吃吃皆嬰寧笑聲。母曰:"此女亦太憨生[10]。"吳生請面之。母入室,女猶濃笑不顧。母促令出,始極力忍笑,又面壁移時,方出。纔一展拜,翻然遽入,放聲大笑。滿室婦女,爲之粲然[11]。

　　吳請往覘其異[12],就便執柯[13]。尋至村所,廬舍全無,山花零落而已。吳憶姑葬處,仿佛不遠;然墳壠湮没,莫可辨識,詫歎而返。母疑其爲鬼,入告吳言,女略無駭意;又弔其無家,亦殊無悲意,孜孜憨笑而已[14]。衆莫之測。

　　母令與少女同寢止。昧爽即來省問[15],操女紅精巧絶倫[16]。但善笑,禁之亦不可止;然笑處嫣然[17],狂而不損其媚,人皆樂之。鄰女少婦,爭承迎之。母擇吉將爲合巹[18],而終恐爲鬼物。竊於日中窺之,形影殊無少異。至日,使華妝行新婦禮;女笑極不能俯仰,遂罷。生以其憨癡,恐泄漏房中隱事;而女殊密秘,不肯道一語。每值母憂愁,女至,一笑即解。奴婢小過,恐遭鞭楚[19],輒求詣母共話,罪婢投見,恒得免。而愛花成癖,物色遍戚黨[20];竊典金釵,購佳種。數月,階砌藩溷[21],無非花者。

　　庭後有木香一架,故鄰西家。女每攀登其上,摘供簪玩。母時遇

見,輒訶之[22]。女卒不改。一日,西人子見之,凝注傾倒[23]。女不避
而笑。西人子謂女意屬己,心益蕩。女指墻底笑而下,西人子謂示約
處,大悅。及昏而往,女果在焉。就而淫之,則陰如錐刺,痛徹於心,
大號而踣[24]。細視非女,則一枯木臥墻邊,所接乃水淋竅也。鄰父聞
聲,急奔研問,呻而不言。妻來,始以實告。爇火燭竅[25],見中有巨
蠍,如小蟹然。翁碎木捉殺之。負子至家,半夜尋卒。

　　鄰人訟生,訐發嬰寧妖異[26]。邑宰素仰生才[27],稔知其篤行
士[28],謂鄰翁訟誣,將杖責之。生爲乞免,遂釋而出。母謂女曰:"憨
狂爾爾[29],早知過喜而伏憂也。邑令神明,幸不牽累;設鶻突官
宰[30],必逮婦女質公堂,我兒何顏見戚里?"女正色,矢不復笑。母曰:
"人罔不笑,但須有時。"而女由是竟不復笑,雖故逗,亦終不笑;然竟
日未嘗有戚容。

【校注】

[1]褓:裹覆小兒的衣被。借指嬰兒時期。　　[2]殂(cú 徂)謝:去世。《尚書·
舜典》:"帝乃殂落。"孔穎達疏:"蓋殂爲往也,言人命盡而往。落者,若草木葉落
也。"　　[3]誌贅:皮膚上的斑痕和腫塊。誌,通"痣",皮膚上長的有色斑點。
贅,贅疣,肉瘤。　　[4]惘然:精神恍惚的樣子。　　[5]祟於狐:被狐所禍害。
[6]病瘵死:害虛症而死。瘵,瘦弱,中醫稱作虛症。　　[7]繃:束負小兒的布帶。
《漢書·宣帝紀》:"曾孫雖在襁褓。"唐顏師古注:"襁,即今之小兒繃也。"這裏作
動詞用,束裹的意思。　　[8]天師符:舊俗端午日,以尺幅黄紙,蓋以硃印,繪天
師、鍾馗像或五毒符咒,黏於中門,以避祟惡,謂之天師符(見《燕京歲時記》)。這
裏指舊時道士用以驅鬼治病的符咒。天師,原指張天師。東漢張道陵創五斗米
道,爲早期道教流派之一。後其子孫世代在江西龍虎山從事煉丹畫符等迷信活動。
元代封張爲天師,信奉者乃沿用此稱號。亦用以尊稱僧道術士等。　　[9]疑參:疑
惑猜測。　　[10]太憨生:形容少女嬌癡的狀態。顏師古《隋遺録》:"時洛陽進
煬帝迎輦花……帝命(袁)寶兒持之,號曰司花女。時詔虞世南草《征遼指揮德音
敕》於帝側,寶兒注視久之,帝謂世南曰:'昔傳飛燕可掌上舞,朕常謂儒生飾於文
字,豈人能若是乎?及今得寶兒,方昭前事,然多憨態。今注目於卿,卿才人,可便
嘲之。'世南應詔爲絕句曰:"學畫鴉黄半未成,垂肩嚲袖太憨生。緣憨卻得君王
惜,長把花枝傍輦行。"生,語助詞。　　[11]粲然:露齒而笑的樣子。　　[12]覘
(chān 攙):探看。　　[13]執柯:意即作媒。《詩經·豳風·伐柯》:"伐柯如何?

匪斧不克。取妻如何？匪媒不得。”　　　[14]孜孜：不停歇的樣子。　　　[15]昧爽：猶言黎明，天剛亮時。《荀子·哀公》：“君昧爽而櫛冠。”　　　[16]女紅：同“女工”或“女功”，指紡織、刺繡、縫紉等女工的工作。《漢書·景帝紀》後二年詔：“錦繡纂組，害女紅者也。”注：“紅，讀曰功。”《淮南子·齊俗訓》：“錦繡纂組，害女工者也。”　　　[17]嫣然：美好的樣子。《文選》戰國楚宋玉《登徒子好色賦序》：“東家之子，嫣然一笑，惑陽城，迷下蔡。”　　　[18]“擇吉”句：選擇吉日將爲她成婚。合巹(jǐn 僅)：古婚禮儀式之一，新婚夫婦各執一巹，斟酒以飲，稱爲合巹。後以之指代成婚。巹，古代舉行婚禮時用作酒器的瓢。　　　[19]鞭楚：用鞭杖打。楚，刑杖；木棍。　　　[20]戚黨：親族。舊時凡親族皆可稱“黨”，如父黨、母黨、妻黨。[21]藩溷(hùn 婚去聲)：籬笆和廁所。　　　[22]訶(hē 喝)：同“呵”，斥責。[23]凝注：目不轉睛地注視。　　　[24]踣(bó 駁)：仆倒。　　　[25]爇(ruò 若)：點燃。　　　[26]訐(jié 潔)發：揭發。訐，發人陰私。　　　[27]邑宰：知縣。[28]篤行：品行敦厚。　　　[29]爾爾：如此。　　　[30]設：假如。鶻突：即糊塗，因音近而相轉。意爲不曉事理。

　　一夕，對生零涕。異之。女哽咽曰：“曩以相從日淺[1]，言之恐致駭怪。今日察姑及郎，皆過愛無有異心，直告或無妨乎？妾本狐產。母臨去，以妾託鬼母，相依十餘年，始有今日。妾又無兄弟，所恃者惟君。老母岑寂山阿[2]，無人憐而合厝之[3]，九泉輒爲悼恨[4]。君倘不惜煩費，使地下人消此怨恫[5]，庶養女者不忍溺棄。”生諾之，然慮墳塚迷於荒草。女但言無慮。刻日，夫妻輿櫬而往[6]。女於荒煙錯楚中[7]，指示墓處，果得媼屍，膚革猶存。女撫哭哀痛。舁歸[8]，尋秦氏墓合葬焉。

　　是夜，生夢媼來稱謝，寤而述之。女曰：“妾夜見之，囑勿驚郎君耳。”生恨不邀留。女曰：“彼鬼也。生人多，陽氣勝，何能久居？”生問小榮，曰：“是亦狐，最黠。狐母留以視妾，每攝餌相哺[9]，故德之常不去心。昨問母，云已嫁之。”由是歲至寒食[10]，夫妻登秦墓，拜掃無缺。女逾年，生一子。在懷抱中，不畏生人，見人輒笑，亦大有母風云。

　　異史氏曰：“觀其孜孜憨笑，似全無心肝者；而牆下惡作劇，其黠孰甚焉。至淒戀鬼母，反笑爲哭，我嬰寧殆隱於笑者矣。竊聞山中有草，名‘笑矣乎’，嗅之，則笑不可止[11]。房中植此一種，則合歡、忘憂[12]，並無顏色矣。若解語花[13]，正嫌其作態耳[14]。"

《聊齋誌異》(會校會注會評本)卷二

【校注】

[1]曩(nǎng 囊上聲)：從前，過去。　　[2]岑寂山阿：在山邊很孤獨冷清。岑寂，寂寞。宋歐陽修《歐陽文忠公集》卷九《感事四首》其四："莫笑學仙人，山中苦岑寂。"山阿，山的曲折處。《楚辭·九歌·山鬼》："若有人兮山之阿，被薜荔兮帶女羅。"　　[3]合厝(cuò 錯)：意即合葬，專指夫妻同葬一墓穴。厝，安置，埋葬。
[4]悼恨：哀傷遺憾。　　[5]怨恫：怨恨哀痛。《詩經·大雅·思齊》："神罔時怨，神罔時恫。"　　[6]輿櫬：用車子裝着棺材。櫬，古時指內棺，後泛指棺材。
[7]錯楚：雜亂的灌木叢。　　[8]舁(yú 于)歸：車載而歸。舁，借作"輿"。
[9]攝餌：拿取糕餅。攝，取。　　[10]寒食：節令名，在清明前一日或二日。有的地區亦稱清明爲寒食。舊俗於此日祭掃墳塋。　　[11]"竊聞"四句：宋陶穀《清異錄》卷上："菌蕈有一種，食之令人得乾笑疾，土人戲呼爲'笑矣乎'。"
[12]合歡：一名合昏，也叫馬纓花。落葉喬木，小葉對生，夜間成對相合，俗稱夜合花。夏季開花，淡紅色，古人以之贈人，謂能去嫌合好。忘憂：萱草的別名。《太平御覽》卷九九六引任昉《述異記》："萱草，一名紫萱，又名忘憂草，吳中書生謂之療愁。"晉嵇康《養生論》："合歡蠲忿，萱草忘憂。"　　[13]解語花：懂得人説話的花，原是唐玄宗對楊貴妃的稱呼，後用來比喻聰敏的美女。五代王仁裕《開元天寶遺事》卷下載，太液池有千葉白蓮，中秋盛開，唐玄宗開宴賞花，左右的人都十分歡羨。玄宗指着楊貴妃説："爭如我解語花？"　　[14]作態：矯揉造作，不自然。

【集評】

　　(清)但明倫《聊齋誌異·嬰寧》評："有花乃有人，有人乃有笑；見其花如見其人，欲見其人，必袖其花。乃未見其人，而先見其里落之花，見其門前之花，則野鳥格磔中，固早有含笑撚花人在矣。未見其人，先聞其聲，見其花，見其笑，而後審視而得見所欲見之人。既照應起筆，即引逗下文，文中貴有頓筆也。至入門而夾道寫花，庭外寫花，窗外寫花，室內寫花，借許多花引出人來；而復未寫其人，先寫其笑，寫其戶外之笑，寫其入門之笑，寫其見面之笑，又照應上元之言，照應上元之笑。許多笑字，配對上許多花字，此遙對法也。隨手借視碧桃撇開，寫花寫笑，雙雙結住，然後再寫花，再寫人，再寫笑。樹上寫笑，將墮寫笑，墮時寫笑，墮後寫笑，束住笑字；正敍袖中之花,入正面矣,卻以園中花作一夾襯,隨又撇開。寫其笑,寫其來時之笑,寫其見母之笑,寫其見客之笑,寫其轉入之笑;又恐冷落花字,以山花零落,小作映帶,然後笑與花反復並寫,從花寫笑,從笑而寫不笑;既不笑矣,笑字無從寫矣,偏以不笑反復映襯,而忽而零涕,忽而哽咽,忽而撫哭哀痛,無非出力反襯笑字。更以其子見人輒笑,大有母風,收拾全篇笑字。此作者以嬉笑爲文章,如評中所云,隱於笑者矣。""此篇以笑字立胎,而以花爲眼,處處寫笑,即處處以花映帶之。撚梅花一枝數語,已伏全文之脈,故文章全在提掇處得力也。以撚花笑起,以摘花不笑收,寫笑層見疊出,無一意冗複,無一筆雷同。不笑後復用反襯,後仍結轉笑字,篇法嚴密乃爾。"

紅　玉

【題解】

本篇套寫了兩個故事。一個故事是劣紳宋御史橫行鄉里,搶奪民妻,毆殺人命,而馮相如控告無門,含冤莫伸。幸有虯髯豪客拔刀相助,嚴懲惡霸,警告昏官。這一故事抒發了作者對"官宰悠悠,豎人毛髮"、"強梁世界,原無皂白"(《聊齋誌異·成仙》)的現實社會的憤懣之情。另一個故事是狐女紅玉對馮相如傾心相愛,初則以身相許,繼而助娶美妻,復又代撫孤兒,終則重振家業。這一故事表達了作者對美滿幸福生活的嚮往和追求。一是"人俠",一是"狐俠",作品在幻想中寄託着深摯的理想。

廣平馮翁有一子[1],字相如,父子俱諸生。翁年近六旬,性方鯁[2],而家屢空[3]。數年間,媼與子婦又相繼逝,井臼自操之[4]。一夜,相如坐月下,忽見東鄰女自牆上來窺。視之,美;近之,微笑;招以手,不來亦不去。固請之,乃梯而過,遂共寢處。問其姓名,曰:"妾鄰女紅玉也。"生大愛悅,與訂永好[5],女諾之。夜夜往來,約半年許。翁夜起聞女子含笑語,窺之,見女。怒,喚生出,罵曰:"畜產所爲何事!如此落寞[6],尚不刻苦,乃學浮蕩耶[7]?人知之,喪汝德;人不知,促汝壽!"生跪自投[8],泣言知悔。翁叱女曰:"女子不守閨戒,既自玷[9],而又以玷人。倘事一發,當不僅貽寒舍羞[10]!"罵已,憤然歸寢。女流涕曰:"親庭罪責[11],良足愧辱!我二人緣分盡矣!"生曰:"父在不得自專[12]。卿如有情,尚當含垢爲好[13]。"女言辭決絕,生乃灑涕。女止之曰:“妾與君無媒妁之言,父母之命,踰墻鑽隙,何能白首?此處有一佳耦[14],可聘也。”告以貧。女曰:“來宵相俟,妾爲君謀之。”次夜女果至,出白金四十兩贈生。曰:“去此六十里,有吳村衞氏,年十八矣,高其價,故未售也。君重啗之[15],必合諧允[16]。”言已,別去。

【校注】

[1]廣平:今河北永年東南。　　[2]方鯁(gěng 耿):方正耿直。　　[3]屢空:家裏時常一無所有。語出《論語·先進》:“回也其庶乎,屢空。”　　[4]井臼:汲水舂米,泛指家務。　　[5]永好:終身之好。　　[6]落寞:冷落,指家道衰微。[7]浮蕩:輕浮放蕩。　　[8]自投:主動認罪。　　[9]玷:玷污。這裏指污損名節。　　[10]貽:遺留;給予。寒舍:對自己家庭的謙稱。　　[11]親庭:指父親。孔子曾於庭中教訓兒子孔鯉學詩學禮,後因稱父教爲“庭訓”。見《論語·季氏》。[12]自專:自己作主。　　[13]含垢:忍辱。　　[14]耦:通“偶”,配偶。[15]重啗(dàn 但)之:指以重金滿足其要求。　　[16]必合諧允:一定能够答應。合,當。

生乘間語父[1],欲往相之,而隱饋金不敢告。翁自度無貲,以是故止之。生又婉言:“試可乃已[2]。”翁頷之。生遂假僕馬,詣衞氏。衞故田舍翁,生呼出引與閒語。衞知生望族[3],又見儀采軒豁[4],心許之,而慮其靳於貲[5]。生聽其詞意吞吐,會其旨,傾囊陳几上。衞乃喜,浼鄰生居間[6],書紅箋而盟焉,生入拜媼。居室偪側[7],女依母自幛。微睨之,雖荆布之飾[8],而神情光艷,心竊喜。衞借舍款婿,便言:“公子無須親迎。待少作衣妝,即合舁送去。”生與訂期而歸。詭告翁,言衞愛清門[9],不責貲。翁亦喜。

至日衞果送女至。女勤儉,有順德,琴瑟甚篤。踰二年,舉一男,名福兒。會清明抱子登墓,遇邑紳宋氏。宋官御史[10],坐行賕免[11],居林下,大煽威虐。是日亦上墓歸,見女,艷之。問村人,知爲生配。料馮貧士,誘以重賂,冀可搖,使家人風示之[12]。生驟聞,怒形於色;既思勢不敵,斂怒爲笑,歸告翁。翁大怒,奔出,對其家人,指天畫地,詬罵萬端。家人鼠竄而去[13]。宋氏亦怒,竟遣數人入生家,毆翁及子,洶若沸鼎[14]。女聞之,棄兒於牀,披髮號救。群篡舁之[15],閴然便去。父子傷殘,吟呻在地,兒呱呱啼室中。鄰人共憐之,扶之榻上。經日,生杖而能起;翁忿不食,嘔血,尋斃。

　　生大哭,抱子興詞[16],上至督撫[17],訟幾遍,卒不得直。後聞婦不屈死,益悲。冤塞胸吭,無路可伸。每思要路刺殺宋,而慮其扈從繁,兒又罔託。日夜哀思,雙睫爲不交。忽一丈夫弔諸其室,虬髯闊頷,曾與無素[18]。挽坐,欲問邦族。客遽曰:“君有殺父之仇,奪妻之恨,而忘報乎?”生疑爲宋人之偵,姑僞應。客怒眥欲裂[19],遽出曰:“僕以君人也,今乃知不足齒之傖[20]!”生察其異,跪而挽之,曰:“誠恐宋人餂我[21]。今實布腹心:僕之臥薪嘗膽者[22],固有日矣。但憐此褓中物,恐墜宗祧。君義士,能爲我杵臼否[23]?”客曰:“此婦人女子之事,非所能。君所欲託諸人者,請自任之;所欲自任者,願得而代庖焉[24]。”生聞,崩角在地[25],客不顧而出。生追問姓字,曰:“不濟,不任受怨;濟,亦不任受德。”遂去。生懼禍及,抱子亡去。

　　至夜,宋家一門俱寢,有人越重垣入,殺御史父子三人,及一媳一婢。宋家具狀告官。官大駭。宋執謂相如,於是遣役捕生,生遁不知所之,於是情益真。宋僕同官役諸處冥搜,夜至南山,聞兒啼,迹得之,繫縲而行[26]。兒啼愈嗔,群奪兒抛棄之,生冤憤欲絕。見邑令,問:“何殺人?”生曰:“冤哉!某以夜死,我以晝出,且抱呱呱者,何能逾垣殺人?”令曰:“不殺人,何逃乎?”生詞窮,不能置辯。乃收諸獄。生泣曰:“我死無足惜,孤兒何罪?”令曰:“汝殺人子多矣,殺汝子何怨?”生既褫革[27],屢受梏慘[28],卒無詞。令是夜方臥,聞有物擊牀,震震有聲,大懼而號。舉家驚起,集而燭之,一短刀銛利如霜[29],剁牀入木者寸餘,牢不可拔。令睹之,魂魄喪失。荷戈遍索,竟無蹤跡。心竊餒,又以宋人死,無可畏懼,乃詳諸憲[30],代生解免,竟釋生。

【校注】

[1]乘間(jiàn 見):找機會。　　　[2]試可乃已:試探一下,如果不行就算了。語出《尚書·堯典》。　　　[3]望族:有聲望的家庭。　　　[4]儀采軒豁:儀表風采,開朗豁達。　　　[5]靳(jìn 進)於貲:吝惜錢財。靳,吝惜,不肯給予。　　　[6]浣

(měi 美):請託。居間:作中間人。這裏指作媒。 [7]偪(bī 逼)側:狹窄。偪,同"逼"。 [8]荆布之飾:荆釵布裙的裝飾,指貧家女子打扮。語出《後漢書·梁鴻傳》。 [9]清門:貧寒的讀書人。唐杜甫《丹青引贈曹將軍霸》:"將軍魏武之子孫,於今爲庶爲清門。" [10]御史:明清時朝廷設監察御史,分道糾察、彈劾失職官吏。 [11]行賕(qiú 球):行賄。 [12]風示:暗示。風,同"諷"。 [13]鼠竄:謂倉皇逃走,如鼠之奔竄。語出《漢書·蒯通傳》。 [14]洶若沸鼎:聲音嘈雜像鍋水沸騰。 [15]篡舁之:把她强行擡走。篡,强奪。 [16]興詞:起訴,告狀。 [17]督撫:總督和巡撫。用指最高長官。 [18]無素:向來没有交情。指過去從不相識。 [19]怒眦欲裂:怒目而視,眼眶像要裂開。語出《史記·項羽本紀》。 [20]不足齒之傖(cāng 倉):不足道的庸人。《世説新語》:顧辟疆謂王子敬:"不足齒之傖耳!"傖,即傖父,粗野的人。 [21]餂(tiǎn 舔):試探,誘騙。 [22]卧薪嘗膽:比喻刻苦自勵,矢志報仇。《史記·越王勾踐世家》記載,春秋時,越國被吳國打敗,越王勾踐置膽座上,坐卧飲食都要嘗膽自勵,誓報吳國之仇。 [23]杵臼:即公孫杵臼,春秋時晉國人。《史記·趙世家》記載,晉國大夫屠岸賈殺戮趙朔一家,趙朔門客公孫杵臼與友人程嬰誓死保全趙氏孤兒。這裏馮相如拜託虬髯客,像公孫杵臼一樣保全他的兒子。 [24]代庖:代替廚師做飯,比喻代别人作非自己分内的事。語出《莊子·逍遥遊》:"庖人雖不治庖,尸祝不越樽俎而代之矣。" [25]崩角:形容叩頭聲響如山之崩。語出《尚書·泰誓中》。角,額角。 [26]繫縲(léi 雷):用繩捆綁。縲,綑犯人用的繩索。 [27]褫(chǐ 齒)革:剥去衣衿,革除功名。明清時,生員有規定的衣冠服裝,犯罪時必先由學官革除功名,才能動刑拷問。褫,剥奪。 [28]梏(gù 固)惨:惨酷的刑罰。梏,古代木製的手銬。 [29]銛(xiān 先)利:鋒利。 [30]詳諸憲:把案情呈報上級。詳,舊時公文的一種,用於向上級呈報、請示。憲,舊時屬吏尊稱上司爲"憲"。

　　生歸,甕無升斗,孤影對四壁。幸鄰人憐饋食飲,苟且自度。念大仇已報,則輾然喜[1];思惨酷之禍,幾於滅門,則淚潸潸墮;及思半生貧徹骨,宗支不續,則於無人處大哭失聲,不復能自禁。如此半年,捕禁益懈。乃哀邑令,求判還衛氏之骨。及葬而歸,悲怛欲死[2],輾轉空牀,竟無生路。

　　忽有款門者,凝神寂聽,聞一人在門外,譨譨與小兒語[3]。生急起窺覘[4],似一女子。扉初啓,便問:"大冤昭雪,可幸無恙!"其聲稔熟,而倉卒不能追憶。燭之,則紅玉也。挽一小兒,嬉笑跨下[5]。生不暇問,抱女嗚哭。女亦慘然。既而推兒曰:"汝忘爾父耶?"兒牽女衣,目灼灼視生。細審之,福兒也。大驚,泣問:"兒那得來?"女曰:"實告君,昔言鄰女者,妄也,妾實狐。適宵行,見兒啼谷口,抱養於秦。聞大難既息,故攜來與君團聚耳。"生揮涕拜謝,兒在女懷,如依其母,竟不復能識父矣。

天未明,女即遽起,問之,答曰:"奴欲去。"生裸跪牀頭,涕不能仰。女笑曰:"妾誑君耳。今家道新創,非夙興夜寐不可[6]。"乃剪莽擁彗[7],類男子操作。生憂貧乏,不自給。女曰:"但請下帷讀[8],勿問盈歉[9],或當不殍餓死[10]。"遂出金治織具,租田數十畝,雇傭耕作。荷鑱誅茅[11],牽蘿補屋[12],日以爲常。里黨聞婦賢,益樂貲助之。

約半年,人煙騰茂,類素封家[13]。生曰:"灰燼之餘,卿白手再造矣。然一事未就安妥,如何?"詰之,答曰:"試期已迫,巾服尚未復也[14]。"女笑曰:"妾前以四金寄廣文[15],已復名在案。若待君言,誤之已久。"生益神之。是科遂領鄉薦[16]。時年三十六,腴田連阡,夏屋渠渠矣[17]。女嫋娜如隨風欲飄去,而操作過農家婦;雖嚴冬自苦,而手膩如脂。自言二十八歲,人視之,常若二十許人。

異史氏曰:"其子賢,其父德,故其報之也俠。非特人俠,狐亦俠也。遇亦奇矣!然官宰悠悠[18],豎人毛髮[19],刀震震入木,何惜不略移牀上半尺許哉?使蘇子美讀之,必浮白曰:'惜乎擊之不中[20]!'"

《聊齋誌異》(會校會注會評本)卷二

【校注】

[1]囅(chǎn 產)然:笑的樣子。　　[2]悲怛(dá 達):悲傷痛苦。　　[3]譨(nóu 耨陽平)譨:多言貌。《楚辭·九思·怨上》:"令尹兮謷謷,羣司兮譨譨。"　[4]窺覘(chān 攙):窺視。　　[5]跨:通"胯"。　　[6]夙興夜寐:早起晚睡,指勤苦持家。語出《詩經·小雅·小宛》。　　[7]剪莽擁彗(huì 會):剪除雜草,持帚打掃。泛指裏裏外外辛勤勞作。莽,野草。彗,掃帚。　　[8]下帷:放下室內懸掛的帷幕。原指教書,引申爲閉門苦讀。《梁書·王僧孺傳》任昉贈詩:"下帷無倦,昇高有屬。"　　[9]盈歉:豐盈和不足。指家庭收入的有無。　　[10]殍

(piǎo 瞟)餓死:饑餓而死。　　[11]荷鑱(chán 纏)誅茅:扛起鋤頭,鏟除茅草。指努力耕作。《楚辭·卜居》:"寧誅鋤草茅以力耕。"鑱,掘除草根的鐵器。[12]牽蘿補屋:牽引蘿蒿,修補破屋。形容生活貧困。杜甫《佳人》:"侍婢賣珠迴,牽蘿補茅屋。"　　[13]素封:無官爵封邑而擁有資財的富人。語出《史記·貨殖列傳》。　　[14]巾服尚未復:被褫革的生員資格尚未恢復。巾服,指生員的頭巾和服裝。這裏代指生員資格。　　[15]廣文:指學官。唐代國子監增開廣文館,設博士、助教等職,是一種較清苦的教職。明清時,泛稱儒學教官爲"廣文"。　　[16]領鄉薦:指考中鄉試第一名。　　[17]夏屋渠渠:大屋寬闊。語出《詩經·秦風·權輿》。夏,大。渠渠,寬廣。　　[18]悠悠:謬悠,荒謬。《晉書·王導傳》:"悠悠之談,宜絕智者之口。"　　[19]豎人毛髮:猶言令人髮指。形容盛怒的樣子。語出《史記·項羽本紀》。　　[20]"使蘇子美"三句:宋龔明之《中吳紀聞》卷二記載,蘇子美好飲酒,讀《漢書·張良傳》,至張良與客狙擊秦始皇一段,撫掌曰:"惜乎擊之不中!"遂滿飲一大白。蘇子美:宋代文學家蘇舜欽,字子美。浮白:滿飲一大杯酒。

【集評】

(清)王士禎《聊齋誌異·紅玉》評:"程嬰、杵臼,未嘗聞諸巾幗,況狐耶?"

(清)何垠《聊齋誌異·紅玉》評:"俠殺御史一家而不殺宰,意宰之不勝殺也。當興訟時,上至督撫,卒不得直,獨宰也乎哉!"

小　　謝

【題解】

本篇寫小謝、秋容二女鬼,天真浪漫,頑皮嬉戲,好勝爭强,急人之難,個性鮮明,栩栩如生。陶望三既風流倜儻又堅守禮法,既狂放不羈又深情綿邈,形象也極爲生動。全文敍事,委婉而細膩,曲折而有致,讀來情趣盎然。

渭南姜部郎第[1],多鬼魅,常惑人,因徙去。留蒼頭門之而死[2],數易皆死,遂廢之。里有陶生望三者,夙倜儻,好狎妓,酒闌輒去之。友人故使妓奔就之,亦笑內不拒,而實終夜無所沾染。常宿部郎家,有婢夜奔,生堅拒不亂,部郎以是契重之[3]。家縈貧[4],又有"鼓盆之戚"[5];茅屋數椽,溽暑不堪其熱,因請部郎,假廢第。部郎以其凶故,卻之，生因作《續無鬼論》獻部郎[6]，且曰："鬼何能爲！"部郎以其請之堅，諾之。

生往除廳事[7]。薄暮，置書其中，返取他物，則書已亡。怪之，仰臥榻上，靜息以伺其變。食頃，聞步履聲，睨之，見二女自房中出，所亡書送還案上。一約二十，一可十七八，並皆姝麗。逡巡立榻下，相視而笑。生寂不動。長者翹一足踹生腹，少者掩口匿笑。生覺心搖搖若不自持，即急肅然端念，卒不顧。女近以左手捋髭，右手輕批頤頰[8]，作小響，少者益笑。生驟起，叱曰："鬼物敢爾！"二女駭奔而散。生恐夜爲所苦，欲移歸，又恥其言不掩[9]，乃挑燈讀。暗中鬼影憧憧，略不顧瞻。夜將半，燭而寢。始交睫，覺人以細物穿鼻，奇癢，大嚏，但聞暗處隱隱作笑聲。生不語，假寐以俟之。俄見少女以紙條拈細股，鶴行鷺伏而至[10]，生暴起訶之，飄竄而去。既寢，又穿其耳。終夜不堪其擾。雞既鳴，乃寂無聲，生始醋眠，終日無所睹聞。

日既下，恍惚出現。生遂夜炊，將以達旦。長者漸曲肱几上[11]，觀生讀，既而掩生卷。生怒捉之，即已飄散；少間，又撫之。生以手按卷讀。少者潛於腦後，交兩手掩生目，瞥然去，遠立以哂。生指罵曰："小鬼頭！捉得便都殺卻！"女子即又不懼。因戲之曰："房中縱送，我都不解，纏我無益。"二女微笑，轉身向竈，析薪溲米[12]，爲生執爨[13]。生顧而獎曰："兩卿此爲，不勝憨跳耶？"俄頃粥熟，爭以匕、箸、陶碗置几上[14]。生曰："感卿服役，何以報德？"女笑云："飯中溲合砒、酖矣[15]。"生曰："與卿夙無嫌怨，何至以此相加。"啜已復盛，爭爲奔走。生樂之，習以爲常。

【校注】

[1]渭南：今屬陝西。部郎：中央各部的郎中、員外郎之類的官員。　　[2]蒼頭：僕人。　　[3]契重：器重，重視。　　[4]綦(qí 其)：極，很。　　[5]鼓盆之戚：指喪妻。《莊子·至樂》載，莊子喪妻，惠子前去弔唁，見莊子在家裏敲着瓦盆歌唱，顯得非常曠達。後因以"鼓盆之戚"指喪妻之憂。　　[6]《續無鬼論》：晉人阮瞻曾作《無鬼論》，唐人林蘊亦作《無鬼論》，故陶生所作名《續無鬼論》。

[7]廳事：也作"聽事"，本爲官府辦公的地方，後來也稱私宅的廳房。　　[8]批：用手打。頤頰：面頰。　　[9]其言不掩：意思是自己所論"無鬼"，有失檢點，未免

冒失。掩,通“檢”。　　　[10]鶴行鷺伏:放輕脚步,彎着身子。形容悄悄地行走。馮鎮巒評:“頑皮樣,儼有兩小鬼頭活跳紙上。”　　　[11]曲肱(gōng 工)几上:彎着胳臂伏在几案上。肱,胳臂。　　　[12]析薪:劈柴。《詩經·齊風·南山》:“析薪如之何?匪斧不克。”溲(sōu 搜)米:淘米。　　　[13]執爨(cuàn 竄):燒火煮飯。　　　[14]匕:飯匙。　　　[15]溲合:調合;摻雜。砒、酖:指毒藥。砒,砒霜。酖,用有毒的鳥羽浸成的毒酒。

　　日漸稔,接坐傾語,審其姓名。長者云:“妾秋容喬氏,彼阮家小謝也。”又研問所由來,小謝笑曰:“癡郎!尚不敢一呈身,誰要汝問門第,作嫁娶耶?”生正容曰:“相對麗質,寧獨無情;但陰冥之氣,中人必死。不樂與居者,行可耳;樂與居者,安可耳[1]。如不見愛,何必玷兩佳人?如果見愛,何必死一狂生[2]?”二女相顧動容,自此不甚虐弄之。然時而探手於懷,捋袴於地,亦置不爲怪。

　　一日,録書未卒業而出,返則小謝伏案頭,操管代録。見生,擲筆睨笑。近視之,雖劣不成書,而行列疏整。生贊曰:“卿雅人也!苟樂此,僕教卿爲之。”乃擁諸懷,把腕而教之書。秋容自外入,色乍變,意似妒。小謝笑曰:“童時嘗從父學書,久不作,遂如夢寐。”秋容不語。生喻其意[3],僞爲不覺者,遂抱而授以筆,曰:“我視卿能此否?”作數字而起,曰:“秋娘大好筆力!”秋容乃喜。生於是折兩紙爲範[4],俾共臨摹,生另一燈讀。竊喜其各有所事,不相侵擾。仿畢,祗立几前[5],聽生月旦[6]。秋容素不解讀,塗鴉不可辨認,花判已[7],自顧不如小謝,有慚色。生獎慰之,顏始霽[8]。二女由此師事生,坐爲抓背,臥爲按股,不惟不敢侮,争媚之。逾月,小謝書居然端好,生偶贊之。秋容大慚,粉黛淫淫[9],淚痕如綫,生百端慰解之乃已。因教之讀,穎悟非常,指示一過,無再問者。與生競讀,常至終夜。小謝又引其弟三郎來,拜生門下。年十五六,姿容秀美,以金如意一鈎爲贄。生令與秋容執一經,滿堂咿唔[10],生於此設鬼帳焉[11]。部郎聞之喜,以時給其薪水。積數月,秋容與三郎皆能詩,時相酬唱。小謝陰囑勿教秋容,生諾之;秋容陰囑勿教小謝,生亦諾之。一日生將赴試,二女涕淚持别。三郎曰:“此行可以託疾免;不然,恐履不吉。”生以告疾爲辱,遂行。

【校注】

[1]“不樂”四句:句法本《左傳·定公元年》:“若從君者,則貌而出者,入可也;寇而出者,行可也。”　　[2]“如不”四句:句法本《左傳·哀公六年》:“悼公稽首曰:……若我可,不必亡一大夫;若我不可,不必亡一公子。”　　[3]喻:了解。[4]範:樣子。這裏指範本,即用來教小謝、秋容寫字的樣本。　　[5]祇(zhī 支)立:敬立。祇,恭敬。　　[6]月旦:本指每月初一,這裏指品評(人物)。《後漢書》卷六八《許劭傳》載,東漢汝南許劭和他的堂兄許靖,喜歡評論鄉里人物,每月更換一次品題,俗稱“月旦評”。後因稱品評人物爲月旦評,或省作“月旦”。[7]花判:本指舊時官吏對民、刑案件所作的駢體判詞。這裏指對所寫的字的評閱意見。　　[8]顏始霽:臉色纔開朗起來。霽,天晴。這裏指愧色消失。　　[9]粉黛淫淫:臉上搽的粉和眉上塗的黛,都隨着淚水流下來。淫淫,水流的樣子。[10]咿(yī 衣)唔(wū 烏):讀書的聲音。　　[11]設帳:開館執教。東漢著名學者馬融授徒數千人,常把廳堂用絳紗帳隔開,前面坐着學生,後面陳列女樂。後來遂以教授生徒叫“設帳”。

　　先是,生好以詩詞譏切時事,獲罪於邑貴介[1],日思中傷之。陰賂學使,誣以行簡[2],淹禁獄中。資斧絕,乞食於囚人,自分已無生理。忽一人飄忽而入,則秋容也,以饌具饋生[3]。相向悲咽,曰:“三郎慮君不吉,今果不謬。三郎與妾同來,赴院申理矣[4]。”數語而出,人不之睹。越日部院出[5],三郎遮道聲屈[6],收之。秋容入獄報生,返身往偵之,三日不返。生愁餓無聊,度一日如年歲。忽小謝至,愴惋欲絕,言:“秋容歸,經由城隍祠,被西廊黑判強攝去,逼充御媵。秋容不屈,今亦幽囚。妾馳百里,奔波頗殆[7];至北郭,被老棘刺吾足心,痛徹骨髓,恐不能再至矣。”因示之足,血殷淩波焉[8]。出金三兩,跛踦而沒[9]。部院勘三郎,素非瓜葛,無端代控,將杖之,撲地遂滅。異之。覽其狀,情詞悲惻。提生面鞫,問:“三郎何人?”生僞爲不知。部院悟其冤,釋之。

　　既歸,竟夕無一人。更闌,小謝始至,慘然曰:“三郎在部院,被廨神押赴冥司[10];冥王因三郎義,令託生富貴家。秋容久錮,妾以狀投城隍,又被按閣不得入[11],且復奈何?”生忿曰:“黑老魅何敢如此!明日仆其像,踐踏爲泥,數城隍而責之[12]。案下吏暴橫如此,渠在醉夢中耶!"悲憤相對,不覺四漏將殘,秋容飄然忽至。兩人驚喜,急問。秋容泣下曰:"今爲郎萬苦矣! 判日以刀杖相逼,今夕忽放妾歸,曰:'我無他意,原以愛故;既不願,固亦不曾污玷。煩告陶秋曹[13],勿見譴責。'"生聞少歡,欲與同寢,曰:"今日願與卿死。"二女戚然曰:"向受開導,頗知義理,何忍以愛君者殺君乎?"執不可。然俯頸傾頭,情均伉儷。二女以遭難故,妒念全消。

【校注】

[1]獲罪於邑貴介:但明倫於此句下評:"倜儻剛直之人,多犯此病,因之得禍者十居其九,可鑑也。""以詩詞譏切時事,自是不避鬼蜮之人。然人而鬼,可以不避;鬼而人,則不可以不避。人而鬼,陰也,以剛陽制之則伏。若貴介者,外人而内鬼,外陽而内陰,我以人道,彼以鬼謀,我以陽剛,彼以陰險,況他鬼從而附和之,即不畏鬼如陶生,能不受其中傷哉!"貴介,指有權勢的人。　　[2]行簡:行爲散漫,不守禮法。　　[3]饌具:酒食。　　[4]院:指巡撫衙門。申理:申請昭雪。　　[5]部院:即巡撫。　　[6]遮道:攔路。　　[7]殆:疲乏。　　[8]凌波:本用以形容女性走路時步履輕盈。魏曹植《洛神賦》:"凌波微步,羅襪生塵。"這裏借指鞋襪。[9]跛踦(yǐ椅):走路一瘸一拐的樣子。　　[10]廨神:保護官衙的神。廨,官署。　　[11]按閣:擱置,壓下。閣,同"擱"。　　[12]數(shǔ署):數落,列舉罪狀。　　[13]秋曹:對刑部官員的尊稱。古時以刑部爲秋官,故稱其部員爲"秋曹"。這裏稱陶生爲"陶秋曹",暗示陶生將來當任刑部官員。

會一道士途遇生,顧謂"身有鬼氣"。生以其言異,具告之。道士曰:"此鬼大好,不擬負他。"因書二符付生,曰:"歸授兩鬼,任其福命。如聞門外有哭女者,吞符急出,先到者可活。"生拜受,歸囑二女。後月餘,果聞有哭女者,二女爭棄而去。小謝忙急,忘吞其符。見有喪輿過,秋容直出,入棺而没;小謝不得入,痛哭而返。生出視,則富室郝氏殯其女。共見一女子入棺而去,方共驚疑;俄聞棺中有聲,息肩發驗[1],女已頓蘇。因暫寄生齋外,羅守之。忽開目問陶生,郝氏研詰之,答云:"我非汝女也。"遂以情告。郝未深信,欲舁歸,女不從,逕入生齋,偃卧不起。郝乃識婿而去。生就視之,面龐雖異,而光艷不減秋容,喜愜過望,殷敍平生。忽聞嗚嗚鬼泣,則小謝哭於暗陬[2]。

心甚憐之，即移燈往，寬譬哀情[3]，而衿袖淋浪[4]，痛不可解，近曉始去。天明，郝以婢媼齎送香奩，居然翁婿矣。暮入帷房，則小謝又哭。如此六七夜。夫婦俱爲慘動，不能成合巹之禮。

生憂思無策，秋容曰：“道士，仙人也。再往求，倘得憐救[5]。”生然之。迹道士所在，叩伏自陳。道士力言“無術”，生哀不已。道士笑曰：“癡生好纏人。合與有緣，請竭吾術。”乃從生來，索靜室，掩扉坐，戒勿相問，凡十餘日，不飲不食。潛窺之，瞑若睡。一日晨興，有少女搴簾入，明眸皓齒，光艷照人，微笑曰：“跋履終夜，憊極矣！被汝糾纏不了，奔馳百里外，始得一好廬舍，道人載與俱來矣。待見其人，便相交付耳。”歘昏，小謝至，女遽起迎抱之，翕然合爲一體[6]，仆地而僵。道士自室中出，拱手逕去。拜而送之。及返，則女已甦。扶置牀上，氣體漸舒，但把足呻言趾股痠痛，數日始能起。

後生應試得通籍[7]。有蔡子經者，與同譜[8]，以事過生，留數日。小謝自鄰舍歸，蔡望見之，疾趨相躡；小謝側身歘避，心竊怒其輕薄。蔡告生曰：“一事深駭物聽[9]，可相告否？”詰之，答曰：“三年前，少妹夭殞，經兩夜而失其屍，至今疑念。適見夫人，何相似之深也？”生笑曰：“山荊陋劣，何足以方君妹[10]？然既係同譜，義即至切，何妨一獻妻孥[11]。”乃入内，使小謝衣殉裝出。蔡大驚曰：“真吾妹也！”因而泣下。生乃具述其本末。蔡喜曰：“妹子未死，吾將速歸，用慰嚴慈[12]。”遂去。過數日，舉家皆至。後往來如郝焉。

異史氏曰：“絕世佳人，求一而難之，何遽得兩哉！事千古而一見，惟不私奔女者能遘之也[13]。道士其仙耶？何術之神也！苟有其術，醜鬼可交耳。”

《聊齋誌異》（會校會注會評本）卷六

【校注】

[1]息肩：卸去負擔。這裏指放下擡着的棺材。發驗：打開棺材驗看。　　[2]陬（zōu 鄒）：角落。　　[3]寬譬：寬解。　　[4]衿袖淋浪：襟袖都被淚水沾濕。淋浪，水不斷流下的樣子。晉陶淵明《感士不遇賦》：“感哲人之無偶，淚淋浪以灑袂。”　　[5]倘：也許。　　[6]翕（xī 西）然：聚合的樣子。　　[7]通籍：舊稱初得官職，意思是朝廷上已經掛了名。　　[8]同譜：猶“同榜”，指科舉考試同屆録

取的人。　　　[9]物聽:公衆的聽聞。　　　[10]方:比擬。　　　[11]一獻妻孥:使妻子出來相見。這是舊時表示朋友雙方情誼親密的一種行爲。　　　[12]嚴慈:父母。　　　[13]不私奔女者:拒絕私奔女子的人。不私,不私受。遘:遇到。

【集評】

　　(清)何垠《聊齋志異·小謝》評:"借軀而生,古傳其事,然亦謂偶然相值耳。濟之以術,遠爲召至,及其流弊,遂有攝取初死之屍,以役淫昏之鬼,如所云本自佛傳,還求佛恕者。吁! 可懼哉!"

　　(清)但明倫《聊齋志異·小謝》評:"目中有妓,心中無妓,此何等學術,何等胸襟! 必能堅拒私奔人,乃可作無鬼之論;並可以與鬼同居,不爲所擾,而且有以感之化之。夫鬼也而至於感且化,則又何嘗有鬼哉!"

司 文 郎

【題解】

　　司文郎,指天上主管文運的官員。本篇諷刺文章拙劣的考官和傲慢自大的考生,入木三分,痛快淋漓,作者借以抒發久困場屋的内心積憤,揭露科舉制度的弊端。但作者並非一味憤激不平,而是一則堅信"冥中重德行更甚於文學",二則主張"不當尤人,但當克己",三則幻想上帝能指派稱職的司文郎主持文運。文中描繪宋生的機警,王生的敦樸,餘杭生的狂妄,瞽僧的激憤,如頰上三毫,纖末畢見。

　　平陽王平子[1],赴試北闈[2],賃居報國寺。寺中有餘杭生先在[3],王以比屋居[4],投刺焉,生不之答。朝夕遇之,多無狀。王怒其狂悖,交往遂絕。

　　一日,有少年游寺中,白服裙帽,望之傀然[5]。近與接談,言語諧妙,心愛敬之。展問邦族,云:"登州宋姓[6]。"因命蒼頭設座[7],相對噱談[8]。餘杭生適過,共起遜坐。生居然上座,更不攝挹[9]。卒然問宋:"亦入闈者耶?"答曰:"非也。駑駘之才[10],無志騰驤久矣[11]。"又問:"何省?"宋告之。生曰:"竟不進取,足知高明。山左、右並無一字通者[12]。"宋曰:"北人固少通者,而不通者未必是小生;南人固多通者,然通者亦未必是足下。"言已,鼓掌,王和之,因而鬨堂。生慚

忿,軒眉攘腕而大言曰[13]:"敢當前命題,一校文藝乎[14]?"宋他顧而
哂曰:"有何不敢!"便趨寓所,出經授王。王隨手一翻,指曰:"'闕黨
童子將命[15]。'"生起,求筆札。宋曳之曰:"口占可也[16]。我破已
成[17]:'於賓客往來之地,而見一無所知之人焉。'"王捧腹大笑。生
怒曰:"全不能文,徒事嫚罵,何以爲人!"王力爲排難,請另命佳題。
又翻曰:"'殷有三仁焉[18]。'"宋立應曰:"三子者不同道,其趨一也。
夫一者何也?曰:仁也。君子亦仁而已矣,何必同?"生遂不作,起曰:
"其爲人也小有才。"遂去。

　　王以此益重宋。邀入寓室,款言移晷[19],盡出所作質宋。宋流覽
絕疾,逾刻已盡百首[20],曰:"君亦沈深於此道者?然命筆時,無求必
得之念,而尚有冀倖得之心,即此已落下乘[21]。"遂取閱過者一一詮
説。王大悦,師事之。使庖人以蔗糖作水角[22]。宋啗而甘之,曰:"生
平未解此味,煩異日更一作也。"從此相得甚歡。宋三五日輒一至,王
必爲之設水角焉。餘杭生時一遇之,雖不甚傾談,而傲睨之氣頓減。
一日以窗藝示宋[23],宋見諸友圈贊已濃,目一過,推置案頭,不作一
語。生疑其未閱,復請之,答已覽竟。生又疑其不解,宋曰:"有何難
解?但不佳耳!"生曰:"一覽丹黃[24],何知不佳?"宋便誦其文,如夙
讀者,且誦且訾[25]。生跼蹐汗流[26],不言而去。移時宋去,生入,堅
請王作,王拒之。生強搜得,見文多圈點,笑曰:"此大似水角子!"王
故樸訥[27],覥然而已[28]。次日宋至,王具以告。宋怒曰:"我謂'南人
不復反矣[29]',傖楚何敢乃爾[30]!必當有以報之!"王力陳輕薄之戒
以勸之,宋深感佩。

【校注】

[1]平陽:今山西臨汾。　　　[2]北闈:清代沿襲明制,鄉舉考試名鄉試。順天府
(今北京)鄉試,通稱北闈。　　　[3]餘杭:今浙江杭州。　　　[4]比屋居:鄰屋居
住。比,並列。　　　[5]傀(kuí魁)然:大的樣子。《荀子·性惡》:"天下不知之,
則傀然獨立天地之間而不畏。"　　　[6]登州:今山東蓬萊。　　　[7]蒼頭:奴僕。
[8]噱(jué決)談:笑談。語出《漢書·敍傳》:"談笑大噱。"噱,大笑。　　　[9]撝
(huī揮)挹:謙退,謙遜。語出南齊王儉《褚淵碑文》:"功成弗有,固秉撝挹。"
[10]駑駘:駑和駘都是劣馬,比喻才能平庸。　　　[11]騰驤:奔躍,超越。比喻奮

力上進。宋黄庭堅《寄傅君倚同年》詩:"念君方策名,要津邁騰驤。"驤,馬首昂舉。
[12]山左、右:指山東和山西。山,指太行山。宋生是山東人,王生是山西人,所以
這麽説。　　　[13]軒眉攘腕:揚眉捋袖,振奮發怒的樣子。軒,高揚。攘,捋。
[14]文藝:這裏指八股文。八股文也稱"時文"、"制藝"。　　　[15]"闕黨"句:出
自《論語·憲問》。闕黨:即闕里,孔子居住的地方。將命:奉命奔走傳達。《論語》
這一章全文的意思是:闕里的一個童子來向孔子傳達信息,有人問孔子:"這小孩
子是肯求上進的人嗎?"孔子説:"我看見他大模大樣地坐在位上,又看見他同長輩
並肩而行。這不是一個求上進的人,祇是一個想走捷徑的人。"這裏借作八股文的
題目,來諷刺餘杭生。　　　[16]口占:不用起草而隨口成文。　　　[17]破:破題。
八股文開頭用兩句話説破題目要義,稱"破題"。　　　[18]殷有三仁焉:出自《論
語·微子》。《論語》這一章全文的意思是:(紂王昏亂殘暴,)微子便離開了他,箕
子做了他的奴隸,比干諫勸而被殺。孔子説:"殷商末年有三位仁人。"　　　[19]款
言:親切談心。移晷:日影移動,指時間很長。　　　[20]刻:指較短的時間。古代
用漏壺計時,一晝夜共一百刻。　　　[21]下乘:佛教稱大乘爲上乘,小乘爲下乘。
用以比喻下等的事物。　　　[22]水角:即水餃。　　　[23]窗藝:指平時習作的八
股文。　　　[24]丹黄:舊時點校書籍,用朱筆書寫,遇誤字,用雌黄塗抹。所以用"丹
黄"代稱對文章的評點。　　　[25]訾(zǐ紫):評論人的短處,批評。　　　[26]踟躕:
畏縮不安。　　　[27]樸訥(nè呢去聲):質樸而訥於言。訥,説話遲鈍。　　　[28]覥
然:慚愧的樣子。　　　[29]"南人"句:《三國志·蜀書·諸葛亮傳》裴松之注引《漢
晉春秋》記載,三國時,蜀相諸葛亮征孟獲,七擒七縱,最後孟獲心悦誠服,向諸葛
亮説:"公,天威也,南人不復反矣!"這裏指稱餘杭生當能降服。　　　[30]傖楚:鄙
陋的傢夥。魏晉南北朝時,吴人鄙視楚人荒陋,故稱楚地爲傖楚。後來用作譏諷
粗鄙的一般用語。

　　既而場後,以文示宋,宋頗相許。偶與涉歷殿閣,見一瞽僧坐廊
下,設藥賣醫。宋訝曰:"此奇人也!最能知文,不可不一請教。"因命
歸寓取文。遇餘杭生,遂與俱來。王呼師而參之[1]。僧疑其問醫者,
便詰症候。王具白請教之意,僧笑曰:"是誰多口?無目何以論文?"
王請以耳代目。僧曰:"三作兩千餘言,誰耐久聽!不如焚之,我視以
鼻可也。"王從之。每焚一作,僧嗅而頷之曰:"君初法大家[2],雖未逼
真,亦近似矣。我適受之以脾。"問:"可中否?"曰:"亦中得。"餘杭生
未深信,先以古大家文燒試之。僧再嗅曰:"妙哉!此文我心受之矣,

非歸、胡何解辦此[3]！"生大駭，始焚己作。僧曰："適領一藝[4]，未窺全豹[5]，何忽另易一人來也？"生託言："朋友之作，止此一首；此乃小生作也。"僧嗅其餘灰，咳逆數聲，曰："勿再投矣！格格而不能下[6]，強受之以鬲[7]，再焚則作惡矣。"生慚而退。

　　數日榜放，生竟領薦，王下第。宋與王走告僧。僧歎曰："僕雖盲於目，而不盲於鼻；簾中人並鼻盲矣[8]。"俄餘杭生至，意氣發舒，曰："盲和尚，汝亦啖人水角耶？今竟何如？"僧曰："我所論者文耳，不謀與君論命[9]。君試尋諸試官之文，各取一首焚之，我便知孰為爾師。"生與王並搜之，止得八九人。生曰："如有舛錯，以何為罰？"僧憤曰："剜我盲瞳去！"生焚之，每一首，都言非是；至第六篇，忽向壁大嘔，下氣如雷[10]。眾皆粲然。僧拭目向生曰："此真汝師也！初不知而驟嗅之，刺於鼻，棘於腹，膀胱所不能容，直自下部出矣！"生大怒，去，曰："明日自見！勿悔！勿悔！"越二三日竟不至；視之已移去矣。乃知即某門生也。

　　宋慰王曰："凡吾輩讀書人，不當尤人[11]，但當克己；不尤人則德益弘，能克己則學益進。當前蹉落[12]，固是數之不偶[13]；平心而論，文亦未便登峰[14]。其由此砥礪[15]，天下自有不盲之人。"王肅然起敬。又聞次年再行鄉試，遂不歸，止而受教。宋曰："都中薪桂米珠[16]，勿憂資斧。舍後有窖鏹[17]，可以發用。"即示之處。王謝曰："昔竇、范貧而能廉[18]，今某幸能自給，敢自污乎？"王一日醉眠，僕及庖人竊發之。王忽覺，聞舍後有聲；竊出，則金堆地上。情見事露，並相憎伏[19]。方訶責間，見有金爵，類多鐫款[20]，審視，皆大父字諱[21]。蓋王祖曾為南部郎[22]，入都寓此，暴病而卒，金其所遺也。王乃喜，秤得金八百餘兩。明日告宋，且示之爵，欲與瓜分，固辭乃已。以百金往贈瞽僧，僧已去。

【校注】

[1]參：進見，拜見。　　[2]法：師法，仿傚。大家：著名作家。　　[3]歸、胡：指明代八股文大家歸有光和胡友信。　　[4]一藝：一篇制藝。　　[5]未窺全豹：沒有看見全部。《晉書·王獻之傳》："管中窺豹，時見一斑。"後因以全豹比喻全部

或整體。　　[6]格格:抵觸,阻礙。　　　[7]鬲(gé 格):同“膈”,分隔胸腔與腹腔的肌膜。　　　[8]簾中人:指閱卷的同考官。清代舉行鄉試時,貢院辦公分外簾、內簾,外簾管事務,內簾管閱卷。　　　[9]不謀與君論命:但明倫評:“簾外論文不論命,簾中論命不論文。”　　　[10]下氣:放屁。　　　[11]“不當”二句:不應該怨恨別人,祇應該嚴格要求自己。尤:怨恨。克己:約束克制自身的言行和私欲等,使之合乎某種規範。《論語・顏淵》:“克己復禮爲仁。”　　　[12]蹴(cù 促)落:失意。蹴,同“蹙”。　　　[13]數之不偶:命運不佳。　　　[14]登峰:比喻達到最高水平。　　　[15]砥礪:磨煉。　　　[16]薪桂米珠:柴價貴如桂枝,米價貴如珍珠,比喻物價昂貴。語出《戰國策・楚策》三:“楚國之食貴於玉,薪貴於桂。”[17]窖鏹(qiǎng 搶):藏在地下的錢。鏹,古代稱成串的錢。這裏代指金錢。

[18]竇、范貧而能廉:竇,即竇儀,宋初漁陽人。傳說他貧困時,有金精戲弄他,但他不爲所動。范,即范仲淹,宋初吳縣人。他少時家貧,在章丘醴泉寺讀書,每天祇吃一頓粥。一天,他偶然發現地下窖藏着白銀,但他卻把窖藏覆蓋起來,絲毫不取。　　　[19]慴(zhé 折)伏:懾伏。畏懼得伏地請罪。　　　[20]類:像是。灰款:鑿刻的文字。款,款識,古代金屬器皿上鑄刻的題款。　　　[21]字諱:名字。舊時對尊長不直呼其名,謂之避諱。所以也以“諱”指所避諱的名字。　　　[22]南部郎:南京的部郎,指侍郎、郎中一類的部屬官員。明初建都南京,明成祖朱棣遷都北京,在南京仍保留六部官制。

　　積數月,敦習益苦。及試,宋曰:“此戰不捷,始真是命矣!”俄以犯規被黜。王尚無言,宋大哭不能止,王反慰解之。宋曰:“僕爲造物所忌,困頓至於終身,今又累及良友。其命也夫! 其命也夫!”王曰:“萬事固有數在。如先生乃無志進取,非命也。”宋拭淚曰:“久欲有言,恐相驚怪。某非生人,乃飄泊之游魂也。少負才名,不得志於場屋。佯狂至都,冀得知我者,傳諸著作。甲申之年[1],竟罷於難,歲歲飄蓬[2]。幸相知愛,故極力爲他山之攻[3],生平未酬之願,實欲借良朋一快之耳。今文字之厄若此,誰復能漠然哉!”王亦感泣,問:“何淹滯[4]?”曰:“去年上帝有命,委宣聖及閻羅王核查劫鬼[5],上者備諸曹任用[6],餘者即俾轉輪[7]。賤名已錄,所未投到者,欲一見飛黃之快耳[8]。今請別矣!”王問:“所考何職?”曰:“梓潼府中缺一司文郎[9],暫令聾僮署篆[10],文運所以顛倒。萬一幸得此秩,當使聖教昌明。”

　　明日,忻忻而至,曰:“願遂矣! 宣聖命作《性道論》[11],視之色喜,謂可司文。閻羅稽簿^[12],欲以口孽見棄^[13]。宣聖爭之,乃得就。某伏謝已,又呼近案下,囑云:‘今以憐才,拔充清要^[14];宜洗心供職,勿蹈前愆^[15]。’此可知冥中重德行更甚於文學也^[16]。君必修行未至^[17],但積善勿懈可耳^[18]。”王曰:“果爾,餘杭其德行何在?”曰:“不知。要冥司賞罰,皆無少爽^[19]。即前日瞽僧亦一鬼也,是前朝名家。以生前拋棄字紙過多,罰作瞽。彼自欲醫人疾苦,以贖前愆,故託游廛肆耳^[20]。”王命置酒,宋曰:“無須。終歲之擾,盡此一刻,再爲我設水角足矣。”王悲愴不食,坐令自啖。頃刻,已過三盛^[21],捧腹曰:“此餐可飽三日,吾以志君德耳。向所食,都在舍後,已成菌矣。藏作藥餌,可益兒慧。”王問後會,曰:“既有官責,當引嫌也。”又問:“梓潼祠中,一相酹祝,可能達否?”曰:“此都無益。九天甚遠,但潔身力行,自有地司牒報^[22],則某必與知之。”言已,作別而沒。王視舍後,果生紫菌,採而藏之。旁有新土墳起,則水角宛然在焉。

　　王歸,彌自刻厲^[23]。一夜,夢宋興蓋而至,曰:“君向以小忿,誤殺一婢,削去禄籍,今篤行已折除矣。然命薄,不足任仕進也。”是年捷於鄉,明年春闈又捷。遂不復仕。生二子,其一絶鈍,啖以菌,遂大慧。後以故詣金陵,遇餘杭生於旅次,極道契闊^[24],深自降抑^[25],然鬢毛斑矣。

　　異史氏曰:“餘杭生公然自詡,意其爲文,未必盡無可觀;而驕詐之意態顏色,遂使人頃刻不可復忍。天人之厭棄已久,故鬼神皆玩弄之。脱能增修厥德^[26],則簾內之‘刺鼻棘心’者,遇之正易,何所遭之僅也^[27]。”

《聊齋誌異》(會校會注會評本)卷八

【校注】

[1]甲申之年:指崇禎十七年(1644)。這一年李自成軍攻陷北京。　　　[2]飄蓬:隨風飄蕩的蓬草。比喻游蕩無定所。　　　[3]他山之攻:語出《詩經·小雅·鶴鳴》:“它山之石,可以攻玉。”這裏宋生指希望借王生之力博取功名,以酬平生之願。　　　[4]淹滯:指有才德的人沈抑於下而不得升進。語出《左傳·昭公十四年》:“詰姦慝,舉淹滯。”　　　[5]宣聖:指孔子。古代曾封孔子爲“至聖文宣王”,所以稱“宣聖”。劫鬼:遭遇劫難而死的鬼魂。　　　[6]諸曹:各部曹。曹,古代分

科辦事的官署。　　　[7]轉輪:佛教用語,即"輪回轉生",意謂如車輪回旋不停,衆生在生死世界循環不已。這裏指投胎轉世。　　　[8]飛黃:傳説中的神馬。舊時以飛黃比喻官職高陞。　　　[9]梓潼府:梓潼帝君之府。梓潼帝君,道教所奉的主宰功名禄位之神。傳説姓張名亞子,居四川七曲山,仕晉戰死,後人在四川梓潼爲其立廟。元代道士稱玉皇大帝命他掌文昌府和人間禄籍,是主管天下文教之神。[10]聾僮:傳説梓潼帝君有二從者,一名天聾,一名地啞。明王逵《蠡海集》:"梓潼文昌君二從者,曰天聾、地啞。蓋不欲人之聰明用盡,故假聾啞以寓意。且夫天地豈可聾啞哉?"署篆:代掌官印。　　　[11]性道:指儒家講的性命與天道。
[12]稽簿:稽查簿籍。簿,指記録功過的册子。道教曾制定"功格"和"過律",按此記録日常行爲的善惡,作爲權衡降與禍福的標準。　　　[13]口孽:佛教用語,也稱"口業",指言語的惡業,即言論過失。　　　[14]清要:謂職位清貴,掌握樞要。語本《舊唐書·李素立傳》。宋趙昇《朝野類要》卷二《稱謂》:"職慢位顯謂之清,職緊位顯謂之要,兼此二者,謂之清要。"　　　[15]愆:過失。　　　[16]"此可"句:但明倫評道:"瞽僧嗅文,文體釐正;聾僮司文,文運顛倒。不瞽不聾,有才有德,而反身受其厄,以之掌司文之秩,可知聖教昌明。'德行更重於文學',先生自責語,即警世語。"　　　[17]修行:佛教用語,指嚴格根據佛教教義,指導自己的行動。這裏指修習德行。　　　[18]"但積善"句:馮鎮巒評道:"雖憤激中多刺譏,然重規疊矩,惕勵之論不少,可云是非不謬於聖人矣。"　　　[19]爽:差錯。　　　[20]廛肆:代稱城市。廛,市内百姓之居。肆,市集貿易之處。　　　[21]三盛(chéng 成):猶言三碗或三盤。　　　[22]牒:書札。這裏指公文。　　　[23]彌自刻厲:更加刻苦自勵。　　　[24]契闊:久別的情懷。　　　[25]降抑:卑恭,謙虚。　　　[26]脱能:如果能够。　　　[27]何所遭之僅也:何至於僅僅遇到一次。

【集評】

　　(清)何垠《聊齋誌異·司文郎》評:"文貴心受,今闈中輒言有目共賞,豈知瞽者固謂膀胱所不能容乎? 但讀書人當克己而不尤人,此自確論,否則文未登岸而公然自詡,是又餘杭生之不若矣。"

張　鴻　漸

【題解】

　　張鴻漸無辜被害,流離失所十多年的苦難經歷,揭露了當時的社會强權當道,暗無天日。而懦弱書生不容於世,卻受到狐女的收留和救助,則寄託着作者扶善抑惡的幻想。本篇故事情節曲折,似真實幻,饒有趣味。《聊齋俚曲》有《磨難曲》及《富貴神仙》二種,皆同一故事。

張鴻漸,永平人[1]。年十八,爲郡名士。時盧龍令趙某貪暴,人民共苦之。有范生被杖斃,同學忿其冤,將鳴部院[2],求張爲刀筆之詞[3],約其共事。張許之。妻方氏,美而賢,聞其謀,諫曰:"大凡秀才作事,可以共勝,而不可以共敗[4]。勝則人人貪天功,一敗則紛然瓦解,不能成聚。今勢力世界,曲直難以理定。君又孤[5],脫有翻覆[6],急難者誰也!"張服其言,悔之,乃婉謝諸生,但爲創詞而去。質審一過,無所可否。趙以巨金納大僚,諸生坐結黨被收,又追捉刀人。

張懼,亡去,至鳳翔界[7],資斧斷絕。日既暮,踟躕曠野,無所歸宿。歘睹小村[8],趨之。老嫗方出闔扉,見生,問所欲爲。張以實告,嫗曰:"飲食牀榻,此都細事;但家無男子,不便留客。"張曰:"僕亦不敢過望[9],但容寄宿門内,得避虎狼足矣。"嫗乃令入,閉門,授以草薦[10],囑曰:"我憐客無歸,私容止宿,未明宜早去,恐吾家小娘子聞知,將便怪罪。"

嫗去,張倚壁假寐。忽有籠燈晃耀,見嫗導一女郎出。張急避暗處,微窺之,二十許麗人也。及門見草薦,詰嫗。嫗實告之,女怒曰:"一門細弱,何得容納匪人[11]!"即問:"其人焉往?"張懼,出伏階下。女審詰邦族,色稍霽,曰:"幸是風雅士,不妨相留。然老奴竟不關白[12],此等草草,豈所以待君子。"命嫗引客入舍。俄頃羅酒漿,品物精潔;既而設錦裯於榻。張甚德之,因私詢其姓氏。嫗曰:"吾家施氏,太翁夫人俱謝世,止遺三女。適所見長姑舜華也。"嫗去。張視几上有《南華經注》[13],因取就枕上,伏榻翻閱。忽舜華推扉入。張釋卷,搜覓冠履。女即榻捺坐曰[14]:"無須,無須!"因近榻坐,腆然曰:"妾以君風流才士,欲以門户相託[15],遂犯瓜李之嫌[16]。得不相遐棄否?"張皇然不知所對,但云:"不相誑,小生家中固有妻耳。"女笑曰:"此亦見君誠篤,顧亦不妨。既不嫌憎,明日當煩媒妁。"言已,欲去。張探身挽之,女亦遂留。未曙即起,以金贈張曰:"君持作臨眺之資;

向暮,宜晚來,恐旁人所窺。"張如其言,早出晏歸[17],半年以爲常。

【校注】

[1]永平:今河北盧龍。 [2]部院:指巡撫衙門。 [3]刀筆:指主辦文案的官吏,也稱"刀筆吏"。後世稱訟師爲刀筆,是說這種人筆利如刀,能殺傷人。
[4]"大凡"三句:何垠評:"格言,當書一通,置之座隅。"但明倫評:"爲秀才者,宜佩此言。" [5]孤:幼而無父曰"孤"。 [6]脱:倘若,如果。 [7]鳳翔:今屬陝西。 [8]欻(xū 須):忽然。 [9]過望:過分要求。 [10]草薦(jiàn 見):草蓆。 [11]匪人:這裏指非親非故的人。 [12]關白:稟報。
[13]《南華經注》:即《莊子注》。唐天寶元年,尊莊子爲南華真人,稱《莊子》爲《南華真經》。 [14]捺:按。 [15]以門户相託:把家事託付與你。這裏指結爲夫婦。 [16]瓜李之嫌:指處於嫌疑之地。語出古樂府《君子行》:"君子防未然,不處嫌疑間。瓜田不納履,李下不整冠。" [17]晏:晚。

一日,歸頗早,至其處,村舍全無,不勝驚怪。方徘徊間,聞嫗云:"來何早也!"一轉盼間,則院落如故,身固已在室中矣,益異之。舜華自内出,笑曰:"君疑妾耶?實對君言:妾,狐仙也,與君固有夙緣。如必見怪,請即別。"張戀其美,亦安之。夜謂女曰:"卿既仙人,當千里一息耳[1]。小生離家三年,念妻孥不去心,能攜我一歸乎?"女似不悦,曰:"琴瑟之情,妾自分於君爲篤;君守此念彼,是相對綢繆者皆妄也[2]!"張謝曰:"卿何出此言。諺云:'一日夫妻,百日恩義。'後日歸念卿時,亦猶今日之念彼也。設得新忘故,卿何取焉?"女乃笑曰:"妾有褊心[3],於妾願君之不忘,於人願君之忘之也。然欲暫歸,此復何難?君家咫尺耳!"遂把袂出門,見道路昏暗,張逡巡不前。女曳之走,無幾時,曰:"至矣。君歸,妾且去。"

張停足細認,果見家門。逾堁垣入[4],見室中燈火猶熒[5],近以兩指彈扉,内問爲誰,張具道所來。内秉燭啓關,真方氏也。兩相驚喜。握手入帷。見兒卧牀上,慨然曰:"我去時兒才及膝,今身長如許矣!"夫婦依倚,恍如夢寐。張歷述所遭。問及訟獄,始知諸生有瘐死者[6],有遠徙者,益服妻之遠見。方縱體入懷,曰:"君有佳偶,想不復念孤衾中有零涕人矣!"張曰:"不念,胡以來也? 我與彼雖云情好,終非同類;獨其恩義難忘耳。"方曰:"君以我何人也!"張審視,竟非方氏,乃舜華也。以手探兒,一竹夫人耳[7]。大慚無語。女曰:"君心可知矣! 分當自此絕矣[8],猶幸未忘恩義,差足自贖。"

過二三日,忽曰:"妾思癡情戀人,終無意味。君日怨我不相送,今適欲至都,便道可以同去。"乃向牀頭取竹夫人共跨之,令閉兩眸,覺離地不遠,風聲颼颼。移時,尋落。女曰:"從此別矣。"方將叮囑,女去已渺。

悵立少時,聞村犬鳴吠,蒼茫中見樹木屋廬,皆故里景物,循途而歸。逾垣叩户,宛若前狀。方氏驚起,不信夫歸;詰證確實,始挑燈嗚咽而出。既相見,涕不可仰。張猶疑舜華之幻弄也;又見牀卧一兒,如昨夕,因笑曰:"竹夫人又攜入耶?"方氏不解,變色曰:"妾望君如歲,枕上啼痕固在也。甫能相見,全無悲戀之情,何以爲心矣!"張察其情真,始執臂欷歔,具言其詳。問訟案所結,並如舜華言。

方相感慨,聞門外有履聲,問之不應。蓋里中有惡少甲,久窺方艷,是夜自別村歸,遙見一人逾垣去,謂必赴淫約者,尾之入。甲故不甚識張,但伏聽之。及方氏亟問,乃曰:"室中何人也?"方諱言:"無之。"甲言:"竊聽已久,敬將以執姦也。"方不得已以實告,甲曰:"張鴻漸大案未消,即使歸家,亦當縛送官府。"方苦哀之,甲詞益狎逼。張忿火中燒,把刀直出,剁甲中顱。甲踣猶號,又連剁之,遂死。方曰:"事已至此,罪益加重。君速逃,妾請任其辜。"張曰:"丈夫死則死耳,焉肯辱妻累子以求活耶! 卿無顧慮,但令此子勿斷書香,目即瞑矣。"

天明,赴縣自首。趙以欽案中人,姑薄懲之。尋由郡解都,械禁頗苦。途中遇女子跨馬過,一老嫗捉鞚,蓋舜華也。張呼嫗欲語,淚隨聲墮。女返轡,手啓障紗,訝曰:"表兄也,何至此?"張略述之。女曰:"依兄平昔,便當掉頭不顧,然予不忍也。寒舍不遠,即邀公役同臨,亦可少助資斧。"從去二三里,見一山村,樓閣高整。女下馬入,令嫗啓舍延客。既而酒炙豐美,似所夙備。又使嫗出曰:"家中適無男子,張官人即向公役多勸數觴,前途倚賴多矣。遣人措辦數十金爲官人作費,兼酬兩客,尚未至也。"二役竊喜,縱飲,不復言行。日漸暮,二役徑醉矣。女出以手指械,械立脱。曳張共跨一馬,駛如龍。少時促下,曰:"君止此。妾與妹有青海之約[9],又爲君逗留一响,久勞盼注矣。"張問:"後會何時?"女不答,再問之,推墮馬下而去。既曉問其地,太原也。遂至郡,賃屋授徒焉。託名宫子遷。

【校注】

[1]千里一息:呼吸之間可行千里。　　[2]綢繆:指情意殷勤。《三國志·蜀書·先主傳》:"先主至京見(孫)權,綢繆恩紀。"　　[3]褊(biǎn 扁)心:心地狹窄。《詩經·魏風·葛屨》:"維是褊心,是以爲刺。"　　[4]垝垣:倒塌的墙。[5]熒:光亮微弱的樣子。　　[6]瘐(yǔ 雨)死:病死獄中。瘐,囚徒犯病。[7]竹夫人:夏天置於牀上的取凉用具,竹製,圓柱形,中空,週圍有洞,可以通風。[8]分當:本應該。　　[9]青海:傳說中求仙訪道之地。《淮南子·墜形訓》:"青泉之埃,上爲青雲,陰陽相薄爲雷,激揚爲電,上者就下,流水就通,而合於青海。"

　　居十年,訪知捕亡寖怠[1],乃復逡巡東向[2]。既近里門,不敢遽入,俟夜深而後入。及門,則墙垣高固,不復可越,祇得以鞭撾門。久之妻始出問,張低語之。喜極納入,作呵叱聲,曰:"都中少用度,即當早歸,何得遣汝半夜來?"入室,各道情事,始知二役逃亡未返。言次,簾外一少婦頻來,張問伊誰,曰:"兒婦耳。"問:"兒安在?"曰:"赴郡大比未歸[3]。"張涕下曰:"流離數年,兒已成立,不謂能繼書香,卿心血殆盡矣!"話未已,子婦已温酒炊飯,羅列滿几。張喜慰過望。居數日,隱匿屋榻,惟恐人知。夜方臥,忽聞人語騰沸,捶門甚厲。大懼,並起。聞人言曰:"有後門否?"益懼,急以門扇代梯,送張夜度垣而出,然後詣門問故,乃報新貴者也[4]。方大喜,深悔張遁,不可追挽。
　　張是夜越莽穿榛,急不擇途,及明,困殆已極。初念本欲向西,問之途人,則去京都通衢不遠矣。遂入鄉村,意將質衣而食。見一高門,有報條粘壁上[5],近視知爲許姓,新孝廉也。頃之,一翁自内出,張迎揖而告以情。翁見儀容都雅,知非賺食者,延入相款。因詰所往,張託言:"設帳都門,歸途遇寇。"翁留誨其少子。張略問官閥,乃京堂林下者[6];孝廉其猶子也[7]。
　　月餘,孝廉偕一同榜歸,云是永平張姓,十八九少年也。張以鄉譜俱同,暗中疑是其子;然邑中此姓良多,姑默之。至晚解裝,出"齒錄”^[8]，急借披讀，真子也。不覺淚下。共驚問之，乃指名曰：“張鴻漸，即我是也。”備言其由。張孝廉抱父大哭。許叔佺慰勸，始收悲以喜。許即以金帛函字^[9]，致告憲臺^[10]，父子乃同歸。

方自聞報，日以張在亡爲悲；忽白孝廉歸，感傷益痛。少時父子並入，駭如天降，詢知其故，始共悲喜。甲父見其子貴，禍心不敢復萌。張益厚遇之，又歷述當年情狀，甲父感愧，遂相交好。

《聊齋誌異》（會校會注會評本）卷九

【校注】

[1]寖：漸。　　[2]逡（qūn 群平聲）巡：遲疑徘徊，欲行又止。　　[3]大比：明清時稱鄉試爲“大比”。　　[4]新貴：這裏指新登科第的人。　　[5]報條：向科舉考中者報喜的紙帖。　　[6]乃京堂林下者：是一位退休的京官。清代都察院、通政司及諸卿寺的堂官，均稱“京堂”。林下，本指幽靜之地，引申爲退隱之處。這裏指退休。　　[7]猶子：侄子。　　[8]齒錄：同榜舉人或同榜進士的姓名錄。因按年齡大小排列，所以稱“齒錄”。　　[9]以金帛函字：備重禮，並附上書信。[10]憲臺：尊稱御史和按察使等主管刑獄的官員。

【集評】

（清）何垠《聊齋誌異·張鴻漸》評：“張之逃亡脱難，前後皆賴舜華；然舜華乍合乍離，如神龍見首不見尾，令人不可測。”“身爲名士，流離坎坷數十年，皆由於捉刀書詞，不可不戒。”

（清）但明倫《聊齋誌異·張鴻漸》評：“勢力世界，曲直無憑。貪賂者安居，鳴冤者反坐。茫茫世宙，教人從何處呼天耶！然而士子應守學規，王章最嚴結黨。以事不干己，而强爲出頭，始則妄貪天功，忽焉竟成瓦解。楚囚相對，趙璧難歸。獄中之燐火相依，塞外之鴻書莫寄。仰而父母誰事，俯而妻子何歸？悔已噬臍，覆宜借鑒。若張者幸而免脱，終是狐疑。晝伏夜來，其形似鼠；風聲鶴唳，是處皆兵。偶合旋離，一生九死。雖則賢妻用盡心血，令子能繼書香，而十數載流離，百千番磨折，至是而始服牀頭人之遠見，亦已晚矣。捉刀之自貽伊戚也，可勝道哉！”

臙　脂

【題解】

　　本篇是疑案偵破故事。五代王仁裕《玉堂閒話·劉崇龜》(見《太平廣記》卷一七二),明代陳洪謨《治世餘聞》下篇卷一所記李興辨獄事,祝允明《野記》卷四所記丁四官人事,馮夢龍《情史類略》卷一八所記張藎事等,皆爲“李代桃僵”式的公案故事,本篇應即是吸取這類公案故事而寫成的。全篇案中有案,情節曲折,結構緊湊,描寫生動。結尾判辭之作,詞采繽紛,是蒲松齡的得意之筆。李文瀚《味塵軒四種曲》中有《臙脂舄》傳奇,許善長《碧聲吟館六種曲》中有《臙脂獄》傳奇,京劇、秦腔有《臙脂判》,川劇有《臙脂配》等等,皆本此而作。

　　東昌卞氏[1],業牛醫者,有女小字臙脂,才姿惠麗。父寶愛之,欲占鳳於清門[2],而世族鄙其寒賤,不屑締盟,所以及笄未字[3]。對戶龐姓之妻王氏,佻脫善謔[4],女閨中談友也[5]。一日送至門,見一少年過,白服裙帽,丰采甚都。女意動,秋波縈轉之。少年俯其首,趨而去。去既遠,女猶凝眺。王窺其意,戲之曰:“以娘子才貌,得配若人,庶可無憾。”女暈紅上頰,脈脈不作一語。王問:“識得此郎否?”女曰:“不識。”曰:“此南巷鄂秀才秋隼,故孝廉之子。妾向與同里,故識之。世間男子,無其溫婉。今衣素,以妻服未闋也[6]。娘子如有意,當寄語使委冰焉[7]。”女無語,王笑而去。

　　數日無耗,心疑王氏未暇即往,又疑宦裔不肯俯拾[8]。邑邑徘徊[9],縈念頗苦;漸廢飲食,寢疾惙頓[10]。王氏適來省視,研詰病因。答言:“自亦不知。但爾日別後,即覺忽忽不快,延命假息[11],朝暮人也。”王小語曰:“我家男子負販未歸,尚無人致聲鄂郎。芳體違和,莫非爲此?”女赬顏良久[12]。王戲之曰:“果爲此者,病已至是,尚何顧忌?先令夜來一聚,彼豈不肯可?”女歎息曰:“事至此,已不能羞。但渠不嫌寒賤,即遣媒來,疾當愈;若私約,則斷斷不可!”王頷之,遂去。

　　王幼時與鄰生宿介通,既嫁,宿偵夫他出[13],輒尋舊好。是夜宿適來,因述女言爲笑,戲囑致意鄂生。宿久知女美,聞之竊喜,幸其機之可乘也。將與婦謀,又恐其妒,乃假無心之詞,問女家閨闥甚悉[14]。次夜,逾垣入,直達女所,以指叩窗。內問:“誰何?”答以“鄂生”。女曰："妾所以念君者,爲百年,不爲一夕。郎果愛妾,但宜速倩冰人;若言私合,不敢從命。"宿姑諾之,苦求一握纖腕爲信。女不忍過拒,力疾啓扉。宿遽入,即抱求歡。女無力撐拒,仆地上,氣息不續。宿急曳之。女曰:"何來惡少,必非鄂郎;果是鄂郎,其人溫馴,知妾病由,當相憐恤,何遽狂暴若此!若復爾爾,便當鳴呼,品行虧損,兩無所益[15]!"宿恐假迹敗露,不敢復强,但請後會。女以親迎爲期[16]。宿以爲遠,又請。女厭糾纏,約待病愈。宿求信物,女不許;宿捉足解繡履而去。女呼之返,曰:"身已許君,復何吝惜?但恐'畫虎成狗'[17],致貽污謗。今褻物已入君手[18],料不可反。君如負心,但有一死!"宿既出,又投宿王所。既卧,心不忘履,陰揣衣袂,竟已烏有。急起篝燈[19],振衣冥索。詰之,不應。疑婦藏匿,婦故笑以疑之。宿不能隱,實以情告。言已,徧燭門外,竟不可得。懊恨歸寢,竊幸深夜無人,遺落當猶在途也。早起尋之,亦復杳然。

【校注】

[1]東昌:今山東聊城。　　　[2]"占鳳"句:許嫁給讀書人家。占鳳:《左傳·莊公二十二年》載:春秋時陳大夫懿仲想把女兒嫁給陳敬仲,其妻占卦,占得"鳳凰于飛,其鳴鏘鏘"的吉利卦。後來因以"占鳳"喻擇婿。清門:寒素之家,即沒有做官的書香門第。唐杜甫《贈曹將軍霸》詩:"將軍魏武之子孫,於今爲庶爲清門。"

[3]及笄:女子十五歲。笄,簪。古時女子十五歲時,以簪結髮如成人。　　　[4]佻(tiāo 挑)脱:原指輕率,這裏意指輕浮。　　　[5]女閨中談友:馮鎮巒評:"如下棋者,間間布子。首臙脂,如登場正旦;次王氏,花旦也。"　　　[6]妻服未闋:爲妻子服喪,還沒有滿期。闋,終了。　　　[7]委冰:託人作媒。古時以"冰人"代稱媒人,語出《晉書·藝術傳》。　　　[8]俯拾:低就,降低身份與之結親。　　　[9]邑邑:通"悒悒",憂鬱不樂。　　　[10]寢疾:卧病。惙(chuò 輟)頓:疲乏勞累。

[11]延命假息:生命僅憑着這點氣息。意爲氣息奄奄,壽命不長。　　　[12]赬(chēng 撑)顏:臉紅。赬,紅色。　　　[13]偵:暗中察看。　　　[14]閨闥:内室。

[15]兩無所益:稿本此句下無名氏評:"十一句中具六七層轉折,猶妙在恰似氣息不續聲口。"　　　[16]親迎:結婚六禮之一。夫婿於新迎日,公服至女家,迎新娘入室,行交拜合卺之禮。　　　[17]畫虎成狗:即"畫虎不成反類犬"的省詞。比喻事無所成,反貽笑柄。語出《後漢書·馬援傳》。　　　[18]褻物:貼身之物,指繡鞋。

[19]篝燈:以竹籠罩着燈燭。這裏指點燈。

先是，巷中有毛大者，游手無籍[1]。嘗挑王氏不得，知宿與洽，思掩執以脅之。是夜，過其門，推之未扃[2]，潛入。方至窗外，踏一物，耎若絮帛[3]，拾視，則巾裹女舄[4]。伏聽之，聞宿自述甚悉，喜極，抽身而出。踰數夕，越墻入女家，門戶不悉，誤詣翁舍。翁窺窗，見男子，察其音蹟，知爲女來者。心忿怒，操刀直出。毛大駭，反走。方欲攀垣，而卞追已近，急無所逃，反身奪刃；媼起大呼，毛不得脫，因而殺之。女稍痊，聞喧始起。共燭之，翁腦裂不復能言，俄頃已絕。於墻下得繡履，媼視之，胭脂物也。逼女，女哭而實告之；但不忍貽累王氏，言鄂生之自至而已。

天明，訟於邑。官拘鄂。鄂爲人謹訥，年十九歲，見客羞澀如童子。被執，駭絕。上堂不知置詞，惟有戰慄。宰益信其情真，橫加梏械。書生不堪痛楚，以是誣服[5]。既解郡，敲扑如邑。生冤氣填塞，每欲與女面相質；及相遭，女輒詬詈[6]，遂結舌不能自伸，由是論死。往來復訊，經數官無異詞。

後委濟南府復案。時吳公南岱守濟南[7]，一見鄂生，疑不類殺人者，陰使人從容私問之，俾得盡其詞。公以是益知鄂生冤。籌思數日，始鞫之[8]。先問胭脂：“訂約後有知者否？”答：“無之。”“遇鄂生時，別有人否？”亦答：“無之。”乃喚生上，溫語慰之。生自言：“曾過其門，但見舊鄰婦王氏與一少女出，某即趨避，過此並無一言。”吳公叱女曰：“適言側無他人，何以有鄰婦也？”欲刑之。女懼曰：“雖有王氏，與彼實無關涉。”公罷質，命拘王氏。

數日已至，又禁不與女通，立刻出審，便問王：“殺人者誰？”王對：“不知。”公詐之曰[9]：“胭脂供言，殺卞某汝悉知之，胡得隱匿？”婦呼曰：“冤哉！淫婢自思男子，我雖有媒合之言，特戲之耳。彼自引姦夫入院，我何知焉！”公細詰之，始述其前後相戲之詞。公呼女上，怒曰：“汝言彼不知情，今何以自供撮合哉[10]？”女流涕曰：“自己不肖，致父慘死，訟結不知何年，又累他人，誠不忍耳。”公問王氏：“既戲後，曾語何人？”王供：“無之。”公怒曰：“夫妻在牀，應無不言者，何得云無？”王供：“丈夫久客未歸。”公曰：“雖然，凡戲人者，皆笑人之愚，以炫己之慧,更不向一人言,將誰欺?"命梏十指[11]。婦不得已,實供:"曾與宿言。"公於是釋鄂拘宿。宿至,自供:"不知。"公曰:"宿妓者必無良士!"嚴械之。宿自供:"賺女是真。自失履後,未敢復往,殺人實不知情。"公曰:"踰墻者何所不至!"又械之。宿不任淩藉[12],遂以自承。招成報上,無不稱吳公之神。鐵案如山,宿遂延頸以待秋決矣。

【校注】

[1]無籍:這裏指没有固定的職業。　　[2]扃(jiōng 炯平聲):關門。　　[3]耎:通"軟"。　　[4]舄(xì 細):鞋。　　[5]誣服:蒙冤被逼服罪。此句下但明倫評:"不揆情,不度理,不察言,不觀色,竟以捶楚得之,宰何憒憒。"　　[6]詬詈(lì 立):辱罵。　　[7]吳公南岱:吳南岱,武進(今江蘇常州)人,進士,清初曾任濟南知府。　　[8]鞫(jū 居):審問。　　[9]公詐之曰:馮鎮巒評:"鞫囚者如今算名星士,洞門半開,挨身而進,探他口氣,無意中要他自説,有許多敲打予奪擒縱之法,所爲元關也。"　　[10]撮合:從中説合。這裏指説媒。　　[11]梏十指:施拶(zǎn 攢)指的酷刑。即以繩穿五根小木棍,套入手指,用力緊收。　　[12]淩藉:侵淩,欺壓。這裏指折磨。

　　然宿雖放縱無行,故東國名士[1]。聞學使施公愚山賢能稱最[2],又有憐才恤士之德,因以一詞控其冤枉,語言愴惻。公討其招供,反覆凝思之,拍案曰:"此生冤也!"遂請於院、司[3],移案再鞫。問宿生:"鞋遺何所?"供言:"忘之。但叩婦門時,猶在袖中。"轉詰王氏:"宿介之外,姦夫有幾?"供言:"無有。"公曰:"淫亂之人,豈得專私一個?"供言:"身與宿介,稚齒交合[4],故未能謝絶;後非無見挑者,身實未敢相從。"因使指其人以實之,供云:"同里毛大,屢挑而屢拒之矣。"公曰:"何忽貞白如此?"命搒之[5]。婦頓首出血,力辨無有,乃釋之。又詰:"汝夫遠出,寧無有託故而來者?"曰:"有之。某甲、某乙,皆以借貸饋贈,曾一二次入小人家。"蓋甲、乙皆巷中游蕩子,有心於婦而未發者也。公悉籍其名,並拘之。

　　既集,公赴城隍廟,使盡伏案前。便謂:"曩夢神人相告,殺人者不出汝等四五人中。今對神明,不得有妄言。如肯自首,尚可原宥;虛者,廉得無赦[6]!"同聲言無殺人之事。公以三木置地[7],將並夾之;括髮裸身[8]，齊鳴冤苦。公命釋之，謂曰：“既不自招，當使鬼神指之。”使人以氈褥悉障殿窗，令無少隙；袒諸囚背，驅入暗中，始授盆水，一一命自盥訖；繫諸壁下，戒令“面壁勿動。殺人者，當有神書其背”。少間，喚出驗視，指毛曰：“此真殺人賊也！”蓋公先使人以灰塗壁，又以煙煤濯其手。殺人者恐神來書，故匿背於壁而有灰色；臨出，以手護背，而有煙色也。公固疑是毛，至此益信。施以毒刑，盡吐其實。

【校注】

[1]東國：指山東。山東古有齊魯等國，皆位於中國東方，所以稱“東國”。

[2]施公愚山：施閏章（1619—1683），字尚白，號愚山，宣城（今屬安徽）人，順治進士，康熙時舉博學鴻詞，官至侍讀。順治十三年（1656）曾任山東提學僉事。

[3]院、司：部院和臬司。部院，即巡撫。臬司，也稱按察使，省級最高司法官員。

[4]稚齒：幼年。　　[5]搒（péng 朋）：用棍子或竹板子打。　　[6]廉得：查出。廉，查訪。　　[7]三木：古時加在犯人頸、手、足上的木製刑具。　　[8]括髮裸身：束起頭髮，褪下褲子。這是動刑前的準備。

　　判曰：“宿介：蹈盆成括殺身之道[1]，成登徒子好色之名[2]。祇緣兩小無猜，遂野鶩如家雞之戀[3]；爲因一言有漏，致得隴興望蜀之心[4]。將仲子而踰園墻[5]，便如鳥墮；冒劉郎而至洞口[6]，竟賺門開。感悅驚龙，鼠有皮胡若此[7]？攀花折樹[8]，士無行其謂何！幸而聽病燕之嬌啼，猶爲玉惜[9]；憐弱柳之憔悴，未似鴬狂[10]。而釋幺鳳於羅中[11]，尚有文人之意；乃劫香盟於襪底[12]，寧非無賴之尤！蝴蜨過墻[13]，隔窗有耳；蓮花卸瓣[14]，墮地無蹤。假中之假以生，冤外之冤誰信？天降禍起，酷械至於垂亡；自作孽盈[15]，斷頭幾於不續。彼踰墻鑽隙，固有玷夫儒冠；而僵李代桃[16]，誠難消其冤氣。是宜稍寬笞扑，折其已受之慘；姑降青衣[17]，開彼自新之路。若毛大者：刁猾無籍，市井凶徒。被鄰女之投梭[18]，淫心不死；伺狂童之入巷[19]，賊智忽生。開戶迎風，喜得履張生之蹟[20]；求漿值酒，妄思偷韓掾之香[21]。何意魄奪自天[22]，魂攝於鬼。浪乘槎木，直入廣寒之宮[23]；遄泛漁舟，錯認桃源之路[24]。遂使情火息焰，慾海生波[25]。刀横直前，投鼠無他顧之意[26]；寇窮安往，急兔起反噬之心[27]。越壁入人家,止期張有冠而李借[28];奪兵遺繡履,遂教魚脫網而鴻離[29]。風流道乃生此惡魔,温柔鄉何有此鬼蜮哉[30]!即斷首領,以快人心。臙脂:身猶未字,歲已及笄。以月殿之仙人,自應有郎似玉;原霓裳之舊隊,何愁貯屋無金[31]?而乃感關雎而念好逑,竟繞春婆之夢[32];怨摽梅而思吉士,遂離倩女之魂[33]。爲因一綫纏縈,致使群魔交至。爭婦女之顏色,恐失臙脂[34];惹鷙鳥之紛飛,並託秋隼[35]。蓮鈎摘去,難保一瓣之香[36];鐵限敲來,幾破連城之玉[37]。嵌紅豆於骰子,相思骨竟作厲階[38];喪喬木於斧斤,可憎才真成禍水[39]!葳蕤自守,幸白璧之無瑕[40];緥紲苦爭,喜錦衾之可覆[41]。嘉其入門之拒,猶潔白之情人;遂其擲果之心[42],亦風流之雅事。仰彼邑令,作爾冰人。"案既結,邐邐傳頌焉。

　　自吳公鞫後,女始知鄂生冤。堂下相遇,覥然含涕,似有痛惜之詞,而未可言也。生感其眷戀之情,愛慕殊切;而又念其出身微賤,日登公堂,爲千人所窺指,恐娶之爲人姍笑,日夜縈迴[43],無以自主。判牒既下,意始安帖。邑宰爲之委禽[44],送鼓吹焉[45]。

【校注】

[1]蹈盆成括殺身之道:重蹈盆成括恃才被殺的覆轍。盆成括,戰國齊人,孟子説他"小有才,未聞君子之大道",仕齊必將被殺。後來,果然如孟子所言。見《孟子·盡心下》。　　[2]成登徒子好色之名:宋玉《登徒子好色賦》説,登徒子好色,不擇美醜。後以"登徒子"稱好色的人。　　[3]"祇緣"兩句:意指宿介與王氏自幼相好,以至現在仍私相愛戀。兩小無猜:指幼男幼女嬉戲玩耍,不避嫌疑。野鶩:野鴨子,比喻情婦。家雞:比喻妻子。　　[4]得隴興望蜀之心:指宿介貪心不足,既私通王氏,又起意騙姦臙脂。得隴望蜀,比喻人貪心不足。《後漢書·岑彭傳》載,岑彭攻下隴右地區之後,光武帝又命令他繼續進兵西蜀。他在給岑彭的信中説:"人苦不知足,既平隴,復望蜀。"　　[5]"將仲子"句:語出《詩經·鄭風·將仲子》:"將仲子兮,無踰我墻。"將:請求。原指仲子踰墻求愛,遭到女子拒絶。這裏反其意而用之,指宿介跳墻到臙脂家。　　[6]"冒劉郎"句:指宿介冒充鄂生到臙脂門口。劉郎:即劉晨,用劉晨、阮肇在天台山遇見仙女的故事。

[7]"感帨"二句:意思是宿介到臙脂家騷擾,有臉皮的人豈能做這樣的事?感帨驚尨:語出《詩經·召南·野有死麕》:"無感我帨兮,無使尨也吠。"感,通"撼"。帨

(shuì 税),佩巾。尨(máng 忙):多毛的狗。鼠有皮:語出《詩經·鄘風·相鼠》:
"相鼠有皮,人而無儀。人而無儀,不死何爲?"　　　[8]攀花折樹:比喻侮辱婦女。
[9]玉惜:猶言"惜玉"。宋謝枋得《疊山集》卷一《荊棘中杏花》:"京師惜花如惜
玉。"此詩又見金元好問《遺山集》卷三。舊時以玉比女子之美,所以稱愛護美女爲
"惜玉"。　　　[10]鶯狂:即鶯顛燕狂,比喻男女歡愛顛狂。　　　[11]幺鳳:鳥名,
也叫桐花鳳。這裏比喻臙脂。羅:羅網。　　　[12]香盟:指男女相愛的盟約,這裏
指信物,即繡鞋。《左傳·哀公十六年》:"太子使五人從輿豭從己,劫公而强盟
之。"　　　[13]蝴蜨過墙:形容鄰家的春色對蜂蝶的引誘。語出王駕《雨晴》詩:
"蛺蝶飛來過墙去,卻疑春色在鄰家。"蜨,同"蝶"。　　　[14]蓮花卸瓣:指宿介從
臙脂腳上摘下的鞋子。　　　[15]自作孽盈:自己作孽盈滿。語出《尚書·太甲
中》:"天作孽,猶可違;自作孽,不可逭。"逭(huàn 幻),逃。　　　[16]僵李代桃:
比喻代人受過。這裏指宿介代毛大承擔了殺人的罪過。語出古樂府《雞鳴》:"桃
生露井上,李樹生桃旁。蟲來齧桃根,李樹代桃僵。"　　　[17]姑降青衣:這是對秀
才的一種處罰。秀才原穿藍衫,處罰後改穿青衣,並停止一年參加科考的資格。
[18]被鄰女之投梭:指毛大調戲王氏被拒絕。《晉書·謝鯤傳》載:謝鯤調戲鄰居
的女兒,被鄰女用織布梭子投擲,打落兩顆牙齒。　　　[19]伺狂童之入巷:指毛大
趁宿介到王氏家的機會。狂童,《詩經·鄭風·褰裳》:"狂童之狂也且。"
[20]"開戶"二句:指臙脂期待鄂生,毛大卻持履而來。語本唐元稹《鶯鶯傳》傳奇
中鶯鶯約張生相會的詩:"待月西廂下,迎風戶半開。拂墙花影動,疑是玉人來。"
[21]"求漿"二句:指毛大本來祇想私會王氏,卻意外地得到偷會臙脂的機會。求
漿值酒:本想求水喝,卻得到了美酒。比喻超過所求。語出《史通·書志》:"語曰:
太歲在酉,乞漿得酒。"偷韓掾之香:用"韓壽偷香"典故。韓掾,指韓壽。《晉書·
賈充傳》載:韓壽曾爲太尉賈充掾史,賈充女兒鍾情於韓壽,將晉武帝賜給賈充的
西域奇香偷來,送給韓壽。賈充發現後,即把女兒嫁給韓壽。　　　[22]魄奪自天:
意思是魂不守舍。語出《左傳·宣公十五年》。　　　[23]"浪乘"二句:指毛大闖
入臙脂住處。槎木:用竹木編成的船筏。神話傳説,大海與天河相通,從人間乘槎
可去天上。見《博物志·雜説下》。廣寒宮:即月宮。神話傳説,唐玄宗於八月十
五日游月宮,宮府上書"廣寒清虛之宮"。月宮是嫦娥的居處,這裏喻指臙脂的繡
房。　　　[24]"徑泛"二句:指毛大誤投卞翁窗下。用漁人誤入桃花源的故事,見
陶淵明《桃花源記》。　　　[25]慾海:佛教用語,比喻情慾深廣如海,可使人沈溺。
[26]"投鼠"句:反用成語"投鼠忌器"的含義,指毛大肆意而爲,妄殺卞翁。投鼠
忌器,語出《漢書·賈誼傳》所載《陳政事疏》,意思是説,以物投擲老鼠,要防止打
壞靠近老鼠的器物。　　　[27]"寇窮"二句:指毛大無法逃脱,奪刀殺死卞翁。寇

窮:敵人勢窮力竭。反噬:指豺狼反撲。　　　[28]"止期"句:用"張冠李戴"的成語,比喻毛大假冒鄂生去騙姦臙脂。　　　[29]魚脫網而鴻離:指毛大脫網,鄂生遭殃。語出《詩經·邶風·新臺》:"魚網之設,鴻則離之。"離,通"罹",遭遇。[30]溫柔鄉:指男女歡愛的美景。語出《飛燕外傳》:"是夜進合德,帝大悦,以輔屬體,無所不靡,謂爲溫柔鄉。謂嫕曰:'吾老是鄉矣,不能效武皇帝求白雲鄉也。'"[31]"原霓裳"二句:指臙脂容貌美麗,猶如霓裳舞隊仙女下凡,何愁嫁不到一個富貴的好丈夫? 霓裳:指《霓裳羽衣舞》,唐代宮廷樂舞,其舞蹈、音樂和服飾,都着力描繪虛無縹渺的仙境和仙女形象。貯屋無金:無金屋貯嬌的意思。化用漢武帝要用金屋貯阿嬌的故事,見《漢武故事》。　　　[32]"感關雎"二句:有感於關雎的鳴叫,興起尋找配偶的念頭,没想到竟成一場春夢。關雎:《詩經·周南》篇名,中有:"關關雎鳩,在河之洲。窈窕淑女,君子好逑。"春婆之夢:宋代趙令畤《侯鯖録》載,蘇軾被貶官海南昌化時,有一位老婦人對他説:你昔日的富貴,好似一場春夢。蘇軾很同意她的説法。當時人稱這位老婦人爲"春夢婆"。　　　[33]"怨摽梅"二句:指臙脂鍾情鄂生,相思成病。摽梅而思吉士:語出《詩經·召南·摽有梅》:"摽有梅,其實七兮。求我庶士,迨其吉兮。"離倩女之魂:事見唐傳奇《離魂記》:唐張鎰的女兒倩娘,與表兄王宙相戀。張鎰將倩娘另許他人,倩娘抑鬱成疾,竟然魂離軀體,隨王宙同去四川,居五年,生二子。歸寧時,魂纔同病體合一。　　　[34]"爭婦女"二句:指宿介、毛大爭奪美麗的臙脂。匈奴有地名臙脂,一名燕支,盛產臙脂草。《西河故事》載:祁連、燕支二山,在張掖、酒泉界上,匈奴失二山,乃歌曰:"亡我祁連山,使我六畜不蕃息;失我焉支山,使我婦女無顔色。"這兩句化用此歌,"臙脂"語意雙關。　　　[35]"惹鷙鳥"二句:指爭奪臙脂的人都託名鄂秋隼。鷙鳥:鷹類猛禽。秋隼:語意雙關,指鄂生。隼,又名鶻,猛禽。　　　[36]"蓮鈎"二句:指宿介脱去臙脂一隻繡鞋。一瓣:語意雙關,兼有"蓮花卸瓣"之義,指繡鞋。[37]"鐵限"二句:指毛大闖入臙脂家,幾乎使臙脂失身。鐵限:鐵門檻,原指南朝陳智永禪師用鐵葉包裹門檻,免得來訪的人把門檻磨穿,見《法書要録》。這裏指臙脂的閨門。連城之玉:價值連城的美玉。古時婦女堅守貞操,稱"守身如玉"。所以這裏以連城玉比喻臙脂的貞操。　　　[38]"嵌紅豆"二句:指臙脂思念鄂生,反而招致了禍害。語本唐溫庭筠《楊柳枝》:"玲瓏骰子藏紅豆,刻骨相思知未知?"屬階:禍端。屬,禍患。　　　[39]"喪喬木"二句:指父親死於毛大的刀下,臙脂竟成了禍水。喬木:代稱父親。語本《尚書大傳·周傳·梓材》:"商子曰:'南山之陽有木焉,名喬。'二三子往觀之,見喬實高高然而上,反以告商子。商子曰:'喬者,父道也。'"可憎才:愛極的反語,對情人的暱稱。《西廂記》第一本第二折:"借與我半間兒客舍僧房,與我那可憎才居止處門兒相向。"

禍水:舊時對禍人敗事的女子的貶稱,語出《飛燕外傳》。　　[40]"葳蕤"二句:指臙脂嚴正自守,保持了自己的清白。葳蕤:草名,其花如冠纓下垂的綏子,顯得很有威嚴。　　[41]"縲絏"二句:指臙脂身被囚禁,苦苦爭辯,爲父伸冤,尚可以遮蓋以前的錯誤。縲絏:拘繫犯人的繩子,引申爲囚禁。錦衾之可覆:宋元俗語,《水滸傳》第二十五回:"祇是如殮武大屍首,凡百事週全,一牀錦被遮蓋則個。"　　[42]遂其擲果之心:滿足她思慕鄂生的心願。典出《晉書·潘岳傳》:"岳美姿儀,……少時,常挾彈出洛陽道,婦人遇之者,皆連手縈繞,投之以果,遂滿車而歸。"後來"擲果"成爲女子向男子求愛的代稱。　　[43]縈迴:盤繞。這裏指心裏反覆思考。　　[44]委禽:下聘禮。　　[45]鼓吹:鼓樂班子。這裏指鼓樂迎親。

　　　異史氏曰:"甚哉! 聽訟之不可以不慎也! 縱能知李代爲冤,誰復思桃僵亦屈? 然事雖暗昧,必有其間,要非審思研察,不能得也。嗚呼! 人皆服哲人之折獄明,而不知良工之用心苦矣。世之居民上者,棋局消日[1],紬被放衙[2],下情民艱,更不肯一勞方寸。至鼓動衙開,巍然高坐,彼嘵嘵者直以桎梏静之[3],何怪覆盆之下多沈冤哉[4]!"

　　　　　　　　　　　　　　　　　　《聊齋誌異》(會校會注會評本)卷一○

【校注】

[1]棋局消日:指官吏不理政事,終日下棋,消磨光陰。語出《唐國史補》:令狐綯薦李遠爲杭州刺史。宣宗説:"吾聞遠詩云:'長日惟消一局棋。'安能理人?"

[2]紬被放衙:躺在綢被裏,一直睡到譙樓上響起放衙的晚鼓。形容官吏不理政事。語出《倦游録》:宋文彥博爲榆次知縣,題詩於衙鼓上云:"置向譙樓一任撾,撾多撾少不知他。黃紬被裏曉眠熟,探出頭來道放衙。"放衙,免去屬吏入衙參見。

[3]嘵嘵者:指含冤告狀的老百姓。嘵嘵,爭辯不休的樣子。　　[4]覆盆:指人含冤不得申雪,就像把盆子扣在頭上,看不見天日一樣。語出《漢書·司馬遷傳》:"戴盆何以望天。"

【集評】

　　(清)何垠《聊齋誌異·臙脂》評:"宿介之刑,孽由自作;顧鄂秋隼則何罪哉! 乃知文人多結夙生冤也。吳、施二公,並斯文之護法。"

　　(清)李文瀚《臙脂烏·自序》:"施愚山先生,吾鄉前輩也,文章經濟,一代傳人。

《聊齋志異》載臙脂一案,藝林尤膾炙焉,蓋服其才而誦其判也。余獨以爲不然。審勘人命,固不恃其才,而在用心之細與不細耳……意以稗官野史,類屬荒唐,説部傳奇,不嫌附會。而因人紀事,寫平反冤獄之苦心,成惜玉憐才之韻事。讀其文者,傳爲風月美談而已,其他何計焉。”

　　(清)許麗京《臙脂烏傳奇序》:“嘗閱山左蒲留仙《聊齋志異》,記讞獄者凡數事,惟施愚山先生提學山左,平反臙脂一獄最爲奇確,雖削瓜之聖,何以加茲? 夫先生起家京職,未嘗一日親有司之任也,且提學亦無問刑責者也,而乃慎重若此,明決若此。此由慈祥愷惻之念積於中,格物致知之學裕於素,於以體皇帝哀矜庶獄之懷,垂牧令摘伏懲姦之法。使海内恒河沙數善男信女,萬萬世尸而祝之,頂而戴之,不足以酬其功德也。第以憐才若渴之意稱之,淺矣!”

吴敬梓

【作者簡介】

　　吴敬梓(1701—1754),字敏軒,又字粒民,晚號文木老人,別署秦淮寓客,全椒(今屬安徽)人。清康熙六十一年(1722)中秀才,屢試不第。雍正十一年(1733)移居南京(今屬江蘇)秦淮水亭,乾隆十九年(1754)病逝於揚州。著有小説《儒林外史》、詩文集《文木山房集》等。《儒林外史》假託明代故事,實際上展示的是十八世紀清代中葉的社會風貌,尤重在“窮極文士情態”(程晉芳《文木先生傳》),站在俯視整個封建文化的高度,對科舉制度中的儒林群相和儒林心態作了深刻的剖析,堪稱一部“儒林心史”。《儒林外史》“秉持公心,指摘時弊,機鋒所向,尤在士林;其文又戚而能諧,婉而多諷”(魯迅《中國小説史略》),是中國古代最著名的諷刺小説。

范進中舉

【題解】

　　本篇選自《儒林外史》第三回“周學道校士拔真才,胡屠户行兇鬧捷報”至第四回“薦亡齋和尚吃官司,打秋風鄉紳遭橫事”。范進忍受着巨大的痛苦,在科舉道路上跋涉了三十多年,最後終於中舉,卻因興奮過度而痰迷心竅。這一故事告訴人們,在科舉制度盛行的社會文化背景中,讀書人的心靈和人格受到了何等巨大的摧殘和扭曲。范進中舉前後身份、地位、待遇的變化,胡屠戶的嫌貧愛富、前倨後恭,也展示了當時的讀書人迷戀科舉的社會原因。全文"無一貶詞,而情僞畢露"(魯迅《中國小說史略》),採取客觀的、冷靜的描寫方式,讓讀者在笑的同時領略到非常深沈的悲哀,對現實的社會狀況、對文人的生活道路都引起了思考。

　　這周學道雖也請了幾個看文章的相公[1],卻自心裏想道:"我在這裏面吃苦久了,如今自己當權,須要把卷子都要細細看過,不可聽着幕客[2],屈了真才。"主意定了,到廣州上了任。次日,行香掛牌[3]。先考了兩場生員[4]。第三場是南海、番禺兩縣童生[5]。周學道坐在堂上,見那些童生紛紛進來,也有小的,也有老的,儀表端正的,獐頭鼠目的,衣冠齊楚的,藍縷破爛的。落後點進一個童生來,面黃肌瘦,花白鬍鬚,頭上戴一頂破氈帽。廣東雖是地氣温暖,這時已是十二月上旬,那童生還穿着蔴布直裰[6],凍得乞乞縮縮,接了卷子,下去歸號。周學道看在心裏,封門進去。出來放頭牌的時節[7],坐在上面,祇見那穿蔴布的童生上來交卷,那衣服因是朽爛了,在號裏又扯破了幾塊。周學道看看自己身上,緋袍金帶,何等輝煌。因翻一翻點名冊,問那童生道:"你就是范進?"范進跪下道:"童生就是。"學道道:"你今年多少年紀了?"范進道:"童生册上寫的是三十歲,童生實年五十四歲。"學道道:"你考過多少回數了?"范進道:"童生二十歲應考,到今考過二十餘次。"學道道:"如何總不進學[8]?"范進道:"總因童生文字荒謬,所以各位大老爺不曾賞取。"周學道道:"這也未必盡然。你且出去,卷子待本道細細看。"范進磕頭下去了。

　　那時天色尚早,並無童生交卷。周學道將范進卷子用心用意看了一遍,心裏不喜道:"這樣的文字,都說的是些甚麼話! 怪不得不進學!"丟過一邊不看了。又坐了一會,還不見一個人來交卷,心裏又想道:"何不把范進的卷子再看一遍? 倘有一綫之明,也可憐他苦志。"從頭至尾又看了一遍,覺得有些意思。正要再看看,卻有一個童生來交卷。那童生跪下道:"求大老爺面試。"學道和顏道:"你的文字已在這裏了，又面試些甚麼？"那童生道："童生詩詞歌賦都會，求大老爺出題面試。"學道變了臉道："'當今天子重文章，足下何須講漢唐！'像你做童生的人，祇該用心做文章，那些雜覽[9]，學他做甚麼！況且本道奉旨到此衡文，難道是來此同你談雜學的麼？看你這樣務名而不務實，那正務自然荒廢，都是些粗心浮氣的説話，看不得了。左右的，趕了出去！"一聲吩咐過了，兩傍走過幾個如狼似虎的公人，把那童生又着膊子，一路跟頭，又到大門外。

周學道雖然趕他出去，卻也把卷子取來看看。那童生叫做魏好古，文字也還清通。學道道："把他低低的進了學罷。"因取過筆來，在卷子尾上點了一點，做個記認。又取過范進卷子來看，看罷，不覺歎息道："這樣文字，連我看一兩遍也不能解，直到三遍之後，纔曉得是天地間之至文，真乃一字一珠！可見世上糊塗試官，不知屈煞了多少英才！"忙取筆細細圈點，卷面上加了三圈，即填了第一名。又把魏好古的卷子取過來，填了第二十名。將各卷彙齊，帶了進去。發出案來，范進是第一。謁見那日，着實讚揚了一回。點到二十名，魏好古上去，又勉勵了幾句"用心舉業，休學雜覽"的話，鼓吹送了出去[10]。

次日起馬，范進獨自送在三十里之外，轎前打恭[11]。周學道又叫到跟前説道："龍頭屬老成[12]。本道看你的文字，火候到了[13]，即在此科，一定發達。我復命之後，在京專候。"范進又磕頭謝了，起來立着。學道轎子，一擁而去。范進立着，直望見門鎗影子抹過前山[14]，看不見了，方纔回到下處，謝了房主人。他家離城還有四十五里路，連夜回來，拜見母親。家裏住着一間草屋，一廈披子[15]，門外是個茅草棚。正屋是母親住着，妻子住在披房裏。他妻子乃是集上胡屠户的女兒。

范進進學回家，母親、妻子，俱各歡喜。正待燒鍋做飯，祇見他丈人胡屠户，手裏拿着一副大腸和一瓶酒，走了進來。范進向他作揖，坐下。胡屠户道："我自倒運，把個女兒嫁與你這現世寶窮鬼[16]，歷年以來，不知累了我多少！如今不知因我積了甚麼德，帶挈你中了個相公[17]，我所以帶個酒來賀你。"范進唯唯連聲，叫渾家把腸子煮了，燙起酒來，在茅草棚下坐着。母親自和媳婦在廚下造飯。胡屠户又吩咐女婿道:"你如今既中了相公,凡事要立起個體統來。比如我這行事裏[18],都是些正經有臉面的人,又是你的長親,你怎敢在我們跟前妝大? 若是家門口這些做田的、扒糞的,不過是平頭百姓,你若同他拱手作揖,平起平坐,這就是壞了學校規矩,連我臉上都無光了。你是個爛忠厚沒用的人,所以這些話我不得不教導你,免得惹人笑話。"范進道:"岳父見教的是。"胡屠户又道:"親家母也來這裏坐着吃飯。老人家每日小菜飯,想也難過。我女孩兒也吃些,自從進了你家門,這十幾年,不知豬油可曾吃過兩三回哩! 可憐! 可憐!"説罷,婆媳兩個都來坐着吃了飯。吃到日西時分,胡屠户吃的醺醺的。這裏母子兩個,千恩萬謝。屠户橫披了衣服,腆着肚子去了[19]。

次日,范進少不得拜拜鄉鄰。魏好古又約了一班同案的朋友,彼此來往。因是鄉試年,做了幾個文會[20]。不覺到了六月盡間,這些同案的人約范進去鄉試。范進因沒有盤費,走去同丈人商議,被胡屠户一口啐在臉上,罵了一個狗血噴頭,道:"不要失了你的時了! 你自己衹覺得中了一個相公,就'癩蝦蟆想吃起天鵝肉'來! 我聽見人説,就是中相公時,也不是你的文章,還是宗師看見你老,不過意,捨與你的。如今癩心就想中起老爺來[21]! 這些中老爺的,都是天上的文曲星[22]。你不看見城裏張府上那些老爺,都是萬貫家私,一個個方面大耳。像你這尖嘴猴腮,也該撒拋尿自己照照[23]! 不三不四,就想天鵝屁吃! 趁早收了這心! 明年在我們行事裏替你尋一個館,每年尋幾兩銀子,養活你那老不死的老娘和你老婆是正經! 你問我借盤纏,我一天殺一個豬,還賺不得錢把銀子,都把與你去丟在水裏,叫我一家老小嗑西北風!"一頓夾七夾八,罵的范進摸門不着。辭了丈人回來,自心裏想:"宗師説我火候已到,自古無場外的舉人,如不進去考他一考,如何甘心?"因向幾個同案商議,瞞着丈人,到城裏鄉試。出了場,即便回家,家裏已是餓了兩三天。被胡屠户知道,又罵了一頓。

【校注】

[1]周學道:即周進,中進士後,陞了御史,欽點廣東學道。　　[2]幕客:一般指受地方官私人聘請,幫助辦理公事的人。學政聘請的幕客,衹管看考生的文章,即前

文所説"看文章的相公"。　　[3]行香:到文廟(孔子廟)拈香。掛牌:指出牌公告考試地點、日期、條規,並接受百姓對不法生員的控訴。　　[4]生員:明清時代,凡經過本省各級考試取入府、州、縣學的,都稱"生員",俗稱"秀才"。　　[5]童生:明清科舉,凡中舉以前,無論年齡老幼,皆稱"童生"。　　[6]直裰:古代家居常服,斜領大袖,四週鑲邊的袍子。　　[7]放頭牌:科舉時,考場中每過幾個時辰,把已交卷的考生做一批放出,叫做"放牌"或"放排"。放出第一批,就叫做"放頭牌"。　　[8]進學:明清科舉時,童生應歲試,録取入府、縣學肄業,稱爲"進學"。進學的童生即爲生員。　　[9]雜覽:意同"雜學"。科舉時代,舉業以外的文藝學術,往往被看作是旁門左道,被稱爲"雜學"。　　[10]鼓吹送了出去:由官廳的司樂人打着鼓,吹奏着嗩吶等樂器,送出門去。　　[11]打恭:深深地彎下身子作揖。也作"打躬"。　　[12]龍頭:科舉時代稱狀元爲"龍頭"。　　[13]火候:指功夫,修養。　　[14]門鎗:即旗鎗,高級官員出行儀仗中的一種。　　[15]披子:即"披房",正屋兩邊的廂房。　　[16]現世寶:眼前的寶貝。　　[17]帶挈:提攜。相公:科舉時代尊稱秀才。　　[18]行事:行業。　　[19]腆(tiǎn 舔)着肚子:挺着肚子。　　[20]文會:秀才們爲了準備應鄉試而自由集合舉行的一種補習會。文會裏做的文章,叫做"會文"。　　[21]老爺:指舉人。中舉就可以做官,稱爲"老爺",是承認他已具有官的身份。　　[22]文曲星:即文昌星,簡稱文星。傳説爲主持文運的星宿。　　[23]抛:同"泡"。

　　到出榜那日,家裏没有早飯米。母親吩咐范進道:"我有一隻生蛋的母雞,你快拿集上去賣了,買幾升米來煮餐粥吃。我已是餓的兩眼都看不見了。"范進慌忙抱了雞,走出門去。纔去不到兩個時候[1],祇聽得一片聲的鑼響,三匹馬闖將來。那三個人下了馬,把馬拴在茅草棚上,一片聲叫道:"快請范老爺出來,恭喜高中了!"母親不知是甚事,嚇得躲在屋裏,聽見中了,方敢伸出頭來説道:"諸位請坐,小兒方纔出去了。"那些報録人道[2]:"原來是老太太。"大家簇擁着要喜錢。正在吵鬧,又是幾匹馬,二報、三報到了。擠了一屋的人,茅草棚地下都坐滿了。鄰居都來了,擠着看。老太太没奈何,祇得央及一個鄰居去尋他兒子。

　　那鄰居飛奔到集上,一地裏尋不見[3],直尋到集東頭。見范進抱着雞,手裏插個草標,一步一踱的,東張西望,在那裏尋人買。鄰居道:"范相公,快些回去!你恭喜中了舉人,報喜人擠了一屋裏。"范進道是哄他，祇裝不聽見，低着頭往前走。鄰居見他不理，走上來就要奪他手裏的雞。范進道："你奪我的雞怎的？你又不買！"鄰居道："你中了舉了，叫你家去打發報子哩！"范進道："高鄰，你曉得我今日没有米，要賣這雞去救命，爲甚麽拿這話來混我？我又不同你頑，你自回去罷，莫誤了我賣雞！"鄰居見他不信，劈手把雞奪了，攧在地下[4]，一把拉了回來。報録人見了道："好了，新貴人回來了！"正要擁着他説話。范進三兩步走進屋裏來，見中間報帖已經升掛起來，上寫道："捷報貴府老爺范諱進，高中廣東鄉試第七名亞元[5]。京報連登黄甲[6]。"

范進不看便罷，看了一遍，又念一遍，自己把兩手拍了一下，笑了一聲道："噫！好了！我中了！"説着往後一交跌倒，牙關咬緊不省人事。老太太慌了，慌將幾口開水灌了過來。他爬將起來，又拍着手大笑道："噫！好！我中了！"笑着，不由分説，就往門外飛跑，把報録人和鄰居都嚇了一跳。走出大門不多路，一腳踹在塘裏，挣起來，頭髮都跌散了，兩手黄泥，淋淋漓漓一身的水。衆人拉他不住，拍着笑着，一直走到集上去了。衆人大眼望小眼，一齊道："原來新貴人歡喜瘋了。"老太太哭道："怎生這樣苦命的事！中了一個甚麽舉人，就得了這個拙病[7]！這一瘋了，幾時纔得好？"娘子胡氏道："早上好好出去，怎的就得了這樣的病！卻是如何是好？"衆鄰居勸道："老太太不要心慌！我們而今且派兩個人，跟定了范老爺。這裏衆人家裏拿些雞蛋酒米，且管待了報子上的老爹們[8]，再爲商酌。"

當下衆鄰居有拿雞蛋來的，有拿白酒來的，也有背了斗米來的，也有捉兩隻雞來的。娘子哭哭啼啼，在厨下收拾齊了，拿在草棚下。鄰居又搬些桌凳，請報録的坐着吃酒，商議："他這瘋了，如何是好？"報録的内中有一個人道："在下倒有一個主意，不知可以行得行不得？"衆人問："如何主意？"那人道："范老爺平日可有最怕的人？他祇因歡喜狠了，痰湧上來，迷了心竅。如今祇消他怕的這個人來，打他一個嘴巴，説：'這報録的話都是哄你，你並不曾中。'他吃這一嚇，把痰吐了出來，就明白了。"衆鄰都拍手道："這個主意好得緊！妙得緊！范老爺怕的，莫過於肉案子上胡老爹。好了！快尋胡老爹來！他想是還不知道，在集上賣肉哩。”又一個人道：“在集上賣肉，他倒好知道了。他從五更鼓就往東頭集上迎豬[9]，還不曾回來。快些迎着去尋他！”

　　一個人飛奔去迎，走到半路，遇着胡屠户來，後面跟着一個燒湯的二漢[10]，提着七八斤肉、四五千錢，正來賀喜。進門見了老太太，老太太大哭着告訴了一番。胡屠户詫異道：“難道這等没福？”外邊人一片聲請胡老爹説話。胡屠户把肉和錢交與女兒，走了出來。衆人如此這般，同他商議。胡屠户作難道：“雖然是我女婿，如今卻做了老爺，就是天上的星宿。天上的星宿是打不得的！我聽得齋公們説[11]，打了天上的星宿，閻王就要拿去打一百鐵棍，發在十八層地獄，永不得翻身。我卻是不敢做這樣的事！”鄰居内一個尖酸人説道：“罷麽！胡老爹，你每日殺豬的營生，白刀子進去，紅刀子出來，閻王也不知叫判官在簿子上記了你幾千條鐵棍，就是添上這一百棍，也打甚麽要緊？祇恐把鐵棍子打完了，也算不到這筆帳上來。或者你救好了女婿的病，閻王敍功，從地獄裏把你提上第十七層來，也不可知。”報録的人道：“不要祇管講笑話。胡老爹，這個事須是這般，你没奈何，權變一權變[12]。”屠户被衆人局不過[13]，祇得連斟兩碗酒喝了，壯一壯膽，把方纔這些小心收起[14]，將平日的兇惡樣子拿出來，捲一捲那油晃晃的衣袖，走上集去。衆鄰居五六個都跟着走。老太太趕出叫道：“親家，你祇可嚇他一嚇，卻不要把他打傷了！”衆鄰居道：“這自然，何消吩咐。”説着，一直去了。

　　來到集上，見范進正在一個廟門口站着，散着頭髮，滿臉污泥，鞋都跑掉了一隻，兀自拍着掌，口裏叫道：“中了！中了！”胡屠户凶神似的走到跟前，説道：“該死的畜生！你中了甚麽？”一個嘴巴打將去。衆人和鄰居見這模樣，忍不住的笑。不想胡屠户雖然大着膽子打了一下，心裏到底還是怕的，那手早顫起來，不敢打到第二下。范進因這一個嘴巴，卻也打暈了，昏倒於地。衆鄰居一齊上前，替他抹胸口，捶背心，舞了半日[15]，漸漸喘息過來，眼睛明亮，不瘋了。衆人扶起，借廟門口一個外科郎中“跳駝子”板凳上坐着。胡屠户站在一邊，不覺那隻手隱隱的疼將起來。自己看時，把個巴掌仰着，再也灣不過來[16]。自己心裏懊惱道：“果然天上文曲星是打不得的，而今菩薩計較起來了！”想一想，更疼的狠了，連忙問郎中討了個膏藥貼着。

【校注】

[1]兩個時候：這裏指兩個時辰。　　　[2]報錄人：把科舉考中或陞授官職的消息寫成喜報，報送給當事人，從而需索報酬爲生的人。一般稱爲“報子”。頭報之外，還有二報、三報，是表示隆重的意思。　　　[3]一地裏：一路上，到處。　　　[4]摜：擲，摔。　　　[5]亞元：報子對第一名解元以下的舉人的一種恭維的稱呼。
[6]京報連登黃甲：表示會試、殿試連捷的京報就要送到的意思。殿試等第分三甲，榜是用黃紙書寫的，叫做“黃甲”，一般也稱爲“金榜”。　　　[7]拙病：難治的病。　　　[8]管待：即款待。　　　[9]迎豬：趕豬回家。　　　[10]二漢：傭工。
[11]齋公：在家吃長齋、念經，會做簡單佛事的佛教徒。也稱廟裏打雜的人。
[12]權變：機變，隨機應變。　　　[13]局：軟逼。　　　[14]小心：這裏是顧慮的意思。　　　[15]舞：折騰。　　　[16]灣：通“彎”。

范進看了衆人，説道：“我怎麼坐在這裏？”又道：“我這半日，昏昏沈沈，如在夢裏一般。”衆鄰居道：“老爺，恭喜高中了。適纔歡喜的有些引動了痰，方纔吐出幾口痰來，好了。快請回家去打發報錄人！”范進説道：“是了，我也記得是中的第七名。”范進一面自綰了頭髮，一面問郎中借了一盆水洗洗臉。一個鄰居早把那一隻鞋尋了來，替他穿上。見丈人在跟前，恐怕又要來罵。胡屠户上前道：“賢婿老爺，方纔不是我敢大膽，是你老太太的主意，央我來勸你的。”鄰居内一個人道：“胡老爹方纔這個嘴巴打的親切，少頃范老爺洗臉，還要洗下半盆豬油來。”又一個道：“老爹，你這手明日殺不得豬了。”胡屠户道：“我那裏還殺豬！有我這賢婿，還怕後半世靠不着也怎的？我每常説，我的這個賢婿，才學又高，品貌又好，就是城裏頭那張府、周府這些老爺，也没有我女婿這樣一個體面的相貌！你們不知道，得罪你們説，我小老這一雙眼睛，卻是認得人的。想着先年，我小女在家裏長到三十多歲，多少有錢富户要和我結親！我自己覺得女兒像有些福氣的，畢竟要嫁與個老爺，今日果然不錯！”説罷，哈哈大笑。衆人都笑起來。看着范進洗了臉，郎中又拿茶來吃了，一同回家。范舉人先走，屠户和鄰居跟在後面。屠户見女婿衣裳後襟滾皺了許多，一路低着頭替他扯了幾十回。

到了家門，屠户高聲叫道：“老爺回府了！”老太太迎着出來，見兒子不瘋，喜從天降。衆人問報録的，已是家裏把屠户送來的幾千錢打發他們去了。范進拜了母親，也拜謝丈人。胡屠户再三不安道：“些須幾個錢，不殼你賞人。”范進又謝了鄰居。正待坐下，早看見一個體面的管家，手裏拿着一個大紅全帖[1]，飛跑了進來道：“張老爺來拜新中的范老爺。”說畢，轎子已是到了門口。胡屠户忙躲進女兒房裏不敢出來。鄰居各自散了。范進迎了出去。祇見那張鄉紳下了轎進來，頭戴紗帽，身穿葵花色員領[2]，金帶、皂靴。他是舉人出身，做過一任知縣的，別號静齋。同范進讓了進來，到堂屋内平磕了頭，分賓主坐下。張鄉紳先攀談道：“世先生同在桑梓[3]，一向有失親近。”范進道：“晚生久仰老先生，祇是無緣，不曾拜會。”張鄉紳道：“適纔看見題名録[4]，貴房師高要縣湯公[5]，就是先祖的門生。我和你是親切的世弟兄。”范進道：“晚生僥倖，實是有愧。卻幸得出老先生門下，可爲欣喜。”張鄉紳四面將眼睛望了一望，說道：“世先生果是清貧。”隨在跟的家人手裏拿過一封銀子來，說道：“弟卻也無以爲敬，謹具賀儀五十兩，世先生權且收着。這華居其實住不得，將來當事拜往[6]，俱不甚便。弟有空房一所，就在東門大街上，三進三間，雖不軒敞，也還乾净，就送與世先生。搬到那裏去住，早晚也好請教些。”范進再三推辭，張鄉紳急了，道：“你我年誼世好，就如至親骨肉一般。若要如此，就是見外了。”范進方纔把銀子收下，作揖謝了。又說了一會，打躬作别。胡屠户直等他上了轎，纔敢走出堂屋來。

范進即將銀子交與渾家，打開看，一封一封雪白的細絲錠子。即便包了兩錠，叫胡屠户進來，遞與他道：“方纔費老爹的心，拿了五千錢來。這六兩多銀子，老爹拿了去。”屠户把銀子攥在手裏緊緊的[7]，把拳頭舒過來，道：“這個你且收着，我原是賀你的，怎好又拿了回去？”范進道：“眼見得我這裏還有這幾兩銀子，若用完了，再來問老爹討來用。”屠户連忙把拳頭縮了回去，往腰裏揣，口裏說道：“也罷，你而今相與了這個張老爺，何愁没了銀子用？他家裏的銀子，說起來比皇帝家還多些哩！他家就是我賣肉的主顧，一年就是無事，肉也要用四五千斤，銀子何足爲奇！"又轉回頭來，望着女兒説道："我早上拿了錢來，你那該死行瘟的兄弟還不肯。我説：'姑老爺今非昔比，少不得有人把銀子送上門來給他用，祇怕姑老爺還不希罕。'今日果不其然！如今拿了銀子家去，罵這死砍頭短命的奴才！"説了一會，千恩萬謝，低着頭，笑迷迷的去了。

自此以後，果然有許多人來奉承他：有送田産的，有人送店房的，還有那些破落户，兩口子來投身爲僕圖蔭庇的。到兩三個月，范進家奴僕、丫鬟都有了，錢、米是不消説了。張鄉紳家又來催着搬家。搬到新房子裏，唱戲、擺酒、請客，一連三日。到第四日上，老太太起來吃過點心，走到第三進房子内，見范進的娘子胡氏，家常戴着銀絲䯼髻[8]——此時是十月中旬，天氣尚暖——穿着天青緞套，官綠的緞裙，督率着家人、媳婦、丫鬟，洗碗盞杯箸。老太太看了，説道："你們嫂嫂、姑娘們要仔細些，這都是別人家的東西，不要弄壞了！"家人、媳婦道："老太太，那裏是別人的，都是你老人家的！"老太太笑道："我家怎的有這些東西？"丫鬟和媳婦一齊都説道："怎麼不是！豈但這些東西是，連我們這些人和這房子，都是你老太太家的！"老太太聽了，把細磁碗盞和銀鑲的杯盤逐件看了一遍，哈哈大笑道："這都是我的了！"大笑一聲，往後便跌倒，忽然痰湧上來，不省人事。祇因這一番，有分教：會試舉人，變作秋風之客[9]；多事貢生[10]，長爲興訟之人。不知老太太性命如何，且聽下回分解。

話説老太太見這些傢夥什物都是自己的，不覺歡喜，痰迷心竅，昏絶於地。家人、媳婦和丫鬟、娘子都慌了，快請老爺進來。范舉人三步作一步走來看時，連叫母親不應，忙將老太太攙放牀上，請了醫生來。醫生説："老太太這病是中了臟，不可治了。"連請了幾個醫生，都是如此説。范舉人越發慌了。夫妻兩個守着哭泣，一面製備後事。挨到黄昏時分，老太太淹淹一息歸天去了，合家忙了一夜。

《儒林外史》

【校注】

[1]全帖:拜客或互通禮意時用的紅紙名柬,單額的名爲"單帖",横闊十倍於單帖而摺爲十面的名爲"全帖"。用全帖拜客,是最恭敬的表示。　　　[2]葵花色:黄灰色。員領:即"圓領",明朝官員的常禮服。　　　[3]世先生:對有世交的平輩人的稱呼。　　　[4]題名録:鄉試、會試發榜後,編輯散佈的上榜人名録。有官刻的,有報子刻印沿街叫賣的,多用紅紙印,一般稱爲"紅録"。　　　[5]房師:録取的生員尊稱分房閲卷的同考官爲房師。高要縣:今屬廣東。　　　[6]當事拜往:同地方官來往。　　　[7]搢(zuàn 賺):通"攥",緊握。　　　[8]䯼(dí 敵)髻:古代婦女用作裝飾的套網假髮。　　　[9]秋風:也作"抽豐",意同分肥。利用某種身份或關係,和人交際聯絡,以取得贈與,叫做"打秋風",這樣的人被稱爲"秋風客"。[10]貢生:從秀才裏選拔出來,推薦到國子監肄業的,叫"貢生"。清代有歲貢、恩貢、功貢、副貢、優貢、拔貢等名目。貢生不一定到監就學,按各貢不同待遇,在一定條件下可以做官。

【集評】

　　(清)閒齋老人《儒林外史序》:"其書以功名富貴爲一篇之骨:有心艷功名富貴而媚人下人者;有倚仗功名富貴而驕人傲人者;有假託無意功名富貴,自以爲高,被人看破恥笑者;終乃以辭卻功名富貴,品地最上一層,爲中流砥柱。篇中所載之人,不可枚舉,而其人之性情心術,一一活現紙上。讀之者,無論是何人品,無不可取以自鏡。"

　　(清)卧閒草堂本《儒林外史》第三回評:"輕輕點出一胡屠户,其人其事之妙,一至於此,真令閲者歎賞叫絶。余友云:'慎毋讀《儒林外史》,讀竟乃覺日用酬酢之間,無往而非《儒林外史》。'此如鑄鼎象物,魑魅魍魎,毛髮畢現。""張静齋一見面,便贈銀贈屋,似是一個慷慨好交游的人,究竟是個極鄙陋不堪的。作者之筆,其爲文也如雪,因方成珪,遇圓成璧;又如水,盂圓則圓,盂方則方。"

嚴貢生與嚴監生

【題解】

　　本篇節選自《儒林外史》第四回"薦亡齋和尚吃官司,打秋風鄉紳遭横事"、第五回"王秀才議立偏房,嚴監生疾終正寢"、第六回"鄉紳發病鬧船家,寡婦含冤控大伯"。本篇塑造了兩對兄弟:一對是嚴貢生和嚴監生,一對是王德和王仁。文中以二嚴爲主，二王爲賓；二嚴之中，又以大嚴爲主，二嚴爲輔。嚴貢生居家爲土豪劣紳，厚顔無恥，蠻橫霸道，交通官府，挾持地方，所作所爲，無非詐騙鄉民之事。嚴監生視財如命，慳吝刻薄，但膽小怕事，祇知以錢消災，是個吝嗇鬼兼"冤大頭"。而二王身爲秀才，無德無仁，毫無廉恥，滿口仁義道德，一心詐騙錢財，可謂無行文人。作者筆挾秋霜，冷峻無情，或讓人物自暴其醜，或以人物互揭其短，將這些醜惡文人的靈魂披示於光天化日之下，讀來令人解頤。

　　張静齋約定日期，僱齊夫馬，帶了從人，取路往高要縣進發，於路上商量說："此來一者見老師，二來老太夫人墓誌，就要借湯公的官銜名字。"不一日，進了高要城。那日知縣下鄉相驗去了。二位不好進衙門，祇得在一個關帝廟裏坐下。那廟正修大殿，有縣裏工房在内監工。工房聽見縣主的相與到了，慌忙迎到裏面客位内坐着，擺上九個茶盤來。工房坐在下席執壺斟茶。

　　吃了一回。外面走進一個人來，方巾闊服，粉底皂靴，蜜蜂眼，高鼻梁，落腮鬍子。那人一進了門，就叫把盤子撤了，然後與二位敘禮坐下，動問那一位是張老先生，那一位是范老先生。二人各自道了姓名。那人道："賤姓嚴，舍下就在咫尺。去歲，宗師按臨，幸叨歲薦[1]，與我這湯父母是極好的相與。二位老先生，想都是年家故舊？"二位各道了年誼師生，嚴貢生不勝欽敬。工房告過失陪，那邊去了。

　　嚴家家人掇了一個食盒來，又提了一瓶酒桌上放下。揭開盒蓋，九個盤子都是雞、鴨、糟魚、火腿之類。嚴貢生請二位老先生上席，斟酒奉過來，說道："本該請二位老先生降臨寒舍，一來蝸居恐怕褻尊，二來就要進衙門去，恐怕關防有礙[2]，故此備個粗碟就在此處談談。休嫌輕慢！"二位接了酒道："尚未奉謁，倒先取擾。"嚴貢生道："不敢，不敢。"立着要候乾一杯。二位恐怕臉紅，不敢多用，吃了半杯放下。嚴貢生道："湯父母爲人廉静慈祥，真乃一縣之福。"張静齋道："是。敝世叔也還有些善政麽？"嚴貢生道："老先生，人生萬事，都是個緣法，真個勉强不來的。湯父母到任的那日，敝處闔縣紳衿公搭了一個綵棚，在十里牌迎接。弟站在綵棚門口，須臾，鑼、旗、傘、扇、吹手、夜役，一隊一隊，都過去了。轎子將近，遠遠望見老父母兩朵高眉毛、一

個大鼻梁,方面大耳,我心裏就曉得,是一位豈弟君子[3]。卻又出奇,
幾十人在那裏同接,老父母轎子裏兩隻眼祇看着小弟一個人。那時
有個朋友,同小弟並站着,他把眼望一望老父母,又把眼望一望小弟,
悄悄問我:'先年可曾認得這位父母?'小弟從實說:'不曾認得。'他就
癡心,祇道父母看的是他,忙搶上幾步,意思要老父母問他甚麼。不
想老父母下了轎,同衆人打躬,倒把眼望了別處,纔曉得從前不是看
他,把他羞的要不的。次日,小弟到衙門去謁見,老父母方纔下學回
來[4],諸事忙作一團,卻連忙丟了,叫請小弟進去,換了兩遍茶,就像
相與過幾十年的一般。"張鄉紳道:"總因你先生爲人有品望,所以敝
世叔相敬。近來自然時時請教。"嚴貢生道:"後來倒也不常進去。實
不相瞞,小弟祇是一個爲人率真,在鄉里之間,從不曉得佔人寸絲半
粟的便宜,所以歷來的父母官都蒙相愛。湯父母容易不大喜會客[5],
卻也凡事心照。就如前月縣考,把二小兒取在第十名,叫了進去,細
細問他從的先生是那個? 又問他可曾定過親事? 着實關切!"范舉人
道:"我這老師看文章是法眼。既然賞鑒令郎,一定是英才,可賀!"嚴
貢生道:"豈敢,豈敢。"又道:"我這高要是廣東出名縣分,一歲之中,
錢糧耗羨[6],花、布、牛、驢、漁船、田房稅,不下萬金。"又自拿手在桌
上畫着,低聲說道:"像湯父母這個做法,不過八千金。前任潘父母做
的時節,實有萬金。他還有些枝葉,還用着我們幾個要緊的人。"說
着,恐怕有人聽見,把頭別轉來望着門外。

　　一個蓬頭赤足的小廝走了進來,望着他道:"老爺,家裏請你回
去!"嚴貢生道:"回去做甚麼?"小廝道:"早上關的那口豬,那人來討
了,在家裏吵哩。"嚴貢生道:"他要豬,拿錢來!"小廝道:"他說豬是他
的。"嚴貢生道:"我知道了。你先去罷,我就來。"那小廝又不肯去。
張、范二位道:"既然府上有事,老先生竟請回罷!"嚴貢生道:"二位老
先生有所不知,這口豬原是舍下的……"纔說得一句,聽見鑼響,一齊
立起身來說道:"回衙了。"

【校注】

[1]歲薦:即歲貢。府、州、縣學中,每年循序從秀才裏選拔若干名,推薦到國子監

肄業。　　　[2]關防:官府的禁制。　　　[3]豈(kǎi 凱)弟(tì 替):通"愷悌",和樂簡易。《詩經·大雅·旱麓》:"豈弟君子,神所勞矣。"　　　[4]下學回來:從縣學裏舉行拜謁儀式回來。知縣到任第二日,例須到縣學裏去謁拜孔子的牌位,並召集秀才講書。　　　[5]容易:輕易。　　　[6]耗羨:地方官徵收錢糧時,借口撥補公費而額外多徵的部分。

　　（中略）

　　正要退堂,見兩個人進來喊冤,知縣叫帶上來問。一個叫做王二,是貢生嚴大位的緊鄰。去年三月内,嚴貢生家一口纔過下來的小豬走到他家去[1],他慌送回嚴家。嚴家説,豬到人家,再尋回來,最不利市[2]。押着出了八錢銀子,把小豬就賣與他。這一口豬在王家已養到一百多斤,不想錯走到嚴家去,嚴家把豬關了。小二的哥子王大走到嚴家討豬。嚴貢生説,豬本來是他的,"你要討豬,照時值估價,拿幾兩銀子來,領了豬去。"王大是個窮人,那有銀子? 就同嚴家爭吵了幾句,被嚴貢生幾個兒子,拿拴門的閂、趕麵的杖,打了一個臭死,腿都打折了,睡在家裏。所以小二來喊冤。

　　知縣喝過一邊,帶那一個上來,問道:"你叫做甚麼名字?"那人是個五六十歲的老者,稟道:"小人叫做黄夢統,在鄉下住。因去年九月上縣來交錢糧,一時短少,央中向嚴鄉紳借二十兩銀子[3],每月三分錢[4],寫立借約,送在嚴府,小的卻不曾拿他的銀子。走上街來,遇着個鄉里的親眷,説他有幾兩銀子借與小的,交個幾分數,再下鄉去設法,勸小的不要借嚴家的銀子。小的交完錢糧,就同親戚回家去了。至今已是大半年,想起這事,來問嚴府取回借約。嚴鄉紳問小的要這幾個月的利錢。小的説:'並不曾借本,何得有利?'嚴鄉紳説小的當時拿回借約,好讓他把銀子借與别人生利;因不曾取約,他將二十兩銀子也不能動,誤了大半年的利錢,該是小的出。小的自知不是,向中人説,情願買個蹄、酒上門取約。嚴鄉紳執意不肯,把小的的驢和米,同稍袋[5],都叫人短了家去[6],還不發出紙來[7]。這樣含冤負屈的事,求太老爺做主!"知縣聽了,説道:"一個做貢生的人,忝列衣冠,不在鄉里間做些好事,祇管如此騙人,其實可惡!"便將兩張狀子都批準，原告在外伺候。早有人把這話報知嚴貢生。嚴貢生慌了，自心裏想：“這兩件事都是實的，倘若審斷起來，體面上須不好看。三十六計，走爲上計。”捲捲行李，一溜煙急走到省城去了。

知縣準了狀子，發房出了差[8]。來到嚴家，嚴貢生已是不在家了。祇得去會嚴二老官。二老官叫做嚴大育，字致和。他哥字致中，兩人是同胞弟兄，卻在兩個宅裏住。這嚴致和是個監生，家有十多萬銀子。嚴致和見差人來説了此事，他是個膽小有錢的人，見哥子又不在家，不敢輕慢，隨即留差人吃了酒飯，拿兩千錢打發去了。忙着小厮去請兩位舅爺來商議。

他兩個阿舅姓王，一個叫王德，是府學廩膳生員[9]；一個叫王仁，是縣學廩膳生員。都做着極興頭的館，錚錚有名。聽見妹丈請，一齊走來。嚴致和把這件事，從頭告訴一遍，“現今出了差票在此，怎樣料理？”王仁笑道：“你令兄平日常説同湯公相與的，怎的這一點事就嚇走了？”嚴致和道：“這話也説不盡了。祇是家兄而今兩腳站開，差人卻在我這裏吵鬧要人。我怎能丢了家裏的事，出外去尋他？他也不肯回來。”王仁道：“各家門户，這事究竟也不與你相干。”王德道：“你有所不知。衙門裏的差人，因妹丈有碗飯吃，他們做事，祇揀有頭髮的抓。若説不管，他就更要的人緊了。如今有個道理，是‘釜底抽薪’之法：祇消央個人，去把告狀的安撫住了，衆人遞個攔詞[10]，便歇了。諒這也沒有多大的事。”王仁道：“不必又去央人，就是我們愚兄弟兩個，去尋了王小二、黄夢統，到家替他分説開。把豬也還與王家，再折些須銀子給他，養那打壞了的腿；黄家那借約，查了還他。一天的事都沒有了。”嚴致和道：“老舅怕不説的是。祇是我家嫂，也是個糊塗人，幾個舍侄，就像生狼一般，一總也不聽教訓。他怎肯把這豬和借約拿出來？”王德道：“妹丈，這話也説不得了。假如你令嫂、令侄拗着，你認晦氣，再拿出幾兩銀子，折個豬價，給了王姓的；黄家的借約，我們中間人立個紙筆與他，説尋出作廢紙無用。這事纔得落臺[11]，纔得個耳根清静。”當下商議已定，一切辦的停妥，嚴二老官連在衙門使費，共用去了十幾兩銀子。官司已了。

過了幾日，整治一席酒，請二位舅爺來致謝。兩個秀才拿班做勢[12]，在館裏又不肯來。嚴致和吩咐小廝去説："奶奶這些時心裏有些不好，今日一者請吃酒，二者奶奶要同舅爺們談談。"二位聽見這話，方纔來。嚴致和即迎進廳上，吃過茶，叫小廝進去説了。丫鬟出來，請二位舅爺。進到房内，擡頭看見他妹子王氏，面黄肌瘦，怯生生的，路也走不全，還在那裏自己裝瓜子、剥栗子，辦圍碟[13]。見他哥哥進來，丟了過來拜見。奶媽抱着妾出的小兒子，年方三歲，帶着銀項圈，穿着紅衣服，來叫舅舅。二位吃了茶。一個丫鬟來説："趙新娘進來拜舅爺。"二位連忙道："不勞罷。"坐下説了些家常話，又問妹子的病，"總是虛弱，該多用補藥。"説罷，前廳擺下酒席，讓了出去上席。

敍些閒話，又提起嚴致中的話來。王仁笑着問王德道："大哥，我到不解，他家大老那宗筆下[14]，怎得會補起廩來的[15]？"王德道："這是三十年前的話。那時，宗師都是御史出來，本是個吏員出身，知道甚麽文章！"王仁道："老大而今越發離奇了！我們至親，一年中也要請他幾次，卻從不曾見他家一杯酒。想起還是前年出貢豎旗竿[16]，在他家擾過一席。"王德愁着眉道："那時我不曾去。他爲出了一個貢，拉人出賀禮，把總甲、地方都派分子[17]；縣裏狗腿差是不消説，弄了有一二百弔錢，還欠下廚子錢，屠户肉案子上的錢，至今也不肯還。過兩個月在家吵一回，成甚麽模樣！"嚴致和道："便是我也不好説。不瞞二位老舅，像我家還有幾畝薄田，日逐夫妻四口在家裏度日，豬肉也捨不得買一斤。每常小兒子要吃時，在熟切店内買四個錢的[18]，哄他就是了。家兄寸土也無，人口又多，過不得三天，一買就是五斤，還要白煮的稀爛。上頓吃完了，下頓又在門口賒魚。當初分家，也是一樣田地，白白都吃窮了。而今端了家裏花梨椅子，悄悄開了後門，換肉心包子吃。你説這事如何是好？"二位哈哈大笑。笑罷，説："祇管講這些混話，誤了我們吃酒。快取骰盆來。"當下取骰子，送與大舅爺："我們行狀元令[19]。"兩位舅爺，一個人行一個狀元令，每人中一回狀元，吃一大杯。兩位就中了幾回狀元，吃了幾十杯。卻又古怪，那骰子竟像知人事的，嚴監生一回狀元也不曾中。二位拍手大笑。吃到四更盡鼓，跌跌撞撞，扶了回去。

【校注】

[1]過下來:生下來。　　[2]利市:吉利、好運氣的意思。　　[3]中:指中間人,擔保人。　　[4]每月三分錢:指月息三分。　　[5]稍袋:即捎袋,裝糧食的厚粗布口袋。　　[6]短:這裏是中途截阻的意思。　　[7]紙:這裏指字據。

[8]發房出了差:將案子發交書辦,派出經辦的差人。　　[9]廩膳生員:明清時秀才有三種,最優的是廩膳生員(簡稱廩生),次爲增廣生員(簡稱增生),都有定額;又次爲附學生員(簡稱附生),沒有定額。廩生每月可以從儒學領到大約六斗米(各時期不完全相同),叫做"食廩"。在儒學名册上,也就是在資歷方面,廩生名次居前,可以優先被選爲歲貢。　　[10]攔詞:攔請官府不追究,準許自行和解的狀子。　　[11]落臺:下臺,了結。　　[12]拿班做勢:裝腔作勢。　　[13]圍碟:擺在席面上的裝乾菓的小碟。　　[14]筆下:指文筆,文章。　　[15]補廩:非廩生的秀才遞補廩生的缺額。一般要憑歲試、科試中的考試成績來確定。

[16]出貢豎旗竿:秀才一經成爲貢生,就不再受儒學管教,俗稱"出貢"。豎旗竿是在宗祠或家宅前面豎根旗竿,表示改換門庭,這是科舉時代一種誇耀的舉動。　　[17]總甲:元明以來職役名稱。清制,鄉鎮每百家設總甲一人。地方:舊時稱里、甲、地保爲地方。　　[18]熟切店:附帶出售煮熟了的豬頭肉、豬舌、豬肚之類的肉舖。　　[19]狀元令:酒令的一種。排列六隻杯子,一隻大的,代表四;五隻小的,代表一、二、三、五、六。用一顆骰子輪流搖,見四,滿斟大杯,叫狀元杯。搖出其他點,也依序斟滿。凡再搖得某點的人就飲某杯,飲狀元杯的,叫"中狀元"。

　　自此以後,王氏的病漸漸重將起來。每日四五個醫生,用藥都是人參、附子,並不見效。看看臥牀不起,生兒子的妾在旁侍奉湯藥,極其殷勤。看他病勢不好,夜晚時抱了孩子在牀腳頭坐着哭泣,哭了幾回。那一夜道:"我而今祇求菩薩把我帶了去,保佑大娘好了罷。"王氏道:"你又癡了,各人的壽數,那個是替得的?"趙氏道:"不是這樣説。我死了值得甚麽! 大娘若有些長短,他爺少不得又娶個大娘。他爺四十多歲,祇得這點骨血,再娶個大娘來,各養的各疼。自古説:'晚娘的拳頭,雲裏的日頭[1]。'這孩子料想不能長大。我也是個死數,不如早些替了大娘去,還保得這孩子一命。"王氏聽了,也不答應。趙氏含着眼淚,日逐煨藥煨粥,寸步不離。

　　一晚,趙氏出去了一會,不見進來。王氏問丫鬟道:"趙家的那去了?"丫鬟道:"新娘每夜擺個香桌在天井裏,哭求天地,他仍要替奶奶,保佑奶奶就好。今夜看見奶奶病重,所以早些出去拜求。"王氏聽了,似信不信。次日晚間,趙氏又哭着講這些話。王氏道:"何不向你爺説,明日我若死了,就把你扶正做個填房[2]?"趙氏忙請爺進來,把奶奶的話説了。嚴致和聽了這一番話,連三説道:"既然如此,明日清早就要請二位舅爺説定此事,纔有憑據。"王氏搖手道:"這個也隨你們怎樣做去。"

　　嚴致和就叫人極早請了舅爺來,看了藥方,商議再請名醫。説罷,讓進房内坐着。嚴致和把王氏如此這般意思説了,又道:"老舅可親自問聲令妹。"兩人走到牀前,王氏已是不能言語了,把手指着孩子,點了一點頭。兩位舅爺看了,把臉本喪着[3],不則一聲。須臾,讓到書房裏用飯,彼此不提這話。吃罷,又請到一間密屋裏。嚴致和説起王氏病重,弔下淚來,道:"你令妹自到舍下二十年,真是弟的内助!如今丢了我,怎生是好?前日還向我説,岳父、岳母的墳也要修理。他自己積的一點東西,留與二位老舅,做個遺念。"因把小厮都叫出去,開了一張櫥,拿出兩封銀子來,每位一百兩,遞與二位老舅:"休嫌輕意!"二位雙手來接。嚴致和又道:"卻是不可多心。將來要備祭桌,破費錢財,都是我這裏備齊,請老舅來行禮。明日還拿轎子,接兩位舅奶奶來,令妹還有些首飾,留爲遺念。"交畢,仍舊出來坐着。

　　外邊有人來候,嚴致和去陪客人去了。回來見二位舅爺哭得眼紅紅的。王仁道:"方纔同家兄在這裏説,舍妹真是女中丈夫,可謂王門有幸。方纔這一番話,恐怕老妹丈胸中,也没有這樣道理,還要恍恍忽忽,疑惑不清,枉爲男子。"王德道:"你不知道,你這一位如夫人關係你家三代[4]。舍妹没了,你若另娶一人,磨害死了我的外甥,老伯、老伯母在天不安,就是先父母也不安了。"王仁拍着桌子道:"我們念書的人,全在綱常上做工夫,就是做文章,代孔子説話,也不過是這個理。你若不依,我們就不上門了!"嚴致和道:"恐怕寒族多話。"兩位道:"有我兩人做主。但這事須要大做。妹丈,你再出幾兩銀子,明日祇做我兩人出的,備十幾席,將三黨親都請到了[5],趁舍妹眼見,你兩口子同拜天地祖宗,立爲正室,誰人再敢放屁!"嚴致和又拿出五十兩銀子來交與,二位義形於色的去了。

　　過了三日,王德、王仁果然到嚴家來,寫了幾十副帖子,遍請諸親六眷。擇個吉期,親眷都到齊了,祇有隔壁大老爹家五個親侄子,一個也不到。衆人吃過早飯,先到王氏牀面前,寫立王氏遺囑。兩位舅爺王於據、王於依都畫了字。嚴監生戴着方巾,穿着青衫,披了紅紬;趙氏穿着大紅,戴了赤金冠子。兩人雙拜了天地,又拜了祖宗。王於依廣有才學,又替他做了一篇告祖先的文,甚是懇切。告過祖宗,轉了下來,兩位舅爺叫丫鬟在房裏請出兩位舅奶奶來。夫妻四個,齊鋪鋪請妹夫、妹妹轉在大邊^[6],磕下頭去,以敍姊妹之禮。衆親眷都分了大小。便是管事的管家、家人、媳婦、丫鬟、使女^[7],黑壓壓的幾十個人,都來磕了主人、主母的頭。趙氏又獨自走進房內,拜王氏做姐姐。那時王氏已發昏去了。行禮已畢,大廳、二廳、書房、內堂屋,官客並堂客,共擺了二十多桌酒席。

　　吃到三更時分,嚴監生正在大廳陪着客,奶媽慌忙走了出來,說道:"奶奶斷了氣了!"嚴監生哭着走了進去,祇見趙氏扶着牀沿,一頭撞去,已經哭死了。衆人且扶着趙氏灌開水,撬開牙齒,灌了下去。灌醒了時,披頭散髮,滿地打滾,哭的天昏地暗,連嚴監生也無可奈何。管家都在廳上,堂客都在堂屋候殮,祇有兩個舅奶奶在房裏,乘着人亂,將些衣服、金珠首飾,一攄精空。連趙氏方纔戴的赤金冠子,滾在地下,也拾起來藏在懷裏。嚴監生慌忙叫奶媽抱起哥子來,拿一搭蔴替他披着。那時衣衾棺槨都是現成的,入過了殮,天纔亮了。靈柩停在第二層中堂內。衆人進來參了靈,各自散了。

　　次日送孝布,每家兩個。第三日成服^[8]。趙氏定要披蔴戴孝^[9],兩位舅爺斷然不肯,道:"'名不正,則言不順^[10]。'你此刻是姊妹了,妹子替姐姐祇帶一年孝,穿細布孝衫,用白布孝箍。"議禮已定,報出喪去。自此,修齋、理七、開喪、出殯,用了四五千兩銀子,鬧了半年,不必細說。趙氏感激兩位舅爺入於骨髓,田上收了新米,每家兩石;醃冬菜,每家也是兩石;火腿,每家四隻;雞、鴨、小菜不算。

　　不覺到了除夕。嚴監生拜過了天地祖宗,收拾一席家宴。嚴監生同趙氏對坐,奶媽帶着哥子,坐在底下。吃了幾杯酒,嚴監生弔下淚來，指着一張櫥裏，向趙氏説道：“昨日典鋪内送來三百兩利錢，是你王氏姐姐的私房。每年臘月二十七八日送來，我就交與他，我也不管他在那裏用。今年又送這銀子來，可憐就没人接了！”趙氏道：“你也莫要説大娘的銀子没用處，我是看見的。想起一年到頭，逢時遇節，庵裏師姑送盒子，賣花婆换珠翠，彈三絃琵琶的女瞎子不離門，那一個不受他的恩惠？况他又心慈，見那些窮親戚，自己吃不成也要把人吃，穿不成的也要把人穿。這些銀子穀做甚麽！再有些也完了。倒是兩位舅爺，從來不沾他分毫。依我的意思，這銀子也不費用掉了，到開年，替奶奶大大的做幾回好事。剩下來的銀子料想也不多，明年是科舉年，就是送與兩位舅爺做盤程，也是該的。”嚴監生聽着他説，桌子底下一個貓就扒在他腿上，嚴監生一靴頭子踢開了。那貓嚇的跑到裏房内去，跑上牀頭。祇聽得一聲大響，牀頭上掉下一個東西來，把地板上的酒罎子都打碎了。拿燭去看，原來那瘟貓把牀頂上的板跳踢一塊，上面弔下一個大篾簍子來。近前看時，祇見一地黑棗子拌在酒裏，蔑簍横睡着。兩個人纔扳過來，棗子底下，一封一封桑皮紙包着。打開看時，共五百兩銀子。嚴監生歎道：“我説他的銀子，那裏就肯用完了！像這都是歷年聚積的，恐怕我有急事好拿出來用的。而今他往那裏去了！”一回哭着，叫人掃了地，把那個乾棗子裝了一盤，同趙氏放在靈前桌上，伏着靈牀子，又哭了一場。因此，新年不出去拜節，在家哽哽咽咽不時哭泣，精神顛倒，恍惚不寧。

　　過了燈節後，就叫心口疼痛。初時撐着，每晚算帳，直算到三更鼓。後來就漸漸飲食不進，骨瘦如柴，又捨不得銀子吃人參。趙氏勸他道：“你心裏不自在，這家務事就丢開了罷！”他説道：“我兒子又小，你叫我託那個？我在一日，少不得料理一日。”不想春氣漸深，肝木尅了脾土[11]，每日祇喫兩碗米湯，卧牀不起。及到天氣和暖，又强勉進些飲食，掙起來，家前屋後走走。挨過長夏，立秋以後病又重了，睡在牀上。想着田上要收早稻，打發了管莊的僕人下鄉去，又不放心，心裏祇是急躁。

　　那一日，早上吃過藥，聽着蕭蕭落葉打的窗子響，自覺得心裏虛怯，長歎了一口氣，把臉朝牀裏面睡下。趙氏從房外同兩位舅爺進來問病,就辭別了到省城裏鄉試去。嚴監生叫丫鬟扶起來,强勉坐着。
王德、王仁道:"好幾日不曾看妹丈,原來又瘦了些,喜得精神還好。"
嚴監生請他坐下,説了些恭喜的話,留在房裏吃點心,就講到除夕晚
裏這一番話。叫趙氏拿出幾封銀子來,指着趙氏説道:"這倒是他的
意思,説姐姐留下來的一點東西,送與二位老舅,添着做恭喜的盤費。
我這病勢沈重,將來二位回府,不知可會的着了? 我死之後,二位老
舅照顧你外甥長大,教他讀讀書,挣着進個學,免得像我一生,終日受
大房裏的氣!"二位接了銀子,每位懷裏帶着兩封,謝了又謝,又説了
許多的安慰的話,作別去了。

　　自此嚴監生的病一日重似一日,再不回頭。諸親六眷都來問候。
五個侄子穿梭的過來,陪郎中弄藥。到中秋已後,醫家都不下藥了。
把管莊的家人,都從鄉里叫了上來。病重得一連三天不能説話。晚
間擠了一屋的人,桌上點着一盞燈。嚴監生喉嚨裏痰響得一進一出,
一聲不倒一聲的,總不得斷氣,還把手從被單裏拿出來,伸着兩個指
頭。大侄子走上前來,問道:"二叔,你莫不是還有兩個親人不曾見
面?"他就把頭搖了兩三搖。二侄子走上前來,問道:"二叔,莫不是還
有兩筆銀子在那裏,不曾吩咐明白?"他把兩眼睜的溜圓,把頭又狠
狠搖了幾搖,越發指得緊了。奶媽抱着哥子,插口道:"老爺想是因兩
位舅爺不在跟前,故此記念。"他聽了這話,把眼閉着搖頭,那手祇是
指着不動。(中略)趙氏分開衆人,走上前道:"爺,祇有我能知道你的
心事。你是爲那燈盞裏點的是兩莖燈草,不放心,恐費了油。我如今
挑掉一莖就是了。"説罷,忙走去挑掉一莖。衆人看嚴監生時,點一點
頭,把手垂下,登時就没了氣。合家大口號哭起來,準備入殮,將靈柩
停在第三層中堂内。

《儒林外史》

【校注】

[1]"晚娘"二句:意思説,就像雲裏的日頭少一樣,晚娘的拳頭是多的。
[2]填房:妻死後續娶的妻。　　　[3]把臉本喪着:把臉繃着。　　　[4]如夫人:妾
的別稱。多用於稱他人的妾。　　　[5]三黨親:指本家親戚。三黨,指父族、母族、
妻族。　　　[6]大邊:舊時行禮、宴坐,以左邊爲大,稱"大邊"。　　　[7]媳婦:這

裏指家人的妻子,也是僕人。　　[8]成服:舊時喪禮大殮後,死者親屬按同死者關係的親疏,穿着應持的喪服,叫做成服。《儀禮·士喪禮》:"三日,成服。"
[9]趙氏定要披蔴戴孝:指趙氏定要按照妾給主母服喪的規矩,給王氏披蔴戴孝。
[10]"名不正"二句:語出《論語·子路》。　　[11]肝木尅了脾土:古代以五行(水、火、木、金、土)依次配五臟(肺、腎、肝、心、脾),所以稱肝木、脾土。

【集評】

(清)臥閒草堂本《儒林外史》第四回評:"此篇是文字過峽,故其序事之筆最多。就其序事而觀之,其中起伏照應,前後映帶,便有無數作文之法在。率爾操觚,輕心掉之者,夢不到此也。""關帝廟中小飲一席話,畫工所不能畫,化工庶幾能之。開端數語,尤見奇絕。""纔説不佔人寸絲半粟,家中已經關了人一口豬,令閱者不繁言而已解。使拙筆爲之,心且曰:看官聽説,原來嚴貢生爲人是何等樣,文字便索然無味矣。"

(清)臥閒草堂本《儒林外史》第五回評:"此篇是從'功名富貴'四個字中,偶然拈出一個'富'字,以描寫鄙夫小人之情狀,看財奴之吝嗇,葷飯秀才之巧黠,一一畫出,毛髮皆動。即令龍門執筆爲之,恐亦不能遠過於此。""嚴大老官之爲人,都從二老官口中寫出。其舉家好喫,絕少家教,漫無成算,色色寫到,恰與二老官之爲人相反。然而大老官騙了一世的人,説了一生的謊,頗可消遣,未見其有一日之艱難困苦;二老官空擁十數萬家貲,時時憂貧,日日怕事,並不見其受用一天。此造化之微權,不知作者從何窺破,乃能漏泄天機也。""王氏兄弟是一樣性情心術。細觀之,覺王仁之才,又過乎王德,所謂'識時務者呼爲俊傑'也。未見遺念時,本喪着臉,不則一聲;既見遺念時,兩眼便哭的紅紅的。因時制宜,毫髮不爽。想此輩必自以爲才情可以駕馭一切,習慣成自然,了不爲愧怍矣。"

(清)張文虎《儒林外史》第五回評:"寫守錢虜臨死光景,極情盡致。人知其罵世之口毒,而不知其醒世之意深也。"

曹雪芹

【作者簡介】

曹雪芹(1715?—1763?),名霑,字夢阮,號雪芹,又號芹圃、芹溪。祖籍遼陽(今屬遼寧),一説祖籍豐潤(今屬河北)。先祖原是漢人,明末入滿洲籍,屬漢軍正白旗。祖父曹寅(1658—1712)曾任江寧織造。幼年生活在江南,後家道衰落,雍正六年(1728)遷居北京。中年以後生活潦倒貧困,終因愛子夭亡,感傷成疾而逝。著有小説《紅樓夢》(本名《石頭記》),現存乾隆年間《脂硯齋重評石頭記》八十回抄本。另有一百二十回程偉元活字本,後四十回一般認爲係高鶚(1738?—1815)續寫。《紅樓夢》展現了封建文化由盛而衰的社會悲劇、青春少女由生而死的人生悲劇和青年男女理想失落的婚戀悲劇,這些悲劇觸及社會人生的各個層面,使整部小説成爲一曲深沉哀婉的社會人生悲歌。《紅樓夢》建構了一種精緻細密、包容廣大的網狀敍事結構,塑造了衆多生動鮮明的人物形象,語言簡潔傳神,蘊含濃郁詩意,達到了中國古典小説藝術的高峰。

黛玉葬花

【題解】

本篇選自《紅樓夢》第二十七回"滴翠亭楊妃戲彩蝶,埋香塚飛燕泣殘紅"與第二十八回"蔣玉函情贈茜香羅,薛寶釵羞籠紅麝串"。林黛玉深情地吟誦《葬花詞》,傾訴了寄人籬下、孤苦無依的愁懷,展現了潔净自守、不畏險惡的勁骨,也表達了生命短暫、紅顔易逝的感傷,血淚迸流,如泣如訴。而賈寶玉以其敏感的心靈品味《葬花詞》,則深切地激發了青春流逝、悲天憫人的悲哀情感。《葬花詞》是林黛玉的悲歌,是《紅樓夢》中青春少女的輓歌,也是大觀園的哀歌。

如今且説林黛玉因夜間失寐,次日起來遲了,聞得衆姊妹都在園中做餞花會[1],恐人笑他癡懶,連忙梳洗了出來。剛到了院中,衹見寶玉進門來了便笑道:"好妹妹,你昨兒可告了我了没有?我懸了一夜心。"黛玉便回頭叫紫鵑道:"把屋子收拾了,下一扇紗屜。看那大燕子回來,把簾子放了下來,拿獅子倚住[2]。燒了香,就把爐罩上。"一面説,一面又往外走。寶玉見他這樣,還認作是昨日晌午的事,那知晚間的這件公案[3]？還打恭作揖的。林黛玉正眼也不看，各自出了院門，一直找別的姊妹去了。寶玉心中納悶，自己猜疑：“看起這樣光景來[4]，不像是爲昨兒的事。但祇昨日我回來的晚了，又沒有見他，再沒有衝撞他的去處兒了。”一面想，一面由不得隨後追了來。

祇見寶釵、探春正在那邊看鶴舞，見黛玉來了，三個一同站着說話兒。又見寶玉來了，探春便笑道：“寶哥哥身上好？我整整的三天沒見你了。”寶玉笑道：“妹妹身上好？我前兒還在大嫂子跟前問你呢。”探春道：“寶哥哥，你往這裏來，我和你說話。”寶玉聽說，便跟了他，離了釵、玉兩個，到了一棵石榴樹下。

探春因說道：“這幾天，老爺可曾叫你？”寶玉笑道：“沒有叫。”探春道：“昨兒我恍惚聽見說，老爺叫你出去的。”寶玉笑道：“那想是別人聽錯了，並沒叫的。”探春又笑道：“這幾個月，我又攢下有十來吊錢了。你還拿了去，明兒出門逛去的時候，或是好字畫，好輕巧玩意兒，替我帶些來。”寶玉道：“我這麼逛去，城裏城外大廊小廟的逛[5]，也沒見個新奇精緻東西，左不過是那些金、玉、銅、磁器[6]，沒處摆的古董，再就是綢緞、吃食、衣服了。”探春道：“誰要這些。怎麼像你上回買的那柳枝兒編的小籃子，整竹子根兒摳的香盒兒，膠泥垛的風爐兒，這就好了。我喜歡的什麼似的，誰知他們都愛上了，都當寶貝似的搶了去了。”寶玉笑道：“原來要這個。這不值什麼，拿幾百錢出去給小子們，管拉兩車來。”探春道：“小廝們知道什麼？你揀那樸而不俗、直而不拙者，這些東西，你多多的替我帶了來，我還像上回的鞋做一雙你穿，比那雙還加工夫，如何呢？”

寶玉笑道：“你提起鞋來，我想起故事來了。一回穿着，可巧遇見了老爺，老爺就不受用[7]，問：‘是誰做的？’我那裏敢提三妹妹三個字？我就回說，是前兒我生日舅母給的。老爺聽了是舅母給的，纔不好說什麼的。半日還說：‘何苦來！虛耗人力，作踐綾羅，做這樣的東西。’我回來告訴了襲人，襲人說：‘這還罷了，趙姨娘氣的抱怨的了不得：正經親兄弟，鞋塌拉襪塌拉的[8]，沒人看得見，且做這些東西！’”探春聽說，登時沉下臉來道：“你說，這話糊塗到什麼田地！怎麼我是該做鞋的人麼？環兒難道沒有分例的？衣裳是衣裳，鞋襪是鞋襪，丫頭老婆一屋子,怎麼抱怨這些話,給誰聽呢! 我不過閒着没事作一雙半雙,愛給那個哥哥兄弟,隨我的心,誰敢管我不成! 這也是他瞎氣。"寶玉聽了,點頭笑道:"你不知道,他心裏自然又有個想頭了。"探春聽説,一發動了氣,將頭一扭,説道:"連你也糊塗了! 他那想頭,自然是有的。不過是那陰微鄙賤的見識。他祇管這麼想,我祇管認得老爺太太兩個人,別人我一概不管。就是姊妹弟兄跟前,誰和我好,我就和誰好,什麼偏的、庶的[9],我也不知道。論理,我不該説他,但他忒昏憒的不象了! 還有笑話兒呢。就是上回我給你那錢,替我帶那玩耍的東西,過了兩天,他見了我,也是説没錢,便怎麼難處。我也不理論。誰知後來丫頭們出去了,他就抱怨起我來,説我攢的錢,爲什麼給你使,倒不給環兒使了。我聽見這話,又好笑,又好氣。我就出來往太太跟前去了。"

正説着,祇見寶釵那邊笑道:"説完了,來罷。顯見的是哥哥妹妹了,丢下別人,且説體己去[10]。我們聽一句兒就使不得了?"説着,探春寶玉二人方笑着來了。寶玉因不見了林黛玉,便知他躲了別處去了。想了一想:"索性遲兩日,等他的氣消一消再去也罷了。"因低頭看去,許多鳳仙石榴等各色落花,錦重重的落了一地,因歎道:"這是他心裏生了氣,也不收拾這花兒來了。待我送了去,明兒再問着他。"説着,祇見寶釵約着他們往外頭去。寶玉道:"我就來。"等他二人去遠,把那花兒兜起來,登山渡水,過樹穿花,一直奔了那日同林黛玉葬桃花的去處來。

將已到了花塚,猶未轉過山坡,祇聽山坡那邊有嗚咽之聲,一面數落着[11],哭的好不傷心。寶玉心下想道:"這不知是那屋裏的丫頭,受了委屈,跑到這個地方來哭?"一面想,一面煞住腳步,聽他哭道是:

> 花謝花飛飛滿天,紅消香斷有誰憐[12]? 游絲軟繫飄春樹[13],落絮輕沾撲繡簾。閨中女兒惜春暮,愁緒滿懷無釋處。手把花鋤出繡簾,忍踏落花來復去。柳絲榆莢自芳菲[14],不管桃飄與李飛。桃李明年能再發,明年閨中知有誰? 三月香巢已壘成[15],梁間燕子太無情。明年花發雖可

啄，卻不道人去梁空巢已傾。一年三百六十日，風刀霜劍嚴相逼[16]。明媚鮮妍能幾時，一朝飄泊難尋覓。花開易見落難尋，階前悶殺葬花人。獨把花鋤淚暗灑，灑上空枝見血痕。杜鵑無語正黃昏[17]，荷鋤歸去掩重門。青燈照壁人初睡，冷雨敲窗被未溫[18]。怪儂底事倍傷神[19]？半為憐春半惱春。憐春忽至惱忽去，至又無言去不聞。昨宵庭外悲歌發，知是花魂與鳥魂[20]？花魂鳥魂總難留，鳥自無言花自羞[21]。願奴脅下生雙翼，隨花飛到天盡頭。天盡頭，何處有香丘？未若錦囊收艷骨，一抔净土掩風流[22]。質本潔來還潔去，強於污淖陷渠溝[23]。爾今死去儂收葬，未卜儂身何日喪？儂今葬花人笑癡，他年葬儂知是誰？試看春殘花漸落，便是紅顏老死時。一朝春盡紅顏老，花落人亡兩不知！

寶玉聽了，不覺癡倒。要知端詳，下回分解。

話說林黛玉祇因昨夜晴雯不開門一事，錯疑在寶玉身上。次日又可巧遇見餞花之期，正在一腔無明未曾發泄[24]，又勾起傷春愁思，因把些殘花落瓣去掩埋，由不得感花傷己，哭了幾聲，便隨口念了幾句。不想寶玉在山坡上聽見，先不過點頭感歎；次又聽到"儂今葬花人笑癡，他年葬儂知是誰？""一朝春盡紅顏老，花落人亡兩不知"等句，不覺慟倒山坡上，懷裏兜的落花撒了一地。試想林黛玉的花顏月貌，將來亦到無可尋覓之時，寧不碎心腸斷！既黛玉終歸無可尋覓之時，推之於他人，如寶釵、香菱、襲人等，亦可以到無可尋覓之時矣。寶釵等終歸無可尋覓之時，則自己又安在哉？且自身尚不知何在何往，將來斯處、斯園、斯花、斯柳，又不知當屬誰姓矣。因此一而二，二而三，反復推求了去，真不知此時此際，如何解釋這段悲傷！正是：花影不離身左右，鳥聲祇在耳東西。

那黛玉正自傷感，忽聽山坡上也有悲聲，心下想道："人人都笑我有些癡病，難道還有一個癡子不成？"擡頭一看，見是寶玉，黛玉便啐道："呸！我當是誰，原來是這個狠心短命的……"剛説到"短命"二字,又把口掩住,長歎一聲,自己抽身便走了。這裏寶玉悲慟了一回,見黛玉去了,便知黛玉看見他,躲開了。自己也覺無味,抖抖土起來,下山尋歸舊路,往怡紅院來。

《紅樓夢》

【校注】

[1]餞花會:舊時風俗,在芒種節這一天,擺設各色禮物,祭餞花神,稱"餞花會"。因芒種節一過,衆花皆謝,花神退位,須要餞行。　　[2]獅子:這裏指一種用來壓簾的石雕小獅子,下面帶座兒。　　[3]公案:原指疑難案件,泛指有糾紛的或離奇的事情。　　[4]光景:這裏指情況、狀況。　　[5]大廊大廟:這裏指大的集市和廟會。廊,原指廊房。清查慎行《人海記》:"永樂初,北京四門、鐘鼓樓等處,各蓋鋪房店房,召民居住,召商居貨,總謂之'廊房'。"明清時商人多於此設攤貿易。廟,即廟會,也稱"廟市",舊時在寺廟內或附近定期舉行的集市。清富察敦崇《燕京歲時記·東西廟》:"自正月起,每逢七、八日開西廟(指護國寺),九、十日開東廟(指隆福寺)。開廟之日,百貨雲集,凡珠玉、綾羅、衣服、飲食、古玩、字畫、花鳥、蟲魚,以及尋常日用之物,星卜、雜技之流,無所不有。乃都市內之一大市會也。"
[6]總不過:原作"纏不過",從諸本改,一作"左不過"。　　[7]受用:身心舒服。
[8]塌拉:不整齊,破舊。　　[9]偏:指偏房。庶:指庶出。　　[10]體己:也作"梯己",親近的,貼心的。　　[11]數落:不停地列舉着説,一連串地説。
[12]"紅消"句:花謝而紅消,花飛而香斷。紅:花色。香:花味。　　[13]游絲:蜘蛛等所吐飄在空中的絲。這裏代指柳條。　　[14]榆莢:榆樹的果實,形狀圓而小,像成串的小銅錢,俗稱"榆錢"。芳菲:花草芳香茂盛。唐柳氏《楊柳枝·答韓翃》:"楊柳枝,芳菲節,可恨年年贈離別。"　　[15]香巢:燕子用花草所壘的窩。
[16]"一年"二句:明唐寅《一年歌》:"一年三百六十日……寒則如刀熱如炙。"
[17]"杜鵑"句:宋秦觀《踏莎行》:"可堪孤館閉春寒,杜鵑聲裏斜陽暮。"
[18]"青燈"二句:宋黃庭堅《寄黃幾復》:"桃李春風一杯酒,江湖夜雨十年燈。"
[19]儂:吴語自稱。底:什麼。　　[20]花魂:元鄭元祐《花蝶謠》:"花魂迷春招不歸,夢隨蝴蝶江南飛。"　　[21]"鳥自"句:唐雍裕之《殘鶯》詩:"花闌鶯亦懶,不語似含情。"　　[22]一抔净土:這裏指花塚。《史記·張釋之傳》:"假令愚民取長陵一抔土,陛下何以加其法乎?"長陵是漢高祖的陵墓。後因稱墳墓爲"一抔土"。抔(póu 剖陽平),用手捧物。　　[23]污淖(nào 鬧):污泥。　　[24]無明:佛家用語,意譯爲"癡",即缺乏真知之意。《大乘義章》卷四:"言無明者,癡暗之心,體無慧明,故曰無明。"佛教認爲,人世的種種煩惱,就是"無明"在起作用。

因稱人的發怒爲"無明怒火",省稱"無明"。

【集評】

甲戌本《石頭記》第二十七回評:"開生面,立新場,是書多多矣。惟此回處(庚辰本作更)生更新,非顰兒斷無是佳吟,非石兄斷無是情聆(賞),難爲了作者了,故留數字以慰之。""余讀《葬花吟》至再至三四,其悽楚感慨,令人身世兩忘,舉筆再四,不能下批。有客曰:'先生身非寶玉,何能下筆?即字字雙圈,批詞通仙,料難遂顰兒之意。俟看玉兄之後文再批。'噫唏!阻余者,想亦《石頭記》來的,故停筆以待。""《石頭記》用截法、岔法、突然法、伏綫法、由近漸遠法、將繁改儉法、重作輕抹法、虛稿實應法。種種諸法,總在人意料之外,且不見一絲牽强。所謂'信手拈來無不是'是也。""埋香塚葬花乃諸艷歸源,《葬花吟》又係諸艷一偈也。"

庚辰本《石頭記》第二十七回評:"《葬花吟》是大觀園諸艷之歸源小引,故用在餞花日諸艷畢集之期。餞花日不論其典與不典,祇取其韻耳。""不因見落花,寶玉如何突至埋香塚;不至埋香塚,如何寫《葬花吟》。《石頭記》無閒文閒字,正此。"

寶玉挨打

【題解】

本篇選自第三十三回"手足眈眈小動唇舌,不肖種種大承笞撻"和第三十四回"情中情因情感妹妹,錯裏錯以錯勸哥哥"。賈寶玉不肯"留意於孔孟之間,委身於經濟之道",平時"懶與士大夫諸男人接談",卻偏與一些優伶藝人結爲好友,他的這種人生選擇和生活態度,必然要被以賈政爲代表的正統勢力視爲"不肖",强加壓抑。而賈寶玉並沒有在賈政的毒打之下屈服,他對自己已選定的生活道路表現出無可改悔的堅定決心。本篇圍繞寶玉挨打這一事件,描寫了種種人物形象的性格,賈政的氣急敗壞,賈環的惡語中傷,王夫人的疼子心切,賈母的説一不二,皆一一呈現。其中對寶釵、黛玉二人言語情態的描寫,尤爲精彩,堪稱神來之筆。

原來寶玉會過雨村回來,聽見金釧兒含羞自盡,心中早已五内摧傷[1],進來又被王夫人數説教訓了一番,也無可回説。看見寶釵進來,方得便走出,茫然不知何往,背着手,低着頭,一面感歎,一面慢慢的信步來至廳上。剛轉過屏門,不想對面來了一人,正往裏走,可巧撞了一個滿懷。祇聽那人喝一聲：“站住！”寶玉唬了一跳，擡頭看時，不是別人，卻是他父親。早不覺倒抽了一口氣，祇得垂手一旁站了。賈政道：“好端端的，你垂頭喪氣嗐些什麼？方纔雨村來了，要見你，那半天纔出來。既出來了，全無一點慷慨揮灑的談吐，仍是葳葳蕤蕤的[2]。我看你臉上一團私欲愁悶氣色，這會子又嘰聲歎氣，你那些還不足，還不自在？無故這樣，卻是爲何？”寶玉素日雖然口角伶俐，此時一心總爲金釧兒感傷，恨不得此時也身亡命殞，跟了金釧兒去，如今見他父親說這些話，究竟不曾聽見，祇是怔怔的站着。

　　賈政見他惶悚，應對不似往日，原本無氣的，這一來倒生了三分氣。方欲說話，忽有回事人來回：“忠順親王府裏有人來，要見老爺。”賈政聽了，心下疑惑，暗暗思忖道：“素日並不與忠順府來往，爲什麼今日打發人來？”一面想，一面命：“快請廳上坐。”急忙進內更衣。出來接見時，卻是忠順府長府官，一面彼此見了禮，歸坐獻茶。未及敍談，那長府官先就說道：“下官此來，並非擅造潭府[3]，皆因奉王命而來，有一件事相求。看王爺面上，敢煩老先生做主，不但王爺知情，且連下官輩亦感謝不盡。”

　　賈政聽了這話，摸不着頭腦，忙陪笑起身問道：“大人既奉王命而來，不知有何見諭？望大人宣明，學生好遵諭承辦。”那長府官冷笑道：“也不必承辦，祇用老先生一句話就完了。我們府裏有一個做小旦的琪官[4]，一向好好在府，如今竟三五日不見回去，各處去找，又摸不着他的道路。因此各處察訪，這一城內，十停人倒有八停人都說[5]，他近日和銜玉的那位令郎相與甚厚。下官輩聽了，尊府不比別家，可以擅來索取，因此啓明王爺。王爺亦說：‘若是別的戲子呢，一百個也罷了；祇是這琪官，隨機應答，謹慎老成，甚合我老人家的心境，斷斷少不得此人。’故此求老先生轉達令郎，請將琪官放回。一則可慰王爺諄諄奉懇之意，二則下官輩也可免操勞求覓之苦。”說畢，忙打一躬。

　　賈政聽了這話，又驚又氣，即命喚寶玉出來。寶玉也不知是何原故，忙忙趕來，賈政便問：“該死的奴才！你在家不讀書也罷了，怎麼又做出這些無法無天的事來！那琪官現是忠順王爺駕前承奉的人[6]，你是何等草莽[7]，無故引逗他出來，如今禍及於我！”寶玉聽了，唬了一跳，忙回道：“實在不知此事。究竟‘琪官’兩個字，不知爲何物，況更加以‘引逗’二字！”説着便哭。

賈政未及開口，祇見那長府官冷笑道：“公子也不必掩飾。或藏在家，或知其下落，早説了出來，我們也少受些辛苦，豈不念公子之德？”寶玉連説：“實在不知。恐是訛傳，也未見得。”那長府官冷笑兩聲道：“現有證據，必定當着老大人説了出來，公子豈不吃虧？既説不知，此人那紅汗巾子怎得到了公子腰裏？”寶玉聽了這話，不覺轟了魂魄，目瞪口呆，心下自思：“這話他如何得知？他既連這樣機密事都知道了，大約別的瞞他不過。不如打發他去了，免得再説出別的事來。”因説道：“大人既知他的底細，如何連他置買房舍這樣大事倒不曉得了？聽得説，他如今在東郊離城二十里有個什麼紫檀堡，他在那裏置了幾畝田地，幾間房舍。想是在那裏，也未可知。”那長府官聽了，笑道：“這樣説，一定是在那裏。我且去找一回，若有了便罷；若沒有，還要來請教。”説着，便忙忙的告辭走了。

賈政此時氣得目瞪口歪，一面送那官員，一面回頭命寶玉：“不許動！回來有話問你！”一直送那官員去了，纔回身，忽見賈環帶着幾個小厮一陣亂跑。賈政喝命小厮：“給我快打！”賈環見了他父親，嚇得骨軟筋酥，趕忙低頭站住。賈政便問：“你跑什麼？帶着你的那些人都不管你，不知往那裏逛去，由你野馬一般！”喝叫：“跟上學的人呢？”賈環見他父親甚怒，便乘機説道：“方纔原不曾跑，祇因從那井邊一過，那井裏淹死了一個丫頭，我看見人頭這樣大，身子這樣粗，泡得實在可怕，所以纔趕着跑了過來。”賈政聽了，驚疑問道：“好端端，誰去跳井？我家從無這樣事情。自祖宗以來，皆是寬柔待下。大約我近年於家務疏懶，自然執事人操克奪之權[8]，致使弄出這暴殄輕生的禍患。若外人知道，祖宗的顏面何在！”喝命：“叫賈璉、賴大來！”

小厮們答應了一聲，方欲去叫，賈環忙上前，拉住賈政袍襟，貼膝跪下，道：“老爺不用生氣。此事除太太房裏的人，別人一點也不知道。我聽見我母親説……”説到這句，便回頭四顧一看。賈政知其意，將眼色一丟，小厮們明白，都往兩邊後面退去。賈環便悄悄説道：

“我母親告訴我説：寶玉哥哥前日在太太房裏，拉着太太的丫頭金釧兒，强姦不遂，打了一頓，那金釧兒便賭氣投井死了。”

話未説完，把個賈政氣得面如金紙，大叫：“拿寶玉來！”一面説，一面便往書房去，喝命：“今日再有人來勸我，我把這冠帶家私一應就交與他與寶玉過去[9]，我免不得做個罪人，把這幾根煩惱鬢毛剃去[10]，尋個乾净去處自了[11]，也免得上辱先人，下生逆子之罪！”衆門客僕從見賈政這個形景，便知又是爲寶玉了，一個個咬指吐舌，連忙退出。賈政喘吁吁直挺挺的坐在椅子上，滿面淚痕，一疊連聲：“拿寶玉！拿大棍，拿繩捆上！把門都關上！有人傳信到裏頭去，立刻打死！”衆小厮們祇得齊聲答應着，有幾個來找寶玉。

那寶玉聽見賈政吩咐他“不許動”，早知凶多吉少，那裏知道賈環又添了許多的話？正在廳上旋轉，怎得個人往裏頭捎信，偏生没個人來，連焙茗也不知在那裏。正盼望時，祇見一個老媽媽出來。寶玉如得了珍寶，便趕上來拉他，説道：“快進去告訴，老爺要打我呢！快去，快去！要緊，要緊！”寶玉一則急了，説話不明白，二則老婆子偏生又耳聾，不曾聽見是什麽話，把“要緊”二字，祇聽做“跳井”二字，便笑道：“跳井讓他跳去，二爺怕什麽？”寶玉見是個聾子，便着急道：“你出去叫我的小厮來罷！”那婆子道：“有什麽不了的事？老早的完了。太太又賞了銀子，怎麽不了事呢？”

寶玉急得手腳正没抓尋處，祇見賈政的小厮走來，逼着他出去了。賈政一見，眼都紅了，也不暇問他在外流蕩優伶[12]，表贈私物，在家荒疏學業，逼淫母婢，祇喝命：“堵起嘴來，着實打死！”小厮們不敢違，祇得將寶玉按在凳上，舉起大板，打了十來下。寶玉自知不能討饒，祇是嗚嗚的哭。賈政還嫌打的輕，一腳踢開掌板的，自己奪過板子來，狠命的又打了十幾下。寶玉生來未經過這樣苦楚，起先覺得打的疼不過，還亂嚷亂哭，後來漸漸氣弱聲嘶，哽咽不出。衆門客見打的不祥了，趕着上來，懇求奪勸。賈政那裏肯聽？説道：“你們問問他幹的勾當，可饒不可饒！素日皆是你們這些人把他釀壞了，到這步田地，還來勸解！明日釀到他弑父弑君[13]，你們纔不勸不成？”衆人聽這話不好，知道氣急了，忙亂着覓人進去給信。

王夫人不敢先回賈母，衹得忙穿衣出來，也不顧有人没人，忙忙扶了一個丫頭，趕往書房中來，慌得衆門客小廝等避之不及。賈政正要再打，一見王夫人進來，更加火上澆油，那板子越下去的又狠又快。按寶玉的兩個小廝忙鬆手走開，寶玉早已動彈不得了。賈政還欲打時，早被王夫人抱住板子。賈政道：“罷了，罷了！今日必定要氣死我纔罷！”王夫人哭道：“寶玉雖然該打，老爺也要保重。且炎暑天氣，老太太身上又不大好，打死寶玉事小，倘或老太太一時不自在了，豈不事大？”賈政冷笑道：“倒休提這話！我養了這不肖的孽障[14]，我已不孝；平昔教訓他一番，又有衆人護持。不如趁今日結果了他的狗命，以絕將來之患！”説着，便要繩來勒死。王夫人連忙抱住哭道：“老爺雖然應當管教兒子，也要看夫妻分上。我如今已五十歲的人，衹有這個孽障，必定苦苦的以他爲法，我也不敢深勸。今日越發要弄死他，豈不是有意絕我？既要勒死他，快拿繩先勒死我，再勒死他！我們娘兒們不如一同死了，在陰司裏也得個倚靠。”説畢，抱住寶玉，放聲大哭起來。

賈政聽了此話，不覺長歎一聲，向椅上坐了，淚如雨下。王夫人抱着寶玉，衹見他面白氣弱，底下穿着一條綠紗小衣，一片皆是血迹[15]。禁不住解下汗巾去，由腿看至臀脛[16]，或青或紫，或整或破，竟無一點好處，不覺失聲大哭起“苦命的兒”來。因哭出“苦命兒”來，又想起賈珠來，便叫着賈珠，哭道：“若有你活着，便死一百個，我也不管了！”此時裏面的人聞得王夫人出來，那李宫裁、王熙鳳與迎春姊妹早已出來了。王夫人哭着賈珠的名字，別人還可，惟有李宫裁禁不住也放聲哭了。賈政聽了，那淚更似走珠一般滾了下來。

正没開交處[17]，忽聽丫鬟來説：“老太太來了！”一句話未了，衹聽窗外顫巍巍的聲氣説道：“先打死我，再打死他，就乾净了！”賈政見他母親來了，又急又痛，連忙迎出來。衹見賈母扶着丫頭，搖頭喘氣的走來。賈政上前躬身陪笑，説道：“大暑熱天，母親有何生氣的，自己走來，有話衹叫兒子進去吩咐便了。”賈母聽了，便止步喘息，一面厲聲道：“你原來和我説話！我倒有話吩咐，衹是我一生没養個好兒子，卻叫我和誰説去！”

賈政聽這話不像,忙跪下含淚説道:"爲兒的教訓兒子,也爲的是
光宗耀祖。母親這話,我做兒子的如何當的起?"賈母聽説,便啐了一
口,説道:"我説了一句話,你就禁不起!你那樣下死手的板子,難道
寶玉就禁的起了?你説教訓兒子是光宗耀祖,當日你父親怎麽教訓
你來。"説着,也不覺滾下淚來。賈政又陪笑道:"母親也不必傷感,都
是做兒子的一時性急,從此以後,再不打他了。"賈母便冷笑幾聲道:
"你也不必和我賭氣,你的兒子,自然你要打就打。想來你也厭煩我
們娘兒們,不如我們早離了你,大家乾净。"説着,便令人:"去看轎!
我和你太太、寶玉兒立刻回南京去!"家下人祇得答應着。賈母又叫
王夫人道:"你也不必哭了。如今寶玉兒年紀小,你疼他;他將來長
大,爲官作宦的,也未必想着你是他母親了。你如今倒不要疼他,祇
怕將來還少生一口氣呢!"賈政聽説,忙叩頭説道:"母親如此説,兒子
無立足之地了。"賈母冷笑道:"你分明使我無立足之地,你反説起你
來!祇是我們回去了,你心裏乾净,看有誰來不許你打!"一面説,一
面祇命:"快打點行李車輛轎馬回去!"賈政直挺挺跪着,叩頭認罪。

賈母一面説,一面來看寶玉。祇見今日這頓打不比往日,又是心
疼,又是生氣,也抱着哭個不了。王夫人與鳳姐等解勸了一會,方漸
漸的止住。早有丫鬟媳婦等上來要攙寶玉,鳳姐便駡:"糊塗東西!
也不睁開眼瞧瞧,這個樣兒,如何攙着走得?還不快進去,把那藤屜
子春凳擡出來呢[18]!"衆人聽了,連忙進去,果然擡出春凳來,將寶玉
擡放凳上,隨着賈母、王夫人等進去,送至賈母房中。

彼時賈政見賈母怒氣未消,不敢自便,也跟着進來。看看寶玉果
然打重了,再看看王夫人一聲"肉"一聲"兒"的哭道:"你替珠兒早死
了,留着珠兒,也免你父親生氣,我也不白操這半世的心了!這會子
你倘或有個好歹,丟下我,叫我靠那一個?"數落一場,又哭"不争氣的
兒"。賈政聽了,也就灰心自己不該下毒手打到如此地步,先勸賈母。
賈母含淚説道:"兒子不好,原是要管的,不該打到這個份兒。你不出
去,還在這裏做什麽!難道於心不足,還要眼看着他死了纔去不成?"
賈政聽説,方退了出來。

此時薛姨媽同寶釵、香菱、襲人、湘雲等也都在這裏。襲人滿心

委屈,衹不好十分使出來。見衆人圍着,灌水的灌水,打扇的打扇,自己插不下手去,便索性走出門,到二門前,命小厮們找了焙茗來細問:"方纔好端端的,爲什麽打起來? 你也不早來透個信兒!"焙茗急的説:"偏生我没在跟前,打到中間,我才聽見了。忙打聽原故,卻是爲琪官同金釧姐姐的事。"襲人道:"老爺怎麽知道的?"焙茗道:"那琪官的事,多半是薛大爺素昔吃醋,没法兒出氣,不知在外頭挑唆了誰來,在老爺跟前下的火[19]。那金釧兒的事,大約是三爺説的,我也是聽見跟老爺的人説。"襲人聽了這兩件事都對景[20],心中也就信了八九分,然後回來。衹見衆人都替寶玉療治,調停完備,賈母命:"好生擡到他房内去。"衆人一聲答應,七手八脚,忙把寶玉送入怡紅院内自己牀上卧好。又亂了半日,衆人漸漸散去,襲人方進前來,經心服侍。問他端的,且聽下回分解。

【校注】

[1]五内摧傷:形容非常悲痛的樣子。五内,即五臟,後泛指内心。東漢蔡琰《悲憤》詩:"見此崩五内,恍惚生狂癡。" [2]葳葳蕤蕤:委頓的樣子。《史記·司馬相如列傳》:"紛綸葳蕤,堙滅而不稱者,不可勝數也。" [3]潭府:深宅大院。舊時對人宅第的尊稱。語出唐韓愈《符讀書城南》詩:"一爲公與相,潭潭府中居。"潭潭,深邃的樣子。 [4]小旦:傳統戲曲角色,常扮演性格活潑的少女。琪官:指蔣玉函。 [5]停:成數。一成叫一停。 [6]承奉:聽命侍候。 [7]草莽:本指叢生的雜草,引申爲草野,與"朝廷"相對。《孟子·萬章下》:"在野曰草莽之臣。" [8]克奪之權:生殺予奪的權力。 [9]冠帶家私:官位和家業。冠帶,帽子和束帶,舊時常用作官吏或士大夫的代稱。這裏借指官爵。家私,家産,代指家業。 [10]把這幾根煩惱鬢毛剃去:意爲出家當和尚。煩惱,佛家用語,擾亂身心的意思。《唯識述記》卷一:"煩是擾義,惱是亂義。擾亂有情,故名煩惱。"佛教以爲"貪、嗔、癡、慢、疑、惡見"爲六大根本煩惱,而頭髮是引起這些"煩惱"的導綫,所以稱之爲"煩惱絲",所以出家必須先行剃髮。 [11]尋個乾净去處:也是出家當和尚的意思。佛教稱"佛國"爲净土,因爲那裏没有"五濁"(劫、見、煩惱、衆生、命)塵垢的污染。《魏書·釋老志》:"梵境幽玄,義歸清曠;伽藍净土,理絶囂塵。" [12]流蕩:這裏是依戀的意思。 [13]釀到他弑父弑君:意本《易·坤卦》:"臣弑其君,子弑其父,非一朝一夕之故,其所由來者漸矣。"釀,本指造酒,這裏是醖釀的意思,比喻事情積漸而成。 [14]孽障:同"業障",佛教稱過去所

作惡事造成的不良後果。後來成爲罵人的話。　　　[15]迹:諸本作"漬"。
[16]臀脛:原作"豚脛",從諸本改,一作"由豚至脛"。　　　[17]没開交:不可解
決,難以結束。　　　[18]藤屉子春凳:凳面用藤編成的長凳,置於牀邊,可坐可卧。
屉子,裝在凳的前部下邊,準備放腳用的。　　　[19]下的火:意爲點的火,比喻進
讒使壞,挑起是非,製造事端。一本作"下的蛆",意同。　　　[20]對景:意同"對
號",與自己所想的情景對照,相互符合。

　　話説襲人見賈母、王夫人等去後,便走來寶玉身邊坐下,含淚問
他:"怎麼就打到這步田地?"寶玉歎氣説道:"不過爲那些事,問他做
什麼! 祇是下半截疼得很,你瞧瞧,打壞了那裏?"襲人聽説,便輕輕
的伸手進去,將中衣脱下,略動一動,寶玉便咬着牙叫"噯喲",襲人連
忙停住手。如此三四次,才褪下來了。襲人看時,祇見腿上半段青
紫,都有四指闊的僵痕高了起來。襲人咬着牙説道:"我的娘,怎麼下
這般的狠手! 你但凡聽我一句話,也不到得這步地位。幸而没動筋
骨,倘或打出個殘疾來,可叫人怎麼樣呢?"
　　正説着,祇聽丫鬟們説:"寶姑娘來了。"襲人聽見,知道穿不及中
衣,便拿了一牀夾紗被,替寶玉蓋了。祇見寶釵手裏托着一丸藥走進
來,向襲人説道:"晚上把這藥用酒研開,替他敷上,把那淤血的熱毒
散開,可以就好了。"説畢,遞與襲人。又問:"這會子可好些?"寶玉一
面道謝,説:"好些了。"又讓坐。
　　寶釵見他睁開眼説話,不像先時,心中也寬慰了好些,便點頭歎
道:"早聽人一句話,也不至有今日。别説老太太、太太心疼,就是我
們看着,心裏也……"剛説了半句,又忙咽住,自悔説的話太急了,不
覺紅了臉,低下頭來。寶玉聽得這話如此親切稠密,大有深意,忽見
他又咽住,不往下説,紅了臉,低下頭,祇管弄衣帶,那一種嬌羞怯怯,
竟難以言語形容,越覺心中感動,將疼痛早已丢在九霄雲外去了。想
道:"我不過挨了幾下打,他們一個個就有這些憐惜之態,令人可親可
敬。假若我一時竟遭殃橫死,他們還不知何等悲感呢! 既是他們這
樣,我便一時死了,得他們如此,一生事業縱然盡付東流,也無足歎惜
矣。"
　　正想着,祇聽寶釵問襲人道:"怎麼好好的動了氣,就打起來了?"

襲人便把焙茗的話説出來了。寶玉原來還不知賈環的話,見襲人説出,方纔知道。因又拉上薛蟠,惟恐寶釵沉心[1],忙又止住襲人道:"薛大哥從來不是這樣的,你們別混猜度。"寶釵聽説,便知寶玉是怕他多心,用話攔襲人。因心中暗暗想道:"打得這個形象,疼還顧不過來,還這樣細心,怕得罪了人。你既這樣用心,何不在外頭大事上做工夫,老爺也歡喜了,也不能吃這樣虧。你雖然怕我沉心,所以攔襲人的話,難道我就不知我哥哥素日恣心縱欲、毫無防範的那種心性?當日爲一個秦鐘,還鬧的天翻地覆,自然如今比先又加利害了。"想畢,因笑道:"你們也不必怨這個怨那個。據我想,到底寶兄弟素日肯和那些人來往,老爺纔生氣。就是我哥哥説話不防頭[2],一時説出寶兄弟來,也不是有心挑唆。一則也是本來的實話,二則他原不理論這些防嫌小事。襲姑娘從小兒祇見過寶兄弟這樣細心人,你何嘗見過我哥哥那天不怕地不怕、心裏有什麽口裏説什麽的人呢?"

襲人因説出薛蟠來,見寶玉攔他的話,早已明白自己説造次了[3],恐寶釵沒意思。聽寶釵如此説,更覺羞愧無言。寶玉又聽寶釵這番話,一半是堂皇正大,一半是去己的疑心,更覺比先心動神移。方欲説話時,祇見寶釵起身説道:"明日再來看你,好生養着罷。方纔我拿了藥來,交給襲人,晚上敷上,管就好了。"説着,便走出門去。襲人趕着送出院外,説:"姑娘倒費心了。改日寶二爺好了,親自來謝。"寶釵回頭笑道:"有什麽謝處?你祇勸他好生静養,別胡思亂想的就好。要想什麽吃的玩的,悄悄的往我那裏去取了,不必驚動老太太、太太衆人。倘或吹到老爺耳朵裏,雖然彼時不怎麽樣,將來對景,終是要吃虧的。"説着去了。

襲人抽身回來,心内着實感激寶釵。進來見寶玉沉思默默,似睡非睡的模樣,因而退出房外櫛沐。寶玉默默的躺在牀上,無奈臀上作痛,如針挑刀挖一般,更熱如火炙,略展轉時,禁不住"噯喲"之聲。那時天色將晚,因見襲人去了,卻有兩三個丫鬟伺候,此時並無呼唤之事,因説道:"你們且去梳洗,等我叫時再來。"衆人聽了,也都退出。

這裏寶玉昏昏默默,祇見蔣玉函走了進來,訴説忠順府拿他之事。一時又見金釧兒進來,哭説爲他投井之情。寶玉半夢半醒,都不在意。忽又覺有人推他，恍恍惚惚，聽得有人悲切之聲。寶玉從夢中驚醒，睜眼一看，不是別人，卻是林黛玉。猶恐是夢，忙又將身子欠起來，向臉上細細一認，衹見他兩個眼睛腫得桃兒一般，滿面淚光，不是黛玉，卻是那個？寶玉還欲看時，怎奈下半截疼痛難禁，支持不住，便“噯喲”一聲，仍舊倒下，歎了一聲，説道：“你又做什麼來？雖然太陽落下去，那地上的餘熱未散，倘又受了暑呢！我雖然捱了打，並不覺疼痛。我這個樣兒是裝出來哄他們，好在外頭佈散與老爺聽。其實是假的，你不可信真。”

　　此時林黛玉雖不是嚎啕大哭，然越是這等無聲之泣，氣噎喉堵，更覺利害。聽了寶玉這番話，心中雖有萬句言詞，衹是不能説得。半日，方抽抽噎噎的説道：“你從此可都改了罷！”寶玉聽説，便長歎一聲道：“你放心，別説這樣話。我便爲這些人死了，也是情願的。”

　　一句話未了，衹見院外人説：“二奶奶來了。”林黛玉便知是鳳姐來了，連忙立起身，説道：“我從後院子裏去罷，回來再來。”寶玉一把拉住，道：“這又奇了。好好的怎麼怕起他來？”林黛玉急得跺腳，悄悄的説道：“你瞧瞧我的眼睛！又該他們取笑兒開心了。”寶玉聽説，趕忙的放了手。黛玉三步兩步轉過牀後，剛出了後院，鳳姐從前頭已進來了。問寶玉：“可好些了？想什麼吃？叫人往我那裏取去。”接着薛姨媽又來了。一時賈母又打發了人來。

《紅樓夢》

【校注】

[1]沉心：懷疑別人指説自己，因而心中不快。又作“嗔心”或“吃心”。　　　[2]不防頭：不留神，冒失莽撞。　　　[3]造次：這裏是魯莽輕率的意思。

【集評】

　　(清)《戚蓼生序本石頭記》第三十三回評：“嚴酷其刑以教子，不情中十分用情；牽連不斷以思婢，有恩處一等無恩。嚴父慈母，一般愛子；親優溺婢，總是乖淫。蒙頭花柳，誰解春光；跳出樊籠，一場笑話。”戚序本第三十四回評：“人有百折不回之真心，方能成曠世希有之事業。寶玉意中諸多輻輳，所謂‘求仁得仁又何怨’。凡人作臣作子，出入家庭廊廟，能推此心此志，何患忠孝之不全，事業之不立耶？”

(清)王希廉《新評繡像紅樓夢全傳》第三十四回評:"寶釵探望送藥,堂皇明正。黛玉進房,無人看見,又從後院出去,其鍾情固深於寶釵,而行蹤詭密,殊有涇渭之分。""寶釵勸寶玉説:'早聽人一句話,也不至有今日。'又説:'你這樣細心,何不在大事上做工夫?'理正而言真。黛玉勸寶玉,祇説:'你從此可都改了罷!'言婉而情深。迥然各别。"

劉老老一進大觀園

【題解】

本篇選自第四十回"史太君兩宴大觀園,金鴛鴦三宣牙牌令"和第四十一回"賈寶玉品茶櫳翠庵,劉老老醉卧怡紅院"。本篇以劉老老爲導游,引領讀者既觀賞了大觀園中黛玉、探春、寶釵、寶玉等人的居住環境,也目睹了賈府的奢華糜麗,品嘗了賈府的美味佳餚,領略了賈府的娱樂活動,感受了賈府的貴族氣派;同時還引領讀者對比了豪貴與鄉野的不同生活。全篇敘事如行雲流水,語言則異彩紛呈,"敷華掞藻,立意遣詞,無一落前人窠臼"(戚蓼生《石頭記序》)。尤其是文中那幅"百笑圖",以人物不同的笑的動作,反映出每個人不同的身份、性格、年齡、體質狀況,堪稱精妙絶倫。

次日清早起來,可喜這日天氣清朗。李紈清晨起來,看着老婆子丫頭們掃那些落葉,並擦抹桌椅,預備茶酒器皿。祇見豐兒帶了劉老老板兒進來,説:"大奶奶倒忙的緊。"李紈笑道:"我説你昨兒去不成,祇忙着要去。"劉老老笑道:"老太太留下我,叫我也熱鬧一天去。"豐兒拿了幾把大小鑰匙,説道:"我們奶奶説了,外頭的高几恐不够使,不如開了樓,把那收的拿下來使一天罷。奶奶原該親自來,因和太太説話呢,請大奶奶開了,帶着人搬罷。"李氏便命素雲接了鑰匙,又命婆子出去,把二門上小厮叫幾個來。李氏站在大觀樓下,往上看着,命人上去開了綴錦閣,一張一張的往下擡。小厮、老婆子、丫頭一齊動手,擡了二十多張下來。李紈道:"好生着,别慌慌張張鬼趕着似的,仔細碰了牙子[1]!"又回頭向劉老老笑道:"老老也上去瞧瞧。"劉老老聽説,巴不得一聲兒,拉了板兒登梯上去。進裏面,祇見烏壓壓的堆着些圍屏桌椅、大小花燈之類,雖不大認得,祇見五彩炫耀,各有奇妙。念了幾聲佛，便下來了。然後鎖上門，一齊纜下來。李紈道：
“恐怕老太太高興，越發把船上划子、篙、槳、遮陽幔子，都搬下來預備
着。”衆人答應，又復開了門，色色的搬下來[2]。命小厮傳駕娘們[3]，
到船塢裏撑出兩隻船來。

正亂着，衹見賈母已帶了一群人進來了，李紈忙迎上去，笑道：
“老太太高興，倒進來了，我衹當還没梳頭呢，才掐了菊花要送去。”一
面説，一面碧月早已捧過一個大荷葉式的翡翠盤子來，裏面養着各色
折枝菊花。賈母便揀了一朵大紅的簪了鬢上，因回頭看見了劉老老，
忙笑道：“過來帶花兒。”一語未完，鳳姐兒便拉過劉老老來，笑道：“讓
我打扮你。”説着，把一盤子花，橫三竪四的插了一頭。賈母和衆人笑
的不住。劉老老也笑道：“我這頭也不知修了什麼福，今兒這樣體面
起來。”衆人笑道：“你還不拔下來摔到他臉上呢，把你打扮的成了老
妖精了。”劉老老笑道：“我雖老了，年輕時也風流，愛個花粉兒的，今
兒老風流纔好。”

説話間，已來至沁芳亭上，丫鬟們抱了個大錦褥子來，鋪在欄杆
榻板上。賈母倚欄坐下，命劉老老也坐在旁邊，因問他：“這園子好不
好？”劉老老念佛説道：“我們鄉下人，到了年下，都上城來買畫兒
貼[4]。時常閑了，大家都説：‘怎麼得也到畫兒上逛逛！’想着那個畫
兒也不過是假的，那裏有這個真地方？誰知我今兒進這園裏一瞧，竟
比那畫兒還强十倍！怎麼得有人也照着這個園子畫一張，我帶了家
去給他們見見，死了也得好處。”賈母聽説，指着惜春笑道：“你瞧我這
個小孫女兒，他就會畫，等明兒叫他畫一張如何？”劉老老聽了，喜的
忙跑過來，拉着惜春説道：“我的姑娘，你這麼大年紀兒，又這麼個好
模樣兒，還有這個能幹，必是個神仙託生的罷？”

賈母少歇一回，自然領着劉老老都見識見識。先到了瀟湘館，一
進門，衹見兩邊翠竹夾路，土地下蒼苔佈滿。中間羊腸一條石子漫的
路[5]，劉老老讓出來與賈母衆人走，自己卻走土地。琥珀拉他道：“老
老，你上來走，仔細青苔滑倒了。”劉老老道：“不相干的，我們走熟了
的，姑娘們衹管走罷。可惜你們的繡鞋，別沾了泥。”他衹顧上頭和人
説話，不防腳底下果踷滑了[6]，“咕咚”一交跌倒，衆人都拍手呵呵的

笑。賈母笑罵道："小蹄子們！還不攙起來，祗站着笑。"說話時，劉老老已爬了起來，自己也笑了，說道："纔說嘴，就打了嘴。"賈母問他："可扭了腰了不曾？叫丫頭們捶一捶。"劉老老道："那裏說的我這麼嬌嫩了？那一天不跌兩下子？都要捶起來，還了得呢。"

紫鵑早打起湘簾，賈母等進來坐下。黛玉親自用小茶盤捧了一蓋碗茶來，奉與賈母。王夫人道："我們不吃茶，姑娘不用倒了。"黛玉聽說，便命丫頭把自己窗下常坐的一張椅子挪到下手，請王夫人坐了。劉老老因見窗下案上設着筆硯，又見書架上磊着滿滿的書，劉老老道："這必定是那一位哥兒的書房了？"賈母笑指黛玉道："這是我這外孫女兒的屋子。"劉老老留神打量了林黛玉一番，方笑道："這那裏像個小姐的繡房？竟比那上等的書房還好。"

賈母因問："寶玉怎麼不見？"衆丫頭們答說："在池子裏船上呢。"賈母道："誰又預備下船了？"李紈忙回說："纔開樓拿的。我恐怕老太太高興，就預備下了。"賈母聽了，方欲說話時，有人回說："姨太太來了。"賈母等剛站起來，祗見薛姨媽早進來了，一面歸坐，笑道："今兒老太太高興，這早晚就來了。"賈母笑道："我纔說，來遲了的要罰他，不想姨太太就來遲了。"說笑一回。

賈母因見窗上紗顏色舊了，便和王夫人說道："這個紗新糊上好看，過了後來就不翠了。這個院子裏頭又沒有個桃杏樹，這竹子已是綠的，再拿這綠紗糊上，反不配。我記得咱們先有四五樣顏色糊窗的紗呢，明兒給他把這窗上的換了。"鳳姐兒忙道："昨兒我開庫房，看見大板箱裏還有好幾匹銀紅蟬翼紗[7]，也有各樣折枝花樣的，也有流雲蝙蝠花樣的，也有百蝶穿花花樣的，顏色又鮮，紗又輕軟，我竟沒見這個樣的。拿了兩匹出來，做兩牀綿紗被，想來一定是好的。"賈母聽了笑道："呸！人人都說你沒有不經過不見過的，連這個紗還不能認得呢，明兒還說嘴。"薛姨媽等都笑說："憑他怎麼經過見過，怎麼敢比老太太呢！老太太何不教導了他，連我們也聽聽。"鳳姐兒也笑說："好祖宗，教給我罷。"

賈母笑向薛姨媽衆人道："那個紗，比你們的年紀還大呢。怪不得他認做蟬翼紗，原也有些像，不知道的都認做蟬翼紗。正經名字叫

‘軟煙羅’。”鳳姐兒道：“這個名兒也好聽。祇是我這麼大了，紗羅也見過幾百樣，從没聽見過這個名色。”賈母笑道：“你能活了多大？見過幾樣東西？就説嘴來了。那個軟煙羅祇有四樣顔色：一樣雨過天青[8]，一樣秋香色，一樣松緑的[9]，一樣就是銀紅的。若是做了帳子，糊了窗屜，遠遠的看着，就似煙霧一樣，所以叫做‘軟煙羅’。那銀紅的又叫做‘霞影紗’[10]。如今上用的府紗[11]，也没有這樣軟厚輕密的了。”薛姨媽笑道：“别説鳳丫頭没見，連我也没聽見過。”

　　鳳姐兒一面説話，早命人取了一匹來了。賈母説：“可不是這個！先時原不過是糊窗屜，後來我們拿這個做被做帳子試試，也竟好。明日就找出幾匹來，拿銀紅的替他糊窗子。”鳳姐答應着。衆人看了，都稱讚不已。劉老老也覷着眼看，口裏不住的念佛，説道：“我們想做衣裳也不能，拿着糊窗子，豈不可惜？”賈母道：“倒是做衣裳不好看。”鳳姐忙把自己身上穿的一件大紅綿紗襖的襟子拉出來，向賈母薛姨媽道：“看我的這襖兒。”賈母、薛姨媽都説：“這也是上好的了，這是如今上用内造的[12]，竟比不上這個。”鳳姐兒道：“這個薄片子還説是内造上用呢，竟連這個官用的也比不上了。”賈母道：“再找一找，祇怕還有。若有時，都拿出來，送這劉親家兩匹。有雨過天青的，我做一個帳子掛上。剩的配上裏子，做些個夾背心子給丫頭們穿，白收着霉壞了。”鳳姐兒忙答應了，仍命人送去。

　　賈母便笑道：“這屋裏窄，再往别處逛去罷。”劉老老笑道：“人人都説：‘大家子住大房。’昨兒見了老太太正房，配上大箱、大櫃、大桌子、大牀，果然威武。那櫃子比我們一間房子還大還高。怪道後院子裏有個梯子，我想又不上房曬東西，預備這梯子做什麼？後來我想起來，一定是爲開頂櫃取放東西，離了那梯子怎麼得上去呢？如今又見了這小屋子，更比大的越發齊整了。滿屋裏東西都祇好看，都可不知叫什麼。我越看越捨不得離了這裏了。”鳳姐道：“還有好的呢，我都帶你去瞧瞧。”

【校注】

[1]牙子：這裏指桌凳邊沿雕花裝飾的木片。　　　　[2]色色：種種，樣樣。

[3]駕娘:也稱"船娘",本指蘇州虎丘一帶在船上操篙櫓的年輕女子,這裏指專司划船的女僕。　　[4]買畫兒:清富察敦崇《燕京歲時記·畫兒棚子》:"每至臘月,繁盛之區,支搭席棚,售賣畫片,婦女兒童爭購之。亦所以點綴年華也。"
[5]漫:整齊地鋪設。　　[6]跐:通"踩"。　　[7]蟬翼紗:神話傳説中泉女所織的細紗。南宋曾慥《類説》卷六引《海物異名記》:"泉女所織綃,細薄如蟬翼,名蟬紗。"　　[8]雨過天青:比喻一種鮮艷的藍色。　　[9]松緑:近於石緑色。因如松果初生時那樣翠緑,故名。　　[10]霞影紗:近人王瀣批云:"同光年,上命染工作霞樣紗,爲千褶裙。見《清異録》。此改'影'字,尤妙。"　　[11]上用:皇帝所用。府紗:一種平紋織品,質地細密平滑,有光澤。　　[12]内造:宮廷内所織造。清之前,歷代設有尚衣局,或尚衣監,掌管帝王衣服。清廢尚衣局,在蘇州、杭州、江寧等地設織造監督,簡稱織造,專爲宮廷督造各種華貴衣料。

　　説着,一徑離了瀟湘館,遠遠望見池中一群人在那裏撑船。賈母道:"他們既備下船,咱們就坐一回。"説着,向紫菱洲蓼漵一帶走來[1]。未至池前,祇見幾個婆子手裏都捧着一色攢絲戧金五彩大盒子走來[2],鳳姐忙問王夫人:"早飯在那裏擺?"王夫人道:"問老太太在那裏就在那裏罷了。"賈母聽説,便回頭説:"你三妹妹那裏好,你就帶了人擺去,我們從這裏坐了船去。"鳳姐兒聽説,便回身同了李紈、探春、鴛鴦、琥珀,帶着端飯的人等,抄着近路到了秋爽齋,就在曉翠堂上調開桌案。鴛鴦笑道:"天天咱們説外頭老爺們吃酒吃飯,都有個湊趣兒的,拿他取笑兒。咱們今兒也得一個女清客了[3]。"李紈是個厚道人,聽了不解,鳳姐兒卻知説的是劉老老了,也笑説道:"咱們今兒就拿他取個笑兒。"二人便如此這般商議。李紈笑勸道:"你們一點好事也不做,又不是個小孩兒,還這麼淘氣,仔細老太太説!"鴛鴦笑道:"很不與大奶奶相干,有我呢。"

　　正説着,祇見賈母等來了,各自隨便坐下。先有丫鬟端過兩盤茶來,大家吃畢。鳳姐手裏拿着西洋布手巾,裹着一把烏木三鑲銀箸[4],按席擺下。賈母因説:"把那一張小楠木桌子擡過來,讓劉親家挨着我這邊坐。"眾人聽説,忙擡了過來。鳳姐一面遞眼色與鴛鴦,鴛鴦便忙拉劉老老出去,悄悄的囑咐了劉老老一席話,又説:"這是我們家的規矩,若錯了,我們就笑話呢。"

調停已畢，然後歸坐。薛姨媽是吃過飯來的，不吃，衹坐在一邊吃茶。賈母帶着寶玉、湘雲、黛玉、寶釵一桌，王夫人帶着迎春姐妹三人一桌，劉老老挨着賈母一桌。賈母素日吃飯，皆有小丫鬟在旁邊拿着漱盂、塵尾、巾帕之物，如今鴛鴦是不當這差的了，今日偏接過塵尾來拂着。丫鬟們知他要撮弄劉老老，便躲開讓他。鴛鴦一面侍立，一面遞眼色。劉老老道："姑娘放心。"

那劉老老入了坐，拿起箸來，沉甸甸的不伏手[5]。原是鳳姐和鴛鴦商議定了，單拿了一雙老年四楞象牙鑲金的筷子給劉老老。劉老老見了，説道："這個叉巴子，比我們那裏的鐵鍁還沉，那裏拿的動他？"説的衆人都笑起來。衹見一個媳婦端了一個盒子站在當地，一個丫鬟上來揭去盒蓋，裏面盛着兩碗菜，李紈端了一碗放在賈母桌上，鳳姐偏揀了一碗鴿子蛋放在劉老老桌上。

賈母這邊説聲"請"，劉老老便站起身來，高聲説道："老劉，老劉，食量大如牛，吃個老母豬，不擡頭！"自己卻鼓着腮幫子不語。衆人先還發怔，後來一聽，上上下下都哈哈大笑起來。湘雲掌不住[6]，一口茶都噴了出來。林黛玉笑岔了氣，伏着桌子衹叫"噯喲"。寶玉滾到賈母懷裏，賈母笑的摟着叫"心肝"。王夫人笑的用手指着鳳姐兒，卻説不出話來。薛姨媽也掌不住，口裏的茶噴了探春一裙子。探春手裏的茶碗都合在迎春身上。惜春離了坐位，拉着他奶母，叫"揉一揉腸子"。地下無一個不彎腰屈背，也有躲出去蹲着笑去的，也有忍着笑上來替他姐妹換衣裳的。獨有鳳姐、鴛鴦二人掌着，還衹管讓劉老老。

劉老老拿起箸來，衹覺不聽使，又道："這裏的雞兒也俊，下的這蛋也小巧，怪俊的。我且得一個兒！"衆人方住了笑，聽見這話，又笑起來。賈母笑的眼淚出來，衹忍不住，琥珀在後捶着。賈母笑道："這定是鳳丫頭促狹鬼兒鬧的[7]！快別信他的話了。"那劉老老正誇雞蛋小巧，鳳姐兒笑道："一兩銀子一個呢，你快嘗嘗罷，冷了就不好吃了。"劉老老便伸筷子要夾，那裏夾的起來？滿碗裏鬧了一陣，好容易撮起一個來，才伸着脖子要吃，偏又滑下來，滾在地下，忙放下筷子，要親自去揀，早有地下的人揀了出去了。劉老老歎道："一兩銀子也沒聽見個響聲兒就沒了!"

　　衆人已沒心吃飯,都看着他取笑。賈母又說:"誰這會子又把那個筷子拿了出來,又不請客擺大筵席。都是鳳丫頭支使的,還不換了呢。"地下的人原不曾預備這牙箸,本是鳳姐同鴛鴦拿了來的,聽如此說,忙收了過去,也照樣換上一雙烏木鑲銀的。劉老老道:"去了金的,又是銀的,到底不及俺們那個伏手。"鳳姐兒道:"菜裏若有毒,這銀子下去了就試的出來[8]。"劉老老道:"這個菜裏有毒,我們那些都成了砒霜了! 那怕毒死了,也要吃盡了。"賈母見他如此有趣,吃的又香甜,把自己的菜也都端過來與他吃。又命一個老嬷嬷來,將各樣的菜給板兒夾在碗上。

　　一時吃畢,賈母等都往探春臥室中去閒話,這裏收拾殘桌,又放了一桌。劉老老看着李紈與鳳姐兒對坐着吃飯,歎道:"別的罷了,我祇愛你們家這行事,怪道說'禮出大家'[9]。"鳳姐兒忙笑道:"你可別多心,纔剛不過大家取樂兒。"一言未了,鴛鴦也進來笑道:"老老別惱,我給你老人家賠個不是。"劉老老笑道:"姑娘說那裏話? 咱們哄着老太太開個心兒,可有什麼惱的! 你先囑咐我,我就明白了,不過大家取個笑兒。我要心裏惱,也就不說了。"鴛鴦便罵人:"爲什麼不倒茶給老老吃?"劉老老忙道:"纔剛那個嫂子倒了茶來,我吃過了,姑娘也該用飯了。"鳳姐兒便拉鴛鴦坐下道:"你和我們吃罷,省的回來又鬧。"鴛鴦便坐下了,婆子們添上碗箸來,三人吃畢。

　　劉老老笑道:"我看你們這些人,都祇吃這一點兒就完了,虧你們也不餓。怪道風兒都吹的倒。"鴛鴦便問:"今兒剩的不少,都那裏去了?"婆子們道:"都還沒散呢,在這裏等着,一齊散與他們吃。"鴛鴦道:"他們吃不了這些,挑兩碗給二奶奶屋裏平丫頭送去。"鳳姐道:"他早吃了飯了,不用給他。"鴛鴦道:"他吃不了,喂你的貓。"婆子聽了,忙揀了兩樣,拿盒子送去。鴛鴦道:"素雲那裏去了?"李紈道:"他們都在這裏一處吃,又找他做什麼?"鴛鴦道:"這就罷了。"鳳姐道:"襲人不在這裏,你倒是叫人送兩樣給他去。"鴛鴦聽說,便命人也送兩樣去。鴛鴦又問婆子們:"回來吃酒的攢盒,可裝上了?"婆子道:"想必還得一會子。"鴛鴦道:"催着些兒。"婆子答應了。

【校注】

[1]溆(xù 敍):水邊。　　[2]攝絲:把做成各種圖案花紋的金絲填嵌在器物上。餳(qiàng 嗆)金:也叫"鎗金",漆器上雕刻圖案,填嵌赤金。　　[3]清客:舊時在富貴人家幫閒湊趣的門客。　　[4]烏木:一種質料堅硬的木材,老者色純黑,多以製箸及煙管等物。三鑲:指筷子頂端、中腰和下截三部分都用銀包飾。[5]不伏手:不順手,不聽使喚。　　[6]掌不住:忍不住。　　[7]促狹鬼:刁鑽刻薄,愛捉弄人的人。　　[8]"菜裏"二句:《本草綱目·金石部·銀》:"今人用銀器飲食,遇毒則變黑。"　　[9]禮出大家:禮儀出於富貴之家。《論語·學而》:"子曰:'可也,未若貧而樂,富而好禮者也。'"東漢王符《潛夫論·愛日》:"禮義生於富足,盜竊起於貧窮。"

　　鳳姐等來至探春房中,祇見他娘兒們正説笑。探春素喜闊朗,這三間屋子並不曾隔斷,當地放着一張花梨大理石大案[1],案上磊着各種名人法帖[2],並數十方寶硯,各色筆筒,筆海內插的筆如樹林一般。那一邊設着斗大的一個汝窰花囊[3],插着滿滿的一囊水晶球的白菊。西墻上當中掛着一大幅米襄陽《煙雨圖》[4]。左右掛着一副對聯,乃是顏魯公墨迹[5]。其聯云:

　　　　煙霞閒骨格,泉石野生涯[6]。

案上設着大鼎,左邊紫檀架上放着一個大官窰的大盤,盤内盛着數十個嬌黄玲瓏大佛手[7]。右邊洋漆架上懸着一個白玉比目磬[8],傍邊掛着小槌。

　　那板兒略熟了些,便要摘那槌子要擊,丫鬟們忙攔住他。他又要那佛手吃,探春揀了一個與他,説:"玩罷,吃不得的。"東邊便設着卧榻拔步牀[9],上懸着葱綠雙繡花卉草蟲的紗帳。板兒又跑來看,説:"這是蟈蟈,這是螞蚱。"劉老老忙打了他一巴掌,道:"下作黄子[10],没乾没净的亂鬧。倒叫你進來瞧瞧,就上臉了[11]!"打的板兒哭起來,衆人忙勸解方罷。

　　賈母因隔着紗窗後往院内看了一回,因説:"後廊簷下的梧桐也好了,祇是細些。"正説話,忽一陣風過,隱隱聽得鼓樂之聲。賈母問:"是誰家娶親呢?這裏臨街倒近。"王夫人等笑回道:"街上的那裏聽的見?這是咱們的那十來個女孩子們演習吹打呢。"賈母便笑道:"既他們演，何不叫他們進來演習，他們也逛一逛，咱們可又樂了。"鳳姐聽説，忙命人出去叫來，又一回吩咐擺下條桌，鋪上紅氈子。賈母道："就鋪排在藕香榭的水亭子上，借着水音更好聽。回來咱們就在綴錦閣底下吃酒，又寬闊，又聽的近。"衆人都説："那裏好。"

賈母向薛姨媽笑道："咱們走罷。他們姊妹們都不大喜歡人來，生怕醃臢了屋子。咱們別没眼色[12]，正經坐回子船，喝酒去。"説着，大家起身便走。探春笑道："這是那裏的話？求着老太太、姨媽、太太來坐坐還不能呢！"賈母笑道："我的這三丫頭卻好，祇有兩個玉兒可惡。回來吃醉了，咱們偏往他們屋裏鬧去！"説着，衆人都笑了，一齊出來。

走不多遠，已到了荇葉渚，那姑蘇選來的幾個駕娘，早把兩隻棠木舫撑來。衆人扶了賈母、王夫人、薛姨媽、劉老老、鴛鴦、玉釧兒上了這一隻船，落後李紈也跟上去。鳳姐也上去，立在船頭上，也要撑船。賈母在艙内道："這不是玩的！雖不是河裏，也有好深的。你快給我進來。"鳳姐笑道："怕什麼！老祖宗祇管放心。"説着，便一篙點開。到了池當中，船小人多，鳳姐祇覺亂晃，忙把篙子遞與駕娘，方蹲下去。

然後迎春姊妹等並寶玉上了那隻，隨後跟來。其餘老嬤嬤衆丫鬟俱沿河隨行。寶玉道："這些破荷葉可恨，怎麼還不叫人來拔去？"寶釵笑道："今年這幾日，何曾饒了這園子閒了一閒，天天逛，那裏還有叫人來收拾的工夫？"黛玉道："我最不喜歡李義山的詩[13]，祇喜他這一句：'留得殘荷聽雨聲[14]。'偏你們又不留着殘荷了。"寶玉道："果然好句，以後咱們別叫拔去了。"

説着已到了花淑的蘿港之下，覺得陰森透骨，兩灘上衰草殘菱，更助秋興。賈母因見岸上的清廈曠朗，便問："這是薛姑娘的屋子不是？"衆人道："是。"賈母忙命攏岸，順着雲步石梯上去，一同進了蘅蕪院。祇覺異香撲鼻，那些奇草仙藤，愈冷愈蒼翠，都結了實，似珊瑚豆子一般，累垂可愛。及進了房屋，雪洞一般，一色的玩器全無。案上止有一個土定瓶[15]，中供着數枝菊花，並兩部書、茶奩、茶杯而已。牀上祇弔着青紗帳幔，衾褥也十分樸素。賈母歎道："這孩子太老實了。

你没有陳設,何妨和你姨娘要些? 我也不理論[16],也没想到,你們的東西,自然在家裏没帶了來。"説着,命鴛鴦去取些古董來,又嗔着鳳姐兒:"不送些玩器來與你妹妹,這樣小器!"王夫人鳳姐等都笑回説:"他自己不要的。我們原送了來,都退回去了。"薛姨媽也笑説道:"他在家裏也不大弄這些東西。"

　　賈母揺頭道:"使不得。雖然他省事,倘來一個親戚,看着不像。二則年輕的姑娘們,屋裏這樣素净,也忌諱。我們這老婆子,越發該住馬圈去了。你們聽那些書上戲上説的小姐們的繡房,精緻的還了得呢! 他們姊妹們雖不敢比那些小姐們,也不要很離了格兒[17]。有現成的東西,爲什麽不擺? 若很愛素净,少幾樣倒使得。我最會收拾屋子的,如今老了,没這閒心了。他們姐妹們也還學着收拾的好。祇怕俗氣,有好東西也擺壞了。我看他們還不俗。如今等我替你收拾,包管又大方又素净。我的體己兩件,收到如今,没給寶玉看見過,若經了他的眼,也没了。"説着,叫過鴛鴦來,吩咐道:"你把那石頭盆景兒和那架紗照屏,還有個墨煙凍石鼎拿來,這三樣擺在這案上就够了。再把那水墨字畫白綾帳子拿來,把這帳子也換了。"鴛鴦答應着,笑道:"這些東西都擱在東樓上的,不知那個箱子裏,還得慢慢找去,明兒再拿去也罷了。"賈母道:"明日後日都使得,祇别忘了。"説着,坐了一回,方出來。

【校注】

[1]花梨大理石大案:用花梨木和大理石鑲嵌結構而成的大案。明王佐《新增格古要論·異木論》:"花梨木出南番廣東,紫紅色,與降真香相似,亦有香,其花有鬼面者可愛。"　　[2]法帖:指名家書法的拓本或印本。後將摹刻的名人書迹,也稱爲"法帖"。　　[3]汝窰:宋代著名的瓷窰。花囊:這裏指一種瓷製的瓶類器物,周圍有許多孔,中間可以插花。　　[4]米襄陽:即米芾,宋代書畫家,襄陽人,世稱"米襄陽"。以善畫煙雨著稱,傳世的作品有《春山煙靄圖》、《春山曉煙圖》、《雲山煙樹圖》等。舊題明朱存理《鐵網珊瑚》記有米元暉《湖山煙雨圖》,米元暉是米芾之子,這裏所説的《煙雨圖》或即指此。　　[5]顔魯公:即顔真卿,唐代書法家,因封魯郡公,故世稱"顔魯公"。查《顔魯公文集》,無下列對聯,當是假託。　　[6]"煙霞"二句:似用唐人田游巖事。據《舊唐書·田游巖傳》載,田罷歸後,隱居太白山、箕

山,曾對高宗自稱:"臣泉石膏肓,煙霞痼疾。"煙霞、泉石,代指山水勝景。骨格:志趣格調。　　[7]大佛手:即佛手柑,果名,果實有裂紋,如拳,或開張如指,故名。[8]比目磬:一種比目魚形的掛磬。　　[9]拔步牀:也叫"八步牀",是一種高腳大架的牀。牀前面有雕鏤的紗櫥及踏步,牀兩邊有兩座小櫃。拔步,謂跨一兩步。[10]下作黃子:意即下流種子。多用於罵小孩子。黃,指幼兒。《新唐書・食貨志》:"明年又詔民三歲以下爲黃,十五以下爲小。"　　[11]上臉:放縱、逞能的意思。　　[12]没眼色:不會察言觀色的意思。　　[13]李義山:即李商隱,字義山,唐代詩人。　　[14]"留得"句:見李商隱《宿駱氏亭寄懷崔雍崔袞》詩。[15]土定瓶:宋代著名瓷窰定窰燒製的一種瓶子。土定,定窰瓷品種之一,質地較粗。清趙汝珍《古玩指南・瓷器》:"其白似粉,故又名'粉定',亦曰'白定';質粗而色稍黃者爲低,俗呼'土定'。"定窰,在今河北曲陽,古屬定州府治,故稱"定窰"。　　[16]不理論:這裏指欠考慮。　　[17]離了格兒:有差距。

　　一徑來至綴錦閣下。文官等上來請過安,因問:"演習何曲?"賈母道:"祇揀你們熟的演習幾套罷。"文官等下來,往藕香榭去不提。

　　這裏鳳姐已帶着人擺設齊整,上面左右兩張榻,榻上都鋪着錦裀蓉簟[1],每一榻前兩張雕漆几[2],也有海棠式的,也有梅花式的,也有荷葉式的,也有葵花式的,也有方的,有圓的,其式不一。一個上頭放着爐瓶一分[3],攢盒一個。上面二榻四几,是賈母、薛姨媽;下面一椅兩几,是王夫人的。餘者都是一椅一几。東邊劉老老,劉老老之下便是王夫人。西邊便是史湘雲,第二便是寶釵,第三便是黛玉,第四迎春、探春、惜春挨次排下去,寶玉在末。李紈鳳姐二人之几設於三層檻內、二層紗櫥之外。攢盒式樣,亦隨几之式樣。每人一把烏銀洋鏨自斟壺,一個十錦琺瑯杯[4]。

　　大家坐定,賈母先笑道:"咱們先吃兩杯,今日也行一個令[5],纔有意思。"薛姨媽笑説道:"老太太自然有好酒令,我們如何會呢? 安心要我們醉了。我們都多吃兩杯就有了。"賈母笑道:"姨太太今兒也過謙起來,想是厭我老了。"薛姨媽笑道:"不是謙,祇怕行不上來,倒是笑話了。"王夫人忙笑道:"便説不上來,祇多吃了一杯酒,醉了睡覺去,還有誰笑話咱們不成。"薛姨媽點頭笑道:"依令。老太太到底吃一杯令酒才是。"賈母笑道:"這個自然。"説着便吃了一杯。

　　鳳姐兒忙走至當地,笑道:"既行令,還叫鴛鴦姐姐來行更好。"眾人都知賈母所行之令,必得鴛鴦提着,故聽了這話,都説:"很是。"鳳姐便拉着鴛鴦過來。王夫人笑道:"既在令內,沒有站着的理。"回頭命小丫頭子:"端一張椅子,放在你二位奶奶的席上。"鴛鴦也半推半就,謝了坐,便坐下,也吃了一鍾酒,笑道:"酒令大如軍令。不論尊卑,惟我是主,違了我的話,是要受罰的。"王夫人等都笑道:"一定如此,快些説。"鴛鴦未開口,劉老老便下席,擺手道:"別這樣捉弄人,我家去了。"眾人都笑道:"這卻使不得。"鴛鴦喝令小丫頭子們:"拉上席去!"小丫頭子們也笑着,果然拉入席中。劉老老衹叫:"饒了我罷!"鴛鴦道:"再多言的罰一壺。"劉老老方住了。

　　鴛鴦道:"如今我説骨牌副兒[6],從老太太起,順領下去,至劉老老止。比如我説一副兒,將這三張牌拆開,先説頭一張,次説第二張,説完了,合成這一副兒的名字。無論詩詞歌賦,成語俗話,比上一句,都要合韻。錯了的罰一杯。"眾人笑道:"這個令好,就説出來。"

　　鴛鴦道:"有了一副了。左邊是張'天'[7]。"賈母道:"頭上有青天[8]。"眾人道:"好!"鴛鴦道:"當中是個五合六[9]。"賈母道:"六橋梅花香徹骨[10]。"鴛鴦道:"剩了一張六合幺[11]。"賈母道:"一輪紅日出雲霄[12]。"鴛鴦道:"湊成卻是個'蓬頭鬼'[13]。"賈母道:"這鬼抱住鍾馗腿[14]。"説完,大家笑着喝彩。賈母飲了一杯。

　　鴛鴦又道:"又有一副了。左邊是個'大長五'[15]。"薛姨媽道:"梅花朵朵風前舞。"鴛鴦道:"右邊是個'大五長'[16]。"薛姨媽道:"十月梅花嶺上香[17]。"鴛鴦道:"當中'二五'是雜七[18]。"薛姨媽道:"織女牛郎會七夕[19]。"鴛鴦道:"湊成'二郎游五嶽'[20]。"薛姨媽道:"世人不及神仙樂。"説完,大家稱賞,飲了酒。

　　鴛鴦又道:"有了一副了。左邊'長幺'兩點明[21]。"湘雲道:"雙懸日月照乾坤[22]。"鴛鴦道:"右邊'長幺'兩點明。"湘雲道:"閒花落地聽無聲[23]。"鴛鴦道:"中間還得'幺四'來[24]。"湘雲道:"日邊紅杏倚雲栽[25]。"鴛鴦道:"湊成一個'櫻桃九熟'[26]。"湘雲道:"御園卻被鳥銜出[27]。"説完,飲了一杯。

　　鴛鴦道:"有了一副了。左邊是'長三'[28]。"寶釵道:"雙雙燕子語梁間[29]。”鴛鴦道：“右邊是‘三長’[30]。”寶釵道：“水荇牽風翠帶長[31]。”鴛鴦道：“當中‘三六’九點在[32]。”寶釵道：“三山半落青天外[33]。”鴛鴦道：“湊成‘鐵鎖練孤舟’[34]。”寶釵道：“處處風波處處愁[35]。”説完飲畢。

　　鴛鴦又道：“左邊一個‘天’。”黛玉道：“良辰美景奈何天[36]。”寶釵聽了，回頭看着他，黛玉祇顧怕罰，也不理論。鴛鴦道：“中間‘錦屏’顏色俏[37]。”黛玉道：“紗窗也没有紅娘報[38]。”鴛鴦道：“剩了‘二六’八點齊[39]。”黛玉道：“雙瞻玉座引朝儀[40]。”鴛鴦道：“湊成‘籃子’好採花[41]。”黛玉道：“仙杖香挑芍藥花。”説完，飲了一口。

　　鴛鴦道：“左邊‘四五’成花九[42]。”迎春道：“桃花帶雨濃[43]。”衆人笑道：“該罰！錯了韻，而且又不像。”迎春笑着，飲了一口。

　　原是鳳姐和鴛鴦都要聽劉老老的笑話，故意都命説錯，都罰了。至王夫人，鴛鴦代説了一個，下便該劉老老。劉老老道：“我們莊家閒了，也常會幾個人弄這個，可不如這麼説的好聽。少不得我也試試。”衆人都笑道：“容易説的，你祇管説，不相干。”鴛鴦笑道：“左邊‘大四’是個人[44]。”劉老老聽了，想了半日，説道：“是個莊家人罷！”衆人哄堂笑了。賈母笑道：“説的好，就是這樣説。”劉老老也笑道：“我們莊家人不過是現成的本色，衆位姑娘姐姐别笑。”鴛鴦道：“中間‘三四’綠配紅[45]。”劉老老道：“大火燒了毛毛蟲。”衆人笑道：“這是有的，還説你的本色。”鴛鴦笑道：“右邊‘幺四’真好看[46]。”劉老老道：“一個蘿蔔一頭蒜。”衆人又笑了。鴛鴦笑道：“湊成便是‘一枝花’[47]。”劉老老兩隻手比着就説道：“花兒落了結個大倭瓜。”衆人大笑起來。祇聽外面亂嚷嚷的，不知何事，且聽下回分解。

【校注】

[1]錦裀：華美的毯子。　　[2]雕漆：通稱“剔紅”，漆器的一種，即以銀朱在漆器胎骨上層層塗刷，積累至一定厚度，然後用刀雕刻花紋，使其紋浮現。　　[3]爐瓶：焚香用具，包括一個香爐，一個香盒，一個小瓶，總稱“爐瓶三事”，所以説一分（份）。　　[4]琺瑯：又稱“洋瓷”，清康熙時由西洋輸入的鐘錶器物，常嵌有洋瓷畫片，當時稱爲“琺瑯”。　　[5]令：即酒令，舊時飲酒時助興取樂的一種游戲。推一人爲令官，其餘人聽令説詩詞，或做其他游戲，違令或負者罰飲。　　[6]骨

牌:又稱"牙牌",一種賭具。各種成套的點子和顏色,都有一定的名稱,叫"一副"。
[7]天:又叫"大天",上下各有六個點,紅綠點色各半,叫"天牌",也叫"長六"。
[8]頭上有青天:俗語,意思是慣行詐騙的人,自有"青天"懲罰他。《後西游記》第
八回:"霧霧雲雲煙復煙,誰知頭上有青天。"　　　[9]五合六:上五點,下六點,共十
一點的牌,各點皆爲綠色。上五點像梅花。　　　[10]"六橋"句:以"六橋"代指下
六點,以"梅花"代指上五點。六橋:杭州西湖蘇堤上的六座橋,名映波、鎖瀾、望
山、壓堤、東浦、跨虹,宋蘇軾始建,堤上多植梅花。　　　[11]六合幺:上一點紅,下
六點綠。幺,數詞"一"的別稱。　　　[12]"一輪"句:"一輪紅日"代指上一點,"雲
霄"代指下六點。　　　[13]蓬頭鬼:以上長六、五六、幺六三張牌,合成一副,叫"蓬
頭鬼"。　　　[14]鍾馗:相傳爲唐時人,曾應武舉未中,憤而撞死。死後託夢給唐
玄宗,立誓要除盡天下妖孽。玄宗醒後,命畫工吳道子繪成圖像。見宋沈括《補筆
談》卷三。　　　[15]大長五:上五點,下五點,皆綠色。樣子像兩朵梅花。
[16]大五長:即"大長五",爲押韻而說"大五長"。　　　[17]十月梅花嶺上香:唐
樊晃《南中感懷》詩:"四時不變江頭草,十月先開嶺上梅。"因"大長五"乃由上下
兩個梅花形的五點組成,故說"十月梅花"。嶺,指大庾嶺,上多梅花。　　　[18]二
五:上二點,下五點,皆紅色,叫"雜牌七",省稱"雜七"。　　　[19]織女牛郎:爲神
話人物,由星名衍化而來。七夕:代指"雜七"。　　　[20]二郎游五嶽:這是由長
五、二五、長五三張牌凑成的一副牌的名稱。以"二郎"代指其中的一個"二","五
嶽"比五個"五"。二郎,神話傳說人物,世以爲水神。宋以後各地多有二郎神廟。
或說他是秦蜀郡守李冰次子,曾除都江妖孽,有水功。見《常熟縣志》。或說他爲
隋嘉州太守趙昱,曾除蛟患,卒後,蜀人立廟灌口,號"灌口二郎"。見《蘇州府志》。
五嶽,即東嶽泰山、南嶽衡山、西嶽華山、北嶽恒山、中嶽嵩山,傳說爲群仙所居。
[21]長幺:又叫"地牌",上下各一點,皆紅色,像日月並明。　　　[22]"雙懸"句:
出唐李白《上皇西巡南京歌》詩。這裏以"雙懸日月"代指"長幺"的兩個紅點,"乾
坤"代指牌面的上下兩點。　　　[23]"閒花"句:出唐劉長卿《贈別嚴士元》詩。這
裏以"閒花"代指"長幺"的兩個紅點,像兩朵紅花落在"地"上。　　　[24]幺四:上
一點,下四點,皆紅色。　　　[25]"日邊"句:出唐高蟾《下第後上永崇高侍郎》詩。
這裏以"日"代指上一點,"紅杏"代指下四點。　　　[26]櫻桃九熟:這是由長幺、
幺四、長幺三張牌凑成的一副牌的名稱。因這副牌共有九個紅點,故叫"櫻桃九
熟"。　　　[27]"御園"句:唐王維《敕賜百官櫻桃》詩:"纔是寢園春薦後,非關御
苑鳥銜殘。"清趙殿成注:"春薦……唐李綽《歲時記》云:四月一日,内園進櫻桃,寢
廟薦訖,頒賜百官,各有差。"又注:"鳥銜,高誘《吕氏春秋》注:含桃,鶯桃,鶯鳥所
含食,故言含桃。"　　　[28]長三:上下各三點,雙行斜排,皆綠色。　　　[29]"雙

雙"句:化用宋劉季孫《題饒州酒務廳屏》詩:"呢喃燕子語梁間,底事來驚夢裏閒。"這裏以"雙雙燕子"代指雙行平行斜排的緑色六點。　　　[30]三長:即"長三",爲押韻而説"三長"。　　　[31]"水荇"句:出唐杜甫《曲江對雨》詩。水荇:即荇菜,水生植物,根在水底,葉紫赤色,浮於水面。這裏以水荇順風逐波,猶如緑色飄帶的樣子,代指"長三"兩行斜排的緑色六點。　　　[32]三六:上三點斜排,下六點並排,皆緑色。　　　[33]"三山":出李白《登金陵鳳凰臺》詩。這裏以"三山"代指"三六"上面斜排的三點,以"青天外"代指下面並排的六點。　　　[34]鐵鎖練孤舟:《慶遠府志·地理志》引舊《志》:"郡城如舟形,東西南三關外平衍十餘里,小石聯綿散佈,舊有謡云:'鐵鎖練孤舟,千年永不休。天下大亂,此處無憂;天下大旱,此處薄收。'"這裏指由長三、三六、長三三張牌湊成的一副牌的名稱。以"鐵鎖"代指兩個"長三"和"三六"中的三點,以"孤舟"代指"三六"中的六點。

[35]"處處"句:唐薛瑩《秋日湖上》詩:"落日五湖游,煙波處處愁。"　　　[36]"良辰"句:出明湯顯祖《牡丹亭·驚夢》。　　　[37]錦屏:也叫"金屏",上四點紅,下六點緑,有如彩繡的屏風。　　　[38]"紗窗"句:出清金聖歎評改本《西廂記》第一本第四折。這裏以"紗窗"代指牌上的六個緑點,"紅娘"代指四個紅點。

[39]二六:上二點,下六點,皆緑色,排成兩行。　　　[40]"雙瞻"句:出杜甫《紫宸殿退朝》詩。雙:指宮中兩女官昭容。唐段成式《酉陽雜俎·貶誤》:"今閤門有宮人垂帛引百寮。"這裏代指牌上的兩點。這裏以"朝儀"代指牌上的六點。

[41]籃子:這裏指由長六、四六、二六三張牌湊成的一副牌的名稱。因其中紅色的四點像花朵,故又名"籃子好採花"。　　　[42]四五:上紅四點,下緑五點,配起來叫"花九"。　　　[43]"桃花"句:出李白《訪戴天山道士不遇》詩。此句不切"花九"形象,也不協韻。　　　[44]大四:上下各四點,皆紅色,又叫"人牌"。

[45]三四:上三點,緑色斜排,像一條毛毛蟲;下四點,紅色,像大火。　　　[46]幺四:上一點,下四點,皆紅色。上一紅點,像一個蘿蔔;下四紅點,像一頭紫皮蒜。

[47]一枝花:這裏是由長四、三四、幺四三張牌湊成的一副牌的名稱。其中十七個紅點,像朵朵紅花;三個斜排的緑點,像緑枝托住紅花。

　　話説劉老老兩隻手比着説道:"花兒落了結個大倭瓜。"衆人聽了,哄堂大笑起來。於是吃過門杯,因又鬬趣,笑道:"今兒實説罷,我的手腳子粗,又喝了酒,仔細失手打了這磁杯。有木頭的杯取個來,我便失了手,掉了地下,也無礙。"衆人聽了又笑起來。鳳姐兒聽如此説,便忙笑道:"果真要木頭的,我就取了來。可有一句話先説下,這木頭的可比不得磁的，他都是一套，定要吃遍一套方使得。"劉老老聽了，心下掂掇道[1]："我方纔不過是趣話取笑兒，誰知他果真竟有。我時常在鄉紳大家也赴過席，金杯銀盃倒都也見過，從没見有木頭杯的。哦！是了，想必是小孩子們使的木碗兒，不過誆我多喝兩碗。別管他，橫豎這酒蜜水兒似的，多喝點子也無妨。"想畢，便説："取來再商量。"

鳳姐因命豐兒："前面裏間書架子上，有十個竹根套杯[2]，取來。"豐兒聽了，纔要去取，鴛鴦笑道："我知道，你那十個杯還小。況且你纔説木頭的，這會子又拿了竹根的來，倒不好看。不如把我們那裏的黄楊根子整刓的十個大套杯拿來[3]，灌他十下子。"鳳姐兒笑道："更好了。"

鴛鴦果命人取來。劉老老一看，又驚又喜：驚的是一連十個挨次大小分下來，那大的足足的似個小盆子，極小的還有手裏的杯子兩個大；喜的是雕鏤奇絶，一色山水樹木人物，並有草字以及圖印。因忙説道："拿了那小的來就是了。"鳳姐兒笑道："這個杯，没有這大量的，所以没人敢使他。老老既要，好容易找出來，必定要挨次吃一遍，才使得。"劉老老嚇的忙道："這個不敢！好姑奶奶，饒了我罷。"賈母、薛姨媽、王夫人知道他有年紀的人，禁不起，忙笑道："説是説，笑是笑，不可多吃了，祇吃這頭一杯罷。"劉老老道："阿彌陀佛！我還是小杯吃罷，把這大杯收着，我帶了家去，慢慢的吃罷。"説的衆人又笑起來。

鴛鴦無法，祇得命人滿斟了一大杯，劉老老兩手捧着喝。賈母、薛姨媽都道："慢些，不要嗆了。"薛姨媽又命鳳姐兒佈個菜。鳳姐笑道："老老要吃什麽，説出名兒來，我夾了喂你。"劉老老道："我知道什麽名兒，樣樣都是好的。"賈母笑道："把茄鮝夾些喂他[4]。"鳳姐兒聽説，依言夾些茄鮝，送入劉老老口中，因笑道："你們天天吃茄子，也嘗嘗我們這茄子，弄的來可口不可口。"劉老老笑道："別哄我了，茄子跑出這個味兒了。我們也不用種糧食，祇種茄子了。"衆人笑道："真是茄子，我們再不哄你。"劉老老詫異道："真是茄子？我白吃了半日。姑奶奶再喂我些，這一口細嚼嚼。"鳳姐兒果又夾了些放入他口内。劉老老細嚼了半日，笑道："雖有一點茄子香，祇是還不像是茄子。告訴我是個什麼法子弄的，我也弄着吃去。"鳳姐兒笑道："這也不難。
你把纔下來的茄子，把皮刨了，祇要净肉，切成碎釘子，用雞油炸了。
再用雞肉脯子合香菌、新筍、蘑菇、五香豆腐乾子、各色乾果子，都切
成釘兒，拿雞湯煨乾了，拿香油一收，外加糟油一拌[5]，盛在磁罐子
裏，封嚴。要吃的時候兒，拿出來，用炒的雞瓜子一拌[6]，就是了。"

　　劉老老聽了，搖頭吐舌說："我的佛祖[7]！倒得十來隻雞來配他，
怪道這個味兒！"一面笑，一面慢慢的吃完了酒，還祇管細玩那杯子。
鳳姐笑道："還不足興，再吃一杯罷？"劉老老忙道："了不得，那就醉死
了。我因爲愛這樣兒好看，虧他怎麼做來！"鴛鴦笑道："酒喝完了，到
底這杯子是什麼木頭的？"劉老老笑道："怨不得姑娘不認得，你們在
這金門繡户的，如何認得木頭？我們成日家和樹林子做街坊，困了枕
着他睡，乏了靠着他坐，荒年間餓了還吃他；眼睛裏天天見他，耳朵裏
天天聽他，嘴兒裏天天說他，所以好歹真假，我是認得的。讓我認一
認。"一面說，一面細細端詳了半日，道："你們這樣人家，斷没有那賤
東西，那容易得的木頭，你們也不收着了。我掂着這麼體沉，斷乎不
是楊木，一定是黃松做的。"衆人聽了，哄堂大笑起來。

　　祇見一個婆子走來，請問賈母說："姑娘們都到了藕香榭，請示
下，就演罷，還是再等一回子？"賈母忙笑道："可是倒忘了他們，就叫
他們演罷。"那婆子答應去了。不一時，祇聽得簫管悠揚，笙笛並發。
正值風清氣爽之時，那樂聲穿林度水而來，自然使人神怡心曠。寶玉
先禁不住，拿起壺來斟了一杯，一口飲盡。復又斟上，才要飲，祇見王
夫人也要飲，命人换暖酒，寶玉連忙將自己的杯捧了過來，送到王夫
人口邊，王夫人便就他手内吃了兩口。一時暖酒來了，寶玉仍歸舊
坐。王夫人提了暖壺下席來[8]，衆人都出了席，薛姨媽也站起來。賈
母忙命李、鳳二人接過壺來："讓你姨媽坐了[9]，大家纔便。"王夫人見
如此説，方將壺遞與鳳姐兒，自己歸坐。賈母笑道："大家吃上兩杯，
今日實在有趣。"説着，擎杯讓薛姨媽，又向湘雲、寶釵道："你姐妹兩
個也吃一杯。你林妹妹不大會吃，也别饒他。"説着自己也乾了，湘
雲、寶釵、黛玉也都吃了。

　　當下劉老老聽見這般音樂，且又有了酒，越發喜的手舞足蹈起

來。寶玉因下席過來,向黛玉笑道:"你瞧劉老老的樣子。"黛玉笑道:
"當日聖樂一奏,百獸率舞[10],如今才一牛耳。"衆姐妹都笑了。

　　須臾樂止,薛姨媽笑道:"大家的酒也都有了,且出去散散再坐
罷。"賈母也正要散散,於是大家出席,都隨着賈母游玩。賈母因要帶
着劉老老散悶,遂攜了劉老老至山前樹下,盤桓了半晌,又説給他這
是什麼樹,這是什麼石,這是什麼花。劉老老一一領會,又向賈母道:
"誰知城裏不但人尊貴,連雀兒也是尊貴的。偏這雀兒到了你們這
裏,他也變俊了,也會説話了。"衆人不解,因問:"什麼雀兒變俊了會
説話?"劉老老道:"那廊上金架子上站的綠毛紅嘴是鸚哥兒,我是認
得的。那籠子裏的黑老鴰子[11],又長出鳳頭兒來[12],也會説話呢!"
衆人聽了又都笑將起來。

　　一時祇見丫頭們來請用點心,賈母道:"吃了兩杯酒,倒也不餓。
也罷,就拿了這裏來,大家隨便吃些罷。"丫頭聽説,便去擡了兩張几
來,又端了兩個小捧盒。揭開看時,每個盒內兩樣。這盒內是兩樣蒸
食:一樣是藕粉桂花糖糕,一樣是松瓤鵝油卷。那盒內兩樣炸的:一
樣是祇有一寸來大的小餃兒。賈母因問:"什麼餡子?"婆子們忙回:
"是螃蟹的。"賈母聽了,皺眉説道:"這會子油膩膩的,誰吃這個。"又
看那一樣,是奶油炸的各色小嗤果,也不喜歡,因讓薛姨媽吃,薛姨媽
祇揀了塊糕。賈母揀了一個卷子,祇嘗了一嘗,剩的半個,遞與丫頭
了。

　　劉老老因見那小嗤果子都玲瓏剔透,各式各樣,又揀了一朵牡丹
花樣的,笑道:"我們鄉里最巧的姐兒們,剪子也不能鉸出這麼個紙的
來。我又愛吃,又捨不得吃,包些家去給他們做花樣子去倒好。"衆人
都笑了。賈母笑道:"家去我送你一磁罈子,你先趁熱吃這個罷。"別
人不過揀各人愛吃的,揀了一兩樣就算了,劉老老原不曾吃過這些東
西,且都做的小巧,不顯堆垛的,他和板兒每樣吃了些,就去了半盤
了。剩的,鳳姐又命攢了兩盤,並一個攢盒,與文官等吃去。忽見奶
子抱了大姐兒來,大家哄他玩了一會。那大姐兒因抱着一個大柚子
玩,忽見板兒抱着一個佛手,大姐兒便要。丫鬟哄他取去,大姐兒等
不得,便哭了。衆人忙把柚子給了板兒,將板兒的佛手哄過來與他纏

罷。那板兒因玩了半日佛手,此刻又兩手抓着些果子吃,又忽見這個柚子又香又圓,更覺好玩,且當球踢着玩去,也就不要佛手了。

《紅樓夢》

【校注】

[1]掂(diān 掂)掇(duò 惰):也作"掂掇",這裏是忖度事情輕重利弊的意思。
[2]竹根套杯:用竹根雕製成的成套的飲器。　　　[3]刓(wán 丸):用刀子等挖、刻。　　　[4]茄鯗(xiǎng 享):醃臘茄子。鯗,臘乾魚。泛指成片的醃臘食品。
[5]糟油:用酒糟調製而成的油,可用以澆拌凉菜。　　　[6]雞瓜子:即雞丁。用剝去皮的雞脯肉或腱子肉做成。　　　[7]佛祖:佛教稱修煉成道的人爲佛,稱開創宗派的人爲祖師,合稱"佛祖"。也專指佛教的創始人釋迦牟尼。後亦泛稱佛教的神。　　　[8]暖壺:這裏指一種暖酒用的大壺,中盛熱水,可放酒壺,使酒保暖。
[9]姨媽:原作"姑媽",據程乙本改。　　　[10]"當日"二句:《尚書·堯典》:"予擊石拊石,百獸率舞。"聖樂:指舜時所奏的音樂。　　　[11]黑老鴰子:本指烏鴉。這裏實爲八哥。　　　[12]鳳頭兒:鳥類頭上的羽冠。

【集評】

　　(清)《戚蓼生序本石頭記》第四十回評:"寫貧賤輩低首豪門,凌辱不計,誠可悲夫! 此故作者以警貧賤,而富室貴豪,亦當於其間着意。"

　　(清)王希廉《新評繡像紅樓夢全傳》第四十回評:"兩宴大觀園,三宣牙牌令,是園中極盛之時,特特將鋪設戲玩侈説一番,反襯日後之冷落離散。""瀟湘館精雅華麗,不如蘅蕪院樸實素净。秋爽軒闊大疏落,恰似探春身份。""黛玉説《牡丹》、《西廂》曲句,可見平日喜看情詞,且可見其結果處。""黛玉説《牡丹》、《西廂》,固見其鍾情處,寶釵説'處處風波處處愁',亦見其遭際處。""迎春錯韻受罰,其餘俱故意説錯,惟王夫人,鴛鴦代説,卻不明説牌色詩句,即接劉老老之笑話。既省筆墨,又變動不板。"

抄檢大觀園

【題解】

　　本篇節選自第七十四回"惑奸讒抄檢大觀園,避嫌隙杜絶寧國府"。抄檢大觀園是賈府内部各種盤根錯節矛盾的一次總爆發,也是賈府盛極而衰的轉捩點,正如探春所説的:"可知這樣大族人家,若從外頭殺來,一時是殺不死的。這可是古人説的,'百足之蟲,死而不僵',必須先從家裏自殺自滅起來,纔能一敗塗地呢!"本篇中晴雯的剛毅潑辣、探春的正氣凛然和惜春的膽小無情,加上鳳姐的小心謹慎和王善保家的狂妄自大,均從人物語言舉止中寫出,栩栩如生,躍然紙上。

至晚飯後,待賈母安寢了,寶釵等入園時,王家的便請了鳳姐一併進園,喝命將角門皆上鎖,便從上夜的婆子處來抄揀起,不過抄揀些多餘攢下蠟燭燈油等物。王善保家的道:"這也是贓,不許動的,等明日回過太太再動。"

於是先就到怡紅院中,喝命關門。當下寶玉正因晴雯不自在,忽見這一干人來,不知爲何,直撲了丫頭們的房門去。因迎出鳳姐來,問是何故。鳳姐道:"丟了一件要緊的東西,因大家混賴,恐怕有丫頭們偷了,所以大家都查一查,去疑兒。"一面説,一面坐下吃茶。

王家的等搜了一回,又細問:"這幾個箱子是誰的?"都叫本人來親自打開。襲人因見晴雯這樣,必有異事,又見這番抄揀,祇得自己先出來打開了箱子並匣子,任其搜揀一番,不過平常通用之物。隨放下,又搜別人的,挨次都一一搜過。到晴雯的箱子,因問:"是誰的?怎麼不打開叫搜?"襲人方欲代晴雯開時,祇見晴雯挽着頭髮闖進來,"豁啷"一聲將箱子掀開,兩手提着底子,往地下一翻,將所有之物盡都倒出來。王善保家的也覺没趣兒,便紫脹了臉,説道:"姑娘,你別生氣。我們並非私自就來的,原是奉太太的命來搜察。你們叫翻呢,我們就翻一翻;不叫翻,我們還許回太太去呢。那用急的這個樣子!"晴雯聽了這話,越發火上澆油,便指着他的臉説道:"你説你是太太打發來的,我還是老太太打發來的呢!太太那邊的人我也都見過,就祇没看見你這麼個有頭有臉大管事的奶奶!"

鳳姐見晴雯説話鋒利尖酸,心中甚喜,卻礙着邢夫人的臉,忙喝住晴雯。那王善保家的又羞又氣,剛要還言,鳳姐道:"媽媽,你也不必和他們一般見識,你且細細搜你的,咱們還到各處走走呢。再遲了,走了風,我可擔不起。"王善保家的祇得咬咬牙,且忍了這口氣,細細的看了一看,也無甚私弊之物。回了鳳姐,要別處去,鳳姐道:"你可細細的查，若這一番查不出來，難回話的。"眾人都道："盡都細翻了，沒有什麼差錯東西。雖有幾樣男人物件，都是小孩子的東西，想是寶玉的舊物，沒甚關係的。"鳳姐聽了，笑道："既如此，咱們就走，再瞧別處去。"

說着，一徑出來，向王善保家的道："我有一句話，不知是不是：要抄揀衹抄揀咱們家的人，薛大姑娘屋裏，斷乎抄揀不得的。"王善保家的笑道："這個自然，豈有抄起親戚家來的。"鳳姐點頭道："我也這樣說呢。"

一頭說，一頭到了瀟湘館內。黛玉已睡了，忽報這些人來，不知爲甚事。纔要起來，衹見鳳姐已走進來，忙按住他不叫起來，衹說："睡着罷，我們就走的。"這邊且說些閒話。那王善保家的帶了眾人，到了丫鬟房中，也一一開箱倒籠抄揀了一番。因從紫鵑房中搜出兩副寶玉往常換下來的寄名符兒，一副束帶上的帔帶，兩個荷包並扇套，套內有扇子，打開看時，皆是寶玉往日手內曾拿過的。王善保家的自爲得了意，遂忙請鳳姐過來驗視，又說："這些東西從那裏來的？"鳳姐笑道："寶玉和他們從小兒在一處混了幾年，這自然是寶玉的舊東西。況且這符兒合扇子，都是老太太和太太常見的。媽媽不信，咱們衹管拿了去。"王家的忙笑："二奶奶既知道就是了。"鳳姐道："這也不是什麼稀罕事，擱下再往別處去是正經。"紫鵑笑道："直到如今，我們兩下裏的賬也算不清，要問這一個，連我也忘了是那年月日有的了。"

這裏鳳姐合王善保家的又到探春院內，誰知早有人報與探春了。探春也就猜着必有原故，所以引出這等醜態來，遂命眾丫鬟秉燭開門而待。一時眾人來了，探春故問："何事？"鳳姐笑道："因丟了一件東西，連日訪察不出人來，恐怕旁人賴這些女孩子們，所以大家搜一搜，使人去疑兒，倒是洗淨他們的好法子。"探春笑道："我們的丫頭，自然都是些賊，我就是頭一個窩主[1]。既如此，先來搜我的箱櫃，他們所偷了來的，都交給我藏着呢。"說着，便命丫鬟們把箱一齊打開，將鏡奩、妝盒、衾袱、衣包若大若小之物，一齊打開，請鳳姐去抄閱。鳳姐陪笑道："我不過是奉太太的命來，妹妹別錯怪了我。"因命丫鬟們：

“快快給姑娘關上。”

平兒、豐兒等先忙着替侍書等關的關，收的收。探春道：“我的東西，倒許你們搜閱；要想搜我的丫頭，這卻不能。我原比衆人歹毒[2]，凡丫頭所有的東西，我都知道，都在我這裏間收着，一針一綫，他們也沒得收藏。要搜，所以祇來搜我。你們不依，祇管去回太太，祇說我違背了太太，該怎麼處治，我去自領。你們別忙，自然你們抄的日子有呢！你們今日早起不是議論甄家，自己盼着好好的抄家，果然今日真抄了！咱們也漸漸的來了。可知這樣大族人家，若從外頭殺來，一時是殺不死的。這可是古人說的，‘百足之蟲，死而不僵’[3]，必須先從家裏自殺自滅起來，纔能一敗塗地呢！”說着，不覺流下淚來。

鳳姐祇看着衆媳婦們。周瑞家的便道：“既是女孩子的東西全在這裏，奶奶且請到別處去罷，也讓姑娘好安寢。”鳳姐便起身告辭。探春道：“可細細搜明白了？若明日再來，我就不依了。”鳳姐笑道：“既然丫頭們的東西都在這裏，就不必搜了。”探春冷笑道：“你果然倒乖！連我的包袱都打開了，還說沒翻，明日敢說我護着丫頭們，不許你們翻了。你趁早說明，若還要翻，不妨再翻一遍。”鳳姐知道探春素日與衆不同的，祇得陪笑道：“已經連你的東西都搜察明白了。”探春又問衆人：“你們也都搜明白了沒有？”周瑞家的等都陪笑說：“都明白了。”

那王善保家的本是個心內沒成算的人，素日雖聞探春的名，他想衆人沒眼色、沒膽量罷了，那裏一個姑娘就這樣利害起來？況且又是庶出，他敢怎麼着？自己又仗着是邢夫人的陪房[4]，連王夫人尚另眼相待，何況別人？祇當是探春認真單惱鳳姐，與他們無干。他便要趁勢作臉，因越衆向前，拉起探春的衣襟，故意一掀，嘻嘻的笑道：“連姑娘身上我都翻了，果然沒有什麼。”鳳姐見他這樣，忙說：“媽媽走罷，別瘋瘋癲癲的。”

一語未了，祇聽“啪”的一聲，王家的臉上早着了探春一巴掌。探春登時大怒，指着王家的問道：“你是什麼東西，敢來拉扯我的衣裳！我不過看着太太的面上，你又有幾歲年紀，叫你一聲‘媽媽’，你就狗仗人勢，天天作耗[5]，在我們跟前逞臉。如今越發了不得了，你索性望我動手動腳的了！你打量我是同你們姑娘那麼好性兒，由着你們欺負,你就錯了主意了! 你來搜檢東西我不惱,你不該拿我取笑兒!"說着,便親自要解鈕子,拉着鳳姐兒細細的翻:"省得你們叫奴才來翻我!"

鳳姐、平兒等都忙與探春理裙整袂,口內喝着王善保家的説:"媽媽吃兩口酒,就瘋瘋癲癲起來,前兒把太太也衝撞了。快出去,別再討臉了!"又忙勸探春:"好姑娘,別生氣。他算什麼,姑娘氣着倒值多了。"探春冷笑道:"我但凡有氣,早一頭碰死了。不然,怎麼許奴才來我身上搜賊贓呢! 明兒一早,先回過老太太、太太,再過去給大娘賠禮。該怎麼着,我去領!"

那王善保家的討了個沒臉,趕忙躲出窗外,祇説:"罷了,罷了! 這也是頭一遭挨打! 我明兒回了太太,仍回老娘家去罷,這個老命還要他做什麼。"探春喝命丫鬟:"你們聽見他説話,還等我和他拌嘴去不成?"侍書聽説,便出去説道:"媽媽,你知點好歹兒,省一句兒罷。你果然回老娘家去,倒是我們的造化了,祇怕你捨不得去。你去了,叫誰討主子的好兒,調唆着察考姑娘,折磨我們呢?"鳳姐笑道:"好丫頭! 真是有其主必有其僕。"探春冷笑道:"我們做賊的人,嘴裏都有三言兩語的,就祇不會背地裏調唆主子!"平兒忙也陪笑解勸,一面又拉了侍書進來。周瑞家的等人勸了一番,鳳姐直待服侍探春睡下,方帶着人往對過暖香塢來。

彼時李紈猶病在牀上,他與惜春是緊鄰,又和探春相近,故順路先到這兩處。因李紈纔吃了藥睡着,不好驚動,祇到丫鬟們房中,一一的搜了一遍,也沒有什麼東西,遂到惜春房中來。因惜春年少,尚未識事,嚇的不知當有什麼事故,鳳姐少不得安慰他。誰知竟在入畫箱中尋出一大包銀錁子來,約共三四十個,爲察姦情,反得賊贓。又有一副玉帶版子[6],並一包男人的靴襪等物。鳳姐也黃了臉,因問:"是那裏來的?"入畫祇得跪下哭訴真情,説:"這是珍大爺賞我哥哥的。因我們老子娘都在南方,如今祇跟着叔叔過日子;我叔叔嬸子祇要吃酒賭錢,我哥哥怕交給他們又花了,所以每常得了,悄悄的煩老媽媽帶進來,叫我收着的。"

惜春膽小,見了這個,也害怕説:"我竟不知道,這還了得! 二嫂子要打他,好歹帶出他去打罷,我聽不慣的。"鳳姐笑道:"若果真呢,也倒可恕,衹是不該私自傳送進來。這個可以傳遞,怕什麽不可傳遞?倒是傳遞人的不是了。若這話不真,倘是偷來的,你可就別想活了。"入畫跪哭道:"我不敢撒謊,奶奶衹管明日問我們奶奶和大爺去,若説不是賞的,就拿我和我哥哥一同打死無怨。"鳳姐道:"這個自然要問的。衹是真賞的,也有不是,誰許你私自傳送東西的?你且説是誰接應,我就饒你。下次萬萬不可。"惜春道:"嫂子別饒他,這裏人多,要不管了他,那些大的聽見了,又不知怎麽樣呢。嫂子若依他,我也不依。"鳳姐道:"素日我看他還使得。誰没一個錯?衹這一次,二次再犯,二罪俱罰。但不知傳遞是誰?"惜春道:"若説傳遞,再無別人,必是後門上的張媽。他常和這些丫頭鬼鬼祟祟的,這些丫頭們也都肯照顧他。"

鳳姐聽説,便命人記下,將東西且交給周瑞家的暫且拿着,等明日對明再議。誰知那老張媽原和王善保家有親,近因王善保家的在邢夫人跟前作了心腹人,便把親戚和伴兒們都看不到眼裏了。後來張家的氣不平,鬭了兩次口,彼此都不説話了。如今王家的聽見是他傳遞,碰在他心坎兒上,更兼剛纔挨了探春的打,受了侍書的氣,没處發泄,聽見張家的這事,因攛掇鳳姐道:"這傳東西的事關係更大。想來那些東西,自然也是傳遞進來的。奶奶倒不可不問。"鳳姐兒道:"我知道,不用你説。"於是別了惜春,方往迎春房内去。

迎春已經睡着了,丫鬟們也纔要睡,衆人扣門,半日才開。鳳姐吩咐:"不必驚動姑娘。"遂往丫鬟們房裏來。因司棋是王善保家的外孫女兒,鳳姐要看王家的可藏私不藏私,遂留神看他搜檢。先從別人箱子起,皆無別物。及到了司棋箱中,隨意掏了一回,王善保家的説:"也没有什麽東西。"纔要關箱時,周瑞家的道:"這是什麽話?有没有,總要一樣看看纔公道。"説着,便伸手掣出一雙男子的綿襪並一雙緞鞋,又有一個小包袱。打開看時,裏面是一個同心如意[7],並一個字帖兒。一總遞給鳳姐。鳳姐因理家常久,每每看帖看賬,也頗識得幾個字了。那帖是大紅雙喜箋,便看上面寫道:

上月你來家後，父母已察覺你我之意。但姑娘未出閣，尚不能完你我之心願。若園內可以相見，你可託張媽給一信息。若得在園內一見，倒比來家好説話。千萬，千萬！再所賜香珠二串，今已查收外，特寄香袋一個，略表我心。千萬收好。表弟潘又安拜具。

鳳姐看了，不怒而反樂，別人並不識字。那王善保家的素日並不知道他姑表姊弟有這一節風流故事，見了這鞋襪，心內已有些毛病，又見有一紅帖，鳳姐看着又笑，他便説道："必是他們寫的賬目不成字，所以奶奶見笑。"鳳姐笑道："正是這個賬竟算不過來。你是司棋的老娘，他表弟也該姓王，怎麼又姓潘呢？"王善保家的見問得奇怪，祇得勉強告道："司棋的姑媽給了潘家，所以他姑表弟兄姓潘。上次逃走了的潘又安，就是他。"鳳姐笑道："這就是了。"因説："我念給你聽聽。"説着，從頭念了一遍，大家都嚇一跳。這王家的一心祇要拿人的錯兒，不想反拿住了他外孫女兒，又氣又臊。周瑞家的四人聽見鳳姐兒念了，都吐舌頭，搖頭兒。周瑞家的道："王大媽聽見了？這是明明白白，再没得話説了。這如今怎麼樣呢？"

王家的祇恨無地縫兒可鑽。鳳姐祇瞅着他，抿着嘴兒嘻嘻的笑，向周瑞家的道："這倒也好。不用他老娘操一點心兒，鴉雀不聞，就給他們弄了個好女婿來了。"周瑞家的也笑着湊趣兒。王家的無處煞氣，祇好打着自己的臉罵道："老不死的娼婦，怎麼造下孽了？説嘴打嘴，現世現報！"眾人見他如此，要笑又不敢笑，也有趁願的，也有心中感動報應不爽的。

鳳姐見司棋低頭不語，也並無畏懼慚愧之意，倒覺可異。料此時夜深，且不必盤問，祇怕他夜間自尋短志[8]，遂唤兩個婆子監守，且帶了人，拿了贓證，回來歇息，等待明日料理。

《紅樓夢》

【校注】

[1]窩主：窩藏罪犯或贓物的主家。 [2]歹毒：狠毒。 [3]"百足"兩句：語

本唐馬總《意林》卷一引《魯連子》：“百足之蟲，斷而不蹶，持之者衆也。”百足：即馬陸，節肢動物，體圓而長，由很多環節構成，除第一至第四節和末節外，每節有腳兩對。把它切斷，仍能直立。僵：通“蹶”，仆倒。　　　[4]陪房：舊時富貴人家隨同女兒出嫁的丫鬟。　　　[5]作耗：胡鬧，搗亂。　　　[6]玉帶版子：古代男子腰帶上所嵌的裝飾玉版。　　　[7]同心如意：一種吉祥圖案的金屬小玩具，作兩個“如意”交搭形狀，多爲男女青年互相贈送的信物。　　　[8]自尋短志：即尋短見，自殺。

【集評】

《戚蓼生序本石頭記》第七十四回評：“司棋一事，在七十一回敘明，暗用山石伏綫。七十三回用繡春囊在山石，一逗便住。至此回可直敘去，又用無數曲折，漸漸逼來，及至司棋，忽然頓住，結到入畫。文氣如黃河出崑崙，橫流數萬里，九曲至龍門，又有孟門、呂梁峽束，不得入海。是何等奇險怪特文字，令我拜服。”“諸院皆宴息，獨探春秉燭以待，大有堤防，的是幹才，須另置一席款待。”

（清）王希廉《新評繡像紅樓夢全傳》第七十四回評：“搜檢大觀園是抄家預兆，杜絕寧國府是出家根由。”“迎春一味懦弱，探春主意老辣，惜春孤介性僻，三人身份不同，可知結果均異。”“侍書之說話鋒利，晴雯之性氣躁急，及入畫之哭訴實情，司棋之並無慚懼，各人肚裏，各有主意。”

李　玉

【作者簡介】

李玉（1602？—1676？），字玄玉（後避康熙帝諱，作元玉），號一笠庵主人、蘇門嘯侶，吳縣（今江蘇蘇州）人。其父可能是明大學士申時行府中曲師。他本人明末曾中副榜舉人，入清絕意仕進。擅長詞曲，精通音律，與吳郡諸曲家多有交往。所作戲曲約四十一種，今存《一捧雪》、《人獸關》、《永團圓》、《占花魁》、《清忠譜》、《萬里圓》等十八種。又修訂編定《北詞廣正譜》十八卷。《清忠譜》初稿當作於明末，最後定稿約在清順治十六年（1659）稍前，爲李玉、畢魏、葉時章、朱素臣四人合撰，共二十五折。劇中寫明天啓六年（1626）蘇州士民顏佩韋等人反對魏忠賢閹黨的群衆鬥争,而以東林黨人周順昌被逮爲主要事件,因周順昌最忠且清,故名《清忠譜》。其史實見《爐餘録》卷四附録殷獻臣《周吏部年譜》、汪有《典史外卷·周忠介公傳》、姚希孟《開讀本末》、吳肅公《五人傳》及張溥《七録齋詩文合集》卷三《五人墓碑記》等。劇作的主旨是"更鋤奸律吕作陽秋,鋒如鐵"(卷首《譜概》),吳偉業稱:"事俱按實,其言亦雅馴,雖云填詞,目之信史可也。"(《清忠譜序》)

鬧　詔

【題解】

　　本篇選自《清忠譜》第十一折。此折敍演以顏佩韋爲首的蘇州人民反對閹黨,生動形象地展現了群情激憤的熱鬧場面,神情畢肖地刻畫了各種類型的人物形象,造成了强烈的戲劇效果。對白傳神寫照,曲詞本色自然,體現了蘇州派作家戲曲創作的鮮明特徵。

　　(貼,青衣、小帽上)苦差合縣有,惟我獨充當。自家吳縣青帶便是[1]。北京校尉來捉周鄉宦[2],該應吳縣承值[3]。校尉坐在西察院,本縣老爺要撥人去聽差,這些大阿哥[4],都叮囑了書房裏[5],不開名字進去。竟拿我新着役、苦惱子公人[6],點去承值,關在西察院内。那些校尉動不動叫差人,叫差人要長要短,偶然遲了,輕則靴尖亂踢,重則皮鞭亂打。一個錢也沒處去賺,倒受了無數的打罵!方纔攪了一肚子燒酒[7],如今在裏邊吆吆喝喝,又走出來了。不免躲在廂房,聽他説些什麽。(暗下)(副扮差官,丑、小生扮二校,喝上)

【梨花兒】(副)駕上差來天地塌。推託窮官没錢刮[8],惱得咱家心性發,嗏!拿到京中活打殺。

　　李老爺呢?(小生)李老爺睡在那裏。(副)快請出來。(校向内介)張老爺請李老爺。(净内應介)來了!(净扮差官上)

【前腔】(净)久慣拿人手段滑,這番差使差了瞎[9]。自家乾兒不設法,嗏!一把松香便決撒[10]。

　　(副)李老爺,咱們奉了駕帖,差千差萬,到處拿人,不知賺了多少銀子。如今差到蘇州,又拿一個吏部。自古道:"上説天堂,下説蘇、杭。"[11]豈不曉得蘇州是個富饒的所在？況且吏部是個美官，值不得拿萬把銀子送與咱們？開口說是個窮官，一個錢也沒有，你道惱也不惱！難道咱們三千七百里路來到這裏，白白回去了不成？（淨）可笑那毛一鷺[12]，做了咱家的官兒，咱們到來，他也該竭力設法，怎麼丟咱們住在冷屋裏邊，自己來也不來！哥呵！若是周順昌弄不出，咱們定要倒毛一鷺的包哩[13]！（副）李老爺說的是！差人那裏？（連叫介）（丑）差人！差人！（貼走出跪介）老爺有何分付？（副）差你在這裏伺候，臉面子也不見，不知躲在那裏？（淨）連連叫喚，纔走出來，要你這裏做什麼！（副）李老爺不要與他說，衹是打便了。（淨）拿皮鞭來！（貼磕頭介）小的在這裏伺候，求老爺饒打。（副）你快去與毛一鷺說：俺老爺們，奉了皇爺的聖旨，廠爺的鈞旨[14]，到此拿人，你做那一家的官兒，不值得在犯官身上弄萬把銀子送俺們！若有銀子，快快攛來，若沒有銀子，咱們也不要周順昌了，咱們自上去，教他自己送周順昌到京便了。快去說！就來回復。（貼）小的是個縣差，怎敢去見都老爺[15]？怎敢把許多言語去稟？（淨、副大怒介）哎！你這狗頭不走麼？（貼拜介）小的委實不敢說[16]。（副）要你這狗頭何用？（將皮鞭亂打介）（淨亂踢介）（貼在地亂滾，叫痛哀求介）（副）這樣狗攘的，不中用。（貼爬下）（付向丑介）你照方纔的言語，快去與毛一鷺說！俺們立等回話。（內衆聲喧喊介）（丑望介）呀！門外人山人海，想是來看開讀的[17]。這般挨擠，如何走得！（副又與小生說介）你把皮鞭打開了路，送他出去便了。（向淨介）咱家到裏邊喝杯凉酒。少不得毛一鷺定然自來回復。（淨）有理。（副）衹等飛廉傳信去[18]，（淨）管教貫索就擒來[19]。（同下）（小生）咄！百姓們閃開，閃開！咱家奉旨來拿犯官，什麼好看！什麼好看！（丑）閃開，閃開！讓咱走路！（將皮鞭亂打下）（旦、貼扮二皂喝上）（外黑三髯，冠帶，扮寇太守上[20]）

【西地錦】（外）民憤雷呼轅下[21]，淚飛血灑塵沙。（內衆亂喊介）周吏部第一清廉鄉宦，地方仰賴，衆百姓專候太老爺做主，鼎言救援哩！

（大哭介）（末，短胡鬚，冠帶，扮陳知縣急上[22]）（向內搖手介）眾百姓休得啼哭！休得啼哭！上司自有公平話。且從容，莫用喧嘩。

（內眾又喊介）陳老爺是周鄉宦第一門生，益發坐視不得的呢！爺爺嗄！（又哭介）（末見外介）老大人，眾百姓執香號泣者，塞巷填街，哀聲震地，這卻怎麼處？（外）足見周老先生平日深得人心，所以致此。貴縣且去分付士民中一二老成的上前講話。（末）是！（向內介）眾百姓聽着！寇太爺分付，士民中老成的，止喚一二人上前講話。（小生、老旦扮生員上）（作倉惶狀介）（小生）生……生……生員王節[23]。（老旦）生……生員劉羽儀[24]。（小生、老旦）老……老……老公祖，老……老……老父母在上。周……周……周銓部居官侃侃[25]，居鄉表表[26]。如此品行，卓然千古，蕪罹奇冤[27]，實實萬姓怨恫。老公祖，老父母，在地方親炙高風[28]，若無一言主持公道，何以安慰民心？（淨急上跪介）青天爺爺阿！周鄉宦若果得罪朝廷，小的們情願入京代死。（丑喊上）不是這樣講，不是這樣講！讓我來說。青天爺爺阿！今日若是真正聖旨來拿周鄉宦，就冤枉了周鄉宦，小的們也不敢說了。今日是魏太監假傳聖旨，殺害忠良，眾百姓其實不服。就殺盡了滿城百姓，再不放周鄉宦去的！（大哭介）（內齊聲號哭介）（外）眾百姓聽着！這樁事，非府縣所能主張。少刻都老爺到了，你百姓齊聲叩求，本府與吳縣自然極力周旋。（內齊聲應介）太爺是真正青天了。（內敲鑼、喝道聲介）（淨、丑）都老爺來了！列位，大家上前號哭去！（喊介）（小生、老旦）全賴老公祖、老父母鼎力挽回。（外、末）自然，自然！（小生、老下）（外、末在場角伺候，打躬迎接介）（內喊介）（副，胡鬚、冠帶，扮毛撫臺，歪戴紗帽，脫帶撒袍，眾百姓亂擁上）（眾喊介）求憲天爺爺做主，出疏保留周鄉宦呢！（外、末喝退眾下介）（副作大怒，亂喘亂喘大叫介）反了，反了！有這等事！皇上拿人，百姓抗拒，地方大變了，大變了！罷了，罷了！做官不成了！（外、末跪介）老大人請息怒。周宦深得民心，也是平日正氣所感。或者有一綫可生之路，還望老大人挽回。（副大怒介）咳！逆黨聚眾，抗提欽犯，叛逆顯然了。

有什麼挽回？有什麼挽回？（作怒狀，冷笑介）

【風入松】呼群鼓噪鬧官衙，聖旨公然不怕。你府縣有地方干係^[29]，可曉得官旗是那一家差來的？天家緹騎魂驚嚇^[30]，（作手勢介）若抗拒，一齊搭咤^[31]。（外、末拱介）是！（副低説介）且住了！逆了朝廷，還好彌縫。今日逆了廠公，（皺眉介）咦！比着抗聖旨，題目倍加。頭顱上，怎好戴烏紗！

　　（內衆又亂喊介）憲天爺爺，若不題疏力救周鄉宦，衆百姓情願一個個死在憲天臺下。（外、末又跪介）老大人，卑職不敢多言。民情洶洶如此，還求老大人一言撫慰纔是。（副）撫慰些什麼來？撫慰些什麼來？拿幾個進來打罷了！（外、末又跪介）老大人息怒。衆百姓呵——

【前腔】（外、末）哭聲震地慘嗟呀！卑職呵，不敢施威喝打。倘一言激變難禁架^[32]，定弄出禍來天大。（末又跪介）老大人若無一言撫慰，就是周宦在外，卑職也不敢解進轅門。（副）為何？（末）人兒擁，紛如亂麻，就有幾皂隸，也難拿。

　　（副沉思介）嗄！也罷！既如此，快去傳諭百姓且散。若要保留周宦，且具一公呈進來，或者另有商量。（外、末起介）是！領命！（即下）（副）哈哈哈！好個呆官兒。苦苦要本院保留，這本兒怎麼樣寫？怎麼樣寫？且待犯官進來，再作道理。（向內叫介）張爺那裏？李爺那裏？（叫下）（小生扮校尉上，扯住副立定介）毛老爺，不要亂叫。我們的心事，怎麼樣了？到京去，還要咱們在廠爺面前講些好話的哩！（副）知道了！知道了！自然從厚。（攜手下）

【校注】

[1]吳縣：今屬江蘇蘇州。青帶：下等衙役。　　[2]校尉：指東廠的衛兵。周鄉宦：即周順昌（1584—1626），字景文，號蓼洲，吳縣人。明萬曆四十一年（1613）進士，曾任福州推官、文選司員外郎，轉吏部員外郎。因觸犯魏忠賢，被捕入獄，受酷刑而死。崇禎初贈謚忠介。《明史》卷二四五有傳。　　[3]承值：值班，聽候支使。　　[4]大阿哥：吳語兄弟稱大哥爲大阿哥。這裏指上等衙役。　　[5]書房裏：指書辦，明代衙門裏管理文書的屬吏。　　[6]苦惱子：可憐的。子，同"仔"，

吳語中的虛詞。　　[7]攮(nǎng 囊上聲):拚命吃喝。　　[8]"推託"句:殷獻臣《周吏部年譜》:"緹騎索金頗奢,公曰:'七尺之軀,今日已委若輩,即不送一文,奈我何!'"　　[9]差了瞌:即倒了霉,指派了個没有油水的苦差。　　[10]"自家"二句:舊時舞臺上燃燒松香以取得煙火效果,這裏借用其意,説魏忠賢的乾兒毛一鷺若不設法的話,咱就大鬧一場,好比放一把火,燒個嗶哩叭啦才罷休。決撒:敗露,壞事。　　[11]"上説"二句:俗語,又作"上有天堂,下有蘇杭",意謂蘇州、杭州富庶美麗,可與天堂相比。　　[12]毛一鷺:字儒初,遂安(今屬浙江)人。明萬曆三十二年(1604)進士,天啓末爲應天府巡撫兼副都御史。魏忠賢乾兒。曾於蘇州虎丘建魏忠賢生祠。　　[13]倒包:訛詐人,敲人竹杠。　　[14]廠爺:指魏忠賢(1568—1627),明天啓間任司禮秉筆太監,並掌管東廠,權勢熏天,自稱九千歲。　　[15]都老爺:原爲對都察院以上官員的稱呼。凡在外加御史衛的官員,如總督、巡撫,亦可有此稱呼。　　[16]委實:確實,實在。　　[17]開讀:欽差大臣宣讀皇帝詔書,叫開讀。　　[18]飛廉:也作蜚廉,傳説中的神鳥名,或云神獸,能傳信。這裏指傳話的吳縣差役。　　[19]貫索:原爲星名,《宋史·天文志》:"貫索九星,在七公星前,賤人之牢也。"這裏指周順昌。　　[20]寇太守:即寇慎,字禮亭,陝西人,天啓三年(1623)任蘇州太守,爲官清正。　　[21]轅下:衙署門外。古時地方官署,兩旁作木柵圍護,稱轅門。　　[22]陳知縣:即陳文瑞,字應萃,福建人,天啓五年(1625)進士,是周順昌的門生。時任吳縣縣令。
[23]王節:字貞明,吳縣人,諸生。少負氣節,工書法。魏忠賢黨徒逮捕周順昌時,王節抗言斥責毛一鷺説:"明公父子之情何篤也!"　　[24]劉羽儀:字漸子,吳縣人,諸生。魏忠賢黨徒逮捕周順昌,他與毛一鷺抗争時,言辭激烈。　　[25]銓部:古代以吏部專司銓選官員,故稱吏部爲銓部。侃侃:剛直的樣子。《論語·鄉黨》:"朝與下大夫言,侃侃如也。"朱熹《集注》:"侃侃,剛直也。"　　[26]表表:卓立特出的樣子。唐韓愈《昌黎集》卷二三《祭柳子厚文》:"富貴無能,磨滅誰記,子之自著,表表愈偉。"　　[27]蔂罹(lí 離):突然遭遇(不幸的事情)。　　[28]親炙(zhì 至):親承教化。《孟子·盡心下》:"奮乎百世之上,百世之下,聞者莫不興起也;非聖人而能若是乎?而況於親炙之者乎?"朱熹《集注》:"親近而熏炙之也。"　　[29]干係:責任。　　[30]天家:皇家。緹騎(tí jì 提寄):本指漢代執金吾(掌管京師治安的長官)手下的騎士,任務是巡察京城,捕捉人犯。因爲他們身穿橘紅色衣服,騎馬,故稱緹騎。後世用以稱呼逮捕犯人的差役。這裏指明代錦衣衛校尉,是皇宮的禁衛軍,兼管巡察緝捕。天啓時爲魏忠賢所掌握。　　[31]搭(kā 卡平聲)咤:象聲詞,形容砍頭的聲音。　　[32]難禁架:難支持,擔當不起。

（生青衣、小帽，旦、貼扮皂押上）（生）平生盡忠孝，今日任風波。（淨、丑、末擁上）周老爺且慢。我們衆百姓已稟過都爺，出疏保留了。（生拱謝介）列位素昧平生，多蒙過愛。我周順昌自矢無他[1]，料到京師，決不殞命。列位請回。（淨、丑、末）當今魏太監弄權，有天無日，決不放周爺去的。（哭，唱）

【前腔】（淨、丑、末）權璫勢焰把人摑[2]，到口便成肉鮓[3]。周老爺呵，死生交界應非耍，怎容向鬼門占卦？（老旦、小生急上）周老先生，好了！好了！晚生輩三學朋友[4]，已具公呈保留，臺駕且回尊府。晚生輩靜候撫公批允便了。（生）多謝諸兄盛情。咳！諸兄，小弟與兄俱讀聖書，君命召，駕且不俟[5]。今日奉旨來提，敢不趨赴。順昌此去，有日還蘇，再與諸兄相聚，萬分有幸了。（小生、老旦）老先生說出此言，晚生輩愈覺心痛了。（大哭介）（淨、丑、末，各抱生哭介）（小生、老旦）老先生，你看被逮諸君，那一個保全的？還是不去的是。投坑阱都成浪花，見那個得還家！

（生）列位休得悲哀。我周順昌呵——

【前腔】（生）打成草稿在唇牙，指佞庭前拚罵[6]。疊成滿腹東林話[7]，苦挣着正人聲價。諸兄日後將我周順昌呵，姑蘇志休教謬誇[8]。我祇是完臣節，死非差。

（外扮中軍上）都老爺分付開讀且緩，傳請周爺快進商議。（淨、丑、小生、老旦、末）有何商量？（外）列位且具公呈，自然要議妥出本的。（衆）出本保留，是士民公事，何消周爺自議？不要聽他！（生）列位還是放學生進去的是。（衆）不妨，料沒後門走了。（外扶生入介）（內）分付掩門。（內副掩門介）（衆）奇怪！爲何掩門起來？列位，大家守定大門，聽着裏邊聲息便了。（作互相窺聽介）（內念詔介）跪聽開讀。（衆驚介）列位，不是了！爲何開讀起來？（又聽介）（內高聲喊介）犯官上刑具。（衆怒介）益發不是了！列位，拚着性命，大家打進去！（打門介）（副扮差官執械上）咄！砍頭的，皇帝也不怕，敢來搶犯人麼？叫手下拿幾個來，一併解京去砍頭！

【前腔】（副）妖民結黨起波查[9]，倡亂蘇城獨霸。搶咱欽犯思逆駕，擒將去千刀萬剮。（衆）咳！你傳假旨，思量嚇咱！（拍胸介）我衆好漢，怎饒他！

　　（副）嘎！你這般狗頭，這等放肆，都拿來砍！都拿來砍！（作拔刀介）（淨）你這狗頭，不知死活！可曉得蘇州第一個好漢顏佩韋麼[10]？（末）可曉得真正楊家將楊念如麼？（丑、旦、貼）可曉得十三太保周老男、馬傑、沈揚麼？（副）真正是一班強盜！殺！殺！殺！（將刀砍介）（淨）衆兄弟，大家動手！（打倒副介）（副奔進介）（衆趕入打介）天花板上還有一個。（衆打進打出三次介）（二旦扛一個死屍上）打得好快活！這樣不經打的，把屍骸抛在城脚下喂狗便了。（下）（外扮寇太守扶生上）（生）老公祖，此番大閙，我周順昌倒無生路了。怎麼處？怎麼處？（外）老先生休慮。且到本府衙內，再有商量。（扶生下）（末扮陳知縣扶副上）（副）這等放肆。快走！快走！各執事不知那裏了，怎麼處？（末）執事都在前面。祇得步行前去。知縣護送老大人。（副）走，走，走！（同末下）（淨、丑、旦、貼內大喊。衆復上）還有幾個狗頭，再去打！再去打！（作趕入介）（即出介）一個人也不見了，官府也去了，連周鄉宦也不知那裏去了。怎麼處？快尋，快尋。（各奔介）

【前腔】（合）兇徒打得盡成粗[11]，倒地翻天無那[12]。遁逃没影真奇詫[13]，空察院止堪養馬。周鄉宦，深藏那家？細詳察，覓根芽[14]。

　　（共奔下）

《清忠譜》第十一折

【校注】

[1]自矢無他：發誓絶没有對不起國家的事。　　[2]璫（dāng 當）：漢代宦官充武職者的服飾。後世即以“璫”作爲宦官的代稱。撾（zhuā 抓）：敲打。　　[3]肉鮓（zhǎ 貶）：肉醬。　　[4]三學：唐時稱國子學、太學、四門學爲三學；宋代將太學分爲外、内、上三舍，也稱三學。這裏泛指學校中人。　　[5]“君命召”二句：《論語·鄉黨》：“君命召，不俟駕行矣！”意爲君王召見，不等車馬備好，立即動身。俟（sì 四）：等待。　　[6]指佞（nìng 濘）：晉張華《博物志》卷四：“堯時有屈軼草生於庭，佞人入朝，則屈而指之，一名指佞草。”後因稱識別姦僞爲指佞。　　[7]東林：

即東林黨。明萬曆二十二年(1594),吏部郎中顧憲成革職還鄉,與高攀龍、錢一本等在無錫東林書院講學,議論朝政,裁量人物,得到部分士大夫的聞風響應,時稱"東林黨"。　　[8]姑蘇志:蘇州地方志。吳王夫差曾建姑蘇臺於蘇州,故蘇州也稱姑蘇。　　[9]波查:風波,事端。　　[10]顏佩韋、楊念如、周老男、馬傑、沈揚:均爲蘇州市民。顏佩韋是商人之子;楊念如是估衣商;周老男即周文元,是周順昌的轎夫;馬傑是普通市民;沈揚是經紀人。周順昌被捕後,毛一鷺查究蘇州民變,捕殺五人。崇禎初,誅殺魏忠賢一黨,蘇州士民將五人遺骸葬於魏忠賢生祠舊址,題曰"五人墓"。明張溥爲作《五人墓碑記》。　　[11]柤(zhā 渣):山楂。《綴白裘》本作"渣"。此處原書眉批云:"自五人倡義之後,緹騎絶迹,不敢復出。"[12]無那:即無奈。奈何,急讀爲那。　　[13]逋(bū 不陰平)逃:逃亡,逃竄。奇詫:奇怪。　　[14]根芽:結果;迹象。

【集評】

　　(清)錢謙益《眉山秀題詞》:"元玉言詞滿天下,每一紙落,雞林好事者爭被管絃,如達夫、昌齡聲高當代,酒樓諸妓,咸歌其詩。元玉管花腸篆,標幟詞壇,而蘊奇不偶,每借韻人韻事譜之宮商,聊以抒其壘塊。嗚呼! 才爲世忌,千古同悲,此元玉所爲擊碎唾壺……元玉上窮典雅,下漁稗乘,既富才情,又嫻音律,殆所稱青蓮苗裔、金粟後身耶? 於今求通才於宇内,誰復雁行者?"

　　(清)吳偉業《北詞廣正譜序》:"李子元玉,好奇學古士也,其才足以上下千載,其學足以囊括藝林……以十郎之才調,效耆卿之填詞。所著傳奇數十種,即場之歌呼笑罵,以寓顯微闡幽之旨,忠孝節烈,有美斯彰,無微不著。"

洪　昇

【作者簡介】

　　洪昇(1645—1704),字昉思,號稗畦,又號稗村、南屏樵者。錢塘(今浙江杭州)人。清康熙七年(1668),赴北京,國子監肄業。二十八年,因演出《長生殿》案,被國子監除名,歸鄉不仕。四十三年六月初一,過浙江烏鎮,因酒醉墮水身亡。有《嘯月樓集》、《稗畦集》、《稗畦續集》,1992 年浙江古籍出版社出版輯校本《洪昇集》。所作戲曲十二種,今存《長生殿》傳奇、《四嬋娟》雜劇。《長生殿》全劇五十齣,寫唐明皇李隆基與貴妃楊玉環的"釵盒情緣","借太真外傳譜新詞,情而已"(《長生殿》第一齣《傳概》),作者將李隆基與楊玉環的"釵合情緣"理想化,使之昇華成爲"真心到底"的不朽至情;同時也寫出安史之亂前後唐王朝由盛而衰的歷史變遷,以之"垂戒來世"(《長生殿自序》)。劇作結構嚴謹,排場精美,"句精字妍,罔不諧叶,愛文者喜其詞,知音者賞其律,以是傳聞益遠"(吳人《長生殿序》)。

密　誓

【題解】

　　本篇選自《長生殿》第二十二齣。此齣敍演七夕之夜,唐明皇與楊貴妃在長生殿設誓:"願世世生生,共爲夫婦,永不相離。"以牛郎、織女與唐皇、楊妃相映襯,隱寓"情緣總歸虛幻"(洪昇《長生殿自序》)之旨。

【越調引子·浪淘沙】(貼扮織女[1],引二仙女上)雲護玉梭兒,巧織機絲。天宮原不着相思,報道今宵逢七夕[2],忽憶年時[3]。

　　【鵲橋仙】"纖雲弄巧,飛星傳信,銀漢秋光暗度。金風玉露一相逢,便勝卻、人間無數。柔腸似水,佳期如夢,遙指鵲橋前路。兩情若是久長時,又豈在、朝朝暮暮。"[4]吾乃織女是也。蒙上帝玉敕[5],與牛郎結爲天上夫婦[6]。年年七夕,渡河相見。今乃下界天寶十載[7],七月七夕。你看明河無浪,烏鵲將填,不免暫撤機絲,整妝而待。(內細樂扮烏鵲上,繞場飛介)(前場設一橋,烏鵲飛止橋兩邊介)(二仙女)鵲橋已駕,請娘娘渡河。(貼起行介)

【越調過曲·山桃紅】【下山虎頭】俺這裏乍抛錦字[8],暫駕香輈[9]。(合)趁碧落無雲滓[10],新凉暮颼[11]。(作上橋介)端上這橋影參差,俯映着河光净泚[12]。【小桃紅】更喜殺新月纖,華露滋,低繞着烏鵲雙飛翅也,【下山虎尾】陡覺的銀漢秋生別樣姿。(做過橋介)(二仙女)啓娘娘,已渡過河來了。(貼)星河之下,隱隱望見香煙一簇,搖颺騰空,卻是何處?(仙女)是唐天子的貴妃楊玉環,在宮中乞巧哩[13]。(貼)生受他一片誠心[14],不免同了牛郎,到彼一看。(合)天上留佳會,年年在斯,卻笑他人世情緣頃刻時。(齊下)

【校注】

[1]織女:星名。在銀河西,與河東牽牛星相對。古代傳説爲上帝之女孫,故織女星又稱天孫星。　　[2]七夕:農曆七月初七夜。傳説牽牛星與織女星在此夜相會。《文選》李善注引曹植《九詠》注:"牽牛爲夫,織女爲婦。織女、牽牛之星,各處一旁,七月七日得一會同矣。"　　[3]年時:去年。　　[4]宋秦觀《鵲橋仙》詞。其中"傳信",原作"傳恨";"銀漢秋光",原作"銀漢迢迢";"遥指鵲橋前路",原作"忍顧鵲橋歸路"。吳人評:"改古詞數字,便極工穩。臨川而後,罕見其匹。"[5]上帝:天帝。玉敕:天帝的詔書。　　[6]牛郎:牽牛星的俗稱,隔銀河與織女星相對。　　[7]天寶十載:即751年。本齣情事定爲天寶十載,與史實不符。此齣前《合圍》《偵報》等齣中所言事件,大都發生在天寶十四載(755),下一齣《陷關》則在天寶十五載(即至德元年,756)。　　[8]錦字:《晉書》卷九六《竇滔妻蘇氏傳》載,前秦秦州刺史竇滔被徙流沙,其妻蘇蕙思之,織錦爲迴文旋圖詩以贈滔,宛轉循環讀之,詞甚悽惋,共八百四十字。後稱妻寄夫之書信爲錦字。唐杜甫《江月》:"誰家挑錦字,燭滅翠眉顰。"　　[9]香輜(zī 滋):香車。　　[10]碧落:天空。雲滓:烏雲。　　[11]颸(sī 思):凉意。《宋書·樂志》四《漢鼓吹鐃歌十八曲·有所思》:"秋風蕭蕭晨風颸,東方須臾高知之。"　　[12]净泚(cǐ 此):乾净清澈。　　[13]乞巧:古時民間風俗,婦女於七月七日夜間向織女星乞求智巧,謂之"乞巧"。《荆楚歲時記》:"七月七日,爲牽牛織女聚會之夜。……是夕,人家婦女結綵縷,穿七孔針,或以金、銀、鍮石爲針,陳瓜果於庭中以乞巧。"五代和凝《宫詞》:"闌珊星斗綴珠光,七夕宫嬪乞巧忙。"　　[14]生受他:虧得他。生受,原有爲難的意思。

【商調過曲·二郎神】(二内侍挑燈,引生上)秋光静,碧沉沉輕煙送暝。雨過梧桐微做冷,銀河宛轉,纖雲點綴雙星。(内作笑聲,生聽介)順着風兒還細聽,歡笑隔花陰樹影。内侍,是那裏這般笑語?(内侍問介)萬歲爺問,那裏這般笑語?(内)是楊娘娘到長生殿去乞巧哩。(内侍回介[1])楊娘娘到長生殿去乞巧,故此笑語。(生)内侍每不要傳報,待朕悄悄前去。撤紅燈,待悄向龍墀覰個分明[2]。(虚下)
【前腔】【換頭】(旦引老旦、貼同二宫女各捧香盒、紈扇、瓶花、化生金盆上[3])宫廷,金爐篆靄[4],燭光掩映。米大蜘蛛廝抱定[5],金盤種豆[6],花枝招颭銀瓶[7]。(老旦、貼)已到長生殿中,巧筵齊備,請娘娘拈香。(作將瓶花、化生盆設桌上,老旦捧香盒,旦拈香介)妾身楊玉環,虔爇心香[8],拜告雙星,伏祈鑒祐。願釵盒情緣長久訂,(拜介)莫使做秋風扇冷[9]。(生潛上窺介)覷娉婷[10],祇見他拜倒在瑤階,暗祝聲聲。

 (老旦、貼作見生介)呀,萬歲爺到了。(旦急轉,拜生介)(生扶起介)妃子在此,作何勾當[11]?(旦)今乃七夕之期,陳設瓜果,特向天孫乞巧。(生笑介)妃子巧奪天工,何須更乞。(旦)惶愧。(生、旦各坐介)(老旦、貼同二宮女暗下)(生)妃子,朕想牽牛、織女隔斷銀河,一年纔會得一度,這相思真非容易也。

【集賢賓】秋空夜永碧漢清,甫靈駕逢迎[12],奈天賜佳期剛半頃,耳邊廂容易雞鳴。雲寒露冷,又趲上經年孤另[13]。(旦)陛下言及雙星別恨,使妾淒然。祇可惜人間不知天上的事。如打聽,決爲了相思成病。

 (做淚介)(生)呀,妃子爲何掉下淚來?(旦)妾想牛郎織女,雖則一年一見,卻是地久天長。祇恐陛下與妾的恩情,不能够似他長遠。(生)妃子説那裏話!

【黃鶯兒】仙偶縱長生,論塵緣也不恁爭[14]。百年好占風流勝,逢時對景,增歡助情,怪伊底事反悲哽[15]?(移坐近旦低介)問雙星,朝朝暮暮,爭似我和卿!

 (旦)臣妾受恩深重,今夜有句話兒……(住介)(生)妃子有話,但説不妨。(旦對生鳴咽介)妾蒙陛下寵眷,六宮無比。祇怕日久恩疎,不免白頭之歎!

【鶯簇一金羅】【黃鶯兒】提起便心疼,念寒微侍掖庭[16],更衣傍輦多榮幸。【簇御林】瞬息間,怕花老春無剩,【一封書】寵難憑。(牽生衣泣介)論恩情,【金鳳釵】若得一個久長時,死也應,若得一個到頭時,死也瞑。【皂羅袍】抵多少平陽歌舞,恩移愛更[17];長門孤寂,魂銷淚零[18],斷腸枉泣紅顏命!

 (生舉袖與旦拭淚介)妃子,休要傷感。朕與你的恩情,豈是等閒可比。

【簇御林】休心慮,免淚零,怕移時,有變更。(執旦手介)做酥兒拌蜜膠黏定,總不離須臾頃。(合)話綿藤[19],花迷月暗,分不得影和形。

　　（旦）既蒙陛下如此情濃，趁此雙星之下，乞賜盟約，以堅終始。

　　（生）朕和你焚香設誓去。（携旦行介）

【琥珀貓兒墜】（合）香肩斜靠，携手下階行。一片明河當殿橫[20]，（旦）羅衣陡覺夜涼生。（生）惟應，和你悄語低言，海誓山盟。

　　　　（生上香揖同旦福介）雙星在上，我李隆基與楊玉環，（旦合）情重恩深，願世世生生，共爲夫婦，永不相離。有渝此盟[21]，雙星鑒之。（生又揖介）在天願爲比翼鳥，（旦拜介）在地願爲連理枝。（合）天長地久有時盡，此誓綿綿無絕期[22]。（旦拜謝生介）深感陛下情重，今夕之盟，妾死生守之矣。（生携旦介）

【尾聲】長生殿裏盟私訂。（旦）問今夜有誰折證[23]？（生指介）是這銀漢橋邊，雙雙牛女星。（同下）

【校注】

[1]回：回覆。　　　[2]龍墀（chí 池）：宮廷臺階。墀，臺階。　　　[3]化生：一種蠟製的嬰孩偶像。唐代風俗，七月初七，婦女將化生放在水中，據説可以求子。《唐賢三體詩·薛能〈吳姬〉》詩：“芙蓉殿上中元日，水拍銀臺弄化生。”元釋圓至注引《唐歲時紀事》：“七夕，俗以蠟作嬰兒形，浮水中以爲戲，爲婦人宜子之祥，謂之化生。”　　　[4]篆靄：盤香的煙。篆，喻指盤香。宋秦觀《海棠春》詞：“寶篆沉煙裊。”也指盤香的煙縷。金蕭貢《擬迴文詩》：“風幌半縈香篆細。”　　　[5]“米大”句：唐代風俗，七月初七，將蟢子（蜘蛛）捉在小盒子裏，第二天早上，看蛛網多少，多的，乞來的巧就多。厮：相。抱定：捉住。　　　[6]金盤種豆：種豆即種生。宋孟元老《東京夢華録·七夕》：“七月七夕……又以菉豆、小豆、小麥於磁器内，以水浸之，生芽數寸，以紅藍綵縷束之，謂之種生。”元白樸《梧桐雨》第一折：“小小金盆種五生，供養着鵲橋會丹青幛。”　　　[7]招颭（zhǎn 展）：招展。　　　[8]爇（ruò若）：燒。心香：比喻虔誠的心意，如同供佛時焚香。　　　[9]秋風扇冷：比喻婦女被棄。漢班婕妤《怨歌行》：“常恐秋節至，涼風奪炎熱。棄捐篋笥中，恩情中道絕。”　　　[10]娉（pīng 乒）婷：形容女子的姿態美，借指美女。宋陳師道《放歌行》：“春風永巷閉娉婷。”這裏指楊貴妃。　　　[11]勾當：事情。　　　[12]甫：剛纔。靈駕：神仙的車輛。逢迎：迎接，接待。　　　[13]趕上：趕上。經年：一整年。孤另：孤獨。《西廂記》二本二折：“天生聰俊，打扮素净，奈夜夜成孤另。”　　　[14]塵緣：指自己與貴妃的戀情。不怎争：差不了多少。　　　[15]伊：你。元宫大用《范張雞黍》第三折：“早知你病在膏肓，我可便捨性命將伊救。”底事：何以，爲什

麼。宋辛棄疾《南歌子·山中夜坐》："試問清溪,底事未能平?"　　[16]寒微:家貧地位低微。掖庭:宮中旁舍,妃嬪居住的地方。　　[17]"抵多少"二句:漢武帝皇后衛子夫,原爲平陽公主歌女,在公主家得幸後,一年多没見到武帝。後來又有寵,封爲皇后。多年之後,以年老色衰而失寵。抵:勝過。　　[18]"長門"二句:《漢書》卷九七上《外戚傳》及司馬相如《長門賦序》記載,漢武帝陳皇后被貶居長門宮,愁悶悲思。後奉黄金百斤,囑司馬相如作賦,始得復幸。　　[19]綿藤:纏繞不斷,這裏比喻情話綿綿不斷。　　[20]明河:銀河。　　[21]渝:改變,違背。[22]"在天"四句:語出唐白居易《長恨歌》。　　[23]折證:作證。

【越調過曲·山桃紅】(小生扮牽牛,雲中、仙衣,同貼引仙女上)祇見他誓盟密矢[1],拜禱孜孜[2],兩下情無二,口同一辭。(小生)天孫,你看唐天子與楊玉環,好不恩愛也!悄相偎,倚着香肩,没些縫兒。我與你既締天上良緣,當作情場管領[3]。況他又向我等設盟,須索與他保護[4]。見了他戀比翼,慕并枝,願生生世世情真至也,合令他長作人間風月司[5]。(貼)祇是他兩人劫難將至,免不得生離死別。若果後來不背今盟,決當爲之綰合。(小生)天孫言之有理。你看夜色將闌,且回斗牛宫去。(携貼行介)(合)天上留佳會,年年在斯,卻笑他人世情緣頃刻時!

何用人間歲月催[6],羅鄴　星橋横過鵲飛迴[7]。李商隱

莫言天上稀相見[8],李郢　没得心情送巧來[9]。羅隱

《長生殿》第二十二齣

【校注】

[1]矢:發誓。　　[2]孜孜:勤勉不怠。　　[3]情場管領:管領情事的神仙。[4]須索:必須。　　[5]合:應該。風月司:管領風月情事之人。　　[6]"何用"句:見羅鄴《下第》(《全唐詩》卷六五四)。　　[7]"星橋"句:見李商隱《七夕》(《全唐詩》卷五三九)。　　[8]"莫言"句:見趙璜《七夕詩》(《全唐詩》卷五四二,題下注:"一作李郢詩。"原作"莫嫌天上稀相見")。　　[9]"没得"句:見羅隱《七夕》(《全唐詩》卷六六三)。

【集評】

　　(清)梁廷枏《曲話》卷三:"錢塘洪昉思撰《長生殿》,爲千百年來曲中巨擘。以

絕好題目,作絕大文章,學人、才人,一齊俯首。自有此曲,毋論《驚鴻》、《綵毫》空慚形穢,即白仁甫《秋夜梧桐雨》亦不能穩佔元人詞壇一席矣。如《定情》、《絮閣》、《窺浴》、《密誓》數折,俱能細針密綫,觸緒生情,然以細意熨貼爲之,猶可勉强學步;讀至《彈詞》第六、七、八、九轉,鐵撥銅琶,悲涼慷慨,字字傾珠玉而出,雖鐵石人能不爲之斷腸,爲之下淚!筆墨之妙,其感人一至於此,真觀止矣!"

　　王季烈《螾廬曲談》卷二《論作曲》:"《長生殿》全部傳奇,共五十折……其選擇宮調,分配角色,佈置劇情,務使離合悲歡,錯綜參伍,搬演者無勞逸不均之慮,觀聽者覺層出不窮之妙,自來傳奇排場之勝,無過於此。"

驚　　變

【題解】

　　本篇選自《長生殿》第二十四齣。此齣構思,出自於白居易《長恨歌》詩句"漁陽鼙鼓動地來,驚破霓裳羽衣曲",和白樸《梧桐雨》雜劇第二折。此齣是《長生殿》劇情發展的大關目,可分爲前後兩部分:由開場至第一支【南撲燈蛾】曲,在演唱時通稱"小宴",敍演唐明皇與楊貴妃在御花園縱情聲樂美酒;其後至【南尾聲】曲,敍演安禄山叛亂消息傳來,唐明皇決定倉皇逃離長安。此齣生動地描寫了唐明皇沉溺聲色、疏於國事的行徑,揭露出統治者縱情享樂與國家變亂之間的内在聯繫。洪昇自稱:"古今來逞侈心而窮人欲,禍敗隨之","樂極哀來,垂戒來世,意即寓焉"(《長生殿自序》)。此齣前後兩部分,一熱一冷,對比鮮明;描繪楊貴妃的婉轉醉態和唐明皇的驚慌失措,皆細膩入微,逼真傳神。

　　(丑上)"玉樓天半起笙歌,風送宮嬪笑語和[1]。月殿影開聞夜漏,水晶簾捲近秋河[2]。"咱家高力士[3],奉萬歲爺之命,着咱在御花園中安排小宴,要與貴妃娘娘同來游賞[4],祇得在此伺候。(生、旦乘輦[5],老旦、貼隨後,二内侍引,行上)

【北中吕粉蝶兒】[6]天淡雲閒,列長空數行新雁。御園中秋色斕斑:柳添黄,蘋減緑,紅蓮脱瓣。一抹雕闌,噴清香桂花初綻。

　　(到介)(丑)請萬歲爺娘娘下輦。(生、旦下輦介)(丑同内侍暗下)(生)妃子,朕與你散步一回者。(旦)陛下請。(生攜旦手介)(旦)

【南泣顏回】攜手向花間，暫把幽懷同散。涼生亭下，風荷映水翩翻[7]。愛桐陰静悄，碧沉沉並繞迴廊看。戀香巢秋燕依人，睡銀塘鴛鴦蘸眼[8]。

　　（生）高力士，將酒過來，朕與娘娘小飲數杯。（丑）宴已排在亭上，請萬歲爺娘娘上宴。（旦作把盞，生止住介）妃子坐了。

【北石榴花】不勞你玉纖纖高捧禮儀煩，子待借小飲對眉山[9]。俺與你淺斟低唱互更番，三杯兩盞，遣興消閒。妃子，今日雖是小宴，倒也清雅。回避了御廚中，回避了御廚中烹龍炰鳳堆盤案[10]，咿咿啞啞樂聲催趲[11]。祇幾味脆生生，祇幾味脆生生蔬和果清餚饌，雅稱你仙肌玉骨美人餐[12]。

　　妃子，朕與你清游小飲，那些梨園舊曲[13]，都不耐煩聽他。記得那年在沉香亭上賞牡丹[14]，召翰林李白草《清平調》三章[15]，令李龜年度成新譜[16]，其詞甚佳。不知妃子還記得麼？（旦）妾還記得。（生）妃子可爲朕歌之，朕當親倚玉笛以和。（旦）領旨。（老旦進玉笛，生吹介）（旦按板介）

【南泣顏回】【換頭】[17]花繁，穠艷想容顏。雲想衣裳光璨，新妝誰似，可憐飛燕嬌懶[18]。名花國色，笑微微常得君王看。向春風解釋春愁，沉香亭同倚闌干。

　　（生）妙哉，李白錦心，妃子繡口[19]，真雙絶矣。宫娥，取巨觴來，朕與妃子對飲。（老旦、貼送酒介）（生）

【北鬥鵪鶉】暢好是喜孜孜駐拍停歌[20]，喜孜孜駐拍停歌，笑吟吟傳杯送盞。妃子乾一杯。（作照乾介）不須他絮煩煩射覆藏鈎[21]，鬧紛紛彈絲弄板。（又作照杯介）妃子，再乾一杯。（旦）妾不能飲了。（生）宫娥每，跪勸。（老旦、貼）領旨。（跪旦介）娘娘，請上這一杯。（旦勉飲介）（老旦、貼作連勸介）（生）我這裏無語持觴仔細看，早子見花一朵上腮間。（旦作醉介）妾真醉矣。（生）一會價軟咍咍柳嚲花欹[22]，軟咍咍柳嚲花欹，困騰騰鶯嬌燕懶。

　　妃子醉了，宫娥每，扶娘娘上輦進宫去者。（老旦、貼）領旨。（作扶旦起介）（旦作醉態呼介）萬歲！（老旦、貼扶旦行）（旦作醉態介）

【南撲燈蛾】態懨懨輕雲軟四肢^[23]，影濛濛空花亂雙眼。嬌怯怯柳腰扶難起，困沉沉强擡嬌腕。軟設設金蓮倒褪^[24]，亂鬆鬆香肩嚲雲鬟。美甘甘思尋鳳枕，步遲遲倩宮娥擁入繡幃間。

　　　　（老旦、貼扶旦下）

【校注】

[1]嬪：皇宮中的女官。這裏指宮女。　　　　[2]秋河：銀河。　　　　[3]高力士（684—762）：爲唐明皇最寵信的宦官，任右監門衛將軍，知內侍省事。天寶七載（748）加驃騎大將軍，從一品。新、舊《唐書》有傳。　　　　[4]貴妃：指楊玉環（719—756）。史載，開元二十三年（735）册爲唐明皇之子壽王李瑁的妃子。後爲唐明皇佔爲己有，天寶四載（745）册爲貴妃。　　　　[5]輦（niǎn 碾）：古時帝王乘坐的車。　　　　[6]此曲本白樸《梧桐雨》第二折【中呂粉蝶兒】：“天淡雲閒，列長空數行征雁。御園中夏景初殘，柳添黃，荷減翠，秋蓮脫瓣。坐近幽蘭，噴清香玉簪花綻。”又傳奇多用南曲，兼採南北合套，此齣套曲即是。凡生所唱，多係北曲，旦所唱，則爲南曲，間有變異。　　　　[7]風荷：宋周邦彦《蘇幕遮》詞：“葉上初陽乾宿雨，水面清圓，一一風荷舉。”　　　　[8]蘸（zhàn 湛）眼：耀眼，招眼，引人注目。[9]子待：祇待，祇要。眉山：古時女性將眉毛描成遠山模樣，稱遠山眉。此處泛指眉毛。此句與前句暗合“舉案齊眉”典故。　　　　[10]烹龍炰（páo 袍）鳳：指名貴的菜餚。唐李賀《將進酒》：“烹龍炰鳳玉脂泣，羅幃繡幕圍香風。”炰，同“炮”。盤案：盛菜的器具。　　　　[11]催趲（zǎn 贊上聲）：催促。　　　　[12]雅稱：非常適合，很配得上。雅，甚，很。　　　　[13]梨園：唐玄宗時教練宮廷歌舞藝人的場所，設在蓬萊宮旁宜春院內。《新唐書·禮樂志》：“玄宗既知音律，又酷愛法曲，選坐部伎子弟三百，教於梨園。”　　　　[14]沉香亭：長安興慶宮中亭名。　　　　[15]“召翰林李白”句：宋樂史《楊太真外傳》載，時禁中重木芍藥（即牡丹），“上因移植於興慶池東沉香亭前，會花方繁開，上乘照夜白，妃以步輦從。詔選梨園弟子中尤者，得樂十六色。李龜年以歌擅一時之名，手捧檀板，押衆樂前，將欲歌之。上曰：‘賞名花，對妃子，焉用舊樂詞爲？’遽命龜年持金花箋，宣賜翰林學士李白，立進《清平樂》詞三篇。”《清平調》：即《清平樂》，樂曲宮調中的一種調名。　　　　[16]李龜年：唐代著名音樂家，善演奏，能作曲，在玄宗的梨園中供職。度成新曲：即作成新曲。[17]【泣顏回】正格八句，換頭格較正格多首句二字句，並叶韻。此曲齃括李白《清平樂》三首，其一：“雲想衣裳花想容，春風拂檻露華濃。若非群玉山頭見，會向瑤台月下逢。”其二：“一枝紅艷露凝香，雲雨巫山枉斷腸。借問漢宮誰得似？可憐飛

燕倚新妝。"其三:"名花傾國兩相歡,長得君王帶笑看。解釋春風無限恨,沉香亭北倚闌干。"　　　[18]飛燕:即漢成帝的皇后趙飛燕,以身輕色美著稱。　　　[19]錦心繡口:形容優美的文思和文辭。唐柳宗元《乞巧文》:"駢四儷六,錦心繡口。"語本唐李白《冬日於龍門送從弟京兆參軍令問之淮南覲省序》:"常醉目吾曰:'兄心肝五藏,皆錦繡耶! 不然,何開口成文,揮翰霧散?'"　　　[20]暢好是:正好是。
[21]絮煩煩:因過多和重複而感到厭煩。射覆:類似猜字謎的一種酒令。藏鈎:猜東西藏在誰那兒的一種游戲。《藝經》:"臘日飲祭之後,叟嫗兒童爲藏鈎之戲,分爲二曹,以校勝負。"　　　[22]一會價:一會兒。軟咍(hāi 害平聲)咍:軟綿綿。嚲(duǒ 朵):下垂。敧(qī 期):同"攲",歪斜。　　　[23]懨懨:形容精神疲乏的樣子。　　　[24]金蓮:形容婦女纖細之足。

　　　(丑同内侍暗上)(内擊鼓介)(生驚介)何處鼓聲驟發? (副净急上)[1]"漁陽鼙鼓動地来,驚破霓裳羽衣曲。"[2](問丑介)萬歲爺在那裏? (丑)在御花園内。 (副净)軍情緊急,不免逕入。 (進見介)陛下,不好了。安禄山起兵造反[3],殺過潼關[4],不日就到長安了。 (生大驚介)守關將士何在? (副净)哥舒翰兵敗[5],已降賊了。 (生)

【北上小樓】呀,你道失機的哥舒翰,稱兵的安禄山,赤緊的離了漁陽[6],陷了東京[7],破了潼關。唬得人膽戰心搖,唬得人膽戰心搖,腸慌腹熱,魂飛魄散,早驚破月明花粲。

　　　卿有何策,可退賊兵? (副净)當日臣曾再三啓奏,禄山必反,陛下不聽,今日果應臣言。事起倉卒,怎生抵敵? 不若權時幸蜀,以待天下勤王[8]。 (生)依卿所奏。快傳旨,諸王百官,即時隨駕幸蜀便了。 (副净)領旨。 (急下)(生)高力士,快些整備軍馬。傳旨令右龍武將軍陳元禮,統領羽林軍士三千[9],扈駕前行[10]。 (丑)領旨。 (下)(内侍)請萬歲爺回宮。 (生轉行欷介)唉,正爾歡娱,不想忽有此變,怎生是了也!

【南撲燈蛾】穩穩的宮庭宴安,擾擾的邊庭造反。冬冬的鼙鼓喧,騰騰的烽火𤄃[11]。的溜撲碌臣民兒逃散[12],黑漫漫乾坤覆翻,磣磕磕社稷摧殘[13],磣磕磕社稷摧殘。當不得蕭蕭颯颯西風送晚,黲黲的一輪落日冷長安。

（向内問介）宮娥每，楊娘娘可曾安寢？（老旦、貼内應介）已睡熟了。（生）不要驚他，且待明早五鼓同行。（泣介）天那，寡人不幸，遭此播遷，累他玉貌花容，驅馳道路。好不痛心也！

【南尾聲】在深宮兀自嬌慵慣，怎樣支吾蜀道難[14]！（哭介）我那妃子呵，愁殺你玉軟花柔，耍將途路趲[15]。

　　　　宮殿參差落照間[16]，盧綸　　漁陽烽火照函關[17]。吴融
　　　　遏雲聲絕悲風起[18]，胡曾　　何處黄雲是隴山[19]。武元衡

《長生殿》第二十四齣

【校注】

[1]副净：扮楊國忠。國忠原名釗，楊玉環從祖兄。楊氏册爲貴妃後八年，始任右相兼文部尚書，後進位司空。　　[2]"漁陽"二句：語出唐白居易《長恨歌》。漁陽：在今天津薊縣一帶。霓裳羽衣曲：唐代舞曲名。傳説是由唐玄宗游月宫時暗中記下，回宫後譜出流傳的。其實此曲是以當時西域音樂略參以清商樂譜成的，或許經過玄宗的改編。　　[3]安禄山：唐營州柳城（今遼寧朝陽南）人。玄宗時爲平盧、范陽、河東三節度使。天寶十四載（755），起兵叛亂，破潼關，入長安，大肆殺掠。至德二載（757），其子慶緒謀奪帝位，殺死安禄山。　　[4]潼關：關名，在陝西潼關縣，當陝西、山西、河南三地要衝，歷來爲兵家必爭之地。　　[5]哥舒翰：唐大將，突厥人，被封爲平西郡王。安禄山叛亂時，受命爲兵馬大元帥，統軍二十萬守潼關。兵敗被俘，囚於洛陽。至德三載（758），在安慶緒兵敗撤退時被殺。[6]赤緊的：迅速地。　　[7]東京：指洛陽。西漢都長安，東漢都洛陽，時有西京、東京之稱，唐沿用不變。　　[8]勤王：朝廷有難，起兵救援。　　[9]羽林軍：皇帝的禁衛軍。　　[10]扈駕：隨駕。　　[11]黳（yān 煙）：黑色。　　[12]的溜撲碌：即滴溜撲碌，形容摔跌的聲音。　　[13]磣（cǎn 慘）磕磕：或作磣可可，非常悲慘。磣，通"慘"。　　[14]支吾：此處意爲應付，捱過。白樸《梧桐雨》第二折："端詳了你上馬嬌，怎支吾蜀道難！"　　[15]趲：趕。　　[16]"宮殿"句：見明朱樸《擬少陵秋興八首》其七（《西村詩集》卷下）。原注盧綸，誤。　　[17]"漁陽"句：見唐吴融《華清宫四首》其二（《全唐詩》卷六八五）。　　[18]"遏雲"句：見胡曾《銅雀臺》（《全唐詩》卷六四七）。遏雲：即響遏行雲，指高亢而響亮的樂聲，能使行雲停頓。　　[19]"何處"句：見武元衡《送李侍御之鳳翔》（宋洪邁《萬首唐人絕句》卷三二）。隴山：在陝西、甘肅一帶。由長安往成都，經隴山東麓而南行。

【集評】

　　（清）吳人《長生殿·驚變》眉批：“從前宴賞，無非華筵麗景。此折花園小宴，後曲所敍，皆一派蕭疏秋色。《密誓》已動憂端，《驚變》兆於衰颯矣。”“一語一呼，聲情宛轉……寫一幅醉態楊妃圖也。演者須着意摹擬醉態入神，若草草了之，便索然矣。”

孔尚任

【作者簡介】

　　孔尚任（1648—1718），字季重、聘之，號東塘、雲亭山人、岸堂。曲阜（今屬山東）人，爲孔子六十四代後裔。屢應鄉試不第，捐納國子監生。清康熙二十三年（1684），受康熙皇帝褒獎，任命爲國子監博士，官至户部員外郎。康熙三十九年三月，因故罷職，歸鄉終老。著有《石門山集》、《湖海集》、《岸堂稿》、《長留集》等，1962 年中華書局出版輯校本《孔尚任詩文集》。所創作傳奇有《桃花扇》、《小忽雷》。又編輯《孔子世家譜》、《闕里新志》、《平陽府志》、《萊州府志》等。《桃花扇》是一部“借離合之情，寫興亡之感”的歷史名劇，以復社名士侯方域與秦淮妓女李香君悲歡離合的愛情故事，展示了明末至南明時期王朝興亡的歷史。全劇藝術結構極爲精到，人物設置別出心裁，“寫南朝人物，字字繪水繪聲”（梁廷枏《曲話》卷三），曲詞典雅，説白整練。

卻　　奩　癸未三月

【題解】

　　本篇選自《桃花扇》第七齣。故事發生在癸未年（崇禎十六年，1643），即明亡前一年。該齣寫閹黨餘孽阮大鋮爲了結交侯方域，暗中出資，託友人楊文聰促成侯、李的結合，以達到其欺世盜名的目的。實情暴露後，侯方域一時動搖，而李香君則態度堅決，不畏權勢，不屈利誘，拒絕阮大鋮贈送的妝奩，拔簪脱衫，拒斥姦黨，表現出不與邪惡勢力同流合污的高風亮節。李香君出污泥而不染，以政治爲節操，這種高尚的政治品質與鮮明的政治態度，同以往文學作品中的佳人形象迥然有別。

（雜扮保兒掇馬桶上）龜尿龜尿，撒出小龜；鱉血鱉血，變成小鱉。龜尿鱉血，看不分別；鱉血龜尿，說不清白。看不分別，混了親爹；說不清白，混了親伯[1]。（笑介）胡鬧，胡鬧！昨日香姐上頭[2]，亂了半夜；今日早起，又要刷馬桶，倒溺壺，忙個不了。那些孤老、表子[3]，還不知摟到幾時哩。（刷馬桶介）

【夜行船】（末）人宿平康深柳巷[4]，驚好夢門外花郎。繡户未開，簾鈎才響，春陽十層紗帳。

下官楊文驄[5]，早來與侯兄道喜。你看院門深閉，侍婢無聲，想是高眠未起。（喚介）保兒，你到新人窗外，說我早來道喜。（雜）昨夜睡遲了，今日未必起來哩。老爺請回，明日再來罷。（末笑介）胡說！快快去問。（小旦内問介[6]）保兒！來的是那一個？（雜）是楊老爺道喜來了。（小旦忙上）倚枕春宵短，敲門好事多。（見介）多謝老爺，成了孩兒一世姻緣。（末）好說。（問介）新人起來不曾？（小旦）昨晚睡遲，都還未起哩。（讓坐介）老爺請坐，待我去催他。（末）不必，不必。（小旦下）

【步步嬌】（末）兒女濃情如花釀，美滿無他想，黑甜共一鄉[7]。可也虧了俺幫襯，珠翠輝煌，羅綺飄蕩，件件助新妝，懸出風流榜。

（小旦上）好笑，好笑！兩個在那裏交扣丁香[8]，並照菱花[9]，梳洗纔完，穿戴未畢。請老爺同到洞房，喚他出來，好飲扶頭卯酒[10]。（末）驚卻好夢，得罪不淺。（同下）

【校注】

[1]"龜尿"十二句：這是一段科諢，嘲笑嫖客是王八，胡來亂搞，連小便裏也有許多分不清父親、親屬的小王八。龜、鱉：俗稱"王八"，此處喻指嫖客。　　　[2]上頭：舊時女子結婚，髮飾須作成人裝束，把頭髮攏上去，結爲髮髻，叫做"上頭"。這裏指娼家妓女頭一次接客，也叫梳攏。　　　[3]孤老：妓女稱長期固定的客人。表子：即妓女。　　　[4]平康、柳巷：泛指妓院。平康，唐代長安里名，妓女聚居之處。柳巷，俗稱妓院聚集的地方爲花街柳巷。　　　[5]楊文驄（1597—1645）：字龍友，貴陽（今屬貴州）人。舉於鄉，崇禎時官江寧知縣。南明弘光朝擢右僉都御史，巡撫常、鎮二府。清兵渡江南下後，從明宗室唐王起兵，拜兵部右侍郎，兼右僉都御

史,後兵敗被殺。事迹見《明史》卷二七七。　　　[6]小旦:戲曲角色名,扮李貞麗,字澹如,明末秦淮名妓,李香君的假母。繆荃孫《秦淮廣記》:"李貞麗,字澹如,桃葉妓。有俠氣,一夜博輸,千金略盡。所交接皆當世豪傑,尤與陳貞慧善。李香君之假母也。"　　　[7]黑甜:酣睡。語本宋蘇軾《發廣州》詩:"三杯軟飽後,一枕黑甜餘。"蘇軾自注:"俗謂睡爲黑甜。"後因稱酣睡中的境界爲"黑甜鄉"。
[8]丁香:即丁香結,丁香的花蕾。這裏借指衣服的紐扣。　　　[9]菱花:代稱鏡子。古代銅鏡的背面大多鏤鑄菱花圖案,因此常用菱花代指鏡子。　　　[10]扶頭:即扶頭酒,易醉之酒。唐白居易《早飲湖州酒寄崔使君》詩:"一榼扶頭酒,泓澄瀉玉壺。"省作"扶頭",唐姚合《答友人招游》詩:"賭棋招敵手,沽酒自扶頭。"卯酒:早晨卯時前後飲的酒。卯,卯時,早晨五時至七時。

（生、旦艷妝上）

【沉醉東風】（生、旦）這雲情接着雨況[1],剛搔了心窩奇癢,誰攪起睡鴛鴦。被翻紅浪,喜匆匆滿懷歡暢。枕上餘香,帕上餘香,消魂滋味,才從夢裏嘗。

　　（末、小旦上）（末）果然起來了,恭喜,恭喜!（一揖,坐介）（末）昨晚催妝拙句[2],可還說的入情麽?（生揖介）多謝!（笑介）妙是妙極了,祇有一件。（末）那一件?（生）香君雖小,還該藏之金屋[3]。（看袖介）小生衫袖,如何着得下?（俱笑介）（末）夜來定情,必有佳作。（生）草草塞責,不敢請教。（末）詩在那裏?（旦）詩在扇頭[4]。（旦向袖中取出扇介）（末接看介）是一柄白紗宮扇。（嗅介）香的有趣。（吟詩介）妙,妙!祇有香君不愧此詩。（付旦介）還收好了。（旦收扇介）

【園林好】（末）正芬芳桃香李香,都題在宮紗扇上;怕遇着狂風吹蕩,須緊緊袖中藏,須緊緊袖中藏。

　　（末看旦介）你看香君上頭之後,更覺艷麗了。（向生介）世兄有福,消此尤物[5]。（生）香君天姿國色,今日插了幾朵珠翠,穿了一套綺羅,十分花貌,又添二分,果然可愛。（小旦）這都虧了楊老爺幫襯哩。

【江兒水】送到纏頭錦[6],百寶箱,珠圍翠繞流蘇帳[7],銀燭籠紗通宵亮,金杯勸酒合席唱。今日又早早來看,恰似親生自養,陪了妝奩,又早敲門來望。

【校注】

[1]雲情雨況:指男女歡合時的情景。語本戰國楚宋玉《高唐賦序》言楚王夢與神女相會高唐,神女自謂"旦爲行雲,暮爲行雨"。　　　[2]"昨晚"句:事見《桃花扇》第六齣《眠香》。楊龍友贈詩云:"生小傾城是李香,懷中婀娜袖中藏。緣何十二巫峰女,夢裏偏來見楚王。"　　　[3]金屋:指華麗精美的房屋。據《漢武故事》記載,漢武帝作太子時,長公主(武帝的姑母)想將女兒阿嬌嫁給他,武帝答道:"若得阿嬌,當作金屋貯之。"後用"金屋藏嬌"泛指女子受到寵愛。　　　[4]詩在扇頭:指侯方域題於扇上的定情詩:"夾道朱樓一徑斜,王孫初御富平車。青溪儘是辛夷樹,不及東風桃李花。"事見《桃花扇》第六齣《眠香》。　　　[5]尤物:特出的人物,多指美貌的女子。語本《左傳·昭公二十八年》:"夫有尤物,足以移人。"[6]纏頭:古時歌舞的人把錦帛纏在頭上作妝飾,叫"纏頭"。這裏指贈送給妓女的財物。　　　[7]流蘇:彩色絲絨或羽毛做的垂飾。

　　(旦)俺看楊老爺,雖是馬督撫至親[1],卻也拮据作客,爲何輕擲金錢,來填煙花之窟?在奴家受之有愧,在老爺施之無名;今日問個明白,以便圖報。(生)香君問得有理,小弟與楊兄萍水相交[2],昨日承情太厚,也覺不安。(末)既蒙問及,小弟祇得實告了。這些妝奩酒席,約費二百餘金,皆出懷寧之手[3]。(生)那個懷寧?(末)曾做過光祿的阮圓海。(生)是那皖人阮大鋮麼?(末)正是。(生)他爲何這樣周旋?(末)不過欲納交足下之意。
【五供養】(末)羨你風流雅望,東洛才名,西漢文章[4]。逢迎隨處有,爭看坐車郎[5]。秦淮妙處,暫尋個佳人相傍,也要些鴛鴦被、芙蓉妝;你道是誰的,是那南鄰大阮[6],嫁衣全忙。
　　(生)阮圓老原是敝年伯[7],小弟鄙其爲人,絕之已久。他今日無故用情,令人不解。(末)圓老有一段苦衷,欲見白於足下。(生)請教。(末)圓老當日曾游趙夢白之門[8],原是吾輩。後來結交魏黨[9],祇爲救護東林[10],不料魏黨一敗,東林反與之水火。近日復社諸生[11],倡論攻擊,大肆毆辱,豈非操同室之戈乎[12]?圓老故交雖多,因其形跡可疑,亦無人代爲分辯。每日向天大哭,

說道："同類相殘，傷心慘目，非河南侯君，不能救我。"所以今日
諄諄納交。（生）原來如此，俺看圓海情辭迫切，亦覺可憐。就便
真是魏黨，悔過來歸，亦不可絕之太甚，況罪有可原乎？定生、次
尾[13]，皆我至交，明日相見，即為分解。（末）果然如此，吾黨之
幸也。（旦怒介）官人是何說話！阮大鋮趨附權姦，廉恥喪盡；婦
人女子，無不唾罵。他人攻之，官人救之，官人自處於何等也？

【川撥棹】不思想，把話兒輕易講。要與他消釋災殃，要與他消釋災
殃，也提防旁人短長[14]。官人之意，不過因他助俺妝奩，便要徇私廢
公；那知道這幾件釵釧衣裙，原放不到我香君眼裏。（拔簪脫衣介）脫
裙衫，窮不妨；布荊人[15]，名自香。

（末）阿呀！香君氣性，忒也剛烈[16]。（小旦）把好好東西，都丟
一地，可惜，可惜！（拾介）（生）好，好，好！這等見識，我倒不如，
真乃侯生畏友也[17]。（向末介）老兄休怪，弟非不領教，但恐為
女子所笑耳。

【前腔】（生）平康巷，他能將名節講；偏是咱學校朝堂，偏是咱學校朝
堂，混賢姦不問青黃[18]。那些社友平日重俺侯生者，也祇為這點義
氣；我若依附姦邪，那時群起來攻，自救不暇，焉能救人乎？節和名，
非泛常；重和輕，須審詳。

（末）圓老一段好意，也還不可激烈。（生）我雖至愚，亦不肯從井
救人[19]。（末）既然如此，小弟告辭了。（生）這些箱籠，原是阮
家之物，香君不用，留之無益，還求取去罷。（末）正是"多情反被
無情惱[20]，乘興而來興盡還[21]"。（下）（旦惱介）（生看旦介）俺
看香君天資國色，摘了幾朵珠翠，脫去一套綺羅，十分容貌，又添
十分，更覺可愛。（小旦）雖如此說，捨了許多東西，到底可惜。

【尾聲】金珠到手輕輕放，慣成了嬌癡模樣，辜負俺辛勤做老娘。

（生）些須東西，何足掛念，小生照樣賠來。（小旦）這等纔好。

（小旦）花錢粉鈔費商量， （旦）裙布釵荊也不妨。

（生）祇有湘君能解佩[22]， （旦）風標不學世時妝[23]。

《桃花扇》第七齣

【校注】

[1]馬督撫:即馬士英,字瑶草,貴陽(今屬貴州)人。明萬曆四十七年(1619)進士,明末任鳳陽督撫。南明弘光時任東閣大學士。清兵攻破南京,逃往嚴州,清順治三年(1646)爲清兵所殺。事迹見《明史》卷三〇八。　　　[2]萍水相交:以浮萍在水面漂流,比喻偶然相遇、交情淺短的朋友。　　　[3]懷寧:即阮大鋮(1587—1646),字集之,號圓海、石巢,別署百子山樵,懷寧(今屬安徽)人。明萬曆四十四年(1616)進士,官至户部給事中。崇禎元年(1628)任光禄卿,以附魏忠賢罪削職爲民,流寓南京(今屬江蘇),詩酒自娱。南明時復起用,任兵部尚書,後降清,從攻仙霞嶺,觸石死。《明史》卷三〇八有傳。　　　[4]"東洛"二句:比喻侯方域才名大,文章好。東洛才名:暗用西晉時左思寫《三都賦》,一時人競傳抄,以致洛陽紙貴的故事,見《晉書·文苑傳》。西漢文章:指西漢時司馬遷、司馬相如等著名文人的作品。　　　[5]爭看坐車郎:《裴子語林》載,晉潘岳貌美,每坐車出游,婦女競相爭看,擲果滿車。這裏以"坐車郎"代指侯方域。　　　[6]南鄰大阮:西晉阮籍、阮咸叔侄,並有文名,時以大、小阮稱之,事見《晉書·阮咸傳》。這裏以大阮借指阮大鋮。　　　[7]年伯:父親的同年,稱年伯。阮大鋮是侯方域父親侯恂的同年。
[8]趙夢白:即趙南星(1550—1627),字夢白,號儕鶴,高邑(今屬河北)人,萬曆二年(1574)進士,官至吏部尚書。因得罪魏忠賢,被貶到代州而死,謚稱忠毅。
[9]魏黨:指魏忠賢閹黨。魏忠賢(1568—1627),河間肅寧(今屬河北)人,宦官,明萬曆中選入宫,泰昌元年(1620)任司禮秉筆太監,後兼掌東廠。天啓五年(1625)興大獄,殺東林黨人。崇禎帝即位後,黜職,後懼罪自縊。　　　[10]東林:即東林黨。明萬曆二十二年(1594),吏部郎中顧憲成革職還鄉,與高攀龍、錢一本等在無錫東林書院講學,議論朝政,裁量人物,得到部分士大夫的聞風響應,時稱"東林黨"。　　　[11]復社:明末江南士大夫的政治集團。成立於崇禎初年,以張溥等爲首。順治九年(1652),復社被清政府取締。　　　[12]操同室之戈:本指兄弟間自相殘殺,這裏意指同類人自相攻擊。　　　[13]定生:即陳貞慧(1604—1656),字定生,宜興(今屬江蘇)人。次尾:即吳應箕(1594—1645),字次尾,貴池(今屬安徽)人。二人是復社後期名士。　　　[14]旁人短長:意指旁人評論。　　　[15]布荆:即布衣、荆釵,普通婦女的衣着打扮。　　　[16]忒:過於,太。　　　[17]畏友:指方正剛直,敢於當面批評朋友的人。因被朋友所敬畏,故稱畏友。　　　[18]不問青黄:不管是非黑白。　　　[19]從井救人:比喻做好事不顧後果,於人無益,於己有害。語本《論語·雍也》:"仁者,雖告之曰:'井有仁焉。'其從之也?"　　　[20]"多情"句:語本宋蘇軾《蝶戀花》詞:"多情卻被無情惱。"　　　[21]"乘興"句:出自宋范成大《巾子山又雨》詩。《世說新語·任誕》載,東晉王子猷雪夜乘船,前往剡溪

訪問朋友戴安道,將至而返回,人問其故,他説:"吾本乘興而行,興盡而返,何必見戴?" [22]湘君解佩:語本《楚辭·九歌·湘君》:"遺余佩兮澧浦。"這裏以湘君代指李香君,以解佩代指卻奩。 [23]世時妝:流行的時髦妝扮。

【集評】

(清)劉中柱《桃花扇跋》:"一部傳奇,描寫五十年前遺事,君臣將相,兒女友朋,無不人人活現,遂成天地間最有關係文章。往昔之湯臨川,近今之李笠翁,皆非敵手。"

(清)梁廷枏《曲話》卷三:"《桃花扇》筆意疏爽,寫南朝人物,字字繪影繪聲。至文詞之妙,其艷處似臨風桃蕊,其哀處似着雨梨花,固是一時傑構。"

(清)無名氏《桃花扇·卻奩》評:"秀才之打也,公子之罵也,皆於此折結穴。侯郎之去也,香君之守也,皆於此折生隙。五官咸湊,百節不鬆,文章關捩也。"

罵 筵 乙酉正月

【題解】

本篇選自《桃花扇》第二十四齣。故事發生在乙酉年,即清順治二年、南明弘光元年(1645),是孔尚任虛構的情節。它在藝術構思上受到了羅貫中《三國志演義》中"擊鼓罵曹"和徐渭《四聲猿·狂鼓史漁陽三弄》的影響。"擊鼓罵曹"寫東漢末名士禰衡恃才傲物,被侮弄當鼓吏,裸衣擊鼓,當面數落曹操的罪惡。《漁陽三弄》在此基礎上,虛構禰衡死後,陰間掌管案宗的判官將曹操鬼魂召到閻羅殿上,讓禰衡再次擊鼓罵曹。《罵筵》中的李香君立意做個"女禰衡",在阮大鋮招待馬士英的酒宴上,拼死痛罵馬、阮禍國殃民的罪行,大義凜然,擲地有聲。劇中用諷刺筆法,入木三分地繪寫馬、阮的姦佞嘴臉,也讓人忍俊不止。

【縷縷金】(副净扮阮大鋮吉服上)風流代,又遭逢,六朝金粉樣[1],我偏通。管領煙花,銜名供奉[2]。簇新新帽烏襯袍紅,皂皮靴綠縫,皂皮靴綠縫。

(笑介)我阮大鋮,虧了貴陽相公破格提挈[3],又取在內庭供奉;今日到任回來,好不榮耀。且喜今上性喜文墨,把王鐸補了內閣大學士[4]，錢謙益補了禮部尚書[5]。區區不才，同在文學侍從之班；天顏日近，知無不言。前日進了四種傳奇[6]，聖心大悦，立刻傳旨，命禮部採選宮人，要將《燕子箋》被之聲歌，爲中興一代之樂。我想這本傳奇，精深奧妙，倘被俗手教壞，豈不損我文名。因而乘機啓奏："生口不如熟口，清客强似教手。"聖上從諫如流，就命廣搜舊院，大羅秦淮，拿了清客妓女數十餘人，交與禮部揀選。前日驗他色藝，都衹平常；還有幾個有名的，都是楊龍友舊交，求情免選，下官衹得勾去。昨見貴陽相公説道："教演新戲是聖上心事，難道不選好的，倒選壞的不成。"衹得又去傳他，尚未到來。今乃乙酉新年人日佳節[7]，下官約同龍友，移樽賞心亭[8]；邀俺貴陽師相，飲酒看雪。早已吩咐把新選的妓女，帶到席前驗看。正是：花柳笙歌隋事業，談諧裙屐晉風流[9]。（下）

【黄鶯兒】（老旦扮卞玉京道妝背包急上[10]）家住蕊珠宫[11]，恨無端業海風[12]，把人輕向煙花送。喉尖唱腫，裙腰舞鬆，一生魂在巫山洞[13]。俺卞玉京，今日爲何這般打扮？衹因朝廷搜拿歌妓，逼俺斷了塵心。昨夜別過姊妹，換上道妝，飄然出院，但不知那裏好去投師。望城東雲山滿眼，仙界路無窮。

（飄飄下）（副淨、外、淨扮丁繼之、沈公憲、張燕筑三清客上[14]）

【皂羅袍】（副淨）正把秦淮簫弄，看名花好月，亂上簾櫳。鳳紙籤名唤樂工[15]，南朝天子春心動。我丁繼之年過六旬，歌板久拋；前日託過楊老爺，免我前往，怎的今日又傳起來了。（外、淨）俺兩個也都是免過的，不知又傳，有何話説。（副淨拱介）兩位老弟，大家商量，我們一班清客，感動皇爺，召去教歌，也不是容易的。（外、淨）正是。（副淨）二位青年上進，該去走走，我老漢多病年衰，也不望什麽際遇了[16]。今日我要躲過，求二位遮蓋一二。（外）這有何妨，太公釣魚，願者上鈎[17]。（淨）是是！難道你犯了王法，定要拿去審問不成。（副淨）既然如此，我老漢就回去了。（回行介）急忙回首，青青遠峰；逍遥尋路，森森亂松。（頓足介）若不離了塵埃，怎能免得牽絆。（袖出道巾、黄縧換介）（轉頭呼介）二位看俺打扮罷，道人醒了揚州夢[18]。

（搖擺下）（外）咦！他竟出家去了，好狠心也。（淨）我們且坐廊下曬暖，待他姊妹到來，同去禮部過堂。（坐地介）（小旦扮寇白門，丑扮鄭妥娘[19]，雜扮差役跟上）（小旦）桃片隨風不結子。（丑）柳綿浮水又成萍[20]。（望介）你看老沈、老張不約俺一聲兒，先到廊下向暖，我們走去，打他個耳刮子。（相見，諢介）（外問雜介）又傳我們到那裏去？（雜）傳你們到禮部過堂，送入內庭教戲。（外）前日免過俺們了。（雜）內閣大老爺不依，定要借重你們幾個老清客哩。（淨）是那幾個？（雜）待我瞧瞧票子。（取票看介）丁繼之、沈公憲、張燕筑。（問介）那姓丁的如何不見？（外）他出家去了。（雜）既出了家，沒處尋他，待我回官罷！（向淨、外介）你們到了的，竟往禮部過堂去。（淨）等他姊妹們到齊着。（雜）今日老爺們秦淮賞雪，吩咐帶着女客，席上驗看哩。（外、淨）既是這等，我們先去了。正是：傳歌留樂府，擫笛傍宮墻[21]。（下）

【校注】

[1]六朝金粉：吳、東晉、宋、齊、梁、陳六個朝代，偏安江南時，都過着豪華奢侈的生活。金粉，即鉛粉，舊時婦女化妝用品。用以形容繁華綺麗的生活。　　[2]銜：官銜。供奉：即內廷供奉，官名，以文學、技藝等才能在皇帝左右供職的官。

[3]貴陽相公：指馬士英，他是貴陽（今屬貴州）人。提挈（qiè 篋）：提拔。　　[4]王鐸（1592—1652）：字覺斯、覺之，號十樵、癡庵，孟津（今河南孟縣）人。明天啓間進士，南明弘光元年（1645）補內閣大學士，後降清，官至禮部尚書。善書法，阮大鋮《燕子箋》傳奇即由他楷書後獻給福王。　　[5]錢謙益（1582—1664）：字受之，號牧齋，常熟（今屬江蘇）人。明萬曆三十八年（1610）進士，崇禎時官至禮部侍郎。南明弘光元年補禮部尚書。後降清，官至禮部侍郎。　　[6]四種傳奇：指阮大鋮《石巢傳奇四種》，包括《燕子箋》、《春燈謎》、《牟尼合》、《雙金榜》。　　[7]人日：陰曆正月初七日。　　[8]賞心亭：在江寧（今屬江蘇南京）西下水城門上，下臨秦淮河。　　[9]“花柳”二句：自稱做的是隋末君臣那樣縱情聲色的事情，過的是晉朝士大夫那樣清談貴游的生活。談諧：清談諧謔。裙屐（jī 機）：長衫和木鞋，六朝貴游子弟的衣着。《北史·邢巒傳》：“蕭深藻是裙屐少年，未洽政務。”

[10]卞玉京：秦淮名妓，後出家。清初余懷《板橋雜記》：“卞賽，一曰賽賽，後爲女道士，自稱玉京道人。知書，工小楷，善圖畫。善畫蘭，鼓琴，喜作風枝嬝娜，一落筆畫十餘紙。年十八，游吳門，僑居虎丘，湘簾棐几，地無纖塵。見客初不甚酬對，若遇佳賓，則諧謔間作，談辭如雲，一坐傾倒。尋歸秦淮，遇亂復游吳。梅村學士

（按,指吳偉業）作《聽女道士卞玉京彈琴歌》贈之。"　　　[11]蕊珠宮:神仙居住的地方。《黃庭内景經》:"太上大道玉晨君,閒居蕊珠作七言。"原注:蕊珠,上清宮闕名。　　　[12]業海:佛經用語,意爲世人造成種種罪業,無量無邊,有如大海。[13]巫山洞:代指妓院。巫山,比喻男女性愛的場所。戰國楚宋玉《高唐賦》記載,楚襄王到高唐游玩,夢一女子願與他合歡。臨別時女子説:"妾在巫山之陽,高丘之阻。旦爲行雲,暮爲行雨。朝朝暮暮,陽臺之下。"　　　[14]丁繼之、沈公憲、張燕筑:都是當時有名的演員。《板橋雜記》:"丁繼之扮張驢兒,張燕筑扮賓頭廬……皆妙絶一時。丁、張二老,並壽九十餘。""沈公憲以串戲擅長,當時推爲第一。"　　　[15]鳳紙:即鳳詔,皇帝的詔書。　　　[16]際遇:機遇。　　　[17]"太公"二句:俗語。相傳姜太公曾在渭水邊用無餌直鈎釣魚,説:"負命者上鈎來。"見《武王伐紂平話》。　　　[18]"道人"句:意謂他已從歌舞繁華中清醒過來。揚州夢:唐杜牧《遣懷》詩:"十年一覺揚州夢,贏得青樓薄倖名。"　　　[19]寇白門、鄭妥娘:秦淮名妓。《板橋雜記》:"寇湄,字白門……娟娟静美,跌蕩風流,能度曲,善畫蘭,粗知拈韻吟詩,然滑易不能竟學。"《香東漫筆》:"鄭如英,字無美,小字妥娘。工詩詞,與卞賽、寇湄相頡頏也。《桃花扇》傳奇《眠香》、《選優》等齣,以阿丑之詼諧,作無鹽之刻畫,肆筆打諢,若瓦衖陋姝一丁不識者然,殆未深考。"　　　[20]"柳綿"句:古代傳説,以爲浮萍是柳綿入水所化。　　　[21]"撽笛"句:唐元稹《連昌宮詞》:"李謨撽笛傍宮墻,偷得新翻數般曲。"自注云:唐代長安少年李謨擅長吹笛,唐玄宗在宮裏奏樂時,他在宮墻外竊聽,暗記曲譜,歸家後用笛子演奏。撽(yè業):手按。

（雜看票問小旦介）你是寇白門麽?（小旦）是。（雜問丑介）你是卞玉京麽?（丑）不是,我是老妥。（雜）是鄭妥娘了。（問介）那卞玉京呢?（丑）他出家去了。（雜）咦!怎麽出家的都配成對兒。（問介）後邊還有一個腳小走不上來的,想是李貞麗了?（小旦）不是,李貞麗從良去了!（雜）我方纔拉他下樓,他説是李貞麗,怎的又不是?（丑）想是他女兒頂名替來的。（丑）母子總是一般,祇少不了數兒就好了。（望介）他早趕上來也。

【忒忒令】（旦）下紅樓殘臘雪濃,過紫陌早春泥凍;不慣行走,腳兒十分痛。傳鳳詔,選蛾眉,把絲鞭,騎驕馬;催花使亂擁。

　　奴家香君,被捉下樓,叫去學歌,是俺煙花本等,祇有這點志氣,就死不磨。（雜喊介）快些走動!（旦到介）（小旦）你也下樓了,屈尊，屈尊。（丑）我們造化，就得服侍皇帝了。（旦）情願奉讓罷。（同行介）（雜）前面是賞心亭了，內閣馬老爺，光祿阮老爺，兵部楊老爺，少刻即到。你們各人整理伺候。（雜同小旦、丑下）（旦私語介）難得他們湊來一處，正好吐俺胸中之氣。

【前腔】趙文華陪着嚴嵩[1]，抹粉臉席前趨奉；醜腔惡態，演出真《鳴鳳》[2]。俺做個女禰衡，撾漁陽，聲聲罵[3]；看他懂不懂。

（淨扮馬士英，副淨扮阮大鋮，末扮楊文驄，外、小生扮從人喝道上）（旦避下）（副淨）瓊瑤樓閣朱微抹，（末）金碧峰巒粉細勾[4]。（淨）好一派雪景也。（副淨）這座賞心亭，原是看雪之所。（淨）怎麼原是看雪之所？（副淨）宋真宗曾出周昉《雪圖》，賜與丁謂。說道："卿到金陵，可選一絕景處張之。"因建此亭[5]。（淨看壁介）這壁上單條，想是周昉《雪圖》了。（末）非也。這是畫友藍瑛新來見贈的[6]。（淨）妙妙！你看雪壓鍾山，正對圖畫，賞心勝地，無過此亭矣。（末吩咐介）就把爐、檻[7]、游具，擺設起來。（外、小生設席坐介）（副淨向淨介）荒亭草具，恃愛高攀，着實得罪了。（淨）說那裏話。可笑一班小人，奉承權貴，費千金盛設，十分醜態，一無所取，徒傳笑柄。（副淨）晚生今日掃雪烹茶，清談攀教，顯得老師相高懷雅量，晚生輩也免了幾筆粉抹。（淨）呵呀！那戲場粉筆[8]，最是利害，一抹上臉，再洗不掉；雖有孝子慈孫，都不肯認做祖父的。（末）雖然利害，卻也公道，原以儆戒無忌憚之小人，非爲我輩而設。（淨）據學生看來，都吃了奉承的虧。（末）爲何？（淨）你看前輩分宜相公嚴嵩，何嘗不是一個文人，現今《鳴鳳記》裏抹了花臉，着實醜看。豈非趙文華輩奉承壞了。（副淨打恭介）是是！老師相是不喜奉承的，晚生惟有心悦誠服而已。（末）請酒！（同舉杯介）（副淨向外介）選的妓女，可曾叫到了麼？（外稟介）叫到了。（雜領衆妓叩頭介）（淨細看介）（吩咐介）今日雅集，用不着他們，叫他禮部過堂去罷。（副淨）特令到此伺候酒席的。（淨）留下那個年小的罷。（衆下）（淨問介）他喚什麼名字？（雜稟介）李貞麗。（淨笑介）麗而未必貞也。（笑向副淨介）我們扮過陶學士了，再扮一折党太尉何如？[9]（副净）妙妙！（喚介）貞麗過來斟酒唱曲。（旦搖頭介）（净）爲何搖頭？（旦）不會。（净）呵呀！樣樣不會，怎稱名妓。（旦）原非名妓。（掩淚介）（净）你有甚心事，容你説來。

【江兒水】（旦）妾的心中事，亂似蓬，幾番要向君王控。拆散夫妻驚魂迸，割開母子鮮血湧，比那流賊還猛[10]。做啞裝聾，罵着不知惶恐。

　　（净）原來有這些心事。（副净）這個女子却也苦了。（末）今日老爺們在此行樂，不必祇是訴冤了。（旦）楊老爺知道的，奴家冤苦，也值當不的一訴[11]。

【五供養】堂堂列公，半邊南朝，望你崢嶸[12]。出身希貴寵，創業選聲容，後庭花又添幾種[13]。把俺胡撮弄[14]，對寒風雪海冰山，苦陪觴詠[15]。

　　（净怒介）咡！這妮子胡言亂道，該打嘴了。（副净）聞得李貞麗，原是張天如、夏彝仲輩品題之妓[16]，自然是放肆的。該打該打！（末）看他年紀甚小，未必是那個李貞麗。（旦恨介）便是他待怎的！

【玉交枝】東林伯仲[17]，俺青樓皆知敬重。乾兒義子從新用，絶不了魏家種[18]。（副净）好大膽，罵的是那個，快快採去丟在雪中。（外採旦推倒介）（旦）冰肌雪腸原自同[19]，鐵心石腹何愁凍[20]。（副净）這奴才，當着内閣大老爺，這般放肆，叫我們都開罪了。可恨可恨！（下席踢旦介）（末起拉介）（净）罷罷！這樣奴才，何難處死，祇怕妨了俺宰相之度。（末）是是！丞相之尊，娼女之賤，天地懸絶，何足介意。（副净）也罷！啓過老師相，送入内庭，揀着極苦的脚色，叫他去當。（净）這也該的。（末）着人拉去罷！（雜拉旦介）（旦）奴家已拼一死。吐不盡鵑血滿胸[21]，吐不盡鵑血滿胸。

　　（拉旦下）（净）好好一個雅集，被這奴才攪亂壞了。可笑，可笑！（副净、末連三揖介）得罪，得罪！望乞海涵[22]，另日竭誠罷。（净）興盡宜迴春雪棹[23]，（副净）客羞應斬美人頭[24]。（净、副净從人喝道下）（末弔場介[25]）可笑香君纔下樓來，偏撞兩個冤對[26]，這場是非免不了的；若無下官遮蓋，香君性命也有些不妥哩。罷罷！選入内庭，倒也省了幾日懸掛；祇是媚香樓無人看守，如何是好？（想介）有了，畫友藍瑛託俺尋寓，就接他暫住樓上；待香君出來，再作商量。

賞心亭上雪初融，　煮鶴燒琴宴鉅公^[27]。

惱殺秦淮歌舞伴，　不同西子入吳宮^[28]。

《桃花扇》第二十四齣

【校注】

[1]趙文華：字元質，慈谿（今屬浙江）人。嘉靖八年（1529）進士，官至工部尚書。與嚴嵩結爲父子，誣陷正直官員。嚴嵩（1480—1567）：字惟中，號介溪，分宜（今屬江西）人，弘治十八年（1505）進士，嘉靖間累官至太子太師。恃寵攬權，橫行不法。 [2]《鳴鳳》：即《鳴鳳記》傳奇，明萬曆間無名氏撰，演嘉靖年間夏言、楊繼盛等雙忠八義與嚴嵩鬥爭的故事。劇中寫趙文華投靠嚴嵩，認嚴爲乾爺，極盡阿諛奉承之能事。 [3]“俺做個”三句：李香君以禰衡自比，要在筵席上罵馬士英等人。禰衡：漢末名士。《後漢書·禰衡傳》記載，曹操爲屈辱禰衡，令他作鼓吏。試鼓時，禰衡裸衣，擊《漁陽摻撾》曲，聲音悲壯，聽者無不感動。又一次，禰衡在曹操大營前，以杖捶地，大罵曹操。明徐渭捏合兩個故事，作《狂鼓史漁陽三弄》雜劇。撾（zhuā 抓）：擊打。 [4]“瓊瑶”二句：贊美雪後陽光下的樓臺、山景像圖畫一樣。瓊瑶：美玉。抹、勾：都是畫家的筆法。 [5]“宋真宗”六句：丁晉公典金陵，陛辭。真宗出八幅《袁安臥雪圖》付公曰：“卿到金陵，選一絶景處張此圖。”丁遂張於賞心亭。周昉：字景賢，又字仲朗，唐京兆（今陝西西安）人，官宣州長史。善畫人物。丁謂（962—1033）：字謂之，一字公言，長洲（今江蘇蘇州）人。北宋太宗時進士，真宗時官至參知政事。 [6]藍瑛（1585—1670？）：字田叔，號蜨叟、石頭陀，錢塘（今浙江杭州）人。擅畫山水，初始作風秀潤。後漫游南北，畫風一變，下筆雄奇蒼老，氣象崚嶒。兼工人物、花鳥、蘭竹。世稱“浙派殿軍”。 [7]榼（kē 科）：古代盛酒的器具。 [8]戲場粉筆：古典戲曲演曹操、嚴嵩等姦臣，要用粉筆開大白臉。 [9]“我們”二句：陶學士即陶穀，字秀實，五代宋初人，歷仕晉、漢，至周爲翰林學士。入宋歷任禮、刑、户三部尚書。據宋皇都主人《綠窗新話》卷下引《湘江近事》記載，陶穀曾得宋太尉党進的家姬，一天陶穀取雪水烹團茶，對那家姬説：“党太尉家應不識此。”家姬答道：“彼粗人也，安有此景？但能於銷金煖帳下，淺斟低唱，飲羊羔美酒耳。” [10]流賊：指稱明末農民軍李自成、張獻忠等。 [11]值當不的：即值不得。 [12]崢嶸：這裏是强盛、振作的意思。 [13]後庭花：歌曲名，南朝陳後主所作。陳後主經常同貴妃、學士、狎客寫

詩聽曲,不理國事,以至亡國。因此後人以“後庭花”代指亡國之音。　　　[14]胡撮(cuō 搓)弄:任意擺佈、玩弄。　　　[15]觴詠:飲酒賦詩。　　　[16]張天如:即張溥(1602—1641),字天如,太倉(今屬江蘇)人。夏彝仲:即夏允彝(1596—1645),字彝仲,華亭(今屬上海)人。二人均爲明末復社、幾社領袖人物。品題:評論人物,定其高下。　　　[17]伯仲:本指兄弟,這裏指朋黨。　　　[18]魏家:指魏忠賢。[19]冰肌雪腸:即“冰魂雪魄”,比喻清高純潔的心靈。宋范成大《石湖詩集》卷二《林元復輓詩》:“自從雪魄冰魂散,魯國今誰更服儒?”　　　[20]鐵心石腹:即“鐵石之心”,心像鐵石一樣堅硬,形容意志堅定。《北史·節義傳論》:“非夫内懷鐵石之心,外負陵霜之節,孰能行之若命,赴蹈如歸者乎!”　　　[21]鵑血:傳説杜鵑的啼聲很淒苦,甚至啼到口裏流出血來。唐白居易《琵琶行》:“其間旦暮聞何物? 杜鵑啼血猿哀鳴。”傳説杜鵑爲古蜀帝杜宇所變,故這裏含憂國之意。　　　[22]海涵:即海量包涵。　　　[23]“興盡”句:用東晉王子猷雪夜訪問戴安道典故,見《桃花扇·卻奩》篇第二段注。　　　[24]“客羞”句:《晉書·王敦傳》記載,東晉貴族王愷宴客時,讓美人勸酒,如果客人飲不盡,便殺美人。這裏寫出阮大鋮的殘忍。[25]弔場:在戲臺上,一部分演員退場,另一部分演員繼續留在場上表演,叫弔場。[26]冤對:冤家對頭。　　　[27]煮鶴燒琴:比喻殺風景之事。典出《義山雜纂》。鉅公:指達官貴人。　　　[28]西子:即西施,春秋時越國美女,越王令范蠡獻於吳王夫差,以荒其政。

【集評】

　　(清)無名氏《桃花扇·罵筵》評:“賞梅一會,逼香君改嫁;看雪一會,選香君串戲。所爲群居終日,言不及義,好行小慧也。譜此二折者,非爲馬、阮宴游之數,爲香君操守之堅也……《罵筵》一折,比之《四聲猿·漁陽三弄》,尤覺痛快。”

採用底本目錄

錢牧齋全集　（清）錢謙益撰　錢仲聯標校　上海古籍出版社 2003 年版

吳梅村全集　（清）吳偉業撰　李學穎集評標校　上海古籍出版社 1990 年版

顧亭林詩箋釋　（清）顧炎武撰　王冀民箋釋　中華書局 1998 年版

顧亭林詩文集　（清）顧炎武撰　華忱之點校　中華書局 1983 年版

吳嘉紀詩箋校　（清）吳嘉紀撰　楊積慶箋校　上海古籍出版社 1980 年版

施愚山集　（清）施閏章撰　何慶善、楊應芹點校　黃山書社 1993 年版

王船山詩文集　（清）王夫之撰　中華書局 1962 年版

迦陵詞全集　（清）陳維崧撰　清康熙間宜興陳氏患立堂刊本

陳維崧選集　（清）陳維崧撰　周韶九選注　上海古籍出版社 1994 年版

曝書亭集　（清）朱彝尊撰　《四部叢刊》影印康熙末刊本

屈大均全集　（清）屈大均撰　歐初、王貴忱主編　人民文學出版社 1996 年版

漁洋精華錄集釋　（清）王士禛撰　李毓芙等整理　上海古籍出版社 1999 年版

衍波詞　（清）王士禛撰　上海書店 1982 年影印開明書店 1937 年版《清名家
　　　詞》本

敬業堂詩集　（清）查慎行撰　周劭標點　上海古籍出版社 1986 年版

納蘭詞箋注　（清）納蘭性德撰　張草紉箋注　上海古籍出版社 1995 年版

方苞集　（清）方苞撰　劉季高校點　上海古籍出版社 1983 年版

歸愚詩鈔　（清）沈德潛撰　清乾隆間教忠堂刊本

樊榭山房集　（清）厲鶚撰　陳九思標校　上海古籍出版社 1992 年版

鄭板橋集　（清）鄭燮撰　上海古籍出版社 1979 年版

小倉山房詩文集　（清）袁枚撰　周本淳標校　上海古籍出版社 1988 年版

甌北集　（清）趙翼撰　李學穎、曹光甫標校　上海古籍出版社 1997 年版

惜抱軒詩文集　（清）姚鼐撰　劉季高校點　上海古籍出版社 1992 年版

述學　（清）汪中撰　《四部叢刊》影印汪氏家刊本

兩當軒集　（清）黃景仁撰　李國章標點　上海古籍出版社 1983 年版

茗柯文編　（清）張惠言撰　黃立新校點　上海古籍出版社 1984 年版

瓶水齋詩集　（清）舒位撰　曹光甫點校　上海古籍出版社 1991 年版

全清詞鈔　葉恭綽編　中華書局 1982 年版

聊齋誌異（會校會注會評本）　（清）蒲松齡撰　張友鶴輯校　上海古籍出版社
　　1978 年新版

儒林外史　（清）吳敬梓撰　張慧劍校注　人民文學出版社 1958 年版

紅樓夢　（清）曹雪芹撰　龔書鐸等校　張俊等注　北京師範大學出版社 1987
　　年版

清忠譜　（清）李玉撰　張清華校注　中州書畫社 1982 年版

長生殿　（清）洪昇撰　徐朔方校注　人民文學出版社 1983 年版

桃花扇　（清）孔尚任撰　王季思等注　人民文學出版社 1959 年版

參考書目

錢謙益詩選　（清）錢謙益撰　裴世俊選注　中華書局 2005 年版

亭林詩集彙注　（清）顧炎武撰　王蘧常輯注　吳丕績標校　上海古籍出版社
　　1984 年版

朱彝尊選集　（清）朱彝尊撰　葉元章、鐘夏選注　上海古籍出版社 1991 年版

飲水詞箋校　（清）納蘭性德撰　趙秀亭、馮統一箋校　中華書局 2005 年版

清詩選評　朱則傑選評　三秦出版社 2004 年版

清詩選　福建師範大學中文系古典文學教研室選注　人民文學出版社 1984
　　年版

清詩三百首　錢仲聯、錢學增選注　岳麓書社 1994 年版

清詩三百首詳注　劉世南選注　百花洲文藝出版社 1996 年版

歷代詩評注讀本（下）　王文濡選注　中國書店 1983 年影印本

中國歷代詩歌選（下編第二冊）　林庚、馮沅君選注　人民文學出版社 1964
　　年版

近三百年名家詞選　龍榆生選　上海古籍出版社 1979 年版

金元明清詞精選　嚴迪昌選注　江蘇古籍出版社 1992 年版

金元明清詞選　夏承燾、張璋選　吳無聞等注　人民文學出版社 1983 年版

清詞選集評　徐珂輯　中國書店 1988 年版

元明清詩、詞、文　朱惠國選注　廣東人民出版社 2002 年版

清代散文選注　祝鼎民、于翠玲選注　岳麓書社 1998 年版

歷代文選·清文　來新夏主編　河北教育出版社 2001 年版

桐城派文選　漆緒邦、王凱符選注　安徽人民出版社 1984 年版

聊齋誌異　（清）蒲松齡撰　盛偉校注　河北大學出版社 2004 年版

聊齋誌異選　（清）蒲松齡撰　張友鶴選注　人民文學出版社 1978 年版

文言小説名篇選注　劉文忠選注　文化藝術出版社 1985 年版

儒林外史　（清）吳敬梓撰　陳美林校注　百花文藝出版社 2002 年版

紅樓夢　（清）曹雪芹撰　（清）高鶚續　啓功等注釋　人民文學出版社 1957 年
　　版

紅樓夢　（清）曹雪芹撰　中國藝術研究院紅樓夢研究所校注　人民文學出版
　　社 1996 年版

中國戲曲選（下）　王起主編　王起等選注　人民文學出版社1986年版

中國歷代文學作品選（下編第二冊）　朱東潤主編　上海古籍出版社2002年
　　新版

中國古代文學作品選（清及近代部分）　鄧魁英主編　北京師範大學出版社
　　1997年版

中國古代文學作品選（第六卷）　郁賢浩主編　江慶柏卷主編　高等教育出版
　　社2003年版

中國古代文學作品選（第四冊）　郭預衡主編　上海古籍出版社2003年版

第九編

近代文學

張維屏

【作者簡介】

張維屏（1780—1859），字子樹，一字南山，號松心子，晚自署珠海老漁、唱霞漁者，廣東番禺（今廣州）人。清道光二年（1822）進士。歷官湖北長陽、黃梅、廣濟及江西太和知縣，袁州府同知、吉州府通判。十六年辭官歸里。早歲有詩名，與黃培芳、譚敬昭稱“粵東三子”。至京師，翁方綱歎爲詩壇勁敵。論詩主“性情”。曾編《國朝詩人徵略》、《國朝詩人徵略二編》，輯道光前清代詩人事蹟，並附詩話加以評述。自爲詩不出乾、嘉規範，較多寫個人生活情趣。後經鴉片戰爭，目睹英軍侵華暴行，寫出《三將軍歌》、《三元里》等具有强烈愛國精神的名篇。《晚晴簃詩匯》稱其詩“高華沈著，不專一格”。著有《聽松廬詩鈔》、《松心詩集》、《松心文集》、《花甲閒談》等，合輯爲《張南山全集》。《清史稿》卷四八六、《清史列傳》卷七三、《國朝先正事略》卷四四有傳，事又見陳澧《張南山先生墓誌銘》。

新　　雷

【題解】

此詩作於道光二年歲初冬去春來之際。寓物極必反之理，寫出對春天的期待，言外或有對社會新變的渴望。

造物無言卻有情[1]，每於寒盡覺春生。千紅萬紫安排着[2]，祇待新雷第一聲[3]。

《張南山全集·聽松廬詩鈔》卷一一

【校注】

[1]“造物”句：《莊子·大宗師》：“偉哉！夫造物者，將以予爲此拘拘也。”《論語·陽貨》：“天何言哉，四時行焉，百物生焉。”　　[2]千紅萬紫：宋朱熹《春日》：“等閒識得東風面，萬紫千紅總是春。”　　[3]新雷：宋歐陽修《春帖子詞》：“雷聲初發號，天下已知春。”宋楊萬里《二月二十三日南雄解舟》：“昨夜新雷九地鳴，今朝春漲一篙清。”

三 元 里

【題解】

　　此詩作於第一次鴉片戰爭爆發後的第二年。當時清靖逆將軍奕山一改林則徐主政時的抗英方略,採取投降主義政策,導致英國侵略軍於 1841 年 5 月再度進攻廣州,廣州城外的泥城、四方炮臺相繼失守。奕山等人喪魂落魄,舉白旗投降。5 月 27 日,中英雙方簽訂《廣州和約》。1841 年 5 月 29 日,英軍闖入三元里騷擾搶劫。當地群衆奮起抗擊,打死英軍數名。隨後,全村男女老少在三元古廟集合,推舉菜農韋紹光爲領袖,同時,還聯絡附近一百零三個鄉的群衆,約六七千人。他們手持大刀、長矛,冒雨迎敵。將英軍困在牛欄崗,展開肉搏戰,打死英軍二百多人。5 月 31 日兩萬多民衆高舉三星旗,把英軍盤踞的四方炮臺圍得水泄不通。英軍多次突圍不成,祇得向清政府求援。清政府强迫群衆解散,英軍纔得以逃命。三元里人民的抗英鬥爭,是近代中國人民自發反抗外國侵略者的第一段壯麗篇章。本詩即以此事件爲題材,熱情地謳歌了人民群衆的反侵略鬥爭,激憤地抨擊了奕山之流爲英軍解圍的可恥行徑。

　　三元里前聲若雷[1],千衆萬衆同時來。因義生憤憤生勇,鄉民合力强徒摧。家室田廬須保衛,不待鼓聲群作氣。婦女齊心亦健兒,犁鋤在手皆兵器[2]。鄉分遠近旗斑斕,什隊佰隊沿溪山。衆夷相視忽變色,黑旗死仗難生還[3]。夷兵所恃唯槍炮,人心合處天心到。晴空驟雨忽傾盆,凶夷無所施其暴。豈特火器無所施,夷足不慣行滑泥。下者田塍苦躑躅,高者岡阜愁顛擠[4]。中有夷酋貌尤醜,象皮作甲裹身厚。一戈已摏長狄喉,十日猶懸郅支首[5]。紛然欲遁無雙翅,殲厥渠魁真易事。不解何由巨網開,枯魚竟得悠然逝。魏絳和戎且解憂[6],風人慷慨賦同仇[7]。如何全盛金甌日[8],卻類金繒歲幣謀[9]。

《張南山全集·松心詩集·壬集·花地集》卷三

【校注】

[1] 三元里:地名,位於今廣州白雲區。　　[2]"婦女"二句:清林福祥《三元里打仗日記》載:"初十日(5 月 30 日)辰刻,逆夷由三元里過牛欄崗搶劫,予聞鑼聲不

絕,即帶水勇應之,而八十餘鄉,亦執旗繼至,不轉眼間,來會者衆數萬。刀斧犁鋤,在手即成軍器;兒童婦女,喊聲亦助兵威。斯時也,重重疊疊,遍野漫山,已將夷兵困在垓心矣。"　　[3]黑旗:指三元古廟七星旗,時有民衆借用爲旗號。原注:"夷打死仗則用黑旗,適有執神廟七星旗者,夷驚曰:打死仗者至矣。"[4]"下者"二句:林福祥《三元里打仗日記》載:"時天色晴明,忽而陰雲四起,午刻迅雷烈風,大雨如注,日夜不息。未刻後,逆夷之鳥槍火炮,俱被雨水濕透,施放不響。且夷兵俱穿皮底靴,三元里四面皆田,雨後泥濘土滑,夷兵寸步難行,水勇及鄉民,遂分頭截殺。"　　[5]"一戈"二句:喻指被擊斃的英軍頭目伯麥和畢霞。長狄喉:《左傳·文公十一年》:"獲長狄僑如,富父終甥舂其喉,以戈殺之。埋其首於子駒之門。"郅(zhì 至)支首:《漢書·陳湯傳》:甘延壽、陳湯上書曰:"郅支單于慘毒行於民,大惡通於天。臣延壽、臣湯將義兵,行天誅,賴陛下神靈,陰陽並應,天氣精明,陷陳克敵,斬郅支首及名王以下。宜縣頭槀街蠻夷邸間,以示萬里,明犯强漢者,雖遠必誅。"乃議定懸首十日。　　[6]魏絳和戎:《左傳·襄公四年》載,晉悼公時,在對待諸戎的政策方面,魏絳力主和戎。此處借用來諷刺奕山之流的投降主義路線。　　[7]同仇:《詩·秦風·無衣》:"王于興師,修我戈矛,與子同仇。"　　[8]金甌:喻指國家。《梁書·侯景傳》載,梁武帝蕭衍曾夜出視事,至武德閣,獨言:"我家國猶若金甌,無一傷缺,今便受地,詎是事宜?脱致紛紜,非可悔也。"　　[9]金繒歲幣謀:宋王朝爲避邊患,一味忍辱退讓,每年都向契丹、西夏和金輸送大量絹銀以苟和。此處藉以諷刺奕山等與英方簽訂《廣州和約》,向英方賠償巨款。

【集評】

　　(清)屈向邦《粵東詩話》:"張南山有詩紀之云云。鄉民神勇,活現紙上。其如政府闒茸之誤國何? 誠歷代詩史中最光榮最熱烈最悲壯之作。"

周　濟

【作者簡介】

周濟（1781—1839），字保緒，又字介存，號未齋，又號止庵，荆溪（今江蘇宜興）人。清詞論家、詞人。清嘉慶十年（1805）進士，官淮安府學教授。少與李兆洛、包世臣以經世之學相切磋，通兵家言，習擊刺騎射。後隱居金陵春水園，潛心著述。晚復任教授。周濟爲常州派重要詞論家，承張惠言之説，並“推明張氏之旨而廣大之”（譚獻《篋中詞》卷三）。“論詞則多獨到之語”（王國維《人間詞話》），着重倡導詞的“論世”作用。在創作方面，主張“問塗碧山，歷夢窗、稼軒，以還清真之渾化”（《宋四家詞選序論》），認爲“詞非寄託不入，專寄託不出”（《介存齋論詞雜著》）。其自爲詞，譚獻評爲“精密純正，與茗柯把臂入林”（《篋中詞》）。著有《晉略》、《説文字繫》、《味隽齋詞》、《介存齋文稿》、《介存齋詩》。編有《詞辨》及《宋四家詞選》。《清史列傳》卷七二、《清史稿》卷四八六有傳，事又見魏源《荆溪周君保緒傳》、徐士芬《書周進士濟》。

蝶　戀　花

【題解】

此詞寫暮春柳絮飄落景色，抒時光流逝，青春不再之感歎。詞着眼柳絮，卻以長河之大意象作結，形成强烈對比，别出一境。此亦周詞一大特色。作者云：“初學詞求有寄託，有寄託則表裏相宣，斐然成章；既成格調，求無寄託，無寄託則指事類情，仁者見仁，智者見智。”又曰：“詞非寄託不入，專寄託不出。”（《介存齋論詞雜著》）此詞含蓄蘊藉，韻味無窮。

柳絮年年三月暮。斷送鶯花，十里湖邊路。萬轉千迴無落處。隨儂祗恁低低去[1]。　　滿眼頹垣欹病樹[2]。縱有餘英，不值封姨妬[3]。煙裏黄沙遮不住。河流日夜東南注[4]。

《篋中詞》卷三

【校注】

[1]恁：如此。　　　[2]欹：斜，傾倒。　　　[3]封姨：風神，泛指風。唐鄭還古《博異

記》載:唐朝處士崔元徽月夜遇楊氏、李氏、陶氏等美人,後封家十八姨來,言詞泠泠,有林下風。諸女皆氣色殊絶,芳香襲人。有女曰:"諸女伴皆住苑中,每被惡風所撓,當得十八姨相庇。"事後元徽乃悟,衆女皆花之精,封家十八姨乃風神。

[4]"煙裏"兩句:宋辛棄疾《菩薩蠻·書江西造口壁》:"青山遮不住,畢竟東流去。"《論語》:"逝者如斯夫,不舍晝夜。"

【集評】

(清)蔣敦復《芬陀利室詞話》:"讀之,是真得'意内言外'之旨。"

(清)譚獻《篋中詞》:"渾灝。"

林則徐

【作者簡介】

林則徐(1785—1850),字元撫、少穆,號石麟、竢村老人、竢村退叟、七十二峰退叟,室名雲左山房,福建侯官(今福州)人。清嘉慶十六年(1811)進士。選庶吉士,授編修,歷官御史、浙江鹽運使、河東河道總督、江蘇巡撫、湖廣總督。道光十八年(1838),授欽差大臣,赴廣東查禁鴉片。兩年後接替鄧廷楨任兩廣總督。鴉片戰争爆發,嚴設密防,痛擊來犯之英軍。尋遭投降派誣害,被革職,派赴浙江。旋又謫戍新疆伊犁。二十五年重被起用,先後任陝甘總督、陝西巡撫、雲貴總督等職。二十九年因病辭歸。咸豐元年(1851),授欽差大臣赴廣西督理軍務,途中病卒於潮州。謚文忠。林則徐是鴉片戰争前後開明士大夫的代表,他敢於破除閉關鎖國的保守思想,能虛心了解外國情況,吸收新事物,曾組織編譯《四洲志》,開啓研究外國的新風氣,成爲向洋看世界的先導。餘事爲詩,自稱"詩不矜奇善道情"(《題黄杏簾襄陽詩後》)。嘉慶後期,在京曾參加"宣南詩社",社集酬唱,多爲消閒遣興之作。在廣東及謫戍所作,多鬱勃蒼凉之氣。《晚晴簃詩匯》稱其"緣情賦物,靡不裁量精到,中邊俱澈,卓識閎論,亦時流露其間","謫戍後諸作,尤悱惻深厚,有憂國之心,而無怨誹之跡"。亦工詞。著有《雲左山房詩鈔》,詞附集中,今人增校重編爲《林則徐詩集》。《清史列傳》卷三八、《清史稿》卷三六九有傳,事又見金安清《林文忠公傳》及左舜生、魏應麒《林文忠公年譜》、來新夏《林則徐年譜》。

出嘉峪關感賦

其　　一

【題解】

　　原詩共四首,此爲第一首。作於清道光二十二年。時林則徐謫戍新疆伊犁,於這一年十月十一日,途經甘肅酒泉西七十里長城的西端嘉峪關。面對這"天下第一雄關",作者觸景生情,感慨萬千。此詩描寫嘉峪關險峻的形勢,氣象雄偉壯闊,格調豪邁雄俊。全詩勁氣直達,言婉而意哀,頗能代表林詩的風格。

　　嚴關百尺界天西[1],萬里征人駐馬蹄。飛閣遙連秦樹直[2],繚垣斜壓隴雲低[3]。天山巉削摩肩立[4],瀚海蒼茫入望迷[5]。誰道崤函千古險[6],回看祇見一丸泥[7]。

《林則徐全集·詩詞卷》

【校注】

[1] 嚴關:險峻的關隘。唐沈亞之《臨涇城碑》:"而邊至王畿尚萬有餘里,其烽燧之驚,東不過燉煌、張掖之間,又有嚴關重阻盤錯之固綿屬於其中。"清方正瑗《嘉峪關登籌邊樓時寧遠查大將軍入覲》:"金鎖嚴關絕塞開。"界:劃分、區隔。

[2] 飛閣:指巍峨的嘉峪關城樓閣。秦樹直:陝西地方一行行筆直的樹。杜甫《送張十二參軍赴蜀州因呈楊五侍御》:"兩行秦樹直。"　　[3] 繚垣(yuán 原):迴旋的城牆,這裏指長城。隴雲:甘肅地方的雲煙。　　[4] 天山:橫貫新疆中部的山脈。巉(chán 禪)削:山勢險峻。　　[5] 瀚海:沙漠。北周庚信《陳道生墓誌銘》:"沙窮瀚海,地盡皋蘭。"唐陶翰《出蕭關懷古》:"孤城當瀚海,落日照祁連。"

[6] 崤函:這裏指函谷關。在河南靈寶縣西南,戰國時秦國故關。關城在谷中,深險如函。東自崤山,西至潼津,號天險。　　[7] 一丸泥:《後漢書·隗囂傳》:王元說隗囂曰:"元請以一丸泥爲大王東封函谷關,此萬世一時也。"函谷關處在山谷狹道中,形勢險要,易守難攻。而此處形容函谷關遠不如嘉峪關雄壯險要。

【集評】

　　(清)林昌彝《射鷹樓詩話》:"風格高壯,音調淒清,讀之令人唾壺擊碎。然怨而不怒,得詩人溫柔敦厚之旨。"

　　錢仲聯《夢苕庵詩話》:"勁氣直達,音節高朗。其詩云云。言婉而意哀,其隱痛蓋有不能言者矣。”

龔自珍

【作者簡介】

　　龔自珍(1792—1841)，字璱人，號定庵，一名易簡，字伯定，號羽岑山民，更名鞏祚，仁和(今浙江杭州)人。清嘉慶二十三年(1818)舉人，官内閣中書。道光九年(1829)成進士，後充禮部主事。十九年乞歸，二十一年暴卒於丹陽。早年從外祖段玉裁治《説文》，後又從劉逢禄治公羊學，通西北史地及東南海事，兼能讀蒙古、西域、印度字書，佛學精天台宗。與魏源齊名，世稱“龔魏”，學重經世致用。極力提倡“更法”、“改圖”，進行政治和經濟改革。其作品深刻揭露清王朝統治的腐朽，反映社會階級矛盾的尖鋭，有强烈的憂患意識，爲近代思想界發皇啓蒙。康有爲稱其文“皆獨立特出者”(《廣藝舟雙楫》)。詩歌鞭撻黑暗，追求理想，呼唤風雷，氣勢磅礴，色彩瑰麗，開拓新宇，別創新面，對晚清“詩界革命”諸家和南社作者有較大影響。又能詞，譚獻《復堂日記》稱爲“綿麗沉揚，意欲合周、辛而一之，奇作也”。著作等身，不下二十餘種，今人輯爲《龔自珍全集》。《清史稿》卷四八六、《清史列傳》卷七三有傳，事又見吴昌綬《定庵先生年譜》、張祖廉《定庵先生年譜外紀》、沈曾植《龔自珍傳》。

詠　　史

【題解】

　　此詩作於道光五年(1825)。意在借古諷今。清統治者運用文字獄等高壓手段，使“天下之廉恥”被“震盪摧鋤”(龔自珍《古史鉤沉論一》)，官場士林一片腐敗和黑暗，作者對此進行了尖鋭的揭露和抨擊。

　　金粉東南十五州[1]，萬重恩怨屬名流[2]。牢盆狎客操全算[3]，團扇才人踞上游[4]。避席畏聞文字獄[5]，著書都爲稻粱謀[6]。田横五百人安在，難道歸來盡列侯[7]。

《龔自珍全集》第九輯

【校注】

[1]金粉:喻指繁華綺麗的生活,清吳偉業《殘畫》:“六朝金粉地,落木更蕭蕭。”東南十五州:即經濟發達的江南蘇、浙、皖一帶六朝舊地。　　　[2]恩怨:彼此勾心鬥角,怨恨叢生。名流:官場士林人士。　　　[3]牢盆:煮鹽的器具。《漢書·食貨志》:“官與牢盆。”鹽業古代屬官營,故以代指達官貴人。狎客:依附權門的幫閑小人等。全算:全局計劃。　　　[4]團扇才人:指東晉王導之孫王瑉一類貴族子弟,身居要津,卻祇會手搖白團扇,論玄説理,清談誤國。上游:上層社會。

[5]避席:原意是離開坐席起立,有鄭重、謹慎之意。這裏形容士人們一聞文字獄就慌張失態,如臨大敵。文字獄:統治者爲防止和鎮壓知識分子的反抗,故意從作品中摘取字句,羅織罪名,構成冤獄,是爲文字獄。清代康、雍、乾以來文字獄頻仍而酷烈。　　　[6]“著書”句:此句描寫士人們在文字獄的高壓下,猶如驚弓之鳥,苟且偷安,著書立説祇求明哲保身,全不敢涉及現實,祇會耗神於故紙堆,混些衣食之需。稻粱謀:唐杜甫《同諸公登慈恩寺塔》:“君看隨陽雁,各有稻粱謀。”清趙翼《驚聞心餘之訃》:“書生不過稻粱謀,磨蠍身偏願莫酬。”　　　[7]“田橫”二句:《史記》載,劉邦統一天下後,欲使自立爲王的田橫兄弟歸降,以“封侯”相許。但田橫不甘臣服,去洛陽途中慨然自刎。他手下留在島上的五百多人聽到這消息後也全部自殺。作者引用這一充滿壯烈情調和錚錚氣骨的故實,以跟現實形成反差强烈的鮮明對照,發出振聾發聵的反問:難道臣服了真的就能封王封侯嗎?

秋　心

其　一

【題解】

此詩作於道光六年(1826),這年春天作者同魏源一起參加丙戌科會試,一起落第,考官劉逢禄曾賦《傷浙江湖南二遺卷》詩深表惋惜。這已是作者第五次會試名落孫山。同年,詩人的好友謝階樹、程同文、陳沆又相繼去世。一方面是對亡友的傷悼;一方面是懷才不遇的鬱憤;一方面又是對國事民瘼的憂患,這些感情在蕭瑟的秋夜凝聚成寂寞悲涼的澎湃秋心。詩中簫、劍並用的意象組合構成了龔詩的一大特色。

秋心如海復如潮[1],但有秋魂不可招[2]。漠漠鬱金香在臂,亭亭古玉佩當腰[3]。氣寒西北何人劍,聲滿東南幾處簫[4]。斗大明星爛無數,長天一月墜林梢[5]。

《龔自珍全集》第九輯

【校注】

[1] 秋心:六朝鮑照《和王丞》:"秋心日迴絶,春思坐連綿。"唐白居易《吉祥寺見錢侍郎題名》:"秋心正蕭索,況見故人名。"此語爲龔自珍詩詞中常見意象,如"秋心淒緊"(《惜秋華·瑟瑟輕寒》),"似我秋心"(《醜奴兒令·赤攔橋外垂楊柳》),"秋心自覺温"(《菩薩蠻·行雲欲度簾旌去》),"天涯有弟話秋心"(《己亥雜詩》)等。　　[2] 秋魂:招魂爲古之葬禮,秋魂不可招,强調傷悼之情的沉痛和無奈。[3] 漠漠:彌漫而細微。唐羅隱《杏花詩》:"暖觸衣襟漠漠香。"鬱金:亦名鬱金香,一種名貴的香,古時傳説出大秦國(中國古代對羅馬帝國的稱呼)。亭亭:明亮貌。佩玉爲古代貴族和有德之士重要服飾,《禮記·玉藻》云:"古之君子必佩玉。"又説:"君子無故,玉不去身。"此處鬱金香、古玉佩都是借喻作者亡友的美好品德。[4] "氣寒"句:西北邊地的殺氣,喻張格爾在新疆喀什噶爾地區的叛亂。而東南沿海的悲聲,可以理解爲昔日的繁富之地,現在已是民怨沸騰,哀鴻遍野;又可理解爲西方殖民者的海患日逼,有識之士憂心如焚。　　　[5] "斗大"二句:可以理解爲是對"黃鐘毀棄,瓦釜雷鳴"的另一種情景表達。

西郊落花歌

【題解】

　　此詩作於道光七年(1827)暮春三月,適逢詩人五上春闈落第後整整一年。詩人偕好友赴北京豐宜門外約一里處的花之寺觀賞海棠落花。此詩以奇特豐富的想像描繪了落花奇麗壯觀的景象,表達了詩人對落花的讚美與熱愛,寄託了詩人對於清王朝扼殺人才的憂患。詩人是以落第之身看落花,落花的形象融合了詩人複雜的身世之慨,在詩人的詩詞作品中曾多次出現,值得人們細加體味。

　　　　出豐宜門一里[1],海棠大十圍者八九十本[2]。花時車馬太盛,未嘗過也。三月二十六日,大風;明日風少定,則偕金禮部(應城)、汪孝廉(潭)、朱上舍(祖毅)、家弟(自穀)出城飲而有此作[3]。

　　西郊落花天下奇[4]，古人但賦傷春詩[5]。西郊車馬一朝盡，定庵先生沽酒來賞之。先生探春人不覺，先生送春人又嗤[6]。呼朋亦得三四子，出城失色神皆癡[7]。如錢塘潮夜澎湃，如昆陽戰晨披靡[8]；如八萬四千天女洗臉罷[9]，齊向此地傾胭脂。奇龍怪鳳愛漂泊[10]，琴高之鯉何反欲上天爲[11]？玉皇宮中空若洗，三十六界無一青蛾眉[12]。又如先生平生之憂患，恍惚怪誕百出無窮期。先生讀書盡三藏[13]，最喜維摩卷裏多清詞[14]。又聞净土落花深四寸[15]，瞑目觀賞尤神馳。西方净國未可到，下筆綺語何漓漓[16]！安得樹有不盡之花更雨新好者[17]，三百六十日長是落花時。

《龔自珍全集》第九輯

【校注】

[1]豐宜門：金代京城（中都）南面城門，舊址在今北京右安門外西南。清張祥河《關隴輿中偶憶》："京師豐宜門外三官廟，海棠最盛，花時爲士大夫讌集之所。"
[2]海棠：落葉小喬木，花開有深紅、淺紅、白色諸種。這裏所詠應爲豐宜門外三官廟的海棠。作者《己亥雜詩》有"憶豐宜門外花之寺董文恭公手植之海棠"一首，詩云："記得花陰文宴屢，十年春夢寺門南。"花之寺，據作者同年楊掌生《夢華鎖簿》所載，就在三官廟內。　　　[3]金禮部（應城）：禮部官員金應城，浙江錢塘人，金應麟之弟。汪孝廉（潭）：舉人汪潭，字印三，號寄松，浙江錢塘人。朱上舍（祖穀）：監生朱祖穀，生平未詳。自穀：作者族弟龔自穀。　　　[4]西郊：豐宜門外三官廟在北京西郊。　　　[5]傷春詩：古人多爲落花而傷春。　　　[6]嗤（chī 吃）：譏笑。　　　[7]"出城"句：出城看到落花的壯觀，驚歎若癡。　　　[8]昆陽戰：公元二十三年，劉秀（漢光武帝）在昆陽（今河南葉縣境內）以數千精兵戰勝王莽數十萬大軍，爲歷史上著名戰例。《後漢書·天文志上》描寫戰爭場面之激烈："是時光武將兵數千人赴救昆陽，奔擊二公兵，并力猋發，號呼聲動天地，虎豹驚怖敗振。會天大風，飛屋瓦，雨如注水。二公兵亂敗，自相賊，就死者數萬人；競赴滍水，死者委積，滍水爲之不流。"作者以之喻落花場面之壯觀。　　　[9]八萬四千：佛家語，佛經中形容事物極多時，常舉八萬四千之數。天女：即《法華經》、《維摩經》中所謂散花天女。　　　[10]奇龍怪鳳：喻花，亦喻懷才不遇的俊彥奇士。漂泊：明楊基《憶抱翠亭聽歌示徐幼文余唐卿》："何況春歸花落盡，眼前漂泊兩三人。""奇龍怪鳳"以下四句有寄託，作者《尊隱》曰："日之將夕，悲風驟至……問之曰，何哉？古先册書、聖智心肝、人功精英、百工魁桀所成，如京師，京師弗受也，非但不受，又

裂而礫之;醜類咎窳、詐偽不材,是輦是任,是以爲生資,則百寶咸怨,怨則反其野矣。” ［11］琴高之鯉:唐陸廣微《吳地記》:“郡人丁法海與琴高友善……二人共行田畔,忽見一大鯉魚,長可丈餘,一角兩足雙翼,舞於高田。法海試上魚背,静然不動,良久遂下,請高登魚背,乃舉翼飛騰,衝天而去。”或喻干禄者。 ［12］三十六界:即三十六天,據道教典籍《雲笈七籤》稱:神仙居住的天界有三十六重。青蛾眉:這裏指仙女。古代婦女以黛畫眉,黛色近青,故云。這裏以仙女從天上傾宮而出來形容落花之繁盛,亦喻德才修美之士痛遭離棄。 ［13］三藏(zàng 葬):佛家語,指佛教的經藏、律藏、論藏三類佛典,包含佛教全部教義。 ［14］維摩卷:即《維摩詰所説經》,其中有天女散花的故事。 ［15］净土:即佛國,又稱“净刹”、“净國”等。落花深四寸:《無量壽經》:“又風吹散華,遍滿佛土,隨色次第,而不雜亂,柔軟光澤,馨香芬烈。足履其上,陷下四寸,隨舉足矣,還復如故。”“先生”以下四句寓作者禮佛耗奇之意。 ［16］漓漓:淋漓,淋漓盡致。 ［17］更雨新好者:雨,作動詞,飄落意。新好者,又新又好的花。《妙法蓮華經·化城喻品》:“香風吹萎華,更雨新好者。”

夢中作四截句
其 二

【題解】

　　此詩作於道光七年(1827)夏曆十月十三日夜。原詩四首,此爲其中之二。是詩人童心猶存的寫照,同時也抒發了詩人胸中的鬱勃之氣。

　　黄金華髮兩飄蕭[1],六九童心尚未消[2]。叱起海紅簾底月[3],四廂花影怒於潮[4]。

《龔自珍全集》第九輯

【校注】

［1］“黄金”句:狀寫人到中年黄金散盡,白髮飄零,一事無成。 ［2］六九童心:六、九歲的童心。李贄《焚書·童心説》:“夫童心者,真心也……最初一念之本心也。若失卻童心,便失卻真心;失卻真心,便失卻真人。人而非真,全不復有初矣。”作者珍視童心,熱愛童心,詩詞作品中常出現“童心”意象。 ［3］海紅:一種顏色。 ［4］“四廂”句:脱胎於清孫星衍妻王采薇詩“四山花影下如潮”句。

作者詩詞作品中好用"怒"字。末二句可謂"無寄託出"。

【集評】

錢鍾書《也是集》:"其《夢中作四截句》第二首云云,奇語也。似點化淵如(孫星衍)妻王采薇《常離閣集·春夕》……定庵用'怒'字,遂精彩百倍……'影'、'潮'之喻如獲'怒'之渲染而翻新。真修辭老斷輪也。"

己亥雜詩

其　　五

【題解】

《己亥雜詩》共有七絶三百十五首,作於道光十九年(1839),爲古來罕有之大型組詩,題材廣泛,風格多樣,抒寫了這一年中詩人的心靈歷程。這年詩人四十八歲,四月二十三日,詩人匆匆辭官離京南下,不攜家眷,僅僱兩車,一車自載,一車載文集百卷。七月初回到闊別十四年的家鄉杭州。其後又曾多次外出游歷,詩中多有反映。

本詩列第五首,爲剛離京時所作。詩人懷着無限的感傷,告別政治舞臺,雖然一直沉鬱下僚,但終究還是懷有熱切的期待。現在終於成了"落紅",仕途的希望已經破滅,然而詩人並沒有忘掉自己對於國事民瘼的責任,依然志在貢獻社會。

　　浩蕩離愁白日斜[1],吟鞭東指即天涯[2]。落紅不是無情物[3],化作春泥更護花。

《龔自珍全集》第十輯

【校注】

[1]浩蕩:廣闊無邊。唐杜甫《秦州雜詩》:"浩蕩及關愁。"　　[2]吟鞭:詩人的馬鞭。造句本唐劉禹錫《和令狐相公別牡丹》:"春明門外即天涯。"　　[3]落紅:落花,詩人常以落花自喻。

【集評】

屈向邦《粵東詩話》:"龔定庵詩云:'落紅不是無情物,化作春泥更護花。'掃去陳言,芳心如見,纏綿悱惻,真不愧花之千古知己。"

其一二五

【題解】

　　此詩列本題第一二五首,詩人途經鎮江,遇賽神會,看到玉皇及風神、雷神等形象,受到啓發,有感於清王朝扼殺人才,造成舉國一片沉寂,强烈渴望激蕩風雷,讓無數人才脱穎而出,給社會帶來巨大變革。

　　九州生氣恃風雷[1],萬馬齊暗究可哀[2]。我勸天公重抖擻[3],不拘一格降人材。自注:過鎮江,見賽玉皇及風神、雷神者[4],禱祠萬數[5]。道士乞撰青詞[5]。

　　　　　　　　　　　　　　　　　　　　《龔自珍全集》第十輯

【校注】

[1] 九州:《禹貢》劃分全國爲九州,即冀、兖、青、徐、揚、荆、豫、梁、雍九州,後以九州泛指中國。　　[2] 萬馬齊暗:宋蘇軾《三馬圖贊》:"振鬣長鳴,萬馬皆暗。"此處比喻整個清王朝思想壓抑,一片死氣沉沉。　　[3] 抖擻:振奮精神。
[4] 賽:祭拜意。　　[5] 禱祠:禱告祭祀,向神求福。　　[6] 青詞:道教齋醮用的文詞。

十月廿夜大風不寐起而抒懷

【題解】

　　此詩作於道光二年(1822)。本年春天詩人第三次參加會試落第,仍在内閣中書的卑職任上。而上一年夏天,考軍機章京又未被録取,壯志難酬,心情鬱悶,曾賦《能令公少年行》以抒出世之想。而一年以後一切如舊,並無任何轉機。本詩抒發了詩人孤寂、憤懣和無奈的心情。詩人在冬天的大風之夜懷想遠在家鄉的慈母賢妻,並由大風聯想到達官貴人對自己的壓制打擊,而之所以名高謗作,不爲所用,全因自己性格剛直,有獨立見解,不願阿諛附勢所致。一想到這些,風酥雨膩的江南春又浮現在了詩人的眼前。

　　西山風伯驕不仁[1],虓如醉虎馳如輪[2]。排關絶塞忽大至[3],一夕炭價高千緡[4]。城南有客夜兀兀[5],不風尚且悽心神。家書前夕至，憶我人海之一鱗^[6]。此時慈母擁燈坐，姑倡婦和雙勞人^[7]。寒鼓四下夢我至，謂我久不同艱辛。書中隱約不盡道，惚怳懸揣如聞呻^[8]。我方九流百氏譚讌罷^[9]，酒醒炯炯神明真。貴人一夕下飛語^[10]，絕似風伯驕無垠^[11]。平生進退兩顛簸^[12]，詰屈內訟知緣因^[13]：側身天地本孤絕^[14]，矧乃氣悍心肝淳^[15]！欹斜謔浪震四坐^[16]，即此難免群公瞋。名高謗作勿自例^[17]，願以自訟上慰平生親^[18]。縱有噫氣自填咽^[19]，敢學大塊舒輪囷^[20]。起書此語燈燄死^[21]，貍奴瑟縮偎幬茵^[22]。安得眼前可歸竟歸矣，風酥雨膩江南春^[23]。

《龔自珍全集》第九輯

【校注】

[1] 西山：今北京西郊群山的總稱。風伯：即風神。驕不仁：驕橫殘暴。

[2] 虓（xiāo 消）：虎怒吼聲，這裏形容風聲如醉虎的怒吼。　　[3] 排關絕塞：推開關門，橫越邊塞，迅猛而來。　　[4] 緡：串錢的繩子，千文爲一緡。　　[5] 兀（wù 物）兀：孤獨不安的樣子。　　[6] 一鱗：一條小魚，作者自喻。　　[7] 姑倡婦和：指婆媳關係融洽。姑，婆婆。　　[8] 惚怳：即恍惚，不真切。懸揣：擔心揣測。如聞呻：如聞歎息。　　[9] 九流百氏：原指春秋戰國時代九種學術流派和諸子百家，此處可理解爲各種典籍；一說泛指作者的各種朋友。譚讌罷：可理解爲作者且飲且讀，在精神上與"九流百氏"傾談交流；一說實指與朋友傾談歡宴。

[10] 貴人：操縱作者命運的達官貴人。飛語：誹謗言論。　　[11] 驕無垠：驕橫無邊。垠，邊界。　　[12] 顛簸：搖擺不定，指人生進退難以自控。　　[13] 詰（jié 潔）屈：曲折，引申爲反覆。內訟：自我反省。訟，辨明是非。　　[14] 側身：傾側其身，表示戒懼不安。《詩·大雅·雲漢序》："遇災而懼，側身修行。"孤絕：孤特。《漢書·劉向傳》："以不能阿尊事貴，孤特寡助。"　　[15] 矧（shěn 沈）：況且。氣悍心肝淳：性格剛直，心地純樸。　　[16] 欹（qī 期）斜：歪斜不正。謔（xuè 血）浪：戲謔不敬。《詩·邶風·終風》："謔浪笑傲。"　　[17] 自例：自比。

[18] 自訟：自責。　　[19] 噫氣：呼氣，指不平之氣。《莊子·齊物論》："夫大塊噫氣。"填咽：堵在胸中。　　[20] 大塊：大自然。輪囷（qūn 逡）：屈曲不平，指不平之氣。　　[21] 燈燄死：燈燄熄滅。　　[22] 貍奴：貓。幬（chóu 仇）：帳子。茵：褥子。　　[23] 風酥雨膩：即風和雨潤。

浪 淘 沙

書 願

【題解】

　　此詞見於作者《影事詞選》，約作於嘉慶二十三年(1818)。《影事詞》一卷原有十九首，道光元年(1821)，作者選録其中六首，於道光三年六月付刊，是爲《影事詞選》。嘉慶二十三年二月初，作者曾與鈕樹玉等首次遨游太湖。《影事詞選》第一首《暗香》小序稱：“姑蘇小泊作也。紅燭尋春，烏篷夢雨，一時情事，是相見之始矣。”第二首《摸魚兒》小序又稱：“二月八日，重見於紅茶花下，擬之明月入手，彩雲滿懷。”可見此《影事詞》乃作者言情風懷之作，女主人公似刱一船家歌伎。本詞所懷當爲同一女子。

　　雲外起朱樓，縹緲清幽[1]，笛聲叫破五湖秋[2]。整我圖書三萬軸，同上蘭舟[3]。　　鏡檻與香篝[4]，雅儓温柔，替儂好好上簾鉤[5]。湖水湖風涼不管，看汝梳頭[6]。

《龔自珍全集》第十一輯

【校注】

[1]“雲外”二句：想像中的仙居。唐白居易《長恨歌》：“忽聞海上有仙山，山在虚無縹緲間。樓閣玲瓏五雲起，其中綽約多仙子。”　　[2]五湖：即太湖。《國語》卷十九：“自江至於五湖，吳人大敗之於夫椒，遂入越。”宋葛郯《水調歌頭·送唯齋之官回舟松江賦》：“雲聽漁舟夜唱，花落牧童橫笛，占盡五湖秋。”
[3]蘭舟：即木蘭舟，船之美稱。南朝任昉《述異記》：“七里洲中有魯班刻木蘭爲舟，至今在洲中。詩家所云木蘭舟出於此。”　　[4]鏡檻：鏡臺。唐李商隱《鏡檻》：“鏡檻芙蓉入，香臺翡翠過。”香篝：熏籠。宋劉仙倫《菩薩蠻·怨別》：“吹簫人去行雲杳，香篝翠被都閒了。”　　[5]儂：此處爲對人之稱，今吳方言猶稱人爲儂。　　[6]此處所賦環境當爲“蘭舟”之上。

病梅館記

【題解】

　　本文作於道光十九年(1839)，爲作者辭官南歸之後僑寓江蘇崑山時所作，又題作《療梅説》。文章以梅樹爲“文人畫士”的觀念左右，受到“斫正、刪密、鋤直”，被束縛致殘，不能按其天性自由生長，比喻當朝人才爲統治者所牢籠，深受壓抑摧殘，不能脱穎而出，茁壯成長，爲國所用。作者《乙丙之際著議第九》稱：當彼衰世，“而才士與才民出，則百不才督之縛之，以至於戮之”。“夭梅病梅”的手段比之“督之縛之，以至於戮之”可謂有異曲同工之妙。作者在文章的最後，强烈地抒發了自己窮其畢生光陰療救天下“病梅”的理想。

　　江寧之龍蟠[1]，蘇州之鄧尉[2]，杭州之西溪[3]，皆産梅。或曰：“梅以曲爲美，直則無姿；以欹爲美[4]，正則無景；以疏爲美，密則無態。”固也[5]，此文人畫士，心知其意，未可明詔大號以繩天下之梅也[6]；又不可以使天下之民，斫直[7]、刪密、鋤正，以夭梅病梅爲業以求錢也[8]；梅之欹之疏之曲，又非蠢蠢求錢之民能以其智力爲也[9]。有以文人畫士孤癖之隱明告鬻梅者[10]，斫其正，養其旁條，刪其密，夭其稚枝[11]，鋤其直，遏其生氣，以求重價，而江浙之梅皆病。文人畫士之禍之烈至此哉！

　　予購三百盆，皆病者，無一完者。既泣之三日，乃誓療之：縱之順之，毁其盆，悉埋於地，解其棕縛[12]；以五年爲期，必復之全之。予本非文人畫士，甘受詬厲[13]，闢病梅之館以貯之[14]。

　　嗚呼！安得使予多暇日，又多閒田，以廣貯江寧、杭州、蘇州之病梅，窮予生之光陰以療梅也哉！

《龔自珍全集》第三輯

【校注】

[1] 江寧：原江寧府，今屬江蘇南京。龍蟠(pán 盤)：南京清涼山下龍蟠里。

[2] 鄧尉：山名，在蘇州西南光福鎮。　　　　[3] 西溪：在杭州靈隱山西北。

[4] 欹(qī 欺)：歪斜。　　[5] 固：固然、誠然。總貫以下三個長句。　　　　[6] 明詔大號：公開號召。繩：衡量。　　　　[7] 斫(zhuó 苗)：砍削。　　　　[8] 夭梅病梅：

使梅樹畸形病態。　　[9]蠢蠢:愚昧無知。　　[10]孤癖之隱:怪癖的隱衷,即"以曲爲美、以欹爲美、以疏爲美"以病態爲美的觀念。鬻(yù 育):賣。
[11]夭:夭折。　　[12]棕縛:棕繩的束縛。　　[13]詬(gòu 够)厲:辱罵。
[14]闢:設置。

魏　源

【作者簡介】

　　魏源(1794—1857),原名遠達,字默深,又字墨生、漢士,號良圖,晚年自稱"菩薩戒弟子魏承貫",邵陽金潭(今湖南隆回金潭)人。清嘉慶二十五年(1820),攜母親、妻子遷居江蘇寶山父親魏邦魯任所。道光十五年(1835)在揚州鈔關門内倉巷購築絜園定居。道光二年中舉,入貲爲中書。二十五年成進士,歷官江蘇興化、高郵知州。鴉片戰爭時,曾入兩江總督裕謙幕,參與浙東抗英戰役。讀書精博,著述宏富。曾受江蘇布政使賀長齡之聘,輯《皇朝經世文編》一百二十卷。又撰有《聖武記》、《海國圖志》等名著。曾首先提出:"師夷長技以制夷"等觀點,最早主張向西方學習,是近代早期傑出的啓蒙思想家。與龔自珍齊名,詩古文辭,與龔時相切磋。沈曾植並稱之爲"奇才"。其文論學、論治、議戰,皆以經世致用爲大旨。其詩於感慨時事之外,又多山水紀游之作,爲張維屏、林昌彝、王闓運等名家所推許,陳衍稱其爲"清蒼幽峭"一派之首。著有《古微堂内集》、《外集》、《詩集》,又有影印手稿本《清夜齋稿》,今人合編爲《魏源集》。《清史稿》卷四八六、《清史列傳》卷六九有傳,事又見《國朝先正事略》卷四四、魏耆《邵陽魏府君事略》、王家儉《魏源年譜》。

天台石梁雨後觀瀑歌

【題解】

　　此詩約作於道光二十八年(1848)。本年因落葬父母服闋在家,秋作浙江雁蕩之游。魏源一生游歷很廣,山水詩在他的詩集中佔有很大比重。他在《戲自題詩集》中曾說:"昔人所欠將余俟,應笑十詩九山水。"本詩描寫的天台山位於浙江中部,以奇山、怪巖、異瀑、幽洞著稱。詩中描寫雨瀑之聲勢,月瀑之安謐,以及虛寫冰瀑之奇妙,皆如在目前。全詩氣勢磅礴,層次分明,摹狀生動,爲魏源詩集中之名篇。

　　雁湫之瀑煙蒼蒼[1],中條之瀑雷硠硠[2],匡廬之瀑浩浩如河江[3]。惟有天台之瀑不奇在瀑在石梁,如人側臥一肱張[4]。力能撑開八萬四千丈,放出青霄九道銀河霜。我來正值連朝雨,兩崖逼束風愈怒。松濤一湧千萬重[5],奔泉衝奪遊人路。重岡四合如重城[6],震電萬車爭殷轔[7]。山頭草木思他徙,但有虎嘯蒼龍吟。須臾雨盡月華濕,月瀑更較雨瀑謐[8]。千山萬山惟一音,耳畔衆響皆休息。静中疑是曲江濤[9],此則雲垂彼海立。我曾觀潮更觀瀑,浩然胸中兩儀塞[10]。不以目視以耳聽,齋心三日鈞天瑟[11]。造物覘我良不慳[12],所至江山縱奇特。山僧掉頭笑:"休道雨瀑月瀑,那如冰瀑妙。破玉裂瓊凝不流[13],黑光中綫空明窈[14]。層冰積壓忽一摧,天崩地坼空晴昊[15]。前冰已裂後冰乘,一日玉山百頽倒[16]。是時樵牧無聲游屐絶[17],老僧扶杖窮幽討。山中勝不傳山外,武陵難向漁郎道[18]。"語罷月落山茫茫,但覺石梁之下煙蒼蒼,雷硠硠,挾以風雨浩浩如河江!

《魏源集》下册

【校注】

[1] 雁湫(qiū 秋):浙江温州雁蕩山,有大、小龍湫。　　[2] 中條:中條山,在山西南部,其中天柱峰有王官谷雙瀑。硠(láng 狼)硠:石頭相擊之聲,形容瀑聲硠硠如雷。　　[3] 匡廬:廬山,在江西北部,相傳周代有匡氏兄弟在此結廬隱居,故名。　　[4] 肱(gōng 公):胳膊。　　[5] 千萬重:形容水珠飄落。　　[6] 重城:層層城墙。　　[7] 震電:電閃雷鳴。殷:雷聲隆隆。轔(lín 林):車輪滾滾聲。形容瀑聲震天。　　[8] 謐:安静。　　[9] 曲江濤:漢枚乘《七發》:"客曰:'將以八月之望,與諸侯遠方交游兄弟,並往觀濤乎廣陵之曲江……'太子曰:'善,然則濤何氣哉?'客曰:'……其始起也,洪淋淋焉,若白鷺之下翔。其少進也,浩浩澄澄,如素車白馬帷蓋之張。其波涌而雲亂,擾擾焉如三軍之騰裝。其旁作而奔起也,飄飄焉如輕車之勒兵。'"此爲描寫揚州曲江潮之名篇,詩人借此形容瀑勢之浩大。　　[10] 兩儀:指天地。《易·繫辭》:"是故易有太極,是生兩儀。"
[11] "不以"二句:指閉目以心感受、想像瀑聲之奇妙,如同天上仙樂。《莊子·人

間世》："回曰：'敢問心齋？'仲尼曰：'若一志。無聽之以耳，而聽之以心；無聽之以心，而聽之以氣。'"鈞天瑟：即鈞天廣樂。《史記·趙世家》："居二日半，簡子寤。語大夫曰：'我之帝所甚樂，與百神游於鈞天，廣樂九奏萬舞，不類三代之樂，其聲動人心。'"　　　[12]造物：指大自然。貺(kuàng況)：贈送。慳(qiān千)：吝嗇。　　　[13]瓊(qióng窮)：美玉。　　　[14]窈(yǎo咬)：深遠、幽静。[15]昊(hào號)：天空。　　　[16]玉山百頹倒：比喻冰瀑紛紛崩解。《世説新語·容止》："時人目夏侯太初朗朗如日月之入懷，李安國穨唐如玉山之將崩。"[17]游屐：代指游蹤。原爲謝靈運創製的遊山鞋，事見《宋書·謝靈運傳》。[18]"武陵"句：喻指無法向局外人説清楚，即外人難於體會其妙處。武陵：在今湖南常德地區。晉陶潛《桃花源記》曾敍説武陵一漁人誤入與世隔絶之桃花源的故事，是爲所本。

三湘棹歌

沅　　湘

【題解】

　　此詩約作於道光二十七年(1847)，本年詩人南游澳門、香港，北歸途中，又歷游廣東、廣西、湖南、湖北、江西、安徽、江蘇七省，"往返八千里"，經時半年。詩人早在道光四年，曾隨從湖南提督楊芳赴湖南常德，其間詩人深入考察湖南水利，遍歷湘江。這次故地重游，詩人再度陶醉於家鄉的美景之中。《三湘棹歌》共三首，分別爲《蒸湘》、《資湘》和《沅湘》。本詩爲第三首，以描寫沅湘兩岸盛開的桃花爲重點，抒發了詩人的鄉國之情。

　　　　楚水入洞庭者三：曰蒸湘，曰資湘，曰沅湘，故有三湘之名。洞庭即湘水之尾，故君山曰湘山也。資湘亦名瀟湘，今資江發源武岡上游之夫夷水，土人尚曰瀟溪，其地曰蕭地，見《寶慶府志》。《水經注》不言瀟水，而柳宗元別指永州一水爲瀟，遂以蒸湘爲瀟湘，而三湘僅存其二矣。予生長三湘，溯洄雲水，爰爲棹歌三章，以正其失，且寄湖山鄉國之思。

　　是落葉耶是紅雨[1]？蕭蕭瑟瑟打窗户。一更兩更三更雨，如聽離騷二十五[2]。漁翁家住桃源曲[3],江水一年香一度。江碧不如村酒渌[4],女兒每被桃花妬。東風飄出五溪裏[5],流到湖邊舟不止,隔煙呼人問磯沚[6]。洞庭春漲水連天,遠岸青山欲上船[7],江空月落舟茫然。

《魏源集》下册

【校注】

[1] 紅雨:指落花。唐李賀《將進酒》:"桃花亂落如紅雨。"　　[2] 離騷:屈原名篇,此處泛指其作品。《漢書·藝文志》著録其作品二十五篇。漢王逸《楚辭章句》卷十七:"忠臣介士、游覽學者,讀離騷九章之文,莫不愴然心爲悲感。"此處形容夜雨之淒緊。　　[3] 桃源:湖南桃源縣,在沅江下游,境内有桃花源,晉陶潛有《桃花源記》。曲:一隅。　　[4] 渌(lù 録):清澈。　　[5] 五溪:沅江上游的雄溪、樠溪、酉溪、潕溪、辰溪五條支流,在今湖南竹溪縣東。　　[6] 磯(jī 機):水邊突出的巖石。沚(zhǐ 止):水中的小洲。泛指泊船之處。　　[7]"遠岸"句:形容青山迎面而來。明莊學曾《舟行即事》:"宿雨初移岸,春山欲上船。"

湘江舟行

其　　一

【題解】

　　本詩約作於道光二十七年(1847)。詩人南游北歸,由靈渠而達湘江。全詩突出渲染了湘江山水的"清"和"青",使人讀後如臨其境。

　　亂山吞行舟,前檣忽然没[1]。誰知曲折處,萬竹鎖屋闥[2]。全身浸緑雲,清峰慰吾渴。人咳鷗鷺起,净碧上眉髮。近水山例青,湘山青獨活。無雲翠濛濛,煙林盡如潑[3]。遥青一峰顯,近青一峰滅。眼底青甫過[4],意中青鬱勃[5]。彚作無底潭,遥空蔚藍闊。十載畫瀟湘,不稱瀟湘月。今朝船窗底,飽閲千嶇峛[6]。他年載畫船,鷗鷺無汝缺[7]。

《魏源集》下册

【校注】

[1] 檣:船桅。　　[2] 闥:房門。　　[3] 潑:如同潑墨。　　[4] 甫:剛纔。

［5］鬱勃：茂盛、强烈。　　　［6］嶙（qiú 遒）崒（zú 族）：山高峻貌。漢班固《西都賦》：“巖峻嶙崒，金石崢嶸。”　　　［7］“鷗鷺”句：《列子·黄帝》：“（海上之人）其父曰：‘吾聞漚鳥皆從汝游，汝取來，吾玩之。’明日之海上，漚鳥舞而不下也。”楊伯峻案：《三國志·魏書·高柔傳》注引孫盛曰：“機心内萌，則鷗鳥不下。”此處表明作者他年將陶然忘機，隱游於世。

西林春

【作者簡介】

　　西林春（1799—1876 後），西林覺羅氏，名春，字梅仙、子春，號太清，自署太清春，滿洲鑲藍旗人。鄂爾泰侄子之女孫，因故報宗人府爲“顧”姓，遂姓顧。清高宗曾孫貝勒奕繪側室。奕繪卒，與正室長子不合，被逐出爵邸。年七十七雙目失明，仍不廢吟詠。晚年以子貴。與夫奕繪俱工詩詞書畫。詞學周邦彦、姜夔，頗多詠物、題畫之作。王鵬運論滿洲詞人有“男中成容若，女中顧太清”之語。著有《天游閣集》、《東海漁歌》，日本抄本有詞一百四十一闋。生平事蹟見冒廣生《天游閣詩集跋》、孟森《心史叢刊·丁香花》、啓功《書顧太清事》。

江 城 子

紀　夢

【題解】

　　此詞描寫夢中江南梅花勝景，似幻非幻，清新疏淡，瀟灑自如，從大處落筆，而不拘泥於局部的細節刻畫，俊朗而雋永，抒發了作者輕鬆愉快的心情。

　　煙籠寒水月籠紗[1]，泛靈槎[2]，訪仙家。一路清溪、雙槳破煙划。才過小橋風景變，明月下，見梅花[3]。　　梅花萬樹影交加，山之涯，水之涯。澹宕湖天韶秀總堪誇[4]。我欲遍游香雪海[5]，驚夢醒，怨啼鴉。

　　　　　　　　　　　　　　　　　　　　《顧太清奕繪詩詞合集·東海漁歌》

【校注】

［1］“煙籠”句：唐杜牧《泊秦淮》：“煙籠寒水月籠沙，夜泊秦淮近酒家。”

［2］靈槎：能乘往天河的船筏。晉張華《博物志》卷十：“近世有人居海渚者，年年八月有浮槎去來，不失期，人有奇志，立飛閣於槎上，多齎糧，乘槎而去。”唐元結《五如石銘》：“乘彼靈槎，在漢之間。”　　　［3］見梅花：宋文同《過青泥》：“纔過青泥春便好，水邊林下見梅花。”　　　［4］“澹宕”句：澹宕：蕩漾。清侯方域《倪涵谷文序》：“水之所以澹宕自足者，質也。”況周頤改作“影落”。韶秀：美好秀麗。宋劉克莊《皇女昇國公主進封周國公主制》：“唐棣之華，居然韶秀。”　　　［5］香雪海：蘇州光福勝景，其地遍植梅花，冬去春來，白梅似海，冷艷如雪，幽香十里，清宋犖曾題羅“香雪海”三字於支峰石上。清錢大昕《冬至後六日》：“忽憶香雪海，玉梅萬株密。”此處所指妙在可實可虛。

曾國藩

【作者簡介】

曾國藩（1811—1872），字滌生，號伯涵，又號求闕齋主人，湘鄉（今屬湖南）人。清道光十八年（1838）進士，歷官檢討、侍讀、內閣學士，禮部、兵部侍郎、太常寺卿、湖北巡撫、兵部尚書、兩江總督、太子少保、協辦大學士、太子太傅、武英殿大學士、直隸總督，封一等毅勇侯。卒贈太傅，謚文正。以組建湘軍鎮壓太平天國起義得清挤重用。重視採用外國軍火，主張“師夷智以造炮製船”。咸豐十一年（1861），設立安慶內軍械所。同治四年（1865）至五年，與李鴻章在上海創辦江南製造總局等軍事工業。又派遣學童赴美留學，成爲清末興辦洋務事業的首創者。治學兼宗漢、宋，重經世致用。詩文兼工，論文於桐城派“義理、考據、辭章”之外，注入“經濟”作爲重點。古文創作繼桐城派之後，加以擴展，溯源經史，汲駢入散，奇偶互用，別衍爲湘鄉派。選編《經史百家雜鈔》、《古文四象》以樹立宗旨，並於文章、日記、家書中闡述其説。吳汝綸、張裕釗、黎庶昌、薛福成稱四大弟子，傳其衣鉢。論詩受桐城詩派姚鼐的影響，提倡黃庭堅詩，宗法江西派，又欲融李商隱詩於一爐。總歸宿在於杜、韓。選編《十八家詩鈔》作爲正鵠，倡“機神”之説，發詩論家所未發。位高徒衆，爲晚清宋詩派的先行者。其學古未化，且時有獷悍之病。詩文有

《曾文正公詩文集》，另有家書、奏稿、日記等，收入《曾文正公全集》中。《清史列傳》卷六五、《清史稿》卷四〇五有傳，事又見吳汝綸《曾文正公神道碑》、黎庶昌《曾文正公年譜》、杜就田《曾文正公年譜》。

養晦堂記

【題解】

　　此文作於道光三十年(1850)，時作者四十歲。本年正月道光帝昇遐，咸豐帝接位，作者應詔陳用人之策，受到表彰。“養晦堂”爲其好友劉蓉所築，此文乃應劉蓉所請而作。劉蓉(1816—1873)，字孟容，號霞仙。湖南湘鄉人，少時與曾國藩、羅澤南交游。後曾國藩統領湘軍，乃招致佐幕，深受器重。後官至陝西巡撫。“養晦”，語出《詩·周頌·酌》“於鑠王師，遵養時晦”，後以養晦指隱居待時。本文以“凡民”“翹然而思有以上人”與“君子”“暗然退藏”相比較，而明君子之見的高明。並用簡筆勾勒劉蓉的爲人，其君子形象躍然紙上。文末又借莊子、揚雄之論，再次強調全文論點——“君子之道，自得於中，而外無所求”。通觀全文，如峰巒疊起，山迴路轉，文有盡而意無窮。

　　凡民有血氣之性，則翹然而思有以上人[1]。惡卑而就高，惡貧而覬富[2]，惡寂寂而思赫赫之名[3]。此世人之恒情[4]。而凡民之中有君子人者，率常終身幽默[5]，暗然退藏[6]。彼豈與人異性[7]？誠見乎其大，而知衆人所爭者之不足深較也。

　　蓋《論語》載，齊景公有馬千駟[8]，曾不得與首陽餓莩挈論短長矣[9]。余嘗即其說推之，自秦漢以來，迄於今日，達官貴人，何可勝數？當其高據勢要[10]，雍容進止[11]，自以爲材智加人萬萬。及夫身没觀之，彼與當日之厮役賤卒[12]，污行賈豎[13]，營營而生[14]，草草而死者，無以異也。而其間又有以功業文學獵取浮名者，自以爲材智加人萬萬。及夫身没觀之，彼與當日之厮役賤卒，污行賈豎，營營而生，草草而死者，亦無以甚異也[15]。然則今日之處高位而獲浮名者，自謂辭晦而居顯[16]，泰然自處於高明[17]。曾不知其與眼前之厮役賤卒，污行賈豎之營營者行將同歸於澌盡[18]，而毫毛無以少異。豈不哀哉！

　　吾友劉君孟容，湛默而嚴恭[19]，好道而寡欲。自其壯歲，則已泊

然而外富貴矣[20]。既而察物觀變，又能外乎名譽。於是名其所居曰
“養晦堂”，而以書抵國藩爲之記[21]。

　　昔周之末世，莊生閔天下之士湛於勢利[22]，汩於毀譽[23]，故爲書
戒人以暗默自藏[24]，如所稱董梧、宜僚、壺子之倫[25]，三致意焉[26]。
而揚雄亦稱[27]：“炎炎者滅，隆隆者絕。高明之家，鬼瞰其室。”[28]君
子之道，自得於中[29]，而外無所求。饑凍不足於事畜而無怨[30]；舉世
不見是而無悶。自以爲晦，天下之至光明也。若夫奔命於烜赫之
途[31]，一旦勢盡意索[32]，求如尋常窮約之人而不可得[33]，烏睹所謂
焜耀者哉[34]？余爲備陳所以，蓋堅孟容之志，後之君子，亦觀省
焉[35]。

　　　　　　　　　　　　　　　　　　　　　　　　《曾國藩全集·詩文·文》

【校注】

[1] 翹然：突出的樣子。　　[2] 覬(jì 記)：希圖。　　[3] 寂寂：沉寂而不顯揚。
赫赫：顯赫盛大的樣子。　　[4] 恒情：常情。　　[5] 率：傳忠書局本無此字。
[6] 退藏：傳忠書局本作“深退”。　　[7] 豈：傳忠書局本於“豈”後有“生”字。
[8] 齊景公(？—前490)：春秋時齊國國君，名杵臼，齊莊公異母弟。在位期間，朝
政昏亂，好治宮室，聚狗馬，厚賦重刑，百姓怨苦。後任晏嬰爲正卿，稍有抑歛。在
位五十八年，謚景。千駟：形容馬之多。駟，古代一車套四馬，用以稱四馬之車或
車之四馬。這裏指四馬。　　[9] 曾：乃。首陽：山名，在今山西永濟南，傳爲伯
夷、叔齊餓死處。餓莩：餓死者。絜(xié 鞋)論：衡量評論。《論語·季氏》：“齊景
公有馬千駟，死之日，民無德而稱焉。伯夷、叔齊餓於首陽之下，民到於今稱之。”
[10] 勢要：權勢、要職。　　[11] 雍容：容儀溫文。進止：進退舉止。
[12] 廝役：泛指爲人所驅使的奴僕。　　[13] 污行：從事低下行業。賈(gǔ 古)
豎：對商人的蔑稱。　　[14] 營營：往來周旋的樣子。　　[15] 甚：傳忠書局本
無此字。　　[16] 居顯：居於顯要的位置。傳忠書局本“顯”下有“光”字。
[17] 泰然自處於高明：傳忠書局本作“氣足以自振矣”。　　[18] 澌盡：毀滅。
[19] 湛默：深厚而沉默寡言。嚴恭：整肅恭敬。　　[20] 泊然：靜默無爲的樣子。
外富貴：以富貴爲身外之物。　　[21] 抵：送到。　　[22] 莊生：指莊子，名周，
其說見《莊子》一書。閔：憫。湛：耽。　　[23] 汩(gǔ 古)：沉淪。　　[24] 暗
默：暗淡沉默。　　[25] 董梧：吳之有道者。宜僚：姓熊，楚人。壺子：姓林，鄭
人。以上三人分別見於《莊子》中的《徐無鬼》、《山木》、《應帝王》。　　[26] 三

致意:再三表達意旨。　　　[27]揚雄(前53—18):字子雲,西漢蜀郡成都(今屬四川)人。博覽群書,長於辭賦。著有《太玄》、《法言》、《方言》、《訓纂篇》等。
[28]"炎炎"四句:爲揚雄《解嘲》中的句子,載《漢書》卷八十七《揚雄傳》。指顯赫高明的人容易招致毀滅。　　　[29]中:中庸,無偏頗。　　　[30]事畜:從事積儲。
[31]奔命:奔走應命。烜(xuǎn 選)赫:聲威盛大。　　　[32]意索:意思蕭索。
[33]窮約:窮困。　　　[34]焜(kūn 昆)燿:光彩焕發。傳忠書局本作"高明"。
[35]觀省:觀覽省察。傳忠書局本於此句下有"道光三十年,歲在庚戌,冬十月"數句。

王闓運

【作者簡介】

　　王闓運(1833—1916),原名開運,字紉秋,中年改名闓運,字壬甫,一作壬父,五十歲改字壬秋,署所居爲湘綺樓,自號湘綺老人,學者稱湘綺先生,湘潭(今屬湖南)人。咸豐七年(1857)舉人。早歲與鄧輔綸兄弟、龍汝霖、李壽蓉成立蘭林詞社,有"湘中五子"之稱。咸豐九年,會試不第,爲肅順延爲上賓。祺祥政變,肅順被殺,避居各地,博覽諸子,箋注群經。同治元年(1862),入曾國藩幕,因所議多不合,遂離去,退而講學。先後主持成都尊經書院、長沙思賢精舍、衡州船山書院以及南昌高等學堂、江西大學堂等學府。入民國,任國史館長,後辭歸。治學主張經世致用,宗今文經學,所作箋注以疏通文義爲務。著有《春秋公羊何氏箋》、《今古文尚書箋》、《詩經補箋》、《論語集解訓》、《老子注》、《莊子内篇注》、《墨子注》及《湘軍志》等數十種。文法先秦、《史記》;詩效漢魏六朝,爲湖湘派魁首。晚年自輓聯云:"《春秋》表未成,幸有佳兒傳詩禮;縱橫計不就,空餘高詠滿江山。"著有《湘綺樓文集》二十六卷、《外集》二卷,《湘綺樓詩詞集》十八卷、《外集》二卷,《湘綺樓詞鈔》一卷以及《湘綺樓日記》、《湘綺樓説詩》等,門人輯其著述爲《湘綺樓全書》。《清史稿》卷四八二有傳,事又見汪國垣《近代詩人小傳稿》、王代功《湘綺府君年譜》。

湘　上

其　一

【題解】

　　此詩約作於道光二十九年(1849)，時作者讀書於長沙城南書院。光緒庚子(1900)本收此篇，題作"泛舟湘上"。爲作者泛舟湘江感懷之作。

　　客意已在水，遥舟送清暉[1]。殘雲藉落日，隔岸明我衣[2]。平疇上餘青，暝色合衆微[3]。煙態如悦人，藹藹還自歸[4]。長謡鮮所歡[5]，涉江當爲誰[6]。

《湘綺樓詩文集·詩》卷一

【校注】

[1]"遥舟"句：光緒庚子(1900)本作"舟遥帶清暉"。　　[2]"明我衣"：光緒庚子本作"光未晞"。　　[3]暝色：黄昏時分的光景。　　[4]藹藹：暗淡貌。本句光緒庚子本作"棲棲方自歸"。　　[5]長謡：長歌。鮮：少。所歡：喜歡的人。晉陸機《擬涉江采芙蓉》："采采不盈掬，悠悠懷所歡。"本句光緒庚子本作"長吟對所歡"。　　[6]涉江：《古詩》："涉江采芙蓉，蘭澤多芳草。采之欲遺誰，所思在遠道。"

黄遵憲

【作者簡介】

　　黄遵憲(1848—1905)，字公度，别署人境廬主人、水蒼雁紅館主人、東海公、東海黄公、法時尚任齋主人等，嘉應州(今廣東梅縣)人。清光緒二年(1876)舉人，翌年任駐日本公使館參贊，八年調任駐美國三藩市總領事。十五年任駐英國公使館二等參贊。十七年調任新加坡總領事。二十年回國任江寧洋務局總辦。後在上海加入强學會，出資參與創辦《時務報》。入京，被命出使英國，改德國，受阻未行。改官湖南長寶鹽法道，署湖南按察使，佐巡撫陳寶箴舉辦新政，參預戊戌變法。又

奉命出使日本,未行而戊戌政變起,罷歸。其於詩,早年即有"別創詩界"之論,主
張"我手寫我口",以表現"古人未有之物,未闢之境"。詩多重大題材,並大量表現
外國新事物,被梁啓超推尊爲"詩界革命"魁傑,康有爲、丘逢甲、陳三立、鄭孝胥、
俞明震等亦俱加激賞。著有《人境廬詩草》、《日本國志》、《日本雜事詩》等,另有
後人所編《人境廬集外詩輯》。《清史稿》卷四六四有傳,事又見梁啓超《嘉應黃先
生墓誌銘》、錢仲聯《黃公度先生年譜》。

海行雜感
其　　七

【題解】
　　此詩小序稱:"正月十八日,由橫濱展輪往美利堅,二月十二日到。舟中無事,
拉雜成此。"事在光緒八年(1882),作者由日本公使館參贊調任駐美國三藩市總領
事,海行途中,作者仰觀蒼穹,飛騰想像,特別運用現代天文知識,構思成篇,體現了
"詩界革命"的"新派"詩特色。

　　星星世界遍諸天[1],不計三千與大千[2]。倘亦乘槎中有客[3],回
頭望我地球圓[4]。

　　　　　　　　　　　　　　　　　　　　　　　　《人境廬詩草箋注》卷四

【校注】
[1] 諸天:佛學用語,指神界的衆神位,後泛指天界、天空。　　　[2] 三千:佛學用
語,即三千大千世界。佛教認爲,以須彌山爲中心,以鐵圍山爲外廓,在同一日月
照耀下的這一個空間,便是一個小世界。這中間,有四大部洲,洲與洲之間山海迴
環。積一千個小世界,稱爲"小千世界";積一千個"小千世界",稱爲一個"中千世
界";積一千個"中千世界",稱爲"大千世界"。此處泛指宇宙之浩瀚無垠。
[3] 乘槎:晉張華《博物志》稱,有居海者,八月乘槎而犯牽牛星。北周庾信《哀江
南賦》:"況復舟楫路窮,星漢非乘槎可上。"傳說乘槎可達星空。　　　[4]"回頭"
句:白居易《長恨歌》:"回頭下望人寰處。"地球,爲當時新名詞。此處以現代天文
知識展開想像,假設有人從天上回望,那麽我們居住的大地衹是一個圓球。此爲
本詩的最大新意。

哀　旅　順

【題解】

　　旅順,在遼東半島的最南端,和威海衛隔海相對,扼守渤海海峽的通道,是軍事要地。甲午戰爭時是清朝北洋海軍的基地,設有陸路和海岸砲臺數十座,駐軍二十萬。光緒二十年(1894)十月十九日,日軍向旅順發起攻擊。旅順雖然形勢險要,防務鞏固,但守軍統帥先一日就逃往煙臺,其餘將領也隨之逃跑,衹有總兵徐邦道率部孤軍抵抗。最後各炮臺相繼潰敗,旅順遂爲日軍佔領。此詩並沒有正面描寫旅順戰役情景,而是不惜筆墨描繪旅順口地形的險要,僅以最後兩句略寫旅順陷落的情況,以凸現清軍的腐敗無能,令人無限婉惜、悲歎。

　　　　海水一泓煙九點[1],壯哉此地實天險! 炮臺屹立如虎闞[2],紅衣大將威望儼[3]。下有深池列鉅艦[4],晴天雷轟夜電閃[5]。最高峰頭縱遠覽,龍旗百丈迎風颭[6]。長城萬里此爲塹[7],鯨鵬相摩圖一啖[8]。昂頭側睨何眈眈[9],伸手欲攫終不敢[10]。謂海可填山易撼[11],萬鬼聚謀無此膽[12]。一朝瓦解成劫灰[13],聞道敵軍蹈背來[14]。

《人境廬詩草箋注》卷八

【校注】

[1]“海水”句:唐李賀《夢天》:“遙望齊州九點煙,一泓海水杯中瀉。”　　[2]虎闞(hǎn 喊):虎怒貌。《詩·大雅·常武》:“闞如虓虎。”　　[3]紅衣大將:指大炮。《清朝文獻通考》卷一九四:“太宗文皇帝天聰五年(1631),紅衣大炮成,欽定名鑴曰:‘天祐助威大將軍。’”儼:儼然,莊嚴可懼。　　[4]深池:此指軍港。
[5]“晴天”句:寫作戰訓練打炮的情景。　　[6]龍旗:清朝國旗。颭:飄揚。
[7]“長城”句:旅順好似萬里長城的天塹。塹(qiàn 欠):護城河,深溝。
[8]“鯨鵬”句:比喻世界列强交相進逼欲侵佔旅順,吞食中國。相摩:交相進逼。啖:吞吃。唐韓愈《送無本師歸范陽》:“鯨鵬相摩窣,兩舉快一啖。”　　[9]眈(dān 單)眈:注視欲攫貌。《易·頤卦》:“虎視眈眈。”　　[10]攫(jué 決):奪取,抓食。　　[11]海可填:《山海經》有精衛填海故事。山易撼:《宋史·岳飛傳》:“撼山易,撼岳家軍難。”　　[12]萬鬼:指世界列强。　　[13]劫灰:佛學語,劫火之灰。南朝梁釋慧皎《高僧傳·竺法蘭》:“昔漢武穿昆明池底,得黑灰,以

問東方朔。朔云：'不知，可問西域胡人。'後法蘭既至，衆人追以問之。蘭云：'世界終盡，劫火洞燒，此灰是也。'"此指戰火焚毀後的殘跡。　　［14］"聞道"句：當時日軍聯合艦隊先布列於旅順海域，佯攻正面。而另一支日軍，先從花園港口登陸，抵貔子窩，攻陷金州，佔領大連灣，然後再由海上從背後攻陷旅順。

【集評】

王蘧常《國恥詩話》："(《哀旅順》、《哭威海》)兩詩，於兩地及當時形勢，如指諸掌。昔人謂杜老將略同李鄴侯，按察(黄遵憲)又豈在杜老下哉！"

王鵬運

【作者簡介】

王鵬運(1848—1904)，字幼遐，一作幼霞，自號半塘老人、騖翁、半塘僧騖、騖翁等，室名四印齋，廣西臨桂(今桂林)人。原籍浙江山陰(今紹興)。清同治九年(1870)舉人。歷官内閣中書、内閣侍讀、監察御史、禮科給事中。值諫垣十年，自諸親王以下，每被彈劾，直聲震天下。光緒二十一年(1895)曾屢代康有爲上疏，同年八月加入北京强學會。戊戌變法期間又奏請開辦京師大學堂。二十八年南歸，客揚州，主儀董學堂。後二年病卒於蘇州。精於詞，與鄭文焯、朱祖謀、況周頤合稱爲"清季四大詞人"。嘗彙刻《花間集》以迄宋、元諸家詞爲《四印齋所刻詞》。朱祖謀稱其詞："導源碧山，復歷稼軒、夢窗以還清真之渾化。"晚年删定詞集爲《半塘定稿》、《剩稿》。生平事蹟見況周頤《禮科掌印給事中王鵬運傳》。

點 絳 唇
餞　春

【題解】

"餞春"有兩層意思，上片寫餞別春天，發抒春光難駐的人生感慨；下片寫春天的餞別，深一層賦出離愁的悽苦。上下映襯，互相生發，詞情益發沉鬱。

　　　拋盡榆錢[1]，依然難買春光駐。依春無語，腸斷春歸路。　　　春去能來，人去能來否？長亭暮[2]，亂山無數，祗有鵑聲苦[3]。

《半塘定稿·味梨集》

【校注】

[1] 榆錢：即榆莢，垂垂成串似錢，故名。　　　[2] 長亭：古時道旁十里一長亭，五里一短亭，用以暫歇與餞別。　　　[3] 鵑聲：古人常以杜鵑聲表達離別之苦。《重修政和證類本草》："杜鵑初鳴，先聞者主離別，學其聲，令人吐血。"

陳三立

【作者簡介】

　　陳三立（1852—1937），字伯嚴，號散原，晚號散原老人，別號神州袖手人，義寧（今江西修水）人。清光緒十二年（1886）進士，官吏部主事。二十一年參加上海強學會。戊戌變法期間，助父陳寶箴創辦新政，提倡新學，推動變法運動。與譚嗣同、丁惠康、吳保初並稱"維新四公子"。戊戌政變後，父子同被革職。父被賜死後，常往來南京散原別墅與南昌西山間。三十二年，與江西士紳創辦江西南潯鐵路。晚年遷居北平，堅守民族大義，拒受日寇利誘。1937 年日本軍侵佔北平，終日憂憤，絕食五天而逝。其詩爲近代同光體江西派魁首，代表"生澀奧衍"一派，"避俗避熟，力求生澀"，反對"紗帽氣"、"館閣氣"。梁啓超《飲冰室詩話》稱"其詩不用新異之語，而境界自與時流異，醞深俊微，吾謂於唐宋人集中，罕見倫比"。亦工古文。著有《散原精舍詩》、《散原精舍文集》。生平事蹟見李新主編《民國人物傳》、吳宗慈《陳三立傳略》、胡思敬《陳三立傳》。

遣興二首

其　　一

【題解】

　　此詩作於 1901 年冬，時作者在南京。戊戌政變以後，作者與其父同被革職。罷職後從湖南返回江西途中，作者大病，第二年又病，險些病死。未幾，長子師曾之妻范孝嬸病逝。1900年7月，其父陳寶箴又被慈禧太后秘密賜死。戊戌政變對陳氏一家的打擊可謂十分沉重。而庚子事變八國聯軍入侵中國，造成空前浩劫，1901年，八國與清政府正式簽訂了不平等的《辛丑合約》。家難國仇在作者的心靈上投下了濃重的陰影，心情的憂鬱、無奈和消極是可以想見的。本詩之所遣正是這樣一種意興。

九天蒼鶹影寒門[1]，肯掛炊煙榛棘村。正有江湖魚未膾[2]，可堪簾兒鵲來喧[3]！嘯歌還了區中事[4]，呼吸憑回紙上魂[5]。我自成虧喻非指[6]，筐牀芻豢爲誰存[7]。

《散原精舍詩文集・詩》卷上

【校注】

[1] 蒼鶹(hé合)：蒼鷹之類。影：息影。　　[2] 魚未膾：《世說新語・識鑒》："張季鷹辟齊王東曹掾，在洛見秋風起，因思吳中菰菜羹、鱸魚膾，曰：'人生貴得適意爾，何能羈宦數千里以要名爵。'遂命駕便歸。"宋黃庭堅《秋冬之間鄂渚絕市(略)》："東歸卻爲鱸魚膾，未敢知言許季鷹。"宋辛棄疾《水龍吟》："休説鱸魚堪鱠，儘西風季鷹歸未？"　　[3] 可堪：那堪，怎堪。鵲來喧：民間以鵲喧兆客歸。宋蘇軾《次韻李曼朝散得郡西歸留別》："風波定後得西歸，烏鵲喧呼里巷知。"

[4] 區中事：心中事。　　[5] 呼吸：吐納修身。憑回：藉以喚回。紙上魂：杜甫《彭衙行》："剪紙招我魂。"此處言修身養息以安定驚魂。　　[6] 成虧：《莊子・齊物論》："果且有成與虧乎哉？果且無成與虧乎哉？"喻非指：《莊子・齊物論》："以指喻指之非指，不若以非指喻指之非指也；以馬喻馬之非馬，不若以非馬喻馬之非馬也。天地一指也，萬物一馬也。"莊周之意在齊物，此處用齊物之意來尋解脱，表明是非得失都是無所謂的。　　[7] 筐牀芻豢：舒坦的大牀，美味的肉食。泛指舒適優厚的生活條件。《莊子・齊物論》："麗之姬，艾封人之子也。晉國之始得之也，涕泣沾襟；及其至於王所，與王同筐牀，食芻豢，而後悔其泣也。予惡乎知夫死者不悔其始之蘄生乎？"存：備好。此處藉以表明禍福難料，舒適優厚的生活又有什麼意義呢！

嚴　復

【作者簡介】

　　嚴復(1854—1921),初名體乾,又名宗光、傳初,入仕後改今名,字又陵,又字幾道,別號尊疑尺庵、觀我生室主人、觀自然齋主人,晚號瘉壄、瘉壄老人,別署天演宗哲學家等,侯官(今福建閩侯)人。諸生。福州船政學堂畢業。清光緒三年(1877)赴英國留學,先後在抱士穆德大學和格林尼次海軍大學學習。兩年後歸國,在福州船政學堂任教。後調任天津水師學堂總教習、總辦。二十三年,在天津創辦《國聞報》。二十四年,參與向清帝上萬言書,提出變法綱領。庚子事變後,歷任京師大學堂譯局總辦、上海復旦公學校長、安慶高等師範學堂校長。宣統元年(1909),賜文科進士。二年,任海軍協都統、資政院議員。入民國,任京師大學堂校長、約法會議議長等。袁世凱密謀稱帝,曾列名籌安會。光緒二十二年至三十四年,曾翻譯《原富》、《羣學肄言》、《法意》、《羣己權界論》、《社會通詮》、《名學淺說》、《穆勒名學》等西方社會科學名著,最早系統地譯介和傳播西方學術思想。晚年思想趨於保守,主張復古,提倡尊孔。詩文並工,散文雅馴辭達,詩受“同光體”影響,被梁啓超列入《廣詩中八賢歌》。翻譯著作,輯爲《嚴譯名著叢刊》與《侯官嚴氏叢刊》,詩文著作有《嚴幾道詩文鈔》、《瘉壄堂詩集》。今人輯有《嚴復集》。《清史稿》卷四八六有傳,事又見陳寶琛《嚴君墓誌銘》、王蘧常《嚴幾道年譜》、嚴璩《先府君年譜》。

譯天演論自序

【題解】

　　本文作於光緒二十二年重九,即 1896 年 10 月 26 日。甲午戰争以後,中國處於民族淪亡的危急關頭。爲了救國,作者向西方尋求真理。《天演論》是十九世紀英國自然科學家赫胥黎(Thomas Henry Huxley,1825—1895)所著《進化論與倫理學及其他論文》(*Evolution and Ethics and other Essays*)一書的前兩篇。主要内容是闡發達爾文的進化學説。作者的翻譯,實爲譯評,而非直譯。其目的在於“取便發揮”以明救國之“達旨”。赫胥黎是堅定的達爾文主義者,但他反對將進化論原則運用到人類社會。作者不同意赫胥黎的觀點,書中主要採用斯賓塞(Herbert Spencer ,1820—1903)的社會原理,以按語的形式來反駁赫胥黎。並借此倡導進化論的新世界觀。但作者也並不完全贊同斯賓塞,他反對將"物競天擇"的自然規律不加限制和改造就運用於人類社會,他認爲這是斯賓塞的"末流之失"。故《天演論》所闡發的既非原汁的斯賓塞的社會進化論,也不同於赫胥黎的人性本善的倫理學説。此書的問世,在當時具有振聾發瞶的作用。本文爲中譯本《天演論》的序,文中介紹了西方的邏輯學、自然科學和進化論的思想,並指出其在自强保種方面的意義,對當時士大夫之孤陋寡聞、抱殘守缺也進行了揭露和批判。

　　英國名學家穆勒約翰有言[1]:"欲考一國之文字語言,而能見其理極[2],非諳曉數國之言語文字者不能也。"斯言也,吾始疑之,乃今深喻篤信[3],歉其説之無以易也。豈徒言語文字之散者而已[4],即至大義微言[5],古之人殫畢生之精力,以從事於一學,當其有得,藏之一心,則爲理;動之口舌,著之簡策,則爲詞,固皆有其所以得此理之由,亦有其所以載焉以傳之故。嗚呼,豈偶然哉! 自後人讀古人之書,而未嘗爲古人之學,則於古人所得以爲理者,已有切膚精愫之異矣[6]。又況歷時久遠,簡牘沿訛[7],聲音代變,則通假難明[8];風俗殊尚,則事意參差。夫如是,則雖有故訓疏義之勤,而於古人詔示來學之旨,愈益晦矣。故曰,讀古書難。雖然,彼所以託焉而傳之理[9],固自若也。使其理誠精,其事誠信,則年代國俗無以隔之,是故不傳於兹,或見於彼,事不相謀而各有合。考道之士[10],以其所得於彼者[11],反以證諸吾古人之所傳,乃澄湛精瑩[12],如寐初覺,其親切有味,較之覘畢爲學者[13],萬萬有加焉。此真治異國語言文字者之至樂也。

　　今夫六藝之於中國也[14],所謂日月經天、江河行地者爾;而仲尼之於六藝也,《易》、《春秋》最嚴[15]。司馬遷曰:"《易》本隱以之顯,《春秋》推見至隱。"[16]此天下至精之言也。始吾以謂本隱之顯者,觀象、繫辭以定吉凶而已[17];推見至隱者,誅意褒貶而已[18]。及觀西人名學,則見其於格物致知之事[19],有内籀之術焉[20],有外籀之術焉[21]。内籀云者,察其曲而知其全者也,執其微以會其通者也[22];外籀云者,據公理以斷衆事者也,設定數以逆未然者也[23]。乃推卷起曰:有是哉,是固吾《易》、《春秋》之學也。遷所謂本隱之顯者,外籀也;所謂推見至隱者,内籀也,其言若詔之矣。二者即物窮理之最要途術也[24]，而後人不知廣而用之者，未嘗事其事，則亦未嘗咨其術而已矣。

　　近二百年，歐洲學術之盛，遠邁古初；其所得以爲名理、公例者，在在見極[25]，不可復搖。顧吾古人之所得，往往先之，此非傅會揚己之言也。吾將試舉其灼然不誣者，以質天下[26]。夫西學之最爲切實而執其例可以御蕃變者[27]，名、數、質、力四者之學是已[28]。而吾《易》則名、數以爲經，質、力以爲緯，而合而名之曰《易》。大宇之內，質、力相推[29]，非質無以見力，非力無以呈質。凡力皆乾也，凡質皆坤也。奈端動之例三[30]，其一曰，靜者不自動，動者不自止，動路必直，速率必均。此所謂曠古之慮[31]，自其例出，而後天學明，人事利者也。而《易》則曰：“乾，其靜也專，其動也直。”後二百年，有斯賓塞爾者[32]，以天演自然言化[33]，著書造論，貫天地人而一理之[34]，此亦晚近之絶作也。其爲天演界説曰：翕以合質，闢以出力，始簡易而終雜糅[35]。而《易》則曰：“坤，其靜也翕，其動也闢。”至於“全力不增減”之説，則有“自強不息”爲之先[36]；“凡動必復”之説，則有“消息”之義居其始[37]；而“易不可見，乾坤或幾乎息”之旨[38]，尤與“熱力平均、天地乃毀”之言相發明也[39]。此豈可悉謂之偶合也耶？

　　雖然，由斯之説，必謂彼之所明，皆吾中土所前有，甚者或謂其學皆得於東來，則又不關事實，適用自蔽之説也[40]。夫古人發其端，而後人莫能竟其緒；古人擬其大[41]，而後人未能議其精，則猶之不學無術未化之民而已。祖父雖聖，何救子孫之童昏也哉！大抵古書難讀，中國爲尤。二千年來，士徇利禄，守闕殘，無獨闢之慮。是以生今日者，乃轉於西學得識古之用焉。此可與知者道，難與不知者言也。風氣漸通，士知夐陋爲恥[42]，西學之事，問塗日多。然亦有一二鉅子，詘然謂彼之所精，不外象數形下之末[43]；彼之所務，不越功利之間。逞臆爲談[44]，不咨其實。討論國聞[45]，審敵自鏡之道[46]，又斷斷乎不如是也。赫胥黎氏此書之旨，本以救斯賓塞爾任天爲治之末流[47]。其中所論，與吾古人有甚合者。且於自強保種之事，反復三致意焉。夏日如年，聊爲迻譯[48]。有以多符空言，無裨實政相稽者[49]，則固不佞所不恤也[50]。光緒丙申重九嚴復序。

【校注】

［1］名學：邏輯學。穆勒約翰：即 John Stuart Mill（1806—1873），今譯約翰·穆勒，英國十九世紀資産階級思想家、哲學家。　　［2］理極：理之極詣，即深刻的道理。　　［3］深喻篤信：深切理解，堅信不疑。　　［4］散者：指片言隻語。

［5］大義微言：重大意旨，精微言辭。漢劉歆《移書讓太常博士》："乃夫子没而微言絶，七十子終而大義乖。"　　［6］切膚精憮：切，深切。膚，膚淺。精，精到。憮（wǔ 午），粗淺。　　［7］簡牘：指書本。沿訛：沿襲錯誤。　　［8］"聲音"二句：讀音隨着時代發生變化，通假字的原義難於明瞭。　　［9］託焉而傳之理：借古書而傳之後世的道理。　　［10］考道之士：研究學問，追求真理的人。

［11］彼：指外國。　　［12］澄湛：清楚，深刻。精瑩：精純，透徹。　　［13］覘（chān 攙）畢：覘，看，閱讀。畢，簡牘。指埋頭死讀古書的學者。　　［14］六藝：儒家六經，即《詩》、《書》、《禮》、《樂》、《易》、《春秋》。　　［15］嚴：尊。引申爲推崇。　　［16］"《易》本隱"二句：語出《史記·司馬相如傳贊》，謂《周易》是根據卜卦來推測人事的凶吉，卜卦是隱微的，人事是顯現的，故云"本隱而之顯"。《春秋》從具體的事件推到褒貶的道理，事件是顯現的，道理是隱微的，故云"推見至隱"。

［17］觀象：卜卦術語，觀察龜甲裂紋（卦象）。繫辭：附在卦下解釋卦卜之辭。

［18］誅意褒貶：指《春秋》記録事件，並根據具體事件進行褒貶。誅，譴責，抨擊。

［19］格物致知：研究事物從而得到知識。《禮記·大學》："欲誠其意者，先致其知，致知在格物。"　　［20］内籀（zhòu 宙）：歸納法的舊譯。籀，通"抽"。抽取；引出。　　［21］外籀：演繹法的舊譯。　　［22］微：小，個別。通：普遍。

［23］定數：原則，定律。逆：逆料，推斷。未然：未知。　　［24］最要途術：最重要的途徑和方法。　　［25］在在見極：處處達到頂點。　　［26］質天下：就正於天下。　　［27］御蕃變：駕御繁複變化的事物。　　［28］名、數、質、力：指名學（邏輯學）、數學、化學、物理。　　［29］質、力相推：質指物質、物體，力指運動。相推，相互作用。　　［30］奈端：即 Isaac Newton（1642—1727），今譯牛頓，英國物理學家、天文學家和數學家。動之例三：即牛頓的力學三定律。　　［31］曠古之慮：前所未有的思想。　　［32］斯賓塞爾：即 Herbert Spencer（1820—1903），英國社會學家。　　［33］天演自然言化：用天演論（即生物進化）及自然界變化的理論來解釋人類社會的演化。　　［34］"貫天"句：把天、地、人用一種道理貫通起來。　　［35］"翕以"三句：是説聚合構成物質，分解就釋放能量（如光、熱等），萬物開始簡單，最終複雜。翕（xī 溪）：凝聚。闢：開闢，分解。　　［36］"全力不增減"之説：即能量守恒定律。自強不息：《易·乾卦》："君子以自強不息。"其原意是就修養、品德而言，這裏用以附會説明物質不滅。　　［37］"凡動必復"之

説:指牛頓力學第三定律,即作用力和反作用力相等,方向相反。消息之義:《易·豐卦》:“天地盈虚,與時消息。”原指天(寒暑)、地(山河)的盈虚都隨着時間消長向反面轉化,這裏用以附會説明反作用力。　　　[38]“而易”二句:《易·繫辭上》:“乾坤毀,則無以見易;易不可見,則乾坤或幾乎息矣!”意思是天地毁滅就没有“易”的變化;“易”變化消失,天地也就接近於毁滅。易,指陰陽變化消長的現象。　　　[39]“熱力平均、天地乃毀”:即德國物理學家克勞修斯(Rudolph Clausius,1822—1888)的“熱寂説”。他認爲世界上一切運動形式都要轉化爲熱。熱漸漸消失於太空中,達到熱力平均,一切運動都將停止,世界就要毀滅。[40]自蔽:自我蒙蔽,自欺欺人。　　　[41]擬其大:草創其大概。　　　[42]弇(yǎn眼)陋:粗淺鄙陋。　　　[43]訑(yí宜)然:自以爲是的樣子。象數:物象數理。原指龜筮,古人占卜,以龜紋爲象,蓍草多少爲數,象數並稱。形下:具體器物。《易·繫辭上》:“形而上者謂之道,形而下者謂之器。”　　　[44]逞臆:不據事實,主觀猜測、臆斷。　　　[45]國聞:國家時事。　　　[46]審敵自鏡:審察敵情,用作自己的鑒戒。　　　[47]任天爲治:斯賓塞用自然法則解釋人類社會,主張治理國家要聽其自然。末流:流弊。　　　[48]迻譯:翻譯。“迻”同“移”。[49]相稽:相查考。　　　[50]不佞:不才,此爲作者謙辭。不恤:不顧。

文廷式

【作者簡介】

文廷式(1856—1904),字道希,號雲閣,一作芸閣,又號薌德、羅霄山人,晚號純常子,江西萍鄉人。以父赴官任,僑居廣州。光緒十六年(1890)殿試一甲第二名及第,授職編修。二十年任翰林院侍讀學士。中日甲午戰爭起,力主抗擊,上疏請罷慈禧生日慶典,奏劾李鴻章“喪心誤國”。後被革職驅逐出京。歸里後鼓吹變法,戊戌政變幾遭不測,東走日本。歸滬後,參與籌組愛國會。詞最著名,取法蘇、辛,所作頗關時政。於浙西、常州二派外,獨樹一幟。胡先驌稱其“意氣飆發,筆力橫恣”(《評雲起軒詞》)。著有《雲起軒詞鈔》、《文道希先生遺詩》、《純常子枝語》、《補晉書藝文志》、《聞塵偶記》等。生平事蹟見胡思敬《文廷式傳》、汪曾武《萍鄉文道希學士事略》、沈曾植《文君芸閣墓表》、錢仲聯《文廷式年譜》。

祝英臺近

【題解】

此詞作於光緒二十一年(1895)。中日甲午戰爭後,文廷式因奏劾李鴻章"喪心誤國"獲罪南歸。全詞借男女離合之情,澆胸中之塊壘,含蓄蘊藉,寄託遥深,得辛棄疾《祝英臺近·晚春》一詞神理。

剪鮫綃[1],傳燕語[2],黯黯碧雲暮[3]。愁望春歸,春到更無緒。園林紅紫千千,放教狼藉[4],休但怨、連番風雨[5]。　　謝橋路[6],十載重約鈿車,驚心舊游誤[7]。玉佩塵生[8],此恨奈何許!倚樓極目天涯,天涯盡處,算祇有濛濛飛絮[9]。

《雲起軒詞》

【校注】

[1] 鮫綃:相傳爲鮫人所織之綃,借指輕紗。　　[2] 燕語:燕語呢喃,以喻情話。[3] 黯黯:昏暗貌。晉陶潛《祭程氏妹文》:"黯黯高雲,蕭蕭冬月。"南朝梁江淹《休上人怨別》:"日暮碧雲合,佳人殊未來。"　　[4] 狼藉:散亂不整貌。宋歐陽修《采桑子》:"狼藉殘紅。"　　[5] 連番風雨:宋辛棄疾《摸魚兒》:"更能消幾番風雨,匆匆春又歸去。"　　[6] 謝橋:即謝游橋,在桂林,傳說因謝朓而得名。後世詞中泛指文人所游之橋。宋吳文英《浪淘沙慢》:"年年謝橋月。"　　[7] "十載"二句:據錢仲聯《文廷式年譜》載,光緒十一年,作者入都,名動公卿,都中勝流,相與交游。至此,友人開始紛紛離散。鈿車:飾以金花之車。　　[8] 玉佩:古人常以玉佩爲信物。　　[9] 濛濛飛絮:宋張先《一叢花》:"離愁正引千絲亂,更東陌,飛絮濛濛。"

【集評】

王瀣手批《雲起軒詞鈔》:"'愁望'以下,其怨愈深,後遍諷刺不少。"
葉恭綽《廣篋中詞》:"與稼軒《寶釵分》,同爲感時之作。"

朱孝臧

【作者簡介】

朱孝臧(1857—1913)，更名祖謀，字藿生，一字古微，號漚尹，晚仍用原名，又號彊村，別號上彊山民、上彊村民、上彊村人等，歸安(今浙江湖州)人。清光緒九年(1883)進士，授編修，累擢至侍講學士、禮部侍郎兼署吏部侍郎。三十年，出任廣東學政，僅二年，引疾去。民國後，寓居上海，以遺老終。始以能詩名，及官京師，交王鵬運，專心爲詞。久寓蘇州，與鄭文焯同主吳中詞壇，並爲晚清"四大詞人"之一。殫究音律，校輯詞籍，嘗校刻唐、宋、金、元詞爲《彊村叢書》，凡一百七十九種，又輯《湖州詞徵》、《國朝湖州詞徵》、《滄海遺音集》。所爲詞，時人評價甚高，王國維稱："彊村學夢窗，而情味較夢窗反勝，蓋有臨川、廬陵之高華，而濟以白石之疏越者，學人之詞，斯爲極則。"葉恭綽逕謂其"集清季詞學之大成"。晚歲删定所作詞爲《彊村語業》三卷，龍榆生爲補刻一卷。生平事蹟見夏孫桐《朱公行狀》、陳三立《朱公墓誌銘》。

鷓　鴣　天

九日，豐宜門外過裴村別業

【題解】

此詞爲悼懷劉光第而作。劉爲戊戌政變被害"六君子"之一，字裴村，光緒九年(1883)進士。與譚嗣同等參與光緒新政。光緒二十四年八月政變發生，八月十三日，劉光第等"六君子"被殺戮於北京菜市口。此詞作於劉光第死後二十五天。作者經過其豐宜門外別業，悲從中來，乃借景抒情，雖無一字涉人事，而意在其中。

野水斜橋又一時，愁心空訴故鷗知[1]。淒迷南郭垂鞭過，清苦西峰側帽窺[2]。　　新雪涕，舊絃詩[3]，惝惝門館蝶來稀[4]。紅萸白菊渾無恙[5]，祇是風前有所思[6]。

《彊村語業》

【校注】

[1]"野水"二句:造句脱胎於南宋張炎《甘州》:"向尋常、野橋流水，待招來、不是

舊沙鷗。"野水、斜橋、沙鷗猶在,唯故人已逝,此心雖空訴,而故鷗能知。
[2]"淒迷"二句:南郭:豐宜門裴村別業在北京城南。《南史·王僧祐傳》:"(僧祐)贈儉詩云:'汝家在市門,我家在南郭。汝家饒賓侶,我家多鳥雀。'"清苦西峰:出自南宋姜夔《點絳唇》:"數峰清苦,商略黃昏雨。"西峰,北京郊外西山。垂鞭、側帽:語本南宋陸游《滿江紅》:"欹帽閒尋西瀼路,鞾鞭笑向南枝説。"《北史·獨孤信傳》:"信在秦州,嘗因獵日暮,馳馬入城,其帽微側,詰旦而吏人有戴帽者,咸慕信而側帽焉。" [3]絃詩:《史記·孔子世家》載,孔子取詩三百五篇,皆絃歌之。此處指當年酬唱之詩。 [4]愔(yīn 音)愔:深靜貌。元黃溍《即事》:"愔愔門巷客來稀。" [5]紅萸白菊:古代重九日有飲菊花酒,插茱萸的習俗。雖然眼前習俗無變,而故人不在。 [6]有所思:南唐李煜《悼詩》:"咽絶風前思。"

康有爲

【作者簡介】

康有爲(1858—1927),名祖詒,字廣廈,號長素,又號更生、更甡,別署不忍、西樵山人、天游化人、南海老人等,在日本用名榎木森,一作夏木森,南海(今屬廣東)人。清光緒二十一年(1895)進士,授工部主事。早歲受業於名儒朱次琦,光緒五年遊香港,始聞西學。十四年應順天鄉試落第,撰《上清帝第一書》,呼籲變法,未達。歸粵後,開萬木草堂延徒講學,聲名大著。甲午戰敗,聞《馬關條約》簽訂消息,在京發動著名的"公車上書"。又創辦強學會,鼓吹維新。二十四年戊戌四月,得光緒帝召見,奉陳變法事宜,促成"百日維新"。政變作,逃亡海外,組織保皇會,主張君主立憲。蹤跡遍亞、美、歐、非各洲。清亡後,任孔教會會長。張勳復辟,任弼德院副院長,事敗南行。晚年曾在上海舉辦天遊學院,講授國學。後逝世於青島。在思想學術方面,提倡今文經公羊學,借宣傳孔子託古改制,昌言變法改良。其文學創作,服務於其政治要求。論詩稱"意境幾於無李杜,目中何處着元明"、"新世瑰奇異境生,更搜歐亞造新聲"。有大量詩作表現海外新世界,爲"詩界革命"派主將。詩風雄肆,飽含愛國精神。梁啓超評爲"元氣淋漓,卓然大家"。亦工散文,並能詞。著述宏富,主要有《新學僞經考》、《孔子改制考》、《戊戌奏稿》、《禮運注》等。別集有《康南海文集彙編》、《康南海先生詩集》。今人輯有《南海先生遺著彙刊》及《康有爲全集》。《清史稿》卷四七三有傳，事又見梁啓超《康南海傳》、張伯禎《南海康先生傳》、《康南海自編年譜》、簡夷之《康南海年譜簡編》。

歐洲十一國遊記自序

【題解】

　　本文作於清光緒三十年(1904)。二十四年戊戌政變發生後，作者於夏曆九月十二日由香港東渡日本，開始了長達十五年的流亡生活。爲躲避清剄的追殺，作者頻繁遷徙，輾轉數十國。本年夏二月，遊越南、泰國。三月，至檳榔嶼。四月，渡印度洋入地中海。半年中，遊意大利、瑞士、奧地利、匈牙利、德國、法國、丹麥、挪威、瑞典、比利時、荷蘭、英國等國，期間創作了《歐洲十一國遊記》。本序爲十一月回到加拿大溫哥華後所作。作者在文中表示要以神農遍嘗百草的精神，考察世界各國文明，吸收其精華，作爲療救祖國百年沉屙的良藥。

　　將盡大地萬國之山川、國土、政教、藝俗、文物，而盡攬掬之、採別之、掇吸之[1]，豈非凡人之所同願哉？於大地之中，其尤文明之國土十數，凡其政教、藝俗、文物之都麗鬱美[2]，盡攬掬而採別、掇吸之，又淘其粗惡而存其英華焉，豈非人之尤所同願耶？然史弼之征爪哇也，誤以爲二十五萬里[3]。元卓術太子之入欽察也，馬行三年乃至[4]。博望鑿空[5]，玄奘西游[6]，當道路未通、汽機未出之世[7]，山溝阻深，歲月澶漫[8]。以大地之無涯，而人力之短薄也，雖哥侖布、墨志領、岌頓曲之遠志毅力[9]，而足跡所探遊者，亦有限矣。然則欲攬掬大地也，孰從而攬之？故夫人之生也，視其遇也。芸芸衆生，閱億萬年，遇野蠻種族部落交爭之世，居僻鄉窮山之地，足跡不出百數十里者，蓋皆是矣。

　　進而生萬里文明之大國，而舟車不通，亦無由睹大九洲而遊瀛海[10]。吾華諸先哲，蓋皆遺恨於是。則雖聰明卓絕，亦爲區域所限。英帝印度之歲[11]，南海康有爲以生，在意王統一之前三年[12]，德法戰之前十二年也[13]。所遇何時哉？汽船也[14]，汽車也[15]，電綫也[16]，之三者，縮大地促交通之神具也。汽船成於我生之前五十年，汽車成於我生之前三十年，電綫成於我生之前十年。而萬物變化之祖爲瓦特之機器[17]，亦不過先我生八十年。凡歐美之新文明具，皆發於我生百年內外耳。萃大地百年之英靈，竭哲巧萬億之心精[18]，奔走薈萃，發揚飛鳴，磅礴浩瀚，積極光晶，彙百千萬億之泉流而成江河湖海，以注於康有爲之生世。大陳設以供養之，俾康有爲肆其雄心，縱其足跡，窮其目力，供其廣長之舌[19]，大饕餮而吸飲焉[20]。

自四十年前，既攬掬華夏數千年之所有。七年以來，汗漫四海[21]，東自日本、美洲，南自安南、暹羅、柔佛、吉德、霹靂、吉冷、爪哇、緬甸、哲孟雄、印度、錫蘭[22]，西自阿拉伯、埃及、義大利、瑞士、奧地利、匈牙利、丹墨、瑞典、荷蘭、比利時、德意志、法蘭西、英吉利[23]，環周而復至美[24]。嗟乎！康有爲雖愛博好奇，探賾研精[25]，而何能窮極大地之奇珍絕勝，置之眼底足下，攬之懷抱若此哉！縮地之神具，文明之新製，不自我先，不自我後，特製竭作，以效勞貢媚於我。我幸不貴不賤，無所不入，無所不睹。俾我之耳目聞見[26]，有以遠軼於古之聖哲人[27]，天之厚我乎，何其至也！

夫中國之圓首方足[28]，以四五萬萬計。才哲如林，而閉處內地，不能窮天地之大觀。若我之遊蹤者，殆未有焉。而獨生康有爲於不先不後之時，不貴不賤之地，巧縱其足跡、目力、心思，使遍大地，豈有所私而得天幸哉？天其或哀中國之病，而思有以藥而壽之耶？其將令其攬萬國之華實，考其性質色味，別其良楛[29]，察其宜否，製以爲方，採以爲藥，使中國服食之而不誤於醫耶？則必擇一耐苦不死之神農，使之遍嘗百草，而後神方大藥可成，而沉痾乃可起耶？則是天縱之遠遊者，乃天責之大任；則又既惶既恐，以憂以懼，慮其弱而不勝也。

雖然，天既强使之爲先覺以任斯民矣，雖不能勝，亦既二十年來晝夜負而戴之矣。萬木森森，百果具繁，左捋右擷[30]，大爵橫吞，其安能不別良楛、察宜否、審方製藥，以饋於我四萬萬同胞哉！方病之殷[31]，當群醫雜遝之時[32]，我國民分甘而同味焉，其可以起死回生、補精益氣，以延年增壽乎？吾之謂然，人其不然耶？其果然耶？

吾於歐也，尚有俄羅斯、突厥、波斯、西班牙、葡萄牙未至也[33]；於美也，則中南美洲未窺；而非洲未入焉；其大島，若澳洲、古巴、檀香山、小呂宋、蘇禄、文萊未過[34]。則吾於大地之藥草尚未盡嘗,而製方豈能謂其不謬耶?抑或惡劣之醫書可以不讀,或不龜手之藥可以治宋國[35],而猶有待於遍遊耶?康有爲曰:吾猶待於後,遍遊以畢吾醫業。今歐洲十一國遊既畢,不敢自私,先疏記其略,以請同胞分嘗一臠焉[36]。吾爲廚人而同胞坐食之,吾爲畫工而同胞遊覽焉,其亦不棄諸?

　　孔子生二千四百五十六年即光緒三十年冬至,康有爲記於美洲北太平洋域多利之文島故居寥天室[37]。

《歐洲十一國遊記》

【校注】

[1] 搰:抓取,取。掇(duó 奪)吸:選取吸收。　　[2] 都麗:華麗,美麗。

[3]“史弼”二句:史弼(1211—1297):字君佐,又名塔剌渾,蠡州博野人。元朝猛將。1292 年,受封榮禄大夫、福建等處行中書省平章政事,率亦黑迷失、高興等征爪哇。《續資治通鑑·元紀十》元成宗元貞元年(1295)九月:“爪哇遣使獻方物。史弼既以罪廢,至是起同知樞密院事。伊爾嚕言弼等以五千人渡海二十五萬里,入近代未嘗至之國,俘其王及諭降旁近小國,宜加矜憐。遂詔還其所籍家資,拜江西行中書省右丞。”渡海二十五萬里,顯爲誤傳,故云。爪哇:今屬印尼。

[4]“元卓術”二句:卓術:當爲術赤(1177—1225),成吉思汗長子。驍勇善戰,屢隨父出征。1219 年,從父西征。1220 年攻取花剌子模舊都玉龍傑赤等城。又征服欽察。成吉思汗分封諸子,術赤封地最西,得今鹹海、里海以北之地。其次子拔都承襲汗位,在其封地的基礎上建欽察汗國。欽察:即 Kipchak。十一世紀中葉佔據東起亞速海北濱、西至黑海北濱的廣大歐亞草原的部落聯盟。　　[5] 博望:指張騫,騫曾封博望侯。鑿空:開通道路,指開通西域。《史記·大宛列傳》:“然張騫鑿空,其後使往者皆稱博望侯。”　　[6] 玄奘西游:玄奘(602—664),唐高僧,通稱三藏法師。本姓陳,名禕。洛州緱氏(今河南偃師緱氏鎮)人。十三歲出家,二十歲在成都受具足戒。曾游歷各地,遍訪名師。貞觀元年(627)玄奘結侶陳表,請允西行求法。但未獲唐太宗批準。然玄奘決心已定,乃“冒越憲章,私往天竺”。始自長安神邑,終於王舍新城,長途跋涉五萬餘里。　　[7] 汽機:指以蒸汽機爲動力的火車。　　[8] 澶(dàn 旦)漫:廣遠貌。　　[9] 哥侖布:即克里斯多夫·哥倫布(Cristoforo Colombo,1451—1506),著名航海家,地理大發現的先驅者。出生於意大利熱那亞,1485 年移居西班牙,1492 年發現美洲新大陸。墨志領:即費

爾南多·麥哲倫(Magellan Ferdinand,約 1480—1521),葡萄牙著名航海家和探險家。1519 年他率領一支由 5 條海船、234 人組成的遠航船隊從西班牙出發,通過火地島與美洲大陸間的海峽,然後橫渡太平洋。他雖在菲律賓被殺,但剩餘的船隻繼續西航,於 1522 年回到西班牙,歷盡艱險完成第一次環球航行。岌頓曲:疑爲 Captain Cook,即庫克船長的粵語音譯。庫克(James Cook,1728—1779),英國航海探險家、海軍上校。1768 年,受命擔任皇家海軍太平洋考察隊隊長。在其後的十年間曾進行過三次遠洋探險,足跡遍於未知的太平洋,揭開了地球上最大水域的地理秘密。　　　[10]大九洲:即大九州,指中國以外的大陸,戰國齊人鄒衍所稱。《史記·孟子荀卿列傳》:"(騶衍)以爲儒者所謂中國者,於天下乃八十一分居其一分耳。中國名曰赤縣神州。赤縣神州内自有九州,禹之序九州是也,不得爲州數。中國外如赤縣神州者九,乃所謂九州也。於是有裨海環之,人民禽獸莫能相通者,如一區中者,乃爲一州。如此者九,乃有大瀛海環其外,天地之際焉。"瀛海:大海。　　　[11]"英帝"句:1849 年,英國通過一系列戰爭完成對印度的全部佔領,1857 年印度莫卧兒王朝滅亡,1858 年開始,印度遂完全淪爲英國殖民地。帝:稱帝,統治。　　　[12]意王統一:近代以來,意大利一直是一個分裂的國家,奧地利統治着意大利的中部和北部的大部分邦國;西班牙的波旁王室控制着南部的西西里王國;法國軍隊則佔領着羅馬。1852 年,加富爾出任意大利撒丁王國的首相,1858 年聯合法國對奧作戰,收回倫巴底地區。1860 年,加里波第率領志願軍南下,遠征兩西西里,與當地起義隊伍一起攻佔首府那不勒斯。不久,加里波第將政權移交給撒丁王國。1861 年,意大利王國成立,撒丁王國國王成爲意大利國王。其後,意大利借普奧戰争和普法戰争之機,最終把奧地利和法國勢力趕走,在 70 年代初,最終實現統一。　　　[13]德法戰:即普法戰争,1870—1871 年,以法國爲一方與以普魯士及北德意志聯邦和德國南部其他邦爲另一方之間爲争奪歐洲霸權而發生的戰争。最終以法蘭西帝國的崩潰和法國資産階級政府的投降而告終。戰後普王在凡爾賽即位爲德意志帝國皇帝,德國實現統一。　　　[14]汽船:即輪船。　　　[15]汽車:即火車。　　　[16]電綫:即電話綫。　　　[17]瓦特之機器:即瓦特(James Watt,1736—1819 年,英國發明家)發明的高效率蒸汽機。[18]哲巧:聰明才俊,能工巧匠。　　　[19]廣長之舌:原指佛的舌頭,據説佛舌廣而長,覆面至髮際,故名。後喻能言善辯。　　　[20]饕(tāo 濤)餮(tiè 鐵去聲):特指貪食。　　　[21]汗漫:形容漫游之遠。　　　[22]安南:越南。暹羅:泰國。柔佛:馬來西亞柔佛州,位於馬來半島最南端。吉德:馬來西亞吉打州,位於馬來半島最北端。霹靂:馬來西亞霹靂州,位於吉打州南。吉冷:馬來西亞吉蘭丹州,位於霹靂州東。爪哇:印尼主島。哲孟雄:錫金。錫蘭:斯里蘭卡。　　　[23]丹墨:丹麥。　　　〔24〕美:北美洲。　　　〔25〕賾(zé 責):幽深奧妙。　　　〔26〕俾:使。
〔27〕軼:後車超前車。引申爲超越。　　　〔28〕圓首方足:指人民。《隋書·高祖
紀上》:"八極九野,萬方四裔,圓首方足,罔不樂推。"　　　〔29〕楛(kǔ 苦):器物
粗劣不堅。　　　〔30〕捋(luō 囉):採。擷:摘取。　　　〔31〕殷:深,深切。
〔32〕雜遝:紛雜繁多貌。　　　〔33〕突厥:土耳其。波斯:伊朗。　　　〔34〕檀香
山:美國夏威夷群島的中心城市。小呂宋:菲律賓的呂宋島,常指代菲律賓。蘇
禄:菲律賓南部的蘇禄群島,曾經是一個王國。文萊:"袖珍之國",位於加里曼丹
島北部,北瀕南中國海,東南西三面與馬來西亞的沙撈越州接壤,古爲渤泥國。
〔35〕"不龜手"句:龜(jūn 均):皸裂。《莊子·逍遥遊》:"宋人有善爲不龜手之藥
者,世世以洴澼絖爲事。客聞之,請買其方百金。聚族而謀曰:'我世世爲洴澼絖,
不過數金。今一朝而鬻技百金,請與之。'客得之,以説吳王。越有難,吳王使之
將。冬與越人水戰,大敗越人,裂地而封之。能不龜手一也,或以封,或不免於洴
澼絖,則所用之異也。"此處,强調如何用藥之重要。　　　〔36〕臠(luán 孿):量詞,
用於塊狀的魚肉。《淮南子·説林訓》:"嘗一臠肉,而知一鑊之味。"　　　〔37〕域
多利:維多利亞,温哥華島之最大城市。文島:即温哥華島。寥天室:康有爲《寥天
室詩集序》:"己亥(1899)之夏,吾避地居加拿大域多利之文島,名其室曰寥天,海
島雪山,有憂輒解去,勝游不可忘。"

出都留別諸公

其　　二

【題解】

　　此詩作於清光緒十五年(1889)夏曆八月。自注云:"吾以諸生上書請變法,開
國未有。群疑交集,乃行。"事指上年作者向光緒帝上書的壯舉。1885 年中法戰爭以
後,國勢日蹙,民族危機日益加深。光緒十四年,作者赴京應順天鄉試,又一次落第,
鑒於當時形勢,乃於九月發憤第一次向光緒帝上萬言書,提出"變成法,通下情,慎左
右"。以秀才身份上書,不合體制,故自清開國以來從未有過。書未達,但引起朝野
很大震動,"鄉人至有創論欲相逐者"。在第二年離都之際,作者告別諸公,寫詩以抒
發憂憤,表達遠大志向。

　　天龍作騎萬靈從[1],獨立飛來縹緲峰。懷抱芳馨蘭一握[2],縱橫
宙合霧千重[3]。眼中戰國成爭鹿[4],海内人才孰卧龍[5]? 撫劍長號

歸去也^[6],千山風雨嘯青鋒^[7]。

《南海先生詩集》卷二

【校注】

[1]"天龍"句:《楚辭·離騷》:"爲余駕飛龍兮,雜瑶象以爲車。""百神翳其備降兮,九疑繽其並迎。"《遠游》:"屯余車之萬乘兮,(王逸注:百神侍從,無不有也。)紛溶與而並馳。"   [2]"懷抱"句:屈原常以蘭菊等芳草自喻懷抱高潔。《湘夫人》:"合百草兮實庭,建芳馨兮廡門。"《離騷》:"扈江離與辟芷兮,紉秋蘭以爲佩。"   [3]宙合:《管子·宙合》:"'天地,萬物之橐也;宙合,有橐天地',天地苴萬物,故曰萬物之橐。宙合之意,上通於天之上,下泉於地之下,外出於四海之外,合絡天地,以爲一裹。散之至於無間。不可名而山。是大之無外,小之無内,故曰有橐天地。"此處指世間、天下。   [4]戰國:喻殖民主義列强。争鹿:即逐鹿,言列强企圖瓜分中國。   [5]卧龍:諸葛亮。《三國志·蜀書·諸葛亮傳》:"徐庶見先主(劉備),先主器之,謂先主曰:'諸葛孔明者,卧龍也,將軍豈願見之乎?'"言外有自喻之意。   [6]"撫劍"句:三國魏曹植《鰕䱇篇》:"撫劍而雷音,猛氣縱横浮。"唐李白《贈張相鎬二首》:"撫劍夜吟嘯,雄心日千里。誓欲斬鯨鯢,澄清洛陽水。"   [7]"千山"句:《詩話總龜》:"錢昭度贈白詩曰:'袖裏青鋒秋水寒,誰疑雙燕是金丸。出門風雨知何去,空有霜髭在玉盤。'"此處着一"嘯"字,反其意而用之。

況周頤

【作者簡介】

　　況周頤(1859—1926),原名周儀,字夔笙,一作蘷生、葵生,號梅癡、玉梅詞人、蕙風、蕙風詞隱等,人稱況古、況古人,臨桂(今廣西桂林)人。原籍湖南寶慶。清光緒五年(1879)舉人,官内閣中書。南歸後,兩廣總督張之洞、端方先後延之入幕。民國後,居上海,以遺老終。在京時與同鄉王鵬運寢饋詞學五年,同問詞於端木埰,工於詞論,有《蕙風詞話》,標舉"重、拙、大"之旨。王國維《人間詞話》謂其詞"小令似叔原,長調亦在清真、梅溪間,而沉痛過之。彊村雖富麗精工,猶遜其真摯也"。有詞九種,合刊爲《第一生修梅花館詞》,後又删定爲《蕙風詞》一卷。生平事蹟見龍榆生《清季大詞人况周頤》、馮开《况君墓誌》。

蘇 武 慢
寒夜聞角

【題解】

　　此詞作於清光緒十五年(1889)秋。前一年年初詞人離家赴京任内閣中書,至此已將近兩年。秋風瑟瑟,寒角陣陣,詞人觸景生情,感慨萬端。作者對本詞格外自珍,在《蕙風詞話》中特加稱道,謂"余詞特婉至耳"。

　　愁入雲遥,寒禁霜重,紅燭淚深人倦[1]。情高轉抑,思往難回,凄咽不成清變[2]。風際斷時,迢遞天街[3],但聞更點。枉教人回首,少年絲竹,玉容歌管[4]。　　憑作出、百緒凄凉,凄凉惟有,花冷月間庭院[5]。珠簾繡幕[6],可有人聽?聽也可曾腸斷?除卻塞鴻[7],遮莫城烏[8],替人驚慣。料南枝明月[9],應減紅香一半。

《蕙風詞》

【校注】

[1]燭淚:宋張耒《別錢筠甫》:"倦客無眠聽曉鐘,五更蠟燭淚銷紅。"　　[2]變:變聲,指七音中的變徵變宮。晉夏侯湛《夜聽笳賦》:"散《白雪》之清變。"　　[3]迢遞:遥遠。　　[4]玉容:指美人。　　[5]花冷:金劉迎《樓前曲》:"玉凄花冷令人瘦,日暮倚樓雙翠袖。"　　[6]珠簾繡幕:泛指女性居處。唐張説之《安樂郡主花燭行》:"翠幕蘭堂蘇合薰,珠簾掛户水波紋。"　　[7]塞鴻:邊塞的鴻雁。唐温庭筠《更漏子》:"驚塞雁,起城烏,畫屏金鷓鴣。"　　[8]遮莫:唐宋時通俗語,義同"盡教"。　　[9]南枝:晉陸機《懷土賦》:"愍棲烏於南枝,弔離禽於別山。"元耶律楚材《和連國華》:"月上南枝啼夜烏,悲歌彈鋏嘆征夫。"

【集評】

　　王國維《人間詞話》:"境似清真,集中他作不能過之。"

　　葉恭綽《廣篋中詞》:"'珠簾繡幕'三句,乃夔翁所最得意之筆。"

丘逢甲

【作者簡介】

　　丘逢甲(1864—1912)，原名秉淵，字仙根，一字仲閼、吉甫，號蟄仙、蟄庵，別號南武山人、倉海君，自署東海遺民、臺灣遺民。先世由閩之上杭，遷廣東鎮平(今蕉嶺)，故亦署蕉嶺人，室名念臺。臺灣苗栗人，移居彰化。清光緒十五年(1889)進士，官工部主事。返臺講學於臺中、臺南諸書院。甲午中日之戰，清廷戰敗，簽訂《馬關條約》，逢甲親率義軍，抗擊侵臺日軍。兵敗內渡，回居廣東鎮平，推行新學。歷任廣東教育總會會長、諮議局副議長。三十四年，被推爲中國同盟會嶺南盟主。辛亥革命起，以廣東代表赴南京，參加組織臨時政府，被舉爲參議院議員。其詩多抒發愛國激情，悲壯蒼凉，爲近代詩界革命派大家。黄遵憲稱其詩"真天下健者"。著有《嶺雲海日樓詩鈔》、《柏莊詩草》等。生平事蹟見丘瑞甲《先兄倉海行狀》、丘復《倉海先生墓誌銘》、江瑔《丘倉海傳》、丘琮《倉海先生丘公逢甲年譜》。

送頌臣之臺灣

其　　六

【題解】

　　此詩作於光緒二十二年(1896)。甲午中日戰爭後，清刡簽訂《馬關條約》，割讓臺灣、澎湖列島。作者雖組織義軍抵抗日軍，終於寡不敵衆，兵敗內渡。題中頌臣，姓謝，名道隆，清廩貢生，臺灣臺中人，爲作者戰友，抗日義軍壯字營統領。兵敗後與作者一起返回大陸。此詩爲送頌臣重回臺灣而作。詩中抒寫割地的悲憤，表達收復臺灣的雄心，洋溢着愛國主義的激情。

　　親友如相問，吾廬榜念臺[1]。全輸非定局[2]，已溺有燃灰[3]。棄地原非策[4]，呼天儻見哀[5]。十年如未死，捲土定重來[6]。

《嶺雲海日樓詩鈔》卷二

【校注】

[1] 榜：匾額，作動詞用。念臺：作者內渡返回祖籍廣東鎮平，卜居澹定村，築"念臺精舍"，寓意不忘臺灣。　　[2] "全輸"：指甲午戰爭戰敗並非最後定局，中國

仍有希望。　　　　[3] 燃灰:即死灰復燃。《史記·韓長孺傳》:"其後安國坐法抵罪,蒙獄吏田甲辱安國。安國曰:'死灰獨不復然乎?'田甲曰:'然即溺之。'"喻臺灣終將收復。　　　　[4] 棄地:指《馬關條約》割讓臺灣。作者予以呵斥。　　　　[5] 呼天:形容悲憤。《顏氏家訓》:"人有憂疾,則呼天地父母,自古而然。"《韓詩外傳》:"曾子曰:患至而後呼天,不亦晚乎! 詩曰:啜其泣矣,何嗟及矣。"儻:通"倘",或許。[6] "捲土"句:唐杜牧《題烏江亭》:"江東子弟多才俊,捲土重來未可知。"

譚嗣同

【作者簡介】

　　譚嗣同(1865—1898),字復生,又字更生,號壯飛,別署東海褰冥氏,寥天一閣主等,湖南瀏陽人。父繼洵,官湖北巡撫。少博覽群書,習西方自然科學,好今文經學。年二十,從軍新疆,游劉錦棠幕府。後歷游西北東南。甲午戰爭後,在湖南瀏陽創辦算學館。清光緒二十二年(1896)奉父命入貲爲江蘇候補知府,同年,始著《仁學》,抨擊君主專制,爲變法提供理論基礎。次年,應湖南巡撫陳寶箴之聘,回長沙襄助新政。光緒戊戌年七月,因徐致靖薦,應召入京,授四品卿衔軍機章京,參預變法。政變起,慨言:"各國變法,無不從流血而成。今日中國未聞有因變法而流血者,此國之所以不昌也。有之,請自嗣同始。"乃從容赴義,爲"戊戌六君子"之一。工詩,自謂初從李賀、温庭筠入手,轉而爲韓愈,爲六朝。後從事詩界革命,嘗試採西事、西語入詩。文亦健舉。著有《寥天一閣文》、《莽蒼蒼齋詩》,近人輯有《譚嗣同集》。《清史稿》卷四六四有傳,事又見梁啟超《譚嗣同傳》、湯志鈞《戊戌變法人物傳稿》、陳乃乾《瀏陽先生年譜》、楊廷福《譚嗣同年譜》。

晨登衡嶽祝融峰

其　　一

【題解】

　　衡嶽,即南嶽衡山,祝融峰爲其最高峰,海拔 1290 米。此詩作於清光緒十七年 (1891),上一年作者隨父譚繼洵赴湖北巡撫任所,並拜謁張之洞,結交一時名流。時 致力於王夫之之學。是年秋回到湖南長沙,乃游衡嶽,抒發豪情。

　　　　身高殊不覺[1],四顧乃無峰。但有浮雲度,時時一蕩胸[2]。地沉 星盡没[3],天躍日初熔[4]。半勺洞庭水[5],秋寒欲起龍[6]。

《譚嗣同全集》卷四

【校注】

[1] 殊不:一點也不。唐杜甫《望嶽》:"會當凌絶頂,一覽衆山小。"　　　[2] 蕩胸: 蕩滌心胸。杜甫《望嶽》:"蕩胸生層雲。"　　　[3]"地沉"句:即星沉盡没於地。 [4]"天躍"句:即日躍初熔於天。　　　[5] 半勺:形容遠望中的洞庭湖。 [6] 欲起龍:形容朝陽在湖中躍動的情景。

望　海　潮

自題小影

【題解】

　　此詞作於清光緒八年(1882)。是年春作者由家鄉湖南瀏陽出發,秋至 其父甘肅蘭州任所,冬又返回瀏陽。第二年又赴蘭州。西北邊塞,大漠原 野,開拓了詩人心胸。詩人常在蒼茫曠野放馬奔馳,渴飲黄羊血,笑彈琵琶 曲,大有"高吟肺腑走風雷"的氣概。本詞正是抒發了這樣一種剛强豪邁的 心情。作者《石菊影廬筆識·思篇》五十自稱:"性不喜詞,以其靡也。憶十 八歲作《望海潮》詞自題小照……尚微覺有氣骨。"

　　　　曾經滄海[1],又來沙漠,四千里外關河[2]。骨相空談[3],腸輪自 轉[4],回頭十八年過。春夢醒來麼[5]? 對春帆細雨,獨自吟哦。唯有瓶花[6]，數支相伴不須多。　　寒江才脱漁蓑[7]。剩風塵面貌[8]，自看如何？鑒不因人，形還問影[9]，豈緣醉後顔酡[10]？拔劍欲高歌[11]。有幾根俠骨，禁得揉搓。忽説此人是我，睁眼細瞧科[12]。

《譚嗣同全集》卷四

【校注】

[1]曾經滄海：唐元稹《離思》：“曾經滄海難爲水。”　　[2]“四千里”句：作者往來於湖南、甘肅間。　　[3]骨相：體格相貌，相術由骨相而知人的命運。
[4]腸輪：《悲歌》：“心思不能言，腸中車輪轉。”　　[5]春夢：唐岑參《春夢》：“洞房昨夜春風起，遥憶美人湘江水。枕上片時春夢中，行盡江南數千里。”
[6]瓶花：清龔自珍《午夢初覺悵然詩成》：“不似懷人不似禪，夢回清淚一潸然。瓶花帖妥爐香定，覓我童心廿六年。”　　[7]寒江：唐柳宗元《江雪》：“孤舟蓑笠翁，獨釣寒江雪。”　　[8]風塵：唐杜牧《自貽》：“到骨是風塵。”　　[9]問影：《莊子·齊物論》：“罔兩問景。”晉陶潛有《形贈影》、《影答形》、《神釋》三章。《形贈影》云：“願君取吾言，得酒莫苟辭。”《影答形》云：“酒云能消憂，方此詎不劣。”
[10]顔酡：醉後面色發紅。《楚辭·招魂》：“美人既醉，朱顔酡些。”　　[11]拔劍：唐李白《贈張相鎬二首》：“撫劍夜吟嘯，雄心日千里。”唐杜甫《短歌行贈王郎司直》：“王郎酒酣拔劍斫地歌莫哀，我能拔爾抑塞磊落之奇才。”　　[12]科：即科介，古典戲曲中指表演動作的用語。

獄中題壁

【題解】

　　此詩作於清光緒二十四年八月(1898年9月)作者被捕後。詩以東漢末年的張儉、杜根作比，表達了戊戌變法志士與慈禧太后爲代表的頑固保守勢力進行不屈不撓鬥争的堅定决心，抒發了作者自己直面死亡，無所畏懼，爲實現理想而獻身的英雄氣概。梁啓超《譚嗣同傳》稱，在戊戌政變發生後，譚嗣同曾對他説：“不有行者，無以圖將來；不有死者，無以酬聖主。今南海之生死未可卜，程嬰杵臼，月照西鄉，吾與足下分任之。”被捕前一日，又對苦勸他逃亡的日本志士説：“各國變法，無不從流血而成。今日中國未聞有因變法而流血者，此國之所以不昌也。有之，請自嗣同始！”此詩正是這一情懷的感人寫照。

　　望門投止思張儉[1],忍死須臾待杜根[2]。我自橫刀向天笑[3],去留肝膽兩崑崙[4]。

《譚嗣同全集》卷四

【校注】

[1]“望門”句:梁啓超《譚嗣同傳》先作“望門投宿”,後在《飲冰室詩話》改爲今本;清光緒戊戌年刑部主事唐烜《留庵日鈔》作“望門投宿鄰張儉”;王照《小航文存》作“望門投趾憐張儉”。望門投止:《後漢書》卷五七《張儉傳》:東漢末年督郵張儉,因彈劾宦官侯覽殘暴百姓,被誣“結黨”,“於是刊章討捕。儉得亡命,困迫遁走,望門投止,莫不重其名行,破家相容”。本句重在明“去”。所謂“不有行者,無以圖將來”。　　[2]“忍死”句:唐烜《留庵日鈔》作“忍死須臾待樹根”,樹根當爲杜根之訛;王照《小航文存》作“直棘陳書愧杜根”。杜根:《後漢書》卷四七《杜根傳》:漢安帝時,鄧太后攝政,外戚專權,“根以安帝年長,宜親政事,乃與同時郎上書直諫。太后大怒,收執根等,令盛以縑囊,於殿上撲殺之。執法者以根知名,私語行事人使不加力,既而載出城外,根得蘇。太后使人檢視,根遂詐死,三日,目中生蛆,因得逃竄”。“及鄧氏誅,左右皆言根等之忠。帝謂根已死,乃下詔佈告天下,錄其子孫。根方歸鄉里,徵詣公車,拜侍御史。”本句重在言“留”,所謂“不有死者,無以酬聖主”,杜根雖僥倖未死,但有必死之決心。　　[3]“我自”句:唐烜《留庵日鈔》作“吾自橫刀仰天笑”;王照《小航文存》作“手擲歐刀仰天笑”。苗沛霖《秋宵獨坐》:“我自橫刀向天笑,此生休再誤窮經。”本句可謂“化腐朽爲神奇”。作者決意捨生取義,故面對屠刀,視死如歸,仰天而笑。據載譚嗣同臨終曾高呼:“有心殺賊,無力回天。死得其所,快哉!快哉!”　　[4]“去留”句:王照《小航文存》作“留將公罪後人論”。兩崑崙:所指衆說不一,梁啓超《飲冰室詩話》:“所謂兩崑崙者,其一指南海(康有爲,廣東南海人),其一乃俠客大刀王五。”唐烜《留庵日鈔》則謂“末句當指其奴僕中有與之同心者”;或謂一指梁啓超(去者),一指譚嗣同本人(留者);或謂一指王五,一指譚嗣同本人;或謂一指唐才常,一指王五;亦有以爲“去留”乃泛指流亡的維新志士和慷慨赴義者,無論去留,都肝膽相照,堪比崑崙,等等。

章炳麟

【作者簡介】

　　章炳麟(1869—1936)，初名學乘，字枚叔，一作梅叔。後改名絳，號太炎，又自號支那夫、陸沉居士、中華民國遺民等。浙江餘杭人。少從俞樾學習經史。後加入强學會，從事戊戌變法。曾任《時務報》撰述，又應聘入張之洞幕。變法失敗，避禍臺灣，流亡日本。1900 年剪辮髮，立志革命。1903 年因發表《駁康有爲論革命書》並替鄒容《革命軍》作序，與鄒容同被捕入獄。1904 年蔡元培等與其聯繫，發起成立光復會。1906 年出獄，爲孫中山所迎，在日本加入同盟會，主編《民報》。辛亥革命後，任孫中山總統府樞密顧問。二次革命中參加討袁，遭袁禁錮。1917 年參加護法軍政府，任秘書長，赴西南各省聯絡北伐軍。1924 年脱離國民黨，在蘇州設章氏國學講習會，倡導復古。“九·一八”事變後，贊助抗日救亡運動。晚病卒於蘇州。其於語言學、歷史學、佛學、文學均有很高造詣。爲近代樸學大師。其文學長於政論與學術散文。其詩力尊漢魏，貶抑宋詩，尤指斥曾國藩以來之宋詩派。詩文詰屈古奧。然晚年詩文及早期五律詩，亦平淡高簡。著作繁富，有《章氏叢書》、《續編》、《三編》，詩有影印《章太炎自寫詩稿》别行，今俱收入《章太炎全集》。生平事蹟見黄侃《太炎先生行事記》、汪東《章先生墓誌銘》、湯志鈞《章太炎年譜》及《太炎先生自訂年譜》(馬敍倫有補遺)。

獄中贈鄒容

【題解】

　　此詩作於清光緒二十九年(1903)七月。鄒容，字蔚丹，四川巴東人。1902 年留學日本，次年回國，與本詩作者一起倡導革命，創作發表《革命軍》，鼓吹建立“自由獨立”的“中華共和國”，作者因爲《革命軍》寫序，而遭清刹逮捕，鄒容聞知，乃自投獄中，因備受折磨，於 1905 年病逝於獄中，年僅二十一歲。在獄中作者賦詩相贈，讚揚鄒容，抒發革命豪情。

　　鄒容吾小弟[1]，被髮下瀛洲[2]。快剪刀除辮[3]，乾牛肉作餱。英雄一入獄，天地亦悲秋。臨命須摻手[4]，乾坤祇兩頭[5]。

《近代詩鈔》第三册

【校注】

[1] 小弟:作者長於鄒容十六歲,故稱。　　[2] 被髮:尚未弱冠。《孟子·離婁下》:“被髮纓冠而救之。”瀛洲:神話傳説中的東海仙山,此處借指日本。　　[3] 除辮:爲表示與清廷決裂,鄒容在日本剪辮,並且還强行剪去留日學生監督姚文甫的辮子。　　[4] 餱(hóu 侯):乾糧。　　[5] 臨命:臨死。搀手:執手。　　[6] 兩頭:指作者與鄒容的兩顆頭顱。

【集評】

　　魯迅《關於太炎先生二三事》:“那時留學日本的浙籍學生,正辦雜誌《浙江潮》,其中即載有先生獄中所作詩,卻並不難懂。這使我感動,也至今並没有忘記。”

　　許壽裳《章炳麟》:“獄中有詩,稱心而言,不加修飾。”

梁啓超

【作者簡介】

　　梁啓超(1873—1929),字卓如,號任公,別號任甫、飲冰室主人、中國之新民、少年中國之少年等,廣東新會人。清光緒十五年(1889)舉人。兩年後赴京會試,落第。因識康有爲,拜爲師。二十一年,隨康有爲發動“公車上書”。先後任上海《時務報》總編、長沙時務學堂總教習。二十四年入京,積極參加“百日維新”。蒙光緒召見,奉命進呈所著《變法通議》,賞六品銜,主持京師大學堂譯書局事務。政變發生,流亡日本,一度與孫中山爲首的革命派有過接觸。在日期間,先後創辦《清議報》和《新民叢報》,大量介紹西方社會政治學説,鼓吹改良。啓蒙宣傳,影響廣泛。入民國,出任共和黨黨魁,又創立進步黨,任北洋政府司法總長。張勳復辟之役,參段祺瑞軍,旋任段政府財政總長。晚年講學清華研究院。學問廣博,於文、史、哲、釋等諸多領域,均有較深造詣。1899 年末赴美洲游歷途中,首次提出“詩界革命”口號,又倡導文界革命和小説界革命。前期所爲詩,天骨開張,後漸趨古範。散文打破傳統體格,縱筆所至不檢束,條理明暢,筆鋒常帶感情,號“新民體”。又創辦《新小説》雜誌,發表《論小説與群治之關係》等論文,大力提倡小説創作。又能詞。著述繁多,刊爲《飲冰室合集》。別有康有爲手批《梁任公詩稿手

跡》單行。生平事蹟見《戊戌變法人物傳稿》、楊復禮《梁任公先生年譜》及丁文
江、趙爾田《梁啓超年譜長編》。

少年中國説

【題解】

　　本文發表於清光緒二十六年(1900)二月《清議報》第三十五冊,時作者僑居美
國檀香山。百日維新失敗後,作者與康有爲一起流亡日本。1899 年 12 月,應美洲華
僑所邀,赴美洲考察,後因役情滯留檀香山。當新世紀即將到來的前夕,作者在橫渡
太平洋的海輪上曾滿懷激情創作《二十世紀太平洋歌》,表達了"誓將適彼世界共和
政體之祖國"的理想。儘管當時清王朝正處於被列强瓜分的慘境,國家命運岌岌可
危,但作者對祖國的未來卻充滿了希望。本文把古老的中國和他心目中的"少年中
國"作鮮明的對比,極力讚頌少年勇於改革的精神,針砭老朽當權者的昏庸誤國,歌
頌改良主義的政治理想,激勵青年發憤圖强,肩負起建設少年中國的重任,表現了作
者摯誠熱烈、樂觀進取的愛國主義精神以及對祖國繁榮富强的真切期盼。

　　日本人之稱我中國也,一則曰老大帝國,再則曰老大帝國。是語
也,蓋襲譯歐西人之言也[1]。嗚呼! 我中國其果老大矣乎? 梁啓超
曰:惡,是何言! 是何言! 吾心目中有一少年中國在。
　　欲言國之老少,請先言人之老少。老年人常思既往,少年人常思
將來。惟思既往也,故生留戀心;惟思將來也,故生希望心。惟留戀
也,故保守;惟希望也,故進取。惟保守也,故永舊;惟進取也,故日
新。惟思既往也,事事皆其所已經者,故惟知照例;惟思將來也,事事
皆其所未經者,故常敢破格。老年人常多憂慮,少年人常好行樂。惟
多憂也,故灰心;惟行樂也,故盛氣。惟灰心也,故怯懦;惟盛氣也,故
豪壯。惟怯懦也,故苟且;惟豪壯也,故冒險。惟苟且也,故能滅世
界;惟冒險也,故能造世界。老年人常厭事,少年人常喜事。惟厭事
也,故常覺一切事無可爲者;惟好事也,故常覺一切事無不可爲者。
老年人如夕照,少年人如朝陽。老年人如瘠牛,少年人如乳虎。老年
人如僧,少年人如俠。老年人如字典,少年人如戲文。老年人如鴉片
煙,少年人如潑蘭地酒。老年人如別行星之隕石,少年人如大洋海之

珊瑚島。老年人如埃及沙漠之金字塔,少年人如西伯利亞之鐵路。老年人如秋後之柳,少年人如春前之草。老年人如死海之瀦爲澤[2],少年人如長江之初發源。此老年與少年性格不同之大略也。梁啓超曰:人固有之,國亦宜然。

梁啓超曰:傷哉,老大也! 潯陽江頭琵琶婦,當明月繞船,楓葉瑟瑟,衾寒於鐵,似夢非夢之時,追想洛陽塵中春花秋月之佳趣[3]。西宮南内,白髮宮娥,一燈如穗,三五對坐,談開元天寶間遺事,譜霓裳羽衣曲[4]。青門種瓜人,左對孺人,顧弄孺子,憶侯門似海、珠履雜遝之盛事[5]。拿破崙之流於厄蔑[6],阿剌飛之幽於錫蘭[7],與三兩監守吏,或過訪之好事者,道當年短刀匹馬,馳騁中原,席捲歐洲,血戰海樓,一聲叱咤,萬國震恐之豐功偉烈[8],初而拍案,繼而撫髀[9],終而攬鏡:嗚呼,面皺齒盡,白髮盈把,頹然老矣! 若是者,捨幽鬱之外無心事,捨悲慘之外無天地,捨頹唐之外無日月,捨歎息之外無音聲,捨待死之外無事業。美人豪傑且然,而況於尋常碌碌者耶? 生平親友,皆在墟墓;起居飲食,待命於人。今日且過,遑知他日[10];今年且過,遑恤明年。普天下灰心短氣之事,未有甚於老大者。於此人也,而欲望以拏雲之手段[11],回天之事功,挾山超海之意氣[12],能乎不能?

嗚呼,我中國其果老大矣乎? 立乎今日以指疇昔,唐虞三代,若何之郅治[13];秦皇漢武,若何之雄傑;漢唐來之文學,若何之隆盛;康乾間之武功,若何之炬赫[14]。歷史家所鋪敍,詞章家所謳歌,何一非我國民少年時代、良辰美景賞心樂事之陳跡哉! 而今頹然老矣! 昨日割五城,明日割十城,處處雀鼠盡,夜夜雞犬驚。十八省之土地財産[15],已爲人懷中之肉;四百兆之父兄子弟[16],已爲人注籍之奴[17]。豈所謂"老大嫁作商人婦"者耶[18]? 嗚呼,憑君莫話當年事,憔悴韶光不忍看! 楚囚相對[19],岌岌顧影[20];人命危淺,朝不慮夕。國爲待死之國,一國之民爲待死之民。萬事付之奈何,一切憑人作弄,亦何足怪!

梁啓超曰:我中國其果老大矣乎? 是今日全地球之一大問題也。如其老大也,則是中國爲過去之國,即地球上昔本有此國,而今漸漸滅[21],他日之命運殆將盡也。如其非老大也,則是中國爲未來之國,即地球上昔未現此國,而今漸發達,他日之前程且方長也。欲斷今日之中國爲老大耶? 爲少年耶? 則不可不先明國字之意義。夫國也者,何物也? 有土地,有人民,以居於其土地之人民,而治其所居之土地之事,自製法律而自守之,有主權,有服從,人人皆主權者,人人皆服從者。夫如是斯謂之完全成立之國。地球上之有完全成立之國也,自百年以來也。完全成立者,壯年之事也;未能完全成立而漸進於完全成立者,少年之事也。故吾得一言以斷之曰:歐洲列邦在今日爲壯年國,而我中國在今日爲少年國。

夫古昔之中國者,雖有國之名,而未成國之形也。或爲家族之國,或爲酋長之國,或爲諸侯封建之國,或爲一王專制之國。雖種類不一,要之,其於國家之體質也,有其一部而缺其一部。正如嬰兒自胚胎以迄成童,其身體之一二官支[22],先行長成,此外則全體雖粗具,然未能得其用也。故唐虞以前爲胚胎時代,殷商之際爲乳哺時代,由孔子而來至於今爲童子時代,逐漸發達,而今乃始將入成童以上少年之界焉。其長成所以若是之遲者,則歷代之民賊有窒其生機者也[23]。譬猶童年多病,轉類老態。或且疑其死期之將至焉,而不知皆由未完全未成立也;非過去之謂,而未來之謂也。且我中國疇昔,豈嘗有國家哉,不過有朝廷耳。我黃帝子孫,聚族而居,立於此地球之上者既數千年,而問其國之爲何名,則無有也。夫所謂唐、虞、夏、商、周、秦、漢、魏、晉、宋、齊、梁、陳、隋、唐、宋、元、明、清者,則皆朝名耳。朝也者,一家之私產也;國也者,人民之公產也。朝有朝之老少,國有國之老少。朝與國既異物,則不能以朝之老少而指爲國之老少明矣。文、武、成、康[24],周朝之少年時代也;幽、厲、桓、赧[25],則其老年時代也。高、文、景、武[26],漢朝之少年時代也;元、平、桓、靈[27],則其老年時代也。自餘歷朝,莫不有之。凡此者謂爲一朝廷之老也則可,謂爲一國之老也則不可。一朝廷之老且死,猶一人之老且死也,於吾所謂中國者何與焉? 然則,吾中國者,前此尚未出現於世界,而今乃始萌芽云爾。天地大矣,前途遼矣,美哉我少年中國乎!

瑪志尼者,義大利三傑之魁也[28]。以國事被罪,逃竄異邦。乃創立一會,名曰“少年義大利”,舉國志士,雲湧霧集以應之。卒乃光復舊物[29]，使義大利爲歐洲之一雄邦。夫義大利者，歐洲第一之老大國也。自羅馬亡後，土地隸於教皇，政權歸於奧國，殆所謂老而瀕於死者矣。而得一瑪志尼，且能舉全國而少年之，況我中國之實爲少年時代者耶？堂堂四百餘州之國土，凛凛四百餘兆之國民，豈遂無一瑪志尼其人者！

龔自珍氏之集有詩一章，題曰《能令公少年行》[30]。吾嘗愛讀之，而有味乎其用意之所存。我國民而自謂其國之老大也，斯果老大矣；我國民而自知其國之少年也，斯乃少年矣。西諺有之曰：“有三歲之翁，有百歲之童。”然則，國之老少，又無定形，而實隨國民之心力以爲消長者也。吾見乎瑪志尼之能令國少年也，吾又見乎我國之官吏士民能令國老大也。吾爲此懼。夫以如此壯麗濃鬱翩翩絶世之少年中國，而使歐西日本人謂我爲老大者，何也？則以握國權者皆老朽之人也。非哦幾十年八股，非寫幾十年白摺[31]，非當幾十年差，非捱幾十年俸[32]，非遞幾十年手本[33]，非唱幾十年諾[34]，非磕幾十年頭，非請幾十年安，則必不能得一官，進一職。其内任卿貳以上[35]，外任監司以上者[36]，百人之中，其五官不備者[37]，殆九十六七人也。非眼盲，則耳聾；非手顫，則足跛；否則半身不遂也。彼其一身飲食步履視聽言語，尚且不能自了，須三四人在左右扶之捉之[38]，乃能度日，於此而乃欲責之以國事，是何異立無數木偶而使之治天下也！且彼輩者，自其少壯之時，既已不知亞細亞、歐羅巴爲何處地方，漢祖、唐宗是那朝皇帝，猶嫌其頑鈍腐敗之未臻其極，又必搓磨之[39]，陶冶之，待其腦髓已涸，血管已塞，氣息奄奄，與鬼爲鄰之時，然後將我二萬里山河，四萬萬人命，一舉而畀於其手[40]。嗚呼！老大帝國，誠哉其老大也！而彼輩者，積其數十年之八股、白折、當差、捱俸、手本、唱諾、磕頭、請安，千辛萬苦，千苦萬辛，乃始得此紅頂花翎之服色[41]，中堂大人之名號[42]，乃出其全副精神，竭其畢生力量，以保持之。如彼乞兒拾金一錠，雖轟雷盤旋其頂上，而兩手猶緊抱其荷包，他事非所顧也，非所知也，非所聞也。於此而告之以亡國也，瓜分也，彼烏從而聽之[43]，烏從而信之！即使果亡矣，果分矣，而吾今年既七十矣八十矣，但求其一兩年内，洋人不來，强盜不起，我已快活了一世矣；若不得已，則割三頭兩省之土地[44]，奉申賀敬，以換我幾個衙門，賣三幾百萬之人民作僕爲奴，以贖我一條老命，有何不可，有何難辦！嗚呼！今之所謂老后、老臣、老將、老吏者，其修身齊家治國平天下之手段，皆具於是矣。西風一夜催人老，凋盡朱顏白盡頭。使走無常當醫生[45]，攜催命符以祝壽，嗟乎痛哉！以此爲國，是安得不老且死，且吾恐其未及歲而殤也。

　　梁啓超曰：造成今日之老大中國者，則中國老朽之冤業也；製出將來之少年中國者，則中國少年之責任也。彼老朽者何足道？彼與此世界作別之日不遠矣，而我少年乃新來而與世界爲緣。如傲屋者然[46]，彼明日將遷居他方，而我今日始入此室處。將遷居者，不愛護其窗櫳，不潔治其庭廡[47]，俗人恒情，亦何足怪。若我少年者，前程浩浩，後顧茫茫，中國而爲牛爲馬爲奴爲隸，則烹臠鞭箠之慘酷[48]，惟我少年當之；中國如稱霸宇內，主盟地球，則指揮顧盼之尊榮，惟我少年享之，於彼氣息奄奄與鬼爲鄰者何與焉！彼而漠然置之，猶可言也；我而漠然置之，不可言也。使舉國之少年而果爲少年也，則吾中國爲未來之國，其進步未可量也；使舉國之少年而亦爲老大也，則吾中國爲過去之國，其漸亡可翹足而待也[49]。故今日之責任，不在他人，而全在我少年。少年智則國智，少年富則國富，少年強則國強，少年獨立則國獨立，少年自由則國自由，少年進步則國進步，少年勝於歐洲則國勝於歐洲，少年雄於地球則國雄於地球。紅日初昇，其道大光[50]；河出伏流[51]，一瀉汪洋；潛龍騰淵，鱗爪飛揚；乳虎嘯谷，百獸震惶；鷹隼試翼，風塵吸張[52]；奇花初胎，矞矞皇皇[53]；干將發硎[54]，有作其芒[55]；天戴其蒼，地履其黃[56]；縱有千古，橫有八荒；前途似海，來日方長。美哉我少年中國，與天不老；壯哉我中國少年，與國無疆！

　　"三十功名塵與土，八千里路雲和月。莫等閒白了少年頭，空悲切。"此岳武穆《滿江紅》詞句也[57]。作者自六歲時即口受記憶，至今喜誦之不衰。自今以往，棄"哀時客"之名，更自名曰"少年中國之少年"。作者附識。

【校注】

[1] 歐西:指歐美西方世界。　　[2] 死海:湖名,一名鹹海。在約旦、以色列和巴勒斯坦間。瀦(zhū 諸):聚積的水流。　　[3]"潯陽"六句:用唐白居易《琵琶行》故事。　　[4]"西宫"六句:本唐元稹《行宫》"白頭宫女在,閒坐説玄宗"詩意。西宫:唐太極宫;南内:唐興慶宫。李隆基自四川返京後,先居興慶宫,後遷西宫。霓裳羽衣曲:本名《婆羅門》,源出印度,開元中傳入中國。傳説李隆基夢游月宫,聽諸仙奏曲,默記其調,醒後令樂工譜成。　　[5]"青門"四句:用《三輔黄圖》漢初邵平故事。邵平在秦末爲東陵侯,秦亡後,在長安東門外種瓜爲生。青門:漢長安東門。孺人:古代大夫之妻稱孺人。珠履:用珠子裝飾的鞋。雜遝(tà踏):雜亂。　　[6] 拿破侖:即拿破侖一世,法國資産階級政治家、軍事家,1804年爲法國皇帝,曾稱霸歐洲。1814 年各國聯軍攻破巴黎,拿破侖被流放於厄爾巴島。厄蔑:即厄爾巴島,在意大利半島和法國科西嘉島之間。　　[7] 阿剌飛:指埃及民族解放運動領袖阿拉比,曾率衆推翻英、法殖民統治。1882 年,英國侵略軍進攻埃及,阿拉比領導軍隊抗擊,戰敗被流放於錫蘭(今斯里蘭卡)。　　[8] 烈:功績。　　[9] 撫髀(bì 婢):髀,大腿。《三國志·蜀書·先主傳》裴注引《九州春秋》:"備住荆州數年,嘗於(劉)表坐起至厠,見髀裏肉生,慨然流涕。還坐,表怪問備,備曰:'吾常身不離鞍,髀肉皆消;今不復騎,髀裏肉生。日月若馳,老將至矣,而功業不建,是以悲耳!'"　　[10] 遑:何暇,怎能。　　[11] 拏雲:上干雲霄之意。唐李賀《致酒行》:"少年心事當拏雲。"　　[12] 挾山超海:喻英雄壯舉。《孟子·梁惠王上》:"挾太山以超北海。"　　[13] 郅(zhì 至)治:至治,太平强盛之至。郅,極,至。　　[14] 烜(xuǎn 選)赫:昭著;顯赫。　　[15] 十八省:清初全國共分十八省。光緒末年增至二十三省,但人們習慣上仍稱十八省。[16] 四百兆:即四億,當時中國有四億人口。　　[17] 注籍之奴:編入户籍的奴隸。這裏指失去自由的人。　　[18]"老大嫁作商人婦":唐白居易《琵琶行》:"門前冷落鞍馬稀,老大嫁作商人婦。"　　[19] 楚囚相對:喻遇到强敵,窘迫無計。《晉書·王導傳》載,晉元帝時,中州人士紛紛避亂江左。"過江人士,每至暇日,相要出新亭飲宴。周顗中坐而歎曰:'風景不殊,舉目有江河之異。'皆相視流涕。惟(王)導愀然變色曰:'當共勠力王室,克復神州,何至作楚囚相對泣邪?'"[20] 岌岌:危急貌。《孟子·萬章上》:"天下殆哉岌岌乎?"　　[21] 澌滅:消亡,消失。　　[22] 官支:五官、四肢。　　[23] 窒:抑制;遏止。　　[24] 文、武、成、康:指周文王、武王、成王、康王,周朝初年的幾代帝王,爲周朝興起强盛期。[25] 幽、厲、桓、赧(nǎn 南上聲):指周幽王、厲王、桓王、赧王,爲周朝衰落滅亡期。　　[26] 高、文、景、武:指漢高祖、文帝、景帝、武帝,爲漢朝興起强盛期。

[27] 元、平、桓、靈:指漢元帝、平帝、桓帝、靈帝,爲漢朝衰落滅亡期。　　[28] 瑪志尼:即 Mazzini(1805—1872),意大利愛國者。羅馬帝國滅亡後,意大利受奧地利帝國奴役,瑪志尼創立"少年意大利黨",發動和組織資産階級革命,終成意大利的獨立統一大業。他與同時的加里波的、喀富爾並稱"意大利三傑"。　　[29] 舊物:國家原有基業。　　[30] 龔自珍:清嘉道時期著名思想家、詩人。《能令公少年行》:龔自珍詩,作於清嘉慶二十六年(1821),收入《定庵全集》。此處用其題中之意。　　[31] 白摺:清代科舉應試的試卷之一。殿試取中進士後,還要進行朝考,以分別授予官職。朝考用白摺,即用工整的楷書寫在白紙製的摺子上。

[32] 捱:熬。俸:俸禄,代指官位。　　[33] 手本:明清官場中下級晉見上級時用的名帖。　　[34] 唱諾(rě 惹):古代的一種禮節。對人打恭作揖,口中出聲,叫唱喏。諾,當作"喏"。　　[35] 卿貳:卿是朝廷各部的長官,貳指副職。

[36] 監司:清代通稱各省布政使、按察使及各道道員爲監司。　　[37] 五官不備:指五官功能不全。　　[38] 捉:握;持。　　[39] 搓磨:磋磨。這裏指磨去棱角、鋒芒。　　[40] 畀(bì 必):給予;付與。　　[41] 紅頂花翎:大官的帽飾。清代官員帽頂上頂珠的顏色、質料,標誌着官階的品級,一品官用紅寶石頂珠。花翎,用孔雀翎做的帽飾,以翎眼多者爲貴,五品以上用花翎,六品以下用藍翎。

[42] 中堂:明清時對大學士的稱呼。明代大學士實際掌握宰相的權力,在内閣辦公,中書居東、西兩房,大學士居中,故稱"中堂"。清代包括協辦大學士均用此稱。

[43] 烏:何,哪裏。　　[44] 三頭兩省:閩粤方言,三兩個省。　　[45] 走無常:迷信説法,陰司用活人爲鬼役,攝取後死者的魂。充當這種鬼差者,稱走無常。

[46] 僦(jiù 就)屋:租賃房屋。　　[47] 庭廡(wǔ 五):庭院走廊。　　[48] 臠(luán 戀):切成小塊的肉,這裏用作動詞,宰割之意。箠:棍杖。這裏用作動詞,捶打之意。　　[49] 漸亡:滅絕消亡。翹足而待:喻非常容易地到來。《漢紀》卷四:"酈商謂辟陽侯曰:'今陳平、灌嬰將十萬衆守滎陽,樊噲、周勃將二十萬衆定燕、代,此四人聞帝崩,諸將皆誅,必連兵還嚮京師,大臣内叛,諸將外反,亡可翹足而待。'"　　[50] 其道大光:《周易·益》:"自上下下,其道大光。"　　[51] 伏流:水流地下。《水經注·河水》:"河出崑崙,伏流地中萬三千里。"　　[52] 吸張:開闔飛動。　　[53] 矞(yù 玉)矞皇皇:形容艷麗。《太玄經·交》:"物登明堂,矞矞皇皇。"　　[54] 干將:古劍名,後泛指寶劍。發硎(xíng 刑):刀刃新磨。硎,磨刀石。　　[55] 有作其芒:發出光芒。　　[56] "天戴"二句:天上是一片蒼蒼,地下是一片黃黃,喻天地之無限廣闊。天戴、地履:即戴天履地。《周書·晉蕩公護傳》:"今日以後,吾之殘命,唯繫於汝,爾戴天履地,中有鬼神,勿云冥昧而可欺負。"　　[57] 岳武穆:宋朝民族英雄岳飛,死後謚武穆。

秋　瑾

【作者簡介】

　　秋瑾(1877—1907),原名閨瑾,小字玉姑,字璿卿,號旦吾,留學日本時易名瑾,字競雄,別署漢俠女兒、鑒湖女俠、姑秋氏,山陰(今浙江紹興)人。幼習詠吟。清光緒二十二年(1896),依父母之命嫁湘潭富紳子王子芳,隨夫寄居北京,結識吳芝瑛,閱讀新書報,始有革命思想。三十年,留學日本,創辦《白話報》,鼓吹反清革命,提倡男女平權。三十一年春回國省親,結識蔡元培、徐錫麟,加入光復會。七月再赴日本,九月由馮自由介紹加入同盟會,被推選爲評議部評議員和浙江主盟人。歸國後,應聘爲湖州潯溪女學教員,與校長徐自華訂交。又在滬創辦《中國女報》,宣傳反清革命。旋至諸暨、義烏、金華、蘭溪等地聯絡會黨,計畫回應萍瀏醴起義。三十三年春,任紹興大通學校督辦。聯絡滬、浙軍隊與會黨,組織光復軍,推徐錫麟爲首領,自任協領,準備武裝起義,不幸因事泄被捕,七月十五日凌晨在紹興軒亭口從容就義。其詩詞文,獨樹一幟,慷慨激越,高揚英雄主義與理想主義精神。後人輯本有:王芷馥編《秋瑾詩詞》,龔寶銓編《秋女士遺稿》,長沙秋女烈士追悼會編《秋女烈士遺稿》,秋社編《秋女俠詩文稿彙編》,王紹基《秋瑾遺集》,王燦芝編《秋瑾女俠遺集》,中華書局上海編輯所編《秋瑾集》,郭長海編《秋瑾集外詩輯存》等。生平事蹟見吳芝瑛《秋女士傳》、徐自華《鑒湖女俠秋瑾墓表》、周苤棠《秋瑾年譜》、郭延禮《秋瑾年譜》。

寶　刀　歌

【題解】

　　此詩約作於清光緒三十年(1904)。作者平生酷愛刀劍,集中有多篇詠歌刀劍的詩篇,除此首外,還有《劍歌》、《寶劍歌》、《寶劍詩》、《紅毛刀歌》、《日本鈴木文學士寶刀歌》等篇。是年春,作者爲尋求救國道路,毅然與封建家庭決裂,準備東渡日本留學。四月底,由上海登輪,一周後抵達東京。此詩約作於東渡前夕,借歌詠寶刀,宣傳革命主張,鼓吹用武力推翻清王朝的腐朽統治,湔洗民族之恥辱。

　　漢家宮闕斜陽裏[1],五千餘年古國死[2]。一睡沉沉數百年[3],大家不識做奴恥。憶昔我祖名軒轅[4],發祥根據在崑崙[5]。闢地黃河

及長江，大刀霍霍定中原[6]。痛哭梅山可奈何[7]？帝城荊棘埋銅
駝[8]。幾番回首京華望，亡國悲歌淚涕多。北上聯軍八國衆，把我江
山又贈送[9]。白鬼西來做警鐘[10]，漢人驚破奴才夢。主人贈我金錯
刀[11]，我今得此心雄豪。赤鐵主義當今日[12]，百萬頭顱等一毛。沐
日浴月百寶光，輕生七尺何昂藏[13]。誓將死裏求生路，世界和平賴武
裝。不觀荊軻作秦客，圖窮匕首見盈尺。殿前一擊雖不中，已奪專制
魔王魄[14]。我欲隻手援祖國，奴種流傳遍禹域[15]。心死人人奈爾
何[16]？援筆作此《寶刀歌》。寶刀之歌壯肝膽，死國靈魂喚起多。寶
刀俠骨孰與儔[17]？平生了了舊恩讎[18]。莫嫌尺鐵非英物[19]，救國
奇功賴爾收。願從兹以天地爲爐、陰陽爲炭兮，鐵聚六州[20]。鑄造出
千柄萬柄寶刀兮，澄清神州。上繼我祖黃帝赫赫之威名兮，一洗數千
數百年國史之奇羞！

《秋瑾集·詩》

【校注】

[1]"漢家"句：指漢民族國家的衰落。唐李白《憶秦娥》："西風殘照，漢家陵闕。"
[2]古國死：指近代以來列强蹂躪中國，五千年文明古國即將淪亡。　　[3]"一
睡"兩句：指明亡以來數百年，漢民族沉睡已不知道做奴隸的恥辱。　　[4]軒
轅：黃帝名。　　[5]崑崙：西北大山脈，其北支穿過甘肅、陝西，黃帝爲夏族首
領，曾居陝甘一帶。　　[6]霍霍：刀光閃閃發亮。　　[7]梅山：即煤山，明崇
禎帝在亡國前自縊於煤山。　　[8]銅駝：喻亡國。《晉書·索靖傳》："靖有先識
遠量，知天下將亂，指洛陽宮門銅駝歎曰：'會見汝在荊棘中耳！'"　　[9]"北上"
二句：1900年八國聯軍入侵中國，清廷簽訂《辛丑合約》，賠款白銀四億五千萬兩。
[10]白鬼：喻西方列强。　　[11]金錯刀：黃金雕錯的刀，形容寶刀。漢張衡
《四愁詩》："美人贈我金錯刀。"　　[12]赤鐵主義：即鐵血主義。十九世紀普魯
士首相俾斯麥主張擴充軍備，用武力解決問題，因稱"鐵血主義"。　　[13]昂
藏：儀表雄偉，氣宇不凡。唐李白《贈潘侍御論錢少陽》："繡衣柱史何昂藏，鐵冠白
筆橫秋霜。"　　[14]"不觀"四句：以荊軻刺秦王的故事來宣揚豪俠壯舉的作用。
[15]奴種：自甘做奴隸的人。禹域：指中國。　　[16]心死：《莊子·田子方》：
"夫哀莫大於心死，而人死亦次之。"　　[17]孰與儔：無與匹比。孰，誰。儔，匹
敵。　　[18]了了：分明。　　[19]尺鐵：指刀。　　[20]"願從兹"二句：以
鑄劍比喻在全國積聚和組織革命力量。天地爲爐：漢賈誼《鵬鳥賦》："且夫天地爲

爐分,造化爲工;陰陽爲炭分,萬物爲銅。"鐵聚六州:《資治通鑑》卷二六五《唐昭宣帝天祐三年》:"合六州四十三縣鐵,不能爲此錯也!"

【集評】

吳芝瑛《記秋女俠遺事》:"女士原作絕佳,有上下千古、慷慨悲歌之致。"

黃海舟中日人索句并見日俄戰爭地圖

【題解】

此詩作於光緒三十一年(1905)。作者於上一年留學日本,本年二三月間第一次回國省親,至夏曆六月再赴日本,詩約作於海行途中。在航行於黃海的客輪上作者遇日人銀瀾使者,獲見《日俄戰爭地圖》。光緒三十年二月,日本軍隊對旅順口的俄國艦隊發起突然襲擊,日俄戰爭爆發,清政府居然屈辱地宣佈中立,在自己的國土上劃出"交戰區"和"中立區"。作者因此悲憤萬千,詩中充分表達了甘灑熱血、力挽國家危亡的決心和英雄氣概。

萬里乘風去復來[1],隻身東海挾春雷[2]。忍看圖畫移顏色[3],肯使江山付劫灰[4]。濁酒不銷憂國淚,救時應仗出群才[5]。拼將十萬頭顱血,須把乾坤力挽回。

《秋瑾集·詩》

【校注】

[1]萬里乘風:《南史·宗愨傳》:"叔父少文,高尚不仕,愨年少,問其所志,愨答曰:'願乘長風破萬里浪。'"唐李白《行路難》:"長風破浪會有時,直掛雲帆濟滄海。"去復來:作者這次是第二次去日本,故云。　　　[2]隻身:孤身一人。吳芝瑛《記秋女俠遺事》:"女士自東歸,過滬上,述其留學艱苦狀,既出其新得倭刀相示曰:吾以弱女子,隻身走萬里求學,往返者數……所賴以自衛者,唯此刀耳。"
[3]忍看:反詰語,意爲"怎忍看"。圖畫:指地圖。移顏色:變成日本領土的顏色。
[4]肯使:豈能讓。劫灰:佛家語,劫火之灰。　　　[5]"救時"句:唐杜甫《諸將》:"安危須仗出群材。"

滿 江 紅

【題解】

　　此詞作於清光緒二十九年(1903)。是年春,作者丈夫王子芳入貲爲户部主事,於是作者隨夫進京。王子芳是一紈絝子弟,有諸多不良習氣。兩人婚後性情不合,時常發生矛盾衝突,作者對她的丈夫已經到了厭惡的地步。在京期間,作者在《新民叢報》和《新小説》雜誌上閲讀了不少歐洲女傑的傳記,思想覺醒,視野大開。婚姻的不幸促使其下決心與封建家庭決裂,並欲以歐洲女傑爲楷模,投身於婦女解放和民族自强的運動。是年中秋,作者與丈夫公開衝突,並憤然離家,借住客棧。本詞正是創作於這樣一種背景之下,内中抒發了心比男兒烈的豪情,以及知音難覓的苦悶。

　　小住京華[1],早又是、中秋佳節。爲籬下、黄花開遍,秋容如拭[2]。四面歌殘終破楚[3],八年風味徒思浙[4]。苦將儂、强派作蛾眉[5],殊未屑。　　身不得,男兒列。心卻比,男兒烈。算平生肝膽,因人常熱[6]。俗子胸襟誰識我?英雄末路當磨折[7]。莽紅塵、何處覓知音?青衫濕[8]。

《秋瑾集·詞》

【校注】

[1] 小住:指在京居住不久。　　[2] 拭:擦洗。　　[3] "四面"句:《史記·項羽本紀》:"項王軍壁垓下,兵少食盡,漢軍及諸侯兵圍之數重,夜聞漢軍四面皆楚歌,項王乃大驚曰:'漢皆已得楚乎?是何楚人之多也!'"此處比喻中國爲列强瓜分,四面受敵,行將淪亡的局勢。　　[4] "八年"句:作者自光緒二十二年出嫁,至今已近八年,由於婚姻不幸,作者時常思念浙江紹興自己家裏的生活。
[5] 儂:我。蛾眉:女子。　　[6] 因人常熱:長沙本作"不因人熱"。《東觀漢記》曰:"梁鴻少孤……常獨坐止,不與人同食。比舍先炊已,呼鴻及熱釜炊。鴻曰:'童子鴻不因人熱者也。'滅竈更燃火。"原指梁鴻爲人孤傲,不依靠別人。此處反用其意。作者《致文琴書》:"於時世而行古道,處冷地而舉熱腸,必知音之難遇,更同調而無人。"此處指作者古道熱腸。　　[7] 磨折:受磨難。《孟子·告子下》:"故天將降大任於是人也,必先苦其心志,勞其筋骨,餓其體膚,空乏其身,行拂亂其所爲,所以動心忍性,曾益其所不能。"　　[8] 莽:廣大無邊。青衫濕:白居易《琵琶行》:"座中泣下誰最多?江州司馬青衫濕。"

寧調元

【作者簡介】

　　寧調元(1883—1913)，字仙霞，號太乙、辟支生等，醴陵(今屬湖南)人。肄業於長沙明德學堂。與黃興、陳天華等組織華興會，鼓吹革命。清光緒三十一年(1905)留學日本，加入同盟會。回國後從事革命活動，因策應湖南萍瀏醴起義，被捕入獄三年。其間，與高旭等通訊聯繫，發起成立南社。武昌起義，任湖南都督譚延闓秘書，旋任廣東三佛鐵路總辦。民國二年(1913)，秘密至漢口，參與討袁，事泄被捕，在武昌遇難。爲詩倡言"詩壇請自今日始，大建革命軍之旗"，詩作内容充實，風格沉雄。著有《朗吟詩草》、《明夷詩草》、《南幽百絶句》、《太乙詩存》、《明夷詞鈔》、《太乙文存》等，柳亞子爲編印《太乙遺書》。生平事蹟見《南社叢談·南社社友事略》、柳亞子《寧烈士太一傳》、劉約真《寧調元革命紀略》。

早梅疊韻

【題解】

　　此詩作於清光緒二十九年(1903)，爲作者早年作品。時作者已立志革命，本詩即藉梅花自喻，表現出不與流俗爲伍，傲雪淩霜、孤高超拔的風標。

　　姹紫嫣紅恥效顰[1]，獨從末路見精神[2]。溪山深處蒼崖下，數點開來不藉春[3]。

《寧調元集》

【校注】

[1] 姹紫嫣紅：形容百花的嬌艷。明湯顯祖《牡丹亭》[驚夢]："原來姹紫嫣紅開遍。"效顰：即東施效顰。事見《莊子·天運》。　　[2] 末路：指不好的處境。
[3] 藉：依憑。

蘇曼殊

【作者簡介】

　　蘇曼殊(1884—1918)，初名戩，日本名宗之助，字子穀，一作子轂，後更名元瑛，亦作玄瑛，小字三郎，僧名曼殊，自署燕子龕等，香山(今廣東中山)人。生於日本橫濱，父蘇傑生爲茶葉商，生母一説爲蘇傑生之妾河合仙之妹河合若，産子不久即出走。由河合仙撫養。光緒二十四年(1898)，入橫濱大同中學校，次年返廣州，於蒲澗寺出家。不久又重回橫濱。後考入東京早稻田大學高等預科，又轉入成城學校，並参加革命團體青年會。二十九年回國，於惠州再度出家。後往來於蘇州、上海、長沙、香港、南洋、杭州、南京等地。三十三年，再至日本，常往返國内及南洋各地。民國元年，加入南社。反對袁世凱稱帝。通日、梵、英、法文字。學佛而情深。既是詩人、小説家、翻譯家，又是畫家。著有小説《斷鴻零雁記》等，又翻譯拜倫、雨果等歐洲作家的詩歌和小説多種。詩以七絶爲主，文公直稱其詩："一片真情，一任機靈觸發，自然流露，不假雕琢，佳趣天成。"所著合稱《蘇曼殊全集》。生平事蹟見諸宗元《曼殊大師塔銘》、柳棄疾《蘇玄瑛新傳》、文公直《曼殊大師傳》、楊鴻烈《蘇曼殊傳》。

淀江道中口占

【題解】

　　此詩作於清宣統元年(1909)。時作者在日本。淀江，即澱川，在日本京都盤地，發源於琵琶湖，流入大阪灣。是年春，作者去淀江探望養母河合仙，途中所見風景如畫，乃賦此詩。

　　孤村隱隱起微煙，處處秧歌競插田。羸馬未須愁遠道[1]，桃花紅欲上吟鞭。

《蘇曼殊詩箋注·詩集·編年詩》

【校注】

[1] 羸(léi 雷)馬：瘦馬。唐韋莊《留題王秀才別墅》："何事卻騎羸馬去，白雲紅樹不相留。"此處反其意，因留戀桃花景美，而不必愁馬羸道遠。

劉 鶚

【作者簡介】

　　劉鶚（1857—1909），譜名震遠，原名孟鵬，亦作夢鵬，後改今名，字雲臣、雲搏、鐵雲等，號蝯雲，筆名洪都百煉生、老殘等，丹徒（今屬江蘇）人，後定居淮安。出身官宦家庭。少負奇氣，性豪放，厭薄八股時藝。二十歲參加鄉試，落榜，十年後雖又曾赴試一次，但未終場即棄去。其一生興趣和抱負在經世實學。究心於治河、天算、醫學及兵法，又旁及釋氏及基督教。二十四歲，正式拜李光昕爲師，以“民養”爲宗旨。太谷學派對其一生影響很大。曾從事經商、行醫、開書局等實業。光緒十四年（1888）河決，向河督吳大澂獻策，由是以“奇才”得用，保舉知府銜。又留心西學，向湖廣總督張之洞建議利用外資興建蘆漢、津鎮鐵路。光緒十九年又應英公司聘籌採山西礦產。先後在上海開設“五層樓商場”和織布廠，在杭州開設織綢廠，在湖南株洲籌創煉鋼廠，在天津開設“海北精公司”。八國聯軍進犯北京，出資向俄軍購糧，賑濟難民。終以“漢奸”及“私盜太倉粟”罪名被清廷逮捕，流放新疆迪化（今烏魯木齊），死於戍所。其學博雜，爲治河曾撰寫《歷代黃河變遷圖考》、《治河五説》、《治河續二説》，又撰有《勾股天玄草》、《弧角三術》等，並最早進行甲骨文收藏與研究，所編《鐵雲藏龜》爲中國首部甲骨文字著録集。醫學專著有《要藥分劑補正》等。文學上著有長篇小説《老殘游記》。詩作有《鐵雲詩存》。生平事蹟見羅振玉《劉鐵雲傳》、嚴薇青《〈老殘游記〉的作者劉鶚》、蔣逸《劉鶚年譜》等。

白妞説書

【題解】

　　本篇選自《老殘游記》第二回“歷山山下古帝遺蹤，明湖湖邊美人絶調”。《老殘游記》最早發表於光緒二十九年（1903）。作品以一個搖串鈴的游方郎中老殘爲主人公，記敍老殘在山東一帶游歷的所見、所聞、所思、所感，内容涉及三教九流，廣泛呈現出晚清社會的黑暗和腐敗，尤其是深刻地揭露了所謂的“清官”殘害人民的血腥罪惡，爲其他揭露貪官的“譴責小説”所不及。本書語言精練，表現力强，魯迅先生稱其“叙景狀物，時有可觀”（《中國小説史略》）。

　　老殘從鵲華橋往南,緩緩向小布政司街走去。一擡頭,見那墙上貼了一張黄紙,有一尺長、七八寸寬的光景。居中寫着"説鼓書"三個大字[1];旁邊一行小字是"二十四日明湖居"。那紙還未十分乾,心知是方才貼的,祇不知道這是甚麽事情,别處也没有見過這樣招子[2]。一路走着,一路盤算,祇聽得耳邊有兩個挑擔子的説道:"明兒白妞説書,我們可以不必做生意,來聽書罷。"[3]又走到街上,聽鋪子裏櫃檯上有人説道:"前次白妞説書是你告假的,明兒的書,應該我告假了。"一路行來,街談巷議,大半都是這話,心裏詫異道:"白妞是何許人?説的是何等樣書,爲甚一紙招貼,便舉國若狂如此?"信步走來,不知不覺已到高陞店口。

　　進得店去,茶房便來回道:"客人,用什麽夜膳?"老殘一一説過,就順便問道:"你們此地説鼓書是個甚麽頑意兒[4],何以驚動這麽許多的人?"茶房説:"客人,你不知道。這説鼓書本是山東鄉下的土調,用一面鼓,兩片梨花簡,名叫'梨花大鼓'[5],演説些前人的故事,本也没甚稀奇。自從王家出了這個白妞、黑妞姊妹兩個,這白妞名字叫做王小玉,此人是天生的怪物! 他十二三歲時就學會了這説書的本事。他卻嫌這鄉下的調兒没甚麽出奇,他就常到戲園裏看戲,所有甚麽西皮、二簧、梆子腔等唱,一聽就會;甚麽余三勝、程長庚、張二奎等人的調子,他一聽也就會唱。仗着他的喉嚨,要多高有多高;他的中氣,要多長有多長。他又把那南方的甚麽崑腔、小曲,種種的腔調,他都拿來裝在這大鼓書的調兒裏面。不過二三年工夫,創出這個調兒,竟至無論南北高下的人,聽了他唱書,無不神魂顛倒。現在已有招子,明兒就唱。你不信,去聽一聽就知道了。祇是要聽還要早去,他雖是一點鐘開唱,若到十點鐘去,便没有坐位的。"老殘聽了,也不甚相信。

　　次日六點鐘起,先到南門内看了舜井[6]。又出南門,到歷山腳下,看看相傳大舜昔日耕田的地方。及至回店,已有九點鐘的光景,趕忙吃了飯,走到明湖居[7],才不過十點鐘時候。那明湖居本是個大戲園子,戲臺前有一百多張桌子。那知進了園門,園子裏面已經坐的滿滿的了,祇有中間七八張桌子還無人坐,桌子卻都貼着"撫院定""學院定"等類紅紙條兒[8]。老殘看了半天,無處落腳,祇好袖子裏送

了看坐兒的二百個錢，纔弄了一張短板凳，在人縫裏坐下。看那戲臺
上，祇擺了一張半桌，桌子上放了一面板鼓，鼓上放了兩個鐵片兒，心
裏知道這就是所謂梨花簡了，旁邊放了一個三絃子，半桌後面放了兩
張椅子，並無一個人在臺上。偌大的個戲臺，空空洞洞，別無他物，看
了不覺有些好笑。園子裏面，頂着籃子賣燒餅油條的有一二十個，都
是爲那不吃飯來的人買了充飢的。

　　到了十一點鐘，祇見門口轎子漸漸擁擠，許多官員都着了便衣，
帶着家人，陸續進來。不到十二點鐘，前面幾張空桌俱已滿了，不斷
還有人來，看坐兒的也祇是搬張短凳，在夾縫中安插。這一群人來
了，彼此招呼，有打千兒的[9]，有作揖的[10]，大半打千兒的多。高談闊
論，説笑自如。這十幾張桌子外，看來都是做生意的人；又有些像是
本地讀書人的樣子：大家都喊喊喳喳的在那裏説閒話。因爲人太多
了，所以説的甚麼話都聽不清楚，也不去管他。

　　到了十二點半鐘，看那臺上，從後臺簾子裏面，出來一個男人[11]：
穿了一件藍布長衫，長長的臉兒，一臉疙瘩，仿佛風乾福橘皮似的[12]，
甚爲醜陋，但覺得那人氣味倒還沉靜。出得臺來，並無一語，就往半
桌後面左手一張椅子上坐下。慢慢的將三絃子取來，隨便和了和絃，
彈了一兩個小調，人也不甚留神去聽。後來彈了一枝大調，也不知道
叫什麼牌子。祇是到後來，全用輪指，那抑揚頓挫，入耳動心，恍若有
幾十根絃，幾百個指頭，在那裏彈似的。這時臺下叫好的聲音不絕於
耳，卻也壓不下那絃子去，這曲彈罷，就歇了手，旁邊有人送上茶來。

　　停了數分鐘時，簾子裏面出來一個姑娘，約有十六七歲，長長鴨
蛋臉兒，梳了一個抓髻，戴了一副銀耳環，穿了一件藍布外褂兒，一條
藍布褲子，都是黑布鑲滾的。雖是粗布衣裳，倒十分潔淨。來到半桌
後面右手椅子上坐下。那彈絃子的便取了絃子，錚錚鏦鏦彈起。這
姑娘便立起身來，左手取了梨花簡，夾在指頭縫裏，便丁丁當當的敲，
與那絃子聲音相應；右手持了鼓捶子，凝神聽那絃子的節奏。忽羯鼓
一聲[13]，歌喉遽發，字字清脆，聲聲宛轉，如新鶯出谷，乳燕歸巢，每句
七字，每段數十句，或緩或急，忽高忽低；其中轉腔換調之處，百變不
窮，覺一切歌曲腔調俱出其下，以爲觀止矣。

　　旁坐有兩人，其一人低聲問那人道：“此想必是白妞了罷？”其一人道：“不是。這人叫黑妞，是白妞的妹子。他的調門兒都是白妞教的，若比白妞，還不曉得差多遠呢！他的好處人説得出，白妞的好處人説不出；他的好處人學的到，白妞的好處人學不到。你想，這幾年來，好頑耍的誰不學他們的調兒呢？就是窰子裏的姑娘，也人人都學，祇是頂多有一兩句到黑妞的地步。若白妞的好處，從没有一個人能及他十分裏的一分的。”説着的時候，黑妞早唱完，後面去了。這時滿園子裏的人，談心的談心，説笑的説笑。賣瓜子、落花生、山裏紅、核桃仁的，高聲喊叫着賣，滿園子裏聽來都是人聲。

　　正在熱鬧哄哄的時節，祇見那後臺裏，又出來了一位姑娘，年紀約十八九歲，裝束與前一個毫無分別，瓜子臉兒，白净面皮，相貌不過中人以上之姿，祇覺得秀而不媚，清而不寒，半低着頭出來，立在半桌後面，把梨花簡了當了幾聲，煞是奇怪：祇是兩片頑鐵，到他手裏，便有了五音十二律似的。又將鼓捶子輕輕的點了兩下，方擡起頭來，向臺下一盼。那雙眼睛，如秋水，如寒星，如寶珠，如白水銀裏頭養着兩丸黑水銀，左右一顧一看，連那坐在遠遠墻角子裏的人，都覺得王小玉看見我了；那坐得近的，更不必説。就這一眼，滿園子裏便鴉雀無聲，比皇帝出來還要静悄得多呢，連一根針跌在地下都聽得見響！

　　王小玉便啓朱唇，發皓齒，唱了幾句書兒。聲音初不甚大，祇覺入耳有説不出來的妙境：五臟六腑裏，像熨斗熨過，無一處不伏貼；三萬六千個毛孔，像吃了人參果，無一個毛孔不暢快。唱了十數句之後，漸漸的越唱越高，忽然拔了一個尖兒，像一綫鋼絲抛入天際，不禁暗暗叫絶。那知他於那極高的地方，尚能迴環轉折。幾囀之後，又高一層，接連有三四疊，節節高起。恍如由傲來峰西面攀登泰山的景象[14]：初看傲來峰削壁千仞，以爲上與天通；及至翻到傲來峰頂，才見扇子崖更在傲來峰上[15]；及至翻到扇子崖，又見南天門更在扇子崖上[16]：愈翻愈險，愈險愈奇。那王小玉唱到極高的三四疊後，陡然一落，又極力騁其千迴百折的精神，如一條飛蛇在黄山三十六峰半中腰裏盤旋穿插。頃刻之間，周匝數遍。從此以後，愈唱愈低，愈低愈細，那聲音漸漸的就聽不見了。滿園子的人都屏氣凝神，不敢少動。約有兩三分鐘之久,仿佛有一點聲音從地底下發出。這一出之後,忽又揚起,像放那東洋煙火,一個彈子上天,隨化作千百道五色火光,縱橫散亂。這一聲飛起,即有無限聲音俱來併發。那彈絃子的亦全用輪指,忽大忽小,同他那聲音相和相合,有如花塢春曉,好鳥亂鳴。耳朵忙不過來,不曉得聽那一聲的爲是。正在撩亂之際,忽聽霍然一聲,人絃俱寂。這時臺下叫好之聲,轟然雷動。

停了一會,鬧聲稍定,祇聽那臺下正座上,有一個少年人,不到三十歲光景,是湖南口音,説道:"當年讀書,見古人形容歌聲的好處,有那'餘音繞梁,三日不絕'的話,我總不懂。空中設想,餘音怎樣會得繞梁呢?又怎會三日不絕呢?及至聽了小玉先生説書,才知古人措辭之妙。每次聽他説書之後,總有好幾天耳朵裏無非都是他的書,無論做什麼事,總不入神,反覺得'三日不絕',這'三日'二字下得太少,還是孔子'三月不知肉味','三月'二字形容得透徹些!"旁邊人都説道:"夢湘先生論得透闢極了[17]!'於我心有戚戚焉'[18]!"

説着,那黑妞又上來説了一段,底下便又是白妞上場。這一段,聞旁邊人説,叫做"黑驢段"。聽了去,不過是一個士子見一個美人,騎了一個黑驢走過去的故事。將形容那美人,先形容那黑驢怎樣怎樣好法,待鋪敍到美人的好處,不過數語,這段書也就完了。其音節全是快板,越説越快。白香山詩云"大珠小珠落玉盤",可以盡之。其妙處,在説得極快的時候,聽的人仿佛都趕不上聽,他卻字字清楚,無一字不送到人耳輪深處。這是他的獨到,然比着前一段卻未免遜了一籌了。

《老殘游記》

【校注】

[1] 鼓書:又稱大鼓,曲藝的一種。清初時形成於山東、河北農村;或謂由"鼓詞"演變而來。主要流行於我國北方各省市,兼及長江流域和珠江流域的部分地區。有京韻大鼓、西河大鼓、梅花大鼓、山東大鼓、膠東大鼓等數十個曲種。各種大鼓多數由一人自擊鼓、板,一至數人用三絃等樂器伴奏,也有僅用鼓、板的。大都採用站唱形式。唱詞基本爲七字句和十字句。本處所稱當爲梨花大爲鼓(山東大鼓)。　　[2] 招子:即招貼,猶今之"海報"。　　[3] 白妞:歷史上實有其人。

原型即王小玉,白妞是她的藝名。王小玉是清末濟南曲藝界出類拔萃的人物。清師史氏《歷下志游》外編稱其自小學藝,"工犁鏵(梨花)大鼓",十六歲便"隨其父奏藝於臨清書肆","楚楚可憐,歌至興酣,則又神采動人,不少羞澀"。清末鼓詞作家鳬道人《舊學庵筆記》又稱:"光緒初年,歷城有黑妞、白妞姊妹能唱賈鳬西鼓詞兒。嘗奏技於明湖居,傾動一時,有紅妝柳敬亭之目。"按云:"白妞又名小玉,《老殘游記》摹寫其歌時之狀態,亦可謂曲盡其妙。然亦祇能傳其可傳者耳。其遠韻,絃外有音,雖師曠未必能聆而察之,腐迁未必能寫而著之也。"　　[4]頑意兒:即玩意兒,指曲藝之類。　　[5]梨花大鼓:又稱"犁鏵大鼓",因演唱者手持犁鏵片伴奏而得名。源於山東、河北南部農村,故又稱山東大鼓。清光緒年間始入市井。有南口、北口之分。北口較早,主要流行於鄉村,代表藝人是何老鳳;南口較晚,主要在城市演唱,創始人爲王小玉姊妹。早期作品多爲中篇,有説有唱,後期則以演短篇爲主,一般祇唱不説。伴奏樂器有書鼓、三絃、四胡、兩枚鐵片或銅片。表演時一人演唱或兩人對唱,二三人伴奏。　　[6]舜井:位於濟南老城南門舜井街,相傳舜幼年喪母,後母與弟騙舜淘井,然後落井下石,舜幸得從井下溶洞逃出,並掘得甘泉一眼,後人因稱爲舜泉,又稱舜井。　　[7]明湖居:濟南名勝。舊址在鵲華橋南,百花洲西側。現用舊民居改建的明湖居,東鄰大明湖南大門,西連遐園,北臨湖區。　　[8]撫院定:巡撫或巡撫衙門定下的座位。學院定:學政或學政衙門定下的座位。　　[9]打千兒:滿族男子下對上通行的一種禮節。流行於清代。其姿勢爲屈左膝,垂右手,上體稍向前俯。　　[10]作揖:舊時行禮的一種形式。兩手抱拳高拱,身子略彎,向人示敬。　　[11]出來一個男人:此人爲梨花大鼓著名絃師謝其榮(1860—1926),"趙孫門"呂道山之高徒,名家范其鳳的師弟。因其三絃演奏技藝精湛獨到,被譽爲"神手謝老化"。當年曾爲王小玉彈絃,深得王小玉演唱技藝的精髓,並將之傳授於自己的女兒謝大玉。　　[12]風乾福橘皮:形容皮膚粗糙。福橘,福州所產的一種柑橘,非常著名。　　[13]羯鼓:古代打擊樂器,原流行於西域,後傳入中原。此處形容鼓聲。　　[14]傲來峰:位於泰山西側,非常陡峭。　　[15]扇子崖:位於泰山天勝寨西側,高聳峻削,丹壁奇特。　　[16]南天門:又名三天門,位於泰山中路登山盤道頂端,相對於紅門宮内的一天門,中天門上的二天門而言。海拔1460米,爲造型雄險的溶蝕地貌,又稱崩塌型天窗。　　[17]夢湘先生:清末民初著名詩人王以慜(1855—1921),字夢湘,祖籍武陵(今湖南常德),因其祖父、伯父和父親都在山東爲官,全家遂遷居濟南。工詩詞。時稱"明湖第一詞流過客"。與劉鶚過從甚密,曾同游大明湖,聽黑妞、白妞説書。《明湖客影録》過隙生詩云:"濟南泉水女兒喉,寫入浮縱動九州,不有老殘工妙筆,何人識得夢湘愁!"即詠此事。　　[18]於我心有戚戚焉:我的心裏豁然明白了。戚戚,心動貌。《孟子·梁惠王上》:"王説曰:《詩》云:'他人有心,予忖度之。'夫子之謂也。夫我乃行之,反而求之,不得吾心。夫子言之,於我心有戚戚焉。此心之所以合於王者,何也?"

【集評】

胡適《老殘游記序》:"這一段寫唱書的音韻,是很大膽的嘗試。音樂祇能聽,不容易用文字寫出來,所以不能不用許多具體的物事來作譬喻。白居易、歐陽修、蘇軾都用過這個法子。劉鶚先生在這一段裏連用七八種不同的譬喻,用新鮮的文字,明瞭的印象,使讀者從這些逼人的印象裏感覺那無形象的音樂的妙處。這一次的嘗試總算是很有成功的了。"

阿英《關於老殘游記》:"《老殘游記》在描寫上是有成就的。魯迅先生認爲:'敍景狀物,時有可觀。'事實情況,正是這樣。作者是善於選用準確明朗的語言,形象性的刻劃事物的運動及其變化,具有強烈的吸引讀者的力量。如第二回寫白妞(王小玉)唱鼓書一節,不但細緻的形象性的繪影繪聲,而又反映了社會生活情況的描寫,在中國小説描寫技術上,是一種新的開拓。和第十回《驪龍雙珠光照琴瑟,犀牛一角聲叶箜篌》,寫音樂演奏,有異曲同工之妙。"

李寶嘉

【作者簡介】

李寶嘉(1867—1906),原名寶凱,字伯元,號南亭亭長、二春居士,筆名游戲主人、謳歌變俗人等,武進(今江蘇常州)人。清咸豐年間,遷居山東。諸生。三歲喪父,由堂伯父李翼清教養成人。光緒十八年(1892)隨李翼清由山東辭官歸籍。二十二年去上海,始編刊《指南報》,繼而又先後創辦《游戲報》、《世界繁華報》,"假游戲之説,以隱寓勸懲"(《論〈游戲報〉之本意》),開國內小報之先河,爲創作譴責小説積累了大量素材。二十九年應聘去商務印書館,主編《繡像小説》。一生歷經甲午戰爭、戊戌變法、庚子事變等重大事件,目睹社會上下,尤其是官場的種種腐敗,試圖通過小説揭露時弊,喚醒民衆,改良政治。作品之主題多持社會改良和洋務思想,主張"用上些水磨工夫,叫他們潛移默化"。所作以《官場現形記》最爲著名,爲晚清四大譴責小説之一,促成了晚清譴責小説的創作繁榮。此外尚有《文明小史》、《活地獄》、《中國現在記》、《海天鴻雪記》、《庚子國變彈詞》等作,成爲"名最著"(魯迅語)的晚清譴責小説家。長篇小説外尚有《南亭筆記》、《南亭四話》、《藝苑叢話》、《滑稽叢話》、《塵海妙品》、《奇書快睹》等。生平事蹟見魏紹昌《李伯元研究資料》所輯傳記文獻。

捐鉅資紈絝得高官(節選)

【題解】

　　本篇節選自《官場現形記》第三十五回"捐鉅資紈袴得高官,吝小費貂璫發妙謔"、三十六回"騙中騙又逢鬼魅,強中強巧遇機緣"。《官場現形記》以官場爲對象,描寫了官僚群像,有文有武,上自軍機大臣、總督,下至知縣、典史,地位有高低,權勢有大小,手段有不同,而其特點皆是見錢眼開,嗜錢如命。深刻揭露出晚清官場的污濁,吏治的敗壞,統治集團的腐朽。作品最初連載於《世界繁華報》,光緒二十九年(1903)起,光緒三十一年(1905)止,共六十回。期間,世界繁華報館曾分五編(每編十二回)陸續刊印單行本。較早的翻印本有粵東書局石印本和假託吉田太郎著、日本知新社出版的刊本。本篇通過唐二亂子這個人物買官鬻爵的過程,揭露了封建官場和社會上下的腐敗和道德淪喪。

　　何孝先表弟姓唐,行二,湖州人,是他姑夫的兒子。他姑夫做過兩任鎮臺,一任提臺,手中廣有錢財。他表弟當少爺出身,十八歲上由蔭生連捐帶保[1],雖然有個知府前程,一直卻跟在老子任所,並没有出去做官。因他自小有個脾氣,最歡喜吃鴉片煙,十二歲就上了癮,一天要吃八九錢。人家都説吃煙的人心是静的,誰知他竟其大謬不然[2]:往往問人家一句話,人家才回答得一半,他已經説到别處去了。他有年夏天穿了衣帽出門拜客,竟其忘記穿襯衫。同主人説説話,不知不覺會把茶碗打翻。諸如此類,不一而足。一天到晚,少説總得鬧上兩個亂子,因此大衆送他一個美號,叫他做"唐二亂子"。

　　唐二亂子又好買東西:不要説别的,但是香水,一買就是一百瓶;雪匣煙[3],一買就是二百匣。别的東西,以此類推,也可想而知了。一連亂了十幾日。何孝先見他用的銀子像水淌一般,趁空便兜攬他報效之事[4]。他問報效是何規矩，何孝先一一告訴了他。因爲他是有錢的人，冤桶是做慣的，樂得用他兩個，於是把打折扣上兌的話藏起不説，反説："正項是一萬，正項之外，再送三千給撫臺，包你一個'特旨道'一定到手[5]。你是大員之後，將來引見的時候，祇得山西撫臺摺子上多加上兩句[6]，還怕没有另外恩典給你。有此一條路，就是要放缺也很容易的。"一席話説得唐二亂子心癢難抓，躍躍欲試。但是帶來的銀子，看看所剩無幾，辦不了這椿正經，忙同何孝先商量，要派人回家去匯銀子。何孝先是曉得他底細的，便説："一萬幾千銀子，有你老表弟聲光，那裏借不出，何必一定要家裏匯了來？"唐二亂子道："本來我亦等用錢，索性派人回去多弄幾文出來。"何孝先生怕過了幾天有人打岔，事情不成功，況且上海辦捐的人，鑽頭覓縫，無孔而入，設或耽擱下來，被人家弄了去，豈不是悔之不及。盤算了一會，道："老表，你如果要辦這件事，是耽誤不得的。我昨天還接到山西撫臺衙門裏的信，恐怕這個局子早晚要撤，這種機會求亦求不到，失掉可惜！依我的意思：這萬多銀子，我來替你擔，你不過出兩個利錢，一個月、兩個月還我不妨。你如果如此辦，馬上我就回局子，一面填給你收條，一面打電報知會山西。這事情辦的很快，不到一個月就好奉旨的。一奉旨你就是'特旨道'。趕着下個月進京，萬壽慶典還趕得上[7]。趁這擋口，我替你山西弄個差使。這裏頭事在人爲，兩三個月，祇怕已經放了實缺也論不定。"一席話説得唐二亂子高興非常，連説："準其託老表兄代借銀子……利錢照算，票子我寫。"何孝先見賣買做成，樂得拿他拍馬屁，今天看戲，明天吃酒。每到一處，先替他向人報名，説這位就是唐觀察，有些扯順風旗的，亦就一口一聲的觀察。唐二亂子更覺樂不可支。何孝先便勸他道："老弟，你即日就要出去做官了，像你天天吃煙，總得睡到天黑才起來。倘若放實缺到外邊呢，自由自便，倒也無甚要緊，但是初到省總得趕早上幾天衙門。而且你要預先進京謀干謀干，京裏那些大老[8]，那一個不是三更多天就起來上朝的。老弟，别的事，我不勸你，這個起早，我總得勸你歷練歷練才好。"唐二亂子道："要説起早，我不能；要説磨晚，等到太陽出了再睡，我卻辦得到。我倘若到京城，拚着夜夜不睡，趕大早見他們就是了。"何孝先道:"他們朝上下來還要上衙門辦公事,等到回私宅見客總要頂到吃過中飯。你早去了,他們也不得見的。就是你到省之後,總算夜夜不睡,頂到天亮上院;難道見過撫臺,別的客就一個不拜? 人家來拜你,亦難道一概擋駕? 倘若上頭委件事情叫你立刻去辦,你難道亦要等到回來睡醒了再去辦? 祇怕有點不能罷。"唐二亂子想了一想道:"老表兄,你説的話不錯。我就明天起,遵你教,學着起早何如?"當時無話。

是夜唐二亂子果然早睡。臨睡的時候又吩咐管家:"明天起早喊我。"管家答應着。無奈他睡慣晚的人,早睡了睡不着,在牀上翻來覆去,雞叫了好幾遍,兩隻眼一直睜到天亮。看看窗户角上有點太陽光射了下來,恰恰才有點朦朧,不提防管家來喊他了,一連叫了三聲,把他喚醒。心上老大不自在,想要罵人,忽然想起"今天原是我要起早,叫他們喊我的",於是隱忍不言,揉揉眼睛爬了起來。當下管家忙着打洗臉水,買早點心。眾管家曉得少爺今天是起早,恐怕熬不住,祇好拿鴉片來提精神,於是兩個管家,一個遞一個裝煙,足足吃了三十六口。剛坐起來,卻又打了兩個呵欠。正想再橫下去睡睡,卻好何孝先來了。一見他起早,不禁手舞足蹈,連連誇獎他有志氣:"能够如此奮發有爲,將來甚麼事不好做呢!"唐二亂子一笑不答。何孝先便説:"你不是要買翡翠翎管嗎[9]? 我替你找了好兩天,如今好容易才找到一個,真正是滿綠。你不相信,拿一大碗水來,把翎管放在裏頭,連一大碗水都是碧綠的。"唐二亂子道:"要多少價錢?"何孝先曉得他大老官脾氣[10],早同那賣翎管的掮客串通好的,叫他把價錢多報些。當時聽見唐二亂子問價,便回稱"三千塊"。誰知唐二亂子聽了,鼻子裏嗤的一笑,道:"三千塊買得出甚麼好東西! 快快拿回去! 看亦不要看!"那個賣翎管的掮客聽他説了這兩句,氣的頭也不回,提了東西,一掀簾子竟去了。

唐二亂子道:"我想我這趟進京,齊巧趕上萬壽,總得進幾樣貢才好。你替我想,這趟貢要預備多少銀子?"何孝先道:"少了拿不出手,我想總得兩三萬銀子。你看够不够?"唐二亂子又嗤的一笑,道:"兩三萬銀子够什麼! 至少也得十來萬。"何孝先道:"你正項要用十來

萬，你還預備多少去配他？你一個候補道，不走門子幫襯幫襯，你這
東西誰替你孝敬上去呢？”唐二亂子道：“自己端進去。”何孝先道：“説
得好容易！不經老公的手[11]，他們肯叫你把東西送到佛爺面前
嗎[12]？要他們經手，就得好好的一筆錢。你東西值十萬，一切費用祇
怕連十萬還不够！”唐二亂子道：“我們是世家子弟，都要塞起狗洞來
還了得！”何孝先道：“你不信，你試試看。”唐二亂子道：“這些閒話少
説，這種錢我終究是不出的。如今且説辦幾樣什麽貢。”何孝先先想
了一椿是電氣車[13]。唐二亂子雖亂，此時忽福至心靈，連説：“用不
得！……這個車在此地大馬路我碰見過幾次。大馬路如此寬的街，
我還嫌他走的太快，怕他鬧亂子；若是宮裏，那裏容得這傢伙。不妥！
不妥！”何孝先又説電氣燈，唐二亂子又嫌不新鮮。後來又説了幾樣，
都不中意。還是他自己點對，想出四樣東西，是一個瑪瑙瓶，一座翡
翠假山，四粒大金剛鑽，一串珍珠朝珠。好容易把東西配齊，忙着裝
滿停當。

　　看看又耽擱了半個月，唐二亂子要緊進京。齊巧山西電報亦來，
説是已經保了出去。得電之後，自然歡喜。過了一天，又接到家信，
由家裏託票號又匯來十多萬銀子。取到之後，算還何孝先的墊款，還
了製辦貢貨的價錢，然後寫了招商局豐順輪船大餐間的票子，預備進
京。

　　此番來京，爲的是萬壽進貢，於是見人就打聽進貢的規矩。也不
管席面上戲館裏有人没人，一味信口胡吹，又道：“我這份貢要值到十
萬銀子，至少賞個三品京堂侍郎銜，才算花的不冤枉。”人家聽了他，
都説他是個癡子，這些話豈可在稠人廣衆地方説的。他並不以爲意。

　　他有個内兄，姓查，號珊丹，大家叫順了嘴，都叫他爲“查三蛋”。
這查三蛋現在居官刑部額外主事，在京城前後混了二十多年。幸虧
他人頭還熟，專門替人家拉拉皮條[14]，經手經手事情，居然手裏着實
好過。如今聽見妹夫來京，曉得妹夫是個闊少出身，手筆着實不小，
早存心要弄他幾個，便借至親爲名，天天跑到唐二亂子寓處替他辦這
樣，弄那樣，着實關切。不料唐二亂子是大爺脾氣，祇好人家巴結他，
他卻不會敷衍別人的。查三蛋見妹夫同他不甚親熱，便疑心妹夫瞧

他不起,心上老大不自在,因此心上愈加想要算計他一下子。

查三蛋退辭出去,便去找到素來同他做聯手的一個老公,告訴他有這筆買賣。老公不等他提價錢,先説道:"三爺的事情,又是令親,我們應得效力。"查三蛋道:"不是這等説。"便附耳如此這般,述了一遍,又道:"我們雖是親戚,但是他太覺瞧人不起,祇肯出一萬銀子的宮門費。他是有錢的人,不是拿不出,等他多花兩個亦不打緊。"老公一聽,他們至親尚且如此,樂得多敲兩個。連忙堆下笑來説道:"他是什麼東西!連着親戚都不認,真正豈有此理!就是三爺不吩咐,咱也要打個抱不平的!我去招呼他,叫他把一萬銀子先交進來。就説上頭統通替他回好,叫他後天十點鐘把東西送上來。等他到了這裏,咱們自然有法子擺佈他。"查三蛋諾諾連聲,連忙趕到唐二亂子寓所同他説:"準定二萬銀子的宮門費,由大總管替我們到上頭去回過。叫你今天先把宮門費交代清楚,後天大早再自己押着東西進去。"唐二亂子道:"何如!我説這些人是個無底洞,多給他多要,少給他少要。不是我攔得緊,豈不又白填掉一萬,如今二萬銀子我是情願出的。"説着,便叫一個帶來的朋友,拿着摺子到錢莊上劃二萬銀子交給查三蛋,替他料理各事。查三蛋銀子到手之後,自己先扣下一半,祇拿一半交代了老公。老公會意。

到了第三天,唐二亂子起了一個大早,把貢禮分作兩臺,叫人擡着。查三蛋在前引路,他自己卻坐車跟在後頭。由八點鐘起身,一直走到九點半鍾,約摸走了十來里,走到一個地方。查三蛋下車,説:"這裏就是宮門了,閒雜人不準進去。"衆人於是一齊歇下。查三蛋揮手,又叫衆人退去。唐二亂子亦祇得下車等候。等了一回,祇見裏頭走出兩個人來,穿着靴帽袍子。查三蛋便招呼唐二亂子,説:"門裏出來的就是總管的手下徒弟,所有貢禮交代他倆一樣的。"唐二亂子一聽是裏頭的人,連忙走上前去,恭恭敬敬請了一個安,口稱:"唐某人現有孝敬老佛爺的一點意思,相煩老爺們代呈上去。"誰料那兩個老公見了他,大模大樣,一聲不響。後來聽他説話,便拿眼瞧了他一瞧,説道:"你這人好大膽!佛爺有過上諭,説過今年慶典,不準報效。你又來進什麼貢!你是甚麼官?"唐二亂子道:"道臺。"老公道:"虧你是個道臺,不是個戲臺! 咱問你:你這官上怎麼來的?"唐二亂子道:"山西賑捐案內報效,蒙山西撫院保的。"老公道:"銀子捐來的就是,拉什麼報效! 名字倒好聽! 咱一見你,就曉得你不是羊毛筆換來的! 如果是科甲出身,怎麼連個字都不認得? 佛爺不準報效,有過上諭,通天底下,誰不曉得,單單你不遵旨。今兒若不是看查老爺份上,一定拿你交慎刑司[15],辦你個'膽大鑽營,卑鄙無恥'! 下去候着罷!"那老公説完了這兩句,揚長的走進去。

　　唐二亂子這一嚇,早嚇得渾身是汗,連煙癮都嚇回去了。歇了半天,問人道:"我這是在哪裏?"其時攞東西的人早已散去,身旁止有查三蛋一個。查三蛋一見他這個樣子,曉得他是嚇呆了,立刻就走過來替他把頭上的汗擦乾,對他説道:"當初我就説錢少了,你不聽我。可恨這些人,我來同他説,他們連我都騙了。既然二萬不够,何不當時就同我説明,卻到今天拿我們開心!"

　　此時唐二亂子神志已清,回想剛才老公們的説話不好,又記起末後還叫他"下去候着"的一句話,看來凶多吉少,越發急的話都説不出。祇聽查三蛋附着他的耳朵説道:"老妹丈,今天的事情鬧壞了! 有我亦不中用! 看這樣子,若非大大的再破費兩個不能下場!"唐二亂子一心祇想免禍,多化兩個錢是小事,立刻滿口應允。查三蛋便留他一人在外看守東西,自己卻跑上臺階,走到門裏,找着剛才的那個老公。往來奔波,做神做鬼,又添了二萬銀子。先把貢禮留下做當頭。二萬銀子交來,非但把貢禮賞收,而且還有好處,倘不交二萬銀子,非但不還東西,而且還要辦"膽大鑽營"的罪。三面言定,把貢禮交代清楚。唐二亂子方急急的跟了查三蛋出來。這天起得太早,煙癮沒有過足,再加此一嚇,又跑了許多路,等到回寓,已經同死人一樣了。

　　話説唐二亂子唐觀察從宮門進貢回來,受了一肚皮的氣,又驚又嚇,又急又氣。回到寓處,脱去衣裳,先吃鴉片煙過癮。一面過癮,一面追想:"今日之事,明明是舅爺查三蛋混帳! 我想我待他也不算錯,拿他當個人託他辦事,不料他竟其如此靠不住! 你早説辦不來,我不好另託別人? 何至於今天坍這一回臺呢[16]!"往來盤算,越想越氣。

然而現在的事情少他不得，明曉得他不好，又不敢拿他怎麼發作，祇好悶在肚裏。過足了癮，開飯吃飯。老爺一肚皮悶氣無處發洩，祇好拿着二爺來出氣，自從進門之後罵人起，一直罵到吃過飯還未住口。

查三蛋見他罵的不耐煩，於是問他：“許人家的二萬頭怎麼樣？”唐二亂子道：“有什麼怎麼樣！不過是我晦氣，注着破財就是了！”一面說，一面叫朋友拿摺子再到錢莊裏打二萬銀子的票子給查三蛋。臨走的時候，卻朝着查三蛋深深一揖，道：“老哥，這遭你可照應照應愚妹丈罷！愚妹丈錢雖化得起，也不是偷來的！出的也不算少了！我也不敢想甚麼好處，祇圖個‘財去身安樂’罷！老哥，千萬費心！”查三蛋聽他的話內中含着有刺，畢竟自己心虛，不禁面上一紅一白，想要回敬兩句，也就無辭可說了。掙扎了半天，纔說得一句道：“我們至親，我若是拿你弄着玩，還成個人嗎？單是他們不答應，也是叫我沒有法子！”唐二亂子並不理他。查三蛋同了那個朋友去劃銀子不題。約摸過了五個鐘頭的時候，其時已將天黑，唐二亂子見他沒有回報，不免心中又生疑慮，便想派人去找他。正談論間，祇見他從外頭興興頭頭的進來，連稱“恭喜……”。唐二亂子一聽“恭喜”二字，不禁前嫌盡釋，忙問：“銀子可曾交代？進的貢怎麼樣了？”查三蛋道：“銀子自然交代。貢都進上去了。聽說上頭佛爺很歡喜，總管又幫着替你說話，已有旨意下來，賞你個四品銜。”唐二亂子道：“甚麼四品銜！我自己現現成成的二品頂戴，進了這些東西，至少也賞我個頭品頂戴，怎麼還是四品銜？難道叫我縮回去戴藍頂子不成？”查三蛋道：“這個不曉得。但是，恩出自上，大小你總得感激。就是你說的有現成的紅頂子，這個不相干。——那是捐來的，這是特旨賞的，到底兩樣。”唐二亂子道：“道臺本是四品，也不在乎又賞這個四品銜！”查三蛋道：“這個何足爲奇！怎麼有人賞個三品銜，派署巡撫？難道巡撫不比三品銜大些？”終究唐二亂子秉性忠厚，被查三蛋引經據典一駁，便已無話可說；並不曉得凡賞三品銜署理巡撫的都由廢員起用一層。他仕路閱歷尚淺，這都不必怪他。且說他自從奉到賞加四品銜的資訊，心上一直不高興。無奈查三蛋祇是在傍架弄着，說：“無論大小，總是上頭的恩典。到底上起任來，官銜牌多一付。你雖不在乎此，人家卻求之不得。無論如何，明天謝恩總要去的，倘若不去，便是看不起皇上。皇上家的事情，一翻臉你就吃不了。還是依着他辦的好。"唐二亂子無奈，祇得一一遵行。

又過了些時，到了引見日期，唐二亂子隨班引見。本來指省湖北，奉旨照例發往。齊巧碰着這兩日朝廷有事，没有拿他召見。白白賠了十五萬銀子進貢，不過賞了一個四品銜，餘外一點好處没有。這也祇好怪自己運氣不好，注定破財，須怨不得別人。

《官場現形記》

【校注】

[1] 蔭生：封建時代由於上代有功勳被特許爲具有任官資格的人。　[2] 大謬不然：大錯特錯，完全不是這樣。　[3] 雪匣煙：雪茄煙。　[4] 報效：指捐錢買官事。　[5] 特旨道：由皇帝特旨授予的道臺。　[6] 撫臺：巡撫。[7] 萬壽慶典：指慈禧太后生日大慶。　[8] 大老：稱資深望重的大官。[9] 翎管：清代官吏禮帽上用來固定翎子的管子。　[10] 大老官：財主，闊老。[11] 老公：即公公，太監。　[12] 佛爺：清代對帝后或太上皇、皇太后的敬稱。後多專指慈禧太后。　[13] 電氣車：指汽車。　[14] 拉皮條：原指撮合不正當的男女關係，引申爲撮合不正當的交易。　[15] 慎刑司：清代内務府下的一個官署，執掌宫廷和旗人的笞杖一類刑罰。　[16] 坍這一回臺：丢這一回臉。

柳亞子

【作者簡介】

　　柳亞子(1887—1958)，原名慰高，號安如，改字人權，號亞廬，再改名棄疾，字稼軒，號亞子，吳江(今屬江蘇)人。諸生。清光緒二十九年(1903)赴上海，肄業愛國學社。三十二年，加入光復會和中國同盟會。宣統元年(1909)冬，與陳去病、高旭創辦反清文學社團南社，鼓吹革命。民國元年(1912)，任臨時大總統府秘書，因不適軍政生活，旋即辭職，赴上海辦報。袁世凱竊國，感國事不可爲，惘然返鄉，縱情詩酒。五四運動後，曾醉心於馬克思和布爾什維克主義。1923

年,發起新南社,自任社長。後歷任國民黨江蘇省宣傳部長、中央監察委員、上
海通志館館長、國民黨中央常務委員會委員兼監察委員會主席。1925年聲援五
卅運動,反對蔣介石提出的"理黨務案"。後爲躲避國民黨右派迫害,一度流亡
日本。抗日戰爭期間,與宋慶齡、何香凝在香港發表宣言,嚴詞痛斥蔣介石迫害
新四軍,被蔣介石開除黨籍。1945年10月,毛澤東赴重慶談判,曾手書《沁園
春·雪》相贈。1948年,與宋慶齡等在香港組織中國國民黨革命委員會,任秘書
長。中華人民共和國成立後,任中央人民政府委員、全國人大常務委員會委員。
其於詩,崇尚唐音,反對宋詩派之"同光體"。詩風激越慷慨。亦工詞,風格近辛
棄疾、劉克莊。著有《磨劍室詩詞集》、《磨劍室文集》、《南社紀略》、《懷舊集》
等。生平事蹟見《柳亞子自撰年譜》、柳無忌《柳亞子年譜》、徐文烈《柳亞子先
生年譜》。

孤　　憤

【題解】

　　此詩作於1915年。是年八月袁世凱密謀稱帝,策動胡瑛、劉師培等六
人成立"籌安會",鼓吹恢復君主制度。同年十二月袁世凱籌備登基大典,蔡
鍔等在雲南起義討袁,各地紛紛響應。作者借韓非子《孤憤》篇名,以表達對
袁世凱稱帝的強烈義憤。

　　孤憤真防決地維[1],忍擡醒眼看群屍[2]?美新已見揚雄頌[3],勸
進還傳阮籍詞[4]。豈有沐猴能作帝[5]?居然腐鼠亦乘時[6]。宵來忽
作亡秦夢[7],北伐聲中起誓師[8]。

《磨劍室詩詞集·詩二集》卷二

【校注】

[1] 決地維:《列子·湯問》:"其後共工氏與顓頊爭爲帝,怒而觸不周之山,折天
柱,絕地維。"此處形容憤怒之強烈。　　　[2] 群屍:指斥趨奉袁世凱的人,言其無
靈魂。　　　[3] "美新"句:西漢末,王莽稱帝,國號新。揚雄賦《劇秦美新》,頌莽
功德。這裏借指胡瑛等組織籌安會,向袁勸進。　　　[4] "勸進"句:魏帝封司馬
昭爲晉公,進相國,加九錫,昭僞辭不受,阮籍曾被迫作箋勸進。這裏祇是借用
"勸進"字面,諷刺梁士詒等組織全國請願聯合會,要求變更國體,擁袁稱帝。

［5］沐猴:彌猴。《史記·項羽本紀》:“項王見秦宮室皆以燒殘破,又心懷思欲東歸,曰:‘富貴不歸故鄉,如衣繡夜行,誰知之者!’説者曰:‘人言楚人沐猴而冠耳,果然。’”此處諷刺袁世凱。　　　　［6］腐鼠:《莊子·秋水》:“於是鵷得腐鼠,鵷鶵過之,仰而視之曰:‘嚇!’”此處借用字面諷刺向袁世凱趨奉勸進者。　　　　［7］亡秦:《史記·項羽本紀》:“我倚名族,亡秦必矣。”此處指推翻袁世凱。　　　　［8］北伐:指蔡鍔等在雲南起義,北伐討袁。

採用底本目錄

張南山全集　（清）張維屏著　陳憲猷、鄧光禮等標點　廣東高等教育出版社
　　1993 版

篋中詞　（清）譚獻著　（清）光緒八年（1882）刊本

林則徐全集　（清）林則徐著　林則徐全集編輯委員會編　海峽文藝出版社
　　2002 年版

龔自珍全集　（清）龔自珍著　王佩諍校　上海古籍出版社 1975 年版

魏源集　（清）魏源著　中華書局編輯部編　中華書局 1983 年版

顧太清奕繪詩詞合集　（清）顧太清、奕繪著　張璋編校　上海古籍出版社
　　1998 版

曾國藩全集・詩文　（清）曾國藩著　彭靖等整理　岳麓書社 1994 年版

湘綺樓詩文集　（清）王闓運著　馬積高主編　岳麓書社 1996 年版

人境廬詩草箋注　（清）黃遵憲著　錢仲聯箋注　上海古籍出版社 1981 年版

半塘定稿　（清）王鵬運著　上海書店 1982 年版《清名家詞》本

散原精舍詩文集　（清）陳三立著　李開軍校點　上海古籍出版社 2003 年版

嚴復集　（清）嚴復著　王栻編　中華書局 1986 年版

雲起軒詞　（清）文廷式著　上海書店 1982 年版《清名家詞》本

彊村語業　（清）朱孝臧著　上海書店 1982 年版《清名家詞》本

歐洲十一國遊記　（清）康有爲著　鍾叔河校點　湖南人民出版社 1980 年版

南海先生詩集　（清）康有爲著　崔斯哲手抄　1937 年刊本

蕙風詞　（清）況周頤著　上海書店 1982 年版《清名家詞》本

嶺雲海日樓詩鈔　（清）丘逢甲著　丘鑄昌點校　上海古籍出版社 1982 年版

譚嗣同全集　（清）譚嗣同著　蔡尚思、方行編校　中華書局 1981 版

近代詩鈔　錢仲聯選　江蘇古籍出版社 1993 年版

飲冰室合集・文集　（清）梁啓超著　林志鈞編　中華書局 1989 年版

秋瑾集　（清）秋瑾著　中華書局上海編輯所編　中華書局上海編輯所 1960
　　年版

寧調元集　（清）寧調元著　楊天石、曾景忠編　湖南人民出版社 1988 版

蘇曼殊詩箋注　（清）蘇曼殊著　劉斯奮箋注　廣東人民出版社 1981 年版

老殘游記　（清）劉鶚著　陳翔鶴校　戴鴻森注　人民文學出版社 1998 年版

官場現形記　（清）李寶嘉著　張友鶴校注　人民文學出版社 1996 年版

磨劍室詩詞集　（清）柳亞子著　中國革命博物館編　上海人民出版社 1985 年版

參考書目

清詩三百首　錢仲聯、錢學增選注　岳麓書社 1985 年版

清詩精華錄　錢仲聯、錢學增選注　齊魯書社 1987 年版

近代詩三百首　錢仲聯選注　浙江古籍出版社 1997 版

近代詩選　北京大學中文系文學專門化一九五五級近代詩選小組選注　人民
　　文學出版社 1963 年版

全清詞鈔　（清）葉恭綽選　中華書局 1979 年版

近三百年名家詞選　龍榆生選　上海古籍出版社 1979 版

清詞三百首　錢仲聯選注　岳麓書社 1992 版

中國近代文學大系·散文集　任訪秋主編　上海書店 1991 年版

清詩紀事　錢仲聯主編　江蘇古籍出版社 1987 年版

清代碑傳全集　上海古籍出版社 1987 年版

廣清碑傳集　錢仲聯主編　蘇州大學出版社 1999 年版

辛亥人物碑傳集　卞孝萱、唐文權編　團結出版社 1991 年版

民國人物碑傳集　卞孝萱、唐文權編　團結出版社 1995 年版

清史稿　中華書局 1997 年版

清史列傳　王鍾翰點校　中華書局 1987 年版

清代人物傳稿　中華書局、遼寧人民出版社 1984 年、1985 年陸續出版

中國近代名人小傳　鄭雲山等編撰　浙江人民出版社 1983 年版

民國人物傳　李新、孫思白主編　中華書局 1978 年起陸續出版

晚晴簃詩匯　徐世昌編　中國書店 1988 年版